安徽師範大學中國詩學研究中心重大項目

江南文脉

jiangnan wenmai

陸士衡文集校释

（上）

（晋）陸機 著

劉運好 校釋

鳳凰出版社

圖書在版編目（ＣＩＰ）數據

陸士衡文集校釋 / (晉) 陸機著 ; 劉運好校釋. --
南京 : 鳳凰出版社, 2022.12
ISBN 978-7-5506-3800-6

Ⅰ. ①陸… Ⅱ. ①陸… ②劉… Ⅲ. ①中國文學－古典文學－作品綜合集－西晉時代 Ⅳ. ①I213.712

中國版本圖書館CIP數據核字(2022)第218620號

書　　名	陸士衡文集校釋
著　　者	(晉)陸　機
校　　釋	劉運好
責任編輯	單麗君
裝幀設計	姜　嵩
出版發行	鳳凰出版社(原江蘇古籍出版社) 發行部電話025-83223462
出版社地址	江蘇省南京市中央路165號,郵編:210009
照　　排	南京凱建文化發展有限公司
印　　刷	蘇州市越洋印刷有限公司 江蘇省蘇州市吴中區南官渡路20號,郵編:215104
開　　本	880毫米×1230毫米　1/32
印　　張	47.5
字　　數	1059千字
版　　次	2022年12月第1版
印　　次	2022年12月第1次印刷
標準書號	ISBN 978-7-5506-3800-6
定　　價	480.00圓(全三册)

(本書凡印裝錯誤可向承印廠調换,電話:0512-68180788)

目録

前言……一
凡例……一
卷一
賦一
文賦并序……一
感時賦……六四
豪士賦并序……六九
瓜賦……九五
思親賦……一〇四
卷二
賦二
遂志賦并序……一〇九
懷士賦并序……一二一
行思賦……一二七
思歸賦并序……一三一
愍思賦并序……一三八
應嘉賦并序……一四一
卷三
賦三
幽人賦……一四九

列僊賦……一五一
陵霄賦……一五五
述思賦……一五九
歎逝賦并序……一六三
大暮賦并序……一八〇
感丘賦……一八七

卷四

賦四

浮雲賦……一九四
白雲賦……二〇一
鼓吹賦……二〇八
漏刻賦……二一六
羽扇賦……二二二
鱉賦并序……二三〇
桑賦并序……二三三

卷五

詩上

皇太子宴玄圃宣猷堂有令賦詩……二三八
皇太子賜讌詩……二四七
春詠……二五〇
遨遊出西城……二五一
赴洛詩……二五三
東宮作詩……二六〇
又赴洛道中二首……二六五
招隱詩二首……二七一
園葵詩……二八一
於承明作與弟士龍……二八五
吴王郎中時從梁陳作……二九一
贈馮文羆遷斥丘令八首……二九六
答賈謐并序　十一章……三〇九

贈尚書郎顧彦先二首……三三三
贈顧交趾公真……三四一
贈從兄車騎……三四五
答張士然詩……三五二
贈馮文羆……三五六
贈弟士龍……三六〇
祖道畢雍孫劉邊仲潘正叔……三六六
答潘尼詩……三六八
贈潘尼……三七二
贈紀士……三七五
爲陸思遠婦作詩……三七七
爲顧彦先贈婦二首……三八〇
爲周夫人贈車騎……三九〇

卷六

擬古十二首

擬行行重行行……三九五
擬今日良宴會……四〇一
擬迢迢牽牛星……四〇六
擬涉江采芙蓉……四一〇
擬青青河畔草……四一三
擬明月何皎皎……四一六
擬蘭若生朝陽……四一九
擬青青陵上柏……四二三
擬東城一何高……四二七
擬西北有高樓……四三三
擬庭中有奇樹……四三八
擬明月皎夜光……四四一

樂府十七首

猛虎行……四四八

君子行……………………四五六
從軍行……………………四六一
豫章行……………………四六六
苦寒行……………………四七三
飲馬長城窟行……………四七七
門有車馬客行……………四八三
君子有所思行……………四八八
齊謳行……………………四九四
日出東南隅行……………五〇一
長安有狹邪行……………五一〇
前緩聲歌…………………五一六
長歌行……………………五二二
吴趨行……………………五二七
塘上行……………………五三五
悲哉行……………………五四一
短歌行……………………五四六

卷七

樂府

折楊柳……………………五五二
鞠歌行并序………………五五六
當置酒……………………五五九
倢伃怨……………………五六一
燕歌行……………………五六四
悲哉行……………………五六七
梁甫吟……………………五七二
董逃行……………………五七七
月重輪行…………………五八三
日重光行…………………五八六
挽歌三首…………………五八九
百年歌十首………………六〇五
秋胡行……………………六一八
順東西門行………………六二〇

上留田行……六二三
隴西行……六二五
駕言出北闕行……六二八
泰山吟……六三一
櫂歌行……六三四
東武吟行……六三八
飲酒樂……六四〇

卷八

雜著

演連珠五十首……六四五
七徵……七〇五

卷九

頌　箴　贊　牋　表　文　誄　哀辭

漢高祖功臣頌……七三〇
丞相箴……七八六
孔子贊……七八九
王子喬贊……七九二
至洛與成都王牋……七九四
謝平原内史表……七九七
吊魏武帝文并序……八一一
吊蔡邕文……八三八
吴大帝誄……八四〇
愍懷太子誄……八四七
吴貞獻處士陸君誄……八六二
吴丞相江陵侯陸公誄……八六四
吴大司馬陸公誄……八六七
吴大司馬陸公少女哀辭……八七二
晉劉處士參妻王氏夫人誄……八七四

卷十

議　論　碑

大田議……八七七

辨亡論上……八七八
辨亡論下……九〇七
五等諸侯論……九二九
晉平西將軍孝侯周處碑……九六五

補遺卷一

賦

祖德賦……九九五
述先賦……一〇〇〇
別賦……一〇〇二
織女賦以下殘句……一〇〇三
靈龜賦……一〇〇四
果賦……一〇〇四
遂志賦……一〇〇五
行思賦……一〇〇五
列僊賦……一〇〇六
大暮賦……一〇〇七
雲賦……一〇〇八
鼇賦……一〇〇八
桑賦……一〇〇九
感時賦……一〇一〇
思歸賦……一〇一〇
思親賦……一〇一一
懷舊居賦……一〇一一
失題……一〇一二

存疑

果賦……一〇一三
逸民賦……一〇一三
登臺賦……一〇一四

補遺卷二

詩

與弟清河雲十章……一〇一五

贈顧令文爲宜春令五首……一〇四五
贈武昌太守夏少明詩六章
……一〇五二
庶人挽歌辭……一〇六一
贈斥丘令馮文羆詩……一〇六三
尸鄉亭詩……一〇六五
園葵詩……一〇六七
祖會太極東堂詩……一〇六九
元康四年從皇太子祖會東
堂詩……一〇七〇
士庶挽歌辭……一〇七二
王侯挽歌辭……一〇七四
挽歌辭……一〇七五
詠老詩……一〇七六
贈顧彦先詩……一〇七七
爲顧彦先作詩……一〇七八
祖道清正詩……一〇七九
講《漢書》詩……一〇八〇
飲酒樂……一〇八一
吴趨行……一〇八二
贈潘正叔……一〇八三
三月三日詩……一〇八四
失題詩太素卜令宅……一〇八五
失題詩澄神玄漠流……一〇八七
失題詩老蠶晚績縮……一〇八八
失題詩軌迹未及安……一〇八九
失題詩物情競紛紜……一〇八九
失題詩惆悵懷平素……一〇九〇
失題詩恢恢天網……一〇九一
贈潘尼……一〇九二
贈馮文羆詩以下殘句……一〇九三
長歌行……一〇九四

贈潘岳詩……一〇九五
獨寒吟……一〇九六
芙蓉詩……一〇九六
失題輕裾猶電揮……一〇九七
失題震雷驅號令……一〇九七
失題佳穀垂金穎……一〇九七
失題石龜尚懷海……一〇九七
失題甕餘殘酒……一〇九八
失題儲后降嘉命……一〇九八

存疑

上留田行……一〇九九
鞠歌行……一一〇〇
贈顧尚書及征西大將軍詩……一一〇一

補遺卷三

文

策問秀才紀瞻等六篇……一一〇二
薦賀循郭訥表……一一一三
與趙王倫牋薦戴淵……一一一七
薦張暢表……一一二一
顧譚傳……一一二三
吴太常顧譚誄以下爲殘句……一一二四
詣吴王表……一一二五
與吴王晏表……一一二六
謝吴王表……一一二七
見原後謝齊王表……一一二八
晉書限斷議……一一二九
七徵……一一三二
七導……一一三三
謝成都王牋……一一三四

與弟雲書……一一三五
與長沙顧母書……一一三八
與長沙夫人書……一一四〇
失題……一一四〇
失題……一一四一
失題……一一四二
失題……一一四二
夏育贊……一一四二
孫權誄……一一四三
毗陵侯君誄……一一四四
父誄……一一四四
姊誄……一一四五
集志議……一一四六
吴丞相陸遜銘……一一四七
畫論……一一四八
平復帖……一一四九

補遺卷四

專著佚文

洛陽記……一一五一
要覽纂要……一一五八
晉書晉紀……一一六三
惠帝起居注……一一六五
失題……一一六八
失題……一一六八
失題……一一六九

存疑

洛陽記……一一六九

賦詩文總評

……一一七一

附録

一、陸士衡年譜考辨……一二五九
二、陸士衡傳記資料……一三九五
三、陸士衡文集序跋、題記、

提要……一四二八
四、主要引用書目……一四三五
（一）校勘、輯佚引用書目……一四三五
（二）注釋、評箋、年譜引用書目……一四四一

前　言

由於史料闕如和文集散佚，陸機的籍貫、行迹以及著述、版本，均存在諸多疑點，學界對此争論也頗爲激烈。爲了釐清相關問題，《前言》鈎沉史料，詳盡地考證陸機籍貫及其行迹的有關疑點，系統闡釋現存陸機文集的版本系統，以及已經散佚且見諸後代史籍記録的其他著述，與本書附録之『陸士衡年譜考辨』前後呼應，詳略互補，庶幾還原或接近歷史的原貌。至於陸機思想、理論、創作及其文學史影響等等，筆者另著有《陸機陸雲考論》（中華書局二〇二〇年版），可與此書互相參照。

一、陸機籍貫考

研究一位作家，首先就面臨着所存史料的鈎沉甄别考證問題。由於現存材料闕如、雜亂和抵牾，陸機的籍貫、家世、生平、行迹等都留下諸多疑問。本文僅就歷來争論最多、最難以縷析的幾個問題加以甄別考證。

關於陸機籍貫，有『吴郡説』『吴郡華亭説』『吴郡吴縣説』三種。《文選》李善注引臧榮緒《晉書》、王隱《晉書》、《世説新語》劉孝標注引《晉陽秋》以及房玄齡《晉書》均載：『陸機字士衡，吴郡人也。』吴郡治所在今蘇州。徐公持《魏晉文學史》，王運熙、楊明《魏晉南北朝文學批評史》，《中國大百科全書》（中國文學卷『陸機』條）等均從之。

吴郡地域廣闊，謂陸機籍貫吴郡，似無疑義。但其籍貫具體在吴郡何地？因史料記載間有抵牾，争論由此而生。多數學者都傾向於吴郡華亭説，如金濤聲《陸機集·前言》，蔣祖怡、韓泉欣《陸機評傳》，姜劍雲《太康文學研究》等。其主要論據是《世説新語·尤悔》：『陸平原……臨刑歎曰：「欲聞華亭鶴唳，可復得乎！」』姜劍雲還具體地説：『吴中置華亭縣雖然在唐天寶十年，治今上海市松江縣，但此前實有華亭之地。《世説新語》劉孝標注引《八王故事》曰：「華亭，吴由拳縣郊外墅也，有清泉茂林。吴平後，陸機兄弟共遊於此十餘年。」由拳縣爲秦置，三國吴黄龍三年改名禾興縣，治今浙江嘉興市，今松江縣位於其東北。』[一]近年，穆克宏又曰：『經過現在論證，我認爲陸機的家鄉在吴郡華亭，從這個意義上説，他的籍貫是吴郡華

[一] 姜劍雲《太康文學研究》，中華書局二〇〇三年版，第三〇一—三〇二頁。

亭。』〔一〕但是穆先生並不認爲華亭在松江縣境内。對於如上争論，劉明先生二説兼取，不作結論。其《影鈔宋本陸士衡文集序》曰：『陸機字士衡，三國時吴國吴郡人，一説華亭人。』〔二〕曹道衡先生認爲應是吴郡吴縣，其《陸機事迹雜考》説：

> 關於陸機的籍貫……應爲吴郡吴（今江蘇蘇州）人，而非華亭（今上海松江）人……依照通例，古人的籍貫，當據祖籍。陸機的祖父陸遜，《三國志·吴志·陸遜傳》明確地説他是『吴郡吴人也』。這後一個吴字分明是縣名，指現今的蘇州。〔三〕

曹先生『吴郡吴縣説』，於史有徵。考證陸機的籍貫，必須兼顧三個方面：祖籍、出生地以及後來行政區劃的變化。

毫無疑問，陸機祖籍吴郡吴縣。直接證據除《三國志》載陸遜是『吴郡吴人』外，又《太平御覽》卷五百八十九引《三國典略》：『陸雲，吴郡吴人。』〔四〕另有其他史料可資佐證：

〔一〕穆克宏《陸機的籍貫》，《文史知識》二〇一七年第一二期。

〔二〕劉明《影鈔宋本陸士衡文集》，國家圖書館出版社二〇一八年版，第一頁。

〔三〕曹道衡《中古文史叢稿》，河北大學出版社二〇〇三年版，第一九五—一九六頁。

〔四〕夏劍秋等校點《太平御覽》第五册，河北教育出版社一九九四年版，第六三六頁。

陸績字公紀，吴郡吴人也。父康，漢末爲廬江太守。〔一〕

陸曄字士光，吴郡吴人也。伯父喜，吴吏部尚書。父英，高平相，員外散騎常侍。〔二〕

（陸）玩字士瑶，吴郡吴人也。父英，兄曄。曄與玩少有雅望，從兄機每稱之曰：『我家世不乏公矣。』〔三〕

陸績爲陸康之子，康爲陸遜從祖，遜幼依康；陸曄、陸玩皆爲陸英之子，遜弟陸瑁之孫，陸喜之侄，陸機之從弟。這些材料都毋庸置疑地證明陸機、陸雲是吴郡吴縣人。

吴縣乃春秋吴王闔閭所都，秦代設縣，後世因之。《吴地記》曰：『吴縣望在郡下，秦始皇二十六年置。漢王莽改泰德縣。陳貞明元年後主復爲吴縣。隋開皇九年，越國公楊素移郡及縣於横山東五里。今復移城内。』〔四〕秦始皇置吴縣，治所亦與郡同，即今蘇州。《吴地記後集》曰：『吴縣城，地名姑蘇，水名震澤。』〔五〕姑蘇即蘇州，震澤即太湖，亦可證。故陸機《吴趨行》：

〔一〕《三國志》卷五十七《陸績傳》，中華書局一九八二年版，第一三二八頁。
〔二〕《晉書》卷七十七《陸曄傳》，中華書局一九七四年版，第二〇二三頁。
〔三〕許嵩撰，張忱石點校《建康實録》卷七，中華書局一九八六年版，第一九八頁。
〔四〕陸廣微撰，曹林娣校注《吴地記》，江蘇古籍出版社一九九九年版，第三三頁。
〔五〕陸廣微撰，曹林娣校注《吴地記》，第一一四頁。

『屬城咸有士，吳邑最爲多。八族未多侈，四姓實名家。』李善注曰：『張勃《吳録》曰：四姓：朱、張、顧、陸也。』〔一〕何焯《義門讀書記》卷四十七曰：『言閶門，言吳邑，所歌專在一縣，不爲吳郡作也。』〔二〕這『一縣』即指吳縣。由陸機詩亦可證，其祖籍必爲吳郡吳縣人。

二陸出生於吳郡横山，後名崑山，宅居雲間，後名華亭。此類記載的文獻十分豐富：

> 崑山縣，本漢婁縣，地屬會稽郡，東漢、晉屬吳郡。陸機、陸雲生於此，故名其山曰崑山。梁置崑山縣，隋平陳，省之。開皇十八年，復置屬吳郡，唐屬蘇州。〔三〕
>
> 崑山在本縣西北，或曰在華亭，蓋割崑山之境以縣華亭故也。晉陸機兄弟生於華亭，以文爲世所貴，時人比之崑岡出玉，故此山得名。〔四〕
>
> 華亭縣在郡東一百六十里，地名雲間，水名谷水。天寶五年置。蓋晉元侯陸遜宅，造池亭華麗，故名。有陸遜、陸機、陸瑁三墳，在東南二十五里横山中。〔五〕

〔一〕蕭統撰，李善注《文選》，中華書局一九七七年版，第三三九頁。
〔二〕何焯《義門讀書記》，文津閣《四庫全書》第八六〇册，商務印書館二〇〇六年版，第六九二頁。
〔三〕歐陽忞《輿地廣記》卷二十二，文津閣《四庫全書》第八六〇册，第四一〇頁。
〔四〕朱長文《吳郡圖經續記》卷中，文津閣《四庫全書》第四八四册，第二六頁。
〔五〕陸廣微撰，曹林娣校注《吳地記》，第五六頁。

華亭谷，《輿地志》云：『吴大帝以漢建安中封陸遜爲華亭侯，即以其所居爲封。』谷出佳魚、蒓菜，又多白鶴清唳，故陸機歎曰：『華亭鶴唳，不可復聞。』二陸宅，《吴地記》云：『宅在長谷，谷在吴縣東北二百里，谷周回二十餘里，谷名華亭，陸機歎鶴唳處。』谷水下通松江，昔陸遜、陸凱居此谷。《吴志》云：『漢盧江太守陸康與袁術有隙，使侄遜與其子績率宗族避難於是谷。』谷東二十里，有崑山，父祖墓焉，故陸機《思鄉詩》曰：『仿佛谷水陽，婉孌崑山陰。』崑山有吴相江陵昭侯陸遜墓。[一]

綜合以上材料，可得出以下結論：第一，崑山，西漢爲婁縣，屬會稽郡；東漢、晉屬吴郡。崑山原名横山，在吴縣境内，因機、雲出生於此，『以文爲世所貴，時人比之崑岡出玉』，故名其山曰崑山。曹林娣《吴地記》注引嘉靖《崑山縣誌》曰：崑山縣在蘇州府治東七十里。秦始置疁縣，隸會稽郡；漢王莽改婁縣，隸吴郡；梁大同初改爲崑山，因山而名。然崑山分屬華亭縣界[二]。因爲崑山是崑山縣與華亭縣之分界，遂有機、雲出生於華亭之説。第二，華亭原名雲間，故《世説新語·排調》載陸雲自謂『雲間陸士龍』。亦如崑山，華亭也是後起之名。第三，雲間有水，

[一] 樂史《太平寰宇記》卷九十五，文津閣《四庫全書》第四七〇册，第六〇頁。按：文中之吴縣當爲海鹽縣之誤。《文選》注引陸道瞻《吴地記》：『海鹽縣東北二百里有長谷。昔陸遜、陸凱居此。』

[二] 陸廣微撰，曹林娣校注《吴地記》，第五二—五三頁。

名谷水，水邊多鶴，故陸機《思鄉詩》『彷彿谷水陽，婉孌崑山陰』，臨終又歎息『華亭鶴唳，可復聞乎』，均就其出生地而言。第四，谷水，又名長谷，後因雲間更名爲華亭，故谷水（長谷）亦隨之更名華亭谷。第五，華亭又是陸遜封邑。由《吴地記》『蓋晉元侯陸遜宅，造池亭華麗，故名』[一]可知，陸氏始居華亭，是在被封爲華亭侯前，或是陸氏原在雲間置有莊園，且侈麗豪華，因此名之華亭。建安二十四年（二一九）十一月，陸遜破關羽有功，孫權因地而封遜爲華亭侯，此後華亭即爲遜之封邑。爾後舉家遷居於此，故陸機兄弟出生於此。後來陸遜又進封爲婁侯，宋范成大《吴郡記》卷三曰：『婁門，秦婁縣所置，又謂之疁，今謂之崑山。崑山縣東北三里許，有村落名婁縣，蓋古縣治所寓也。』[二]雖所記或有舛誤，然可説明婁縣與崑山地域交錯，故陸遜即使被封婁侯，亦僅擴展其封邑面積、人口而已，似不必再次舉家遷徙。第六，陸機出生後，宅居雲間，即後來所名之華亭，死後亦葬於此。

然以上材料亦頗多抵牾，遂至後人棼絲難理，淆亂莫辨，故略辨正如下：

第一，宋歐陽忞《輿地廣記》卷二十二：『崑山縣，本漢婁縣。』[三]其實，崑山縣並非古之婁縣，

[一] 陸廣微撰，曹林娣校注《吴地記》，第五六頁。

[二] 范成大撰，陸振岳校點《吴郡記》，江蘇古籍出版社一九九九年版，第二二頁。

[三] 歐陽忞《輿地廣記》，文津閣《四庫全書》第四七〇册，第三五六頁。

《吴地記》曰：『崑山縣在郡(即吴郡)東七十里，地名全吴，水名新陽。貞觀十三年，分在吴縣東南置縣。』〔一〕而婁縣是古瞜縣，《吴地記》曰：『婁門，本號瞜門。東南，秦時有古瞜縣。至漢王莽改爲婁縣。』〔二〕《吴郡記》亦有載，上文已引，不贅。蓋因唐代行政區劃的變化，遂至其誤。

第二，宋樂史《太平寰宇記》卷九十五引《吴志》：『漢廬江太守陸康與袁術有隙，使侄遜與其子績率宗族避難於是谷。』〔三〕顯然有誤。《吴志・陸遜傳》載：陸康爲遜從祖，其言『侄遜』，大謬。《傳》言『康遣遜及親戚還吴』，而此言『避難於是谷』，亦屬臆斷，或誤記。

第三，《吴地記》所云『有陸遜、陸機、陸瑁三墳，在東南二十五里横山中』，是指横山在唐置華亭縣治所東南的二十五里處，並非指横山在陸機所居之華亭的東南二十五里處。

此外，《吴地記》載，横山在華亭東南二十五里，而《太平寰宇記》又載『谷東二十里，有崑山』，綜合這兩則材料可以判斷，横山就是後來所名之崑山。如果考證清楚横山的具體方位，就可知華亭亦即雲間的歸屬。《吴地記》曰：『横山，又名據湖山，在吴縣西南十六里。』又《吴地記後集》：『吴縣二十都：吴門、利娃、永安、履仁、鳳凰、靈岩、横山……』〔四〕可知，陸機所居

〔一〕陸廣微撰，曹林娣校注《吴地記》，第五二頁。
〔二〕陸廣微撰，曹林娣校注《吴地記》，第五二、二八頁。
〔三〕樂史《太平寰宇記》，文津閣《四庫全書》第四六九册，第四一頁。
〔四〕陸廣微撰，曹林娣校注《吴地記》，第七二、一一五頁。

之華亭亦在吴縣境内，與婁縣接壤。

因爲歷代行政區劃的變化，後人未加詳察，將華亭（雲間）與華亭縣、崑山（横山）與崑山縣相混淆，遂至其誤。因谷水原爲太湖支流，下通松江而入海，後人遂又將其與明代所置的松江縣相混淆。又因華亭與由拳縣（即嘉興縣）毗連，故《世説新語》劉孝標注引《八王故事》乃誤載：『華亭，吴由拳縣郊外墅也。』故無論從出生地還是從祖籍看，陸機都應該是吴郡吴人，即今之蘇州，與上海松江縣無涉。

二、陸機入洛考

陸機入洛問題一直是學界争論的焦點，主要觀點有『被俘入洛説』和『仕晉入洛説』兩種。『被俘入洛説』待下文再論。論陸機仕晉入洛又涉及兩個問題：第一，陸機何年入洛仕晉？第二，陸機入洛初任何職？由於史料記載互有抵牾，遂至後人聚訟無已。

先看史籍記載。《吴書·陸抗傳》裴松之注引《機雲别傳》曰：『晉太康末，俱入洛，造司空張華，華一見而奇之。』[一]又《晉書·陸機傳》：『年二十而吴滅，退居舊里，閉門勤學，積有十

〔一〕《三國志》卷六十八，中華書局一九八二年版，第一三六〇頁。

年。……至太康末，與弟雲俱入洛，造太常張華。』[一]太康終於十年，太康末至遲也在太康十年（二八九）。王鳴盛《十七史商榷》曰：『太康終於十年，機太康末入洛，則年二十九，雲二十八矣。』[二]吳滅於天紀四年即晉咸寧六年（二八〇）三月，是年西晉改元太康，至太康十年，正好十年，與『退居舊里，閉門勤學，積有十年』所記時間吻合。所以這一説法被多數學者所接受，如姜亮夫《陸平原年譜》、陸侃如《中古文學繫年》等。然《文賦》李善注引臧榮緒《晉書》：『機少襲領父兵，爲牙門將軍，年二十而吳滅，退臨舊里，與弟雲勤學，積十一年。』[三]《世説新語·尤悔》劉孝標注引《八王故事》：『華亭，吳由拳縣郊外墅也。有清泉茂林。吳平後，陸機兄弟共遊於此十餘年。』[四]既言十餘年，至少也有十一年。假定以十一年計，入洛時間至遲也在太熙元年（二九〇，惠帝即位後改元永熙）。對這個問題，持太康末入洛仕晉的學者多没有合理解釋，曹道衡先生辨之曰：

> 其實『積有十年』在此無非是『約有十年』之意，『十年』本來是個約數，不必看得太死，而

[一]《晉書》卷五十四，中華書局一九七四年版，第一四七二頁。

[二]王鳴盛撰，黄曙輝點校《十七史商榷》卷十九，上海書店出版社二〇〇五年版，第三六二頁。

[三]蕭統撰，李善注《文選》卷十七，第二三九頁。

[四]余嘉錫《世説新語校箋》，上海古籍出版社一九九三年版，第八九七頁。

『十一年』則是一個確定的數字。問題在於從太康元年(二八〇)晉滅吴算起,到太康十年(亦即太康末二八九)正好十年;而到太熙元年(二九〇)則爲十一年。……據《晉書·惠帝紀》『太熙(亦即惠帝永熙)元年五月,以太尉楊駿爲太傅,輔政』,足證楊駿辟舉陸機時間必在太熙元年(二九〇)五月以後。……這兩種不同的説法,亦當以臧書説爲是。〔一〕

曹先生似乎肯定陸機入洛是應楊駿辟,時間是太熙元年。這裏有幾個問題必須加以考辨:

第一,《晉書·陸機傳》:『張華薦之諸公。後太傅楊駿辟爲祭酒。』〔二〕《吴書·陸抗傳》裴注引《機雲別傳》:『華一見而奇之,曰:「伐吴之役,利在獲二俊。」遂爲之延譽,薦之諸公。太傅楊駿辟機爲祭酒,轉太子洗馬、尚書著作郎。』〔三〕又潘岳《爲賈謐贈陸機詩》曰:『況乃海隅,播名上京。爰應旌招,撫翼宰庭。』李善注:『海隅,謂吴也。……臧榮緒《晉書》曰:「太熙末,太傅楊駿辟機爲祭酒。」』〔四〕以上材料證明,陸機仕晉的第一個職務是太傅祭酒,故其入洛時間必然在楊駿任太傅之前,至少在楊駿任太傅期間。

〔一〕曹道衡《中古文史叢稿》,第一八六頁。

〔二〕《晉書》卷五十四,中華書局一九七四年版,第一四七三頁。

〔三〕《三國志》卷六十八裴松之注引,第一三六〇頁。

〔四〕蕭統撰,李善注《文選》卷十七,第三五〇頁。

第二，據《晉書·惠帝紀》：『太熙元年四月己酉，武帝崩。是日，皇太子即皇帝位，大赦，改元爲永熙。……夏五月……以太尉楊駿爲太傅，輔政。』[一]若陸機是應楊駿辟而入洛，時間當在永熙（二九〇）五月後，而徵書由洛陽送至東吴至少又需一兩個月時間，即至早也在六月底方可送達。如若此時陸機入洛，時間當在七月或更遲，亦即陸機若此年入洛，必然是在秋季或冬季。然考陸機《赴洛》詩：『谷風拂修薄，油雲翳高岑。』谷風，東風；薄，草木叢生。詩云東風吹拂草木，濃雲遮蔽高山。所寫之景是春景。故可知陸機赴洛的季節是春天，而不是在秋季或冬季，故陸機不可能在太熙（即永熙）元年入洛。

第三，楊駿於次年（即永平元年，旋又改元元康）三月被誅，任太傅之職前後不足一年。若在是年三月前入洛，與陸機詩所描寫的季節相符，然與臧榮緒《晉書》所謂『太熙末』又相差甚遠。即使退一步説，假定陸機於是年二三月入洛，尚未入洛，楊駿已被誅，遑論任太傅祭酒？故陸機也不可能於永平元年入洛。

第四，『太熙』（二九〇）是武帝最後一個年號，是年四月己酉，武帝崩，惠帝即位，改元永熙。次年即永熙二年春正月，改元永平。李善注引臧榮緒《晉書》『太熙末』必有誤。一是太熙只存在三個月，不存在『太熙末』的説法；二是太熙年間的三個月中，楊駿尚未任太傅，如何

[一]《晉書》卷四，第八九頁。

『辟機爲祭酒』？故『太熙』必爲『永熙』之誤。『末』或爲衍字。

綜考史料，陸機入洛應在太康末年。具體時間是太康十年（二八九）春季三月。陸機被徵辟入洛，可能始於楊駿。然陸機初被徵召時，楊駿並非任太傅，而是任太尉。《晉書・武帝紀》：『夏四月辛丑，以侍中車騎將軍楊駿爲太尉、都督中外諸軍、録尚書事。己酉，帝崩於含章殿。』〔一〕徵之《惠帝紀》，楊駿官職變化如下：太熙元年（二九〇）四月任太尉，五月任太傅；永平元年（二九一）三月被誅。顧農先生誤讀這一段史實，得出陸機太康末入洛即任太傅祭酒的錯誤結論〔二〕。故補充論述之。

據《晉書・楊駿傳》載，駿少年得志，因是皇后之父而超居重位，遷車騎將軍，封臨晉侯。又恃外戚而權傾朝野。『帝自太康以後，天下無事，不復留心萬機，惟耽酒色，始寵后黨，請謁公行。而駿及珧、濟勢傾天下，時人有「三楊」之號。』〔三〕楊駿頗有野心，因陸機流譽京華，徵辟

〔一〕《晉書》卷三，第八〇頁。

〔二〕顧農《陸機還鄉及其相關作品》（《文學遺産》二〇一一年第五期）說：『太康十年（二八九）陸機入洛後，由於他本人非凡的才華，又得到文壇領袖、高官張華的提携獎掖，迅速建立了良好的聲譽，被太傅楊駿辟爲祭酒；到第二年即太熙元年（二九〇）四月，武帝司馬炎病重，楊皇后口宣帝旨作詔，以楊駿爲太尉、太子太傅、都督中外諸軍事、侍中、録尚書事，成爲實際上的最高領導人。』其誤有二：第一，楊駿太熙元年四月，任太尉、太子太傅。將太子太傅與太傅混爲一談，誤。第二，因爲史實之誤，又導致『太康十年（二八九）陸機入洛後……被太傅楊駿辟爲祭酒』的結論之誤。

〔三〕《晉書》卷四十，第一一七七頁。

陸機入洛爲宦，以擴展勢力，則在情理之中。其實，無論是陸機本傳還是《機雲别傳》都只記載張華『爲之延譽，薦之諸公』，並没有説他直接薦舉陸機做太傅祭酒。但是，考之陸機本傳『張華薦之諸公。後太傅楊駿辟爲祭酒』，以及臧榮緒《晉書》曰『永熙（善引作「太熙」，誤）末，太傅楊駿辟機爲祭酒』，機任太傅祭酒是在入洛之後，即永熙元年（二九〇）歲末。由此可推知，陸機兄弟屏居舊里應該是『十年』，而非『十一年』。史料記載之所以出現如此差異，以理推之，可能是史家以陸機任太傅祭酒逆推而得出十一年之數。因此，本書的結論是：二陸於太康末入洛，具體時間應是太康十年春季，是年機二十九歲，雲二十八歲。

自二十世紀三十年代朱東潤《陸機年表》提出陸機兩次入晉之後，至八十年代，先後有陳莊《陸機生平三考》、傅剛《陸機初次赴洛時間考辨》進一步論證朱説，並明確指出陸機曾先後兩次入洛，一是太康初被俘入洛，二是元康二年仕晉入洛[一]。後來，蔣方進一步論證説：『吴滅後，陸機被俘去洛陽，陸雲在建業任揚州刺史從事。太康三年，陸機放歸，退吴讀書，至元康二年方應徵辟入洛。』[二]俞士玲《陸機陸雲年譜》也持近似觀點，認爲『陸機雖（元康）元年末被

[一] 陳莊《陸機生平三考》，《四川大學學報》一九八三年第四期；傅剛《陸機初次赴洛時間考辨》，《上海師範大學學報》一九八六年第二期。

[二] 蔣方《陸機、陸雲仕晉宦迹考》，《湖北大學學報》一九九五年第三期。

徵，而入洛則在一年以後』[一]。然仔細考證，上述説法漏洞頗多。其他史料姑且不論，僅就現存的陸機詩文亦可證其荒謬：

第一，如上所引陸機《詣吴王表》：『臣本吴人，靖居海隅。朝廷欲抽引遠人，綏慰遐外，故太傅所辟。』上文已論，太傅楊駿被誅於永平元年（二九一）三月，後改元元康，也就是説陸機入洛仕晉，任太傅祭酒，其時間無論如何也必然在太熙元年四月之後，永平元年三月改元之前，即太熙元年（二九〇）四月至永平元年三月之間。

第二，陸機《皇太子賜宴詩》序：『元康四年秋，余以太子洗馬出補吴王郎中，以前事倉卒，未得宴。三月十六日，有命清宴，感聖恩之罔極，退而賦此詩也。』明確説由太子洗馬赴任吴王郎中令在元康四年秋，而陸機在吴王郎中令上，所作《吴王郎中時從梁陳作》詩，有『誰謂伏事淺，契闊逾三年』之句，回憶任太子洗馬的情境。伏事，指侍奉太子；逾三年，指侍奉太子時間超過三年。據《晉書》本傳，永平元年（即元康元年）三月，楊駿誅，此後陸機遷太子洗馬，至元康四年秋正好是『逾三年』。若是陸機元康二年仕晉，即使入洛後，直接擔任太子洗馬，時間也不足三年，更不可能説『逾三年』。姜劍雲説：『永平元年，楊駿被誅，僚屬從坐，陸機歸吴。元康二年，應太子洗馬之徵。』[二]顧農在《陸機還鄉及其相關作品》一文中認爲，楊駿被誅，陸機失

[一] 俞士玲《陸機陸雲年譜》，人民文學出版社二〇〇九年版，第七五頁。
[二] 姜劍雲《太康文學研究》，第五三頁。

去職務，歸吴。『到第二年即元康二年朝廷下詔赦免前楊駿手下諸僚佐，一向非常賞識陸機的張華在政變後地位有所上升，於是陸機「被徵爲太子洗馬，與弟雲俱入洛」。』二説皆是因爲没有深入研究陸機作品，主觀推斷的結論。

爲什麽許多學者都將陸機入洛仕晉定在元康二年呢？原因之一，可能受《太平御覽》卷六百三十四所引陸機《思歸賦》序的誤導，其文曰：『陸機《思歸賦》序曰：余牽役京室，去家四載，以元康六年冬取急歸。而羌虜作亂，王師外征，機興憤而成篇。』〔一〕這似乎是一條鐵證：既是元康六年『去家四載』，則必爲元康二年入洛。其實本序中最爲關鍵的『余牽役京室，去家四載』九字，並非此賦小序，《藝文類聚》卷二十七、《西晉文紀》卷十五，以及《漢魏六朝百三家集》卷四十八、《七十二家集》本、清影宋鈔本、《宛委别藏》清鈔本、陳仲魚手録陸敕先校宋本（臺灣『國家圖書館』藏）、鄧邦述手校並跋新安汪士賢校刊本（臺灣『國家圖書館』藏）之《陸機集》均無此二句。元康二年，詩人告假歸鄉，在離洛歸鄉的途中作《行思賦》，在離鄉返洛途中作《懷土賦》，此二句殘序實乃《行思賦》序。其賦曰：『越河山而託景，眇四載而遠期。』『眇四載而遠期』與『余牽役京室，去家四載』時間吻合。可知，《太平御覽》所載有誤，金濤聲校勘《陸機集》時亦妄補之，致使以訛傳訛。另，陸機《謝平原内史表》有『入朝九載，歷官有六，身登三閣，官

〔一〕夏劍秋等校點《太平御覽》第五册，第九六九頁。

成兩宫』之語，陸侃如先生認爲，此文作於永寧元年（三〇一），以此上推，正好是元康二年。陸先生考證有誤，兹辨之如下：第一，此表作於太安元年（三〇二），非永寧元年。第二，所謂『入朝九載』，是自己身居朝官，不包括任吴王郎中令三年。因吴王郎中令非爲朝官之故。

此外，顧農先生還提出太康五年入洛説，其證據就是《南史·宋宗室及諸王傳》將『鄧仲華拜兖之歲』與『陸機入洛之年』並提，因爲鄧禹『拜兖』（任大司徒）在二十四歲，陸機入洛亦必在是年[一]。其實，後人對話或後人作文引用典故，全憑記憶，即使偶有失誤，亦在常理之中，故無須一一辨正之。

三、陸機著述考

陸機天才俊逸，一生著述豐富。除子書及其他專著之外，文集生前即有編纂，東晉或成完帙。《抱朴子》曰：『吾見二陸之文百許卷，似未盡也。』[二]二陸之文即便已有百許卷，似乎仍然未能收羅完備，可見其創作何其繁富！然而，自晉及隋，戰亂頻仍，其著作散佚非常嚴重，今之

[一] 顧農《陸機生平著作考辨三題》，《清華大學學報》二〇〇五年第四期。

[二] 葛洪撰，楊明照校箋《抱朴子外篇校箋》下，中華書局一九九一年版，第七五一頁。

所見，百無其一。本文鈎沉考索，就陸機著述考述如下。

除文學别集以外，見諸正史記載或其他史學專書，著録爲陸機著作者，去其重複，計有：（一）《隋書·經籍志》：《吴章》二卷；《晉紀》四卷；《洛陽記》一卷；《連珠》一卷，何承天注。（二）《舊唐書·經籍志》：《晉帝紀》四卷；《晉惠帝百官名》三卷；《洛陽記》一卷；《要覽》三卷。（三）《新唐書·藝文志》：《晉帝紀》四卷；《晉惠帝百官名》三卷；《晉官屬名》四卷；《晉過江人士目》一卷；《洛陽記》一卷；《要覽》三卷。（四）《宋史·藝文志》：《正訓》十卷；《會要》一卷。（五）《清史稿·藝文志》：《晉紀》一卷；《要覽》一卷。（六）《史通》：《三祖紀》。（七）姚振宗《隋書經籍志考證》卷五：《晉惠帝起居注》二卷。

以上史志或史學專書所載，或正或誤，兹考證如下：

第一，《晉過江人士目》一卷，非陸機作。所謂『過江人』者，乃指永嘉之亂至西晉滅亡這一時段的南渡士族，所謂『目』者，乃品鑒南渡士族。士衡於太安三年被殺，永嘉之亂時已爲冢中枯骨，怎麽可能品鑒南渡士族？《新唐書·藝文志》顯係誤記。故後代志書，如《通志》即作無名氏。

第二，馬端臨《文獻通考》卷二百十四曰：『《正訓》十卷，《崇文總目》不著撰人名氏。按：《唐志》有《正訓》二十卷，辛德源撰。而此題云陸機撰，又止十卷。據隋以前書録，皆無陸機

《正訓》之目。晉史機傳亦不言嘗有此書，而德源所著，今世已亡，疑是其遺書。』〔一〕馬氏所言極是。《崇文總目》所著録的佚名《正訓》，乃辛德源《正訓》殘卷，而非陸機所著。姜劍雲《陸機著述輯録》將其列爲陸機作〔二〕，亦誤。

第三，《會要》與《要覽》《纂要》乃同書而異名。吴士鑒《補晉書經籍志》卷三：『陸機《要覽》三卷。兩唐《志》並同《玉海》，載機（著）。上曰《連璧》，中曰《述聞》，下曰《析名》，皆篇目也。又宋李淑《邯鄲書目》亦引《要覽》，則此書至宋時猶存。《宋志》作《會要》一卷。《太平御覽》時序部引陸機《纂要》。』〔三〕《要覽》原有《連璧》《述聞》《析名》三卷，亡佚於宋後；《清史稿》作一卷，或爲殘卷。姜劍雲《陸機著述輯録》列爲二書，亦誤。

第四，《晉紀》與《晉帝紀》卷數相同，亦當同書而異名。劉知幾《史通》卷二《本紀》：『陸機《晉書》，列紀三祖，直序其事，竟不編年。年既不編，何紀之有？』又卷十二《古今正史》：『洛京時，著作郎陸機始撰《三祖紀》……會中朝喪亂，其書不存。』〔四〕或作《晉書》未成，僅成帝紀，故異名而同書。姜亮夫《陸機著述考》引《文心雕龍・史傳篇》『晉代之書，陸機肇始而

〔一〕馬端臨《文獻通考》，中華書局一九八六年版，第一七四九頁。
〔二〕姜劍雲《太康文學研究》，第二八四頁。
〔三〕吴士鑒《補晉書經籍志》，《二十五史補編》第三册，中華書局一九五五年版，第三八八三頁。
〔四〕浦起龍通釋，王煦華整理《史通通釋》，上海古籍出版社二〇〇九年版，第三三、三二四頁。

未備』，又引《史通》《初學紀·文部》所載的陸機《晉書限斷議》等文獻，得出結論：『《晉紀》實即《三祖紀》。……陸書實宜名《三祖紀》也。』[一]可知《三祖紀》亦即《晉紀》。所謂三祖，乃指司馬懿和師、昭父子三人。《晉書限斷議》曰：『三祖雖實終爲臣……而名同帝王，故自帝王之籍，不可以不稱紀，則追王之義。』故機作《三祖紀》，因三祖雖位爲藩臣，實開西晉基業，故又稱《晉紀》。

第五，《隋書·經籍志》著録《惠帝起居注》二卷，不著撰人。《三國志·張燕傳》《裴潛傳》裴松之皆注引、《宋書·蔡廓傳》引傅亮《與蔡廓書》均載陸機撰。章宗源《隋書經籍志考證》卷五、姚振宗《隋書經籍志考證》卷十五亦引《宋書·蔡廓傳》《魏志·張燕傳》裴注，題爲陸機撰[二]。《實賓録》卷十二、《玉海》卷四十八引《魏志》注，亦均作陸機。又丁國鈞《補晉書藝文志》卷二：『《惠帝起居注》，陸機。謹按：《三國志》注，《七録》有，當即陸機所撰者。』[三]由此可見，此書共二卷，作者當爲陸機無疑，且可能作於陸機著作郎任上。

合上所記，去其重複及誤嫁名陸機者，實得陸機專書七種：《吴章》二卷；《晉紀》四卷；

〔一〕姜亮夫《姜亮夫全集》第二二册，雲南人民出版社二〇〇二年版，第三七七頁。

〔二〕章宗源《隋書經籍志考證》、姚振宗《隋書經籍志考證》，《二十五史補編》第四册，第四九七二、五二九六頁。

〔三〕丁國鈞《補晉書藝文志》，《二十五史補編》第三册，第三六六六頁。

《洛陽記》一卷；《要覽》（亦名《會要》《纂要》）三卷；《晉惠帝百官名》三卷；《晉官屬名》四卷；《惠帝起居注》二卷。另有《演連珠》一卷（《舊唐書・經籍志》作五卷），收録於《陸機集》中，不另計。

另據陸雲《與兄平原書》，機尚撰有《吴書》，生前恐未完帙，不見後人記載，難以確考。姜亮夫《陸機著述考》曰：『《陸雲集・與兄平原書》云：「誨欲定《吴書》，雲昔嘗已商之兄，此真不朽事。恐不與十分好書，同是出千載事，兄作必自與昔人相去。……陳壽《吴書》，有魏《賜九錫文》及《分天下文》，《吴書》不載。又有嚴、陸諸君《傳》，今當寫送。」……又書：「雲再拜：《吴書》是大業，既可垂不朽。且非兄述，此一國事遂亦失。兄諸列人，皆是名士，不知姚公足爲作傳不？可著《儒林》中耳不？大識唐子正事，愚謂常侍便可連于尚書傳下，書難自定。」依兩書觀之，則機作《吴書》，雲且與商量體例，增益事迹矣。……「猶可得五十卷」云云，非撰一國之史，何由如許卷帙？以機生平思理意氣審之，集諸家《吴書》而定之，一以表彰先德，一以明吴興亡之故，與《辯亡》二篇之旨，全能吻合。則機此書必且行世。按裴松之《三國志・吴志》所採《吴書》共七十餘條……《世説》《文選注》諸書，亦偶有引録者。』[一] 姜先生認爲，陸機《吴書》生前已經完帙，且傳於世，《吴志》等皆引之。然檢索《三國志》所引《吴書》首次出現則

[一] 姜亮夫《姜亮夫全集》第二二册，第三七九—三八〇頁。按：姜引文標點有誤。

署名韋曜（昭），《吴志》所引，皆未署名，依裴注體例，似應是韋曜所作。劉勰《文心雕龍·史傳》明確指出：『至於晉代之書，繫乎著作。陸機肇始而未備，王韶續末而不終。』所謂『未備』即未完帙。故姜説有待商榷。

西晉至隋已歷數百年，其間戰亂頻仍，典籍散佚嚴重，縱然如此，從隋及後代史志所著之書目看，陸機著述仍然廣泛涉及歷史、地理、風俗、人物、小學（按：《隋書·經籍志三》列《吴章》爲字書類，或爲吴地方言，不詳待考）。可惜，以上著作百無一存，今可見者，僅存於其他文獻的徵引，雖一斑難窺全豹，然吉光片羽，亦彌足珍貴。

首次爲陸機作品編集者是其弟陸雲，《與兄平原書》第三十九書曰：『前集兄文爲二十卷，適迄一十，當黄之。』二陸死後，亦有爲之編集者，且卷帙浩繁，今之所存，或僅泰山毫芒。葛洪《抱朴子》所言『吾見二陸之文百許卷，似未盡也』，説明二陸作品在晉時已經結集，或死後爲友人所編輯。言『百許卷』，足見二陸創作數量之多，『似未盡』又説明二陸之文在晉代可能就已有部分散佚。丁國鈞、文廷式分别所撰之《補晉書藝文志》均載：『平原内史陸機集四十七卷，録一卷。』〔一〕其實丁、文所補，乃出自《隋書·經籍志》：『《陸機集》十四卷。』又注曰：『梁四十七卷，録一卷，亡；《連珠》一卷，何承天注。』可知，陸機文集至梁時尚存四十七卷，加上目録一

〔一〕丁國鈞《補晉書藝文志》，文廷式《補晉書藝文志》，《二十五史補編》第三册，第三六八四、三七七九頁。

卷，《演連珠》一卷，實存四十九卷。可能與晉本比較接近。然唐人所見僅存十四卷，一百餘年，散佚竟如此嚴重！《晉書》卷五十四《陸機傳》載：『所著文章凡三百餘篇，並行於世。』此乃唐修八史時，史臣所見的十四卷本所載篇數，絶非梁時的原本。新、舊《唐志》均載『《陸機集》十五卷』，乃因包括目録一卷在内，實際上與《隋志》相同。

《宋史·藝文志》載十卷，晁公武《郡齋讀書志》、陳振孫《直齋書録解題》所載與《宋志》同。説明到宋時，陸機文集又一次散佚，且宋時已無完本。今之所見元明清三代翻刻、鈔録之所謂宋本者，由宋徐民瞻序《晉二俊文集》可知，實乃宋人的輯佚本，或許徐民瞻即是輯佚者。

四、陸機集版本考

陸機生前，其文章曾由陸雲編纂成集。據《與兄平原書》可知，雲計劃編纂二十卷，似乎僅僅完成十卷。但是，據《抱朴子》殘句又可知，東晉時二陸文集已經流行，且卷帙浩繁，未詳何人所編，後散佚。今之所見《陸機集》乃宋人輯佚本，具體有如下版本系列：

《陸士衡文集》十卷本系列

（一）《陸士衡文集》十卷，刻本。明陸元大正德十四年刊刻，共四册。今藏國家圖書館。

按：國家圖書館今藏兩種同類版本，内容、目録次序以及册數悉同。當係同一刻本，乃别家之所藏。凡《陸士衡文集》十卷本系列，均以陸元大刻本爲源頭，而陸刻本則又以宋徐民瞻《晉二俊文集》本爲祖本，晁公武《郡齋讀書志》所著録之版本即爲此本。未標明《晉二俊文集》者，或乃書坊翻刻陸本。今宋版已不可見，可見者以此版本爲最早。《四部叢刊》收録之上海涵芬樓借江南圖書館藏本影印之《陸士衡文集》，即爲此本。然而，劉明先生認爲：『文獻價值方面，以此鈔本（影鈔宋本）與明正德十四年陸元大刻本對校，異文較多。……由此斷定陸元大本非盡是宋本原貌，而是作了一番校訂工作，屬據宋本的重刻本。』〔二〕也就是説，清影鈔宋本的版本意義遠大於陸刻本。

（二）《陸士衡文集》十卷，刻本。《晉二俊文集》本，明陸元大正德十四年刊刻，共二册。今藏國家圖書館。

（三）《陸士衡文集》十卷，刻本。《晉二俊文集》本，明陸元大正德十四年刊刻，共二册。黄丕烈跋並臨陸貽典校。今藏國家圖書館。

按：此本原爲鐵琴銅劍樓藏本，校勘精審，乃黄丕烈臨陸貽典（字敕先）校勘，並與宋本比勘覆校。首注：『宋版十一行二十字，走行不越字數。陸敕先校宋本。宋版士衡集闕七卷首四葉。士龍集闕六卷第三葉至十卷第七葉。』每卷均有跋，主要記述與宋本在版式上的不同，

〔二〕劉明《影鈔宋本陸士衡文集》，第三頁。

如卷一末校曰：『宋板八葉四行。又校一過。敕先。』也記述了陸敕先所見宋本之闕漏之處，如《百年歌》後，校曰：『宋板五葉缺三行，尾懸一行，脱前四葉。』黄丕烈寫有校後記，曰：『陸校《晉二俊文集》，士衡與士龍俱有。余嚮藏本止有士衡，且失徐民瞻序。想因其無士龍集，故去之也。兹余臨校陸校本，但臨校士衡，難爲兩美之合矣。校畢，復翁記。』『復翁』乃黄丕烈號，故知校後記乃丕烈所作。此書所取宋版缺損嚴重，收目不全。却因陸貽典校勘精審而影響很大。

另外，臺灣『國家圖書館』藏陳鱣（字仲魚）手録陸敕先（貽典）校宋本《晉二俊文集》。此本亦明正德十四年刊本，二十卷，二册，板框長一七點七厘米，寬一二點七厘米。每册前有題簽，署『寒梅藏，梅真題』。寒梅乃袁世凱次子袁克文之號，梅真是克文之妻劉姌字。故此書乃袁氏所藏之善本。此書舉凡陸貽典校勘皆過録之。集後無黄丕烈校後記，故知此本與黄本屬於同一系列之别本也。

（四）《陸士衡文集》十卷，刻本。《晉二俊文集》本，明陸元大正德十四年刊本，明管一德校。今藏南京圖書館。

（五）《陸士衡文集》十卷，刻本。《晉二俊文集》本，明末刊刻，今藏國家圖書館。

按：今國家圖書館藏兩種同類明末刻本，首注晉陸機士衡著，明徐日曦闇仲閲。此版本前有徐民瞻序與《晉書》陸機本傳，然異文較多，且與他本多有不同。其目録次序與《晉二俊文集》本亦略有不同，未詳何故。推想當爲坊刻之別本。

（六）《陸士衡文集》十卷，刻本。明刊刻。今藏國家圖書館。

按：此書内容、目録次序與《漢魏六朝諸家文集》本同，疑乃《漢魏六朝諸家文集》之書坊抽刻本。

（七）《陸士衡文集》十卷，鈔本。《晉二俊文集》本，清影鈔宋本，共二十卷，二册，清趙懷玉、翁同書校並跋，嚴元照校跋並録盧文弨校。今藏國家圖書館。

按：此本舊藏鮑氏知不足齋，校刊精審，其校勘之異文以及避諱用字，多同於《宛委別藏》清鈔本，遇宋諱則缺筆，所用校刊之底本當與《宛委別藏》清鈔本所使用之祖本相同。與《四部叢刊》收録之《晉二俊文集》比較，目録次序相同，然異文較多，或取宋版之別本。檀晶認爲：『此本不但收藏價值大，學術價值亦很大，可謂陸士衡文集傳世版本中之珍品。』〔一〕劉明認爲：『版本方面，此影宋鈔本保留了陸機集屬宋人重編本的證據。書中卷八《演連珠》「臣聞禄五臣本實於寵，非隆家之舉」句有校語稱「禄五臣本實於寵」七字誤，《文選》及他本皆作「禄施於寵」，又翁同書批云：「五臣本」三字乃「（原引奪「旁」）注誤入正文」，知該篇自《文選》輯出。卷九《吴丞相江陵侯陸公誄》一文，翁同書批云：「此篇中語，時見士龍所作《吴故丞相陸公誄》

〔一〕檀晶《〈陸士衡文集〉版本考》，《圖書館雜誌》二〇〇四年第一期。

中，蓋類書摘叙之，而編士衡集者誤收之。」則該篇自類書輯出。文獻價值方面，以此帙鈔本與明正德十四年（一五一九）陸元大刻本對校，異文較多。……由此斷定陸元大本非盡是宋本原貌，而是作了一番校訂工作，屬據宋本的重刻本，而非翻刻或覆刻。陸機集的整理應以此清影宋鈔本爲最佳版本。』[一]

（八）《陸士衡文集》十卷，刻本。《小萬卷樓叢書》本，清咸豐四年錢培名刊刻。附《札記》一卷，錢培名撰。叢書收書十七種，七十二卷。今藏國家圖書館。

按：《叢書集成》所收之《陸士衡文集》十卷本即據此排印。此書與《四部叢刊》之《晉二俊文集》錯訛基本相同，少數不同處，或乃坊刻之故。書後有錢培名跋，並附録錢校勘《札記》一卷，前録徐民瞻序，後附有所輯之佚文。其輯佚賦有《述先賦》《述祖德賦》《雲賦》《吊魏文帝柳賦》《別賦》《靈龜賦》（以上均含殘篇）。詩有《尸鄉亭詩》、《園葵詩》、《贈波丘令馮文羆詩》（『波』，當爲『斥』）、《與弟雲》（十首）、《贈顧彦先》、《爲顧彦先作》、《詠老詩》（亦名《東宫詩》）、《失題詩》（三首）、《老鼈詩》、《庶人挽歌辭》，殘句二則。文有《七導》、《薦賀循郭訥表》、《薦戴若思文》、《薦張暢表》、《謝吴王表》、《謝齊王表》、《與弟雲書》（四則）、《與長沙顧母書》、《父誄》、《姊誄》、《集志議》，（以上均含殘篇）。另有《逸民賦》《大將軍宴會詩》《悼亡詩》《吴趨行》

[一] 劉明《影鈔宋本陸士衡文集》，第二頁。

《飲酒樂》存目未收，且按曰：『《御覽》五十六引陸機《逸民賦》……乃誤引士龍句，五百一引作陸雲，是也。今不録。』『《文選》五十九《王簡棲頭陀寺碑文》注引陸機《大將軍宴會詩》……乃士龍詩。又《御覽》二十五引陸機《悼亡詩》，乃潘岳詩，並見《文選》，皆誤引。又《詩紀》載陸機詩《吴趨行》《飲酒樂》（以上原詩並略），乃無名氏作，以與陸機詩相連，遂並屬之士衡。此馮氏承《詩彙》之誤，今並不取。』錢氏用力頗勤，校勘謹嚴，收録佚文豐富。

（九）《陸士衡文集》十卷，刻本。《小萬卷樓叢書》本，清光緒四年金山錢培傑翻刻。今藏國家圖書館。

按：此本傅增湘校並跋，金山錢培傑覆校，亦附錢培名校勘《札記》一卷，錢氏於卷末跋中記叙了此本所依據版本爲明陸元大刊本，並説刊刻過程中異文處理情況〔二〕，爲校勘精審之善本之一。檀晶曰：『錢氏對陸機文集作了較爲詳細的整理，並輯補了一些佚文，在《陸士衡文集》之整理上，錢氏用力頗深。此書有清咸豐四年刊本及清光緒四年金山錢氏重刊本兩

〔二〕按：『今此本詩文共一百七十四首，蓋即晁公武所見之本。……集中殘篇斷簡雜出不倫，大要出《藝文類聚》《初學記》諸書，而不無掛漏，疑亦北宋人捃摭而成。徐刊本已不可得。此本乃明正德間陸元大重刻，後有都穆跋。昭文張氏《愛日精廬藏書志》遂以爲都刻，非也。書估居奇，去其跋以爲宋槧。文達所得影宋本，疑即據此。新安汪士賢輯《晉二十家集》，亦從此翻刻，舛誤悉同。今重校繡梓，凡確見爲寫刻者之誤者，徑改之；其義可兩通及他書所引有異同者，著之札記。』

種。』[二]另有《叢書集成初編》本、《萬有文庫》本。

（一〇）《陸士衡文集》十卷，鈔本。《宛委別藏》清鈔本。今藏南京圖書館。

按：其版本異文與清影宋鈔本基本相同，疑此鈔本亦鈔自宋版《晉二俊文集》之別本。《續修四庫全書》所收《陸士衡文集》十卷本即據此影印。

（一一）《陸士衡文集》十卷，刻本。《四部叢刊》影印《晉二俊文集》本。

按：前有宋徐民瞻序，後有都穆跋。《陸士衡文集》十卷本均以徐民瞻本爲祖本，他本亦源於此。徐序詳盡地敘述了尋覓二陸文集之經過，命名爲《晉二俊文集》之緣由。

《陸士衡集》十卷本系列

（一）《陸士衡集》十卷，刻本。《漢魏諸名家集》本，徐民瞻訂正，南城翁少麓明萬曆十一年刊刻。今藏國家圖書館。

按：《漢魏諸名家集》，收漢魏別集二十一種，一百二十四卷，附一種，八卷。共二十五册。所收《陸士衡集》之内容、目録次序，悉同陸元大《晉二俊文集》刻本，亦録宋徐民瞻序。書後記『晉吳郡陸機著，明新安汪士賢校』，並有『南州書樓藏書』之印。此本當係陸元大刻本之翻刻，或翻刻《晉二俊文集》。

[二] 檀晶《〈陸士衡文集〉版本考》，《圖書館雜誌》二〇〇四年第一期。

（二）《陸士衡集》十卷本，刻本。明《漢魏六朝諸家文集》本，收漢魏六朝文集二十二種，一百二十九卷。今藏國家圖書館。

按：明新安汪士賢校。其異文多同明陸元大刻本，亦當係陸元大刻本之翻刻，或翻刻《晉二俊文集》。與翁少麓刻本係同一版本。書有清『荃孫』印，乃清藏書家繆荃孫之藏本。《四部備要》本亦據此排印。

（三）《陸士衡集》十卷，刻本。明萬曆新安汪士賢校刊本，鄧邦述手校並跋。今藏臺灣『國家圖書館』。

按：鄧邦述字正闇，號孝先，江寧（今南京）人，近代著名藏書家。此書校勘有兩點：第一，過録陸貽典校勘。如校徐民瞻序曰：『宋版一葉七行。』『宋版士衡集闕七卷首四葉。士龍集闕六卷第三葉至十卷第七葉。』其《陸士衡集》卷一眉校曰：『宋版十一行，行二十字，走行不越字數。』這些文字皆過録陸氏校勘。但鄧氏並非過録陸氏校勘的所有内容，選擇甚嚴。第二，此本之内容、目録次序，雖然悉同陸元大翻刻徐民瞻之《晉二俊文集》本，但是書名由《陸士衡文集》簡化爲《陸士衡集》，署有『晉吴郡陸機著，明新安汪士賢校』，鄧氏在每卷首加一『文』字，朱筆改爲『晉平原内史吴郡陸機士衡』，删『明新安汪士賢校』。徐民瞻之《晉二俊文集》本前無目録，目録分散於每卷之首，而此本前有總目録，分卷無目録，鄧氏依宋本目録改正此本的格式與錯訛，如『祖道異雍孫劉道邊仲潘正叔』，鄧氏『異』校勘爲『畢』，題下加『一首』，並在每卷之前依據宋本抄録其目録。總之，鄧氏力求恢復宋本之原貌，因此，鄧氏校勘本比黄丕烈本更有版本校勘價值。

（四）《陸士衡集》十卷，刻本。清光緒四年長沙寄生草堂刊刻。今藏國家圖書館。

按：此本與《漢魏六朝諸家文集》本係同一祖本，乃長沙寄生草堂翻刻汪士賢校本。

舉凡《陸士衡集》十卷本，與《陸士衡文集》十卷本屬於同一版本系統，均是以《晉二俊文集》爲祖本。然劉明先生則認爲清影鈔宋本是據别本所鈔，最近宋本原貌。

《陸平原集》八卷本系列

（一）《陸平原集》八卷，附録一卷，刻本。明天啓崇禎年間張燮刊刻《七十二家集》本，附録七十二卷。總一百二十册。今國家圖書館藏二種同類版本。劉躍進主編《漢魏六朝集部珍本叢刊》收録之。

（二）《陸平原集》八卷，附録一卷，刻本。明天啓崇禎年間刊刻，當係《七十二家集》之《陸平原集》刻本。今藏國家圖書館。

按：《七十二家集》之八卷本《陸平原集》所收之文體順序爲：卷一、卷二賦；卷三樂府（包括擬樂府）；卷四詩（包括擬古詩）；卷五表、牋、書、七體、連珠；卷六論、議；卷七頌、贊、箴、策文、傳；卷八碑、誄、吊文、哀辭。其特點亦如《漢魏六朝百三家集》本，打亂宋本次序，將宋本所收之篇目及編者輯佚之篇目，按照文體編排。輯録佚文較他本豐富。輯佚賦有：《祖德賦》《述先賦》《別賦》；詩有：《贈弟士龍》（十章）、《園葵詩》、《贈波丘令馮文羆》（『波』，別本作『斥』，應據改）、《贈顧彥先》、《贈潘正叔》、《尸鄉亭》、《三月三日》、《詠老》、《講漢書詩》、《秋詠》、《失題》（二首）；文有：《薦賀循郭訥表》、《見原後謝表》、《薦張暢表》、《與趙王倫薦戴淵箋》、《與弟雲書》（四則）、《策秀才文》（六首）、《顧譚傳》。其附録有文獻史料六種，集評十四條；糾謬一條。刪去嫁名陸機《晉劉處士參妻王氏夫人誄》一首。

《陸士衡集》七卷本系列

（一）《陸士衡集》七卷，刻本。明嘉靖年間毗陵陳奎刊刻《六朝詩集》本，收六朝別集二十四種，共十二册，第五十五卷録《陸士衡集》。今藏國家圖書館。

按：今國家圖書館藏二種同類版本，所收之内容、目録次序、異文悉同。其中一種有『長樂鄭振鐸西諦藏書』印，乃鄭振鐸之藏本。凡七卷本系列，係十卷本之刪節本，僅收十卷本之前七卷。其中賦四卷；詩一卷；擬古詩十二首、擬樂府十七首一卷；樂府一卷。其第八卷之雜著，第九卷之頌、箴、贊、牋、表、文、誄、哀辭，第十卷之議、論、碑等文體均未收録。每卷所收篇目、排列次序與《晉二俊文集》十卷本基本相同，惟原十卷本之第六卷《悲哉行》，收録於七卷本之第七卷《燕歌行》後，《梁甫吟》前。

（二）《陸士衡集》七卷，刻本。明嘉靖《六朝詩集》本。今藏中華書局圖書館。

按：《續修四庫全書》所收之《陸士衡集》七卷即據此影印，然第一卷與第二卷拼版有誤，閲讀時務必審慎。以上二種《六朝詩集》所收之《陸士衡集》版本之内容次序有别。國家圖書館所藏之《陸士衡集》，卷一收《文賦》《愁霖賦》《瓜賦》《思親賦》；《晉二俊文集》本卷一所收之《感時賦》《豪士賦（並序）》失收；《愁霖賦》係《陸士龍文集》之作品，誤收。卷二收《遂志賦》《行思賦》《思歸賦》《慇思賦》《應嘉賦》；《晉二俊文集》本卷二所收之《懷土賦（並序）》失收。而中華書局圖書館所藏之《陸士衡集》，收録内容、目録次序悉同《晉二俊文集》本，惟文字略有差異。可知，國家圖書館之藏本錯訛較多，以中華書局圖書館藏本爲善。

《陸平原集》二卷本系列

（一）《陸平原集》二卷，刻本。明婁東張溥《漢魏六朝百三家集》本。今藏國家圖書館。

（二）《陸平原集》二卷，刻本。明婁東張溥《漢魏六朝百三家集》本，佚名録清何焯批校。今藏浙江圖書館。

（三）《陸平原集》二卷，刻本。明婁東張溥《漢魏六朝百三家集》本，清何紹基評點。今藏武漢大學圖書館。

按：張溥《漢魏六朝百三家集》本乃以《七十二家集》本爲底本，又取馮惟訥《詩紀》、梅鼎祚《文紀》兩書所增收的内容，編輯而成。其版本異文與《七十二家集》本基本相同。然其收録内容、目録次序與《七十二家集》本大異。其卷一收録次序爲：表、牋、書、雜著、論、議、頌、贊、箴、策文、傳、碑、誄、吊文、哀辭；卷二收録次序爲：樂府（包括擬樂府）、詩（包括擬古詩）。其特點亦是打亂宋本次序，將宋本所收之篇目及編者輯佚之篇目，按照文體編排。《集》後附《晉書》陸機本傳。與《晉二俊文集》比較，未收賦二十五首，《擬古詩》十二首；失收《又赴洛道中》二首、《遨遊出西城》一首、《苦寒行》一首，《吴貞獻處士陸君誄》一首；删去嫁名陸機《晉劉處士參妻王氏夫人誄》一首。其輯佚與《七十二家集》基本相同。其版本不及《七十二家集》爲善。

此外，尚有作者未見之待訪本：《陸平原集》二卷，鈔本，清乾隆間寫《四庫全書》本。《四庫全書》未收陸機文集，以理推之，或與上兩卷本爲同一系列。

輯校一卷本系列

（一）《要覽》輯佚一卷本

《晉陸機要覽》一卷，刻本。清黄奭輯，清《知不足齋叢書》本。

按：所輯《要覽》闕漏頗多，不足稱之善本。

（二）《陸士衡集校》一卷，刻本。清陸心源撰，清同治光緒間刊刻，《潛園總集》本。

（三）《陸士衡佚文》一卷，稿本，清王仁俊輯。今收録於《玉函山房輯佚書續編三種》，上海古籍出版社一九八九年影印本。此所輯之佚文乃『從《小萬卷樓叢書》陸士衡集輯録』。

另有明李賓輯《八代文鈔》、嚴可均輯《全晉文》所收之陸機文。總集有近人丁福保輯《全漢三國晉南北朝詩》、逯欽立輯《先秦漢魏晉南北朝詩》所收之陸機詩。别集有今人郝立權《陸士衡詩注》，民國二十一年鉛印本，一九五七年人民文學出版社排印本；金濤聲校點《陸機集》，中華書局一九八二年版；劉運好《陸士衡文集校注》，鳳凰出版社二〇〇七年版；楊明《陸機集校箋》，上海古籍出版社二〇一六年版。

五、陸機集版本叙録

從以上所列之前代各種版本可以看出，除去輯校一卷本系列以外，現存《陸機文集》，可以分爲五大類（如上所列）、四個系統（十卷本系統、八卷本系統、七卷本系統、二卷本系統）。現存最早版本是明陸元大所刻之宋徐民瞻《晉二俊文集》本。校勘最爲精審之版本乃黄丕烈跋並臨陸貽典校之《陸士衡文集》十卷刻本；趙懷玉、翁同書校並跋，嚴元照校跋並録盧文弨校之《陸士衡文集》十卷清影宋鈔本；錢培名《札記》、傅增湘校並跋、金山錢培傑覆校之《小萬卷樓叢書》所收《陸士衡文集》十卷刻本；鄧邦述手校並跋汪士賢校本。而輯佚較富者則是《小萬卷樓叢書》本、《七十二家集》本、《漢魏六朝百三家集》本。嚴可均輯本亦較善，且所采均注出處，又可補十卷本、八卷本和二卷本之缺。且嚴氏考證精密，多將所輯之佚文，有可考之依據者，徑補原文，使原來殘篇成爲完整篇目，其意義重要，然向爲校勘者所忽略。

郝立權《陸士衡詩注》是第一次系統注釋陸機詩者。共分爲四卷：第一、二卷收樂府詩三十六題，共四十七首。第三卷收擬古詩十二首；自題詩十九題，共二十四首。第四卷首自題詩七題，共二十六首。計收詩七十四題，一百零九首。收詩不及二卷本系列詳備，然郝氏均注出處，且附有考辨，可資參考。

比較而言，金濤聲校點之《陸機集》，後出轉精，收録詳備，校勘也較精審，然所取校勘之版本不足，對前賢校勘成果取資較少，千慮一失，時或有之。《陸機集》中有些作品，均係僞作，後人誤收，金氏亦收録之，且未加校勘考證。如：第一，《晉劉處士參妻王氏夫人誄》乃王氏誄夫之作，後人誤題《陸機集》中，張燮《七十二家集》本附録『糾繆』已經考明，此書却未在校勘中加以説明。第二，《王子喬贊》，《晉二俊文集》本、《七十二家集》本、《漢魏六朝百三家集》本、《小萬卷樓叢書》本、清影宋鈔本、《宛委别藏》清鈔本等均收録。考《陸士龍文集》之《登遐頌》，可知《陸士衡文集》所收此篇係陸雲所作。士衡集所收録之《王子喬贊》止四句，而士龍集所收録之同題之作爲八句。乃《藝文類聚》卷二十、卷七十八割裂引用，誤題陸機，後人因襲其誤。金氏未加校勘説明。第三，《吴大司馬陸公誄》，《晉二俊文集》本、《七十二家集》本、《漢魏六朝百三家集》本、《小萬卷樓叢書》本、清影宋鈔本、《宛委别藏》清鈔本等均收録。此文又見《陸士龍文集》卷五。細加考之，士衡集中爲殘篇，而士龍集則爲完篇。《藝文類聚》卷四十五收録此篇，題作陸機，文同士衡集，僅有三處異文。可知乃《藝文類聚》割裂引用，誤題陸機。後人不察，因襲此誤；金氏亦未校勘考證。

金濤聲《陸機集》輯佚雖較前人繁富，疏漏遺闕，間亦有之。如《獨寒吟》（見《樂府詩集》卷七十六陶弘景《寒夜怨》題解）、《畫論》（見《歷代名畫記》卷一、《稗編》卷八十四、《廣博物志》卷三十，原文無題，係作者所加）等，此書均漏輯。而此書對陸機專著佚文輯録闕遺尤多。因這一版本十分通行，不煩贅述。其輯佚部分亦間有失考而誤收之作，如《果賦》「仙李縹而李紅」，乃李尤《果賦》之句，《歷代詩話》卷十六誤題陸機；《逸民賦》「相荒土而卜居兮，度山阿而考室」，乃陸雲《逸民賦》之殘句異文，《太平御覽》卷五十六誤題陸機；《三月三日詩》（遲遲暮春日）乃士衡《棹歌行》之前四句，《藝文類聚》卷四、《詩紀》卷三十五、《七十二家集》本、《漢魏六朝百三家集》本均誤題爲陸機之佚詩，並題作《三月三日詩》，金氏均未詳加考證，亦襲前人之誤。

此外，陸機存目作品尚有：《祖德頌》《七羡》《三祖贊》《武帝贊》《祠堂贊》《丞相贊》《祠堂頌》《吊夷齊》《吊少明》《答少明詩》《詠德頌》《二祖頌》《劉氏頌》《女史》（以上均見陸雲《與兄平原書》）、《移百官》（見《文心雕龍·檄移》）、《竹林七賢論》（見董其昌撰《畫禪室隨筆》卷一《書〈飲中八仙歌〉後》），總計十六種。

相對而言，目前輯佚全面，校勘精審，注釋詳盡，研究資料搜羅完備的陸機集注本，是筆者《陸士衡文集校注》（鳳凰出版社二〇〇七年版）。然而，此書亦誤輯《贈弟士龍詩》（有生有離聚）一首。此外，《宿郊外曉作》（殘星落簷外）亦非陸機所作，陳尚君先生曾撰《何來陸機佚詩》

短文辨正之[一]。此外，此書也有少數注釋尚須進一步推敲，校勘所使用的底本以及其他善本亦須進一步完善。

二〇一六年上海古籍出版社出版楊明《陸機集校釋》，據《前言》介紹：『本書不以陸元大本、影宋鈔本爲統一之工作底本，而是溯其淵源，分别以諸篇所從出之總集、類書的善本爲底本。這樣做可以提供現存陸機作品較早的文本狀態，也可避免爲陸本、影宋鈔本内新增的訛誤出校，減少校記數量。』這種校勘方法新穎，但是，第一，總集版本亦多不同，僅《文選》傳本即有十數種，類書文字最爲紛紜，如若出校更爲蕪雜；第二，從徐民瞻《晉二俊文集》序言看，宋人輯佚陸機集已是用力頗勤，歷代學者校勘也殫精竭慮，成果頗豐，棄之不顧，未免可惜。

六、關於本書簡要説明

本書依然採用傳統校勘方法，對《陸士衡文集校注》進行了大規模修訂。此次修訂除了匡正謬誤、拾遺補闕外，主要着力於以下幾個方面：第一，别選清影鈔宋本爲底本，博校海内外其他善本，既廣泛汲取前賢校勘成果，又着意恢復宋本原貌，力圖爲讀者提供一個完善的陸機

[一] 陳尚君《何來陸機佚詩》，《東方早報》二〇〇九年四月十二日。

集讀本。第二，進一步廣泛搜集原《校注》本所遺漏的前人品評，特别是明清選本的品評，並迻録近年出版的《歷代文話》及其續編、《清詩話三編》以及《文選彙評》等有關陸機的品評内容，力圖提供更爲豐富的參考資料，以省却讀者的翻檢之勞。第三，舉凡陸機籍貫、生平、行迹争議較大，以及文集篇名誤題、作品存疑及繫年等問題，本書皆有詳細考釋，本書的『前言』與『備考』『年譜考辨』構成一種互補關係，力圖釐清歷史積案，回應學界争議。第四，進一步深化文心研究，所以在『題解』和段意概括中，既注意汲取歷代選本的品評精華，也包含筆者涵泳之中的一得之見，力求品評精當、簡約而富有啓示，主要是爲了便於普通大學生及一般文化工作者的閱讀，所以書名也易爲《陸士衡文集校釋》。

由於筆者學問根基淺薄，雕章琢句未必盡善，訓詁釋義或生訛誤，祈請方家正之。

凡例

一、本書編排次序悉依《影鈔宋本陸士衡文集》（簡稱『《文集》』），分爲十卷。《文集》誤收或存疑之作品，原文照録，附『備考』辨正之。《文集》失收之作品及其殘篇斷句，凡所可見者，則悉加輯録。士衡另有《洛陽記》、《要覽》（《纂要》）、《晉書》（《晉紀》）、《惠帝起居注》等專著數種，均佚，後代文獻間有徵引，亦加輯録。所輯録之材料，按照賦、詩、文、專著佚文之次序，編撰補遺四卷。另有『附録』四種。

二、本書校釋分爲六個部分：題解、正文、校勘、注釋、評箋（集評、總評）、備考。

三、本書題解主要引述前人評價，考定作品繫年，簡述作品之背景、本事、主旨、藝術、因革、影響等幾個方面，力求切中肯綮，突出特點，不求面面俱到。

四、本書校勘以《影鈔宋本陸士衡文集》爲底本，參校以下諸本：

（一）《四部叢刊》影印陸元大翻宋本《陸士衡文集》，簡稱『陸刻本』。

（二）南京圖書館藏張燮輯《七十二家集》，簡稱『《七十二家集》本』。

（三）《四庫全書》之張溥輯《漢魏六朝百三家集》，簡稱『《百三家集》本』。

（四）《漢魏六朝集部珍本叢刊》之《小萬卷樓叢書》本，簡稱『小萬卷樓本』； 此書所附錢培名《札記》，簡稱『《札記》』。

（五）臺灣『國家圖書館』藏陳仲魚手録陸敕先校宋本《晉二俊文集》，簡稱『陳仲魚校本』。

（六）臺灣『國家圖書館』藏鄧邦述手校並跋明萬曆新安汪士賢校刊本，簡稱『鄧邦述校本』。

（七）《續修四庫全書》之《宛委别藏》清鈔本，簡稱『《宛委别藏》本』。

（八）《漢魏六朝集部珍本叢刊》之薛應旂輯《六朝詩集》，簡稱『《六朝詩集》本』。

五、因爲《文集》原本散佚，後人輯録、翻刻，錯訛、異文較多，因此本書在校勘部分不避煩瑣，舉凡總集如《文館詞林》《詩紀》《全晉文》，類書如《北堂書鈔》《藝文類聚》《初學記》，史籍如《三國志》《晉書》，以及文集注釋引文如《文選》李善注等，所出現之異文，所見者悉加收録；前賢校勘成果，如胡克家《文選考異》、何焯《義門讀書記》、王太岳等《四庫全書考證》、錢培名《札記》、逯欽立《先秦漢魏晉南北朝詩》、金濤聲《陸機集》等，凡可采信者，一併收録。 校勘使用書目，詳見附録『校勘、輯佚引用書目』。 校勘體式分爲六種：

（一）正文雖有異文，然原文意可解者，僅出示諸本之異文。 對古今字、異體字、通假字，以『古某字同』或『某通某』的形式説明之。 對同字異形，如遊與游、群與羣等，保留《文集》原字字形。

（二）對《文選》異文，若六臣本（《四部叢刊》本）與李善本（胡刻本）相同，標《文選》卷次；若六臣本與李善本不同，則標『六臣本』或『李善本』以別之。另，周勛初纂輯《唐鈔文選集注彙存》（海外珍藏善本）尚存少數陸士衡詩，亦參校之。

（三）《文集》明顯錯訛脱漏或翻刻之誤，稽考可資采信之文獻，逕改原文，出示校記，並簡要説明理由。

（四）收録前賢校勘之成果，均加注明；對前賢千慮一失者，亦略加辨正。

（五）對『補遺』所收之作品及其殘篇斷句，以及士衡專著之佚文，或取所存之最早版本文獻，用後出文獻校之；或取相對較爲完整之佚文，以別本文獻校之。

（六）因《文集》失傳，今存《文集》乃後人輯録，許多篇目實爲殘篇，故對所輯佚文，若有可考之依據，直接補入《文集》；對於嚴可均《全晉文》所補入之佚文，若可資采信，亦取之。爲避免一葉障目，貽誤讀者，不僅出示校記，而且在正文中用【 】隔開，以保持宋本原貌，供讀者斟酌取捨。

六、本書注釋採取『就繁避簡、由簡馭繁』之原則。因士衡詩文語多繁縟，動輒用典，有些文章頗爲晦澀，故凡所注釋不避細文周納，典章故實、名物史乘、文字訓詁等，均詳加注釋，稽引史料、文獻、古代字書，既釋義言必有據，可斟酌對照，亦斷以己説，使一目了然。其注釋體式：

（一）前人有注者，先引前人注釋。若前人注釋準確達意，書證、釋義完備且明瞭，不另重注；若前人注釋語意含混，或訛誤抵牾，涉及詞語者，重新釋義，稽引文獻爲證；涉及語意、典章故實、名物史料者，則另加『按語』予以辨正。

（二）《文集》前人注釋可資使用者，唯《文選注》詩四十六題，凡五十二首；賦兩首，賦序文一首；文六首。《玉臺新詠》吴兆宜注詩十五題，凡十六首。《古文苑》章樵注《思親賦》一首。今人注釋可資使用者，有郝立權《陸機詩注》、楊明《陸機集校箋》。

（三）《文選》注釋汗牛充棟，且所收陸機詩文篇目有限，爲保持注釋篇幅大致平衡，本書只收李善注（簡稱善注），以及五臣吕延濟、劉良、張銑、吕向、李周翰注（簡稱濟注、良注、銑注、向注、翰注），其他注釋概不收録。惟辨别六臣之誤，或確有灼見，酌加採用。因殘本《唐鈔文選集注彙存》係鈔録海外之孤本，文獻價值較高，文本印數有限，故全文採録。

（四）取前人注釋，按照《文選》李善注、五臣注，《唐鈔文選集注彙存》，《古文苑》章樵注，《玉臺新詠》吴兆宜注之時代次序。

（五）全書正文與補遺，除『專著佚文』補遺之外，全部詳加注釋。注釋内容大致可分爲釋詞、釋句、釋段、釋篇四類。第一，釋詞。主要注釋典章故實、名物史乘、文字訓詁等，先注明詞義，再徵引史料、文獻或古代字書爲證。文字訓詁，或直接徵引古代字書，如《説文》《爾雅》《釋名》《方言》《玉篇》及《經典釋文》；或徵引有前人注釋之文獻，如《論語》何晏《集解》、《詩經》毛傳鄭箋、《左傳》杜預注等等；若二者皆無，不得已斷以己見者，則先注釋詞義，再引書證。考慮到文獻生成的時代性，所引文獻，以漢魏六朝爲主，前代次之，唐代又次之。原則上不引中唐以後文獻，只有極少數冷僻語詞有所例外，詳見『注釋、評箋引用書目』。第二，釋句。由於陸機文章難讀，詩賦尤甚，即使字義可解，對初窺古典門奧者，仍不得要領，故詩賦在句組之後，均有簡要闡釋，或概括表層義，或闡明深層義，此即所謂『由簡馭繁』也。對於文，原則上不作句釋，偶有難解處方作句釋。第三，釋段。文或辭賦，採取分段注釋，每段之後，均有段意概括，以便省覽。第四，釋篇。即文前之『題解』。

（六）爲避免不同版本異文之糾葛，舉凡注釋引書，亦詳見『附録』之『注釋、評箋引用書目』。

七、本書評箋分爲『集評』和『總評』兩種形式。『集評』輯録前人對單篇作品之評箋，附於各篇注釋之後；『總評』輯録前人對陸機某一文體或總體之評價，附於全書注釋之後。若同一内容有多家評箋，則删其重複，基本按時代先後排列。爲便讀者諸君查考，評箋引書亦詳見『注釋、評箋引用書目』。

八、本書『備考』，主要是對《文集》中存在的文章真僞、著者歸屬、分篇標題等争議較大，且在校勘中三言兩語無法説清之作品。『備考』一般按時代先後先引諸家之説，最後提出校釋者一己之見。凡雖有争議，但問題簡單，均在校勘中説明。

九、由於史料闕如，本書對少數作品或佚文難以斷其真僞者，另列『存疑』以收録之，以俟方家博考。

十、本書一律使用新式標點，凡引前賢之校勘、注釋，均加引號，避免與本書校釋混淆。既尊重前賢之成果，不敢掠美；又避免校釋者之魚目，而混前賢之珠。

十一、本書附録有以下資料：

（一）陸士衡年譜考辨

（二）陸士衡傳記資料

（三）陸士衡文集序跋、題記、提要

（四）主要引用書目

1．校勘、輯佚引用書目

2．注釋、評箋、年譜引用書目

由於本書着力於『校』與『釋』。故所『校』，舉凡後人校補内容一律用【】標示，意在保持宋本原貌；博取史乘及存世善本，不避繁瑣，臚列諸説，意在匡正宋本錯訛，力圖爲研究者提供可靠而又完整的文集版本。所『釋』，除注重訓詁釋義之外，别取漢人『章句』之術，盡可能細緻闡釋文本生成背景及其内在意藴，以便一般文學愛好者閲讀。筆者另有《陸士龍文集校釋》及專著《陸機陸雲考論》，與本書構成一個完整系列，可以互相參閲。

卷一

賦一

文賦并序

【題解】

善曰：『臧榮緒《晉書》曰：機字士衡，吴郡人。祖遜，吴丞相。父抗，吴大司馬。機少襲領父兵，爲牙門將軍。年二十而吴滅，退臨舊里，與弟雲勤學，積十一年。譽流京華，聲溢四表，被徵爲太子洗馬，與弟雲俱入洛。司徒張華素重其名，舊相識以文。華呈天才綺練，當時獨絶，新聲妙句，係蹤張、蔡。機妙解情理，心識文體，故作《文賦》。』《文賦》是中國文學批評史上第一篇完整而系統的文學理論著作。以文辭和情感、意義和物象的兩組二元關係爲研究路徑，所論之文章構思、文辭佈局、文體體式、辭意關係、文章功用以及創作思維之特點，涉及文學發生、意象生成和文本呈現的全部過程，從而建構了一個以創作論爲核心的完整的理論體系。這一理論體系，在思想内容上並未脱離傳統儒學的軌道，思維方式上却浸透玄學思辨的影響。所提出之『詩緣情』説，既從詩歌發生上揭示其因情而生的特點，也從詩歌表現上揭示其抒發情性的特點，不僅將《詩大序》以『志』爲核心的發生論和表達論，進一步具體化，而且也將詩歌從『發乎情，止乎禮義』的詩教理論中剥離出來，標誌着『文學自覺』在理論上的完成。在傳統與時代、創作與接受的交接點上，《文賦》具有獨特的文學批評史意義。

關於《文賦》創作時間，杜甫《醉歌行》曰：『陸機二十作文賦，汝更小年能綴文。』其説影響甚大，宋元明清，多持此説。然據陸雲《與兄平原書》曰：『《文賦》甚有辭，綺語頗多，文適多體，便欲不清。不審兄呼爾不？《詠德頌》甚復盡美，省之惻然。』可知《文賦》與《詠德頌》作於同一年。《詠德頌》即《詠德賦》，乃是張華被殺之後，機作文以頌張華之德。《晉書·張華傳》：『華誅後，（機）作誄，又爲《詠德賦》以悼之。』復考《晉書·惠帝紀》，張華被誅於永康元年（三〇〇），《詠德賦》《文賦》必作於是年無疑。可知，杜甫所説『陸機二十作文賦』不足憑。何焯《義門讀書記》卷四十五謂『此賦殆入洛之前所作』，亦誤。詳見附録『年譜考辨』。

余每觀才士之所〔一〕作，竊有以得其用〔二〕心①。夫其〔三〕放言遣辭，良多變矣〔四〕②。妍蚩好惡，可得而言③。每〔五〕自屬文，尤見其情④。恒〔六〕患意不稱物，文不逮意，蓋〔七〕非知之難，能之難也⑤。故作《文賦》以述先士之盛藻，因論作文之利害所由⑥，他日殆〔八〕可謂曲盡其妙⑦。至於操斧伐柯，雖取則不遠，若夫隨手之變，良難以辭逮〔九〕⑧。蓋所能言者，具於此云爾〔一〇〕⑨。

【校勘】

〔一〕六臣本注：『五臣無所字。』

〔二〕六臣本注：『五臣無用字。』

〔三〕『其』，李善本無。胡克家《文選考異》曰：『袁本、茶陵本「夫」下有「其」字。尤(袤)以五臣亂善也。』《札記》：『《文選》無其字，《初學記》二十一引有。』

〔四〕六臣本注：『善本無此二句文。』

〔五〕『每』，《藝文類聚》卷五十六作『每每』。

〔六〕『恒』，《文集》作『常』，或宋本避諱。《藝文類聚》卷五十六、《文選》卷十七、《西晉文紀》卷十五、陸刻本、《六朝詩集》本、《百三家集》本、陳仲魚校本、鄧邦述校本作『恒』，今據改。

〔七〕『蓋』，《藝文類聚》卷五十六無此字。

〔八〕『殆』，《藝文類聚》卷五十作『逮』。

〔九〕『逮』，《文集》作『逐』。六臣本注：『善本作逮。』《文選》卷十七、《西晉文紀》卷十五、《六朝詩集》本、《百三家集》本、陳仲魚校本、鄧邦述校本作『逮』，今據改。

〔一〇〕六臣本注：『善本無爾字。』《札記》：『《文選》無爾字。』

【注釋】

① 善注：『作，爲作文也。用心，言士用心于文。《莊子》：堯曰：此吾所用心。』竊，謙詞，私。《論

語・述而》：『子曰：述而不作，信而好古，竊比於我老彭。』得其用心，意謂對作者用心有所體會。因全文論藝術構思，故用心即構思之匠心。

② 善注：『夫作文者，放其言，遣其理，多變，故非一體。』濟注：『遣，發；良，實也。』放言遣辭，指安排語序，選擇語辭。

③ 善注：『文之好惡，可得而言論也。范曄《後漢書》：趙壹《刺世疾邪》曰：孰知辯其妍蚩。《廣雅》曰：妍，好也。《説文》曰：妍，慧也。《釋名》曰：蚩，癡也。《聲類》曰：蚩，騃也。然妍蚩，亦好惡也。』良注：『妍，美；蚩，惡也。』此二句言文章美惡，可析而言之。

④ 善注：『《論衡》曰：幽思屬文，著記美言。屬，綴也。杜預《左氏傳注》曰：尤，甚也。士衡自言，每屬文，甚見爲文之情。』屬文，連綴成文。情，指文情，即爲文之用心。

⑤ 善注：『《爾雅》曰：逮，及也。《尚書》曰：非知之艱，行之惟艱。』翰注：『體屬於物，患意不似物；文出於意，患詞不及意。蓋非知之爲難，能爲者實難也。』意不稱物，謂作者之意與摹寫之物不相符合。文不逮意，意謂文辭表達不能盡作者之意。之，指文章之稱物、逮意。

⑥ 善注：『利害由好惡。孔安國《尚書傳》曰：藻，水草之有文者。故以喻文焉。』盛藻，華美之文。《廣韻》：『藻，文藻。』利害，猶得失。所由，利弊之緣由。

⑦ 善注：『言既作此《文賦》，他日而觀之，近謂委曲盡文之妙理。《論語》：鯉曰：它日又獨立。趙岐《孟子章句》曰：它日，異日也。』向注：『謂賦成之後，異日觀之，乃委曲盡其妙道矣。殆，近也。』殆，測度語氣，恐怕，或許之意。《廣韻》：『殆，近也。』此句士衡非謂己也，善與五臣皆誤。意謂異日或有論者能曲盡其妙，自己所言僅爲『蓋所能言者』而已。按：胡克家曰：『注「言既作此《文賦》」下至「盡文之妙理」，袁本、

茶陵本無此二十字，有「言知之易也」五字。按善於此注言知之易也，於下注言作文之難也，可謂精當。尤誤去其一句，甚非。至於增多之注，膚庸乖舛，亦甚易辨，固不暇詳論矣。』

⑧ 善注：『此喻見古人之法不遠。《毛詩》曰：伐柯伐柯，其則不遠。注：則，法也。伐柯必用其柯，大小長短，近取法于柯，謂不遠也。言作之難也。文之隨手變改，則不可以辭逮也。《莊子》：輪扁謂桓公曰：斲徐則甘而不固，疾則苦而不入，不疾不徐，得於手而應於心，口不能言也，有數存焉。』翰注：『操，持也。持其斧伐柯，雖得柯不遠，而文章隨手變易，則難以卒辭究逐，蓋述之者具以後文也。』善引詩出《豳風・伐柯》。毛詩傳：『柯，斧柄也。禮義者亦治國之柄。』鄭玄箋：『伐柯之道，惟斧乃能之，此以類求其類也。』此句論爲文之用心，猶如以斧伐柯，雖其柯即在斧上，可資取法，然隨手之變化，也難以辭而達意。

⑨ 善注：『蓋所言文之體者，具此賦之言。』此言自己所能言者，具在此賦，至於『曲盡其妙』則待他日矣。

《序》是《文賦》論述的邏輯起點，説明作賦之目的及所論之主旨：文章遣辭構思有美惡之分，其變無窮，然可以析而言之；爲文之難在於意不稱物，文不逮意；故作此賦述先士之盛文，論作文之利弊。

佇中區以玄覽，頤情志於典墳①。遵四時以歎逝，瞻萬物而思紛②。悲落葉於勁秋，喜〔一〕柔條於芳春③。心凜凜〔二〕以懷霜，志眇眇而臨雲④。詠世德之俊烈〔三〕，誦先人之清芬⑤。游文章之林府，嘉藻麗〔四〕之彬彬⑥。慨投篇而援筆，聊宣之乎斯文⑦。

【校勘】

〔一〕『喜』，《文鏡秘府論》作『嘉』。六臣本注：『善作嘉。』胡克家《文選考異》曰：『袁本、茶陵本「喜」下校語云：善作嘉。按：嘉字寫誤，下有「嘉麗藻之彬彬」，必相回避。』張少康曰：『當以喜爲是，與上悲字相對。』

〔二〕『凜凜』，《文選》卷十七、陸刻本、《六朝詩集》本、陳仲魚校本并作『懍懍』。六臣本注：『五臣作凜凜。』音義並同。

〔三〕『俊烈』，《文選》卷十七、陸刻本、《六朝詩集》本、陳仲魚校本、鄧邦述校本作『駿烈』。金濤聲曰：『《文選》張銑注云：詠當時俊美之述作，誦先賢詞賦之芬芳。亦可通。』六臣本注：『五臣作俊。』鄧邦述校本亦校作『俊烈』。

〔四〕『藻麗』，《文選》卷十七、陸刻本、《六朝詩集》本、陳仲魚校本、鄧邦述校本并作『麗藻』。六臣本注：『五臣作藻麗。』鄧邦述校本校作『藻麗』。

【注釋】

① 善注：『《漢書音義》：張晏曰：佇，久俟待也。中區，區中也。《字書》曰：玄，幽遠也。《老子》曰：滌除玄覽。河上公曰：心居玄冥之處，覽知萬物，故謂之玄覽。《幽通賦》曰：皓頤志而不傾。《左氏傳》：楚子曰：左史倚相能讀三墳五典。』銑注：『佇，立也。中區，中都也。玄，遠；頤，養也。立志中都，遠覽文章，養情於典墳也。』中區，猶域中。宗炳《答何衡陽書》：『善可以警策世情，實中區之美談也。』《玉

篇》：『區，域也。』典墳，即三墳五典，杜預《左傳集解》謂：『皆是古書名。』後泛指典籍。此二句言立於域中，心境玄冥，可以覽知萬物；潛心典墳，可以頤養情志。

②善注：『遵，循也。循四時而歎其逝往之事，攬視萬物盛衰而思慮紛紜也。《淮南子》曰：四時者，春生、夏長、秋收、冬藏。』濟注：『逝，往；紛，多也。』此二句言四時相因，歎息時光易逝；萬物盛衰，覩之思慮紛紜。

③善注：『秋暮衰落故悲，春條敷暢故喜也。《淮南子》曰：木葉落，長年悲。』良注：『秋氣殺萬物，故云勁秋也。』此二句言秋之肅殺，見落葉而生悲；春之芬芳，感柔條而歡暢。

④善注：『懔懔，危懼貌。眇眇，高遠貌。懷霜臨雲，言高絜也。《説文》曰：懔懔，寒也。孔融《薦禰衡表》曰：志懷霜雪。《舞賦》曰：氣若浮雲，志若秋霜。』銑注：『眇眇，長貌。謂雲勢長遠，故臨之志亦長也。』凜凜，同懔懔，嚴正貌。《世説新語·品藻》：『廉頗、藺相如雖千載上死人，懔懔恒如有生氣。』此二句言内心持正，懷霜雪之操守；心存高遠，有臨雲之壯志。按：胡克家《考異》曰：『注：「懔懔，危懼貌。眇眇，高遠貌。」袁本、茶陵本本無此十字，有「眇眇，遠貌」四字在此節注之末。』胡紹煐《箋證》曰：『注中又出「懔懔，危懼貌」五字，與所引《説文》不相應。六臣本無之，是也。』善注釋與引文不相應頗多，不能據此而作爲版本異文之依據。

⑤善注：『言歌詠世有俊德者之盛業。先民，謂先世之人，有清美芬芳之德而誦勉。《毛詩》曰：王配於京，世德作求。又曰：(自古)在昔，先民有作。』銑注：『烈，美也。詠當時俊美之述作，誦先賢詞賦之芬芳也。』善引詩出《大雅·下武》。世德，鄭玄箋：『世世積德。』俊烈，同駿烈，盛世之業。宋濂《平江漢頌》：『所以西征，成此駿烈。』《爾雅·釋詁》：『駿，大也。』清芬，喻德美清香之氣遠播。陸雲《從事中郎張彥明爲

中護軍》：『徽音孔碩，惠爾風雲。穆此芳烈，肇揚清芬。』此二句言爲文或歌世德者之盛業，或頌前人之美德。

⑥ 善注：『《論語》曰：文質彬彬，然後君子。孔安國注曰：彬彬，文質見半之貌。』翰注：『林府，謂多如林木，富如府庫也。』麗藻，華美之文藻。此二句言爲文之前，心游前人豐富之典籍，嘉贊文質相宜之美文。

⑦ 善注：『《韓詩外傳》曰：孫叔敖治楚，三年而國霸。楚史援筆而書之於策。《尚書中侯》曰：玄龜負圖出洛，周公援筆以寫也。』向注：『慨，歎詞；援，引也。』聊，且。《玉篇》：『聊，願也。又且略之辭。』宣之，表達情志。《玉篇》：『宣，布也，通也。』此二句言故慨歎而放下前人之文，援筆作文，聊以表達情感。

所論作文之所由：一是玄覽萬物，二是頤志典墳。方廷珪《昭明文選集成》評曰：『以上序作《文賦》緣起，亦是由讀古人文得來。』由頤志典墳亦可看出，陸機所論之『情』與『志』並非對立，而是互相涵納。

其始也，皆收視反聽，耽思傍訊，精鶩八極，心遊萬仞①。其致也，情曈曨〔一〕而彌鮮，物昭晣而互進。傾羣言之瀝液，漱六藝之芳潤②。浮天淵以安流，濯下泉而潛浸③。於是沈辭怫〔二〕悦，若遊魚銜鉤，而出重淵之深④；浮藻聯翩，若翰鳥纓繳，而墜曾〔三〕雲之峻⑤。收百世〔四〕之闕文，採〔五〕千載之遺韻⑥。謝朝華〔六〕於已披，啓夕秀於未振⑦。觀古今於〔七〕須臾，撫四海於一瞬⑧。

【校勘】

〔一〕『曈曨』，陸刻本作『瞳曨』，《文選》卷十七、《藝文類聚》卷五十六、《六朝詩集》本、陳仲魚校本作『瞳矓』。《文集》校曰：『瞳矓，當從日。』按：瞳矓，目不明；曈曨，日不明。二者意皆可通。陸刻本作『瞳曨』則誤。

〔二〕『怫』，《七十二家集》本作『佛』，形近而誤。

〔三〕『曾』，《文選》卷十七、陸刻本、《百三家集》本、《六朝詩集》本、陳仲魚校本、鄧邦述校本作『層』。鄧邦述校本校作『曾』。古二字通。

〔四〕『世』，六臣本注：『五臣作代。』或避唐諱。

〔五〕『採』，《札記》：『《藝文類聚》五八引採作探。』按：《札記》所引典籍，卷數或與今本不同。

〔六〕『華』，《七十二家集》本作『葉』，形近而誤。

〔七〕『於』，六臣本注：『善本作之。』

【注釋】

① 善注：『收視反聽，言不視聽也。耽思傍訊，靜思而求之也。毛萇《詩傳》曰：耽，樂之久。《廣雅》曰：訊，問也。精，神爽也。八極、萬仞，言高遠也。《淮南子》曰：八紘之外，乃有八極。包咸《論語注》曰：七尺曰仞。』濟注：『謂思文之始也。訊，求也。收視，不視。反聽，不聽。謂專思傍求，還轉攢緝，所以精馳八極，心遊萬仞也。』八極，八方邊遠之地。《荀子·解蔽》：『明參日月，大滿八極，夫是之謂大人。』楊

倞注：『此皆明虛一而静，則通於神明，人莫能測也。』所謂精騖八極者與荀子之意近。此五句言文思之始，則收回視聽，虛一而静，覃思博采，方可神飛於八極之外，思遊於萬仞之上。

②善注：『《爾雅》曰：致，至也。《埤蒼》曰：曈曨，欲明也。《説文》曰：昭晰，明也。揚子《法言》曰：或問羣言之長？曰：羣言之長，德言也。宋衷曰：羣，非一也。《周禮》曰：六藝，禮、樂、射、御、書、數也。』翰注：『文情出自不明，而至鮮明也。情既鮮明，物亦明而互進，其文乃成也。羣言，羣書也。瀝液，涓滴也。且羣書浩汗，如海之波瀾不極。人爲文章，但傾寫其涓滴而已。文章亦經漱蕩其芳香潤澤以成之也。』傾，盡也。瀝液，流水，喻精華。漱，含蘊。《思玄賦》：『漱飛泉之瀝液，咀石菌之流英。』善注：『瀝，流也。《説文》曰：漱，蕩口也。』此五句言文思之至，情境由朦朧而漸至鮮明，物象由鮮明而紛至沓來。於是傾盡羣書之精華，含蘊六藝之芳澤。

③善注：『言思慮之至，無處不至。故上至天淵於安流之中，下至下泉於潛浸之所。《劇秦美新》曰：盈塞天淵之間。《楚辭》曰：使江水兮安流。《毛詩》曰：冽彼下泉，浸彼苞稂。』向注：『謂浮心思於天泉及濯下泉者，務入深遠，以求文意耳。潛浸，流貌。』天淵，一名天泉，星名。李播《天文大象賦》：『天淵委輸於南海，狗國分疆於北幽。』苗爲注：『天淵十星，在鱉東南。一名天泉。』言其高也。善引詩出《曹風·下泉》。毛詩傳：『下泉，泉下流也。』言其深也。此言神思上浮升於天泉寧静之水；下深入於泉下沉潛之波。此二句與前二句分言兩面，一就『典墳』言，一就『玄覽』言。

④善注：『怫悦，難出之貌。』銑注：『沈辭，謂沈於深邃也。怫，謂思未出也。悦，謂思微來也。則若遊魚銜鉤，而出於重泉之深也。』沉辭怫悦，喻吐辭艱難之貌。銜，馬勒口中，引申爲含。《廣韻》：『銜，《説文》曰：馬勒口中。』此三句言或是吐辭艱難，若遊魚吞鉤，難以出於深淵。

⑤善注：『聯翩，將墜貌。王弼《周易注》曰：翰，高飛也。《説文》曰：繳，生絲縷也。謂縷繫矰矢，而以弋射。』翰注：『藻，文也。聯翩，鳥飛貌。謂文思將來，聯翩然若翰鳥纓繳，而墜自高雲之峻，言速也。纓，纏也。繳，射也。曾，高也。』浮藻聯翩，喻出語駿利。曾雲，重雲。此三句言或出語駿利，若飛鳥中箭，迅疾落下重雲。

⑥善注：『《論語》：子曰：吾猶及史之闕文。』銑注：『遺韻，謂古人闕而未述，遺而未用者，收而採之。』闕文，闕疑之義。何晏《論語集解》：『苞氏曰：古之史於書，字有疑則闕之，以待知者也。』遺韻，猶言遺文，就韻體而言。此二句言通過構思，搜羅前世闕疑未述之文，採集千載遺而未用之韻。

⑦善注：『華、秀，以喻文也。已披，言已用也。』銑注：『朝華已披，謂古人已用之意，謝而去之。夕秀未振，謂古人未述之旨，開而用之。啓，開也。』披，發。《漢書·薛宣傳》：『披抉其閨門而殺之。』顔師古注：『披，發也。』振，《廣韻》：『振，裂也。』此言摒棄已開之朝花，採用未放之夕秀。喻務去陳辭舊意，惟求文思新穎。

⑧善注：『《高唐賦》曰：須臾之間。司馬遷曰：卒卒無須臾之間。《莊子》：老聃曰：俛仰之間，再撫四海之外。《呂氏春秋》曰：萬世猶一瞬。《説文》曰：開闔，目數摇也。』向注：『馳，思速也。瞬，謂閉目之間。』撫，覽，攏也。宋玉《神女賦》：『於是撫心定氣，復見所夢。』善注：『撫，覽也。』此二句言構思時，刹那之間可以觀古今之文情，轉瞬之時可以覽四海之物象。是謂運思得句之狀。

論構思之思維特點、思維過程。先言意與象之關係，再言意與文之關係。方廷珪《昭明文選集成》評曰：『此段言作文之始，用意爲先，敷詞次之。然意與詞，非沉思無由得。思既鋭入，然後自微達顯，由内之外，又要用人未用之書，發人未發之義，使古今四海所有，無不包羅，而文之大體始立。』

然後選義按部，考辭就班①。抱景者咸叩〔一〕，懷響者必彈〔二〕②。或因枝以振葉，或沿波而討源。或本隱以之〔三〕顯，或求易而得難③。或虎變而獸擾，或龍見而鳥瀾④。或妥帖而易施，或岨峿〔四〕而不安⑤。罄澄心以凝思，眇衆慮而爲言⑥。籠天地於形內，挫萬物於筆端⑦。始躑躅於燥吻，終流離於濡翰⑧。理扶質以立幹，文垂條而結繁⑨。信情貌之不差，故每變而在顏。思涉樂其必笑，方言哀而已歎⑩。或操觚以率爾，或含毫而邈然⑪。

【校勘】

〔一〕『抱景』，《藝文類聚》卷五十六作『藏景』。又『景』，六臣本曰：『善作暑。』又『叩』，《札記》：『《類聚》叩作仰。』

〔二〕『必彈』，《文選》卷十七作『畢彈』。六臣本注：『五臣作必。』金濤聲曰：『「畢」字與上句「咸」字對言，作畢近是。』金說是，應據改。

〔三〕『之』，《文集》作『末』。陸刻本、《六朝詩集》本、陳仲魚校本、鄧邦述校本作『之』。陳仲魚校本、鄧邦述校本校作『末』。金濤聲曰：『「本隱」與「末顯」相對，作「末顯」近是。』然善注曰：『「之」或爲末，非也。』

〔四〕『岨峿』，《藝文類聚》卷五十六作『齟齬』。古二詞同。

【注釋】

① 善注：『《小(爾)雅》曰：班，次也。』濟注：『選擇義理，按比而用之，以爲部次。考摘清濁之詞，以

就班類而綴之。』此二句以按部就班比喻依文理而組織文意，安排文辭。

②善注：『言皆擊擊而用。』濟注：『謂物有抱光景者，必以思叩觸之，而求文理。物有懷音響者，必以思彈擊之，以發文意。』景，同影。《玉篇》：『景，光影也。』叩，叩問。《論語·子罕》：『有鄙夫問於我，空空如也，我叩其兩端而竭焉。』朱熹注：『叩，發動也。』孔安國傳：『發事之終始兩端，以語之。』響，回聲。《玉篇》：『響，應聲也。』彈，猶舉，正。《玉篇》：『彈，糾也。』又《玉篇》：『糾，正也，舉也。』此二句言物之有影，叩影而求其物；聲之回音，正響而求其聲。謂去其表象而求其本，即《文心雕龍·隱秀》所言『秘響傍通，伏采潛發』之意。

③善注：『孔安國《尚書傳》曰：順流而下曰沿。源，水本也。言或本之於隱，而遂之顯；或求之於易，而便得難。『之』或爲末，非也。』翰注：『或賦詠於枝，乃思發於葉；或流情於波，而求討其源也；或本深於隱，而未至於明也；或求思於易，得詞於難。物理相推，有此迴轉也。』振，發；沿，流也。』振，揚。《說文》：『振，一曰奮也。』沿，循。《說文》：『沿，緣水而下。』討，探求。《類編》：『討，求也。』此四句言或因枝而揚其葉，或循波而求其源。或本隱晦者使之顯明，或求之易者而釋難。意謂爲文者先樹要領，綱舉目張；燭照幽微，以易喻難。

④善注：『《周易》曰：大人虎變，其文炳也。言文之來，若龍之見煙雲之上，如鳥之在波瀾之中。應劭曰：擾，馴也。《莊子》曰：君子尸居而龍見。大波曰瀾。』良注：『擾，亂也。思壯如虎之變，其文彩炳然。或猶未致，如獸之驚亂，不知所之。或得其妙，則龍見而有光，如水鳥斿於波瀾也。』鳥瀾，喻鳥如波之散也。此二句以虎變而百獸馴服，龍見而羣鳥驚散，比喻爲文得其大者則小者畢舉，立其本者則枝葉紛披。乃申述前四句之意。

⑤善注：『妥帖，易施貌。《公羊傳》曰：帖，服也。《廣雅》曰：帖，静也。王逸《楚辭序》曰：義多乖異，事不妥帖。岨峿，不安貌。《楚辭》曰：圜鑿而方枘兮，吾固知其鉏鋙而難入。』妥帖，安也。杜甫《故司徒李公光弼》：『擁兵鎮河汴，千里初妥帖。』鄭卬注：『安也。』鉏鋙，同岨峿，抵觸，不相及之意。《六韜·軍略》：『越溝塹，則有飛橋轉關，轆轤鉏鋙。』此二句言或義辭相安而易於佈局，或義辭抵觸而難以安排。

⑥善注：『《周易》曰：神也者，妙萬物而爲言者也。』向注：『罄，盡；眇，深也。深原其衆慮而爲言也。』眇，《博雅》：『遠也。』此二句言必須完全澄澈其心，疏遠俗慮，方可凝神静思，佈遣文辭。

⑦善注：『《淮南子》曰：太一者，牢籠天地也。《説文》曰：挫，折也。《韓詩外傳》曰：辟文士之筆端，辟武士之鋒端，辟辯士之舌端。』銑注：『形，文章之形也。挫，折挫也。謂天地雖大，可籠於文章，形内萬物，雖衆可折挫，取其形以書於筆之端。端，筆鋒也。』籠，牢籠，包羅。形，猶表現。《詩大序》：『在心爲志，發言爲詩，情動於中，而形於言。』挫，取。《楚辭·招魂》：『挫糟凍飲，酎清凉些。』王逸注：『挫，捉也。』此二句言包羅天下之理於文辭表現之中，攝取萬物之象於筆端描摹之内。謂文必以少總多，以小見大。

⑧善注：『《廣雅》曰：躑躅，跢跦也。鄭玄《毛詩箋》云：志往，謂踟躕也。蹢與躑同，跢跦與踟跦同。《蒼頡篇》曰：吻，脣兩邊也。莫粉切。《字林》曰：吻，口邊。流離，津液流貌。劉公幹詩曰：叙意於濡翰。毛萇《詩傳》曰：濡，漬也。濡，如娱切。《漢書音義》：韋昭曰：翰，筆也。協韻，音寒。』翰注：『躑躅，不進貌。亦如文詞，難出於口也。燥，乾也。吻，脣也。謂神思馳逐，皆得乾脣也，則雖初難出於乾脣，終流離於濡翰，謂書於紙也。流離，水墨染於紙貌。濡，染也。』燥吻，喻言語滯澀。濡翰，喻語言充沛。此二句言開始時文思不暢，言語滯澀，最終又文思流利，語言充沛。

⑨善注：『言文之體必須以理爲本。垂條，以樹喻也。《廣雅》曰：幹，本也。鄭玄《禮記注》曰：繁，

盛也。』濟注：『質，猶本根也。爲文之理，必先扶持本根，乃立其幹，謂先樹理，次擇詞也。故如垂條而結，葉繁茂也。』此二句言義理內容相互輔助，立其根本；文辭描摹相互映照，繁其枝葉。謂以質理爲本，以文辭爲飾。

⑩ 善注：『《楚辭》曰：情與貌其不變。』向注：『差，失也。文之情深，必見人貌。故此理不失，變之在顏，故思樂必笑，言哀則歎矣。』信，《爾雅·釋詁》：『誠，信也。』情貌，指內在之情與外在表現。《楚辭·九章·惜頌》：『言與形其可迹兮，情與貌其不變。』此四句言情感與表現誠爲一致，每有變化則顯於容顏，故所思涉快樂必言笑，剛已言哀即又歎息。

⑪ 善注：『觚，木之方者，古人用之以書，猶今之簡也。史由《急就章》曰：急就奇觚。觚，木簡也。《論語·先進篇》：子路帥（率）爾而對。毫，謂筆毫也。王逸《楚辭注》曰：鋭毛爲毫也。《毛詩》曰：聽我藐藐。毛萇曰：藐藐然不入。』銑注：『觚，木也。古人用之，以爲筆也。率爾，謂文速成。邈然，謂文遲成也。』此二句言或持筆而書，率而即成，或含毫徘徊，文思遠去。

論謀篇之要先在於考其全部，立其要領，然後澄心凝思，正確處理理質、文辭與情感之主次關係。方廷珪《昭明文選集成》評曰：『此段承上段來，文之大體已立，更當逐句逐段察其詞意之純疵，及其部位之先後。詞之未達者達之，意之未顯者顯之，窮文之變，盡物之情，心不停留，口不停哦，而後諸美畢備，讀者之情與作者之情悠然相得。二段中已盡作文三昧。』

伊茲事之可樂，固聖賢之所欽①。課虛無以責有，叩寂寞而求音②。函緜邈於尺素，吐滂沛乎〔一〕寸心③。言恢之而彌廣，思按之而愈〔二〕深④。播芳蕤之馥馥，發青條〔三〕之森森。粲風飛而飇〔四〕豎，鬱雲起乎翰林⑤。

【校勘】

〔一〕『滂沛』，《藝文類聚》卷五十六作『滂霈』。沛、霈，古二字通。又『乎』，《札記》：『《初學記》乎作於。』

〔二〕『思』，《七十二家集》本作『忠』，形近而誤。又『愈』，六臣本注：『善作逾。』古二字通。

〔三〕『青條』，《藝文類聚》卷五十六、《宛委别藏》本作『清條』。

〔四〕『飇』，陸刻本、《六朝詩集》本、陳仲魚校本、鄧邦述校本并作『焱』。鄧邦述校本校作『飇』。古二字通。

【注釋】

①善注：『茲事，謂文也。《左氏傳》：仲尼曰：志有之，言足以志，文足以言。不言，誰知其志？言而不文，行之不遠。』翰注：『伊，維也。茲事，謂文章也。欽，敬也。』所欽，聖賢以立言爲不朽，故曰所欽。此二句言作文之事可使人快樂，又固爲聖賢所欽敬。

②善注：『《春秋説題辭》曰：虚生有形。《淮南子》曰：寂寞，音之主也。』翰注：『課，率也。責，求也。文章率自虚無之中，以求其象；叩擊無聲之外，而求音韻。寂寞，無聲也。』課，《説文》：『試也。』心之

所思本爲虛無、寂靜，而形之爲文則有象、有聲，故曰責有、求音。此二句言從無象中試求其象，於無聲中叩求其音。

③ 善注：『毛萇《詩傳》曰：函，含也。《古詩》曰：中有尺素書。《列子》：文摯謂叔龍曰：吾見子之心矣，方寸之地虛矣。』良注：『緜邈，遠也。滂沛，大也。雖遠者，含文於尺素之上；雖大者，吐辭於寸心之間也。素，帛也。古人用以書也。』滂沛，喻情感充沛。此二句言藐遠之義含於尺素之上，充沛之情吐乎寸心之間。

④ 善注：『杜預《左氏傳注》曰：恢，大也。按，抑按也。言思慮一發，愈深恢大。』銑注：『按，下也。以言大之，則彌增其廣；以思下之，則愈益其深也。』廣，《廣韻》：『大也，闊也。』此有顯明之意。按，《廣韻》：『抑也，止也。』思按之，指思慮停在某一點上。此二句言以辭誇飾之則象愈明，因思止之而義愈深。

⑤ 善注：『《說文》曰：蕤，草木華垂貌。《纂要》曰：草木花曰蕤。《字林》曰：森，多木長貌。以喻文采若芳蕤之香馥，青條之森盛也。《爾雅》曰：颫颻謂之猋。《長楊賦》曰：翰林以爲主人。』向注：『文美如芳蕤之馥馥，似清條之森森，粲然如風飛飆立，鬱然如雲起翰林。芳蕤，香；飆，疾風；豎，立也。翰，筆也。言林者華盛貌。』播，《玉篇》：『揚也。』粲，衆。《詩·鄭風·羔裘》：『羔裘晏兮，三英粲兮。』鄭玄箋：『粲，衆意。』粲風，風聚而疾。鬱，積。《詩·秦風·晨風》：『鴥彼晨風，鬱彼北林。』毛詩傳：『鬱，積也。』鬱雲，雲積而厚。此四句言辭義之美如飄揚香氣之春花，如生長茂盛之枝條。如疾風飛而旋風立，積雲起於筆端之間。此四句就表達而言。

從文辭所摹之象、所達之意兩方面，論述文章之構思與表達，並說明其爲文之樂。方廷珪《昭明文選集成》評曰：『此段又承上段來，上二段已盡作文之妙，此却從既有文說到未有文，復從未有文說到既有文，見其從無造有，由静向動，真有不知其所以然者，已見世間可樂，總無如作文也，淋漓盡致之極。』『以上三段，以己作文之用心，印合古人之用心；以己作文之放言遣詞多變，印合古人之多變，尚未論到作文之妍媸利害上，又是下數段之緣起，發明序中起數句，從古人已有之文上見。○通上爲一大段。』

體有萬殊，物無一量。紛紜揮霍，形難爲狀①。辭程才以效伎，意司契而爲匠，在有無而僶俛，當淺深而不讓②。雖離方而遯圓〔一〕，期窮形而盡相③。故夫誇目者尚奢，愜心者貴當④。言窮者無隘，論達〔二〕者唯曠⑤。

【校勘】

〔一〕『圓』，陸刻本、《六朝詩集》本、陳仲魚校本、鄧邦述校本并作『照』，扞格難通。六臣本作『員』，又注：『五臣作圓。』『員』『圓』相通。陳仲魚校本、鄧邦述校本亦校作『圓』。《札記》：『《文選》照作員，注同。』

〔二〕『達』，《札記》：『《初學記》達作遠。』

【注釋】

① 善注：『文章之體，有萬變之殊，中衆物之形，無一定之量也。《淮南子》曰：斟酌萬殊。紛紜，亂貌。揮霍，疾貌。《西京賦》曰：跳丸劍之揮霍。』翰注：『文體有變，故曰萬殊。物類既衆，故曰紛紜揮霍

也。氣色運動，難説其形狀也。』殊，别，異也。《易・繫辭下》：『天下同歸而殊塗，一致而百慮。』量，準則。《管子・牧民》：『上無量，則民乃妄。』此四句言文體有種種差異，物象亦無定則，紛紜複雜，變化迅疾，形諸文字，則難以狀述。

②善注：『衆辭俱湊，若程才效伎。取捨由意，類司契爲匠。《老子》曰：有德司契。《論衡》曰：能雕琢文書，謂之史匠也。《毛詩》曰：何有何無，僶俛求之。僶俛，由勉強也。《論語》：子曰：當仁不讓於師。』良注：『程，見；效，致；伎，巧；司，理；契，要；匠，宗也。僶，仰首也。俛，俯首也。文辭見才，以致巧立意，以理要爲宗。思在有無之中，或俯或仰，或深或淺，意務得於妙，來必不讓。』程才，衡量才能。程，衡量。《商君書・戰法》：『兵起而程敵。』伎，通技，技巧。《老子》第五十七章：『人多伎巧。』契，《説文》：『大約也。』引申爲規則，約定。此四句言文辭紛至，須衡量其才能而獻其技巧；文意呈現，須掌握其規則而獨具匠心。辭之有無當勉力爲之，意之深淺應自作主張。意謂爲文須衡量才能，掌握要領，取捨權衡，必歸匠心。辭之取捨，意之深淺，亦當斟酌主張。

③善注：『方圓，謂規矩也。言文章在有方圓規矩也。』向注：『文之未見在於無，故雖不見方圓之形，終期盡物之象也。相，象也。』遯，《廣韻》：『遯，隱也，去也。』此二句言爲文雖有規矩，亦不妨逸出方圓，惟期於窮其形狀，盡其物象而已。即張融《門律自序》所謂『夫文豈有常體，但以有體爲常』之意。

④善注：『其事既殊，爲文亦異，故欲誇目者，爲文尚奢；欲快心者，爲文貴當。愜，猶快也。起頰切。』良注：『誇目，謂相誇眩也。尚奢，謂浮艷之詞。貴當者在於合理，故愜心也。』何焯《義門讀書記》曰：『二句語意相承，（李善）注謬。』按：何説與他注有别，錢鍾書《管錐編》亦持其觀點，認爲『誇目』『愜心』二句合言一事，此説未妥。此二句言辭藻眩目者崇尚浮艷，義理愜心者崇尚切當。

⑤ 善注：『言其窮賤者，立説無非湫隘也。其論通達者，發言唯存放曠。』銑注：『言窮事者，無隘狹；論通達者，唯尚放曠，此作者之用思也。』按：諸家之解均將『無』作動詞用，故只能曲爲之解。裴學海《古書虚詞集釋》曰：『無，語助也。』《詩・大雅・文王》：『王之藎臣，無念爾祖。』毛詩傳：『無念，念也。』又曰：『字或作「毋」。』《管子・立政九敗解》：『人君唯毋聽寢兵，則羣臣賓客莫敢言兵。』若將『無』釋爲語助詞，其意豁然而明矣。此二句言文辭窮盡者迫促狹隘，論議暢達者放曠無束。

此段論文章風格有異，體制有別，當衡量己才與常法，取捨衡量，規矩循逸，均必有匠心。方廷珪《昭明文選集成》評曰：『以上六句（段首至「期窮形而盡相」）極形容文人用心之刻苦，尚未較量及工拙。』又何焯《文選》評曰：『「離方遯圓」二句蓋亦張融所謂「文無定體，以有體爲常也」。』

詩緣情而綺靡，賦體物而瀏亮①。碑披文以相質，誄纏緜而悽愴②。銘博約而温潤，箴頓挫而清壯③。頌優遊以彬蔚，論精微而朗暢④。奏平徹以閑雅，説煒爗〔一〕而譎誑⑤。雖區分之在兹，亦禁邪而制放。要辭達而理舉，故無取乎冗長⑥。

【校勘】

〔一〕『爗』，陸刻本作『曄』。六臣本作『爗』，并注：『善作曄。』陳仲魚校本作『爗』。《百三家集》本、《七十二家集》本、《六朝詩集》本、鄧邦述校本作『燁』。鄧邦述校本校作『爗』。『曄』『燁』『爗』，古三字同。

【注釋】

① 善注：『詩以言志，故曰緣情。賦以陳事，故曰體物。綺靡，精妙之言。瀏亮，清明之稱。《漢書》：《甘泉賦》曰：瀏，清也。《字林》曰：清瀏，流也。』翰注：『詩言志，故緣情。賦象事，故體物。』綺靡，華麗也。瀏亮，爽朗也。綺，繡花之絲織品，《説文》：『綺，文繒也。』喻言辭華美。靡，布帛之細者曰靡。《方言》卷二：『布帛之細者曰綾，秦晉曰靡。』郭璞注：『靡，細好也。』喻音調細膩婉轉。《釋名·釋樂器》：『箜篌，此師延所作靡靡之樂也。後出於桑間濮上之地，蓋空國之侯所存也。師涓爲晉平公鼓焉。鄭衛分其地而有之，遂號鄭衛之音，謂之淫樂也。』體，表現，描摹。《易·繫辭下》：『陰陽合德，而剛柔有體，以體天地之撰。』瀏，清澈貌。《詩·鄭風·溱洧》：『溱與洧，瀏其清矣。』此指體物之清新明澈。亮，音節響亮。嵇康《琴賦》：『新聲憀亮，何其偉也。』此言詩之緣情而生，言辭華美，聲音細膩婉轉；賦之描摹物象，清新明澈，音節響亮。上二句言詩賦之别，均從意與辭兩方面言。

② 善注：『碑以叙德，故文質相半。誄以陳哀，故纏緜悽愴。』濟注：『誄叙哀情，故纏緜意密，而悽愴悲心也。』相，輔助。《書·君奭》：『召公爲保，周公爲師，相成王。』披，《説文》：『從旁持曰披。』此二句謂碑述行迹，用文藻以輔助内容；誄叙哀情，意纏綿而情悽愴。

③ 善注：『博約，謂事博文約也。銘以題勒示後，故博約温潤。箴以譏刺得失，故頓挫清壯。』銑注：『博，謂意深；約，謂文省。箴所以刺前事之失者，故須抑折前人之心，使文清理壯也。頓挫，猶抑折也。』銘，古代常刻文於碑版或器物，或稱功德，或申鑒戒，後遂爲文體。箴，以規戒人心、譏刺得失爲表達主題的一種文體。《文心雕龍·銘箴》曰：『夫箴誦於官，銘題於器。名用雖異，而警戒實同。箴全禦過，故文資確切；銘兼褒讚，故體貴弘潤。』言銘箴之同異也。此二句言銘意深博而辭簡約，語言温和細膩；箴意規戒與

譏刺，語言抑折清壯。

④ 善注：『頌以襃述功美，以辭爲主，故優遊彬蔚。論以評議臧否，以當爲宗，故精微朗暢。』包咸《論語注》曰：彬彬，文質相半之貌。《楚辭》曰：鬱結紆軫。《漢書音義》曰：暢，通也。』向注：『頌以歌頌功德，故須優遊縱逸而華盛也。彬蔚，華盛貌。論者論事得失，必須精審微密，明朗而通暢於情。』優遊，意遠且長。《楚辭·九章·惜往日》：『封介山而爲之禁，報大德之優遊。』《文心雕龍·頌贊》曰：『原夫頌惟典雅，辭必清鑠。敷寫似賦，而不入華侈之區；敬慎如銘，而異乎規戒之域。揄揚以發藻，汪洋以樹義。』又《論説》曰：『論也者，彌綸羣言，而研精一理者也。』言頌論之特點及與其他文體之别也。此二句言頌之意深遠且長，故以華盛之辭；論之理精審微密，明朗而通暢於情。

⑤ 善注：『奏以陳情叙事，故平徹閑雅。説以感動爲先，故煒曄譎誑。』翰注：『奏事帝庭，所以陳叙情理，故和平其詞，通徹其意，雍容閑雅，此焉可觀。説者，辯詞也。辯口之詞，明曉前事，詭譎虚誑，務感人心。煒曄，明曉也。』煒爗，同煒曄，華美。《晉書·陸績傳》：『文章之采，論議之辨，卓躒冠羣，煒曄曜世，世人未有及之者也。』譎誑，詭異虚誑之奇説。《管子·七法》：『一體之治者，去奇説，禁雕俗也。』房玄齡注：『奇説，謂譎誑之言。』平徹，平易透徹。閑雅，閑静文雅。此二句言奏陳情叙事，故文辭平易透徹，閑静文雅；説務感人心，故其文辭華美，詭異虚誑。

⑥ 善注：『《論語》：子曰：辭達而已矣。文穎《漢書注》曰：冗，散也。如勇切。言文章體要，在辭達而理舉也。』良注：『詩、賦、碑、誄、銘、箴、頌、論、奏、説，其體各殊，故區分在兹。禁邪，謂禁浮艷。制放，謂制抑踈遺。必須詞達其意，理以舉事，不在煩多。冗長，謂煩多也。』兹，即指上各種文體。此四句言雖文體不同，在此有種種區别，然所有文體均是意禁邪僻，辭制放逸。其要領是辭達其意，理舉其事，

故無取冗繁而已。

此論詩、賦、碑、誄、銘、箴、頌、論、奏、説十類文體之别。方廷珪《昭明文選集成》評曰：『此段承上段臚列諸體，見作文不論學力之淺深，天分之高下，無不欲其中，各見所長，起入下段有姸有媸。文心如剥蕉抽繭，愈剥愈入，愈抽愈出。』

其爲物也多姿，其爲體也屢遷①。其會意也尚巧，其遣言也貴姸。暨音聲之迭代，若五色之相宣②。雖逝止之無常，固崎錡之〔一〕難便③。苟達變而識〔二〕次，猶開流以納泉④。如失機而後會，常操末以續顛〔三〕⑤。謬玄黄之秩叙〔四〕，故淟涊〔五〕而不鮮⑥。

【校勘】

〔一〕『之』，六臣本作『而』，又注曰：『五臣作之。』

〔二〕『識』，六臣本注：『五臣作相。』

〔三〕『常』，陸刻本作『恒』，或宋本避諱而改。『顛』，鄧邦述校本作『巔』。六臣本注：『五臣作巔。』古二字通。

〔四〕『秩叙』，陸刻本作『秩序』。六臣本注曰：『善作秩叙。』古二詞同。

〔五〕『涊』，《文集》作『認』。諸本皆作『涊』，《文集》校曰：『認，當作涊。』今據改。

【注釋】

①善注：『萬物萬形，故曰多姿。文非一則，故曰屢遷。《琴賦》曰：既豐贍以多姿。《周易》曰：爲道也屢遷。』向注：『文體非一，故云多姿。姿，質也。未妥帖，故屢遷也。』物相雜而爲文，故曰多姿。文因物而賦形，故曰屢遷。此二句言其萬物形異而多姿，故其文體殊别而屢變。

②善注：『言音聲迭代而成文章，若五色相宣而爲繡也。《爾雅》曰：暨，及也。又曰：迭，更也。《論衡》曰：學士文章，其猶絲帛之有五色之功。杜預《左氏傳注》曰：宣，明也。』銑注：『出言崇美也。妍，美也。』翰注：『暨，至也。音聲，謂宫商合韻也。至於宫商合韻，遞相間錯，猶如五色文彩，以相宣明也。』宣，顯示。《左傳·宣公九年》：『公卿宣淫，民無效焉。』杜預注：『宣，示也。』此四句言辭達意，窮其物情，貴巧；遣言置辭，曲折盡情，則美。至於宫商合韻，遞相交錯，猶如五色文采，相互襯托而顯示其美。

③善注：『言雖逝止無常，唯情所適。以其體多變，固崎錡難便也。逝止，由去留也。崎錡，不安貌。《楚辭》曰：嶔岑崎錡。崎音綺。錡音蟻。』濟注：『逝，往也。謂思雖難往止、上下無常，固知安之難爲便也。便，宜也。』便，《説文》：『安也。』此二句言音聲迭代之妙，去留本無常則，固時有不安之處。

④善注：『言其易也。』銑注：『思之通變，相次而至，如泉入水，泯然相合也。』達變，掌握變化之規律。識次，理解次序之安排。此二句言若掌握變化之規律，明確次序之安排，則如水之入泉，妙合無垠。

⑤善注：『言失次也。』良注：『如思慮失機而後會合，則常持尾續首，莫能見成，錯謬玄黃之次序也。操，持也。末，尾；顛，首也。』失機，猶言失次。嵇康《明膽論》：『專膽無明，達理失機。』會，《集韻》：『合也。』此二句言若音韻失之次序安排，而後補合前失，亦常如以尾續首，本末倒置也。

⑥ 善注：『言音韻失宜，類繡之玄黃謬敘。故淟涊垢濁，而不鮮明也。《禮記》曰：朱緑之，玄黃之，以爲黼黻文章。《楚辭》曰：切淟涊之流俗。王逸曰：淟涊，垢濁也。』良注：『淟涊，不鮮明也。秩，次也。』此二句言若五色之次序錯亂，即反入垢濁，故不鮮明也。

此段總論作文利害的關鍵，强調意巧詞妍，音色次序。方廷珪《昭明文選集成》評曰：『作文固不可無設色，亦要按部位，濃淡相間而成。今若分其部位之先後，只取其濃，反入垢濁，故不鮮也。二句濃纖之病。』

或仰偪〔一〕於先條，或俯侵於後章①。或辭害而理比，或言順而義妨②。離之則雙美，合之則兩傷。考殿最於錙銖，定去留於毫芒③。苟銓衡之所裁，固應繩而〔二〕必當④。

【校勘】

〔一〕『偪』，陸刻本、《百三家集》本、《六朝詩集》本、陳仲魚校本、鄧邦述校本作『逼』。六臣本注曰：『善作逼。』古二字通。

〔二〕『而』，陸刻本、《百三家集》本、《六朝詩集》本、陳仲魚校本、鄧邦述校本作『其』。《文集》校曰：『而必當，而一本作其。』陳仲魚校本、鄧邦述校本校作『而』。

【注釋】

①善注：『《廣雅》曰：條，科條也。凡爲文之體，先後皆須意别，不能者則有此累。』向注：『謂思之俯仰，前後不定，故或偪换先成之條例，或侵改後次之章句，謂未安也。』偪，同逼，《説文》：『近也。』《韻會》：『逼，《集韻》作偪。』先條，前文。侵，進，犯。《説文》：『侵，漸進也。』此二句言或與前文近重複，或與後章相妨礙。即《文心雕龍·章句》『是以搜句忌於顛倒，裁章貴於次序』之意。

②善注：『《周易》曰：比，輔也。《説文》曰：妨，害也。』翰注：『辭害，謂音韻不便也。然於理次比，亦合於宜。言雖順美於義，理復有妨也。』此二句言或理順而文辭不協調，或言順而達義不明確。意謂辭義不能相稱。

③善注：『《漢書音義》：項岱曰：殿，負也。最，善也。韋昭曰：第一爲最，極下曰殿。又曰：下功曰殿，上功曰最。鄭玄《禮記注》曰：八兩爲錙。《漢書》曰：黄鍾之一籥，容千二百黍，重十二銖，然百黍重一銖也。應劭《漢書注》：十黍爲一絫，十絫爲一銖。《(答)賓戲》曰：鋭思毫芒之内。《音義》曰：芒，稻芒。毫，兔毫。』銑注：『謂語各有所宜。』濟注：『錙銖，秤兩也。毫，細毛也。皆至微小者也。謂作文之時，考練辭句之上下，秤兩捨之，取之在於細小之間，然後著之於文。』胡克家曰：『注《賓戲》曰，袁本、茶陵本上有「答」字，是也。』殿最，猶言首尾之次序。錙銖，喻微小，細小。此四句言辭義分離來看，二者皆美，然合在一起則互相妨害。故爲文須考察上下次序之微末之處，正是在細微之處確定其去留。意謂選義考辭，必須於上下次序之細微處嚴格斟酌，使辭順義比。

④善注：『言銓衡所裁，苟有輕重，雖應繩墨，須必除之。《聲類·蒼頡篇》曰：銓，稱也。曰銓，所以稱物也。《漢書》曰：衡，平也。平輕重也。《尚書》曰：惟木從繩則正。《莊子》曰：匠石治木，直者應繩。』

翰注：『若秤平辭句，而裁制文章，則應繩墨而相當也。』銓衡，衡量。所裁，謂所用之體裁、格式。《文心雕龍·明詩》：『詩有恒裁，思無定位。』應繩，猶言符合規矩。此二句言假若衡量其爲文體裁，則須符合規矩，辭義必當。意謂考定次序與去留，必須符合文章體式之要求。

此段分論作文利害關鍵之一：選義考辭，必斟酌其上下次序、文章題材，使辭順義比。俞瑒《昭明文選》評曰：『以下論爲文之害有五：一則次序凌越，一則詞理未當，一則文無指歸，一則詞意雷同，一則美惡相混，此就大處論其害，至下乃細論詞語之病。』

或文繁理富，而意不指適。極無兩致〔一〕，盡不可益①。立片言以〔二〕居要，乃一篇之警策②。雖衆辭之有條，必待兹而效勣〔三〕③。亮功多而累寡，故取足而不易④。

【校勘】

〔一〕『致』，陸刻本、《六朝詩集》本、陳仲魚校本、鄧邦述校本作『全』。陳仲魚校本、鄧邦述校本校作『致』。

〔二〕『以』，陸刻本、《百三家集》本、《六朝詩集》本、陳仲魚校本作『而』。六臣本注：『五臣作以。』鄧邦述校本校作『以』。

〔三〕『勣』，《文選》卷十七、陸刻本、《百三家集》本、《六朝詩集》本、鄧邦述校本作『績』。六臣本注：『五臣本作勣。』鄧邦述校本亦校作『勣』。古二字同。

【注釋】

①善注：『言其理既極，而無兩致，其言又盡，而不可益。』良注：『適，中也。謂文意不中於所指之事，但繁文富理而已。至於窮極之際，竟不能便於指適矣。文之終篇，又不可增益其辭。』黄侃曰：『適，當也。讀爲「適莫」之適。』指適，即指明其旨。《法苑珠林》卷九十二《奸僞》：『某等以其夢指適異常，試往相問，而果各得此夢。』或即指明。《清波雜誌》卷五：『以手加額，因指適所歷處，皆鼋鼉窟穴。』極，表，猶準則、界限。《詩·商頌·殷武》：『商邑翼翼，四方之極。』朱熹注：『極，表也。』盡，指意義表達完整。此四句言或文理繁富，而指意不明。文之準則惟一，不可求其兩全；文意既已表達完整，則不可增益其辭。

②善注：『以文喻馬也。言馬因警策而彌駿，以喻文資片言而益明也。夫駕之法，以策駕乘，今以一言之好，最於衆辭，若策驅馳，故云警策。《論語》：子曰：片言可以折獄。《左氏傳》：繞朝贈士會以馬策。曹子建《應詔詩》曰：僕夫警策。鄭玄《周禮注》曰：警，勑戒也。』良注：『但立片善之言以居要節，乃能爲警策。警，驅動貌。策，可以擊馬者。謂片善之言，光益一篇，亦猶以策擊馬，得其警動也。』警策，喻辭義警動人心之語。此二句言文章居緊要之處突出片言隻語，即是一篇中最爲警動人心者。此意是承『或文繁意少，而意不指適』而言。

③善注：『必待警策之言，以效其功也。《家語》：公父文伯之母曰：男女效績，愆則有辟。』良注：『故雖衆辭已有條序也，必待此警策而效功勣也。』勣，同績，《集韻》：『勣，通作績。』《爾雅·釋詁》：『績，功也。』效，獻，盡。《史記·淮陰侯列傳》：『顧恐臣計未必足用，願效愚忠。』《廣韻》：『效，效力也。』此二句言雖衆辭皆有其條理，必待其警策之語而獻其功。此意承『極無兩全，盡不可益』而言。

④善注：『言其功既多，爲累蓋寡，故以取足而不改也。』良注：『信功多而累句亦少，故可自取足於一

篇，亦不可改易也。』亮，信，誠然。《古詩・冉冉孤生竹》：『君亮執高節，賤妾亦何爲。』善注：『《爾雅》曰：亮，信也。』此二句言警策之語確是功績多而累贅少，故有此即足，不必改易。

此段分論作文利害關鍵之二：於文緊要處立警策之語，以避免文繁理富，中心不明。方廷珪《昭明文選集成》評曰：『以上十句言爲文必當明出主意。』

或藻思綺合，清麗芊〔一〕眠①。炳〔二〕若縟繡，悽若繁絃②。必所擬之不殊，乃闇合乎曩篇③。雖杼軸於予懷，怵他人之我先④。苟傷廉而愆義，亦雖愛而必捐⑤。

【校勘】

〔一〕『芊』，陸刻本、《六朝詩集》本、陳仲魚校本、鄧邦述校本作『千』。六臣本注：『善作千。』《藝文類聚》卷五十六作『阡眠』。《札記》：『《類聚》千作芊；《文選》亦作千，注同。』《文集》、鄧邦述校本并校作『芊』。

〔二〕『炳』，《藝文類聚》卷五十六作『爛』。

【注釋】

① 善注：『《説文》曰：綺，文繒也。（按：上文諸本脱，據《文選筆記》補。）謂文藻思如綺會。千眠，光色盛貌。』濟注：『綺合，如綺彩之合文章也。芊眠，盛貌。』藻思，華美之文思。王績《餞宇文明序》：『請命

昇遷之筆，同抽藻思，共寫離懷。』綺，繡花之絲織品，此就文辭言。此二句言或綺麗文辭與文思妙合無垠，則文章清新華美，光彩照人。

②善注：『《説文》曰：縟，繁彩色也。又繡，五色彩備也。蔡邕《琴賦》曰：繁弦既抑，雅音復揚。』濟注：『五色備曰縟。音韻合和，故若繁絃之聲。』炳，明麗貌。《説文》：『炳，明也。』縟繡，意謂五色交錯，猶如彩繡。左思《吳都賦》：『榮色雜糅，綢繆縟繡。』銑注：『五色曰縟，言花有彩色，繁密相錯如繡也。』此注較上更明確。悽，悽愴。《説文》：『悽，痛也。』繁絃，喻細碎急促之音。庾信《奉和趙王隱士》：『野鳥繁絃囀，山花焰火然。』此二句言明麗如五彩交錯之錦繡，悽愴若細碎急促之音節。

③善注：『言所拟不異，闇合昔之曩篇。《爾雅》曰：曩，久也，謂久舊也。』濟注：『所作篇目或不殊古人之則，辭句闇合于古篇者。』擬，考量。《玉篇》：『擬，度也。』不殊，同也。闇，暗。此二句言考量所作之文必有雷同，乃是與前人舊作相合也。

④善注：『杼軸，以織喻也。雖出自己情，懼他人先己也。《毛詩》曰：杼軸其空。』濟注：『雖經杼軸，懼他人先我而爲。』杼軸，織具。《詩·小雅·大東》：『小東大東，杼柚其空。』朱熹注：『杼，持緯者也；軸，受經者也。』喻交織於心之情感。蕭統《與何胤書》：『何嘗不夢姑胥而鬱陶，想具區而杼軸。』怵，懼。《書·冏命》：『怵惕惟厲。』孔安國傳：『言常悚懼惟危。』此二句言雖然文情交織，出自予懷，亦懼他人先我而表達也。

⑤善注：『言他人之言我雖愛之，必須去之也。王逸《楚辭注》曰：不受曰廉。《説文》曰：捐，棄也。』濟注：『此乃苟且之道，有傷廉恥，復違於義心。故雖愛之，必須捐棄也。』愆，失。《左傳·昭公二十六年》：『王昏不若，用愆厥位。』按：廉，不受，此指不襲用前人，非爲廉潔之『廉』。義指文義，非爲仁義之

『義』。士衡乃論文之獨創，而非論道德也。諸注皆誤。此二句言文辭若傷於襲用前人，且於義失之，即使喜愛，亦必捐之。

此段分論作文利害關鍵之三：辭意之美貴在獨創，切忌襲用雷同。方廷珪《昭明文選集成》評曰：『以上十句言摹擬古人，又當不承襲古人。』

或苕發穎豎，離衆絶致①。形不可逐，響難爲係②。塊孤立而特峙，非常音之所緯③。心牢落而無偶，意徘徊而不能褫〔一〕④。石韞玉而山輝，水懷珠而川媚⑤。彼榛楛之勿翦，亦蒙榮於集翠⑥。綴《下俚》〔二〕於《白雪》，吾亦以〔三〕濟夫所偉⑦。

【校勘】

〔一〕『褫』，陸刻本、《百三家集》本、《六朝詩集》本、陳仲魚校本、鄧邦述校本作『揥』。《文選》卷十七李善注：『或以爲褅，褅猶去也。』胡克家《文選考異》曰：『陳云：兩褅字，並當作褫，五臣本可據。案：所校最是，各本皆誤。』六臣本注：『五臣作褫，音雉。』《文集》校曰：『褫，《文選》作揥，注：取也。或爲褅，褅猶去也。』鄧邦述校本校作『褫』。

〔二〕『俚』，陸刻本、《百三家集》本、鄧邦述校本作『里』。鄧邦述校本校作『俚』。古二字通。

〔三〕『亦以』，陸刻本、《百三家集》本、陳仲魚校本、鄧邦述校本皆無『以』。六臣本注：『五臣有以。』陳仲魚校本、鄧邦述校本皆校補『以』。

【注釋】

①善注：『苕，草之苕也。言作文利害，理難俱美。或有一句同乎苕發穎竪，離於衆辭，絶於致思也。《毛詩傳》曰：苕，陵苕也。孫卿子曰：蒙鳩爲巢，繫之葦苕。《小（爾）雅》曰：禾穗謂之穎。』向注：『謂思得妙音，辭若苕草華發，穎禾秀竪，與衆辭離絶，致於精理。苕，草華也。穎，禾秀也。』絶致，絶妙風致。支遁《五月長齋詩》：『罩牢妙傾玄，絶致由近藏。』此二句言或文如苕花開放，禾穎挺竪，遠離陳辭，風致絶妙。

②善注：『言方之於影，而形不可逐。譬之於聲，而響難係也。《鶡冠子》曰：影之隨形，響之應聲。』向注：『形響難爲追係。』響，回聲。《玉篇》：『響，應聲也。』此二句言絶妙之辭，譬之如影，非形體可逐；譬之如聲，非回音可係。意謂絶妙之辭的風致難以捕捉。

③善注：『文之綺麗，若經緯相成，一句既佳，塊然立而特峙，非常音所能緯也。』向注：『塊，孤貌；特峙，峻也。緯，經緯。言非平常之言，所能經緯然。』此二句言絶妙之辭如塊然獨立於衆辭之中，非平常之語所能包容。

④善注：『牢落，猶遼落也。言思心牢落，而無偶揥之意，徘徊而未能也。蔡邕《瞽師賦》曰：時牢落以失次，咢䋝蹇而陽絶。《説文》曰：揥，取也。他狄切。《協韻》：他帝切。或爲褅，褅猶去也。』向注：『有此一句之妙，而心失次旁求；偶對未稱，所心意之徘徊，不能褫捨其妙。牢落，心失次貌。』偶，偶合，對稱。《爾雅·釋詁》：『偶，合也。』郭璞注：『謂對合也。』牢落，孤寂而無所寄託貌。褫，通揥。《集韻》：『揥，又捐也。』此二句言因妙辭未有佳句與之對稱者，而内心落寞，心意徘徊不安，又不忍捐棄之。

⑤善注：『雖無佳偶，因而留之。譬若水石之藏珠玉，山川爲之輝媚也。《尸子》曰：水中折者有玉，圓折者有珠。孫卿子曰：玉在山而木潤，淵生珠而岸不枯。高氏注：玉，陽中之陰，故能潤澤草。珠，陰中

之陽，有明，故岸不枯。《廣雅》曰：韞，裹也。』銑注：『謂上佳句雖無耦對，在衆辭之中，如石藏美玉，山必有光；水含明珠，川則有媚。』韞，藏也。《論語·子罕》：『有美玉於斯，韞匵而藏諸，求善賈而沽諸。』何晏《集解》：『馬融曰：韞，藏也。』暉，同輝。媚，嫵媚。《説文》：『媚，説也。』《玉篇》：『媚，嫵媚也。』此二句言玉藏諸石中，使山有光輝，珠含於水中，使水亦嫵媚。意即善所謂『雖無佳偶，因而留之』之意。

⑥善注：『榛楛，喻庸音也。以珠玉之句既存，故榛楛之辭亦美。《毛詩》曰：榛楛濟濟。郭璞《山海經注》曰：榛，小栗。楛，木可以爲箭。』銑注：『如榛楛不翦，亦有榮色，攢集成鬱然之青也。榛、楛，皆木名。翠，青也。』集，鳥棲息於上。《説文》：『羣鳥在木上也。從雥從木。』此二句言至於那些譬若榛楛之庸辭，並未删去，亦蒙妙辭之光華，而譬鳥集於樹而使有翠緑之生機。

⑦善注：『言以此庸音而偶彼嘉句，譬以《下里》鄙曲，綴於《白雪》之高唱，吾雖知美惡不倫，然且以益夫所偉也。宋玉《對楚王問》曰：客有歌於郢中者，其始曰《下里》。宋玉《笛賦》曰：師曠爲《白雪》之曲。《淮南子》曰：師曠奏《白雪》，而神禽下降。《白雪》，五十弦瑟樂曲名。《下里》俗之謡歌。《説文》曰：偉，猶奇也。《協韻》，禹貴切。』銑注：『猶《下里》之詞，綴《白雪》之曲，知其美惡，雖殊亦足濟其所美也。《下里》，鄙辭也。《白雪》，高曲也。偉，美也。』俚，通里。《正字通》：『野人歌作俚。』此二句銑釋甚明。

此段分論作文利害關鍵之四：以絶妙之辭振動全篇，染華采於庸音。方廷珪《昭明文選集成》評曰：『以上乃一篇中雖屬平順，但有一節可取，亦不失其爲妍。○通上爲一大段。』張少康《文賦集釋》曰：『這四小段論文術，分析了文章寫作中常見的幾個問題，指出了解决這些問題的方法。歸納起來就是：定去留，立警策，戒雷同，濟庸音。』

或託言於短韻，對窮迹而孤興。俯寂寞而無友，仰寥廓而莫承①。譬偏絃之獨張，含清唱而靡應②。

【注釋】

① 善注：『短韻，小文也。言文小而事寡，故曰窮迹。迹窮而無偶，故曰孤興。言事寡而無偶，俯求之，則寂寞而無友；仰應之，則寥廓而無所承。』翰注：『窮迹，謂幽窮之處。思慮特起，俯入於寂寞，仰遊於寥廓。友，志也。』友，此指與之相友者。窮迹，猶言窮途。窮，盡；迹，人迹。陸雲《答張士然》：『脩路無窮迹，井邑自相循。』此喻意象貧乏。興，起興。朱熹《詩集傳》：『興者，先言他物以引起所詠之辭也。』俯，猶言俯視下文。寥廓，廣遠空虛貌。《楚辭・遠遊》：『下峥嶸而無地兮，上寥廓而無天。』洪興祖補注：『師古云：寥廓，廣遠也。』仰，猶言仰承上文。此四句言或託絕妙之辭于小文，其意也狹；或對貧乏意象而感發，其興也孤。俯視下文，無佳句與之相接；仰承上文，皆空虛莫與相承。

② 善注：『言累句以成文，猶衆絃之成曲。今短韻孤起，譬偏絃之獨張。絃之獨張，含清唱而無應。韻之孤起，藴麗則而莫承也。』毛萇《詩傳》曰：『靡，無也。應，於興切。』翰注：『尋求文辭，辭無遂志，志無所承，如偏絃獨張，清曲無應也。唱，曲之通稱也。』偏絃，單絃。偏，一也。《公羊傳・桓公十年》：『此偏戰也。』何休注：『偏，一面也。』張，猶彈奏。《説文》：『張，施弓絃也。』此二句言體制短小，意象貧乏之文，譬如單絃彈奏，單音獨唱，單調而無應和之聲。

此段論文章弊病之一：篇幅短小，意象匱乏，不足以成文。方廷珪《昭明文選集成》評曰：『以下論文之五病。』『以上短促之病。』

或寄辭於瘁音，言徒靡〔一〕而弗華。混妍蚩而成體，累良質而爲瑕①。象下管之偏疾，故雖應而不和②。

【校勘】

〔一〕『言徒靡』，《文選》卷十七作『徒靡言』。胡克家《文選考異》曰：『袁本、茶陵本「徒靡言」作言徒靡。案：二本不著校語，蓋尤誤倒也。』《札記》：『《文選》言在靡下，一本與此同。』

【注釋】

①善注：『瘁音，謂惡辭也。靡，美也。言空美而不光華也。班固《漢書》贊曰：纖微憔悴之音作，而民思憂。薛君《韓詩章句》曰：靡，好也。妍謂言靡。蚩謂瘁音。既混妍蚩，共爲一體，翻累良質而爲瑕也。《禮記》曰：玉，瑕不掩瑜。鄭玄曰：瑕，玉之病也。』向注：『瘁音，謂託詠於鄙物也。言徒侈靡而不華麗，混同美惡，實累風雅之道，如玉之有瑕也。良質，謂風雅也。瑕，謂玉病也。』瘁，《廣韻》：『病也。』妍，《集韻》：『媚也，麗也，美也。』此四句言或寄妙辭於惡音，言辭雖美而無光華，混同美惡而成爲一體，反累贅妙辭之良質而成瑕疵。

②善注：『言其音既瘁，其言徒靡，類乎下管，其聲偏疾，升歌與之間奏，雖復相應，而不和諧。杜預

《左氏傳注》曰：象，類也。《禮記》曰：升歌清廟，下管象武。王肅《家語注》曰：下管，堂下吹管，象，武舞也。』向注：『堂上歌鹿鳴，堂下吹下管，管聲疾，與鹿鳴雅聲不相和叶，故此文象之也。』下管，堂下之樂。古有象舞，武王所作以象文王武功，舞時奏《維清》之詩。象舞爲武舞，以管所奏，故樂偏疾。《禮記·仲尼燕居》：『升堂而樂闋，下管象武，夏籥序興。』孫希旦《集解》：『《維清》以奏象舞，故因謂《維清》爲象。下管象，謂堂下之樂以管播《維清》之詩也。』按：此文之象，類也，動詞；非象舞之象，名詞。此二句言累良質之瘁音，類下管吹《維清》之詩，雖有其他音樂相應，然不和諧。

此段論文章弊病之二：混同美惡，而成一體，使文不和諧。方廷珪《昭明文選集成》評曰：『以上急促之病。』

或遺理以存異，徒尋虛而〔一〕逐微①。言寡情而鮮愛，辭浮漂而不頤〔二〕。猶絃幺〔三〕而徽急，故雖和而不悲②。

【校勘】

〔一〕『而』，陸刻本、《百三家集》本、陳仲魚校本、鄧邦述校本作『以』。六臣本注：『善作以。』陳仲魚校本、鄧邦述校本并校作『而』。

〔二〕『頤』，陸刻本、《百三家集》本、陳仲魚校本、鄧邦述校本作『歸』。六臣本注：『五臣作頤。』《文集》校曰：『頤，《文選》作歸。』陳仲魚校本、鄧邦述校本并校作『頤』。

〔三〕『幺』，陸刻本、陳仲魚校本作『麼』，《百三家集》本作『幺』。幺，音同么。

【注釋】

① 存異，存其異見。尋虛，追求虛飾之辭。逐微，究其細微之事。按：《文心雕龍·指瑕》曰：『晉末篇章，依希其旨，始有賞際奇至之言，終無撫叩酬酢之語。』黄侃《札記》：『案晉來用字有三弊：一曰造語依稀，如賞撫二字之外，戒嚴曰纂嚴，送别曰瞻送，解釋曰領悟，契合曰會心。至如品藻之詞，尤爲模略……叩其實義，殊欠分明。』此即爲尋虛逐微之徵也。此二句言意或遺其理義而顯其異見，辭或務爲虛飾而追求細微。

② 善注：『漂，猶流也。不歸，謂不歸於實。《説文》曰：么，小也。《淮南子》曰：鄒忌一徽琴，而威王終夕悲。許慎注曰：鼓琴循弦謂之徽。悲雅俱有，所以成樂。直雅而無悲則不成。』翰注：『託思於物，必有至情。愛好之者，然後形之於言也。若遺其理要，存於小異，務爲虛飾，以逐微細，言而寡情，情復少愛，則浮辭漂蕩不歸於事實矣。亦由絃小而調急，雖聲和諧，則躁烈而不悲也。豈如緩調静雅而悲聲可聞乎？徽，調也。』幺，同么。《韻會》：『么，俗幺字。』此四句言内容缺乏情感，而少摯情，文辭漂浮遊移，不切事實。譬如小絃而彈疾急之音，雖和諧却不能悲切感人。

此段論文章弊病之三：文辭浮詭，情感不深，缺乏感人之力量。方廷珪《昭明文選集成》評曰：『以上蹈虛詭譎之病。』

或奔〔一〕放以諧合，務嘈囋而妖冶①。徒悦目而偶俗，固高聲〔二〕而曲下。寤《防露》與《桑間》，又雖悲而不雅②。

【校勘】

〔一〕『奔』，《百三家集》本、陳仲魚校本、鄧邦述校本作『犇』，古二字同。陳仲魚校本、鄧邦述校本校作『奔』。

〔二〕『高聲』，《文選》卷十七、《百三家集》本、陳仲魚校本、鄧邦述校本作『聲高』。

【注釋】

① 善注：『《埤蒼》曰：曹啐，聲貌。啐與囋及嚽同。』濟注：『嘈囋，浮艷聲。或有奔馳放縱其思，以求和合，務成嘈囋之聲，以爲美麗悦目偶俗而已。諧，和也。妖冶，美麗也。』嘈囋，《新方言·釋言》：『通語謂多聲爲嘈囋。』妖冶，美豔逸蕩貌。鮑照《行路難》：『陽春妖冶二三月，從風簸蕩落西家。』此二句言文辭奔逸放縱，以合時俗，音調繁雜，艷麗逸蕩。

② 善注：『言聲雖高而曲下。張衡《舞賦》曰：既娱心以悦目。《廣雅》曰：耦，諧也。耦與偶古字通。防露未詳。一曰：謝靈運《山居賦》曰：楚客放而《防露》作。注曰：楚人放逐，東方朔感江潭而作《七諫》。然靈運有《七諫》，有「防露」之言，遂以《七諫》爲《防露》也。《禮記》曰：桑間濮上之音，亡國之音也。鄭玄曰：濮水之上，地有桑間。先亡國之音於此水上。』濟注：『此聲之雖高而曲下者，乃覺《防露》之雅樂，桑間

濮上亡國之音，雖悲而不雅也。謂爲文不可苟徒悦目偶俗而已，須窮妙理者也。寤，覺也。』按：防露，有二解：一曰霑露，普通名詞。東方朔《楚辭・七諫》：『上葳蕤而防露兮，下泠泠而來風。』意爲霑露。此即謝靈運《山居賦》『楚客放而《防露》作』之所本。二曰古曲名，專有名詞。《月賦》：『徘徊《房露》，惆悵《陽阿》。』善注：『《防露》蓋古曲也。《文賦》曰：寤《防露》與《桑間》，又雖悲而不雅。房與防古字通。』李注前後抵牾，以此爲是。朱珔《文選集釋》：『案楊氏慎云：楚客爲屈原，原忠諫放逐，其辭何得云不雅？《防露》與桑間對，則爲淫曲。謝莊《月賦》……以《防露》對《陽阿》，可知非雅曲也。孫氏（志祖）《補正》引何（焯）云：防露，指「豈不夙夜，謂行多露」言。言桑間不可並論，故戒妖冶也。余謂如何説，一貞一淫，非「與」字之義。楊説近是。然以爲皆淫曲，亦非。觀下句雖悲不雅，必二者皆悲詞。注言「桑間，亡國之音」，與悲合，則《防露》疑即《薤露》。宋玉《對楚王問》有《陽阿》《薤露》，《月賦》亦並舉之。徘徊、惆悵皆悲意而終非雅曲，故云雖悲而不雅也。』桑間，指桑間濮上之音。《禮記・樂記》：『桑間濮上之音，亡國之音也。』然《漢書・地理志》：『衛地有桑間濮上之阻，男女亦亟聚會，聲色生焉，故俗稱鄭衛之音。』可見桑間濮上之音，亦即今之所謂情歌，在此賦中《防露》與《桑間》對舉，亦當爲情歌矣。此四句言縱逸之辭徒悦目而迎合世俗，聲音雖高，曲調卑下。故使人感到如《防露》《桑間》之情歌，雖悲切感人，却不雅正。

此段論文章弊病之四：聲繁逸蕩，流於世俗，色澤悦目，情感動人，然不雅正。方廷珪《昭明文選集成》評曰：『以上靡穢之病。』

或清虛以婉約，每除煩而〔一〕去濫①。闕大羹之遺味，同朱絃之清氾〔二〕。雖一唱而三歎，固既雅而不豔②。

【校勘】

〔一〕『而』，六臣本注：『五臣作以。』

〔二〕『氾』，《文集》及別本作『汜』，扞格難通。陸刻本作『氾』，今據改。

【注釋】

① 善注：『《左氏傳》：君子曰：臣除煩而去惑。』清虛，清簡。《淮南子·主術》：『故有道之主，滅想去意，清虛以待不伐之言，不奪之事。』婉約，低回婉轉。《國語·吳語》：『故婉約其辭，以從逸王志。』韋昭注：『婉，順也。約，卑也。』煩，繁多。《書·盤庚下》：『禮煩則亂，事神則難。』濫，《說文》：『氾也。』此指言語誇誕。『清虛』與『煩』相對，『婉約』與『濫』相對。此二句言或語言清簡，低回婉轉，刪除繁縟，去其誇誕。

② 善注：『言作文之體，必須文質相半，雅豔相資。今文少而質多，故既雅而不豔。比之大羹，而闕其餘味；方之古樂，而同清氾，言質之甚也。餘味，謂樂羹皆古，不能備其五聲五味，故曰有餘也。《禮記》曰：清廟之瑟，朱絃而疏越，一唱而三歎，有遺音者矣。大饗之禮，尚玄酒而俎腥魚，大羹不和，有遺味者矣。鄭玄曰：朱絃，練朱絃也，練則聲濁，越瑟底孔畫疏之，使聲遲，唱，發歌句者。三歎，三人從而歎之。大羹，肉湆不調以鹽菜也。遺，猶餘也。然大羹之有餘味，以爲古矣，而又闕之，甚（按：疑爲質）甚之辭

也。』良注：『文有專尚清約而質樸者，則如大羹不和五味，同朱絃之清音也。大羹，肉汁。清廟之瑟，朱絃而聲淡雅，奏於清廟，一人唱之，三人從而歎之。此雅而不豔也。』大羹，未調五味的肉汁。清氾，猶清散。許文雨《文論講疏》：『《康熙字典》引陸賦朱絃清氾語，注云：氾，葉孚絢切，音現。氾之義散也。清散則不繁密，以形古樂之質樸。』此二句言清虛婉約之辭，如大羹缺少餘味，朱絃清散而不繁密，雖一唱三歎，典雅之至，然缺少豔麗。

此段論文章弊病之四：清虛婉約，删煩去濫，雖質樸典雅，却寡味而不豔。方廷珪《昭明文選集成》評曰：『以上徒質之病。』『以上五病，乃文之媸而不妍者。』

若夫豐約之裁，俯仰之形，因宜適變，曲有微情①。或言拙而喻巧，或理樸而辭輕。或襲故而彌新，或沿濁而更清②。或覽之而必察，或研之而後精。譬猶舞者赴節〔一〕以投袂，歌者應絃而遣聲③。是蓋輪扁〔二〕所不得言，故亦非華説之所能精〔三〕④。

【校勘】

〔一〕『譬猶舞者赴節』，《藝文類聚》卷五十六作『譬循舞者趍節』。又『赴』，六臣本曰：『赴，五臣作趍。』赴節、趍節，語意相同。張率《擬樂府・長相思》：『歌兒流唱聲欲清，舞女趍節體自清。』

〔二〕《文鏡秘府論》在『輪扁』字下有『之』字。

〔三〕『故亦』，六臣本無『故』字；五臣本無『亦』字。又『精』，《文鏡秘府論》作『明』。

【注釋】

①善注：『《廣雅》曰：約，儉也。毛萇《詩傳》曰：適，之也。《楚辭》曰：結微情以陳辭。《説文》曰：微，妙也。』銑注：『豐約，文質也。裁，制也。俯仰，謂上下也。因其所宜，逐便而變，則委曲而有微情，謂文質相兼也。』宜，《説文》：『安也。』此四句言至於文章詳略之體制，抑揚之變化，應因其所安，適其所變，曲折而有微妙之情。

②善注：『孔安國《尚書傳》曰：襲，因也。《禮記》曰：明王以相沿。鄭玄曰：沿，犹因述也。』向注：『皆謂文質今古相半也。樸，質；沿，洄也。有襲故事而意乃新者，有因言之濁而更清也。』清濁，以樂喻也。《大戴禮記》卷五：『截十二管以宗八音之上下清濁，謂之律也。』此四句言或言辭拙直而喻義巧妙，或意理樸質而文辭輕巧。或襲用舊典而愈見新意，或因其濁音却顯音清。

③善注：『王粲《七釋》曰：邪睨鼓下，亢音赴節。《左氏傳》曰：投袂而起。杜預曰：投，振也。』翰注：『謂或初覽拙，察見其妙，有研味，久而後知精美。』銑注：『文入妙理，譬如善舞者趁節舉袖，善歌者與絃相應，遣合其聲如一也。投，舉；袂，袖也。』此四句言或一見而察其妙，或研究而見其美，均如舞者合音樂節拍而起舞，歌者應琴弦節奏而發音。

④善注：『《莊子》曰：桓公讀書於堂上，輪扁斲於堂下。釋椎鑿而上，問桓公：敢問公之所讀者何言也？公曰：聖之言。曰：聖人在乎？公曰：死矣。輪扁曰：然則君之所讀者，聖人之糟魄耳。公曰：寡人讀書，輪人安得議乎？有説則可，無説則死。輪扁曰：臣也以臣之事觀之，斲輪，徐則甘而不固矣，疾則苦而不入矣。不徐不疾，得於手而應於心，口不能言也，有數存焉於其間，臣不能以喻臣之子，臣之子亦不能受之於臣，是以行年七十，而老斲輪。郭子玄云：言物各有性，效學之無益也。李頤曰：齊桓公也。扁

音篇。謂斲輪之人，扁其名也。李頤曰：酒滓曰糟。司馬彪曰：爛食曰魄。甘，緩也。苦，急也。李曰：數，術也。王充《論衡》曰：虚談竟於華葉之言，無根之深，安危之際，文人不與，徒能華説之效也。』良注：『輪扁，古之善斲輪者。齊桓公堂上讀書，扁曰：讀此何爲？唯得古人之糟粕耳。且臣斲輪，經今七十載矣。徐則甘而不固，疾則苦而不入，各得之於心，應之於手，而口不能傳之於子。於今取古人之言而云達者，未之有也。凡發言不能成功者，謂之華説也。文章之妙，故非此輩所能精察而言也。』華説，猶巧言令辭。曹植《七啓》：『正流俗之華説，綜孔氏之舊章。』此二句言文章之妙如輪扁運斤，心悟其妙而不可言傳，非巧言令辭所能精詳。

此段言文章之妙在於豐約隨體，曲折隨形，因其所安，適其所變。其間妙處，難以言説。方廷珪《昭明文選集成》評曰：『此段見作文要臨機之時，驅遣有法，變化從心，即序中所云「隨手之變，良難以辭逮」者，此時得心應手，又非一節之美可盡。末以歌舞爲譬，亦是從音節上見。』

普辭條與文律，良余〔一〕膺之所服①。練世情之常尤，識前脩之所淑②。雖濬發於巧心，或受蚩〔二〕於拙目③。彼瓊〔三〕敷與玉藻，若中原之有菽。同橐籥之罔窮，與天地乎並育④。雖紛藹於此世，嗟不盈於手〔四〕掬⑤。患挈瓶之屢空，病昌言之難屬。故踸踔於短韻〔五〕，放庸音以足曲⑥。恒遺恨以終篇，豈懷盈而自足⑦。懼蒙塵於叩缶，顧取笑乎鳴玉⑧。

【校勘】

〔一〕『余』，六臣本作『予』，又注曰：『善本作余。』

〔二〕『蚩』，陸刻本、陳仲魚校本、鄧邦述校本作『欰』。《七十二家集》本、《百三家集》本作『嗤』。善注曰：『欰，笑也。欰與蚩同。』胡克家《文選考異》曰：『袁本「欰」作嗤，校語云：善作蚩。茶陵本作「欰」，與此同。校語云：五臣作嗤。』陳仲魚校本、鄧邦述校本校作『蚩』。

〔三〕『瓊』，《百三家集》本、陳仲魚校本、鄧邦述校本作『璚』。陳仲魚校本、鄧邦述校本校作『瓊』。古二字通。

〔四〕『手』，六臣本、《百三家集》本作『予』。六臣本注：『五臣作手。』

〔五〕『韻』，陸刻本、陳仲魚校本作『垣』。胡克家《文選考異》曰：『袁本、茶陵本「垣」作韻，不著校語。』陳仲魚校本校作『韻』。金濤聲校曰：『短韻與下文足曲正相對，宜據改。』

【注釋】

① 善注：『《尚書》：帝曰：律和聲。孔安國曰：律，六律也。《禮記》：子曰：回得一善，則拳拳服膺，不失之。』濟注：『普見文章之條，流及與音律，實我心之所服翫也。膺，當也。』張鳳翼《文選纂注》：『辭條，辭之條幹也。文律，文之紀律也。言二者皆吾所佩服而不忘也。』條，科條，法則。《戰國策·秦策一》：『科條既備，民多僞態。』律，規律，規則。《淮南子·覽冥訓》：『以治日月之行律。』許慎注：『律，度也。』膺，《玉篇》：『胸也。』此二句言廣泛考察前人語言之法則和文章之規律，確是使我服膺。

②善注：『《纏子》：董無心曰：罕得事君子，不識世情尤非也。《楚辭》曰：謇吾法夫前脩，非時俗之所服。淑，善也。』翰注：『尤，過也。前脩者，前賢也。淑，美也。練簡時人之常過，乃識前賢之所美也。』練，熟悉，熟練。《南史·王准之傳》：『彪之博聞多識，練悉朝儀。』此二句言熟悉時俗文章之失，洞識前賢文章之美。

③善注：『言文之難，不能無累。雖復巧心濬發，或於拙目受蚩。欰，笑也。欰與嗤同。』向注：『濬，深；嗤，笑也。謂作文者，雖深發巧思，或與拙者見而笑之，言其不知音也。』巧心，即前修之文。拙目，猶拙見。此二句言前賢之文雖深發於巧思，或受拙見者所譏笑。

④善注：『瓊敷玉藻，以喻文也。《毛詩》曰：中原有菽，庶人采之。毛萇曰：中原，原中也。菽，藿也。力采者得之。《老子》曰：天地之間，其猶橐籥乎？虛而不屈，動而愈出。河上公曰：橐籥，中空虛，故能育聲氣也。王弼曰：橐，排橐。籥，樂器。按：橐，冶鑄若用以吹火使炎熾。《說文》曰：橐，囊也。橐，音託。籥，音藥。』銑注：『瓊敷玉藻，謂文章妙句，其爲無限，若中原有菽，采之則有，同天地之氣無窮，並育於中也。菽，豆葉也。橐籥，天地間氣也。罔，猶無也。』敷，同旉，華。《易·說卦》：『震爲雷，爲龍，爲玄黄，爲旉。』孔穎達《正義》：『爲旉，取其春時氣至，草木皆吐，旉布而生也。』橐籥，乃冶煉或燒火所用之風箱。與音樂無關。此四句言先賢譬如瓊花玉紋的優美文辭，如中原之有菽，隨處可見。又同橐籥之風無窮，與天地並生。

⑤善注：『《毛詩》曰：終朝采緑，不盈一掬。毛萇曰：緑，王芻。兩手曰掬。』翰注：『紛藹，謂繁多也。文華之詞雖繁多於人世，嗟攬之不滿於手掬也。』盈，滿。善引詩出《小雅·采緑》，毛詩傳：『終朝采之，而不滿手。』此二句言雖世間優美文辭繁多，可惜我所得之不盈一掬。

⑥ 善注：『挈瓶，喻小智之人，以注在上。（按：『以注在上』，是指《東京賦》『且夫挈瓶之智』注。）何休曰：提，猶挈也。《左氏傳》曰：雖有挈瓶之智，守不假器。《論語》曰：回也屢空。《尚書》：帝曰：禹亦昌言。孔安國曰：昌，當也。王逸《楚辭注》曰：屬，續也。《廣雅》曰：踸踔，無常也。今人以不定爲踸踔，不定，亦無常也。《莊子》曰：夔謂蚿曰：吾以一足踸踔而行，爾無如矣。謂腳長短也。踸，敕甚切。踔，敕角切。《國語》曰：有短垣，君不逾。《爾雅》曰：庸，常也。』濟注：『挈瓶，小器也。謂小智之人才思屢空也。昌，當；屬，綴也。踸踔，遲帶也。短韻，小篇也。言遲滯於小篇，放情常音，務添足曲聲也。文有音韻，故通稱曲也。』昌言，猶佳辭。垣，矮牆。《國語·吴語》：『君有短垣，而自逾之。』《集韻》：『卑曰垣，高曰墉，牆也。』《文選集釋》：『（段玉裁言）踸踔，謂腳短長也。短垣可云踸踔不進，不得施於短韻。賦上文既云短韻，此不應複，是寫書者涉上文而誤。尤本獨得之。余謂段説是也。「踸踔短韻」，殊不成文義。推賦意與上「患挈瓶之屢空」，皆爲喻語。挈瓶，喻小智，故言「昌言難屬」。此謂力薄而放庸音，如踸踔於短垣，未免蹢躅之狀，總形支絀。二者皆由於才有不逮，故下云「恒遺恨以終篇，豈懷盈而自足」也。』此四句言常患才薄學疏，難以綴輯佳美之文辭，猶如跛足以越矮牆，踟躕不進，只得勉强以平庸之辭拼凑成篇。

⑦ 善注：『言才恒不足也。《答賓戲》曰：孔終篇於西狩。』向注：『謂不工文者，終篇常有遺恨。恨未盡往境，豈有知盈滿之分而以爲自足也。』此二句言常于作文終篇之後充滿遺憾，那還心懷得意而自滿自足呢？

⑧ 善注：『缶，瓦器，而不鳴，更蒙之以塵，故取笑乎玉之鳴聲也。《文子》曰：蒙塵而欲無眯，不可得也。李斯上書曰：擊甕叩缶。』良注：『玉，謂玉磬。謂不工文者，若蒙昏塵之中，以叩擊瓦器，必取笑於鳴玉之人耳。』此二句言常擔心叩擊蒙塵之缶而無聲，自視則爲鳴玉者所譏笑也。

此段謂雖洞見古人佳文之美，然自己創作，則文思滯礙，庸音足篇。蓋謂佳篇之難得，『非知之難，能之難也』之意。方廷珪《昭明文選集成》評曰：『此段明作文不知法前修，只知步趨時下，歷指其害。近人束書不觀，此病尤多，但彼尚知恨知懼，近人不惟不知恨不知懼，且以自鳴其得意也，噫！』

若夫感應〔一〕之會，通塞之紀，來不可遏，去不可止。藏若景滅，行猶響起①。方天機之駿利，夫何紛而不理②。思風發於胸臆，言泉流於脣齒。紛威蕤以馺遝，唯毫素之所擬。文徽徽以〔二〕溢目，音泠泠〔三〕而盈耳③。及其六情底滯，志往神留。兀若枯木，豁若涸流④。攬〔四〕營魂以探賾，頓精爽而〔五〕自求。理翳翳而愈〔六〕伏，思軋軋〔七〕其若抽⑤。是以〔八〕或竭情而多悔，或率意而寡尤⑥。雖茲物之任〔九〕我，非余力之所勠。故時撫空懷而自惋，吾未識夫開塞之所由也〔一〇〕⑦。

【校勘】

〔一〕『感應』，《文選》卷十七、《藝文類聚》卷五十六作『應感』，宜據改。

〔二〕『以』，茶陵本曰：『五臣作而。』

〔三〕『泠泠』，《文集》作『冷冷』，形近而誤。《文選》卷十七、陸刻本、《百三家集》本、作『泠泠』，陳仲魚校本、鄧邦述校本并校作『泠泠』。今據改。

〔四〕『攬』，六臣本作『覽』，又注曰：『善作攬。』古二字通。

〔五〕『而』，《文選》卷十七、陸刻本、《百三家集》本、陳仲魚校本、鄧邦述校本作『於』。《札記》：『《類聚》於作而。』

〔六〕『愈』，六臣本注：『五臣作逾。』古二字通。

〔七〕『軋軋』，六臣本、陸刻本、陳仲魚校本、鄧邦述校本作『乙乙』。《文選》善注曰：『乙音軋。』又六臣本注：『善作乙乙。』又陳仲魚校本、鄧邦述校本校作『軋軋』。《札記》：『《類聚》作思軋軋而若抽。』古二詞皆擬聲，可通。

〔八〕『是以』，《藝文類聚》卷五十六、六臣本作『是故』。六臣本注：『善作以。』

〔九〕『任』，陸刻本、《百三家集》本、陳仲魚校本、鄧邦述校本作『在』。陳仲魚校本、鄧邦述校本并校作『任』。

〔一〇〕『由也』，陸刻本、陳仲魚校本、鄧邦述校本無『也』。陳仲魚校本、鄧邦述校本校補『也』。

【注釋】

① 善注：『紀，綱紀也。《周易》曰：不出户庭，知通塞也。《莊子》曰：其來不可却，其去不可止。《毛詩傳》曰：遏，止也。孔安國曰：遏，絶。枚乘《上書》曰：景滅迹絶。《王命論》曰：趣時如響起。』翰注：『用情有應感於會合之地者，通塞於綱紀之所者，則思來不可遏而拒之，思去不可止而留之，非人力所致也。思之將藏，若形影之滅没也；將行，如音響之動也。』感應，一作應感，應物而感興。《易・咸》：『柔上而剛下，二氣感應以相與。』王弼注：『天地萬物之情，見於所感也。』會，《説文》：『合也。』紀，會也。《禮紀・月

令》：『是月也，日窮於次，月窮於紀，星回於天。』鄭玄注：『紀，會也。』此六句言至若應物感興，心物交會，或文思通暢，來時不可遏制；或文思滯塞，去時又無法阻止。藏匿時如光影之滅，湧現時如回聲響起。

②善注：『《莊子》：蚿曰：今予動吾天機。司馬彪曰：天機，自然也。又《大宗師》曰：其嗜欲深者，其天機淺也。劉障曰：言天機者，言萬物轉動，各有天性，任之自然，不知所由然也。』翰注：『比之天機駿利，何亂不理也。天機，自然之性也。紛，亂也。』駿利，猶敏鋭。此二句言文思通暢如天性之敏鋭，物情紛紜，皆可條理也。意謂人情、物狀雖紛紜複雜，無不相應，言舉重若輕也。

③善注：『《論衡》曰：吾言潏淈而泉出。威蕤，盛貌。駁遝，多貌。《封禪書》曰：紛綸葳蕤。毫，筆也。《纂文》曰：書縑曰素。揚雄《書》曰：齎紬素四尺。延篤《仁孝論》曰：煥乎爛兮，其溢目也。《論語》曰：洋洋乎盈耳哉。』向注：『思之發也，如風起激於胸臆。言之出也，如泉之湧動於唇齒矣。紛葳蕤，盛美貌。駁遝，壯貌。皆著於毫素之上，徽徽溢目，文章盛也；泠泠盈耳，音韻清也。毫，筆也。素，帛也。』紛，《玉篇》：『紛，亂也，馬尾韜也。』駁遝，馬疾行貌，形容其駿利。《説文》：『駁，馬行相及也。』《爾雅·釋言》：『逮，遝也。』徽徽，美貌。謝莊《孝武皇帝歌》：『肅肅清廟，徽徽閟宫。』上六句言文思如風發於胸臆，言辭如泉流於唇齒。文思紛如繁盛之花，駿利如馬疾行，唯需紙筆所草擬。惟此爲文則文采美妍滿目，音韻清泠盈耳。上數句謂文思通暢之情狀。

④善注：『《春秋演孔圖》曰：詩含五際六情，絶於申。宋均曰：申，申公也。仲長子《昌言》曰：喜怒哀樂好惡，謂之六情。《國語》曰：夫人氣縱則底，底則滯。韋昭曰：底，著也。滯，廢也。《莊子》曰：形固可使如枯木，心固可使如死灰。郭象注《莊子》曰：遺身而自得，雖掞然而不持，坐忘行忘而爲之。故行若曳枯木，止若聚死灰，是以云其神凝也。向秀曰：死灰枯木，取其寂漠無情耳。《爾雅》曰：涸，竭也。《國

語》：泉涸而成梁。涸，水盡也。』濟注：『志往神留，謂志思往而神留也。兀若枯木，思不動也。豁若涸流，思之竭也。謂豁然空虛，涸而無水。』兀，不動貌。豁，已竭貌。底滯，猶滯澀。此四句言及其情感滯澀之時，心之所慮，而神思不入，呆若枯死之樹木，空若干涸之流水。

⑤善注：『自求于文也。《楚辭》曰：營魂而升遐。《周易》曰：探賾索隱，鉤深致遠。《左氏傳》：樂祁曰：心之精爽，是謂魂魄。《孟子》曰：使自求之。《方言》曰：翳，奄也。乙，抽也。乙乙，難出之貌。《説文》曰：陰氣尚强，其出乙乙然。乙音軋。《新論》曰：桓譚嘗欲從子雲學賦。子雲曰：能讀千賦，則善爲之矣。譚慕子雲之文，嘗精思於小賦，立感發病，彌日瘳。子雲説成帝祠甘泉，詔雄作賦，思精苦，困倦小卧，夢五藏出外，以手收而内之。及覺，病喘悸少氣。士衡《與弟書》曰：思苦生疾。』濟注：『營，謂心府中也。觀覽心腑與魂魄，探賾文理，頓蓄精爽而求之，思逾伏而不發，情若抽而不出。翳翳，暗貌。軋軋，難進也。』探賾，探索玄奧。頓，止。《漢書·李廣傳》：『就善水草頓舍，人人自便。』乙乙，思欲出而屈鬱也。通作軋軋。此四句言殫精竭慮而探索玄奧，集中精神以獨自尋求，然文理隱晦而愈加潛伏，文思難出若抽絲之難。上數句謂文思滯塞之情狀。

⑥善注：『《左氏傳》：趙武曰：范會言於晉國，竭情無私。《淮南子》曰：人輕小害，至於多悔。《論語》：子曰：言寡尤，行寡悔。包曰：尤，過也。』翰注：『或罄竭情思而猶不佳，故多悔；或率意而理亦通，故少過。』此二句言或因文思之塞，竭其情思，辭意不佳而多悔；或文思駿利，率意爲之，辭意順暢而少過。

⑦善注：『物，事也。戮，並也。言文之不來，非予力之所並。《國語》曰：勠力一心。賈逵曰：勠力，併力也。力周切。開，謂天機駿利；塞，謂六情底滯。』翰注：『雖文在我心，實難勠力所致。惋，怨也。故時撫懷自怨，我亦未識文章開塞之所由。言至難也。』勠，猶言勉力。《説文》：『勠，並力也。』與戮同。此四

句言雖然文思在我，然又非勉力所能爲，故時時撫空懷而遺憾，未識其文思開塞之原由。

此段論應物斯感，文思而來，然有文思駿利與底滯之分，爲文有難易之别。作者却未知其原因。清鈔本《昭明文選》俞瑒評曰：『以上言思之開塞即文之利害所由，雖然非力之所能强，正見巧妙之之難傳。雖融會衆理，博通古今、四海之收，自能開通而不致底滯，此又巧妙之不可傳而能自得者也。』方廷珪《昭明文選集成》評曰：『此段極言文機通塞，與前「收視返聽」一段，尤踞一篇之勝。』

伊兹文之爲用，固衆理之所因。恢萬里使〔一〕無閡，通億載而爲津。俯貽則於來葉，仰觀象於〔二〕古人①。濟文武于將墜，宣風聲於不泯②。塗無遠而不彌，理無微而不〔三〕綸。配霑潤於雲雨，象變化乎鬼神③。被金石而德廣，流管絃而日新④。

【校勘】

〔一〕『使』，陸刻本、陳仲魚校本、鄧邦述校本作『而』。《文集》校曰：『使，一本作而。』陳仲魚校本、鄧邦述校本校作『使』。

〔二〕『於』，六臣本作『乎』，并校曰：『五臣作於。』

〔三〕『不』，陸刻本、陳仲魚校本、鄧邦述校本作『弗』。《文集》校曰：『不綸不，一本作弗。』陳仲魚校本、鄧邦述校本校作『不』。

【注釋】

① 善注：『言文能廓萬里而無閡，假令億載而今爲津。《法言》曰：著古昔之昏昏，傳千里之忞忞者，莫如書。李軌曰：昏昏，目所不見。忞忞，心所不了。《小雅》曰：閡，限也。葉，世也。《幽通賦》曰：終保已而貽則。《尚書》曰：予恐來世。又曰：予欲觀古人之象。』良注：『伊，惟也。惟此文之爲用，固乃考衆妙之理，所因而成，使廣大萬里以爲一也。通文章之津梁，使得達也；遺法則於來出，是見古人之象也。恢，大。億，遠。貽，遺也。』津，梁，人之賴以濟者。《玉篇》：『梁也，又水渡也。』貽則，猶垂範法則。象，摹象而示意也。《易・繫辭下》：『象也者，像此者也。』此六句言文章之功用，乃在於衆理因之而得以表達。故文章大至萬里之遠而無界限，溝通億載而爲津梁。下垂範法則於後世，上觀物象而察前人之意。

② 善注：『《論語》：子貢曰：文武之道，未墜於地。《尚書》：畢命曰：章善癉惡，樹之風聲。《毛詩》曰：靡國不泯。毛萇曰：泯，滅也。《爾雅》曰：泯，盡也。』良注：『濟文武之道，使不墜於地。宣暢風俗，申於頌聲，至於不泯滅也。』宣，闡揚。《玉篇》：『宣，布也，通也。』濟，救助。《易・繫辭上》：『知周乎萬物而道濟天下，故不過。』文武，指周文王、周武王。風聲，謂風教。《書・畢命》：『樹之風聲。』孔安國傳：『立其善風，揚其善聲。』《說文》：『聲，音也。』此二句言文章可挽救即將墜落的文武之道，可闡揚風教使不至泯滅。

③ 善注：『《法言》曰：彌綸天地之事。記久明遠者，莫如書。《周易》曰：易與天地準，故能彌綸天地之道。王肅曰：彌綸，纏裹也。《論衡》曰：山大者雲多，太山不崇朝，偏雨天下。然則賢聖有雲雨之智，彼其吐文萬牒以上。賈子曰：神者變化而無所不爲也。』翰注：『文經天地，故無遠不彌，無微不綸。文德可以養人，故配霑潤於雲雨，出幽入微，故象變化乎鬼神。』彌綸，本《易・繫辭》語。彌，有終竟、聯合之意。

綸，有選擇、條理之意。《玉篇》：「彌，徧也。」故可引申爲牢籠一切之意。《易·屯卦》：「君子以經綸。」孔穎達疏：「綸謂綱也，以織綜經緯。」故可引申統舉、振起之意。象，摹擬，描繪。此四句言文章可牢籠遥遠的空間，可統舉細微的道理。德惠世人，可比之以滋潤的雲雨，出幽入微，可擬之以變化的鬼神。

④ 善注：「金，鐘鼎也。石，碑碣也。言文之善者，可被之金石，施之樂章。《禮記》曰：金石絲竹，樂之器也。《漢書》曰：聖王已没，鐘鼓管絃之聲未衰。《吳越春秋》：樂師謂越王曰：君王德可刻之於金石，聲可託之於管絃。《毛詩序》曰：《漢廣》，德廣所及也。《周易》曰：日新之謂盛德也。」翰注：「辭韻流於金石管絃之聲，君王德廣而不衰，故曰日新。」被，《玉篇》：「加也，及也。」金石，打擊之樂器。管絃，絲竹之樂器。《尚書序》：「王又升孔子堂，聞金石絲竹之音。」按：「金石」與「管絃」對舉成文，故知「金石」非指鐘鼎碑碣也。此二句言文章可被之金石，播於管絃，廣傳盛德，日久彌新。

此段論文章功用，可以恢之萬里，通於古今，濟文武之道，揚教化之聲。是爲全文總結，蓋有「經國大業、不朽盛事」之意。《文選尤》鄒思明評曰：「此言文之合遠近、通古今，宏奧不測、可傳可誦以結之。」

【集評】

[晉]陸雲《與兄平原書》：兄文自爲雄，非累日精拔，卒不可得言。《文賦》甚有辭，綺語頗多，文適多，體便欲不清，不審兄呼爾不？

[南朝·梁]劉勰《文心雕龍·論説》：凡説之樞要，必使時利而義貞，進有契於成務，退無阻於榮身。

自非譎敵，則唯忠與信，披肝膽以獻主，飛文敏以濟辭。此説之本也。而陸氏直稱『説煒曄以譎狂』，何哉？

《鎔裁》：夫美製衣，修短有度，雖翫其采，不倍領袖。巧猶難繁，況在乎拙。而《文賦》以爲『榛楛勿翦，『庸音足曲』。其識非不鑒，乃情苦芟繁也。

《總術》：昔陸氏《文賦》，號爲曲盡，然泛論纖悉，而實體未該。

《序志》：詳觀近代之論文者多矣，至於魏文述《典》，陳思序《書》，應瑒《文論》，陸機《文賦》，仲洽《流別》，弘範《翰林》，各照隅隙，鮮觀衢路。或臧否當時之才，或銓評前修之文；或泛舉雅俗之旨，或撮題篇章之意。魏《典》密而不周，陳《書》辯而無當，應《論》華而疏略，陸機巧而碎亂。

［南朝·梁］鍾嶸《詩品序》：陸機《文賦》，通而無貶。

［唐］黄滔《課虚責有賦》：昔者陸機賦乎文旨，推含毫佇思之道，得散樸成形之理。雖羣言互發，則歸於造化之中；而一物未萌，乃鑠在渺茫之始。

［唐］劉知幾《史通·斷限》：陸士衡有云：「雖有愛而必捐。」善哉斯言，可謂達作者之致矣。

［唐］樓穎《國秀集序》：昔陸平原之論文，曰『詩緣情而綺靡』，是彩色相宣，煙霞交映，風流婉麗之謂也。

［日］遍照金剛《文鏡秘府論·天卷·四聲論》：陸士衡《文賦》云：『其爲物也多姿，其爲體也屢遷。其會意也尚巧，其遣言也貴妍。暨音聲之迭代，若五色之相宣。』又云：『若夫豐約之裁，俯仰之形，因宜適變，曲有微情。或言拙而喻巧，或理樸而辭輕。或襲故而彌新，或沿濁而更清。或覽之而必察，或研之而後精。譬猶舞者赴節以投袂，歌者應絃而遣聲。』文體周流，備於茲賦矣。陸公才高價重，絶世孤出，實辭人之龜鏡，固難得文名焉。

［宋］宋祁《宋子京筆記》：文章必自名一家，然後可以傳不朽。若體規畫圓，準方作矩，終爲人臣僕。古人譏屋下架屋，信然。陸機曰：『謝朝華於已披，啓昔秀於未振。』韓愈曰：『惟陳言之務去。』此乃爲文之要。（《苕溪漁隱叢話》前集卷四十九）

［宋］吕本中《童蒙訓》：陸士衡《文賦》云：『立片言之居要，乃一篇之警策。』此要論也。文章無警策，則不足以傳世，蓋不能竦動世人。如老杜及唐人諸詩，無不如此。但晉宋間人專致力於此，故失於綺靡而無高古氣味。（《苕溪漁隱叢話》前集卷四十九）

［宋］王觀國《學林》卷五：陸機《文賦》曰：『或操觚以率爾，或含毫而邈然。』五臣注《文選》曰：『觚，木也。古人用之以爲筆。』觀國案：《廣韻》曰：䉉，方也。亦作觚。《禮部韻略》曰：䉉，竹簡也。《玉篇》曰：䉉，破䉉爲圜也。以此考之，則操觚者，操竹簡也。觚，方也、角也。破䉉爲圜者，改方以爲圜也。《漢書·郊祀志》曰：『甘泉泰畤紫壇八觚，宣通象八方。』顔師古注曰：『觚，角也。』又《漢書·律曆志》曰：『其筭法：用竹徑一分，長六寸，二百七十一枚而成六觚，爲一握。』蘇林注曰：『六觚，六角也。』是則八觚者，八方角也。六觚者，六方角也。但有方角，則可謂之觚。竹簡，有方角者也，故竹簡謂之觚。』然陸機《文賦》所謂操觚者，非木也，亦非筆也，明矣。若牘者，乃木簡也。觚又爲酒器，其容二升，蓋亦酒器之有方角之形者也。《禮》曰：『獻以爵而酬以觚。』《語》曰『觚哉觚哉』之類是也。

［宋］龔頤正《芥隱筆記》『意匠』條：意匠（老杜《丹青引》：『詔謂將軍拂絹素，意匠慘澹經營中。』）慘澹經營中，用陸機《文賦》『意司契而爲匠』。

［宋］孫奕《履齋示兒編·文説》卷一：漢人文章最爲近古，然文之重複，亦自漢儒倡之。賈生《過秦論》曰：『席捲天下，包舉宇内。囊括四海之意，併吞八荒之心。』四句而一意也。至於陸士衡《文賦序》曰：『妍

嫿好惡』，四字二意也。

〔元〕祝堯編《古賦辯體》卷五：《文賦》，賦也。敘作文之變態以爲賦也。中曰：『其爲物也多姿，其爲道也多遷。其會意也尚巧，其遣言也貴妍。』蓋當時貴尚妍巧，以爲至文，又豈知古人之文哉！至於論賦則曰：『體物而瀏亮。』使賦在於體物瀏亮而已乎？則又何以妍巧爲？

〔元〕王思明《金石例序》：文章先體制，而後論其工拙。體制不明，雖操觚弄翰於當時猶不可，況其勒于金石者乎？陸士衡《文賦》論作文體制大略可見。（元潘昂霄《金石例》）

〔明〕方孝孺《遜志齋集·與舒君》：今足下乃病陸士衡《文賦》淺狹而有作，竊窺敘述大意，甚美。士衡於道未有知，所賦者，特當時相尚之文，固有志者所不讓，足下病之誠宜。第其中有不易之論，如曰『謝朝花於已披，啓夕秀於未振』，又曰：『怵他人之我先』，彼未爲無見。但立志有非前人之意，乃不然耳。然其言之善者，亦不可不取。世人或不察其立辭之説，而徒取其所謂襲凡蹈故，綴緝成篇者，使論誦之盡氣，率不得其句，則不知士衡之論故也。故繼以爲告足下，幸有以教僕，僕亦不敢虚辱。雖然，吾儕之於文辭，當法六經，區區士衡，又惡足置齒牙間哉。

〔明〕陸深《儼山詩話》：《陳思王集》惟《洛神》爲最。……近抄陸内史《士衡集》，亦惟《文賦》爲最，他皆不及。乃知人不數篇而傳之遠者，必文也。

〔明〕謝榛《四溟詩話》卷一：陸機《文賦》曰：『詩緣情而綺靡，賦體物而瀏亮。』夫綺靡重六朝之弊，瀏亮非兩漢之體。徐昌穀曰：『詩緣情而綺靡』，則陸生之所知，固魏詩之查（渣）穢耳。

〔明〕謝榛《四溟詩話》卷二：黄司務問詩法于李空同，因指場圃中菽豆而言曰：『顔色而已。』此即陸機所謂『詩緣情而綺靡』是也。

〔明〕謝榛《四溟詩話》卷四：詩貴乎遠而近。然思不可偏，偏則不能無弊。陸士衡《文賦》曰：『其始也收視反聽，耽思傍訊，精鶩八極，心游萬仞。』此但寫冥搜之狀爾。唐劉昭禹詩云：『句句夜深得，心從天外歸。』此作祖於士衡，尤知遠近相應之法。

〔明〕皇甫汸《解頤新語》卷四：子桓之品藻人才，仲洽之區判問體，陸機辨于《文賦》，李充論于《翰林》，張眎擿句褒貶，顔廷圖寫情興。各任懷抱，共爲權輿。

〔明〕皇甫汸《解頤新語》卷四：《典論》『詩賦欲麗』，建安以前之體也；《文賦》『緣情綺靡』，泰始以後之體也。

〔明〕王世懋《藝圃傖談》卷二：班固之《幽通》，餕屈平之殘膏也。王褒之《洞簫》，食揚雄之舊火也。馬融之《長笛》，譎詭而甚切當，亦《洞簫》之類。不若王粲《登樓》、江淹之《恨》《别》、陸機之《文賦》、曹植之《洛神》爲清爽快利耳。

〔明〕謝肇淛《小草齋詩話》卷二《外篇》上：陸士衡《文賦》曰：『詩緣情而綺靡，賦體物而瀏亮。』此兩語已占六朝風氣矣。詩尚綺靡，故不能玄遠；賦惟體物，故不復温贍。魏文帝亦曰：『詩賦欲麗。』賦麗可也，詩而求麗，何啻千里！

〔明〕楊慎《丹鉛總録》卷十二：陸機《文賦》：『立片言以居要，乃一篇之警策。』蓋以文喻馬也。言馬因警策而彌駿，以喻文資片言益明也。夫駕之法，以策駕乘。今以一言聚於衆辭，若策驅馳，故云警策。在文謂之警策，在詩謂之佳句也。

〔明〕楊慎《丹鉛總録》卷十四：《文選》陸機《文賦》：『或奔放以諧合，務嘈囋而妖冶。』注引《埤蒼》曰：嘈，哘聲貌。哘與囋及囐同，才曷切。今本哘誤作啈，囐作囋，余得古本始正其誤。

[明]彭大翼《山堂肆考》卷二百三十三：『懼蒙塵於叩缶，顧取笑於鳴玉。』言缶瓦器而不鳴，更蒙之以塵，故取笑乎玉之鳴聲也。

『理扶質以立幹，文垂條以結繁』，言作文之體，必須以理爲本，垂條，蓋以樹喻也。繁，盛也。

[明]費經虞《雅倫》卷四《格式二》：《類編》云：古今言賦，咸以兩漢爲古，至三國、六朝而其體一變。建安七子，獨王仲宣詞賦有古風。晉陸士衡《文賦》等作，已用俳體。流至潘岳，首尾絶俳。迨沈休文等四聲八病起，而俳體又入律矣。徐、庾繼出，又付隔句對聯，駢四麗六，簇事對偶，可稱博物洽聞。然有辭無情，體亡義失，此六朝之賦，去古益遠。

[明]朱荃宰《文通》卷十二《銘》：《文賦》曰：『銘博文而温潤。』斯言得之矣。

[明]朱荃宰《文通》卷十二《碑》：陸機曰『碑披文而相質』，則本末無據焉。

[清]何焯《義門讀書記》卷四十五：陸士衡《文賦》注：臧榮緒《晉書》曰：『機少襲領父兵，爲牙門將軍。年二十而吴滅，退臨舊里，與弟雲勤學積十一年，被徵爲太子洗馬，與弟雲俱入洛。』按此則此賦殆入洛之前所作，老杜云『二十作文賦』，於臧書稍疎也。

『心懔懔以懷霜，志眇眇而臨雲』，此文章之本。『漱六藝之芳潤』注：『《周禮》曰：六藝，禮、樂、射、御、書、數也。』按：謂詩、書、易、禮、樂、春秋也。太史公曰：『學者載籍極博，尤考信於六藝。』又孔子弟子身通六藝者七十二人。以上下文義求之，不當漫引《周禮》。

『或虎變而獸擾，或龍見而鳥瀾』二句，疑大者得而小者卑之意。

『雖離方而遯員，期窮形而盡相』二句，蓋亦張融所謂『文無定體，以有體爲常』也。故『夫誇目者尚奢，愜心者貴當』二句，語意相承，注謬。

『暨音聲之迭代，若五色之相宣』，休文韻學，本此二句。

『寤防露與桑間，又雖悲而不雅』，防露，指『豈不夙夜，畏行多露』，言桑間不可與並論，故戒妖冶也。

『闕大羹之遺味』至『固既雅而不艷』，後之效法，陶、韋者是也。

[清]吴景旭《歷代詩話》卷十六：陸機《文賦》：『寤防露與桑間，又雖悲而不雅。』吴旦生曰：楊升庵謂：注引東方朔《七諫》『楚客放而防露作』，此説謬矣。楚客，即屈原，忠諫放逐，何得云不雅。余觀《文選注》云：防露、桑間，皆淫曲。又謝莊《月賦》『徘徊房露』，注云：房露，古曲也。房與防古字通，則是二注未嘗謬也。防露者即『畏行多露』之義。

[清]毛先舒《詩辯坻》卷三《雜論》：古人善論文章者，曹丕、陸機、鍾嶸、劉勰……此諸家最著。……亦有自擄獨欣，不可推放衆制者，如子桓『詩賦欲麗』，士衡『綺靡』『瀏亮』語是也。

[清]吴玉搢《别雅》卷二：王逸曰：盱瞑，遥視闇未明也。陸機《文賦》：『清麗芊眠。』李白《愁陽春賦》：『綵翠兮阡眠。』謝朓《和王著八公山》詩：『阡眠起雜樹。』阡與芊，形聲相近，輒假借用之，初不論字義也。瞑與眠同，一本作千。

[清]吴玉搢《别雅》卷二：《文選》司馬相如《上林賦》『牢落陸離』，陸機《文賦》『心牢落而無偶』，嵇康《琴賦》『牢落凌厲』，注皆云：猶遼落也。昌黎《華山女詩》『坐下廖落如明星』，皆與寥落同，今本多作寥落。

[清]吴玉搢《别雅》卷三：《文選》陸機《文賦》：『或岨峿而不安。』李善注：岨峿，不安貌，亦引楚辭鉏語爲證。《周禮·考工記》：『玉人大琮十有二寸射四寸。』注：射其外鉏牙。疏言其外八角鋒也。岨峿、鉏牙，義皆與齟齬同，古吾牙聲近，故或借用牙。《爾雅·釋樂》注：敔如伏虎背，上有二十七，齟齬亦此義也。

[清]田雯撰《古歡堂集·漢魏晉六朝選文題辭》：陸機《文賦》，猶嫌綺語未盡，而英思艷采，輒目蘭成，

爲罪人不已惑乎！

［清］阮元《揅經室集四集·四六叢話序》：夫魏文《典論》，士衡賦文，摯虞析其流别，任昉溯其原起，莫不謹嚴體制，評騭才華。豈知古調已遥，矯枉或過。莫守彦和之論，易爲真氏之宗矣。

［清］汪師韓《詩學纂聞·綺麗》：魏文帝《典論》曰：『詩賦欲麗。』陸士衡《文賦》曰：『詩緣情而綺靡。』劉彦和《明詩》亦曰：『四言正體，則雅潤爲本；五言流調，則清麗居宗。』以綺麗説詩，後之君子所斥爲不知理義之歸也。……『窅窅乎思乙若抽，淵淵乎言長不足』，『起輪囷之調，揚縹渺之音』。《典論》《文賦》之言，竊謂未可盡非也。

［清］沈德潛《古詩源》卷七：《文賦》云：『詩緣情而綺靡。』殊非詩人之旨。

［清］薛雪《一瓢詩話》一〇一條：『罄澄心以凝慮，渺衆慮而爲言』，『課虚無以責有，叩寂寞而求音』，陸士衡之言也。欲求工到，必藉冥搜。

［清］葉矯然《龍性堂詩話初集》：陸士衡《文賦》，士龍病其綺語，士衡深服其確識；自後詩文成，必示士龍定之。

［清］劉熙載《藝概·文概》：《文賦》云：『意司契而爲匠。』文之宜尚意明矣。推而上之，聖人『書不盡言，言不盡意』，正以意之無窮也。

［清］劉熙載《藝概·詩概》：文有文律，陸機《文賦》所謂『普辭條與文律』是也。杜詩云『晚節漸於詩律細』，使將律詩『律』字解作五律、七律之律，則文律又何解乎？大抵只是以法爲律耳。

［清］劉熙載《藝概·賦概》：《屈原傳》曰：『其志潔，故其稱物芳。』《文心雕龍·詮賦》曰：『體物寫志。』余謂志因物見，故《文賦》但言『賦體物』也。

〔清〕劉熙載《藝概·文概》：《文賦》：「意司契而爲匠。」文之宜尚意明矣。

〔清〕劉熙載《藝概·文概》：《文賦》云：「論精微而朗暢。」精微以意言，朗暢以辭言。精微者，不惟其難，惟其是；朗暢者，不惟其易，惟其達。

〔清〕方廷珪《昭明文選集成》：按此賦前後共十二段，若不將序文細分其段落，讀者不免望洋而歎，疑前後多復疊矣。首段是序作賦緣起；「其始也」以下三段是從讀古人文而得其用心變化所在，是以己之屬文印合古人處；「體有萬殊」一段是言人之作文，用意雖有不同，然作文必當辨體，古人已有程式，起入下文；「其爲物也」五段，發明序中「妍媸好惡，可得而言」意；「普辭條」一段，言近人爲文，不及古人處，病由不知法前脩，誠知法前脩，便知文之有妍媸好惡，其利害全由氣機之通塞；末段極贊文之功用大，見古往今來，立德、立功、立言無不因文以顯，亦從己之「詠世德」「誦先人」及「遊文章之林府」見及，應轉首段。細針密綫，實開韓柳二家論文之先，且已盡學者作文之利害。故各段落處，先後次序，注脚發明特詳，學者亦可知所致力矣。

〔清〕于光華《重訂文選集評》：起言文之原本，次言運思命筆之事，次言體制之各殊，爲前大段；中言會意遣言之細，正是利害所由，爲後大段；而以文之用爲結，此全篇結構也。

〔清〕王之績《鐵立文起·前編》卷三《説》：魏晉六朝文載《文選》而無其體，獨陸機《文賦》，備論作文之義，有曰「説煒曄而譎誑」，是豈知言者哉！

〔清〕王之績《鐵立文起·前編》卷八《三國六朝》：《辨體》曰：陸士衡叙作文之變態以爲賦，中曰：「其爲物也多姿，其爲體也屢遷，其會意也尚巧，其遺言也貴妍。」蓋當時貴尚妍巧，以爲至文也。

〔清〕王之績《鐵立文起·前編》卷十二《三國六朝》：至晉陸士衡輩《文賦》等作，已作俳體。

[清]梅鋗《鐵立文起序》：士衡《文賦》，寥寥一篇，猶且不可磨滅，而況《文起》，裒非一狐之腋，鼎爲九牧之金乎？

[清]李紱《秋山論文古文辭禁·刻秋山論文序説》：詩文之妙，平奇濃淡，初無定質，要須有一種動人處。『思涉樂其必笑，方言哀而已歎』，能如士衡云云，自然驚心動魄，一字千金。

[清]田同之《西圃文説》卷二：《文賦》又云：『立片言以居要，乃一篇之警策。』蓋以馬喻文也，言馬因警策而稱駿，以喻文資片言益明也。夫駕之法，以策駕乘，今以言聚於衆詞，若策驅馳，故云『警策』。在文謂之警策，在詩謂之佳句也。

[清]孫梅《四六叢話》卷三十一《作家》：士衡《文賦》一篇引而不發，旨趣躍如。

[清]陳用光《睿吾樓文話序》：陸士衡《文賦》已略見古人論文之旨。（葉元塏《睿吾樓文話》）

[清]梁章鉅《退庵論文》：吾友謝退谷嘗與余論文，多篤實心得之語。一日謂余曰：『文有三理：善言德行者，道理足也；達於時務者，事理足也；筆墨變化者，文理足也。……姑無論諸葛武侯之《出師表》、李令伯之《陳情表》、東廣微之補《南陔》《白華》詩爲千古言忠孝者之職志，卜子夏之《毛詩序》、杜元凱之《左氏傳序》、劉子駿之《移太常博士書》，開後來論經學者之津塗，即陸士衡之《文賦》，古今言文章者，亦豈能外之？

[清]鄒思明評：文之品貴者，疕材料、未宏；華鮮者，抽思未徹。至如此賦，博洽玄微，周詳委曲，殆所謂探續（賾）妙門，精窮奥業者也。（《文選尤》）

駱鴻凱《文選學》：唐以前論文之篇，自劉彦和《文心雕龍》而外，簡要精切，未有過於士衡《文賦》者。顧彦和之作，意在益後生；士衡之作，意在述先藻。又彦和以論爲體，故略細明鉅，辭約旨隱。要之，言文之用心莫深于《文賦》，陳文之法式莫備于《文心》，二者固莫能偏廢也。往者李善注《選》，類引事而鮮及意義，獨于《文賦》疏解特詳，資來學以津梁，闡藝林之鴻寶，意至善也。第精理微言，猶未曲暢，張惶補苴，尚待後人。

姚永朴《文學研究法》卷一《功效》：昔陸士衡（機）《文賦》云：『伊兹文之爲用，固衆理之所因。恢萬里而無閡，通億載而爲津。俯殆則于來葉，仰觀象乎古人。濟文武於將墜，宣風聲於不泯。塗無遠而不彌，理無微而弗綸。配霑潤于雲雨，象變化乎鬼神。被金石而德廣，流管絃而日新。』此總論其功效也。

姚永朴《文學研究法》卷一《功效》：葉少藴（夢得）《石林詩話》云：『老杜「細雨魚兒出，微風燕子斜」，此十字殆無一字虛設。細雨著水面爲漚，魚常上浮而淰；若大雨魚則伏而不出。燕體輕弱，風猛則不能勝；惟微風乃爲此勢。至「穿花蛺蝶深深見，點水蜻蜓款款飛」，「深深」字若無「穿」字，「款款」字若無「點」字，皆無以見其精微如此。』自文學家有此境，於是賦物之工，誠如《文賦》所謂『籠天地於形内，挫萬物於筆端』者，斯又文章之功效也。

王葆心《古文詞通義》卷一：一可藥手口不相應之病，魏善伯所謂『出口條理而手無緒者，便可以出口爲畫家朽筆，此法至捷而妙』是也。袁克齋又嘗狀此境曰：『凡拈題之始，心與理冥，略無所睹，思之則出，深思則愈出，陸平原所謂「課虛無以責有，叩寂寞以求音」也。凡構思之始，衆妙紛呈，茫無統紀，必擇其意貫氣屬，應節而不雜者屬而爲文，陸平原所謂「選義按部，考辭就班」也。凡鑽礪過分，思路至斷絶處，當澄心息慮，逾時復更端而起，劉舍人所謂「理伏則投筆以卷懷，意得則舒懷以命筆」也。凡意有所觸，妙理乍呈，便當琢以慧心，著之楮上，緩之則情移理逸，不可復覩，蘇長公所謂「作詩火急追亡逋，清景一失後難摹」也。凡得好句，當下轉自疑，恐其經人道過，陸平原所謂「雖杼軸於予懷，怵他人之我先」也。』（引袁守定《佔畢叢談》）

王葆心《古文詞通義》卷十七：陸士衡《文賦》云：『要詞達而理舉，故無取乎冗長。』然云：『觀古今於須臾，撫四海於一瞬。』又云：『籠天地於形内，挫萬物於毫端。』則所謂無取冗長者，固已傾群言而漱六藝矣。

王葆心《古文詞通義》卷十八：沈祥龍《樂志簃筆記》云：『文有心中創獲者，有引證考訂必本古人者，一在精思，一在博學。二者亦貴相兼，精思而無學，文必空疏；博學而不思，文必浮雜。』陸士衡《文賦》曰：『精騖八極，心遊百仞。傾群言之瀝液，漱六藝之芳潤。』是合二者而善其用也，其言與李同旨（按：指李兆洛《治經堂續經解序》）。

孫德謙《六朝麗指·自序》：夫論文之制，託始子桓。厥後宏範謂之《翰林》，仲洽條其《流别》；士衡詮賦，曲盡於能言；公曾撮題，雜撰乎集叙；自是孳多於世矣。其在六朝，往往間出。彦昇《緣起》，乃原六經；休炳一編，備稽江左。若夫隱侯述志，水德博征；仲偉周遊，風謡自局。其古今隱括，體用圓該，東莞《雕龍》，可云殆庶。

陳懷孟《辛白論文·文性》：章氏實齋曰：『古人論文，惟論文辭而已。劉勰氏出，本陸機氏説，而昌論文心。』

感時賦

【題解】

此賦乃行役途中，目覩寒冬慘澹蕭索之景，鳥獸求偶索羣之情，而感歎悲傷四時更迭，歲已轉暮，長路漫漫，踽踽而行。生命流逝之感與别情之悲交織，故凄惻而動人。所作具體時間不可考。賦所寫爲北方之景，行役傷别之情，且季節爲寒冬，或爲陸機元康六年（二九六）冬，由吴王郎中令遷尚書中兵郎，途别士龍，北歸洛陽之所作。

悲夫冬之爲氣，亦〔一〕何憯懔以蕭索①！天悠悠其彌高，霧鬱鬱而四幕〔二〕②。夜緜邈其難終，日晼晚而易落③。敷層雲之葳蕤，墜零雪〔三〕之揮霍④。冰冽冽而浸〔四〕興，風謖謖而屢〔五〕作⑤。鳴枯條之泠泠〔六〕，飛落葉之漠漠⑥。山崆巃以含瘁，川蜲蛇而抱涸⑦，望八極以曭漭，普宇宙而寥廓⑧。伊天時之方慘，曷萬物之能歡⑨。魚微微而〔七〕求偶，獸岳岳而相攢⑩。猿長嘯于林杪〔八〕，鳥高鳴〔九〕於雲端⑪。矧余情之含瘁，恒覩物而增歎〔一〇〕⑫。歷四時以迭感，悲此歲之已寒⑬。撫傷懷以嗚咽，望永路而汍瀾〔一一〕⑭。

【校勘】

〔一〕「亦」，《札記》：「《初學記》三無亦字。」

〔二〕「四幕」，《太平御覽》卷二七作「漠漠」。

〔三〕「雪」，《太平御覽》卷二七作「霧」。

〔四〕「冰」，《初學記》卷三、《太平御覽》卷二七作「寒」。又「浸」，《初學記》卷三作「寖」。當據改。

〔五〕「風謖謖」，《文集》、陸刻本、陳仲魚校本、鄧邦述校本作「風漫漫」。《百三家集》本、《七十二家集》

本、《宛委別藏》本均作『風謖謖』。《札記》：『《初學記》《御覽》漫漫作謖謖。』今據改。又『屢』，《文集》、陸刻本、《百三家集》本、陳仲魚校本、鄧邦述校本作『妄』，意不暢達。《太平御覽》卷二十七作『屢』。今據改。

〔六〕『泠泠』，《文集》、《七十二家集》本、陳仲魚校本、《宛委別藏》本并作『泠泠』，形近而誤。陸刻本作『泠泠』，陳仲魚校本、鄧邦述校本亦校作『泠泠』。今據改。

〔七〕『微微』，《百三家集》本作『徵徵』。或形近而誤。又『而』，《札記》：『《初學記》而作以。』

〔八〕『猿』，《藝文類聚》卷三、《百三家集》本、《七十二家集》本、陳仲魚校本、鄧邦述校本作『猨』。古二字同。又『杪』，《初學記》卷三作『峰』。

〔九〕『鳴』，《初學記》卷三作『飛』。

〔一〇〕『歎』，陸刻本、《百三家集》本、《宛委別藏》本、陳仲魚校本作『酸』。

〔一一〕『永』，《宛委別藏》本作『求』，形近而誤。『汎瀾』，陸刻本作『泛瀾』，形近而誤。

【注釋】

① 氣，寒氣。《楚辭·九辯》：『悲哉秋之爲氣也，蕭瑟兮草木摇落而變衰。』王逸注：『氣，寒氣。』憯，憂傷。宋玉《風賦》：『故其風人之狀，直憯悽而惏慄。』善注：『鄭玄曰：憯，憂也。』懔，《玉篇》：『懔，危懼也，心怯也。』蕭索，指景物凄凉。陸雲《歲暮賦》：『時凛戾其可悲兮，氣蕭索以傷心。』此二句言冬之寒氣令人憂傷悚懼，景物充滿凄凉。

② 悠悠，遥遠。《詩·鄘風·載馳》：『驅馬悠悠，言至於漕。』毛詩傳：『悠悠，遠貌。』鬱鬱，盛貌。《古

詩十九首》：『青青河畔草，鬱鬱園中柳。』善注：『鬱鬱，茂盛也。』四幕，此喻霧之濃鬱如四周之帷幕。此二句言蒼天悠悠愈顯得高遠，濃霧彌漫如四周之帷幕。

③緜邈，久遠貌。見《文賦》注。晼晚，日暮。《楚辭·九辯》：『白日晼晚其將入兮，明月銷鑠而減毁。』洪興祖補注：『晼，音宛，景昳也。』此二句言日色傍晚，日影何易墜落，而寒夜漫長，似乎難有盡頭。

④敷，布。《書·大禹謨》：『文命敷于四海，祗承於帝。』孔安國傳：『言其外布文德，教命內則，敬承堯舜文命。』葳蕤，形容草木紛披，言其盛也。《楚辭·七諫·謬諫》：『上葳蕤而防露兮，下泠泠而來風。』王逸注：『葳蕤，盛貌。』洪興祖補注：『葳蕤，草木垂貌。』揮霍，飛揚迅疾。曹植《七啓》：『蹻捷若飛，蹈虛遠蹠。凌躍超驤，蜿蟬揮霍。』向注：『揮霍，奮迅也。』此二句言天空佈滿紛披下垂之濃雲，飄落迅疾飛揚之雪花。

⑤冽冽，寒冷。《詩·曹風·下泉》：『冽彼下泉，浸彼苞稂。』朱熹《詩集傳》：『冽，寒也。』寢，息。《管子·立政》：『寢兵之説勝，則險阻不守。』浸興，當作寢興，謂水波不興，言其結冰。謖謖，《太平御覽》引此賦注曰：『起也。』當爲擬聲詞，猶颼颼也。此二句言寒冰凜冽，水波不興，冷風謖謖，四野屢生。

⑥泠泠，清涼。《楚辭·七諫·謬諫》：『上葳蕤而防露兮，下泠泠而來風。』王逸注：『泠泠，清涼貌。』漠漠，飄散。謝脁《遊東田》：『遠樹曖阡阡，生煙紛漠漠。』向注：『漠漠，布散也。』此二句言風吹枯條，其聲清泠；落葉紛紛，四野飄散。

⑦崆巄，峻拔高聳貌。劉向《請雨華山賦》：『崆巄巍崝，崀山清忽。』瘁，病。《詩·大雅·瞻卬》：『人之云亡，邦國殄瘁。』毛詩傳：『瘁，病也。』此指山之因草木枯萎而凋零。蜲蛇，同委蛇，迴旋曲折。葛洪《抱朴子內篇·祛惑》：『樓下有青龍白虎，蜲蛇長百餘里。』此二句言山之高峻，枯萎凋零，水之曲折，結冰

無水。

⑧ 八極，八方邊遠之地。《淮南子・原道訓》：『夫道者覆天載地，廓四方，柝八極。』許慎注：『八極，八方之極也，言其遠。』曭漭，晦暗，曚曨。一作曭莽。《楚辭・遠遊》：『時曖曃其曭莽兮，召玄武而奔屬。』王逸注：『曭，音儻，日不明也。』宇宙，《經典釋文》卷二十六：『《尸子》云：天地四方曰宇，往古來今曰宙。』此指天地之間。寥廓，廣闊遥遠。《楚辭・遠遊》：『下峥嶸而無地兮，上寥廓而無天。』洪興祖補注：『師古云：寥廓，廣遠也。』此二句言遥望八方，一片曚曨，天地之間，廣闊遥遠。

⑨ 伊，是。《詩・小雅・正月》：『有皇上帝，伊誰云憎。』鄭玄箋：『伊，讀當爲繄。繄，猶是也。』曷，何。《詩・唐風・鴇羽》：『悠悠蒼天，曷其有所。』鄭玄箋：『曷，何也。』此二句正是上天慘澹之季節，萬物何以能歡暢。

⑩ 微微，幽静，幽深。嵇康《琴賦》：『竦肅肅以静謐，密微微其清閑。』善注：『微微，幽静也。』翰注：『微微，幽邃也。』岳岳，同嶽嶽，頭角顯露貌。《後漢紀・孝成皇帝紀四》：『諸儒爲之語曰：五鹿嶽嶽，朱雲折其角。』偶，同類。《史記・黥布列傳》：『布皆與其徒長豪桀交通，迺率其曹偶，亡之江中爲羣盜。』《索隱》：『曹，輩也。偶，類也。』攢，族聚。班固《西都賦》：『爾乃期門佽飛，列刃攢鏃。』善注：『《蒼頡篇》曰：攢，聚也。攢與鑽同。』此二句言魚游幽深水中求其同伴，野獸昂首露角奔走聚集。

⑪ 杪，樹梢。《説文》：『杪，木標末也。』此二句言猿於樹上長嘯，鳥在雲空鳴叫。

⑫ 矧，况且，何况。《書・大禹謨》：『至諴感神，矧兹有苗。』孔安國傳：『矧，况也。』此二句言何况我情感本就憂傷，常目覩此景物而更加辛酸。

⑬ 歷，《説文》：『過也，一曰經歷。』迭，《説文》：『更迭也。』此二句言情隨所歷四季之不同而變化，現

在悲傷歲至寒冬，一年將盡。

⑭ 汍瀾，淚流縱橫貌。歐陽建《臨終詩》：『執紙五情塞，揮筆涕汍瀾。』善注：『汍瀾，闌干也。』翰注：『汍瀾，涕流貌也。』此二句言内心感傷，撫膺嗚咽，望漫漫長路，淚流縱橫。

豪士賦并序

【題解】

善曰：『臧榮緒《晉書》曰：機惡齊王冏矜功自伐，受爵不讓，及齊亡，作《豪士賦》。《呂氏春秋》曰：老聃、孔子、墨翟、關尹子、列子、陳駢、楊朱、孫臏、王廖、兒良此十人者，皆天下之豪士也。然機猶假美號以名賦也。』翰曰：『豪士，謂智勇人也。機惡見齊王冏自矜其功，有篡位之心，因此賦以諷之，終不寤矣。《文選》但録其序，莫載其賦。』善與五臣説異，一曰作于齊王亡後，一曰作于齊王生前。言作于齊王生前，非也。據《晉書・趙王倫傳》，倫永寧元年正月篡位，三月，諸王起兵討倫，四月倫被誅。齊王冏因誅趙王倫功大，『拜大司馬，加九錫之命』。又據《晉書・陸機傳》，倫被誅，『齊王冏以機職在中書，九錫文及禪詔疑機與焉，遂收機等九人付廷尉，賴成都王穎、吴王晏並救理之』。可知，此時機交惡於冏，處境危艱，自保尚難，遑論諫之！觀其《謝平原内史表》則可知矣。從賦中所言『名編凶頑』『身厭荼毒』『自隕』『禍至』云云，亦知當作於司馬冏被誅之後，故以善説爲是。考《晉書・惠帝紀》及冏本傳，冏誅於太安元年（三〇二）十二月，此賦當作於是時。

序言古人因時而成功業，然累於私欲，覬覦天下，不知去勢求安，辭寵招福，居位守節，功成身退，終招致禍患。賦言司馬冏遭逢國家顛沛，羣奸交會之際，因時而動，位極人臣，然不知遠志浮雲，反而操弄國柄，潛生不臣之心，終至重蹈覆轍，禍至自隕。其序設論，並以史證之；其賦抒情，融入敘論，充滿感歎，實是序論之實證也。序與賦互相映帶，故説理透闢，驚心動魄。孫鑛曰：『余壬申歲讀此文，遂稍悟文機，蓋只是從旁指説，更不細述根由，所以便覺其跌宕勁快。』（《孫月峰先生評文選》）。

夫立德之基有常，而建功之路不一①。何則？修〔一〕心以爲量者，存乎我②；因物以成務者，繫乎彼③。存夫我者，隆殺止乎其域；繫乎物者，豐約唯所遭遇④。落葉俟微飈〔二〕以隕，而風之力蓋寡⑤；孟嘗遭雍門以泣，而琴之感以末⑥。何者〔三〕？欲隕之葉無所假烈風，將墜之泣不足繁〔四〕哀響也⑦。是故〔五〕苟時啓於天，理盡於民。庸夫可以濟聖賢之功，斗筲可以定烈士之業，言遇時也〔六〕⑧。故曰『才不〔七〕半古，而〔八〕功已倍之』，蓋得之於時勢也〔九〕⑨。歷觀古今〔一〇〕，徼一時之功，而居伊周之位者有矣⑩。

【校勘】

〔一〕『修』，《文選》卷四十六、陸刻本、陳仲魚校本、鄧邦述校本作『循』，或形近而誤。《札記》：『《晉書》本傳循作修，注云：一作循。《類聚》二十四作修。』六臣本注：『五臣作脩。』陳仲魚校本、鄧邦述校本并校作『脩』。脩，同修。

〔二〕『俟』，《藝文類聚》卷二十四作『候』。又『飇』，《文選》卷四十六、陸刻本、陳仲魚校本、鄧邦述校本作『風』。胡克家《文選考異》曰：『何校「風」改飇。袁本云：善作風。茶陵本云：五臣作飇。案：《晉書》作飇，或風是傳寫之誤。』陳仲魚校本、鄧邦述校本并校作『飇』。

〔三〕『何者』，《藝文類聚》卷二十四、《晉書》卷五十四作『何哉』。

〔四〕『繁』，《晉書》卷五十四作『煩』。

〔五〕『是故』，《藝文類聚》卷二十四無此二字。

〔六〕『言遇時也』，《文選》卷四十六、陳仲魚校本、鄧邦述校本無此句。六臣本注：『善本無「言遇時也」一句。』鄧邦述校本校補『言遇時也』。

〔七〕『不』，《藝文類聚》卷二十四作『未』。

〔八〕『而』，《藝文類聚》卷二十四、《晉書》卷五十四無『而』字。

〔九〕『勢』，《晉書》卷五十四作『世』。又『也』，六臣本注：『五臣本無也字。』

〔一〇〕『古今』，《晉書》卷五十四作『今古』。

【注釋】

① 善注：『《左氏傳》：穆叔曰：太上有立德，其次有立功。』向注：『建，立也。言立功者逐事爲宜，故云不一也。』常，常法。《國語·越語下》：『肆與大夫觴飲，無忘國常。』韋昭注：『常，舊法也。』

② 善注：『言立德必循於心，故存乎我。』銑注：『立德是因之於心而潤其身，進退是非，故德聲常存乎

我也。』修心，謂修養道德。《爾雅・釋訓》：『如琢如磨，自脩也。』量，衡量。《説文》：『量，稱輕重也。』此指立德之準則，猶修養。

③ 善注：『言建功必因於物，故繫乎彼。』良注：『立功於人，以成其事，是以心常繫於彼也。』因物，意謂因乎外物。因，憑藉。《國語・鄭語》：『其民遝貪而忍，不可因也。』韋昭注：『因，就也。』務，事業。《易・繫辭上》：『子曰：夫《易》何爲者也，夫《易》開物成務，冒天下之道，如斯而已者也。』

④ 善注：『言德有常量，至域便止。功無常則，因遇乃成。域，謂身也。』濟注：『域，謂身也。豐約，大本也。』隆殺，厚薄。《荀子・禮論》：『以多少爲用，以隆殺爲要。』楊倞注：『隆，豐厚。殺，減降也。』此謂道德之厚薄，止乎自身。豐約，猶言盛衰。《國語・楚語下》：『夫事君者不爲外内行，不爲豐約舉。』韋昭注：『豐，盛也。約，衰也。』此指功業之盛衰。遭遇，遭逢，遭際。張衡《思玄賦》：『惟天地之無窮兮，何遭遇之無常。』銑注：『言我何遭逢此無常道之代也。』言功業之盛衰，唯因際遇。

⑤ 善注：『《漢書》：王恢謂韓安國曰：夫草木遭霜者，不可以遇風。』俟，同竢。《玉篇》：『竢，待也。亦作俟，同。』隕，墜落。《爾雅・釋詁》：『隕，墜也。』寡，《説文》：『少也。』

⑥ 善注：『桓子《新論》曰：雍門周以琴見孟嘗君。孟嘗君曰：先生鼓琴，亦能令文悲乎？對曰：臣竊爲足下有所悲，千秋萬歲後，墳墓生荆棘，游童牧豎，躑躅其足而歌其上曰：孟嘗君之尊貴，亦猶若是乎？於是孟嘗喟然太息，涕承睫而未下。雍門周引琴而鼓之，徐動宮徵、揮角羽，初終而成曲。孟嘗君遂歔欷而就之，是琴之感以末也。』末，微也。《玉篇》：『末，端也。木上曰末。』故喻細微。

⑦ 假，借。《左傳・昭公四年》：『若苟無四方之虞，則願假寵以請於諸侯。』杜預注：『欲借君之威寵，以致諸侯。』繁，衆多。《詩・小雅・正月》：『正月繁霜，我心憂傷。』毛詩傳：『繁，多也。』此爲動詞。

⑧善注：『時既啓之於天，理又盡於人事，言立功易也。《説苑》曰：管仲，庸夫也。桓公得之，以爲仲父。《論語》：子貢曰：今之從政者何如？子曰：噫，斗筲之人何足算也。』向注：『斗筲，小器也。』苟，但，只。揚雄《法言·君子》：『非苟知之，亦允蹈之。』啓，《下篇》：『启，開也，本作啟。』古三字並同。斗筲，孔穎達疏：『斗，容十升。筲，竹器，容斗二升者也。』喻小器之人。烈士，壯士。曹植《雜詩六首》：『烈士多悲心，小人媮自閑。』良注：『勇士見國未安，故多悲心。』此言若天開其時，人盡其理，庸人可成聖賢之業，小人可定壯士之功。

⑨善注：『《孟子》曰：當今之時，萬乘之國行仁政，民之悦之，猶解倒懸也。故事半古之人，功必倍之，唯此時爲然。』銑注：『言才不及古之半，而立功已倍於古人者，蓋得時遇勢也。』

⑩善注：『《孟子》曰：彼一時，此一時。』良注：『歷，徧也。徼，取也。伊周，謂伊尹、周公也。』

此段言立德取乎自我修養，而建功則因乎外在條件。平庸小器之人成就事業，蓋其時勢使然。意謂齊王司馬冏才能平庸，器量狹小，所以成功者，因其時勢也。方廷珪《昭明文選集成》曰：『功與位爲一篇之骨。』

夫我之自我，智士猶嬰其累；物之相物，昆蟲皆有此情①。夫以自我之量而挾非常之勳，神器暉其顧眄〔一〕，萬物隨其俯仰②，心玩居常之安，耳飽從諛之説，豈識乎功在身外，任出才表者〔二〕哉③！且好榮惡辱，有生之所大期④；忌盈害上，鬼神猶且不免⑤；人主操其常柄，天下服其大節，故曰『天可讎乎』⑥。而時有袨服荷戟，立於廟門之下，援旗誓衆，奮於阡陌之上⑦；

况乎代〔三〕主制命，自下裁物者哉〔四〕⑧！廣樹恩不足以敵怨，勤興利不足以補害，故曰代大匠斲者必傷其手⑨。且夫政由甯氏，忠臣所爲〔五〕慷慨；祭則寡人，人主所不久堪⑩。是以君奭怏怏〔六〕，不悦公旦之舉⑪。高平〔七〕師師，側目博陸之勢⑫。而成王不遺嫌吝于懷，宣帝若負芒刺於背，非其然與〔八〕⑬？

【校勘】

〔一〕『眄』，《文集》作『𥄎』。《文選》卷四十六、陸刻本、陳仲魚校本、鄧邦述校本作『盻』。又鄧邦述校本校作『𥄎』。眄，同𥄎。

〔二〕『者』，六臣本注曰：『五臣本無者字。』

〔三〕『代』，《晉書》卷五十四作『世』。《札記》：『《晉書》代作世。注云：本集作代。按：唐人諱世作代，疑本集作世，《晉書》作代，後人改正未盡，遂互誤耳。』

〔四〕『裁』，《文選》卷四十六作『財』。善注：『後以財成，而臣下爲之，故云自下。《尸子》曰：天生萬物，聖人財之。』古二字通。又『哉』，《晉書》卷五十四作『乎』。

〔五〕『爲』，《晉書》卷五十四作『以』。

〔六〕『怏怏』，陸刻本、陳仲魚校本、鄧邦述校本作『鞅鞅』。六臣本注：『五臣本作怏字。』鄧邦述校本校作『怏怏』。

〔七〕『高平』，《文集》作『高乎』，誤。陸刻本、《文選》作『高平』，今據改。

〔八〕『然與』，《文選》卷四十六、陸刻本、陳仲魚校本、鄧邦述校本作『然者歟』。六臣本注：『五臣本無者字。』《文集》校：『汪刻本下有者字。』陳仲魚校本、鄧邦述校本并删『者』。與，通歟。

【注釋】

① 善注：『《孟子》曰：爾爲爾，我爲我。《文子》曰：譬吾處於天下，亦爲一物也。然則我亦物也，而物亦物也。物之與我也，有何以相物也。《禮記》曰：昆蟲未蟄。鄭玄曰：昆，明也。明蟲者，陽而生，陰而藏。』濟注：『自我，謂自説己是。相物，謂物皆相輕。此雖智士，猶嬰繞以爲敗累。昆蟲之徒，亦有此情也。』自我，意謂人之欲望。《孟子》：『大誓曰：天視自我，民視天聽，自我民聽，此之謂也。』趙岐注：『言天之視聽，從人所欲也。』嬰，纏繞。《山海經・西山經》：『嬰以百珪百璧。』郭璞注：『謂陳之以環祭也。』相物，相命名爲物。《淮南子・精神訓》：『物之與物也，有何以相物也。』許慎注：『物亦物也，何相名爲物也。』此四句言人之私欲，智士亦爲所累，物之爲物，昆蟲亦有此情。

② 善注：『《老子》曰：天下神器不可爲也，爲者敗之。』翰注：『挾，帶也。勳，功也。神器，天下也。稱其光暉，承其顧眄，故萬物隨其心意，以爲俯仰。』非常，不同于常人。《前漢紀・孝武皇帝紀二》：『蓋世有非常之人，然後有非常之事。有非常之事，然後有非常之功。非常者，固常人之所異也。』顧眄，回視。《玉篇》：『眄，《説文》云：目偏合也。俗作眄。』此猶言覬覦。此三句意謂自我修養不厚，却希望建立非常之功勳，覬覦神器之光輝，隨心所欲驅使萬物。

③ 善注：『《史記》：汲黯曰：上置公卿，寧令從諛承意，陷主於不義乎？』向注：『心玩其所欲，以爲

常安耳。飽其謟諛之説，以爲實然也。功在身外，不可自矜也。任出才表，言位重才輕也。』玩，貪。《左傳・昭公二十六年》：『侵欲無厭，規(玩)無度。』孔穎達疏：『玩，貪也。……本或作規，謬也。』居常，居於封邑。《詩・魯頌・閟宫》：『居常與許，復周公之宇。』孔穎達疏：『又居於常邑與許邑，復周公之故居也。』此指貪於天下。飽，滿足。《玉篇》：『飽，滿也。』表，猶外。《玉篇》：『表，衣外也，標也。』功在身外，謂功過其德。任出才表，謂任過其才。

④ 善注：『《孫卿子》曰：好榮惡辱，好利惡害，是君子小人之所同。』銑注：『期，猶同也。言生人所大同此意也。』

⑤ 善注：『《周易》曰：鬼神害盈而福謙。《左氏傳》：狼瞫曰：《周志》有之，勇則害上，不登於明堂。』良注：『忌人盈滿，而下之陵上者，則鬼神害之也。不免，謂不免於鬼神之誅也。』

⑥ 善注：『《韓子》曰：操生殺之柄，此人主之勢也。《左氏傳》：仲尼曰：唯器與名，不可以假人，君之所司也，政之大節也。《左氏傳》曰：楚子入於雲中，鄖公辛之弟懷將殺王。辛曰：君討臣，誰敢讎之。君命，天也。若死天命，誰將讎乎？』濟注：『操，執也。言人主執生殺之常柄，而天下之臣任其大節，佐安社稷也。』讎，匹。《書・召誥》：『予小臣，敢以王之讎民百君子。』孔穎達疏：『讎，訓爲匹。』天可讎，意謂人主受之天命，天命不可與之匹。

⑦ 善注：『《漢書》曰：宣帝祠孝昭廟，先敺旄頭劍挺墮地，首垂泥土中，刃嚮乘輿車，馬驚。於是召梁丘賀筮之，有兵謀，不吉。上還，使有司侍祠。時霍氏外孫代郡太守任宣，坐謀反誅，宣子章爲公車丞，亡在渭城界中，夜袨服入廟，居郎間，執戟立廟門，待上至，欲爲逆，發覺，伏誅。蘇林曰：袨服，黑服也。《過秦論》曰：陳涉躡足行伍之間，而俛起阡陌之中。斬木爲兵，揭幹爲旗。援，於元切。』翰注：『袨服，黑衣也。

荷，執。援，引。奮，起也。君命，天也。而天命可讎之乎？而欲有大逆之事也。楚將項燕爲秦所殺，項梁與諸侯引旗誓衆，約將滅秦，以報父讎也。阡陌，道路也。』袨服荷戟，立於廟門者，言其謀逆也。援旗誓衆，奮於阡陌者，言其起兵也。

⑧ 善注：『後以財成，而臣爲之，故云自下。《尸子》曰：天生萬物，聖人財之。』向注：『異世所聞，將讎於君者，尚以爲大逆之道，況乎今者。代天子之政以行制命，自臣下而裁成於物，此爲臣陵其君，非臣下之道。』制命，制定詔命。《左傳·宣公十五年》：『臣聞之：君能制命爲義，臣能承命爲信。』裁物，裁定天下物理。《管子·心術下》：『聖人裁物，不爲物使。』楊忱注：『聖人者裁斷於物，而使物不爲裁而使已也。』

⑨ 善注：『《老子》曰：夫代大匠斲，稀有不傷其手。』銑注：『大匠爲斲，固其宜也。天子在上，同所尊也。故人有代匠斲者，非其所宜，故爲斤斧傷也。臣代君制，非其所順，必爲天下所誅也。』代大匠爲斲者，喻指代主制命，自下裁物，故曰必傷其身。

⑩ 善注：『《左氏傳》曰：衛獻公使與甯喜言曰：苟反國，政由甯氏，祭則寡人。』良注：『衛獻公之時，政由大夫甯氏，不由公族，但祭祀宗廟，則公主之而已。此忠臣見之，慷慨發憤，人主當之，不能久堪其敝也。』慷慨，同忼慨，情緒激憤。揚雄《羽獵賦》：『若夫壯士忼慨，殊鄉别趣，東西南北。騁嗜奔欲。』向注：『忼慨，雄勇貌。』寡人，諸侯謙稱。《禮記·曲禮下》：『諸侯見天子曰臣某侯某，其與民言，自稱曰寡人。』鄭玄注：『謙也，於臣亦然。』此指人主。祭則寡人，意謂政出臣下，人主僅主宗廟祭祀。堪，任，承受。《詩·周頌·小毖》：『未堪家多難，予又集於蓼。』毛詩傳：『堪，任也。』

⑪ 善注：『《尚書》序曰：召公爲保，周公爲師，相成王爲左右，召公不悦。《漢書》：景帝目送周亞夫曰：此之鞅鞅，非少主臣也。』濟注：『君奭，邵公也。怏怏，不悦貌。公旦，周公也。邵公爲保，周公爲師，

相成王，邵公不悦，疑周公有異志於成王也。』君奭，邵公之尊稱。《書·君奭》孔安國傳：『尊之曰君，奭，名同姓也。陳古以告之，故以名篇。』怏怏，同鞅鞅。怏，《韻會》：『通作鞅。』

⑫ 善注：『又(《漢書》)曰：魏相，字弱翁。遷御史，四歲代韋賢爲丞相，封高平侯。班固述魏相曰：高平師師，惟辟作威，圖黜凶害，天子是毗。韋昭曰：師師，相尊法也。《漢書》曰：列侯宗室見邳都側目。又曰：霍光爲博陸侯。』翰注：『漢丞相魏相，封高平侯。師師，謂相法也。側目，言懼也。博陸侯，霍光也。』高平師師，意謂高平侯爲人所師法。側目，視之而懼。庾亮《讓中書令表》：『而財居權寵，四海側目。』

⑬ 善注：『《尚書》曰：武王既喪，管叔及羣弟流言於國曰：公將不利於孺子。孔安國曰：成王信流言而疑周公。《漢書》曰：宣帝始立，謁見高廟，大將軍霍光從參乘，上内嚴憚之，若有芒刺在背。』向注：『言周公、霍光所以使其疑懼之者，豈不爲臣勢彊而行君之制使之然歟？昔者周成王不能遺羣臣之謗，疑恨周公於懷。嫌，疑。吝，恨也。』

此段言人累於私欲，不度才量而覬覦天下，必招致禍患。史之周公、甯氏、魏相、霍光才非常人，節守忠誠，尚爲人主所不堪，更何況庸人！意在謂司馬冏應恪守爲臣之大節，毋生篡逆之心。

嗟乎！光〔一〕於四表，德莫富焉；王曰叔父，親莫暱〔二〕焉①；登帝天〔三〕位，功莫厚焉；守節没齒，忠莫至焉②；而傾側顛沛，僅而自全③。則伊生抱明允以嬰戮，文子懷忠敬而齒劍，固其所也④。因斯以言，夫〔四〕以篤聖穆親，如彼之懿⑤，大德至忠，如此之盛⑥，尚不能取信於人主之懷，止謗於衆多之口，過此以往，惡覩〔五〕其可！安危之理，斷可識矣⑦。又況乎饕大名以冒道家之忌，運短才而易聖哲所難者哉⑧！身危由於勢過，而不知去勢以求安⑨；禍積起於寵盛，而不知辭寵以招福⑩。見百姓之謀已，則申宮警守，以崇不畜之威⑪；懼萬民〔六〕之不服，則嚴刑峻制，以賈傷心之怨⑫。然後威窮乎震主，而怨行乎上下⑬，衆心日陊〔七〕，危機將發，而方偃仰瞪眄〔八〕，謂足以夸世⑭，笑古人之未工，忘已〔九〕事之已拙⑮，知曩勳之可矜，暗成敗之有會⑯。是以事窮運盡，必於〔一〇〕顛仆⑰；風起塵合，而禍至常酷也〔一一〕⑱。聖人忌功名之過已，惡寵禄之踰量，蓋爲此也⑲。

【校勘】

〔一〕『光』，陸刻本作『先』，形近而誤。善注引《尚書》曰：『光被四表。』

〔二〕『暱』，陸刻本、《文選》卷四十六、陳仲魚校本、《宛委别藏》本、鄧邦述校本作『昵』。六臣本注：『五臣本作暱字。』陳仲魚校本、鄧邦述校本并校作『暱』。暱，同昵。《集韻》：『暱，或作昵。』

〔三〕『天』，《文選》卷四十六作『大』。《札記》：『《文選》天作大，善注引天位艱哉，則本亦作天也。五臣本正作天。』

〔四〕『夫』，陸刻本作『大』，形近而誤。

〔五〕『觀』，《文選》四十六、陸刻本、陳仲魚校本、鄧邦述校本作『覩』。《文集》校曰：『觀，一本作覩。』鄧邦述校本校作『觀』。

〔六〕『民』，《札記》：『《晉書》民作方。注云：集作民。按：此亦諱民作方。』

〔七〕『㒸』，《藝文類聚》卷二十四作『侈』。

〔八〕『方』，六臣本注曰：『五臣本無方字。』又『眄』，《文集》作『盻』，陸刻本、《文選》作『眄』，《藝文類聚》卷二十四作『眄』。《文集》亦校作『眄』。《札記》：『《晉書》眄作盻。注云：本集作盼。按：盻亦眄之誤。《類聚》《文選》並作眄。』鄧邦述校本校作『盻』。盻，同眄。

〔九〕『忘』，六臣本注：『善本作亡字。』又『己』，《文集》作『已』，形近而誤。《文集》、陳仲魚校本、鄧邦述校本并校作『己』。

〔一〇〕『於』，《晉書》卷五十四作『有』。

〔一一〕『也』，六臣本注：『五臣本無也字。』

【注釋】

① 善注：『《尚書》曰：光被四表。《毛詩》曰：王曰叔父。毛萇曰：叔父，謂周公也。』銑注：『周公之志，光於四外，其德富也。成王之叔父，其親近也。暱，近也。』四表，四方天地之間。《書·堯典》：『允恭克讓，光被四表。』孔安國傳：『既有四德，又信恭能讓，故其名聞充溢四外，至於天地。』此言周公如日月光照天下，其道德之厚無人可及。爲成王叔父，其與王之親近亦無人能比。

② 善注：『《漢書》：昭帝崩，霍光上奏曰：太宗亡嗣，孝武皇帝曾孫病已可以嗣孝昭皇帝。太后詔可。《尚書》：伊尹曰：天位艱哉。李陵《與蘇武書》曰：薄賞子以守節。《論語》：或問管仲曰：奪伯氏駢邑三百，飯疏食，没齒無怨言。』良注：『周霍二人登帝王於天位，其功厚也，至死不易其節，忠之至也。没

齒，至死也。』

③濟注：『周公爲羣叔流言，霍光有芒刺之懼，故皆時危勢劣，方而得自全也。傾側顛沛。言危也。僅，劣也。』傾側，翻覆變化。《荀子·非十二子》：『率道而行，端然正己，不爲物傾側，夫是之謂誠君子。』顛沛，言樹連根拔起而倒仆。《詩·大雅·蕩》：『顛沛之揭，枝葉未有害，本實先撥。』毛詩傳：『顛，仆。沛，拔也。』以形容社會動亂。僅，少，猶稍。《廣韻》：『僅，餘也，纔也，劣也，少也。』此二句言國家翻覆，社會動亂，賴周、霍之臣稍而自安。

④善注：『《尚書》曰：太甲既立，不明，伊尹放諸桐。《左氏傳》曰：高陽氏有才子，明允篤誠。《紀年》曰：太甲潛出自桐，殺伊尹。《吴越春秋》曰：文種者，本楚南郢人也。姓文，字少禽。《禮記》：孔子曰：儒有懷忠信以待舉。《史記》曰：勾踐平吴，人或讒大夫種且作亂，越王乃賜種劍曰：子教寡人伐吴七術，寡人用其三而敗吴，其四在子，子爲我從先王試之。種遂自殺。枚叔《上書諫吴王》曰：腐肉之齒利劍也。』翰注：『伊生，伊尹也。文子，越大夫文種也。齒，及也。言明信忠敬之道，人之本也。以此而死，固爲人臣所疑也。』明允，明信。《左傳·文公十八年》：『齊聖廣淵，明允篤誠，天下之民謂之八愷。』杜預注：『允，信也。』嬰，加。賈誼《治安策》：『嬰之以芒刃。』此言伊尹、文種懷抱明信忠敬而被殺。按：《困學紀聞》卷二：『伊尹之始終，書序備矣。陸士衡《豪士賦序》：伊生抱明允以嬰戮，蓋惑於《汲冢紀年》之妄説也。皇甫謐云：伊尹百有餘歲。應劭云：周公年九十九。王充《論衡》云：召公百八十，故趙岐注《孟子》云：壽若名公。』録以備考。

⑤善注：『謂周公也。』向注：『篤，厚也。穆，和也。懿，美也。言厚聖和親，周公之美也。』按：此二句當是就周公、霍光而言，非止言周公。善注或誤。

⑥ 善注：『謂霍光也。』銑注：『謂伊尹、文種、霍光也。』按：此二句當是就伊尹、文種而言，非言霍光。善注、銑注或誤。

⑦ 善注：『鄒陽於獄上書曰：不奪乎衆多之口。』銑注：『言聖賢盡忠，尚不免讒言。過此以往，中庸之人，何有見其可存者也。是以安危之理，斷然可知也。惡，何也。識，知也。』

⑧ 善注：『《穀梁傳》曰：君不尸小事，臣不專大名。《老子》曰：富貴而驕，自遺其咎。《莊子》曰：功成者隳，名成者虧。孰能去功與名，而還與衆人？』良注：『饕，貪也。易，輕也。道家所以爲忌，富貴而驕也。聖哲所難，其志不易。』冒，《廣韻》：『覆也，涉也。』運，《玉篇》：『轉也，動也。』此二句言貪大名而犯道家之忌，使小才而易聖哲之道，更是難矣。

⑨ 濟注：『權勢過甚，則身危之本也。去遠勢利，則求安之先也。』

⑩ 翰注：『不知此理，則喪亡其身也。』此言寵盛禍積，辭寵方可致福。

⑪ 善注：『《左氏傳》曰：公待於壞隤，申宮警備，設守而後行。杜預曰：申整宮備也。』向注：『言見百姓謀欲害其己身，則申令於宮寢，嚴自警守，以崇不積之威。畜，積也。言無積德也。』

⑫ 善注：『《新序》曰：商鞅爲嚴刑峻法，易古三代之制。杜預《左氏傳注》曰：賈，買也。《尚書》曰：民罔不盡傷心。』銑注：『行嚴刑峻法，必取怨傷，亦如以財買物也。賈，買也。』

⑬ 善注：『《漢書》：蒯通説韓信曰：臣聞勇略震主者身危，功蓋天下者不賞。』良注：『震，懼也。言使人主懼也。』窮，《説文》：『極也。』

⑭ 善注：『《毛詩》曰：或棲遲偃仰。《魯靈光殿賦》曰：齊首目以瞪眄。《埤蒼》曰：瞪，直視也。』濟注：『陊，壞；機，事也。偃仰，驕傲貌。瞪眄，邪視自尊貌。誇世，謂誇其功能於時世也。』

⑮翰注：『笑古人之道未盡善也，而不知已事拙之甚也。工，善也。』

⑯向注：『徒知前日之功，可以自矜。暗成敗之理，必有運會也。』曩，往日。《爾雅·釋言》：『曩，曏也。』郭璞注曰：『在今而道既往，或曰曩，或曰曏。』矜，自我炫耀賢才。《書·大禹謨》：『汝惟不矜天下，莫與汝争能。汝惟不伐天下，莫與汝争功。』孔安國傳：『自賢曰矜，自功曰伐。』暗，昏昧。《説文》：『暗，日無光也。』會，機，際。陳琳《爲袁紹檄豫州》：『此乃忠臣肝腦塗地之秋，烈士立功之會，可不勗哉。』濟注：『言操之逆亂如此，是忠臣用命之時，烈士立功之際，可不勉力哉。』

⑰銑注：『顛仆，謂傾倒也。』窮，困厄。《後漢書·馬援傳》：『丈夫爲志，窮當益堅，老當益壯。』運，命運，氣數。《漢書·高帝贊》：『漢承堯運，德祚已盛。』此意謂事至困厄，氣數已盡，必致敗亡。

⑱善注：『《答賓戲》曰：彼皆躡風塵之會，履顛沛之勢。項岱曰：彼謂李斯輩也。風發於天，以諭君上，塵從下起，以諭斯等。』良注：『風起則塵飛而合暗，言禍速應也。酷，猶法也。』

⑲濟注：『過已，謂虚有大名而才不足也。踰，亦過也。量，才量也。蓋謂此也者，謂顛仆禍酷之事。』

此段承上而論，言周公、霍光扶國家於傾覆，佐人主而登基，尚難取信人主，止謗衆口；伊尹、文種德厚至忠，尚遭主戮，况才短而貪大名者乎！意謂司馬冏宜去勢以求安，辭寵以招福，切忌以威勢而傷民心，震人主，否則必致顛仆禍酷。

夫惡欲之大端，賢愚所共有①，而遊子徇〔一〕高位於生前，志士思垂名於身後，受生之分，唯此而已②。夫蓋世之業，名莫大〔二〕焉；震主之勢，位莫盛焉〔三〕。率意無違，欲莫順焉〔四〕③。

借使伊人頗覽天道，知盡不可益，盈難久持，超然自引，高揖〔五〕而退④，則巍巍之盛，仰邈前賢，洋洋之風，俯冠〔六〕來籍⑤，而大欲不乏〔七〕於身，至樂〔八〕無愆乎舊⑥，節彌效而德彌廣，身愈〔九〕逸而名愈劭⑦。此之不爲，彼〔一〇〕之必昧⑧，然後河海之迹，堙爲窮流；一簣之釁〔一一〕，積成山岳⑨，名編凶頑之條〔一二〕，身厭荼毒之痛〔一三〕，豈不謬哉⑩！故聊〔一四〕賦焉，庶使百世少有寤云⑪。

【校勘】

〔一〕『徇』，陸刻本作『殉』。六臣本注：『善本作殉字。』七十二家集本、鄧邦述校本作『狥』。古三字并通。

〔二〕『大』，《晉書》卷五十四作『盛』。

〔三〕《晉書》卷五十四無此二句，據《文選》補。

〔四〕『意』，《七十二家集》本作『章』。又『順』，陸刻本、陳仲魚校本、鄧邦述校本作『盛』。陳仲魚校本、鄧邦述校本又校作『順』。

〔五〕『揖』，《文集》作『楫』，陳仲魚校本亦校作『楫』，形近而誤。《晉書》卷五十四、《文選》卷四十六作『揖』，《文集》校曰：『楫，當作揖』。

〔六〕『冠』，《晉書》卷五十四作『觀』。

〔七〕『乏』，《晉書》卷五十四作『止』。

〔八〕『樂』，《文集》作『藥』，誤。《晉書》卷五十四、《文選》卷四十六、陸刻本、陳仲魚校本作『樂』。《文集》校曰：『藥，當作樂。別本作樂。』今據改。

〔九〕『愈』，六臣本注曰：『善本作逾字。』古二字通。

〔一〇〕《晉書》卷五十四在『彼』前有『而』字。

〔一一〕『簣』，《藝文類聚》卷二十四作『匱』，誤。『釁』，六臣本注曰：『善本作亹字。』古二字通。

〔一二〕『條』，《文集》、《宛委別藏》本在『條』後有『耳』字。《文選》卷四十六、陸刻本、陳仲魚校本皆無此字。考其句式，當無『耳』字，故删。

〔一三〕『痛』，《文集》作『苦痛』。《晉書》卷五十四、《文選》卷四十六、《西晉文紀》卷十五、陸刻本、陳仲魚校本、鄧邦述校本作『痛』。又《文集》校曰：『疑衍。』今據删。

〔一四〕『聊』，《晉書》卷五十四作『聊爲』。

【注釋】

① 善注：『《禮記》曰：飲食男女，人之大欲存焉。死亡貧苦，人之大惡存焉。故惡欲者，心之大端也。』翰注：『人情有所惡，心有所欲，此人之大端，則賢愚所共然。』端，始，首。《孔子家語·禮運》：『故人者，天地之心而五行之端也。』王肅注：『端，始也。』

② 向注：『遊子，謂遊宦之子也。徇，求也。』受生，猶人生。《翻譯名義集·名句文法篇》：『原夫通號意生者，意謂作意此顯同居之修，因生謂受生。』分，猶言原則。《荀子·榮辱》：『先王之道，仁義之統，詩書

禮樂之分乎。』楊倞注：『分，制也。』

③ 善注：『《漢書》曰：項羽歌曰：力拔山兮氣蓋世。』蓋世之業，謂功業壓倒當世。震主之威，謂權勢震懾人主。率，循。《詩·大雅·緜》：『率西水滸，至於岐下。』毛詩傳：『率，循也。』率意，猶言隨意。違，背離。《說文》：『違，離也。』

④ 善注：『《周易》曰：天道虧盈而益謙。《毛詩序》曰：太平之君子，能持盈守成。司馬遷《報任少卿書》曰：寧得自引深藏巖穴邪？』銑注：『借，假也。伊人，謂有功之人也。言假使功成之人，少覽天道，知運盡不可更益也，盈滿不可久持也，故超然自引而去，高揖時人以從退靜，可謂美矣。』引，離去。《禮記·玉藻》：『侍坐則必退席，不退則必引而去君之黨。』鄭玄注：『引，卻也。』揖，《說文》：『手著胸曰揖。』高揖，作揖而別之狀，謂辭別。謝靈運《述祖德詩》：『高揖七州外，拂衣五湖裏。』良注：『揖，辭也。』

⑤ 良注：『巍巍，高大貌。洋洋，美譽也。俯冠來籍，謂爲將來史籍之首也。冠，首也。』邈，超越。見《謝平原内史表》注。洋洋，盛大貌。《詩·衛風·碩人》：『河水洋洋，北流活活。』毛詩傳：『洋洋，盛大也。』前句以山之巍巍，喻其高大；後句以水之洋洋，喻其寬廣。五臣釋之美譽似未諦。

⑥ 濟注：『大欲，謂好道德也。愆，失也。』大欲，人之基本欲求。《禮記·禮運》：『飲食男女，人之大欲存焉。』乏，困乏。《周禮·地官司徒下》：『鄉里之委積，以恤民之艱阨。』鄭玄注：『艱阨，猶困乏也。』孔穎達疏：『案《書》傳云：行而無資謂之乏，居而無糧謂之困。』至樂，《經典釋文》卷二十七：『極也。樂，歡也。』舊，猶言舊制，舊章。《書·武成》：『乃反商政，政由舊。』此二句言追求大欲，止於不困乎自身，追求至樂，無失於憲章典制。

⑦ 善注：『《爾雅》注曰：劭，美也。』翰注：『劭，謂不絶也。愈，益也。』效，猶獻。《禮記·曲禮上》：

『效馬效羊者右牽之。』鄭玄注：『效，猶呈。』逸，隱也。《論語・堯曰》：『興滅國，繼絶世，舉逸民。』按：『劭』之解應以善注爲是。揚雄《法言・修身》：『公儀子、董仲舒之才之邵也。』李軌注：『此二子才德高美。』亦爲證。邵，通劭。《集韻》：『邵義同劭。』此言效節者德廣，身隱者名美。

⑧向注：『此，謂退身也。彼，謂貪榮也。』按：此，謂以上所言之節乎欲，遵於舊，效其節，隱其身，非止退身也。彼，指以上所言之蓋世之業，震主之勢，率意無違，亦非止貪榮也。

⑨善注：『《論語》曰：譬如爲山，未成一簣。止，吾止也。』銑注：『河海之大迹，塞之成小流，喻功大而爲一罪所蔽矣。堙，塞也。窮，小也。一簣，一籠土巾。釁，罪也。言若長惡不改，如一簣之土漸積以成山嶽之大。』

⑩善注：『《毛詩》曰：人之貪亂，寧爲荼毒。』良注：『編，次也。凶頑之條，謂書於史籍，有凶頑之名也。荼毒之痛，謂受刑綱也。』

⑪庶，欣幸，希冀。《詩・檜風・素冠》：『庶見素冠兮，棘人欒欒兮。』毛詩傳：『庶，幸也。』寤，覺，明。《廣韻》：『寤，覺寤。』

此段言情之所惡，心之所欲，賢愚共有。故遊子求官，志士求名。然須居位守臣節，功成而身退，若昧於功業、權勢、欲望，則名編凶頑之條，身厭荼毒之痛矣。李光縉《鼎雕增補單篇評釋昭明文選》：『葛曦曰：歆之以利，其詞自腴；懼之以害，以詞自危。夫河海湮爲窮流，一簣積成山嶽，禍敗至此，嗚呼凛哉！』

世有豪士兮，遭國顛沛。攝窮運之歸期，當衆通之所會①。苟時至而理盡，譬摧枯而振敗②。因天地以運動，恒才瑣〔一〕而功大③。於是禮極上典，服盡暉崇④。儀北辰以葺宇，實蘭室而桂宮⑤。撫玉衡而〔二〕樞極，運萬物乎掌中⑥。伊天道之剛健，猶時至而必諐〔三〕⑦。日罔中而弗昃〔四〕，月何盈而不闕〔五〕⑧。襲覆車之危軌，笑前乘之未完〔六〕⑨。若知險而退止，趨〔七〕歸蕃而自戢⑩。推璇璣以長謝，顧萬物〔八〕而高揖⑪。託〔九〕浮雲以邁志，豈咎吝之能集⑫。擠爲山以自隕，歎禍至於何及⑬。

【校勘】

〔一〕『瑣』，《藝文類聚》卷二十四作『瑮』，古二字同。

〔二〕『而』，《藝文類聚》卷二十四、《七十二家集》本作『於』。《文集》亦校作『於』。

〔三〕『諐』，《文集》、陸刻本作『⿱保言』，翻刻之誤。陸刻本、陳仲魚校本、鄧邦述校本作『保』，亦誤。《藝文類聚》卷二十四、《七十二家集》本、《百三家集》本、《宛委別藏》本作『諐』。今據改。

〔四〕『昃』，《宛委別藏》本作『具』。

〔五〕『闕』，《文集》作『闌』。《藝文類聚》卷二十四、陸刻本、《百三家集》本、陳仲魚校本、鄧邦述校本作『闕』。今據改。

〔六〕『未完』，《七十二家集》本作『去穴』。《札記》：『未完二字誤。《類聚》作去穴。』

〔七〕『趨』，《藝文類聚》卷二十四作『趍』。

〔八〕『物』，《藝文類聚》卷二十四作『邦』。

〔九〕『託』，《文集》、陸刻本作『訖』，形近而誤。《藝文類聚》卷二十四、《歷代賦彙·外集》卷三作『託』。今據改。

【注釋】

① 攝，輔佐。《詩·大雅·既醉》：『朋友攸攝，攝以威儀。』王引之《經義述聞》：『攝，即佐也。』窮運，意謂國運困阨。魏收《魏書·釋老志》：『朕承天緒，屬當窮運之弊，欲除僞定真，復犧農之政。』歸期，指惠王反正。《晉書·惠帝紀》：『永寧元年春正月乙丑，趙王倫篡帝位。丙寅，遷帝于金墉城，號曰太上皇，改金墉曰永昌宮。廢皇太孫臧爲濮陽王。……三月，平東將軍、齊王冏起兵以討倫，傳檄州郡，屯于陽翟。征北大將軍、成都王穎，征西大將軍、河間王顒，常山王乂，豫州刺史李毅，兗州刺史王彥，南中朗將、新野公歆，皆舉兵應之，衆數十萬。倫遣其將閭和出伊闕，張泓、孫輔出堮阪以距冏，孫會、士猗、許超出黃橋以距穎。及穎將趙驤、石超戰于溴水，會等大敗，棄軍走。閏月丙戌朔，日有蝕之。夏四月，歲星晝見。冏將何勗等擊張泓于陽翟，大破之，斬孫輔等。辛酉，左衛將軍王輿與尚書、淮陵王漼勒兵入宮，禽倫黨孫秀、孫會、許超、士猗、駱休等，皆斬之。逐倫歸第，即日乘輿反正。』通，猶勾結。《史記·魏其武安侯列傳》：『灌夫通奸猾，侵細民。』衆通，猶言衆奸勾結，此指諸王之亂。上四句言世有豪士，遭遇社稷傾覆顛沛。攝政國運困阨、晉主反正之時，正值群奸勾結所會之際。

② 苟，裴學海《古書虛辭集釋》卷五：『猶乃也。』盡，極。《論語·八佾》：『子謂《韶》盡美矣，又盡善

也；謂武盡美矣，未盡善也。』理盡，理極，即極至之理。因司馬冏起兵匡扶王室，使惠帝反正，故其理極矣。振，動。《楚辭·九懷·尊嘉》：『秋風兮蕭蕭，舒芳兮振條。』王逸注：『動搖百草使芳熟也。』敗，《説文》：『毀也。』此指朽壞。此二句言乃是時勢所至，且又占盡天理，故其勢如摧枯拉朽。

③因，憑藉。《國語·鄭語》：『其民遝貪而忍，不可因也。』韋昭注：『因，就也。』運動，轉動運行。陸賈《新語·慎行》：『因天時而行罰，順陰陽而運動。』此指司馬冏起兵匡扶王室事。恒，猶曾，嘗。劉淇《助詞辨略》卷二：『蔡中郎《陳政要七事》：「恒思皇后祖載之時，東郡有盜人妻者，亡在孝中，本縣追捕，乃伏其辜。」此恒字，猶曾也，嘗也。恒既訓爲常，而嘗與常通，轉相訓也。』才，通在。《易·小畜》：『既雨既處，尚德載，婦貞，厲。』于省吾《周易新證》：『載、在、才、哉，古通……金文在字哉字多假才爲之，如王在某之在，假才爲之者，不勝枚舉。』瑣，宫禁代稱。《漢書·元后傳》：『曲陽侯根驕奢僭上，赤墀青瑣。』顔師古注引孟康曰：『以青畫户邊鏤中，天子制也。』此二句意謂因天地之時而起兵匡扶晉室，曾功在朝廷而建立大業。

④禮，禮儀。《書·説命中》：『禮煩則亂，事神則難。』典，國家盛大之禮儀。《國語·魯語上》：『故慎制祀以爲國典，今無故而加典，非政之宜也。』韋昭注：『典，法也。』服，官服、宫室、車馬、儀仗之泛稱。《周禮·春官·都宗人》：『正都禮，與其服。』鄭玄注：『服，謂衣服及宫室、車旗。』暉，同輝，《説文》：『光也。』崇，高。《詩·周頌·良耜》：『其崇如墉，其比如櫛。』鄭玄箋：『以言積之高大，且相比迫也。』此猶盛也。《晉書·齊王司馬冏傳》：『及王興廢倫，惠帝反正，冏誅討賊黨既畢，率衆入洛，頓軍通章署，甲士數十萬，旌旗器械之盛，震於京都。天子就拜大司馬，加九錫之命，備物典策，如宣、景、文、武輔魏故事。』故曰『禮極上典，服盡暉崇』也。此二句言所受之禮儀盛大之極，所授之車服鮮明隆盛。

⑤ 北辰，北斗星。《公羊傳・昭公十七年》：『大火爲大辰，伐爲大辰。北辰，亦爲大辰。』何休注：『北辰，北極天之中也。常居其所，迷惑不知東西者，須視北辰以別心伐所在。』儀北辰，意謂譬如北辰而心嚮往之。《論語》：『子曰：爲政以德，譬如北辰，居其所而衆星共之。』何晏《集解》：『苞氏曰：德者無爲，譬猶北辰之不移，而衆星共之。』子所言『爲政』者，乃王君之政也。《尚書大傳・洪範五行傳》：『孔子説《春秋》曰：政以不由王出，不得爲政，則是王君出政之號也。』故儀北辰，則謂其有不臣之心。葺宇，修其宫室。顔延之《陶徵士誄》：『汲流舊巘，葺宇家林。』向注：『葺，修。宇，室也。』蘭室，如幽蘭之香室。《君子有所思行》：『邃宇列綺窗，蘭室接羅幕。』善注：『盧家蘭爲室，桂爲梁。』銑注：『蘭室，取其香也。』桂宫，漢宫殿名。班固《西都賦》：『自未央而連桂宫，北彌明光而亘長樂。』善注：『《三輔舊事》曰：桂宫内有明光殿。』此二句言其心儀北辰而懷不臣之心，修建屋宇，蘭室桂宫，則如帝王宫殿。《晉書・齊王司馬冏傳》：『冏於是輔政，居攸故宫，置掾屬四十人。大築第館，北取五谷市，南開諸署，毁壞廬舍以百數，使大匠營制，與西宫等。鑿千秋門牆以通西閣，後房施鐘懸，前庭舞八佾，沈於酒色，不入朝見。』即謂此也。

⑥ 撫，《廣韻》：『持也。』玉衡，正天文之器。《書・舜典》：『在璿璣玉衡，以齊七政。』孔安國傳：『璣衡，王者正天文之器，可運轉者。七政，日月五星各異政。舜察天文，齊七政，以審己當天心與否。』此指國之權柄。樞，樞紐。《莊子・齊物論》：『彼是莫得其偶，謂之道樞。』陸德明《經典釋文》：『樞，要也。』後引申爲朝廷重臣。唐太宗《賜劉洎自盡詔》：『巨猾當樞，懷惡必大。』此二句言握持國柄，居重臣之位極，天下萬物運於掌中。

⑦ 剛健，剛强勁健。時，天時，猶言應乎天時。《易・大有》：『其德剛健而文明，應乎天而時行，是以元亨。』王弼注：『德應於天，則行不失時矣。剛健不滯，文明不犯，應天則大，時行無違，是以元亨。』孔穎達疏：

『剛健，謂乾也。』又《乾》：『《象》曰：天行健，君子以自强不息。』孔穎達疏：『天有純剛，故有健用。……天行健者，行者運動之稱，健者强壯之名，乾是衆健之訓。』諐，同愆。《爾雅・釋言》：『諐，過也。』此二句言天之常道剛强勁健，然猶須應時而行，方必無違。

⑧ 罔，無。《書・康誥》：『雖爾身在外，乃心罔不在王室。』孔安國傳：『言雖汝身在外土爲諸侯，汝心常當忠篤，無不在王室。』昃，日偏西也。《説文》：『日在西方，時側也。』《易・豐》：『日中則昃，月盈則食，天地盈虚，與時消息，而况於人乎？况於鬼神乎？』孔穎達疏：『然盛必有衰，自然常理。日中至盛，過中則昃；月滿則盈，過盈則食。』此二句言猶如日中則昃，月盈則闕，盛必有衰，乃自然之常理。

⑨ 覆車，傾覆之車。李康《運命論》：『前監不遠，覆車繼軌，而志士仁人猶蹈之而弗悔。』善注：『《晏子春秋》：諺曰：前車覆，後車戒也。』危，《玉篇》：『不安貌。』軌，《説文》：『車轍也。』完，《説文》：『全也。』此二句言譏笑前人之車未得保全，自己又重蹈前人之覆轍。

⑩ 趨，《釋名・釋姿容》：『急行曰趨。趨，赴也，赴所至也。』蕃，同藩，藩國，封地。王粲《贈士孫文始》：『四國方阻，俾爾歸蕃。』善注：『《毛詩》曰：四國於蕃。』翰注：『使爾歸國，以爲蕃屏。』戢，斂也。《詩・小雅・鴛鴦》：『鴛鴦在梁，戢其左翼。』鄭玄箋：『戢，斂也。』此二句言若知宦途之險而退讓止步，速歸藩國而收斂自我。

⑪ 璇璣，北斗四星。《楚辭・九思・怨上》：『上察兮璇璣，大火兮西睨。』王逸注：『璇，一作旋，一作琁機。』洪興祖補注：『北斗魁四星爲璇璣。』喻國柄。長謝，長辭，指歸隱。江淹《與交友論隱書》：『則請從此隱，長謝故人。』揖，《説文》：『手著胸曰揖。』此二句言推開手持之國柄，而長辭世人，高視萬物，而歸隱山林。

⑫ 邁，《説文》：『遠行也。』邁志，高遠之志。《三國志・魏・文帝紀》：『邁志存道，克廣德心，則古之賢主，何遠之有哉！』咎，《説文》：『災也。』吝，《説文》：『恨惜也。』咎吝，災禍與悔恨。《後漢書・張奂傳》：『奢非晉文，儉非王孫，推情從意，庶無咎吝。』恡，同吝。《增韻》：『悋，俗作恡，通作吝。』古三字並同。此二句言若託浮雲而寄高遠之志，豈可讓災禍與悔恨集於身哉？

⑬ 擠爲山，猶言積土爲山。《吊魏武帝文》：『擠爲山乎九天。』隕，墜也。《詩・衛風・氓》：『桑之落矣，其黄而隕。』孔穎達疏：『桑之落矣之時，其葉黄而隕墜。』此二句言譬積土成山，大業成而自己隕落，一旦禍至歎息亦何所及也。

此賦言司馬冏際會風雲，因天地而動，立功朝廷，於是禮極上典，車服鼎盛，然不知功成身退，遠志浮雲，反而操弄國柄，潛生不臣之心，終至重蹈覆轍，禍至自隕。

【集評】

[唐]劉知幾《史通・探賾》：若齊冏失德，《豪士》於焉作賦。

[明]彭大翼《山堂肆考》卷一百二十六：《豪士賦》，陸士衡惡齊王冏矜功受爵不讓，及齊亡，作《豪士賦》。又唐元德秀善文詞，作《蹇士賦》以自況。

[清]何焯《義門讀書記》卷四十九：陸士衡《豪士賦序》當時之體，然懇切動聽。又：『廣樹恩不足以敵怨』二句，驚心動魄之言。又：『君奭怏怏，不悦公旦之舉』，時王豹致牋於冏，亦引周公流言爲戒。

[清]俞瑒評：文體圓折，有似連珠，但嫌紆緩，然自是對偶文章之先聲。聲韻未諧而氣醇力厚，未易及

也。又評：對偶文能入議論，轉折盡致，陸宣公頗祖此。（清鈔本《昭明文選》）

[清]孫梅《四六叢話》卷五：陸機以齊王冏矜功自伐，作《豪士賦》刺之，乃托身於成都王穎，此在恩怨愛憎之間爾。處危亂而用心若此，又濟之以貪權喜功，雖欲苟全，得乎？

[清]李兆洛評：（《豪士賦》序）此士龍所謂清新相接者也。神理亦何減鄒、枚。（《駢體文鈔》卷二十一）

[清]譚獻評：（《豪士賦》序）頓挫回薄，意在言外，不當僅賞其清新。又評：鄒、枚隱顯激射處不易至。（《駢體文鈔》卷二十一）

[清]鄒思明評：指陳禍福，字挾風霜；求福免禍，堪爲針砭。隱隱躍躍，炳炳磷磷，擊缽成文，錦囊藏計，可以消奸雄睥倪（睨）之心，啓重臣盈滿之懼。（《文選尤》）

[清]洪若皋《梁昭明文選越裁》：高辛撫運，釁起參商；宗周嗣歷，禍纏管察，詳觀曩册，窮兇極惡，未有如典午八王者也。出擁旄節，莅岳牧之榮；入踐臺階，居端揆之重。狗彘爲心，豺狼成性，禍起蕭墻，變生骨肉，或興晉陽之門甲，喋血宮門；或矯尺一之詔，横尸殿陛。使暗劣獨夫登旋雲母，如驅雞出籠，幽縶金墉；如招豚入拉，卒致中原陸沉，生民塗炭，誠可哀也。然諸王中，惟齊王冏以桃符之子，衆所素推，興師有名，除兇反正，乃棄尹、周之偉業，仍蹈莽、卓之凶謀。善乎，孫惠諫之曰：『自永熙以來，十有一載，人不見德，惟戮是聞，公族構篡奪之禍，骨肉遭梟夷之刑，良史書過，後嗣何觀？』當時在朝並無一言及之者，獨士衡作《豪士賦》寓譏一序，指陳禍機，鏤心刻骨，然燭時理如灼龜，乃身納於罟護（蠖）陷井之中而莫之辟。夫子曰：『智及之，仁不能守之，雖得之，必失之。』士衡有焉。

[清]孫洙《山曉閣重訂文選》：此因齊王冏矜功圖篡而作也，箴砭處迴旋往復，節節皆踞理之言，與《王

命論》同其明快。惘惘狂夫，應亦見而知警。（清鈔本《昭明文選》）

［清］俞瑒評：以對偶運其筋骨，固非易事，後人詞勝於情，不及此種沉鬱之致。

［清］方廷珪《昭明文選集成》：按大意總見古來功高位重，雖聖賢處之，尚多疑謗，懼不克終，況僥倖一時之功，翹然自負，睥睨神器，把持朝野，不知辭寵去勢，慮患防危，怨毒既盈，凶禍立至，位其可恃乎？篇中將功不可獨專、位不可自擅二意，夾行到底，宏論崇議，有上下古今之識，有馳騁一世之才。冏卒不悟，復蹈趙王倫之覆轍，噫！

駱鴻凱《文選學·附編》二：士衡文細意極當，襯筆極多，而又運以潛氣，織以琦辭，自非静志研尋，不能得其脈絡。此文分析不過五大段，而每段皆以三四細意襯出之。自《史記·伯夷列傳》外，用襯筆之衆，未有類此文者也。學者誠能熟讀而精思之，豈有不能用筆不能達意之患乎？

瓜賦

【題解】

此爲狀物小賦。主要寫瓜德之美，生長之盛，果實之豐，品種之多，形狀之異，色彩之鮮，味道之醇。然此賦所瓜蔓之赴于廣武，或暗喻廣武侯之宇，其意當别有寄託。張華因力主滅吴之功而封廣武縣侯，陸機兄弟入洛受張華之器重，而聲譽鵲起，故賦之『嘉時』『惠霑』『朗日』『惠風』云云，或是託物以喻張華之恩惠，且亦以瓜德自况也。據此可知，賦作時間約在入洛之初，即太康末年（二八九）至元康初年（二九〇）。

佳哉，瓜之爲德！邈衆果而莫賢①。殷中和之淳祜〔一〕，播滋榮於甫田②。背芳春以初載，迎朱夏而自延③。奮修系之莫莫〔二〕，邁〔三〕秀颷之緜緜④。赴廣武以長蔓，粲煙接以雲連⑤。感嘉時而促節，蒙惠霑〔四〕而增鮮⑥。若乃紛敷〔五〕雜錯，鬱悦婆娑⑦。發彼適此，迭相經過⑧。熙朗日以熠燿〔六〕，扇和風其如波⑨。有葛虆之覃〔七〕及，象〔八〕椒聊之衆多⑩。發金縈於秀翹，結玉實於柔〔九〕柯⑪。蔽翠景以自〔一〇〕育，綴修莖而星羅⑫。

【校勘】

〔一〕『祜』，《文集》作『祐』，或形近而誤。陸刻本、《六朝詩集》本、陳仲魚校本作『祜』。今據改。

〔二〕『修系』，《初學記》卷二十八作『修體』。又『莫莫』，《文集》作『莫邁』。陸刻本、《百三家集》本、《七十二家集》本作『莫莫』，與『緜緜』對偶。今據改。

〔三〕『邁』，《文集》作『延』。《百三家集》本、《六朝詩集》本、陳仲魚校本作『邁』。《四庫全書考證》卷五十一：『邁秀颷之綿綿，刊本邁訛延。……據《賦彙》改。』《札記》：『《初學記》二十八引作：奮脩絲之莫莫，邁秀颷之緜緜。疑集本誤。』

〔四〕『霑』，《札記》：『《初學記》霑作露。』

〔五〕『敷』，《七十二家集》本作『數』，或形近而誤。

〔六〕『熠燿』，《札記》：『《初學記》作熠熠。』

〔七〕『覃』，《六朝詩集》本、陳仲魚校本、鄧邦述校本作『簟』。鄧邦述校本校作『覃』。

〔八〕『象』，陸刻本作『相』。《宛委別藏》本作『象』。《四庫全書考證》卷五十一：『象椒聊之衆多，刊本象訛相。並據《賦彙》改。』《札記》：『《初學記》相作象。古通。』陳仲魚校本、鄧邦述校本并校作『象』。

〔九〕『柔』，《藝文類聚》卷八十七作『宗』。

〔一〇〕『翠』，《札記》：『《類聚》八十七翠作靈。』又『自』，《藝文類聚》卷八十七作『因』。

【注釋】

① 邈，《説文》：『遠也。』此三句言瓜之德美，遠非衆果所能及。

② 殷，《爾雅·釋言》：『正也。』中和，猶適中，不偏不倚。《周禮·春官·宗伯下》：『以樂德教國子，中和祇庸孝友。』鄭玄箋：『中，猶忠也。和，剛柔適也。』淳，味濃。枚乘《七發》：『飲食則温淳甘膬，脭醲肥厚。』善注：『温淳，謂凡味之厚也。』祜，福。《詩·小雅·節南山》：『曾孫壽考，受天之祜。』鄭玄箋：『祜，福也。』滋，長。《書·泰誓下》：『樹德務滋，除惡務本。』孔安國傳：『滋，長。』榮，《爾雅·釋草》：『華，荂，榮也。』滋榮，指瓜之花朵生長茂盛。曹植《登臺賦》：『望衆果之滋榮，仰春風之和穆。』甫田，大田。《詩·齊風·甫田》：『無田甫田，維莠驕驕。』毛詩傳：『甫，大也。』此二句言瓜味醇厚，中和不膩，播之大田，花繁茂盛。

③ 背，背離。《商君書·君臣》：『今世君不然，釋法而以智，背功而以譽。』《韻會》：『背，離也。或作

倩。』載，成。《書・益稷》：『乃賡載歌曰：元首明哉，股肱良哉，庶事康哉。』孔安國傳：『載，成也。』初成，指剛剛長出嫩芽。朱夏，夏炎赤，曰朱夏。《爾雅・釋天》：『夏爲朱明。』郭璞注：『氣赤而光明。』曹植《槐賦》：『在季春以初茂，踐朱夏而乃繁。』延，延長。班固《西都賦》：『歷十二之延祚，故窮泰而極侈。』《説文》：『延，長行也。』此指伸展。此二句言春天剛過，幼苗初生，時至炎夏，藤蔓宛延伸展。

④ 奮，舒展。《廣韻》：『奮，揚也。鳥張毛羽，奮，奞也。』修，長。《詩・小雅・六月》：『四牡脩廣，其大有顒。』毛詩傳：『脩，長。』脩，同修。《集韻》：『修，通作脩。』系，此指藤蔓相連。《漢書・叙傳上》：『系高頊之玄胄兮，氏中葉之炳靈。』應劭注：『系，連也。』莫莫，蔓延貌。《詩・大雅・旱麓》：『莫莫葛藟，施於條枚。』毛詩傳：『莫莫，施貌。』鄭玄箋：『延蔓於木之枝本而茂盛。』邁，此指伸向遠處。《説文》：『邁，遠行也。』秀，異。孫綽《遊天臺山賦》：『天臺山者，蓋山嶽之神秀者也。』善注：『《廣雅》曰：秀，異也。』瓞之緜緜，謂小瓜之連綴不絶。《詩・大雅・緜》：『緜緜瓜瓞，民之初生。』毛詩傳：『緜緜，不絶貌。』朱熹《詩集傳》：『大曰瓜，小曰瓞。』此二句言藤蔓相連，舒展蔓延，瓜瓞緜緜，伸向遠處。

⑤ 赳，《説文》：『趨也。』廣武，猶大步。《國語・周語下》：『夫目之察度也，不過步武尺寸之間。』韋昭注：『六尺爲步，賈君以半步爲武。』《廣韻》：『廣，大也。』粲，鮮明貌。《詩・小雅・大東》：『西人之子，粲粲衣服。』毛詩傳：『粲粲，鮮盛也。』此二句言長蔓舒展如步武前行，枝葉濃密猶雲煙相連。按：此處之廣武，或暗指廣武廬。何劭《贈張華》：『周旋我陋圃，西瞻廣武廬。』善注：『臧榮緒《晉書》曰：吴滅，封張華廣武侯。』翰注：『華封爵廣武侯，故曰廣武廬。』士衡兄弟入洛，爲張華所推重，《晉書・張華傳》：『初，陸機兄弟志氣高爽，自以吴之名家，初入洛，不推中國人士，見華一面如舊，欽華德範，如師資之禮焉。』故此言廣武廬。下文『感嘉時』『蒙惠露』云云，蓋詠物而言情也。

⑥ 嘉，《爾雅・釋詁》：『美也。』嘉時，季節之美稱。《太平御覽》卷十九引梁元帝《纂要》曰：『時曰良時、嘉時。』促節，抽莖生長。庾信《竹杖賦》：『秋藜促節，白藋同心。』《玉篇》：『節，竹約也。』泛指植物分蘖抽葉。霑，雨水滋潤。《詩・小雅・節南山》：『既霑既足，生我百穀。』惠霑，仁惠雨露之滋潤。王儉《褚淵碑文》：『是以義結君子，惠霑庶類。』此二句言感遇美好之季節而莖蔓迅速生長，承蒙仁惠雨露之滋潤而更加明麗。

⑦ 紛敷，色彩繽紛。何晏《景福殿賦》：『菡萏赩翕，纖縟紛敷。』翰注：『紛敷，彩色亂布貌。』雜錯，交錯。張衡《南都賦》：『被服雜錯，履躡華英。』善注：『雜錯，非一也。』鬱，茂盛。《詩・秦風・晨風》：『鴥彼晨風，鬱彼北林。』朱熹《詩集傳》：『鬱，茂盛貌。』婆娑，紛披貌。王褒《洞簫賦》：『洞而不絶兮，優嬈嬈以婆娑。』善注：『婆娑，分散貌。』此二句言其花色彩繽紛，其蔓雜然交錯，茂盛可人，紛披下垂。

⑧ 迭，交互。鮑照《歲暮悲》：『霜露迭濡潤，草木互榮落。』《增韻》：『迭，互也。』發，生長。《詩・大雅・生民》：『實發實秀，實堅實好。』孔穎達疏：『發者，穗生於苗，初發，苗生也。』適，至。《説文》：『適，之也。』經過，此有縱横交錯之意。《説文》：『過，度也。』此二句言瓜蔓生長於彼處又延伸到此處，彼此交相縱横錯雜。

⑨ 熙，光照。《爾雅・釋詁》：『熙，光也。』熠燿，色澤鮮明。《詩・豳風・東山》：『倉庚于飛，熠燿其羽。』鄭玄箋：『熠燿其羽，羽鮮明也。』此二句言朗日照耀，藤蔓色澤鮮明；微風徐起，葉兒飄動如波。

⑩ 葛蘽，《詩・王風・旱麓》：『莫莫葛藟，施于條枚。』《毛詩草木鳥獸蟲魚疏》：『藟，一名居苽，似燕薁，亦延蔓生，葉如艾，白色。其子赤，可食。』藟，同蘽。《集韻》：『藟，或作蘽。』覃，《爾雅・釋言》：『延也。』郭璞注：『謂蔓延相被及。』此以葛蘽喻瓜之藤蔓連綿。相，《説文》：『省視也。』椒聊，即椒。《詩・唐

風・椒聊》：『椒聊之實，蕃衍盈升。』毛詩傳：『椒聊，椒也。』鄭玄箋：『椒之性芬香而少實，今一捄之實，蕃衍滿升，非其常也。』朱熹《詩集傳》：『聊，語助也。』此以椒聊喻其果實衆多。此二句言藤蔓有如葛藟之連綿，果實看似椒聊之衆多。

⑪ 秀翹，即翹秀，花朵特出。《顔氏家訓・文章》：『凡此諸人，皆其翹秀者。』柔柯，柔嫩枝條。《太平御覽》卷九百七十引羊氏安《石榴賦》：『振緑葉於柔柯，垂彤子之纍衰。』《玉篇》：『柯，枝也。』此二句言伸展特出之處盛開金色的花朵，柔嫩枝條之上結滿如玉之果實。

⑫ 育，《爾雅・釋詁》：『長也。』此二句言翠葉之影遮蓋果實而使之生長，果實連著瓜蔓而如星星排列。

此段讚美瓜味淳厚適中，具有超越衆果的德行之美。鋪叙瓜之生長過程，及其外在藤蔓瓜瓞之美。

夫其種族類數，則有括樓〔一〕、定桃，黄㼒、白傳〔二〕，金文、密筩〔三〕，小青、大班〔四〕，玄骭、素椀〔五〕，貍首、虎蹯①。東陵出於秦谷，桂髓起於巫山②。五色比象，殊形異端③。或濟貌以表内，或惠心而醜顔④。或攄文而〔六〕抱緑，或披〔七〕素而懷丹⑤。氣洪細而俱芬，體修短而必圓⑥。芳鬱烈其充堂，味窮理而不餶⑦。德弘濟於饑渴，道殷流於〔八〕貴賤⑧。若夫濯以寒冰〔九〕，淬以夏凌。越氣外斂，温液密凝。體猶握虚，離若剖冰⑨。

【校勘】

〔一〕『栝樓』，《七十二家集》本作『栝蔞』。

〔二〕『傳』，《初學記》卷二十八、《太平御覽》卷九七八並作『摶』。金濤聲曰：『作「摶」近是。摶通團，圓也。《楚辭·九章·橘頌》：圓果摶兮。』《四庫全書考證》卷九十五：『《瓜賦》：白摶、金文、蜜箭，刊本摶訛作傳，蜜訛密，據《廣志》改。』此考甚是，應據改。

〔三〕『金文』，《藝文類聚》卷八十七作『金叉』；《太平御覽》卷九七八作『金釵』。《事類賦》卷二十七吴淑《瓜賦》注引裴淵《廣州記》：『州有瓜冬熟，名金釵。』又『密箭』，各本並作『蜜箭』，傅玄《瓜賦》：『舊有蜜箭，及青栝樓，嘉味鮮，類寡儔。』應據改。

〔四〕『班』，《藝文類聚》卷八十七、《百三家集》本、《七十二家集》本作『斑』。

〔五〕『椀』，《藝文類聚》卷八十七、《太平御覽》卷九百七十八作『腕』。蕭統《七召》：『湘南朱橘，荔枝、沙棠、蒲萄、石蜜瓜，稱素腕之美。』吴淑《瓜賦》：『玄骭素腕，羊髓龍蹄。』應據改。

〔六〕『而』，《藝文類聚》卷八十七、《初學記》卷二十八並作『以』。

〔七〕『披』，《七十二家集》本作『彼』，形近而誤。

〔八〕『殷』，《藝文類聚》卷八十七作『殊』。又『於』，陸刻本、《六朝詩集》本、陳仲魚校本、鄧邦述校本作『而』。鄧邦述校本校作『於』。

〔九〕『濯』，《文集》作『擢』，形近而誤。陳仲魚校本作『濯』。《文集》校曰：『擢，別本作濯。』今據改。又『冰』，《六朝詩集》本、陳仲魚校本、鄧邦述校本作『水』。鄧邦述校本校作『冰』。

【注釋】

① 以上均爲瓜果之種類，或以其狀而名，或以其色而名。王禎《甜瓜》：『舉以狀得名者，則有龍肝、虎掌、兔頭、狸首、蜜筩之稱；以色得名者則以有物烏爪，黄扁白扁小青大斑之別。』括樓，又作栝樓，《爾雅注疏》卷八《考證》：『果蓏之實栝樓。鄭樵曰：今亦曰苽蔞。』定桃，木瓜。《儼山外集》卷二十一：『有花類海棠而實大如桃者，曰木瓜。』黄䫉，黄瓜。《廣韻》：『䫉，黄瓜名。』白傳，即白摶，又稱白䫉。《博雅》：『白䫉，瓜屬。』康子玉《瓜賦》：『爾其大則三尺二升，美則金漿玉實，狸頭羊骹之字，黄瓜白摶之質。』金文，即金釵，冬熟。裴淵《廣州記》：『州有瓜冬熟，名金釵。』密筩，即蜜筩，其味甘。傅玄《瓜賦》：『舊有蜜筩，及青栝樓，嘉味鮮，類寡儔。』小青，即青瓜。《南史·郭祖深傳》：『有姥餉一早青瓜，祖深報以疋帛。』大班，黄班瓜。夏侯孝若《梁田賦》：『入果林，造瓜田，摘虎掌，拾黄班，落蔕離母，漬以寒泉。』玄骭，瓤黑色之瓜。吴淑《瓜賦》：『玄骭素腕，羊髓龍蹄。』素椀，即素腕，石蜜瓜。蕭統《七召》：『湘南朱橘、荔枝、沙棠、蒲萄、石蜜瓜，稱素腕之美。』狸首，因形而名。吴淑《瓜賦》注引《廣志》：『有狸頭瓜，有女臂瓜。』虎蹯，又名虎掌。《海録碎事》卷二十二下收録有『虎蹯瓜』，並引陸機之《瓜賦》，夏侯孝若《梁田賦》則稱『虎掌』。

② 東陵，即東陵瓜。《水經注》卷十九：『青門門外，舊出好瓜。昔廣陵人邵平爲秦東陵侯，秦破，爲布衣，種瓜此門。瓜美，故世謂之東陵瓜。是以阮籍《詠懷詩》云：昔聞東陵瓜，近在青門外。連畛拒阡陌，子母相鉤帶。指謂此門也。』按：邵平，《史記·蕭相國世家》作召平。秦谷，指驪山硎谷。《藝文類聚》卷八十七引《古文奇字》曰：『秦始皇密令人種瓜於驪山硎谷中温處。』桂髓，亦名桂枝，其味芬芳。吴淑《瓜賦》：『甘號蜜筩，芳稱桂髓。』《廣雅》：『龍蹄、獸掌、羊骹、兔頭、桂髓、蜜筩、小青、大班，皆瓜名也。』巫山，康子玉《瓜賦》：『巫山之岡，秦川之陽，垂條引蔓，布緑敷黄。』起於巫山，不詳，疑爲起於昆侖之誤。《格致鏡原》卷

六十三引《拾遺記》：『昆侖第三層有瓜如桂。』

③ 五色比象，意謂瓜具五色，比象萬物。《左傳·桓公二年》：『五色比象，昭其物也。』杜預注：『車服器械之有五色，皆以比象天地四方，以示器物不虛設。』異端，不同種類。《史記·延篤傳》：『觀夫仁孝之辯，紛然異端，互引典文，代取事據，可謂篤論矣。』殊形異端，意謂形狀不同，種類有别。

④ 濟，借助。《易·謙》：『天道下濟而光明，地道卑而上行。』表，外。《玉篇》：『表，衣外也。』此猶顯現。惠心，明惠之心。謝瞻《張子房詩》：『惠心奮千祀，清埃播無疆。』良注：『以明惠之心爲漢畫計。』此二句言或借助内外貌而顯現其質之美，或内懷明惠之心而外表醜陋。

⑤ 攄，舒展。《楚辭·九章·悲回風》：『據青冥而攄虹兮，遂儵忽而捫天。』王逸注：『攄，舒也。』此二句言或花紋舒展而内抱緑色，或外表素白而内懷丹紅。

⑥ 此二句言瓜味或濃或淡，俱芬芳可人；外表或長或短，均爲圓形。

⑦ 餶，厭膩。《説文》：『餶，猒也。』窮理，此指味之極。《易·説卦》：『窮理盡性，以至於命。』韓康伯注：『命者生之極，窮理則盡其極也。』此二句言其芬芳濃烈而滿屋可聞，味美至極且食而不膩。

⑧ 弘濟，盧諶《贈劉琨并書》：『弘濟艱難，對揚王休。』善注：『《尚書》王曰：用敬保元子釗，弘濟于艱難。《毛詩》曰：虎拜稽首，對揚王休。』濟曰：『對，答；休，美也。賢者能大濟艱難之事，答揚王之美命也。』殷流，廣泛流播。《後漢書·袁紹傳》：『劉表以書諫譚曰：天降災害，禍難殷流。』《玉篇》：『殷，大也。』《爾雅·釋言》：『流，覃也。覃，延也。』郭璞注：『皆謂蔓延相被及。』此二句言其德弘大，可救助饑渴，其道豐厚，可延及貧賤。

⑨ 淬，《方言》：『寒也。』凌，《廣韻》：『冰凌。』越，猶言散發。《玉篇》：『越，逾也。』此四句言若以寒水

洗滌，夏窖之冰鎮之，使散發之芬芳收斂，溫潤之汁凝固，握其體柔軟如空，剖其瓜清脆若冰。

此段言瓜之分類、產地、形色、體氣及其道德之美、具體吃法。

思親賦

【題解】

章樵注曰：『機生於吴中，仕西晉洛陽，去鄉社遥邈，又遭時變亂，不克祠祀其親，作賦以述思念之情。』賦抒寫鄉思之情濃鬱，飄零之感日深，父母早逝，鞠養之恩無報，尤其是結尾歎息人生短暫，將同歸于父母之冥途，情深境悲，難以卒讀。賦作時間無考，姜亮夫《陸平原年譜》認爲此賦與《愍思賦》同陸雲《歲暮賦》作於同時，即太安元年（三〇二）。然前人章樵、今人姜亮夫所言皆與賦内容不合。賦曰『兄瓊芳而蕙茂，弟蘭發而玉暉』，可證其兄在世，其弟尚幼。吴天紀四年（二八〇）晉滅吴，其兄晏、景在是年二月被殺。此賦當作於是年前，機分領父兵，移居金陵後，思親而作。因故鄉崑山在金陵東南，故曰『指南雲以寄款』，非在洛陽而望鄉也。

悲桑梓之悠曠，愧烝〔一〕嘗之弗營①。指南雲以寄欵〔二〕，望歸風而効誠。年歲俄其聿暮，明星爛而將清②。迴飈肅以長赴，零雪紛其下頽③。羨纖枝之在幹，悼落葉之去枝〔三〕④。存〔四〕顧復之遺志〔五〕，感明發之所懷⑤。居辭安而厭苦，養引約而摧豐⑥。忘天命之晚暮〔六〕，願鞠子之速融⑦。兄瓊芳而蕙茂，弟蘭發而玉暉。感瑰姿之晚就，痛慈景之先違⑧。天步悠長，人道短矣。異途同歸，無早晚矣〔七〕⑨。

【校勘】

〔一〕『烝嘗』，陸刻本、《百三家集》本、陳仲魚校本、鄧邦述校本作『蒸嘗』，古二詞同。鄧邦述校本校作『烝』。

〔二〕『欸』，陸刻本、《六朝詩集》本、陳仲魚校本、鄧邦述校本作『欽』。陳仲魚校本、鄧邦述校本并校作『欸』。《札記》：『《初學記》卷十二：欽作款。《類聚》二一作欽，一作款。《古文苑》作欽。』欸，同款。

〔三〕『枝』，《藝文類聚》卷二十作『枚』，形近而誤。

〔四〕『存』，《藝文類聚》卷二十作『在』，形近而誤。

〔五〕『遺志』，《藝文類聚》卷二十作『遺忘』，形近而誤。

〔六〕『暮』，《文集》作『慕』，扞格難通。陸刻本、《百三家集》本、《六朝詩集》本、陳仲魚校本作『暮』。又《文集》校曰：『慕，刻本作暮。』今據改。

〔七〕『天步悠長』四句，《古文苑》卷七無此句。或爲後人誤入，當以《古文苑》版本爲是。

【注釋】

① 章樵注：『井社植桑梓以爲表識。悠曠，言隔遠也。蒸嘗，謂四時。』烝嘗，同蒸嘗，四時之祭祀。

《爾雅・釋詁上》：『蒸嘗，祭也。』郭璞注：『四時祭名也。』潘岳《寡婦賦》：『奉蒸嘗以效順兮，供灑掃以彌載。』善注：『《禮記》曰：天子諸侯宗廟之祭，春礿、夏禘、秋嘗、冬蒸。』營，治理。《詩・小雅・黍苗》：『肅肅謝功，召伯營之。』鄭玄箋：『營，治也。』此二句言悲故鄉之遥遠，愧不能四時祭祀先祖。

② 章樵注：『身寓洛陽，而親之墳墓在吴中，思因風雲之便，以寄吾誠敬，由歲至暮，自夕至明，風雲變態不常，卒無可以寄吾情者。』欵，情深也。《説文》：『欵，意有所欲也。』今通作款。《康熙字典》：『欵，俗作款。』誠，情真也。《説文》：『誠，信也。』俄，頃刻之間。《説文》：『俄，頃也。』聿暮，歲月暮矣。《詩・唐風・蟋蟀》：『蟋蟀在堂，歲聿其莫。』毛詩傳：『聿，遂，除去也。』莫，同暮。《説文》：『莫，日且冥也。』徐鍇《繫傳》：『俗作暮。』明星爛，謂天將明。《詩・鄭風・女曰鷄鳴》：『子興視夜，明星有爛。』毛詩傳：『言小星已不見也。』鄭玄箋：『明星尚爛爛然，蚤於别色時。』此四句言遥望故鄉，欲託風雲而獻其歸思。然歲之將暮，夜之將明，却思歸不得。謂經年累月思之不絶也。

③ 回飈，回風。《楚辭・惜誓》：『臨中國之衆人兮，託回飈乎尚羊。』王逸注：『臨見楚國之中衆人貪佞，故託回風遠行遊戲也。』肅，急也。《禮記・月令》：『戮有罪，嚴斷刑。天地始肅，不可以贏。』鄭玄注：『肅，儼急之言也。』頹，下墜。《楚辭・九章・悲回風》：『歲曶曶其若頹兮，時亦冉冉而將至。』洪興祖補注：『頹，下墜也。』此二句言回風迅疾而長逝，飛雪飄零而墜落。謂其託風雲以寄其情，亦不可得也。

④ 章樵注：『父母猶根榦，子孫猶枝葉。』此二句言羨慕他人如纖枝之在榦，哀傷自己猶落葉之飄零。

⑤ 章樵注：『《詩》：顧我復我，欲報之德。又《詩》：明發不寐，有懷二人。』顧復，意謂父母養育之恩。《詩・小雅・蓼莪》：『顧我復我，出入腹我。欲報之德，昊天罔極。』鄭玄箋：『顧，旋視也。復，反覆也。』明發之所懷，指『明發』詩所表達的思念父母之情。明發，從夕至明。《詩・小雅・小宛》：『我心憂傷，念昔先

人。明發不寐，有懷二人。』毛詩傳：『明發，發夕至明。』此二句言心存父母養育之遺情，日夜思念，無可釋懷。

⑥居辭安，言居不安逸。《左傳・襄公十一年》：『《書》曰：居安思危，思則有備。』厭，飽足。《書・洛告》：『萬年厭於乃德，殷乃引考。』孔安國傳：『厭，飫也。』引，長久。《書・梓材》：『引養引恬，自古王若兹監，罔攸辟。』孔安國傳：『能長養民，長安民。』養約，撫養節儉。《群書治要》引《潛夫論》：『養生順志，所以爲孝也。今多違志，以儉養約生以待終。』摧，折。《玉篇》：『摧，挫也，折也。』摧豐，猶言不豐厚。此二句言父母生前居不安逸，飽嘗辛苦；節儉鞠養子女，生活簡樸。

⑦天命，天賜之性命，猶天年。《汲冢書・史記解》：『弱小在彊大之間，存亡將由之，則無天命矣，不知命者死。』孔晁注：『無天命，命在彊壯者也。知命則大，不知命則足以亡矣。』鞠子，稚子。《書・康誥》：『兄亦不念鞠子哀，大不友于弟。』孔安國傳：『爲人兄亦不念稚子之可哀，大不篤友于弟，是不友。』融，長大。《爾雅・釋詁上》：『融，長也。』《方言》：『宋衛荆吴之間曰融。』此二句言父母忘其天年已近遲暮，希望稚子迅速成人。

⑧章樵注：『《晉書》：陸雲，字士龍。少與兄機齊名，號曰二陸。爲吴王郎中令，出宰浚儀，有惠政。言兄弟才美相映，所恨成就之晚，不及奉養其慈親，猶曾子得禄三千鍾而悲也。』兄，指晏、景、玄。其《與弟清河雲》詩曰：『篤生三昆，克明克俊。』瓊芳，瓊玉之芬芳；蕙茂，蕙草之茂盛，皆喻其高潔。《楚辭・九歌・東皇太一》：『瑤席兮玉瑱，盍將把兮瓊芳。蕙肴蒸兮蘭藉，奠桂酒兮椒漿。』王逸注：『瓊，玉枝也。』良注：『蕙蘭，皆香草也。』發，開花。《詩・大雅・生民》：『實發實秀，實堅實好。』毛詩傳：『發，盡發也。』瑰姿，美質。傅毅《舞賦》：『軼態横出，瑰姿譎起。』善注：『瑰，美也。』就，成就。《廣韻》：『成也，迎也。』慈，

父母之慈愛。《禮記・禮運》：『父慈子孝，兄良弟弟。』慈景，父母之身影，代慈父。先違，猶言去世。《説文》：『違，離也。』此四句言吾兄如瓊玉蕙草之高潔，吾弟如蘭花之初發，美玉之含輝。感慨我美質尚未成就，痛惜慈父已經棄世。

⑨ 天步，天之運行。《詩・小雅・白華》：『天步艱難，之子不猶。』毛詩傳：『步，行。』人道，猶言人生。《禮記・中庸》：『人道敏政，地道敏樹。』異途同歸，即殊途同歸。《易・繫辭下》：『天下同歸而殊塗，一致而百慮。』此四句言天道悠長，人生苦短，今雖陰陽殊途，無論早遲，亦將同歸。

【集評】

[明]楊慎《升庵詩話》卷七：詩人多用『南雲』字，不知所出，或以爲江總『心逐南雲去，身隨北雁來』爲始，非也。陸機《思親賦》云：『指南雲以寄欽，望歸風而效誠。』陸雲《九愍》云：『眷南雲以興悲，蒙東雨而涕零。』蓋又先于江總矣。

[明]彭大翼《山堂肆考》卷一百二十六：《思親賦》：陸士衡『悲桑梓之久曠，愧蒸嘗之弗營』，因作此賦。

卷二

賦二

遂志賦并序

【題解】

此賦蓋以明道述志。序列前賢諸家賦作，既闡明賦之言志傳統，言己所作之由；又簡要評價前賦之情感風格，闡明『窮達情變』之理，言己所作別有寄託。賦列舉歷史上前賢與邦定國之鴻業，表達自己無法追蹤前賢，重振家風之愧疚。然理道多變，或君臣遇合，際會風雲；或忠而見謗，終至隕首。人生禍福難期，自己所能爲者惟性隨物變，内方外圓，效前賢，求誠信，窮達進退，唯命而已。賦所作年已不可考，從内容看，當是在機入洛求宦、尚未聞達之時，時間或爲太康十年（二八九），或稍後。

此賦序所提出的文學觀念有兩點值得注意：第一，始謂『作詩以明道述志』，而下文所舉之例證如《顯志》《幽通》《思玄》之類，皆爲賦體，説明陸機亦主張『賦者，古詩之流也』（班固《兩都賦序》）的文體觀念。第二，此序所言詩賦之『明道述志』與《文賦》詩『緣情』賦『體物』之觀念構成了互補性聯繫，説明《文賦》的所緣之情亦包含『道』和『志』，所體之物也包含『道』和『志』，與傳統的『言志』觀念也同樣構成了互補性聯繫。

昔崔篆作詩以明道述志，而馮衍又作《顯志賦》，班固作《幽通賦》，皆相依俲〔一〕焉①。張衡《思玄》，蔡邕《玄表》，張叔《哀系》，此前世之可得言者也。崔氏簡而有情，《顯志》壯而泛濫，《哀系》俗而時靡，《玄表》雅而微素，《思玄》精練而和〔二〕惠②。欲麗前人，而優遊清典，漏〔三〕幽通矣③。班生彬彬，切而不絞，哀而不怨矣④。崔蔡沖虚温敏，雅人之屬也⑤。衍抑揚頓挫，怨之徒也⑥。豈亦窮達異事，而聲爲情變乎⑦！余備托作者之末，聊復用心焉⑧。

【校勘】

〔一〕『俲』，陸刻本、《六朝詩集》本、陳仲魚校本、鄧邦述校本作『倣』，形意俱近而誤。陳仲魚校本、鄧邦述校本并校作『俲』。

〔二〕『和』，《文集》作『何』，音同而誤。《藝文類聚》二十六作『何』，汪紹楹校曰：『《集》作和。』《文集》校曰：『何，別本作和。』今據改。

〔三〕『漏』，《藝文類聚》卷二十六汪紹楹校曰：『疑當作陋。』汪説非。漏者有隱微之意，『漏幽』句意謂其意隱微，通於神明者也。作『陋』則不可解。

【注釋】

① 作詩，此指作賦。《後漢書・崔駰傳》：『時，篆兄發以佞巧幸於莽，位至大司空。母師氏能通經學百家之言，莽寵以殊禮，賜號義成夫人，金印紫綬，文軒丹轂，顯於新世。後以篆爲建新大尹，篆不得已，及歎曰：「吾生無妄之世，值澆、羿之君，上有老母，下有兄弟，安得獨潔己而危所生哉！」乃遂單車到官，稱疾不視事，三年不行縣。……建武初，朝廷多薦言之者，幽州刺史又舉篆賢良。篆自以宗門受莽僞寵，慚愧漢朝，遂辭歸不仕。……臨終作賦以自悼，名曰《慰志》。』明道述志，蓋指《慰志賦》也。班固《兩都賦序》：『賦者，古詩之流也。』故稱之『作詩』。傚，同效。《説文》：『象也。本作效，從文交聲。』

② 簡而有情，言簡約而有情志。《釋名・釋言語》：『簡，省也。』壯，《爾雅・釋詁》：『大也。』氾濫，大水橫溢。《孟子・滕文公下》：『當堯之時，水逆行氾濫於中國。』壯而氾濫，喻文辭壯麗而繁縟。靡，纖細華美。《方言》卷一：『東齊言布帛之細者曰綾，秦晉曰靡。』郭璞注：『靡，細好也。』俗而時靡，謂適合當時文體而綺靡。素，素樸。《釋名・釋綵帛》：『素，樸素也。已織則供用，不復加巧飾也。又物不加飾，皆自謂之素，此色然也。』雅而微素，言文辭典雅而顯有質樸。精練，錘煉。王濟《四子講德論》：『精練藏於鑛樸，庸人視之忽焉，巧冶鑄之，然後知其幹也。』善注：『精，練金也，金百練不耗，故曰精練也。』和，音節和諧。《禮記・中庸》：『喜怒哀樂之未發謂之中，發而皆中節謂之和。』惠，《爾雅・釋言》：『順也。』精練而和惠，言文辭簡練而音節和諧。

③ 優游，從容柔順。《禮記・儒行》：『忠信之美，優遊之法。』鄭玄注：『優遊之法，法和柔者也。』清典，清麗典雅。《文心雕龍・明詩》：『至於張衡《怨篇》，清典可味。』漏，隱微也。《詩・大雅・抑》：『相在爾室，尚不媿於屋漏。』鄭玄箋：『漏，隱也。』幽通，意謂通於神明。班固《幽通賦》善注曰：『《漢書》曰：班

固作《幽通賦》以致命遂志。賦云：覿幽人之髣髴。然幽通，謂與神遇也。』

④ 彬彬，文質兼備。《論語·雍也》：『文質彬彬，然後君子。』何晏《集解》：『苞氏曰：彬彬，文質相半之貌也。』切，急迫。《論語·子張》：『切問而近思，仁在其中矣。』皇侃疏：『切，猶急也。』絞，偏激。《論語·泰伯》：『好直不好學，其蔽也絞。』邢昺疏：『絞，絞切也。正人之曲爲直，若好直不好學，則失於譏刺太切。』怨，恨，怒。《説文》：『怨，恚也。』哀而不怨，謂辭有哀情而恚怒。

⑤ 沖虛，玄虛。王儉《褚淵碑文》：『亮采王室，每懷沖虛之道。』善注：『《老子》曰：大盈玄沖。《字林》曰：沖，猶虛也。』濟注：『沖虛，謂虛懷接士也。』温敏，平和達理。顔延年《陽給事誄》：『之子之生，立績宋皇，拳猛沈毅，温敏肅良。』濟注：『温，和。敏，達。』

⑥ 抑揚頓挫，形容高低停折、和諧而有節奏。《太平御覽》卷五百七十四《明皇雜録》：『謂其舞不中節，抑揚頓挫，尚存故態。』

⑦ 窮達，困厄與顯赫。《孟子·盡心上》：『窮則獨善其身，達則兼善天下。』趙岐注：『人不得志，謂賢者不遭遇也。見，立也。獨治其身，以立於世間不失其操也。是故獨善其身。達，謂得行其道，故能兼善天下也。』聲爲情變，謂聲音隨情之變化而變化。

⑧ 備，謙辭，猶今之充數也。《左傳·哀公十五年》：『寡君使蓋備使，吊君之下吏。』杜預注：『備，猶副也。』聊，願，姑且。《詩·邶風·泉水》：『孌彼諸姬，聊與之謀。』毛詩傳：『聊，願也。』鄭玄箋：『聊，且略之辭。』用心，指用心於明道述志。

武定鼎於洛汭，胡受瑞於汝墳①。繇鳴鳳於百祀，啓敬仲乎方震②。苟天光之所照〔一〕，豈舜族之必陳③。厭禋祀於故墟，饗禴祭於東鄰④。禰八葉而松茂，舞《九韶》乎降神⑤。系姜叟於海曲，表滄流於〔二〕遠震⑥。仰前蹤之緜邈，豈孤人之能胄⑦。匪世禄之敢懷，傷兹堂之不搆⑧。理或睽而後合，道有夷而弗順⑨。傅棲嵓〔三〕而神交，伊荷鼎以自進⑩。蕭綢繆於豐沛，故攀龍而先躍⑪。陳頓委〔四〕於楚魏，亦陵霄〔五〕以自濯⑫。伍被刑而伏劍，魏和戎而擁樂⑬。彼殊塗而並致，此同川而偏溺⑭。禍無景而易逢，福有時而難學⑮。惟萬物之運動，雖紛糾〔六〕而相襲⑯。隨性類以曲成，故圓行而方立⑰。要信心而委命，援前修以自程〔七〕⑱。擬遺迹於成軌，詠新曲於故聲⑲。任窮達以逝止，亦進仕而退耕⑳。庶斯言之不渝，抱耿介以成名㉑。

【校勘】

〔一〕『照』，《藝文類聚》二十六作『炤』。古二字同。

〔二〕『於』，《藝文類聚》卷二十六、陸刻本、《宛委别藏》本、陳仲魚校本、鄧邦述校本作『以』。陳仲魚校本、鄧邦述校本校作『於』。

〔三〕『嵓』，《藝文類聚》卷二十六、陸刻本作『巖』。古二字同。

〔四〕『頓委』，陸刻本作『委頓』。《藝文類聚》卷二十六作『傾覆』。

〔五〕『陵霄』，《藝文類聚》卷二十六、《百三家集》本、《六朝詩集》本、陳仲魚校本作『凌霄』。古二詞同。

〔六〕『紛糾』，《藝文類聚》二十六作『紛紜』。古二詞同。

〔七〕『程』，《藝文類聚》卷二十六作『呈』。古二字通。

【注釋】

①定鼎，猶建都定國。《左傳·宣公三年》：『成王定鼎於郟鄏。』禹鑄九鼎，三代以之爲傳國重寶，此後『鼎』即成爲擁有政權的象徵。顔延年《三月三日曲水詩序》：『高祖以聖武定鼎，規同造物。』向注：『定鼎，猶定天下也。』洛汭，洛水入黄河處，在今河南。《書·禹貢》：『東過洛汭，至於大伾。』孔安國傳：『洛汭，洛入河處。』武定鼎於洛汭，武當爲成。定都於洛是成王，而非武王。《竹書紀年·幽王》：『武王滅殷，歲在庚寅，二十四年，歲在甲寅，定鼎洛邑。至幽王二百五十七年共二百八十。』徐文靖箋：『滅，當作伐。庚寅，蓋武王十一年也。是年，周始伐殷，明年十二年辛卯滅殷。十五年甲寅始遷鼎洛邑，後二年王崩，無二十四年。又定鼎當作遷鼎，成王十八年始如洛邑定鼎。』胡，指胡公。《史記·陳杞世家》：『陳胡公者，虞帝舜之後也。昔舜爲庶人時，堯妻之二女，居於嬀汭，其後因爲氏姓，姓嬀氏。舜已崩，傳禹天下，而舜子商爲封國。夏后之時，或失或續。至於周武王克殷紂，乃復求舜後，得嬀滿，封之於陳，以奉帝舜祀，是爲胡公。』受瑞，受其符信。沈昭《齊故安陸王碑文》：『受瑞析珪，遂荒雲野。』善注：『《周禮》曰：典瑞掌玉瑞。鄭玄曰：人執曰瑞。瑞，猶符信也。』胡受瑞，即胡公受武王之封於陳也。汝墳，即汝水，在陳境内。《詩·周南·汝墳》：『遵彼汝墳，伐其條枚。』毛詩傳：『汝，水名也。墳，大防也。』又《山海經·海内東經》：『汝水出天息山，在梁勉鄉西南，入淮極西北。』郭璞：『今汝水出南陽魯陽縣大孟山，東北至河南梁縣東南，經襄城潁川汝南，至汝陰褒信縣入淮。』此二句言武王在洛水定都，胡公被封爲汝水。

②繇，卦兆辭。《左傳·閔公二年》：『成風聞成季之繇，乃事之。』杜預注：『繇，卦兆之占辭。』鳴鳳，即鳳凰和鳴之意。《左傳·莊公二十二年》：『初，懿氏卜妻敬仲，其妻占之曰：吉。是謂鳳皇于飛，和鳴鏘鏘。有嬀之後，將育於姜。五世其昌，並於正卿。八世之後，莫之與京。』楊伯峻注：『疑鳳皇于飛，和鳴鏘鏘兩句是卜書之辭，有嬀之後以下數句，則爲占者之辭，然相互葉韻。』百祀，指宗廟之祭祀。厲公失國，敬仲逃於齊，後其子孫在齊得國，故曰祀。又周王畿有百縣，故曰百祀。《禮記·檀弓下》：『虞人致百祀之木，可以爲棺槨者斬之。』鄭玄注：『百祀，畿内百縣之祀也。』又《吕氏春秋·季冬紀》：『乃命四監收秩薪柴，以供寢廟及百祀之薪燎。』高誘注：『周制：天子畿方千里之内，分爲百縣。』啓，開啓。《書·太甲上》：『旁求俊彦，啓迪後人。』孔安國傳：『旁非一方，美士曰彦，開道後人。』敬仲，陳厲公之子，字完，一曰完乃謚號。《左傳·莊公二十二年》：『陳厲公蔡出也，故蔡人殺五父而立之，生敬仲。』方震，《説文》作『娠』，懷孕也。《左傳·昭公元年》：『唐人是因，以服事夏商，其季世曰唐叔虞。當武王邑姜方震大叔。』杜預注：『邑姜，武王后，齊大公之女。懷胎爲震。大叔，成王之弟叔虞。』此二句言陳雖失國，正因生育敬仲，開啓後世宗廟之祭祀，應驗『鳴鳳』卦兆之辭。

③天光，日光。《左傳·莊公二十二年》：『有山之材，而照之以天光，於是乎居土上。』舜族，陳之立國於胡公，胡公乃舜之後，故曰舜族。《史記·陳杞世家》：『陳胡公者，虞帝舜之後也。』此二句言若得其天時，即使非爲舜族，亦可立陳。

④厭，祭祀使饜足也。《禮記·曾子問》：『孔子曰：有陰厭，有陽厭。』鄭玄注：『言祭祀殤之禮，有於陰厭之者，有於陽厭之者。』《經典釋文》：『厭，飫也。』禋祀，祭祀。《詩·小雅·大田》：『來方禋祀，以其騂黑。』鄭玄箋：『成王之來，則又禋祀四方之神，祈報焉。』《説文》：『禋，潔祀也。』故墟，猶言故國。《史記·

陳杞世家》：『陳胡公者，虞帝舜之後也。……至於周武王克殷紂，乃復求舜後，得嬀滿，封之於陳，以奉帝舜祀，是爲胡公。』陳之胡公受封於陳，乃復其舜子商的舊國，故言。饗，祭獻。《禮記·月令》：『乃命太史，次諸侯之列，賦之犧牲，以共皇天上帝社稷之饗。』鄭玄箋：『饗，獻也。』禴，同礿。《韻會》：『礿，或作禴。』《爾雅·釋天》：『夏祭曰礿。』按：夏商兩代爲春祭，周代爲夏祭。東鄰，指祭祀之所。《易·既濟》：『東鄰殺牛，不如西鄰之禴祭，實受其福。』王弼注：『牛，祭之盛者也。禴，祭之薄者也。居既濟之時，而處尊位，物皆濟矣。將何爲焉？其所務者祭祀而已。祭祀之盛，莫盛脩德，故沼沚之毛，蘋蘩之菜，可羞於鬼神。故黍稷非馨，明德惟馨。是以東鄰殺牛，不如西鄰之禴祭，實受其福也。』此二句言虔誠祭祀於所復之故國，以盛大之祭祀而求福祉。

⑤ 禰，父廟。《周禮·春官宗伯》：『舍奠于祖廟，禰亦如之。』鄭玄注：『禰，父廟也。』此指祭祀宗廟。業，世。《詩·周頌·長發》：『昔在中葉，有震且業。』毛詩傳：『葉，世也。』《左傳·莊公二十二年》：『五世其昌，並於正卿。八世之後，莫與之京。』據《史記·田敬仲完世家》載：陳失國，敬仲逃於齊，至其七世孫成子常殺齊簡公陳恒而自立，據其相代在位則八世，故曰八葉。九韶，舜時祭祀之樂。《淮南子·氾論訓》：『夏后氏祭於闇，殷人祭於陽，周人祭於日出以朝，此祭之不同者也。堯《大章》，舜《九韶》，禹《大夏》，湯《大護》，周《武象》，此樂之不同者也。』許慎注：『九韶，舜樂也。』此二句言至八世而立宗廟祭祀，子孫如松之茂，歌舞《九韶》而使神降臨。

⑥ 系，繼。張衡《東京賦》：『雖系以頹牆填壍，亂以收罝解罘。』薛綜注：『系，繼也。』姜叟，指西周開國謀臣姜子牙。姜姓呂氏，名尚，垂釣於渭水之濱，遇見西伯侯姬昌，拜爲『太師』，尊稱太公望，故又曰呂望。後人又稱之爲姜叟、太公呂望，蘇軾《七月二十四日，以久不雨，出禱磻溪，宿虢》：『欲向磻溪問姜叟，

僕夫屢報斗杓傾。』趙彦材注：『姜叟，太公也。吕望本姜姓。』海曲，指齊。《禮記・檀弓上》：『太公封於營丘，比及五世，皆反葬於周。鄭玄注：齊，太公受封。……齊曰營丘。』營丘在今淄博市，臨海，故曰海曲。士衡《齊謳行》有『營丘負海曲』之言。表，風範，標準。《淮南子・本經》：『戴員履方，抱表懷繩。』許慎注：『表，正也。』滄流，滄海。孫楚《爲石仲容與孫皓書》：『外通南國，乘桴滄流。』濟注：『滄，海也。』此二句言繼之以太公封於齊，其風範威震於邊遠之海曲。

⑦前蹤，前軌，猶言前人遺風。謝惠連《七月七日夜詠牛女》：『弄杼不成藻，聳轡騖前蹤。』善注：『王逸《楚辭注》曰：蹤，軌也。』緜邈，緲遠。左思《吴都賦》：『島嶼緜邈，洲渚馮隆。』劉逵注：『緜邈，廣遠貌。』孤人，乃小國之君自稱之謙詞。《禮記・玉藻》：『小國之君曰孤。』胄，繼承。《玉篇》：『裔也。』此二句言仰望緲遠的前人遺風，豈是吾輩之所能承續。

⑧世禄，世代享其俸禄。《尚書・畢命》：『我聞曰：世禄之家，鮮克由禮。』孔安國傳：『我聞自古有之，世有禄位而無禮。』堂，《説文》：『殿也，正寢曰堂。』兹堂，此喻顯赫之家世。搆，同構，營造。《韓非子・五蠹》：『搆木爲巢，以避羣害。』《韻會》：『構，《廣韻》：架也。或從手，非是。』從手乃宋人避諱所改。此二句言非我敢懷世代之俸禄，只感傷我顯赫之家世不可重振。

⑨睽，乖離。《易・序卦》：『故受之以睽，睽者，乖也。』夷，《説文》：『平也。』此二句言理或有乖離而後相合，道有平坦亦有不順。

⑩傅，即傅説，殷相。據《尚書・説命上》載，傅説爲傅巖築牆之奴隸。武丁夢得聖人，名曰説，求於野。乃于傅巖得之，舉以爲相，國大治。沈約《宋書・恩倖傳論》：『太公起爲周師，傅説去爲殷相。』善注：『《尚書》曰：高宗夢得説，乃審厥象，俾以形，旁求於天下。説築傅巖之野，惟肖，爰立作相。』巖，傅巖，地

名。武丁舉説爲相，以地名爲姓，號傅説。神交，高宗因夢而得傅説，故曰。伊，即伊尹，商湯臣，名摯。《淮南子・脩務訓》：『伊尹負鼎而干湯。』許慎注：『伊尹處於有莘之野，執鼎俎，和五味，以干湯。欲其諷陰陽，行其道。詩云：實惟阿衡。實左右商王是也。』此二句言傅説棲息於傅巖，因夢而得舉；伊尹居有莘之野，負鼎而自薦。

⑪ 蕭，即蕭何，漢沛人，劉邦之重要謀臣，助劉邦而得天下。事見《史記・蕭相國世家》。綢繆，緊密纏繞。《詩・邠風・鴟鴞》：『迨天之未陰雨，徹彼桑土，綢繆牖户。』鄭玄箋：『綢繆，猶纏綿也。此鴟鴞自説作巢至苦如是，以喻諸臣之先臣，亦及文武未定天下，積日累功，以固定此官位與土也。』此喻運籌，籌畫。豐沛，即沛縣，秦置，爲泗水郡治。漢改泗水郡爲沛郡，移郡治於相，故址在今安徽省濉溪縣西北。蕭何、劉邦均爲沛人。攀龍，攀附龍鱗，喻攀附帝王以建立功業。《後漢紀・光武皇帝紀》：『天下士大夫捐親戚、棄土壤，從大王於矢石之間者，其計固望攀龍鱗、附鳳翼，以成其志耳。』此二句言蕭何輔弼劉邦運籌於豐沛，故其攀附龍鱗而先成大業。

⑫ 陳，即陳涉，秦末農民起義領袖，起兵而亡秦。事見《史記・陳涉世家》。頓委，困頓。杜牧《罪言》：『未嘗五年間不戰，生人日頓委，四夷日猖熾。』楚魏，偏義複詞，即楚也。陳涉起兵大澤，稱大楚，後立爲王，號爲張楚。陵霄，升天。郭璞《遊仙詩》：『放情凌霄外，嚼蘂挹飛泉。』翰注：『霄，天也。』陵通凌，歷，升。《管子・兵法》：『凌山阬，不待鉤梯；歷水谷，不須舟檝。』楊忱注：『歷，謂凌歷而度。』此喻位極于王。濯，猶濯濯，光明。《詩》：『四牡蹻蹻，鉤膺濯濯。』毛詩傳：『濯濯，光明也。』此二句言陳涉雖終困頓于張楚，然亦位極于王，光照天下。

⑬ 伍，指伍子胥，名員。春秋楚人。父奢兄尚爲楚平王所殺，子胥奔吴，封于申地，故稱申胥，與孫武

共佐吴王闔閭伐楚，五戰入郢，掘平王墓，鞭屍三百。吴王夫差敗越，越請和，子胥諫不從。夫差信伯嚭讒，迫子胥伏劍自殺。夫差終亦亡國。事見《國語・吴語》《史記・伍子胥傳》。魏，即魏絳，春秋是晉國大夫，因教晉悼公和戎而得賜女樂、歌鍾，與悼公共樂。《國語・晉語》：「（悼公）十二年公伐鄭軍於蕭魚，鄭伯嘉來納女工妾三十人，女樂二八，歌鐘二肆，及寶鎛、輅車十五乘。公賜魏絳女樂一八，歌鐘一肆。曰：子教寡人和戎翟而正諸華，於今八年，七合諸侯，寡人無不得志。請與子共樂之。」《玉篇》：「程，法也，式也。」此二句言伍員父兄遭楚刑戮而入吴，終至於伏劍自殺；魏絳勸悼公和戎而强國，遂與悼公同樂。

⑭此二句言魏絳與悼公，治國之途雖殊而同致於强國；伍員與夫差，全吴之意相同却傾側而溺斃。

⑮景，日影。《説文》：「景，光也。」學，覺悟，明白。《説文》：「學，覺悟也。」此二句言災禍無影却易於遭逢，福祉有時而難以覺悟。

⑯紛糾，雜亂交錯。左思《蜀都賦》：「岡巒糾紛，觸石吐雲。」濟注：「糾紛，雜亂也。」此二句言萬物運行動静，雖雜亂交錯，却禍福相因。

⑰類，《爾雅・釋詁》：「善也。」曲成，順應萬物之變化。《易・繫辭上》：「範圍天地之化而不過，曲成萬物而不遺。」韓康伯注：「曲成者，乘變以應物，不係一方者也。則物宜得矣。」圓，圓通，靈活。方，方正，正直。《鹽鐵論・論儒》：「孔子能方不能圓。」圓行，猶言圓通行事。方立，猶言正直立身。此二句言隨其性情之善，而順應萬物之變，故圓通行事，而立身正直。

⑱要，求。《孟子・告子上》：「脩其天爵，以要人爵。」趙岐注：「要，求也。」信心，誠信之心。潘岳《夏侯常侍誄》：「事君直道，與朋信心。」善注：「又子夏曰：與朋友交，言而有信。」委命，聽任命運。賈誼《鵩

鳥賦》：『縱軀委命兮，不私與已。』善注：『《鶡冠子》曰：縱軀委命，與時往來。』翰注：『委身命與萬物同，不私愛也。』《説文》：『委，委隨也。』援，援引。《説文》：『援，引也。』前修，前賢。《楚辭·離騷》：『謇吾法夫前脩兮，非世俗之所服。』王逸注：『言我忠信謇謇者，乃上法前世遠賢，固非今時俗人之所服行。』自程，自我之準則、法度。韓愈《毛穎傳》：『上親決事，以衡石自程。』《玉篇》：『程，法也，式也。』此二句言行爲求其誠信，聽任其命運，援引前賢，而作爲自我之準則。

⑲ 擬，效仿。《文心雕龍·辨騷》：『名儒詞賦，莫不擬其儀表。』《説文》：『擬，度也。』成軌，成法。劉知幾《史通·載文》：『此皆言成軌。則爲世龜鏡。』《正韻》：『軌，法也，則也。』此二句言效仿前賢之遺迹，而作爲成法；在舊聲之中，追求創新。

⑳ 窮達，困厄與顯赫。曹植《豫章行》：『窮達難豫圖，禍福信亦然。』此二句言聽任命運困厄與顯赫，而定其去留；進則出仕，退則歸隱。

㉑ 庶，希冀。《詩·檜風·素冠》：『庶見素冠兮，棘人欒欒兮。』毛詩傳：『庶，幸也。』渝，《爾雅·釋言》：『變也。』耿介，正直守志而不趨時。《楚辭·九辯》：『獨耿介而不隨兮，願慕先聖之遺教。』王逸注：『執節守度，不枉傾也。』此二句言希冀此言永不改變，懷抱耿介之志而成名。

【集評】

［清］吴旭《歷代詩話》卷十九：自馮衍有《顯志賦》，而劉楨之《遂志》，丁儀之《厲志》，韋誕之《叙志》，棗據之《表志》，曹攄之《述志》，陸機之《遂志》，梁元帝之《言志》，諸賦出矣。

懷土賦并序

【題解】

此賦抒發其離鄉適洛的鄉思。悲悼雙親之逝，感歎行役之苦，觸物而生之鄉情，纏繞回環，凄惻動人。賦作具體時間雖史無明載，然全賦雖有深摯之鄉思，却無宦海風波之歎，與後期詩賦有異，故雖曰『去家漸久』，實是適洛未久也。姜亮夫《陸平原年譜》：『本文情思，與上《行思》一賦蓋情調相同而寫法分兩面。上文即景生情，情依景起。本文則就故鄉景物，與新邑行色，兩相糾結，較量情愫，因以成文。蓋當爲一時之作。……序中言去家漸久，與《行思》之「嗟逝官之未久，年荏苒而歷茲」同，故與上賦同次於此。』然姜據《行思賦》『眇四載而遠期』而定爲元康三年（二九三），則未是。機賦記年均非周年，故當爲元康二年爲是。

余去家漸久，懷土彌篤，方思之殷，何物不感①？曲街委巷，罔不興詠，水泉草木，咸足悲焉③，故述斯賦。

【注釋】

① 懷土，懷鄉之情。《論語·里仁》：『子曰：君子懷德，小人懷土。』何晏《集解》：『孔安國傳：重遷

也。』彌，《廣韻》：『益也。』篤，深厚。《詩·椒聊》：『彼其之子，碩大且篤。』毛詩傳：『篤，厚也。』殷，盛。《説文》：『作樂之盛稱殷。』

③ 曲街，謝朓《思歸賦》：『思雖曲街之委，陋猶窟寐而見之。』委巷，《禮記·檀公上》：『小功不爲位也者，是委巷之禮也。』鄭玄注：『委巷，猶街里，委曲所爲也。』曲街委巷，僻陋曲折之街巷。罔，無。《書·大禹謨》：『嘉言罔攸伏，野無遺賢，萬邦咸寧。』孔安國傳：『善言無所伏，言必用如此，則賢才在位，天下安。』

序述作賦之由。因懷鄉情篤而感物思深，感物思深而鄉思更爲濃郁，二者互爲振蕩，彌轉彌深。

背故都之沃衍，適新邑之丘墟①。遵黃川以葺宇，被蒼林而卜居②。悼孤生之已晏，恨親没之何速③。排虛房而永念，想遺塵其如玉④。眇緜邈而莫覿，徒佇立其焉屬⑤。感亡景於存物〔一〕，惋隤年於拱木⑥。悲顧眄〔二〕而有餘，思俯仰而自足⑦。留兹情於江介，寄瘁貌於河〔三〕曲⑧。玩通川以悠想，撫征轡〔四〕而躑躅⑨。伊命駕〔五〕之徒勤，慘歸途之良難⑩。愍棲鳥〔六〕於南枝，吊離禽於別山⑪。念庭樹以悟懷，憶路草而〔七〕解顔⑫。甘堇荼於飴芘〔八〕，緯〔九〕蕭艾其如蘭⑬。神何寢而不夢，形何興而不言⑭。

【校勘】

〔一〕『物』，《文集》、陸刻本、《百三家集》本、《六朝詩集》本、陳仲魚校本、鄧邦述校本作『没』，扞格難解。《藝文類聚》卷二十六作『物』。《札記》：『《類聚》二十六作物，楊潛《雲間志》同。』今據改。

〔二〕『盻』，《藝文類聚》卷二十六、《宛委別藏》本作『眄』。《文集》亦校作『眄』。

〔三〕『河』，《札記》：『《類聚》一本河作海。《雲間志》作湘。』

〔四〕『征轡』，《藝文類聚》卷二十六作『歸途』。

〔五〕『命駕』，《藝文類聚》卷二十六作『躑躅』。

〔六〕『鳥』，陸刻本作『烏』，誤。《古詩·行行重行行》：『胡馬悲北風，越鳥巢南枝。』可證。《藝文類聚》卷二十六作『鳥』。《札記》：『《類聚》烏作鳥，《雲間志》同。』今據改。

〔七〕『而』，陸刻本作『以』。

〔八〕『芘』，《七十二家集》本作『芘』。

〔九〕『緯』，《七十二家集》本作『締』。

【注釋】

① 沃衍，土地平坦肥美。《吕氏春秋·愛類》：『無有丘陵，沃衍平原，高阜盡皆滅之。』衍，美。《詩·小雅·伐木》：『伐木於阪，釃酒有衍。』毛詩傳：『衍，美貌。』丘墟，山丘空曠。《玉篇》：『丘，大丘也。虚，今作墟，空也。』此二句言背離土地肥美之故國，到達山丘空曠之新都。

② 遵，《説文》：『循也。』黄川，黄河。士衡《行思賦》：『浮黄川之裔裔。』亦指此也。葺宇，構建屋宇。謝靈運《過始寧墅》：『葺宇臨迴江，築觀基曾巔。』良注：『葺，構。』此謂行役臨時所建之屋宇。被，覆蓋。《釋名·釋衣服》：『被，被也。被覆人也。』卜居，選擇居處。王逸《卜居》序曰：『乃往至太卜之家，稽問神

明，决之蓍龜，卜己居世，何所宜行。異聞異策，以定嫌疑，故曰卜居也。』此二句言沿黄河而行，覆蓋蒼林而居，選擇構建臨時居處。

③悼，憂傷。《詩·邶風·終風》：『謔浪笑傲，中心是悼。』鄭玄箋：『悼者，傷其如是。』孤生，父母已亡，故曰。晏，《玉篇》：『晚也。』此二句言憂傷自己歲月已晚，遺恨雙親去世何早。

④排，謂排闥也。《禮記·少儀》：『排闔説屨於户内者，一人而已矣。』孔穎達疏：『闔，謂門扇，謂排推門扇。』遺塵，遺迹，遺風。沈約《齊故安陸昭王碑文》：『思所以克播遺塵，敝之穹壤。』善注：『《魏都賦》曰：列聖之遺塵。曹植《露盤頌》曰：敝之天壤，以顯元功。』銑注：『言使遺塵之聲與天地同敝。』此二句言推開空房，久懷雙親，追憶遺風，如玉之美。

⑤眇，渺茫。《正韻》：『眇，微也，細也，末也。』緜邈，遠也。見《遂志賦》注。覿，《説文》：『遇見也。』此二句言生死殊隔，渺茫遥遠而不可見，徒然佇立而不知其歸屬。

⑥惋，悵恨，歎息。《戰國策·秦策二》：『受欺於張儀，王必惋之。』鮑彪注：『惋，猶恨。』隤年，猶言隕落之年。《説文》：『隤，下墜也。』拱木，言墓木已粗大，喻去世已久。《左傳·僖公三十二年》：『公使謂之曰：爾何知？中壽，爾墓之木拱矣。』杜預注：『合手曰拱。』此二句言感歎遺物猶存，人影不在，悵恨隕落有年，墓木已拱。

⑦顧眄，眷顧，眷念。《後漢紀·光武皇帝紀》：『臣本諸生，遇受命之會，過蒙顧眄，充備行伍，班大將爵。』眄，同盼。《集韻》：『盼，或作眄。』按：盼與眄原爲兩字。盼，目好流視。從目分聲。眄，恨視貌。從目兮聲。後則混淆而用之。俯仰，意謂進止合於天地之道。陸賈《新語·慎微》：『思天地動應樞機，俯仰進退與道。』此二句雙親在世，對自己眷顧有加，而今已成孤生，只能自慮其進止合於天地之道，以求自保，

故生悲矣。

⑧ 江介，江岸。《楚辭・哀郢》：『哀州土之平樂兮，悲江介之遺風。』洪興祖補注：『薛君《韓詩章句》曰：介，界也。曹子建詩云：江介多悲風。注云：介，間也。』瘁貌，憔悴之容顔。《廣韻》：『瘁，病也。』河曲，黄河曲折之處。曹丕《與朝歌令吴質書》：『時駕而遊，北遵河曲。』此二句言遺思親之情於故鄉之江岸，寄憔悴容顔於黄河之水曲。

⑨ 玩，此指弄舟。《説文》：『玩，弄也。』通川，大川。司馬相如《上林賦》：『醴泉湧於清室，通川過於中庭。』善注：『言醴泉於室中湧出，而通流爲川。』悠，思。《詩・周南・關雎》：『悠哉悠哉，輾轉反側。』毛詩傳：『悠，思也。』撫，《廣韻》：『持也。』征，遠行。《爾雅・釋言》：『征，行也。』轡，馬嚼與繮繩。《説文》：『轡，馬轡也。』躑躅，徘徊不進貌。見《文賦》注。此二句言泛舟大川而思念雙親，手持征轡而徘徊難進。

⑩ 伊，鬱伊，鬱結不舒貌。《後漢書・崔寔傳》：『或疏遠之臣，言以賤廢，是以王綱縱弛於上，智士鬱伊於下。』李賢注：『鬱伊，不申之貌。』命駕，受命出征。《左傳・哀公十一年》：『孔文子之將攻大叔也，訪於仲尼。仲尼曰：「……甲兵之事未之聞也。」退，命駕而行。』勤，勤苦。《法言・先知》：『或問民所勤，曰民有三勤。』李軌注：『勤，苦。』此二句言受命出征，徒有勤苦，心情鬱結不舒；故鄉難歸，内心凄慘。

⑪ 愍，《廣韻》：『悲也，憐也。』南枝，喻鄉思。《古詩・行行重行行》：『胡馬悲北風，越鳥巢南枝。』士衡吴人，故見鳥巢南枝而悲也。吊，憂傷。《詩・檜風・匪風》：『顧瞻周道，中心吊兮。』朱熹注：『吊，亦傷也。』此二句言悲憐飛鳥棲於南枝，憂傷離禽止於他山。喻己身居異鄉。

⑫ 悟，《説文》：『覺也。』解顔，開顔。陶淵明《癸卯歲始春懷古田舍二首》：『秉耒歡時務，解顔勸農人。』此二句言想起故園庭院之樹，而心情釋然，回憶家鄉小路之草，亦笑逐顔開。以思念故園景物而心情

快樂，反襯其鄉思之苦也。

⑬ 甘，《説文》：『美也。』堇荼，泛指苦菜。《詩·大雅·緜》：『周原膴膴，堇荼如飴。』毛詩傳：『堇，菜也。荼，苦菜也。』又《詩·邶風·谷風》：『誰謂荼苦，其甘如薺。』飴，飴糖。《説文》：『米糵煎也。』茈，梟茈，即薺，味甘甜。《後漢書·劉玄傳》：『王莽末，南方饑饉，人庶羣入野澤，掘梟茈而食之。』緯，圍繞。《釋名·釋典藝》：『緯，圍也。反覆圍繞以成經也。』蕭艾，香蒿，一種賤草。《楚辭·離騷》：『何昔日之芳草兮，今直爲此蕭艾也。』洪興祖補注：『顔師古云：《齊書》太祖云：詩人采蕭，蕭即艾也。……《詩》云「彼采蕭兮，彼采艾兮」是也。……蕭艾，賤草，以喻不肖。』此二句言故鄉之堇荼亦爲美味，其甘如薺，故鄉之蕭艾可爲佩飾，其香如蘭。以對故園草木之特殊情感，以明其鄉情之濃也。

⑭ 興言，起而言之。《詩·小雅·小明》：『念彼共人，興言出宿。』鄭玄箋：『興，起也。』此又取《詩序》『大夫悔仕於亂世也』之意。此二句言睡眠時，其神何時不夢回故園，睡醒時，其人何時不言鄉情。

賦言離故園而適新都，頓生懷鄉念土之情，其悲一也；念雙親而親不待，頓生覆國亡家之痛，其悲二也。故情遺留於江介，人憔悴於河湄，撫征轡而躊躇，『愍棲鳥』『吊離禽』『念庭樹』『憶路草』，『咸足悲焉』，不可須臾去之。

【集評】

［清］黄宗羲《明文海》卷十七顧大典《懷故園賦并序》：昔庾信賦《小園》，『眷長林而偃息』，陸機賦《懷土》，『撫征轡以躊躇』，雖寄興不同，而抒情則一。

行思賦

【題解】

此賦由洛歸吴之所作。先叙述離洛途中，言『遥遥』『裔裔』『悠遠』，乃見其思鄉之情切。再描摹途中所見之景，涼風淫雨，見其情悲；禽鳥歸林，寫其歸思。最後極言其歸鄉之情深，然詩人飽經覆國亡家之痛，『途愈近而思深』，非止思鄉，亦含『近鄉情更怯』之意，故而感慨歎息而不怡也。寥寥數語，行文頗見曲折，情思亦爲複雜。

賦云『眇四載而遠期』，可知此賦所作蓋士衡與弟入洛之四年。《晉書·陸機傳》曰：『年二十而吴滅……至太康末，與弟雲俱入洛。』士衡於太康十年（二八九）入洛，既爲四載，當爲元康二年（二九二）秋。而此賦題爲『行思』，賦中又謂『孰歸寧之弗樂，獨抱感而弗怡』，亦可知賦作於離洛歸寧途中。今本士衡《思歸賦序》『余牽役京室，去家四載』云云，或爲此賦之序，後有脱文，《太平御覽》誤題《歸思賦》之序。

背洛浦之遥遥，浮黄川之裔裔。遵河曲以悠遠，觀通流之所會①。啓石門而東縈，沿汴渠其如帶②。託飄風之習習，冒沉雲之藹藹③。商秋肅其發節，玄雲霈而垂陰④。涼風〔一〕淒其薄體，零雨鬱而下淫⑤。覩川禽之遵渚，看山鳥之歸林⑥。揮清波以濯羽，翳〔二〕緑葉而弄音⑦。

行彌久而情勞，塗愈近而思〔三〕深⑧。羨品物以獨感，悲綢繆而在心⑨。嗟逝官之永久〔四〕，年荏苒而歷兹⑩。越河山而託景，眇四載而遠期⑪。孰歸寧之弗樂，獨抱感而弗怡⑫。

【校勘】

〔一〕「風」，《文集》作「氣」，與下句對偶不工。陸刻本、《歷代賦彙外集》卷七、《百三家集》本、《六朝詩集》本、陳仲魚校本、鄧邦述校本作「風」。今據改。

〔二〕「翳」，陸刻本、《六朝詩集》本、小萬卷樓本、陳仲魚校本、鄧邦述校本作「藏」。陳仲魚校本、鄧邦述校本并校作「翳」。

〔三〕「思」，《文集》作「恩」，形近而誤。陸刻本、《百三家集》本、陳仲魚校本、鄧邦述校本作「思」。《文集》亦校作「思」。今據改。

〔四〕「逝官」，《藝文類聚》卷二十七作「逝宦」。《札記》曰：「逝官不可解，疑當作遊宦。《類聚》亦誤。」當作「遊宦」。又「永久」，陸刻本、《六朝詩集》本、陳仲魚校本、鄧邦述校本作「未久」。陳仲魚校本、鄧邦述校本并校作「永久」。

【注釋】

① 洛浦，洛水岸邊。張衡《思玄賦》：「載太華之玉女兮，召洛浦之宓妃。」衡注：「浦，涯也。」遥遥，遥遠。謝靈運《述祖德詩》：「苕苕歷千載，遥遥播清塵。」良注：「苕苕、遥遥，皆遠也。」裔裔，飛流貌。

《漢書・禮樂志》：『靈之來，神哉沛，先以雨，般裔裔。』顏師古注：『裔裔，飛流之貌。』遵，《説文》：『循也。』河曲，黄河曲折之處。曹丕《與朝歌令吴質書》：『時駕而遊，北遵河曲。』通流，大川。《説文》：『川，貫穿通流水也。』此四句言離洛水之岸已遠，浮舟於黄河飛流之上。沿悠遠曲折之黄河，賞大川河流之交會。

②石門，在今河南鄭州西北。《水經注・濟水》：『《述征記》曰：汴河到浚儀而分，汴東注，河南流。建寧四年，于敖城西北壘石爲門，以遏渠口，謂之石門，故世亦謂之石門。水門廣十餘丈，西去河三里。』縈，縈繞。《詩・周南・樛木》：『南有樛木，葛藟縈之。』毛詩傳：『縈，旋也。』汴渠，即汴河，石門即在汴河之上。《水經注・濟水》：『平帝之世，河汴決壞，未及得修。汴渠東侵，日月彌廣，門閭故處皆在水中。漢明帝永平十二年議治汳渠……詔景與將作謁者王吴治渠……順帝陽嘉中又自汴口以東，緣河積石爲堰通渠，咸曰金隄。靈帝建寧中，又增修石門以遏渠口。』此二句言開啓石門，河水東流，沿著汴渠，如帶縈繞。

③託，《説文》：『寄也。』習習，和舒貌。《詩・邶風・谷風》：『習習谷風，以陰以雨。』毛詩傳：『習習，和舒貌。』冒，蔽。《漢書・食貨志》：『選舉陵夷，廉恥相冒。』顏師古注：『冒，蔽也。』藹藹，盛多，形容雲濃厚。《楚辭・九歎・逢紛》：『讒夫藹藹而漫著兮，曷其不舒予情。』王逸注：『藹藹，盛多貌。』按：藹，乃靄之誤。《韻會》：『靄，雲集貌。』又『藹，叢雜貌』。此二句言上寄於和舒之飄風，又蔽之以濃濃之沉雲。

④商秋，即秋。五音之商，五行屬金，配合四時爲秋。商音凄厲，與秋肅殺之氣相應，故稱秋爲商秋。何晏《景福殿賦》：『結實商秋，敷華青春。』善注：『《禮記》曰：孟秋之月，其音商楚。』肅，指風急。《楚辭・七諫・沉江》：『商風肅而害生兮，百草育而不長。』王逸注：『商風，西風。肅，急，作肅肅。』發節，季節之

始。曹植《閒居賦》：『感陽春之發節，聊輕駕之遠翔。』霈，《玉篇》：『大雨也。』此二句言秋季開始，秋風肅殺，黑雲零雨，陰霾下垂。

⑤凄，《玉篇》：『凉也。』薄，迫，猶侵也。《荀子·天倫》：『故水旱未至而飢，寒暑未薄而疾。』楊倞注：『薄，迫也。』鬱，鬱積。《詩·秦風·晨風》：『鴥彼晨風，鬱彼北林。』毛詩傳：『鬱，積也。』淫，深厚之積水。《周禮·冬官·考工記》：『善溝者水漱之，善防者水淫之。』鄭玄注：『淫讀爲廞，謂水淤泥上，留著助之爲厚。』此二句言凉風凄冷，侵入人體，零雨鬱積，水積泥上。

⑥覩，見。《玉篇》：『覩，古文睹字。』遵渚，指鴻沿洲渚而飛。《詩·豳風·九罭》：『鴻飛遵渚，公歸無所，於女信處。』毛詩傳：『鴻不宜循渚也。』此二句言覩水鳥沿洲渚飛回，見山鳥之歸林，而自己却歸去無所。因其士衡雙親及兄均已亡，故以『鴻飛遵渚』之典而隱喻其『公歸無所』之意。

⑦揮，振翅而飛。《説文》：『揮，奮也。』濯，洗滌。《詩·大雅·泂酌》：『泂酌彼行潦，挹彼注茲，可以濯罍。』毛詩傳：『濯，滌也。』弄音，鳴好音。嵇康《贈秀才入軍詩》：『咬咬黄鳥，顧疇弄音。』善注：『《毛詩》：交交黄鳥。《古歌》曰：黄鳥鳴相追，咬咬弄好音。』此二句言飛鳥翅膀振起清波，洗滌其羽毛，藏於林間緑葉，鳴唱之音優美。

⑧彌，《廣韻》：『益也。』勞，勤苦。《爾雅·釋詁》：『勞，勤也。』此二句言行役愈久，鄉情愈苦，而今離鄉之途愈近，思鄉轉深。此賦當爲士衡離洛歸鄉之所作，故曰『途愈近而思深』也。

⑨羡，羡慕。《淮南子·説林》：『臨河而羡魚，不若歸家織網。』許慎注：『羡，願。』品物，自然之物類。《國語·楚語下》：『天子偏祀，羣神品物。』韋昭注：『品物，謂若八蠟所祭貓虎昆蟲之類也。』綢繆，纏綿。《詩·唐風·綢繆》：『綢繆束薪，三星在天。』毛詩傳：『綢繆，猶纏綿也。』此二句言羡慕萬物之有歸，感傷自我

之無儔，故内心之悲情纏綿深厚。

⑩ 逝官，去官。因士衡離洛而歸，故曰『逝官』。荏苒，漸漸。張華《勵志詩》：『日歟月歟，荏苒代謝。』濟注：『荏苒，猶漸進也。』歷兹，遇此，猶至此。《楚辭・離騷》：『惟兹佩之可貴兮，委厥美而歷兹。』王逸注：『歷，逢也。』此二句言嗟歎雖歸鄉去官未久，然而年華却在漂泊中荏苒逝去而至今。

⑪ 託景，寄託人生。景，同影。《玉篇》：『影，形影。』《韻會》：『影，本作景。』眇，渺茫。《正韻》：『眇，微也，細也。』此二句言越黄河山嶺，在漂泊中寄託人生，雖離家四載，却已覺得度過渺茫而遥遠的歲月。

⑫ 歸寧，歸家問安父母。《詩・周南・葛覃》：『害澣害否，歸寧父母。』毛詩傳：『寧，安也。父母在，則有時歸寧耳。』此謂還鄉。怡，《爾雅・釋言》：『樂也。』此二句言誰會歸去問安父母而不樂呢？獨我感歎而憂傷。雙親已逝，即歸去亦無所問安，故歸鄉亦不樂也。

思歸賦〔一〕并序

【題解】

據序可知，此賦作於元康六年（二九六）。士衡是年冬由吴王郎中令遷尚書中兵郎，而弟雲則繼任吴王郎中令一職。由『候涼風而警策，指孟冬而爲期』句可知，機本與雲相約，待其赴吴之時，一同歸鄉，然因時局混亂，王師外征，機又職典中兵，故匆匆返洛而不得歸去也。另據陸雲《歲暮賦序》：『余祇役京邑，載離永久。永寧二年春，忝寵北郡，其夏又轉大將軍右司馬於鄴都。自去故鄉，荏苒六年。』

由永寧二年（三〇二）上推六年即元康六年（二九六），可知此年陸雲曾歸吳。機因取急回洛，不得與弟同歸寧，而懷歸之情濃厚，故作此賦。賦寫寒冬由吳（江介）適洛（洛湄）行役之悲，懷人之戚，歸鴻之羨，歲暮風聲之愁，歸寧有時之盼。時序、景物、離思、鄉情交織，使情愈轉愈深，愈轉愈悲矣。

余〔二〕以元康六年冬取急歸①。而羌虜作亂〔三〕②，王師外征，職典中兵，與聞軍政③。懼兵革未息，宿願有違，懷歸之思，憤而成篇〔四〕。

【校勘】

〔一〕《札記》：『《御覽》七百七十一引陸機《思歸賦》「櫂河淵之輕艇」，此無之，蓋非全篇。』

〔二〕『余』，金濤聲校本依據《札記》，在『余』後校補『牽役京室，去家四載』二句，并曰：『「牽役京室，去家四載」二句脱，今據《太平御覽》卷六百三十四補。』按：金補誤。士衡與弟太康十年（二八九）入洛，離鄉四載，時在元康二年（二九二）。是年士衡確曾離洛歸鄉。然《歸思賦》作於元康六年冬，『牽役京室，去家四載』之語，於此賦所作時間不合，當爲《行思賦》之序，《太平御覽》誤題，而金亦襲此誤也。《藝文類聚》卷二十七、《西晉文紀》卷十五、《百三家集》本、《七十二家集》本、《歷代賦彙》外集卷八、小萬卷樓本、《宛委別藏》本均無此二句。按：鄧邦述校本録陸貽典校曰：『以上亡。』即所校宋本無上序。

〔三〕『羌虜作亂』，《文集》脱。《札記》：『《御覽》王師上有羌虜作亂四字。』今據《太平御覽》卷六百三十四校補。

〔四〕『憤而成篇』，《太平御覽》卷六百三十四作『機興憤而成篇』。

【注釋】

① 此句金濤聲校本有『牽役京室，去家四載』八字，當爲《行思賦序》，誤題此賦。詳見校勘。

② 羌虜作亂，元康六年，匈奴郝散弟度元帥馮翊、北地馬蘭羌、盧水胡反，攻北地，太守張損死之。馮翊太守歐陽建與度元戰，建敗績。秋八月，雍州刺史解系又爲度元所破。秦雍氐、羌悉叛，推氐帥齊萬年僭號稱帝，圍涇陽。蓋指此。事見《晉書·惠帝紀》。

③ 職典中兵，是年士衡已由吴王郎中令，遷尚書中兵郎，故曰『職典中兵』。序以一『憤』言作賦之由，凸顯鄉思之殷、無奈之情及情緒之複雜。

節運代序，四氣〔一〕相推。寒風肅殺，白露霑衣①。嗟行邁之彌留，感時逝而懷悲②。【絶音塵於江介，託影響於洛湄】〔二〕③。彼離思之在人，恒戚戚而無歡④，悲緣情以自誘，憂觸物而生端⑤。晝輟食而發憤，宵〔三〕假寐而興言⑥。羨歸鴻以矯首，挹谷風而如蘭⑦。歲靡靡而薄暮，心悠悠而增楚⑧。風霏霏而入室，響泠泠而愁予〔四〕⑨。既遨遊於〔五〕川沚，亦改駕乎山林⑩。伊我思之沈鬱，愴感物而增深⑪。歎隨風而上逝，涕承纓而下尋⑫。冀王事之暇豫，庶歸寧之有時⑬。候涼風而警策，指孟冬而爲期⑭。顧靈暉之促景，恒〔六〕立表以望之⑮。

【校勘】

〔一〕『氣』，陸刻本、《六朝詩集》本、陳仲魚校本、鄧邦述校本作『時』。陳仲魚校本、鄧邦述校本并校作『氣』。

〔二〕『絶音塵于江介，託影響於洛湄』二句，《文集》脱。嚴可均《全晉文》據《文選》卷十三《月賦》李善注校補。

〔三〕『宵』，《文集》作『霄』，音同而誤。《六朝詩集》本、陸刻本、陳仲魚校本作『宵』。《文集》校曰：『(嚴)元照按：霄，當作宵。宋刻書籍多作霄。其誤從後魏張猛龍碑來。』今據改。

〔四〕『泠泠』，《文集》作作『冷冷』，校作『泠泠』。且曰：『此本凡泠泠俱作冷冷，非。』《藝文類聚》卷二十七、陸刻本、《百三家集》本、《六朝詩集》本、陳仲魚校本作『泠泠』。鄧邦述校本亦校作『泠泠』。今據改。

〔五〕『於』，《藝文類聚》卷二十七、陸刻本、《百三家集》本、陳仲魚校本、鄧邦述校本作『乎』。鄧邦述校本又『予』，《藝文類聚》卷二十七作『序』。

校作『於』。

〔六〕『恒』，《札記》：『《類聚》：恒，一本作相。』

【注釋】

① 序，時序，季節。王勃《滕王閣序》：『時維九月，序屬三秋。』肅殺，意謂酷烈蕭索。張衡《西京賦》：『孟冬作陰，寒風肅殺雨。』善注：『《禮記》曰：孟秋天氣始肅，仲秋殺氣浸盛。』濟注：『言陰氣始盛，風霜殺

草木之時。』此四句言節序運轉更替，四時相互推移，已至寒風蕭索，白露沾衣之季節。

②行邁，遠行。《詩·王風·黍離》：『行邁靡靡，中心摇摇。』毛詩傳：『邁，行也。』彌留，久留。《書·顧命》：『病日臻，既彌留，恐不獲誓言嗣，兹予審訓命汝。』孔安國傳：『病日至，言困甚。已久留，言無瘳。』此二句言嗟歎行役經年，滯留異鄉，感慨時光易逝，而心懷悲傷。

③音塵，猶音信。謝莊《月賦》：『美人邁兮音塵闕，隔千里兮共明月。』銑注：『君子行去，音信復闕，隔絶千里，共此明月而已。千里，蓋言君子遠也。』江介，江邊。《楚辭·九章·哀郢》：『哀州土之平樂兮，悲江介之遺風。』王逸注：『介，一作界。』洪興祖補注：『薛君《韓詩章句》曰：介，界也。曹子建詩云：江介多悲風。注云：介，間也。』士衡吴人，吴據長江，故曰『絶音塵於江介』。影響，身影與回聲，猶身也。《書·大禹謨》：『惠迪吉，從逆凶，惟影響。』孔安國傳：『順道吉從，逆凶吉凶之報，如影之隨形，響之應聲。』洛湄，洛水岸邊。湄，水岸。《詩·秦風·蒹葭》：『所謂伊人，在水之湄。』毛詩注：『湄，水隒也。』此二句言故鄉江岸已斷絶我之音信，而今託身於洛水岸邊。

④恒，《説文》：『常也。』戚，憂傷。《易·離》：『出涕沱若，戚嗟若，吉。』孔穎達疏：『憂傷之深，所以出涕滂沱，憂戚而咨嗟也。』此二句言心存離别思鄉之情，故常憂傷而無歡怡。

⑤誘，引發。《玉篇》：『誘，引也。』生端，萌生。《禮記·禮運》：『故人者天地之心也，五行之端也。』端，同耑，萌也。《説文》曰：『耑，物初生之題也，上象生形，下象其根也。』此二句言緣鄉思而引發悲情，因觸物而萌生憂傷。

⑥輟食，猶言食不下嚥。《集韻》：『輟，止也。』發憤，抒發憤懣之情。《楚辭·九章·惜誦》：『惜誦以致愍兮，發憤以抒情。』王逸注：『憤，懣也。抒，渫也。言己身雖疲病，猶發憤懣，作此辭賦，陳列利害，渫已

情思，以風諫君也。』假寐，小憩。《詩·小雅·小弁》：『假寐永嘆，維憂用老。』鄭玄箋：『不脱冠衣而寐，曰假寐。』夜間只可假寐，可見其難寐也。興，早起。《詩·衛風·氓》：『夙興夜寐，靡有朝矣。』鄭玄箋：『無有朝者，常早起夜卧，非一朝然。』此二句言白日食不下嚥，嗟歎而泄其憤懣，夜間難以成寐，早起即言其思鄉之情。

⑦ 羡，羡慕。《淮南子·説林》：『臨河而羡魚，不若歸家織網。』許慎注：『羡，願。』歸鴻，歸鄉之鴻。《詩·豳風·九罭》：『鴻飛遵渚，公歸無所，於女信處。』矯首，舉首。左思《魏都賦》：『雲雀踶甍而矯首，壯翼摛鏤於青霄。』向注：『矯，舉也。』挹，掬。《廣韻》：『挹，酌也。』此二句言舉首望鴻歸飛去，心生羡慕，掬起山谷之風，因吹向故鄉而如蘭馨香。

⑧ 靡靡，猶遲遲。《詩·王風·黍離》：『行邁靡靡，中心摇摇。』毛詩傳：『靡靡，猶遲遲也。』此漸漸也。薄，迫。《荀子·天倫》：『故水旱未至而飢，寒暑未薄而疾。』楊倞注：『薄，迫也。』悠悠，思念貌。《詩·邶風·雄雉》：『瞻彼日月，悠悠我思。』鄭玄箋：『視日月之行，迭往迭來，今君子獨久行役而不來，使我心悠悠然思之。』楚，痛苦。《史記·孝文本紀》：『何其楚痛而不得也，豈稱爲民父母之意哉！』此二句言一年漸漸逝去，已近歲終，心存故園之思，更增加痛苦。

⑨ 霏霏，濃密貌。《詩·小雅·采薇》：『今我來思，雨雪霏霏。』毛詩傳：『霏霏，甚也。』泠泠，清涼。《楚辭·七諫·初放》：『上葳蕤而防露兮，下泠泠而來風。』王逸注：『泠泠，清涼貌。』此二句言寒風凄緊而吹入室中，其聲清冷而使我憂愁。

⑩ 遨遊，戲遊。宋玉《高唐賦》：『其鳴喈喈，當年遨遊。』翰注：『遨遊，戲也。』沚，水中小洲。《爾雅·釋水》：『小渚曰沚。』此二句言既戲游於水中小洲，又改駕於山林之中。乃詩人爲排遣憂愁之舉也。

⑪ 伊，維。《詩・召南・何彼襛矣》：『其釣維何，維絲伊緡。』毛詩傳：『伊，維。』沈鬱，含蘊深刻。蕭綱《上菩提樹頌啓》：『思非沈鬱，不足以光揚盛德。』此指深厚鬱結。愴，《説文》：『傷也。』此二句言因我鄉思深厚鬱結，故感於物而加深悽愴之情。

⑫ 纓，繫於頷下之帽帶。《左傳・哀公十五年》：『子路曰：君子死，冠不免。結纓而死。』尋，通淫，漸染。《史記・孝武本紀》：『天子始巡郡縣，侵尋于泰山矣。』司馬禎《索隱》：『侵尋，即浸淫也。……小顔曰：「浸淫，漸染之意。」蓋尋、淫聲相近，假借用耳。』此二句言歎息之聲隨風而飄上空中，眼淚沿着帽纓而漸漸向下浸染。

⑬ 冀，希望。《左傳・僖公三十三年》：『鄭有備矣，不可冀也。』暇豫，閒暇快樂。馬融《長笛賦》：『於是游閑公子，暇豫王孫。』善注：『《國語》：優施曰：我教暇豫之事君。韋昭曰：暇，閑；豫，樂也。』此謂閒暇。歸寧，歸家問安父母。《詩・周南・葛覃》：『害澣害否，歸寧父母。』毛詩傳：『寧，安也。父母在，則有時歸寧耳。』士衡父母已亡，無可歸寧，蓋謂還鄉。此二句言希望王事有閒暇之日，庶幾有還鄉之時。

⑭ 警策，勑馬而行。曹植《應詔詩》：『僕夫警策，平路是由。』善注：『《舞賦》曰：僕夫正策。鄭玄《周禮注》曰：警，勑戒之。』此二句言因相約初冬爲歸鄉之期，故等涼風一至則策馬而還。

⑮ 靈暉，日。《演連珠》曰：『靈暉朝覯，稱物納照。』促景，指日影移動之急促。江淹《傷内弟劉常侍》：『遠心惜近路，促景怨長情。』表，古代測日影之幹。《史記・司馬穰苴列傳》：『穰苴先馳至軍，立表下漏待賈。』此二句言希望日影急促西移，常立測影之幹而望日光移動。蓋盼歸期之迅速來臨也。

賦以『冀王事之暇豫，庶歸寧之有時』爲核心，因有脱文，故其『憤』意表現不足。

愍思賦并序

【題解】

陸雲《歲暮賦》序曰：『余祇役京邑，載離永久。永寧二年春，忝寵北郡，其夏又轉大將軍右司馬於鄴都。自去故鄉，荏苒六年。惟姑與姊，仍見背棄。銜痛萬里，哀恩傷毒。』由此可知，陸雲之賦作永寧二年（三〇二）。是年，其姑與姊相繼去世，士衡之賦蓋悼傷其姊早逝之悲，亦當作於是年。『愍思』，痛苦之思也。時序遷轉，衰年將至，而伯姊已逝，更增加生命短促之感。如向秀之《思舊賦》，文愈短而愈顯得悲情嗚咽吞吐，難以訴説。

予屢抱孔懷之痛，而奄復喪同生姊〔一〕①，銜恤哀傷，一載之間而喪制便過，故作此賦，以紓慘惻之感②。

【校勘】

〔一〕『姊』，金濤聲曰：『「姊」原作娣，下文曰：怨伯娣（姊）之已遠，知非妹也。《藝文類聚》三十四、《文集》並作姊，今據改。』金説是。鄧邦述校本亦校作『姊』。下同。

【注釋】

① 孔懷，形容相思之甚。《詩・小雅・常棣》：『死喪之威，兄弟孔懷。』毛詩傳：『懷，思也。』鄭玄箋：『死喪可畏怖之事，維兄弟之親，甚相思念。』後以孔懷之痛指喪親之痛。白居易《祭符離六兄文》：『稚齒之子未知哀戚，自古孔懷之痛，亦莫我之與劇。』奄，《說文》：『一曰忽也。』

② 銜恤，含憂。《詩・小雅・蓼莪》：『無父何怙，無母何恃。出則銜恤，入則靡至。』鄭玄箋：『恤，憂。』喪制便過，由陸雲《歲暮賦序》可知，是年士衡兄弟姑姊相繼去世，一載之中，兩遭喪事，故曰『喪制便過』。紓，《說文》：『緩也。』慘惻，慘痛。《說文》：『惻，痛也。』

時方至其儵忽〔一〕，歲既去其晼晚①。樂來日之有繼，傷頹年之莫纂②。覽萬物以澄念，怨伯姊〔二〕之已遠③，尋遺塵之思長，瞻日月之何短④。升降乎階際，顧眄〔三〕兮屏營⑤。雲承宇兮藹藹，風入室兮泠泠〔四〕⑥。僕從爲我悲，孤鳥爲我鳴⑦。

【校勘】

〔一〕『儵忽』，陸刻本、《百三家集》本、《六朝詩集》本、陳仲魚校本、鄧邦述校本作『倏忽』。『倏』，陳仲魚校本、鄧邦述校本校作『儵』。古二詞通。

〔二〕『伯姊』，金濤聲曰：『「伯姊」原作伯娣，不可通，《藝文類聚》三十、《文集》並作伯姊，據改。』金說是。

〔三〕『昑』,《藝文類聚》卷三十四、《宛委别藏》本作『眄』。《文集》亦校作『眄』。

〔四〕『泠泠』,《七十二家集》本、陳仲魚校本、鄧邦述校本作『冷冷』,形近而誤。陳仲魚校本、鄧邦述校本并校作『泠泠』。

【注釋】

① 時,《説文》:『四時也。』儵忽,同倏忽,猶迅疾。《楚辭·天問》:『雄虺九首,儵忽焉在。』王逸注:『儵忽,電光也。』洪興祖補注:『儵忽,疾急貌。王逸以爲電,非也。』儵忽,同倏忽。晼晚,如日影將沉。《楚辭·九辯》:『白日晼晚其將入兮,明月銷鑠而減毁。』洪興祖補注:『晼,音宛,景昳也。』此二句言季節方至,倏忽而逝,一歲將去,如日暮矣。

② 頹年,衰年。謝靈運《和從弟惠連無量壽頌》:『頹年欲安寄,乘化必晨征。』纂,繼。《禮記·祭統》:『啓右獻公,獻公乃命成叔纂乃祖服。』鄭玄注:『纂,繼也。』此二句言樂其日月推移,前後相續,悲傷年歲已衰,時光莫繼。謂人生期盼來日,然年衰而來日無多矣。

③ 覽,《説文》:『觀也。』怨,《廣韻》:『恨也。』伯姊,大姊。此二句言覽觀萬物,萬念俱去,然怨恨其伯姊已離我遠去。

④ 遺塵,遺風,遺迹。左思《魏都賦》:『先王之桑梓,列聖之遺塵。』瞻,《説文》:『臨視也。』日月,指生前之日月。此二句言尋姊之遺迹,久久思之,視姊之生命,何其短暫。

⑤ 階際,臺階邊。《廣韻》:『邊也,畔也。』顧眄,回首而視。顧,《玉篇》:『瞻也,回首曰顧。』眄,《説

文》：『恨視貌。』後通作盼。屏營，徘徊不進貌。庾亮《讓中書令表》：『而微誠淺薄，未垂察諒，憂惶屏營，不知所厝。』翰注：『屏營，徘徊也。』此二句言於臺階邊不斷上下，反復回首望之，徘徊不前。

⑥ 藹藹，盛多，形容雲濃厚。《楚辭·九歎·逢紛》：『讒夫藹藹而漫著兮，曷其不舒予情。』王逸注：『藹藹，盛多貌。』藹乃靄之誤。見《行思賦》注。泠泠，清凉。《楚辭·七諫》：『上葳蕤而防露兮，下泠泠而來風。』王逸注：『泠泠，清凉貌。』此二句屋宇承接濃雲，清泠凉風吹入室内。蓋渲染其陰暗淒冷之氣氛。

⑦ 此二句言僕人爲我而悲傷，孤鳥爲我而悲鳴。

應嘉賦并序

【題解】

此賦情感與後文之《招隱詩》相近，乃歌頌隱士之作。然詩重在寫境——幽人所居環境澄澈清幽之美，而賦則重在寫人——隱者傲世絶俗之美。賦應友人孫承所作之《嘉遁賦》而作，具體創作時間亦不可考，但此賦無深重的時光遷逝、宦海浮沉之歎息，風格較輕盈明快，似应是陸機屏居鄉里，閉門讀書時作。

友人有作《嘉遁賦》與余者①，作賦應之，號曰《應嘉》云。

【注釋】

① 友人，指孫承，亦作孫拯，字顯世，吴郡富春人。仕吴爲黄門郎。入晉，司馬穎假機後將軍、河北大都督，承任機司馬。

傲世公子，體逸懷遐。意邈澄霄，神夷静波①。仰羣軌以遥企，頓駿翮〔一〕以婆娑②。寄沖氣〔二〕於大象，解心累於世羅③。襲三閭之奇服，詠南榮之清歌④。濯下泉於浚澗，泝凱風於卷阿⑤。指千秋以厲響，俟寂寞之來和⑥。懷前修之仿佛，覿幽人乎〔三〕所過⑦。抱玄景以獨寐，含清〔四〕風而寤語⑧。發蘭音以清唱，摻玉懷〔五〕而喻予⑨。

【校勘】

〔一〕「翮」，陸刻本、《百三家集》本、《六朝詩集》本、陳仲魚校本、鄧邦述校本作「羽」。陳仲魚校本、鄧邦述校本并校作「翮」。

〔二〕「氣」，《札記》：「《類聚》三十六：氣作氛。」

〔三〕「乎」，《札記》：「《類聚》：乎作之。」

〔四〕「清」，《藝文類聚》卷三十六作「芳」。

〔五〕「摻」，《七十二家集》作「操」，古二字同。又「玉懷」，《文集》作「王懷」，《藝文類聚》卷三十六、陸刻本、《百三家集》本、《六朝詩集》本、陳仲魚校本作「玉懷」。《文集》校曰：「王，當作玉。」今據改。

【注釋】

① 傲世，高傲自負，藐視世人。成公綏《嘯賦》：『逸羣公子，體奇好異。傲世忘榮，絶棄人事。』善注：『《文子》曰：傲世賤物，不污於俗。』體逸，指身隱於世。嵇康《嗟古賢原憲》：『棄背膏粱，朱顔樂此。屢空饑寒，形陋體逸。』逸，《正韻》：『隱也，遁也。』遐，《説文》：『遠也。』此指遠離塵世。邈，《説文》：『遠也。』夷，安寧，平和。《詩・周南・草蟲》：『亦既見止，亦既覯止，我心則夷。』毛詩傳：『夷，平也。』此四句言傲世公子，身隱於世，心懷山林，意態高遠，如澄净之碧霄，精神平和，如寧静之水波。

② 軌，猶軌範，軌儀。《國語・周語下》：『帥象禹之功，度之於軌儀。』韋昭注：『軌，道也。儀，法也。』企，《正韻》：『舉踵望也。』頓，止。《漢書・李廣傳》：『就善水草頓舍，人人自便。』駿，大。《詩・大雅・文王》：『宜鑒于殷，駿命不易。』毛詩傳：『駿，大也。』婆娑，盤旋，蹣跚。宋玉《神女賦》：『既姽嫿於幽静兮，又婆娑乎人間。』善注：『婆娑，猶盤姍也。』此二句言仰瞻前賢之軌儀而追慕，停下翱翔之翅膀而盤旋回環。

③ 寄，《説文》：『托也。』沖氣，心虚氣和。《淮南子・精神訓》：『萬物背陰而抱陽，沖氣以爲和。』許慎注：『萬物以背爲陰，以腹爲陽，身中空虚和氣，所行爲陰，故腎雙爲陽，故心特陰陽與和共生物。』大象，喻道也。《老子》第三十章：『執大象，天下往。』魏源注：『吴氏澄曰：大象喻道。下章大象無形，道隱無名是也。』解，《玉篇》：『釋也。』心累，世俗欲望、情感之累。見《歎逝賦》注。世羅，世俗之羅網。陸雲《九愍・行吟》：『舒遠懷以弭節，褰世羅於天網。』羅，捕鳥之網。《爾雅・釋器》：『鳥罟謂羅。』此二句言將寄心於大道，則心虚氣和，釋現實欲情之累，則不爲世網所羈。

④ 襲，衣上加衣，此猶穿衣。《禮記・内則》：『寒不敢襲，癢不敢搔。』鄭玄注：『襲，謂重衣。』三間，指

屈原，屈原曾官三閭大夫。《楚辭·漁父》：『漁父見而問之曰：子非三閭大夫與？何故至於斯！』奇服，不同於世人的奇偉之服。《楚辭·九章·涉江》：『余幼好此奇服兮，年既老而不衰。』王逸注：『言己少好奇偉之服，履忠正之行，至老不懈。』南榮，有二解：一是人名，南榮疇之省稱，曾拜老子受教。《淮南子·脩務訓》：『昔於南榮疇恥聖道之獨亡於己，身淬霜露，敕蹻趹，跋涉山川，冒蒙荆棘，百舍重趼，不敢休息，南見老聃，受教一言。』許慎注：『南，姓，榮疇，字，蓋魯人也。』《經典釋文》：『李云：庚桑弟子也。』《漢書·古今人表》作南榮疇，或作儔，又作壽。《淮南》作南榮幬，云敕蹻趹步，百舍不休，亦作疇。』二是指南方之山林。《楚辭·九懷·思忠》：『玄武步兮水母，與吾期兮南榮。』王逸注：『南方冬温，草木常茂，故曰南榮。』二解均可通，推其文意，似以後者爲善。清歌，謂歌聲清妙。謝靈運《擬魏太子鄴中集八首》：『急絃動飛聽，清歌拂梁塵。』翰注：『清歌，言清妙歌聲，動於梁上塵也。』此二句言身著三閭大夫奇偉之服，詠唱南方山林之歌。

⑤ 濯，洗滌。《詩·大雅·泂酌》：『挹彼注茲，可以濯罍。』毛詩傳：『濯，滌也。』下泉，深澗之泉。《詩·曹風·下泉》：『洌彼下泉，浸彼苞稂。』毛詩傳：『下泉，泉下流也。』浚澗，深澗。《春秋·莊公九年》：『冬浚洙。』鄭玄注：『浚，深之。』泝，猶順逆也。《爾雅·釋水》：『逆流而上曰泝洄，順流而下曰泝遊。』凱風，南風。《詩·邶風·凱風》：『凱風自南，吹彼棘心。』毛詩傳：『南風謂之凱風。』卷阿，山陵彎曲處。《詩·大雅·卷阿》：『有卷者阿，飄風自南。』毛詩傳：『卷，曲也。』鄭玄箋：『大陵曰阿。』此二句言於深澗之泉水中洗滌其足，在曲阿之南風裏或往或來。

⑥ 指，面向。《戰國策·楚策一》：『舉宋而東指，則泗上十二諸侯，盡王之有已。』厲響，風聲猛烈。潘岳《射雉賦》：『伊義鳥之應敵，啾擭地以厲響。』銑注：『啾然厲其音響也。』《廣韻》：『厲，烈也，猛也。』俟，

《唐韻》：『待也。』寂寞，空寂無聲。《楚辭・九歎・憂苦》：『巡陸夷之曲衍兮，幽空虛以寂寞。』王逸注：『曲澤之中，空虛杳冥，寂寞無人聲也。』此二句言面對千年猛烈之秋風，等待空寂無聲而和諧。

⑦ 前修，前賢。《楚辭・離騷》：『謇吾法夫前脩兮，非世俗之所服。』王逸注：『言我忠信謇謇者，乃上法前世遠賢，固非今時俗人之所服行。』修，同脩。《集韻》：『修，通作脩。』彷彿，形似貌。《楚辭・九章・悲回風》：『存髣髴而不見兮，心踊躍其若湯。』王逸注：『髣髴，謂形貌也。一云不得見。』洪興祖補注：『髣髴，形似也。』髣髴，同彷彿。覿，《説文》：『見也。』幽人，隱士。應貞《晉武帝華林園集詩》：『幽人肆嶮，遠國忘遐。』銑注：『言幽隱者習嶮而來，遠國皆忘其路遠而至。』此二句言懷念前賢，形貌宛然，目之所見，隱士往來。

⑧ 玄景，鴻鴈之黑影。傅玄《雜詩》：『攝衣步前庭，仰觀南鴈翔。玄景隨形運，流響歸空房。』向注：『景，影也，謂鴈影映於月光而色玄也。』古以鴻鴈喻就有道之人，《詩・小雅・鴻鴈》：『鴻鴈于飛，肅肅其羽。』鄭玄箋：『鴻鴈知辟陰陽寒暑，興者，喻民知去無道就有道。』故此之玄影非指他物之黑影也。此二句言懷抱鴻鴈之玄影而獨眠，口含山谷之清風而醒言。

⑨ 摻，同摻，操，持。《戰國策・燕策》：『秦王驚，自引而起，袖絶。拔劍，劍長，摻其室。』鮑彪注：『摻，把持也，與操同。』此二句言發音清唱，其聲如蘭，秉持操守，其懷如玉。

此段着力描摹幽人之胸襟、意態、衣著和逍遥的生活，突出其傲世絶俗。

於是葺宇中陵，築室河曲。軌絶千塗，而門瞻百族①。假妙道以達觀，考賁龜而貞卜②。

苟形骸之可忘，豈投簪其必谷③。方介丘於尺阜，託雲林乎一木④。佇鳴條以招風，聆哀音其如玉⑤。窮覽物以盡齒，將弭〔一〕迹於餘足⑥。

【校勘】

〔一〕『弭』，《文集》作『餌』，形近而誤。《藝文類聚》卷三十六、陸刻本、《百三家集》本、《六朝詩集》本、陳仲魚校本、鄧邦述校本作『弭』。又《文集》校作『弭』。今據改。

【注釋】

① 葺宇，修葺屋宇。《玉篇》：『葺，修補也。』中陵，山陵之中。《詩·小雅·菁菁者莪》：『菁菁者莪，在彼中陵。』毛詩傳：『中陵，陵中也。』軌，《説文》：『車轍也。』百族，謂物類繁多。《淮南子·俶真訓》：『枝解葉貫，萬物百族。』許慎注：『族，類也。』此四句言在黃河之曲，山陵之中，築室修屋。屋宇門前，條條道路無車馬往來，惟見門前萬物種類繁多。

② 假，借。《左傳·昭公四年》：『君若苟無四方之虞，則願假寵以請於諸侯。』杜預注：『欲借君之威寵，以致諸侯。』妙道，精妙之理。枚乘《七發》：『可以要言妙道説而去也。』達觀，通達事理。陸雲《愁霖賦》：『考幽明於人神兮，妙萬物以達觀。』考，稽考。《詩·大雅·文王有聲》：『皇王烝哉，考卜維王。』鄭玄箋：『考，猶稽也。』賁，卦名。《易·賁》：『賁，亨。小利有攸往。』孔穎達正義：『賁，飾也。以剛柔二象交相文飾也。』龜，龜甲，占卜之用。《詩·大雅·緜》：『爰始爰謀，爰契我龜。』鄭玄注：『於是契灼其龜而卜

之，卜之則又從矣。』貞卜，正卜，猶占卜。《左傳・哀公十七年》：『衛侯貞卜，其繇曰：如魚窺尾。』杜預注：『正卜夢之吉凶。』此二句言借助於精妙之道而通達事理，稽龜甲占卜而考卦象。

③形骸，形體。何劭《贈張華》：『奚用遺形骸，忘筌在得魚。』投簪，猶言棄官。孔稚珪《北山移文》：『昔聞投簪逸海岸，今見解蘭縛塵纓。』翰注：『投，棄也。謂疏廣棄官而歸東海也。』谷，山澗。《説文》：『泉出通川爲谷。』此二句言若可忘自我之形骸，豈非投簪纓於山澗。意謂忘却世俗之自我，方可棄官歸隱山林。

④方，有之。《詩・召南・鵲巢》：『維鵲有巢，維鳩方之。』毛詩傳：『方，有之也。』介丘，小丘。揚雄《方言・吾子》：『升東嶽而知衆山之峛崺也，况介丘乎？』司馬光集注：『（宋）咸曰：介，小也。』阜，土丘。《説文》：『阜，山無石者。』雲林，雲夢澤之林。枚乘《七發》：『游涉乎雲林，周馳乎蘭澤。』善注：『雲林，雲夢之林。』此指山林。此二句言有小丘一尺之山地，有山林之一木，足可託身矣。

⑤佇，《説文》：『久立也。』聆，《説文》：『聽也。』哀音，宛曲之音。成公綏《嘯賦》：『發妙聲於丹脣，激哀音於皓齒。』翰注：『妙聲、哀音，謂嘯響也。』此二句言佇立聆聽風吹枝條而鳴，其宛曲之音如玉之圓潤。

⑥盡齒，終年。《國語・晉語》：『非義不盡齒，非德不及世。』韋昭注：『齒，年壽也。』弭迹，消弭足迹。弭，《玉篇》：『弭，息也，止也，滅也。』此二句言盡覽於萬物而終其年壽，絕迹世俗，終其餘生。

此段描摹其居处、心境，突出其避世絕俗。

【附録】

孫承・應嘉賦

有嘉遯之玄人，含貞光之凱邁，靡薜荔於苑柳，蔭翠葉之雲蓋。揮修綸於洄瀾，臨峥嶸而式墜，泝清風以長嘯，詠九韶而忘味。若乃御有撫生，應物宅心，曜華春圃，凋葉秋林，振藻陽波，清景玄陰，形猶豫以徙倚，神曠寂而難尋。渾無名於域外，和丘中以草音。於是混心齊物，遨翔容與，薄言采薇，收蘿中野。朝觀萬陸，夕步蘭渚；仰弋鳴鴈，俯釣魴鱮。遊無方之内，居無形之域。詠休遁之貞亨，察天心而觀復，委性命於玄芒，任吉凶而靡録。

卷三

賦三

幽人賦

【題解】

此亦爲隱士之歌。言隱士超然物外，兀然心静，不隨波逐流，絶世俗之業，無世網所嬰之憂。詩人後期泥身世俗而無可抽身，歸隱、遊仙乃其詩意之遐想，精神之樂園，然細究之則浸透現實之沉重，此賦則如《應嘉賦》，風格輕盈，絶無塵世之累，亦似作於早期，或與《應嘉賦》時間差近。

世有幽人，漁釣乎玄渚①。彈雲冕以辭世，披霄〔一〕褐而延佇②。是以物外莫得窺其奥，舉世不足揚其波③；勁秋不能雕〔二〕其葉，芳春不能發其華④。超塵冥以絶緒，豈世網之能加⑤？

【校勘】

〔一〕「霄」，《藝文類聚》卷三十六作「宵」，形近而誤。

〔二〕「雕」，《藝文類聚》卷三十六作「凋」。古二字通。

【注釋】

① 幽人，隱士。應貞《晉武帝華林園集詩》：「幽人肆嶮，遠國忘遐。」銑注：「言幽隱者習嶮而來，遠國皆忘其路遠而至。」玄渚，深池。張衡《西京賦》：「海若游於玄渚。」濟注：「玄渚，池之深也。」此二句言世有隱者，垂釣於林泉之中。

② 彈，以手拂塵。《楚辭·漁父》：「吾聞之，新沐者必彈冠。」王逸注：「拂塵坌也。」《韻會》：「鼓爪曰彈。」雲冕，以雲霓爲冠。冕，《説文》：「大夫以上冠也。」霄褐，以雲天爲衣。陶淵明《始作鎮軍參軍經曲阿作》：「被褐欣自得，屢空常晏如。」良注：「褐，短衣也。」延佇，久久站立。《爾雅·釋詁》：「延，長也。」《説文》：「佇，久立也。」此二句彈叩雲冠，辭別世俗，身披霞衣，久立山林。

③ 物外，猶外物。《莊子·大宗師》：「已外天下矣，吾又守之，七日，而後能外物。」郭象注：「外，猶遺也。」揚其波，謂隨波逐流。《楚辭·漁父》：「世人皆濁，何不淈其泥而揚其波？」洪興祖補注：「五臣云：淈泥揚波，稍隨其流也。」奥，幽深之處。張協《七命》：「絕景乎大荒之遐阻，吞響乎幽山之窮奥。」善注：「奥，隱處也。」此二句言隱者遺忘外物，是故人莫能窺其幽深，舉世不能使其隨波逐流。

④ 勁秋，肅殺之秋。見《文賦》注。此二句言肅殺之秋不能使其葉凋落，芬芳之春亦不能使其花開放。

謂其心兀然而静，不爲外物所動。

⑤ 塵冥，風塵昏暗。《詩・小雅・無將大車》：『無將大車，維塵冥冥。』鄭玄箋：『冥冥者，蔽人目明，令無所見也。』此指塵世。 絶緒，絶其功業。 張昶《西嶽華山堂闕碑銘》：『太華授璧，秦胡絶緒。』章樵注：『秦始皇三十六年，鄭客至華陰，望見素車白馬從華山上下，持璧與客，因言今年祖龍死。是歲始皇死於沙丘。少子胡亥立，三年而秦亡。』此二句言超越塵世而絶其功業，世俗之羅網豈可加之其身？

列僊賦〔一〕

【題解】

此賦爲遊仙之作。主要鋪叙列仙之玄妙，超然世表，因乎自然，沖虛玄遠，長生不老。體現了詩人對自由生命的渴望，對現實桎梏的超越。魏晉遊仙題材之發達，不惟是『人的覺醒』，其深層亦折射文人現實生命之顫慄，生存環境之惡劣。賦作具體時間不可考，機早年崇尚名實，屏居鄉里，雖浸潤莊學，有高拔世俗之思，却少追求列仙、超然自舉之意。這一思想，或産生於後期宦海浮沉之後。而所取之神話傳説，亦爲北方文化之産物，可知受北方文化浸染之深。此亦可證其作於入洛之後。

夫何列僊玄妙，超攝生乎世表①。因自然以爲基，仰造化而聞道②。性沖虛以易足，年緬邈其難老③。爾乃呼翕九陽，抱一含元，引新吐故，雲飲露湌〔二〕④。違品物以長眙，妙羣生而爲言⑤。爾其嘉會之仇，息宴遊棲，則昌容〔三〕弄玉，洛宓江妃⑥。觀百化於神區，覲天皇於紫微⑦。過太華以息駕，越流沙而來歸⑧。

【校勘】

〔一〕《札記》：『按：《文選》五十五劉孝標《廣絶交論》注引陸機《列僊賦》「騰煙霧之霏霏」，又《御覽》八引陸機《列僊賦》「即絳闕於朝霞」，此皆無之，蓋非全篇。』

〔二〕『雲』，《七十二家集》本作『雪』。又『飡』，《藝文類聚》卷七十八作『餐』。古二字通。

〔三〕『昌容』，《文集》作『昌客』。《藝文類聚》卷七十八、《歷代賦彙》卷一百五作『昌容』。金濤聲曰：『昌容爲女仙名，容與客形近而誤，故予以改正。』金説是。今據改。

【注釋】

①玄妙，幽深精妙。《淮南子·覽冥訓》：『夫物類之相應，玄妙深微，知不能論，辯不能解。』攝生，猶言養生。左思《吴都賦》：『土壤不足以攝生，山川不足以周衛。』劉淵林注：『攝，持也。《老子》曰：善攝生。』世表，塵世之外。見《歎逝賦》注。此二句言衆仙之理幽深精妙，其生命超然於塵世之外。

②因，襲，仍。《論語·爲政》：『殷因於夏禮，所損益可知也。』自然，道家之言，爲宇宙本原，乃無極之稱。《老子》第二十五章：『人法地，地法天，天法道，道法自然。』王弼注：『自然者，無稱之言，窮極之辭也。』造化，天地創造化育。《淮南子·原道訓》：『是故大丈夫恬然無思，澹然無慮，以天爲蓋，以地爲輿，四

時爲馬，陰陽爲御，乘雲陵霄，與造化者俱。』許慎注：『造化，天地。一曰道也。』聞，《説文》：『知聞也。』此二句言因乎自然而爲生命之根基，仰觀造化而聞天地之道。

③ 沖虚，虚空玄遠。王儉《褚淵碑文》：『亮采王室，每懷沖虚之道。』善注：『《老子》曰：大盈若沖。《字林》曰：沖，猶虚也。』緬邈，久遠。潘岳《寡婦賦》：『遥逝兮逾遠，緬邈兮長乖。』善注：『《國語》：聲子曰椒，舉奔鄭，緬然引領南望。賈逵曰：緬，思邈也。』濟注：『緬邈，長遠貌。』此二句言性情虚空玄遠，年壽久長而不老。

④ 呼翕，呼吸。翕，同吸。《詩·小雅·大東》：『維南有箕，載翕其舌。』毛詩傳：『翕，合也。』馬瑞辰《通釋》：『翕、吸同音通用。』九陽，天地。《楚辭·遠遊》：『朝濯髮於湯谷兮，夕晞余身兮九陽。』王逸注：『九陽，謂天地之涯。』洪興祖補注：『仲長統云：沆瀣當餐，九陽代燭。注云：九陽，日也。陽谷上有扶木，九日居下枝，一日居上枝。《九歌》曰：晞汝髮兮陽之阿。張衡賦曰：晞余髮於朝陽。』抱一，道家之言，謂守道。《老子》第九章：『載營魄抱一，能無離乎。』魏源《本義》：『載，猶處也；營魄，即魂魄也。魄即是一，載即是抱，魂載魄，動守静也。心之精爽，是謂魂魄，本非二物。然魄動而魂静，苟心爲物役，離之爲二，則神不守舍，而血氣用事；惟抱之爲一，使形神相依，而動静不失，則魂即魄，何耗何昏，乃可以長存。』含元，即含天地之氣。王延壽《魯靈光殿》：『包陰陽之變化，含元氣之煙熅。』善注：『包含陰陽元氣以成之。煙熅，元氣之貌。』引新吐納，即吐故納新。《淮南子·齊俗訓》：『赤誦子吹嘔呼吸，吐故納新，遺形去智，抱素反真。』此四句言仙人呼吸於天地，守其道，含元氣，吐故納新，餐雲飲露。

⑤ 違，《説文》：『離也。』品物，自然之物類。《國語·楚語下》：『天子徧祀，羣神品物。』韋昭注：『品物，謂若八蠟所祭貓虎昆蟲之類也。』眄，同盼，《正韻》：『顧也，視也。』見《懷土賦》注。妙羣生而爲言，意謂

所言則得其衆生之理。《易・説卦》：『神也者，妙萬物而爲言者也。』韓康伯注：『於此言神者，明八卦運動、變化、推移，莫有使之然者。神則無物，「妙萬物而爲言」也，則雷疾風行，火炎水潤，莫不自然相與爲變化，故能萬物既成也。』此二句言目所視，超越萬物之外，口所言，妙得衆生之理。

⑥ 仇，同類。《爾雅・釋詁》：『仇，合也。』昌容，仙人名。劉向《列仙傳・昌容》：『昌容者，常山道人也。自稱殷王子，食蓬虆根，往來上下，見之者二百餘年而顔色如年二十許人。』左思《魏都賦》：『昌容練色，犢配眉連，玄俗無影，木羽偶仙。』弄玉，仙人名。劉向《列仙傳・蕭史》曰：『蕭史者，秦穆公時人。善吹蕭，能致孔雀白鵠。穆公有女，字弄玉。好之，公以妻焉。遂教弄玉作鳳鳴，居數十年，吹似鳳聲。鳳皇來，止其屋，爲作鳳臺。夫婦止其上，數年，皆隨鳳飛去。秦爲作鳳女祠於雍宫，時有簫聲焉。』洛宓，即宓妃，伏羲氏女，溺洛水而死，遂爲河神。揚雄《甘泉賦》：『想西王母欣然而上壽兮，屏玉女而却宓妃。』善注：『宓妃，《東京賦》曰：宓妃攸館，神用挺紀。又《楚辭》曰：迎宓妃於伊洛。王逸曰：宓妃神女，蓋伊洛之水精。』銑注：『宓妃，洛水東神也。』江妃，仙女名。郭璞《江賦》：『江妃含嚬而緜眇，撫凌波而鳧躍，吸翠霞而夭矯。』《列仙傳・江妃》：『江妃二女遊於江濱，逢鄭交甫，遂解佩與交。甫受珮而去，去數十步，懷中無佩，女亦不見。』此四句言爾等嘉賓宴會，息宴遊止，則是昌容、弄玉、洛宓、江妃之輩。

⑦ 百化，百物化生。《禮記・樂記》：『地氣上齊，天氣下降，陰陽相摩，天地相蕩……而百化興焉。』鄭玄注：『百化，百物化生也。』神區，神靈之地。鮑照《舞鶴賦》：『踐神區其既遠，積靈祀而方多。』濟注：『神區，神明之區域。』覲，朝見。《禮記・曲禮》：『天子當依而立，諸侯北面而見天子，曰覲。』天皇，天帝。張衡《思玄賦》：『叫帝閽使闢扉兮，覿天皇于瓊宮。』濟注：『天皇，天帝也。』紫微，北辰其星之第七，後代指天帝所居，或帝宮。陸雲《大將軍宴會被命作詩》：『在昔姦臣，稱亂紫微。』善注：『《尚書》曰：敢行稱亂。紫

微，諭帝位也。《春秋合誠圖》曰：北辰其星，七在紫微中。又曰：紫宫，大帝室也。』此二句言身居神靈之地而觀萬物化生，在紫微宫中覲見天帝。

⑧ 太華，華陰山，仙人所居。張衡《思玄賦》：『載太華之玉女兮，召洛浦之宓妃。』善注：『《神仙傳》：毛女者字玉姜，在華陰山中。體生毛，所止巖中。』流沙，沙漠。《水經注》卷一：『山海經曰：西海之南，流沙之濱，赤水之後，黑水之前，有大山，名崑崙。』又卷四十：『流沙地在張掖居延縣東北。……流沙又逕浮渚，歷壑市之國。又逕於鳥山之東朝雲國，西歷崑山，西南出於過瀛之山。』僧人多經此而入中國，且與崑崙相連，故士衡以此爲仙人所經之地也。此二句言經華陰山而停其車駕，過流沙而歸去。

陵霄賦〔一〕

【題解】

此賦亦遊仙之作。『陵霄』者，乘雲凌空，與造化逍遥也。遺其世情之累，超越山林之隱，方騰躍煙雲，凌霄飄舉。具體創作時間無考。從思想傾向看，『陵霄』與『遊仙』均隱含對現實桎梏之超越，當與《列仙賦》所作時間差近。

挾至道之容微，狹流俗之紛沮①。颺余節以遠模，風扶摇而相予②。削陋迹於介丘〔二〕，省遊僊而投軌③。凱情累以遂濟，豈時俗之云阻④。判煙雲以〔三〕騰躍，半天步而無旅⑤。詠陵霄之飄飄，永終焉而弗悔⑥。昊蒼焕而運流，日月翻其代〔四〕序⑦。下霄房之靡迤〔五〕，卜良晨〔六〕而復舉⑧。陟瑶臺以投轡，步玉除而容與⑨。

【校勘】

〔一〕『陵霄』，陸刻本、《百三家集》本、《六朝詩集》本、陳仲魚校本、鄧邦述校本作『淩霄』。鄧邦述校本校作『陵』。古二字通。

〔二〕『介丘』，《文集》作『分丘』，《宛委别藏》本作『介邱』。《文集》校作『介』。當以介丘爲是，其《應嘉賦》則有『方介丘於尺阜』可爲證。今據改。

〔三〕『以』，《百三家集》本、《六朝詩集》本、陳仲魚校本、鄧邦述校本作『之』。陳仲魚校本、鄧邦述校本并校作『以』。

〔四〕『代』，《七十二家集》本作『伐』，形近而誤。

〔五〕『靡迤』，《文集》衍一『靡』。《藝文類聚》卷七十八、陸刻本、《百三家集》本、《六朝詩集》本、陳仲魚校本、鄧邦述校本作『靡迄』。鄧邦述校本校作『靡迤』。

〔六〕『卜良晨』，《文集》脱『卜』。陸刻本、《百三家集》本、陳仲魚校本、鄧邦述校本作『卜良晨』。《文集》校補『卜』。又『晨』，《藝文類聚》卷七十八作『辰』。當據改。

【注釋】

① 挾，《説文》：『俾持也。』至道，道之極者，妙道也。王融《永明九年策秀才文》：『朕獲纂基。思弘至道。』翰注：『至，大。謂妙道也。』狹，通狎，習而玩之。《廣韻》：『狎，習也。《説文》曰：犬可習也。』又《玉篇》：『狎，亦作狹。』紛沮，紛亂毁敗。戴九靈《剡源記》：『當事物之紛沮，世故之艱難，則未嘗不思退于此以自休也。』《玉篇》：『紛，亂也。』《正韻》：『沮，敗也。』此二句言守至極之道則容細微之物，習流俗之志則遭紛亂毁敗。

② 颺，揚。《書·益稷》：『工以納言，時而颺之。』孔穎達疏：『當正其義而揚之。』節，馬鞭。《楚辭·離騷》：『吾令羲和弭節兮，望崦嵫而勿迫。』王逸注：『弭，按也，按節徐步也。』遠模，效法前賢。《説文》：『模，法也。』扶摇，旋風。《莊子·逍遥遊》：『水擊三千里，摶扶摇而上者九萬里。』郭象注：『崔云：扶摇徐音遥，風名。司馬云：上行風謂之扶摇。《爾雅》云：扶摇謂之飈。郭璞云：暴風從下上也。』相，輔佐。《書·大誥》：『周公相成王。』孔安國傳：『相謂攝政。』此二句言吾揚起馬鞭，追蹤前賢，飆風助我，飛向遠方。

③ 削，除也。《禮記·王制》：『山川神祇有不舉者，爲不敬：不敬者，君削以地。』孔穎達疏：『言不祀，必廢其土地。』陋迹，隱于山林之足迹。《爾雅·釋言》：『陋，隱也。』介丘，猶言小丘。見《應嘉賦》注。省，《爾雅·釋詁》：『察也。』軌，車軸。《禮記·少儀》：『其在車，則左執轡，右受爵，祭左右軌范，乃飲。』鄭玄注：『《周禮》：大御祭兩軹，祭軌，乃飲。軌與軹於車同謂轊頭也，軓與范聲同，謂軾前也。』投軌，猶言停下車駕。此二句言小丘之上已不見隱於山林之足迹，而省察遊仙之境而息駕。意謂不必隱於世俗之小丘，而當遊於仙境也。

④ 凱，同豈，表反詰。《玉篇》：『豈，安也，焉也。』又豈，同愷。《説文》：『豈，還師振旅樂也。』徐灝箋：『豈即古愷字。』又凱，同愷。《玉篇》：『凱，凱樂。亦作愷。』豈、愷、凱，三字轉相通。濟，渡，喻至。《詩・邶風・匏有苦葉》：『匏有苦葉，濟有深涉。』毛詩傳：『濟，渡也。』云阻，猶阻。謝朓《酬德賦》：『慮古今之爲隔，豈山川之云阻。』此二句累於世情，豈可以終至於仙境？不累於世情，豈時俗可以阻隔？

⑤ 判，分也。《周禮・秋官・朝士》：『凡有責者，有判書以治則聽。』鄭玄注：『判，半，分而合者。』天步，步行於天。陸雲《歲暮賦》：『飛轡之遠御兮，騰六龍於天步。』步，行也。《詩・小雅・白華》：『天步艱難，之子不猶。』毛詩傳：『步，行也。』古之言半步，即今之一步。《荀子・勸學》：『故不積蹞步，無以至千里。』楊倞注：『半步曰蹞，蹞與跬同。』無旅，無相伴之行客。陸雲《九愍・涉江》：『指明星以脈路，景即陰而無旅。』旅，客也。《周禮・冬官・考工記》：『通四方之珍異以資之，謂之商旅。』鄭玄注：『商旅，販賣之客也。《易》曰：至日商旅不行。』此二句言飛騰空上，分開煙雲，步行天庭，特立無侶。

⑥ 詠，歌吟。《廣韻》：『詠，歌也。』永終，長終，終身。《書・大禹謨》：『願四海困窮，天禄永終。』孔安國傳：『言爲天子，勤此三者，則天之禄籍長終汝身。』焉，兼詞，於此。王引之《經傳釋詞》：『焉，於是也。』飄飄，飛貌。潘岳《秋興賦》：『蟬嘒嘒以寒吟兮，鴈飄飄而南飛。』善注：『飄飄，飛貌。』此二句言身永登雲霄而飄飄飛舉，願終身於此而無悔也。

⑦ 昊蒼，天也。嵇康《琴賦》：『鬱紛紜以獨茂兮，飛英蕤於昊蒼。』善注：『昊蒼，天也。』焕，光明。《論語・泰伯》：『巍巍乎其有成功也，焕乎其有文章。』何晏《集解》：『焕，明也。』運流，運行。郭璞《遊仙詩》：『六龍安可頓，運流有代謝。』善注：『《莊子》：黄帝曰：陰陽四時，運行各得其序。』翻，《説文》：『飛也。』翻其代序，喻時序運行之速也。此二句言蒼天光明而運行不息，日月飛轉而四時更替。

⑧ 霄房，仙人所居之屋宇。《雲笈七籤》卷四十一《朝玉晨君》：『學道修身，克蒙感遂，長生度世，登侍霄房。』靡迤，綿長曲折貌。張衡《西京賦》：『高陵平原，據渭踞涇，澶漫靡迤，作鎮於近。』良注：『靡迤，寬長貌。』卜，占卜。《玉篇》：『卜，龜曰卜，蓍曰筮，兆也。』此意謂占卜選擇。此二句言從仙人屋宇曲折而下，却不知所至，選擇良晨，再飛舉雲霄。

⑨ 陟，《説文》：『登也。』瑶臺，玉臺，仙人所居。《楚辭·離騷》：『瑶臺之偃蹇兮，見有娀之佚女。』王逸注：『石次玉曰瑶。』洪興祖補注：『《説文》云：瑶，玉之美者。李善引《吕氏春秋》曰：有娀氏有二佚女，爲九成之臺。《淮南子》曰：有娀在不周之北，長女簡翟，少女建疵。注云：姊妹二人在瑶臺也。』轡，馬韁。《説文》：『轡，馬轡。』投轡，猶停下馬。玉階，玉飾之臺階。班固《西都賦》：『於是玄墀釦砌，玉階彤庭。』銑注：『玉階，以玉飾階。』容與，徘徊盤桓。《楚辭·九章·思美人》：『固朕形之不服兮，然容與而狐疑。』王逸注：『徘徊進退，觀衆意也。』此二句言登上仙臺停下車馬，行於玉階而盤桓徘徊。

述思賦

【題解】

此賦蓋言其兄弟離别之相思。士衡備嘗覆國亡家之痛，離吴適洛後，惟與弟雲相依爲命，故雖短暫之離别，情亦不堪。陸雲評此賦『流深情至言，實爲清妙』，可爲此藝術之概括。據陸雲《與兄平原書》，亦可知此賦所作時間與《羽扇賦》《漏刻賦》《文賦》相近，約作於永康元年（三〇〇）。是年兄弟同在洛陽爲官，故其離別也當爲短暫之離別。

情易感於已攬，思難戢於未忘①。嗟伊思之且爾〔一〕，夫何往而弗〔二〕臧②。駭中心於同氣，分戚貌〔三〕于異方③。寒鳥悲而饒音，衰林愁而寡色④。嗟余情之屢傷，負大悲之無力⑤。苟彼塗之信險，恐此日之行昃〔四〕⑥。亮相見之幾何，又離居而別域⑦。覩尺景以傷悲，撫〔五〕寸心而悽惻⑧。

【校勘】

〔一〕『且爾』，諸本皆是，疑當作『具爾』。《詩·大雅·行葦》：『戚戚兄弟，莫遠具爾。或肆之筵，或授之幾。』鄭玄箋：『具，猶俱也。爾，謂進之也。正與族人燕兄弟之親，無遠無近，俱揖而進之。年稚者爲設筵而已，老者加之以几。』士衡《歎逝賦》曰：『痛靈根之夙隕，怨具爾之多喪。』善注：『具爾，兄弟也。』與下文『分戚』，指兄弟分離，用同一典故也。若作『且爾』，則意殊難解。『且』與『具』形近而誤。曹植《求通親親表》：『諸王常有戚戚具爾之心，願陛下沛然垂詔，使諸國慶問四節，得展以叙骨肉之歡。』亦可爲魏晉人用語之旁證。

〔二〕『弗』，《藝文類聚》卷二十一作『不』。

〔三〕『貌』，《文集》作『皃』。《藝文類聚》卷二十一、《歷代賦彙外集》卷七、陸刻本、《百三家集》本作『貌』。皃爲貌古字。今改爲通用字。

〔四〕『昃』，陸刻本、《六朝詩集》本、陳仲魚校本、鄧邦述校本作『吴』，形近而誤。陳仲魚校本、鄧邦述校本并校作『昃』。

〔五〕『撫』，《藝文類聚》卷二十一作『俯』。

【注釋】

① 攬，同擥。《玉篇》：『擥，手擥取也。』又『攬，同擥』。戢，收斂，止息。《詩·小雅·鴛鴦》：『鴛鴦在梁，戢其左翼。』鄭玄箋：『戢，斂也。』此二句言感於外物，情生於心，思念難止，片刻不忘。

② 伊思，惟念。《楚辭·九懷·尊嘉》：『伊思兮往古，亦多兮遭殃。』王逸注：『惟念前世諸賢俊也。』伊，維。《詩·召南·何彼襛矣》：『其釣維何，維絲伊緡。』毛詩傳：『伊，維。』且爾，應作具爾，代指兄弟。詳校勘。臧，通藏。《管子·侈靡》：『故天子臧珠玉，諸侯臧金石。』房玄齡注：『君不貴(粟)而藏之。』此二句言嗟歎我惟思念兄弟，無論何往，吾無不中心藏之。謂思念在心，不可須臾忘也。

③ 駭，驚。《玉篇》：『駭，驚起也。』同氣，喻性質志趣相同。《易·乾》：『同聲相應，同氣相求。』後指兄弟。曹植《求自試表》：『臣敢陳聞於陛下者，誠與國分形同氣，憂患共之者也。』善注：『《呂氏春秋》曰：父母之於子也，子之於父母也，一體而分形，同氣血而異息，痛疾相救，憂思相感，生則相驩，死則相哀，此之謂骨肉之親也。』銑注：『分形同氣，謂與文帝兄弟也。』分戚貌，乃戚分貌之倒裝。分貌，即分形。謂兄弟雖同氣而分形也。戚，謂兄弟之相親。《詩·大雅·行葦》：『戚戚兄弟，莫遠具爾。』毛詩傳：『戚戚，内相親也。』此二句言内心驚駭兄弟分離，相親之兄弟身在異方。

④饒，《玉篇》：「多也。」寡，少。《爾雅・釋詁》：「寡，罕也。」此二句言聞淒寒之鳥音繁而生悲，見衰瑟之林少色而含愁。

⑤屢，多次。《集韻》：「屢，數也。」大悲，極度悲哀。《吕氏春秋・明理》：「夫有天賞得爲主而未嘗得主之實，此之謂大悲。」高誘注：「此之爲大悲哀之人。」傷，《爾雅・釋詁》：「憂思也。」此二句言嗟歎余屢遭憂思之情，已無力承受其極度之悲哀。

⑥苟，只。揚雄《法言・君子》：「非苟知之，亦允蹈之。」《韻會》：「苟，一曰且也。」信，《説文》：「誠也。」昃，《説文》：「日在西方時側也。」此二句言只恐你所行之途艱險，今之日昃仍在奔波。

⑦亮，信，誠然。《古詩・冉冉孤生竹》：「君亮執高節，賤妾亦何爲。」善注：「《爾雅》曰：亮，信也。」幾何，猶言不久。《國語・周語上》：「若壅其口，其與能幾何。」韋昭解：「能幾何，言不久也。」别域，猶言異地。《説文》：「域，邦也。從口從戈以守一。一，地也。」此二句言誠然不久即可相見，然今日却離别而處異地。

⑧撫，通拊，拍也。《儀禮・鄉射禮》：「司馬襲進，當楅南，北面坐，左右撫矢而乘之。」鄭玄注：「撫，拊之也。」寸心，方寸之心，指心。沈約《鍾山詩應西陽王教》：「所願從之，遊寸心於此。」善注：「《列子》：文摯謂叔龍曰：吾見子之心矣，方寸之地虛矣。」此二句言觀看日影之緩緩移動而傷悲，拍擊胸前，内心淒惻。

【集評】

［晉］陸雲《與兄平原書》：省《述思賦》，流深情至言，實爲清妙，恐故復未得爲兄賦之最。兄文自爲雄，

非累日精拔，卒不可得言。

歎逝賦并序

【題解】

善曰：『歎逝者，謂嗟逝者往也。言日月流邁，人世過往，傷歎此事而作賦焉。』濟曰：『逝，往也。言日月流邁，人世易往，傷歎是事，因而賦焉。』機作此賦年已四十，是爲永康元年（三〇〇）。是年，賈后令孫慮杵殺太子，後賈后又被趙王倫廢庶人；司空張華、尚書僕射裴頠皆遇害；侍中賈謐及石崇、歐陽建等黨與數十人皆伏誅，故此賦在嗟歎歲月之逝中交織着城闕丘荒，父兄早亡的覆國亡家之傷痛；天年難終，生命殘毀的亂世情懷之顫慄，所抒之情鬱結凝重。結尾雖以道家思想爲支點，故作曠達之語，然著一『聊』字，復見其悲情難遣矣。故郭正域《新刊文選批評》曰：『情深而見不達，不齊物之故也。』

昔每聞長老〔一〕，追計平生，同時親故，或彫落〔二〕已盡，或僅有存者①。余年方四十，而懿親戚屬，亡多存寡；暱交密友，亦不半在。或所曾共遊一塗，同宴一室，十年之內〔三〕，索然已盡。以是思哀，哀可知矣②！乃爲賦曰〔四〕：

【校勘】

〔一〕『老』，《札記》：『《類聚》三十四：老，一本作者。』

〔二〕『彫落』，《文選》卷十六、《西晉文紀》卷十五、《歷代賦彙、外集》卷二十作『凋落』。古二詞同。

〔三〕『内』，《文選》卷十六、《藝文類聚》卷三十四作『外』。

〔四〕『乃爲』，《藝文類聚》卷三十四無此二字。六臣本無『爲』字，又注曰：『善有爲字。』又『曰』：《札記》：『《類聚》：乃作賦日。』形近而誤。

【注釋】

①善注：『《論語》曰：久要不忘平生之言。孔安國曰：平生，少時也。何休曰：僅，方也。賈逵《國語注》曰：僅，猶言纔能也。』銑注：『皆長老之所談者也。凋落，死亡也。』僅，少。《禮記·射義》：『語曰好學不倦，好禮不變，旄期稱道不亂者，不在此位也，蓋𢇁力有存者。』陸德明《音義》：『𢇁力，音勤，又音覲，少也。』僅有存者，即少有存世者。

②善注：『《左氏傳》：富辰曰：兄弟雖有小忿，不廢懿親。《爾雅》曰：昵，近也。孫林曰：親之近也。《長笛賦》曰：密友近賓。索，盡貌也。《家語》：孔子謂哀公曰：君以此思哀，則哀可知矣。』向注：『言哀之甚也。懿，美也。』

序言作賦之緣由，充滿親朋故舊生命凋零之感傷。俞瑒評曰：『感歎之由在一序中説出，而逝者如斯，亦天地自然之運耳。故以養生遺榮結之，文境曲折，有入理之處。』（清鈔本《昭明文選》）

伊天地之運流，紛升降而相襲①。日望空以駿驅，節循虛而警立②。嗟人生之短期，孰長年之能執③！時飄忽其不再，老晼晚而〔一〕將及④。對瓊蕊之無徵，恨朝霞之難挹⑤。望暘谷之〔二〕企予，惜此景之屢戢⑥。

【校勘】

〔一〕『而』，《文選》卷十六、陸刻本、《百三家集》本、《六朝詩集》本、陳仲魚校本、鄧邦述校本作『其』。六臣本注：『五臣作而。』陳仲魚校本、鄧邦述校本亦校作『而』。

〔二〕『暘』，陸刻本、《六朝詩集》本、陳仲魚校本、鄧邦述校本作『湯』。六臣本作『暘』，并注曰：『善作湯字。』鄧邦述校本亦校作『暘』。古二字通。又『之』，陸刻本作『以』。六臣本注：『善作以字。』鄧邦述校本校作『之』。

【注釋】

① 善注：『伊，惟也。升降，謂天地氣上下也。《禮記》曰：地氣上齊，天氣下降，而百化興焉。鄭玄曰：齊讀曰躋。躋，升也。孔安國《尚書傳》曰：襲，因也。』翰注：『伊，惟也。運流，行也。升，上。降，下。襲，因也。四時上下相代謝，紛然無極。』此二句言惟天地運行，氣節紛然變化而相因無極。

② 善注：『警，猶驚也。言日月望空，駿驅而去；時節循虛，驚動而立。』濟注：『日行于空虛，如駿馬之驅馳。四節，謂日所迫，曾不得少息，常自警策而立其節矣。此謂歲月之速。』警，《說文》：『戒也。』警立，

警示立身。此二句言遥望天空太陽，如駿馬之驅馳，四節循虛而變，警示立身須早。

③ 善注：『能執，言不能執持得長年也。《素問》：雷公曰：請問短期？黄帝曰：在經論中。管子曰：導血氣而求長年。』良注：『執，守也。』長年，猶長壽。《水經注》卷二十三：『彭祖長年八百，綿壽永世。』短期，猶言短壽。嵇康《答難養生論》：『或棄世不羣，志氣和粹，不絶穀茹芝，無益於短期矣。』此二句嗟歎人生苦短，誰能守其長壽？

④ 善注：『《楚辭》曰：時不可兮再得。《思玄賦》曰：辰倏忽其不再。《楚辭》曰：白日晼晚其將入。晼晚，言日將暮也。』良注：『飄忽，疾貌。不再，不可再來也。晼晚，日暮也。比人年老也。』此二句言時光迅疾逝去而不再來，日暮之年轉眼至矣。

⑤ 善注：『《字林》曰：懟，怨也。《西京賦》曰：屑瓊蘂以朝飡，必性命之可度。《楚辭》曰：漱正陽而含朝霞。毛萇《詩傳》曰：挹，斞也。挹音揖。斞音俱。』銑注：『瓊蘂朝霞，皆仙者服之，以取長年。今我將老，是瓊蘂無驗，朝霞不可挹酌也。』此二句言怨食瓊蘂以長壽之無驗，恨服朝霞而成仙之難酌也。

⑥ 善注：『《山海經》曰：湯谷上於扶桑，一日方至，一日方出。郭璞曰：上於扶桑，在上也。一日至，一日出，言交會相代也。《毛詩》曰：誰謂宋遠，跂予望之。鄭玄曰：跂足則可望見之。企與跂同。《字林》曰：企，舉踵也。賈逵《國語注》曰：惜，痛也。戢，藏也。』向注：『暘谷，日所出也。景，亦日也。戢，藏也。企予，言我企立而望之。歎惜此日，屢爲藏没，使人代謝不居也。』此二句言吾踮足而望湯谷，屢痛惜其日影之西沉。

上段言四時相因，日影駿馳，人生短暫，老之將至，求仙無成，故望日而歎。俞瑒評曰：『此段先以日月不留，永年無術開端。』『首言逝者，乃造化之常，人所不免，引川流爲比，何等警切。』（清鈔本《昭明文選》）

悲夫！川閲水以成川，水滔滔而日度①。世閲人而爲世，人冉冉而行暮②。人何世而弗新，世何人之能故③？野每春其必華，草無朝而遺露④。經終古而常然，率品物其如素⑤。譬日及之在條，恒雖盡而弗寤〔一〕⑥。雖不寤而〔二〕可悲，心惆焉而自傷。亮造化之若兹，吾安取夫久長⑦！痛靈根之夙隕，怨具爾之多喪⑧。悼堂構之頹〔三〕瘁，慜〔四〕城闕之丘荒⑨。親彌懿其已逝，交何戚而不亡〔五〕。咨余命〔六〕之方殆，何視天之茫茫〔七〕⑩。傷懷悽其多念，慼貌瘁而鮮〔八〕歡⑪。幽情發而成緒，滯思叩而興端⑫。慘此世之無樂，詠在昔而爲言⑬。

【校勘】

〔一〕『弗』，陸刻本、《百三家集》本、《六朝詩集》本、陳仲魚校本、小萬卷樓本、鄧邦述校本作『不』。六臣本注：『五臣作不。』又『寤』，《百三家集》本、《七十二家集》本、《宛委別藏》本作『悟』。鄧邦述校本校作『悟』。古二字通。

〔二〕『而』，《文選》卷十六、《歷代賦彙・外集》卷二十作『其』。

〔三〕『頹』，《藝文類聚》卷三十四作『隤』。古二字通。

〔四〕『慜』，《藝文類聚》卷三十四、陸刻本、《百三家集》本、《六朝詩集》本、鄧邦述校本作『愍』。鄧邦述校本校作『慜』。古二字通。

〔五〕『亡』，《文選》卷十六作『忘』。古二字通。

〔六〕『命』，《文選》卷十六作『今』。

〔七〕『茫茫』，《文選》卷十六作『芒芒』。善注曰：『芒芒，猶夢夢也。《毛詩》曰：民今方殆，視天夢夢。鄭玄曰：夢夢，亂也。』

〔八〕『慼』，《文選》卷十六作『戚』。古二字通。又『瘁』，胡克家《文選考異》曰：『「瘁」當作悴。觀下注可見，各本皆誤。』又『鮮』，《文選》卷十六作『尠』，古二字同。六臣本注曰：『五臣作鮮。』

【注釋】

① 善注：『高誘《淮南子注》曰：閱，揔也。《毛詩》曰：滔滔江漢。』濟注：『滔滔，水流貌。揔，衆水而成其川，終日流去而後水相續。』閱，容也。《詩·曹風·蜉蝣》：『蜉蝣掘閱，麻衣如雪。』毛詩傳：『掘閱，容閱也。』鄭玄箋：『掘閱，掘地解閱，謂其始生時也。』此二句言川容衆水而成就其川，然水滔滔而日日逝去。

② 善注：『夫世之得名，緣於君上。人之父子相繼，亦取其名。故以一代之人通呼爲世。暮，言人之老也。《楚辭》曰：老冉冉而逾絶。《廣雅》曰：冉冉，進也。』濟注：『冉冉，人老貌。言揔衆人而成于世，終日老謝，而後人相繼。』此二句言世容衆人而成就其世，然人將漸漸地進入暮年。

③ 善注：『言皆滅亡而不能故。』銑注：『以新代故，是以不能故也。』此二句言何世所見而不是新人，又誰能是上世之故人？謂時世遷移，新老更替，而不可逆轉也。

④ 善注：『野每春其必華，喻人何世而弗新。草無朝而遺露，喻世何人之能故。夫露之在草，無一朝有餘。以喻人之居世，無一時而能故也。王逸《楚辭注》曰：遺，餘也。』良注：『無朝遺露，無一朝而不有露也。』此二句言田野每逢春而花必發，小草每遇日而露無遺。人類更替，花草遷變，皆自然也。

⑤善注：『《楚辭》曰：長無絶兮終古。《周易》曰：品物咸亨。鄭玄《禮記注》曰：素，故也。』向注：『素，舊也。言人世互新，雖及終古，而常若此。至於物類，亦如舊日。』品物，自然之物類。《國語・楚語下》：『天子徧祀，羣神品物。』韋昭注：『品物，謂若八蠟所祭貓虎昆蟲之類也。』經，歷也。《書・君奭》：『不知天命不易，天難諶，乃其墜命，弗克經歷。』孔安國傳：『天命不易，天難信無德者，乃其墜失王命，不能經久歷遠，不可不慎。』常，《玉篇》：『恒也。』此二句言古今歷來如此，萬物全然如故。意謂時世遷移，新老更替，無不如此也。

⑥善注：『言命之行逝，譬乎日及，雖至於盡而不能悟。《爾雅》曰：椵，木槿。郭璞注曰：別二名，似李樹棗朝生夕隕，可食，或呼爲日及。一曰王蒸。潘尼《朝菌賦》曰：朝菌者，世謂之木槿，或謂之日及。』翰注：『悟，覺也。日及，木槿華也。朝榮夕落，漸至於盡，不即覺也。』此二句言譬如木槿枝上之花，朝開暮落，而不爲人所覺。

⑦善注：『《廣雅》曰：惆，痛也。《爾雅》曰：亮，信也。《淮南子》曰：大丈夫無爲，與造化逍遥。』濟注：『惆，悵也。安，何也。』造化，天地創造化育。《淮南子・原道訓》：『是故大丈夫……乘雲陵霄，與造化者俱。』許慎注：『造化，天地。一曰道也。』此四句言不悟木槿之花開花落，實是可悲，故獨吾心惆悵而悲傷。自然造化誠然如此，吾安可得其長壽。

⑧善注：『靈根，祖禰也。具爾，兄弟也。《南都賦》曰：固靈根於夏葉。《毛詩》曰：戚戚兄弟，莫遠具爾。箋曰：莫，無也。具，猶俱也。爾，謂進之也。王與族人燕，兄弟之親，無遠無近，王俱揖而進之。』良注：『靈根，靈木之根，喻祖考也。夙，早。殞，没也。具爾，謂兄弟也。《詩》云：戚戚兄弟，莫遠具爾。』靈根夙隕，此指其父早逝。具爾多喪，機兄弟五人，吴亡而晏、景被殺，玄亦亡。惟機、雲存矣，故曰多喪。此

二句言恨其父親早逝，痛惜兄弟多亡。

⑨　善注：『《尚書》曰：厥子乃弗肯堂，矧肯搆。瘁，猶毁也。《毛詩》曰：在城闕兮。』銑注：『堂搆，祖考所搆之堂。皆崩頽毁瘁，城闕亦丘墟荒蕪。此機情多傷吴亡矣。』搆，同構。悼，《廣韻》：『傷也。』慜，同愍，《説文》：『愍，痛也。』按：慜，《廣韻》：『聰也。』與愍意殊。故《正字通》：『慜，作愍、閔，誤。』後人誤書，遂同。此二句言悲悼祖考所構之高堂已經毁頽，痛惜吴國城闕之荒蕪。蓋謂其覆國亡家也。

⑩　善注：『《爾雅》曰：咨，嗟也。芒芒，猶夢夢也。《詩》曰：民今方殆，視天夢夢。鄭玄曰：夢夢，亂也。《爾雅》曰：殆，危也。』向注：『懿，美。戚，近。咨，嗟。殆，困也。茫茫，不明也。』懿、戚，五臣注誤。懿，歎息聲。《詩·大雅·瞻卬》：『懿厥哲婦，爲梟爲鴟。』鄭玄箋：『懿，有所痛傷之聲也。』與『懿親』之懿義不同。戚，哀。《論語·八佾》：『喪與其易也，寧戚。』何晏《集解》：『苞氏曰：喪失於和易，不如哀戚也。』此四句言親人已逝，彌增悲歎，知交皆亡，故其哀傷。嗟我命危殆，仰視蒼天，心之亂矣。

⑪　善注：『《蒼頡篇》曰：瘁，憂也。瘁與悴，古字通。《爾雅》曰：尠，少也。』翰注：『慼，憂。瘁，病。鮮，少也。』此二句言思緒紛繁，傷懷凄惻，憂戚少歡，容顔憔悴。

⑫　善注：『《舞賦》曰：幽情形而外揚。』良注：『言我懷傷，叩發自多端緒。』此二句言發其幽隱之情而思緒紛繁，叩其沉思而興感百端。

⑬　善注：『《毛詩》曰：自古在昔。』在昔，古之先民。《詩·商頌·那》：『我有嘉客，亦不夷懌。自古在昔，先民有作。』毛詩傳：『古曰在昔，昔曰先民。』此斷章而取其義，謂不夷懌也。此二句言悽愴今生之無樂，每爲言即詠不悦之歌也。

上段言時世遷移，新老更替，不可逆轉。然父兄皆亡，城闕丘荒，自己生命危殆，故傷懷凄惻。古衡評曰：『實叙逝者，以見可歎，與序相應。』（批毛氏汲古閣本《文選》）方廷珪亦評曰：『此段承上安取久長來，言己之倏短，何足繫念？所痛者早失父母，又鮮兄弟，且國無以爲國，家無以爲家，厚戚好友，無一存者，此則天道深遠難知，所以可歎。』（清鈔本《昭明文選》）

居充堂而衍宇，行連駕而比軒。彌年時其〔一〕詎幾，夫何往而不殘①。或冥邈而既盡，或寥廓而僅半②。信松茂而柏悦，嗟芝焚而蕙歎③。苟性命之不〔二〕殊，豈同波而異瀾④。瞻前軌之既覆，知此路之良難⑤。啓四體而〔三〕深悼，懼兹形之將然⑥。毒娱情之〔四〕寡方，怨感目之〔五〕多顔⑦。

【校勘】

〔一〕『其』，《札記》：『《類聚》：其作之。』

〔二〕『不』，《文選》卷十六、陸刻本、《百三家集》本、《六朝詩集》本、陳仲魚校本、鄧邦述校本作『弗』。鄧邦述校本校作『不』。

〔三〕『而』，陸刻本、《六朝詩集》本、陳仲魚校本、鄧邦述校本作『之』。陳仲魚校本、鄧邦述校本并校作『而』。

〔四〕『之』，《藝文類聚》卷三十四作『而』。

〔五〕『之』，六臣本注：『善作而字。』

【注釋】

① 善注：『充滿於堂，盈衍於宇。何往而不殘。殘，毀也。《爾雅》曰：彌，終也。』銑注：『言昔時賓族，衆盛若此也。充，滿。衍，溢也。』向注：『詎幾，無多也。言思昔雖已終年，時亦無多日也，而親戚舊人，無不殘滅。』衍，滿。《詩·大雅·板》：『昊天曰旦，及爾遊衍。』毛詩傳：『衍，溢也。』比，並，相連也。《玉篇》：『比，並也。』軒，泛指車。《玉篇》：『軒，大夫車。』此四句言昔日居則人滿堂宇，行則車駕相連。然終天年者無幾，生命何處不遭毀壞？

② 善注：『半，平聲，協韻。《説文》曰：冥，窈也。《廣雅》曰：寥，深也。廓，空也。』翰注：『冥邈，久遠也。僅，纔也。』冥邈，幽遠。《説文》：『邈，遠也。』寥廓，廣遠。《楚辭·遠遊》：『下峥嶸而無地兮，上寥廓而無天。』洪興祖補曰：『師古云：寥廓，廣遠也。』此二句言或幽遠之地，凋落殆盡，或廣遠之域，存者僅半。

③ 善注：『《毛詩》曰：如松之茂。《淮南子》曰：巫山之上，順風縱火，紫芝與蕭艾俱死。柏悦蕙歎，蓋以自喻。』翰注：『同類相感也。芝蕙，香草也。言親友既逝，其情無聊。』此二句言柏因松茂盛而喜悦，蕙因芝焚毁而悲歎。喻詩人爲存者而悦，爲死者而悲。

④ 善注：『言人之性命，脆促不殊，譬水同波，而無異瀾也。』濟注：『性命波瀾既同，賓族盡歿，自思將復同此。』此二句言若性命之不殊，如河水之同波。謂所有生命難終天年，皆遭殘毁。

⑤ 善注：『此路，即死路也。《晏子春秋》曰：前車覆，後車戒。』良注：『軌，車也。言觀前車之覆，重涉其路，固以難也。』瞻，見。《爾雅·釋詁》：『瞻，視也。』此路，指人生之路。此二句言見前車既已傾覆，知人生之路良已難矣。

⑥善注：『《論語》曰：曾子有疾，召門弟子曰：啓予足，啓予手。』銑注：『懼己將復化也。』啓，何晏《集解》：『鄭玄曰：啓，開也。曾子以爲受身體於父母，不敢毁傷之，故使弟子開衾而視之也。』四體，四肢。《論語·微子》：『四體不勤，五穀不分，孰爲夫子？』此二句言視四肢之疾而深深悲傷，懼此之形體亦將毁頽。

⑦善注：『《廣雅》曰：毒，痛也。《歸田賦》曰：聊以娱情。方，術也。多顏，謂亡者既多，而非一狀也。日思往没之人，多在顔也。』向注：『毒，病。寡，少也。言觸目皆感，多在顔面。』此二句言情感愉悦，苦於無術，寓目感傷，形於顔面。

上段言天年難終，生命無處不遭殘毁，顧視海内，親友凋落殆盡，故觸目生悲。俞瑒評曰：『因逝者之可悲而自歎此生之難恃，入「歎」字之意。』（清鈔本《昭明文選》）又古衡評曰：『娱情寡方，感目多顏，又就自歎串出逝者，下文正好接逝者，重發「逝」字。』（批毛氏汲古閣《文選》）

諒〔一〕多顔之感目，神何適而獲怡①。尋平生於響像，覽前物而懷之②。步寒林以悽惻，翫春翹而有思。觸萬類〔二〕以生悲，歎同節而異時③。年彌往而念廣，塗薄暮而意〔三〕迮④。親落落而日稀，友靡靡而愈索。顧舊要於遺存，得十一於千百⑤。樂隤心其如亡〔四〕，哀緣情而來宅⑥。託末契於後生，余將老而爲客⑦。

【校勘】

〔一〕『諒』，《文集》作『亮』。《文選》卷十六、陸刻本、《百三家集》本、《六朝詩集》本、陳仲魚校本作

『諒』。胡克家《文選考異》曰：『袁本云：善作諒。茶陵本云：五臣作諒。案本篇「亮造化之若兹」，不作諒。二本所見爲校語，未必是。』

〔二〕『類』，《七十二家集》本、鄧邦述校本作『物』。

〔三〕『意』，《藝文類聚》卷三十四作『追』。

〔四〕『隤』，《文集》作『隕』。鄧邦述校本亦校作『隕』。『亡』，《文選》卷十六、陸刻本、《百三家集》本、《六朝詩集》本、陳仲魚校本、鄧邦述校本作『忘』。古二字通。

【注釋】

①善注：『《爾雅》曰：怡，樂也。』翰注：『亮，善。怡，悦也。顔之憂，猶感於目，其神何往而獲其怡悦矣。言不可得也。』諒，誠然。《説文》：『諒，信也。』適，往。《説文》：『適，之也。』此二既寓目傷感，形於顔面，其神何往，可獲愉悦。

②善注：『夫響以應聲，像以寫形。今形聲既亡，故尋其響像。《魯靈光殿賦》曰：忽縹眇以響像。』濟注：『尋思親故音響形像，見昔時器物而爲增懷也。』響，回聲。《説文》：『響，聲也。』此二句言尋親故平生之音容笑貌，惟見遺物猶存，人已逝去，而生思念之情。

③善注：『翹，茂盛貌。《毛詩》曰：翹翹錯薪。言春秋與往同，然存亡之異時。《河圖》曰：地有九州，以包萬類。魏文帝《與吴質書》曰：節同時異。』濟注：『翹，英也。言節序雖同，而時人各異也。』春翹，春花。梁簡文帝《與廣信侯書》：『以此春翹，方爲秋實。』此四句言漫步寒林而情感凄惻，玩賞春花亦生愁

思。觸目萬物而生悲傷，節序雖同而時已不同。謂同爲春秋四時，而歲已變也。與劉希夷《代悲白頭吟》『歲歲年年花相似，年年歲歲人不同』意近。

④善注：『《楚辭》曰：年洋洋而日往。《史記》：伍子胥曰：日暮途遠，故倒行而逆施之。《聲類》曰：迮，迫也。』良注：『如行者塗路尚遠而日已暮，以喻天甚長而人已老，是以意迫迮也。』彌，《廣韻》：『益也。』此二句言年月愈是遷移而憂思愈廣，人生之途愈近暮而悲情愈切。

⑤善注：『落落，稀貌。靡靡，盡貌。索，協韻，所格切。舊要，猶久要也。遺，餘也。言顧久要於遺存之中，得十一於千百之内。十一者，謂通千百而計之，十分而得其一，言亡多而有存寡也。《論語》曰：久要不忘平生之言。』銑注：『靡靡，少貌。索，盡。要，妙也。舊十今得其一，舊千今得其百，蓋失其九分矣。』舊要，久要。《集解》：『孔安國曰：久要，舊約也。』此指故舊。此四句言親人寥落而日益稀少，友朋漸少而幾已殆盡。遺存世者，蓋千之百、十之一也。

⑥善注：『忘，失也。宅，居也。言樂易失而哀易居也。薛君《韓詩章句》曰：隤，猶遺也。』向注：『隕，落。亡，失。宅，居也。言樂易失而哀易居也。』此一句言人生之樂遺喪，其心若失，悲哀之情長居，緣情而生。

⑦善注：『言我將欲老死，與汝爲客也。《説文》曰：契，約也。《論語》：子曰：後生可畏。《古詩》曰：人生天地間，忽如遠行客。』翰注：『言後生見我老，不與我交，以客禮相待，復增其憂耳，末契下交也。』末契，猶言至交。杜甫《送率府程録事還鄉》：『千載得鮑叔，末契有所及。』此二句言至交之情，託付於後生，余將老矣，亦爲匆匆之過客。意謂惟後生尚存至交，我之至交零落，今已老也，亦將匆匆而去矣。

上段申述哀情難遣，物是人非，其哀一也；時序交替，觸目生悲，其哀二也；親友凋零，百不一存，其哀三也；己入老境，將成過客，其哀四也。于光華《重訂文選集評》曰：『閔曰：將老爲客，自愧年老如遠行客，不久即歸，與後生交亦無幾時，起下「悟大暮」意也。』

然後弭節安懷，妙思天造①。精浮神淪，忽在世表。寤大暮之同寐，何矜晚以怨早②？指彼日之方除，豈茲情之足攬③。感秋葉〔一〕於衰木，瘁零露於豐草。在殷憂而弗違，夫何云乎識道④！將頤天地之大德，遺聖人之洪寶⑤。解心累於末迹，聊優遊以娛老⑥。

【校勘】

〔一〕『葉』，《文選》卷十六、陸刻本、《百三家集》本、《六朝詩集》本、陳仲魚校本、鄧邦述校本作『華』。陳仲魚校本、鄧邦述校本并校作『葉』。

【注釋】

① 善注：『《楚辭》曰：夕弭節於北渚。王逸曰：弭，安也。《論衡》曰：孔子作《春秋》，妙思自出胸中。《周易》曰：天造草昧。』濟注：『弭，低也。以爲理不可强，故低志節，安懷抱，妙思天之造物。』弭節，弭情安意。善引《楚辭》出《九歌·湘君》，王逸注：『言日夕將暮，己已衰老，弭情安意，終志草壄也。』此二句言爾後弭情安意，妙思天地之造化。

② 善注：『表，外也。言精神不定。世表，在世之表也。寤，覺也。大暮，猶長夜也。原夫生死之理，

雖則長短有殊，終則同歸於一揆。言覺斯理，則晚死者何足矜，早夭者何傷也。繆熙伯《挽歌》曰：大暮安可晨。寐，猶死也。《古詩》曰：潛寐黃泉下。』銑注：『乃寤古今爲長夜，天下同寢寐，復何有早晚而矜怨於其間邪？此機自解之詞。』矜，炫耀。《玉篇》：『矜，自賢也。』此四句言精神沉浮於天地之間，忽而超然世外。悟死後居如長夜之地下，亦同睡眠，晚死者何足矜，早夭者何以傷。

③善注：『言既寤之，則彼死日之方除，豈能亂我情乎？言不足亂也。《毛詩》曰：日月其除。又曰：祇攪予心。毛萇曰：攪，亂也。』向注：『除，去也。言彼日之去，乃常事耳，何足攪亂我情而使憂也。』此二句言日月正在逝去，此情何足亂我情懷。

④善注：『言達人之志，混齊死生，今反感木衰之秋華，思豐草之零露，是乃在殷憂而不去。何云識道乎？言未識也。《毛詩》曰：零露團兮。又曰：在彼豐草。《韓詩》曰：耿耿不寐，如有隱憂。毛萇曰：違，去也。《法言》曰：委大聖而好乎諸子者，惡覩其識道也。殷，深也。』翰注：『至如感病於秋華衰木、零露茂草之節，是不避深憂之人。豈得云識道士也？瘁，病。豐，茂。違，避也。』此四句言因秋花著於衰木而感歎，露珠去其豐草而憔悴，懷深深之憂而不能排遣，何云洞識造化之道。

⑤李善：『言將養生而遺榮也。《爾雅》曰：頤，養也。遺，棄也。《周易》曰：天地之大德曰生，聖人之大寶曰位。』濟注：『洪，大也。言將養生而遺榮也。』此二句言順應天地之道而養生，遺落聖人所重之名位。

⑥善注：『末迹，喻老。言解世俗之心累於末，聊優遊卒歲，以娛老年。《莊子》曰：解心之繆，去德之累。容動色治氣意六者，繆心者也。惡欲喜怒哀樂六者，累德者也。累猶負也。《毛詩》曰：優哉遊哉，亦是戾矣。班固《漢書述》曰：疏克有終，散金娛老。』良注：『言游道德以解中心憂累、下末之迹，優遊自娛以

終老也。』此二句言年已暮年，釋心靈世俗之累，姑且悠遊卒歲，使老境娱悦。

此段詩人乃以道家思想以自慰。等同生死，淡於壽夭，方爲洞識天道；順乎自然，超越世俗名位之累，且可優遊愉悦。俞瑒評曰：『收歸大道，見哀情之不必，逝者如斯，特其迹耳，是從「哀」字出脱以結之。』（清鈔本《昭明文選》）

【集評】

［晉］陸雲《與兄平原書》：《感逝賦》愈前，恐故當小不？然一至不復減。

［宋］方崧卿《韓集舉正》：（韓愈《别知賦》：『惟知心之難得，斯百一而爲收』）陸機《歎逝賦》：『得十一於千百。』韓蓋用此意。（《韓集考異》卷一引）

［宋］潘淳《潘子真詩話》：陸士衡《傷逝賦》云：『託末契於後生。』杜詩云：『晚將末契託年少。』（《苕溪漁隱叢話》前集卷十一）

［元］祝堯編《古賦辯體》卷五：士衡《歎逝》，茂先《鷦鷯》，安仁《秋興》，明遠《蕪城》《野鵝》等篇，雖曰其辭不過後代之辭，乃若其情，則猶得古詩之餘情。愚於此益歎古今人情如此其不相遠，詩賦義如此其終不泯。

《歎逝賦》，賦也。凡哀怨之文，易以動人，六朝人尤喜作之。豈非懽愉之辭難工，而窮苦之言易好與？然此作雖未能止乎禮義而發乎情，猶於變風之義有取焉。但古人情得其理，和平中正，故哀而不傷，怨而不怒。後人情流於欲，淫邪偏宕，故哀極而傷，怨極而怒。此賦與江文通《恨賦》同一哀傷，而此賦尤動人。

吁，哀思之音，誠莊人端士之所當警者。

[明]何景明評『川閲水』『世閲人』，可謂雄視古今，而『人何世』二句，尤覺波瀾蕩漾。（余碧泉刻《文選纂注》）

[明]譚俊《説詩》卷中《題目》： 漢《長歌行》，王粲《七哀》，蔡琰《悲憤》，嵇康《憂憤》，陸機《歎逝》，皆寓時世而歎傷也。

[清]顧炎武《日知録》卷二十七： （韓文公）《秋懷詩》『戚戚抱虚警』，是用陸士衡《歎逝賦》『節循虚而警立』。

[清]何焯《義門讀書記》卷四十五： 士衡《歎逝賦》『慜城闕之邱荒』，此以城闕代親故。

[清]吴玉搢《别雅》卷二： 《詩·商頌》『洪水芒芒』，《文選》陸機《歎逝賦》『咨余今之方殆，何視天之芒芒』，義皆與茫茫通。

[清]方廷珪評： 按死生自是古今常理，若泛從逝者抒議，便同齊景泣牛山，趙簡歎物化，非達者之言也。關情處在年方四十，戚屬交遊多係少壯，未十年間，凋零略盡，此誠子桓所云『既痛逝者，行復自念』也。且己係江東舊族，國破家亡，去吴入晉，喬木之感既深，麥秀之悲更甚，撫今念昔，倍難爲懷耳。末以達觀意作結，蓋事到無可奈何處，不得不如此收場也，意亦本之賈長沙《鵩鳥賦》。（方廷珪《昭明文選集成》）

[清]周平園評： 此君手筆，神氣活動，能人難顯之情，雖豪邁不如子建，而爽達過之。六朝賦手，應推二人爲領袖。（方廷珪《昭明文選集成》）

[清]孫洙評： 既痛逝者，行自念也。齊萬化於渺渺，等千慮於茫茫，士衡能有此達識哉？語透思超，文情周，足不朽。

大暮賦[一]并序

【題解】

此賦言人生短暫，歲月流逝，壯而老，老而亡，乃自然之規律。賦雖極言死亡之悲，然以『雖萬乘與洪聖，赴此途而俱税』，言其人生原是空幻，故序言生不足戀，死不足悲，此乃有老莊泯榮辱、一死生之達矣。賦創作具體時間不可考，有此種心境，當必爲後期之作，或與《歎逝賦》所作時間差近。可與《挽歌三首》並讀。

夫死生是得失[二]之大者，故樂莫甚焉，哀莫深焉。使死而有知乎，安知其死[三]不如生？如遂無[四]知邪，又何生之足戀？故極言其哀，而終之以達，庶以開夫近俗云①。

【校勘】

〔一〕《札記》：『《文選》三十謝玄暉《和王著作八公山詩》注引陸機《大暮賦》「播芳塵之馥馥」，又《御覽》五百五十二引陸機《大暮賦》「覩洪櫝而爲槽」，又《初學記》十四引陸機《大暮賦》「諒歲時之揮霍，豈人生之可量」句，上此皆無之，蓋非全篇。《初學記》所引「歲」字上下當脱一字。』又『大暮』，《北堂書鈔》卷九十二、《初學記》卷十四、《太平御覽》卷五百五十一並作『大墓』。《藝文類聚》卷三十四作『大暮』。暮、墓，同音假借。

〔二〕『得失』，《藝文類聚》卷三十四作『失得』。

〔三〕『死』，《藝文類聚》卷三十四、陸刻本、《百三家集》本、《六朝詩集》本、陳仲魚校本、鄧邦述校本脱。陳仲魚校本、鄧邦述校本并校補。

〔四〕『無』，《文集》脱。《文集》校曰：『如遂下別本有無字。』陸刻本、《六朝詩集》本有『無』字。今據補。

【注釋】

① 達，通達。《玉篇》：『達，通也。』庶，庶幾，希冀意。《詩·檜風·素冠》：『庶見素冠兮，棘人欒欒兮。』毛詩傳：『庶，幸也。』開，開導啓發。《禮記·學記》：『故君子之教喻也，道而弗牽，强而弗抑，開而弗達。』鄭玄注：『開，爲發頭角。』孔穎達疏：『開，謂開發事端，但爲學者開發大義頭角而已，亦不事事使之通達也。』《序》謂生不足戀，死不足哀，作賦之目的，即在於開導樂生哀死之世俗生命觀。

夫何天地之遼闊，而人生之不可〔一〕久長。日引月而並隕，時維歲而俱喪①？【諒歲月之揮霍，豈人生之可量】〔二〕②。知自壯而得老，體自老而得亡③。【觀細木而悶遲，覩洪櫝而念槽】〔三〕。顧黄墟〔四〕之杳杳，悲泉路之翳翳④。挫千乘猶一毫，當何數乎智慧〔五〕⑤？徒假願於須臾，指夕景而爲誓⑥，忽呼吸而不振，奄神徂〔六〕而形斃⑦。顧萬物而遺恨，收百慮而長逝⑧。【撫崇塗而難親，停危軌之將遊⑨。雖萬乘與洪聖，赴此塗而俱稅】〔七〕⑩。

【校勘】

〔一〕『不可』，陸刻本脱『可』。

〔二〕『諒歲月之揮霍，豈人生之可量』二句，《文集》脱，據《初學記》卷十四補。

〔三〕『觀細木而悶遲，覩洪櫝而念槽』二句，《文集》脱。據嚴可均《全晉文》卷九十六校補。又『念槽』，《太平御覽》卷五百五十一作『爲櫶』。

〔四〕『黄墟』，《七十二家集》本、鄧邦述校本作『黄壚』。當據改。

〔五〕『智慧』，《初學記》卷十四作『知惠』。惠，同慧。

〔六〕『徂』，《初學記》卷十四作『殂』。古二字通。

〔七〕『撫崇塗而難親，停危軌之將遊。雖萬乘與洪聖，赴此塗而俱税』四句，《文集》脱。嚴可均《全晉文》據《北堂書鈔》卷九十二校補。

【注釋】

①引，引導。《集韻》：『引，導也。』隕，落。《爾雅·釋詁》：『隕，墜也。』維，繫。《詩·小雅·白駒》：『縶之維之，以永今朝。』毛詩傳：『縶，絆。維，繫也。』此四句言天地遼闊，人生短暫；日月循環，終都落下，季節年歲，俱已逝去。謂死生乃自然也。

②諒，誠然。《説文》：『諒，信也。』揮霍，飛揚迅疾。曹植《七啓》：『淩躍超驤，蜿蟬揮霍。』向注：『揮霍，奮迅也。』量，度量。《廣韻》：『量，量度。』此二句言歲月悠悠，飛逝而去，人生短暫，豈可度量。

③得，《玉篇》：『獲也。』體，占卜時兆象。《詩・衛風・氓》：『爾卜爾筮，體無咎言。』毛詩傳：『龜曰卜，蓍曰筮。體，兆卦之體。』此有考察體悟之意。此二句言自知其壯之將老，衰老將死。

④悶，不覺。《莊子・德充符》：『悶然而後應，氾而若辭。』陸德明《音義》：『李云：不覺貌。』遲，《玉篇》：『遲，晚也。』洪檟，指大樹。《左傳・哀公十一年》：『將死曰：樹吾墓檟，檟可材也。』《說文》：『檟，楸也。』槥，棺木。《玉篇》：『槥，小棺。』黃墟，黃泉。江淹《扇上綵畫賦》：『願解珮而捐玦，指黃墟而先歸。』按：黃墟當爲黃壚，蓋形近而誤。《淮南子・覽冥訓》：『考其功烈，上際九天，下契黃壚。』許慎注：『上與九天交接，下契至黃壚。黃泉下有壚土也。』杳杳，遥遠。《楚辭・九章・哀郢》：『堯舜之抗行兮，瞭杳杳而薄天。』洪興祖補注：『杳杳，遠貌。』翳翳，晦暗不明貌。陶淵明《歸去來兮辭》：『景翳翳以將入，撫孤松而盤桓。』《廣韻》：『翳，隱也，蔽也。』此四句言覩小樹不覺時之已晚，見大木方思死亡將近。視黃泉之遥遠，傷冥路之晦暗。

⑤挫，取。《楚辭・招魂》：『挫糟凍飲，酎清涼些。』王逸注：『挫，捉也。』千乘，諸侯之封國。《禮記・明堂位》：『成王以周公爲有勳勞於天下，是以封周公於曲阜，地方七百里，革車千乘。』此指封侯。毫，獸毛。《廣韻》：『毫，長鋭毛也。』喻其小也。數，《說文》：『計也。』此二句言功取封侯猶如一毛，何當計于人生之智慧。意謂功名不足取，智慧不足恃。

⑥假願，美好願望。謝朓《秋夜講解》：『孰云濟沉溺，假願託津梁。』假，嘉也。《詩・大雅・假樂》序曰：『假樂，嘉成王也。』《經典釋文》：『音暇，嘉也。』《禮記・中庸》作『嘉樂』。須臾，片刻。曹丕《與吴質書》：『昔日遊處，行則連輿，止則接席，何曾須臾相失。』夕景，夕陽。鮑照《登大雷岸與妹書》：『夕景欲沉，曉霧將合。』此喻生命垂暮。誓，約。《禮記・曲禮上》：『諸侯使大夫問於諸侯曰聘，約信曰誓。』此二句言人生須臾，空有美好願望，終如日影西墜，指以爲期。

⑦振，動。《楚辭・九懷・尊嘉》：『秋風兮蕭蕭，舒芳兮振條。』王逸注：『動搖百草使芳熟也。』奄，《説文》：『一曰忽也。』徂，通殂，死亡。《史記・伯夷列傳》：『於嗟徂兮，命之衰矣。』司馬貞《索隱》：『徂者，死也。』此二句言忽焉之間，呼吸不動，形神俱亡。

⑧遺恨，遺怨。陽縉《荆軻歌》：『琴聲不可識，遺恨没秦宫。』《説文》：『恨，怨也，一曰怨之極也。』收，息。《戰國策・楚策》：『秦可以少割而收害也。』鮑彪注：『收，猶息。』此二句言瞻顧萬物而心存遺怨，百慮止息而長辭於世。

⑨撫，猶據。《禮記・曲禮上》：『大夫撫式，士下之。』鄭玄注：『撫，猶據也。』崇，高。《詩・小雅・由庚》序：『萬物得由其道也，崇丘萬物得極其高大也。』崇塗，道路高而險，此指黄泉之路。親，近也。《易・乾》：『本乎天者親上，本乎地者親下。』危軌，高車。《説文》：『危，在高而懼也。』又『軌，車轍也』。此指靈車。此二句言靈魂行於險途而世人難以親近，停着的靈車也將遠逝。

⑩萬乘，天子。《孟子・梁惠王上》：『萬乘之國，弑其君者，必千乘之家。』趙岐注：『萬乘謂天子也。』洪聖，即大聖。《爾雅・釋詁》：『洪，大也。』税，猶税駕。《爾雅・釋詁》：『税，舍也。』郭璞注：『舍，放置。』此二句言雖是國君聖人，一赴黄泉，萬事皆休。

此段言日月遷逝，由生必死，功名不足取，智慧不足恃，雖天子聖人，生死一矣。

於是六親雲起〔一〕，姻族如林。争塗而淹淚，望門而舉音〔二〕①。敷幄席以悠想，陳備物而虞靈②。仰寥廓而無見，俯寂寞而無聲③。肴饛饛其不毁，酒湛湛而每盈④。屯送客於山足，伏埏道而哭之⑤。扃幽户以大畢，訴玄闕而長辭⑥。歸無塗兮往不反，年彌去兮逝彌遠⑦。彌遠兮日隔，無塗兮曷因？庭樹兮葉落〔三〕，暮草兮根陳⑧。

【校勘】

〔一〕『起』，《北堂書鈔》卷九十二作『赴』。

〔二〕上二句在『爭塗』『望門』後，《藝文類聚》卷三十四、陸刻本、《百三家集》本、《六朝詩集》本、陳仲魚校本、鄧邦述校本無『而』字。陳仲魚校本、鄧邦述校本并校補。

〔三〕『落葉』，《藝文類聚》卷三十四、陸刻本、《百三家集》本、《六朝詩集》本、陳仲魚校本、鄧邦述校本作『葉落』。鄧邦述校本校作『落葉』。

【注釋】

① 六親，《春秋正義》卷三十一曰：『六親，謂父子兄弟夫婦也。』姻族，姻親與宗族，泛指親戚。《國語·晉語》：『君定王室，而殘其姻族，民將焉放？』《釋名·釋親屬》：『婿之父曰姻。姻，因也，女往因媒也。』《玉篇》：『族，又宗族。』舉音，猶言舉聲而泣，特指舉喪。《太平御覽》卷五六一引《東觀漢紀》曰：『上車駕素服往吊，望城門舉音。』此四句言於是至親如雲湧，親戚如林立，爭相流淚於道中，望見其門而哭嚎。

② 敷，陳。《書·舜典》：『敷奏以言，明試以功。』孔安國傳：『敷。陳也。』幄，帷幄。《釋名》：『幄，屋也。以帛衣板施之，形如屋也。』此指靈堂。悠，思。《詩·周南·關雎》：『悠哉悠哉，輾轉反

側。』毛詩傳：『悠，思也。』虞，通娛，樂也。《孟子・盡心上》：『霸者之民，驩虞如也。』趙岐注：『霸者行善恤民，恩澤暴見易知，故民驩虞樂之也。』《韻會》：『虞，又娛樂也。』此指安葬後之祭祀。此二句言設幃鋪席而置靈堂，而守靈者思之，陳列諸種祭品，而娛樂其靈魂。

③廖廓，廣遠。《楚辭・遠遊》：『下峥嶸而無地兮，上寥廓而無天。』洪興祖補注：『師古云：寥廓，廣遠也。』寂寞，無聲。《楚辭・九歎・憂苦》：『巡陸夷之曲衍兮，幽空虚以寂寞。』王逸注：『曲澤之中，空虚杳冥，寂寞無人聲也。』此二句言仰視遼遠之上天而不見其形，俯聽寂寞之靈柩而不聞其聲。

④肴，菜肴。《廣韻》：『凡非穀而食曰肴。』此指祭品。饛饛，器皿滿貌。《詩・小雅・大東》：『有饛簋飧，有捄棘匕。』毛詩傳：『饛，滿簋貌。』毀，缺少。《説文》：『毀，缺也，一曰壞也。』湛湛，溢盛貌。《楚辭・九章・哀郢》：『忠湛湛而願進兮，妬被離而鄣之。』王逸注：『湛湛，重厚貌。』洪興祖補注：『詩曰：湛湛露斯。注云：湛湛，茂盛貌。』盈，《説文》：『滿器也。』此二句言祭品放滿器皿，齊備不缺，祭酒斟滿酒杯，每杯盈溢。謂雖祭如在而死者不可飲食也。

⑤屯，盤桓難進貌。《易・屯》：『屯如邅如，乘馬班如。』京房《易傳》：『屯難之際，盤桓不進之貌。』埏，墓道。《廣韻》：『際也，地也，又墓道。亦地有八極。』此二句言山腳下送葬人羣盤桓難進，送至墓道又伏而哭之。

⑥扃，猶關閉。《説文》：『扃，外閉之關也。』幽户，冥室之門。張載《七哀詩》：『毀壞過一抔，便房啓幽户。』翰注：『便房，冢中室也，言其幽暗之户，已開之矣。』大畢，猶言人生之終。《爾雅・釋詁》：『畢，竟也。』玄闕，北方之丘。《淮南子・道應訓》：『經乎太陰，入乎玄闕。』許慎注：『太陰，北方也。玄闕，北方之山也。』北方爲陰，故以玄闕代指其丘墓也。此二句言關閉墓道之門，人生終矣，送葬者訴衷情於丘墓，與之永别。

⑦ 此二句就死者而言，欲歸無路，一去不返，歲月流逝，愈離愈久。

⑧ 曷，《説文》：『何也。』陳，伸展。《廣韻》：『陳，張也。』暮，通墓。此四句言逝者日遠，與世相隔日深，欲歸無路，庭中樹木葉發葉落，墓地荒草愈生愈茂。

此段描繪送葬之場景，死後之凄涼。

感丘賦〔一〕

【題解】

此賦爲士衡行役途中，見丘墳纍纍，而歎息世人生命不永，雖藉道家之説而作達觀之語，然終因貪戀人生而墜於痛苦之中。具體寫作時間不可考。然從所行之方向背京室、泛西川，沿黄河之曲湄由西向東的行進路綫看，似是由洛赴平原。平原古屬齊地，在洛陽東南，黄河在洛轉向，故曰『曲湄』。由此可以推斷，此賦則是作於太安元年（三〇二）赴平原内史途中。此賦所寫之心境，與陸機此時之特殊境遇亦殊近似。

泛輕舟於西川，背京室而電〔二〕飛。遵伊洛之坻〔三〕渚，沿黄河之曲湄①。覩墟墓於山梁，託崇丘〔四〕以自綏②。見兆域之藹藹，羅魁封之纍纍③。於是徘徊洛涯，弭節河干。佇眄〔五〕留心，慨爾遺歎④。仰終古以遠念，窮萬緒乎其端⑤。伊人生之寄世，猶水草乎山河⑥。應甄陶以歲改，順通川而日過⑦。

【校勘】

〔一〕《札記》：『見《類聚》四十，非全篇。《初學記》十四引陸機《感邱賦》云「生矜迹於當已，死同宅乎一邱。翳形骸以下淪兮，飄營魄而上浮。隨陰陽以融冶兮，託山原以爲疇。妍媸混而爲一，孰云識其所脩。必妙代以遠覽兮，夫何徇乎區陳」，此皆無之。區陳，疑倒。』『丘』，《初學記》卷十四、《宛委別藏》本、小萬卷樓本作『邱』，避諱而改。

〔二〕『雹』，《文集》作『雷』，《藝文類聚》卷四十、《歷代賦彙外集》卷二十、《百三家集》本、《六朝詩集》本、陳仲魚校本、鄧邦述校本作『雹』。鄧邦述校本校作『雷』。考其文意當作『雹』。今據改。

〔三〕『坻』《藝文類聚》卷四十作『抵』，形近而誤。

〔四〕『丘』，《歷代賦彙外集》卷二十、陸刻本、《百三家集》本、陳仲魚校本、鄧邦述校本作『山』。鄧邦述校本校作『丘』。

〔五〕『盻』，《藝文類聚》卷四十作『眄』。

【注釋】

① 西川，泛指西方河流。謝靈運《酬從弟惠連》：『分離別西川，迴景歸東山。』遵，循。《詩·周南·漢廣》：『遵彼汝墳，伐其條枚。』毛詩傳：『遵，循也。』伊洛，水名。《書·禹貢》：『伊洛瀍澗，既入於河。』孔安

國傳：『伊出陸渾山，洛出上洛山，澗出沔池山，瀍出河南北山。四水合流而入河。』坻渚，《爾雅·釋水》：『水中可居者曰洲。小洲曰陼，小陼曰沚，小沚曰坻，人所爲爲潏。』陼，同渚。《廣韻》：『渚，通作陼。』湄，水岸。《詩·秦風·蒹葭》：『所謂伊人，在水之湄。』毛詩注：『湄，水隒也。』《爾雅·釋水》：『水草交爲湄。』此四句言泛輕舟於西方河流之上，背離京邑，如電飛逝。循伊洛之洲渚，沿黄河曲折之岸邊。

② 覩，《玉篇》：『古文睹字。』墟墓，潘岳《悼亡詩》：『徘徊墟墓間，欲去復不忍。』善注：『《禮記》：周豐曰：墟墓之間，未施哀於民而民哀。』濟注：『墟，亦墓之通名。』山梁，山脊。《論語·鄉黨》：『山梁雌雉，時哉時哉。』綏，安。《書·禹貢》：『三百里諸侯，五百里綏服。』孔安國傳：『綏，安也。』此二句言目覩山脊之丘墓，死者託身高山而自安。

③ 兆域，墳塋。《周禮·春官·宗伯》：『冢人掌公墓之地，辨其兆域而爲之圖。』《爾雅》：『兆，域也。』郭璞注：『謂塋界。』藹藹，盛多貌。《詩·大雅·卷阿》：『藹藹王多起士，維君子使，媚于天子。』毛詩傳：『藹藹，猶濟濟也。』羅，列。陶淵明《歸園田居》：『桃李羅堂前，榆柳蔭後簷。』魁，《博雅》：『大也。』封，壘土爲墳丘。《易·繫辭下》：『古之葬者厚衣之以薪，葬之中野，不封不樹。』孔穎達疏：『不積土爲墳，是不封也。』魁封，大墳。纍纍，同壘壘，相連。潘岳《懷舊賦》：『墳纍纍以接隴，柏森森以攢植。』良注：『纍纍，墳隴接連貌。』此二句言見丘墓盛多，界限分明，大墳羅列，連綿不絶。

④ 涯，水邊。《玉篇》：『涯，水際也。』河干，河岸。《詩·魏風·伐檀》：『坎坎伐檀兮，寘之河之干兮。』毛詩傳：『干，厓也。』佇，《爾雅·釋詁》：『久也。』眄，視。《説文》：『眄，恨視也。』此四句言於是徘徊于伊洛水邊，漫步於黄河岸上，久久注視，志往情留，徒留下慷慨悲歎。

⑤ 終古，遠古。《玉篇》：『終，極也，窮也。』萬緒，紛繁之思緒。江淹《雜體詩·謝僕射混》：『卷舒雖

萬緒，動復歸有靜。』翰注：『萬緒，言多也。』端，始也。《玉篇》：『端，緒也。』此二句言仰視遠古，遥想前人，思緒紛繁，欲究其端。

⑥ 伊，《爾雅·釋詁》：『維也。』郭璞注：『發語辭。』此二句言人生寄託於世，猶如水草託身山河。意謂奄忽之間即枯萎矣。

⑦ 應，受。《國語·周語》：『其叔父實應且憎，以非余一人。』韋昭注：『應，猶受。』甄陶，燒土而製陶器。何晏《景福殿賦》：『疆理宇宙，甄陶國風。』善注：『揚子《法言》曰：甄陶天下，其在和乎。李軌曰：埏埴爲器。曰甄陶王者，亦甄陶其民也。』翰注：『甄陶，謂燒土爲器。言欲政化純厚，亦如甄陶乃成咸皆融通也。』此取『甄陶天下』之意。通川，大川。司馬相如《上林賦》：『醴泉湧於清室，通川過於中庭。』善注：『言醴泉於室中湧出，而通流爲川，而過中庭。』此二句言受命治政而忽又經年，循河泛舟而日影飛過。

此段寫其行役西進途中，見墳塋纍纍，而産生萬端感慨，人生寄世，如水草託身山河，奄忽即枯矣。

【生矜迹於當世〔一〕，死同宅乎一丘①。豁形骸於〔二〕下淪兮，飄營魄而上浮②。隨陰陽以融冶，托山原以爲疇③。妍媸混而爲一，孰云識其所修④？必妙〔三〕代以遠覽兮，夫何徇乎區陳〔四〕⑤。】

【校勘】

〔一〕『當世』，陸刻本作『當已』，意扞格難通。《漢魏六朝百三家集》卷四十八作『當世』。今據改。

〔二〕『於』，《藝文類聚》卷四十作『以』。

〔三〕『妙』，《七十二家集》本、《淵鑑類函》卷一百八十三作『眇』。

〔四〕『徇』，《七十二家集》本作『狗』。按：『生矜迹於當已……夫何徇乎區陳』十句，《文集》脱，《漢魏六朝百三家集》本、《七十二家集》本作同題賦，獨立成篇，嚴可均《全晉文》則補入此篇。從内容看，前後情感連貫，意脈相承，此補甚是，故依嚴説。

【注釋】

① 矜，自我炫耀。《書・大禹謨》：『汝惟不矜，天下莫與汝争能；汝惟不伐，天下莫與汝争功。』孔安國傳：『自賢曰矜，自功曰伐。』迹，業績，事迹。《書・武成》：『至於大王，肇基王迹。』孔安國傳：『大王修德以翦齊商人，始王業之肇迹。』宅，《爾雅・釋言》：『居也。』此二句言生前自負其當世所立之業績，死後亦同居其丘墓。

② 翳，死。《詩・大雅・皇矣》：『作之屏之，其菑其翳。』毛詩傳：『木立死曰菑，自斃爲翳。』淪，沉没。《書・微子》：『今殷其淪喪。』孔安國傳：『淪，没也。』營魄，魂魄。《老子》第十章：『載營魄抱一，能無離。』河上公注：『營魄，魂魄也。』此二句言形骸已死，沉没地下，靈魂飄忽，上浮空中。

③ 融冶，融會。僧肇《鳩摩羅什法師誄》：『融冶常道，盡重玄之妙。』《説文》：『冶，銷也。』段玉裁注：『銷者，鑠金也。』山原，山之平坦處。《説文》：『高平曰原，人所登。』疇，田地。《孟子・萬章上》：『易其田疇，薄其税斂，民可使富也。』此二句言魂隨陰陽而融合，體，身托山丘而成爲田疇。

④ 妍媸，美醜。《法言》：『自關以西謂好曰妍。』《博雅》：『媸，醜也。』修，修養道德。《楚辭·離騷》：『謇吾法夫前脩兮，非世俗之所服。』向注：『前脩，謂前代脩習道德之人者。』脩，同修。《韻會》：『修，通脩。』此二句言美醜混同爲一，誰可識其所修賢德？

⑤ 妙，體悟萬物精微之理。《易·説卦》：『神也者，妙萬物而爲言者也。』徇，求也。《莊子·人間世》：『夫徇耳目内通而外於心，知鬼神將來舍，而況人乎。』王先謙《集解》：『宣云：耳目在外，而徇之於内。』區，猶區域。《書·康誥》：『用肇造我區夏，越我一二邦以修我西土。』孔安國傳：『始爲政於我區域諸夏，故於我一二邦皆以修治。』陳，堂迹。《詩·小雅·何人斯》：『彼何人斯，胡逝我陳。』毛詩傳：『陳，堂塗也。』此二句言必代之以妙觀玄理，遠覽萬物，何必求之眼前之陳迹。意謂超越人生，達觀玄理。

此段言死葬一丘，託身山原，混同美惡，泯滅德業，故須超越人生，達觀玄理。

爾乃申舟人以遂往，横大川而有悲〔一〕①。傷年〔二〕命之倏忽，怨天步之不幾②。雖履信而思順，曾何足以保兹？普天壤〔三〕其弗免，寧吾人之所辭③！願靈根之晚墜，指歲暮而爲期④。

【校勘】

〔一〕『悲』，《藝文類聚》卷四十作『惡』。

〔二〕『年』，《文集》作『革』，語意扞格。《藝文類聚》卷四十、陸刻本、《百三家集》本、《六朝詩集》本、陳仲魚校本、鄧邦述校本作『年』。《文集》亦校作『年』。今據改。

〔三〕『壞』，《文集》作『讓』，語意扞格。《藝文類聚》卷四十、陸刻本、《百三家集》本、陳仲魚校本作『壞』，今據改。

【注釋】

① 申，猶言申命，重命。《書・益稷》：『徯志以昭受上帝，天其申命用休。』孔安國傳：『非但人應之，又乃明受天之報施，天又重命用美。』此二句言於是我命舟人而將行，横渡大河而内心悲傷。

② 倏忽，迅疾。班固《東都賦》：『指顧倏忽，獲車已實。』善注：『倏忽，疾也。』又同儵忽，蓋言其速也。《楚辭・天問》：『雄虺九首，儵忽焉在。』王逸注：『儵忽，電光也。』洪興祖補注：『儵忽，疾急貌。王逸以爲電光，非也。』天步，天之運行。《詩・小雅・白華》：『天步艱難，之子不猶。』毛詩傳：『步，行。』不幾，不近。《荀子・榮辱》：『知不幾者，不可與及聖人之言。』楊倞注：『幾，近也。謂不近於習也。』此二句言憂傷年壽迅疾而去，怨恨天道之不近人情。

③ 履信思順，意謂得天人之助。《易・繫辭上》：『天之所助者，順也；人之所助者，信也，履信思乎順，又以尚賢也。』此四句言雖得天人之助，又何曾足以保此生命？普天地之間其不能免，豈吾輩可免乎。

④ 靈根，生命。《君子有所思行》曰：『宴安消靈根，酖毒不可恪。』濟曰：『靈根喻身也。』此二句言但願生命晚隕落，指以暮年而爲約也。意謂至年老而終天年也。

此段言生死既不可免，唯願生命晚凋，終其天年。

卷四

賦四

浮雲賦〔一〕

【題解】

此爲狀物之小賦。以博喻手法着力描摹浮雲形狀之變化，色彩之斑斕。尤其是由雲及雨，寫其澤被天下之德；由雲及風，寫其如鐘鬱律之樂，使小賦頗有聲色之美。尤值注意的是，詩人用『原厥本初，浮沉混並』，『貫元虚』『薄太虚』，給人以尺幅千里、一瞥千年之想象，拓展了賦所表現的時間與空間。具體創作時間無考。

有輕虚之艷〔二〕象，無實體之真形，原〔三〕厥本初，浮沉混并①。六律籥〔四〕應，八風時邁②。

玄陰觸石，甘澤霶霈③。勢不崇朝，覆彼〔五〕無外④。【集輕浮之衆采，厠五色之藻氣⑤。貫元虚於太素，薄紫微而竦戾】〔六〕⑥。若層臺高觀，重樓疊閣⑦。或如鐘首之鬱律，乍似塞門〔七〕之寥廓⑧。【若靈園之列樹，攢寶耀之炳爛】〔八〕⑨。金柯分，玉葉散；緑翹明，嵓英焕⑩。【龍逸蛟起，熊厲虎戰】〔九〕。鸞翔鳳翥，鴻驚鶴奮。鯨鯢泝波，鮫鰐銜遁⑪。【若秬鬯揚芒，嘉穀垂穎】〔一〇〕⑫。朱絲亂紀〔一一〕，羅袿失領⑬。飛僊凌虚，隨風遊聘⑭。有若芙蓉羣披，蕣華揔〔一二〕會⑮。車璖繞理〔一三〕，瑪瑙縟文⑯。

【校勘】

〔一〕《札記》：『見《類聚》二、《初學記》一，非全篇。《御覽》一引陸機《浮雲賦》「集輕浮之衆采，厠五色之藻氣。貫元虚於太素，薄紫微而竦戾」，此無四句。』

〔二〕『艷』，《文集》作『體』，與後句用字重複。《藝文類聚》卷一、陸刻本、《百三家集》本、《六朝詩集》本、陳仲魚校本、鄧邦述校本作『艷』。今據改。

〔三〕『原』，陸刻本、《百三家集》本、《六朝詩集》本、陳仲魚校本、鄧邦述校本作『厚』，或形近而誤。陳仲魚校本、鄧邦述校本并校作『原』。

〔四〕『龠』，《初學記》卷一作『和』。《札記》：『《初學記》龠作和，蓋本是龢字也。』

〔五〕『覆彼』，《文集》作『露彼』。《初學記》卷一作『覆被』，《七十二家集》本、《宛委別藏》本作『覆彼』，《文集》亦校作『覆彼』。今據改。

〔六〕『集輕浮之衆采』四句，《文集》脱，嚴可均《全晉文》卷九十六據《太平御覽》卷一校補。文氣連貫，故依之。

〔七〕『塞門』，《文集》作『寒門』。《初學記》卷一、《太平御覽》卷八作『塞門』。考其文意，當以『塞門』爲是，故據改。

〔八〕『若靈園之列樹』二句，《文集》脱，嚴可均《全晉文》卷九十六據《太平御覽》卷八校補。文氣連貫，故依之。又『爛』，一作『粲』。

〔九〕『龍逸蛟起，熊厲虎戰』二句，《文集》脱，嚴可均《全晉文》卷九十六據《太平御覽》卷八、《事類賦注》卷二校補。文氣連貫，故依之。

〔一〇〕『若秬鬯揚芒，嘉穀垂穎』，《文集》脱，據《北堂書鈔》卷一百五十補。

〔一一〕『紀』，《北堂書鈔》卷一百五十作『純』，《藝文類聚》卷一作『起』。

〔一二〕『揔』，《藝文類聚》卷一作『惣』；《百三家集》本作『總』。古三字通。

〔一三〕『車璖』，《藝文類聚》卷一、陸刻本、《百三家集》本、《六朝詩集》本、陳仲魚校本、鄧邦述校本作『車渠』，古二詞通。又『繞』，陸刻本、《六朝詩集》本、陳仲魚校本、鄧邦述校本作『統』。陳仲魚校本、鄧邦述校本并校作『繞』。《札記》：『《初學記》統作繞，疑誤。統理疑即琉璃異文。』所疑或非。

【注釋】

① 原，尋其本原。《漢書·薛宣傳》：『《春秋》之義，原心定罪。』顔師古注：『原，謂尋其本也。』本初，

原始之狀態。權德輿《與陸州杜給事書》：『深明出處之分，根極道義之本初。』亦作太初，《莊子・漁父》：『而欲兼濟道物，太一形虛，若是者迷惑於宇宙形累，不知太初。』浮沉，猶言天地。《廣雅・釋天》：『太初，氣之始也……清濁未分也。太始，形之始也……清者爲精，濁者爲形也。』古謂天地之初，混沌未開，清而浮之爲天，濁而沉之爲地。此四句言有輕盈虛空之美象，却無真實體貌之形狀。探尋原始狀態，則如天地混沌未開之氣。

② 六律，《孟子・離婁上》：『師曠之聰，不以六律，不能正五音。』趙岐注：『六律，陽律、太蔟、姑洗、蕤賓、夷則、無射、黄鍾也。五音，宮、商、角、徵、羽也。』此兼賅六呂而言之。《尚書・益稷》：『予欲聞六律。』孔穎達疏：『六律、六呂，當有十二。惟言六律者，鄭玄云：舉陽，陰可知也。』《漢書・律曆志》：『律有十二，陽六爲律，陰六爲呂。』古代以十二月之氣各應其律，不失次序。籥，樂器名。《爾雅・釋樂》：『大籥謂之産。』郭璞注：『籥如笛，三孔而短小。』此指音節。八風，謂八方之風，亦八節之風。《左傳・隱公五年》：『夫舞所以節八音，而行八風。』杜預注：『八音，金、石、絲、竹、匏、土、革、木也。八風，八方之風也。以八音之器，播八方之風。』孔穎達疏：『《易緯・通卦驗》云：立春調風至，春分明庶風至，立夏清明風至，夏至景風至，立秋涼風至，秋分閶闔風至，立冬不周風至，冬至廣莫風至。調風一名融風。』《經典釋文》：『《易緯・通卦驗》云：東北曰條（調）風，東方曰明庶風，東南曰清明風，南方曰景風，西南曰涼風，西方曰閶闔風，西北曰不周風，北方曰廣莫風。條（調）風又名融風，景風一名凱風。……此八方之風以八節而至。』八風時邁，謂八風因時而至。《詩・周頌・時邁》：『時邁其邦，昊天其子之，實序有周。』毛詩傳：『邁，行。』古人以律呂而配陰陽，以樂器而配自然，故言之。此二句言雲動應六律之音節，雲行隨四時之微風。

③ 玄陰，猶黑雲。謝惠連《雪賦》：『玄陰凝不昧，其潔太陽曜。』善注：『蔡邕《述行賦》曰：玄雲黤以

凝結，零雨集之溱溱。』甘澤，甘霖。曹植《誥咎文》：『甘澤微微，雨我公田。』雾霈，雨多貌。《焦氏易林》卷四：『隱隱大雷，雾霈爲雨。』同滂沛。左思《吴都賦》：『經扶桑之中林，包暘谷之滂沛。』翰注：『滂沛，水多貌。』此二句言黑雲相連於岩石，甘霖滂沛而潤物。

④崇朝，終朝。《詩·衛風·河廣》：『誰謂宋遠，曾不崇朝。』鄭玄箋：『崇，終也。』不崇朝，喻時間短暫也。露，潤澤。《詩·小雅·由庚》：『蓼彼蕭斯，零露湑兮。』鄭玄箋：『露者大，所以潤萬物。』又《説苑·辨物》：『雲觸石而出，膚寸而合，不崇朝而雨天下。』此二句言其勢短暫，然澤被萬物，無彼無外。

⑤輕浮，泛謂雲霓之類。厠，聚集。《釋名·釋宫室》：『厠，言人雜在上非一也。』藻，綺美之水草。《書·益稷》：『藻火粉米，黼黻絺繡。』孔安國傳：『藻，水草有文者。』藻氣，喻五彩之雲氣。此二句言集雲霓之衆彩，聚五色之綺美。

⑥元虚，指太初之氣。太素，指天地之初形。嵇康《雜詩》：『流詠太素，俯讚玄虚。』善注：『《列子》曰：太初形之始，太素質之始。』銑注：『太素、玄虚，皆自然也。』《白虎通義·天地》：『《乾鑿度》曰：太初者氣之始也，太始者形兆之始也，太素者質之始也。』即宇宙元氣曰太初，變化雛形曰太始，初分陰陽曰太素。紫微，北斗第七星，爲天帝所居。陸雲《大將軍宴會被命作詩》：『在昔姦臣，稱亂紫微。』善注：『《尚書》曰：敢行稱亂。紫微，諭帝位也。《春秋合誠圖》曰：北辰其星，七在紫微中。又曰：紫宫，大帝室也。』竦，高聳。《釋名·釋山》：『山大而高曰嵩。嵩，竦也，亦高稱也。』戾，至。《詩·小雅·采芑》：『鴥彼飛隼，其飛戾天，亦集爰止。』毛詩傳：『戾，至也。』此二句言貫穿元氣於天地，直至北斗而近紫微。

⑦層臺，高臺。《楚辭·招魂》：『層臺累榭，臨高山些。』王逸注：『層、累，皆重也。』洪興祖補注：『《説文》：臺，觀四方而高者。』高觀，高大樓闕。《爾雅·釋宫》：『觀謂之闕。』此二句言此形若高臺觀闕，

層疊樓閣。

⑧鐘首，大鐘。《説文》：「鐘，樂鐘也。」按：鍾、鐘本爲二字。《説文》：「鍾，酒器也。」後人多誤用，遂混淆。鬱律，小聲。揚雄《甘泉賦》：「雷鬱律於巖突兮，電倏忽於牆藩。」善注：「鬱律，小聲也。」塞門，指邊塞。顏延之《赭白馬賦》：「簡偉塞門，獻狀絳闕。」善注：「塞，紫塞也。崔豹《古今注》曰：秦所築長城，土色皆紫，漢塞亦然，故稱紫。塞有關，故曰門。」良注：「塞門在北，出馬處也。」此二句言或如樂鐘之音聲悠悠，乍似邊塞之遼遠廣闊。

⑨靈園，神靈之苑。沈約《咏山榴詩》：「靈園佳稱，幽山有奇質。」炳粲，明麗燦爛。《説文》：「炳，明也。」此二句言猶如神靈之苑囿樹木排列，聚集之珠寶明麗燦爛。

⑩金柯、玉葉，喻雲氣之形。柯，樹枝。《編珠》卷一：「崔豹《古今注》曰：黃帝與蚩尤戰於涿鹿之野，常有五色雲氣，金枝玉葉止於帝上，有花葩之象，因而作華蓋。又陸機《雲賦》曰：玉葉金柯。」翹，花。蕭綱《與廣信侯書》：「以此春翹，方爲秋實。」嵓，同巖。《正字通》：「嵓，同喦。」又《韻會》：「喦，通作巖。」英，《爾雅·釋木》：「華而不實者謂之英。」焕，《玉篇》：「明也。」此四句言如樹林金枝玉葉之分散，如巖上緑葉春花之鮮明。

⑪逸，《正韻》：「隱也，遁也。」厲，《爾雅·釋詁》：「厲，作也。」戰，《説文》：「鬥也。」翥，飛。《玉篇》：「翥，飛舉貌。」驚，《玉篇》：「駭也。」奮，振翅。《詩·邶風·柏舟》：「静言思之，不能奮飛。」毛詩傳：「不能如鳥奮翼而飛去。」鯨鯢，長者數十里，小者數十丈，雄曰鯨，雌曰鯢。《爾雅·釋魚》：「鯨，海中大魚也。」又「鯢者，鯨之雌者」。泝，《爾雅·釋水》：「逆流而上曰泝洄，順流而下曰泝遊。」鮫，鯊魚。《説文》：「海魚。」段玉裁注：「今所謂沙魚。」《爾雅·釋魚》：「鮫出南海，狀如鼈而無足，圓廣尺餘，尾長尺許，皮有珠文而堅

勁，可以飾物。』鰐，鰐魚。《爾雅·釋魚》：『鰐魚，南海有之。四足似鼉，長二丈餘，喙三尺，長尾而利齒。』此六句言如蛟龍或隱或起，如熊虎或叫或鬥，如鸞鳳或飛或翔，如鴻鶴或驚起或振翅，又如鯨鯢游於波上，鮫鰐奔突於水底。

⑫ 秬鬯，《詩·大雅·江漢》：『釐爾圭瓚，秬鬯一卣，告于文人。』毛詩傳：『秬，黑黍也。鬯，香草也。』揚，《增韻》：『發也。』芒，禾穎。《説文》：『芒，草端也。』《玉篇》：『芒，稻麥芒也。』此二句言如黍草生其毫芒，嘉穀垂下禾穎。

⑬ 朱絲，朱絃。卓文君《白頭吟》：『直如朱絲繩，清如玉壺冰。』善注：『朱絲，朱絃也。』紀，絲縷之頭緒。《墨子·尚同上》：『譬若絲縷之有紀，罔罟之有綱。』朱絲亂紀，絲縷紊亂。以朱絲喻雲之色，亂紀喻雲之形。羅袿，猶羅衣也。《釋名·釋衣》：『婦人上服曰袿，其下垂者上廣下狹，如刀圭也。』此二句言如紊亂之朱絲，無領之羅衣。

⑭ 凌虛，凌空。潘岳《寡婦賦》：『如涉川兮無梁，若凌虛兮失翼。』聘，《説文》：『訪也。』此二句言如凌空飛升之仙人，隨風飄動，遊歷蒼穹。

⑮ 披，《廣韻》：『開也。』蕣華，同舜華，木槿花。《詩·鄭風·有女同車》：『有女同車，顔如舜華。』毛詩傳：『舜，木槿也。』揔，同總。《玉篇》：『總，合也，聚束也。』《廣韻》：『揔，同總。』此二句言如芙蓉之羣起開放，木槿之交會聚集。

⑯ 車璖，同車渠，玉石。《廣雅》：『車渠，石次也。』縟，《玉篇》：『飾也。』瑪瑙，又作馬腦。曹丕《馬腦勒賦序》：『馬腦，玉屬也。出自西域，文理交錯，有似馬腦，故其方人，因以名之。』此二句言如車渠紋理環繞，瑪瑙文采裝飾。

白雲賦

【題解】

此與《浮雲賦》同爲寫雲，均描摹雲之情狀與變幻。然前者泛寫雲，故與風雨合寫。此取白雲爲摹寫對象，故抓住白雲特點，寫其光影與靈性。詩人寫白雲時，又以霞光、煙靄爲襯托，故亦顯得色彩繽紛，富有變化。具體創作時間不可考。

【覽太極之初化，判玄黄於乾坤①。考天壤之靈變，莫媲美乎慶雲②。繞蓬萊以結曜，薄昆侖而增輝】〔一〕③。攄神景於八幽，合洪化乎煙煴④。充宇宙以播象，協元氣而齊動⑤。發憤靈石，擢性洪流。興曜曾泉，升迹融丘⑥。盈八紘〔二〕以餘憤，雖彌天其未泄⑦。豈假期於遷晷，邁〔三〕崇朝而倏忽⑧。【望九衢〔四〕以遠肆，明皇極而永舒⑨。蔽陽光於湯谷〔五〕，暗天文乎帝居⑩。齊濛荒於無機，等混昧于太初⑪。翼靈鳳於蒼梧，起滯龍於潢污⑫。高騰永逸，絡驛參差。内揚琭祲，外襲紫霞】〔六〕⑬。紅蕊發而菡萏，金翹援而含〔七〕葩⑭。神〔八〕收鬼化，弼性違序⑮。烏殊類而比棲，獸異迹而同處⑯。蛟引翳而並潛，龍攀鴻而雙舉⑰。鸞舞角以軒罷，鷙企翮而延佇〔九〕⑱。長城曲蜿，采閣相扶⑲。聳瑶臺之巀嶭，構瓊闥之離婁⑳。雄虹矯而垂天，翠鳥軒而扶日[21]。

【校勘】

〔一〕『覽太極之初化』以下六句，《文集》脱，據嚴可均《全晉文》卷九十六補。《太平御覽》卷一引前四句，《北堂書鈔》卷一百五十引後兩句。揣摩文意，當置於篇首，故從《全晉文》之體例。

〔二〕『紘』，《七十二家集》本作『絃』，形近而誤。

〔三〕『邁』，陸刻本、《百三家集》本、《六朝詩集》本、陳仲魚校本作『遇』。

〔四〕『九衢』，《太平御覽》卷八作『九畿』。

〔五〕『湯谷』，《太平御覽》卷八、《天中記》卷一作『暘谷』。古二者通。

〔六〕『望九衢以遠肆』以下十二句，《文集》、陸刻本脱。據《全晉文》卷九十六補。《太平御覽》卷八引前六句，《初學記》卷一引『翼靈鳳於蒼梧，起滯龍於潢』二句，《北堂書鈔》卷一百五十引後兩句，而『高騰永逸，絡驛參差』二句，則未知何出。揣摩文意，前後相連，故從《全晉文》之體例。

〔七〕『含』，《文集》作『合』。《藝文類聚》卷一作『含』。《四庫全書考證》卷九十五：『《白雲賦》：紅蘂發而菡萏，金翹援而含葩。刊本含訛合。』今據改。

〔八〕『神』，《七十二集》本作『艸』，似誤。

〔九〕嚴可均《全晉文》卷九十六其下有『若夫神□耀精，蒼雲仰浮。方峙圓踴，綺□□□』四句，因此文意不明，難定其邏輯次序，故不從《全晉文》之體例。

【注釋】

①太極，天地之本原。郭璞《江賦》：『類肧渾之未凝，象太極之構天。』善注：『《周易》曰：是故易有大極是生兩儀。韓康伯曰：太極者，無稱之稱，不可得名也。』翰注：『太極，生天地者也。』此指天地。判，分。《詩·周頌·訪落》：『將予就之，繼猶判渙。』毛詩傳：『判，分。』玄黃，天地之色。《易·坤》：『夫玄黃者天地之雜也，天玄而地黃。』此二句言觀天地化育之初，天玄地黃而分爲乾坤。

②靈變，神靈之變化。木華《海賦》：『廓如靈變，惚怳幽暮。』善注：『言廓然暫開，如神之變，惚怳之頃，而又幽暮也。』娩，美。《玉篇》：『娩，婉娩也，媚好也。』慶雲，瑞雲。曹植《上責躬應詔詩表》：『是以不別荆棘者，慶雲之惠也。』善注：『《史記》曰：若煙非煙，若雲非雲，鬱鬱紛紛，蕭索輪囷，是謂慶雲。』良注：『慶雲，瑞雲也。』此二句言察天地神靈之變化，莫娩美於瑞雲。

③蓬萊，海上仙山名。《楚辭·九思·傷時》：『蹠飛杭兮越海，從安期兮蓬萊。』王逸注：『蓬萊，海中山名也。』昆侖，黄帝所居之所。何晏《景福殿賦》：『雖崐崘之靈宫，將何以乎侈旃。』善注：『《穆天子傳》曰：天升於崐崘之丘，觀黃帝之宫。』向注：『雖崐崘山天帝之居，何以美之。』崐崘，同昆侖，通作崑崙。此二句言圍繞蓬萊而聚其日光，迫近昆侖而增其光輝。

④攄，發，即發其光也。《玉篇》：『攄，發也。』神景，神靈之光，即日影也。曹植《七啓》：『燿神景於中沚，被輕縠之纖羅。』銑注：『神景，則遊女之光也。』八幽，八方幽遠之地。《宋書·樂志四》：『曹植《聖皇篇》：九州咸賓服，威德洞八幽。』洪化，大化。左思《魏都賦》：『雖自以爲道，洪化以爲隆世。』濟注：『洪，大。』此指天地之化育天下。煙熅，天地之元氣。班固《東都賦》：『降煙熅，調元氣。』銑注：『煙熅，即元氣也。』此二句言日光照於八方幽遠之地，合於天地之元氣化育天下。

⑤ 充，《玉篇》：『行也，滿也。』播，《説文》：『種也，一曰布也。』象，物象。《易・繫辭上》：『象也者，像此者也。』孔穎達疏：『象此物之形狀也。』元氣，天地之氣。曹植《七啓》：『芒芒元氣，誰知其終。』善注：『《春秋命曆序》曰：元氣正，則天地八卦孳也。』濟注：『元氣，則一氣也。言若以一氣獨運，周而復始，誰知其終乎。』協，《説文》：『眾之同和也。』勳，《説文》：『能成王功也。』此二句言行於宇宙而形成各種形狀，協和天地之氣而濟其成功。

⑥ 發憤，舒展其情。《楚辭・九章・惜誦》：『惜誦以致愍兮，發憤以抒情。』王逸注：『憤，懣也。』擢性，産生靈性。《廣韻》：『擢，抽也，出也。』興曜，産生光輝。《爾雅・釋言》：『興，起也。』《釋名・釋天》：『曜，耀也，光明照耀也。』曾泉，重疊之泉。《太平御覽》卷三引《淮南子》：『臨於曾泉是謂早食。』許慎注：『曾，重也。早食時在東方多水之地，故曰曾泉。』迹，積土而高也。《釋名・釋言語》：『迹，積也，積累而前也。』融丘，高丘。《釋名・釋丘》：『圜丘，方丘，就其方圜名之也。銳上曰融丘。融，明也，明陽也。凡上銳，皆高而近陽者也。』此四句言如靈石生情，洪波有性，若重泉之明，形如高丘。謂雲之湧起、流動、光影、情狀。

⑦ 盈，《説文》：『滿器也。』八紘，猶言八方。《淮南子・原道訓》：『四支不動，聰明不損，而知八紘九野之形埒者何也。』許慎注：『八紘，天之八維也。九野，八方中天也。』彌，滿。《玉篇》：『彌，遍也。』泄，猶去，散。《詩・大雅・民勞》：『惠此中國，俾民憂泄。』毛詩傳：『泄，去也。』鄭玄箋：『泄，猶出也，發也。』此二句言雲之盈滿八方似尚有餘情，彌漫天空而久未散去。謂雲之境界寥廓，氣勢彌滿。

⑧ 假期，假以時光。陸雲《西園第既成有司啓》：『孔子假期玩年，至於韋編三絶。』遷晷，日影移動。《説文》：『晷，日影也。』此指雲影移動。邁，行。《詩・王風・黍離》：『行邁靡靡，中心摇摇。』毛詩

傳：『邁，行也。』崇朝，終朝。《詩・衛風・河廣》：『誰謂宋遠，曾不崇朝。』鄭玄箋：『崇，終也。』倏忽，迅疾。班固《東都賦》：『指顧倏忽，獲車已實。』善注：『倏忽，疾也。』又同儵忽，言其速也。《楚辭・天問》：『雄虺九首，儵忽焉在。』洪興祖補注：『儵忽，疾急貌。』此二句言隨時光流逝而雲影變遷，終朝運行又變化倏忽。

⑨九衢，喻雲如樹枝交錯。王巾《頭陀寺碑文》：『九衢之草千計，四照之花萬品。』善注：『《山海經》曰：少室之山，其上有木焉，名曰帝休，葉茂狀如楊，其枝五衢，黄花黑實，服者不怒。郭璞曰：言樹枝交錯，相重五出，有象衢路也。故《離騷》云：靡華九衢。』良注：『九衢草，其枝交錯，相重九出也。』皇極，中天。《書・洪範》：『次五曰建用皇極。』孔安國傳：『皇，人。極，中也。』肆，《說文》：『極陳也。』此二句言望如樹枝交錯而伸向遠方，光照中天而舒展開去。

⑩湯谷，即暘谷，日出之所。《淮南子・說林訓》：『日出暘谷，入於虞淵，莫知其動。』天文，日月星辰。蕭統《文選序》：『《易》曰：觀乎天文，以察時變，觀乎人文，以化成天下。』翰注：『天文，日月星辰。』此二句言遮蔽了暘谷日出之光芒，晦暗其上帝居處之星月。

⑪濛荒，同蒙荒，覆蓋。《爾雅・釋言》：『蒙荒，奄也。』邢昺疏：『昔謂奄覆。《唐風》云：葛生蒙楚。孫炎曰：荒，大之奄。《周南》云：葛藟荒之。』機，北斗第三星。《博雅》：『斗星三爲機。』太初，原始混沌之狀態。《莊子・漁父》：『而欲兼濟道物，太一形虛，若是者迷惑於宇宙形累，不知太初。』此二句言雲齊覆蓋天空，不見北斗，與天地之初混沌未開同也。按：從句式看，『濛荒』與『混昧』對，當意同『鴻荒』，即遠古之意。揚雄《法言・問道》：『鴻荒之世，聖人惡之，是以法始乎伏羲，而成乎堯。』若然，則『無機』即爲無機心也。然檢其文獻，未見唐前書證。《宋詩鈔》卷十七《城西書事》：『野竹濛荒塹，寒花亂廢墟。』亦取其覆蓋

之意。或士衡借其字面對偶，未可知也。姑注之而存疑。

⑫ 靈鳳，即鳳凰，祥瑞之鳥。蒼梧，即梧桐，鳳凰所棲之木。《詩·大雅·卷阿》：『鳳皇鳴矣，於彼高岡。梧桐生矣，於彼朝陽。』毛詩傳：『鳳皇，靈鳥仁瑞也。雄曰鳳，雌曰凰。』鄭玄箋：『鳳皇之性，非梧桐不棲，非竹實不食。』潢污，地上積水。《左傳·隱公三年》：『潢汙行潦之水，可薦於鬼神。』杜預注：『潢汙，停水。』又《國語·周語下》：『猶塞川原而爲潢污也，其竭也無日矣。』韋昭注：『大曰潢，小曰污。』《韻會》：『汙，或作污。』滯龍，被困之龍。白居易《奉和竇容州》：『長傾鳳池水，那能久滯龍。』此二句言如使鳳凰振翅於蒼梧，使困龍飛升於積水。

⑬ 騰，《玉篇》：『上躍也，奔也。』逸，《正韻》：『隱也，遁也。』絡驛，連續。馬融《長笛賦》：『繁縟絡繹，范蔡之説也。』善注：『辭旨繁縟，又相連續也。』參差，不齊。《楚辭·湘君》：『望夫君兮未來，吹參差兮誰思。』洪興祖補注：『參差，不齊之貌也。』揚，激揚。《詩·王風·揚之水》：『揚之水，不流束薪。』毛詩傳：『揚，激揚也。』琭，玉。《廣韻》：『琭，玉名。《老子》曰：琭琭如玉。注云：琭琭，喻少。』祲，祥瑞之氣。《周禮·春官·宗伯》：『眡祲中士二人。』鄭玄注：『祲，陰陽氣相侵漸成祥者。』襲，外衣。《玉篇》：『襲，重衣也。』此爲動詞。此四句言高升而長逝，參差相連。内如玉揚起之煙靄，外以紫霞爲衣。

⑭ 菡萏，荷花。《爾雅·釋草》：『荷，芙蕖。其莖茄，其葉蕸，其本蔤，其華菡萏，其實蓮。』金翹，喻金色雲霞。蕭繹《金樓子·自叙》：『何時雲卷金翹，日耀合璧，紅塵暗陌，丹霞映峙。』援，《説文》：『引也。』葩，《説文》：『華也。』此二句言如荷之花，紅蕊綻放，雲霞相連，如含金花。

⑮ 神收，猶言神靈育之。《吴越春秋》卷五：『姜嫄以爲神收而養之，長因名棄。』弼，悖離。《漢書·刑法志》：『君臣故弼兹爲悖。』顏師古注：『弼，猶相戾也。悖，惑也。』此二句言猶如神鬼孕育而變化，悖離本

性而失其次序。

⑯比，並。《書·牧誓》：『稱爾戈，比爾干，立爾矛，予其誓。』孫星衍疏：『比者，《説文》云，相次比也。』處，止。《詩·王風·江有汜》：『不我與，其後也處。』毛詩傳：『處，止也。』異迹，亦猶殊類。《類篇》：『迹，步處也。』此二句言如鳥之異類而並棲，獸之異迹而同息。

⑰翳，鳥名，似鳳。《山海經·海内經》：『有五采之鳥，飛蔽一鄉，名曰翳鳥。』此二句言如騰蛟導引翳鳥而一併潛隱，飛龍攀附鴻鴈而雙雙飛升。

⑱鸞，鳥名，似雞。《山海經·海内經》：『有鳥焉，其狀如翟，而五彩文，名曰鸞鳥，見則天下安寧。』高誘注：『舊説鳶似鷄，瑞鳥也。』軒，車。《玉篇》：『軒，大夫車。』鷙，猛禽名。《説文》：『鷙，擊殺鳥也。』段玉裁注：『擊殺鳥者，謂能擊殺之鳥。』企，鳥舉足。《爾雅·釋鳥》：『鳧鴈醜其足蹼。』郭璞注：『腳指間有幕蹼屬相著。』翮，《爾雅·釋器》：『羽本謂之翮。』郭璞注：『鳥羽根也。』延，《説文》：『長行也。』佇，《説文》：『久立也。』此二句言猶如畫有鸞鳥舞角之車息駕不行，飾有鷙鳥舉足之軒徘徊不前。

⑲曲蜿，婉曲如遊龍。《唐韻》：『蜿，蜿龍狀也。』扶，《説文》：『佐也，一曰相也。』此二句言猶如長城蜿蜒曲折，樓閣相互襯托。

⑳瑶臺，猶言仙臺。《楚辭·離騷》：『望瑶臺之偃蹇兮，見有娀之佚女。』善注：『《吕氏春秋》曰：有娀氏有二佚女，爲九成之臺。《淮南子》曰：有娀在不周之北，長女簡翟，少女建疵。注云：姊妹二人在瑶臺也。』巀嶭，高峻。司馬相如《上林賦》：『九嵕巀嶭，南山峩峩。』郭璞注：『巀嶭，高峻貌也。』離婁，古之目明之人。《孟子·離婁上》趙岐注：『離婁者，古之明目者，蓋以爲黄帝時人也。黄帝亡其玄珠，使離朱索之。離朱，即離婁也。能視於百步之外，見秋毫之末，然必須規矩，乃成方員。』構，《玉篇》：『架屋也。』瓊

闥，猶瓊閣。《説文》：『瓊，赤玉也。』《玉篇》：『闥，門内也。飛闥，突出方木。』此喻清晰可辨。此二句言猶如聳立高峻之仙臺，結構清晰之樓閣。

㉑ 矯，通撟，舉也。《楚辭·九章·惜誦》：『矯茲媚以私處兮，願曾思而遠身。』王逸注：『矯，舉也。』洪興祖補注：『撟，本從手，舉手也。』軒，高。何晏《景福殿賦》：『飛櫚翼以軒翥，反宇車獻以高驤。』銑注：『軒，猶高也。』此二句言猶如壯麗之虹高舉而垂掛於天，青翠之鳥高飛而映襯日光。

【集評】

［清］劉熙載《藝概·賦概》：賦因人異，如荀卿《雲賦》言雲如彼，而屈子《雲中君》亦雲也，乃至宋玉《高唐賦》亦雲也。晉楊乂、陸機俱有《雲賦》，其旨又各不同。以賦觀人者，當於此着眼。

鼓吹賦〔一〕①

【題解】

此賦追溯鼓吹曲原始功能，緊扣鼓吹曲氣逸、情壯、曲繁之特點，鋪陳描摹，且列舉數種鼓曲，亦揭示其曲所包含之鄉思、愁怨、行役之艱。從内容看，此賦的具體創作時間，當與陸雲《南征賦》作於同時，即太安二年（三〇三）十月。是年八月，成都王穎與河間王顒起兵討長沙王乂，假機後將軍、河北大都督，督北中郎將王粹、冠軍牽秀等諸軍二十餘萬人而南征（參見《晉書·陸機傳》），雲作賦以美之。

機作是賦，乃寓率軍南征而功在必得之意也。

原鼓吹之攸〔二〕始，蓋稟命於黃軒②。播威靈於玆樂，亮聖器而成文③。騁逸氣而憤壯，繞煩手乎曲折④。舒飄颻以遐洞，卷徘徊其如結⑤。【宮備衆聲，體僚君器⑥。飾聲成文，彫音作蔚⑦。嚮以形分，曲以和綴⑧。放嘉樂於會通，宣萬變於觸類⑨。適清響以定奏，期要妙于豐金〔三〕⑩。邈拊搏之所管，務戛歷之爲最】〔四〕⑪。

【校勘】

〔一〕《札記》：『見《類聚》六十八，非全篇。《初學記》十六引陸機《鼓吹賦》云：「宮備衆聲，體僚君器。飾聲成文，雕音作蔚。嚮以形分，曲以和綴。放嘉樂於會通，宣萬變於觸類。適清響以定奏，期要妙於豐金。邈拊搏之所管，務戛歷之爲最。」皆《類聚》所無。』

〔二〕『攸』，《七十二家集》本作『伊』；《太平御覽》卷五百六十七作『所』。

〔三〕『金』，《百三家集》本、《歷代賦彙·逸句》卷一，《七十二家集》本作『會』。《札記》：『《初學記》所引金字當誤。』

〔四〕『宮備衆聲』以下十二句，《文集》脱，嚴可均《全晉文》卷六十據《初學記》卷十六校補。

【注釋】

① 謝朓《鼓吹曲》善注曰：『蔡邕曰：鼓吹，歌軍樂也，謂之短簫鐃歌，黄帝岐伯所作也。』崔豹《古今注》：『漢樂有黄門鼓吹，天子所以宴樂羣臣也。短簫鐃歌鼓吹之一章爾，亦以賜有功諸侯。然則黄門鼓吹、短簫鐃歌與横吹曲得通名鼓吹，但所用異爾。』

② 原，追尋本原。《漢書·薛宣傳》：『《春秋》之義，原心定罪。』顔師古注：『原，謂尋其本也。』攸，《爾雅·釋言》：『所也。』黄軒，黄帝。乃五帝之首，固居軒轅之丘（今河南新鄭），號軒轅氏，故又稱黄軒。張衡《東京賦》：『登封降禪，則齊德乎黄軒。』薛綜注：『言光武登上泰山，下禪梁父，則與黄帝齊其功德。』李文饒《鼓吹賦》序曰：『鼓吹本軒皇因出師而作。』此二句言探尋鼓吹曲之所始，蓋受命於黄帝而作。

③ 播，《廣韻》：『揚也。』威靈，聖德。揚雄《長楊賦》：『今樂遠出，以露威靈。』良注：『暴露聖德也。』亮，《廣韻》：『朗也，導也。』聖器，神器，指黄帝所鑄之鼎。曹植《三鼎贊》：『鼎質之精，古之神器，黄帝是鑄，以像太上。』喻基業也。文，《釋名·釋言語》：『文者會集衆綵以成錦繡，會集衆字以成辭義，如文繡然也。』喻樂也。此二句言顯揚聖德於此樂，彰明基業成文采。

④ 騁，《玉篇》：『直馳也，走也。』逸氣，縱逸之氣。成公綏《嘯賦》：『逸氣奮湧，繽紛交錯。』《廣韻》：『逸，奔也，縱也。』煩手，猶言繁曲淫聲。《左傳·昭公元年》：『五降之後不容彈矣，於是有煩手淫聲，慆堙心耳。』孔穎達《正義》：『五聲皆降，則聲一成曲。既未成，當更從上始，不以後聲來接前聲，而容手妄彈擊，是爲煩手。此手所擊，非復正聲，是爲淫聲，淫聲之漫，塞人心耳。』此二句言馳騁縱逸之氣而情鬱結雄壯，繁音繚繞而曲折有致。

⑤ 舒，《博雅》：『展也。』飄颻，飛揚。左思《蜀都賦》：『敷蘂葳蕤，落英飄颻。』銑注：『飄颻，飛揚也。』

遐洞，遥遠幽深。鮑照《河清頌》：『淪深格高，浹遐洞冥。』《説文》：『遐，遠也。』洞，深。顔延年《五公詠·阮步兵》：『阮公雖淪迹，識密鑒亦洞。』善注：『洞，深也。』結，鬱結不散。《詩·曹風·鳲鳩》：『其儀一兮，心如結兮。』朱熹《詩集傳》：『如結，如物之固結而不散也。』此二句言舒展飛揚而遥遠幽深，卷曲徘徊又鬱結不散。

⑥宫，五聲之一，此言樂也。《禮記·禮運》：『五聲、六律、十二管，還相爲宫也。』鄭玄注：『五聲，宫商角徵羽也，其管陽曰律，陰曰吕，布十二辰，始於黄鍾，管長九寸，下生者三分去一，上生者三分益一，終於南吕，更相爲宫，凡六寸也。』體，音樂之體。《左傳·昭公二十年》：『聲亦如味：一氣、二體、三類、四物、五聲、六律、七音、八風、九歌，以相成也。』僚，《廣韻》：『朋也。』君器，主樂器，指鼓吹。此謂衆樂朋比鋪排而突出鼓吹之音。此二句言音樂之音兼備衆聲，音樂之體突出主樂。

⑦飾，文采節奏。《禮記·樂記》：『樂者心之動也，聲者樂之象也，文采節奏聲之飾也。』彫，同雕，文飾。《禮記·經解》：『有成事，然後治其雕鏤文章，黼黻以嗣。』鄭玄注：『上事行於民，有成功，乃後續以治文飾以爲尊卑之差。』《説文》：『彫，琢文也。』《韻會》：『彫，通作雕。』蔚，文采炳焕。《易·革》：『君子豹變，其文蔚也。』孔穎達疏：『其文蔚者，明其不能大變，故文炳而相映蔚也。』此二句言文飾其節奏而成文采，雕琢其聲音而生炳焕。

⑧此二句言音聲以器樂之形而有分别，曲調和諧而前後相連。

⑨放，置。《論語·微子》：『謂虞仲夷逸，隱居放言。』何晏《集解》：『苞氏曰：放，置也。』會通，會合通變。嵇康《聲無哀樂論》：『使心與理相順，和與聲相應，合乎會通，以濟其美。』宣，布。《書·皋陶謨》：『日宣三德，夙夜浚明有家。』孔安國傳：『宣，布。』觸類，猶觸類旁通。嵇康《聲無哀樂論》：『則向所謂聲音

之無常，鍾子之觸類，於是乎蹟矣。』《玉篇》：『觸，據也。』此二句言會合通變置於嘉美之樂，觸類旁通宣其萬物之變。

⑩ 適，安。《正韻》：『適，安也，便也，自得也。』定奏，以鍾磬之數定其聲音節奏。《太平御覽》卷五百六十四《後魏書》：『又得律吕相生之體，今量鍾磬之數，各以十二架爲定奏。』期，待。《莊子·寓言》：『年先矣，而無經緯本末以期年耆者，是非先也。』郭象注：『期，待也。』要妙，精要微妙。潘岳《笙賦》：『管欑羅而表列，音要妙而含清。』豐金，猶言繁多之樂器。《周禮·春官·宗伯》：『鍾師掌金奏，凡樂事以鍾鼓奏九夏。』鄭玄注：『金奏，擊金以爲奏樂之節。金，謂鍾及鎛。』此二句言安排以鍾磬之數奏清雅之樂，期待於繁多器樂發精妙之音。

⑪ 邈，《説文》：『遠也。』此指樂音漸止。拊搏，亦作搏拊，樂器名。《禮記·明堂位》：『拊搏、玉磬、揩擊、大琴、大瑟、中琴、小瑟，四代之樂器也。』鄭玄注：『拊搏，以韋爲之，充之以糠，形如小鼓。』務，《廣韻》：『事務也，專力也。』戛歷，意不詳，疑爲『戛擊』之誤。戛擊，樂器名。《書·益稷》：『戛擊、鳴球、搏拊、琴瑟以詠，祖考來格。』孔安國傳：『戛擊，柷敔，所以作止樂。』管，猶樂之止也。《書·益稷》：『下管鞀鼓，合止柷敔。』孔安國傳：『堂下樂也，上下合止樂。各有柷敔、明球、絃、鍾、籥，各自互見。』務，《説文》：『趣也。』徐鍇《繫傳》：『言趣赴此事也。』最，猶樂之始也。見《文賦》注。指戛擊而合於拊搏也。此二句意謂擊拊搏，戛擊而止樂，樂聲漸漸消逝。

此段先追尋鼓吹曲的生成本原、社會功能，後闡述其藝術構成、審美特點。

及其悲唱流音，彷徨〔一〕依違。含〔二〕歡嚼弄，乍數乍稀①。音躑躅於脣吻，若〔三〕將舒而復迴②。鼓砰砰以輕投，簫嘈嘈而微吟〔四〕③。詠《悲翁》之流思，怨《高臺》之難任〔五〕④。顧穹谷以含哀，仰歸雲而落音⑤。節應氣以舒卷，響隨風而浮沉⑥。馬頓迹而增鳴，士頻顣〔六〕而霑襟⑦。

若乃巡郊澤，戲野坰。奏《君馬》，詠《南城》⑧。慘巫山之遐險，歡芳樹兮何〔七〕榮⑨。

【校勘】

〔一〕『彷徨』，《藝文類聚》卷六十八作『怏惶』。

〔二〕『含』，陸刻本、《百三家集》本、《六朝詩集》本、陳仲魚校本、鄧邦述校本作『合』。

〔三〕『若』，《歷代賦彙》卷九十五、陸刻本、《百三家集》本、《六朝詩集》本、陳仲魚校本、鄧邦述校本作『舌』。陳仲魚校本、鄧邦述校本校作『君』。

〔四〕『吟』，陸刻本、《六朝詩集》本、陳仲魚校本、小萬卷樓本、鄧邦述校本作『音』。

〔五〕『任』，《藝文類聚》卷六十八、陸刻本、《百三家集》本、《六朝詩集》本、陳仲魚校本、鄧邦述校本作『臨』。陳仲魚校本、鄧邦述校本校作『任』。

〔六〕『頻顣』，《藝文類聚》卷六十八、陸刻本、《百三家集》本、《六朝詩集》本、陳仲魚校本、鄧邦述校本作『嚬蹙』。古二詞同。陳仲魚校本、鄧邦述校本并校作『頻顣』。

〔七〕『兮』，《藝文類聚》卷六十八、陸刻本、《百三家集》本、《六朝詩集》本、陳仲魚校本、鄧邦述校本作『之』。陳仲魚校本、鄧邦述校本并校作『兮』。又『何』，《藝文類聚》卷六十八、陸刻本、《百三家集》本、陳仲魚校本、鄧邦述校本作『可』。陳仲魚校本、鄧邦述校本校作『何』。

【注釋】

①合歡，《荀子・富國》：『爲之鍾鼓管磬琴瑟竽笙，使足以辨吉凶合歡，定和而已，不求其餘。』《經典釋文》：『合驩，以道化物，和而調之，合意則歡。』嚼，《玉篇》：『噬嚼也。』此猶玩味。弄，樂曲。《晉書・桓伊傳》：『伊是時已貴顯，素聞徽之名，便下車，踞胡床，爲作三調，弄畢，便上車去，客主不交一言。』數，急促。《禮記・樂記》：『宋音燕女溺志，衛音趨數煩志。』鄭玄注：『趨數，讀爲促速，聲之誤也。』此四句言及其悲傷之歌，流暢之音，音節徘徊，欲依欲離。或曲和合意，或調有餘味，或急促，或杳渺。

②躑躅，徘徊不進。江淹《别賦》：『知離夢之躑躅，意别魂之飛揚。』善注：『《説文》曰：蹢躅，住足也。蹢與躑同。』良注：『知行子離夢，躑躅不進。』此二句言聲音於唇吻之間徘徊，若將伸展復又回轉。

③投，猶止也。馬融《長笛賦》：『故聆曲引者，觀法於節奏，察度於句投。』善注：『《説文》曰：逗，止也。投與逗古字通，投句之所止也。』銑注：『句投，猶章句也，謂曲中之章句有禮制，聲韻不相踰越也。』砰砰，嘈嘈，擬其聲也。此二句言鼓聲砰砰而輕輕停息，簫聲嘈嘈而短歌微吟。

④悲翁，即思悲翁，鼓吹鐃歌曲名。《樂府詩集》卷十六引《古今樂録》曰：『漢鼓吹鐃歌十八曲，字多訛誤，一曰《朱鷺》，二曰《思悲翁》。』流思，悠長之思念。謝朓《送江水曹還遠館》：『上有流思人，懷舊望歸客。』高臺，即臨高臺，古曲名。梁武帝《臨高臺》：『高臺半行雲，望望高不極。』此二句言詠歎《悲翁》悠長之思念，哀怨《高臺》難臨之愁苦。

⑤顧，《玉篇》：「瞻也，回首曰顧。」穹谷，班固《西都賦》：「其陽則崇山隱天，幽林穹谷。」善注：「薛君曰：穹谷，深谷也。」落，《爾雅·釋詁》：「始也。」此二句言回視深谷，樂含哀音，仰望歸雲，始歌鄉思。

⑥此二句言音節應天地之氣而舒卷，聲響隨風之飄動而浮沉。

⑦頓，止。《漢書·李廣傳》：「就善水草頓舍，人人自便。」頓迹，猶止步不前。頻蹙，同嚬蹙，憂愁貌。王延壽《魯靈光殿賦》：「若悲愁於危處，憯嚬蹙而含悴。」善注：「嚬蹙，憂貌。」此二句言馬不前而增其悲鳴，士憂愁而涕淚沾襟。

⑧野坰，遠野。《詩·魯頌·駉》：「駉駉牡馬，在坰之野。」毛詩傳：「坰，遠野也。邑外曰郊，郊外曰野，野外曰林，林外曰坰。」君馬，即君馬黄，鼓吹曲名。《樂府詩集》卷十六引崔豹《古今注》：「漢有《朱鷺》等二十二曲，列於鼓吹謂之鐃歌。及魏受命，使繆襲改其十二曲，而《君馬黄》《雉子班》《聖人出》《臨高臺》《遠如期》《石留務》《成玄雲》《黄爵》《釣竿》十曲竝仍舊名。」南城，即紀南城，清商曲名。《樂府詩集》卷七十二《荆州樂》：「《荆州樂》，蓋出於清商曲《江陵樂》。荆州，即江陵也。有《紀南城》，在江陵縣東，梁簡文帝《荆州歌》云「紀城南里望朝雲，雉飛麥熟妾思君」是也。又有《紀南歌》亦出於此。」此四句言至於軍巡行於郊澤，戲遊於遠野，或奏《君馬》之曲，或詠《南城》之歌。

⑨巫山，在今湖北四川交界處，位於古代楚國境内的西部。《水經注》卷八：「巫山，在平陰東北。昔齊侯登望晉軍，畏衆而歸。」遐，《説文》：「遠也。」榮，花。《爾雅·釋草》：「華，荂榮也。木謂之華，草謂之榮，不榮而實者謂之秀，榮而不實者謂之英。」此二句言其樂或慘痛於巫山遥遠險峻，或歡欣於樹木花芳。

此段進一步從音節特點、鼓簫交錯以及鼓吹内容，具體申述其審美特點。

漏刻賦〔一〕①

【題解】

此乃狀物之小賦。先概言漏刻妙萬物、包衆理，可測陰陽日月的窮神盡化之功用；然後陳述其構造、聲音、運轉的神造鬼化之機巧；最後復言其立體簡約、功用精微、探賾若神之妙術。所狀之物渺小，文章之境宏闊，開頭之『寸管俯』『尺表仰』『玄鳥懸』『玉衡立』云云，大有包舉天地日月之勢；接下又以『激懸泉』『跨飛途』『伏陰蟲』『吞恒流』摹寫漏刻之動勢，以『逝若垂天之電』『籠八極於千分』進一步凸顯漏刻之『來象神造，去猶鬼幻』；最後轉入平静説理。雖以其『巧』佈局全篇，以説理收束全文，但是具體描寫則有細處描摹，呈現構造之特點，誇飾比擬，形成飛動之氣勢。據陸雲《與兄平原書》則可知此賦與《述思賦》《羽扇賦》《文賦》創作時間相近，約作於永康元年（三〇〇）。

偉聖人之制器，妙萬物而爲基②。形罔隆而弗包，理何遠而不之③？寸管俯而陰陽效其誠，尺表仰而日月與之期④。玄烏懸而八風以情應，玉衡立而天地不能欺⑤。既窮神以盡化，又設漏以考時⑥。

【校勘】

〔一〕《札記》：『《文選》五十六陸佐公《新刻漏銘》注：陸機、孫綽皆有《漏刻銘》，蓋即此賦。又《選》注引「寤蟾蜍之棲月，識金水之相緣」，今無此二句，亦非全篇。』

【注釋】

① 漏刻，即漏壺，古代計時器具。或爲銅制，或爲石制。分播水壺、受水壺兩部分。播水壺有小孔滴水，漸次流入受水壺。受水壺中有立箭，箭上劃分一百刻。箭隨蓄水逐漸上升，露出刻度，以表示時間。

② 偉，《說文》：『奇也。』妙，體悟萬物精微之理。《易·說卦》：『神也者，妙萬物而爲言者也。』基，《釋名·釋言語》：『據也，在下物所依據也。』此二句言聖人製造奇異漏刻之器，妙悟萬物之理而爲之依據。

③ 罔隆，無崇高之意。揚雄《長楊賦》：『意者以爲事罔隆而不殺，物靡盛而不虧。』翰注：『言主上之意，以爲人理，無有崇高，而不隆殺者，盛滿而不虧損者。』《爾雅·釋言》：『罔，無也。』《說文》：『隆，豐大也。』此二句言形不高大，無不包之，物理之妙，雖遠賅之。

④ 寸管，短小的律管，定候氣之儀器。陸機《演連珠》劉孝標注：『寸管，黃鍾九寸之律。以灰飛，所以辨天地之數，即示近之義也。以夏至立丈二表於陽城，表觀其晷影，以知日月之度，斯所謂託驗於顯者也。』尺表，用以測日影的一種儀器。陸機《演連珠》善注：『《周禮》曰：土圭之法，則（測）土深，正日景，以求地中。日至之景，尺有五寸，謂之地中，四時之所交也，風雨之所會也，陰陽之所和也。』效，《廣韻》：『效力也。』期，《玉篇》：『時也，契約也。』此二句以擬人手法言寸管下使天地之氣效其信，尺表上使日月之時與之

期。謂以寸管、尺表測其四時與日月也。

⑤ 玄鳥，燕也。《禮記·月令》：『盲風至，鴻鴈來，玄鳥歸，羣鳥養羞。』鄭玄注：『玄鳥，燕也。』因燕爲候鳥，故其計時工具雕以燕形。八風，八方之風。《左傳·隱公五年》：『夫舞所以節八音而行八風。』鄭玄注：『八風，八方之風也。……八方之風謂東方谷風、東南方清明風、南方凱風、西南方涼風、西方閶闔風、西北方不周風、北方廣莫風、東北方融風。』玉衡，正天文之器。《書·舜典》：『在璿璣玉衡，以齊七政。』孔安國傳：『璿，美玉。璣、衡，王者正天文之器，可運轉者。』此二句言燕形之指針應時而指八方，玉衡之刻度包含天地之理。

⑥ 此二句言所設刻漏之考其時，窮盡其神靈造化之工。

爾乃挈金壺以南羅，藏幽水而北戢①。擬洪殺於編〔一〕鐘，順卑高而爲級②。激懸泉以遠射，跨飛途而遥集。伏陰蟲以承波，吞恒〔二〕流其如挹③。是故來象神造，去猶鬼幻〔三〕④。因勢相引，乘靈自薦。口納胸吐，水無滯咽⑤。形微獨繭之緒〔四〕，逝若垂天之電⑥。偕四時以合最，指昬〔五〕明乎無殿⑦。籠八極於千分，度晝夜乎一箭。抱百刻以駿浮，仰胡人而利見⑧。

【校勘】

〔一〕『編』，《札記》：『《選》注編作漏。』疑《文選》注誤。

〔二〕『恒』，《太平御覽》卷二作『絙』。乃避宋諱而改。

〔三〕『去猶鬼幻』,《文選》卷五十六善注《新刻漏銘》作『猶鬼之變』。

〔四〕『蠠』,陸刻本作『藺』。古二字同。又『緒』,《文選》卷五十六善注《新刻漏銘》引作『絲』。

〔五〕『昏』,《七十二家集》作『皆』。形近而誤。

【注釋】

① 挈,《說文》:『懸持也。』金壺,即刻漏之銅壺。幽水,指漏壺器内之水。羅,《廣雅》:『列也。』戢,藏也,止也。《說文》:『戢,藏兵也。』此二句言其漏刻懸銅壺而南向排列,壺内之水流入北向而止。

② 殺,降。《廣韻》:『殺,降也,減削也。』編鐘,樂器名。《隋書·音樂志》:『編鐘,小鐘也,各應律呂,大小以次,編而懸之,上下皆八,合十六鐘,懸於一簨虡。』此二句言其音之洪亮與降低模擬於編鐘之聲,其形狀沿着由高到低而分成若干等級。

③ 陰蟲,蝦蟆。陸倕《新漏刻銘》:『靈虯承注,陰蟲吐噏。』翰注:『陰蟲謂蝦蟆也。』又《天中記》卷五十七引陸機此詩,注曰:『韓曰:陰蟲,蝦蟆也。』恒流,常流。陸雲《九愍·□征》:『涉清湘以懷沙,臨恒流而自墜。』《說文》:『恒,常也。』挹,酌。《詩·小雅·大東》:『維北有斗,不可以挹酒漿。』《廣雅》:『挹,酌也。』此四句言如懸泉之水向遠處激射,飛越每一級而在遠處聚集。如潛伏之蝦蟆而承接水波,吞下水流猶如酌起。

④ 此二句言故其水流之往返猶如神靈之造化,鬼魅之幻變。

⑤ 薦,《韻會》:『進也。』咽,《說文》:『嗌也。』此四句言憑其高低之勢而相牽引,如乘神靈而自進,從

口納入而從胸吐出，一無停滯梗塞。

⑥ 此二句言其水流細若蠶繭之一絲，逝若垂天之雷光。

⑦ 最，猶首。殿，猶尾。第一爲最，極下曰殿。見《文賦》注。此二句言偕同四季而合於次序，指明昏曉而無違乎首尾。

⑧ 籠，牢籠，包羅。《淮南子·本經訓》：「秉太一者，牢籠天地，彈壓山川。」八極，八方邊遠之地。《淮南子·原道訓》：「夫道者覆天載地，廓四方，柝八極。」許慎注：「八極，八方之極也，言其遠。」千分，指刻度。駿浮，即刻漏之浮標。《爾雅·釋詁》：「駿，速也。」利，《説文》：「銛也。」又《廣韻》：「銛，利也。」《説文》曰：臿屬。《纂文》曰：鐵有距，施竹頭，以擲魚爲銛也。」此指箭頭。此四句言於千分刻度，牢籠八方，一箭之指，度量晝夜。懷抱百刻，迅疾浮起，猶如仰視胡人而顯現箭頭。

夫其立體也簡，而效績〔一〕也誠。其假物也粗，而致用也精①。積水不過一鍾，導流不過一筳〔二〕。而用天者因其敏，分地者賴其平②。【寤蟾蜍之棲月，識金水之相緣】〔三〕。徵〔四〕聽者假其察，貞觀者借其明③。考計歷〔五〕之潛慮，測日月之幽情④。信探賾之妙術，雖無神其若靈⑤。

【校勘】

〔一〕「效績」，《六朝詩集》本、陳仲魚校本、鄧邦述校本作「效續」，誤。鄧邦述校本校作「效績」。

〔二〕「筳」，《文選》卷五十六善注《新刻漏銘》作「筐」。《札記》：「《選》注作筐，似誤。」

〔三〕『痦蟾蜍之棲月』二句，《文集》脱，據《文選》卷五十六注引校補。見上引《札記》。

〔四〕『徵』，《文集》作『微』，扞格難解。《歷代賦彙》卷十三、陸刻本、《百三家集》本、《六朝詩集》本、陳仲魚校本、鄧邦述校本作『徵』。今據改。

〔五〕『歷』，陸刻本作『曆』。應據改。

【注釋】

①效績，猶言獻其功。《國語·魯語下》：『男女效績，愆則有辟古之制也。』韋昭注：『績，功也。』此四句言刻漏之構體簡單，而功能準信；所借助之物理簡略，而達到之功用精確。

②鍾，《正字通》：『壺屬。漢太官銅鍾即壺也。』筵，通莛。《經典釋文》：『莛，司馬云：屋樑也。』此指刻漏支架。敏，猶言靈敏。《廣韻》：『敏，聰也，達也。』此四句言僅以一壺聚水，以一架導流，然因其靈敏而辨天之日月，賴其公平而分地之陰陽。

③蟾蜍，漏壺之形。金水，以金壺漏水。陸倕《新漏刻銘》：『以爲星火謬中，金水違用。』善注：『陸機《漏刻賦》曰：痦蟾蜍之棲月，識金水之相緣。』良注：『壺用金，漏用水。』徵，驗證。《廣韻》：『徵，明也，證也。』貞觀，正視。謝靈運《述祖德詩》：『遺情捨塵物，貞觀丘壑美。』善注：『貞，正也。觀，視也。』此四句言壺如棲月之蟾蜍，壺水相續，借其可驗證其聽而使其察，匡正其觀而使其明。

④計歷，計其曆象。歷通曆。《太平御覽》卷六百九引《春秋説題辭》曰：『《易》者，氣之節含，精宣律曆，上經象天，下經計曆。』潛慮，内心之思。此喻曆象内在變化。幽情，深微之情。嵇康《琴賦》：『誠可以

感盪心志而發洩幽情矣。」此喻日月幽微變化。此二句言可以考量曆象内在之變化，日月深微之運轉。

⑤ 探賾，探求幽昧之理。《易・繫辭上》：『探賾索隱，鉤深致遠，以定天下之吉凶，成天下之亹亹者，莫大乎蓍龜。』孔穎達疏：『探，謂窺探求取。賾，謂幽深難見。卜筮則能窺探幽昧之理，故云探賾也。』此二句言信其探求幽昧之妙道，雖無其神異却有靈驗。

【集評】

［晉］陸雲《與兄平原書》：《漏刻》可謂精工。

羽扇賦

【題解】

此賦通過假託宋玉與諸侯對話，盛讚羽扇之美。賦之主體由羽及鳥，先寫鳥羽之麗，凌霄之偉，出處之瑞，年壽之長，振翅之疾，然後寫其羽扇製作之精美逼真，應物而師造化，風和而同貴賤。雖爲詠物之小賦，却採用問答形式，結構完整，别具一格，風格逼近宋玉。最後虚擬唐勒之辭，讚美羽扇之美妙、輕颺及其功用，收束全文，留下裊裊餘味。其『夫創始者恒樸，而飾終者必妍。是故烹飪起于熱石，玉輅基於椎輪』，表現出作者發展的文明史觀和審美史觀。據陸雲《與兄平原書》則可知此賦與《述思賦》《漏刻賦》《文賦》創作時間相近，約於永康元年（三〇〇）。

昔楚襄王會於章臺之上，山西與河右諸侯在焉①。大夫宋玉、唐勒侍，皆操白鶴〔一〕之羽以爲扇②。諸侯掩麈尾〔二〕而笑，襄王不悦③。

宋玉趨而進曰：『敢問諸侯何笑？』④諸侯曰〔三〕：『昔者武王玄覽，造扇於前，而五明安衆，世繁〔四〕於後⑤。各有託於方圓，蓋受則於箑甫〔五〕。舍兹器而不用，顧奚取於鳥羽⑥？』

宋玉曰：『夫創始者恒樸〔六〕，而飾終者必妍⑦。是故烹飪起于熱石，玉輅基於椎輪〔七〕，安衆方而氣散，五明圓而風煩⑧。未若兹羽之爲麗，固體俊而用鮮⑨。彼凌霄之偉鳥〔八〕，播鮮輝之蒨蒨〔九〕⑩。隱九皋以鳳鳴，游芳田而龍見⑪。醜靈黿而遠期，超長年而久眄⑫。累懷璧於美羽，挫千載〔一〇〕乎一箭⑬。委曲〔一一〕體以受制，奏雙翅而爲扇⑭。則其布翮也，差洪細，秩長短；稠不逼，稀不簡⑮。於是鏤巨獸之齒，裁奇木〔一二〕之幹。移圓根於正〔一三〕體，因天秩乎舊貫⑯。鳥不能別其是非，人莫敢分其真贗⑰。翩姍姍〔一四〕以微振，風飂飂以垂婉〔一五〕。妙自然以爲言，故不積而能散⑱。其執〔一六〕手也安，其應物也誠；其招風也利，其播氣也平⑲。混貴賤而一節，風無往而不清⑳。【憲靈樸於造化，審貞則而妙觀】〔一七〕㉑。』

諸侯曰：『善。』

宋玉遂言曰：『伊兹羽之駿敏，似南箕之啓扉。垂皓曜之奕奕，合〔一八〕鮮風之微微㉒。』

襄王仰而拊節，諸侯伏而引非。皆委扇于楚庭，執鳥羽而言歸㉓。屬唐勒而爲之辭〔一九〕曰：

『伊鮮禽之令羽，夫何翩翩與眇眇。反寒暑於一掌〔二〇〕之末，回八風乎六翮之杪㉔。』

【校勘】

〔一〕『鶴』，《太平御覽》卷七六六作『鵠』，形近而誤。

〔二〕『麈尾』，《藝文類聚》卷六十九、陳仲魚校本、《宛委别藏》本作『塵尾』，形近而誤。

〔三〕『諸侯曰』三字，《文集》脱。《歷代賦彙》卷八十七、《七十二家集》本、《百三家集》本、《六朝詩集》本并有此三字。據此校補。

〔四〕『世』，《七十二家集》本作『庶』。又『繁』，陸刻本作『繫』。

〔五〕『甫』，陸刻本作『蒲』。

〔六〕『樸』，《文集》作『撲』。《藝文類聚》卷六十九、《歷代賦彙》卷八十七、《六朝詩集》本、陸刻本、陳仲魚校本、鄧邦述校本作『樸』。《文集》亦校作『樸』。今據改。

〔七〕『椎輪』，《文集》作『推輪』，誤。《藝文類聚》卷六十九、《歷代賦彙》卷八十七、《百三家集》本作『椎輪』。蕭統《文選序》曰：『椎輪爲大輅之始，大輅寧有椎輪之質？』今據改。

〔八〕『偉鳥』，《初學記》卷二十五作『遼鳥』。金濤聲曰：『按《搜神後記》云：丁令威本遼人，學道於靈虚山，後化鶴歸遼。此或即用遼鶴之典。』

〔九〕『蒨蒨』，《初學記》卷二十五作『輕蒨』。

〔一〇〕『載』，《初學記》卷二十五作『歲』。

〔一一〕『曲』，《初學記》卷二十五作『四』。金濤聲曰：『「四體」與「雙翅」對言，似當作四。』金説是。

〔一二〕『木』，《七十二家集》本作『水』。形近而誤。

〔一三〕『正』，《初學記》卷二十五作『新』。金濤聲曰：『「新體」與「舊貫」對言，作新近是。』金説是。

〔一四〕『翩姍姍』，《初學記》卷二十五、《歷代賦彙》卷八十七作『翩媥媥』。

〔一五〕『婉』，《初學記》卷二十五作『娩』。

〔一六〕『執』，《初學記》卷二十五作『在』。

〔一七〕『憲靈樸於造化』二句，《文集》脱。《藝文類聚》卷六十九、《歷代賦彙》卷八十七、陸刻本、《百三家集》本、《六朝詩集》本、陳仲魚校本、鄧邦述校本并有此二句。《文集》校曰：『當補「憲靈樸於造化，審貞剛而妙觀」二句。』今據補。又『貞』，陸刻本、陳仲魚校本作『真』。陸刻本、陳仲魚校本并校作『貞』。

〔一八〕『合』，《藝文類聚》卷六十九、陸刻本、《百三家集》本、《六朝詩集》本、陳仲魚校本、鄧邦述校本作『含』。陳仲魚校本、鄧邦述校本并校作『合』。

〔一九〕『辭』，《藝文類聚》卷六十九作『亂』。形近而誤。

〔二〇〕『掌』，《藝文類聚》卷六十九作『堂』。形近而誤。

【注釋】

① 會，會盟。《禮記·檀弓下》：『周人作會而民始疑。』鄭玄注：『會，謂盟也。』章臺，即章華臺，楚行宮，在今湖北監利縣西北。《史記·楚世家》：『七年，就章華臺。』《集解》：『杜預曰：南郡華容縣有臺，在

城内。』山西，戰國稱崤山或華山以西爲山西，即關西。《史記・太史公自序》：『蕭何填撫山西。』《正義》：『謂華山之西也。』河右，黄河以西地區，今寧夏、甘肅一帶。《華陽國志・劉後主志》：『以姜維爲凉州刺史衡，持河右。』

② 侍，侍坐。《孝經・開宗明義章》：『仲尼居，曾子侍。』唐玄宗注：『侍，謂侍坐。』

③ 掩，猶掩口。《説文》：『掩，斂也，小上曰掩。』麈尾，大鹿之尾毛所作之拂塵。黄庭堅《次韻奉送公定》：『漢濱莫大隨，每來促談麈。』史容注：『鹿之大者曰麈，羣鹿隨之，視麈尾所轉，故談者揮之。見《祖庭事宛》。』掩麈尾而笑，意謂以麈尾掩口而笑。

④ 趨，疾行。《釋名・釋姿容》：『疾行曰趨。趨，赴也，赴所至也。』

⑤ 玄覽，意謂深察物理。張衡《東京賦》：『睿哲玄覽，都兹洛宫。』善注：『《老子》曰：滌除玄覽。河上公曰：心居玄冥之處，覽知萬物，故謂之玄覽。』五明，即五明扇。《太平御覽》卷七百二引崔豹《古今注》：『五明扇，舜所作也。既受堯禪，廣開視聽，求賢人以自輔，故作五明扇。秦漢公卿大夫皆用之，魏晉非乘輿不得用也。』按：五明扇既傳爲舜所造，則不得言武王『造扇於前』，或士衡誤矣，或另有所據。此四句言從前武王深察物理，造扇於前，而以五明扇使民衆安於炎熱之季，後世遂繁其扇類。

⑥ 方圓，指扇之形狀。箑，扇。揚雄《方言》卷五：『扇自關而東謂之箑，自關而西謂之扇。』甫，通蒲，草名，可以之爲扇。《釋名・釋牀帳》：『蒲，草也，以蒲作之其體平也。』顧，《古書虚字集釋》卷五：『顧，反也。』此四句言後人或托於方，或用以圓，各有不同，蓋無不以蒲扇爲準則也。何捨此而不用，反取鳥之羽毛？

⑦ 此二句言創始者常質樸，而終飾之以姸麗。

⑧ 玉輅，玉飾之車，天子所乘。《釋名·釋車》：『天子所乘曰玉輅，以玉飾車也。輅，亦車也。謂之輅者，言行於道路也，象輅、金輅、木輅，各隨所以爲飾名之也。』基，《釋名·釋言語》：『基，據也，在下物所依據也。』椎輪，古簡易之車。《文選序》：『若夫椎輪爲大輅之始，大輅寧有椎輪之質。』向注：『椎輪，古棧車。』後亦作推輪，王安石《進修南郊式表》：『斯書也，譬大輅之推輪。』煩，勞。《禮記·樂記》：『宋音燕女溺志，衛音趨數煩志。』鄭玄注：『煩，勞也。』此四句言故烹飪源於熱石之烤食物，華美之車基於簡陋之椎輪。扇爲安民衆之方，必驅散炎氣，五明之扇圓而風起勞於力也。

⑨ 體俊，其體俊逸。邊貢《刻岑詩成題其後》：『殷璠評嘉州詩曰：語逸體俊，意每造奇。』鮮，《玉篇》：『善也，好也。』此二句言未若此羽華麗，且其體俊逸而用之善也。

⑩ 偉，《説文》：『奇也。』播，布。《説文》：『播，種也。一曰布也。』蒨蒨，鮮明。束皙《補亡詩》：『蒨蒨士子，涅而不渝。』善注：『蒨蒨，鮮明之貌。』此二句言彼凌雲之奇鳥，將鮮明之光輝布於四方。

⑪ 九皋，《詩·小雅·鶴鳴》：『鶴鳴于九皋，聲聞于野。』毛詩傳：『皋，澤也。言身隱而名著也。』鄭玄箋：『皋澤中水溢出所爲坎，自外數至九，喻深遠也。鶴在中鳴焉，而野聞其鳴聲。興者，喻賢者雖隱居，人咸知之。』鳳鳴，猶言如鳳之鳴。《詩·大雅·卷阿》：『鳳皇鳴矣，于彼高岡。梧桐生矣，于彼朝陽。』毛詩傳：『鳳皇，靈鳥仁瑞也。雄曰鳳，雌曰皇。』龍見，猶言如龍之見。《易·乾》：『見龍在田，利見大人。』王弼注：『出潛離隱，故曰見龍；處於地上，故曰在田。德施周普，居中不偏。雖非君位，君之德也。』此二句言隱於深澤猶鳳作靈瑞之鳴，游於芳田如龍見普施其德。

⑫ 醜，同類。《易·漸》：『夫征不復，離羣醜也。』孔穎達《正義》：『醜，類也。』遠期，猶言長壽。《管子·戒》：『期之遠者莫如年……至遠期，唯君子爲能及矣。』戴望《校正》注：『殤夭日聞，期頤實寡，故曰遠

期也。」眄，《廣韻》：「斜視。」此二句言類同靈龜而期頤，超長壽而久視於世。

⑬ 累，重疊。《楚辭·招魂》：「層臺累榭，臨高山些。」挫，取。《楚辭·招魂》：「挫糟凍飲，酎清涼些。」王逸注：「挫，捉也。」箭，指漏刻之標識。一箭，指一箭之刻度，指時間短暫。此二句言内有玉璧之懷，外有美麗之羽，翱翔一瞬之間，猶有千載之勢。

⑭ 委，任。《廣韻》：「委，委曲也，亦委積，任也。」奏，《廣韻》：「進也，薦也。」此二句言任其肢體受制於人，獻上雙翅而成扇。

⑮ 翮，大羽毛。《爾雅·釋器》：「羽本謂之翮。」郭璞注：「鳥羽根也。」差，選擇。《爾雅·釋詁》：「差，擇也。」秩，排列次序。《廣韻》：「秩，次也，常也，序也。」逼，局迫。《廣韻》：「逼，迫也。」簡，簡略。《廣韻》：「簡，略也。」此五句言製其扇也，則布其羽毛，選擇粗細，排列長短，使稠密而不局迫，稀疏而不簡略。

⑯ 鏤，雕刻花紋。《廣韻》：「鏤，彫鏤。書傳云：鏤剛鐵也。」裁，裁製。《說文》：「裁，製衣也。」正體，指扇之主體。天秩，天然之秩序。《書·皋陶謨》：「天秩有禮，自我五禮，有庸哉。」孔安國傳：「天次秩有禮，當用我公侯伯子男五等之禮以接之，使有常有庸。」貫，連貫。《說文》：「貫，錢貝之貫。」此四句言於是雕刻巨獸之齒，裁製奇木之幹，將圓木移作扇體，按羽毛天然之次序而排列連貫。

⑰ 是非，意同真贗。《廣韻》：「贗，僞物。」此二句言鳥不可辨其是否，人不能別其真假。

⑱ 翩，摇動不停。《國語·周語下》：「詩曰：四牡騤騤，旟旐有翩。」韋昭注：「《詩·大雅·桑柔》二章也，翩翩，動摇不休止之意。」姍姍，從容緩慢。漢武帝《李夫人歌》：「是邪？非邪？立而望之，偏何姍姍其來遲。」飂飂，微風吹拂。《玉篇》：「飂，風貌。」婉，美。《詩·鄭風·野有蔓草》：「有美一人，清揚婉兮。」毛詩傳：「婉然，美也。」妙，體悟萬物精微之理。《易·說卦》：「神也者，妙萬物而爲言者也。」言，指風聲

也。此四句言從容緩慢，不停摇動，微風輕拂，布其美也。得自然之妙而成風，故其風不聚而散向四方。

⑲ 安，佚樂也。《禮記・表記》：『君子莊敬日强，安肆日偷。』誠，《説文》：『信也。』招，《廣韻》：『來之也。』利風，猶和風。《玉篇》：『利，善也。』播，《廣韻》：『揚也。』此四句言其扇執於手中以安樂，與物相應而不爽，摇動其風和煦，布揚其氣平和。

⑳ 節，準則。《禮記・曲禮上》：『禮不踰節，不侵侮，不好狎。』此二句言其風不分貴賤而一視同仁，所到之處無不清爽。

㉑ 憲，以之爲典範。《詩・小雅・崧高》：『不顯申伯，王之元舅，文武是憲。』鄭玄箋：『憲，表也。言爲文武之表式。』造化，天地化育。《淮南子・原道訓》：『是故大丈夫……乘雲陵霄，與造化者俱。』許慎注：『造化，天地。一曰道也。』審，《説文》：『悉也。』貞則，自然中正之準則。《周易・繫辭下》：『貞勝者也。』韓康伯注：『貞者，正也，一也。』此二句言以自然造化之靈異質樸爲典範，詳悉其中正專一之法，則而爲妙觀。

㉒ 駿敏，輕捷迅疾。《玉篇》：『駿，速也。』《説文》：『敏，疾也。』南箕，星名。成公綏《嘯賦》：『南箕動於穹蒼，清飈振乎喬木。』向注：『南方箕星好風，故感嘯生風，則星動於上天，風振乎喬木。』啓扉，開門。南箕啓扉，意謂南箕星動而風起也。皓曜，潔白光明。王延壽《魯靈光殿賦》：『同流離爛漫，皓壁暠曜。』濟注：『皓，白貌。暠曜，白光也。』奕奕，佼美。《詩・魯頌・閟宫》：『新廟奕奕，奚斯所作。』鄭玄箋：『奕奕，佼美也。』鮮風，猶好風，和風。《玉篇》：『鮮，善也，好也。』此四句言此羽扇之輕捷，摇動時如南箕風起，潔白羽毛低垂，微微和風遍起。

㉓ 拊節，擊節。《抱朴子・外篇・疾謬》：『諂媚小人，歡笑以贊善；面從之徒，拊節以稱功。』引，陳

述。潘岳《悼亡詩》：『衾裳一毀撤，千載不復引。』善注：『《爾雅》曰：引，陳也。』引非，即自陳其非。此四句言襄王仰身而擊節稱賞，諸侯伏地而自陳其非。皆委棄其扇於楚之朝廷，手執羽扇而歸去。

㉔翩翩，往來飛翔。《詩・小雅・四牡》：『翩翩者鵻，載飛載下，集於苞栩。』《經典釋文》：『翩翩，往來貌。』眇眇，悠遠。劉向《列女傳・班婕妤》：『神眇眇兮密龍處，君不御兮誰爲榮。』八風，謂自然之風。《左傳・隱公五年》：『夫舞所以節八音，而行八風。』杜預注：『八風，八方之風也。』六翮，鳥飛。《古詩・明月皎夜光》：『昔我同門友，高舉振六翮。』向注：『六翮，鳥羽之飛者。』翮，《爾雅・釋器》：『羽本謂之翮。』郭璞注：『鳥羽根也。』杪，末。《説文》：『杪，木標末也。』此四句言此好鳥美麗之羽毛，輕飇飛翔而飄忽悠遠。於手掌之末反寒驅暑，在羽毛之稍回自然之風。

【集評】

［晉］陸雲《與兄平原書》：《扇賦》腹中愈首尾，發頭一而不快。

鱉賦并序

【題解】

此賦與潘尼《鱉賦》均爲同時應制之作。然此賦將鱉在陸地之窘狀與在水澤之從容對比，亦或有所寄託。前者多實筆，後者多虛寫，篇幅雖小，藝術亦有特色。序之言皇太子，即愍懷太子。士衡元康元年任太子洗馬，元康四年秋爲吴王郎中令，潘尼元康二年五月作太子舍人，二人同爲太子屬官必在此期間，即元康二年至元康四年（二九二至二九四）之間。

皇太子幸于釣臺，漁人獻鱉，命侍臣作賦。

其狀也，穹脊連脅，玄甲四周①。遁方圓於規矩，徒廣狹以妨迷〔一〕②。循盈尺而腳寸，又取具於指掌③。鼻嘗氣而忌脂，耳無聽而受響④。是以棲居多逼，出處寡便，尾不副首，足不運身⑤。於是從容澤畔，肆志汪洋。朝戲蘭渚，夕息中塘⑥。越高波以燕〔二〕逸，竄洪流而潛藏⑦。咀蕙蘭之芳荄，翳華藕之垂房⑧。

【校勘】

〔一〕此句「妨」後有脱文。《文集》作「徒廣狹以妨」，校曰：「闕字，疑在妨字下。」《藝文類聚》卷九十六作「徒廣以妨」。汪紹楹校曰：「本集「廣」下有狹字。」在「妨」字後又校曰：「句有脱文。」《藝文類聚》卷九十六、《歷代賦彙》卷一百三十七作「徒廣狹以妨舟」。嚴可均《全晉文》卷九十七作「徒廣肩以妨迷」，不知何據，從上下文句意看，可通，姑從之。

〔二〕「燕」，《文集》作「魚」。《藝文類聚》卷九十六、陸刻本、《百三家集》本、《六朝詩集》本、陳仲魚校本、小萬卷樓本、鄧邦述校本作「燕」。《札記》：「《類聚》燕作魚，似誤。」今據改。

【注釋】

① 穹，隆起。《玉篇》：『穹，高也。』玄，黑色。《説文》：『幽遠也。黑而有赤色者爲玄。象幽而入覆之也。』此二句言鱉之形狀，脊隆起而脅下相連，甲之四周均爲黑色。

② 遁，《玉篇》：『逃也。』規矩，猶法度。《孟子・告子上》：『大匠誨人必以規矩，學者亦必以規矩。』趙岐注：『大匠，攻木之工。規，所以爲圜也；矩，所以爲方也。』徒，行。《説文》：『徒，步行也。』妨，礙。《説文》：『妨，害也，一曰礙也。』逑，合。《詩・大雅・民勞》：『惠此中國，以爲民逑。』毛詩傳：『逑，合也。』妨逑，猶伸縮也。此二句言鱉之身軀逃時或方或圓，中乎規矩，行時或廣或窄，合於伸縮。按：因为鱉行一伸一縮，伸時其形方，其體廣，縮時其形圓，其體窄，故此之謂也。

③ 循，《説文》：『行順也。』脚，《説文》：『脛也。』取具，均依賴意。《周禮・地官・司徒下》：『凡國之財用取具焉，歲終則會其出入而納其餘。』《玉篇》：『取，資也。』《廣韻》：『具，備也。』此二句言其行走，體盈尺而脛僅寸，均賴於足之指掌。

④ 嘗，《説文》：『口味之也。』此二句言其鼻可呼吸而口忌脂膏，耳無聽覺却感受聲響。

⑤ 逼，《廣韻》：『迫也。』寡，《爾雅・釋詁》：『罕也。』副，《廣韻》：『稱也。』運，《玉篇》：『轉也，動也。』此四句言因此棲息於逼窄之地，出入不便，尾小與首不相稱，足小難以轉其身。

⑥ 從容，猶休憩。《詩・大雅・都人士》序：『古者長民，衣服不貳，從容有常，以齊其民，則民德歸壹。』毛詩傳：『從容，謂休燕也。』肆志，縱情。《淮南子・主術訓》：『素白而不污，窮不易操，通不肆志。』許慎注：『肆，放。』汪洋，水寬廣無邊。《楚辭・九懷・蓄英》：『臨淵兮汪洋，顧林兮忽荒。』王逸注：『瞻望大川廣無極也。』蘭渚，生長香草之小洲。嵇康《兄秀才公穆入軍贈詩》(《文選》作《贈秀才入軍詩》)：『朝遊高

原，夕宿蘭渚。」《爾雅·釋水》：「小洲曰渚。」中塘，猶水壩。《孔叢子·楊柳賦》：「伐之原野，樹之中塘。」《廣韻》：「築土遏水曰塘。」此四句言於是休憩水澤之畔，縱情於無邊水中，朝戲遊香草之洲，夕棲息水岸之邊。

⑦越，《玉篇》：「逾也。」燕逸，如燕之迅捷。《廣韻》：「逸，縱也，奔也。」竄，隱匿。《説文》：「竄，匿也，逃也。」此二句言逾越大波，體態迅捷，匿與洪流，潛藏水下。

⑧咀，《廣韻》：「咀嚼。」蕙蘭，生於春秋之香草。《楚辭·九歎·逢紛》：「蕙與衡芷兮，行中壄而散之。」《玉篇》：「蘭，香草，春蘭也。蕙，香草，秋蕙也。」芳荄，芳草根。《漢書·禮樂志》：「青陽開動，根荄以遂。」顏師古注：「草根曰荄。」翳，《廣韻》：「隱也，蔽也。」此二句言以蕙蘭香草之根爲食，以藕花之蓮房爲蔭。

桑賦[一]并序

【題解】

此賦乃讚美世祖武皇帝司馬炎所植之桑。除贊其枝繁葉茂、形奇花縟外，運用「鴟鴞」「鳴鳥」之典故，隱隱表達自己對亂世的憂慮和輔佐晉室以成大業的渴望。賦具體創作時間仍難推定。嘉平六年（二五四）中護軍中壘將軍司馬炎持節迎曹髦，下推三十六年即太熙元年（二九〇），時機任太傅祭酒，與詩自稱「本將軍」不合。《序》所言「年漸三紀」，蓋取其整數也。或作於太子洗馬任上，可能與《鱉賦》

所作時間差近。太子中庶子傅咸、太子舍人潘尼亦有同題之作。

皇太子便坐，蓋本將軍直廬也①。初，世祖武皇帝爲中壘將軍，植桑一株，世更二代〔二〕，年漸三紀，扶疎豐衍，抑有瑰異焉②。

夫〔三〕何佳樹之洪麗，超託居乎紫庭。羅萬根以下洞，矯千條而上征③。豈民黎之能植，乃世武之所營④。故其形瑰族類，體豔衆木。黄中爽理，滋榮煩縟⑤。緑葉興而盈尺，崇條蔓而層〔四〕尋⑥。希太極以延峙，映承明而廣臨⑦。華飛鴞之流響，想鳴鳥之遺音⑧。唯歷數之有紀，恒依物以表德。豈神明之所相，將我皇之先識⑨。誇〔五〕百世而勿翦，超長年以永植⑩。

【校勘】

〔一〕《札記》：「見《類聚》八十八。按：《文選》二十二鮑明遠《行藥至城東橋詩》注引陸機《桑賦》「亹稚節以夙茂，蒙勁風而後凋」，今無此二句，蓋亦非全篇。」

〔二〕「二代」，《西晉文紀》卷十五作「三代」，又注曰：「一作二代。」當以作「三代」爲是。自世祖司馬懿，後經師、昭、炎，至惠帝蓋已更三代也。《七十二家集》作「二伐」，誤。

〔三〕「夫」，《七十二家集》作「天」，誤。

〔四〕「層」，《藝文類聚》卷八十八作「曾」。《太平御覽》卷九百五十五作「增」，古三字並通。

〔五〕「誇」，《藝文類聚》卷八十八作「跨」。

【注釋】

① 便坐，正室以外的别室。《漢書・張禹傳》：『禹見之於便坐。』顔師古注：『便坐，謂非正寢，在於旁側，可以延賓者也。』直廬，宫中值夜之處所。《贈尚書郎顧彦先二首》：『夕息旋直廬。』濟注：『直廬，直宿之廬。』此爲太子入朝時休憩之所。傅咸《桑樹賦》：『世祖昔爲中壘將軍，於直廬種桑一株，迄今三十餘年，其茂盛不衰。皇太子入朝，以此廬爲便坐。』

② 高祖武皇帝，指司馬炎。《晉書・武帝紀》：『武皇帝諱炎，字安世，文帝長子也。寬惠仁厚，沈深有度量。魏嘉平中，封北平亭侯，歷給事中、奉車都尉、中壘將軍，加散騎常侍，累遷中護軍、假節。』三紀，三十六年。《書・畢命》：『既歷三紀，世變風移。』孔安國傳：『十二年曰紀。』扶疎，即扶疏，枝葉茂盛貌。左思《蜀都賦》：『日往菲薇，月來扶疏。任土所麗，衆獻而儲。』銑注：『菲微、扶疏，果木茂密貌。』《韻會》：『疏，又作疎。』豐衍，豐美。《詩・小雅・伐木》：『伐木於阪，釃酒有衍。』毛詩傳：『衍，美貌。』瑰異，奇異。張衡《西京賦》：『瑰異日新，殫所未見。』薛綜注：『瓌，奇也。』

③ 超，卓。《釋名・釋姿容》：『超，卓也。舉脚有所卓越也。』紫庭，帝王之居。王融《雜體報范通直》：『紫庭風日好，青槐枝葉新。』章樵注：『帝王之居象北極紫微宫，故曰紫庭。』羅，《廣雅》：『列也。』洞，深。顔延年《五公詠・阮步兵》：『阮公雖淪迹，識密鑒亦洞。』善注：『洞，深也。』矯，舉。陶淵明《歸去來兮辭》：『策扶杖以流憩，時矯首而遐觀。』矯，通作撟。《説文》：『撟，舉手也。』征，《爾雅・釋言》：『行也。』此四句言佳樹何其壯麗，卓然託身於宫廷。繁盛之根羅列，向下延深，茂密之條挺立，向上伸展。

④ 營，《廣韻》：『造也。』此二句言豈是黎民所能植，乃世武皇帝手自造也。

⑤ 黄中爽理，《易・坤・文言》：『君子黄中通理，正位居體，美在其中而暢於四支。』又《孟子・盡心

上》趙岐注：『《易》曰：黄中通理，君子内外文明。』古以五方與五色相配，地爲四方之中，與之相配之色是黄，故稱黄色爲中色。《書·益稷》：『以五采彰施於五色，作服，汝明。』孙星衍疏：『五色，东方謂之青，南方謂之赤，西方謂之白，北方謂之黑，天謂之玄，地謂之黄，玄出於黑，故六者有黄無玄为五也。』爽，《説文》：『明也。』滋，長，益。《書·泰誓》：『樹德務滋，除惡務本。』孔安國傳：『立德務兹長，去惡務除本。』榮，花。《爾雅·釋草》：『華，荂榮也。木謂之華，草謂之榮。』煩縟，通繁縟，色彩繁盛。劉琨《答盧諶》：『緑葉繁縟，柔條脩罕。』《説文》：『縟，繁采色也。』此四句言其形奇異於同類，其體豔逸於衆木，樹幹黄色中有明麗紋理，所生之花色彩繁盛。

⑥ 興，《廣韻》：『盛也。』崇，《爾雅·釋詁》：『重也。』蔓，蔓延。《詩·鄭風·野有蔓草》：『野有蔓草，零露溥兮。』毛詩傳：『蔓，延也。』層，《玉篇》：『重也，累也。』尋，古代計量單位，八尺爲一尋。《詩·魯頌·閟宫》：『是斷是度，是尋是尺。』毛詩傳：『八尺曰尋。』此二句言緑葉繁盛而盈尺，重條蔓延而過尋。

⑦ 希，《廣韻》：『望也。』太極，此指太極殿。《三國志·明帝紀》：『是時（青龍三年），大治洛陽宫。起昭陽、太極殿，築總章觀。』延，猶遠。《説文》：『長行也。』峙，屹立，聳立。《廣韻》：『峙，具也，又峻峙。』承明，漢宫殿名。《三輔黄圖》卷三：『未央宫有承明殿，著述之所也。班固《西都賦》序云：内有承明著作之庭，即此也。』此指宫廷。應璩《百一詩》：『問我何功德，三入承明廬。』臨，居高視下。《詩·邶風·日月》：『日居月諸，照臨下土。』《爾雅·釋詁》：『臨視也。』此二句言望太極而高遠聳立，映承明而廣視下民。

⑧ 華，通嘩。《韻會》：『鄭氏曰：華之音譁，是協音借義之假借也。』又『譁，或作嘩』。鴞，即鴟鴞，今謂之鷂鷹。《詩·鴟鴞》序：『《鴟鴞》，周公救亂也。』毛詩傳：『鴟鴞，鸋鴂也。』想，《説文》：『冀希也。』鳴鳥，鳳凰。《書·君奭》：『收罔勗不及，耇造德不降，我則鳴鳥不聞，矧曰其有能格。』孔安國傳：『今與汝留

輔成王，欲收教無自勉不及道義者，立此化而老成德不降意爲之，我周則鳴鳳不得聞，況曰其有能格於皇天乎？』士衡謂『飛鴞之流響』，隱含救亂治世之意；『鳴鳥之遺音』，隱含同心輔王之意。流響、遺音，均喻遺訓。此二句言此樹猶存，如言『鴟鴞』之訓戒，冀『鳴鳥』之遺囑。

⑨ 唯，《玉篇》：『唯獨也。』《書·大禹謨》：『天之曆數在汝躬，汝終陟元后。』孔安國傳：『曆數，謂天道。』紀，準則。《書·胤征》：『俶擾天紀，遐棄厥司。』孔安國傳：『紀謂時日司所主也。』相，助。《易·泰》：『輔相天地之宜，以左右民。』《集韻》：『相，助也。』此四句言唯獨天道自有準則，常常依物而彰其德行。豈是神明之所助，乃爲我皇先見之卓識。

⑩ 誇，《集韻》：『歌也。』勿翦，勿去。《詩·召南·甘棠》：『蔽芾甘棠，勿翦勿伐，召伯所茇。』毛詩傳：『翦，去。』鄭玄箋：『國人被其德，説其化，思其人，敬其樹。』此二句言歌頌百世而勿毀去之，超越長年而永植於世。樹之永存，乃慎德追遠之意。

卷五

詩上

皇太子宴玄圃宣猷堂有令賦詩〔一〕

【題解】

善曰：『王隱《晉書》曰：愍懷太子遹，字熙祖。惠帝即位，立爲皇太子。楊佺期《洛陽記》曰：東宫之北曰玄圃園。』濟曰：『皇太子，晉惠帝愍懷太子也。玄圃，園名；宣猷，堂名，在園中。衡時爲太子洗馬，應令作此詩。』機於元康元年三月與元康四年秋在太子洗馬任上，此詩所作當與潘尼《七月七日侍太子宴玄圃》同時，尼元康二年五月官太子舍人，故此詩創作具體時間爲元康三年（二九三）七月。詩分四層，先追溯歷史，説明晉之禪魏乃出於正統，是上天之眷顧；再歌頌武帝承先帝之基業，澄清濁政，振興皇朝，推行教化，上敬天儀祖，下考功百官，順天保民，天下安寧；三讚美太子德才淳厚，天姿出衆，沐先皇之輝光，承上天之曆數。最後表達自己側身承華，對太子嘉命之美的感激。雖爲應制，但叙述井然，結構層次分明，語言典雅莊重，有雅頌之風。余碧泉《文選纂注》評曰：『一字不及宴會，如《大雅》訓戒諸篇，得告儲君之體。』

【太子宴朝士於宣猷堂，遂命機賦詩。】

三正迭紹，洪聖啓運①。自昔哲王，先天而順②。羣辟崇替，降及近古③。黄暉既渝，素靈承祜④。乃眷斯顧，祚之宅土〔二〕⑤。三后始基，世武丕承⑥。協風傍〔三〕駭，天晷仰澄⑦。淳曜六合，皇慶攸興⑧。自彼河汾，奄齊七政⑨。時文惟晉，世篤其聖。欽翼昊天，對揚〔四〕成命⑩。九區克咸，謳歌〔五〕以詠⑪。皇上纂隆，經教弘道⑫。于化〔六〕既豐，在工載考。俯釐庶績，仰荒大造⑬。儀形〔七〕祖宗，妥綏天保⑭。篤生我后，克明克秀⑮。體輝重光，承規景數⑯。茂德淵沖〔八〕，天姿玉裕⑰。蕞爾小臣，邈彼荒遐⑱。弛厥負檐〔九〕，振纓承華⑲。匪願伊始，惟命之嘉⑳。

【校勘】

〔一〕《藝文類聚》卷三十九、《初學記》卷十作『侍皇太子宣猷堂詩』。逯欽立《先秦漢魏晉南北朝詩》案曰：『此詩原題當作《侍皇太子宣猷堂詩》，並有序文。《文選》蓋删其序而改其題。今補入《御覽》所引殘序。又《類聚》引文多「明明隆晉。茂德有赫」二句。「將篤生我」後六句列在詩首。與《文選》不同。《文選》乃節録本集無疑。』又金濤聲曰：『「明明」二句與下《皇太子賜讌詩》重出，似《類聚》有誤。』此詩殘序據逯校補。又『宴玄圃』，小萬卷樓本作『晏元圃』。晏，通宴。元，避清諱改。

〔二〕『土』，《文選》作『上』，形近而誤。《文選》卷二十、《古詩紀》卷三十五、陸刻本、《百三家集》本、《六朝詩集》本、陳仲魚校本、鄧邦述校本作『土』。今據改。

〔三〕『傍』，陸刻本、《古詩紀》卷三十五、《百三家集》本、《六朝詩集》本、陳仲魚校本、鄧邦述校本作『旁』。古二字通。

〔四〕『揚』，陸刻本、陳仲魚校本、鄧邦述校本作『楊』，誤。金濤聲曰：『《詩經・大雅・江漢》曰：對揚王休。本集《贈弟士龍詩》曰：對揚休顧。可資佐證。』金説是。

〔五〕謳歌，《文集》作『謳謌』，陸刻本作『謳歌』。謌，同歌。今據改。又『謳』，《文選》卷二十作『讌』。六臣本注：『五臣本作謳。』

〔六〕『于化』，陸刻本作『干化』，扞格不通，且與下文『在』，不對偶，當形近而誤。

〔七〕『形』，《文選》卷二十作『刑』。古二字通。

〔八〕『淵沖』，《藝文類聚》卷三十九作『沖深』；《初學記》卷十作『川沈』。

〔九〕『負檐』，陸刻本、《古詩紀》卷三十五、《百三家集》本作『負擔』，古二詞同。

【注釋】

① 善注：『三正，夏殷周也。周建子爲正月，殷建丑爲正月，夏建寅爲正月。《尚書大傳》曰：正，色三而復者也。《春秋合誠圖》曰：赤受天運。宋均曰：運，録運也。』良注：『三正，夏殷周也。正朔不同，故云迭紹。洪，大。運，録也。謂大聖受天録。大聖，天也。』迭，更迭，交替。《易・説卦》：『分陰分陽，迭用柔

剛。』紹，繼承。《書・盤庚上》：『紹復先王之大業，底綏四方。』《爾雅・釋詁》：『紹，繼也。』啓，開創。《詩・魯頌・閟宮》：『大啓爾宇，爲周室輔。』《玉篇》：『啓，開也。本作啟。』此二句言夏殷周三朝交替承繼正朔，開創基業，接受天録。

②善注：『《尚書》曰：在昔殷先哲王。《周易》曰：大人者，先天而天弗違。又曰：湯武革命，順乎天而應乎人。』翰注：『自昔哲王，謂堯禹遞相禪代，言皆先天而行事，天不違而順從。』此二句言前代哲王在天授運禄之前，順天應人，遞相禪代。

③善注：『《國語》：藍尹亹曰：吾聞君子唯獨居思念前世崇替。韋昭曰：崇，終也。替，廢也。班固《漢書》：項羽讚曰：近古以來，未嘗有也。』銑注：『言前代衆君有終替廢下，及近古亦如之。』辟，君主。《爾雅・釋詁》：『辟，君也。』降，《爾雅・釋言》：『下也。』此二句言前代諸君廢替禪讓，下至近古，亦復如此。

④善注：『魏爲土德，曰黄。晉爲金行，曰素。干寶《搜神記》曰：魏推五德之運，以土承漢。又程猗《説石圖》曰：金者，晉之行也。建安五年，初，桓帝時，有黄星見於楚宋之分野，遼東殷馗，善天文，言後五十歲，當有真人起於譙沛之間，其鋒不可當，至此凡五十年，而公破紹，天下莫敵矣。晉世祖武皇帝，姓司馬，名炎，字安世。受魏陳留王禪，以金德王，都洛陽。金於西方爲白，故曰素靈。《爾雅》曰：渝，變也。祜，福也。』向注：『魏。土德，故云黄暉。晉，金德，故云素靈。謂魏變而晉承祜。』以上追述歷代禪讓之歷史，此二句始言黄暉之魏既已衰落變化，素靈之晉自然承其祜福。

⑤善注：『《毛詩》曰：乃眷西顧，惟此與宅。《左氏傳》：衆仲曰：胙之以土，而命之氏。《尚書》曰：降丘宅土。』濟注：『天顧我晉，降之以福，所使居此土也。』眷，眷顧。《説文》：『眷，顧也。』祚，賜福。《左

傳・宣公三年》：『天祚明德，有所厎止。』宅土，土地，此指疆土。《尚書・禹貢》：『桑土既蠶，是降丘宅土。』此二句言上天乃眷顧我晉，賜之以福，使有天下。

⑥ 善注：『三后，謂宣景文也。世武，世祖武皇帝也。《國語》：太子晉曰：自后稷始基靜民。《尚書》：伊尹曰：肆嗣王丕承基緒。』良注：『言始崇根趾，武帝大承其業。』始基，開始，開拓。干寶《晉紀總論》：『故自后稷之始基，靜民十五王。』善注：『韋昭曰：基，始也。』丕，奉。《漢書・郊祀志》：『丕天之大律。』顏師古注：『丕，奉也。』此二句言宣景文三君創始基業，世祖武皇帝繼承之。

⑦ 善注：『《國語》曰：虞幕能聽協風，以成樂生物者也。韋昭曰：協，和也。《廣雅》曰：駭，起也。《説文》曰：晷，日景也。言日澄清也，謂不薄蝕。』翰注：『協，和。駭，散也。言和風傍散。晷，日也。仰澄，謂無薄蝕也。』此二句言和風吹散日邊之雲，天上日光澄澈光明。以此比喻晉之輝煌光大，如日中天。

⑧ 善注：『《國語》：史伯對鄭桓公曰，夫藜爲高辛氏火正，以淳曜敦大，光照四海。《呂氏春秋》曰：神通乎六合。』銑注：『晉之先有黎者，爲高辛氏火官。有淳美光曜之德於六合，故得皇慶所興。』六合，猶言天下。《淮南子・原道訓》：『舒之幎於六合，卷之不盈於一握。』許慎注：『孟春與孟秋爲合，仲春與仲秋爲合，季秋與季春爲合，孟夏與孟冬爲合，仲夏與仲冬爲合，季夏與季冬爲合，故曰六合，滿天地間也。一曰四方上下爲六合。』攸，所。《詩・大雅・靈臺》：『王在靈囿，麀鹿攸伏。』鄭玄箋：『攸，所也。』慶，福。《易・坤》：『積善之家，必有餘慶。』此二句言先祖重藜淳美之光普照天下，西晉王室之業再度興盛。

⑨ 善注：『晉在河汾之陽。《毛詩》曰：自彼氐羌。《尚書》曰：璿璣玉衡，以齊七政。孔安國曰：七政，日月五星，各異政也。』向注：『河汾，水名，晉所封境也。言從彼河汾，奄有天下，以齊七政也。』按：善引文意不明。孔安國《尚書・舜典》注：『璿，美玉。璣，衡。王者正天文之器，可運轉者。七政，

日月五星各異政。舜察天文，齊七政，以審己當天心與否。』齊七政，意謂綜合考察日月五星之變化，審已執政是否符合天意。奄，盡有。《詩・周頌・執競》：『自彼成康，奄有四方。』高亨《周頌考釋》：『奄，猶盡也，包括一切之詞。』此二句言晉自河汾封境而來，一直盡合天意。

⑩ 善注：『《周禮》：栗氏量銘曰：時文思索。鄭玄曰：言是文德之君，思求可以爲民立法者。《尚書》曰：世篤忠貞。毛萇《詩傳》曰：篤，厚也。《尚書》曰：欽若昊天。毛萇《詩傳》曰：翼，敬也。毛詩曰：對揚王休。又曰：昊天有成命，二后受之。』濟注：『言晉盛文化，代厚其聖，能敬輔上天，對明以成休命也。翼，輔。揚，明也。』欽，敬仰，仰慕。《書・堯典》：『欽明文，思安危。』孔安國傳：『欽，敬也。』時，《廣韻》：『是也。』對揚，報答闡揚之意。《詩・大雅・江漢》：『虎拜稽首，對揚王休。』毛詩傳：『對，遂。鄭玄箋：『對，答。休，美也。』成命，前代已有之王命。《詩・周頌・昊天有成命》：『昊天有成命，二后受之。』鄭玄箋：『昊天，天大號也。成命者，言周自后稷之生，而已有王命也。』此四句言惟晉世以文教化天下，百姓亦厚戴聖朝，欽敬上天，使先王嘉美之成命，更加發揚光大。

⑪ 善注：『劉騊駼《郡太守箴》曰：大漢遵周，化洽九區。《尚書》：夔曰：戛擊鳴球，搏拊琴瑟，以詠祖考來格。』良注：『咸，和也。言九州能和謳歌，以詠我王之德。』九區，九州，天下。顔延年《赭白馬賦》：『曁明命之初基，罄九區而率順。』善注：『九區，九州也。』良注：『九區，九州也。』克，能，能够。《爾雅・釋言》：『克，能也。』咸，全部。《説文》：『咸，皆也，悉也。』此二句言九州之内，萬民皆謳歌而頌晉王之德。

⑫ 善注：『皇上，惠帝也。《爾雅》曰：纂，繼也。經，猶理也。《論語》曰：人能弘道。』翰注：『繼武皇盛德，以經教天之大道也。纂，繼。弘，大也。』隆，盛，此指盛德。《玉篇》：『隆，隆盛也。』此二句言今皇上能繼承先皇隆盛之德，治理教化天下，以弘揚先皇之道。

⑬ 善注：『《毛詩》曰：在宗載考。鄭玄曰：考，成也。《尚書》曰：允釐百工，庶績咸熙。孔安國曰：釐，理也。毛萇《詩傳》曰：荒，大也。《左氏傳》：呂相曰：我有大造於西也。杜預曰：造，成也。』銑注：『工，官，載，則。考，成也。言化豐而官成。』向注：『績，功也。荒，猶法也。言俯理衆功，仰法天之大成。』于化，猶言教化。于，介詞，在。豐，豐滿，喻隆盛。《説文》：『豐，豆之豐滿者也。』考，謂宗廟落成之禮。《左傳・隱公五年》：『考仲子之宫。』服虔注：『宫廟初成，祭之，名爲考。』在工載考，意在官者必參勤於政事。此四句言教化既已隆盛，在官必也勤政，俯理衆官之功績，仰法上天之大成。

⑭ 善注：『《毛詩》曰：儀刑文王。又曰：天保定爾。』濟注：『儀，則。刑，法。綏，安。保，位也。言法祖宗，於是以安。』形，通刑。《逸周書・武紀》：『其刑慎而殺。』朱右曾校釋：『形、刑古通。』妥，段玉裁《説文解字注》：『妥，安也。』天保，天之所安也。《詩・小雅・天保》：『天保定爾，亦孔之固。』鄭玄箋：『保，安。爾，女也。女，王也。天之安定女，亦甚堅固。』此二句言以祖宗之成命爲準則，並效法之，即可安定天賜之皇位。

⑮ 善注：『我后，謂太子也。機爲洗馬，故稱我后。《毛詩》曰：篤生武王。又曰：克明克類。』良注：『我后，謂太子也，言能有明秀之德。機爲親臣。』克，能。《詩・大雅・蕩》：『靡不有初，鮮克有終。』明，喻如日月照臨天下。《詩・大雅・皇矣》：『貊其德音，其德克明。』鄭玄箋：『德正應和曰貊。照臨四方曰明。』秀，才能優異出衆。《國語・齊語》：『秀民之能爲士者，必足賴也。』此二句言上天賜福，厚生我太子，德昭日月，才能出衆。

⑯ 善注：『《尚書》曰：昔先君文王、武王宣重光。《爾雅》曰：景，大也。《尚書》：周公曰：王嗣無疆大歷服。又舜曰：天之歷數在爾躬。』善曰（按：此當爲五臣注，六臣本鈔誤）：『言體輝光之德，承明聖之

嗣，故曰重光。景，大也。數，歷數也。謂承規法於天歷數。』重光，猶言日月之光。《書・顧命》：『昔君文王、武王，宣重光，奠麗陳教。』孔安國傳：『重光，馬云：日月星也。大極上元十一月朔旦冬至，日月如疊璧，五星如連珠，故曰重光。』此二句言太子身沐日月之光華，行承上天之歷數。

⑰善注：『《尚書》曰：有夏先后，方懋厥德。《家語》：齊大夫子輿見孔子曰：今知海淵之爲大。《字書》曰：沖，虚也。桓子《新論》曰：聖人天然之姿，所以絶人遠者也。應劭《漢官儀》曰：太子有玉質。《廣雅》曰：裕，容也。』銑注：『沖，深也。言茂盛之德，如淵之深；天然之姿容，如玉矣。』此二句喻太子道德深厚，姿容出衆。

⑱善注：『《左氏傳》：子産曰：諺云蕞爾小國。《儀禮》曰：小臣正辭。韋孟《諷諫詩》曰：撫寧遐荒。』濟注：『蕞，小也。小臣，機自謂也。邈彼荒遐，言從吴來也。』邈，遠。蔡琰《胡笳十八拍》：『雁高飛兮邈難尋，空腸斷兮思愔愔。』此二句言藐小之下臣，來自邈遠荒蠻之遠方。

⑲善注：『臧榮緒《晉書》曰：楊駿誅，徵機爲太子洗馬。《左氏傳》：陳公子完曰：弛於負檐。杜預《左氏傳注》曰：振，整也。《洛陽記》曰：太子宫在大宫東，中有承華門。』良注：『弛，廢也。承華，太子門也。言廢負檐之役，振纓緌於太子門也。』負檐，肩挑背負。《楚辭・哀時命》：『負檐荷以丈尺兮，欲伸要而不可得。』王逸注：『背曰負，荷曰檐。』此指奔走之勞。《風俗通義》卷一：『羈旅之臣，幸若獲宥，及於寬政，赦其不閑教訓，而免諸罪戾，弛於負檐，君之惠也。』振纓，喻做官。纓，帽下帶子，此指官冕。陸雲《大將軍宴會被命作詩》：『冕弁振纓，服藻垂帶。』濟曰：『冕纓藻服，皆卿大夫法也。』此二句言使我免除奔波之勞，任職于太子之門下。

⑳善注：『《左氏傳》：周子曰：孤始願不及此。《爾雅》曰：嘉，善也。』翰注：『言今日榮寵，非初始

所敢願。惟君命之善，得至於此。』此二句意如翰注。

【集評】

［清］何焯《義門讀書記》卷四十六：陸士衡《皇太子宴元圃宣猷堂有令賦詩》入本題後太促，亦絶無勸勉慇懷之語。

［清］潘德輿《養一齋詩話》卷七：四言詩如潘安仁《關中詩》，陸士衡《皇太子宴玄圃詩》，陸士龍《大將軍宴會詩》，應吉甫《華林園集詩》，顔延年《應詔讌曲水詩》《皇太子釋奠詩》，體制聲色，都如一轍。顔雖琢雕較甚，然亦無甚高下。蓋皆雅頌之皮毛，阿諛之圭臬，而四言之奴隸也。漢魏以來，四言自以韋孟《諷諫》爲第一，魏武帝《短歌行》《觀滄海》《龜雖壽》，曹子建《應詔》《責躬》《朔風》等詩次之，皆在晉宋人上。然晉人如淵明《停雲》《時運》等作，又不可以風會論。

［清］陳祚明《采菽堂古詩選》卷十：末章自叙，稍見生致。

［清］吴淇《六朝選詩定論》卷十：題是《皇太子晏玄圃宣猷堂有令賦詩》，詩却只是皇太子有令賦詩，無一字及晏玄圃宣猷堂。此晏應是太子私晏，不曾奉詔。

首句至『祚之宅土』十句，自『三政迭紹』寫來，見晉爲正統，宣、景、文三后創業之始，略寫一句。『世武』至『奄齊七政』凡九句，武帝受命之君，稍詳之。『時文』至『妥綏天保』凡十四句，又覆述宣、景、文、武四后，引歸當今『皇上纂隆』云云，寫之極詳，然後轉落『太子篤生』云云，凡六句只寫得天姿之美，便遞下自序云云，如縮腳語，然蓋欲勉之以學也。然不直言切言者，蓋以荒遐小臣，新膺嘉命耳。政欲細察其意也。

［清］俞瑒評：意象華整，然無甚生色處。（清鈔本《昭明文選》）

［清］方廷珪《昭明文選集成》：按最苦於作此類題目，無情景可以發揮。纖則寒瘦不類，濃則重濁可憎，總要鋪排得有倫次。於典重中寓流逸，便爲矯然出群。兹篇截截周到，筆力尤簡括不入支蔓。

皇太子賜讌詩〔一〕

【題解】

據所補之《序》可知，元康四年（二〇四）秋，機出補吴王郎中令時太子曾賜宴，機因事倉卒，未得赴宴。而《序》所言之三月十六日，蓋當在次年，非元康四年也。機或因故回京城，太子『有命清宴』。宴後，機感恩而賦此詩。詩歌頌晉業之輝煌，太子之盛德，並祈太子勤政謙恭，廣惠下臣，以守其成。雖爲應制之作，乃含别後殷殷勸諫之意。

【元康四年秋，余以太子洗馬出補吴王郎中。以前事倉卒，未得宴。三月十六，有命清宴。感聖恩之罔極，退而賦此詩也】〔二〕。

明明隆晉，茂德有赫①。思媚上帝，配天光宅②。誕育皇儲，儀形〔三〕在昔③。徽言〔四〕時宣，福禄來格④。勞謙降貴，肆敬下臣⑤。肇彼先驅，翻成嘉賓⑥。

【校勘】

〔一〕《文選》卷三十謝靈運《擬魏太子鄴中集》善注：『《陸機集》有《皇太子清宴詩》。』又《北堂書鈔》卷六十六作《皇太子清宴詩》；《太平御覽》卷五百三十九作《皇太子請宴詩》，請或爲清之誤。故此詩當作《皇太子清宴詩》。

〔二〕此序《文集》脱。逯欽立《先秦漢魏晉南北朝詩》案曰：『序文或屬此詩，列此俟考。』《北堂書鈔》卷六十六，《太平御覽》卷五百三十九節引，今據補。

〔三〕『形』，《藝文類聚》卷三十九、《七十二家集》本、《百三家集》本、《詩紀》卷二十五作『刑』，古二字通。機集中『儀形』與『儀刑』，多不加分別。

〔四〕『徽言』，《文集》作『微言』。《藝文類聚》卷三十九、陸刻本、《百三家集》本、《六朝詩集》本、陳仲魚校本、鄧邦述校本作『徽言』。又《文集》校曰：『微言，別本作徽。』今據改。

【注釋】

①明明，喻如日月照臨天下。《詩·小雅·小明》：『明明上天，照臨下土。』鄭玄箋：『明明上天，喻王者當光明如日之中也，照臨下土，喻王者當察理天下之事。』隆，盛。《説文》：『隆，豐大也。』赫，顯赫，顯明。《詩·大雅·生民》：『以赫厥靈，上帝不寧。』毛詩傳：『赫，顯也。』此二句言晉室之隆盛如日照大地，晉皇之茂德何其顯赫。

②思媚，思念愛戴。《詩·大雅·思齋》：『思媚周姜，京室之婦。』毛詩傳：『媚，愛也。』配天，猶言德

配天地。《禮記・中庸》：『博厚配地，高明配天，悠久無疆。』鄭玄注：『後言悠久者，言至誠之德，既至博厚高明，配乎天地，又欲其長久行之。』光宅，喻德如日月之長存。《尚書・堯典》：『昔在帝堯，聰明文思，光宅天下。』孔安國傳：『言聖德之遠著。』宅，存。《書・康誥》：『宅心知訓。』孔穎達疏：『居之於心，則知訓民矣。』此二句言晉皇愛戴上帝，德配天地，如日月之長存。上四句是就晉惠帝而言。

③誕育，猶言誕生。潘勗《册魏公九錫文》：『乃誘天衷，誕育丞相。』善注：『《詩傳》：誕，大也。鄭玄曰：大矣，后稷之生。』向注：『誕謂生也。言曹公祖父，蔓深於國，乃進至忠之心於上天，遂生丞相。』皇儲，太子。《漢書・胡廣傳》：『太子，國儲副君。』儀形，以爲準則並效法之。儀，準則；形，通刑，效法。見《皇太子宴玄圃宣猷堂有令賦詩》注。此二句言誕生了偉大太子，以先皇之成命爲準則，並效法之。

④徽言，美言。《尚書・立政》：『嗚呼，予旦已受人之徽言，咸告孺子王矣。』孔安國傳：『歎所受賢聖，聖禹湯之美言，皆以告稚子王矣。』福禄來格，猶言福禄降至。《詩・大雅・鳧鷖》：『公尸燕飲，福禄來成。』鄭玄箋：『酒殽清美，以與公尸燕樂飲酒之，故祖考以福禄來成女。』又《尚書・益稷》：『戛擊鳴球，搏拊琴瑟以詠，祖考來格。』孔安國傳：『此舜廟堂之樂，民悦其化，神歆其祀，禮備樂和，故以祖考來至明之。』格，《爾雅・釋詁》：『格，至也。』此二句言時宣告太子之美於天下，先皇將福禄降至於您。

⑤勞謙，勤勞謙恭。孔融《薦禰衡表》：『遭遇厄運，勞謙日仄。』善注：『《周易》曰：勞謙君子，有終，吉。』翰注：『言勤勞謙恭，日晚不食，以求賢也。』肆，擴展。《左傳・昭公三十二年》：『伯父若肆大惠，復二文之業，弛周室之憂。』杜預注：『肆，展放也。』此二句言勤政謙恭，迂尊降貴，普敬衆臣。

⑥肇，開始。《書・舜典》：『肇十有二州，封十有二山。』孔安國傳：『肇，始也。』先驅，前驅，王出行，左有駕車者，前有引道者。張衡《東都賦》：『先驅復路，屬車按節。』善注：『先驅則前驅也。《周禮》曰：王

出入，則自左馭而前驅。』鄭玄《周禮注》：『前驅，如今道引也。』翻，則。庾信《卧疾窮愁》：『有菊翻無酒，無絃則有琴。』此二句言始爲前驅者，今亦爲嘉賓。因機曾任太子洗馬，故曰『肇彼先驅』，今已任吴王郎中令，反成賓客，故曰『翻成嘉賓』也。

春詠〔一〕

【題解】

初春本是宜人之時，然而詩人却在四時節候推移之中，感到時光匆匆，人生易老，春之活力與人之老境對照，故詩人敏感的心靈猶如料峭之寒意，充滿悲傷。以『節運同可悲』陡峭而起，凸顯悲情，尤爲驚心動魄。而著一『同』字，則將心靈之悲與節候之悲推衍共振，强化了悲情的濃度。詩作時間不可考，當作於詩人晚年。

節運同可悲，莫若春氣甚①。和風未及燠，遺凉清且凛②。

【校勘】

〔一〕《詩紀》卷二十五曰：『亦見《鮑明遠集》。』《藝文類聚》卷三作『晉陸機詩』。《古詩紀》《百三家集》兩收於《陸機集》和《鮑照集》。金濤聲曰：『宋本《鮑集》無此詩，今本有，似《鮑集》誤。』金説是，當以《藝文類聚》所載爲是。又《七十二家集》本另載《秋詠》，與此相對。

【注釋】

① 節運，四時節候之推移。潘岳《寡婦賦》：『曜靈曄而遄邁兮，四節運而推移。』善注：『《易乾鑿度》：孔子曰：天有春秋冬夏之節，故主四時古曆。《九秋篇》曰：寒暑推移。』翰注：『四節，四時也。運，流也，推移不停也。』此二句言四時節候推移，猶人生時光易逝，故同可悲傷。

② 和風，和舒之春風。謝靈運《於南山往北山經湖中瞻眺》：『海鷗戲春岸，天雞弄和風。』翰注：『和風，春風。』燠，暖。《禮記·内則》：『下氣怡聲，問衣燠寒。』凛，《説文》：『寒也。』此二句言和煦温暖之春風未至，清泠凛冽之冬凉尚存，更徒增傷感。

遨遊出西城

【題解】

初春季節，萬物由瑟肅而透出光澤，詩人優遊於都城之外，然見萬物隨節序之變化，而感慨時光遷化，盛衰相續，人生易老，應及時建功立業，名垂於世。詩作時間不可考，然所寫景物爲洛陽之景，且詩情昂揚勃郁，當作於入洛之後，宦海得意之時。

遨遊出西城，按轡循都邑①。逝物隨節改，時風肅且熠②。遷化有常然，盛衰自相襲③。靡靡年時改，苒苒〔一〕老已及④。行矣勉良圖，使爾脩名立⑤。

【校勘】

〔一〕『苒苒』，郝立權《陸士衡詩注》：『當作冉冉。《離騷》曰：老冉冉其將至兮，恐修名之不立。』郝説誤，苒苒，古通冉冉。如張九齡《高齋閑望言懷》：『歲華空苒苒，心曲且悠悠。』可證。

【注釋】

① 遨遊，猶優遊。宋玉《高唐賦》：『其鳴喈喈，當年遨遊。』翰注：『遨遊，戲也。』按轡，扣緊馬轡，使徐行也。按，止。《説文》：『按，下也。』段玉裁注：『以手抑之使下也。』轡，馬轡。循，沿。《爾雅・釋詁》：『循，自也。』郭璞注：『自，猶從也。』都邑，都城。《周禮・夏官・司馬》：『若造都邑，則治其固，與其守法。』鄭玄注：『都邑，亦爲城郭。』此二句言出西城而優遊，沿着都城徐徐而行。

② 逝物，隨節序變化之萬物。《爾雅・釋詁》：『逝，往。』郝立權《陸士衡詩注》：『風物隨節序而遷改，故云逝物也。』謝靈運《維摩詰經中十譬讚・幻》：『一從逝物過，既往亦何陳。』時風，應時之風，多指春風。《後漢紀》卷十九《孝順皇帝紀》：『所以迎氣東郊，以應時風。』肅，蕭瑟。《禮記・月令》：『季春行冬令，則寒氣時發，草木皆肅。』鄭玄注：『肅，謂枝葉縮栗。』熠，鮮明。《詩・豳風・東山》：『倉庚於飛，熠熠其羽。』鄭玄箋：『熠熠其羽，羽鮮明也。』此二句言變化之萬物隨季節而改變，在初春之風中，雖枝葉縮栗，却已透

出光澤。

③ 遷化，猶言變化。曹植《神龜賦》：『蚍折鱗於平皋，龍脱骨於深谷，亮物類之遷化，疑斯靈之解殼。』襲，《爾雅・釋詁》：『襲，因也。』此二句言自然之變化規律可循，人生之盛衰自相因襲。

④ 靡靡，猶遲遲，舒緩貌。《詩・王風・黍離》：『行邁靡靡，中心摇摇。』毛詩傳：『靡靡，猶遲遲也。』苒苒，通冉冉，漸漸。駱賓王《疇昔篇雜言》：『他鄉苒苒消，年月帝里沉。』及，至。《玉篇》：『及，逮也。』此二句言四時節序緩緩變化，人之老境漸漸來臨。

⑤ 良圖，美好打算，此指建功立業的理想。左思《詠史詩》之一：『鉛刀貴一割，夢想騁良圖。』脩名，修身立業之功名。《楚辭・離騷》：『老冉冉其將至兮，恐脩名之不立。』王逸注：『言人年命冉冉而行，我之衰老將以來至，恐脩身建德而功不成、名不立也。脩與修同，古書通用。』此二句言勉力地實現建功立業的理想，使你修身立業之功名流傳於世。

赴洛詩〔一〕

【題解】

太康元年吴亡後，機與弟雲隱居鄉里讀書十年，太康末入洛。此詩作於太康十年（二八九）陸機離吴赴洛之時，抒發離别故土時種種複雜情緒。一開頭以『希世無高符，營道無烈心』，表達『以希世則無高才，以求道則無决心，言出不成出，處不成處也』（余碧泉刻《文選纂注》）的難堪人生窘境，定下全詩基調，故其中有迫於王命之無奈，離別場景之慘惻，回望故鄉之眷念，行途景物之傷情，別後思念之難堪，懷歸無日之慨歎，又交織遠赴他國，身事異主，不知辛苦爲誰的悵然失落。依次寫來，十分動人。人生、人情、人性多層面地融合，非一般離別詩所可比也。

希世無高符，營道無烈〔二〕心①。靖端肅有命，假楫〔三〕越江潭②。親友贈予邁，揮淚廣川陰③。撫膺解攜手，永歎結遺音④。無迹有所匿，寂寞〔四〕聲必沉⑤。肆目眇弗〔五〕及，緬然若雙潛⑥。南望泣玄渚，北邁涉長林⑦。谷風拂修薄，油雲翳高岑。亹亹孤獸騁，嚶嚶思鳥吟⑧。感物戀堂室，離思一何深⑨。佇立慨〔六〕我歎，寤寐涕盈衿〔七〕。惜無懷歸志，辛苦誰爲心⑩。

【校勘】

〔一〕《文集》作《赴洛》二首。前首爲「希世無高符」，後首「羈旅遠遊宦」。《文選》善注：「《集》云：此篇赴太子洗馬時作，下篇云東宫作，而此同云赴洛，誤也。」考其内容，善説是，故依《文選》分爲二首，一作《赴洛詩》，一作《東宫作》。

〔二〕「烈」，六臣本注：「五臣作列。」古二字通。

〔三〕「楫」，《文選》卷二十六、陸刻本、《百三家集》本、《六朝詩集》本、陳仲魚校本、鄧邦述校本作「檝」。六臣本注：「五臣作楫。」古二字通。

〔四〕「寂寞」，《文選》卷二十六作「寂漠」。六臣本注：「五臣作寞。」

〔五〕『弗』，《文選》卷二十六、《七十二家集》本、《詩紀》卷二十五作『不』。六臣本注：『五臣作弗。』

〔六〕『慨』，《文選》卷二十六作『愾』。六臣本注：『五臣作慨。』古二字通。

〔七〕『衿』，陸刻本、陳仲魚校本作『矜』，形近而誤。陳仲魚校本、鄧邦述校本亦校作『衿』。

【注釋】

① 善注：『《莊子》：原憲謂子貢曰：夫希世而行，比周而友，憲不忍爲也。《漢書音義》：希世，隨世也。《禮記》曰：儒有合志同方，營道同術。』向注：『高符，瑞命也。烈，猛也。言望於世俗富貴，則無瑞命。營道藝之術，又無猛心。』希世，猶言顧世俗榮譽而動。《莊子·讓王》：『夫希世而行，比周而友……憲不忍爲之也。』王先謙《集釋》：『司馬云：希，望也。所行常顧世譽而動。』高符，猶高節。王維《座上走筆贈薛璩慕容損》：『希世無高符，絶迹有卑棲。』《玉篇》：『符，符節也。』引申爲守節之節。烈心，烈士之壯心。曹操《步出夏門行》：『老驥伏櫪，志在千里。烈士暮年，壯心不已。』此二句言追逐世俗之譽者，無高尚之節操；經營道術之儒者，無烈士之壯心。

② 善注：『《國語》：祁午見范宣子曰：若能靖端諸侯，使服聽命於晉國。《周易》曰：大君有命。《説文》曰：越，渡也。《楚辭》曰：游於江潭。』濟注：『靖，清。端，正。肅，敬也。有命，君命也。假借舟楫，以渡江潭。潭，江之渡也。』楫，槳。《玉篇》：『楫，行舟具也。』此二句言清廉正直，恭敬王命，假借舟楫，以渡江潭。上二句就世俗言，此二句就自己言。

③ 善注：『《家語》：公父文伯卒。敬姜曰：二三婦無揮涕。王肅曰：揮涕者，淚以手揮之。』翰注：

『邁，行。揮，拭也。廣川陰，江南岸也。言親友贈行，拭淚而別於此處。』贈，《廣韻》：『相送也。』陰，水南。《玉篇》：『陰，水南山北也。』此二句言離家之時，親友餞行，江南岸邊，揮淚而別。

④善注：『《列子》曰：撫膺而恨。《毛詩》曰：携手同行。又曰：假寐永歎。曹子建《雜詩》曰：翹思慕遠人，願欲託遺音。』良注：『膺，胸也。撫膺解手而離別也。言別後長歎，鬱結思其所遺之音信也。』解，分。《説文》：『解，判也。』此二句言分開緊握雙手，撫胸悲傷，別後久久歎息，鄉思鬱結，切盼親友所遺之音信。

⑤善注：『言分訣之後，形聲俱没，視之無迹，而形有所匿；聽之寂寞，而其聲必沉也。《吕氏春秋》曰：作則有所匿其塗也。《淮南子》曰：寂寞，音之主也。迹或爲積，非也。』銑注：『謂離別後，迹無所見，聲無所聞，匿沉皆不見之貌。』匿，藏匿。《爾雅·釋詁》：『匿，微也。』郭璞注：『微，謂逃藏也。』此二句言別離之後，不見形迹，不聞音信，猶如藏匿沉没一般。

⑥善注：『高誘《淮南子注》曰：肆，盡也。《毛詩》曰：瞻望不及。韋昭《國語注》曰：緬，猶邈也。』向注：『肆，縱。緬，遠也。言縱目遠視而不相見。故意相思緬然若雙潛也。』眇，猶言渺茫。《釋名·釋疾病》：『眇，小也。』此二句言縱目遠視，故鄉渺遥，不可望見，音信亦無，猶如雙雙潛藏一般。

⑦善注：『《西京賦》曰：海若遊於玄渚。』濟注：『玄渚，江中洲渚也。涉，歷也。言南望洲渚而泣，北行已歷長林。』玄，《説文》：『幽遠也。』此二句言南望故鄉江洲，不禁落淚，北行越過樹林，愈行愈遠。

⑧善注：『王逸《楚辭注》曰：草木交曰薄。《孟子》曰：油然作雲。亹亹，走貌也。曹子建詩曰：孤獸走索羣。《毛詩》曰：鳥鳴嚶嚶。』翰注：『草木叢生曰薄。翳，蔽也。亹亹，獸行貌。嚶嚶，鳥聲。』谷風，東風。《詩·周南·谷風》：『習習谷風，以陰以雨。』毛詩傳：『東風，謂之谷風。』油雲，濃雲。江

淹《齊太祖高皇帝誄》：『復林油雲，重山減日。』岑，泛指山。《説文》：『岑，山小而高。』此四句言春風吹拂長林，濃雲遮蓋山嶺，索羣孤獸奔走，歸巢飛鳥鳴叫。

⑨ 善注：『《古詩》曰：感物懷所思。曹子建《雜詩》曰：離思一何深。』良注：『堂謂母，室謂妻。』此二句言感物候之變化，不禁思戀老母妻兒，別離思鄉之情何其深厚！

⑩ 善注：『《毛詩》曰：佇立以泣。又曰：慨我寤歎。《孟子》曰：浩然有歸志。』銑注：『歎，息也。言歎息悲涕，爲仕晉，故歎惜不得有懷歸之志，辛苦羈旅，誰堪爲此心也。』此四句言佇立而慨歎，日夜淚流滿衿，歎惜其不得有懷歸之情，羈旅辛苦，誰堪忍受此情？

【集評】

［明］陸時雍《古詩鏡》卷九：末數語清湛如溜。

［明］孫鑛評：以拙語轉巧思，亦自耐咀嚼。（《孫月峰先生評文選》）

［清］王夫之《古詩評選》卷四：不使耆然有得者輒入吟詠，抑之沉之，閑之勒之，詩情至此，殆一變矣。唐人往往從此問津，而詩幾爲刊削風化之器。乃其止有域，其發有自，固不爲唐人濁重駁煩任首謀之罪。即如發端二語，唐人實用，此虛用；唐人以之言情，此以之紀事；唐人申説無已，此一及便止。位置之間，居然別之遠矣。

［清］方東樹《昭昧詹言》卷五『九八條』：（顔延之）《北洛詩》……何義門云：『此擬士衡《赴洛》。』余謂士衡作本無取，此詩亦無取。

[清]方東樹《昭昧詹言》卷五『九九條』：（顏延之）《還至梁陳作》，何義門云：『此擬士衡《赴洛道中作》。』此詩只託於行李之苦，盛衰之迹，意可知也。

[清]陳祚明《采菽堂古詩選》卷十：起二句士衡常調，故自矜琢。通首情非不真，述叙平平耳。

[清]吴淇《六朝選詩定論》卷十：『佇立』四句是現寫，『靖端』云云，是追寫。『佇思』四句，何由知其爲現寫，以其有思歸之語也。『佇思』句，與前後句口氣相運無痕，何爲如此斷斷？蓋通照兩詩文法也。士衡赴洛，一步一步俱有回顧故鄉之思。原詩首章『遺思結南津』，是臨行一顧。佇立望故鄉，行到晚夕，又一顧。『頓轡倚嵩岩』，將入洛，又一顧。此詩『南望泣玄渚』一顧，與原詩臨行一顧同地。『佇立慨我歎』，是入洛後一顧。在原詩『倚嵩』之後。何以知之？以上文『堂室』，下文『歸志』照之。若不到洛中，何更言歸？堂室兩字，分明從下文羈旅感起，然此四句云現寫，對前詩而言耳。若對本詩後章，則又是追寫初到時，末『羡彼凌霄鳥』一顧，方是寫寒暑已革後，現在作詩之一刻。

前詩無冒，却與登路後借問者，轉出『世網嬰我身』五字，恰如野鳥被擒，將入籠時急語。此詩已是久羈樊籠，經過多少磨難，故先發出兩句歎來，爲詩之冒。希世須有高符，我無高符，暗指入洛以後；營道貴有烈心，我無烈心，暗指將入洛之前也。『假檝』云云者，因原曰渡江以後，陸路寫起，一切親友款款相送之情，尚未及寫。此詩却補出未渡江以前，專寫親友之情，以見我慊慊思歸之由也。『南望』云云，乃隱括前詩道中意。然寫道中之苦，正專寫回憶親友之苦。『谷風』二句，望不見也。『亹亹』二句，不可同羣。堂室者，乃與親友聚首之地也。佇立，回望也。『惜無』二句，即唐詩所云『仕宦爲骨肉，骨肉盡儺仳。仕宦爲親戚，親戚久別離』之意。

[清]佚名評：上段與親友離別，此段方是赴洛，觀其詩題渾言赴洛，則非赴太子洗馬時可知。下章則

曰『羈旅遠遊宦，托身承華側』，尚是應召也。然又曰『撫劍遵銅輦，振纓盡祗肅』，則明明爲太子洗馬矣。又下篇『行行遂已遠，野途曠無人』，則又明明道中作矣，而集則曰『上二篇赴太子洗馬時作，下一篇東宫作』。已有撫劍銅輦等語，則爲洗馬時可知，下雖云行行遂遠，長途無人等語，或在東宫記憶追叙亦未可知，集言恐未誤也。（毛氏汲古閣本《文選》）

［清］方廷珪《昭明文選集成》：此篇是《赴洛詩》，來路去路極分明。

王闓運《八代詩選》評：寬和。緩緩而來，仍無懈處，層層凝練，却饒寬局，是陸詩獨絶處。此篇尤易尋其妙。

【備考】

關於此詩之詩題頗有争議。

第一，《文選》卷二十六、陸刻本、《詩紀》卷二十五並作《赴洛詩》；吴棫《韻補》卷一引沉、潛二韻，亦作《赴洛詩》。第二，李善《文選》卷二十六注曰：『《集》云「赴太子洗馬時作」，下篇云「東宫作」，而此同云「赴洛」，誤也。』第三，逯欽立《先秦漢魏晋南北朝詩》案曰：『此詩言親友贈邁，携手永歎；下篇言託身承華，寒暑已革。顯然非一時一地之作。《文選》同作「赴洛」，非是。今依選注分列兩詩。』故逯依《文選》善注將原『赴洛二首』分爲『赴太子洗馬詩』『東宫作詩』二篇。第四，陸侃如《中古文學繫年》（下）將其分爲《赴洛》上，《赴洛》下，並認爲，《赴洛》上與《赴洛道中作》以及《與弟雲書》作於同時，即太康末年。第五，姜亮夫《陸平原年譜》既認爲『惟題《赴洛》，恐不能無誤』，且又『玆仍舊題』。

稽之此詩之内容，『靖端肅有命，假楫越江潭。親友贈予邁，揮淚廣川陰』，明確説是迫於王命，辭吴入洛，故知非作于任太子洗馬之時，而當作於辭鄉赴洛之時。據《晉書》機本傳：『年二十而吴滅，退居舊里，閉門勤學，積有十年。……至太康末，與弟雲俱入洛。』吴滅於太康元年，機年二十，閉門勤學十年，則機年三十，即太康十年。太康終於十年，機當於此年入洛，與本傳『至太康末』入洛時間相合。故此詩應題爲《赴洛》爲妥，李善所言『《集》云《赴太子洗馬時作》』，顯係誤記。

又原題《赴洛》二首詩之下有『羈旅遠遊宦，託身承華側』之語，陸機《洛陽記》曰：『太子宫有承華門。』五臣注：『承華，東宫門名。』説明機作此詩時已任太子洗馬。又據《晉書》本傳：『會駿誅，累遷太子洗馬。』可知，機任太子洗馬在楊駿被誅後，駿被誅於元康元年三月，機任太子洗馬當在此時，或稍後。故原題《赴洛》二首，一作於赴洛之時，時間太康十年（二九〇）；一作於太子洗馬任上，時間元康元年（二九一）或稍後。綜輯史料，上篇當作《赴洛詩》，下篇當作《東宫作詩》爲妥帖矣。

東宫作詩〔一〕

【題解】

此詩作於陸機太子洗馬任上。《晉書》本傳：『會駿誅，屢遷太子洗馬。』據《晉書·惠帝紀》，楊駿被誅於元康元年（二九一）三月，此詩當作於此時或稍後。係抒發詩人雖託身太子，身登榮顯，然寒暑革易，一别經年，歸思難收，却又欲歸不得的悲苦之情。入洛未久，且身登榮顯，何以歸思難收，蓋本不欲赴洛，而赴洛之後又目覩亂世殺戮之故也。歸思之背後，隱蔽著一種生命的顫慄。『仰瞻陵霄鳥，羨爾歸飛翼』，以鳥襯人，尤顯沉痛。

羈旅遠遊宦，託身承華側①。撫劍遵銅〔二〕輦，振纓盡祗肅②。歲月一何易，寒暑忽已革。載離多悲心，感物情悽惻③。慷慨遺安念〔三〕，永歎廢寢食〔四〕④。思樂樂難誘，曰歸歸未剋〔五〕⑤。憂苦欲何爲〔六〕，纏綿胸與臆⑥。仰瞻陵〔七〕霄鳥，羨爾歸飛翼⑦。

【校勘】

〔一〕《文集》、《文選》卷二十六、《詩紀》卷二十五、陸刻本、《百三家集》本、《六朝詩集》本、陳仲魚校本、鄧邦述校本作《赴洛詩二首》之二。今據《文選》注，改爲《東宮作詩》。

〔二〕『銅』，李善注：『銅，或爲彫。』

〔三〕『念』，《文選》卷二十六、陸刻本、陳仲魚校本、鄧邦述校本、鄧邦述校本作『愈』。應據改。六臣本注：『五臣作念。』又陳仲魚校本、鄧邦述校本校作『念』。逯欽立《先秦漢魏晉南北朝詩》曰：『《文選旁證》云：「愈」當作悆，注引《東京賦》可證。作念者，形近而訛。』逯説不確。『悆』，《集韻》：『悆，音豫，喜也。』《札記》：『《文選》五臣本「愈」作念，蓋悆之譌。《詩紀》作豫。』另，『愈』通愉，樂也。其意亦可解。

〔四〕『寢食』，《文選》卷二十六作『餐食』；六臣本注：『五臣作寢食。』

〔五〕『剋』，陸刻本、六臣本作『克』。六臣本注：『五臣作尅。』

〔六〕『爲』，鄧邦述校本作『有』，又校作『爲』。

〔七〕『陵』，陸刻本作『凌』。古二字通。

【注釋】

① 善注：『謂爲太子洗馬也。《左氏傳》：陳敬仲曰：羇旅之臣。《漢書》：薄昭書曰：遊宦事人。范曄《後漢書》：王常曰：臣託身陛下。陸機《洛陽記》曰：太子宫有承華門。』向注：『承華，東宫門名。』羇旅，客居異鄉。張衡《思玄賦》：『羇旅而無友兮，余安能乎留兹。』善注：『衡曰：羇，寄也。旅，客也。』游宦，遠遊仕宦之人。顔延年《秋胡詩》：『悲哉遊宦子，勞此山川路。』此二句言客居異鄉，遠遊仕宦，託身於承華殿上。

② 善注：『《左氏傳》曰：子朱怒，撫劍從之。銅輦，太子車飾，未詳所見。《漢書》：匡衡曰：祇肅舊禮。銅或爲彫。』濟注：『撫，時也。銅輦，太子車也。振，整也，言整冠纓，盡祇敬也。』祇，恭敬。《左傳・僖公三十三年》：『父不慈，子不祇。』杜預注：『祇，敬也。』遵，《爾雅・釋詁》：『遵，循也。』此二句言仗劍侍衛，追隨太子之車，整頓冠纓，恭敬太子之命。

③ 善注：『《毛詩》曰：二月初吉，載離寒暑。』翰注：『歲月何易流轉，冬夏忽焉已改，言離經年歲，感物變易，而情悽惻。』革，改變。《玉篇》：『革，改也。』載離，『載離寒暑』之略，歷經寒暑。離，通罹。《詩・小雅・小明》：『二月初吉，載離寒暑。』孔穎達疏：『以二月初朔之吉日始行，至於今則離歷冬寒夏暑矣，尚不得歸。』此四句言歲月流轉，何其迅速，寒來暑往，倏忽已變。離鄉經年，本已悲傷，感物之變，情更悽惻。

④ 善注：『《東京賦》曰：膺多福以安愈。《詩》曰：假寐永嘆。《列子》曰：杞國有人憂天崩，廢寢食。

蔡琰詩曰：飢當食兮不能餐。』良注：『遺，猶復也。安，何。永。長也。』慷慨，歎息。盧諶《贈劉琨》其十七：『慷慨遐蹤，有愧高旨。』良注：『慷慨，歎也。』念，或作愈，通『愉』，快樂。《荀子·君子》：『天子也者，執至重，形至佚，心至愈。』楊倞注：『愈，讀爲愉。』此二句言慷慨長歎，復何安樂，長歎憂傷，廢其寢食。

⑤善注：『《國語》：楚藍尹亹曰：飲食思禮，同宴思樂。《毛詩》云：曰歸曰歸，歲亦暮止。』銑注：『誘，進。尅，遂也。』此二句言飲宴思樂，快樂難生，歲暮思歸，歸願未遂。

⑥善注：『《列子》曰：卑辱則憂苦。張叔《與任彦堅書》曰：纏綿恩好，庶蹈高蹤。《登樓賦》曰：氣交憤於胸臆。』向注：『言憂苦之事，但纏於胸臆之間。』纏綿，情感深厚，難以釋懷。《晉紀總論》：『恤隱民事，如此之纏綿也。』此二句言内心憂苦，是欲爲何，故園之思，纏綿於心。

⑦善注：『高誘《淮南子注》曰：羨，願也。《毛詩》曰：弁彼鸒斯，歸飛提提。』濟注：『霄，空也。言瞻望陵空之鳥，願假爾翼而歸飛。』此二句言仰視凌空之鳥，羨慕其展翅歸巢。

【集評】

[明]鍾惺《詞府靈蛇二集》神集《落句體例》：抱比：陸士衡『仰觀凌霄鳥，羡爾歸飛翼』。

[清]王夫之《古詩評選》卷四：陸以不秀而秀，是云夕秀，乃其不爲繁聲，不爲切句，如此作者，風骨自拔，固不許兩潘腐氣所染。

[清]何焯《義門讀書記》卷四十六：（『撫劍遵銅輦』）按長吉『臺城應教人，秋衾夢銅輦』，用此。

[清]方廷珪《昭明文選集成》：此篇是爲太子洗馬時作，詩意自明，與赴洛無干。若下二篇，則與前一

篇詩意一例，方可云赴洛耳。

［清］吴淇《六朝選詩定論》卷十：此詩（按：吴淇將上二詩作《赴洛詩》二首）首章明明點出思歸，後章『歲月』二句，仕晉已過一年有餘，仍以『赴洛』爲題者，明其始終不願赴洛也。蓋宦久思歸，人之常情也。入洛年餘，泛言思歸，無以異夫宦久思歸者，明不願赴洛之初志也。於是仍取從前赴洛之詩申寫之，却於原詩總轡登路之前，又添出親友相送渡江一段，於原篇只約略檃括數語，而於原詩『披衣』之下，又用『託身承華』云云，續寫出入洛以後，合兩詩觀之，只是赴洛一事之本末。此古人製題之妙。

前《赴洛道》之詩，二首，恰恰安置在此詩『若雙潛』之下，『南望』之上，中間縫裏，不空不礙，直神匠手也。學者合讀前後兩詩，先於此詩讀起。『希世』二句，可兼作兩詩之門。此詩『靖端』至『雙潛』，是親友送之過江，然後倒轉前詩。首章『總轡』云云，是別親友第一日行路，及次章前半一路行色，後半『倚嵩』以下，未入洛心事，却又轉歸此詩。『南望』云云，已是一年有餘，載離以下，雖寫現前思歸，實見無日不思歸。合前後兩詩，方了得赴洛一案。故仍以赴洛爲題云。題雖增『道中作』三字，實是一題。詩雖總叙一事，實是兩詩。當道中作詩，雖止於嵩巖頓轡，正與顔延年《北使洛詩》中『夕登陽城路』同法。初非留此，以爲再作地也。及其後來，又要再作，若不相犯，只于原詩前添一段，後續一段，便只是一詩。何由見作者大才，若竟相犯？前者已作，此便贅疣。何用再作？看此詩首章，雖與前詩相犯，却是一用現寫、實寫，一用追寫、虚寫。無一字不犯，却無一字相犯。後章接叙後事，雖不相犯，意却相承。入洛年餘，多少愁苦，都是我當不合入洛，所謂『營道無烈心』也。

託身以下，方爲太子洗馬。首句方入洛之日未受命。以就『羈旅』正照前章佇立之地，可見前『南望』云云，俱是追寫，不是現前實寫。

又赴洛道中二首〔一〕

【題解】

翰曰：『此詩意與前二篇同。』觀其詩意，亦如題所示，爲離鄉赴洛所作。詩反復申歎赴洛途中的離别之情，故鄉之思。前詩重在寫途中之景，觸物傷感。『世網嬰我身』在寫出不自由的人生情境時，又交代了離鄉之原因。後詩重在寫途中之行，直抒鄉思。『清露墜素輝，明月一何朗』，寫景之細膩，境界之澄澈，在機詩中别有風致。而『撫枕』『振衣』，則又在夜不成寐、百無聊賴之動作中，透出鄉思之濃鬱。俞瑒評曰：『二詩見行役之思，不作泛語，故佳。』（清鈔本《昭明文選》）

揔轡登長路，嗚咽辭密親①。借問子何之〔二〕，世網嬰我身②。永歎遵北渚，遺思結南津③。行行遂已遠，野途曠無人。山澤紛紆餘，林薄杳阡眠④。虎嘯深谷底，雞鳴高樹巔。哀風中夜流，孤獸更我前⑤。悲情觸物感，沈思鬱纏綿。佇立望故鄉，顧影悽自憐⑥。

【校勘】

〔一〕《藝文類聚》卷二十七作《赴洛詩》；善本作『《赴洛道中作一首》』，六臣本作『《赴洛道中作二首》』，注曰：『此詩意與前二篇同。』别本同六臣。

〔二〕『之』，《藝文類聚》卷二十七作『爲』。

【注釋】

①善注：『《家語》：孔子曰：善御者，正身以揔轡。蔡琰詩曰：行路亦嗚咽。薛君《韓詩章句》曰：嗚，歎辭也。毛萇《詩傳》曰：咽，憂不能息也。』良注：『揔，攬也。嗚咽，悲哀也。密，猶近也。』此二句言手攬馬轡，登上漫漫長路，憂傷哽咽，辭別至親。

②善注：『江韋《答君司馬詩》曰：羈縶繫世網，維進退準繩。《説文》曰：嬰，繞也。』銑注：『世網，謂官事。嬰，纏也。』此二句設爲問答之辭，言請問你欲往何處，答曰纏繞於世俗羅網，離鄉仕宦。

③善注：『《詩》曰：假寐永嘆。秦嘉《贈婦詩》曰：遺思致款誠。』向注：『遵，循也。北渚，向北之渚。南津，別處也。』遵北渚，取『鴻飛遵渚』之意。《詩·豳風·九罭》：『鴻飛遵渚，公歸無所，於女信處。』南津，猶南浦，送別之地。《楚辭·東君》：『子交手兮東行，送美人兮南浦。』洪興祖補注：『江淹《別賦》云：送君南浦，傷如之何。蓋用此語。』北渚南津，泛指送別之地。陸雲《答兄機》：『南津有絶濟，北渚無河梁。』銑注：『南津北渚，謂當時送別處。』王績《上巳浮江宴序》：『妍妝袨服，香驚北渚之風；翠幙玄帷，彩綴南津之霧。』遺思，猶餘思，留下的思念。劉楨《公讌詩》：『遺思在玄夜，相與復翺翔。』翰注：『元盡日歡樂未央，餘思在夜，復與夜遊戲也。』此二句言循洲渚北行，爲離鄉而長歎，留情思於南津，因傷別而鬱結。

④善注：『《周禮》曰：野塗五軌。《楚辭》曰：野寂寞其無人。《上林賦》曰：紆餘逶迤。《楚辭》曰：

遠望兮阡眠。』濟注：『曠，空也。紛紆餘，屈曲貌。草木叢生曰薄。杳，遠也。阡眠，原野之色。』行行，行不停貌。《古詩·行行重行行》：『行行重行行，與君生別離。』此四句言行走不停，遂遠離家園，途中空曠，闃無人迹。白天行走在屈曲的山澤，晚上露宿於草木叢生的山林。

⑤ 善注：『《淮南子》曰：虎嘯而谷風至。《樂録》曰：鷄鳴高樹巔。』翰注：『哀風，謂悲哀之風。孤獸，失羣獸也。更，經也。』此四句言深谷之中時聞虎嘯，高樹之末亦有雞鳴，淒哀之風夜半吹動，失羣之獸人前奔走。

⑥ 善注：『張叔《與任彥堅書》曰：纏綿恩好，庶蹈高蹤。《詩》曰：佇立以泣。丁儀《寡婦賦》曰：賤妾煢煢，顧影爲儔。《楚辭》曰：私自憐兮何極。』良注：『沉，深。悽，悲也。』憐，《爾雅·釋詁》：『憐，愛也。』此四句言觸物而生悲情，故鄉之沉思鬱結纏綿。佇立而望故鄉，顧視煢煢孤影，自憐其淒涼之情。

吴淇《六臣選詩定論》卷十曰：『題是《赴洛道中作詩》，即自道中截起，蓋士衡自家中起身渡江，尚有諸親隨送，總轡登長路，與諸親分手矣。此時身在江北，諸親已歸南津，故遺思惓惓也。「行行」六句，寫是日之苦。「哀風」六句，寫是夜之苦。「望故鄉」者，謂行甫半日，便舉目有山河之異。顧影自憐，即元劇所云破題，見第一夜也。「世網」句點出赴洛之故，乃一篇之觔。士衡國破入晉，其故難顯言。「世網」，佯若名韁利鎖所牽縛。「嬰我身」，决不能脱也。此猶是未入洛之言。及入洛後，則又變爲「靖端肅有命」也。兩語互異，固是時有不同。然讀者合觀之，益徵其苦。』

遠遊越山川，山川脩且廣。振策陟崇丘，安〔一〕轡遵平莽①。夕息抱影〔二〕寐，朝徂銜思往②。頓轡倚嵩〔三〕巖，側聽悲風響③。清露墜素輝，明月一何朗。撫枕〔四〕不能寐，振衣獨長想④。

【校勘】

〔一〕『安』，《文選》卷二十六作『案』；《藝文類聚》卷二十七作『按』。

〔二〕『影』，《藝文類聚》卷二十七作『景』。古二字通。

〔三〕『嵩』，六臣本注：『五臣作高。』《草堂詩箋》卷二十作『舊』。《四庫全書考證》卷九十五：『《赴洛道中作》其二：頓轡倚嵩巖，刊本嵩訛高。』

〔四〕『枕』，《文選》卷二十六作『几』。六臣本注：『五臣作枕。』别本同五臣。《四庫全書考證》卷九十五：『撫几不能寐，刊本几訛枕。並据《文選》改。』

【注釋】

① 善注：『《楚辭》曰：願輕舉而遠遊。秦嘉妻徐氏《答嘉書》曰：高山巖巖，而君是越。秦嘉詩曰：過辭二親墓，振策陟長衢。《漢書》曰：天子案轡徐行。《方言》曰：草，南楚謂之莽。』銑注：『脩，長。振，舉。策，鞭。陟，升也。崇丘，高山也。莽，草也。』此四句言遠遊渡過山川，山川漫長無邊。舉鞭策馬，登上高岡，按轡徐行，沿平坦之草莽。

② 善注：『《楚辭》曰：廓抱影而獨倚。』向注：『徂，往也。』銜，《玉篇》：『馬銜鐵。』引申爲含。此二句

言傍晚抱孤影而眠，早晨含鄉思而行。

③ 善注：『頓，猶舍也。《爾雅》曰：嵩，高也。』濟注：『頓轡，駐馬也。高巖，高山也。』此二句言駐馬倚於高山之下，側耳傾聽山林之風，亦帶悲情。

④ 善注：『《新序》曰：老古振衣而起。《舞賦》曰：遊心無垠，遠思長想。』翰注：『墜，落也。輝，謂露色也。振，整也。』此四句言墜落露珠，帶着月光清輝，明月何其朗亮！撫枕難眠，起身整頓衣襟，獨自長思故鄉。

吴淇《六臣選詩定論》卷十曰：『前章寫登路第一日，此章後半「頓轡」云云，寫入洛之前一夜。首「遠遊」云云，寫中間長路勞苦。前初登路之日，尚未覺得身子勞苦，到此才覺頓轡嵩巖，固是見天子，必先沐浴之禮，然實是回寫從前一路若醉若癡，至此忽省身已至洛，明日應當見朝，因此彷徨起來。風偏覺他悲，月偏嫌他明，至披衣而起，更無一時可挨。緬然長想，愁煞人也。』

【集評】

[明]陳繼儒《詩學雜言》卷上：唐子西云：謝玄暉詩：『寒城一以眺，平楚正蒼然。』平楚，猶平野也。呂延濟乃引『翹翹錯薪，言刈其楚』，謂『楚』木叢，便覺意象殊窘，予讀之不安其説。及見用修云：『楚，叢木也。登高望遠，見木杪如平地，故云平楚，猶詩所謂平林也。』陸機詩『安轡遵平莽』，唐人詩『燕掠平蕪去』，又『遊絲蕩平緑』，始覺暢然。

[明]楊慎《丹鉛摘録》卷十：《楚辭》：『遠望兮阡眠。』陸機詩：『林薄杳阡眠。』呂延濟曰：『阡眠，原野之色。』按：《説文》：𧮫，(望)山谷𧮫𧮫青也。則阡眠，字當作𧮫眠。又《列子》云：『鬱鬱芊芊。』注：芊芊，

茂盛之貌。李白：『賦彩翠兮芊眠。』[illegible]眠作芊眠，亦通。《文選》別作盰眠，字皆從目。

［明］楊慎《升庵詩話》卷二：謝朓詩：『寒城一以眺，平楚正蒼然。』楚，叢木葉，登高望遠，見木杪如平地，故云平楚，猶詩所謂平林也。陸機詩：『安轡遵平莽。』謝語本此。唐詩『燕掠平蕪去』，又『游絲蕩平緑』，又因謝詩而衍之也。

［明］皇甫汸《解頤新語》卷八：若謂聯綿交絡之格，則如陸士衡『遠遊越山川，山川修且廣』，王仲宣『但問所從誰，所從神且武』，李義山『棹裏自成歌，歌竟乘流去』，各自一體也。

［明］鍾惺《詞府靈蛇二集》神集《起首入興體例》：先叙事後衣帶入興：陸士衡詩：『遠遊越山川，山川修且廣。』此詩一句叙事，一句衣帶。古詩：『行行重行行，與君生別離。相去萬餘里，各在天一涯。道路阻且長，會面安可知。胡馬依北風，越鳥巢南枝。』此詩六句叙事，兩句衣帶。

［明］鍾惺《詞府靈蛇二集》神集《詩體》：問益體。陸士衡『借問子何之，世網嬰我身』。

［明］鍾惺《詞府靈蛇二集》神集《五勢對例》：疏對。陸士衡『哀風中夜流，孤獸哽我前』。此詩依稀對也。又『人生無幾何，爲樂常苦晏』。此詩孤絶不對也。

［明］陸時雍《古詩鏡》卷九：末數語清湛如溜。

［明］盧之頤輯《十二家評昭明文選》：王（世貞）云：（清露墜素輝）唐詩『露濯清輝苦』，本此句。

［明］唐汝諤《古詩解》卷十八：（下首）此士衡入洛而叙其羈旅之懷也。言遠遊京洛，跋涉山川，或升高丘，或依平莽，蓋夕猶抱影而卧，及朝而神已往矣。此時頓轡高巖，悲風悽惻，月露清朗，所以伏枕不寐，不覺振衣而發長想也。

［清］沈德潛《古詩源》卷七：二章稍見淒切。

〔清〕陳祚明《采菽堂古詩選》卷十：（上首）稍見淒切，景中有情。（下首）『夕息』二句，晉人常調，稍蒼。

〔清〕吴淇《六朝選詩定論》卷十：兩章三個『轡』字，一個『策』字，舊評譏其重複，非也。凡物違其性則悲，性成于所習。士衡吴人，性習吴不習洛。吴本水鄉，習舟不習馬。其不習洛之故，不敢顯言，故寫其不習馬以寓意焉。總轡是始，上馬頓轡是駐。馬遇崇丘，不得不振策；遇平莽，便攬轡信馬而行是也。于閒處冷笑，政於忙處痛苦也。杜詩『近鄉情更怯』（按：吴誤，此乃宋之問之詩），怯字喜極。此『振衣獨長想』，想字愁極。同一近也，近京而家益遠矣。

〔清〕張玉穀《古詩賞析》卷十一：此第二首也，辭親望鄉之意已見前首，故此只申寫征途之況。前八，皆叙道途跋陟之景，插入『夕息』二語，便不平直。後四，就夜景淒其作收，明翻抱影，暗顧銜思。

〔清〕洪若皋《梁昭明文選越裁》：大陸病在才富不能運，語滯不能清。此作頗能運動，而語亦清。

〔清〕方廷珪《昭明文選集成》：此二篇當合首一篇共爲赴洛作，刻意中極新極雋，氣尤流走。

王闓運《八代詩選》：清勁。此篇勁急警動。夜中悲風，以爲大雨至矣，及仰望俯視，明月高懸。此中每多此境，南人賦之，始覺淒亮入妙。

招隱詩二首〔一〕

【題解】

善曰：『《韓子》曰：閑静安居，謂之隱。』左思《招隱詩》良注曰：『思苦天下溷濁，故將招尋隱者，欲以退不仕。』以《招隱》名篇，淮南小山爲始作俑者。其《招隱士》王逸注曰：『小山之徒，閔傷屈原，身雖沉没，名德顯聞，與隱處山澤無異。故作《招隱士》之賦，以彰其志也。』此詩題爲招隱，實是頌隱。前詩極寫隱士所居之美之淳，流露出詩人富貴難求，何不歸隱的願望。然其頌隱背後，仍隱藏着詩人追求富貴而不得的失落。後詩除寫隱士所居之美外，亦寫隱士服食仙術。詩作時間不可考，士衡此種心態可能在兩個時期：一是退居鄉里；一是入洛迭經宦海浮沉之後。從『富貴苟難圖』句看，當是求富貴而不得，而生歸隱之心，疑作於遭齊王冏誣枉之後也。

明發心不夷〔二〕，振衣〔三〕聊躑躅①。躑躅欲安之，幽人在浚谷②。朝采南澗藻〔四〕，夕息〔五〕西山足③。輕條象雲構〔六〕，密葉成翠幄〔七〕④。結風〔八〕佇蘭林，回芳薄秀木⑤。山溜何泠泠，飛泉漱鳴玉⑥。哀音附〔九〕靈波，頹響赴曾曲。至樂非有假，安事澆淳〔一〇〕樸⑦。富貴苟難圖，税駕從所欲⑧。

【校勘】

〔一〕按：《招隱詩》，《文集》分作兩題，其中『駕言尋飛遁』一首置於《園葵詩》之前，『明發心不夷』一首置於《園葵詩》之後。二詩重複『朝采南澗藻，夕息西山足。輕條象雲構，密葉成翠幄』四句。《古詩紀》卷三十五、《百三家集》本分作三首，錢培名《札記》亦認爲當作三首，詳『備考』。此依郝立權《陸士衡詩注》之分篇，並删去後首所重複之四句。

〔二〕『夷』，《太平御覽》卷五百一十作『怡』。

〔三〕『振衣』，《太平御覽》卷五百一十作『投袂』。

〔四〕『藻』，《藝文類聚》卷二十五作『藥』。

〔五〕『息』，《太平御覽》卷五百十作『宿』。

〔六〕『構』，《七十二家集》本、《百三家集》本、《六朝詩集》本、陳仲魚校本、鄧邦述校本作『搆』。或宋本避諱而改。陳仲魚校本、鄧邦述校本并校作『構』。

〔七〕『幄』，《文集》作『屋』。《藝文類聚》卷三十六、《文選》卷二十二、陸刻本、《百三家集》本作『幄』。《文集》校曰：『同書案：屋當作幄。』《札記》亦曰：『屋當爲幄，亦承《類聚》之誤。』今據改。又『成』，《七十二家集》本、《詩紀》卷二十五作『承』。

〔八〕『結風』，《文選》卷二十二、陸刻本、《百三家集》本、陳仲魚校本、鄧邦述校本作『激楚』。六臣本注：『五臣作結風。』逯欽立《先秦漢魏兩晉南北朝詩》案：『《文選旁證》謂「激楚」依注應作結風。』陳仲魚校本、鄧邦述校本并校作『結風』。

〔九〕『附』，《詩紀》卷二十五注：『附，音拊。』

〔一〇〕『淳』，《文選》卷二十二作『醇』；六臣本注：『善本作醇字。』古二字通。

【注釋】

① 善注：『《毛詩》曰：明發不寐。《楚辭》曰：心蛩蛩而不夷。王逸曰：夷，悦也。《新序》曰：老古

振衣而起。杜預《左氏傳注》曰：振，整也。《説文》曰：躑躅，住足也。躊與躑同。』翰注：『夷，平也。躑躅，將行貌。明發，從夕至明。《詩·小雅·小旻》：『明發不寐，有懷二人。』毛詩傳：『明發，發夕至明。』躑躅，徘徊將行。《楚辭·九思·疾世》：『懷蘭英兮把瓊若，待天明兮立躑躅。』聊，姑且。《詩·檜風·素冠》：『我心傷悲兮，聊與子同歸兮。』鄭玄箋：『聊，猶且也。』此二句言一夜不寐，内心無樂，早晨整衣，即將出發。

②善注：『《周易》曰：履道坦坦，幽人貞，吉。《幽通賦》曰：眷浚谷而勿墜。』濟注：『幽人，隱者。浚，深也。』此二句言即將出發，欲去何處？隱士所居，深谷之中。

③善注：『《毛詩》曰：于以采蘋，南澗之濱。于以采藻，于彼行潦。《史記》伯夷叔齊詩曰：登彼西山兮采其薇。毛萇《詩傳》曰：麓，山足也。』良注：『藻，水草也。』南澗，向陽之山澗。《説文》：『澗，山夾水也。』西山，隱士所居。居西山者，不爲王所用也。《易·隨》：『上六，拘係之，乃從維之。王用亨於西山。』王弼注：『兑爲西方，山者塗之險隔也，處西方而爲不從，故王用通於西山。』此二句言隱士朝採食南澗之水藻，晚棲息險峻之西山麓下。

④善注：『劉公幹詩曰：大夏雲構。又《齊都賦》曰：翠幄浮遊。杜預《左氏傳注》曰：幄，帳也。』銑注：『雲構，大夏也。幄，帳也。』雲構，指大厦之入雲。陸雲《從事中郎張彦明爲中護軍》其三：『思樂華堂，雲構崇基。』《玉篇》：『構，架屋也。』此二句言以輕盈的枝條爲室宇，以濃密的緑葉爲帷帳。

⑤善注：『《上林賦》曰：激楚結風。《楚辭》曰：遊蘭皋與蕙林。王逸《楚辭注》曰：薄，附也。《廣雅》曰：秀，美也。』向注：『結，積。佇，留也。蘭，香草也。蘭氣迴轉，薄迫於秀茂之木。』結風，猶激楚結風。楚地之風漂疾，故以激楚指急風。《楚辭·招魂》：『竽瑟狂會搷鳴鼓些，宫庭震驚發激楚些。』王逸

注：『激，清聲也。』洪興祖補注：『《淮南》曰：揚鄭衛之浩樂，結激楚之遺風。注云：結激清楚之聲也。《舞賦》云：激楚結風，陽阿之舞。五臣云：激，急也。楚，謂楚舞也。舞急縈結其風。李善云：激楚，歌曲也。《列女傳》曰：聽激楚之遺風。《上林賦》云：鄢郢繽紛，激楚結風。文穎曰：激，衝激急風也。結風，迴風，亦急風也。楚地風既自漂疾，然歌樂者猶復依激結之急風。』此指回風。此二句言回風停留於長滿香草的林中，芬芳迴旋於秀茂之木周圍。

⑥ 善注：『枚乘《上書》曰：泰山之霤穿石。《楚辭》曰：吸飛泉之微液。鳴玉，亦瓊瑶也。《楚辭》曰：飲石泉兮蔭松柏。漱，猶蕩也。毛萇《詩傳》曰：瓊瑶，美玉也。』翰注：『言飛泉漱蕩玉石而有聲也。』溜，滴水。漢杜篤《首陽山賦》：『青羅落漠而上覆，穴溜滴瀝而下通。』泠泠，清涼貌。宋玉《風賦》：『清清泠泠，愈病析酲。』此二句言山間滴水，何其清涼，飛泉飄落，如玉和鳴。

⑦ 善注：『《莊子》曰：天下有至樂，無有哉？老聃曰：夫得是，至美至樂也。得至美而遊乎至樂，之謂至人。又曰：唐虞始爲天下，澆淳散樸。許慎《淮南子注》曰：澆，薄也。滜與澆同。』濟注：『言靈者美之也。又似崩頹之響，赴於幽深之曲。曾，猶深也。』良注：『此皆自然而成，故云非有假也。言賞此則可謂至樂，何事趨於榮利，而淳樸之風由兹而薄。』至樂，謂天籟之音。《莊子·天道》：『夫至樂者，先應之以人事，順之以天理，行之以五德，應之以自然，然後調理四時，太和萬物。』郭象注：『自然律吕，以滿天地之間，但當順而不奪，則至樂。』頹，落下。《詩·小雅·谷風》：『習習谷風，維風及頹。』孔穎達《正義》：『頹，下也。』曾曲，高峻蜿蜒。此指之山。王延壽《魯靈光殿》：『層曲九成，屹然特立。』向曰：『層，高也。』層，通曾。此四句言山溜之哀音，附着於神靈之波，落泉之聲響，奔赴於高曲之山嶺。天籟之音不假於外物，何用人事而淡薄淳樸之境。

注：『激，清聲也。』洪興祖補注：『《淮南》曰：揚鄭衛之浩樂，結激楚之遺風。注云：結激清楚之聲也。《舞賦》云：激楚結風，陽阿之舞。五臣云：激，急也。楚，謂楚舞也。舞急縈結其風。李善云：激楚，歌曲也。《列女傳》曰：聽激楚之遺風。《上林賦》云：鄢郢繽紛，激楚結風。文穎曰：激，衝激急風也。結風，迴風，亦急風也。楚地風既自漂疾，然歌樂者猶復依激結之急風。』此指回風。此二句言回風停留於長滿香草的林中，芬芳迴旋於秀茂之木周圍。

⑥ 善注：『枚乘《上書》曰：泰山之霤穿石。《楚辭》曰：吸飛泉之微液。鳴玉，亦瓊瑤也。《楚辭》曰：飲石泉兮蔭松柏。漱，猶蕩也。毛萇《詩傳》曰：瓊瑤，美玉也。』翰注：『言飛泉漱蕩玉石而有聲也。』溜，滴水。漢杜篤《首陽山賦》：『青羅落漠而上覆，穴溜滴瀝而下通。』泠泠，清凉貌。宋玉《風賦》：『清清泠泠，愈病析酲。』此二句言山間滴水，何其清凉，飛泉飄落，如玉和鳴。

⑦ 善注：『《莊子》曰：天下有至樂，無有哉？老聃曰：夫得是，至美至樂也。得至美而遊乎至樂，之謂至人。又曰：唐虞始爲天下，澆淳散樸。許慎《淮南子注》曰：澆，薄也。澆與澆同。』濟注：『言靈者美之也。又似崩頹之響，赴於幽深之曲。曾，猶深也。』良注：『此皆自然而成，故云非有假也。言賞此則可謂至樂，何事趨於榮利，而淳樸之風由兹而薄。』至樂，謂天籟之音。《莊子·天道》：『夫至樂者，先應之以人事，順之以天理，行之以五德，應之以自然，然後調理四時，太和萬物。』郭象注：『自然律吕，以滿天地之間，但當順而不奪，則至樂。』頹，落下。《詩·小雅·谷風》：『習習谷風，維風及頹。』孔穎達《正義》：『頹，下也。』曾曲，高峻蜿蜒。此指之山。王延壽《魯靈光殿》：『層曲九成，屹然特立。』向曰：『層，高也。』層，通曾。此四句言山溜之哀音，附着於神靈之波，落泉之聲響，奔赴於高曲之山嶺。天籟之音不假於外物，何用人事而淡薄淳樸之境。

⑧ 善注：『《論語》：子曰：富而可求也，雖執鞭之士，吾亦爲之。如不可求，從吾所好。稅駕，喻辭榮也。《史記》：李斯曰：當今人臣之位，無居上者，可謂富貴極矣。吾未知所稅駕也。《方言》曰：捨車曰稅。脱與稅古字通。』銑注：『苟，且。稅，捨也。從所欲，謂隱居也。』此二句言富貴既難求，何不捨榮華之車駕，而從心所欲，隱居山林。

駕言尋飛遁，山路鬱盤桓①。芳蘭振蕙葉〔一〕，玉泉涌微瀾②。嘉卉獻時服，靈术進朝飡③。尋山求逸民，穹谷幽且遐④。清泉盪玉渚，文魚躍中波〔二〕⑤。

【校勘】

〔一〕『蕙葉』，《藝文類聚》卷三十六、《古詩紀》卷三十五、《百三家集》本、陳仲魚校本、鄧邦述校本作『惠葉』。鄧邦述校本校作『蕙』。

〔二〕按：《古詩紀》卷三十五、《七十二家集》本、《百三家集》本以『駕言尋飛遁』至『靈术進朝飡』六句爲一首，『尋山求逸民』至『文魚躍中波』四句爲另一首。并題爲《招隱》二首。

【注釋】

① 駕言，猶駕車出遊。言，語助詞。《詩・邶風・泉水》：『駕言出遊，以寫我憂。』飛遁，遁世而保名，指隱士。張衡《思玄賦》：『文君爲我端蓍兮，利飛遯以保名。』善注：『衡曰：：遯，卦名也。上九曰：飛遯

⑤ 文魚，鯉魚，亦指有斑采之魚，此魚可以飛升。《楚辭·九歌·東君》：『靈何爲兮水中，乘白黿兮逐文魚。』王逸注：『龍近出乘黿，又從鯉魚也。』洪興祖補注：『陶隱居云：鯉魚形既可愛，又能神變。乃至飛越山湖，所以琴高乘之。按《山海經》：睢水東注江，其中多文魚。注云：有斑采也。又《文選》云：騰文魚以警乘。注云：文魚有翅，能飛逸。以文魚爲鯉，豈亦有所據乎？』此二句言如玉的江洲上清泉激蕩，水波中跳躍着文魚。

【集評】

[宋]朱熹《朱文公文集·招隱操》：淮南小山作《招隱》，極道山中窮苦之狀，以風切遁世之士，使無遐心，其旨深矣。其後左太沖、陸士衡相繼有作，雖極清麗，顧乃自爲隱遁之辭，遂與本題不合。故王康琚作詩以反之，雖正左、陸之誤，而所述乃老氏之言，又非小山本意也。

[宋]高似孫《緯略》卷四：《説文》曰：罽，西胡毳布也。用毳然不知(如)禹貢所謂皮服、卉服，直是下字奇古。陸機詩：『嘉卉獻時服，靈术進朝飧。』卉、服二字拆用，尤精。

[元]劉履《風雅翼》卷四：賦也。明發，謂將旦而光明開發也。構，《説文》云：『蓋也。』覆帳謂之幄。結風，《上林賦》：『結風激楚。』注云：『回風也。』佇，停也。蘭林，猶《楚詞》言蕙林。回芳，謂蘭氣飄轉者。薄，回薄也。靈者，美詞。頹響，奔迸之聲。曾與層同。重，級也。曲，謂空坎處。澆，通作澆，漓也。《莊子》曰：『唐虞始爲天下興化，澆醇散朴。』舍車曰税。

士衡見朝廷仕進之難，慕山林隱居之勝，故賦是篇。言明發而心思不平，乃振衣舉足，想夫幽人之在深谷而招尋之。觀其朝夕暇豫、景趣自然有不假營爲而至樂存焉者。且富貴誠不易圖，則將就此税駕，以從吾所好而已，此特託爲空言而不及踐者，盖其幽隱之情，卒無以勝夫功名之志焉爾。

[明]陸時雍《古詩鏡》卷九：一起韻致猶夷，費許点飾，獨立至尊，輸他本相。凡緣飾愈巧，則聲格愈卑。

[明]楊慎《丹鉛總録》卷十二：陸機《招隱詩》：『哀音附靈波，頹響赴曾曲。』附，音拊。太白詩：『羌笛横吹阿嚲迴，向月樓中吹落梅。』下吹字音去聲，不惟便於讀，亦義宜爾也。

[清]何焯《義門讀書記》卷四十六：陸士衡《招隱詩》疑亦有其二而逸之。『至樂非有假』二句至此，不自知其平夷而悦懌也。

[清]沈德潛《古詩源》卷七：必富貴難圖而始税駕，見已晚矣。士衡進退，所以不無可議。

[清]陳祚明《采菽堂古詩選》卷十：『輕條』二句新秀，『山溜』二句警亮，結構樸老，有古風，此時佳作。

[清]吴淇《六朝選詩定論》卷十：此作（按：指前首）當在左思之後，全就被招者口中寫出招隱士來。『明發心不夷』，是被他招得怦怦心動。『幽人在浚谷』，幽人仰招隱士，振衣欲往從之也。然欲往則竟往矣，胡爲又寫出『聊躑躅』及『躑躅將安之』八字？一者寫其半疑，故且却；一者寫其半信，將闞幽人之所爲，故且進也。『朝采』以下，俱在被招者眼中寫出幽人。『朝夕』二句，無拘無束，欲行則行，欲止則止也。『輕條』四句，寫林中之美。『山溜』四句，寫泉之美。却不是版版寫來。『輕條』二句，翻左思『岩穴無結構』，言大人幕天席地，即此輕條密葉，便是雲構翠幄，又何必結構也。『激楚』以下，是申明左思『不必絲竹』意。『激楚』『回芳』，舞名，借以當風。言清風徐來，林木婆娑，便是一部絲竹。『泠泠』寫泉，特先小小綴此一句。『飛泉漱鳴玉』，方是正寫泉。『哀音』即飛泉之音，『頹響』即飛泉之音之響。靈波易以發音，故頹響赴之而泠泠無

已；層曲慣於招響，故哀音赴之而潺潺不絶，所謂坐不移懸與至樂也。彼幽人之至樂如此，是謂真樂，無怪其不肯以塵世之澆澆此淳樸也。被招者至此，安得不死心蹋地歸依幽人。曰『富貴』云云也，左思原是以言招，此是德化，從《莊子·德充符》中脱出，要壓倒左思。可知前『夕息西山足』内一『西』字，乃照左思『經始東山廬』『東』字。便是分偏而治。

『輕條』云云，幽人久諳之樂，被招者偶諳之樂。蓋以偶諳之樂，猶然如此，不獨是眼中看出，又是心中照出。莊子云『我知魚樂』，蓋知之濠上也。

[清]方廷珪《昭明文選集成》：一路叙山水可樂，與上二篇同意，詞極工細。

王闓運《八代詩選》：高華。『附』『赴』二字，他人百思不能下，足以江山俱響。

【備考】

錢培名《札記》曰：『《類聚》三十六引「駕言尋飛遁」至「回芳薄秀木」爲一首，「尋山求逸民」四句爲一首。《詩紀》缺文卷内以「駕言尋飛遁」六句爲一首，「尋山求逸民」四句爲一首，而删「朝采南澗藻」四句是也。按：「朝采南澗藻」四句，全篇見後，著於《文選》。「駕言尋飛遁」六句、「尋山求逸民」四句，各自成章，皆非全篇。《類聚》本摘引三詩，而綴輯陸集者合二爲一，不覺其韻之雜出，并不悟其復出於後，可謂憒憒。』

又《七十二家集》本、《詩紀》卷二十五作《招隱二首》，以『駕言尋飛遁』六句爲一首；以『尋山求逸民』四句爲一首，無『朝採南澗藻』至『尋山求逸民』六句。《藝文類聚》卷三十六、《宛委别藏》本將從『駕言尋飛遁』至『回芳薄秀木』作爲一首，『尋山求逸民』以下爲另一首。金濤聲《陸機集》校曰：『「朝採」六句與下面又一首《招隱》詩重複，而後詩見於《文選》二十二，詩意韻律皆渾然一體，疑《藝文類聚》摘引此詩時，在「朝採」句前漏加「又詩曰」三字，致使兩詩誤爲一首。……今從《詩紀》，删去「朝採」以下六句，分其詩爲二首。」

按：依照錢培名《札記》，陸機《招隱詩》當爲三首。其一即『明發心不夷』至『税駕從所欲』十八句；其二即『駕言尋飛遁』至『靈朮進朝飡』六句，其三即『尋山求逸民』至『文魚躍中波』四句。其中後兩首乃是《藝文類聚》摘編，並非全篇。錢説甚是。

園葵詩〔一〕

【題解】

善曰：『《晉書》：趙王倫篡位，遷帝於金墉城。後諸王共誅倫，復帝位。齊王冏譖機爲倫作禪文，賴成都王穎救之免。故作此詩，以葵爲喻謝穎。』翰曰：『葵之爲物，傾心向陽。如臣事君，以心敬也，故託之爲詩也。』二説闡釋詩意甚明。詩全爲喻體，先以葵自喻，言其忠。以『零露』『朗月』，喻其身被恩寵。再以從『柔風』至『商飆』而喻時局變幻；『曾雲』『嚴霜』而喻慘遭横禍。最後以高牆玄影喻成都王庇蔭之德，落葉後衰喻延其殘生，豐條春盛喻重獲榮盛。其意與《與成都王牋》相同，然『借葵喻意，有態有致』（《孫月峰先生評文選》），而寫法又有别也。據《晉書·惠帝紀》：永寧元年（三〇一）正月，趙王倫篡帝位，四月被誅。此詩即作於趙王倫被誅、陸機出獄之後。

種葵北園中，葵生鬱萋萋①。朝榮東北傾，夕穎西南晞②。零露〔二〕垂鮮澤，朗月耀其輝〔三〕③。時逝柔風〔四〕戢，歲暮商飈〔五〕飛④。曾雲〔六〕無温液，嚴霜有凝威⑤。幸蒙高墉德，玄景蔭素蕤⑥。豐條並春盛，落葉後秋衰〔七〕。慶彼晚彫福，忘此孤生悲⑦。

【校勘】

〔一〕按：《古詩紀》卷三十五、《百三家集》本作《園葵詩》二首，多出『翩翩晚彫葵』八句（詳見本書《補遺》卷二）。

〔二〕『零露』，《北堂書鈔》卷百五十二作『寒露』，《藝文類聚》卷八十二作『靈露』。

〔三〕『朗月』，《北堂書鈔》卷百五十二作『明日』，《藝文類聚》卷八十二作『朗日』；逯欽立《先秦漢魏晉南北朝詩》案曰：『作日是』。又『輝』，《藝文類聚》卷八十二作『暉』。古二字同。

〔四〕『柔風』，《藝文類聚》卷八十二作『和風』。

〔五〕『飈』，六臣本、《七十二家集》本並作『猋』。六臣本又注曰：『五臣作飆。』又『商飈』，《藝文類聚》卷八十二作『傷飈』。

〔六〕『曾雲』，《藝文類聚》卷八十二作『曾露』。

〔七〕『衰』，《六朝詩集》本、陳仲魚校本、鄧邦述校本作『哀』，形近而誤。

【注釋】

①向注：『鬱，盛也。萋萋，茂貌。』北園，指王之園囿。《詩・秦風・駟鐵》：『遊於北園，四馬既閑。』序曰：『美襄公也。始命有田狩之事，園囿之樂焉。』漢以北園指帝王後園。《漢書・司馬相如傳》：『於是乎盧橘夏孰，黄甘橙榛……羅乎後宫，列乎北園。』魏晉以降，一以北園代指一般園囿。陶淵明《詠貧士》其二：『南圃無遺秀，枯條盈北園。』二以北園特指帝王後園。《三國志・魏書・后妃傳》：『景初元年，帝遊後園，召才人以上曲宴極樂。元后曰「宜延皇后」，帝弗許。乃禁左右，使不得宣。后知之，明日，帝見后，后曰：「昨日遊宴北園，樂乎？」』此指帝王之後園。此二句言葵種於後園，葵花生長十分茂盛。

②善注：『《淮南子》曰：聖人之於道，猶葵之與日。雖不與終始哉，其鄉之誠也。高誘曰：鄉，仰也。誠，實也。』銑注：『葵性衛足，朝日出則東，榮葉向東傾。夕陽在西，則傾心向日。穎，心。晞，日也。』榮，花。《爾雅・釋草》：『華，榮也。木謂之華，草謂之榮。』穎，此指花穎。《玉篇》：『穎，禾末也。』晞，日曬。《方言》卷六：『晞，暴也。秦晉之間謂之曬，東北燕海岱之郊謂之晞。』此二句言早晨葵花傾向東北，黄昏傾向西南。

③善注：『《毛詩》曰：零露瀼瀼。』良注：『零，落也。言露垂鮮澤以沐之，月舒光以照之。蓋喻君之恩及臣也。』澤，光亮，潤澤。《周禮・考工記・弓人》：『瘠牛之角無澤。』此二句言露珠零落垂其上，光亮潤澤，月光明朗照其中，熠熠生輝。

④善注：『《管子》曰：東方曰春，柔風甘雨乃至。《楚辭》曰：商風肅而害之。』濟注：『逝，往也。柔風，春風也。戢，藏也。商飈，秋風也。』此二句言四時遷移，轉眼間春風逝去，秋風飄飛，歲已暮矣。

⑤善注：『鄭玄《毛詩》箋曰：曾，重也。《漢書》曰：孫寶曰：當從天氣，以成嚴霜之威。』向注：『曾雲無温液，謂重雲無憂雨也。此上四句，皆喻在吴被破而來也。』曾，通層。此二句言雖歷春有重雲

而無温潤之雨，却經秋遭嚴霜而罹肅威之災。以上四句喻人生享受歡樂之短暫，迭遭打擊之嚴酷。機蓋以此喻指因牽連於趙王倫事而下獄事。

⑥善注：『《爾雅》曰：牆謂之墉。《説文》曰：蕤，草木華盛貌也。』翰注：『至晉蒙天子之德以禄我，亦如高牆玄陰之影庇蔭素蕤。蕤，花。墉，牆也。玄，謂墉陰之色玄黑。景，影也。』此二句言幸承蒙有高牆玄影之德，以庇蔭素蕤。以此喻司馬穎庇護自己之恩。

⑦向注：『言葵之豐條，並於春盛之時，落葉後於秋時而衰也。心喜晚彫以爲福，而且忘孤生之悲也。謂從吴來至此孤宦故也。』慶，《玉篇》：『行賀人也。』此四句言因受高牆之庇護，使之春來枝葉豐盛，秋至枝葉後雕。慶賀自己晚彫之福，忘却客宦異鄉之悲。

【集評】

［晉］陸雲《與兄平原書》：兄《園葵詩》清工，然猶復非兄詩妙者。雲詩亦惟爲彼一語，如佳先已先得，便自委頓，欲更作之。昔如己身先此篇詩，了不復彷彿識有此語，此語於常言爲佳。

［元］劉履《風雅翼》卷四：比也。榮，花也，謂傾心向日。穎，芳莖也。朗，明。柔，和。戢，止也。無温液者，謂重陰寒凝無温和之澤也。慶，賀也。李善曰：趙王倫篡位，遷帝於金墉城。後諸王共誅倫，復帝位，齊王冏以機爲倫作禪文，收之。賴成都王穎救免，故作此詩以謝。其説得之。

蓋士衡由吴入洛，故以種葵北園自況，而露澤月輝以喻君之寵禄，時逝歲暮以喻晉之衰末，且以霜威比齊王，而高墉比成都也。

[清]陳祚明《采菽堂古詩選》卷十：三百篇比體。情事切至，結句亦秀。

[清]吴淇《六朝選詩定論》卷十：士衡遭趙王倫之難，成都王穎救之，故士衡德之。作此詩借葵自比，園比晉。『鬱萋萋』，葵生之盛。『朝榮』二句，表己之心，兼喻入洛之始，即蒙嘉遇，得侍君側，不離左右。『零露』句，恩澤之渥。『朗月』句，寵光之隆。『時逝』句，喻賈后之亂甫息。『歲暮』句，喻趙倫之變復起。『曾雲』二句，流毒朝端，已幾不免也。『高墉』即園之墉，比穎。玄影，高墉之影。『素蕤』即葵，葵華於秋，故曰素。『霜條』二句，葵之得保其生。『晚彫』乃松柏，喻穎之盡節王室。『孤生』即葵，喻己之傾心於穎也。

按：士衡入洛以後之詩，心心只繫於吴，其於晉室之恩，非應制之作，決不述及。兹胡爲於詠物之詩，盛稱晉德不置也？蓋不言舊時晉室之恩之重，不足見今日趙倫之變之危，成都之德之深也。然葵之所托在園，而葵心之所映惟日。園而曰北，則所映之日在南，蓋暗指吴也。又葵隨日而傾，『朝榮』二句，止寫得朝而傾東，夕而傾西，至於中天南傾之際，則略而弗及，謂當時當塗之霸業已空，有不堪回首者，則不忍忘吴之命，未嘗一日改也。

[清]方廷珪《昭明文選集成》：字字切葵，于喻意中俱見正意，雙關入妙，五臣殊謬。

於承明作與弟士龍[一]

【題解】

《唐鈔文選集注彙存》：『承明，亭名，今在蘇州北。機被遣入洛，在此亭與士龍別，作此詩也。劉良曰：機從吴入洛，與弟士龍别於長林亭，作詩與士龍，述相思之意也。陸善經曰：此亭今在崑山縣南百五十里，與華亭相延也。』機、雲于太康末同入洛，不應有兄弟于承明亭分别之事，《赴洛》《又赴洛道中》均未涉及兄弟離别之事，此爲明證。元康二年詩人歸寧，亦無兄弟途中分别之事。據事理推之，或爲元康六年（二九六）冬機由吴王郎中令遷尚書中兵郎，而雲繼任吴王郎中令。吴王出鎮之淮南即漢之九江郡，距機故鄉崑山較近，或兄弟相約歸寧故鄉，因機職典中兵，急歸洛陽，未能回吴，途中兄弟或相遇於承明亭，餞别而作此詩。詩言『親戚』蓋泛謂而非實指。詩人從吴赴洛，於萬始亭與弟陸雲餞别。别後途中暫住承明，作此詩以贈雲。詩寫别時之難堪，别情之依依，别後之酸楚。其中『佇眄要遐景，傾耳玩餘聲』，寫目遥望遠去之身影，耳縈繞告别之叮嚀，其目馳神迷；『感别慘舒翮，思歸樂遵渚』，寫舒翮歸鴻之歡樂，反襯自己欲歸不能之慘痛，其悵然凝立之狀，尤感人肺腑。

牽世嬰時網，駕言遠徂征①。飲餞豈異〔二〕族，親戚弟與兄②。婉孌居人思，紆鬱遊子情③。
明發遺安寐，寤〔三〕言涕交纓④。分途〔四〕長林側，揮袂萬始亭⑤。佇眄〔五〕要遐景，傾耳玩餘聲⑥。
南歸憩永安，北邁頓承明⑦。永安有昨〔六〕軌，承明子棄予⑧。俯仰悲林〔七〕薄，慷慨含辛楚⑨。
懷往歡絶端，悼來憂成緒⑩。感别慘舒翮，思歸樂遵渚〔八〕⑪。

【校勘】

〔一〕《文選》李善注：『《集》云：《與士龍於承明亭作》。』

〔二〕『異』，六臣本注：『五臣作他字。』

〔三〕『寤』，《古詩紀》卷三十五、陸刻本、《百三家集》本、《六朝詩集》本、陳仲魚校本、鄧邦述校本作『晤』。陳仲魚校本、鄧邦述校本并校作『寤』。

〔四〕『途』，《藝文類聚》卷二十九作『塗』。古二字同。

〔五〕『眄』，《文選》卷二十四作『盼』，《六朝詩集》本、陳仲魚校本、鄧邦述校本作『盻』。《札記》：『盻字誤。《文選》作盼，《詩紀》作眄。』鄧邦述校本亦校作『眄』。

〔六〕『昨』，陸刻本、《六朝詩集》本、陳仲魚校本、鄧邦述校本作『作』。鄧邦述校本校作『昨』。

〔七〕『林』，六臣本注：『善作外字。』

〔八〕『遵渚』，陸刻本、《六朝詩集》本、陳仲魚校本、小萬卷樓本、鄧邦述校本作『春渚』。『渚』，鄧邦述校本校作『蓮』。

【注釋】

① 善注：『鄒陽《上書》曰：豈拘於俗，牽於世。曹子建《責躬詩》曰：舉掛時網。《毛詩》曰：駕言徂東。』濟注：『嬰，纏也。駕言，謂駕車馬出遊也。徂，往。征，行也。』《唐鈔文選集注彙存》：『言爲世事所牽引，故爲時網所嬰纏也。徂，往。征，行也。陸善經曰：言爲世所牽羈，遠征入洛也。』此二句言牽於世俗，纏於時網，故駕車遠行以就宦。

② 善注：『《毛詩》曰：飲餞於禰。又曰：豈伊異人，兄弟匪他。』《唐鈔文選集注彙存》：『《詩》云：申

伯信邁，王餞於郿。鄭玄云：送行飲酒也。言今相餞送，豈異人乎？儘是親戚兄弟等也。』親戚，指父母。《大戴禮·曾子疾病》：『親戚既歿，雖欲孝，誰爲孝。』此泛指親人。此二句言餞别之飲宴並無異族，唯有親人、兄弟而已。

③善注：『《方言》曰：俛，歡也。俛與婉同，古字通。《説文》曰：孌，慕也。班固《漢書·述哀紀》曰：婉孌董公，惟亮天工。曹子建《贈白馬王彪詩》曰：玄黄猶能進，我思鬱以紆。《楚辭》曰：願假簧以舒憂，志紆鬱其難釋。王逸曰：紆，屈也。鬱，愁也。』翰注：『鬱紆，愁思繁也。』良注：『婉孌，深思貌。居人，謂士龍也。紆鬱，失志貌。』《唐鈔文選集注彙存》：『《字書》云：婉孌，好貌。居人，謂住人，屬士龍。遊子，自屬。紆，纏也。鬱，結也。言悲愁之意耳。陸善經曰：婉孌，眷戀之意也。』婉孌，纏綿，深摯。《後漢書·朱祐傳贊》：『婉孌龍姿，儷影同飛。』李賢注：『婉孌，猶親愛也。』紆鬱，抑鬱，鬱結。居人，代指兄弟。《韓詩外傳》卷九：『大夫無禮，則無以治其家。兄弟無禮，則不同居人。』此二句言兄弟愁思纏綿，而遊子鄉情鬱結。

④善注：『《毛詩》曰：明發不寐。又曰：獨寐寤言。《淮南子》曰：雍門子以琴見孟嘗君，涕流霑纓。』銑注：『明發，初曉時也。言將行遺忘其安寐，乃覺寤而起，淚下而交於纓也。纓，衣領也。』《唐鈔文選集注彙存》：『明發，從夕至明也。遺，棄也。言不暇眠也。寤，曉也。陸善經曰：感别，故不能安寢而涕流也。』此二句言從夕至明無法入眠，晨起離别，涕淚沾衣。

⑤翰注：『長林、萬始，並亭名。』《唐鈔文選集注彙存》：『長林，□名也。萬始，亭名也。皆在蘇州北也。陸善經曰：萬始亭皆在承明東南也。』長林，高林。爲魏晉常用之語，非爲亭名。《水經注·肥水》：『長林插天，高柯負日，出於山林精舍。』揮袂，揮起衣袖，指揮手。盧諶《覽古詩》：『揮袂睨金柱，身玉要俱

捐。』此二句言高林之側，萬始亭邊，兄弟分手登路，揮袂告別。

⑥ 善注：『《家語》：孔子曰：頃耳而聽之，不可得而聞。杜預《左氏傳注》曰：玩，貪也。』良注：『佇，立。眄，看。遐，遠。景，影也。言揮袂與士龍爲別，猶立看其遠影，玩想其餘語之聲。』《唐鈔文選集注彙存》：『遐，遠也。景，光也。言别汝去，猶久立遠望汝之形影。餘聲，言語之微聲耳。』要，劾察，此指辨認。《周禮・秋官・鄉士》：『辨其獄訟，異其死刑之罪，而要之。』鄭玄注：『要之爲其罪法之要，辭如今劾矣。』玩，玩味。《易・繫辭上》：『是故君子所居而安者，易之序也；所樂而玩者，爻之辭也。』此二句言佇立而望，辨認其遠去之身影，傾耳而聽，回味其告别之餘音。

⑦ 善注：『毛萇《詩傳》曰：憩，息也。頓，止舍也。』銑注：『南歸，謂弟也。北邁，自屬也。永安、承明，皆亭也。』《唐鈔文選集注彙存》：『南歸，即謂士龍語與兄於長林處分耳，回歸息於永安亭也。北邁，相屬也。頓，止也。承明，亭名也。』此二句言你南歸息於永安，我北行舍於承明。

⑧ 善注：『《毛詩》曰：棄予如遺。』翰注：『言永安亭有兄弟二人，昨日之迹至承明，則士衡獨止，不見其弟，故云棄予也。軌，迹也。』《唐鈔文選集注彙存》：『《鈔》曰：言永安猶有我昨日軌迹，我今至承明，至已別我去也。』此二句言永安有兄弟昨日並行的車轍之迹，至承明你則離我而去。

⑨ 善注：『范曄《後漢書》：劉瑜上書曰：竊爲辛楚，泣血連如。楚，猶痛也。』向注：『俯仰於林薄之間，但有悲悽慷慨，爲歎含蓄，辛酸痛楚也。』《唐鈔文選集注彙存》：『陸善經曰：悲林薄，都林薄而悲也。』此二句言俯仰於樹林草木之間，慷慨悲歎，蘊含無限酸楚。

⑩ 善注：『言和悦纔往，歡已絶端，哀悼暫來，憂便成緒。毛萇《詩傳》曰：懷，和也。《楚辭》曰：欲寂寞而絶端。《方言》曰：悼，哀也。』濟注：『言懷思往時之歡，絶其端也。哀來則憂，心成其亂緒也。』《唐鈔

文選集注彙存》：『《鈔》曰：懷，思也。往，去日也。來，將來日也。言我思往日歡樂之日已絶其端，若悼來日之憂，今始爲緒也。陸善經曰：言懷於往日遊之歡，今已絶無端際。悼於今別思來憂，生成端緒也。』絶端，猶言斷絶。端，事物的一頭。《禮記·中庸》：『執其兩端，用其中爲民。』緒，情感，思緒。謝靈運《長歌行》：『覽物成悲緒，顧己識憂端。』此二句言懷思往昔，歡樂已逝，傷悼來日，憂思成緒。

⑪ 善注：『舒翮，謂鵠。遵渚，謂鴻。言感別之情，慘於舒翮之飛鵠，思歸之志，樂於遵渚之征鴻也。蘇武詩曰：黄鵠一遠別。酈炎詩曰：舒吾凌霄羽。《毛詩》曰：鴻飛遵渚。』銑注：『言我感別鄉邑，慘然不能進行；汝將歸，樂循其洲渚也。慘舒翮，謂如鳥分飛，慘然不進飛，亦如我不能進行。』《唐鈔文選集注彙存》：『感，念也。舒翮，謂別去，言不忍行也。遵，循也。陸善經曰：慘，傷也。心既感別，見鳥舒翮遠飛，則傷思歸情多。願如鴻之循渚，不去爲樂也。』翮，鳥翅膀。陶淵明《停雲》：『斂翮閑止，好聲相和。』遵渚，循江洲。毛詩傳：『遵渚，循渚也。』此二句言感別離之鄉邑，見鵠展翅而慘然，念歸去之兄弟，如鴻循渚以飛翔。

【集評】

[明]孫鑛評：寫離情委至。（《孫月峰先生評文選》）

[清]陳祚明《采菽堂古詩選》卷十：述情非不切，而未能低徊。

[清]何焯《義門讀書記》卷四十六：《于承明作與士龍》『永安有昨軌』二句，永安則猶有昨軌可尋，承明則悄然獨往，人殊路絶矣。二句極淡極悲。

[清]沈自南《藝林彙考·服飾篇》卷五：陸士衡《贈弟詩》云：『寤言涕交纓。』臣銑曰：『纓，衣領也。』明曰：『纓，帶也。』雖文章用字，與經稍疎，詁訓、釋名安可臆斷？

[清]吴淇《六朝選詩定論》卷十：承明、萬始、永安，三亭名。皆士衡北行所經，承明在萬始之北，永安在萬始之南。士龍送士衡到萬始才分袂。分袂之前一日，兄弟並轡，皆經過永安。分袂之後一日，士衡北至承明宿，士龍應回至永安宿。是永安猶有昨日兄弟同行過之迹。而承明並無，所以更悲。末以『鴻鴈』比弟兄，『舒翮遵渚』，一行一留。行則曰『慘』，北入洛也。留則曰『樂』，南歸吴也。

[清]方廷珪《昭明文選集成》：按中間刻入處，極真極摯。意只在眼前，人却説不出。

[清]俞瑒評：士衡五言，去建安已遠，所患意不逮詞，對偶勝而古調衰矣。（清鈔本《昭明文選》）

[清]孫人龍《昭明文選初學讀本》：亦不得不變之勢也。

王闓運《八代詩選》評：寬和。結似促。

吴王郎中時從梁陳作（一）

【題解】

良曰：『梁陳二國名。機爲吴王郎中令，行過之，故作此詩也。』陸機任太子洗馬三年後，改任吴王郎中令。此詩蓋由赴任途中，過梁陳故國而作。詩先憶太子之恩惠，在崇賢殿爲官之快意，後言辭朝赴藩之所感，在對漢梁王藩臣緬懷之辭中，隱含離朝赴藩之失落。清佚名評曰：『典雅沉厚，自是正音』（顧大猷輯《選詩》）。從『誰謂伏事淺，契闊踰三年』句看，此詩或爲寄呈太子之作也。機於元康四年（二九四）秋出補吴王郎中令，此詩即作於是時。

在昔蒙嘉運〔二〕，矯迹入崇賢①。假翼鳴鳳條，濯足升龍淵〔三〕②。玄冕無醜士，冶服使我妍〔四〕③。輕劍拂鞶礪〔五〕，長纓麗且鮮〔六〕④。誰謂伏事淺，契闊踰三年⑤。薄言肅後命，改服就藩臣⑥。夙駕尋清軌，遠遊越梁陳⑦。感物多遠念，慷慨懷古人⑧。

【校勘】

〔一〕《札記》：『《文選》題首有爲字。』

〔二〕『嘉運』，《文選》卷二十六作『嘉惠』。金濤聲曰：『賈誼《吊屈原文》曰：共承嘉惠。又《東京賦》曰：昭仁惠於崇賢。宜據改。』

〔三〕『龍淵』，《初學記》卷十作『龍泉』。疑唐人避諱而改。

〔四〕《札記》：『《御覽》六百八十六引陸機詩曰：冠冕無醜士，長纓皆俊民。按：上句與此只差一冠字，下句見《長安有狹斜行》云：憑軾皆俊民。只差憑軾二字，不知何以合而爲一。』

〔五〕『礪』，陸刻本、《百三家集》本、《六朝詩集》本、陳仲魚校本、鄧邦述校本作『厲』。六臣本注：『五臣作礪。』陳仲魚校本、鄧邦述校本亦校作『礪』。

〔六〕『麗且鮮』，《太平御覽》卷六百八十六作『皆雋民』。又『鮮』，《七十二家集》本作『解』。形近而誤。

【注釋】

① 善注：『孫放詩曰：矯迹步玄闈。《東京賦》曰：昭仁惠於崇賢。薛綜曰：立崇賢門於東也。』銑注：『矯，舉也。崇賢，太子門名。言已昔蒙嘉善之運，得舉迹入此門，爲太子洗馬。』嘉運，應作嘉惠，見校勘。迹，腳印。《説文》：『迹，步處也。』矯迹，猶言舉足。此二句言昔日承蒙太子嘉美之恩惠，使我舉步於崇賢門内。

② 善注：『應璩《與劉公幹書》曰：鶉鷃棲翔鳳之條，黿鼉遊升龍之川，識真者所爲憤結也。』向注：『鳳鳴於梧，龍升於淵。然龍鳳皆喻東宫也。假翼、濯足，機之謙詞。』假，《玉篇》：『借也。』升龍，飛龍。曹植《七啓》：『升龍攀而不逮，眇天際而高居。』翰注：『升龍，飛龍也。』此二句言借我羽翼飛上鳳鳴之枝，濯足飛龍之淵。

③ 善注：『《周禮》曰：大夫玄冕。』翰注：『冶服，美服也。妍，好也。言爲大夫者，無醜惡之人，況服鮮美，益使我妍好。』玄冕，上衣無文，下裳刺黻，謂之玄冕。天子祭祀林澤墳衍四方百物之屬，服玄冕，大夫助祭亦著玄冕。《周禮・春官・典命》：『祭羣小祀，則玄冕。』鄭玄注：『玄者衣無文，裳刺黻而已，是以謂玄焉。凡冕服，皆玄衣纁裳。』此二句言身着大夫之服者，即無醜陋，況我服飾鮮美，更是妍麗。

④ 善注：『《禮記》曰：男鞶，革也。《毛詩》曰：垂帶而厲。毛萇曰：厲，帶之垂者。鄭玄曰：鞶必垂厲以爲飾。韓子曰：鄒君好長纓，左右皆服長纓也。』濟注：『鞶，大帶。礪，帶之垂。言輕劍拂此垂帶，而長纓又鮮明也。拂，飾也。』鞶，束腰之革帶。纓，穗狀之帶。《説文》：『纓，冠繫也。』此二句言身佩輕便之劍，腰束飄纓的大帶，長長的纓帶明麗鮮美。

⑤ 善注：『《周禮》：大司徒頒職事，十有二曰服事。鄭司農曰：服事，謂爲公家服事也。服與伏同，

古字通。《毛詩》曰：死生契闊。』良注：『伏事，謂伏事於太子也。契闊，勤苦也。踰，越也。』此二句言誰謂服侍太子時間之短，勤勞辛苦已過三年。

⑥ 善注：『《毛詩》曰：薄言旋歸。《左氏傳》曰：宰孔謂齊侯曰：且有後命，無下拜。《漢書》曰：吴王濞稍失藩臣禮。』銑注：『薄，辭。肅，敬也。敬天子之後命以就藩臣也，言辭天子，爲吴王郎中令。』薄，語助辭。藩，藩王，此指吴王。後命，猶言近命，與初命相對而言。此二句言辭别天子，恭敬王命，改朝服而就任藩王之臣。

⑦ 善注：『《毛詩》曰：星言夙駕。《廣雅》曰：軌，道也。《楚辭》曰：願輕舉而遠遊。』向注：『夙，早也。言早駕，尋古人軌迹，經過於梁陳之國。』此二句言早晨起駕，尋清遠之軌迹，遠遊他鄉，過梁陳之古國。

⑧ 善注：『《毛詩》曰：我思古人，實獲我心。』良注：『感我事吴王，而遠念古人也。古人謂梁孝王臣枚皋、馬卿之屬。』此二句言感物候之變，追思前人，慷慨歎息，緬懷梁之前代臣屬。

【集評】

［宋］劉辰翁評：感我事吴王而遠念古人。古人，謂梁孝王臣枚皋、馬卿之屬。士衡蓋以其才類己，故懷之。（《文選纂注評本》）

［明］鍾惺《詞府靈蛇二集》神集《落句體例》：引古：陸士衡：『感物多遠念，慷慨懷古人。』

［清］何焯《義門讀書記》卷四十六：《吴王郎中時從梁陳作》實自寡味，語涉儲隶，必見甄録，當時欲侈爲美談耳。『玄冕無醜士』二句，語太陋。

〔清〕陳祚明《采菽堂古詩選》卷十：投外之感，正旨寄於前半。後六語不入懷京闕，愴閒散，語是其善於立言處，然調亦平。

〔清〕吴淇《六朝選詩定論》卷十：題是吴王郎中時，詩中却盛述前爲太子洗馬時，此不再言而已見其憤懣不平之意。但後半言感物，言懷古，又不明指所感何物，所懷古何人也，殊令讀者悶悶。試意逆之，題云從梁陳，應是梁陳間物，梁陳間古人也。大凡懷某地某人，必其地之第一流人。梁陳之墟，古來所謂第一人，何人不知，奚待問也。譬之適吴越者，曰予懷一美人，此不待問，而知其爲西子矣。况懷古人上又著『慷慨』二字。懷人者慷慨，則所懷者亦慷慨之人也。此慷慨之人，固我平日心頭、口頭不離片刻之人。闇中模擬，亦自可識，又何待指其姓名，然後知爲誰人也。故我作詩，亦必指其名而始顯爲誰人。則我之詩可不必作也。讀我此詩者，亦不待指名而始知爲誰人。若必待指其名而始知爲誰人，其人亦可以不讀詩矣。則實寫不如虚寫之妙也。既虚寫人，則索性又虚寫物，只此梁陳間物無一物，是我吴中之物。虚寫古人，見只此古人是我心中傾慕之一人也。畢竟是誰人？曾讀《史記》，太史公過大梁之墟而流涕者何人乎？彼以一言定交公子，而名重千秋。余三年伏事太子，而至棲棲遠遊耶！此予命下之日，便思假道尋訪清軌，而今過其地，烏得不慷慨欲絶耶？

〔清〕方廷珪《昭明文選集成》：條達。二陸詩與潘極相似，但潘安舒多，陸刻苦多，微不同耳。陸過刻苦處便有累句，同顔延年、謝靈運。然其天才穎出，能發人難顯之情。在西晉，二人自當分道揚鑣。至若兼二家之美，必當推建安中之子建乎！

贈馮文羆遷斥丘令〔一〕八首

【題解】

善曰：『《晉百官名》曰：外兵郎馮文羆。《集》云：文羆爲太子洗馬，遷斥丘令，贈以此詩。闞駰《十三州記》曰：斥丘縣，在魏郡東八十里。』馮文羆爲魏散騎常侍馮紞次子，名熊，字文羆，曾與詩人同爲太子洗馬，故二人交誼深厚。馮公調任斥丘縣令，詩人以此詩相贈。詩盛讚晉之以禮義治國，廣集俊彦；馮生德志容貌之美；憶其自吴來晉，二人交誼之深厚，追述同爲太子洗馬，棲止同進之情境，以及抒發對馮生遠蹈斥丘的感慨與思念。雖是贈答之詞，然通篇用語簡明而不繁縟，敘述井然，情感深摯。『慶雲扶質，清風承景』二句，不惟情感殷切，而且造語清新，意境空靈。從『借曰未洽，亦既三年』之句看，機與馮生共侍太子計有三年，機元康元年任太子洗馬，元康四年出任吴王郎中令，故此詩當作於元康三年（二九三）與四年初之間。

於皇聖世〔二〕，時文惟晉①。受命自天，奄有黎獻②。閶闔既闢，承華再建③。明明在上，有集惟彦④。

【校勘】

〔一〕《文選》卷二十四善注：『《集》云：文羆爲太子洗馬，遷斥丘令，贈以此詩。』逯欽立曰：『此爲陸集原題，應從之』。按：《文選》所引『《集》云』，似當爲詩之小序。

〔二〕『世』，六臣本注：『五臣作代。』

【注釋】

①善注：『《毛詩》曰：於皇時周。《周禮》：《栗氏量銘》曰：時文思索。鄭玄曰：言是文德之君，思求可以爲人立法也。』銑注：『於，美也。言美皇聖代，時有文德。以和天下者，惟是晉道也。』於，嘆詞，表讚美。文，指禮樂制度。《論語·子罕》：『文王既没，文不在兹乎！』此二句言美哉晉君，開拓盛世，惟以文治國。

②善注：『謂武帝也。《毛詩》曰：有命自天，命此文王。又曰：奄有四方。毛萇曰：奄，大也。《尚書》曰：萬邦黎獻，共惟帝臣。孔安國曰：黎，衆也。獻，賢也。』此二句言武帝受天命而禪魏，廣有衆賢，使臣服於晉。

③善注：『謂惠帝也。《晉宫閣名》曰：洛陽城閶闔門。陸機《洛陽記》曰：太子宫在太宫東，薄室門外，中有承華門。再建，謂立愍懷太子國儲，以對閶闔，故謂之再也。』濟注：『閶闔，天門也。闢，開也。言晉受命自天，故天門開也。承華，太子門名。言太子經廢復立，故云再建。建，立也。』再建，李善與五臣説不同，五臣説是。此二句言天門既開，使晉受命，惠帝再立太子，以應天命。

④善注：『《毛詩》曰：明明在下，赫赫在上。』向注：『明明，美稱。在上，謂天子，能集用俊彦在於左

右。惟，辭也。』明明在上，乃『明明在下，赫赫在上』之略。句出《詩·大雅·文王》。毛詩傳：『明明，察也。文王之德，明明於下，故赫赫然，著見於天。』鄭玄箋：『明明者，文王武王施明德於天下，其徵應炤皙見於天，謂三辰效驗。』彥，俊才。《爾雅·釋訓》：『美士爲彥。』此二句言晉皇明察於下，集聚天下之俊才，故其德赫然而著見於天。

此章盛讚晉之受命於天，以禮義治國，重立太子，廣集俊彥。吴淇《六朝選詩定論》卷十曰：『頌晉，是得爲同僚之因。』

奕奕馮生，哲問〔一〕允迪①。天保定子〔二〕，靡德不鑠②。邁心玄曠，矯志崇邈③。遵彼承華，其容灼灼④。

【校勘】

〔一〕『問』，六臣本注：『五臣作門。』

〔二〕『子』，《韻補》作『爾』，應據改。《詩·小雅·天保》：『天保定爾，亦孔之固。』可爲證。

【注釋】

① 善注：『《方言》曰：自關而西，凡美容謂之奕奕。《尚書》曰：允迪厥德，謨明弼諧。孔安國曰：迪，蹈也。言信蹈行古人之德。』翰注：『奕奕，美盛貌。馮生，則文羆也。哲，智。允，信。迪，道也。言

智信之道而爲太子洗馬。』問，通聞，聲譽。《隋書・高祖紀》：『芳猷茂績，問望彌遠。』此二句言俊美馮生，有智慧令聞，並誠實地遵行古人之德。

②善注：『《毛詩》曰：天保定爾，亦孔之固。《劇秦美新》曰：鑠德懿和之風。《爾雅》曰：鑠，美也。』良注：『保，安。靡，無。鑠，盛也。言天之安定子之道，無德不盛。子，則馮生也。』保，安，庇護。《書・召誥》：『今相有殷，天迪格保。』孔安國傳：『言天道所以至於保安湯者，亦如禹。』此二句言上天庇護馮生，因其道德完美。

③善注：『《爾雅》曰：邁，行也。王逸《楚辭注》曰：矯，舉也。《爾雅》曰：崇，高也。』銑注：『玄，美。曠，大。邈，遠也。言所行心事美大，舉志高遠。』邁心，高遠之志。張九齡《別韋侍御使蜀序》：『邁心同道合，旨酒有餞。』玄，遠。《莊子・天地》：『玄古之君天下，無爲也。』此二句言馮生胸襟曠達，心志高遠。

④善注：『《毛詩》曰：桃之夭夭，灼灼其華。』濟注：『遵，奉也。承華，太子所居門。言文羆奉太子之容光也。灼灼，光貌。』遵，行走。《玉篇》：『遵，循也，行也。』此二句言馮生行於太子殿上，風采照人。

此章盛讚馮生俊美，智慧德行兼備，青春風采照人。吴淇《六朝選詩定論》卷十曰：『美馮生，見傾情之有素。』

嗟我人斯，戢翼江潭①。有命集止〔一〕，翻飛自南②。出自〔二〕幽谷，及爾同林③。雙情交映〔三〕，遺物識心④。

【校勘】

〔一〕『止』,《藝文類聚》卷三十一作『上』。

〔二〕『自』,《藝文類聚》卷三十一作『彼』。

〔三〕『映』,《七十二家集》本作『暎』。古二字同。

【注釋】

① 善注:『《毛詩》曰:嗟我懷人。又曰:彼何人斯。又曰:鴛鴦在梁,戢其左翼。《楚辭》曰:遊於江潭。』向注:『斯,謂馮也。戢,斂也。如鳥之斂翼於江潭。文羆吴人,故云此也。』江潭,指東吴。吴亡,馮生失去仕進機會,如鳥而收斂其翅膀,故曰『戢翼江潭』。此二句言嗟歎我之人生,斂翼於東吴。按:文羆魏人,五臣誤。此乃詩人自歎,非謂文羆。

② 善注:『《周易》曰:大君有命。《毛詩》曰:有命既集。又曰:翻飛惟鳥。又曰:凱風自南。』翰注:『天子有命,集止於帝京。翻飛往南而來。』集,羣鳥棲止樹上。《詩·周南·葛覃》:『黄鳥于飛,集于灌木。』翻,鳥飛。《説文》:『翻,飛也。』此二句言既有君命,羣賢集於帝京,我即自南飛來。

③ 善注:『謂俱爲洗馬也。臧榮緒《晉書》曰:楊駿誅,徵機爲太子洗馬。《毛詩》曰:出自幽谷,遷於喬木。』良注:『如鳥出於幽谷之中,相與同林。謂士衡亦爲洗馬。』此二句言,我自吴而來,如鳥出谷遷喬,故得與你同林。謂同任太子洗馬。

④ 善注:『映,猶照也。』銑注:『交映,謂相明也。遺物識心,謂得意忘言。』遺物,忘却外物。《淮南

子·原道訓》：『萬方百變，消摇而無所定，吾獨忼慨，遺物而與道同出。』此二句言我二人情感深摯，肝膽相照，忘却世俗，洞識其心。

此章憶自己自吴來晉，二人交誼之深厚。《采菽堂古詩選》卷十謂此章『流逸』。又吴淇《六朝選詩定論》卷十曰：『叙事是得爲同寮之緣。「嗟我」云云，點出同爲吴人，又是一因。』

人亦有言，交道實難[①]。有頍者弁，千載一彈[②]。今我與子，曠世齊歡[③]。利斷金石，氣惠秋蘭[④]。

【注釋】

① 善注：『《毛詩》曰：人亦有言，靡哲不愚。《漢書》曰：蕭育與朱博後有隙，故世以交爲難也。』此二句言世人有語，交友之道實難。以漢人蕭育與朱博先是友愛相知，最後反目成仇之典故，反襯自己與馮生友情之深摯。

② 善注：『《毛詩》曰：有頍者弁，實惟伊何。毛萇曰：頍，弁貌也。弁，皮弁也。《漢書》曰：蕭朱結綬，王貢彈冠。杜預《左氏傳注》曰：弁亦冠也，故通言之。頍，丘蘂切，與跬同音。』濟注：『頍，冠也。弁，亦冠也。千載一聖人出，聖人既出，是以彈冠求仕。則王陽在位，貢禹彈冠。言相與交情如此。』彈，即彈冠。《前漢紀·孝元皇帝紀上》：『王吉與禹相善，世稱王陽在位，貢公彈冠，言其趣舍同也。』此二句言王陽在位、貢公彈冠之情，乃千載一逢。

③ 善注：『言我及子，雖與王貢曠世，而實齊其歡也。范曄《後漢(書)》：『班固議曰：以漢興已來，曠世歷年。《廣韻》曰：曠，遠也。』此二句言今我與馮生，情如王陽、貢公，雖世遠而歡情相同。

④ 善注：『《周易》曰：二人同心，其利斷金。同心之言，其臭如蘭。』翰注：『金石，至堅也。言交情之堅利，又能割斷金石，堅甚也。惠，美也。言相美之氣，如秋蘭之香。』此二句言我二人同心，利斷金石，趣味相投，如秋蘭之香。

此章進一步申述與馮生志趣相投，契同金蘭。陳祚明《采菽堂古詩選》卷十曰：『「人亦」四句，風旨奕奕生动。』又吴淇《六朝選詩定論》卷十曰：『叙情見兩人交好。』

羣黎未綏，帝用勤止①。我求明德，肆于[一]百里②。僉曰爾諧，俾民是紀③。乃眷北徂，對揚帝祉[二]④。

【校勘】

[一]『于』，《七十二家集》本作『千』。

[二]『祉』，《宛委別藏》本作『杫』。

【注釋】

① 善注：『《毛詩》曰：羣黎百姓。《長楊賦》曰：羣黎爲之不康。《毛詩》曰：文王既勤止，我應受之。』向

注：『綏，安。勤，勞。止，辭也。』止，語助辭。此二句言今黎民百姓，尚未安寧，皇上辛勞，勤於政事。

②善注：『《毛詩》曰：我求懿德，肆于時夏。鄭玄曰：肆，陳也。陳其功烈也。《漢書》曰：縣大率百里，其人稠則盛，稀則曠也。』銑注：『我，謂帝也。肆，置也。帝求明德之人，置於百里之職，謂縣令也。』百里，代指縣令。此二句言我皇求明德之人，置於百里之地而爲令。

③善注：『《尚書》：僉曰垂哉，帝曰汝諧。《毛詩》曰：四方是維，俾民不迷。鄭玄《毛詩箋》曰：以綱罟喻爲政，理之爲紀也。』濟注：『僉，皆。諧，和也。爾，謂馮君。俾，使也。言羣臣皆云爾可諧和其政理使斥丘之人。是，謂紀綱也。』僉曰爾諧，謂衆臣皆曰爾可和諧百官。《書·舜典》：『帝曰：俞，往哉。汝諧。』孔安國傳：『汝能諧和此官。』俾民，『俾民不迷』之略。《詩·小雅·節南山》：『天子是毗，俾民不迷。』鄭玄箋：『上輔天子，下教化天下，使天下無迷惑之憂。言任至重。』此二句言諸臣皆謂你上可和諧百官，下可治理百姓，使其明白教化之義。

④善注：『《毛詩》曰：乃眷西顧。又曰：對揚王休。又曰：既受帝祉，施于孫子。』向注：『徂，往也。乃眷北往，謂斥丘在北。對答闡揚天子之美。祉，美也。』眷，顧，視。《説文》：『眷，顧也。』對揚，報答闡揚之意。《詩·大雅·江有漢》：『虎拜稽首，對揚王休。』毛詩傳：『對，遂。』鄭玄箋：『對，答。休，美也。』此二句言馮生於是北往，視政於斥丘，報答闡揚天子之美。

此章言馮公受命綏靖百姓，冀其明教化，申綱紀，闡揚天子之美德。《采菽堂古詩選》卷十曰：『序述筆雅。』又吴淇《六朝選詩定論》卷十曰：『馮還斥丘，分當遠別。』

疇昔之遊，好合纏緜①。借曰未洽〔一〕，亦既三年②。居陪華幄，出從朱輪③。方驥齊鑣，比迹同塵④。

【校勘】

〔一〕『曰』，六臣本注：『五臣作日。』又『洽』，陸刻本作『給』。六臣本注：『五臣作洽。』

【注釋】

①善注：『《左氏傳》：羊斟曰：疇昔之羊子爲政。《毛詩》曰：妻子好合。張升與《任彦堅書》曰：纏綿恩好，庶蹈高蹤。』良注：『纏綿，密貌。』疇昔，猶昔日。《禮記·檀弓上》：『予疇昔之夜，夢坐奠於兩楹之間。』鄭玄注：『疇，發聲也。昔，由前也。』好合，情意相合。《詩·小雅·常棣》：『妻子好合，如鼓瑟琴。』鄭玄箋：『好合，志意合也。合者如鼓瑟琴之聲相應和也。』纏綿，情意深厚。此二句言憶昔日之交遊，志趣相投，情意深厚。

②善注：『《詩》曰：借曰未知，亦既抱子。』翰注：『借曰，假曰也。洽，猶足也。言王事無暇，常假日而遊，尚未爲足，亦已三年也。』借曰，假使説，即便説。毛詩傳：『借，假也。』鄭玄箋：『云假令人云。』翰注作『日』，係刻板時形近而誤，今逕改。給，足。《孟子·梁惠王下》：『春省耕而補不足，秋省斂而助不給。』此二句言即便説交遊之時日尚不滿足，然亦已過了三年。

③善注：『應璩《與趙叔潛書》曰：入侍華幄，出典禁闈。司馬彪《續漢書》曰：皇太子安車朱班輪。』

銑注：『居，謂常在朝之時，陪侍太子華幄。幄，坐帳朝羣臣也。太子出，則乘朱輪車。』此二句言吾二人在朝則隨太子坐朝帳而見羣臣，出行則陪太子乘朱車而歷四方。

④ 善注：『鄭玄《儀禮注》曰：方，併也。《南都賦》曰：騄驥齊鑣。范曄《後漢書》：孔融《薦謝該》曰：該實卓然，比迹前列。《老子》曰：和其光，同其塵。』銑注：『方，並。驥，馬也。鑣，馬轡。言常相與並轡齊鑣，連迹而又同塵也。』此二句喻榮辱與共。言吾二人兩馬並行，行迹相連。

此章追憶與馮公同侍承華爲太子洗馬，比迹相連，交誼甚厚。陳祚明《采菽堂古詩選》卷十曰：『追溯語纏綿。』又吴淇《六朝選詩定論》卷十曰：『述舊。上第五章，馮既受命出宰，即宜接下别贈。他却嫌其太直，不盡纏緜之意。忽而倒轉筆來，又將前四章交情覆説一番，又恐人厭其重複，却分作虚實兩樣寫法。前四章宜用實寫，却用王貢彈冠事虚寫。至此方用居陪出從實寫，最爲妙意。蓋凡人一堂聚首時節，眼前實景，視爲固然，不消説得，只説兩心纏緜的意思。及到别離時節，心中之纏緜依然如故，而往日實景渺焉欲逝，又不覺提到眼前。此人情所必至，因以見作文之妙也。』

之子既命，四牡項領①。遵塗遠蹈，騰軌高騁②。慶雲扶質，清風承景③。嗟我懷人，其邁唯永〔一〕④。

【校勘】

〔一〕鄧邦述校本校曰：『唯永二字，宋本殘落。』

【注釋】

① 善注：『《毛詩》曰：駕彼四牡，四牡項領。』良注：『之子，謂文羆也。既命，謂奉帝命出於斥丘。四牡，四馬駕車也。項領，駕木項上也。』此二句言你奉帝命，出令斥丘，駕好四馬，整裝待發。

② 善注：『《四子講德論》曰：未若遵塗之疾也。鄭玄《考功記注》曰：軌，謂轍也。』翰注：『騰，疾行也。軌，迹。騁，馳也。』此二句言循長路而遠行，車疾行而長驅。

③ 善注：『《廣雅》曰：質，軀也。』良注：『景，影也。言如慶雲、清風望美之也，又言疾也。』慶雲，祥雲。《竹書紀年》卷上《卿雲歌》：『慶雲爛兮，禮（糺）縵縵兮。日月光華，旦復旦兮。』扶，輔助。《說文》：『扶，佐也，一曰相也。』此二句言祥雲伴着你的身軀，清風托着你的身影。

④ 善注：『《毛詩》曰：嗟我懷人。毛萇曰：懷，思也。』良注：『邁，行。永，長也。』此二句言歎息我思之人，愈行愈遠。

五章叙述馮生身受重托而令斥丘，既有詩人殷殷之祝福，又有臨别之思念。吴淇《六朝選詩定論》卷十曰：『言别。叙其道路之行色。』

否泰苟〔一〕殊，窮達有違①。及子春華，後爾秋暉②。逝將去我，陟彼朔陲〔二〕③。非〔三〕子之念，心孰爲悲④。

【校勘】

〔一〕『苟』，《文選》卷二十四、《古詩紀》卷三十五、陸刻本、《百三家集》本作『有』。六臣本注：『善作苟。』

〔二〕『陲』，《文選》卷二十四、《六朝詩集》本、鄧邦述校本作『垂』。六臣本注：『善作垂。』鄧邦述校本亦校作『陲』。古二字通。

〔三〕『非』，六臣本注：『善作悲。』與下句『悲』重復，善説非。別本皆作『非』。

【注釋】

①善注：『否泰，周易二卦名也。《列子》：西門子謂北宫子曰：汝造事而窮，予造事而達，此厚薄之驗與？賈逵《國語注》曰：違，異也。』良注：『時陸公免官居家，故云殊違也。』否泰，指命運好壞。窮達，困厄與顯達。《孟子·盡心上》：『窮則獨善其身，達則兼善天下。』趙岐注：『古之人得志君國，則德澤加於民。人不得志，謂賢者不遭遇也。』此二句言吾二人雖同爲太子洗馬，然命運好壞不同，仕途窮達有異。按：是時士衡並無免官居家事，五臣誤。

②善注：『言否泰殊流，窮達異轍。今雖及爾春華之美，終當後爾秋暉之盛也。春華，喻少年。秋暉，喻老成也。蘇武詩曰：努力愛春華。』翰注：『與子少壯時同官，故云春華，今已俱老，亦有光暉。』此二句言雖與子有春華之盛，然今獨你有秋暉也。

③善注：『《毛詩》曰：逝將去汝。又曰：陟彼高岡。朔垂，斥丘也。《爾雅》曰：朔，北方也。《説文》

曰：垂，遠邊也。』濟注：『逝，往。陟，升。朔，北。陲，邊也。言馮公既往，將離去升彼北邊，謂斥丘也。』此二句言而今你離我而去，登上邊遠的北方邊陲。

④向注：『非子交親，使我思念，則我心誰能使悲？』此二句言若非思念馮子，又會爲誰心悲。

此章抒發對馮生遠蹈斥丘的感慨與思念之情。吴淇《六朝選詩定論》卷十曰：『存慰。結完贈詩。』

【集評】

[明]孫鑛評：雅腴穩貼。（《孫月峰先生評文選》）

[清]何焯《義門讀書記》卷四十六：陸士衡《贈馮文熊遷斥邱令》：『僉曰爾諧。』百里惡事師錫？此摹擬之病也。

[清]陳祚明《采菽堂古詩選》卷十：並有悠颺之風致。通篇情事宛合，用筆輕倩。四言詩須有此雋致乃佳，章法亦頗有條遞。

[清]俞瑒評：士衡四言，非不整贍，惜情不逮乎詞耳。（清鈔本《昭明文選》）

[清]方廷珪《昭明文選集成》：右八章，即《文賦》所云『理扶質以立幹，文垂條而結繁』，格律井然。

答賈謐〔一〕并序① 十一章

【題解】

善曰：『王隱《晉書》曰：魯公賈謐，字長淵。』元康六年（二九六），陸機入朝任尚書郎，賈謐請潘岳代作《贈陸機》詩一首，機作此詩以答。詩概括歷史興廢，追溯漢魏至晉之歷史，歌頌賈謐之先公輔弼晉祖之鴻業，回憶同在太子門下交遊之情篤，自述恭敬王命之憂懼，抒發離别相思，自明本志，謝君戒我之美意。雖多奉承應制之語，然章章蟬聯而下，意脈連貫，結構亦具匠心。此外，讀此詩尚有三個細節尤須注意：一是在潘岳代賈謐贈詩曰『南吴伊何，僭號稱王』，直接否定陸機父祖著有大勳之東吴歷史存在的合理性，故機曰：『爰兹有魏，即宫天邑。吴實龍飛，劉亦岳立』，從歷史發展角度説明三國鼎立，均承於漢，非爲僭越。二是贈詩曰『在南稱柑，度北則橙』，表層意是贈誡，而深層意則有諷，故機曰：『惟漢有木，曾不踰境。惟南有金，萬邦作詠』，以『南』隱指吴，不惟明自己耿介之懷，且申吴之歷史輝煌也。三是機曰『惟公太宰，光翼二祖。誕育洪胄，纂戎於魯』，表面是頌，實乃譏謐本非魯公賈充所生，與後文『踰境』云云，實譏其螟蛉之子，蜾蠃之化也。今存之機文，無贈潘岳之作（僅有佚詩一首，或爲誤題），由此可推想其薄岳之情懷。而《晉書》本傳謂機『豫誅賈謐功，賜爵關中侯』，亦可知機與謐本非同黨，或心存芥蒂也。由此詩亦可見三人間微妙之關係。而其措意深微，則不可不細察。

余昔爲太子洗馬②，魯公〔二〕賈長淵以散騎常侍侍〔三〕東宮積年③。余出補吴王郎中令④，元康六年入爲尚書郎⑤。魯公贈詩一篇，作此答之云爾〔四〕。

【校勘】

〔一〕《文選》二十四作『答賈長淵』。六臣本注：『五臣作謐，四言并序。』

〔二〕『魯公』，六臣本注：『善無此二字。』

〔三〕『侍』，六臣本注：『善無一侍字。』

〔四〕『作此答之云爾』，《文集》脱『云爾』。《文集》校曰：『「答之」下，別本有云爾二字。』《六朝詩集》本有『云爾』。又《唐鈔文選集注彙存》卷四八序僅存『魯公贈詩一篇，作此答之云爾』二句。六臣本注：『五臣無云爾字。』《宛委別藏》本無『爾』字。

【注釋】

①《唐鈔文選集注彙存》卷四八潘岳《爲賈謐作贈陸機》曰：『謐字長淵，賈充所養子也。……陸機爲太子洗馬，謐已常侍侍東宮，首尾三年，與機同處。機後被出爲吴王晏郎中，經二年。至元康六年，入爲尚書郎。謐乃憶往與機同聚，又經離別遷轉之慶，故請潘岳安仁作此詩以贈之。』

②善注：『《漢書》曰：太子屬官，有先馬。如淳曰：前驅也。先，或作洗。』

③善注：『高誘《呂氏春秋注》曰：東宮太子所居。詩曰：東宮之妹。』向注：『賈謐任散騎常侍，侍太

子。謐食封於魯。』賈謐，字長淵。晉武帝時大臣賈充的外孫。原姓韓。賈充死後，過繼賈家，襲賈充爵位，封爲魯郡公。謐好風雅，身邊雅士雲集，號『二十四友』，陸機兄弟亦預其列。

④ 善注：『臧榮緒《晉書》曰：吴王晏，字平度，武帝第二十三子，封吴。又曰：吴王出鎮淮南，以機爲郎中令。』銑注：『吴王，武帝子封於吴。郎中令，王府官名。』

⑤ 善注：『臧榮緒《晉書》曰：機爲尚書中兵郎。』元康，晉惠帝年號，公元二九一至二九九年。關於小序，吴淇《六朝選詩定論》卷十曰：『凡詩中有未明處，則前著小序，此詩明自矣。又有小序云云，明謂己與魯公有舊誼。魯公贈詩，不得不答，答之又不敢盡其辭也。然贈詩者魯公，而作詩者未必魯公，亦欲使後之讀吾詩者亦痛。此口含黄柏之啞子也。』

伊昔有皇，肇濟黎蒸①。先天創物，景命是膺②。降及羣后，迭毀迭興〔一〕③。邈矣終古，崇替有徵④。

【校勘】

〔一〕『迭毀迭興』，《文館詞林》卷一百五十六作『迭興迭毀』，疑誤。

【注釋】

① 善注：『《爾雅》曰：伊，惟也。郭璞曰：發語辭也。《毛詩》曰：有皇上帝。毛萇曰：皇，君也。

《封禪書》曰：覺悟黎蒸。』翰注：『肇，始也。有皇，謂三皇。黎蒸，衆庶也。』《唐鈔文選集注彙存》：『蒸，衆也。《書》云：蒸民乃粒也。昔，古也。有皇，即謂天仙也。肇，始也。《音決》曰：蒸，之仍反。』濟，救助，拯救。《易·繫辭上》：『知周乎萬物，而道濟天下，故不過。』此二句言自昔有國君，開始拯救百姓。

②善注：『《周易》曰：先天而天弗違。《周禮》曰：智者創物。《毛詩》曰：君子萬年，景命有僕。毛萇曰：僕，附也。《毛詩》曰：戎狄是膺。毛萇曰：膺，當也。』翰注：『先，猶尊也。創，始。景，大也。言尊奉天時，始化萬物，大命是當，乃爲人主也。』此二句言君主尊奉天時，創始萬物，承天大命。

③善注：『《史記》：太史公曰：遞興遞廢，能者用事。《小雅》曰：遞，迭更也。』翰注：『降，下。羣，衆。后，君。迭，遞。毁，亡也。三皇之下，衆君迭有興亡。』《唐鈔文選集注彙存》：『羣后，即三王已下之帝，或有毁廢，功業亦有能致毁盛者也。《音決》：迭，大結反。』此二句言降至後代諸皇，迭有毁亡興盛。

④善注：『《楚辭》曰：春蘭兮秋菊，長無絶兮終古。《國語》：監(藍)尹亹謂子西曰：吾聞君子，唯獨居思念前世之崇替，於是乎有歎。韋昭曰：崇，終也。替，廢也。《左氏傳》曰：君子之言，信而有徵。』翰注：『邈，遠也。崇替，亦猶興亡也。』《唐鈔文選集注彙存》：『徵，謂符瑞之屬。自此已上皆云漢已前事。終古，遠古也。陸善經曰：言上皇以濟□□□，故能當大命，後王不能。然迭興崇替皆有徵也。叙興亡之由也。』此二句言古代遥遠，然君王之興廢亦有徵驗。

此章概述君主承天命，濟黎庶，創萬物，然代有興廢，皆有規律可循。吴淇《六朝選詩定論》卷十曰：『安仁詩述古處，來得於遠，實有譏刺之意。士衡不答。然只「迭毁迭興」四字遞過，有無限妙處。蓋言興亦古今之常，不足爲吴辱也。文更簡净。』

在漢之季，皇綱幅裂①。火〔一〕辰匿暉，金虎曜〔二〕質②。雄臣馳鶩〔三〕，義夫赴節③。釋位揮戈，言謀王室④。

【校勘】

〔一〕『火』，陸刻本、《六朝詩集》本、陳仲魚校本、鄧邦述校本作『大』。六臣本注：『善作大。』陳仲魚校本校作『火』。

〔二〕『曜』，陸刻本、陳仲魚校本、鄧邦述校本作『習』。六臣本注：『善作習。』陳仲魚校本、鄧邦述校本校作『曜』。《札記》：『《文選》習作燿。《詩紀》同。此習字或熠之誤。』燿，同曜。另，《六朝詩集》本作『習』。

〔三〕『馳』，《文館詞林》卷一百五十六、《藝文類聚》卷三十一並作『騰』。又『鶩』，《文集》作『鶩』。《藝文類聚》卷三十一、《文選》卷二十四、陸刻本、《百三家集》本、《六朝詩集》本、陳仲魚校本、鄧邦述校本作『鶩』。今據改。

【注釋】

① 善注：『韋昭《國語注》曰：季，末也。皇綱，以綱爲喻也。《答賓戲》曰：廓帝紘，恢皇綱。毛萇《詩傳》曰：張之曰綱。《魏志》：崔琰曰：今天下分崩，九州幅裂。』濟注：『皇家綱紀，如帛幅分裂，謂其羣雄分其土地。』《唐鈔文選集注彙存》：『《説文》云：幅，布帛之廣也。在漢之季，謂從漢末董卓遷帝於西京靈帝被殺，如布帛幅裂。即董卓作亂，天下義兵雲起，各各割裂州壤也。陸善經曰：幅裂，言如布帛之幅有度

量而鉸裂之也。』此二句言至漢末衰世，皇綱衰落，國家分裂。

② 善注：『《漢書》曰：東方蒼龍，房心，心爲明堂，大星天王。《爾雅》曰：大辰，房心尾也。《石氏星經》曰：昴者，西方白虎之宿也。太白者，金之精。太白入昴，金虎相薄，主有兵亂。』濟注：『匿，藏也。火辰，心星也。明則天下和平，闇則天下喪亂，故火辰藏暉，金虎曜質，謂漢亂也。』《唐鈔文選集注彙存》：『匿，隱也。大辰，心星也。此星明，天下太平；暗，即天下亂。心有三星，故曰參。天下太平，則中星明；天下亂，則中星暗。金虎，太白星也。明，即天下兵之事。金虎在西方。《天文志》云：心爲明堂，王者布政之所也。故心星光明則天下治，暗則天下亂。陸善經曰：匿輝，不明。曜質，言盛也。』大辰，心星，爲蒼龍七宿中的三宿，亦名大火，故亦可稱爲火辰。《公羊傳·昭公十七年》：『冬，有星孛於大辰。孛者何？彗星也。……大辰者何？大火也。』金虎，參、昴諸星。古人認爲，心星明則天下和平，暗則天下大亂；金虎迫近，則主兵亂。故此二句以心星隱去光芒，金虎其質並耀，喻漢末之大亂。

③ 善注：『《解嘲》曰：世亂，則聖哲馳騖而不足也。』翰注：『英雄之臣，馳走天下，義勇之夫，赴其忠節，將救王室也。』《唐鈔文選集注彙存》：『雄臣，即謂董卓廢少帝，立獻帝，遷西京。義夫，即謂孫堅、曹操等起義兵以赴三難。』此二句言梟雄之臣，奔走趨赴；節義之士，爲節殉難。

④ 善注：『《左氏傳》：王子朝告于諸侯曰：居王于彘，諸侯釋位，以聞王政。《説文》曰：揮，奮也。《左氏傳》曰：會於洮，謀王室也。』銑注：『天子有難，則諸侯釋去其守位，動用干戈，以謀匡救王室也。揮，動也。』《唐鈔文選集注彙存》：『釋位揮戈，即謂强國舉義兵□助討董卓。釋，廢也。《公羊傳》云：天子有難，釋位以謀王室。《左傳》曰：諸侯釋位以聞王政。杜預曰：聞，猶與也。失其位與治王之政事也。』此二句言於是衆臣離其本職而操戈征戰，共謀興漢王宮室。

此章言漢季衰微，社會動亂，雄臣羣起，義士殉節，而共輿王室。陳祚明《采菽堂古詩選》卷十曰：「「釋位揮戈」語切。」又吴淇《六朝選詩定論》卷十曰：「首二章述漢似多，然却爲孫氏張本。言孫氏有功於漢，原與魏俱雄臣義夫一流。」

王室之亂，靡邦不泯〔一〕①。如彼墜景，曾不可振②。乃眷三哲，俾乂斯民〔二〕③。啓土綏〔三〕難，改物承天④。

【校勘】

〔一〕「泯」，《唐鈔文選集注彙存》：「今案：陸善經本「泯」悉淪。」

〔二〕「俾乂斯民」，《文館詞林》卷一百五十六作「俾人斯人」。

〔三〕「綏」，《文集》作「雖」，音近而誤。《文館詞林》卷一百五十六、《藝文類聚》卷三十一、《唐鈔文選集注彙存》卷四十八、《七十二家集》本、《百三家集》本、《宛委別藏》本並作「綏」。《詩紀》卷二十五注：「一作綏。」《文集》亦校作「綏」。今據改。

【注釋】

① 善注：「《毛詩》曰：亂生不夷，靡國不泯。毛萇曰：泯，滅也。」向注：「靡，無。泯，平也。」《唐鈔文選集注彙存》：「《鈔》曰：泯，没也。泯，音民，取韻耳。」此二句言王室大亂，封藩皆滅。

②善注：『丁德禮《寡婦賦》曰：日亹亹以西墜。《説文》曰：振，舉也。』向注：『墜，落。曾，則也。言漢室衰微，如落日之景，則不可振而起也。』《唐鈔文選集注彙存》：『墜景，落日也。《説文》：振，起也。又云□也。』此二句言漢室之衰，如那墜落之日影，則不可振起。

③善注：『三哲：劉備、孫權、曹操也。《尚書》：帝曰：下民其咨，有能俾乂。孔安國曰：乂，治也。』向注：『皇天乃眷，三哲使理天下之人。俾，使。乂，理也。』《唐鈔文選集注彙存》：『俾，使也。言天命使三人以治吴魏蜀也。孔子云：斯民三代，直道以行之也。』此二句言上天眷顧三哲，使其治理天下之百姓。

④善注：『《尚書》曰：建邦啓土。《國語》：王謂晉侯曰：叔父若能更姓改物，以創天下。《禮記·明堂陰陽録》曰：王者承天統物也。』良注：『三哲開土宇，安患難，改漢物制，承奉天命。』《唐鈔文選集注彙存》：『啓，開也。即謂各開吴魏蜀也。改易，謂改漢制度。承天，猶奉天之命也。陸善經曰：物，謂服色也。承天，承順天心也。』綏，安寧。《爾雅·釋詁》：『綏，安也。』此二句言三哲開拓疆土，安寧亂難社稷，終改漢制，以承天命。

此章言漢室墜落，不可復振，故三國之君主改漢制而承天命。三國皆具有歷史合理性，乃爲吴正名。

爰兹有魏，即宮天邑①。吴實龍飛，劉亦岳立②。干戈載揚，俎豆載戢③。民〔一〕勞師興，國玩凱入④。

【校勘】

〔一〕『民』，《文館詞林》卷一百五十六作『人』，蓋唐人避諱而改。

【注釋】

① 善注：『《禮記》：孔悝《鼎銘》曰：即宮于宗周。《尚書》曰：周公曰：肆予敢求爾於天邑商。』向注：『爰，於。即，就。宮，居也。言於此有魏，就居於天中之邑都也。』《唐鈔文選集注彙存》：『天邑，即謂洛邑，天子所居之耳。陸善經曰：魏用漢都，故曰宮天邑也。』此二句言於此而生魏，使居天賜之都邑。

② 善注：『《東京賦》曰：乃龍飛白水。』良注：『吴，孫權也。龍飛，九五位也。劉，劉備也。岳立，言如四岳諸侯之立也。云吴實龍飛者，士衡吴人，故有尊吴之意，不忘本也。』《唐鈔文選集注彙存》：『楊修《許昌宮賦》：華殿炳而岳立。』此二句言吴登皇位之尊，劉亦稱諸侯之王。

③ 善注：『《毛詩》曰：載戢干戈。毛萇曰：戢，聚也。《論語》：孔子曰：俎豆之事，則嘗聞之矣。』良注：『載，則。揚，舉。戢，藏也。俎豆，禮器也。言天下盛舉干戈，不暇尚禮也。』《唐鈔文選集注彙存》：『載，則也。揚，舉也。戢，斂也。俎豆，禮器。言亂廢祭祀。陸善經曰：言天下三分，則干戈用而俎豆藏也。』此二句言於是干戈四起，紛争並舉，俎豆禮義，亦藏而不用。

④ 善注：『《毛詩》曰：民亦勞止。（《説文》曰：翫，厭也。）玩與翫同，古字通。《周禮》曰：師有功則愷樂。』銑注：『言所玩習，但爲凱樂之歌，而入於國。謂但尚戰勝也。』《唐鈔文選集注彙存》：『言民勞于師興，玩於凱入也。陸善經曰：玩，好也。』此二句言百姓勞苦，兵革興盛，國所習見，惟勝利凱樂之歌。

此章言三國紛争，禮崩樂壞，兵戈不息，百姓勞苦。陳祚明《采菽堂古詩選》卷十曰：『序三國及吴亡，語並得體。』又吴淇《六朝選詩定論》卷十曰：『原詩略去西蜀，此詩補出，見吴與蜀全不是僭竊。』

天厭霸德，皇祚告釁〔一〕①。獄訟違魏，謳歌適〔二〕晉②。陳留歸蕃，我皇登禪③。庸岷〔三〕稽顙，三江改獻④。

【校勘】

〔一〕『皇祚』，六臣本作『黄祚』。《札記》：『《文選》皇作黄。按：注作黄是也。』按干寶《搜神記》所言，魏爲土德，色尚黄，當以『黄祚』爲是。然作『皇祚』，亦可通。又『祚』，六臣本注：『五臣作祖。』又『釁』，六臣本作『亹』。

〔二〕『適』，《藝文類聚》卷三十一作『逼』。

〔三〕『岷』，《藝文類聚》卷三十一作『峮』。

【注釋】

① 善注：『《左氏傳》：鄭伯曰：天而既厭周德矣。干寶《搜神記》曰：魏惟五德之運，以土承漢。《春秋保乾圖》曰：漢以魏徵黄精接期，天下歸高。賈逵《國語注》曰：釁，兆也。言禍有兆。』《唐鈔文選集注彙存》：『祚魏，土德王也。陸善經曰：不能統一天下皆爲霸也。』銑注：『霸，謂魏也。魏土德，故曰黄祖。言

天厭魏主無德，乃告其凶釁，將有革也。』祚，福祚。《詩·大雅·既醉》：『君子萬年，永錫祚胤。』鄭玄箋：『成王女有萬年之壽，天又長予女福祚，至於子孫。』釁，禍患。《後漢書·隗囂傳論》：『夫功全則譽顯，業謝則釁生。』此二句言皇天厭棄魏主之德，皇朝之福祚將盡，禍患將生。

②善注：『《孟子·萬章》曰：堯以天下與舜，有諸？孟子曰：否。不然，天與之。堯崩，三年之喪畢，舜讓避丹朱於南河之南。天下朝覲獄訟者，不之堯之子，而之舜。謳歌者，不謳歌堯之子，而謳歌舜。舜曰：天也。夫而後歸中國，踐天子之位焉。』翰注：『言決獄定訟，謳歌道德，皆違去於魏，而之於晉也。適，之也。』違，《説文》：『離也。』此二句以獄訟、謳歌代指人心，意即判決獄訟，謳歌皇德，皆離魏而往晉。

③善注：『《魏志》曰：陳留王，諱奐，字景明，武帝孫，燕王宇子也。奉皇帝璽綬，策禪位於晉嗣王。《魏世譜》曰：封帝爲陳留王。』濟注：『魏帝禪位於晉，封魏帝爲陳留王，故云歸藩。』《唐鈔文選集注彙存》：『《魏志》云：陳留王奐，字景明，武帝孫，燕王宇子也。甘露三年，當道鄉公卒，迎立即皇帝位。五月十二日詔設壇於南郊，使使者奉皇帝璽綬，禪位於晉嗣王，封陳留王。年五十八，太安元年崩，謚元皇帝也。臧榮緒《晉書》曰：武帝諱炎。陸善經曰：《魏志》：陳留王即位七年，禪於晉嗣王矣。』此二句言陳留禪位，回歸封藩，我皇受禪，登基立晉。

④善注：『庸岷，蜀境也。庸，國名也。岷，山名也。《禮記》：孔子曰：拜而後稽顙。三江，吴境也。《尚書》曰：三江既入。』銑注：『稽顙、改獻，謂歸晉德爲臣。』《唐鈔文選集注彙存》：『庸岷，即謂蜀劉禪，司馬文王討破之，故言稽顙。三江者，即謂松江、柳江、浙江是也。陸善經曰：稽顙、改獻，謂劉禪、孫皓降入。』稽顙，跪拜叩地之禮。《儀禮·士喪禮》：『主人哭拜，稽顙，成踊。』鄭玄注：『稽顙，頭觸地。』獻，指進獻以謁晉。《書·微子》：『自靖，人自獻于先王。』孔安國傳：『各自謀行其志，人人自獻，達於先王，以不失

道靖。』改獻，猶言稱臣。此二句言蜀王跪拜叩地，吴人納首稱臣。按：《唐鈔文選集注彙存》引五臣張銑曰：『庸岷，蜀也。三江，吴也。稽顙、改獻，謂歸晉德爲臣也。』文字與《四部叢刊》本有異。

此章叙魏衰而晉興之歷史。吴淇《六朝選詩定論》卷十曰：『此述吴後亡，魏先亡，亡國之戚，豈獨一人？意來却教晉朝舊臣翻都受他一場輕薄。』

赫矣隆晉，奄宅率土①。對揚天人，有秩斯祜②。惟公太宰，光翼二祖③。誕育洪胄，纂戎于魯④。

【注釋】

① 善注：『曹府君《陳寔誄》曰：赫矣陳君。《毛詩》曰：宅殷土芒芒。又曰：率土之濱。』向注：『赫、隆，皆盛美貌。奄，大。宅，居也。率土，天下也。』此二句言顯赫隆盛之晉，擴大居地，擁有天下。

② 善注：『《書》曰：敢對揚天子之休命。司馬相如《封禪文》曰：天人之際已交。《毛詩》曰：嗟尔烈祖，有秩斯祜。《爾雅》曰：祜，福也。』向注：『言對答揚舉，天人之事有其次，於此福矣。秩，次。斯，此也。』《唐鈔文選集注彙存》：『《尚書》云：對揚天子之修令命。孔注云：對，答也。答受美命而稱揚之。毛傳云：秩，常。言有此天下之常福也。陸善經曰：言皆秩次祭之，與之同福也。』對揚，報答闡揚之意。《詩·大雅·江有漢》：『虎拜稽首，對揚王休。』毛詩傳：『對，遂。』鄭玄箋：『對，答。休，美也。』此二句言對答彰顯我皇之美，有此天人之福祚。

③善注：『臧榮緒《晉書》曰：晉太祖爲大將軍，以賈充爲司馬右長史。及世祖受禪，轉太宰。《左氏傳》：康王論晉，范會曰：宜夫子之光輔五君。』翰注：『人宰，賈充也，謐之父。太祖爲大將軍，以充爲右長史，及武帝即位，復爲太宰。云二祖光翼，謂充爲輔弼也。』《唐鈔文選集注彙存》：『太宰，即謂謐父賈充，薨，贈太宰。二祖，謂太祖、世祖也。陸善經曰：《晉書》云：賈充爲文帝右長史，武帝受禪，封魯公，歷尚書令也。』此二句言賈公職居太宰，輔弼二祖，使其光耀天下。

④善注：『臧榮緒《晉書》曰：謐父韓壽，河南尹。母，賈充少女也。充平生不議立後，充後妻郭槐輒以外孫韓謐爲黎民子襲封。槐自表陳，是充遺意也。帝許之，以謐爲魯公。《毛詩》曰：誕彌厥月。毛萇曰：誕，大也。鄭玄曰：大矣，后稷之在其母，終於人道，十月而生。《毛詩》曰：纘戎祖考。鄭玄曰：戎，汝也。《毛詩》曰：俾侯於魯。』良注：『洪胄，謂長子，即謐也。纂，繼。戎，大也。武帝封謐爲魯公，故云繼大於魯也。』《唐鈔文選集注彙存》：『毛萇曰：育，生也。洪，大也。胄，胤也。纂，繼。戎，我也。又云：魯國在東夷也。胄長，即謂謐是死（者）長子也。戎，大也。即謂能繼大位也。』洪胄，王侯貴族之子系。潘岳《南陽公主誄》：『主之誕育，既慕洪胄，德之休明，固亦天授。』此二句言賈公誕育其貴族之胄，使汝承其基業，封侯於魯。

此章贊頌晉室之盛，賈謐之先公輔弼晉祖之鴻業。吴淇《六朝選詩定論》卷十曰：『原詩以魯史春正月大一統之義，輕薄孫氏君臣。此詩却用魯史莒人滅鄫之義，輕薄魯公父子。』

東朝既建，淑問〔一〕峩峩①。我求明德，濟同以和②。魯公戾〔二〕止，衮服委蛇③。思媚皇儲，高步承華④。

【校勘】

〔一〕『問』，《唐鈔文選集注彙存》：『今案：《鈔》《音决》「問」爲聞也。』古二字通。

〔二〕『戾』，《唐鈔文選集注彙存》：『今案：陸善經本「戾」爲莅也。』

【注釋】

① 善注：『謂愍懷太子也。《毛詩》曰：淑問如皋陶。』良注：『太子既立，美問甚高也。東朝，太子也。建，立。淑，美。問，聞也。峩峩，高貌。』《唐鈔文選集注彙存》：『東朝，即謂太子宮，召賈謐爲常侍，輔太子。建者，初立也。峨峨，高大也。』峩峩，同峨峨。此二句言東宮既立，美名如山之高聳。

② 善注：『《毛詩》曰：我求懿德，肆于時夏。《左氏傳》：齊侯曰：唯據與我和。《晏子》曰：據亦同也，焉得爲和？和如羹焉，宰夫和之，濟其不及，以渫其過，君子食之，以平其心，君臣亦然。杜預曰：梁丘據也。』向注：『我，謂太子也。言太子求明德之人，以濟王事，同心而和穆也。』《唐鈔文選集注彙存》：『我，晉文帝也。《論語》曰：君子和而不同，小人同而不和。《左氏傳》曰：齊侯田於沛。齊侯至，自田。晏子侍於遄臺，子猶馳而造焉。公曰：唯據與我和夫？晏子對曰：據亦同也，焉得爲和？公曰：和與同異乎？對曰：異。和如羹焉。水火（醯醢）鹽梅，以烹魚肉，燀之以薪。宰夫和之，濟其不及，以洩其過。君子食之，以平其心，君臣亦然。君所謂可，而有否焉；臣獻其否，以成其可。君所謂否，而有可焉；臣獻其可，以去

其否。今據不然，君所謂可，據亦曰可；君所謂否，據亦曰否。若以水濟水，誰能食之。』濟同，謂成就王業。《左傳・成公二年》：『樹德而濟同欲焉，五伯之霸也。』杜預注：『濟，成也。』此二句言我皇求明德之人，和諧百官，成就王業。

③善注：『《毛詩》曰：魯侯戾止。《爾雅》曰：戾，至也。《周禮》曰：三公自衮冕而下。《毛詩》曰：退食自公，委蛇委蛇。』銑注：『言賈謐至止，衣冠委蛇。委蛇，美貌。衮服，謂衣冠也。』《唐鈔文選集注彙存》：『《鈔》曰：也即謂爲太子常侍時。委蛇，美貌。陸善經曰：蒞，來。止，至也。』戾止，來至。《詩・大雅・泮水》：『魯侯戾止，言觀其旂。』毛詩傳：『戾，來。止，至也。』此二句魯公來至，朝服鮮美。

④善注：『王隱《晉書》曰：謐以賈后之妹子，數入宮，與愍懷處。《毛詩》曰：思媚周姜。又曰：媚于天子。《漢書》：疏廣曰：太子國儲嗣君。陸機《洛陽記》曰：太子宮在太宮東，薄室門外，中有承華門。』翰注：『媚，愛也。言謐思愛太子，高步於承華門也。皇儲，太子也。』《唐鈔文選集注彙存》：『媚，好也。皇儲，即謂太子也。承華，太子宮門也。』此二句言魯公思愛皇儲，高行闊步出入於太子之門。

此章言晉立東宮，廣求明德之人，故賈公高步承華殿上。吴淇《六朝選詩定論》卷十曰：『此即序云魯公以散騎常侍侍東宮。』

昔我逮〔一〕兹，時惟下僚①。及子棲遲，同林異條②。年殊志比〔二〕，服殊〔三〕義稠③。游跨三春，情固二秋④。

【校勘】

〔一〕『逮』，《文館詞林》卷一百五十六作『逯』。《唐鈔文選集注彙存》作『建』。

〔二〕『比』，陸刻本、《六朝詩集》本、陳仲魚校本、鄧邦述校本作『密』。《文集》校曰：『比，別本作密。』陳仲魚校本、鄧邦述校本并校作『比』。《百三家集》本作『此』，形近而誤。

〔三〕『殊』，陸刻本、《百三家集》本、《六朝詩集》本、陳仲魚校本、鄧邦述校本作『舛』。六臣本注：『五臣作殊』。《文集》校曰：『服殊，殊別本作舛。』陳仲魚校本、鄧邦述校本并校作『殊』。

【注釋】

①善注：『下僚，謂洗馬也。』翰注：『逮，及也。機爲太子洗馬，故云下僚。』此二句言昔日我至承華，任太子之下層官僚。

②善注：『俱在東宫，故曰同林。而貴賤殊隔，故曰異條。《毛詩》曰：或棲遲偃仰。』銑注：『棲遲，游息也。同林，謂同事太子。異條，謂謐先貴也。』《唐鈔文選集注彙存》：『毛公曰：棲遲，猶息也。謂就魯國也。機又爲吴郎中，非也。案：及，與也。異條即謂常待洗馬也。陸善經曰：棲遲，遊集也矣。』此二句言幸與子交遊止息，雖曰同林，貴賤有異。

③善注：『服，章服也。尊卑殊制，故曰舛也。《説文》曰：稠，多也。』濟注：『謐少機老，故曰年殊。相與爲友，故曰志比。爵秩各異，故曰服殊。志相善，故曰義稠。』《唐鈔文選集注彙存》：『許慎注《淮南子》云：舛，相背也。《廣雅》云：稠，概也。年殊，即謂謐長機少。比，相親也。舛，即謂常侍洗馬不同也。稠，

厚蜜也。』此二句言雖年歲殊異，章服有別，然感情親密，情義深厚。

④良注：『跨，越也。言同遊經越三春，情之堅固亦已二秋也。』《唐鈔文選集注彙存》：『跨，歷入也。三春者，言洗馬同袠三年，故言三春。後出爲吴王郎中令，情仍堅固，不改昔操，故言情固二秋也。亦言首尾三年，歷過二秋。陸善經曰：三春二秋，在官所經。』三春、二載，互文。此二句言交遊已逾三載，情感之堅固亦已二秋。

此章回憶同在太子門下其交遊之情篤。陳祚明《采菽堂古詩選》卷十曰：『琢句有致。』又吴淇《六朝選詩定論》卷十曰：『即序云余爲太子洗馬。』

祇承皇命，出納無違①。往踐藩〔一〕朝，來步紫微②。升降秘閣〔二〕，我服載暉③。孰云匪懼，仰肅明威④。

【校勘】

〔一〕『藩』，陸刻本、《百三家集》本、《六朝詩集》本、鄧邦述校本作『蕃』。古二字通。

〔二〕『閣』，陸刻本作『閤』，形近而誤。《札記》：『《文選》作閣是也。《類聚》《詩紀》並同。』

【注釋】

①善注：『《尚書》曰：祇承於帝。《論語》曰：樊遲問孝子。曰：無違。』向注：『祇，敬也。』《唐鈔文

選集注彙存》：『祇，敬也。承，奉也。皇命，君命。出納者，出言天子納之。無違者，無違王命者也。』出納，乃『出納王命』之略，意即傳達與接受王命。《詩·大雅·烝民》：『出納王命，王之喉舌。』鄭玄箋：『出王命者，王口所自言，承而施之也。納王命者，時之所宜，復於王也，其行之也，皆奉順其意。』此二句言恭敬奉行皇命，無論口宣王命，或接受王命，皆不違王之旨意。

② 善注：『藩朝，吴也。紫微，至尊所居，謂爲尚書郎。』向注：『出爲吴王郎中令，故云往踐藩朝。入爲尚書，故云來步紫微。紫微，天子宫也。』此二句言昔日足履吴王之庭，今來步行天子之朝。

③ 善注：『謝承《後漢書》曰：謝承父嬰，爲尚書侍郎。每讀高祖及光武之後將相名臣策文通訓，條在南宫，祕於省閣，凖臺郎升復道取急，因得開覽。序云：入爲尚書郎，作此詩。然祕閣即尚書省也。』翰注：『祕閣，尚書郎所司也。載，則也。暉，猶光也。』《唐鈔文選集注彙存》：『祕閣，即爲秘書郎時也。』升降，偏義複詞，升。此二句言位登秘閣，我之尚書郎官服光彩照人。

④ 善注：『《尚書》曰：我有周佑命，將天明威。』良注：『誰云非懼者，仰敬天子之明威也。』《唐鈔文選集注彙存》：『孰，誰也。肅，敬也。誰云不或懼乎，實敬仰君之明威也。陸善經曰：言仰敬天之威而懼也。』匪，非也。《詩·邶風·柏舟》：『我心匪鑒，不可以茹。』鄭玄箋：『我心非如是鑒。』此二句言誰云心無所懼，仰敬於天子之明威。

此章自述己承奉皇命，侍奉太子，戰戰兢兢，恭敬王命。吴淇《六朝選詩定論》卷十曰：『連述出爲吴王郎中令及入爲尚書郎。』

分索則易，携手實難①。念昔良游，茲焉永歎②。公之云感，貽此音翰③。蔚彼高藻，如玉如蘭〔一〕④。

【校勘】

〔一〕『如蘭』，《文選》卷二十四作『之闌』；《詩紀》卷二十五注：『一作之闌』。《唐鈔文選集注彙存》：『今案：《鈔》、五家、陸善經本「之」爲如。』又注中引五臣李周翰注：『「之」或爲如，「闌」或爲蘭。』《四部叢刊》六臣本無此注。《札記》：『《文選》五臣本同翰注：如玉之美，如蘭之芳。善作如玉之蘭。……蘭音力旦切。是蘭當讀如爛。然上三韻皆押平聲，此不應押去聲，即歎翰皆可作去聲，而難字與易對，無讀去聲之理。通篇以四韻爲節，又不得指爲轉韻，恐李氏誤也。』此説是。

【注釋】

① 善注：『鄭玄《禮記注》曰：索，散也。』銑注：『分别則易，集會則難。』《唐鈔文選集注彙存》：『携，提携也。此言别易會難也。』此二句言分别則易，再會携手則難。

② 善注：『劉楨《黎陽山賦》曰：良遊未厭，白日潛輝。《毛詩》曰：兹之永歎。』向注：『此重述出郎中令，在吴時相思也。』《唐鈔文選集注彙存》：『良，善也。兹也，此。永，長也。言我憶念昔日與君爲良遊戲謔，今日乃使長歎息也。』此二句言追念昔日在太子之門美好之交遊，任吴王郎中令時常相思長歎。

③ 善注：『應劭《漢書注》曰：云，有也。韋昭曰：翰，筆也。』濟注：『魯公感此分别之事，遺我此

詩。音翰，謂詩筆也。』《唐鈔文選集注彙存》：『言公感歎此事。貽，遺也。乃遺我詩也。』此二句言而魯公亦感此傷别，故贈此詩文。

④ 善注：『蔚，文貌。《周易》曰：君子豹變，其文蔚也。《楚辭》曰：文彩耀於玉石。王逸曰：言發文舒詞，爛然成章，如玉石之有文彩也。闌，力旦切，協韻力丹切。』翰注：『蔚，歎美也。藻，文也。此蓋言魯公高文，如玉之美，如蘭之芳。』《唐鈔文選集注彙存》：『如玉，言文章温潤，故《詩》云：君子温其如玉。如蘭，言馨香也。喻言詞美麗也。陸善經曰：謂謚感昔之遊集而貽詩，言其文之美。』此二句言彼之高言華藻，文辭蔚然，如玉之美，如蘭之芳。

此章抒發離别相思，感君贈詩之華美。吴淇《六朝選詩定論》卷十曰：『此正魯公贈詩張本。』

惟漢有木，曾不踰境。惟南有金，萬邦作詠①。民之胥好，狷狂〔一〕厲聖②。儀形在昔，予〔二〕聞子命③。

【校勘】

〔一〕『狷狂』，《文選》卷二十四作『狂狷』，善注引《論語》：『子曰：「不得中行而與之，必也狂狷乎！狂者進取，狷者有所不爲也。」』六臣本注曰：『五臣作狂狷。』又『狷』，《藝文類聚》卷三十一作『指』，誤。

〔二〕『予』，《藝文類聚》卷三十一作『争』。

【注釋】

①善注：『木，謂橙也。賈謐贈詩云：在南稱柑，度北則橙，故答以此。言木度北而變質，故不可以踰境；金百鍊而不銷，故萬邦作詠。賈戒之以木，而陸自勗以金也。《穀梁傳》曰：婦人既嫁，不踰境。《毛詩》曰：大賂南金。』向注：『江漢有木，謂橘也。言度北則爲枳，故云不踰境。此言物之有變質，人之有變節也。金剛而堅，百鍊不銷，故萬國作詠也。蓋自勗如金之堅剛，不可變易也。謐贈詩，戒士衡無爲變志故也，故以金答也。』《唐鈔文選集注彙存》：『漢有木者，《詩》云：惟彼江漢，杞梓生焉。不踰境者，言謐居京師，邑不越地，境在本鄉。南金者，《尚書》云：荆楊貢金三品。又《詩》云：本鄉南金者。《尚書》云：元龜象齒，大賂南金。言當立所出爲重。機言我亦當如南方之金，爲萬邦之詠。不學木之不逾境也。陸善經曰：機以木踰境而變質，故自比于金，萬邦所共貴也矣。』此四句蓋自言其志，意謂漢水有橙，則不可逾境而植，逾境則變質；南方有金，剛韌堅固，百鍊不銷，故萬國作歌而詠之。

②善注：『《爾雅》曰：胥，相也。謂相戒勗以所好尚也。《論語》：子曰：不得中行而與之，必也狂狷乎？狂者進取，狷者有所不爲。《尚書》曰：惟聖罔念作狂，惟狂克念作聖。《説文》曰：厲，石也。言人之自勗，若金之受厲。』銑注：『狷狂之心，厲以作聖，喻不善人也。言謐之相好，贈我以言相戒，使我狷狂之心，厲以作聖人之道也。』《唐鈔文選集注彙存》：『狂狷，《説文》云，疾跳也。言百姓從君所好，言我得謂詩，或納以來，雖是狂自勉，厲亦成聖人。見《論語》《尚書》，並合成義。陸善經曰：言民之好德者，雖狂狷亦主於聖。胥，曰辭也。』此二句言公之愛我，贈詩以戒，使我進取，又有所不爲，磨礪以作聖人之道。

③善注：『《毛詩》曰：儀刑文王，萬邦作孚。《左氏傳》：晉(里)克曰：臣聞命矣。』翰注：『儀形在昔，謂以古之道相戒，喻我聞子之命。』《唐鈔文選集注彙存》：『形，見也。言我昔日爲洗馬時，亦已聞子教

我以德也。又云言我儀形於在昔之人，猶我聞汝勸誡之命故也。陸善經曰：『儀形在昔，不變其初也。』儀形，謂以之爲準則並效法。儀，準則；形通刑，效法。此二句言賈公之戒，使我前有準則，並可效法，我已聞您之命矣。

最後一章自明本志，謝君戒我之美意。陳祚明《采菽堂古詩選》卷十曰：『用來語作答，法合。』吴淇《六朝選詩定論》卷十曰：『雖答自勉，實是解嘲。若曰：子謂在南爲柑，在北爲枳，木固不越境矣。獨不曰「惟南有金」乎？在境不變，出境亦不變，且益當見重也。』

【集評】

［宋］葛立方《韻語陽秋》卷十：陸機作詩《贈賈謐》幾三百言，無非極其褒讚。方謐用事，死榮辱人，如反覆手，其褒讚亦何足怪然。其間亦有寄意譏誚，人未能推其意者。按臧榮緒《晉書》：謐父韓壽，母賈充少女也。充平生不議立後，後妻郭槐輒以外孫韓謐襲封，帝許之，遂以謐爲魯公。則是，賈謐非充子也。故機詩云：『誕育洪胄，纂戎於魯。』言誕育，則以譏非己生也。又曰：『惟漢有木，曾不踰境。』謂橘踰淮則化爲枳，言如螟蛉之化蜾蠃無異也。夫謐勢焰熏灼如此，而機敢爲瘦詞以狎侮之，真文人之習氣哉。

［宋］吴曾《能改齋漫録》卷十六：《顏氏家訓》曰：『別易會難，古人所重。江南餞送，下泣言離。北間風俗，不屑此歧路言離，歡笑分首。』李後主長短句蓋用此耳。故云：『別時容易見時難。』又云：『別易會難無可奈。』然顏説又本陸士衡《答賈謐詩》云：『分索則易，携手實難。』

［明］孫鑛評：雖是寬叙，體却活潑，能以天才運藻詞，故氣格自超邁。（《孫月峰先生評文選》）

〔明〕凌濛初《合評選詩》：葛立方曰：『此詩幾三百言，無非極其褒贊。方謐用事，生死榮辱人，如反覆手，其褒贊亦何足怪？然其間亦有寄意譏誚，人未能推其意者。按臧榮緒《晉書》，謐父韓壽，母賈充少女也，充平生不議立後，後妻郭槐輒以外孫韓謐襲封，帝許之，遂以謐爲魯公，則是賈謐非充子也。故機詩云「誕育洪胄，纂戎於魯」，言「誕育」則以譏非己生也。又曰「惟漢有木，曾不踰境，謂橘踰淮，則化爲枳」，言如螟蛉之化蜾蠃無異也。夫謐勢焰薰灼如此，而機敢爲諛詞以狎侮之，真文人之習氣也。』

〔清〕何焯《義門讀書記》卷四十六：《答賈長淵》鋪陳整贍，實開顔光禄之先。鍾嶸品第顔詩，以爲其源出於陸機，是也。然士衡較爲遒秀。

『吴實龍飛』，曰龍飛，則非僞也；曰改獻，爲故主諱。

『銜璧之辱，纂戎于魯』，纂戎，當引《毛詩》。戎，大也。

『濟同以和』，時謐多無禮於太子，和同之語，蓋有刺也。

『惟南有金』，金以勖賈，故下云『狂狷厲聖』，自謂恃。宿昔相知，乃敢云然也。注似微遠本義。

〔清〕葉矯然《龍性堂詩話初集》：潘安仁《代賈謐贈士衡詩》，前輩謂其發端四韻源流太遠者，殆非也。潘意鋪揚晉得天統，歷叙皇王，以詆吴國之僭耳。……且發端二十餘句，如『二儀』『八象』『九有』『六國』『四隅』『三雄』等語，堆疊滿紙可厭，遠不及陸之報章，曲縟多風，琅琅可誦也。即此見潘、陸優劣耳。陸詩云：『迭毁迭興』，『崇替有徵』。又云：『改物承天』，『吴實龍興』。隱然見從古廢興無常，不特亡吴爲然，意實言表。後宋文信公之對元帥，似亦本此。夫亡國之大夫，結褵之嫠婦也。……昔盧志謂機曰：『陸遜、陸抗，於君遠近如何？』機曰：『如君之于盧毓、盧珽。』志大恚恨。蓋子前名父，少有肺腸，孰能堪此！今潘之詩猶盧志也，爲士衡者，詞雖辨而心良苦矣。

［清］陳祚明《采菽堂古詩選》卷十：此詩生動處，亦少而雅練得體，局整旨合。

［清］俞瑒評：序次有法，措詞安雅，惜其所贈，依附權門爲諛詞耳。（清鈔本《昭明文選》）

［清］方廷珪《昭明文選集成》：右十一章，凝厚綿密，使人猶想正始之音。

［清］孫人龍《昭明文選初學讀本》：此詩前五章亦屬泛論，不知爾時贈答何以必如此也。

黄侃《文選評點》：細爲紬繹贈詩，始知此詩兀傲風刺，兼而有之，未識賈謐喻其旨否。（『年殊志比』）何焯謂機與謐款密，大繆。此詩意存譏諷，款密乃空言耳。

【附録】

潘岳・爲賈謐作贈陸機詩（十一章）

肇自初創，二儀絪緼。粤有生民，伏羲始君。結繩闡化，八象成文。芒芒九有，區域以分。（其一）

神農更王，軒轅承紀。畫野離疆，爰封衆子。夏殷既襲，宗周繼祀。綿綿瓜瓞，六國互峙。（其二）

强秦兼併，吞滅四隅。子嬰面櫬，漢祖膺圖。靈獻微弱，在涅則渝。三雄鼎足，孫啓南吴。（其三）

南吴伊何，僭號稱王。大晉統天，仁風遐揚。僞孫銜璧，奉土歸疆。婉婉長離，凌江而翔。（其四）

長離云誰，咨爾陸生。鶴鳴九皋，猶載厥聲。况乃海隅，播名上京。爰應旌招，撫翼宰庭。（其五）

儲皇之選，實簡惟良。英英朱鸞，來自南岡。曜藻崇正，玄冕丹裳。如彼蘭蕙，載采其芳。（其六）

藩嶽作鎮，輔我京室。旋反桑梓，帝弟作弼。或云國宦，清塗攸失。吾子洗然，恬淡自逸。（其七）

廊廟惟清，俊乂是延。擢應嘉舉，自國而還。齊轡羣龍，光贊納言。優遊省闥，珥筆華軒。（其八）

昔余與子，繾綣東朝。雖禮以賓，情通友僚。嬉娱絲竹，撫鞞舞韶。修日朗月，携手逍遥。（其九）

自我離羣，二周於今。雖簡其面，分著情深。子其超矣，實慰我心。發言爲詩，俟望好音。（其十）

欲崇其高，必重其層。立德之柄，莫匪安恒。在南稱柑，度北則橙。崇子鋒穎，不頹不崩。（其十一）

（《文選》卷二十四）

贈尚書郎顧彦先二首〔一〕

【題解】

善曰：『王隱《晉書》曰：顧榮，字彦先，吴人也，爲尚書郎。』翰曰：『顧彦先同爲尚書郎，遇雨不相見，故贈此詩。』《唐鈔文選集注彙存》：『機從洗馬爲吴王郎中令，從郎中又爲尚書郎。彦先亦爲尚書郎，同在楚省別院。榮復是機姊夫，于時遇雨，不得相見，相憶作此詩。』從『朝游游層城，夕息旋直廬』句看，此詩乃詩人夜值宿官舍，適遇風雨，而懷人思鄉之作。上首言凄風苦雨逆時而生，而風雨懷人更是難堪。雖止隔蕭牆，而形影分離，惟託音訊以聊慰相思，而今音訊亦斷，故無以自慰也。室邇人遥，一轉也；音書亦斷，二轉也，兩次翻轉，其情愈深。下首言雨狂風急，夜不成寐，由眼前雨水浸階，大道爲渠，聯想到水淹禾稼，生民流離；因東吴水鄉，又聯想到故鄉之水患，故生憂思。反復推想，由國而家，頃刻千里，亦思愈深而情愈濃矣。由《答賈謐詩序》可知，元康六年（二九六），陸機入朝任尚書郎，既與彦先同爲尚書郎，則此詩當作於是年或稍後。

大火貞朱光，積陽熙自南①。望舒離金虎，屏翳吐重陰②。凄風迕時序，苦雨遂成霖③。朝游忘〔二〕輕羽，夕息憶重衾④。感物百憂生，纏綿自相尋⑤。與子隔蕭牆，蕭牆阻〔三〕且深⑥。形影曠不接，所託聲與音⑦。音聲〔四〕日夜闊，何用〔五〕慰吾心⑧。

【校勘】

〔一〕《文選》卷二十一《秋胡詩注》作『贈顧彦先詩』。

〔二〕『忘』，《七十二家集》本作『志』。從前後文意看，當以『志』是。晨志羽扇，晚思重衾，言天氣變化之速也。

〔三〕『阻』，六臣本注：『善作隔。』《唐鈔文選集注彙存》卷四八作『隔』。

〔四〕『音聲』，《文選》卷二十四注作『聲音』。

〔五〕『用』，《文選》卷二十四注文作『以』。

【注釋】

① 善注：『《爾雅》曰：大火謂之大辰。郭璞曰：大火，心也。在中最明，故時候主之也。孔安國《尚書傳》曰：貞，正也。朱光，朱明也。《爾雅》曰：夏爲朱明。《尚書》曰：日永星火，以正仲夏。《淮南子》

曰：積陽之熱氣生火。火氣之精者爲日。《爾雅》曰：熙，興也。《續漢書》曰：日行南陸，謂之夏也。』向注：『大火，南方星也。朱光，日也。此仲夏之月，積陽爲日氣也。熙，熾也。自南者，則南方爲夏。』《唐鈔文選集注彙存》：『朱光，夏也。積陽，日也。陸善經曰：謂六月大星昏，正時星昏，正時積陽夏，積陽氣。熙，感也。』此二句言大火星明亮，正是炎熱之夏，陽光囤積火熱，從南方升起。

②善注：『言月離畢，天將雨也。《楚辭》曰：前望舒使先驅。王逸曰：望舒，月御也。《漢書》曰：西方，金也。《尚書考靈耀》曰：西方秋虎。《漢書》曰：參，白虎三星。又曰：觜觿爲虎首。孔安國《尚書傳》曰：昴，白虎中星。然西方七星畢昴之屬，俱白虎也。《毛詩》曰：月離於畢，俾滂沱矣。《楚辭》曰：屏翳起雨。王逸曰：屏翳，雨師名也。曹子建《贈王粲詩》曰：重陰潤萬物。』良注：『畢星西方宿，故云金虎也。謂月著於畢，畢星好雨，故雨師吐重陰而爲滯。離，著也。屏翳，雨師也。』《唐鈔文選集注彙存》：『望舒，月也。《漢書音議》曰：重暉，西方畢昴之宿也。』離，歷，經過。《史記·蘇秦列傳》：『我離兩周而觸鄭，五日而國舉。』張守節《正義》：『離，歷也。』古人認爲，月歷畢宿（即金虎），天將雨。此二句言月亮經過西方白虎星，雨師吐出濃雲。

③善注：『《左氏傳》：申豐曰：春無凄風，秋無苦雨。杜預曰：苦雨，爲人所患苦也。《小（爾）雅》曰：迕，犯也。《莊子》曰：陰陽四時運行，各得其序。』銑注：『凄，寒。迕，逆也。爲人所患苦，故云苦也。三日雨爲霖也。』《唐鈔文選集注彙存》：『凄風，凉寒之風也。《詩》云：北風其凄。迕，逆也。言爲凄風，是逆其時也。淹（按：當爲「凄」字之誤）上人作迅，風疾也。』此二句言夏日寒風逆時序而起，連日之雨使人心情凄苦。

④善注：『輕羽，謂扇也。傅毅有《羽扇賦》。毛詩曰：抱衾與裯。』濟注：『輕羽，毛扇也。衾，被也。

言寒風逆時，人寒故也。』《唐鈔文選集注彙存》：『重衾，絮者決也。』此二句言早晨出遊無須帶上輕盈之羽扇，晚上棲息又使人想起冬日之寒被。

⑤善注：『張升《與任彦堅書》：纏綿恩好，庶蹈高蹤。』濟注：『感此風雨逆序，遂生百憂也。纏緜，思亂貌。』《唐鈔文選集注彙存》：『感物，感陰雨，所以故百憂生。《詩》云：鸛鳴於垤，婦歎於室。今既雨深，明其婦歎息甚也。故感此而憂愁纏綿，自相尋在於心中也。』此二句言觸物感慨，憂愁叢生，思緒紛亂，自尋煩惱。

⑥善注：『《論語》：子曰：吾恐季孫之憂，在蕭牆之内也。』良注：『蕭牆，院落之牆。』《唐鈔文選集注彙存》：『蕭牆，即謂屏也，是蕭敬之處。此言隔院意也。陸善經曰：隔蕭牆，言相鄰接也。』蕭牆，即今之所言照壁，此指宫牆。此二句言與你雖只有一牆之隔，然宫牆阻隔，庭院深深。

⑦向注：『託，寄也。聲音，謂信命往來。』《唐鈔文選集注彙存》：『既隔牆院，故形影曠遠，不得相接所寄託，但遥聞音聲耳。』形影，身影。潘岳《寡婦賦》：『睎形影於幾筵兮，馳精爽於丘墓。』曠，阻隔。劉楨《贈五官中郎將》：『自夏涉玄冬，彌曠十餘旬。』此二句言形影阻隔，不可相見，只有託詩書以問訊。

⑧善注：『《毛詩》曰：仲山父永懷，以慰其心。』《唐鈔文選集注彙存》：『《爾雅》云：闊，遠也。慰，安也。言音聲復不相聞，將何以慰安我之心意也。陸善經曰：日夜闊，言音聲之隔。』此二句言詩書亦斷，故我心怅然失落。

陳祚明《采菽堂古詩選》卷十曰：『末六句稍清切。』又吴淇《六朝選詩定論》卷十曰：『顧爲尚書郎，侍天子。陸爲洗馬，侍太子。蕭牆即兩宫之牆。「阻且深」三字寫一牆字之隔，直有千山萬水之遠。「形影曠不接」，往日蕭牆之故；「音聲日夜闊」，近日苦雨之故。』

朝游游層〔一〕城，夕息旋直廬①。迅雷中宵激，驚電光夜舒②。玄雲拖朱閣，振風薄綺疏③。豐注溢〔二〕修霤，黄潦浸〔三〕階除④。停陰結不解，通衢化爲渠⑤。沉稼湮梁潁〔四〕，流民泝荆徐⑥。眷言懷桑梓，無乃將爲魚⑦。

【校勘】

〔一〕『層』，六臣本、《唐鈔文選集注彙存》卷四八並作『曾』；又六臣本注曰：『善作層。』古二字通。

〔二〕『溢』，《唐鈔文選集注彙存》卷四十八作『循』。

〔三〕『黄』，《詩紀》卷二十五作『潢』。又『浸』，《七十二家集》本作『漫』。皆當據改。

〔四〕『沉』，六臣本注：『五臣作沈字。』古二字通。『潁』，《初學記》卷十一作『賴』。《六朝詩集》本、陳仲魚校本、鄧邦述校本作『穎』。《唐鈔文選集注彙存》亦作『穎』，並注曰：『梁穎，穀穗也。』鄧邦述校本校作『潁』。當以『潁』爲是。

【注釋】

① 善注：『張晏《漢書注》曰：直宿曰廬也。』濟注：『曾，重也。直廬，直宿之廬。』《唐鈔文選集注彙存》：『旋，反也。直者，士衡自述當直在禁省中。廬，小舍也。陸善經曰：旋直廬，言周旋直宿之廬。』層城，指高大的城闕。杜甫《閬州東樓筵奉送十一舅往青城縣得昏字》：『曾城有高樓，制古丹雘存。』趙次公注：『《淮南子》：崑崙之山，有曾城九重。』《集韻》：『層，通作曾。』此二句言早晨游於高大城闕，晚上棲息

值宿之殿廬。

②　善注：『《論語》曰：迅雷風烈必變。楚辭曰：凌驚雷軼駭電兮。』翰注：『宵，夜。激，震也。電光夜中布於目前也。』《唐鈔文選集注彙存》：『中宵，半夜也。』舒，展現。左思《詠史》：『皓天舒白日，靈景耀神州。』此二句言迅疾之雷聲中宵激蕩，驚逝之閃電顯現夜中。

③　善注：『《説文》曰：拖，曳也。徒可切。鄭玄《禮記注》曰：振，動也。風以動物，故謂之振。孔安國《尚書傳》曰：薄，迫也。李尤《東觀銘》曰：房闥内布，綺疏外陳，是謂東觀，書籍林淵。』良注：『綺，疏窗也。』《唐鈔文選集注彙存》：『薄，迫也。綺，疏窗也。』此二句言黑雲連着紅色樓閣，風聲迫近雕花窗櫺。

④　善注：『王逸《楚辭注》曰：霤，屋宇也。《説文》曰：潦，雨水也。又曰：除，殿階也。』銑注：『豐，多也。注，雨水也。脩，高也。潢，潦雨水流於地者。除，庭也。言雨水溢於高簷之霤，潢潦又浸於階庭。』《唐鈔文選集注彙存》：『《説文》云：潦，雨水也。《禮記》：季夏水淹盛。循霤，謂水渫也。』此二句言雨水如注，漫溢於高高屋宇，積水遍地，浸漫於庭院臺階。

⑤　向注：『結不解，言雲不開也。衢，道也。』《唐鈔文選集注彙存》：『停陰，雲也。通衢，四達道也。今皆化爲溝渠，言雨之多也。』停陰，聚集陰雲。此二句言聚集的陰雲層疊不開，通達的道路變爲水渠。

⑥　善注：『《廣雅》曰：湮，没也。梁潁，二地名也。毛萇《詩傳》曰：泝，向也。荆徐，二州名也。』翰注：『稼，謂田苗也。梁潁，二郡名。言此郡田稼沉没，人之流散，泝水上於荆徐二州。』《唐鈔文選集注彙存》：『《爾雅》云：湮，落也，又云没也。梁潁，穀穗也。流民者，言百姓被水湮流，逆流而上，至荆徐以避難也。』梁潁二郡，晉屬豫州。荆徐二州，在豫州西南。此二句言梁潁之地莊稼已經淹没，流散之民涌向荆徐二州。

⑦善注：『《毛詩》曰：眷言顧之。又曰：惟桑與梓，必恭敬止。《左氏傳》曰：天王使劉定公勞趙孟，館於雒汭。劉子曰：美哉禹功，明德遠矣。微禹，吾其魚乎。』濟注：『機本吴人，其鄉國多水，今此尚爲沉渠，則懼彼已湮没矣。故懷桑梓之人化爲魚也。』《唐鈔文選集注彙存》：『《詩》云：惟桑及梓，必恭敬止。父母植，故恭敬之。』因顧榮亦爲吴人，故念故人，必懷桑梓也。無乃，表推測之詞，恐怕。此二句言眷念故鄉，故鄉之人莫非將化爲魚乎。

陳祚明《采菽堂古詩選》卷十曰：『目前景寫之能切，所懷亦真至。』又吴淇《六朝選詩定論》卷十曰：『此非憂民，只是寫自己兩頭苦。身在洛，「通衢化爲渠」，身受苦；家在吴，桑梓將爲魚，家受苦。然身在洛，家在吴，相去三千里。洛下苦雨，何由知吴中亦苦雨耶？故出洛，而梁潁，而荆徐，漸漸寫去，高者猶然如此，況吴乃水鄉，不知更何如也。梁潁近洛，曰沉稼湮，是眼見。荆徐遠洛近吴，曰流民泝，是耳聞。桑梓曰眷言念，是懸想。』

【集評】

［元］劉履《風雅翼》卷四：賦而兼比也。大火，心星也。仲夏之月，昏，見于地之南方。《堯典》云：『日永星火，以正仲夏。』貞，正也。朱光，朱明也。積陽，《淮南子》所謂『積陽之熱氣生火，火氣之精者爲日』是也。熙，《説文》云：燥也。離，麗也。金虎以畢在西方白虎七宿中，故總名之。屏翳，《吕氏春秋》謂之雲師者是也。迕，逆也。雨久曰苦雨。輕羽，謂扇也。蕭墻，門屏也。

此蓋士衡與彦先同時爲尚書郎，因雨久不得相見，故贈是詩。且以寓夫朝廷方當隆盛，而陰邪擅權，政事乖錯，感物懷憂，欲相慰而不得之意云。

[明]胡應麟《詩藪・外編》卷二：古詩語意重者，如『今日良宴會』『請爲遊子吟』之類，自是樸茂之過。建安諸子，洗削殆盡，晉宋不應覆蹈。嗣宗『多言焉所告，繁辭將訴誰』，士衡『迅雷中宵激，驚電光夜舒』，太沖『豈必絲與竹，何事待嘯歌』，康樂不勝其數，皆後學所當戒。

[明]陸時雍《古詩鏡》卷九：『朝遊忘輕扇，夕息憶重衾。』苦拘而陋。

[明]趙士喆《石室談詩》卷上《總論》：凡作古詩者，或間用生字，斷斷不可用俗字。作近體者，在善用俗字，斷斷不可用生字。如陸士衡詩『望舒離金虎』，謝玄暉詩『匪直望舒圓』，皆無妨其古雅。

[明]盧之頤輯十二家評《梁昭明文選》：胡（應麟）云：此詩有建安遺意，正喜不爲才藻所掩。

[清]何焯《義門讀書記》卷四十六：《贈尚書郎顧彦先》：水鄉之士值愁霖而憶桑梓，今古同也。『朝遊』首『沉稼湮梁潁』，梁國及潁川也。

[清]陳啓源《毛詩稽古編》卷三十：《韓詩章句》云：『時風又甚暴，使己思益隆。』二語頗似五言。古詩陸士衡《贈顧彦先詩》『隆思亂心曲』，正用薛君語。

[清]吴淇《六朝選詩定論》卷十：玩此詩二章，只前章末『與子』云云六句是贈顧，前『大火』十句，俱寫苦雨，後章通篇只是苦雨，末方念及桑梓，題宜曰『苦雨贈尚書郎顧彦先』。今止言贈顧而不言苦雨者，言苦雨是因，苦雨而及顧也。不言苦雨。是因贈顧而及苦雨也。兩人生長於吴萬里（之）遥，身入洛，滿眼赫赫，俱是晉朝舊臣，又且分侍兩宫，蕭牆這厢，單單一陸士衡是個吴人。蕭牆那厢，單單一顧彦先是個吴人。加以阻雨連日，聲音不通。陸之苦，顧之苦也。陰霖爲沴，故國爲壑，骨肉親友，難保仳傂。陸之憂，顧之憂也。故其寫苦雨處，許多詞，無一句、無一字，無尚書郎顧彦先在内也。故不言苦雨，而止曰贈顧云云。

兩章寫雨，各自不同。首章漸，後章驟。前章雨之久，謂時；後章雨之遠，謂地。前章從未雨寫起，故望天仰寫，二句晴，三句雨作，四句雲，五句風送雨，六句雨，七句八句久雨。後章接前雨寫起，故從閣上望下俯寫，而窗，而霤，而階，而衢，而梁潁，而荆徐，而吴，頃刻萬里。

凡寫雨詩，所需物事，風雲雷電，兩番寫雨，最怕重復，看他前章只用雲風，却霤、雷、電在後，邊寫驟雨，而以風雲二事夾雜，雷電一時齊發，便不犯重。

［清］方廷珪《昭明文選集成》：此篇（前首）是因霖雨，顧音書不至，而致其相思之意。此篇（後首）從上『感物百憂生』句暢發其意，末以不忘舊居作結。

贈顧交趾公真[一]

【題解】

善曰：『《晉百官名》云：交州刺史顧祕，字公真。』翰曰：『士衡思之，故贈此詩。』《唐鈔文選集注彙存》：『顧尚（按：作尚誤），字公真，初曾同事太子令，出爲交阯太守，故贈之也。』機贈詩先讚美顧侯之德，授官南裔；再寫自己寄其厚望，立德立功；後寫天涯比鄰，自己引領盼歸。此詩雖爲贈答，但抒寫簡約質樸，且『氣象宏闊』（《孫月峰先生評文選》）。

顧祕，亦吴人，初任吴王郎中令，後改授交州刺史。萬斯同《晉方鎮年表》謂顧祕於永興元年出任交州刺史，是時陸機已卒一年，萬氏顯然誤記。祕乃在吾彦之後繼任交州刺史。據秦錫圭《補晉方鎮年表》元康九年吾彥尚在交州刺史任上，顧祕繼任時間必在吾彥遷官之後，萬斯同所言之永興元年或爲永寧元年（三〇一）之誤，此詩亦或作於此時。存疑待考。

顧侯體明德，清風肅已邁①。發迹翼藩后，改授撫南裔②。伐鼓五嶺表，揚旌〔二〕萬里外③。遠績不辭小，立德不在大④。高山安〔三〕足凌，巨〔四〕海猶縈帶⑤。惆悵瞻飛駕，引領望歸旆⑥。

【校勘】

〔一〕《藝文類聚》卷二十九作「送顧公直詩」；小萬卷樓本作「贈顧交阯公貞」；《詩紀》卷二十五、《六朝詩集》本、陳仲魚校本、鄧邦述校本作「贈顧交趾公真詩」。陳仲魚校本、鄧邦述校本并校作「真」。交趾，一作交阯。

〔二〕「旌」，《藝文類聚》卷二十九作「聲」。《唐鈔文選集注彙存》卷四八作「旍」，與「旌」同。

〔三〕「安」，《藝文類聚》卷二十九作「何」。

〔四〕「巨」，《唐鈔文選集注彙存》卷四八作「臣」。形近而誤。

【注釋】

① 善注：「《周易》曰：君子體仁，足以長人。鄭玄曰：體，生也。《尚書》曰：先王既勤用明德。胡廣書曰：建鴻德，流清風。」向注：「肅，嚴。邁，遠也。」《唐鈔文選集注彙存》：「《左氏傳》：劉子曰：美哉禹

功，明德遠矣。清遠之風，肅然行。』明德，俊德。《書・康誥》：『惟乃丕顯考文王，克明德慎罰。』孔安國傳：『能顯用俊德，慎去刑罰。』清風，清遠之風範。顏之推《顏氏家訓・名實》：『勸其立名，則獲其實。且勸一伯夷，而千萬人立清風矣。』此二句言顧侯體生俊美之德，清雅之風範莊嚴而高遠。

②善注：『藩后，吴王也。《顧氏譜》曰：祕爲吴王郎中令。南裔，謂交阯也。《解嘲》曰：驃騎發迹於祁連。蔡邕《陳球碑》曰：遠鎮南裔，近撫侯服。鄭玄《周禮注》曰：撫，安也。』銑注：『公真初爲吴王郎中令，故云翼藩后。南裔，即交阯也。』發迹，立功揚名。曹植《與楊德祖書》：『德璉發迹於此魏，足下高視於上京。』藩后，指吴王。撫，治理。《書・洛誥》：『厥若彝及撫事如予，惟以在周工往新邑。』此二句言顧侯最初立功於藩國，而後改授官職治理南方邊裔。

③善注：『《漢書》曰：秦北爲長城之役，南有五嶺之戍。裴淵《廣州記・五嶺》云：大庾、始安、臨賀、桂陽、揭陽。《漢書》：劉向上疏曰：甘延壽懸旌萬里之外。』良注：『伐，擊也。五嶺，交趾也。旌，旗也。擊鼓揚旌，言彼蠻夷之地有軍矣。』《唐鈔文選集注彙存》：『五嶺者，南野城縣有大庾嶺，桂陽縣有疇田嶺，九真縣有都龐嶺，臨賀縣有萌序嶺，始安郡有越城嶺。萬里者，交阯去晉京。陸善經曰：裴瀏（按：當作『淵』）《廣州記》云：五嶺，桂陽、疇田、九真、都龐、臨駕（賀）也。』五嶺，善注是也，代指交州。表，外。《書・立政》：『方行天下，至於海表。』此二句言擊戰鼓平定五嶺，揚戰旗萬里之外。

④善注：『《左氏傳》：劉子謂趙孟曰：子盍亦遠績禹功而大庇民焉。又穆叔曰：太上有立德，其次立功。』濟注：『績，功也。言遠有功績，不辭小位。立德成理，亦不在大國，小亦可爲之。』《唐鈔文選集注彙存》：『言勿以交阯遠小而憚之也。』此二句言不辭職卑，立功邊地；轄地不大，立德揚名。

⑤善注：『《古辯異博遊》曰：衆星累累如連貝，江河四海如衣帶。』翰注：『交州去帝京，雖有高山，安

足淩於上，言雖險如易越也。大海如繞帶，亦言度不難也。』《唐鈔文選集注彙存》：『言山雖高不足陵過，大海猶如縈帶耳。』安，《爾雅·釋詁》：『定也。』安足淩，猶言定可陵於上也。此二句乃士衡對顧公安慰之辭，言高山猶可攀登，大海亦如衣帶，意謂交州離京雖遠，歸來易也。

⑥ 善注：『《楚辭》曰：惆悵兮而私自憐。《左氏傳》：穆叔謂晉侯曰：引領西望曰，庶幾乎。』銑注：『言惆悵瞻公真之駕，引領望其歸旆，冀相見也。此士衡思之甚矣。旆亦旌屬。』《唐鈔文選集注彙存》：《蒼頡篇》云：惆悵，失志也。《左氏傳》曰：楚大宰薳啓彊曰：我先君恭已（共王）引領北望日月，以冀魯來朝者也。陸善經曰：惆悵，惜別也矣。』領，頸。《詩·小雅·桑扈》：『交交桑扈，有鶯其領。』毛詩傳：『領，頸也。』引領，猶言伸長頸脖，形容盼望之狀。此二句言瞻飛馳之車駕而不至，内心充滿惆悵，望歸來之旌旗而不見，故引領而切盼。

【集評】

［日］遍照金剛《文鏡秘府論·地卷·十七勢》：直把入作勢者，若賦得一物，或自登山臨水，有閒情作，或送别，但以題目定；依所題目，入頭便直把是也。……又如陸士衡：『顧侯體明德，清風肅已邁。』

［明］鍾惺《詞府靈蛇二集》神集《起首入興體例》：直入興。陸士衡詩：『顔侯體明德，清風肅已邁。』此詩入頭直叙題中之意。

［明］孫鑛評：氣象宏闊。（《孫月峰先生評文選》）

［清］冒春榮《葚原詩説》卷四：五言古詩，或興起，或比或賦，須寓意深遠，託詞温厚，反復優遊，含蓄婉

轉，推人心之至情，寫感慨之微意，潛玩漢魏諸詩自得。有感時入興者，如『凛凛歲雲暮，螻蛄夕鳴悲。涼風率已厲，遊子寒無衣。』有先叙事後入興者，如陸士衡：『遠遊越山川，山川修且廣。』有直入比興者，如（左思）：『鬱鬱澗底松，離離山上苗。以彼徑寸莖，蔭此百尺條。』有直入興者，如陸士衡：『顧侯體明德，清風肅已邁。』

［清］吴淇《六朝選詩定論》卷十：首四句叙顧之平生出處。『伐彼』二句，見邊上大臣之尊，不患無威。『德遠積』二句，戒其生事邀功，恐啓邊釁，有規諷之意。言身爲天子大臣，鎮守邊疆，只宜如李牧，堅閉清野，修養兵民，却是千古大功大績也。末望其功名而歸，乃送遠之情。

［清］陳祚明《采菽堂古詩選》卷十：亦是平調。

贈從兄車騎〔一〕

【題解】

善曰：『《集》云陸士光。』詩題與善注皆誤，詳『備考』。此詩實爲贈從弟之作。因從弟在吴，故贈詩以抒其思鄉之情。名爲贈作，實乃思鄉之篇，言孤獸離鳥，猶思林藪，遊宦他鄉，身事異主，此情何堪。故每戀故土，神魂飄忽；加之兄弟分離，宦途艱險，更徒增怨思，須臾不可釋懷。此詩所寫之鄉思，較之他詩，則『語淺而思深』，抒情更爲刻露淋漓，更爲悲苦深厚。詩作年不可考，然『翩翩遊宦子，辛苦誰爲心』所表現出身事敵國，不知何之的心態，與《赴洛詩》『惜無懷歸志，辛苦誰爲心』完全相同，與入洛後漸漸融入北方政治集團，追求功名，渴望重振家風的心態，大爲不同。據此可知，此詩當作於機入洛之初，元康元年（二九一）前後。

孤獸思故藪，離鳥悲舊林①。翩翩遊宦子，辛苦誰〔二〕爲心②。彷彿〔三〕谷水陽，婉孌崑山陰③。營魄懷茲土，精爽若飛沉④。寤寐靡安豫，願言思所欽⑤。感彼歸塗艱〔四〕，使我怨慕深⑥。安得忘歸草，言樹背與襟〔五〕⑦。斯言豈虛作，思鳥有悲音⑧。

【校勘】

〔一〕《太平御覽》卷一百八十、《太平寰宇記》卷九十一作『思鄉詩』，應據改。詳『備考』。

〔二〕『誰』，《藝文類聚》卷三十一、陸刻本、《六朝詩集》本、陳仲魚校本、小萬卷樓本、鄧邦述校本作『難』。《札記》：『《雲間志》難作誰。《詩紀》同。』

〔三〕『彷彿』，《七十二家集》作『髣髴』。古二詞同。

〔四〕『歸』，《匡謬正俗》卷一作『憂』。又『歸塗艱』，善注曰：『《集》本云歸塗順也。』又『艱』，《札記》：『《雲間志》作難。』

〔五〕『襟』，《文選》卷二十四作『衿』。善注曰：『然衿猶前也。』

【注釋】

① 善注：『《周禮》曰：藪牧養蕃鳥獸。鄭玄曰：澤無水曰藪。』向注：『孤獸離鳥尚思故林藪，而况人乎。此士衡思歸之意。』此二句以孤獸思原來之草澤，離鳥念舊林而悲傷，喻思鄉之情。

② 善注：『《漢書》：薄昭《與淮南王書》曰：遊宦事人。』銑注：『翩翩，旅游之貌。』翩翩，往來。《詩·小雅·巷伯》：『緝緝翩翩，謀欲譖人。』毛詩傳：『翩翩，往來貌也。』此二句言往來遊宦他鄉之人，辛勞勤苦，其心爲誰？

③ 善注：『《楚辭》曰：時髣髴以遥見。陸道瞻《吴地記》曰：海鹽縣東北二百里有長谷，昔陸遜、陸凱居此，谷東二十里有崐山，父祖葬焉。《穀梁傳》曰：水北曰陽。《方言》曰：婉，歡也。婉與婉同，古字通。《説文》曰：孌，慕也。班固《漢書》：《述哀紀》曰：婉孌董公，惟亮天工。』濟注：『髣髴，似見不明之貌。婉孌，好貌。谷水、崑山，並吴地山水。思之髣髴若見，其在於目前也。婉孌，存思貌。水北曰陽，山北曰陰。』此二句言谷水之陽，仿佛隱約可見，崑山之陰，美麗如在目前。

④ 善注：『《老子》曰：載營魄抱一，能無離乎。鍾會曰：載，辭也。經護爲營，形氣爲魄，謂魂魄經護其形氣，使之長存也。《論語》：子曰：小人懷土。《左氏傳》：樂祁曰：心之精爽，是謂魂魄。』銑注：『營，心府間也。言心府魂魄，懷於吴土，而精爽若飛若沉不定也。』營魄，魂魄。河上公《老子注》：『營魄，魂魄也。』精爽，神明。《左傳·昭公七年》：『子産曰：能。人生始化曰魄，既生魄，陽曰魂，用物精多則魂魄强，是以有精爽至於神明。』杜預注：『爽，明也』。飛沉，猶言飄忽。此二句言魂魄懷念此故土，使精神飄忽不定。

⑤ 善注：『《東京賦》曰：膺多福以安悆。《毛詩》曰：願言思子。嵇康《贈秀才詩》曰：思我所欽。』良

注：『無安豫之志。欽，敬也。所敬，謂兄也。』願言，即願思也。《詩·邶風·終風》：『寤言不寐，願言則嚏。』鄭玄箋：『言我願思也。』此二句言寤寐不可安逸，因思念我所欽敬之人。

⑥善注：『《孟子》：萬章問曰：舜往于田，日號泣於旻天，何爲其號泣也？孟子曰：怨慕也。《集》本云歸塗順也。』翰注：『言感彼歸塗艱難，謂人事阻難，不遂所心，使我怨深也。』此二句言感慨歸途艱難，使我憂怨思慕更爲深厚。

⑦善注：『《韓詩》曰：焉得諠草，言樹之背。然衿，猶前也。』向注：『忘歸草，謂忘憂草，言以其名忘憂，欲樹於前後以忘憂也。』毛詩傳：『背，北堂也。』樹，種植。《説文》：『樹，生植也。』《經稗》卷五引《西溪叢語》曰：『(忘憂草)《本草》云：利心志，令人歡喜忘憂。《風土記》云：婦人有妊，佩之生男子，故謂之宜男草，陸士衡詩云：焉得忘歸草，言樹背與襟。忘歸之義未詳。』按：士衡改用《詩》之成句，所解不可拘泥於字面。《義門讀書記》卷四六：『萱草只取能忘，忘憂忘歸皆可。』所言是。此二句言哪里可得到忘歸之草，種植於堂之前後，使我忘憂呢？

⑧翰注：『謂此言不虛也。思侶之鳥，且有悲聲，况人豈無之也？』此二句言此言非憑空而生，思歸之鳥，且有悲聲，何况人呢？

【集評】

[宋]阮閲《詩話總龜後集·孝義門》：陸機《贈從兄車騎詩》云：『寤寐靡安豫，願言思所欽。』則以『所欽』爲兄。又《贈馮文羆詩》云：『慷慨誰爲感，願言懷所欽。』則以『所欽』爲友。

［元］劉履《風雅翼》卷四：興也。谷水、峎山，並在吴地。陸道瞻《吴地記》云：海鹽縣東北有長谷，陸遜、陸凱居之。谷東二十里有峎山，父祖葬焉。營，猶熒熒也，人之陰靈爲魄，以其陰靈之聚若有光景然，故謂之營魄。又《禮記注》云：『耳目之精明爲魄。』爽，即明也。豫，樂也。所欽，指從兄而言。怨慕，怨己之不得見而思慕也。

此士衡在京師時寄贈之詩。言彼孤獸離鳥，則各思其故處矣。此遠遊從宦之人，其心辛苦，豈無所爲者耶？故下文歷叙其懷戀故鄉、思慕從兄之情。既已深切，且謂安得靈草使人忘歸者，以樹背襟乎！蓋背與襟本非樹草之所，特以其切近於身，故託言之譬，猶思羣之鳥，音聲悲苦，其實如此，豈虚言哉。

［明］郭正域評：調度直致，有古意。（《新刊文選批評》）

［清］陳祚明《采菽堂古詩選》卷十：觸目懷土，此情亦真，然并平直無致。

［清］孫梅《四六叢話・選詩叢話》：堂北曰背，堂南曰襟。故陸士衡詩曰：『焉得忘憂草，言樹背與襟。』言前後皆樹，庶冀其忘也。（引宋佚名《謝氏詩源》）

［清］何焯《義門讀書記》卷四十六：《贈從兄車騎》：士衡之言如此，而終以懷安羅患，不能還守先人之邱墓，亦可鑑矣。故藪、舊林，雙起結，但云思鳥，古人詩筆多如此。『安得忘歸草』，萱草只取能忘，忘憂、忘歸皆可。

［清］毛奇齡《詩札》卷一：陸機《贈從兄車騎》詩有云：『焉得忘歸草，言樹背與衿。』則且易忘憂爲忘歸矣。陸本思歸者，故云忘歸。則此本思不歸者，詎不可忘不歸耶？忘是虚字，不必定歸，亦何必定憂？因解古人讀書，較今通達比然也。

［清］葉矯然《龍性堂詩話初集》：陸機『焉得忘歸草，言樹背與襟』，增换《毛詩》字義最妙。蓋機自入洛

後，思歸憂切，託於忘歸，正其憂之至也。背後襟前，言不特樹之後，並樹之前，益見其憂之甚耳。陸詩深妙如此。焦弱侯謂陸『忘歸』誤，『背』之亦誤，可爲一笑。

［清］吴淇《六朝選詩定論》卷十：士衡贈弟詩曰『與弟士龍』，此曰『贈從兄車騎』，不書名字，義不繫乎其人也。書官謂同有世網嬰身之累也。是思鄉之深，因而相及。

贈弟士龍詩，皆由兄弟依依之情，寫出國破家亡之感。贈從兄車騎詩，由國破家亡之感，寫出兄弟依依之情。蓋親親之殺也。詩中雖自序意多，却句句有從兄在内，與贈他人之詩不同。首四句今之『翩翩』，連翩游宦於此者，固昔之同林共藪者。谷水之陽，祖父之田廬在焉；崑山之陰，祖父之墳墓在焉。『營魄』二字，直把『懷土』二字，寫入骨髓。今思歸人讀之酸鼻。此士衡平日之思，作詩之根本。而車騎既與同祖，應亦同情，故又感車騎歸塗之艱，而平日之怨慕至此又加深焉。此士衡偶觸之思，作詩之緣起。『安得』二句，硬改忘憂草，作忘歸草，此用事化腐爲新之妙。見人生百憂，唯思歸爲最耳。要知此意亦由從兄生出。俗稱從兄爲堂兄，背者堂之陰，襟者堂之陽，得此草而兩樹之，彼此皆可忘歸矣。末二句應前首二句，獸鳥雙起，末只單收鳥邊，此是章法。然起處重悲字、思字，結處重悲音。悲音者，悲思之效也。

［清］方廷珪《昭明文選集成》：此篇是從兄在吴，已從洛中贈之，中間一語抵過百語。

【備考】

此詩題誤，善注亦誤。現考辨如下：

第一，題爲《贈從兄車騎》，李善注：『《集》云陸士光。』士光即陸曄字。曄爲陸遜弟陸瑁孫，機從弟。

《晉書・陸曄傳》曰：『陸曄，字士光，吴郡吴人也。伯父喜，吴吏部尚書。父英，高平相，員外散騎常侍。曄少有雅望，從兄機每稱之曰：「我家世不乏公矣。」』綜考《晉書・成帝紀》《陸曄傳》，曄卒於咸和九年（三三四）九月，年七十四，逆推之，則生於吴永安四年（二六一），比機小一歲，機爲曄之從兄，明矣。而此詩題爲『贈從兄』，則顛倒了兄弟次序。

第二，又《晉書・陸曄傳》曰：『（曄）居喪，以孝聞。……後察孝廉，除永世、烏江二縣令，皆不就。元帝初鎮江左，辟爲祭酒，尋補振威將軍、義興太守，以疾不拜。預討華軼功，封平望亭侯，累遷散騎常侍、本郡大中正。』復考《晉書・元帝紀》：『永嘉初，用王導計，始鎮建鄴』，可知司馬睿（元帝）初鎮江左，是在永嘉初年，是時曄雖屢拜官職，却因疾没有赴任。直至西晉覆亡之初，曄因『預討華軼功』，正式走向歷史前臺。可知，陸曄並無入洛爲官的履歷。此詩曰『感彼歸塗艱，使我怨慕深』，曄既未入洛，遑論『歸鄉』？若將此詩定爲贈陸曄之作，則此二句亦無從索解。

第三，又《晉書・陸曄傳》曰：『元帝初鎮江左，辟爲祭酒，尋補振威將軍、義興太守，以疾不拜。……咸和中，求歸鄉里拜墳墓。……帝從之，曄因歸。以疾卒，時年七十四。追贈侍中、車騎大將軍，謚曰穆。』曄入晉爲官在東晉元帝，其車騎將軍之爵號乃死後追封，其時陸機已卒近三十年，故詩題爲『贈從兄車騎將軍』，顯係後人誤題。

第四，清杭世駿《三國志補注》卷六引《吴地記》曰：『陸氏宅在長宅谷，在吴縣東北，名華亭。谷水下通松江，昔陸遜、陸凱居此谷。谷東有崑山，父祖墓焉。故陸機《思鄉詩》：「仿佛松水陽，婉孌崑山陰。」』又宋樂史《太平寰宇記》卷九十五引《吴志》曰：『漢廬江太守陸康與袁術有隙，使侄遜與其子績率宗族避難於是谷。谷東二十里，有崑山，父祖墓焉，故陸機《思鄉詩》曰：「仿佛谷水陽，婉孌崑山陰。」』陸機籍貫吴郡吴縣，祖逖因軍功封華亭侯，舉家遷之。華亭有谷水，又在崑山山麓，因而此詩有谷水陽、崑山陰云云。可見，此詩原題爲《思鄉詩》，而非《贈從兄車騎》。李善所見之文集已誤題，善襲其誤，後人未加詳辨，故亦襲其誤。

由上述考證可知，《贈從兄車騎》當作《思鄉詩》。所謂『感彼歸塗艱，使我怨慕深』云云，乃是陸機自謂，並非指陸曄也。

此外，自然陸曄在陸機生前並未入晉做官，車騎將軍又是陸曄死後所封，那麽，陸機集中的另一篇《爲周夫人贈車騎》，詩題亦必爲後人妄題，只是文獻闕如，難以確考其真正詩題名稱而已。

答張士然詩

【題解】

善曰：『孫盛《晉陽秋》云：張悛，字士然。少以文章與士衡友善。』良曰：『機從駕出遊，士然贈詩，故有此答。』士然，吴人，吴平入洛，官太子庶子，與機兄弟相友善。士然贈詩，今已不存。此詩寫從駕出遊，祭祀天地，祈求豐年，良辰美景，却因見清淵而想起水鄉，翻出鄉愁，遂生懷人念遠之情，可見詩人思鄉懷人之情何其濃也。從『絜身躋秘閣，秘閣峻且玄』句看，此詩當作於機出補著作郎。據《弔魏武文序》可知機任此職在元康八年（二九八），此詩當作於是年或稍後。或士然因機就新職，以詩見贈，機作此詩而作答。

絜〔一〕身躋秘閣，秘閣峻且玄①。終朝理文案，薄暮不遑眠〔二〕②。駕言巡明祀，致敬在祈年③。逍遥春王囿〔三〕，躑躅千畝田④。迴渠繞曲陌，通波扶直阡⑤。嘉穀垂重穎，芳樹發華顛⑥。余固水鄉士，摠轡臨清泉〔四〕⑦。戚戚多遠念〔五〕，行行遂成篇⑧。

【校勘】

〔一〕『絜』，陸刻本、《六朝詩集》本、陳仲魚校本、鄧邦述校本作『潔』。古二字通。陳仲魚校本、鄧邦述校本并校作『絜』。

〔二〕『眠』，六臣本、《七十二家集》本注：『善作瞑』；六臣本又注曰：『瞑，古眠字。』

〔三〕『王』，陸刻本、《六朝詩集》本、陳仲魚校本、小萬卷樓本、鄧邦述校本作『玉』。又『囿』，《文選》卷二十四、陸刻本、《百三家集》本、《六朝詩集》本、陳仲魚校本、小萬卷樓本、鄧邦述校本作『圃』。《詩紀》卷二十五注：『五臣作圃。』陳仲魚校本、鄧邦述校本校作『王囿』。

〔四〕『泉』，陸刻本、《百三家集》本、《六朝詩集》本、陳仲魚校本、鄧邦述校本作『淵』。六臣本注：『五臣作泉字。』乃唐人避諱，應據改。

〔五〕『遠念』，《七十二家集》本作『違念』。

【注釋】

① 善注：『《四子講德論》曰：絜身脩思。《吊魏武》曰：機出補著作，遊乎秘閣。然秘書省亦爲秘閣。

《説文》曰：玄，幽遠也。謂秘閣之幽遠也。』向注：『躋，升。峻，高。玄，深也。』絜，清廉。《莊子·徐無鬼》：『其爲人絜廉善士也。』按：絜與潔初爲二字。《説文》：『絜，麻一耑也。』《廣韻》：『潔，清也。《經典》作絜。』此二句言以清廉而出補著作，躋身秘閣，秘閣高峻且又深遠。

② 善注：『《毛詩》曰：不遑假寐。瞑，古眠字。』銑注：『遑，暇也。』終朝，整個早晨。《詩·小雅·采緑》：『終朝采緑，不盈一匊。』毛詩傳：『自旦及食時，爲終朝。』薄，迫，近。《釋名·釋言語》：『薄，迫也。』此二句言身在秘閣，從早整理公文案卷，至暮也無暇睡眠。

③ 善注：『《毛詩》曰：駕言出遊。又曰：敬祭明祀。《禮記》曰：拜至所以致敬也。《毛詩》曰：祈年孔夙。鄭玄曰：我祈豐年甚早也。』翰注：『此機從駕出巡，祭祀致敬鬼神，祈年豐也。』此二句言從駕出巡，祭祀神明，致敬鬼神，祈求豐年。

④ 善注：『《晉宫閣銘》曰：洛陽宫有春王園。躑躅與蹢躅同。《禮記》曰：天子爲籍田千畝。』濟注：『時晉有春王囿，天子游焉。逍遥，閑樂貌。躑躅，漸進行貌。時天子籍田躬推千畝。』千畝田，古制天子之耕田千畝，借民力而治之，故曰籍田。籍，通藉。《詩·大雅·載芟》序曰：『載芟春籍田而祈社稷也。』毛詩傳：『籍田，甸師氏所掌。王載耒耜，所耕之田天子千畝，諸侯百畝，籍之言借也，借民力治之，故謂之籍田。』此二句從駕出巡，逍遥於春王圃中，緩行於天子之田。

⑤ 善注：『《風俗通》曰：南北曰阡，東西曰陌。』銑注：『迴渠，曲渠也。扶者，言水在阡上若從下扶持而上也。』此二句言彎曲之水渠，流暢之水波，繞着田野小路，望之若盤旋而上。

⑥ 善注：『《尚書》曰：農殖嘉穀。《廣雅》曰：顛，末也。』銑注：『垂穎，穀穗。顛，樹梢也。』嘉穀重穎，美禾結出雙穗。應貞《晉武帝華林園詩》：『嘉禾重穎，萱莢載芬。』善注：『《孝經援神契》曰：王者德

至，地則嘉禾生。』常以歌頌王者之至德所出現的升平景象。此二句言盛美之禾垂下雙穗，芬芳樹上開出鮮花。

⑦ 善注：『水鄉，謂吴也。《漢書》曰：武功中水鄉人，三舍墊爲池。《家語》：孔子曰：善御者正身以揔轡。』向注：『水鄉，吴地也。臨其清泉，意慕也。』揔，同總，結也。《楚辭·離騷》：『飲余馬於咸池兮，揔余轡乎扶桑。』王逸注：『揔，結也。』此二句言我本東吴水鄉之士，故結轡面臨清泉而生故鄉之思。

⑧ 善注：『《楚辭》曰：居戚戚而不解。』良注：『戚戚，憂也。』詩人臨清泉而思鄉，進而思念鄉人，故此二句言其心生憂愁，懷人念遠，漸行漸遠，遂成此懷人之篇。

【集評】

[清]宋徵璧《抱真堂詩話》：謝靈運『養屙亦園中』，『亦』字殊妙。陸機『通波扶直阡』，『扶』字妙。

[清]陳祚明《采菽堂古詩選》卷十：清淡語真。

[清]吴淇《六朝選詩定論》卷十：此詩似是士衡從駕有詩呈張，張又贈詩以美之，士衡復作此詩以答焉。首四句言身在秘閣，日夜料理文案，全不得工夫做詩。及從駕出遊，見此『迴渠』『通波』云云，因而思我乃水鄉之士，胡爲攬轡臨此，不覺愴然感懷，馬上謾成此詩。詩雖草草，而心則苦也。『戚戚』『行行』，一内一外，形失意人如畫。

[清]方廷珪《昭明文選集成》：中間俱從祈年生出情景。

王闓運《八代詩選》：寬和。『余固水鄉士』二句，横嶺過峰。

贈馮文羆

【題解】

《唐鈔文選集注彙存》：『熊爲斥丘令，機前已作詩贈熊，答訖，機復重贈也。陸善經曰：詳詩意，馮時在斥丘也。』文羆，名熊，曾與機同事太子，元康三年調任斥丘令。從『夫子茂遠猷，款誠寄惠音』詩句看，馮文羆在斥丘令上曾寄詩作者，此詩當爲回贈之作。詩回憶二人在太子殿上，同遊止息，而今友人翻飛別枝，自己株守故林，驅馬河洛，佇望友人所在之北途，悠悠思念，悲情難禁，故作詩而贈，冀其惠賜徽音。詩寫追憶、寫思念、寫囑託，殷殷之情，力透紙背。寫作時間當在《贈馮文羆遷斥丘令》之後，具體時間爲元康三年至元康四年（二九三至二九四）之間。

昔與二三子，遊息承華南①。拊翼同枝條，翻飛各異尋②。苟無淩風翮，徘徊守故林〔一〕③。慷慨誰爲感，願言懷所欽④。發軫清洛汭〔二〕，驅馬大河陰⑤。佇立望朔塗，悠悠迴且深⑥。分索古所悲，志士多苦心〔三〕⑦。悲情臨川結，苦言隨風吟⑧。愧無雜佩〔四〕贈，良訊〔五〕代兼金⑨。夫子茂遠猷，款誠寄惠音⑩。

【校勘】

〔一〕『苟無凌風翮，徘徊守故林』，六臣本注曰：『善無此二句。』今善本有此二句，或後人補入。另《唐鈔文選集注彙存》卷四八在此二句後引有善注，六臣本所言或後人妄加也。

〔二〕『洛汭』，《初學記》卷十八作『濁渭』。

〔三〕《唐鈔文選集注彙存》卷四八：『案：五家本無此二句也。』

〔四〕『佩』，《唐鈔文選集注彙存》卷四八作『珮』。應據改。

〔五〕『訊』，陸刻本作『迅』，音近而誤。

【注釋】

① 善注：『《論語》：子曰：二三子以我爲隱乎？吾無隱乎爾。爾(前)《詩》曰：遵彼承華，其容灼灼。』良注：『承華，太子所居。乃士衡與文羆同爲洗馬。』此二句言回憶昔日與諸子交遊棲息於承化殿南。

② 善注：『班固《漢書》(述)曰：撫翼俱起。』銑注：『如鳥拊翼，同栖於枝條也。』《唐鈔文選集注彙存》：『異尋，即謂爲斥丘令也。』拊，拍，擊，通撫。陶淵明《挽歌詩》：『嬌兒索父啼，良友拊我哭。』翻，《説文》：『飛也。』此二句言我與諸子猶如小鳥，拍擊翅膀，集於同一枝條，後來諸子飛去，另覓新枝。

③ 善注：『《莊子》曰：鵲巢於高榆之顛，巢折，凌風雨起。』向注：『故林，太子宮。言尚爲洗馬。』《唐鈔文選集注彙存》：『《鈔》曰：故林，即謂猶爲洗馬。又云：機被廢官時也。陸善經曰：謂同仕東宮，馮遷官而己留也。』翮，泛指翅膀。《説文》：『翮，羽莖也。』此一句言我豈無凌風之翅，因守故林而徘徊不前。詩

人喻自己在諸君去後仍任太子洗馬。

④ 善注：『嵇叔夜《贈秀才詩》曰：感悟馳情，思我所欽。陸士衡《贈從兄車騎詩》曰：願言思所欽。』濟注：『慷慨，歎也。欽，敬也。懷所欽，則思文羆。』《唐鈔文選集注彙存》：『《説文》：慷慨，壯士不得志也。』此二句言慷慨長歎，爲誰所感，只是懷念我所敬之人。

⑤ 善注：『《尚書》曰：東至於洛汭。孔安國曰：水北曰汭。《穀梁傳》曰：水南曰陰。』翰注：『軫，車也。言發車洛陽也。水南曰汭，驅馬於黄河之南也。大河，黄河也。陰，謂河南斥丘所在也。』《唐鈔文選集注彙存》：『即謂文羆初去時。』汭，河流會合處。《説文》：『汭，水相入貌。』洛汭，洛水與黄河交匯處，舊在河南鞏縣，今在汜水縣西北。此二句言啓駕於洛水與黄河交匯處，驅馬馳行在黄河之南岸。

⑥ 善注：『馮在斥丘，故云朔塗。《毛詩》曰：佇立以泣。王粲《贈士孫文始詩》曰：雖則同域，邈其迴深。』向注：『朔，北也。悠悠，遠貌。迴，闊也。』《唐鈔文選集注彙存》：『朔途，北道也。即謂馮生任處。悠悠，遠也。《詩》云：驅馬悠悠。迴，遠也。』此二句言佇立而望斥丘所在之北去道路，長路漫漫，遼闊悠遠。

⑦ 善注：『《古詩》曰：晨風懷苦心。』《唐鈔文選集注彙存》：『苦心，即謂將別之時也。』分索，分離。見《答賈謐詩》注。此二句言分離自古悲傷，志士更多憂苦之心。

⑧ 善注：『張平子書曰：酸者不能不苦於言。』良注：『臨川結，謂水聲相感。志節之士多勤苦之言，隨風則增氣。』《唐鈔文選集注彙存》：『川有幽咽之水，風有激列之聲。陸善經曰：言思而命駕，至彼河陰，佇立想望，悲吟成篇也。』此二句面臨河川，志士之悲情鬱結，哀苦之言，隨風低吟。

⑨ 善注：『《毛詩》曰：知子之來之，雜佩以贈之。《孟子》曰：齊王餽兼金一百而不受。趙岐曰：兼金，其價兼倍於惡金也。』銑注：『雜佩，寶重之物。詩人所以贈行也。今愧無此物，而以善戒之以代兼金。』

兼金，好金也。訊，猶戒也。』《唐鈔文選集注彙存》：『訊，問也。雜珮，即謂珩璜琚瑀之屬也。《尸子》云：兼金，響金也。陸善經曰：良訊，即此詩也。』雜佩，代指貴重之佩飾。毛詩傳：『雜佩者，珩璜琚瑀衝牙之類。』良訊，猶良言，此指詩。嵇康《阮德如答二首》：『舒檢話良訊，終然永䀌藏。』此二句言慚愧我無美玉佩飾所贈，只以此詩代替貴重之金。

⑩ 善注：『《尚書》曰：遠爾猷。秦嘉《贈婦詩》曰：何用叙我心，遺思致款誠。《好色賦》曰：絜齋俟兮惠音聲。』翰注：『夫子，謂文羆也。茂，美。猷，德也。言夫子有美遠之德，款誠之志，寄惠我音信也。』《唐鈔文選集注彙存》：『款，啞也。亦云至實之貌也。陸善經曰：寄惠音，令其報也。』款誠，誠摯，忠誠。《漢書・王莽傳》：『非有款誠，豈可虚致。』惠，仁愛。《説文》：『惠，仁也。』此二句言夫子美德遠播，寄我誠摯仁愛之音信。

【集評】

［明］李淳《選文選》：此篇蒼然，類擬古之作。

［明］郭正域《新刊文選批評》：自是矯健，絶不傷肉。

［明］楊慎《升庵詩話》卷六：嵇康《贈弟秀才》（按：嵇詩乃贈兄之作，升庵誤）四言詩云：『感悟馳情，思我所欽。』則以『所欽』爲弟。陸機《贈從兄車騎》詩云：『寤寐靡安豫，願言思所欽』，則以『所欽』爲兄。又《贈馮（文）羆》詩云：『慷慨爲誰感，願言懷所欽。』則以『所欽』爲友。

［清］陳祚明《采菽堂古詩選》卷十：雅調合旨。『拊翼』四句，比擬得體，所謂合旨也。

［清］俞瑒評：意致疏散，却多情思，猶有建安風骨。（清鈔本《昭明文選》）

［清］方廷珪《昭明文選集成》：輕清圓潤。

［清］吴淇《六朝選詩定論》卷十：此雖贈熊之詩，實寓不忘吴之意。首二句謂余初入洛，雖云異鄉，然職廁承華署中，猶有我吴中二三舊人（按：吴淇亦誤以爲文羆吴人，故言）相與晨夕。到於今日，二三吴人俱已升遷在外，署中單單只剩得我一人在此，所以不能不感。而二三子中，熊尤爲我之所欽，故思之獨深。至於駕車驅馬，登高臨深，而望夫斥丘臨京遥遠。豈登高臨深而望所及？只是形容熊等去後，署中另换一輩人物，無足語者，故駕言出遊，以寫我憂耳。全要將清洛大河形出，與吴中山水迥爾不同。而駕車驅馬，非南人之慣習。『佇立望朔塗』者，入洛以後，詩中佇望，只是南向，至此忽轉而北望，真有萬萬難堪者。况『悠悠迥且深』乎！『迥且深』者，謂斥丘在極北之地，望者已自難堪如此，則熊以南人而身當此地者，更何如哉！故分索之悲，古之常然，而分索在志士，其心尤苦，非常情所能測。故『悲情臨川結』，感於山河之異。『苦言隨風吟』，感於風景之殊。其一片慷慨，久鬱於懷，特借熊以發耳。

王闓運《八代詩選》：寬和。朔途荒曠，以『迥』『深』二字寫之，愈覺驚心。

贈弟士龍〔一〕

【題解】

《唐鈔文選集注彙存》：『初，吴破入洛，士龍在家，將與之别，贈至承明，又作首（前）詩。此篇當合居前也。』此詩蓋士衡于離吴赴洛時贈弟之作。詩寫離别之傷情，别後之相思，相聚之渴望。結構上先單從自己寫起，後從述别離雙方，造成一種情感的激蕩，故深摯而感人，故孫鑛評曰：『調響思逸。』（《孫月峰先生評文選》）

《晉書》本傳載，機於太康末與弟雲同入洛，不當有此分别之詩。或爲機離任吴王郎中令，士龍繼任此職，可能二人本約定由吴地同歸寧故里，因局勢混亂，機遷尚書中兵郎，在歸鄉途受詔，不得已而返洛，而雲由洛入吴，途中兄弟相見，餞别登程，而有此感也。此詩與《於承明作與士龍》，時間相近。一作於别後，一作於途中。具體時間當是元康六年（二九六）冬。

行矣怨路長，惄焉傷〔二〕别促①。指迷〔三〕悲有餘，臨觴歡不足②。我若西流水，子爲東峙〔四〕岳③。慷慨逝言感，徘徊居情育④。安得携手俱，契闊成騑服⑤。

【校勘】

〔一〕《陸士龍文集》卷五作『《答兄平原二首》之二』；《藝文類聚》卷二十九作『陸雲贈兄詩』。均誤，詳『備考』。

〔二〕『傷』，陸刻本作『作』。

〔三〕『迷』，《藝文類聚》卷二十九、《文選》卷二十四、陸刻本、《百三家集》本、《六朝詩集》本、陳仲魚校本、鄧邦述校本作『途』。陳仲魚校本、鄧邦述校本并校作『迷』。從語義看，似應作『途』。

〔四〕『峙』，《文選》卷二十四作『跱』；六臣注曰：『五臣作峙。』古二字同。

【注釋】

①善注：『《論語》曰：君命召，不俟駕行矣。曹子建《贈白馬王詩》曰：怨彼東路長。《詩》曰：我心憂傷，惄焉如擣。《方言》曰：惄，憂也。自關而西、秦晉之間，或曰惄。並奴的切。曹子建《送應氏詩》曰：別促會日長。』向注：『惄，憂心也。』《唐鈔文選集注彙存》：『毛詩傳曰：惄，饑意也。《爾雅》云：思也。陸善經曰：惄，憂痛意也。』此二句言別弟而行，怨道路漫長，心中憂愁，哀傷離別何其急促。

②《唐鈔文選集注彙存》：『悲有餘，言悲多，而勸歡少，故言不足也。陸善經曰：怨路長，故悲有餘。傷別促，則歡不足。怨，憂痛意也。』指迷，手指前路，不知所之，故曰指迷。觴，酒器。《韻會》：『觴，酒卮總名。』此二句言手指將行之路途，充滿無限悲傷，面臨餞別之飲宴，慘不成歡。

③善注：『言己逝如西流之不息，雲止，類東岳之不移也。』翰注：『言西入京，如西流水行不止，弟在家不游，如東止之山岳也。峙，止也。』《唐鈔文選集注彙存》：『流水，言去也。岳立，言住也。陸善經曰：士衡赴洛，故若西流。士龍留吴，故爲東峙。』此二句言我西行入京，若西去流水，子居家中，如東止山岳。

④善注：『逝，機自謂也。居，謂雲也。言慷慨不平，逝者之言多感；徘徊興戀，居者之志彌生。』濟注：『慷慨，歎息。往者之言多感，衡自謂也。徘徊懷戀，居人之志情生，謂陸士龍。育，生也。』《唐鈔文選集注彙存》：『得自安育也。陸善經曰：慷慨，行者詞。徘徊，居者戀。育，生也。言常生此情也。』《爾雅·釋詁》：『育，長也。』此二句言離去者言多感慨，歎息不已；居家者徘徊留戀，別情彌生。

⑤ 善注：『《毛詩》曰：死生契闊，與子成説。又曰：携手同行。毛萇曰：契闊，勤苦也。《説文》：騑，驂，傍馬也。鄭玄《毛詩箋》曰：兩服，中央夾轅也。』翰注：『具，同也。騑服之馬常相隨也，願與兄弟雖契闊常同也。』《唐鈔文選集注彙存》：『服，夾轅馬也。騑，右邊馬也。喻兄弟同在一處也。（陸）善經曰：雖契闊，猶願成騑服，意次不相離也。』契闊，聚散，或可指分別，或可指聚合。陸士龍《失題》：『我悴西鄰，子沉東土。契闊艱辛，誰與晤語。』此指分別也。騑服，騑馬與服馬。四馬駕車，中間兩匹稱服，兩邊稱騑，亦稱驂。此二句以此喻聚合而永不分離。言何日携手相聚，使今日之離別反成騑服。

【集評】

[明]孫鑛評：（『徘徊居情育』）『育』字生澀。（《孫月峰先生評文選》）

[清]何焯《義門讀書記》卷四十六：《贈弟士龍》中四句分首尾合。

[清]王夫之《古詩評選》卷四：渾渾成成作一首別詩，長可千年，大可萬里，一如明月在天之不改，所貴於詩者此爾。

平原本色故然。入洛後，思淺韻雜，下同二潘競江海之譽，則有《贈顧交趾》《祖道畢劉》一派諂腐龐猥之詩，幾令風雅道喪矣。

[清]陳祚明《采菽堂古詩選》卷十：『居情育』，生是湊韻。『指途』二句，情切語蒼。

[清]吴淇《六朝選詩定論》卷十：此士衡先被詔赴洛，留別士龍之作。言世網已嬰我身，不得自由，故爲『西流水』；然世網未嬰子身，尚可强立，故爲『東峙岳』。逝者不得自由，故慷慨言感；居者尚可强立，故

徘徊情育。蓋一般兄弟兩個，一個不自由如此，是不幸；一個尚得自由，猶是不幸中之幸。總是自傷、自慰之意。『攜手』一句，不是拖弟入水，猶云一個却是如流水云云，一個如峙岳云云，自是兩不相及，何時再得聚首，『契闊成騑服』乎？蓋車非一馬所服，喻兄弟同一處也。逝者日西，居者在東，流水峙岳，趁勢寫下，不覺把『流水』二字黏在『西』字下，『峙岳』黏在『東』字下，偶爾湊成妙趣。蓋世間止有東流水，那有西流水？曰西流水便是逆性，見今日之赴洛出於不得已，非士衡之本心也。

［清］方廷珪《昭明文選集成》：情真語摯。（『行矣』二句）飄然而來。

【附録】

陸雲·答兄平原

悠悠塗可極，别促怨會長。長銜思戀行，銜思戀行邁，興言在臨觴。南津有絶濟，北渚無河梁。神往同逝感，形留悲參商。衡軌若殊迹，牽牛非服箱。（《陸士龍文集》卷四）

【備考】

此詩作者亦有争議。或作陸雲，或作陸機。《四部叢刊》收元刻本《陸士龍文集》卷五、《藝文類聚》卷二十九並作『陸雲』。胡刻本《文選》卷二十四、六臣本《文選》卷二十四、《唐鈔文選集注彙存》卷四十八、《初學記》卷十七、《太平御覽》卷七百七十五、張燮《七十二家集》本、《詩紀》卷三十五、《漢魏六朝百三家集》本均作『陸機』。《淵鑑類函》卷二百四十九作陸機，另收陸雲《答兄機詩》(『悠遠塗何極』)。

《四庫全書》本《陸士龍文集》將此詩附《答兄平原》後，題作《兄贈》。《四庫全書總目》卷一百四十八《陸士龍集十卷》條下曰：『蓋宋以前相傳舊集久已亡佚，此特裒合散亡，重加編輯，故叙次頗叢雜，如《答兄平原詩》二首「其行矣怨路長」一首，乃機贈雲之作，故馮惟訥《詩紀》收入機詩内，而此本誤作雲答機詩。』

又錢培名《札記》考證曰：『《文選》題同，不誤。《類聚》二十九作陸雲《贈兄詩》與《答兄機・悠遠塗可極》一首相連，今士龍集亦收入。按：士龍答詩亦著《文選》，與此詩句句相對，正是贈答語氣，安得混爲一人所作？此《類聚》偶失檢，而編士龍集者遂承其誤耳。』

逯欽立《先秦漢魏晉南北朝詩》曰：『陸士龍集《答平原兄二首》，一爲「悠悠塗可極」篇，一爲此篇。《類聚》《陸雲贈兄詩》上爲此篇，下爲「悠悠塗可極」篇，似此詩應屬陸雲。然昭明《文選》載此作陸士衡，别載「悠悠塗可極」篇作陸士龍。此其所據之二陸文集當不誤也。意者《陸士龍集》編士龍《答兄平原詩》並附載士衡贈詩，與本集並載鄭曼季《贈答詩》爲同例。經傳寫有脱誤，遂並作士龍詩。歐陽詢編《類聚》時所據之本已有脱奪矣。』

黄葵點校《陸雲集》曰：『《藝文》誤。第二首爲陸機贈雲詩，第一首爲雲答機詩，故機詩稱「怨路長」「傷别促」，雲答詩稱「悠悠途何極，别促怨會長」；機詩稱「指途悲有餘，臨觴歡不足」，雲答詩稱「戀行邁」「在臨觴」。倘作雲一人所作，不應詞意重復至此。』

筆者認爲，上文諸家所考甚是。且《唐鈔文選集注彙存》《初學記》均爲唐人所撰，其版本十分可靠，故無論從文獻版本抑或從内容上看，此詩均應爲士衡所作。

祖道畢雍孫劉邊仲潘正叔①

【題解】

畢雍孫、劉邊仲、潘正叔三人曾與詩人共事於太子門下，因故離别，士衡爲之餞行並作詩贈之。詩回憶其共事之經歷，讚美三人之才能，抒發離别傷感之情愫。從『潘生莅邦家』句看，此詩當作於潘尼出官藩國之時。考《晉書·潘岳傳》，尼曾任淮南王允鎮東參軍，具体時間在元康三年（二九三）。此詩或作於此時。

皇儲延髦俊，多士出幽遐②。適遂〔一〕時來運，與子〔二〕遊承華③。執笏崇賢内，振纓層〔三〕城阿④。畢劉贊文武，潘生莅邦家⑤。感别懷遠人，願言歎以嗟⑥。

【校勘】

〔一〕『適遂』，《七十二家集》本、《詩紀》卷二十五作『適值』。《詩紀》注：『一作遂。』《札記》：『《類聚》六十八適遂作過蒙。』

〔二〕『子』，《藝文類聚》卷二十九作『爾』。

〔三〕『層』，《藝文類聚》卷二十九作『曾』。古二字通。

【注釋】

① 祖道，餞行。《漢書·疏廣傳》：『公卿大夫故人邑子，設祖道供帳東都門外，送者車數百兩，辭决而去。』顔師古注：『祖道，餞行也。』畢雍孫、劉邊仲，無考。潘尼，字正叔，《晉書》有傳。

② 皇儲，太子。《漢書·疏廣傳》：『天子國儲副君，師友必于天下英俊。』延，請。《戰國策·趙策四》：『趙王三延之爲相，翟章辭不受。』髦俊，俊才。韋曜《博弈論》：『博選良才，旌簡髦俊。』《爾雅·釋詁》：『髦，俊也。』郭璞注：『士中之俊，如毛中之髦。』幽遐，邊遠之地。桓温《薦譙元彦表》：『幽遐仰流，九服知化矣。』良注：『幽遐，遠夷也。』此二句言太子延請天下俊才，文士多出自邊遠之地。

③ 適，當。《漢書·賈誼傳》：『因恬而不知怪，慮不動於耳目，以爲是適然耳。』顔師古注：『適，當也，謂事理當然。』遂，稱心，如願。《詩·曹風·候人》：『彼其之子，不遂其媾。』朱熹《詩集傳》：『遂，稱。』時運，當時之運數。班彪《北征賦》：『諒時運之所爲兮，永伊鬱其誰愬。』善注：『宋衷《春秋緯注》曰：五運，五行用事之運也。』承華，太子所居之殿門名。陸機《洛陽記》曰：『太子宫在大宫東，中有承華門也。承華，太子門也。』此二句言當是時運所至，遂如我願，與諸子交遊於太子之門。

④ 笏，手版，供記事之用。《宋書·禮志》：『古者貴賤皆執笏，其有事則搢之於腰，所謂搢紳之士者，搢笏而垂紳帶也。』後傳指上朝記事之手板。《釋名·釋書契》：『笏，忽也。君有教命及所啓白，則書其上，備忽忘也。』《禮記·玉藻》：『天子以球玉，諸侯以象，大夫以魚須文竹，士竹，本象可也。』崇賢，宫殿東門名。張衡《東京賦》：『崇賢抗義，聲於金商。』薛綜注：『崇賢，東門名也。』此指太子之門。振纓，喻做官。纓，帽下帶子，此指官冕。陸雲《大將軍宴會被命作詩》：『冕弁振纓，服藻垂帶。』濟注：『冕纓、藻服，皆卿大夫法也。』層城，高城，天帝所居。孫綽《遊天臺山賦》：『苟臺嶺之可攀，亦何羡於層城。』良注：『層城，在

崑崙山上，天帝之居也。』此指宫闕。潘尼《桑樹賦》：『倚增城之飛觀，拂綺窗之疏寮。』增，通層。《韻會》：『層，又通作增。』阿，彎曲處。班固《西都賦》：『珊瑚碧樹，周阿而生。』善注：『《韓詩》曰：曲景曰阿。』然此阿，庭之曲也。』此二句言手執笏版，登太子之門，身著朝服，入朝廷之中。

⑤ 贊，輔佐。《左傳·襄公二十七年》：『大叔儀不貳，能贊大事。』杜預注：『贊，佐也。』蒞，臨。《孟子·梁惠王上》：『欲辟土地，朝秦楚，蒞中國而撫四夷也。』趙岐注：『蒞，臨也。』邦家，國家。《詩·周頌·載芟》：『有飶其香，邦家之光。』鄭玄箋：『芬香之酒醴，享燕賓客，則多得其歡心，於國家有榮譽。』此二句言畢、劉爲文武輔弼之臣，潘生亦有治國之才。

⑥ 願言，指思念。《詩·邶風·終風》：『寤言不寐，願言則懷。』鄭玄箋：『言我願思也。』此二句言感傷別離，懷人念遠，因思念而嗟歎。

答潘尼詩〔一〕

【題解】

士衡於元康四年（二九四）秋出任吴王郎中令，潘尼有《贈陸機出爲吴王郎中令》，此詩爲答潘尼而作。詩讚美潘生氣質言辭之美，抒發對潘生別後之思念，以及以詩贈別的感激之情。潘尼贈詩爲長篇，晉人常以詩以呈才，機所作此詩也當爲長篇，今存似爲殘篇。

於穆同心，如瓊如琳〔二〕①。我東曰〔三〕徂，來餞其琛②。彼美潘生，實綜我心③。琛子〔四〕玉懷，疇爾惠音④。

【校勘】

〔一〕《古詩紀》作『答潘尼』，然題下注：『《集》作答潘岳。』詳備考。

〔二〕『琳』，《古詩紀》卷二十五作『林』。

〔三〕『曰』，《古詩紀》卷二十五、《百三家集》本、《六朝詩集》本、陳仲魚校本、鄧邦述校本作『日』。鄧邦述校本校作『曰』。

〔四〕『子』，《文集》、陸刻本、《詩紀》卷二十五、《百三家集》本、《六朝詩集》本、陳仲魚校本、鄧邦述校本作『我』，扞格難解。《藝文類聚》卷三十一作『子』，今據改。

【注釋】

① 於穆，歎美之詞。《詩・周頌・清廟》：『於穆清廟，肅雝顯相。』毛詩傳：『於，歎辭也。穆，美，肅，敬。』同心，志意相合。《易・繫辭上》：『二人同心，其利斷金。同心之言，其臭如蘭。』如瓊，喻如玉之美質。曹植《文帝誄》：『其剛如金，其貞如瓊。如冰之潔，如砥之平。』《説文》：『瓊，赤玉也。』如琳，喻如玉之高論。釋道世《破邪篇》：『廣列金銀，多班繒綵，並是三張詭述修静，妄言斤破逗留，彼如琳論。』《説文》：『琳，美玉也。』此稱潘尼贈詩之美。此二句言穆美之潘生，與我志意相投，其質如瓊玉之純，其辭如琳玉之美。

②東，向東。潘尼在洛，士衡適吴地淮南，故曰我東。徂，往。《詩·衛風·氓》：『自我徂爾，三歲食貧。』鄭玄箋：『徂，往也。』琛，美玉。張衡《思玄賦》：『獻環琨與琛縭兮，申厥好之玄黄。』良注：『琛，美玉也。』此二句言我向東行，你以美玉一般文辭爲我餞行。

③彼美，歎美之詞。《詩·鄭風·有女同車》：『彼美孟姜，洵美且都。』綜，織絲。《説文》：『綜，機縷也。』喻情感如絲，縈繞於心。《繫傳》曰：『推極其情，曒如也，繹如也，以成作錯綜。』此二句言那美麗之潘生，其思念之情即時時縈繞我心。

④探，探究。《易·繫辭上》：『探賾索隱，鉤深致遠。』《爾雅·釋言》：『探，試也。』此有告誡之意。玉懷，如玉之懷抱，喻其高潔。疇，即疇昔之略。《禮記·檀弓上》：『而丘也殷人也。予疇昔之夜，夢坐奠於兩楹之間。』鄭玄注：『疇，發聲也。昔，由前也。』惠音，和美之音。宋玉《登徒子好色賦》：『寤春風兮發鮮榮，絜齋俟兮惠音聲。』良注：『齋戒以待惠和之音。』此二句言由前賜我和美之音，告誡我葆其高潔之懷。

【附録】

潘尼·贈陸機出爲吴王郎中令詩（六章）

東南之美，曩惟延州。顯允陸生，於今尠儔。振鱗南海，濯翼清流。婆娑翰林，容與墳丘。（其一）

玉以瑜潤，隨以光融。乃漸上京，羽儀儲宫。玩爾清藻，味爾芳風。泳之彌廣，挹之彌沖。（其二）

崑山何有，有瑤有珉。及爾同僚，具惟近臣。予涉素秋，子登青春。愧無老成，厠彼日新。（其三）

祁祁大邦，惟桑惟梓。穆穆伊人，南國之紀。帝曰爾諧，惟王卿士。俯僂從命，奚恤奚喜。（其四）

我車既巾，我馬既秣。星陳夙駕，載脂載轄。婉孌二宫，徘徊殿闥。醪澄莫饗，孰慰饑渴。（其五）

昔子忝私，貽我蕙蘭。今子徂東，何以贈旃。寸晷惟寶，豈無璵璠。彼美陸生，可與晤言。（其六）（《文選》卷二十四）

【備考】

關於此詩篇名，《藝文類聚》卷三十一作《答潘尼》，《古詩紀》卷三十五亦作《答潘尼》，然題下注曰：『《集》作《答潘岳》。』

錢培名《札記》曰：『《答潘尼》見《類聚》三十一，非全篇也。《詩紀》題下注曰：《集》作《答潘岳》。按：《文選》有潘尼《贈陸機出爲吴王郎中令》四言。詩中云：崑山何有，有瑤有珉，故此有「如瓊如琳」句。後云：今子徂東，何以贈旃。寸晷惟寶，豈無璵璠，故此有「我東日徂，來餞其琛」句。末云：彼美陸生，可與晤言，故此有「彼美潘生，實綜我心」句。句意正相對，其答正叔無疑。惟潘詩凡六轉韻，每韻八句，陸詩宜亦相當。此僅存八句，亦只就《類聚》所引綴輯之耳。馮氏所見集本偶誤作潘岳，不足據。』所考甚明。

贈潘尼〔一〕

【題解】

《晉書·陸機傳》：『趙王倫輔政，引爲相國參軍。豫誅賈謐功，賜爵關中侯。倫將篡位，以爲中書郎。』又《潘尼傳》：『及趙王倫篡位，孫秀專政，忠良之士皆罹禍酷。尼遂疾篤，取假拜掃墳墓。』遂隱居故里。趙王倫篡帝位在永寧元年正月，四月被誅，此詩蓋作於永寧元年（三〇一）初。故詩言吾與潘尼雖如水海雲天，顯隱有異，然同歸於道，無後無先，然後又讚美潘生遺情市朝，隱居山林。詩人之歸隱之意見於言外。

水會於海，雲翔於天①。道之所混，孰後孰先②。及子雖殊，同升太玄③。舍彼〔二〕玄冕，襲此雲冠④。遺情市朝，永志丘園⑤。静猶幽谷，動若揮蘭⑥。

【校勘】

〔一〕《廣文選》卷十作『贈潘岳詩』，誤。《札記》：『《文選》潘尼《贈陸機出爲吴王郎中令詩》云：昔子忝私，貽我蕙蘭。善注：陸集有《贈正叔詩》當即此詩。云「遺情市朝，永志丘園」，則是未仕時作。編陸集者宜以此次答潘前。』按：所論陸詩編次或可採納，謂是尼『未仕時』所作則誤。見『題解』。

〔二〕『彼』，《文集》作『被』，形近而誤。《藝文類聚》卷三十一、《古詩紀》卷三十五、《百三家集》本、《六朝詩集》本、陳仲魚校本、鄧邦述校本作『彼』。今據改。

【注釋】

① 水會於海，百川歸海。《尚書大傳》卷二：『大川相間，小川相屬，東歸於海。大水小水，東流歸海也。』又《淮南子·説山》：『江出岷山，河出崑崙，濟出王屋，潁出少室，漢出嶓山，分流舛馳，注於東海。所行則異，所歸則一。』雲翔於天，雲飛於天。《京氏易傳·需》：『雲上於天，凝於陰而待於陽，故曰需。需者，待也。』此二句言水雲本是渾同之物，然水會於海，雲飛於天，殊異天壤。即後句『及子殊異』之意。

② 道之所混，道即自然，渾然一體。《老子》第二十五章：『有物混成，先天地生。寂兮寥兮，獨立而不改，周行而不殆，可以爲天下母。吾不知其名，字之曰道。』魏源《老子本義》曰：『混渾同，先天地生。』孰後孰先，意即不知其先後。《莊子·大宗師》：『孟孫氏不知所以生，不知所以死，不知孰先，不知孰後。』郝立權《陸士衡詩注》：『雲水混同，本無先後，而士各有志，顯晦或殊，於道則同。』此二句言道渾然一體，而萬物生於道，故不知孰後孰先也。然無論先後，於道則同。

③ 及，與。《詩·邶風·谷風》：『德音莫違，及爾同死。』鄭玄箋：『及，與也。』太玄，即道。嵇康《兄秀才公穆入軍贈詩》：『俯仰自得，游心太玄。』善注：『太玄，謂道也。』良注：『太玄，大道也。』此二句言我與子雖出處不同，然均游心於大道。

④ 玄冕，上衣無文，下裳刺黻，謂之玄冕。天子祭祀林澤墳衍四方百物之屬，服玄冕，大夫助祭亦着玄

冕。《周禮・春官・宗伯》：『祭羣小祀，則玄冕。』鄭玄注：『玄者衣無文，裳刺黻而已，是以謂玄焉。凡冕服，皆玄衣纁裳。』此泛指官服。襲，衣上加衣。《禮記・内則》：『寒不敢襲，癢不敢搔。』鄭玄注：『襲，重衣。』此指穿戴。雲冠，形容冠之高聳者，仙人所戴。《雲笈七籤・王奉仙》：『且所見天上之人，男子則雲冠羽服，或草髻青襟。』此爲隱士所服飾。此二句言子捨棄其官服，穿戴其隱士之服飾。

⑤ 遺情，忘情。《抱朴子・外篇・君道》：『誅戮則遺情任理，不使鴟夷有抱枉之魂。』市朝，集市與朝廷。鮑照《結客少年場行》：『日中市朝滿，車馬若川流。』丘園，代指隱士所居之處。《易・賁》：『賁於丘園，束帛戔戔。』又《抱朴子・外篇・嘉遁》：『僕所以逍遥於丘園，斂迹乎草澤者，誠以才非政事，器乏治民。』此二句言忘情於集市朝廷，長志隱居田園山林。

⑥ 幽谷，深谷。《詩・小雅・伐木》：『出自幽谷，遷於喬木。』毛詩傳：『幽，深。』此指幽静的山林。揮蘭，散發蘭花馨香。《韻會》：『揮，散也。』此二句言寧静時猶如幽静的山林，行動時散發蘭花的馨香。

【集評】

[清]王夫之《古詩評選》卷二：詩入理語惟西晉人爲劇。理亦非能爲西晉人累，彼自累耳。詩源情，理源性，斯二者豈分轅反駕哉！不因自得，則花鳥禽魚累情尤甚，不徒理也。取之廣遠，會之清至，出之修潔，理顧不在花鳥禽魚上邪？平原兹製，詎可云有注疏帖括氣哉！

【附録】

潘尼・答陸士衡詩

顧兹蓬蔚，厠根蘭陂。膏澤雖均，華不足披。逮春不茂，未秋先萎。子濯鱗翼，我挫羽儀。願言難常，載合載離。昔遊禁闥，祗畏夕惕。今放丘園，縱心夷易。口詠新詩，目玩文迹。予志耕圃，爾勤王役。慚無琬琰，以訓尺璧。

贈紀士

【題解】

從『瓊瓌俟豐價，窈窕不自鬻』二句看，紀士當是待價而沽之處士，此詩讚美紀子風華容貌、德行才能之美。紀士事迹無考，有學者認爲或指紀瞻。若然，此詩則作於紀瞻尚未出仕、士衡任尚書郎任上，與《策問秀才紀瞻等》同時。具體時間是元康七年（二九七），或稍後。

瓊瓌俟豐價，窈窕不自鬻①。有美蛾眉子，惠音清且淑②。修姱〔一〕協姝麗，華顔婉如玉③。

【校勘】

〔一〕『姱』，《藝文類聚》卷三十一作『嫮』。

【注釋】

①　瓊瓌，珠玉。《左傳·成公十七年》：『聲伯夢涉洹，或與己瓊瑰，食之。』杜預注：『瓊，玉。瑰，珠也。』瑰，同瓌。俟，等待。《詩·邶風·静女》：『静女其姝，俟我於城隅。』毛詩傳：『俟，待也。』窈窕，幽静賢淑。《詩·周南·關雎》：『窈窕淑女，君子好逑。』毛詩傳：『窈窕，幽閒也。閒，貞專之善。』鬻，賣。《孟子·萬章上》：『或曰：百里奚自鬻於秦養牲者五羊之皮，食牛。』此二句言猶如珠玉，待高價而沽，品質幽閒之美女，無須自薦。

②　有美，《詩·鄭風·野有蔓草》：『有美一人，清揚婉兮。邂逅相遇，適我願兮。』此引《詩》既是讚美對方，亦蘊涵『適我願兮』之意。蛾眉，形容女子眉如蠶蛾之須細而彎長。《詩·衛風·碩人》：『手如柔荑，膚如凝脂，領如蝤蠐，螓首蛾眉。』此喻姿色美好。惠音，和諧之音。嵇康《酒會詩》：『頃昧脩身，惠音遺響。鍾期不存，我志誰賞。』淑，美善。《爾雅·釋詁》：『淑，善也。』此二句言有位姿色美麗之女，聲音和諧清揚美麗動聽。

③　修姱，美好。《楚辭·九章·哀郢》：『憍吾以其美好兮，覽余以其脩姱。』王逸注：『陳列好色以示我也。』洪興祖補注：『姱，好也。』協，和諧。《廣韻》：『協，和也。』姝麗，貌美。《顔氏家訓·名實》：『容色姝麗，則影必美焉。』婉，美好。《詩·鄭風·野有蔓草》：『有美一人，清揚婉兮。』毛詩傳：『婉然美也。』此

二句言德行之美與容貌之美和諧統一，如花之容如玉之美。

爲陸思遠婦作詩

【題解】

陸思遠事迹無考。從詩内容看，亦當吴人，後入洛而爲宦。此摹擬陸婦之口憶其初嫁受寵之喜，獨守空閨之悲，永結同好之願。以『顧景』『拊枕』之動作，寫其顧影自憐，夜不成寐；以『媿虚名』『誰見榮』之自白，寫其青春浪擲，思君落寞；而歲暮之悲風、洞房之清凉融情思入景物，都十分具有藝術感染力。詩作時間已不可考，必作於士衡入洛之後，隱含有自己思鄉之情。非止爲遊戲筆墨，乃奪他人之酒杯，澆自己心中之塊壘。

二合兆嘉偶，女子禮有行①。潔己入德門，終遠母與兄②。如何躭時寵，遊宦忘歸寧③。雖爲三載婦，顧景媿虚名④。歲暮饒悲風，洞房凉且清⑤。拊枕循薄質，非君誰見榮⑥。離君多悲心，寤寐勞〔一〕人情⑦。敢忘桃李陋，側想瑶與瓊⑧。

【校勘】

〔一〕『勞』，《詩紀》卷二十五曰：『《集》作動。』

【注釋】

①二合，謂二姓男女聯姻。《禮記・昏義》：『昏禮者，將合二姓之好，上以事宗廟，而下以繼後世也，故君子重之。』又《孔子家語・本命》：『男子二十而冠，有爲人父之端。女子十五許嫁，有適人之道。……故聖人因時以合偶男子，窮天數也。』兆，顯現，預示。《國語・吴語》：『天占既兆，人事又見，我篾卜筮矣。』嘉偶，美好之配偶。《焦氏易林》卷五：『合體比翼，嘉偶相得。與君同好，使我有福。』《爾雅・釋詁》：『嘉，美也。』女子禮有行，謂按照禮儀女子出嫁。《詩・邶風・泉水》：『女子有行，遠父母兄弟。』鄭玄箋：『行，道也。婦人有出嫁之道，遠於親親，故禮緣人情，使得歸寧。』此二句言男因時而合偶，女子以禮而將嫁。預示美滿之姻緣。

②潔己，修身治德。《論語・述而》：『人潔己以進，與其潔也，不保其往也。』鄭玄注：『人虚己自潔而來，當與其進之。』朱熹注：『潔，修治也。』德門，道德深厚之門。《楚辭・遠遊》：『庶類以成兮，此德之門。』此對夫家之美稱。終遠，謂遠離。《詩・王風・葛藟》：『終遠兄弟，謂他人之母。』此二句言我修身養德，終遠離父母兄弟，嫁入高德之門。

③躭，沉溺。《書・無逸》：『不聞小人之勞，惟躭樂之從。』孔安國傳：『過樂謂之躭。』躭時寵，初嫁時受寵愛也。躭，乃耽之誤書。《韻會》：『耽，《集韻》俗作躭，非。』歸寧，女子出嫁歸家問安父母。《詩・周南・葛覃》：『害澣害否，歸寧父母。』毛詩傳：『寧，安也。父母在則，有時歸寧耳。』此二句言當日我是如何溺於寵愛，而你遊宦異鄉却使我不得歸寧。

④三載婦，形容勤苦爲婦多年。《詩・衛風・氓》：『三歲爲婦，靡室勞矣。』三歲，謂多年。媿，同愧。《説文》：『媿，慚也。』《玉篇》：『媿，亦作愧。』此二句言雖勤苦爲汝婦數年，然常獨守空閨，顧視孤影，慚愧

空有夫婦之名。

⑤ 歲暮，年末，隱含感慨時光何速之意。《古詩・東城高且長》：『四時更變化，歲暮一何速。』饒，多。《史記・陳丞相世家》：『平既娶張氏女，齎用日饒。』洞房，深閨。司馬相如《長門賦》：『懸明月以自照兮，徂清夜於洞房。』向注：『洞，深也。』此二句言轉眼已至歲暮，室外多悲寒之風，深閨更悲涼凄清。

⑥ 拊，撫摸。《漢書・吴王濞傳》：『因拊其背。』循，安慰。《戰國策・齊策》：『内牧百姓，循撫其心。』循撫，猶安撫。見，指代自己。榮，美色，光潤。揚雄《羽獵賦》：『玄鸞孔雀，翡翠垂榮。』此二句言夜深撫枕，慰藉單薄之身軀，君行不歸，誰可使我青春光潤？

⑦ 寤寐，醒與睡，猶言日夜思念。《詩・周南・關雎》：『求之不得，寤寐思服。』鄭玄箋：『求賢女而不得，覺寐則思己職事。』勞，勤苦。《爾雅・釋詁》：『勞，勤也。』此二句言别君之後，内心苦悲，日夜思念，人情難堪。

⑧ 敢，豈敢。陋，資質醜陋。《玉篇》：『陋，醜猥也。』此二句用典。《詩・衛風・木瓜》：『投我以木桃，報之以瓊瑶。匪報也，永以爲好也。投我以木李，報之以瓊玖。匪報也，永以爲好也。』郝立權《陸士衡詩注》曰：『然辭雖出彼，意則桃李之質雖陋，願報以瓊瑶，俾永結恩好也。』側想，卑微之思。側，卑微，此謙辭。《書・堯典》：『明明揚側陋。』此二句言雖自知資質醜陋，仍想永結恩愛也。

【集評】

[清]陳祚明《采菽堂古詩選》卷十：觸目懷土，此情亦真，然並平直無致。

王闓運《八代詩選》：情景畢附。

爲顧彦先贈婦二首〔一〕

【題解】

善曰：『《集》云：爲全彦先作。今云顧彦先，誤也。且此上篇贈婦，下篇答，而俱云贈婦，又誤也。』陸雲亦有同題之作，蓋善所見《集》誤也，詳『備考』。彦先即顧榮，與士衡兄弟乃姻親兄弟，交往甚密。《晉書·顧榮傳》：『顧榮，字彦先，吴國吴人也，爲南土著姓。祖雍，吴丞相。父穆，宜都太守。榮機神朗悟，弱冠仕吴，爲黄門侍郎、太子輔義都尉。吴平，與陸機兄弟同入洛，時人號爲「三俊」。』此詩乃入洛後所作。上篇代彦先贈婦。寫其入洛遊宦之苦辛，由此而生之思念，以及鴻歸故鄉之遐想。下篇擬其婦作答。寫其久宦不歸之思念，音信不達之幽怨，以及勸君保重之殷切。雖爲代擬近乎游戲之作，却下筆不苟，因同爲淪落天涯而感同身受，故情感深摯。此詩作年史無明載，陸侃如《中古文學繫年》定於元康元年（二九一），並曰：『榮爲郎中當與陸機祭酒爲同時，其遷尚書郎可能在機遷洗馬時，故繫於此。』

辭家遠行遊，悠悠三千里①。京洛多風塵，素衣化爲緇②。修〔二〕身悼憂苦。感念同懷子③。隆思亂〔三〕心曲，沉歡滯不起④。歡沉難尅〔四〕興，心亂誰爲理。願假歸鴻翼，翻飛游〔五〕江汜⑤。

【校勘】

〔一〕此詩作者或作『陸雲』，或作『陸機』。詳『備考』。

〔二〕『修』，《玉臺新詠》卷三作『循』。

〔三〕『亂』，《文選》卷二十四作『辭』。

〔四〕『尅』，《七十二家集》本作『克』。

〔五〕『游』，《玉臺新詠》卷三、《六朝詩集》本、陳仲魚校本、鄧邦述校本作『浙』。胡克家《文選考異》曰：『袁本、茶陵本有校語云：「遊」，善作浙。今案：各本所見皆非也。詳善但引「江有汜」爲注，而不注浙江，是江汜連文，非浙江連文，蓋亦作遊，與五臣無異，傳寫誤也。』又《札記》：『《玉臺》：浙，一作游。《文選》五臣本作游。按：善注但引江有汜，是亦作游。』上二說甚是。《唐鈔文選集注彙存》作『遊』，陳仲魚校本、鄧邦述校本并校作『游』。古二字同。

【注釋】

① 善注：『《鸚鵡賦》曰：女辭家而適人。蔡琰詩曰：悠悠三千里，何時復來會。』翰注：『悠悠，遠貌。』此二句言辭家遠行，宦遊京洛，洛陽與故鄉，遠隔千里。

② 善注：『毛萇《詩傳》曰：緇，黑色。』濟注：『言塵染衣黑也。』此二句言京洛多風揚塵飛，白色上衣亦變爲黑色。謂京城奔波之辛勞也。

③ 善注：『《孟子》曰：古之人不得志，修身見於世。《列子》曰：卑辱則憂苦。』向注：『悼，傷也。同

懷，謂同懷抱之子，即其婦也。』同懷子，同懷相思之情者。陸雲《爲顧彦先贈婦往反》其一：『彼美同懷子，非爾誰爲心。』此二句言修身守節，不爲世用，憂傷愁苦，感傷世態，思念與我同有相思之情的妻子。

④善注：『薛君《韓詩章句》曰：時風又且暴，使己思益隆。《毛詩》曰：亂我心曲。』良注：『隆，繁也。心曲，謂中心也。歡情沉滯而不起。』此二句言沉重之相思亂我心房，沉厚鬱滯，難以産生歡情。

⑤善注：『魏文帝《喜霽賦》曰：思寄身於鴻鸞，舉六翮而輕飛。《毛詩》曰：江有汜。』銑注：『矧，猶可也。興，起也。』翰注：『假，借也。汜，水名。言歡沈難起，心亂難理，是願借歸鴻之翼，共飛遊江水之涯，以見所思也。』《唐鈔文選集注彙存》：『《説文》云：江東至會稽山陰爲浙江。案：江，浙江，發源東陽新安之間，不與岷江相混，自錢唐入於海。《史記》：秦始皇過舟陽（按：《秦始皇本紀》作「丹陽」），至錢唐，臨浙江是也。汜，水決復入也。彦先家在吴，故願翻飛於浙江汜也。陸善經曰：《虞書志林》云：錢唐有山，居江中，湖水觸山回，故曰浙江。』翻，《説文》：『飛也。』汜，流入河流之溝瀆。毛詩傳：『決復入爲汜。』《説文》：『一曰汜，窮瀆也。』此四句言心情沉滯，誰可使歡？心曲繁亂，誰可理之？願借歸鴻之翅膀，飛翔於故鄉之江涯。

陳祚明《采菽堂古詩選》卷十曰：『「隆思」四句，士衡常格。字法句法並生，無甚旨趣。「京洛」二句佳，然亦近。』又吴淇《六朝選詩定論》卷十曰：『古人雖遊戲文字，却一筆不肯苟。如士衡爲彦先贈婦詩，恰真真是彦先贈婦詩，其最不可移那者，「修身憂苦」一句。有此一句，直令士龍一且醜語答酬不上，必如下章「東南」云云之貞静温厚，方稱彦先之婦，方稱彦先婦之語，便真真是彦先婦答彦先之詩。益顯前爲真真彦先贈婦之詩也。……余讀彦先傳而知之，並知士衡刺彦先之爲交北人也。修身自是道學家語，入詩最腐，此處却加色新妙，以贈婦顯新妙，以戲爲贈婦顯加色新妙。』

東南有思婦，長歎充幽闥①。借問歎何爲？佳人眇天末②。遊宦久不歸，山川修且闊③。形影參商乖，音息〔一〕曠不達④。離合非有〔二〕常，譬彼絃與筈〔三〕⑤。願保金石軀〔四〕，慰妾長飢渴⑥。

【校勘】

〔一〕『息』，《初學記》卷十八作『信』。

〔二〕『非有』，《初學記》卷十八作『豈非』。

〔三〕『筈』，《文選》卷二十四作『括』。《唐鈔文選集注彙存》卷四八作『栝』。《經典釋文》卷九：『栝，音户。《尚書》作楛，音同。』又卷三：『栝，古活反。馬云：白栝也。』可知古二字相通。

〔四〕『軀』，《玉臺新詠》卷三作『志』。

【注釋】

① 善注：『曹子建《七哀詩》曰：上有愁思婦，悲歎有餘哀。《西方賦》曰：重閨幽闥。』向注：『此詩代答前詩也。東南，謂吴也。充，滿也。幽闥，深闥也。』《唐鈔文選集注彙存》：『毛詩傳云：闥，門内也。《韓詩》：門屏之間曰闥。案：此篇是婦詩。』此二句言東吴有位思婦，長歎之聲充滿深閨。

②善注：『《西京賦》曰：眇天末以遠期。』翰注：『婦自借問，以發詩情。佳人，則彥先也。眇然，極望若在天之末畔，蓋思遠也。』《唐鈔文選集注彙存》：『佳人謂夫，即彥先也。陸善經曰：眇，遠。』此二句言若問爲何而歎，因爲良人邈遠，望之若在天邊。

③善注：『淮南王書曰：遊宦事人。』良注：『遊宦子，仕於中朝。修，長也。』《唐鈔文選集注彙存》：『《鈔》曰：修，長也。闊，遠也。』此二句言遊宦他鄉，久不歸來，山川遥遠遼闊，難以相見。

④善注：『《左氏傳》：子産曰：昔高辛氏有二子，伯曰閼伯，季曰實沉。居曠林，不相能，日尋干戈，以相征討。後帝不臧，遷閼伯于商丘，主辰。商人是因，故辰爲商星。遷實沉于大夏，主參。唐人是因，以服事夏商，其季世曰唐叔，故參爲晉星。《法言》曰：吾不睹參辰之相比也。音息，音問消息也。《廣雅》曰：曠，久也。』銑注：『形影相隨之理，夫婦之義，今如參辰之相乖，音書消息曠絶，參商二星常出没不相見，商則辰也。』《唐鈔文選集注彙存》：『陸善經曰：商，心星也。』參商，二星名，分在東方和西方，出没各不相見。商星又叫辰星。後常喻雙方隔絶。杜甫《贈衛八處士》：『人生不相見，動如參與商。』乖，離。《玉篇》：『乖，戾也，背也。』此二句言形影如參商，隔絶分離，音書也久已斷絶。

⑤善注：『《吕氏春秋》曰：夫萬物成則毁，合則離，離則復合，合則復離。劉熙《釋名》曰：矢末曰括。括，會也。與弦會。』濟注：『人生離合，不可常如弓弦與箭筈，暫著弦乃釋遠去也。』《唐鈔文選集注彙存》：『栝，箭闊也。』此二句言人生離合無常，如弓弦與箭端，箭離弦去，則不可回也。

⑥善注：『《漢書》：武涉説韓信曰：足下自以爲與漢王爲金石交。李陵《贈蘇武詩》曰：思得瓊樹枝，以解長飢渴。』翰注：『金石，謂堅固也。軀，身也。言相思如飢渴思飲食也。』《唐鈔文選集注彙存》：『金石，即謂堅固也。』此二句言願君保重金石之軀，以慰我如飢渴之相思。

陳祚明《采菽堂古詩選》卷十曰：『此首稍亮，有古意。』又吴淇《六朝選詩定論》卷十曰：『須知此是戲爲，不是代作，亦要露出些子戲意來。「東南有思婦」，「東南」二字，從京洛照出，佳人即思婦。「天末」即東南，「佳人眇天末」五字，都從京洛人照出。佳人本在家中，無奈宦遊者反以京洛爲家，反把家中佳人，拋閃在三千里外，故曰「天末」，此是怨意。末「願保」二句，是答他「修身悼憂苦」句，固是正經話，然天下保軀之道，寧僅節憂、節苦？而妾長飢渴，定有飽飫君軀者，此又是妬意。此詩雅有古致，「絃筈」一喻，尤爲警策，當置漢魏間。在晉詩即士衡集中，亦不可多得。』

【集評】

［宋］洪邁《容齋隨筆》卷八：陳簡齋《墨梅》絶句一篇云：『粲粲江南萬玉妃，别來幾度見春歸。相逢京洛渾依舊，只恨緇塵染素衣。』晉陸機《爲顧榮贈婦詩》云：『京洛多風塵，素衣化爲緇。』齊謝玄暉《酬王晉安詩》云：『誰能久京洛，緇塵染素衣。』正用此也。

［元］劉履《風雅翼》卷四：（上首）賦也。緇，黑也。同懷子，謂婦也。隆，繁盛之意。心曲，心中委曲之處。沉，深也。浙江在吴地，水别復入爲汜。（下首）賦也。充，滿也。闈，門内也。佳人，猶言良人。眇，視遠而難見之貌。天末，謂天之盡端。音息，音問消息也。筈，箭本受弦處，箭釋則筈離弦矣。金石，喻堅。飢渴，喻思也。

此詩託爲彦先夫婦贈答，若近於戲。然其詞義敬慎，殊不失倫理之正。且言『願保金石軀，慰妾長饑渴』，則又見其愛愈篤、望愈深，而無怨傷之心焉。其得夫婦之道者矣。

［明］唐汝諤《古詩解》卷十八：此詩託爲彦先夫婦贈答，而兹録其妻之答辭。雖謂之閨情可也，事雖近戲而意極莊嚴，至後願其自保而絶無怨辭，可謂得夫婦之正矣。

［明］孫鑛評：清澈有逸致。（《孫月峰先生評文選》）

［清］王夫之《古詩評選》卷四：猶浄。四句迭爲承受，始於平原，盛於康樂，當時詡爲新製，然亦没《三百篇》所固有也。構此者，非以爲脈絡，正使來去低回，倍增心曲爾。後人舍此用法，裂肌割肉，俾就矩矱，神死而氣不獨生，又何足道！

［清］錢謙益《牧齋初學集·注杜詩略例》：引用古詩而竄易者，如庾信『蒲城桑葉落』，改爲『蒲城桑落酒』；陸機『佳人眇天末』，改爲『凉風起天末』也。此類文義違反，大誤後學。然而爲之者，亦愚且陋矣。

［清］俞瑒評：前爲贈婦，後爲婦答，是擬其情而代之言，非必代爲之作也。詩以情勝，故淡而彌旨，殊出諸作上。（清鈔本《昭明文選》）

［清］吴淇《六朝選詩定論》卷十：題只云顧彦先贈婦詩，却一贈一答，於語意甚明，故不另立題。此戲筆耳。士衡曷爲而戲彦先？意者當時南人，自相推獎，而彦先兼援引北士。此雖渡江以後之事，然在入洛之初，彦先應已留意北交，而士衡絶不理論。觀其詩中，唯賈長淵一答，出不得已，而往來贈詩者，顧彦先、張士然、馮文羆輩，俱是南人，可知其不悦彦先所爲而作此以微刺之乎！首章『京洛』二句，明明刺其爲北人所誘；後章思婦，特拈出『東南』二字，見其不加隆南人，但其寓意深遠難覺，有灰綫草蛇之妙。蓋彦先一代妙人，只合如此。若士龍痛摹極寫，便自露醜。（按：文羆非吴人，吴淇誤。）

顧彦先一代妙人，如何戲他？陸士衡曰：彦先一代妙人，如何不戲他？後人且欲焚其廟者，吾此詩預爲種下一星子火。

〔清〕張玉穀《古詩賞析》卷十一：（上首）此代顧客游京洛寄婦言懷之詩。前四，先叙己辭家適遠作客之艱。素衣化緇，造語新穎。中六，從修身憂苦，遞落懷人；就心亂歡沉，反覆以申明之。後二，收到顧婦，兩意都攝。

（下首）此首則代婦答顧之詩也。前四，由居愁即點懷人，却用記事體，詰問而起，别甚。中四，叙闊别正面，簡而括。後四，推開以安命語作慰，以保身語致祈，而己之飢渴，只在反面點出，若不望其歸而望歸之意愈顯，用意最曲。士龍亦有此題往返四首，平直少味矣。

〔清〕紀昀《玉臺新詠》評：「充」字作滿解。然此種字法，終嫌板笨。

〔清〕方廷珪《昭明文選集成》：弦與括，始不相離而終相離，妙譬。

【備考】

關於此詩疑義與争論集中三個方面：一是詩題；二是作者；三是異文。

第一，《文選》李善注：『集云《爲令彦先作》，今云顧彦先，誤也。且此上篇贈婦，下篇婦答，而俱云贈婦，又誤也。』

第二，《玉臺新詠考異》卷三引李善《文選注》後加案語曰：『《晉書》：顧榮，字彦先。令彦先别無所考，二陸皆别有《贈顧彦先詩》，則作顧彦先，似不誤。士龍此題贈婦，下有「往反」二字，士衡此題亦必爾，當是傳寫誤脱。《文選》載士龍詩，題亦脱「往反」二字也。』

第三，逯欽立《先秦漢魏晉南北朝詩》曰：『爲令彦先當是爲令文彦先之誤。《陸士龍集》有《答大將軍祭酒顧令文詩》，又有《與張光禄書》云：「顧令文彦先每宣隆（按原作「陸」，誤）眷彌泰之惠」，即指此二人。又陸士龍亦有爲顧彦先贈婦之作，題作《爲顧彦先贈婦往返四首》，稱「往返」則知有贈婦，有婦答，題旨明備。《文選》此目蓋有删節處，贈婦下應有「往返」二字。』

第四，姜亮夫《陸士衡年譜》：『按李注是也。顧榮文采不弱，何用求人代作，若謂是友好調弄之作，而文旨莊静，曾無戲謔，此一也。又第一首末韻云：「願假歸鴻鳥，翻飛浙江汜」，則贈者必浙江人無疑，彦先吴人，非浙人，不得附會。按全彦先當即仕吴爲右大司（馬）左軍師之全琮後人，琮爲吴郡錢塘人，《三國志·吴志》十五有傳，故詩言「浙江汜」也。全彦先當亦南人，先後入洛仕晉之士。』曹道衡、沈玉成《中古文學史料叢考》認爲：『姜氏據二陸詩内證，可信，益可明善注不誤。』

第五，關於此詩作者，《四部叢刊》本《玉臺新詠》卷三題爲『陸雲』，《四庫全書》本《玉臺新詠》卷三則題爲『陸機』。

諸家之説皆可商榷，考之如下：

第一，《四部叢刊》本《玉臺新詠》題爲『陸雲』，同書另收陸雲《爲顧彦先贈婦往反四首》，故知爲傳寫誤也。且除《四部叢刊》本作『陸雲』外，别無其他版本依據，亦未見之其他文獻記載，故當以《文選》爲是。

第二，若詩題作《爲令彦先作》或作《爲令文彦先作》，均無據。令彦先史迹無考，令文彦先除《陸士龍文集》出現過一次以外，亦無考。晉人字彦先見諸史料者，唯賀循、顧榮二人。士衡兄弟頗多同題之作，陸雲有《爲顧彦先贈婦》詩實則給陸機此詩之題亦提供了一個佐證。故當以《玉臺新詠考異》之説爲是。

第三，逯欽立認爲『爲令彦先當是爲令文彦先之誤』，並認爲顧令文與顧令文彦先是二人，實是大繆。逯氏所據乃陸雲《與張光禄書》『顧令文彦先每宣隆眷彌泰之惠』之句，實爲誤讀所至。此句當斷句爲『顧令文、彦先，每宣隆眷，彌泰之惠。』則涣然冰釋矣。令文、彦先乃顧氏二人，非一人也。由雲此書亦可知，二人由吴入洛，均受知張華，華曾官光禄大夫，故稱張光禄。陸雲書信將二人並提，可知二人輩分相同，或爲兄弟，或爲從兄弟。且雲書信常將兄弟以字並稱，如《與楊彦明書》：『若思、望之，清才俊類，一時之彦，善並得接。』若思、望之，即戴淵、戴邈兄弟字也。與此書同例。此書令文居前，蓋爲長。雲有《答大將軍祭酒顧令文詩》，機有《贈顧令文爲宜春令》，亦可證爲非爲顧令文彦先。而據雲詩『惠音聿來，瓊華玉蕤』，機詩『我來自東，貽其好音』，知令文與機、雲亦如彦先，多有詩唱和。惟因令文詩佚，難見全貌而已。

第四，姜亮夫依據『願假歸鴻鳥，翻飛浙江汜』，則結論説『贈者必浙江人無疑，彦先吴人，非浙人，不得附會』，實是誤解版本異文所致。《四部叢刊》本六臣注《文選》、日本足利學校藏宋刊明州本六臣注《文選》、朝鮮版五臣注《文選》、朝鮮活字本六臣注《文選》、《七十二家集》本、影宋清鈔本、黄丕烈跋並臨陸貽典校本、《宛委别藏》清鈔本之《陸士衡集》並作『游江汜』。遊，六臣本注：『善本作「浙」』。胡克家《文選考異》卷四曰：『袁本、茶陵本有校語云：遊，善作「浙」。今案：各本所見皆非也。詳善但引「江有汜」爲注，而不注「浙江」，是「江汜」連文，非「浙江」連文，蓋亦作遊，與五臣無異，傳寫誤也。』胡説是。李善注：『《毛詩》曰：江有汜。』即『「江汜」連文』也。此詩《唐鈔文選集注彙存》卷四八存殘篇，所存首句即爲『翻飛游江汜』。其注曰：『《鈔》曰：《説文》云：江東至會稽山陰爲浙江。案：江，浙江，發源東陽新安之間……自錢唐入於海。《史記》：秦始皇過舟陽（按：《秦始皇本紀》作『丹陽』），至錢唐，臨浙江是也。……彦先家在吴，故願翻飛於浙江汜也。……陸善經曰：《虞書志林》云：錢唐有山，居江中，湖水觸山回，故曰浙江。』由注可知，『江汜』之『江』即爲浙江，浙江汜亦可代指吴地，注並詳細地闡釋了浙江汜代指吴地的原因。故即使在處理異文時取『浙江』，仍然代指吴也，姜亮夫説亦不可信。由注還可以進一步推測：可能《文選》舊注『江』爲浙江，後人抄録脱一『遊』字，而誤將注釋抄入正文，遂生異文。《唐鈔文選集注彙存》最後又加案語曰：『《鈔》《音决》、陸善經本，「浙」爲「遊」。』（按：原注爲『浙爲浙』，當係誤抄所致。若後字亦爲『浙』則無須注，前文注釋均作『遊』，故此爲『遊』字無疑。）臺灣『國家圖書館』藏陳仲魚手録陸敕先宋本《晉二俊文集》、鄧邦述手校並跋明萬曆新安汪士賢校刊本《晉二俊文集》，皆在『浙』旁朱筆校作『游』，故知宋本亦爲『遊』。

第五，李善曰：『且此上篇贈婦，下篇婦答，而俱云贈婦，又誤也。』逯欽立曰：『《文選》此目蓋有删節處，贈婦下應有「往返」二字。』此説也未必確切。吴淇《六朝選詩定論》卷十：『題只云「爲顧彦先贈婦詩」，却一贈一答，於語意甚明，故不另立題。』此爲通達之論。五臣注：『向曰：此詩代答前詩也。』故詩題《爲顧彦先贈婦》亦爲不誤。

爲周夫人贈車騎〔一〕

【題解】

車騎乃指車騎將軍陸曄，機之從弟。此題亦當爲後人所加，可參閲前《贈從兄車騎》之『備考』。此詩亦代擬周夫人之口吻而贈車騎將軍陸曄。詩開頭即寫周夫人心念夫君，以君行不顧，反襯其情深，幽怨之意亦由此生矣。然後寫夫君之遷徙不定，自己秋扇見捐之憂慮。最後寫自君一别經年，相思轉深，茶飯不思。詩全從夫人寫起，相思、幽怨、擔心，雜然交錯，叙述中細膩地刻畫了獨守空閨之少婦複雜心理。語淺而情遥，直露却婉至。

碎碎織細練，爲君作緱繻①。君行豈有顧，憶君是妾夫②。昔者得君書，聞君在高平③。今時得君書，聞君在京城④。京城華麗所，璀璨多異人〔二〕⑤。男兒多遠志，豈知妾念君⑥。昔者與君別，歲律〔三〕薄將暮⑦。日月一何速，素秋墜湛露⑧。湛露何冉冉，思君隨歲〔四〕晚⑨。對食不能飡，臨觴不能飲〔五〕⑩。

【校勘】

〔一〕《詩紀》卷二十五注：『外編作陸雲，非。』《玉臺新詠》卷三題作『周夫人贈車騎』。

〔二〕『異人』，《文集》作『異端』，語意扞格。陸刻本、《古詩紀》卷三十五、《百三家集》本、《六朝詩集》本、陳仲魚校本、鄧邦述校本作『異人』。今據改。

〔三〕『歲律』，《玉臺新詠》卷三作『歲聿』。機集中數見『歲律』，亦有作『歲聿』，其義相同，或聿與律，古二字通。

〔四〕『隨歲』，《七十二家集》本作『歲隨』。

〔五〕『飲』，《玉臺新詠》卷三、《七十二家集》本、《詩紀》卷二十五、《宛委別藏》本並作『飯』。

【注釋】

① 碎碎，郝立權《陸士衡詩注》：『機杼聲也。』練，熟絲。《説文》：『練，湅繒也。』緱，同褠，直袖單衣。《爾雅·釋衣服》：『褠，襌衣之無胡者也，言袖夾直形如溝也。』繻，通襦，短襖。《南史·康絢傳》：『在省每

寒月，見省官有繼縷者，則遺遺以繻衣。』《説文》：『襦，短衣也。』此二句言終日織布，機杼發出碎碎之聲，是爲君製作四季之衣。

②顧，眷念。《詩·魏風·碩鼠》：『三歲貫女，莫我肯顧。』鄭玄箋：『我事女三歲矣，曾無教令恩德來顧眷我。』此二句言君行在外，豈有眷念，而我却思夫不已。

③高平，郝立權《陸士衡詩注》曰：『《晉書·陸曄傳》：「父英，高平相、員外散騎常侍。」……蓋言曄隨父之高平任所也。』按：陸英任高平相當是吴亡前。吴置高平縣，治今湖南隆回縣東北。是時陸曄年幼未婚，不當有夫人『聞君在高平』之語。此詩所言之高平似應指山東之高平。《晉書·地理志》所載之高平國（治昌邑，今山東鉅野南）所轄的高平縣。此二句言昔日得君書信，聞君在高平。

④京城，指洛陽。蔡邕《獨斷》：『天子所都曰京師。』此二句言今日得君書信，又聞君至洛陽。

⑤璀璨，風華照人。王延壽《魯靈光殿賦》：『汩硙硙以璀璨，赫燡燡而燭坤。』張載注：『皆其形貌光輝也。』異人，才能卓異之人。曹植《贈丁翼》：『我豈狎異人，朋友與我俱。』此指容貌出衆的女子。此二句言京城是榮華富麗之處，許多容貌出衆之人，金玉爲飾，風華照人。

⑥遠志，高遠之志。《楚辭·九章·悲回風》：『眇遠志之所及兮，憐浮雲之相羊。』王逸注：『言己常眇然高志。』此二句言男兒多有高遠之志向，豈知我内心對君深摯之思念。

⑦歲律，又作歲聿，指歲暮。《詩·唐風·蟋蟀》：『蟋蟀在堂，歲聿其莫。』毛詩傳：『聿，遂，除去也。』古以音樂之十二律應十二月，故又可作歲律。張九齡《賀雪狀》：『右伏以自冬少雪，粟麥未滋，歲律向終，農候方近。』薄，《釋名·釋言語》：『迫也。』此二句言昔與君别，依稀在目前，轉眼一年將去，已近歲暮。

⑧素秋，即秋。張華《勵志詩》：『星火既夕，忽焉素秋。』善注：『《爾雅》曰：秋爲白藏，故云素秋。』湛

露，露濃。《詩·小雅·湛露》：『湛湛露斯，匪陽不晞。』毛詩傳：『湛湛，露茂盛貌。』此二句言日月流逝，何其迅速，寒秋墜落之露濃厚。

⑨ 冉冉，漸漸。《楚辭·離騷》：『老冉冉其將至兮，恐脩名之不立。』向注：『冉冉，漸漸也。』歲晚，指年歲與歲月之遲暮。《古詩·行行重行行》：『思君令人老，歲月忽已晚。』此二句言寒秋之露濃也漸漸逝去，在思君之中，年華隨歲月老去。

⑩ 飡，《玉篇》：『水和飯也。』此二句言歲月流逝，思君不歸，故對食而不能下嚥，對酒也無緒飲之。

【集評】

[明]謝榛《四溟詩話》卷四：陸士衡《爲周夫人寄車騎》云：『昔者得君書，聞君在高平。今者得君書，聞君在京城。』及觀劉采春《囉嗊曲》云：『那年離別日，只道往桐廬。桐廬人不見，今得廣州書。』此二絶同意，作者粗直，述者深婉。然將種臨敵而不勝女兵，所謂小戰則怯是也。

[清]毛先舒《詩辯坻》卷二：『千里共明月』，『没爲長不歸』，顔、謝所以相嘲謔也。士衡『君行豈有顧，憶君是妾夫』，抑又甚焉。然不足深病者，因拙見古耳。

[清]陳祚明《采菽堂古詩選》卷十：稍有古意，起手似樂府。

王闓運《八代詩選》：五言作樂府體。士衡詩如此樸者甚少。

江南文脉
jiangnan wenmai

陸士衡文集校釋

中

（晉）陸機 著
劉運好 校釋

鳳凰出版社

卷六

擬古十二首

擬行行重行行

【題解】

良曰：『擬，比也。比古志以明今情。』吴兆宜《玉臺新詠箋注》曰：『俱擬枚乘《雜詩》，而次序亦異。前輩言，擬古自士衡始。句仿字效，如臨貼然。』機之擬詩，每首内容與所摹擬之原詩，基本構成一種對應關係。然其非止規模成構，因襲詞章。所擬之意固是《十九首》閨婦思遠，遊子懷鄉，然亦浸透着詩人濃濃鄉情，以及對故鄉風情之懸想。少數篇章或自明其志，或直抒心曲，折射了詩人心境與情懷。藝術上，或造語，或造境，亦有可圈可點之處。組詩具體創作時間已不可考，從内容看，當非一時一地之作。然所抒多爲懷鄉之情，所寫多爲北方之景，可以基本斷定爲入洛後所作。

濟曰：『此篇叙閨人思遠之意。』實是詩人藉閨人思遠表達思鄉之情。雖詩之情感與所擬古詩相近，然古詩除『胡馬』『越鳥』『浮雲』等用比興外，基本以叙述爲主，而此詩抒情爲主，間以叙述，表達方式有别。古詩一氣貫注，不作迂回振蕩；而此詩前六句運用頂針（轆轤體），蟬聯直貫，然第三句又以問句，故作停頓振蕩；接下六句從對方落筆，寫其思鄉，翻進一層；最後六句又從思婦落筆，寫其相思。結構富有變化，與古詩亦不同。且此詩語言典雅，情感凝重，間以對偶，與古詩之純凈自然又有異矣。謂『句仿字效，如臨貼然』，則是皮相之見。『驚飈褰反信，歸雲難寄音』云云，非泛指，亦包含詩人思鄉之情，故當作於入洛後也。

悠悠行邁遠，戚戚憂思深①。此思亦何思，思君徽與音②。音徽日夜離，緬邈若飛沉③。王鮪〔一〕懷河岫，晨風思北林④。遊子眇天末，還〔二〕期不可尋⑤。驚飈褰反信，歸雲難寄音⑥。佇立想萬里，沉憂萃我心⑦。攬衣有餘帶，循形不盈衿⑧。去去遺情累，安處撫清琴⑨。

【校勘】

〔一〕『王鮪』，《文集》作『玉鮪』，誤。《文選》卷三十、陸刻本、陳仲魚校本、鄧邦述校本作『王鮪』。又《文集》校曰：『（翁）同書案：玉，當作王。張衡賦：王鮪岫居。《博物志》：河陰岫穴出王鮪。』今據改。

〔二〕『還』，六臣本作『遠』；又注曰：『善作還。』《詩紀》卷三十五曰：『五臣作遠。』

【注釋】

①向注：『悠悠，遠貌。邁，亦行也。戚戚，憂也。言懷其行人憂思之深也。』悠悠，《詩・唐風・鴇羽》：『悠悠蒼天，曷其有極？』孔穎達《正義》：『悠悠乎遠者蒼蒼之上天，何時乎使我得其所。』行邁，《詩・王風・黍離》：『行邁靡靡，中心摇摇。』毛傳：『邁，行也。』戚戚，憂懼貌。《論語・述而》：『君子坦蕩蕩，小人長戚戚。』何晏《集解》：『鄭玄注：長戚戚，多憂懼貌也。』此二句謂遊子愈行愈遠，離愁漸遠漸深。

②銑注：『徽，美也，言思皆美德及音信也。』徽音，美音，猶德音。《詩・大雅・思齊》：『大姒嗣徽音，則百斯男。』鄭玄箋：『嗣大任之美音，謂續行其善教令。』此指音信。此二句謂所以憂思之深，是盼君之音信。

③翰注：『緬邈，遠也。飛沈，喻高下懸隔也。』緬邈，《廣雅・釋詁》：『邈，遠也。』又《國語・楚上》：『彼懼而奔鄭，緬然引領南望。』韋昭注：『緬，邈也。』此二句謂君之音信日夜不至，遥若沉落之飛鳥。

④善注：『王鮪，魚名。晨風，鷂屬。言魚鳥猶思所居，而君何不思歸。』王鮪，張衡《東京賦》曰：『王鮪岫居，能鱉三趾。』薛綜注：『山有穴曰岫也。王鮪，魚名也，居山穴中。長老言：王鮪之魚，由南方來，出此穴中，入河水，見日目眩，浮水上流，行七八十里，釣人見之，取之以獻，天子用祭。其穴在河南小平山。』晨風，鷂鷹。《詩・秦風・晨風》：『鴥彼晨風，鬱彼北林。』毛傳：『晨風，鸇也。』此二句以王鮪之懷河岫，晨風之懷北林，喻遊子對故園之思念。

⑤濟注：『遊子，謂行人也。眇，遠也。言眇在天末，久遠之期，不堪尋理於心。』眇，《莊子・庚桑楚》：『夫全其形生之人，藏其身也，不厭深眇而已矣。』成玄英疏：『眇，遠也。』尋，推求。《周易略例・明象》：『故自統而尋之，物雖衆，則知可以執一御也。』王弼注：『統而推尋萬物，雖殊一之以神道；百姓雖

衆，御之以君主也。』此有預料之意。此二句謂遊子遠在天涯，歸期難以逆料。

⑥善注：『《楚辭》曰：願寄言於浮雲兮，遇豐隆而不將。』向注：『褰，絶也。驚風之來，絶其反信；歸雲之去，難以寄音。』驚飇，驚風。《説文》：『飆，扶摇，風也。』飆，同飇。《正字通》：『飇，同飆。』又『飇，飇之僞』。右三字並同。反，同返。《論語·子罕》：『子曰：吾自衛反於魯，然後樂正，雅頌各得其所。』何晏《集解》：『鄭玄曰：是時，道衰樂廢，孔子來還乃正之。』褰，撩起。《詩·鄭風·褰裳》：『子惠思我，褰裳涉溱。』此有捎來之意。此二句謂驚風捎來歸鄉之信，浮雲却難以寄託遊子之歸音。

⑦銑注：『佇，久立也。想，謂思遠方君所居也。沉，深。萃，聚也，謂深憂聚於我心也。』此二句謂佇立遥想遠方遊子，沉重之憂愁集於心頭。

⑧良注：『帶長衿寬，言思君而消瘦。』循，通『揗』，撫摩。《韓非子·説林下》：『一人舉踶馬，其一人從後而循之。』王先謙《集解》：『蓋一人舉踶馬，一人自後循撫而馬不踶。』此二句謂因相思日深，而衣寬帶緩。

⑨濟注：『去去遺情累，謂棄所思之累，安居而撫琴，言自寬也。』處，《玉篇》：『居也。』此二句乃思婦自寬自慰之語，爲排遣相思之情，援清琴以銷憂。

【集評】

［明］許學夷《詩源辨體》卷三：擬古詩皆逐句摹仿，則情興窘縛，神韻未揚，故陸士衡《擬行重行行》等，皆不得其妙，如今人摹古帖是也。惟江文通《雜體》擬其大略，不仿形似，則情興駘蕩，神韻自超，故仿魏

文、子建、仲宣、士衡等有酷相類者，如今人學羲、獻是也。至若士衡、明遠樂府諸篇，雖借古題，而實自成體，則又非擬古類也。

［明］鍾惺《詞府靈蛇二集》神集《五勢對例》：意對。陸士衡：『驚飆褰反信，歸雲難寄音。』古詩：『四顧何茫茫，東風摇百草。』

［明］孫鑛評：『想萬里』『有餘帶』俱變得妙，『飈』『雲』兩語係增出，然却佳，『撫琴』稍作意，不若『加餐』渾妙。（《孫月峰先生評文選》）

［清］賀貽孫《詩筏》：擬古詩須彷佛古人神思所在，庶幾近之。陸士衡《擬古》，將古人機軸語意，自起至訖，句句蹈襲，然去古人神思遠矣。《擬行行重行行》篇云：『攬衣有餘帶，循形不盈衿。』即『相去日已遠，衣帶日已緩』意也。不惟語句板滯，不如古人之輕宕，且合士衡十字，總一『緩』字包括無遺，下語繁簡迥異如此，便見作者身分矣。結云：『去去遺情累，安處撫清琴』，即『棄捐勿復道，努力加餐飯』意也。彼從『棄捐』二字説來，無可奈何，强自解勉，蓋情至之語，非『遺情』也。若云『去去遺情累』，則淺直已甚矣。

［清］賀貽孫《詩筏》：『晨風懷苦心，蟋蟀傷局促。』『苦心』『局促』，著在『晨風』『蟋蟀』，妙甚。蓋愁思之極，彼蟲鳥亦若代爲心傷也。只如此看，語意自深。今之箋詩者，咸以『晨風』『蟋蟀』爲《毛詩》二篇，果爾，則淺薄無味，何以爲古詩乎？陸士衡《擬古》云：『王鮪懷河岫，晨風思北林。』據此則『晨風』爲鳥名無疑。然『思北林』語意索然，較之『懷苦心』三字，相去不獨逕庭，且天淵矣！

［清］陳祚明《采菽堂古詩選》卷十：『攬衣』二句秀琢。

［清］吴淇《六朝選詩定》卷十：《十九首》詩無題，特取首句爲題，如《三百篇》摘篇中字爲題。然古人詩無泛起之句，必關動通篇，故擬詩者以首句作題，即以首句措義。

此首尾全依原詩，中間小錯。『驚飆』二字，擬原詩『浮雲蔽白日』句，是晉人伎倆。『佇立』二句，稍脱原詩，故佳。『攬衣』句，從『衣帶日已緩』句變來，若無『循形』句累之，則亦居然漢句矣。

［清］古衡批毛氏汲古閣本《文選》：較諸原作，風格高下相去懸絶，然其變換處亦自可取，特舉一首以例其餘。原作有反覆回環之致，此却一直説去；原作前半首含思君意，至末處漏出，此則移在前半。『遊子』二句即『遊子不顧反』意，但原作『遊子』句上著『浮雲』句，更覺曲折；『王鮪』二句即原作『胡馬』二句意，但换其詞耳；『攬衣』二句即原作『衣帶日已緩』句，衍作二句。○原作在前半首，此移在後。

［清］方廷珪《昭明文選集成》：此篇是思其君子久客不歸，詞極簡質。

王闓運《八代詩選》：陸擬詩，面貌雖間有研鍊華肇之處，而氣骨直與古作契合。須觀其鋪叙中有回復，整密中疏宕，每出兩句，皆苦心有得處。

【附録】

古詩・行行重行行

行行重行行，與君生別離。相去萬餘里，各在天一涯。道路阻且長，會面安可知。胡馬依北風，越鳥巢南枝。相去日已遠，衣帶日已緩。浮雲蔽白日，遊子不顧返。思君令人老，歲月忽已晚。棄捐勿復道，努力加餐飯。（《文選》卷二十）

擬今日良宴會〔一〕

【題解】

向曰：『此蓋勸人仕進以趨歡樂。』此詩主旨與古詩有別，古詩之『齊心同所願，含意俱未申』爲全詩轉關之處，所謂心同所願，意俱未申，蓋指仕進之志未酬，故曰：『何不策高足，先據要路津。』此詩則全在及時行樂。古詩以淡筆寫宴會，此詩運用鋪陳渲染，以重筆寫音樂之盛，飲宴之歡。古詩結尾是理性的價值追求，此詩結尾是感性的生活享受，二者亦有別也。此詩所言之『迎風館』在鄴，或非泛指。據何焯《義門讀書記》卷四十九所考機之行迹，唯太安二年（三〇二）機任平原内史前隨成都王在鄴下魏郡，此詩或作於此時也。

閑夜命懽〔二〕友，置酒迎風館〔三〕①。齊僮〔四〕梁甫吟，秦娥張女彈②。哀音繞棟宇〔五〕，遺響入雲漢③。四座咸同志，羽觴不可筭④。高談〔六〕一何綺，蔚若朝霞爛⑤。人生無幾何，爲樂常苦晏〔七〕⑥。譬彼伺〔八〕晨鳥，揚聲當及旦⑦。曷爲恒〔九〕憂苦，守此貧與賤⑧。

【校勘】

〔一〕《編珠》卷二題作『陸機樂府詩』。

〔二〕『懽』，陸刻本作『歡』。古二字同。《編珠》卷二作『清』。

〔三〕『館』，《編珠》卷二作『觀』。

〔四〕『僮』，《藝文類聚》卷三十九作『童』。陳仲魚校本亦校作『童』。古二字同。《韻會》：『《説文》：童，未冠也。本作僮，從人童聲。』

〔五〕『棟宇』，《文集》校曰：『棟，一本作梁。』陸刻本、《百三家集》本、《六朝詩集》本、陳仲魚校本、鄧邦述校本作『梁宇』。陳仲魚校本、鄧邦述校本并校作『棟』。

〔六〕『高談』：六臣本作『譚』；又注曰：『善作談。』

〔七〕『晏』，《詩紀》卷二十五作『宴』。

〔八〕『伺』，《藝文類聚》卷三十九作『司』。

〔九〕『恒』，《文集》作『常』，當避宋諱。《文選》卷三十、《古詩紀》卷三十五、陸刻本、《百三家集》本、《六朝詩集》本、陳仲魚校本、鄧邦述校本作『恒』。《文集》校曰：『常，一本作恒。』今據改。

【注釋】

①善注：『《地理書》曰：迎風觀在鄴。蓋襲漢宫舊名也。』銑注：『迎風，館名。言閑夜無事，置酒命賓友歡宴於此。』迎風館，原爲武帝所造。《三輔黄圖》卷二：『武帝作迎風館於甘泉山，後加露寒、儲胥二館，皆在雲陽甘泉中。』又曹植《贈徐幹》：『文昌鬱雲興，迎風高中天。』閑夜，寧静閒適之夜。閑，通閒。嵇康《兄秀才公穆入軍贈詩》之十六：『閑夜肅清，朗月照軒。』懽友，言談相悦之摯友。陸雲《逸民賦》：『詠歡

友兮清唱，和爾音兮此世。』《玉篇》：『懽，悦也。』懽，同歎。《集韻》：『歡，或作懽。』此二句謂雅静之夜，置酒宫觀，宴請摯友。

② 善注：『《南都賦》曰：齊僮唱兮列趙女。蔡邕《琴頌》曰：《梁甫》悲吟，周公《越裳》。《琴操》曰：曾子耕泰山之下，天雨雪凍，旬月不得歸，思其父母，作《梁山歌》。應瑒《神女賦》曰：夏姬曾不足以供妾御，况秦娥與吴娃。方言曰：秦俗，美貌謂之娥。閔洪《琴賦》曰：汝南鹿鳴，張女羣彈。然蓋古曲，未詳所起。』翰注：『齊僮、秦娥皆古善歌者；《梁甫吟》《張女彈》皆樂府曲名。』齊僮、秦娥，此指善歌者。此二句言以妖童美女彈奏樂曲，極寫酒宴歌舞之盛，飲宴之歡。

③ 善注：『《列子》：秦青曰：昔韓娥東之齊，鬻歌假食，既去，而餘響繞梁，三日不絶。又曰：薛談學謳於秦青，辭歸，青餞於郊衢，撫節悲歌，聲震林木，響遏行雲。張湛曰：三人，薛、秦、韓之善歌者也。』良注：『棟，梁也。言清遠之妙。』遺響，餘音。潘岳《西征賦》：『想珮聲之遺響，若鏗鏘之在耳。』此二句言悲哀之餘音，繞梁不絶，響入雲漢。

④ 濟注：『同志，謂得意也；羽觴，置鳥羽於杯以急飲也；不可筭，言多也。』同志，道德志趣相同。《國語·晉四》：『同德則同心，同心則同志。』羽觴，插鳥羽之酒器。《楚辭·招魂》：『瑶漿蜜勺，實羽觴些。』王逸注：『羽，翠羽也。觴，觚也。五臣云：觴，酒器也，插羽於上。』洪興祖補注：『杯上綴羽，以速飲也。一云作生爵形，實曰觴，虚曰觶。』此二句言坐中之友，志趣相投，觥籌交錯，不可勝數。

⑤ 善注：『霞，或爲華。』向注：『爛，明也，言豈獨譚話綺美，人物繁盛，亦如朝霞之明也。』綺，喻華美。《玉篇》：『綺，有文繒。』蔚，有文采。《易·革》：『君子豹變，其文蔚也。』此二句言席中高談，言辭華美；俊才雲蒸，蔚如朝霞。

⑥ 善注：『秦嘉《答婦詩》曰：憂艱常早至，爲樂常苦晚。』銑注：『晏，晚也，言人生在世，苦知爲樂之道晚。』幾何，言其短暫也。《左傳·襄公八年》：『周詩有之曰：俟河之清，人壽幾何。』杜預注：『逸詩也。言人壽促而河清遲，喻晉之不可待。』此二句言人生苦短，應及時行樂。

⑦ 善注：『《尸子》曰：使雞伺晨。《春秋考異郵》曰：鶴知夜半，雞應旦明。明與鳴同，古字通。』翰注：『譬如雞之伺晨當及早，人之爲樂須及少也。』伺晨鳥，指伺晨之雞。此二句言人應趁青春年少，及時行樂，譬如雄雞伺晨，應當及早。

⑧ 善注：『《列子》曰：卑辱則憂苦。』良注：『曷，何也。何須憂苦守道，以居貧賤。』此二句言人生不必常懷憂苦，安守貧賤。

【集評】

[明]鍾惺《詞府靈蛇二集》神集《五勢對例》：勢對。陸士衡：『四座咸同志，羽觴不可筭。』曹子建：『誰令君多念，遂使懷百憂。』以『多念』對『百日』，以『咸同志』對『不可筭』是也。

[明]孫鑛評：原篇甚空淡，此却稍實稍濃，蓋亦不得已。（《孫月峰先生評文選》）

[明]盧之頤輯十二家評《梁昭明文選》：王（世貞）云：『意出《十九首》，不能自措，而略易字面，自成佳構。』

[清]陳祚明《采菽堂古詩選》卷十：清警。

[清]何焯《義門讀書記》卷四十七：《擬今日良宴會》首：『曷爲恒憂苦，守此貧與賤。』華亭鶴唳，復可

得聞乎？

［清］賀貽孫《詩筏》：《擬今日良宴會》篇『高談一何綺，蔚若朝霞爛』，即『令德唱高言，識曲聽其真』意也。綺霞蔚爛，士衡聊以自評耳，豈若古句之綿邈乎？『人生能幾何，爲樂常苦晏。譬彼司晨鳥，揚聲當及旦。曷爲恒憂苦，守此貧與賤！』即『人生寄一世，奄忽若飆塵。何不策高足，先據要路津！無爲首貧賤，轗軻長苦辛』語也。『高足』『要路』，語含譏諷。古詩從歡娱後，忽爾感慨，似真似諧，無非憤懣。士衡特以『爲樂常苦晏』，申上文歡娱而已，何其薄也！

［清］吴淇《六朝選詩定論》卷十：原詩劈首『今日』二字，截斷過去未來，止留眼前片刻，此詩劈首『閑夜』，便而少減，然全賴『譬彼』二句，從夜字生來，振起一篇精神。

原詩只聲音一意，寫出許多妙理，有獨繭抽絲之妙。此作添出『高談』一句，竟把聲音看做談笑一例。

［清］方廷珪《昭明文選集成》：『朝霞』以上極寫宴會之樂，下則言爲樂當及時。

［清］姚範《援鶉堂筆記》卷四十：晉陸機《擬迢迢牽牛星》《明月何皎皎》，余按：士衡擬古，詞藻雖豐，殊乏神理，惟此二詩獨具風格。

王闓運《八代詩選》：似魏文帝。

【附録】

古詩·今日良宴會

今日良宴會，歡樂難具陳。彈箏奮逸響，新聲妙入神。令德唱高言，識曲聽其真。齊心同所願，含意俱

未申。人生寄一世，奄忽若飇塵。何不策高足，先據要路津。無爲守窮賤，轗軻長苦辛。（《文選》卷三十）

擬迢迢牽牛星〔一〕

【題解】

濟曰：『此述思婦之情，託牽牛以明之也。』此詩與古詩藝術上有所不同。古詩雙起單承，寫織女以動作、神態、眼波寫其情，用筆簡淡；此詩則專寫織女，直接抒情。以華容之冶寫其容，既怨且悲寫其情，舉足引領寫其望，用筆繁縟。然『揮手如振素』，輕盈飄逸，形神兼備。此外，憂怨中浸透着時間流逝之感，此情又較古詩爲繁矣。此詩所時間不可考，謂織女之『東南顧』，其方位在吴，怨河無梁，實是欲渡無因，或别有情感寄託。當作於入洛後矣。

昭昭清漢暉〔二〕，粲粲光天步①。牽牛西北迴，織女東南顧②。華容一何冶〔三〕，揮手如振素③。怨彼河無梁，悲此年歲暮。跂彼無良緣，睆〔四〕焉不得度④。引領望大川，雙涕如霑露⑤。

【校勘】

〔一〕『迢迢』，《札記》：『《玉臺》：迢迢作苕苕。』

〔二〕『昭昭清漢暉』，《玉臺新詠》卷三作『炤炤天漢暉』。炤，昭，古二字通。

〔三〕『冶』，《玉臺新詠》卷三作『綺』。《文選》李善注：『冶，或以爲綺，非也。』

〔四〕『睆』，《文集》作『皖』，《玉臺新詠》卷三作『睨』。《文選》卷三十、陸刻本、《百三家集》本、《六朝詩集》本、陳仲魚校本、小萬卷樓本、鄧邦述校本作『睆』。《文集》校曰：『皖，當作睆。』今據改。

【注釋】

① 善注：『《晏子春秋》曰：星之昭昭，不如月之曖曖。毛萇《詩傳》：粲粲，鮮盛也。步，行也，言行止之盛，微步而光耀於天。』良注：『昭昭，明貌。清漢，天河也。粲粲，衣服鮮潔貌。行於天上，故云光天步。』此二句謂織女盛裝鮮美，光彩照人，行於燦爛天河之上。

② 善注：『《大戴禮·夏小正》曰：七月初昏，織女正東而向。』濟注：『牽牛在西北，織女自然依東南，乃星之常分。此喻隔闊。』迴，回轉。《楚辭·離騷》：『迴朕車以復路兮，及行迷之未遠。』顧，回視。《論語·鄉黨》：『車中不内顧，不疾言，不親指。』邢昺疏：『顧，謂回視也。』此二句謂牽牛織女雖相距遥遠，銀河阻隔，却又彼此回目而望。

③ 善注：『冶或爲綺，非也。』向注：『冶，媚也。素，練也。華態既多姿媚，奮舉其手，如練之白。』冶，豔冶，嫵媚。《玉篇》：『冶，妖冶。』素，未染色之絲。《玉篇》：『素，白也。白緻繒也。』喻織女手之柔且潔白。此二句描摹織女容華嫵媚，舉手之間如飄動之素練。

④ 善注：『毛詩曰：跂彼織女，終日七襄。又曰：睆彼牽牛。』向注：『梁，橋也。睆，視也。歲暮，謂秋也。跂，舉踵也。謂舉踵望彼牽生，無其良緣，但相視而不得渡河也。』吴兆宜注：『《淮南子》：烏鵲七月

七日填河成橋而渡織女。』舉踵，猶言踮足而望。度，渡過。《玉篇》：『度，過也。』此四句謂牽牛織女隔河相望，欲渡無梁，年華浪擲，内心充滿無限憂怨。企足而望，銀河阻隔而不可渡。此取《古詩》『盈盈一水間，脈脈不得語』之意也。

⑤ 翰注：『大川，天河也。霑露，零露也。』領，頸脖。《詩·衛風·碩人》：『領如蝤蠐，齒如瓠犀。』引領，猶言舉首，言盼望之切。《孟子·梁惠王上》：『如有不嗜殺人者，則天下之民皆引領而望之矣。』趙岐注：『今天下牧民之君，誠能行此仁政，民皆延頸望欲歸之。』此二句言因無緣得渡，舉首而望河川，不禁雙眼淚落如零露矣。

【集評】

［明］余碧泉《文選纂注》：楊慎曰：『此述思婦之情，託牽牛以明之也。』

［明］孫鑛評：後六句亦緊切，『跂』『睆』字摘得好，第『彼』字重。（《孫月峰先生評文選》）

［清］毛奇齡《毛詩寫官記》卷三：不得于人，則仰求之天，或跂而望之，或視之，此猶陸機《擬古詩》曰：『跂彼無良緣，睆焉不得度。』

［清］姚炳《詩識名解》卷十三：按《字書》：『睆，窮視貌。』《莊子》：『睆然在纆繳之中。』又陸士衡《擬古詩》：『跂彼無良緣，睆焉不得度。』皆可證。

［清］賀貽孫《詩筏》：《擬迢迢牽牛星》篇結云：『引領望大川，雙涕如霑露。』即『盈盈一水間，脈脈不得語』意也。『盈盈』何須『引領』，『一水』豈必『大川』？『脈脈』不得『流涕』，『不語』何嘗『霑露』？十字蘊含，譜

盡相思，古今情人千言萬語，總從此出，被士衡一説破，遂無味矣。

［清］陳祚明《采菽堂古詩選》卷十：『跂彼』二字稍雋。

［清］方廷珪《昭明文選集成》：此篇述思婦之詞，而以牛女自況。

［清］吴淇《六朝選詩定論》卷十：首二句添出作起，『清漢』二字，預作一界，下文牛女，正是此清漢界斷兩邊，却又細寫牽牛在東南，織女在西北，乃是畫出個河射角來見正當七夕，牛女之期也。『天步』猶言天度，『昭昭』寫清漢，『粲粲』寫『清漢』之暉，牛女之一迴一顧，從此生出。而下之寫牛女一迴一顧，亦從此看得分明。見『清漢』二字，不止有界斷牛女之能，且照出牛女之能也。原詩單寫織女，故用『迢迢』字，暫把牽牛推遠，只寫織女，幾欲移岸就船。此詩亦是單寫織女，然曰迴曰顧，却是船岸兩相就，語無深淺，何以側落一邊？不知迴是身動，顧是目動，其寫船岸之理，至精至微。而蚤已逼出個淺深來。且原詩既以『迢迢』二字推遠牽牛，是牽牛全無迴意，織女幾惓惓不忘如彼。况牽牛既迴，不啻駕臨長門，那得不倍令人熱中哉！故可竟落織女一邊云云。『華容一何冶』，不是閑贊一句，下文『怨彼河無梁』，正欲趁此榮華之方盛，『悲此年歲暮』，恐華容之衰謝也。原詩『纖纖擢素手』，只是寫織。此詩『揮手如振素』，乃是招手，反教牽牛移船就岸也。不曰招手，而曰揮手，凡招手者，必先揮展其手，而後乃招，返其手，但招返之際，手之光彩不見，而見於閑展之際，故以『振素』擬之，暗偷織意。且舉一手之潔白，以申顯出全副華容之冶也。『怨彼』句，見爲清漢所阻。『悲此』句，見時光之難再，於是又欲移岸就船。『引領』句，畢竟爲清漢所阻，足空跂，目徒睆，而不覺雙淚如霑露也。『雙涕』，猶言兩行淚。若把雙涕作兩人之淚，疑上文爲牛女雙寫，則與『華容』云云，説不去。且此等原爲臣不得於君之詩，决無雙寫之理。

『揮手如振素』，人知是擬原詩『札(札)弄機杼』，不知是擬原詩末二句神理也。謂一水盈盈語，既不聞招，或可見也。

王闓運《八代詩選》：『華容』二句新語。

【附録】

古詩·迢迢牽牛星

迢迢牽牛星，皎皎河漢女。纖纖擢素手，札札弄機杼。終日不成章，泣涕零如雨。河漢清且淺，相去復幾許。盈盈一水間，脈脈不得語。（《文選》卷三十）

擬涉江采芙蓉

【題解】

良曰：『芙蓉，水草，其花美。此言思婦盛年，其夫遠遊，采此以自傷也。』此詩結構、情感與古詩同。前四句寫思婦念遠，手法與《詩經》之《卷耳》《采緑》類似；後四句寫遊子思鄉，然乃思婦之懸想，情感翻進一層。『沉思鍾萬里』或所折射者乃詩人之心境，蓋亦作於入洛後。

上山采瓊蘂，穹谷繞〔一〕芳蘭①。采采不盈掬，悠悠懷所歡②。故鄉一何曠，山川阻且難③。

沉思鍾〔二〕萬里，躑躅獨吟歎④。

【校勘】

〔一〕『穹』，《七十二家集》本作『窮』。吴兆宜《玉臺新詠箋注》卷三：『一作窮。』又『繞』，《玉臺新詠》卷三作『饒』。

〔二〕『沉思』，《六朝詩集》本、陸刻本、陳仲魚校本、鄧邦述校本作『况思』，形近而誤。鄧邦述校本校作『沉』。又『鍾』，吴兆宜《玉臺新詠箋注》卷三注：『一作鐘。案：《漢志》：黄鐘，《周禮》作鍾。古二字通用。』

【注釋】

①濟注：『瓊蘂，玉英也。芳蘭，香草也。上山采玉英，欲以自高潔。下入穹谷，見香草處幽而美，感而采之。』吴兆宜注：『《楚辭》：屑瓊蕊以爲糧。魏文帝《典論》：饑餐瓊蕊，渴飲飛泉。案《西都賦》：其陽則崇山隱天，幽林穹谷。又《左傳》：深山窮谷，固陰沍寒。』瓊，美玉。《玉篇》：『瓊，赤玉也。』蘂，未綻之花。《廣韻》：『蘂，花外曰蕚，花内曰蘂。』此二句以玉英、香草喻思婦貞潔之情懷。方廷珪《昭明文選集成》評曰：『瓊蕊，玉英，屬之山上，以喻志行高潔。芳蘭，香草，屬之穹谷，以喻志行幽芳。』

②善注：『毛詩曰：終朝采緑，不盈一掬。』向注：『掬，把也。言采之未及盈把，悠然懷遠人，思與之同歡也。』采采，猶言連續不斷地采。《詩・周南・卷耳》：『采采卷耳，不盈頃筐。』毛詩傳：『采采，事采之

也。』掬，《玉篇》：『掬，撮也。』悠悠，憂也。《詩·小雅·十月之交》：『悠悠我里，亦孔之痗。』毛詩傳：『悠悠，憂也。』所歡，所愛之人。劉楨《贈五官中郎將》：『涕泣灑衣裳，能不懷所歡。』此二句言因懷念所愛之人，雖不斷地採摘玉英、香草，而不盈掬。與《卷耳》同義。

③ 銑注：『曠，遠。』此二句乃思婦懸想遊子山川險阻，故園遥遠難歸之歎。

④ 銑注：『鍾，注也。躑躅，不安皃。感此阻闊，注思萬里，情之不安，獨爲吟歎。』吴兆宜注：『《漢書》：揚雄默而好深湛之思。湛音同沉。枚乘《雜詩》：相去萬餘里。』鍾，聚集，專注。《玉篇》：『鍾，聚也。』《晉書·王衍傳》：『然則情之所鍾，正在我輩。』躑躅，徘徊不定皃。此二句乃思婦懸想遊子情鍾萬里故鄉，難以驅譴，故徘徊山間，獨自吟歎。

【集評】

［明］孫鑛評：古淡可味，渾然無摹擬迹。（《孫月峰先生評文選》）

［清］吴淇《六朝選詩定論》卷十：沖澹古雅。句句摹擬原詩，却不見摹擬之痕。

［清］方廷珪《昭明文選集成》：深厚濃至，只是用意曲折。

【附録】

古詩·涉江采芙蓉

涉江采芙蓉，蘭澤多芳草。采之欲遺誰，所思在遠道。還顧望舊鄉，長路漫浩浩。同心而離居，憂傷以

終老。(《文選》卷三十)

擬青青河畔草

【題解】

翰曰:『此喻情人感時思遠行也。』此詩以江蘺起興,然後寫思婦容顔之美,獨守空閨之憂傷。結構、情感與古詩同,而古詩爲倡家女,此詩爲良人婦,人物身份有别。形象不及古詩鮮明,然『空房來悲風,中夜起歎息』句,通過環境的渲染、人物的動作神態而傳情,則情感更爲深厚。『清麗流動,風度可亞原篇,但嫌太似,然彼刺此美』(《孫月峰先生評文選》),二詩用筆着眼點不同。詩作時間不可考。

靡靡江蘺〔一〕草,熠耀〔二〕生河側①。皎皎彼姝女,阿那當軒織②。粲粲妖容〔三〕姿,灼灼美顔〔四〕色③。良人遊不歸,偏棲獨〔五〕隻翼。空房〔六〕來悲風,中夜起歎息④。

【校勘】

〔一〕『蘺』,《藝文類聚》卷三十二、《文選》卷三十作『離』;又六臣本注:『五臣作離字。』

〔二〕『熠耀』,《藝文類聚》卷三十二作『熠爍』。《七十二家集》本作『熠熠』。《詩紀》卷二十五曰:『一作耀耀。』當以『熠熠』爲是。

〔三〕『妖容』,《藝文類聚》卷三十二作『嬌容』。

〔四〕『美顔』,《玉臺新詠》卷三作『華美』。

〔五〕『獨』,吴兆宜《玉臺新詠箋注》:『一作常。』

〔六〕『房』,吴兆宜《玉臺新詠箋注》:『一作室。』

【注釋】

① 善注:『江蘺,香草也。郭璞曰:江蘺,似水薺。』良注:『靡靡,細弱貌。江蘺,香草也。熠燿,光色盛也。』此二句以生於河邊,纖弱而又光彩照人的香草起興,以引出皎美之思婦。

② 向注:『皎皎,明潔貌。姝,美也。阿那,柔順貌。當軒,當門也。纖,纖素也。』阿那,即婀娜,柔美輕盈貌。張衡《南都賦》:『阿那蓊茸,風靡雲披。』善注:『阿那,柔弱之貌。』軒,牕。謝瞻《答靈運》:『開軒滅華燭,月露皓已盈。』善注:『軒,牕也。《蜀都賦》曰:高軒以臨山也。』此二句言光彩照人之美女,擺動着柔美輕盈的雙手,當窗而織。

③ 粲粲,盛裝鮮明貌。《詩·小雅·大東》:『西人之子,粲粲衣服。』毛詩傳:『粲粲,鮮盛貌。』妖容,嫵媚之姿容。《玉篇》:『妖,媚也』。灼灼,花繁盛貌。《詩·周南·桃夭》:『桃之夭夭,灼灼其華。』毛詩傳:『灼灼,花之盛也。』此喻女子顔色如花之美。此二句言思婦盛裝嫵媚,容貌如花。

④ 銑注:『良人,夫也。偏,獨也。空房,謂獨居無人也。風入空房,益令人悲,故曰悲風。中夜,半夜也。』良人,丈夫美稱。《詩·唐風·綢繆》:『今夕何夕,見此良人。』毛詩傳:『良人,美室也。』此四句寫丈

夫遠遊不歸，思婦如獨棲之孤鳥，風入空房，益令人憂傷，故夜不成寐，而歎息不已。

【集評】

［清］吴淇《六朝選詩定論》卷十：詞雖句句摹擬原詩，而義迴不同。原詩是刺，此詩是美。曰『織』便是女子正業，曰『當軒』便不是樓上招摇。『灼灼』一句，是下文歎息之根本。『良人』二句，是歎息之緣起。『空房』二句，之子一腔心事，也只是一聲歎息，並無如許態度，如許話説。就此一聲歎息，也只在空房無人之處，也只在中夜無人之時，真良人之舉止也。

原詩寫娼婦，故用岸草園柳，青青鬱鬱，一片豔陽天氣，撩出他如許態度，如許話説。此詩止用靡靡江蘺一草起興，偷引起『悲風』云云，言之子一腔心事，只如車輪在心頭暗轉，不是空房悲風逼得他緊，並此一聲歎息也迸不出來。此詩可用『婦歎於室』作題。

［清］方廷珪《昭明文選集成》：以上三篇，皆託爲思婦之詞，凡棄妻逐臣，皆可以例相求。

王闓運《八代詩選》：結，健而婉。

【附録】

古詩·青青河畔草

青青河畔草，鬱鬱園中柳。盈盈樓上女，皎皎當窗牖。娥娥紅粉粧，纖纖出素手。昔爲倡家女，今爲蕩

子婦。蕩子行不歸，空牀難獨守。（《文選》卷三十）

擬明月何皎皎

【題解】

翰曰：『此謂閨人對月思行人之意。』此詩前六句寫思婦念遠，後四句寫遊子思歸，非止寫閨中人也。以『照之有餘輝，攬之不盈手』，寫思婦可愛而天真的動作，不惟用筆輕盈，寫其望月之遐想，情感之落寞，尤有韻致。而閨閣之『涼風』、柳上之『寒蟬』，融情入景，既有凄清之感，又有盼歸之意，較古詩自有勝處。寫『游宦無成』，非止擬古人，實亦乃自歎。蓋作於入洛後無疑矣。

安寢北堂上，明月入我牖。照之有餘輝〔一〕，攬〔二〕之不盈手①。涼風繞曲房，寒蟬鳴高柳。踟躕感節物，我行永已久②。遊宦會無成，離思難常〔三〕守③。

【校勘】

〔一〕『輝』，《文選》卷三十、《北堂書鈔》卷一百五十作『暉』。古二字同。

〔二〕『攬』，《太平御覽》卷一百八十作『覽』。古二字通。

〔三〕『常』，《札記》：『《玉臺》：常作獨。注云：一作常。』

【注釋】

① 善注：『《淮南子》曰：天地之間，巧歷不能舉其數，手微惚怳，不能攬其光也。高誘曰：天道廣大，手雖能微，其惚怳無形者，不能攬得日月之光也。』濟注：『寢，卧也。安卧之時，明月入於我牕牖之中，照則光暉有餘，攬而取之不盈於手，喻夫空有名而不能見。』北堂，古代居室在房的北邊，曰北堂，爲婦女盥洗之地。《儀禮·士昏禮》：『婦洗在北堂。』注：『北堂，房中半以北。』牖，窗户。《玉篇》：『牕，牕、牖與窗同。』此四句言思婦安寢閨閣，明月當窗，以手攬之，兩手空空。以天真之動作，寫空虛落寞之情狀。

② 良注：『凉風、寒蟬，七月時候也。踟躕志感此節物，而夫壻行久不歸，悲之深矣。』曲房，幽隱的密室。枚乘《七發》：『往來遊宴，縱恣于曲房隱間之中。』此指閨房。踟躕，情有所感而徘徊不前。《詩·邶風·静女》：『愛而不見，搔首踟躕。』毛詩傳：『言志往而行止。』鄭玄箋：『志往，謂踟躕；行止，謂愛之而不往見。』此四句前言思婦，後言遊子。閨閣之外，凉風颯颯，柳上蟬鳴之聲亦帶有寒意。節物之變，方知我離家已久，應物情動，故來回徘徊。

③ 向曰：『言遠遊仕宦不得成名，抱此離别之思，常難守之。』遊宦，遠遊求官。見《赴洛詩二首》注。

【集評】

［唐］李白《金陵王處士水亭》：北堂見明月，更憶陸平原。

［宋］林希逸《竹溪鬳齋十一藁續集》卷十《清風峽施水庵記》：今夫月，皎兮皓兮，同列於風雅矣。自五言既興，子建詠於前，士衡繼於後。……流光徘徊，賦之高樓；照月餘暉，攬不盈手。語粹而味深，殆爲古

今絕唱。

［明］盧之頤《十二家評昭明文選》：胡（應麟）云：此章大有建安之風。

［明］孫鑛評：『照』『攬』兩語極狀景之妙，第味不甚長。（《孫月峰先生評文選》）

［明］陸時雍《古詩鏡》卷九：『照之有餘輝，攬之不盈手。』老而潔，是長篇中短賦，末二語彷彿漢人。

［明］何良俊《元朗詩話》卷一：五岳（黄省曾）賞陸士衡『照之有餘暉，攬之不盈手』。余謂此二句有神助，五岳亦有神解。

［清］王夫之《古詩評選》卷四：平原擬古，步趨如一，然當其一致順成，便爾獨舒高調。一致則净，净則文，不問創守，皆成獨構也。

［清］陳祚明《采菽堂古詩選》卷十：寫月光稍活。

［清］吴淇《六朝選詩定論》卷十：詩有因情生景者，有因景生情者，在作者正例，只是寫情而寫景，乃其借徑，即如出物的楔子一般。如此詩本是寫離思，却以明月楔出風蟬，風蟬楔出節物，只是總楔出個離思來。然風蟬與節物也，是自來的楔子；明月與風蟬，是倘來的楔子。何也？明月與風蟬，明明是兩般物事，不相鉤連。風氣屬蟬聲，屬明月，屬風遶蟬鳴，又不是明月照出來的，如何楔之使出，令文氣聯貫？若文氣不聯貫，如何成詩？看他聯貫之妙，却只於既點明月之後，未有風蟬之先，虛虛摇筆，把題『何皎皎』三字極寫二句，便是薛夜來神手。劈首用『安寢』二字，見他已忘情了，如何又起？只緣他寢的是北堂。中夜明月入牖，照得無聊，又起至庭前，反復細細看。『玩照』之句是莫載，『攬之』句是莫破，其冷冷一片清光，攝人心眼，蕩漾與往時，迥然不同意思。覺得隱隱躍躍，是個節物，只是一時口頭説不出來。忽而覺得一陣凉風，聽得一聲蟬鳴，兜的一驚，省得都是節物變遷，不覺離思，怦怦動心。此情景互生之妙也。

［清］方廷珪《昭明文選集成》：此篇是遊宦無成，思其故鄉而作。

王闓運《八代詩選》：遂爲詠月絶調。

【附録】

古詩·明月何皎皎

明月何皎皎，照我羅牀幃。憂愁不能寐，攬衣起徘徊。客行雖云樂，不如早旋歸。出户獨彷徨，愁思當告誰。引領還入房，淚下霑裳衣。（《文選》卷二十）

擬蘭若生朝陽

【題解】

銑曰：『蘭、若皆香草，古詩取興，閨中守芳香之氣，以待遠人。機以松柏堅貞，取之爲比。』《文選》所載無『蘭若生朝陽』一詩，《玉臺新詠》卷一載枚乘《雜詩》其七有『蘭若生春陽』，此詩即士衡所擬之詩。然《雜詩》其後半首『庭前有奇樹』云云，又與古詩同，當爲二首，後人誤鈔爲一首，故在此詩之『附録』中將其删去。《雜詩》寫思婦之憂思，而士衡詩重在突出松柏之禀性，或以香草美人而取譬，蓋别有寄託也。此詩與《赴洛詩》『希世無高符，營道無烈心』所表達之心態近似，意當作於入洛之初。

嘉樹生朝陽〔一〕，凝霜〔二〕封其條①。執心守時信，歲寒終不彫〔三〕②。美人何其曠，灼灼〔四〕在雲霄③。隆想彌年月〔五〕，長嘯入飛飇〔六〕。引領望天末，譬彼向陽翹④。

【校勘】

〔一〕『朝陽』，《玉臺新詠》卷三、《藝文類聚》卷三十二作『春陽』。金濤聲曰：『《古詩》有「蘭若生春陽」一首，宜據改。』

〔二〕『霜』，《藝文類聚》卷三十二作『想』，誤。

〔三〕『終不彫』，《玉臺新詠》卷三作『不敢凋』。

〔四〕『灼灼』，《藝文類聚》卷三十二作『的的』，形近而誤。

〔五〕『月』，《玉臺新詠》卷三作『時』。吴兆宜《玉臺新詠箋注》曰：『一作月。』

〔六〕『飛飇』，《玉臺新詠》卷三作『風飈』。吴兆宜《玉臺新詠箋注》曰：『飈，音勳，風貌。』

【注釋】

①翰注：『嘉樹，松柏也。山東曰朝陽。』吴兆宜注：『《左傳》：韓宣子來聘，公子享之。韓子賦《角弓》。既享，宴于季氏，有嘉樹焉，宣子譽之。武子曰：宿敢不封殖此樹以無忘《角弓》。遂賦《甘棠》。毛萇《詩傳》：梧桐，柔木也。山東曰朝陽。梧桐不生山岡，太平而後生朝陽。』嘉樹，原指質美之木。《楚辭·橘頌》：『后皇嘉樹，橘徠服兮。』此指松柏。山之東向陽，故曰朝陽。此二句言生於山東之松柏，罹受嚴霜，覆

蓋了枝條。

② 濟注：『言我執持其心，同松柏經寒而不彫落也。』吴兆宜注：『《楚辭》：激凝霜之紛紛。《文選注》：曾子曰：陰氣騰則疑（凝）爲霜。』此二句言我心如松柏，歷經磨難亦不變。謂守節而不移也。

③ 善注：『枚乘《樂府詩》曰：美人在雲端，天路隔無期。』濟注：『美人，謂夫也。曠，遠也。灼灼，中心明憶之貌。在雲霄，言所憶遠也。』吴兆宜注：『《廣韻》：灼灼，明也。』執心，堅定之信念。《後漢紀》卷一《光武皇帝紀》：『伯昇曰：彭爲郡吏，執心堅守，是其節也。』時信，時間次序。《韓詩外傳》卷二：『（雞）守夜，不失時信也。』此指由冬入春的時序。彫，凋零。《論語·子罕》：『歲寒，然後知松柏之後彫也。』美人，謂所思之人，五臣謂夫，誤也。此二句言所思之人雖遠在天際，然時時縈繞心頭，歷歷在目。謂美人遥不可及也。

④ 良注：『彌，終也。天末，遠也。謂思想之盛，終於年月，長爲嘯聲，入於飛風，冀達遠情也。翹，英之秀者。曠遠之心，亦猶葵藿傾翹以向日也。』吴兆宜注：『潘岳《河陽縣作》：長嘯歸東山。』隆想，深切之思念。《玉篇》：『隆，盛也。』長嘯，撮口作聲。飛飈，疾風。《玉篇》：『飆，暴風也。』飆，同飈。引領，猶舉首，言盼望之切。《玉篇》：『領，詩傳云：頸也。』向陽，指葵花。翹，謂舉首向日。《玉篇》：『翹，舉也。』此四句言日月流逝，相思日深，寄情於長嘯，藉飄風以傳情；舉首遥望故園，猶葵藿之傾日。

【集評】

［明］余碧泉《文選纂注》：唐順之曰：『蘭茗香草，古詩取興閨中守芳草之氣以待遠人，機以松柏堅貞

取之以比。』

［清］吴淇《六朝選詩定論》卷十：按原詩，首四句俱就時寫，未免稍弱。此詩首句地，二句方言時，蚤於言地處，因『朝陽』二字偷帶出時字，而以『凝霜』照之，更有力量。三句不渝其地，有抱柱之堅。四句不變于時，有靡他之貞。覺原詩尚是兒女子情態。原詩『美人』云云，專寫美人光彩，帶出『高曠』。此專寫美人之高曠，帶出光彩，力足相敵。原詩末句積念發狂，已是魯矢之末。此詩『引領』云云，從高曠生來，猶自餘勁矯矯，此《選》之所以獨存擬詩也。

［清］方廷珪《昭明文選集成》：此篇是傷士懷才不遇。

［日］遍照金剛《文鏡秘府論・南卷・集論》：小韻詩，除韻以外，而有迭相犯者，名爲犯小韻病也。……或云：凡小韻，居五字内急，九字内小緩，然此病雖非巨害，避爲美。……陸士衡《擬古歌》云：『嘉樹生朝陽，凝霜封其條』，即『陽』『霜』是也。若故爲疊韻，兩字一處，於理得通，如『飄飆』『窈窕』『徘徊』『周流』之等，不是病限。

【附録】

古詩・蘭若生朝陽

蘭若生春陽，涉冬猶盛滋。願言追昔愛，情款感四時。美人在雲端，天路隔無期。夜光照玄陰，長嘆戀所思。誰謂我無憂，積念發狂癡。（《玉臺新詠》卷一）

擬青青陵上柏

【題解】

向曰：『柏生於高陵，而色青蒨，言得性而不可攀仰；蘋靈草生於高山，亦猶是焉。故機取以爲比。』詩人感歎人生短暫，且又漂泊不定；遊宦京城，豪門世族，生活奢華，氣勢煊赫，落拓之意隱於言外，故戚戚無歡，慷慨歎息。意同古詩，更充滿勃鬱不平之氣。所寫之景，所叙之事，均在北方，故知亦作於入洛後。蘋生陵上，逆其常性，蓋隱指迫於王命而由吴入洛乎？

苒苒〔一〕高陵蘋，習習隨風翰①。人生當幾時，譬彼濁水瀾。戚戚多滯念，置酒宴所歡〔二〕②。高門方駕振飛轡，遠遊入長安。名都一何綺，城闕鬱盤桓③。飛閣纓虹帶，層〔三〕臺冒雲冠④。高門羅北闕，甲第椒與蘭⑤。俠客控絶景，都人驂玉軒⑥。遨遊放情願，慷慨爲誰歎⑦。

【校勘】

〔一〕『苒苒』，《文選》卷三十、《詩紀》卷二十五作『冉冉』。古二字通。

〔二〕『歡』，小萬卷樓本作『歎』。《札記》：『《詩紀》作歡。』

〔三〕『層』，六臣本作『曾』。古二字通。

【注釋】

① 善注：『《山海經》曰：崐崘之丘，有草名曰蕢，如葵。《字書》曰：蕢，亦蘋字也。』銑注：『冉冉，進長貌。習習，數飛貌。翰，羽也。』苒苒，柔細貌。王粲《迷迭賦》：『布萋萋之茂葉兮，挺苒苒之柔莖。』苒，同冉。《説文》：『冉，毛冉冉也。』段玉裁注：『冉冉者，柔弱下垂之貌。』蘋，草名。《齊民要術》卷十：『《爾雅》曰：蓱，蘋也。其大者蘋。《吕氏春秋》曰：菜之美者，崑崙之蘋。』又《玉篇》：『蘋，水艸，大萍也。』此二句以高山之蘋隨風飛轉，喻人生之飄泊不定。按：蘋生水中，此處高山，則不得其所也。

② 善注：『言濁水之波易竭也。』翰注：『濁水，謂潢潦水也。戚戚，憂也。所歡，朋友也。言人生如濁水之易竭，何多憂滯，而不置酒與朋友爲歡？』瀾，波。《玉篇》：『瀾，大波曰瀾。』滯念，難以釋懷的念頭。陳子昂《秋園卧疾呈暉上人》：『綿綿多滯念，忽忽每如失。』此四句言人生如潦水，飄泊短暫；憂從中來，難以釋懷，何不置酒，與朋友歡宴？

③ 善注：『《史記》曰：公仲謂韓王曰：不如和秦，賂以一名都。』濟注：『方駕，並駕也。名都，長安也。綺，美也。闕，樓觀也。鬱，積也。盤桓，廣大貌。』振，迅疾，此爲動詞。《爾雅・釋言》：『振，訊也。』郭璞注：『振者奮迅。』轡，馬韁。《玉篇》：『轡，馬轡也。』振飛轡，猶言勒馬飛馳。長安，代指京都洛陽。城闕，指城門兩邊對峙而中有通道的樓觀。此四句言與友人並駕游宦京城，城池華美，樓閣廣漠。

④ 善注：『《吴都賦》曰：寒暑隔閡於邃宇，虹蜺迴帶於雲館。西都賓曰：虹蜺迴帶於棼楣。虹或爲垂，非也。』濟注：『飛閣，閣道。曾臺，高臺也。纓，繞。冒，覆也。言虹雲之依臺閣，如冠帶焉。』飛閣，凌空而構築的閣道。曾，同『層』。《淮南子・本經訓》：『大厦曾加，擬於崑崙。』許慎注：『曾，重架材木相乘架也。』此二句言京城飛閣高聳，以虹爲帶；樓臺林立，浮雲縈繞。

⑤ 善注：『《西京賦》曰：北闕甲第，當道直啓。椒蘭，蓋取其嘉名，且芬香也。』良注：『高門，王公之宅。羅，列。闕，門也。第，謂第一宅也。椒蘭，將以塗室取其温香。』北闕，宫殿北邊之門樓，是大臣等候朝見或上書奏事之地。《漢書·高帝紀下》：『蕭何治未央宫，立東闕、北闕、前殿、武庫、大倉。』顔師古注：『未央殿雖南向，而尚書奏事，謁見之徒，皆謁北闕。』甲第，上等府第。張衡《西京賦》：『北闕甲第，當道直啓。』薛綜注：『第，館也。甲，言第一也。』椒蘭，兩種香木。《荀子·議兵》：『父母其好我，芬若椒蘭。』此指以椒蘭製成香料塗牆的府邸。

⑥ 善注：『《列子》曰：晉范氏有子曰子華，善養私名，使其俠客以鄙相攻。《魏書》曰：張繡降而復反，上所乘馬名絶景，爲流矢所中。《西都賦》曰：都人士女，殊異乎五方。《毛詩》曰：彼都人士。《國語》叔向曰：絳之富商，而能金玉其車。』向注：『俠客，遊人也。絶景，馬名。驂，駕也。玉軒，以玉飾車。』控，駕御。《玉篇》：『控，引也。』都人，都邑之人。《詩·小雅·都人》：『彼都人士，狐裘黄黄。』鄭玄箋：『城郭之域曰都。』以上四句寫京都豪門世族生活之奢華，氣勢之煊赫。

⑦ 銑注：『感彼遊樂，各稱所願。慷慨之志，誰歎息也。』放，放縱。《玉篇》：『放，逐也，散也。』情願，情思。《爾雅·釋詁》：『願，思也。』慷慨，不得志。《戰國策》卷九：『風蕭蕭兮易水寒，壯士一去兮不復還。復爲羽聲忼慷。』鮑彪注：『忼慨，壯士不得志也。』忼慨，同慷慨。此二句言遠遊京都，本是求宦而來，然而豪門世族如此之煊赫，自己則憂戚落魄，不禁慷慨難平。

【集評】

［明］孫鑛評：太雕琢便覺古意減，然而句自工。（《孫月峰先生評文選》）

［明］鄒思明評：與前古詩意亦稍似。（《文選尤》）

［清］賀貽孫《詩筏》：《擬青青陵上柏》篇：『人生能幾何？譬如濁水瀾。戚戚多滯念，置酒宴所歡。方駕振飛轡，遠遊入長安。名都一何綺，城闕鬱盤桓。』即『人生天地間，忽如遠行客。斗酒相娱樂，聊厚不爲薄。驅車策駑馬，遊戲宛與洛。洛中何鬱鬱，冠帶自相索』語也。古人倏而感慨，倏而娱樂，倏而遊戲，倏又感慨矣。中間『遊戲』二字，從『忽如遠行客』句來，寄意空曠，有君輩皆入我夢中之意。『冠帶自相索』一語，頓合豪華氣盡，淡淡寫來，自爾妙絶。士衡自『置酒』以下，句句作繁麗語，無復回味，如飲蔗漿，一啗而已。

［清］陳祚明《采菽堂古詩選》卷十：『濁水瀾』，比意亦晦。

［清］孫梅《四六叢話·選詩叢話》：子建詩：『朱華冒緑池。』古人雖不於字面上著工，然『冒』字殆妙。陸士衡云：『飛閣纓紅帶，層臺冒雲冠。』潘安仁云：『川氣冒山嶺，驚湍激巖阿。』顏延年云：『松風尊路急，山煙冒壟生。』江文通云：『凉葉照沙嶼，秋華冒水潯。』謝靈運云：『蘋萍泛沈深，菰蒲冒清淺。』皆祖子建。（引宋范晞文《對床夜話》）

［清］吴淇《六朝選詩定論》卷十：蘋本水草，今反在高陵；鳥飛逆風，今反順風，俱失常也。舉世方且『冉冉』，方且『習習』，卒未有以爲失常者，習與性成，全是此促濁之世界驅迫之而然也。『水瀾』喻促，『濁水』喻濁，念此世界，因而戚戚勤念於遠也。要知此遠念不是抱千年之憂，亦不是思萬里之遊，即下文之慷慨謂萬古不朽之事業也。遠念不遂，因而招友飲酒，且携之並游長安，總冀抒其戚戚耳。『名都』以下，摹長安之繁華。『城闕』數句寫地，即上文之『濁水』。『俠客』二字寫人，即上文之『濁瀾』。末二句云世人盡是如

此，我曷不隨都人邪？而乃欲於此世界建萬古不朽之事業，果誰爲哉！

［清］方廷珪《昭明文選集成》：此篇見人生易逝，當及時遠遊爲樂。

王闓運《八代詩選》：士衡恃其門胄，故云飛轡遠遊，非原詩駑馬遊戲之意。

【附録】

古詩·青青陵上柏

青青陵上柏，磊磊澗中石。人生天地間，忽如遠行客。斗酒相娱樂，聊厚不爲薄。驅車策駑馬，游戲宛與洛。洛中何鬱鬱，冠帶自相索。長衢羅夾巷，王侯多第宅。兩宫遥相望，雙闕百餘尺。極宴娱心意，戚戚何所迫。（《文選》卷三十）

擬東城一何高［一］

【題解】

翰曰：『言高城常存，而人易老，不如早爲行樂。』此詩與其他擬詩有别，有强烈主觀色彩，所表達情感乃機詩賦之常調。所寫時序不居，耄耋之年轉瞬即至，而又牽於世務，中心猶悵然猶豫，故放縱情志，及時行樂。在音樂描寫上，化古詩之簡約而爲繁縟，充分寫出音樂之美。此詩所寫之河曲、灃水亦均在河洛，故亦當作於入洛後。

西山何其峻，曾〔二〕曲鬱崔嵬。零露彌天墜，蕙葉憑林衰①。寒暑相因襲，時逝忽如頹〔三〕。三閭結飛轡，大耋嗟落暉〔四〕②。曷爲牽世務，中心若〔五〕有違③。京洛多妖麗，玉顏侔瓊蕤④。閑夜撫鳴琴，惠音〔六〕清且悲。長歌赴促節，哀響逐高徽⑤。一唱萬夫歎〔七〕，再唱梁塵飛⑥。思爲河曲鳥，雙游豐〔八〕水湄⑦。

【校勘】

〔一〕『擬東城一何高』，《玉臺新詠》卷三曰：『一本作「擬東城高且長」。』《詩紀》卷二十五曰：『《古詩》曰：東城高且長。』應據改。按：《東城高且長》，《文選》卷三十所録止十四句，《玉臺新詠》卷三比《文選》多出『音響一何悲，絃急知柱促。馳情整巾帶，沉吟聊躑躅。思爲雙飛燕，啣泥巢君屋』八句，士衡擬古，句數相對，内容相應，故知當以《玉臺新詠》爲是，且此詩題亦當爲《擬東城高且長》。

〔二〕『曾』，《文選》卷三十、陸刻本、《百三家集》本、《六朝詩集》本、陳仲魚校本、鄧邦述校本作『層』。鄧邦述校本校作『曾』。古二字通。

〔三〕『頹』，《玉臺新詠》卷三作『遺』。

〔四〕『大耋嗟落暉』，吴兆宜《玉臺新詠箋注》曰：『大，一作太。』又『嗟』，《玉臺新詠》卷三作『悲』；又『暉』，《詩紀》卷二十五作『揮』，誤。

〔五〕『若』,《玉臺新詠》卷三作『悵』。

〔六〕『惠音』,吴兆宜《玉臺新詠箋注》卷三曰:『一作專言。』

〔七〕『歎』,《札記》:『《玉臺》作歡。』

〔八〕『豐』,《文集》作『豊』,形近而誤。《玉臺新詠》卷三、《文選》卷三十作『豐』。《古詩紀》卷三十五、陸刻本、《百三家集》本、《六朝詩集》本、陳仲魚校本、鄧邦述校本作『澧』。六臣本注:『五臣作澧。』又《文集》校曰:『豐,別本作澧。』古二字通。

【注釋】

①善注:『《尚書·五行傳》曰:雲起於山,彌於天。』濟注:『峻,高。曾,重也。崔嵬,高大貌。彌,徧也。蕙,香草也。憑,依也。言零露徧天而下,香草皆依林而衰悴。』吴兆宜注:『屈原《離騷》:朝飲木蘭之墜露兮。夏侯湛《釋抵疑》:燎原之煙,彌天之雲。蓋本此。』西山,險峻之山。《周易·隨》:『上六:拘係之,乃從維之,王用亨於西山。』王弼注:『王用亨於西山也,兑爲西方,山者,塗之險隔也。』鬱,層積。《詩·唐風·晨風》:『鴥彼晨風,鬱彼北林。』毛詩傳:『鬱,積也。』曾:通『層』,重疊。此四句言西山高峻崔嵬,依山而築之東城,層層疊疊,曲折逶迤。寒露彌天,衰草落葉,滿目蕭瑟之秋景。

②善注:『《離騷引》曰:屈原者,爲三閭大夫。《離騷》曰:飲余馬乎咸池,總余轡於扶桑。《周易》曰:日昃之離,不鼓缶而歌,則大耋之嗟,凶。』良注:『曩,重也。言寒暑相重,時節之往,忽如頽落也。三閭大夫,謂屈原也。結飛轡,言將遠遊以求長生。耋,老也。言大老之人,嗟嘆日暮而惜其時。』吴兆宜曰:

『《史記·屈原傳》：漁父見而問之曰：子非三閭大夫與？何故而至此？大耋，見《易》。』因襲，前後相續。頹，墜落，指日落。潘岳《寡婦賦》：『四節流兮忽代序，歲云暮兮日西頹。』此四句承秋景而來，感歎寒來暑往，歲月不居。以三閭馳馬遠遊以追求理想人生，耄耋之人嗟歎日暮而惜其時，言自己應該及時行樂，享樂人生。孫鑛曰：『「三閭」句特精峭，是謝所祖。』（《孫月峰先生評文選》）

③善注：『《毛詩》曰：行道遲遲，中心有違。』向注：『曷，何也。言何爲牽於時事，而違歡賞之心。』牽，牽制。《玉篇》：『牽，挽也。』中心有違，內心猶豫不決。毛詩傳：『違，離也。』鄭玄箋：『違，徘徊也。』此二句承上句而來，感慨自己牽纏於世務，內心徘徊猶豫。

④善注：『《古詩》曰：燕趙多佳人，美者顏如玉。』銑注：『侔，齊也。瓊蕤，玉花也。言妖麗之顏，齊於玉花。』吴兆宜曰：『曹植《名都篇》：京洛出少年。』京洛，指洛陽。妖麗，美女。《玉篇》：『妖，媚也。』玉顏，如玉之容顏。宋玉《神女賦》：『貌豐盈以莊姝兮，苞温潤之玉顏。』向注：『顏色温潤如玉。』侔，同。《玉篇》：『侔，齊等也。』此二句言京都美女盛多，玉顏如花。

⑤翰注：『惠，順也。言琴聲順和也。調急曰高，言歌之哀響，逐琴調而急也。』吴兆宜注：『相如《上林賦》：然後侵淫促節。《正字通》：琴節曰徽，徽十三，象十二月，其一象閏，用螺蚌爲之。近代用金玉水晶。』閑夜，閑静之夜。見《擬今日良宴會》注。撫，循節而彈奏。《玉篇》：『撫，安也，循也。』惠音，和諧之音。宋玉《登徒子好色賦》：『寤春風兮發鮮榮，絜齋俟兮惠音聲。』良注：『乃絜齋戒以待惠和之音。』長歌，曼聲而歌。張衡《西京賦》：『女娥坐而長歌，聲清暢而蝼蛇。』促節，音節急促。何遜《青青河畔草》：『吹臺下促節，不言於此別。』高徽，即高張急徽，急促之音調。《漢書·揚雄傳下》：『今夫絃者，高張急徽。』顏師古注：『徽，琴徽也。』上四句言歌女閑夜彈琴之美，或和諧，或清遠，或哀傷；或曼聲而歌，或哀怨急促。

⑥善注：『《七略》曰：漢興，魯人虞公善雅歌，發聲，盡動梁上塵。』濟注：『萬夫歎，言稱美者衆也。再，重也。重發其聲，清韻繞梁，動於飛塵也。』吴兆宜注：『相如《上林賦》：奏陶唐氏之舞，聽葛天氏之歌，千人唱，萬人和。案：《宋書・武帝紀》：順聲一唱。』梁塵飛，形容歌聲繞梁，震落梁上灰塵。李白《夜坐吟》：『一語不入意，從君萬曲梁塵飛。』此二句言美女琴聲繞梁，讓人歎美不已。

⑦良注：『河曲鳥，謂鴛鴦，此鳥常雙遊。灃，水名。湄，水次也。言我思與美人同遊，如河曲之鳥。』吴兆宜注：『《前漢・地理志》：武陵郡充縣歷山，灃水所出。又《山海經》：雅山，灃水出焉。』灃水乃灃水之誤。灃水又作豐水、酆水，即今西安西渭水支流支灃河。《水經注集釋訂訛》卷十九：『豐水今自長安縣界西，北流逕咸陽縣南三里注於渭。』湄，水涯。《詩・蒹葭》：『所謂伊人，在水之湄。』毛詩傳：『湄，水隒也。』此二句寫詩人渴望自己與美女如河曲之鳥，雙飛雙宿。方廷珪評曰：『言我思與美人同遊，如河曲之鳥。』（《昭明文選集成》）

【集評】

［清］賀貽孫《詩筏》：《擬東城高且長》篇云：『曷爲牽世務，中心若有違。京洛多妖麗，玉顔侔瓊蕤。閑夜撫鳴琴，惠音清且悲。長歌赴促節，哀響逐高徽。一唱萬夫歎，再唱梁塵飛。思爲河曲鳥，雙游灃水湄。』即『蕩滌放情志，何爲自結束？燕趙多佳人，美者顔如玉。被服羅衣裳，當户理清曲。音響一何悲，絃急知柱促。馳情整巾帶，沉吟聊躑躅。思爲雙飛燕，啣泥巢君屋』語也。士衡一氣直説，全無生動。古詩將燕趙佳人，憑空想像，無限送癡。而披衣當户，馳情整巾，沉吟在悲響之餘，躑躅于理曲之後，則不獨聞其

聲，且如見其人矣。試思『長歌』『哀響』等語，細細比勘，其敷衍湊泊，與古人相去深淺爲何如也？其餘全篇刻畫古人，不可勝録，所謂桓温之似劉琨，其無所不似，乃其無不恨者。夫以士衡之才，尚且若此，則擬古豈容易哉！

［清］陳祚明《采菽堂古詩選》卷十：『零露』二句語蒼，『三閭』『大耋』語亦强，欠自然。

［清］吴淇《六朝選詩定論》卷十：原詩『東城高且長』，陸以『東城一何高』爲題，而詩中亦專寫高字，不知何據。原詩『東城』云云及『燕趙』云云，本是一首，即取前詩『今日良宴會』之意，特倒轉其文法耳。兩詩對看自明，後人破分作兩首，未之深思耳。士衡去古未遠，亦作一首擬之可知。

原詩取興『東城高長』並起，下句『逶迤自相屬』，又側落『長』邊，『迴風動地』，全從『長』字生出，但以一『起』字微粘『高』字，復用『秋草萋且緑』句，融成一片，全無痕迹。此詩以『西山』代『東城』，曰『何其峻』，曰『層曲鬱崔嵬』，單説得一『高』，又用『零露』代『迴風』，『彌天』代『動地』，似有意粘合『高』字，殊覺生硬。『三閭』二句，即從『日暮』『途長』四句脱出，固有作性。至『京洛』以下，止排得一句色，一句聲，與原詩多少情態都寫不出。原詩曰『佳人』正是才子對手。此詩作『妖麗』便不足當才子，況原詩曰『美者顔如玉』，不是寫自己，是説有拔玉姿于紅粉叢中者。此詩『玉顔侔瓊枝』，只直直寫一句色。原詩『絃高知柱促』，分明有個知音才子在他身邊賞鑑。此詩，『一唱萬夫歎』，安知非《下里》《巴人》之詞乎！原詩『思』字無限馳情處，全從心沉吟、身躑躅一段光景拈來。此詩將『思』字硬插入『梁陳』下，便不相接。原詩『巢君屋』，有成君家計意。此詩『游水湄』，蕩矣。意者原詩主美，而此詩主刺乎！

［清］方廷珪《昭明文選集成》：此篇意與前篇同，但重在美人，乃一意分作兩層寫。

王闓運《八代詩選》：詠露若此，亦是一奇。

【附録】

古詩・東城高且長

東城高且長，逶迤自相屬。迴風動地起，秋草萋且緑。四時更變化，歲暮一何速。晨風懷苦心，蟋蟀傷局促。蕩滌放情志，何爲自結束。燕趙多佳人，美者顔如玉。被服羅衣裳，當户理清曲。音響一何悲，絃急知柱促。馳情整巾帶，沉吟聊躑躅。思爲雙飛燕，啣泥巢君屋。（《玉臺新詠》卷三）

擬西北有高樓

【題解】

向曰：『此明賢才不見用也。』此詩與古詩情感相類，蓋感歎知音難覓。所不同的是，古詩以音響之悲，杞妻之怨，清商之婉轉，慷慨之歎息，重在寫其哀。而此詩則以纖手之清閒，如蘭之芳氣，玉容之傾城，重在寫其美。或以美人自況，別有寄託。若向注爲是，亦必作於入洛之後。

高樓〔一〕一何峻，迢迢〔二〕峻而安。綺窻出塵冥，飛陛〔三〕躡雲端①。佳人撫琴〔四〕瑟，纖手清且閑。芳氣〔五〕隨風結，哀響馥若蘭②。玉容誰能〔六〕顧，傾城在一彈③。佇立望日昃，躑躅再三歎。不怨佇立久，但願歌者歡④。思駕歸鴻羽，比翼雙飛翰⑤。

【校勘】

〔一〕『高樓』，《藝文類聚》卷六十二作『高臺』。

〔二〕『迢迢』，《玉臺新詠》卷三作『岧岧』。六臣本注：『善作岧岧。』金濤聲曰：『岧岧與迢迢通。』機集中對此二詞幾乎不加分別。

〔三〕『陛』，《玉臺新詠》卷三、《藝文類聚》卷六十二作『階』。

〔四〕『琴』，《文選》卷三十注作『鳴』；《藝文類聚》卷六十二作『瑶』。

〔五〕『芳氣』，《玉臺新詠》卷三作『芳草』；《藝文類聚》卷六十二作『芳音』。

〔六〕『能』，《文選》卷三十作『得』，六臣本注：『五臣作能。』

【注釋】

① 善注：『《君子有所思行》曰：邃宇列綺窗。《古詩》曰：交疏結綺窗。《魏都賦》曰：飛陛方輦而徑曲。』銑注：『峻，高也。迢迢，遠貌。綺窗，結綺爲窗綱也。飛陛，閣道也。塵冥，昏塵外也。躡，履也。雲端，雲上也。』綺窗，雕鏤花紋的窗户。左思《蜀都賦》：『開高軒以臨山，列綺窗而瞰江。』向注：『綺窗，彫畫若綺也。』塵冥，昏暗的塵世。《詩·小雅·無將大車》：『無將大車，維塵冥冥。』鄭玄箋：『冥冥者，蔽人目明，令無所見也。』上四句寫佳人所居之樓宇，高峻華美，出塵世，入雲端，氣勢雄偉。

② 翰注：『佳人，喻君子。撫琴瑟，喻有才德也。清閑，芳氣，言德之美也。蘭，香草也。言雖不見用，哀歎之音，猶馥於若蘭。』清且閑，從容，閑雅。見《日出東南隅行》注。結，《説文》：『締也。』此有交織之意。

馥，芬芳。《玉篇》：『馥，香盛。』上四句言佳人彈琴動作柔美，從容閑雅，哀聲隨風飄轉，亦帶有幽蘭之芬芳。

③ 善注：『《古詩》曰：燕趙多佳人，美者顏如玉。（《漢書》李延年歌曰：一顧傾人城。』濟注：『玉容，喻美才也。言誰能眷顧我之才，爲一彈撫，當傾於城國而視也。』顧，《玉篇》：『顧，瞻也，回首曰顧。』傾城，形容女子容貌極其美麗。此二句言佳人容顏絕代，傾國傾城。

④ 良注：『佇立，久立也。日昃，喻年老也。言少壯既不彼（按：當爲被）用，故再三歎也。歌者，謂唱和之人。言我不怨待時之久，但願知己之人歡也。』日昃，日西傾。《玉篇》：『昃，日昳也。』躑躅，徘徊不前貌。見《文賦》注。上四句言聽者佇立良久，希望接近佳人，却又徘徊歎息。所歎者爲歌者知音難覓也。

⑤ 向注：『鴻鳥一舉千里，言我將駕之，與同其心者俱去。』翰，高飛。《詩·小雅·小宛》：『宛彼鳴鳩，翰飛戾天。』鄭玄箋：『翰，高。』此二句言聽者想像與佳人乘駕如鴻羽輕盈，比翼雙飛。方廷珪曰：『言若得至其上，便思與佳人駕歸鴻之羽，以文章並驅中原。』（《昭明文選集成》）

【集評】

[明]盧之頤輯《十二家評梁昭明文選》：王（世貞）云：若此等詩去子建何啻千里。

[明]孫鑛評：原作骨力强，此稍涉虛，便覺味減。（《孫月峰先生評文選》）

[清]賀貽孫《詩筏》：《擬西北有高樓》篇：『玉容誰得顧，傾城在一彈。竚立望日昃，躑躅再三歎。不怨佇立久，但願歌者歡。』即『清商隨風發，中曲正徘徊。一彈再三嘆，慷慨有餘哀。不惜歌者苦，但傷知音

稀』語也。士衡從『傾城』上説向『歡』去，古詩從『徘徊』上説向『哀』去，『歡』『哀』二意，便分深淺。且夫『中曲徘徊』，則繞梁遏雲，不足踰矣，豈『傾城』可言乎？『徘徊』未已，繼以『三歎』，『餘哀』之上，綴以『慷慨』，『哀』不在『歎』，亦不在『彈』，非絲非肉，别有神往，莊子所謂『聽其自已者，咸其自取也』。妙伎如此，彼『竚立』『躑躅』者，皆隨人看場耳。『但傷知音稀』一語，感慨深遠。但有言説，總非知音，其視『歌者』之『歡』，不過聲色豪華，悉啻雅俗懸絶已哉！

［清］王夫之《古詩評選》卷四：曲折不浮，鼓如巨帆因風，自然千里。

［清］紀昀《玉臺新詠》評：本詞傷知音之希，此詩『佇立』以下，云知音而無由相即。各明一義，方非依樣壺盧。

［清］吴淇《六朝選詩定論》卷十：此詩亦臣不得於君之詩。但原詩就歌者意中寫，此詩就聽者意中寫。篇中本寫佳人云云一段情節，乃於劈首寫四句高樓，然却字字是下文張本。『一何峻』寫樓之高，『迢迢』又加一遠。『峻而安』以便安插佳人在上。『出塵躡雲』承上『迢迢』。曰『綺牕』，曰『飛陛』，政映下可望而不可親也。此雖空空寫樓，便已令讀者覺得樓上有一人，樓下有一人。然樓下人於樓上人，亦只是遥聞聲而相思。其曰佳人，乃是從綺牕略略望得，尚未真切，何由見其纖手也？蓋從耳中所聞想出，以其彈得分明，知其纖手之清；彈得嫻熟，知其纖手之閑也。『芳氣』二句，風從樓上佳人身邊過來，佳人之芳氣與風結作一團，而佳人之哀響，乘此芳風一齊吹到樓下人身邊。此時樓下人不惟眼中髣髴，抑且耳根惝怳，止覺鼻息開通，即元稹所云『仿佛聞香不是香』也。然此許多趣味，止在風前暗領。樓之高峻如此，佳人之玉容，誰能真真一顧，然亦不必顧，即此一彈，已足徵其有傾城傾國之色矣。『佇立』云云，謂又思期一顧也。不知何時望起，但至日昃則暝而不可望矣。始警心云云，謂望時固已久矣，然佳人何以儘其久望？蓋先前是無意偶彈，

後來是有意故彈。曷以知其有意故彈？以『躑躅』二字知之。古記曰：『一唱三歎。』歎者，和也。樓下之人，不止空望，兼且賡和，則樓上之佳人，豈有不知正爲他歎？得知音，故佳人亦徘徊不去。既爲撫琴，又復撫琴，連作不已，遂至日昃耳。然其歎而至再至三，不辭佇立之勞者，冀得佳人之歡心，謂我知音耳。歌者即佳人，前寫佳人，只説一彈，此乃變作歌者何也？古人琴瑟，將以和聲，多不專彈，則佳人或倚琴瑟而歌，或閑琴瑟而歌，樓下之人，倘然闖來，故只單和其歌耳。始也，顧之不得而望；既也，望之不得而思，以明終不可得而覿，皆此樓之故，即士人禮義之防也。

《擬東城高且長》謂有聽者在前，故就歌者低頭寫，曰：『思爲河曲鳥，雙游澧水湄。』《擬西北有高樓》謂歌者在上，故就聽者仰面寫，曰：『思駕歸鴻羽，並翅雙飛翰。』原《西北有高樓》曰：『願爲雙鳴鶴，奮翅起高飛。』亦是仰寫。原《東城高且長》曰：『思爲雙飛燕，啣泥與君屋。』在俯仰之間，應本章『當户』二字。可見古人文字，俱有照映，一字不苟。

只一聲聞，逗得六根皆動。『哀響馥若蘭』，耳連鼻動；『顧望』目動，『躑躅』身動；『再三歎』口動，『思駕歸鴻羽』，意動。

［清］方廷珪《昭明文選集成》：此篇是欲援貴遊以自顯，意與原作同。

【附録】

古詩·西北有高樓

西北有高樓，上與浮雲齊。交疏結綺窗，阿閣三重階。上有絃歌聲，音響一何悲。誰能爲此曲，無乃杞梁妻。清商隨風發，中曲正徘徊。一彈再三歎，慷慨有餘哀。不惜歌者苦，但傷知音稀。願爲雙鳴鶴，奮翅起高飛。（《文選》卷三十）

擬庭中有奇樹

【題解】

銑曰：『此言友朋離索相思之情。』此詩所思對象當爲才德佳美，且與己甚爲相得者，或爲摯友，或爲兄弟。詩在寫思念之情中，特别突出時光飛逝，帶有强烈的生命意識。比古詩情感更顯得深刻，故當作於入洛之後期。

歡友蘭時往，迢迢〔一〕匿音徽①。虞淵引絶景，四節逝〔二〕若飛②。芳草久〔三〕已茂，佳人竟不歸③。躑躅遵林渚，惠風入我懷④。感物戀所歡，採此欲貽誰〔四〕⑤。

【校勘】

〔一〕『迢迢』，《文選》卷三十並作『苕苕』，六臣本注：『善作苕苕。』古二詞通。

〔二〕『逝』，《玉臺新詠》卷三作『遊』。吴兆宜《玉臺新詠箋注》：『一作逝。』

〔三〕『久』，《藝文類聚》卷二十九作『忽』。

〔四〕『欲貽誰』，《藝文類聚》卷二十九作『當遺誰』。

【注釋】

① 翰注：『蘭時，春時。匿，亡也。音徽，言文章書信。』蘭時，蘭花盛開時，指初春。迢迢，遥遠。《古詩・迢迢牽牛星》：『迢迢牽牛星，皎皎河漢女。』歡友，摯友。謝靈運《擬魏太子鄴中集・劉楨》：『歡友相解達，敷奏究平生。』此二句言摯友初春離别，道路迢迢，音訊杳然。

② 善注：『應劭曰：虞泉，日所入也。《淮南子》曰：至於虞淵，是謂黄昏。』濟注：『虞淵，日入處也，言虞淵引日，使四節之往如飛。』絶景，日影隱匿，指日落。張景陽《七命》：『絶景乎大荒之遐阻，吞響乎幽山之窮奥。』翰注：『絶，滅。景，影。』此二句言日出日落，節序逝去如飛。

③ 良注：『言芳草久已茂盛，而友人竟未歸也。』佳人，稱才德之佳者。《三國志・曹爽傳》裴松之注：『《魏氏春秋》：范曰：曹子丹，佳人；生汝兄弟，犢耳！何圖今日坐汝等族滅矣！』此指歡友。此二句言不覺暮春已至，佳人經年未歸。

④ 良注：『躑躅，思念。循於林池之上，惠和之風，入我襟懷。』吴兆宜注：『崔駰《扇銘》：惠風時披。』躑躅，徘徊思念。《詩・邶風・静女》：『愛而不見，搔首踟躕。』毛詩傳：『志往而行止。』踟躕，同躑躅。遵，《説文》：『循也。』渚，水中小洲。《詩・召南・江有汜》：『江有渚。』毛詩傳：『渚，小洲也。』惠風，和風。嵇康《琴賦》：『清露潤其膚，惠風流其間。』此二句言因思念友人，徘徊池林邊，只有和風徐徐，撩動我的衣襟。

⑤ 向注：『感此春物，思戀所歡，所歡未至，采此芳草，知將貽誰。貽，遺也。』貽，遺，贈送。《玉篇》：

「貽，遺也。」此二句言感春物之變，思念友人，欲采芳草，因友人未歸，而不知遺誰。

【集評】

[宋]吴子良《荆溪林下偶談》卷一：《能改齋漫録》云：『江文通擬湯休詩：日暮碧雲合，佳人殊未來。蓋用魏文帝《秋胡行》云：朝與佳人期，日夕殊未來。梁武帝《鼓角横吹曲》云：日落登雍臺，佳人殊未來。梁沈約《洛陽道》云：佳人殊未來，日暮空徙倚。二人所用又襲江也。』余謂江不但用魏文帝語，後之襲江亦非止此二人。淮南小山《招隱士》云：『王孫游兮不歸，春草生兮萋萋。』陸士衡《擬庭中有奇樹》云：『芳草久已茂，佳人竟不歸。』即《招隱》語也。謝靈運詩：『圓景早已滿，佳人殊未適。』蓋又祖士衡。而江則兼用陸、謝及魏文語也。其後韋莊《章臺夜思》云：『芳草已云暮，故人殊未來。』寇萊公《楚江夜懷》云：『明月夜還滿，故人秋未來。』無非蹈襲前語，而視陸、謝，則又絶類矣。

[明]孫鑛評：只演『别經時』一意，風度自佳，第視原作面貌不同，何必謂之擬。（《孫月峰先生評文選》）

[清]王夫之《古詩評選》卷四：如此作以掩映古人有餘矣。陸自有如許風味，苦爲繁雜謟曲之詞所掩耳。人可不自珍其筆，而爲物役俗尚所奪邪？作者意不可問，擬者亦相求於優肅之中，可爲獨至之情絶，可至古人同調。故人患己心不至，不患古道之長矣。

[清]紀昀《玉臺新詠》評：此首在似與不似之間，綽有情致。

[清]吴淇《六朝選詩定論》卷十：前首由《庭中有奇樹》及《涉江采芙蓉》二首，同是怨刺之詩，然措意却

自不同。樹在庭中，乃現在事物，眼前常見者。忽然一日見其着花，因而有經時之感，其感妙在驀然之際。若芙蓉則生於隔江，而蘭草生於澤畔，非眼前現在之物，乃有贈遠之意。然後涉江來之，故生出許多態。此詩本擬《庭中有奇樹》，却將隱括《涉江采芙蓉》以成詩，未爲合作，但涉江原詩云：『采之欲貽誰，所思在遠道。』謂采以贈所思耳。此詩云：『感物戀所歡，採此欲貽誰。』分明是爲貽所思而來。既采之後，却云欲貽誰，若忘其所貽之人者，最有妙意。

［清］方廷珪《昭明文選集成》：此是思友朋不得見者，詞意俱平淺。

【附録】

古詩·庭中有奇樹

庭中有奇樹，緑葉發華滋。攀條折其榮，將以遺所思。馨香盈懷袖，路遠莫致之。此物何足貴，但感別經時。（《文選》卷三十）

擬明月皎夜光

【題解】

濟曰：『此喻權臣用事，時氣迅速，人情漸壞，在貴忘賤之意。』此詩結構、情感與古詩同。時序遷轉，其志未酬，而昔日友人，雖居高位，却不肯援契。人情冷暖，斑斑可見。詩所折射之現實亦當在入洛後。

歲暮涼風發，昊天肅明明〔一〕①。招摇西北指，天漢東南傾②。朗月照閑〔二〕房，蟋蟀吟户庭③。翻翻歸雁集，嘒嘒寒蟬鳴。疇昔同宴友，翰飛戾高冥④。服美改聲聽，居愉遺舊情。織女無機杼，大梁〔三〕不架楹⑤。

【校勘】

〔一〕『明明』，六臣本作『明月』。

〔二〕『閑』，《七十二家集》本作『閒』。古二字同。

〔三〕『梁』，《文選》卷三十、陸刻本作『樑』。古二字同。

【注釋】

① 良注：『涼風，七月時也。發，起。昊，大也。言大天之氣，嚴而至明。』昊天，博大遼遠之蒼天。《詩·小雅·蓼莪》：『欲報之德，昊天無極。』肅，肅殺。《吕氏春秋·季春紀》：『季春行冬令，則寒氣時發，草木皆肅。』此二句言秋天來臨，涼風吹起，天空肅殺而澄净。方廷珪《昭明文選集成》曰：『以下俱寫秋景，見寒當授衣之時，刺友之在貴忘賤。』

②善注：『《吕氏春秋》曰：季秋之月，招摇指戌。《大戴禮·夏小正》曰：七月漢案户。漢，天漢也。案户者，直户也。李陵詩曰：招摇西北馳，天漢東南流。』向注：『招摇，斗柄前星。天漢，天河也。東南西北，各當時所轉。』招摇，星名，在北斗杓邊。《禮·曲禮上》：『招摇在上，急繕其怒。』《經典釋文》：『北斗第七星。』此二句言季秋之時，銀河轉向東南，北斗指向西北。

③銑注：『蟋蟀，蟲名。秋則鳴於户庭。』閑房，清静之屋。謝瞻《答靈運》：『夕霽風氣凉，閑房有餘清。』户庭：庭院。陶淵明《歸園田居》：『户庭無塵雜，虚實有餘閒。』此二句言秋月照着清静之房，蟋蟀鳴於庭院之中。

④善注：『《史記》曰：楚人有好以弱弓微繳，加歸鴈之上。《毛詩》曰：菀彼柳斯，鳴蜩嘒嘒。毛萇曰：嘒嘒，小聲也。陸士衡《擬古詩》曰：凉風繞曲房，寒蟬鳴高柳。毛詩曰：匪鶉匪鳶，翰飛戾天。傅毅《洛都賦》：弋高冥之獨鵠，連軒翥之雙鶡。』翰注：『嘒嘒，鳴也。戾，至。翰，羽也。飛至高冥，喻友朋名位高也。冥，天邊也。』翩翩，猶翩翩。劉楨《贈徐幹》：『輕葉隨風轉，飛鳥何翻翻。』善注：『《楚詞》曰：漂翻其上下。』銑注：『翻翻，孤飛貌。』集，羣鳥棲於樹上。《詩·周南·葛覃》：『黄鳥於飛，集於灌木。』《説文》：『集，羣鳥在木上。』疇昔，昔日。《禮記·檀弓上》：『予疇昔之夜夢坐奠於兩楹之間。』鄭玄注：『疇，發聲也。昔，由前也。』上四句言北雁翩然南歸，集於樹上，蟬鳴微吟，猶帶寒意。昔日歡聚之友，如今已身居高位。

⑤善注：『言有名無實也。《大戴禮·夏小正》曰：七月初昏，織女正東而向。《爾雅》曰：大椺，昴也。』濟注：『位高則衣服美，改昔時聲聽，安於愉樂，棄友人故情也。織女，星名，言有空有梁織之名，不堪操杼。架楹，喻人空有相知之名，不爲相知之用。』服美，衣着華美，代指地位之高。《尚書·畢命》：『兹殷

庶士，席寵惟舊，怙侈滅義，服美於人。』孔安國傳：『此殷衆士居寵日久，怙恃奢侈，以滅德義，服飾過制，美於其民。』聲聽，猶言聲音神態。居愉，生活安逸。《爾雅·釋詁》：『愉，樂也。』遺，忘。《玉篇》：『遺，亡也，貽也。』機杼，織布梭。《古詩·迢迢牽牛星》：『纖纖擢素手，札札弄機杼。』大梁，昴星。《爾雅·釋天》：『大梁，昴也；西陸，昴也。』郭璞注：『昴，西方之宿，別名旄頭。』楹，《玉篇》：『柱也。』上四句言歡友衣着華美，神態居傲，養尊處優，全然忘却昔日之友情。如織女無梭，大梁無柱，而今空有友朋之名，而無相知之實。

【集評】

［宋］阮閱《詩話總龜後集·押韵門》：陸士衡《擬古詩》曰：『此思亦何思，思君徽與音。』又曰：『驚飈褰反信，歸雲難寄音。』一篇押二『音』字。又《豫章行》曰：『汎舟清川渚，遥望江山陰。』又曰：『寄世將幾何，日昃無停陰。』一篇押二『陰』字也。

［明］胡應麟《詩藪·内編》卷二：擬《十九首》，自士衡諸作，語已不倫。六朝而後，徒具篇名，意態風神，不知何在。

［明］費經虞《雅倫》卷九《擬古》：雖曰建安以來人號古，然曹氏父子之擬古，亦只是同題耳。選詞命意，乃各出機軸，尚與後代規矩步趨者有別。陸機《擬十九首》，則全擬古之體矣。宋、齊、梁、陳所擬《鼓吹》《横吹》，則又不同也。

［明］郭正域評：（擬古）詩中亦多佳句，較之《十九首》，覺費爐錘。（《新刊文選批評》）

［明］陳懋仁《續文章緣起》：題用古詩，晉陸機擬《今日良宴會》《迢迢牽牛星》《涉江采芙蓉》《皎皎明月光》等題。《困學紀聞》謂始於梁元帝《賦得蘭澤多芳草》，非也。

［清］何焯《義門讀書記》卷四十七：陸士衡擬古詩十二首，遠不如樂府十七首。

［清］馮班《鈍吟雜録》卷三：陸士衡《擬古詩》、江淹《擬古三十首》，如搏猛虎、捉生龍，急與之較力，不暇氣格悉敵。今人擬詩，如牀上安牀，但覺怯處種種不逮耳。然前人擬詩，往往只取其大意，亦不盡如江、陸也。

［清］毛先舒《詩辯坻》卷二《六朝》：景陽《雜詩》，雖不及子建、嗣宗之超，而耀體深婉，結構省净，殆過士衡《擬古》矣。獨後『昔我資章甫』諸作，措思庸而設色亦不見奇警。

廣微《補亡》，調乖四始；士衡《擬古》，曲異二漢。康樂《鄴下》之篇，類傷繁富；德施《山王》之詠，大苦質木。自運維艱，而形似匪易，故知考城之染翰，調美于常均也。

［清］李重華《貞一齋詩説・詩談雜録》七三條：陸士衡《擬古詩》，名重當世，余每病其呆板。

［清］沈德潜《古詩源》卷七：末二句總言有名無實，與漢人原詞意同。

［清］潘德輿《養一齋詩話》卷九：即如《文選・雜擬上》《雜擬下》凡六十首，惟陶公『日暮天無雲』一首，得自然之趣，然亦渾言擬古，故能自盡所懷。若陸士衡專取一題而擬之，共十二首，謝康樂、江文通專取一人而擬之，謝共八首，江共三十首，舍自己之性情，肖他人之笑貌，連篇累牘，夫何取哉！

［清］葉矯然《龍性堂詩話初集》：士衡『服美改聲聽，居愉遺舊情』，諷刺輕薄語，説得如許藴藉，視唐薛據『俗流實驕矜，得志輕草萊』語，真膚淺不堪矣。

［清］方東樹《昭昧詹言》卷一第三十一條：漢魏、阮公、陶公、杜、韓皆全是自道己意，而筆力强，文法

妙，言皆有本。尋其意緒，皆一綫明白，有歸宿，令人了然。其餘名家，多不免客氣假像，並非從自家胸臆性真流出。如醴陵《雜擬》、陸士衡等《擬古》，吾不知其何爲而作也。

[清]方東樹《昭昧詹言》卷一第一一二條：姜塢先生云：『士衡《擬古》，蒙所未喻。其於前人章句，想倍誦有餘，何嘗詣深妙也。往時錢受之詆李、何諸人，形模漢、魏，而舉陸十二首，爲善學古人。其徒馮班復云：「士衡學十九首，如捕龍蛇，搏虎豹，急與之角而力不暇。」』……擬古而自有託意，如曹氏父子，用樂府題而自叙述時事。……擬古而自無所託意，特文人自多其能，導人以作僞而已。東坡和陶，雖自有題，亦覺無味，殆與士衡同一才多之患耶！

[清]汪師韓《詩學纂聞・雜擬雜詩之别》：《選》詩以雜詩、雜擬分爲二類。雜詩者，《十九首》、蘇、李詩及諸家雜詩是也。雜擬者，凡擬古、效古諸詩是也。擬古類取往古名篇，規摹其意調，其止一二首者，既直題曰擬莫篇，而其擬作多者雖概題曰擬古，仍於每篇之前，一一標題所擬者爲何篇，此所以别詠懷、詠史、七哀、感遇、遊仙、招隱雜詩也。《文選》所載陸士衡《擬古詩》十二首……是以謂之擬，此意後人不識也。

[清]陳祚明《采菽堂古詩選》卷十：雖擬古自是本調，此古人臨帖法。但嫌太平弱，無遠情逸調可以振之。夫擬古，僅隨古人成搆，因襲詞章，可不作也。求勝於古，始堪擬古。原存十二首，《涉江采芙蓉》篇更無佳致。『沉思鍾萬里』，『鍾』字近。《蘭若生朝陽》篇，『執心守時信』，『信』語生率。『譬比向陽翹』，『翹』字湊韻。《西北有高樓》篇，『迢迢峻而安』，『安』字無趣。『但願歌者歡』，亦少味。夫歌者欲得聽者之歡，何反願歌者之歡，但久佇立，彼即歡乎！且通首亦平平。《庭中有奇樹》篇，『歡友蘭時往』，『歡友』字、『蘭時』字並生。通首亦乏致，故不録。僅録其八首。此八首亦皆平調，本不足法，但差勝耳。

[清]紀昀《玉臺新詠》評：《古詩》何容復擬，宜後人有床上施床之誚。

傳寫古帖，有臨有摹。臨者取神氣之肖，摹者取點畫之同。褚（遂良）臨《蘭亭》，多參己法，而周越輩筆筆入古，乃見誚於奴書。當知此意。士衡擬古所不及江淹者，弊由於此。

［清］吴淇《六朝選詩定論》卷十：原詩臣不得於君，而歸罪於朋友。此詩亦用此意。天本不明而肅，『明明』唯昊天爲然。蓋緣凉風既發，天氣爲之一清也。『招摇』二句，擬原詩『玉衡』二句。原詩不徒記時，正爲下『南箕北斗』張本。『玉衡』指孟冬之時，正箕與斗牛昏中之時也。此詩以『招摇』乃斗柄前星，替却玉衡，『西北指』亦指孟冬也。招摇既指西北，則天漢自傾東南，織女、大梁皆附天漢之星，自然夕見於中天也。凡擬詩字櫛句比，止有添無減，原詩『牽牛不負軛』下有『良無盤石固，虚名復何益』二句，謂朋友不是顯然絶我，但只見虚名。即杜子美所謂『汎愛不救溝壑辱』也。此却丢去此二句不擬，只『織女』二句便在，更覺藴藉有未（味）。

［清］吴淇《六朝選詩定論》卷十：擬詩始於士衡，大抵擬詩如臨帖。然古人作字有古人之形之神，我作字有我之形之神，臨帖者，須把我之形隳黜凈盡，純依古人之形，却以我之神逆古人之神，併而爲一，方稱合作。不然，借古人之形，傳我之神，亦其次也。切勿衣冠叔敖。

凡擬詩者，古人之格調已定不移，但有逐句换字之法，苟琢煉字句，一毫不到，便要出轍，故孫鑛曰：『多擬古，詩道自進。』

［清］方廷珪《昭明文選集成》：此詩只是取原詩而衍之，無甚意味。

以上擬《十九首》，佳處自不可没，餘則意義多襲。如造酒者，精液已盡，未免餔糟啜醨者。

［清］何焯評：按擬古十二首中，《蘭若生朝陽》與《東城一何高》不在十九首之内。《東城一何高》疑即《東城高且長》。陳氏云：『陸擬古詩多不似，其稍佳者《今日良宴會》《明月何皎皎》二首耳。』（《何焯評文選》）

【附録】

古詩・明月皎夜光

明月皎夜光，促織鳴東壁。玉衡指孟冬，衆星何歷歷。白露霑野草，時節忽復易。秋蟬鳴樹間，玄鳥逝安適。昔我同門友，高舉振六翮。不念携手好，棄我如遺迹。南箕北有斗，牽牛不負軛。良無盤石固，虚名復何益。（《文選》卷三十）

樂府十七首

猛虎行①

【題解】

善曰：『《古猛虎行》曰：饑不從猛虎食，暮不從野雀棲。野雀安無巢，遊子爲誰驕。』銑曰：『《古猛虎行》云：饑不從猛虎食，但取發首爲名，不必以篇中意義，他皆類此。觀其大體，是勸人抗其志節，義不苟容。』此詩寫自己雖以仁人志士爲楷模，砥礪操守，然迫於王命，浮沉世俗。歲月不居，功業未建，進退失據，故愧對古代聖賢。抒情中又間有行役艱苦環境之描述，與心志之苦内外映襯。吴淇《六朝選詩定論》卷十推測此詩可能作於受知於成都王穎之後，即永寧二年（三〇二）前後也。

渴不飲盜泉水，熱不息惡木陰。惡木豈無枝，志士多苦心〔一〕②。整駕肅時命，杖策〔二〕將遠尋③。饑食猛虎窟，寒棲野雀林④。日歸功未建，時往歲載陰⑤。崇雲臨岸駭，鳴條隨風吟⑥。静言幽谷底，長嘯高山岑⑦。急絃無懦響，亮節難爲音⑧。人生誠未易，曷云開此襟〔三〕⑨。眷我耿介懷。俯仰愧古今⑩。

【校勘】

〔一〕『多苦心』，《藝文類聚》卷四十一作『苦用心』。

〔二〕『杖策』，《藝文類聚》卷四十一，作『振策』。

〔三〕『襟』，《文選》卷二十八、《樂府詩集》卷三十一、陸刻本、《六朝詩集》本、陳仲魚校本、小萬卷樓本、鄧邦述校本作『衿』。六臣本注：『五臣作襟。』鄧邦述校本亦校作『襟』。古二字通。

【注釋】

①《猛虎行》屬樂府《相和歌辭·平調曲》。《樂府詩集》卷二十六：『《相和歌辭》，《宋書·樂志》曰：「相和，漢舊曲也。絲竹更相和，執節者歌。本一部，魏明帝分爲二，更遞夜宿。本十七曲，朱生、宋識、列和

等復合之爲十三曲。」其後晉荀勗又採舊辭，施用於世，謂之清商三調歌詩，即沈約所謂「因絃管金石，造歌以被之」者也。《唐書・樂志》曰：「平調、清調、瑟調，皆周房中曲之遺聲，漢世謂之三調。又有楚調、側調。楚調者，漢房中樂也。高帝樂楚聲，故房中樂皆楚聲也。側調者，生於楚調，與前三調總謂之相和調。」《晉書・樂志》曰：「凡樂章古辭之存者，並漢世街陌謡謳，《江南可採蓮》《烏生十五子》《白頭吟》之屬。」其後漸被於絃管，即相和諸曲是也。魏晉之世，相承用之。永嘉之亂，五都淪覆，中朝舊音，散落江左。後魏孝文宣武，用師淮漢，收其所獲南音，謂之清商樂，相和諸曲，亦皆在焉。所謂清商正聲，相和五調伎也。凡諸調歌辭，並以一章爲一解。《古今樂録》曰：「傖歌以一句爲一解，中國以一章爲一解。」王僧虔啓云：「古曰章，今曰解，解有多少。當時先詩而後聲，詩叙事，聲成文，必使志盡於詩，音盡於曲。是有作詩有豐約，制解有多少，猶詩《君子陽陽》兩解，《南山有臺》五解之類也。」又諸調曲皆有辭、有聲，而大曲又有豔，有趨，有亂。辭者，其歌詩也。聲者，若羊吾、夷伊那何之類也。豔在曲之前，趨與亂在曲之後，亦猶吴聲西曲，前有和，後有送也。又大曲十五曲，沈約並列於瑟調。今依張永《元嘉正聲技録》分於諸調，又别叙大曲於其後。唯《滿歌行》一曲，諸調不載，故附見於大曲之下。其曲調先後，亦準《技録》爲次云。』又《樂府詩集》卷三十：『《古今樂録》曰：王僧虔《大明三年宴樂技録》：平調有七曲：一曰《長歌行》，二曰《短歌行》，三曰《猛虎行》，四曰《君子行》，五曰《燕歌行》，六曰《從軍行》，七曰《鞠歌行》。荀氏録所載十二曲，傳者五曲。武帝「周西」「對酒」，文帝「仰瞻」並《短歌行》，文帝「秋風」「别日」並《燕歌行》是也。其七曲，今不傳。文帝「功名」，明帝「青青」，並《長歌行》，武帝「吾年」，明帝「雙桐」並《猛虎行》，「燕趙」《君子行》，左延年「苦哉」《從軍行》，「雉朝飛」《短歌行》是也。其器有笙、笛、築、瑟、琴、箏、琵琶七種，歌絃六部。張永《録》曰：「未歌之前，有八部絃、四器。俱作在高下、遊弄之後。凡三調，歌絃一部，竟輙作送，歌絃今用器。又有《大歌弦》一曲，歌『大婦織綺羅』，不在歌數，唯平調有之，即清調『相逢狹路間，道隘不容車』篇。後章有『大婦織綺羅，中婦織流黄』是也。」張録云「非管弦音聲所寄，似是命笛理弦之餘」，王録所無也，亦謂之《三婦豔》詩。』又《樂府詩集》卷三十一：『魏明帝辭曰：雙桐生空枝，枝葉自相加。通泉溉其根，玄雨潤其柯。《古今樂録》曰：《猛虎行》王僧虔《技録》曰：荀録所載明帝「雙桐」一篇，今不傳。《樂府解題》曰：晉陸機云：渴不飲盗泉水，言從遠役，猶耿介不以艱險改節也。又有雙桐生空井，亦出於此。』

② 善注：『《尸子》曰：孔子至於勝母，暮矣而不宿；過於盗泉，渴矣而不飲，惡其名也。江邃《文釋》云：《管子》曰：夫士懷耿介之心，不陰惡木之枝。惡木尚能恥之，况與惡人同處。今檢《管子》，近亡數篇，恐是亡篇之内而邃見之。《論語》曰：志士仁人。《古詩》曰：晨風懷苦心。』盗泉，水名。《水經注》卷二十五：『洙水西南流，盗泉水注之。泉出卞城東北、卞山之陰。』在今山東泗水縣東北。志士，操守仁義之人。《孟子·滕文公下》：『志士不忘在溝壑，勇士不忘喪其元。』趙岐注：『志士，守義者也。』苦心，用心良苦，指不飲盗泉水，不息惡木陰。上四句以不飲盗泉水，不息惡木陰爲喻，言仁人志士苦守心志，不與邪惡之人同流合污。

③ 善注：『《思玄賦》曰：爰整駕而亟行，時君之命也。杜預《左氏傳注》曰：策，馬檛也。《廣雅》曰：將，欲也。』翰注：『整其車駕，肅敬時君之命，執鞭以將遠適焉。』整駕，整頓車馬。肅，敬。《説文》：『肅，持事振敬也。』時命，君命。《尚書·説命》：『嗚呼！欽予時命，其惟有終。』孔安國傳：『敬我是命，修其職使有終。』杖策，舉鞭。《玉篇》：『策，馬箠。』此二句言整裝待發，恭敬王命，將遠征他鄉。

④ 濟注：『言路多彊暴姦邪之人。』《古猛虎行》曰：『饑不從猛虎食，暮不從野雀棲。』此二句反其意而言之，言饑就食於虎窟，寒棲息于野林。謂行役艱難，不得已而爲之。

⑤ 善注：『日，而逸切。言日以屢歸，而功未立。陸賈《新語》曰：以義建功。《神農本草》曰：秋冬爲陰。』銑注：『由此使日屢西歸，歲時載暮，功名不能立矣。歲陰，猶歲暮也。』日歸，日落。日歸、時往，猶言時光匆匆。此二句言日落日出，暑往寒來，轉眼又至歲暮，自己却功業未建。

⑥ 善注：『《爾雅》曰：崇，高也。《廣雅》曰：駭，起也。桓子《新論》：雍門周曰：秋風鳴條，則傷心矣。』銑注：『駭，驚也。』此二句言眼前只有令人驚駭的岸邊堆積的雲層，秋風吹動枝葉的蕭瑟之聲。

⑦ 善注：『《毛詩》曰：静言思之。又曰：出自幽谷。《楚辭》曰：臨深水而長嘯。《爾雅》曰：山小而高曰岑。』向注：『經過山谷之間，而静思長嘯。』静言，即『静言思之』之略，猶言沉思，言，語助詞。岑，高聳的小山。此二句言行於山間谷底，或沉思，或長嘯。

⑧ 善注：『侯瑾（瑾）《筝賦》曰：急絃促柱，變調改曲。賈逵《國語注》曰：懦，下也。《爾雅》曰：亮，信也。謂有貞信之節，言必慷慨，故曰難也。』翰注：『絃急則調高，故無懦弱之響。貞亮之節，亦難擬其德音。』急絃，指音調急促。謝靈運《擬魏太子鄴中集・魏太子》：『急絃動飛聽，清歌拂梁塵。』翰注：『急絃，謂急調也。』懦響，緩弱之音。此二句言静思長嘯，雖如琴音絃急調高，貞信之節却無法表達。

⑨ 善注：『言人生既多難苦，誠爲未易，何爲開此行役之衿乎？王仲宣《贈蔡子篤》詩曰：「人生實難。」』濟注：『涉於世路，誠爲至難，何爲開此遠役之心？』誠，確實。《説文》：『誠，信也。』曷，何。《玉篇》：『曷，盍也。』衿，同襟，衣的交領。《方言》卷四：『衿謂之交。』郭璞注：『衿，表交領也。』《廣韻》：『襟，袍襦前袂。或作衿。』此代指胸懷。此二句感歎人生不易，襟抱難開。

⑩ 善注：『夫藴耿介之懷者，必高蹈風塵之表。今乃愧不隨慕先聖之遺教。《蒼頡篇》曰：「懷，抱也。」』良注：『眷此正直之懷，而不得施展，故愧於古今之人。』眷，顧。耿介，正直守志而不趨時俗。《楚

辭·九辯》：『獨耿介而不隨兮，願慕先勝之遺教。』俯仰，周旋於世俗。《漢書·司馬遷傳》：『故且從俗浮湛，與時俯仰，以通其狂惑。』此二句言雖胸懷耿介，却又從俗浮沉，故愧對古今聖賢。

【集評】

[宋]郭茂倩《樂府詩集》卷三十一魏文帝《猛虎行》：《樂府解題》曰：晉陸機云『渴不飲盜泉水』，言從遠役，猶耿介不以艱險改節也。

[元]劉履《風雅翼》卷四：賦而比也。盜泉，泉名。《尸子》曰：『孔子過盜泉，渴矣而不飲，惡其名也。』歸，猶去也。歲陰，謂春夏爲陽，秋冬爲陰。崇，高也。駭，驚亂貌。懦，弱也。襟，即懷也。耿介，堅正特立之貌。士衡既入洛，羈寓久之。雖或就仕，時國中多難，顧榮勸其還吴，不聽。此篇之作，其在斯時乎？首言雖渴不飲盜泉，雖熱不蔭惡木，此有志之士審擇所處，而其立心之苦，有非它人所能知者。且士衡素負才望，志存匡世，吴既亡矣，舍晉復將何之？故又言惟當整駕，敬待時君之命。今乃杖策而出遠。有所求，不免服事權門，追逐羣小，譬猶饑食虎窟，寒栖雀林，亦何心哉！將遭時立功，以遂所志焉。爾今既不然，而況運祚日衰，擾亂非一，亦猶時往歲陰，雲駭岸而風鳴條也。當是時，我但言嘯於幽僻無人之地，以自適焉。蓋以絃之急者，必無懦響。而負直亮之節者，言必不巽，豈不於此難爲哉？故又歎人生實不易爲，而所蘊何由舒展？顧我平日耿介之懷，而今若此是，以俯仰古今，不能無愧也。

[明]陸時雍《古詩鏡》卷九：『崇雲臨岸駭，鳴條隨風吟』，此成何語？『饑食猛虎窟，寒棲野雀林。』亦矜作太過。

［明］李淳評：士衡擬古樂府，不但繁麗，且每有意見，第質之於古尚不相似耳。其贈答之作又在樂府之次，不知其解。（李淳删定評點《選文選》）

［明］郭正域評：才高氣郁，讀之感動。（《新刊文選批評》）

［明］鄒思明《文選尤》：《古猛虎行》云『飢不從猛虎食，暮不從野雀棲』，但取發首名爲名，不必泥篇中意義，他皆類此。此篇大意是勸人抗其志節，義不苟容。

［明］唐汝諤《古詩解》卷十一：此述古人以志節自勵，而因言肅駕趨時，將尋可食可棲之處也。若徒食於猛虎之窟，棲於野雀之林，而使日月空馳，功勳不立，則風雲變幻，其誰能堪！誠不如長嘯山谷，而以亮節自表見矣。夫涉世其難，而開其襟抱，正爲守吾耿介之懷，唯恐有愧于古人今人耳。其志節可勝道哉！

［清］何焯《義門讀書記》卷四十七：《猛虎行》起手反古詞之意，宋人翻案，實祖述於此。自『日歸功未建』以下，所謂多苦心也。末云『俯仰愧古今』，惟恐有愧於俯仰，所以一食息而不敢苟也。

［清］沈德潛《古詩源》卷七：江邃《文釋》引《管子》曰：『士懷耿介之心，不蔭惡木之枝。』起用六句，最見奇峭。此士衡變體。

［清］喬億《劍谿説詩》卷下：七言中有單句，有長短句，五言亦間有之。古辭《陌上桑》云：『羅敷年幾何？二十尚不足，十五頗有餘』，單句也。曹孟德《秋胡行》云『歌以詠志』，謝客《相逢行》云『憂來傷人』，短句也。陸士衡《猛虎行》云『渴不飲盜泉水，熱不息惡木陰』，長句也。古人文章無定式，不可不知，不可輕學，正此類也。

［清］王壽昌《小清華園詩談》卷上：何謂壯？曰：如曹孟德之《短歌》《碣石》，陸士衡之《猛虎行》等篇是也。

[清]陳祚明《采菽堂古詩選》卷十：『惡木』二句、『急絃』二句，並得古詩風調。『崇雲』句，『駭』字不警，雲固不知駭，又豈以臨岸故駭耶？疑或是駛。

[清]吴淇《六朝選詩定論》卷十：古之人所以大過人者，止在擇之精而執之固。孟子舍魚取熊掌，雖兩美其必擇，豈有美惡相形而不擇者乎！獨患人之所遇，有惡無美，無可容吾之擇，而執之又不固。或至事急相隨，如馬融之于梁冀，深可惜。故寧渴，决不飲盜泉之水；寧熱，决不息惡木之陰。此志士之苦心，即後耿介之懷，終身所期，爲决不愧負者也。一旦世網嬰身，迫于時命，而行役萬里之外，此時何時，饑寧容擇食，寒寧容擇棲？然猛虎窟雖異於盜泉水，野雀林雖愈于惡木陰，然而危苦之極矣。士之所以不辭者，將隱忍以就功名耳。乃功未及建，而歲已載陰，深可悼也。『崇雲』二字，正是歲載陰。『静言』二句，正是功未建。此時此際，一片激烈之意，如何形容得？因借聲音發之。『急絃』二句，如高漸離祖送荆軻易水之上歌，爲變徵羽聲，自是怒髮衝冠，白虹貫日，斷無和平之響。人生到此，方知未易。當疇昔『渴不飲』云云之時，豈能知此。此所以眷眷昔懷，退不能爲伯彝（夷）之采薇，是仰而有愧于古。進不能爲太公之鷹揚，是俯而有愧於今。士衡此詩，其作于受知成都王之後乎？

[清]俞瑒評：樂府與古詩相近，而音節自易入情。漢樂府佳處甚多，昭明以其太質，故棄而不取，反録士衡諸作，是猶聽北里之聲，而棄鈞天之奏也。十七首平叙處多，而少英奇磊落之致，反以太多，宜分别觀之。（清鈔本《昭明文選》）

[清]俞瑒評：起四句得古詞，音節自好。後雖稍弱，而貼合古詞，亦見作法。（清鈔本《昭明文選》）

[清]何焯評：數詩沉著痛快，可以直追曹王。顔延年專寫仿其典麗，則偶人而已。（孫人龍輯評《昭明文選初學讀本》）

［清］方廷珪《昭明文選集成》：按陸詩極曲折，極深厚，中多微詞，細味之方見。

［清］邵子湘評：士衡樂府，大抵平叙處多，而少英奇磊落之致，昭明收之何太多也？讀者宜稍微分別。

（于光華《重訂文選集評》）

君子行①

【題解】

善曰：『《古君子行》曰：君子防未然，不處嫌疑間。』翰曰：『前有此篇，其意略相類。』此詩所言人道險難，吉凶交相遝至。原因是主觀上難以完全棄惡從善，客觀上或因讒言而遇禍，或因失察而見疑。然禍福有端，君子須養賢厚德，防患未然。全詩説理，思想雜陳儒道，體屬玄言，雖乏詩味，然所言之天道人事，體悟深刻，别有驚心動魄處。從機之思想發展看，當爲入洛經歷宦海浮沉，人事翻覆之後。古衡曰：『趙王倫引機爲相國參軍，倫誅，齊王冏以機職在中書，九錫文及禪詔疑機與焉，收機等付廷尉，賴成都王穎、吴王晏救理之，得減死徙邊，遇赦而止。詩云疑似生患，豈其有感於此耶？』（古衡批毛氏汲古閣本《文選》）此説或可依從。若然則與《園葵詩》所作時間相近，即永寧元年（三〇一）。

天道夷且簡，人道險而難〔一〕②。休咎相乘躡〔二〕，翻覆若〔三〕波瀾③。去疾苦不遠，疑似實生患④。近火固宜熱，履冰豈惡寒⑤。掇蜂滅天道，拾塵惑孔顔⑥。逐臣尚何有，棄友焉足歎⑦。

福鍾恒有兆，禍集非無端⑧。天損未易辭，人益猶可歡〔四〕⑨。朗鑒豈遠假，取之在傾冠⑩。近情苦自信，君子防未然⑪。

【校勘】

〔一〕『險』，《文選》卷二十八、陸刻本、《百三家集》本、《六朝詩集》本、陳仲魚校本、鄧邦述校本作『嶮』。六臣本注：『五臣作險。』陳仲魚校本、鄧邦述校本校作『險』。古二字同。又『難』，《藝文類聚》卷四十一作『艱』。

〔二〕『躡』，《七十二家集》本作『攝』。

〔三〕『若』，《藝文類聚》卷四十一作『各』，形近而誤。

〔四〕『歡』，《文選》卷二十八、陸刻本作『懽』。六臣本注：『五臣作歡。』古二字同。

【注釋】

①《君子行》屬樂府《相和歌辭·平調曲》。《樂府詩集》卷三十二：『《樂府解題》曰：古辭云：君子防未然，蓋言遠嫌疑也。又有《君子有所思行》辭旨與此不同。「君子防未然，不處嫌疑間。瓜田不納履，李下不正冠。嫂叔不親授，長幼不比肩。勞謙得其柄，和光甚獨難。周公下白屋，吐哺不及餐。一沐三握髮，後世稱聖賢。」』

② 善注：『《莊子》曰：有天道，有人道，無爲而尊者，天道也；有爲而累者，人道也。孔安國《尚書傳》

曰：夷，平也。又曰：簡，略也。』向注：『夷，平。簡，易也。天道無私，故平易；人道多僻，故險難。』天道，自然法則。人道，人爲法則。此指生存之道。此二句言天道簡易，而人道艱難。

③善注：『《尚書》曰：休徵咎徵。杜預《左氏傳注》曰：乘，登也。《廣雅》曰：躡，履也。』向注：『休咎，福禍也。瀾，大波。』翻覆，變化無常。鮑照《擬古八首》之二：『漢虜方未和，邊城屢翻覆。』向注：『漢武已前，匈奴數背，故云翻覆。』此二句言吉凶交相遝至，猶如波瀾之變化無常。

④善注：『《左氏傳》：伍員曰：樹德莫如滋，去疾莫如盡。賈逵《國語注》曰：疾，惡也。《呂氏春秋》曰：使人大迷惑者，物之相似者也。人主之所患，患石似玉者。疑似之道，不可不察也。』翰注：『言美惡相去不遠，事有疑似，則生禍患。』去疾，去其惡德。杜預注：『一本又作去惡。』疑似，即疑以，疑其善德。《大戴禮記·曾子立事》：『是故君子疑以終身。』韓元吉注：『疑善之不與，惡之及己也。』此二句言美惡之間相去不遠，疑其善德，必生禍端。

⑤善注：『言當慎所習也。《論衡》曰：夫近水則寒，近火則温，遠之纔微。何則？氣之所加，遠近有差也。火位在南，水位在北。北邊則寒，南極則熱。《毛詩》曰：如履薄冰。』銑注：『近冰火必罹寒熱之患，近讒佞亦致禍難。』此二句以近火必熱，履冰必寒爲喻，説明近讒佞必致禍患。

⑥善注：『《説苑》曰：王國君，前母子伯奇，後母子伯封，兄弟相愛。後母欲其子爲太子。言王曰：伯奇好妾，王上臺視之。後母取蜂，除其毒，而置衣領之中。往過伯奇，奇往視，袖中殺蜂。王見，讓伯奇。伯奇出，使者就袖中有死蜂。使者白王，王見蜂追之，已自投河中。《呂氏春秋》曰：孔子窮于陳蔡之間，藜羹不糝，七日不嘗粒。晝寢，顔回索米，得而來，爨之幾熟。孔子望見顔回攫其甑中而飯之，少選間，食熟，謁孔子而進食。孔子起曰：今者夢見先君，食絜故饋。顔回對曰：不可。嚮者煤入甑中，棄食不祥，回

攫而飯之。孔子笑曰：所信者目矣，目猶不可信；所恃者心矣，而心猶不足恃。弟子記之：知人固不易。夫孔子所以知人難也。高誘曰：炱煤，煙塵也。炱，讀作臺，入，猶墮也。』良注：『尹吉甫前妻子伯奇，後妻子伯封。後妻欲其子爲太子，言於吉甫曰：伯奇好妾，若不信，王上臺觀之。後母取蜂，除其毒，而置於衣領之中，使伯奇視而殺之。吉甫使讓伯奇，使者見袖有死蜂，以白吉甫，吉甫使追之，已投於河矣。掇，拾也。父子之道，天性之常，由此而滅之。《呂氏春秋》：孔子窮於陳蔡之間，七日不嘗粒食。顔回得米而爨之。孔子望見回攫其甑中飯而食之，飯熟，乃進於孔子。孔子起曰：今夢見先君，食絜欲饋。回曰：不可。向者炱煤入甑中，棄食不祥，回因攫而食之。孔子歎曰：所信者目，所恃者心，今心目不足信而恃矣，弟子記之。炱煤，煙塵也。因拾煙塵，孔子顔回於是疑惑。』天道，人之天性。《孟子·盡心下》：『聖人之於天道也，命也；有性焉，君子不謂命也。』趙岐注：『仁者，得以恩愛施於父子；義者，得以義理施於君臣。……聖人得以天道，王於天下。』此二句以伯奇爲後母取衣領之蜂而見疑於父，顔回取甑中落入煙塵之飯而食見疑於師，説明或因讒言而遇禍，或因失察而見疑。

⑦善注：『傳毅《七激》曰：闇君逐臣，頑父放子。王逸《楚辭序》曰：屈原放逐沅湘之間。《毛詩·谷風序》曰：天下俗薄，朋友道絶焉。鄭玄曰：道絶者，棄恩舊也。』銑注：『父子與顔孔，滅天道，猶生疑惑，逐臣棄友，比之何有可恨？固不足歎也。』此二句承上而言，父子師徒，天性也，或因讒言而遇禍，或因失察而見疑，况放逐之臣，故友見棄，固不足歎也。

⑧善注：『言禍福之至，而皆有漸也。枚叔《上書》曰：福生有基，禍生有胎。《傅子銘》曰：福生有兆，禍來有端。《小雅》曰：鍾，聚也。言無端緒也。』向注：『兆，象也。』此二句言然福至常有徵兆，禍集亦有緣由。

⑨善注：『言禍福之有端兆，故天損之至，非已所招。故安之而未辭；人益之來，非已所求，故受之可

爲懽也。《莊子》：孔子謂顔回曰：無受天損易，無受人益難。郭象曰：無受天損易者，唯安之，故易也。所在皆安，不以損爲損，斯待天而不受其損也。無受人益難者，物之儻來，不可禁禦，至人則玄同天下，故天下樂推而不厭，相與社而稷之，斯無受人益之所以爲難矣。然文雖出彼，而意微殊，彼以榮辱同途，故安之甚易。此以吉凶異轍，故辭之實難。』翰注：『天損之至，非己所招，故安之而不辭也。人益之來，非己所召，故受之可爲歡也。』天損，天所降災禍。人益，人所受利益。此二句言天降災禍無可回避，故安之若素；人世利益無所求而至，故歡然受之。

⑩ 善注：『荀悦《申鑒》曰：側弁垢顔，不鑒於明鏡矣。《抱朴子》曰：明鏡舉，則傾冠見矣。以其遞相祖述，故引之。』濟注：『朗，明。鑒，鏡也。言鏡之明者，豈遠假乎？但取之見傾冠也。今賢者豈外求乎？但驗之在禍福而已也。』假，憑借。《左傳·昭公四年》：『苟無四方之虞，則願假寵以請於諸侯。』杜預注：『欲借君之威寵，以致諸侯。』此二句以借明鏡而正衣冠爲喻，説明驗之禍福，而修賢養德。

⑪ 善注：『言小人近情，苦自信而遇禍。君子遠慮，防未然而蒙福。《列子》：蕭叔曰：皇子果於自信。《鄧析子》曰：慮能防於未然。』濟注：『淺近之情苦自信任，是以遇禍，君子之心，防慮未然，長以受福也。』近情，眼前之情。此二句言小人惑於眼前之情而得禍，君子防患於未然而得福。

【集評】

［清］何焯《義門讀書記》卷四十七：《君子行》較之古詞，猶爲深切。『去疾苦不遠』二句，此即發明古詞『不處嫌疑間』之意，乃下所謂『近情苦自信』也。『福鍾有兆』以下，言天命之不可知，禍來誠無所避，人事可

以自主，猶可無愧於心。傾冠之難，掩於朗鏡，皆自取之。是以君子常防未然、豫遠疑似於兆端未著之時，卒能自求多福，順乎夷簡之天道也。注家未暢作者本意。

［清］陳祚明《采菽堂古詩選》卷十：頗嫌平率矣。『掇蜂』四句，以使事生一曲折，後人癡肥處，乃其動宕處，惟是稍佳。

［清］吳淇《六朝選詩定論》卷十：與古詞《君子行》同是別嫌明微之語。但古詞氣和，此詞心危。『君子防未然』是此題之骨。古詞以之作起，此詞以之作結。作起，將以戒人；作結，用以自危，各有妙處。

［明］孫鑛評：典雅有餘，飄逸不足。（《孫月峰先生評文選》）

［明］鄒思明評：《古君子行》『君子防未然，不處嫌疑間』，此首意略相類。（《文選尤》）

［清］吴景旭《歷代詩話》卷四十七引陳懋仁曰：王摩詰『酌酒與君君自寬，人情翻覆似波瀾』，上句用鮑明遠『酌酒以自寬』，下句全用陸士衡《君子行》語。

［清］佚名評：通篇亦古質，然有物入於文之勢，漸與樂府體異矣。（顧大猷輯《選詩》）

［清］方廷珪《昭明文選集成》：按茲篇依題抒議，其有憂患之思乎？

從軍行①

【題解】

濟曰：『苦天下征伐。』首兩句概寫征伐之苦領起全篇，然後鋪寫行役的地域之廣闊，環境之惡劣，過程之艱苦，時間之久長，戰爭之酷烈，再以歎息征人之苦收束全篇，採用總—分—總的結構形式，顯現出細針密綫的藝術匠心。中間十四句不惟對偶工整，而且運用對舉，包容一個極大的空間，從而形成一種語言張力，以及内在氣勢。機之早年雖分領父兵爲牙門將，然無行役之切身體驗，《苦寒行》《從軍行》，或當作於元康六年（二九六）職典中兵之後。

苦哉遠征人，飄颻窮四遐〔一〕。南陟〔二〕五嶺巔，北戍長城阿②。谿谷深無底〔三〕，崇山鬱嵯峨③。奮臂攀喬木，振迹涉〔四〕流沙④。隆暑固已慘，凉風嚴且苛。夏條焦〔五〕鮮藻，寒冰結衝波⑤。胡馬〔六〕如雲屯，越旗〔七〕亦星羅⑥。飛鋒無絶影，鳴鏑自相和⑦。朝飡〔八〕不免胄，夕息常負〔九〕戈⑧。苦哉遠征人，撫〔一〇〕心悲如何⑨。

【校勘】

〔一〕『飄颻』，《文選》卷二十八、陸刻本、《七十二家集》本、《百三家集》本、《六朝詩集》本、陳仲魚校本、小萬卷樓本、鄧邦述校本作『飄飄』。六臣本注：『五臣作飄。』鄧邦述校本校作『飄颻』。又『窮四遐』，《藝文類聚》卷四十一作『窮西河』；《樂府詩集》卷三十二注：『一作窮西河。』

〔二〕『陟』，《藝文類聚》卷四十一作『涉』。形近而誤。

〔三〕『谿谷深無底』，《札記》：『《文選》作深谷邈無底。《詩紀》同。』『谿谷』，《樂府詩集》卷三十二作『溪谷』，又注：『一作深谷。』六臣本注：『五臣作谿。』又『深』，《七十二家集》本、陸刻本、小萬卷樓本作『邈』。

〔四〕『迹』，六臣本注：『五臣作迹。』古二字同。又『涉』，《藝文類聚》卷四十一作『陟』。

〔五〕『焦』，《文選》卷二十八、陸刻本、《六朝詩集》本、陳仲魚校本、鄧邦述校本作『集』。

〔六〕『胡馬』，《宛委別藏》本作『天馬』。或避清諱。

〔七〕『旗』，《藝文類聚》卷四十一作『旂』。古二字同。

〔八〕『飡』，《文選》卷二十八、《藝文類聚》卷四十一作『食』；《樂府詩集》卷三十二作『餐』。六臣本注：『五臣作餐。』

〔九〕『負』，《七十二家集》本作『荷』。

〔一〇〕『撫』，《文選》卷二十八、《藝文類聚》卷四十一、《樂府詩集》卷三十二作『拊』。陳仲魚校本、鄧邦述校本并校作『拊』。古二字通。

【注釋】

①《從軍行》屬《相和歌·平調曲》。《樂府詩集》卷三十二：『《古今樂録》曰：《從軍行》，王僧虔云：《荀録》所載左延年《苦哉》一篇，今不傳。《樂府解題》曰：《從軍行》皆軍旅辛苦之辭。《廣題》曰：左延年辭云：苦哉邊地人，一歲三從軍。三子到燉煌，二子詣隴西。五子遠鬭去，五婦皆懷身。陳伏知道又有《從軍五更轉》。』又卷三十三：『晉陸機《從軍行》曰：苦哉遠征人，飄飄窮四遐。蓋苦天下征伐也。』

②善注：『《漢書》曰：秦北爲長城之役，南有五嶺之戍。《史記》曰：始皇以謫遣戍，謫罰獄吏不直者築長城也。』向注：『飄飄，遠行貌。四遐，四方也。五嶺、長城，皆地名。陟，升。巔，上。戍，守也。』四遐，

四方荒僻之地。《説文》：『遐，遠也。』陟，登。《爾雅・釋詁》：『陟、登，陞也。』五嶺，大庾、騎田、都龐、萌渚、越嶺，此泛指山嶺。阿，山曲處。《詩・衛風・考槃》：『考槃在阿，碩人之薖。』毛詩傳：『曲陵曰阿。』長城依山而築，故曰。以上四句言遠征戍邊的將士，登峻嶺，戍長城，漂泊荒僻之地，十分艱苦。

③ 善注：『《列子》曰：夏革曰：渤海之東，有大壑焉，實惟無底之谷。秦嘉詩曰：巖石鬱嵯峨。』翰注：『崇，高也。嵯峨，高貌。』鬱，《詩・秦風・晨風》：『鴥彼晨風，鬱彼北林。』毛詩傳：『鬱，積也。』此二句言荒遠之地，溪谷幽深，山嶺高峻。

④ 善注：『《史記》曰：武臣曰：陳王奮臂，爲天下唱始。《毛詩》曰：南有喬木。《尚書》曰：導弱水入于流沙。』濟注：『《詩》曰：南有喬木。《書》曰：西被流沙。振，舉也。』喬木，高大的樹木。《詩・小雅・伐木》：『出自幽谷，遷於喬木。』毛詩傳：『喬，高也。』振迹，舉足。《説文》：『迹，步處也。』流沙，沙漠。《呂氏春秋・本味》：『流沙之西，丹山之南，有鳳之丸。』高誘注：『流沙，（沙）自流行，故曰流沙，在燉煌西八百里。』此二句言遠征戍邊將士或攀緣林木，或跋涉沙漠。

⑤ 善注：『賈誼《旱雲賦》曰：隆暑盛其無聊。《説文》曰：慘，毒也。宋均《春秋緯注》曰：苛者，切也。《文子》曰：夏條可結。《毛詩》曰：誕寘之寒冰。』良注：『疊上文也。隆暑夏條，南方也；涼風寒冰，北方也。慘，毒。苛，酷。藻，華也。焦鮮藻，爲熱也。結衝波，水結爲冰也。言經寒炎而辛苦。』隆暑，酷暑。嚴，肅殺。夏條，夏季樹木之枝條。鮮藻，新鮮之藻衣。衝波，波浪。上四句言荒遠之地氣候條件的惡劣。酷暑毒烈，烤焦了樹木藻衣；嚴寒慘烈，凍結了大河波浪。

⑥ 善注：『鄒陽《書》曰：胡馬遂進闚於邯鄲。杜篤《論都賦》曰：斬白蛇，屯黑雲。《廣雅》曰：屯，聚也。《國語》：越王曰：吴爲不道，敢問諸大夫，戰奚以而可？大夫種曰：審物則可以戰。韋昭曰：物，旌

旗物色徽幟之屬也。《羽獵賦》曰：涣若天星之羅。』銑注：『胡，北方。越，南方。如雲之聚，如星之布。』此二句言邊地民族戰馬如屯集之雲，戰旗如羅列之星。

⑦善注：『張衡《髑髏賦》曰：飛鋒曜景，秉尺持刀。《漢書》曰：冒頓乃作爲鳴鏑。《音義》曰：如今鳴箭也。』向注：『鋒，謂兵刃也。鳴鏑，髇，箭名。』無絕影，即影不絕。此二句言兵刃相接，箭影不絕，箭響相和。極寫戰爭慘烈。

⑧善注：『《戰國策》曰：衛行人燭過，免胄横戈而進。李陵《答蘇武書》曰：負戟而長歎。孔安國《論語注》曰：戈，戟也。』翰注：『免，脱也。胄，兜鍪也。』飡，即餐。胄，鎧甲之首。此二句言戰事緊張，食不脱鎧甲，宿不離兵器。

⑨善注：『列子曰：師襄乃撫心高蹈。』撫，同『拊』，拍擊。《漢書·趙充國傳》：『知其俗者，拊盾和輯。』顔師古注：『拊，古撫字。』《尚書·舜典》：『擊石拊石，百獸率舞。』孔安國傳：『拊，亦擊也。』此二句感歎征人之苦，内心悲傷不已。

【集評】

［宋］郭茂倩《樂府詩集》卷三十三鮑溶《苦哉遠征人》：晉陸機《從軍行》曰：『苦哉遠征人，飄飄窮四遐。』宋顔延年《從軍行》曰：『苦哉遠征人，畢力干時艱。』蓋苦天下征伐也。又有《苦哉行》《遠征人》，皆出於《從軍行》也。

［清］何焯《義門讀書記》卷四十七：《從軍行》『胡馬如雲屯』，應北戍；『越旗亦星羅』，應南陟。

［清］陳祚明《采菽堂古詩選》卷十：大較序述悲涼，『飛鋒』四句，尤能極力抒寫。

［清］吴淇《六朝選詩定論》卷十：以『苦哉遠征人』起，以『苦哉遠征人』結。中間却用十六句分作南北兩行，如大官鹵薄。然一隊一隊，排得十分整齊，固是創格，至其搆意之精，又非人所及者。看他作此詩未申幾時，本要從遠征人心處寫起，他開口時却不急説，姑借旁人口中先唤一句。冬一句，夏一句，絮絮叨叨。一連十六句，只從他身邊説去，曾無一句痛痛説到心裏。若令從征人有習苦不言非意，却忽然又借旁人口中再唤一句『苦哉遠征人』，乃急急搶入一步，撲到他心裏，曰『悲何如』。令他兜的猛驚，痛酸欲絶，把前身邊苦都撮上心來。妙極！妙極！『南陟』六句，地利之苦。『隆暑』四句，天時之苦。『雲屯』六句，人事之苦。

［清］方廷珪《昭明文選集成》：按曲盡征戍之苦，清刻疏爽，已爲謝玄暉諸家導其先路。篇中俱以南北分頂，前用開寫，後方用合寫，古體格律之嚴如是。

豫章行①

【題解】

善曰：『《古豫章行》曰：白楊初生時，乃在豫章山。』濟曰：『本以豫章郡而爲之，以叙人代苦辛之意。』現存此古辭，寫豫章山上白楊變爲洛陽宫中棟樑，述其與根株分離之苦。此詩寫兄弟遠行别離之情。歡會傷别，自古而然，况日月飄零，暮年將至，别離更是難堪。詩後四句故作頓挫，遠節者本不牽於俗情，然眼前之情又深深縈繞於心，超然中反跌出一份深情，可見情感之濃，故結語之勸慰與期冀，更顯得情意殷殷。古之豫章地處淮南江北之間，漢置郡，屬揚州。此詩既是寫兄弟之別，又以豫章爲題，或當是在自己離任吴王郎中令，陸雲赴任吴王郎中令之時。因吴王所鎮之淮南與豫章地理相帶，而《古豫章行》又述根株分離之苦，故以《豫章行》以抒兄弟別離之情也。若然，則作於元康六年（二九五）冬。

汎舟清川〔一〕渚，遥望高〔二〕山陰②。川陸殊塗軌，懿親將遠尋③。三荆歡同株，四鳥悲異林④。樂會良自古，悼別豈獨今⑤。寄世將幾何，日昃無停陰⑥。前路既已多，後塗隨年侵⑦。促促薄暮景，亹亹鮮克禁⑧。曷爲復以兹，曾是懷苦心⑨。遠節嬰物淺，近情能不深⑩。行矣保嘉福，景絶繼以音⑪。

【校勘】

〔一〕『川』，《文選》卷二十八作『山』。六臣注：『五臣作川。』

〔二〕『高』，《藝文類聚》卷四十一作『南』。《樂府詩集》卷三十四注：『一作南。』

【注釋】

①《豫章行》屬樂府《相和歌辭·清調曲》。《樂府詩集》卷三十三：『《古今樂録》曰：王僧虔《技録》清調有六曲：一《苦寒行》，二《豫章行》，三《董逃行》，四《相逢狹路間行》，五《塘上行》，六《秋胡行》。荀氏録

所載九曲，傳者五曲，晉宋齊所歌，今不歌。武帝「北上」《苦寒行》，「上謁」《董逃行》，「蒲生」《（塘）上行》，「晨上」「願登」並《秋胡行》是也。其四曲，今不傳。明帝「悠悠」《苦寒行》，古辭「白楊」《豫章行》，武帝「白日」《董逃行》，古辭《相逢狹路間行》是也。其器有笙、笛（下聲弄、高弄、遊弄）、篪、節、琴、瑟、箏、琵琶八種，歌弦四弦。張永《録》云：未歌之前，有五部弦，又在弄後。晉、宋、齊，止四器也。』又卷三十四：『《古今樂録》曰：《豫章行》王僧虔云：荀録所載古白楊一篇，今不傳。《樂府解題》曰：陸機「泛舟清川渚」、謝靈運「出宿告密親」，皆傷離別，言壽短景馳，容華不久。傅玄《苦相篇》云：「苦相身爲女」，言盡力於人，終以落見棄，亦題曰《豫章行》也。豫章，漢郡邑地名。』

② 善注：『國語曰：秦泛舟於河。《列子》曰：伯牙遊於泰山之陰。』汎，《韻會》：『泛，或作汎，通作氾。』古三字同。渚，水中小洲。《詩・召南・江有氾》：『江有渚，之子歸，不我與。』毛詩傳：『渚，小洲也。』山陰，山之北面。《説文》：『陰，山之北也。』此二句言或泛舟河上，或攀緣山陰。

③ 善注：『《廣雅》曰：軌，迹也。《左氏傳》：富辰曰：昔周公吊二叔之不咸，故封建親戚，以蕃屏周，不廢懿親也。』向注：『懿親，謂兄弟。遠尋，謂遠別也。軌，道也。』懿親，至美之親，此爲兄弟。《左傳・僖公二十四年》：『如是，則兄弟雖有小忿，不廢懿親。』杜預注：『懿，美也。』此二句言兄弟川陸異路，將別離遠去。

④ 善注：『《古上留田行》曰：出是上獨西門，三荆同一根生。一荆斷絶不長，兄弟有兩三人，小弟塊摧獨貧。《家語》曰：孔子在衛，昧旦晨興，顔回侍側，聞哭者之聲甚哀。子曰：回，汝知此哭何者？曰：回以此哭之聲，非但爲死而已矣，又爲生離別者。子曰：何以知之？對曰：回聞完山之鳥，生四子焉，羽翼既成，將分乎四海，其母悲鳴而送之，哀聲有似於此，爲其往而不返。回竊以音類知之。孔子使問哭者，果

曰：夫死家貧，賣子葬之，與之長决。子曰：回善於識音矣。』良注：『三荆，三枝共本也。昔有田廣、田真、田慶兄弟三人，將别無以分，明日欲分，庭有荆樹，荆樹經宿萎黄。乃相謂曰：荆樹尚然，况我兄弟乎。遂不分，荆復悦茂，故云歡同株。孔子在衛，聞哭者甚哀。問顔回曰：汝知此何哭？回曰：此者非但爲死而已，又爲生離者也。昔峘山之鳥，生四子焉，羽翼既成，將分四海，其母悲鳴而送之，爲其往而不返。竊以音類知之矣。問之果然，故云悲異林。』三荆，一株三枝的荆樹。歡同株，因同株而歡。四鳥，一母所生的四鳥。悲異林，因别居異林而悲。此二句以三荆以同株爲樂，四鳥因分離而悲，比喻兄弟之不可分離。

⑤ 善注：『鄭玄《毛詩箋》曰：悼，傷也。《古詩》曰：今日良宴會，歡樂難具陳。又曰：别日何易，會日何難。』樂會，以聚會爲樂。此二句言歡聚傷别，自古而然。

⑥ 善注：『《尸子》：老萊子曰：人生於天地之間，寄也。寄者，固歸也。《左氏傳》曰：人壽幾何。《周易》曰：日昃之離，不鼓缶而歌，則大耋之嗟凶。』翰注：『昃，日暮也。無停陰，言日月之速。』昃，《玉篇》：『日昳也。』無停陰，猶言日月變化不停。沈約《梁甫吟》：『龍駕有馳策，日御不停陰。』此二句言人生短暫，光陰荏苒。

⑦ 善注：『前路、後塗，喻壽命也。言前路已多而罕至，後塗隨年侵而又盡，言無幾何也。』濟注：『前路，謂日月，後塗，謂性命。』前路，已過人生之路。後塗，暮年人生之路。侵，漸近。《玉篇》：『侵，漸進也。』此二句言過去的時光已多，人生暮年轉眼即至。

⑧ 善注：『景之薄暮，喻人之將老也。流行不息，鮮能止之。孔安國《尚書傳》曰：薄，迫也。《楚辭》曰：時亹亹而過中。』良注：『促促，短貌。亹亹，進貌。薄暮，喻年老也。鮮克禁，言少能制也。』景，日光。《玉篇》：『景，光景也。』鮮，少。《爾雅·釋詁》：『鮮，寡也。』郭璞注：『謂少。』克，《玉篇》：『能也。』此二句

言人生短促，如薄暮之日影，時光逝去，不可止之。

⑨ 善注：『言何爲復以此暮景不留之志，而曾是重懷悲苦之心乎！《毛詩》曰：曾是在位。《古詩》曰：晨風懷苦心。』銑注：『何爲復用離别之事，則是懷愁苦之心。』曷，何。《玉篇》：『曷，盍也。』此二句言所以有此遲暮之歎，是因心懷離别悲苦之情。

⑩ 善注：『《説文》曰：嬰，繞也。』向注：『有遠大之節，嬰物累必淺，有短近之智，能不至於深乎。』遠節，高遠的節操。嬰，牽繞。近情，眼前之情。此二句言志節高遠者固不可牽累於世俗，然眼前之情又不能不深懷心中。

⑪ 善注：『景，影也。言形影若絶，當繼之以惠音。』翰注：『行矣，謂去也。但當自保善福，人之一别，有如影滅，唯繼以音徽矣。』嘉福，善福。陸雲《征西大將軍京陵王公會射堂皇太子見命作此詩》其四：『嘉福介祐，萬壽無期。』《爾雅·釋詁》：『嘉，美也。』此二句勸慰别者遠行珍重惜福，形影既離，則繼以書信，聊慰思念。

【集評】

[宋]郭茂倩《樂府詩集》卷三十四《豫章行》(古辭)：《古今樂録》曰：《豫章行》：王僧虔云：荀録所載古《白楊》一篇，今不傳。《樂府解題》曰：陸機『汎舟清川渚』，謝靈運『出宿告密親』，皆傷離别，言壽短景馳，容華不久。傅玄《苦相篇》云『苦相身爲女』，言盡力於人，終以華落見棄，亦題曰《豫章行》也。豫章，漢郡邑地名。

［宋］阮閲《詩話總龜》卷七：《豫章行》：豫章，邑名，漢南昌縣，隋爲豫章。有豫章江，江連九江。有釣磯，陶侃少時嘗宿此。夜聞人唱，聲如量米者，訪之，吴時有度支，于此亡。今考傅玄、陸士衡輩所作，多叙別離，怨恨思，即知豫章昔爲華艷盛麗之區耳。至唐杜牧詩尚過稱其侈靡焉。

［宋］劉辰翁曰：此道離別之苦，而末復自辭，然終不能遣釋。（余碧泉《文選纂注》）

［元］劉履《風雅翼》卷四：賦也。水岐成渚。懿親，謂兄弟也。三荆，《齊諧記》云：田真、田慶、田廣，欲分財産，堂前有紫荆一株，夜議斫分爲三，曉即憔悴。真歎曰：樹本同株，聞分斫尚如此，况兄弟乎！遂不分，荆復悦茂。四鳥，《説苑》云：孔子在衛，聞哭甚哀，問顔回。回曰：此非但爲死而已，又爲生離也。昔完山之鳥生四子，羽翼既成，行將分乎四海，母悲鳴而送之，其聲甚哀，爲其往而不返也。問之果然。悼，傷也。前路，謂已歷之年。後塗，猶言末路。亹亹，進不已貌。禁，當。嬰，繫。行，去也。

士衡以兄弟將有遠行，因傷別而賦此。且言人壽無幾，徂年促迫，則已無如之何，况復以兹離別而懷苦心耶！然有遠大之節者，其繫於物必淺；而近情之人，能不深有所累乎？故於其行，但祝以善自保養，雖形影隔絶，惟當繼以音問可也。

［明］王世貞《藝苑卮言》卷四：謝茂秦（榛）謂許渾『荆樹有花兄弟樂』勝陸士衡『三荆歡同株』，此語大

瞶大瞶！陸是《選》體中常人語，許是近體中小兒語，豈可同日！

［明］孫鑛評：取對好，煉事入妙，若風致則未爲暢。（《孫月峰先生評文選》）

［清］何焯《義門讀書記》卷四十七：《豫章行》『遠節嬰物淺』，遠節謂向時。《飲馬長城窟行》後惟老杜前、後《出塞》可以追配之。『末德争先鳴』，《左傳》：『師克在和。』故以争功爲末德也。

［清］吴旭《歷代詩話》卷二十四：吴旦生曰：《樂府集》謂豫章邑名，漢南昌縣。隋爲豫章，有豫章江。

江連九江，有釣磯。陶侃少時，嘗宿此。夜聞人唱，聲如量米者，訪之吴時，有度支於此亡。今考傅玄、陸機輩所作，多叙別離，怨恨思，即知豫章昔爲華艷盛麗之區耳。至唐杜牧詩尚過稱其侈靡焉。

［清］王夫之《古詩評選》卷一：修辭雅適，承授之間，尤多曲理。謝客文心，此開之始矣。其視安仁如都人士之與貨殖者。古今合稱，殊爲唐突。

［清］陳祚明《采菽堂古詩選》卷十：此應是入洛別親友作。推《豫章行》之意而廣之。『三荆』所語，悲切亦復古勁。後段有用意處，曲折旨遠。末四句並曲。

［清］吴淇《六朝選詩定論》卷十：原注云：『機祖父世爲吴臣，著大勳于江表，己亦嘗領父兵爲牙門將。今乃世殊事異，遠離邦族，所以推驗天道，慨思平生，不能不爲悲傷也。』余始疑爲此説者，未免太鑿。再三把玩，字字有亡國破家之感，乃信其不誣。此詩乃士衡兄弟送別之詩，言特懇切，故假題於樂府，使人不覺。江南送客，汎舟有二便：一行路之便，一晤言之便。『川』指山渚，『陸』指山陰。蓋南北水旱兩路之分界。『遥望』云云，謂行者未曾登陸，而送者先已預打一望。見彼高山之陰，崎嶇無盡，曰『此吾懿親之去路也』，已自傷心之極矣。『三荆』四句，引證別離之苦。木之無知，鳥之無情，其在於人，復何以堪！『寄世』四句，即『一回相見一回老，能有幾年作弟兄』之意。『促促』二句，即『與爾同衰暮，非復離別時』之意。『曷爲』句，即指今日之別。『曾是』句，指今日之別，非比尋常，乃因國亡家破、世網嬰身而別。此別在遠節之人，或可自遣，未免有情感痛那得不深也。『保厥福』者，在晉不比在吴，尤宜謹慎，不是泛常相勗套語。士衡詩屢用『苦心』二字，反覆互校，自聽其意，非泛用也。

［清］方廷珪《昭明文選集成》：按篇中注解自明，舊注作叙人代辛苦之意，殊欠解，當是與其弟士龍別也。

苦寒行①

【題解】

良曰：『前有此作，意與是同也。』此詩與魏武帝《苦寒行》內容相近，言冰雪中行軍之苦。士衡前詩《從軍行》是對征人行役之苦的泛化描述，而此詩則是一次北方行役的具體描述。故抓住北方山行的苦寒、陰沉、恐怖，以及特殊生活方式等特點，反復鋪陳渲染，征人之苦摹寫得更清晰具體。結言將別離思念之情交織其中，愈顯情感鬱結屈曲。唐人之邊塞詩，魏晉實已開其先河矣。此詩所作時間當於《從軍行》差近，或即元康六年（二九六）。

北遊幽朔城，涼野多嶮艱〔一〕。俯入穹〔二〕谷底，仰陟高山盤②。凝冰結重磵〔三〕，積雪被長巒③。陰雪興嵓側〔四〕，悲風鳴樹端。不覩白日景，但聞寒鳥喧〔五〕④。猛虎憑林嘯，玄猿臨岸歎⑤。夕宿喬木下，慘愴〔六〕恒鮮歡⑥。渴飲堅冰漿，飢待零露飡〔七〕⑦。離思固已久〔八〕，寤寐莫與言。劇哉行役人〔九〕，慊慊恒苦寒⑧。

【校勘】

〔一〕『艱』，《文選》卷二十八、《七十二家集》本、《百二家集》本、《六朝詩集》本、陳仲魚校本、小萬卷樓本、鄧邦述校本作『難』。六臣本注：『五臣作艱。』鄧邦述校本亦校作『艱』。

〔二〕『穹』，陸刻本、《百三家集》本、《六朝詩集》本、陳仲魚校本、小萬卷樓本、鄧邦述校本作『窮』。《文集》校曰：『穹，别本作窮。』古二字通。

〔三〕『磵』，《文選》卷二十八、《藝文類聚》卷四十作『澗』。六臣本注：『五臣作磵。』古二字同。

〔四〕『嵓』，陸刻本作『巖』，古二字同。又『側』，《七十二家集》本作『測』，形近而誤。

〔五〕『喧』，《文集》作『嚾』。《文選》卷二十八、陸刻本、《百三家集》本、《六朝詩集》本、陳仲魚校本、小萬卷樓本、鄧邦述校本作『喧』。今據改。

〔六〕『慘愴』，《樂府詩集》卷三十三作『慘慘』，又注曰：『一作愴。』又『恒』，《樂府詩集》卷三十三作『怕』。

〔七〕『飢待』，《藝文類聚》卷四十作『飢食』。《樂府詩集》卷三十三注：『一作飢食。』又『飡』，《七十二家集》本作『餐』。古二字通。

〔八〕『久』，《樂府詩集》卷三十三作『矣』。《詩紀》卷二十四注：『一作矣。』六臣本注：『五臣作矣。』

〔九〕『行役人』，《藝文類聚》卷四十作『人行役』。

【注釋】

① 《苦寒行》屬樂府《相和歌辭·清調曲》。《樂府詩集》卷三十三：『《樂府解題》曰：晉樂奏魏武帝《北上篇》，備言冰雪谿谷之苦。其後或謂之《北上行》，蓋因武帝辭而擬之也。』

② 善注：『《尚書》曰：宅朔方，曰幽都。毛萇《詩傳》曰：北方，寒凉也。《韓詩》曰：在彼穹谷。王弼

《周易》注曰：盤，山石之安也。』向注：『北，稱幽也。朔，北方也。穹，窮。陟，升也。盤者，山首盤道。』幽朔，北方。《尚書·堯典》：『申命和叔宅朔方，曰幽都。』孔安國傳：『北稱朔，亦稱方。言一方則三方見矣。北稱幽，則南稱明。』涼野，北方寒涼，故稱涼野。窮谷，深谷。《左傳·昭公四年》：『深山窮谷，固陰沍寒。』此四句言行役於北方，郊野寒涼，路途險難。或俯入山谷，或仰登山巔。

③ 善注：『《爾雅》曰：「巒，山墮也。」郭璞曰：「山形長狹者，荆州謂之巒。」』向注：『被，覆。巒，山也。』重磵，深澗，磵，同澗。此二句言山澗中結滿堅冰，山巒上覆蓋冰雪。言苦寒也。

④ 興，起。《詩·衛風·氓》：『夙興夜寐，靡有朝矣。』鄭玄箋：『常早起夜臥，非一朝然。』樹端，樹梢。端，本作耑。《玉篇》注：『耑，《説文》：物初生之題，上象生形，下象生根。《廣雅》云：末也，小也。今爲端。』覩，《玉篇》：『見也。』上四句言山岩之側濃雲密佈，山林之巔悲風長嘯。白天不見日影，只聽到寒鳥喧鬧。言幽暗也。

⑤ 善注：『《春秋元命苞》曰：猛虎嘯而谷風起。《小(爾)雅》曰：憑，衣也。《上林賦》曰：玄猨素雌。』銑注：『嘯、嚾，皆歡聲。』按：五臣作嚾，蓋形近而誤。此二句言猛虎依林長嘯，黑猿對岸悲鳴。

⑥ 向注：『喬，高也。慘，愴寒貌。恒，常。鮮，少也。』喬木，高大樹木。《詩·小雅·伐木》：『出自幽谷，遷於喬木。』毛詩傳：『喬，高也。』慘愴，悲慘悽愴。張翰《雜詩》：『歡樂不照顔，慘愴發謳吟。』此二句言夕宿林下，悲慘悽愴，了無快樂。

⑦ 善注：『《周易》曰：履霜堅冰至。《詩》曰：零露團兮。』翰注：『言飢渴而飲冰食露也。然冰時無露，蓋文之疎也。』漿，水。《釋名·釋形》：『口下曰承漿。漿，水也。』零露，露水。《詩·鄭風·野有蔓草》：『野有蔓草，零露漙兮。』鄭玄箋：『零，落也。蔓草而有露，謂仲春之時草始生霜爲露也。』此二句言渴

飲冰水，飢餐露珠。

⑧ 善注：『曹子建《雜詩》曰：離思一何深。《毛詩》曰：獨寐寤言。《説文》曰：劇，甚也。鄭玄《禮記注》曰：慊，恨不滿足之貌也。』濟注：『莫，無也。慊慊，憂不足貌。言別離已久，遇此苦寒，故寤寐增悲。』寤寐，醒與睡。《詩·周南·關雎》：『窈窕淑女，寤寐求之。』毛詩傳：『寤，覺；寐，寢也。』此指日夜。慊慊，惆悵空虚貌。曹丕《燕歌行》：『慊慊思歸戀故鄉，君何淹留寄他方。』此二句言離別之思念久久縈繞心頭，却無人可與訴説。故慨歎行役之人艱辛之甚，遇此苦寒，常是惆悵空虚。

【集評】

〔明〕孫鑛評：實實填鋪，乏流動之趣，寫苦寒亦未切至，遠不及魏武。（《孫月峰先生評文選》）

〔清〕陳祚明《采菽堂古詩選》卷十：『陰雲』四句，蕭蔘悲動。士衡句如此者最少。

〔清〕吴淇《六朝選詩定論》卷十：首四句寫遠征人之艱難，正是苦寒張本。『凝冰』四句，正寫寒；『不覩』四句，旁寫寒，已暗渡入苦字。『日宿』四句，即事寫苦寒；末四句，即情寫苦寒。

〔清〕方廷珪《昭明文選集成》：按就此題發意，刻而能爽。

【附録】

曹操·苦寒行

北上太行山，艱哉何巍巍。羊腸阪詰屈，車輪爲之摧。樹木何蕭索，北風聲正悲。熊羆對我蹲，虎豹夾路啼。谿谷少人民，雪落何霏霏。延頸長歎息，遠行多所懷。我心何怫鬱，思欲一東歸。水深橋梁絶，中道正徘徊。迷惑失故路，薄暮無宿棲。行行日已遠，人馬同時饑。擔囊行取薪，斧冰持作糜。悲彼東山詩，悠悠使我哀。（《文選》卷二十七）

飲馬長城窟行①

【題解】

向曰：『蓋與前意不異。』此詩與《苦寒行》同寫行役，然前詩鋪寫行役之苦，此詩高揚建功立業、壯心報國的激情。邊境之苦寒，戰争之酷烈，則成爲將士壯心報國的反襯。是『功名只向馬上取』的唐代邊塞詩前奏。基調與前詩迥然有别。從詩的格調看，此詩似是作於成都王穎假機爲後將軍，舉兵討長沙王乂時。具體時間在太安二年（三〇三）八月至十月之間，與詩中『冬來秋未反』亦吻合。

驅馬陟陰山，山高〔一〕馬不前。往問陰山候，勁虜〔二〕在燕然②。戎車無停軌，旍旆屢徂遷③。仰憑積雪嵓〔三〕，俯涉堅冰川。冬來秋未反，去家邈以緜④。獫狁亮未夷，征人豈徒旋⑤。末德争先鳴，凶器〔四〕無兩全⑥。師克薄賞行，軍没微軀捐⑦。將遵〔五〕甘陳迹，收功單于旃⑧。振旅勞歸士〔六〕，受爵藁〔七〕街傳⑨。

【校勘】

〔一〕『高』，《文集》作『陰』。《文選》卷二十八、《樂府詩集》卷三十八、《藝文類聚》卷四十一、《古詩紀》卷三十四、《百三家集》本、《六朝詩集》本作『高』。《文集》亦校作『高』。今據改。

〔二〕『虜』，《宛委別藏》本作『鹵』。或避清諱。

〔三〕『嵓』，陸刻本作『巖』。古二字同。

〔四〕『器』，《藝文類聚》卷四十一作『德』。

〔五〕『遵』，《藝文類聚》卷四十一作『軍』。

〔六〕『士』，《樂府詩集》卷三十八作『去』。

〔七〕『藁』，《文選》卷二十八作『槀』。古二字通。

【注釋】

①《飲馬長城窟行》屬樂府《相和歌·瑟調曲》。《樂府詩集》卷二十六：『《古今樂録》曰：張永《技録·相和》有四引：一曰箜篌引，二曰商引，三曰徵引，四曰羽引，箜篌引，歌瑟調。東阿王辭《門有車馬客行》《置酒篇》，並晉、宋、齊，奏之。古有六引，其宮引、角引二曲闕。宋唯《箜篌引》有辭，三引有歌聲，而辭不傳。梁具五引，有歌有辭。凡相和，其器有笙、笛、節歌、琴、瑟、琵琶、箏七種。』《樂府詩集》卷三十六：『《古今樂録》曰：王僧虔《技録·瑟調曲》有《善哉行》《隴西行》《折楊柳行》《西門行》《東門行》《東西門行》《却東西門行》《順東西門行》《飲馬行》《上留田行》《新城安樂宮行》《婦病行》《孤子生行》《放歌行》《大牆上

蒿行》《野田黄爵行》《釣竿行》《臨高臺行》《長安城西行》《武舍之中行》《雁門太守行》《艷歌何嘗行》《艷歌福鍾行》《艷歌雙鴻行》《煌煌京洛行》《帝王所居行》《門有車馬客行》《牆上難用趨行》《日重光行》《蜀道難行》《櫂歌行》《有所思行》《蒲阪行》《採梨橘行》《白楊行》《胡無人行》《青龍行》《公無渡河行》。荀氏《録》所載十五曲，傳者九曲。武帝「朝日」「自惜」「古公」，文帝「朝游」「上山」，明帝「赫赫」「我徂」，古辭「來日」並《善哉》，古辭《羅敷艷歌行》是也。其六曲，今不傳。「五岳」《善哉行》，武帝「鴻鴈」《却東西門行》，「長安」《長安城西行》，「雙鴻」「福鍾」並《艷歌行》，「牆上」《牆上難用趨行》是也。其器有笙、笛、節、琴、瑟、筝、琵琶七種，歌弦六部。張永《録》云：未歌之前有七部，弦又在弄後，晉宋齊止四器也。』《樂府詩集》卷第三十八：『《飲馬長城窟行》，古詞一曰《飲馬行》。長城秦所築，以備胡者。其下有泉，窟可以飲馬。古辭云：青青河畔草，緜緜思遠道。言征戍之客，至於長城而飲其馬，婦人思念其勤勞，故作是曲也。酈道元《水經注》曰：始皇二十四年，使太子扶蘇與蒙恬築長城，起自臨洮，至於碣石東暨遼。』

② 善注：『《漢書》侯應上書曰：臣聞北邊塞有陰山。《解嘲》曰：西北一候。范曄《後漢書》曰：竇憲征北單于，登燕然山。』良注：『陟，升也。候，伺望者。勁，彊也。虜，匈奴也。燕然，山名。』陰山，山名，是今河套以北、大漠以南諸山的統稱。陰山候，此指陰山前哨偵察敵情的士兵。勁虜，强悍之敵，指匈奴。燕然山，即今蒙古國境内的杭愛山。漢竇憲大破北單于，曾登燕然山勒石銘功。上四句言驅馬登上陰山，山勢高峻，馬難以前行。前方哨兵傳來軍情，燕然山下有强悍之敵。

③ 善注：『鄭玄《考工記注》曰：軌，轍迹也。』銑注：『戎車，兵車也。軌，迹也。旌旆，旗類。徂，往。遷，徙也。』此二句戰車不停前進，旌旗不斷移動。

④ 善注：『邈，遠也。』向注：『憑，猶登也。』翰注：『邈，遠。緜，長也。』反，同返。邈以緜，即緜邈，遥

遠。見《文賦》注。此四句言將士或仰登積雪的山岩，或俯涉堅冰的河流。去冬離家出征，今秋尚未返回，且愈行離家愈遠。

⑤善注：『玁狁，匈奴也。《毛詩》曰：赫赫南仲，玁狁於夷。毛萇曰：夷，平也。』良注：『亮，信也。徒，猶空也。豈徒旋者，言賊未平。』玁狁，我國古代北方少數民族，此指匈奴。旋，歸去。《廣韻》：『旋，還也。』此二句言匈奴未平，征人豈可無功空還？

⑥善注：『《吴越春秋》：范蠡曰：夫人君勇者，逆德也。兵者，凶器也。争者，國之末也。《莊子》曰：三軍五兵之運，德之末也。《左氏傳》：州綽謂齊侯曰：平陰之役，先二子鳴。』翰注：『戰者，德之末也。先鳴，先登而大呼也。與敵相持，必有一傷。』末德，古人以德爲先，不得已而戰，故以末德指戰争。凶器，兵器，代指戰争。《國語·越語》：『兵者，凶器也。争者，事之末也。』韋昭注：『言賢者脩其政德，而遠方附事之。德不行，然後用武，故曰争者事之末也。』此二句寫將士登高而呼，先發制人，然作戰雙方必有死傷，不可兩全。

⑦善注：『《李陵書》曰：薄賞子以守節。』銑注：『克，勝。捐，棄也。』没，溺，指覆没。《玉篇》：『没，溺也。』此二句言即使勝利，也行賞微薄，一旦失敗，則捐軀沙場。

⑧善注：『《漢書》曰：甘延壽，字君況，北地人也。爲郎中諫大夫，使西域，與副校尉陳湯共誅斬郅支單于，封義成侯。又曰：陳湯，字子公，山陽人也。爲西域副校尉，與甘延壽俱出，同斬單于首，賜爵關内侯。班固《漢書述》曰：博望仗節，收功大夏。旃，旃旗也。』良注：『遵，奉也。收，取也。單于，匈奴君也。』遵，遵循。《玉篇》：『遵，循也，行也。』旃，旃旗，代指軍隊。此二句語意有轉折，言將士仍然渴望如甘延壽與陳湯那樣，平定單于，建立功業。

⑨善注：『《穀梁傳》曰：入曰振旅。《毛詩序》曰：杕杜，勞還役也。《南都賦》曰：受爵傳觴。《漢書》：陳湯上疏曰：斬郅支單于首，及名王以下，宜懸頭槀街蠻夷邸間。晉灼曰：《黄圖》，在長安城門内。邸，謂傳舍也。』向注：『將士受爵賞，傳匈奴之首於槀街。』振旅，凱旋之軍隊。《詩・小雅・采芑》：『顯允方叔，伐鼓淵淵，振旅闐闐。』毛詩傳：『入曰振旅。』鄭玄箋：『至戰止將歸，又振旅伐鼓，闐闐然。振，猶止也。旅，衆也。《春秋傳》曰：出曰治兵，入曰振旅，其禮一也。』勞，勤苦。《廣韻》：『勞，勤也。』慰勞勤苦。槀街，漢代長安街名。此二句言凱旋歸來，休整部隊，慰勞將士，論功授爵，傳名於長安。

【集評】

[元]劉履《風雅翼》卷四：賦也。陰山，在北塞雲中之地。候，疆吏也。勁，强悍之意。北狄曰虜，即獫狁也。燕然，虜中山名。旌旆，皆旗屬。析羽曰旌，繼旐曰旆。綿，長。徒，空也。末德，指兵事而言。《莊子》曰：『三軍五兵之運，德之末也。』先鳴，《左氏傳》周綽曰：『平陰之役先二子鳴。』杜預注：謂自比於鷄鬥，勝而先鳴。凶器，謂兵也。克，勝。没，陷也。甘、陳，漢甘延壽爲西域都護，與副校尉陳湯共斬郅支單于，以功封延壽義成侯，賜湯爵關内侯。旃，謂旃帳。穹，廬也。振，收也。槀街傳，陳湯上疏，請懸單于頭槀街蠻夷邸間。晉灼曰：在長安城門内。李善曰：邸，傳舍也。蓋槀街置邸，所以爲蠻夷朝宿之舍也。

此亦從軍之詩，不知何爲而作。始言涉歷險艱，久而不返者，以獫狁之未平也。終論争先交戰，勢無兩全，而勝負得喪，安可預？必惟將效古人收功于虜庭，受爵於京都，是吾志也。此篇在士衡樂府中，詞平理順，而不失忠義之節。較之演義所取《從軍》《苦寒》《日出東南隅行》及《前緩聲歌》等篇，徒以詞藻豔麗，而無曲折致趣者，則有間矣。故爲録之。但『受爵』二字，視左太沖『長揖歸田』之意爲不及耳。

［明］楊慎評：起句如此自然，《選》詩中亦罕得。（凌濛初輯《合評選詩》）

［明］孫鑛評：一氣直書，勁爽而饒姿態。（《孫月峰先生評文選》）

［明］王世貞評：前《長城窟行》，婦思夫而作，此則志在平虜而立功者。（余碧泉《文選纂注》）

［清］何焯評：後此惟老杜前後《出塞》可以追配之。（何焯評《文選》）

［清］賀貽孫《詩筏》：樂府古詩佳境，每在轉接無端，閃爍光怪，忽斷忽續，不倫不次。如羣峰相連，煙雲斷之，水勢相屬，縹緲間之。然使無煙雲縹緲，則亦不見山連水屬之妙矣。……《飲馬長城窟》篇從『輾轉不可見』忽接『枯桑知天風，海水知天寒』，突然而止，又似他人起手作結語。通篇零零碎碎，無首無尾，斷爲數層，連如一緒，變化渾淪，無迹可尋，其神化所至耶？若陸士衡擬此題，則一味板調，讀之徒令人厭。昭明以二詩並列，謬矣。

［清］陳祚明《采菽堂古詩選》卷十：起四句來緒迢遥，『末德』四句自是至語。凡詩語理至到者，情亦至到，便成名言，不可易，但貴煉令圓耳。要是未解，思量其旨，不可令邊士識。

［清］吴淇《六朝選詩定論》卷十：驅馬度陰山，是勇；山高馬不前，是怯。非怯也，未知敵之所在耳。訪之候者，既知所在，便車無停軌，旆不留影，以至犯雪凌霜而不顧也。即去時之久，離家之遠，亦不恤也。然此不是好戰樂殺，亦不是貪功邀賞，天地之道還（遠），朝廷之賞薄，夫豈不知只是丈夫寄世，當轟轟烈烈，留名萬古！所以願效甘陳之迹，收功異域，振旅而歸。朝廷犒賞從征之士，隨例御酒三杯，博得京城内外，街市人家，傳個英雄名頭而已。然甘陳雖有奇績，當時朝廷抑而不序，亦無振振受爵之事。此亦志士心中想像而然，只要展布自己本事，受爵不受爵，非所必云。

〔清〕方廷珪《昭明文選集成》：按篇中極形容邊方戰士之苦。

王闓運《八代詩選》：首二句是律詩佳起。……『薄』『微』二字精峭。

門有車馬客行①

【題解】

翰曰：『言念舊鄉，而有是作，雖曰擬古，機意自屬。』《樂府詩集》卷四十：『《樂府解題》曰：曹植等《門有車馬客行》皆言問訊其客，或得故舊鄉里，或駕自京師，備敘市朝遷謝，親友彫喪之意也。』此詩借與故鄉來客之對話與問訊，表達親友彫喪，市朝遷謝之旨，與古曲相同。然而詩人乃覆國亡家之人，藉古曲寫悲情，其間別有吞吐曲折處。此詩所寫内容與《歎逝賦序》相近，疑二者所作時間相近，即永康元年（三〇〇）。是年張華、裴頠、石崇、歐陽建等諸名士被殺，給詩人心靈投下巨大陰影，此詩所抒發情感實是當時心境的折射。

門有車馬客，駕言發故鄉②。念君久不歸，濡迹涉江湘③。投袂赴〔一〕門塗，攬衣不及裳〔二〕④。拊〔三〕膺攜客泣，掩〔四〕淚敘温涼⑤。借問邦族間，惻愴論存亡⑥。親友多零落，舊齒皆彫喪⑦。市朝互〔五〕遷易，城闕或丘荒⑧。墳壟日月多，松柏鬱芒芒〔六〕⑨。天道信崇替，人生安得長⑩。慷慨惟平生，俛仰獨悲傷⑪。

【校勘】

〔一〕『赴』，《藝文類聚》卷四十一作『起』。

〔二〕『裳』，《藝文類聚》卷四十一作『裝』。

〔三〕『拊』，《文選》卷二十八、陸刻本、《六朝詩集》本、陳仲魚校本、鄧邦述校本作『撫』。陳仲魚校本、鄧邦述校本校作『拊』。古二字同。

〔四〕『掩』，《文集》作『淹』，形近而誤。《文選》卷二十八、《樂府詩集》卷四十六、《古詩紀》卷三十四、《百三家集》本作『掩』。今據改。

〔五〕『互』，《七十二家集》本作『忽』。疑是。

〔六〕『芒芒』，《樂府詩集》卷四十作『茫茫』。古二詞同。

【注釋】

①《門有車馬客行》屬樂府《相和歌·瑟調曲》。内容多寫客自外來，備述市朝變遷，親友喪亡之意。《樂府詩集》卷二十六：『《古今樂録》曰：張永《技録》：相和有四引：一曰箜篌引，二曰商引，三曰徵引，四曰羽引箜篌引，歌瑟調，東阿王辭《門有車馬客行》《置酒篇》並晉宋齊奏之。古有六引，其宫引、角引二曲闕。宋唯箜篌引有辭，三引有歌聲而辭不傳，梁具五引，有歌有辭。凡相和，其器有笙、笛、節歌、琴、瑟、琵琶、箏七種。』

②善注：『《毛詩》曰：駕言出遊。』濟注：『皆假言之。』駕，驅車。言，語助詞。《詩·邶風·泉水》：

『駕言出遊，以寫我憂。』鄭玄箋：『既不得歸寧，且欲乘車出遊，以除我憂。』故都，故國。《楚辭·離騷》：『無人莫我知兮，又何懷乎故都？』王逸注：『言衆人無有知己，己復何爲思故鄉念楚國也。』此二句言門前駕着車馬的客人，來自故國。

③ 善注：『毛萇《詩傳》曰：濡，漬也。』向注：『君，謂機也。濡迹，漬足也。涉，度也。江湘，水名。』濡迹，猶言涉足其間。呂和叔《狄梁公立盧陵王傳讚》：『於休梁公！社稷之臣，濡迹應變，與唐屈伸。』此二句假託來客之言，意謂鄉人念君跋涉於江湘之間，久已不歸。

④ 善注：『《左氏傳》曰：楚子投袂而起。《古詩》曰：攬衣起徘徊。毛萇《詩傳》曰：上曰衣，下曰裳。』銑注：『謂出見於客也，投袂，奮袖也。不及裳，言不暇整衣服也。』投袂，振其衣袖。此猶舉手。《左傳·宣公十四年》：『楚子聞之，投袂而起。』杜預注：『投，振也。袂，袖也。』赴門塗，猶言奔赴門前之塗。攬，以手理之。《釋名·釋姿容》：『攬，斂也，斂置手中也。』攬衣不及裳，謂匆匆整理衣裳。此二句聞故鄉客來，舉手整理上衣，尚不及下裳，即匆匆出門迎客。

⑤ 善注：『《列子》曰：撫膺而無根。《楚辭》曰：長太息以掩涕。《尚書》曰：以殷仲春。鄭玄曰：春秋，言温凉也。』向注：『叙別離之歲月。』撫膺，拍胸，撫，同拊。鮑照《代白頭吟》：『古來共如此，非君獨撫膺。』掩淚，拭淚。《世説新語·任誕》：『桓乃流涕嗚咽，王便欲去，桓以手巾掩淚。』此二句言携客之手，撫膺而泣，叙別離之歲月，更是潸然淚下。

⑥ 善注：『《毛詩》曰：言旋言歸，復我邦族。《尸子》曰：其生也存，其死也亡。』翰注：『邦族，謂鄉親也。』惻愴，悲愴凄慘。顏延年《五君詠·向常侍》：『流連河裏遊，惻愴山陽賦。』良注：『惻愴，悲傷也』此二句言詢問故鄉親友，多已喪亡，内心無限悲愴。

⑦ 善注：『曹子建《箜篌引》曰：親友從我遊。孔融《與曹操書》曰：海内知識，零落殆盡。《黄石公記》曰：王聘舊齒，萬事乃理。』濟注：『舊齒，耆老也。』舊齒，先輩。蔡邕《表太尉董公可相國》：『太傅隗，以舊典入録機密事，尚書令日磾，先輩舊齒，德更上公。』凋喪，零落，皆指死亡。此二句言其悲愴之原因，親友故舊，多已喪亡。

⑧ 善注：『《古出夏門行》曰：市朝人易，千歲墓平。《毛詩》曰：在城闕兮。』銑注：『謂吴之市朝城闕。』市朝，集市。鮑照《結客少年場行》：『日中市朝滿，車馬若川流。』善注：『《周易》曰：日中爲市，致天下之人，聚天下之貨。』遷易，變易。《爾雅·釋詁》：『遷，徙也。』城闕，城門兩邊的樓觀，此指城邑。曹植《贈白馬王彪》：『顧瞻戀城闕，引領情内傷。』《廣韻》：『闕，門觀也。《釋名》曰：闕在門兩旁，中央闕然爲道也。』此二句以集市變遷，城邑丘荒，喻人世變化之迅速。

⑨ 善注：『仲長子《昌言》曰：古之葬松柏梧桐，以識其墳也。』向注：『謂機家墳壟也，芒芒，盛貌。』鬱，積也。見《從軍行》注。芒芒，廣大貌。《詩·周頌·列祖》：『而生商宅，殷土芒芒。』毛詩傳：『芒芒，大貌。』此二句言墳墓日益增多，墳上松柏已枝繁葉茂，茫茫一片。

⑩ 善注：『《國語》：藍尹亹曰：君子獨居，思前世之崇替。賈逵曰：崇，終也。』翰注：『崇，興。替，廢也。』此二句言人生短暫，誠如自然興廢之迅速。

⑪ 善注：『《説文》曰：慷慨，壯士不得志於心。《莊子》曰：俛仰之間。』濟注：『慷慨，歎息也。惟，思也。』慷慨，《戰國策》卷九：『風蕭蕭兮易水寒，壯士一去兮不復還。復爲羽聲忼慷。』鮑彪注：『忼慨，壯士不得志也。』惟，思。俛仰，低頭與抬頭，猶言時刻。《左傳·定公十五年》：『進退俯仰，於是乎取之。』此二句言思念平生壯志未酬，而人生又如此短暫，故無時不充滿悲傷。

【集評】

［宋］郭茂倩《樂府詩集》卷四十陸機《門有車馬客行》：《古今樂録》曰：王僧虔《技録》云：《門有車馬客行》歌東阿王『置酒』一篇。《樂府解題》曰：曹植等《門有車馬客行》，皆言問訊其客，或得故舊鄉里，或駕自京師，備叙市朝遷謝，親友彫喪之意也。按：曹植又有《門有萬里客》，亦與此同。

［元］劉履《風雅翼》卷四：賦也。發，發足於彼也。念君者，設爲客詞也。濡迹，漬足也。江湘，本言涉江，以湘水亦入於江，故兼言之。投，振也。投袂，悤遽出迎之意。攬，撮持也。温涼，謂經别之氣候。舊齒，耆老也。市朝、城闕，皆指吴故都而言。丘荒，猶言丘墟。

凡旅寓之士，聞有客自故鄉來者，其趨迎感泣，訪舊惻愴之情，豈得自已！况士衡祖父世爲將相，著大勳於江表，及己亦嘗領父兵爲牙門將。今乃世殊事異，遠離邦族，且聞故都丘荒而先壠，久不歸省，所以推驗天道，慨思平生，尤不能不爲之悲傷也。

［明］孫鑛評：説真意懇切，亦以不藻飾妙。（《孫月峰先生評文選》）

［明］李夢陽評：雖云擬古，機蓋自傷其久去鄉邑也。（余碧泉《文選纂注》）

［明］縠齋主人《獨鑒録》：陸士衡樂府《門有車馬客行》：『門有車馬客，駕言發故都。』太白則『門有車馬賓，金鞍耀朱輪』，易一『賓』字，便自淺矣。

［明］陸時雍《古詩鏡》卷九：驚心事，刻意語，所少者氣韻流動。

［清］何焯《義門讀書記》卷四十七：《門有車馬客行》，悲凉古直。

［清］陳祚明《采菽堂古詩選》卷十：自述感懷情切，故語益佳。『投袂』四句，序將迎之狀甚省，便覺生動。『親友』六句，警切。『天道』二句又深入一層，悲感逾至。

［清］吴淇《六朝選詩定論》卷十：士衡自寓亡國之感，人知其感在下『惻愴』云云，而不知開口閑序時，已偷筆帶出。客發故鄉，謂故鄉人物彫零已盡，獨剩己在，故於千山萬水，得得而來相訪問，竟投門塗，見其更無他事。『攬衣』三句，亦是故鄉彫零已盡，獨剩客在，故倍加親熱。此不待細論存亡，先已寫得悼絶。『親友』句，是存。『舊齒』句，是亡。『市朝』二句，應『零落』，見存者亦不在眼前。『墳隴』二句，應『彫喪』，見亡者之多且久。『天道』四句，不止自歎，前念子句，暫把自己算在存者數内，人生云云，終把自己也算到亡者數内。其寫國破處，真是蟻亡蜂滅。

［清］佚名評：此樂府軼宕真率，不愧古辭。（顧大猷輯《選詩》）

［清］方廷珪《昭明文選集成》：文字惟真故妙，聞故鄉人至而喜，問及故鄉事而悲，因自傷其離鄉之久，情景俱真。

君子有所思行①

【題解】

銑注：『言登山下，見都邑時俗奢泰，因思古之賢哲，與前《君子行》有異也。』此詩借古題抒寫詩人登北邙山遥望洛城之所見所感。先概寫洛城之繁華，然後從樓閣密室、曲池水榭、綺窗室幃、美人歌舞幾個方面，鋪叙勢族之奢泰；最後寫人生之匆匆，容顔易凋，不可宴安鴆毒，耽富譏貧。詩情既有牢落不平，亦隱含自警自勵，以及功業之渴望。吴淇《六朝選詩定論》認爲此詩作於吴亡之前，所寫乃當年吴之建鄴，似未妥善。當於入洛後所作，具體時間難以確考。

命駕登北山，延佇望城郭②。廛里一何盛，街巷紛漠漠③。甲第崇高闥，洞房結阿閣④。曲池何湛湛，清川帶華〔一〕薄⑤。邃宇列綺窻，蘭室接羅幕⑥。淑貌色斯升，哀音承顔作⑦。人生誠行邁〔二〕，容華隨年落⑧。善哉膏粱士，營〔三〕生奥且博⑨。宴安消靈根，酖〔四〕毒不可恪⑩。無以肉食〔五〕資，取笑葵〔六〕與藿⑪。

【校勘】

〔一〕『華』，《藝文類聚》卷四十一作『花』。古二字同。

〔二〕『人生誠行邁』，《樂府詩集》卷六十一注：『一作人生誠行過。』又『誠』，《樂府詩集》卷六十一作『盛』。又『邁』，六臣本注：『五臣作過。』

〔三〕『營』，《藝文類聚》卷四十一作『榮』。

〔四〕『酖』，陸刻本、《百三家集》本、《六朝詩集》本、陳仲魚校本、鄧邦述校本作『鴆』。陳仲魚校本校作『酖』。古二字通。

〔五〕『肉食』，《藝文類聚》卷四十一作『酒肉』。

〔六〕『葵』，《樂府詩集》卷六十一作『藜』，并注曰：『一作葵。』

【注釋】

①《君子有所思行》屬樂府《相和歌辭·平調曲》。

②善注：『《孔叢子》：孔子歌曰：巾車命駕。《楚辭》曰：結幽蘭而延佇。』良注：『謂登北邙，望晉都。』延佇，久立。王逸《楚辭·離騷》注：『延，長也。佇，立貌。《詩》曰：佇立以泣。』此二句言御者駕車登上北山，久久佇立，望着山下的城郭。

③善注：『鄭德《漢書注》曰：廛，謂城邑之居也。』向注：『一廛，一家之居也，五鄰爲里。漠漠，布列貌。』廛里，城邑中住宅的通稱。張衡《西京賦》：『廛里端直，甍宇齊平。』薛綜注：『都邑之空地曰廛。』濟注：『廛里，猶邑里。漠漠，布列貌。』紛，多。《廣韻》：『紛，紛紜衆也。』此二句言城中繁華鼎盛，人煙稠密。

④善注：『《漢書音義》曰：有甲乙次第，故曰甲第。《楚辭》曰：姱容脩態絙洞房。《尚書中候》曰：昔黄帝軒轅，鳳皇巢阿閣。鄭玄《周禮注》曰：四阿若今四注也。』翰注：『甲第，第一宅也。崇，重。闥，門。洞，通。結，連。阿，大也。』闥，門樓上的小屋，此指門樓。《詩·齊風·東方之日》：『彼姝者子，在我闥兮。』《經典釋文》卷五：『闥，門内也。韓詩云：門屏之間曰闥。』洞房，幽深之室。王延壽《魯靈光殿》：『旋室㛹娟以窈窕，洞房叫窱而幽邃。』張載注：『言深邃也。』阿閣，樓閣。《古詩·西北有高樓》：『交疏結綺窗，阿閣三重階。』善注：『《周書》曰：明堂咸有四阿，然則閣有四阿，謂之阿閣。鄭玄《周禮注》曰：四阿，若今四注者也。』良注：『阿閣，重閣也。』此二句言貴族宅第高聳，樓閣華美。

⑤善注：『《楚辭》曰：坐堂伏檻臨曲池。』濟注：『湛湛，水平貌。草木叢生曰薄。』曲池，環曲之水池。《楚辭·招魂》：『坐堂伏檻，臨曲池些。』王逸注：『言坐於堂上，前伏檻楯，下臨曲水清池，可漁釣也。』此二

句言曲池水榭，清流緩緩，花草簇生。

⑥ 善注：『《楚辭》曰：高堂邃宇檻層軒。《古詩》曰：交疏結綺牕。又曰：盧家蘭爲室，桂爲梁。《楚辭》曰：蒻阿拂壁羅幬張。』銑注：『邃，深。宇，屋也。綺窗，窗爲錦綺之文也。蘭室，取其香也。羅幕，即羅帳。』邃宇，義同洞房。此二句言密室深閨，窗飾帷幔精美異常，室内散發着淡淡幽香。

⑦ 善注：『言淑貌以色斯而見升，哀音亦承顔哀而作也。《論語》曰：色斯舉矣。』良注：『淑，美也。言以此美色之女，升進於君；以亡國之樂，承君顔而作。刺時以聲色冒於上也。哀音，亡國之音。』此二句言室内女子。年輕美貌者因美色而見寵，靡靡之音承顔色而作聲。

⑧ 善注：『《楚辭》曰：生天地之若過。《古詩》曰：人生天地間，忽如遠行客。』向注：『言人生處世，實如行過，容色隨年歲而凋落也。』行邁，行走，言匆匆而過。《詩·王風·黍離》：『行邁靡靡，中心摇摇。』毛詩傳：『邁，行也。』此二句言人生如過客匆匆，容貌隨歲月凋零。

⑨ 善注：『《國語》：欒伯請公族大夫，公曰：夫膏粱之性難止也。賈逵曰：膏，肉之肥者。粱，食之精者。言其食肥美者率驕放，其性難止也。韋昭《漢書注》曰：生，業也。《廣雅》曰：奥，藏也。』翰注：『善哉，歎美之。因以譏膏肉之肥者，粱食之精者，言富貴食此精肥之士，營生深奥，且廣博矣。』膏粱士，食肥厭精之士，指權貴。營生，養生。《抱朴子·内篇·極言》：『凡爲道而不成營生而得死者，其人非不有氣血也。』此二句勸戒膏粱之士，養生之道深奥廣博，不可不細審之。

⑩ 善注：『《左氏傳》：管敬仲言於齊侯曰：宴安鴆毒，不可懷也。杜預曰：以宴安比之鴆毒也。老子《黄庭經》曰：玉池清水灌靈根，靈根堅固老不衰。然靈根謂身也。《左氏傳》曰：卿不書，緩也，以懲不恪。《爾雅》曰：恪，敬也。』濟注：『《黄庭經》云：玉池清水灌靈根，靈根堅固，老不衰然。靈根，喻身也。』宴

安，安逸。鴆毒，此謂飲甘厭肥，猶如鴆毒。恪，敬，依戀。此二句言安逸奢靡，猶如鴆毒，損害身體，不可依戀。

⑪ 善注：『《説文》（按：當爲《説苑》之誤）曰：晉東郭氏上書於獻公，公曰：肉食者已慮之矣。對曰：忽使肉食失計於廟堂，藿食寧得不肝腦塗地也。』良注：『無以肉食而自安，是以取笑於食葵藿貧賤之士。』肉食，肉食者，指權貴。資，用，憑藉。《玉篇》：『資，取也，用也。』葵藿，野菜名。此二句勸戒膏粱之士無安於肥甘，而譏笑葵藿貧賤之人。

【集評】

〔宋〕郭茂倩《樂府解題》卷六十一陸機《君子有所思行》曰：《君子有所思行》，晉陸機云：「命駕登北山。」宋鮑照云：「西上登雀臺。」梁沈約云：「晨策終南首。」其旨言雕室麗色，不足爲久歡，宴安鴆毒，滿盈所宜敬（禁）忌，與《君子行》異也。

〔元〕李治《敬齋古今黈》卷七：陸士衡《君子有所思行》末云：『宴安銷靈根，酖毒不可恪。』意謂宴安酖毒，不可恪耶。然不可恪三字，太逕庭，不似詩家語。不可當倒。恪，慎也。可不恪，則言不可不慎。

〔清〕何焯《義門讀書記》卷四十七：《君子有所思行》，此君子以戒有位者也。以此與鮑明遠相較，則遺山詆士衡爲布谷，真不知量也。

〔明〕孫鑛評：微有藻飾，然却不填塞鋪綴，以真氣貫之，故亦自豪暢。（《孫月峰先生評文選》）

〔明〕錢陸燦評：言登山下見都邑，時俗奢泰，因思古之賢君也。（吴氏刻《文選》）

〔清〕陳祚明《采菽堂古詩選》卷十：『曲池』二句，有生致，然渾，以其調高。摘用『色斯』字雋，『恪』字押韻終强。結句取材於《春秋》，謀調於《塘上行》，成此雅語，可得用古之法。

[清]孫梅《四六叢話·選詩叢話》：陸士衡《君子有所思行》末云：『宴安銷靈根，酖毒不可恪。』意謂宴安酖毒不可恪耶。然『不可恪』三字太逕庭，不似詩家語。『不可』當倒。恪，慎也。『可不恪』，則言不可不慎。（引宋姚寬《西溪叢語》）

[清]吴淇《六朝選詩定論》卷十：此當是未入洛陽前，傷孫氏之將衰，全是一班身家自營之人，謀國不臧，故作此詩以刺之。城郭中有廛里，廛里中有街巷，街巷中有甲第高闥，甲第高闥内有洞房阿閣，洞房阿閣旁有曲池清川，又有邃宇蘭室，邃宇蘭室中又有綺窗羅幕，綺窗羅幕中又有淑貌哀音兼備之美人。『色斯升』，誰升之？『承顔作』，承誰之顔？定然有營生之『奥且博』膏粱子居在中間受用。然彼既奥且博矣，誰得而見之。豈知却有旁人立在高處，冷眼看他，且看得甚仔細。看他者却不是他人，正是葵藿之士，即首句登北山的。苟非『延佇』，那看得仔細至此。

晉家南渡，王導初營建業，所制街街紆曲，人有以爲拙者。王東亭曰：此丞相所以爲巧，江左地促，不如中州，若使阡陌條暢，則一覽而盡，故紆餘委曲，若不可測。觀此詩，建業街阡，因乎地勢，想自孫氏已然。王導亦非無所承。其寫不可測處直以『紛漠漠』三字畫之，可謂妙乎！

[清]邵長蘅《文選》評：君子之甘心葵藿，懼靈根之或消也，彼膏粱者徒借此以營生耳。妙從北山望見甲第而興言及此，乃見詩筆。（范子燁《〈昭明文選〉邵氏語迻録稿》）

[清]俞瑒評：此因望而言膏粱之不足重爲葵藿增光也。一路順叙，只於結處見分曉，警絶。（清鈔本《昭明文選》）

[清]佚名評：文華中俱有樸意。（顧大猷輯《選詩》）

［清］方廷珪《昭明文選集成》：按上半截從望中極寫富貴之豪侈，下半篇以宴安酖毒不可懷意作收，抒議極正。

齊謳行①

【題解】

《漢書·禮樂志》顔師古注：『謳齊歌謂齊聲而歌，或曰齊地之歌。』善曰：『《漢書·禮樂志》曰：「齊謳員六人。」』銑曰：『此爲齊人謳歌國風也。其終篇亦欲使人推分直進，不可苟有所營。』此詩前半描摹齊地山川之遼闊，地理位置之重要，海陸物産之豐富，歷史人物之輝煌；後半由姜尚、桓公引出時序遷轉，人世盛衰，不可力强而致。全詩由地及人，由今及史，自然引出歷史、人生之感慨。結構之妙，不著痕迹。詩人何以如此頌美齊地？乃因太公與吴氏有家族淵源關係。

吴淇《六朝選詩定論》認爲此詩是入洛後作。若然，則可能作於平原内史任上。平原古屬齊地，當入齊而作《齊謳行》也。具體時間爲太安二年（三〇二）。

營丘負海曲，沃野爽且平②。洪川控河濟，崇〔一〕山入高冥③。東被姑尤側，南界聊攝城④。海物錯萬類，陸産尚千名⑤。孟諸吞楚夢，百二侔秦京⑥。惟師恢東表，桓后定周傾⑦。天道有迭代，人道無久盈⑧。鄙哉牛山歎，未及至人情⑨。爽鳩苟已徂，吾子安得停⑩。行行將復去，長存非所營⑪。

【校勘】

〔一〕『崇』，善注：『崇或爲嵩，非也。』

【注釋】

① 《齊謳行》屬樂府《雜曲歌辭》。《樂府詩集》卷六十一：『《宋書・樂志》曰：古者天子聽政，使公卿大夫獻詩，耆艾修之，而後王斟酌焉。然後被於聲，於是有採詩之官。周室下衰，官失其職。漢魏之世，歌詠雜興，而詩之流乃有八名：曰行，曰引，曰歌，曰謠，曰吟，曰詠，曰怨，曰歎，皆詩人六義之餘也。至其協聲律，播金石，而總謂之曲。若夫均奏之高下，音節之緩急，文辭之多少，則繫乎作者才思之淺深，與其風俗之薄厚。當是時，如司馬相如曹植之徒，所爲文章，深厚爾雅，猶有古之遺風焉。……雜曲者，歷代有之。或心志之所存，或情思之所感，或宴遊懽樂之所發，或憂愁憤怨之所興，或叙離別悲傷之懷，或言征戰行役之苦，或緣於佛老，或出自夷虜，兼收備載，故總謂之雜曲。自秦漢已來，數千百歲，文人才士，作者非一。干戈之後，喪亂之餘，亡失既多，聲辭不具，故有名存義亡，不見所起。而有古辭可考者，則若《傷歌行》《生別離》《長相思》《棗下何纂纂》之類是也。復有不見古辭，而後人繼有擬述，可以概見其義者，則若《出自薊北門》《結客少年場》《秦王卷衣》《半渡溪》《空城雀》《齊謳》《吳趨》《會吟》《悲哉》之類是也。又如漢阮瑀之《駕出北郭門》，曹植之《惟漢》《苦思》《欲遊南山》《事君》《車已駕》《桂之樹》等行，《磐石》《驅車》《浮萍》《種

葛》《吁嗟》《鰕䱇》等篇。傅玄之《雲中白子高》《前有一樽酒》《鴻鴈生塞北行》《昔君》《飛塵》《車遥遥篇》，陸機之《置酒》，謝惠連之《晨風》，鮑照之《鴻鴈》，如此之類，其名甚多。或因意命題，或學古叙事，其辭具在，故不復備論。』

《樂府詩集》卷六十四：『《漢書》曰：漢王至南鄭，諸將及士卒皆歌謳思東歸。顔師古曰：謳，齊歌也。謂齊聲而歌。或曰齊地之歌。《禮樂志》曰：齊古謳員六人。梁元帝《纂要》曰：齊歌曰謳是也。陸機《齊謳行》，備言齊地之美，亦欲使人推分直進，不可妄有所營也。』

② 善注：『《禮記》曰：太公封於營丘。鄭玄曰：齊曰營丘。晁錯《新書》曰：齊地僻遠負海，地大人衆。鄭玄《禮記注》曰：負之言背也。《漢書》曰：沃野千里。《左氏傳》：齊景公欲更晏子之宅，曰：請更諸爽塏之地。』向注：『營丘，地名，太公所封也。負，背。爽，明也。』營丘，即今山東淄博市。海曲，海灣。爽，地勢高而開闊。此二句言齊地營丘與海灣相連，沃野千里，地勢高且平坦。

③ 善注：『毛萇《詩傳》曰：控，引也。《戰國策》：蘇秦曰：齊有清濟濁河。傅毅《洛都賦》曰：弋高冥之獨鵠，連軒翥之雙鶬。崇，或爲嵩，非也。』翰注：『冥，昧，極高之處。』河濟，黄河與濟水。《漢書·地理志上》作『泲』，他書作『濟』，包括黄河北南二水流。《尚書·禹貢》：『導沇水，東流爲濟，入於河。』高冥，猶青冥，天空。此二句言營丘境内黄河、濟水相連，大山高聳入雲。

④ 善注：『《左氏傳》：晏子曰：聊攝以東，姑尤以西，其爲人也多矣。杜預曰：姑、尤，齊東界。姑水尤水，皆在城陽郡東南入海也。聊、攝，齊西界也。平原聊縣東北有攝城，然西南不同者，其地既非正方，故各舉一隅言之也。』濟注：『聊、攝，二縣名，皆齊境也。』被，覆蓋。《廣韻》：『被，覆也。』《書》曰：光被四表。』此二句言營丘東南有姑、尤二水，西南以聊、攝二城爲界。

⑤ 善注：『《尚書》曰：海岱惟青州。《禹貢》：海物惟錯。《河圖》曰：地有九州，以包萬類。《禮記》曰：恒豆之俎，陸産之物也。加豆，陸産也。其醢，水物也。《南都賦》曰：百品千名。』銑注：『錯，雜也。萬類千名，言所出非一種。』尚，庶幾。《爾雅·釋言》：『庶幾，尚也。』此二句言齊地水陸物産，非常豐富。

⑥ 善注：『《子虛賦》曰：齊浮渤澥，游孟諸，吞若雲夢者八九，於其胸中曾不蔕芥。《漢書》田肎賀上曰：陛下得韓信，又治秦中，秦持戟百萬，秦得百二焉；齊持戟百萬，齊得十二焉。此所謂東西秦也。李斐云：持戟百萬，秦得百二焉。又曰：設有持戟百萬之衆，齊得十中之二焉。百萬十分之二，亦二十萬也。但文相避耳，故言東西秦，其勢敵也。然李斐之意，以百一謂百萬中之二也。《字林》曰：侔，齊等也。』良注：『孟諸，齊之澤名。』此二句言齊之孟諸水澤可吞楚之雲夢，帶戟者百二亦與秦國相敵。以誇張之言齊地域遼闊，國勢强盛。

⑦ 善注：『《毛詩》曰：惟師尚父，時惟鷹揚。《左氏傳》曰：季札請觀於周樂，爲歌齊曰：表東海者，其太公乎。又曰：公及齊侯會於首止，謀寧周也。公，魯僖公也。齊侯，桓公也。《鹽鐵論》曰：定傾扶危。』濟注：『恢，大也。齊桓公九合諸侯，一匡天下，故云定周傾也。后，君也。言君者尊之也。』惟師，指姜太公。恢，擴大。東表，代指齊地。桓后，指齊桓公。定周傾，意謂使即將傾覆周王室安定。此二句言太公擴大了齊地疆域；齊桓公九合諸侯，一匡天下，安定即將傾覆的周室。

⑧ 善注：『孫卿子曰：日月遞照，四時代御。王符《潛夫論》曰：廉頗、翟公，再盈再虚。』翰注：『迭，遞。盈，滿也。』天道，自然之道。迭代，四時代序。人道，人生之道。此二句言四時代序，自然之道；盛衰相續，人生之理。

⑨ 善注：『《論語》：荷蕢曰：鄙哉，硜硜乎！《晏子春秋》曰：景公遊牛首山，北臨其國，流涕曰：若

何去此而死乎！艾孔、梁丘據皆泣。晏子獨笑，公收涕而問之。晏子曰：使賢者常守，則太公桓公守之。使勇者常守，則莊公有之。吾君安得有此，而爲流涕？是不仁也。見不仁之君一，諂諛之臣二，所以獨笑也。《莊子》曰：不離於真，謂之至人也。』向同善注。鄙，淺陋。《玉篇》：『鄙，陋也。』此二句言齊景公君臣感歎生命易逝，淺陋鄙薄，遠不及莊子筆下之至人對生命真諦的達觀。

⑩ 善注：『《左氏傳》：齊侯飲酒樂，公曰：古而無死，其樂若何？晏子對曰：古而無死，古之樂也，君何得焉。爽鳩氏始居此地，季萴因之，而逢伯凌因之，蒲姑氏因之，而大公因之。古若無死，爽鳩氏之樂，非君所願也。萴，助革切。』良注：『苟，且。徂，往也。吾子，謂齊侯也。安得停，謂不可求長存。』爽鳩，即五鳩，相傳爲少皞時官名。《左傳·昭公十七年》：『爽鳩氏，司寇也。』後用作姓氏。此二句爽鳩氏且已逝去，吾輩豈可長存於世。

⑪ 善注：『《西京賦》曰：若歷世而長存。《羽獵賦》序曰：禁御所營。』銑注：『行行，漸去貌。長存之事，非由經營而得也。』此二句言生命漸漸衰頹，長生亦非經營所得。

【集評】

[北齊]顔之推《顔氏家訓·文章》：凡詩人之作，刺箴美頌，各有源流，未嘗混雜，善惡同篇也。陸機爲《齊謳篇》，前叙山川物産風教之盛，後章忽鄙山川之情，殊失厥體。其爲《吴趨行》何不陳子光、夫差乎？《京洛行》何不述赧王、靈帝乎？

[宋]郭茂倩《樂府詩集》卷六十四陸機《齊謳行》：《漢書》曰：『漢王至南鄭，諸將及士卒皆歌謳《思東

歸》。』顔師古曰：謳，齊歌也。謂齊聲而歌，或曰齊地之歌。《禮樂志》曰：『齊古謳員六人。』梁元帝《纂要》曰：『齊歌曰謳是也。』陸機《齊謳行》備言齊地之美，亦欲使人推分直進，不可妄有所營也。

[宋]王楙《野客叢書》卷二十二：陸士衡《齊謳行》曰：『東被姑尤側，南界聊攝城。海物錯萬類，陸産尚千名。孟諸吞雲夢，百二侔秦京。』僕以爲不若以『八九吞雲夢』對『百二侔秦京』，不惟親切，且渾然也。

[元]陶宗儀《説郛》卷七十九上：陸機《齊謳行》：『鄙哉牛山歎，未及至人情，爽鳩苟已徂，吾子安得停。』此規諫之忠，是用事非比也。

[明]鍾惺《詞府靈蛇二集》氣集《原創格淵奥》：須興懷屬思，有所冥合。若將古事比今事，無冥合之意，何益於詩教。如謝靈運詩：『偶與張邴合，久欲歸東山。』如陸士衡《齊謳行》：『鄙哉牛山歎，未及至人情。』如古詩云：『懶向碧雲客，獨吟黄鶴詩。』以上三詩，可謂握造化手也。

[明]孫鑛評：典實中風致却不乏。（《孫月峰先生評文選》）

[明]鎦績《霏雪録》卷下：余讀《城南聯句》『朝饌已百態，春醪又千名』，初若不經意者，及讀《文選》陸士衡詩，有『海物錯萬類，陸産尚千名』，乃知韓孟師陸語也。殊不知陸語又出張衡《南都賦》，曰：『酸甜滋味，百種千名。』

[明]李淳評：《齊謳》以意勝，《吴趨》《會吟》止述其風壤不能悉，而意又無可味，不逮此矣。（李淳删定評點《選文選》）

[清]邵長蘅《文選》評：言齊地饒，致足樂也，然安得古而無死乎？則貪慕之情可以息矣。此與上篇均爲士衡見道之作。（范子燁《〈昭明文選〉邵氏語迻録稿》）

[清]何焯《義門讀書記》卷四十七：《齊謳行》『南界聊攝城』，南字必爲西字之誤，而李善必爲曲説以解

之，何哉？『長存非所營』，師尚父桓公之業，所當及時自勉，長存非所營也。

［清］王士禛《香祖筆記》卷十一：陸士衡《齊謳行》：『孟諸吞雲夢，百二侔秦京。』曰『八九吞雲夢』，語既渾成，對又精切，確不可易也。

［清］陳祚明《采菽堂古詩選》卷十：前段鋪叙境地，頗盡三齊之槩，摘『惟師』字雋，忽入牛山往事作翻新語，正是感傷代謝，遠情低徊，凄其感人，讀此覺康樂《會吟》傖父面目矣。『爽鳩』二字用晏子語，又生新意，大佳。

［清］吴淇《六朝選詩定論》卷十：樂之始作曰趨，不絃而歌曰謳，則謳賤而趨貴也。題于齊曰謳，于吴曰趨，所以尊吴而卑齊也。至於詩，《吴趨》序古事以泰伯引起，入時事以太皇爲主；《齊謳》不便入時事，但述古以太公引起，借齊景爲主以喻晉，情見乎詞矣。

《志》曰：『志不越境，禮也。』士衡吴人，止宜作《吴趨行》耳。又作《齊謳行》何爲？士衡去國入洛，心中有不平處，託意於二詞。故于《吴趨》極摹其風土人情之美，而于《齊謳》則譏之齊固功利誇詐之國。又比之秦，形其强暴無仁讓之風也。『爽鳩』比漢魏，齊比晉。曰『迭代』，曰『已徂』，即蜀先亡，魏後亡。亡國之痛，豈獨一人。曰『安停』，爲將來慮也。蓋魏篡漢，晉又篡魏，效尤也。尤而效之，伊何底乎！亂邦不入，不得已而入，行行復去，庶幾危邦不居乎！

世稱士衡入洛，擬作《三都賦》，聞左太沖作之，抵掌大笑，《與弟士龍書》：『此間有一傖父，欲作《三都賦》，須其成，以覆酒瓿耳。』後左思賦出，士衡歎爲不能加，遂輟筆焉。余以此好事者爲之，以重左耳。其聞左太沖作賦而笑，固文人相輕常態，與弟書誠有云云，但以爲欲擬作《三都賦》，因太沖而輟筆，斷斷不然也。相如作《子虚》《上林》賦，以齊楚諸侯之事，折衷于天子。太沖晉人，本之以作《三都賦》，諸侯吴蜀，以天子尊魏。尊魏者，尊晉也。士衡雖已事晉，固吴臣也。使之操筆而賦，將抑吴尊晉乎，恐不忍也。抑晉尊吴乎，恐不敢也。《吴趨》《齊謳》二行，却是爲《三都賦》而作。蓋以我之《吴趨》，解彼之《吴都賦》，以敵彼之《魏都》。以我之《齊謳》，抑彼之《魏都賦》也。不及蜀，蜀吴一體，且漢裔也，故止以二詩當三賦，使人不覺，最有深意。

［清］方廷珪《昭明文選集成》：按篇中處處切齊，即借齊之遺事爲世人不達死生之分説法。

日出東南隅行〔一〕①

【題解】

善曰：『崔豹《古今注》曰：陌上桑者，出秦氏女也。秦氏，邯鄲人。有女，名羅敷。嫁爲邑人千乘王仁爲妻。王仁後爲趙王家令，羅敷出採桑於陌上，趙王登臺，見而悦之，因飲酒欲奪焉。羅敷巧彈箏，乃作陌上之歌以自明焉。』古辭寫羅敷采桑，此詩寫佳人春遊。與古詩同者，亦以環境、服飾襯托人物之美。先寫佳人之美，再寫佳人之盛，後寫佳人之歌舞，賦兼比興，層次分明。然古辭没有正面描寫羅敷之美，而是先以環境、器物、服飾之美正面襯托，再以觀者見羅敷之美的動作與心理，側面烘托，後以對話顯現人物性格；此詩却以淑貌惠心、美目蛾眉、潤膚秀色、容儀巧笑，正面落筆，細緻描摹。古辭寫單個人物，筆墨集中，形象鮮明；此詩寫人物羣像，如雲霞絢麗，令人目不暇接。古辭渲染人物之美的感染力，此詩寫人物之美的視覺衝擊力。此詩不惟『秀色若可餐』『丹唇含九秋』等，造語清新，而且兩次以清水寫佳人之倩影，化質實爲空靈，猶可稱道。比較古辭與此詩之藝術，既顯現其文學發展之因革，又見由古樂府至文人詩之演進。吴淇《六朝選詩定論》舉『賈充令姬妾千人以誇示夏統』之史實，認爲此詩蓋爲實賦。雖過於坐實，然却可證此詩作於入洛之初。

扶桑升〔二〕朝暉，照此〔三〕高臺端②。高臺多妖麗〔四〕，濬房出清顔〔五〕。淑〔六〕貌耀皎日，惠心清且閑〔七〕③。美目揚玉澤，娥眉〔八〕象翠翰④。鮮膚一何潤，秀色〔九〕若可飡。窈窕多容儀，婉媚巧〔一〇〕笑言⑤。暮春春服成，粲粲〔一一〕綺與紈⑥。金雀垂藻翹，瓊佩結瑶璠⑦。方駕揚清塵，濯足洛水瀾⑧。藹藹風雲會，佳人一何繁⑨。南崖充羅幕，北渚盈軿軒⑩。清川含藻景〔一二〕，高岸〔一三〕被華丹⑪。馥馥芳袖揮，泠泠纖指彈⑫。悲歌吐清響〔一四〕，雅舞〔一五〕播幽蘭⑬。丹脣含九秋，妍迹陵七盤⑭。赴曲迅驚鴻，蹈節如集鸞⑮。綺態〔一六〕隨顔變，沈姿無定〔一七〕源⑯。俯仰紛阿那，顧步咸可懽⑰。遺芳結飛飇，浮景映清湍⑱。冶容不足詠，春遊良可歎⑲。

【校勘】

〔一〕『日出東南隅行』，《文集》注：『或曰「羅敷豔歌」。』《玉臺新詠》卷三作《豔歌行》。

〔二〕『扶桑』，《玉臺新詠》卷三注曰：『一作榑桑。』升，《札記》：『《玉臺》：升作生。』

〔三〕『照』，《北堂書鈔》卷一百〇六作『炤』。古二字通。又『此』，《札記》：『《玉臺》：此作我。』

〔四〕『高臺』，《札記》：『高臺，《玉臺》作臺端。』又『妖麗』，當作『姣麗』。胡克家《文選考異》曰：『「妖」

當作姣，注同。善引《吕氏春秋》公姣且麗，在《達鬱》。又王逸《楚辭注》：姣，好也。在《大招》「姣麗施只」下。作姣甚明。袁、茶陵二本作妖，所載五臣向注云：妖，美。必各本以五臣亂善。又盡改注中姣字作妖，而幾于莫可辨識矣。今特訂正之。』

〔五〕『濬房出清顔』，《北堂書鈔》卷一百〇六作『濬出房清顔』。又『濬房』，《玉臺新詠》卷三作『洞房』。金濤聲曰：『又「濬」當作邃。』胡克家《文選考異》曰：『注引「廣厦邃房」，是善正文作邃字。』

〔六〕『淑』，《藝文類聚》卷四十一作『涉』。

〔七〕『惠』，《藝文類聚》卷四十一作『蕙』。又『閑』，《樂府詩集》卷二十八作『間』。

〔八〕『娥眉』，《文選》卷二十八、《玉臺新詠》卷三、《樂府詩集》卷二十八、陸刻本、《百三家集》本、《六朝詩集》本、陳仲魚校本、鄧邦述校本作『蛾眉』。陳仲魚校本、鄧邦述校本校作『娥眉』。古二詞同。

〔九〕『秀色』，《札記》：『《玉臺》：秀作彩。注：一作秀。』又『飡』，《文選》卷二十八、《玉臺新詠》卷三、《樂府詩集》卷二十八、《古詩紀》卷三十四、《百三家集》本、《六朝詩集》本、陳仲魚校本、鄧邦述校本作『餐』。陳仲魚校本、鄧邦述校本并校作『飡』。古二字同。

〔一〇〕『婉媚』，《札記》：『《玉臺》：媚作美。』又『巧』，《樂府詩集》卷二十八作『乃』。

〔一一〕『粲粲』，《藝文類聚》卷四十一作『霞粲』。

〔一二〕『景』，《玉臺新詠》卷三、《七十二家集》本、《宛委別藏》本作『影』。古二字通。

〔一三〕『岸』，《文選》卷二十八作『崖』；《樂府詩集》曰：『一作崖。』六臣本注曰：『五臣作岸。』

〔一四〕『清響』，《玉臺新詠》卷三作『清音』。

〔一五〕『雅舞』，《藝文類聚》四十一、《樂府詩集》卷二十八作『雅韻』。

〔一六〕『態』,《七十二家集》本作『熊』。形近而誤。

〔一七〕『沈姿』,逯欽立曰:『當原作淵字,唐人避諱改字。陸雲《與陸典書》書云:淵姿之弘毅。淵姿,當時習語。』逯説是。『沈』,《七十二家集》本作『迹』。又『定』,《文選》卷二十八作『乏』。六臣本注:『五臣作定。』《七十二家集》本注:『一作乏。』

【注釋】

①《日出東南隅行》,或曰《羅敷豔歌》,屬樂府《相和歌辭·瑟調曲》。

② 善注:『《山海經》曰:湯谷上有扶木。扶木者,扶桑也。十日所浴。《新語》曰:高臺百仞。臺端,猶室端也。』翰注:『扶桑,日所出處。暉,日。端,上也。』此二句言日出於東方,照在高樓的屋上。

③ 善注:『《呂氏春秋》曰:列精子高謂侍者曰:我奚若?侍者曰:公妖且麗。王逸《楚辭注》曰:妖,好也。《琴道》:雍門周曰:廣厦邃房。《韓詩》曰:東方之日兮,彼姝者子,在我室兮。薛君曰:顔色盛美,如東方之日矣。《周易》曰:有孚惠心。《廣雅》曰:閑,正也。』濟注:『妖,美。濬,深。淑,善也。清顔,清絜之顔。惠,好也。閑,謂舒緩。』濬房,深閨。清顔,清麗之容顔。清且閑,寧靜而舒緩。此四句言高樓深閨中走出一位清麗華美之女子,容顔淑美,與皎日相輝映,心地和善,寧靜從容。

④ 善注:『《毛詩》曰:美目盼兮。《楚辭》曰:娥眉曼睩目騰光。王逸曰:曼,澤也。睩,視貌也。言美女之貌,娥眉玉貌。曼,好目曼澤。睩,音録。《登徒子好色賦》曰:眉如翠羽。鄭玄《尚書大傳》注曰:翰,毛也。』翰注:『目若玉之光澤,眉象翡翠之羽翰也。』揚,掀動。《詩·小雅·大東》:『維南有箕,不可以

簸揚。』《玉篇》：『揚，舉也。』此二句言美女目光閃爍美玉之光澤，蛾眉像翡翠之羽毛。

⑤ 善注：『張衡《七辯》曰：淑性窈窕，秀色美豔。《毛詩》曰：窈窕淑女。又曰：巧笑倩兮。』良注：『窈窕、婉媚，皆美貌。』鮮，美。《玉篇》：『鮮，好也。』潤，滋潤。《玉篇》：『潤，水閏下也，滋也。』窈窕，毛詩傳：『幽閒也。閒，貞專之善。』婉媚，婉曲嫵媚。《法苑珠林》卷第四十二：『羅刹女語言微妙，其聲婉媚。』巧笑，淺笑貌。此四句言其肌膚潔美，如玉之圓潤，秀美姿色，令人忘餐；容貌儀態，美麗動人，嫣然微笑，婉曲嫵媚。

⑥ 善注：『《論語》曾點曰：暮春者，春服既成。《毛詩》曰：粲粲衣服。』向注：『服，衣也。粲粲，鮮明貌。綺紈，繒類。』綺紈，羅綺之衣。劉峻《廣絶交論》：『於是有弱冠王孫，綺紈公子。』翰注：『綺紈，謂衣羅綺之士也。』此二句言暮春時節，身着羅綺春服，光彩照人。

⑦ 善注：『《釋名》曰：爵釵，釵頭及上施爵也。《楚辭》曰：砥室翠翹。王逸注曰：翹，羽名也。《毛詩》曰：珮玉瓊琚。杜預《左氏傳》注曰：璵璠，美玉也。』濟注：『金雀，釵名。藻翹，謂有文章之羽。瑶璠，寶名。』此二句言頭上金雀釵垂着有花紋的羽毛，佩戴的瓊珮連結美玉。

⑧ 善注：『《西京賦》曰：方駕授綏。鄭玄《儀禮》注曰：方，併也。司馬相如《諫獵書》曰：犯屬車之清塵。揚雄《太玄賦》曰：踞弱水而濯足。』銑注：『方，並。駕，車也。瀾，波也。』此二句言並駕之車，揚起清塵，洛水波上，可以濯足。

⑨ 善注：『風雲，言多也。《過秦論》曰：天下雲會響應。』良注：『藹藹，盛貌。佳人繁多，若風雲之會。』此二句言佳人何其繁多，相聚如靄靄之風雲。

⑩ 善注：『《蒼頡篇》曰：軿，衣車也。』銑注：『崖，岸也。軿、軒，皆車也。』軿軒，懸掛着帷幔的輕車。

蘇彦《七月七日詠織女詩》：『金翠耀華輜，軿軒散流芳。』朱駿聲《説文通訓定聲》：『輜軿皆衣車。前後皆蔽曰輜，前有蔽曰軿。』《玉篇》：『軒，車也。』此二句言南岸北渚到處是美人乘坐的帷幔輕車。乃具體描寫佳人之盛。

⑪ 善注：『藻景，華景也。』向注：『藻，草也。藻景，日光有文也。被，覆也。華丹，丹華也。』此二句言清水上，閃爍絢麗之日光，高岸邊，覆蓋紅紅之光華。以水岸之光影寫佳人之美。

⑫ 善注：『蘇武詩曰：馥馥我蘭芳。又曰：誰爲遊子吟，泠泠一何悲。』翰注：『馥馥，香氣也。揮，舉也。泠泠，謂箏聲。』泠泠，音韻清也。見《文賦》注。此二句言揮動衣袖，散發芬芳，纖手彈奏，音韻清泠。

⑬ 善注：『《列子》曰：秦青撫節悲歌。《韓詩》曰：舞則莫兮。薛君曰：言其舞則應雅樂也。杜預《左氏傳注》曰：播，揚也。宋玉《風賦》曰：臣援琴而鼓之，爲幽蘭白雪之曲。』良注：『播，揚。雅，美也。幽蘭，曲名。』雅舞，原指郊廟朝饗之歌舞。《樂府詩集·舞曲歌辭》曰：『自漢以後，樂舞寖盛，故有雅舞，有雜舞。雅舞用之郊廟朝饗，雜舞用之宴會。』後泛指配雅樂之歌舞，此指舞姿優雅。此二句言清麗之歌聲帶着哀怨，優雅之舞姿揚起幽蘭之芬芳。

⑭ 善注：『《洛神賦》曰：丹脣外朗。《廣雅》曰：陵，乘也。《南都賦》曰：結九秋之增傷，怨西荆之折盤。張衡《舞賦》曰：歷七盤而屣躡。』銑注：『九秋，曲名。七盤，楚舞。妍，美。陵，過也。』此二句言鮮朗的丹脣唱着《九秋》之曲，美妙的身影踏着《七盤》節拍。

⑮ 善注：『卞蘭《七牧》曰：翻放袂而赴節，若遊鴻之翔天。邊讓《章華臺賦》曰：忽飄然以輕逝，似鸞飛於天漢。《淮南子》曰：龍興鸞集。』向注：『迅，急也。驚鴻、集鸞，舞之狀。』赴曲，蹈節，均謂踏着曲調的節拍。此二句言踏着節拍，其舞姿動如驚起的飛鴻，静如棲止的鸞鳥。

⑯善注：『乏或爲定。』向注：『綺美之態，隨舞容而有，沈深之姿，縱橫而出，其源不定。』綺態，華美的舞姿。《説文》：『綺，文繒也。』顔，容顔，此指表情。沉姿，沉静的舞姿。無定源，意即舞姿或止或揚，無有定則。此二句言舞姿或輕揚華美，或深沉舒緩，變化無窮，難以逆料。

⑰善注：『張衡《七辯》曰：蝤蠐之領，阿那宜顧。《蒼頡篇》曰：顧，視也。王逸《楚辭注》曰：步，徐行也。』良注：『阿那，柔弱貌。咸，皆也。』俯仰，上下飄動。班固《西都賦》：『紅羅颯纚，綺組繽紛。精曜華爥，俯仰如神。』顧步，迴旋徐行。沈約《鍾山詩應西陽王教》：『淹留訪五藥，顧步佇三芝。』善注：『《蒼頡篇》曰：顧，旋也。王逸《楚辭注》曰：步，徐行也。』紛，繽紛繁盛。此二句言其舞姿或上下飄動，或柔弱曼舞，繽紛繁盛，視其輕盈舞步，皆令人歡娛。

⑱善注：『《爾雅》曰：扶摇謂之飈。《説文》曰：湍，水疾也。』銑注：『結，束。飈，風也。舞影映於波瀾。』遺芳，留下的芬芳。《楚辭·哀時命》：『廓落寂而無友兮，誰可與玩此遺芳。』浮景，飄動的身影。景，同影。《玉篇》：『景，光景也。』湍，流水。《楚辭·九章·抽思》：『長瀨湍流，泝江潭兮。』此二句言舞樂結束，微風還散發着殘留的芬芳，清流還映現着飄動的身影。

⑲善注：『《周易》曰：慢藏誨盜，冶容誨淫。』良注：『言事雖不足歌詠，然芳春之游，良可歎美。』冶容，美麗的容顔。張華《女史箴》：『冶容求好，君子所讎。』翰注：『言爲妖冶之容而求好者，是君子之讎也。』此二句言美人容貌雖豔冶，不足歌詠，而春遊良宵，却可慨歎也。意謂雖咏美人容貌，而意在感慨良辰難在也。

於此。

【集評】

[宋]郭茂倩《樂府詩集·陌上桑》(古辭):《樂府解題》曰:古辭言羅敷採桑,爲使君所邀,盛誇其夫爲侍中郎以拒之,與前説不同。若陸機『扶桑升朝暉』,但歌美人好合,與古詞始同而末異,又有採桑亦出於此。

[明]孫鑛評:仿佛《美女篇》。描寫秀色略不費力,而意狀無不盡,真可謂入妙。第陳思骨力健,此則專以綺靡勝。雖氣格稍讓,然要無妨並美。(《孫月峰先生評文選》)

[清]何焯《義門讀書記》卷四十七:《日出東南隅行》或曰《羅敷艷歌》,注引崔豹《古今注》:『羅敷爲千乘王仁妻,採桑于陌上,趙王見而悦之,欲奪焉。羅敷作《陌上歌》以自明。』按:詩中不見自明之意。《玉臺》只題爲《艷歌行》。『照此高臺端』,高臺指在上之人,此刺晉人無政,淫荒遊蕩,王公以下,皆不能正其家。當以令升之論同觀,與羅敷本鮮殊旨。

[清]吴景旭撰《歷代詩話》卷二十四:若陸士衡『扶桑昇朝暉』等,但歌佳人好會。與古調始同而末異。

[清]吴景旭撰《歷代詩話》卷十四:吴旦生曰:陸機《日出東南隅行》:丹脣含九秋,妍迹陵七盤。按:《九秋》,曲名。《七盤》,楚舞。言歌舞兩絶也。

[清]王壽昌《小清華園詩談》卷下:以句求韻而尚妥適者……陸士衡之『鮮膚一何潤,秀色若可餐』,謝宣城之『池北樹如浮,竹外山猶影』……一韻之響,遂能振起百倍精神,此又不可不知者。

[清]陳祚明《采菽堂古詩選》卷十:撰句矜秀,是晉人正格。較陳思饒静氣,比子桓少餘委。

[清]紀昀《玉臺新詠》評:酷摹陳思,亦復相似。

[清]吴淇《六朝選詩定論》卷十:此詩寫豔,可謂盡態極妍,令人目眩。最難察其端緒所在。首二句,

以『朝日』興起。『高臺』二句，是一篇之綱領。『妖麗』喻小人，小人實繁有徒，故曰『多』。小人憑勢，故曰『高』。高臺朝暉所照，喻先得人君之寵幸也。『清顔』喻君子，君子定深藏，故曰『濬房』，朝暉不照之處也。『美目』以下，應『清顔』句，既有淑貌，復有貞性；既有内美，又有修能，此真絶世佳人，有一無二，蓋比其在吴時也。『方駕』二句，喻其入洛，『濯足』者，言洛之澗止堪濯足耳。『藹藹』以下，應『高臺』句，蓋指當時權貴，幸禪革之際，自爲際會風雲，而又有一輩小人，争相趨赴，工爲諂媚，分明是一羣妖魅，却自以爲清顔佳人。夫絶世佳人，有一無二，何洛水佳人之多耶！『南崖』以下，寫得熱豔，朋黨寵附，兼有權勢相傾之意。『遺芳』二句，蹴起飛飆，洛水爲濁，喻朝廷之亂也。故云『冶容不足詠』，徒令人見之而悲也。此雖寓言，觀賈充令姬妾千人，遶舟三匝以誇示夏統，想亦實賦。

〔清〕邵長蘅《文選》評：藻語奇思，未免太膩。（范子燁《〈昭明文選〉邵氏語迻録稿》）

〔清〕俞瑒評：變古詞作法，乃專用鋪叙以寓諷刺也。備極綺麗，自是士衡家數如此，非不艷，然去古詞甚遠，合而觀之，猶剪采之與鮮花也。（清鈔本《昭明文選》）

〔清〕方廷珪《昭明文選集成》：古人作詩，有從題中取出意義者，有從篇中取出意義者。如上紀行諸詩，則皆取諸題中；題中無可取，自當從篇中取出。此詩下半，俱照定『佳人一何繁』句，血脈神氣便自聯絡一片，學詩者當知此法，餘可類推。

【附録】

古辭·日出東南隅行

日出東南隅，照我秦氏樓。秦氏有好女，自言名羅敷。羅敷善蠶桑，採桑城南隅。青絲爲籠繩，桂枝爲籠鈎。頭上倭墮髻，耳中明月珠。緑綺爲下裳，紫綺爲上襦。觀者見羅敷，下擔捋髭鬚。少年見羅敷，脱巾著帩頭。耕者忘其耕，鋤者忘其鋤。來歸相怨怒，但坐觀羅敷。使君從南來，五馬立踟躕。使君遣吏往，問此誰家姝。答云秦氏女，且言名羅敷。羅敷年幾何，二十尚未滿，十五頗有餘。使君謝羅敷，寧可共載不？羅敷前置辭：使君一何愚！使君自有婦，羅敷自有夫。東方千餘騎，夫壻居上頭。何以識夫壻，白馬從驪駒。青絲繫馬尾，黄金絡馬頭。腰間鹿盧劍，可直千萬餘。十五府小吏，二十朝大夫，三十侍中郎，四十專城居。爲人潔白皙，鬑鬑頗有鬚。盈盈公府步，冉冉府中趨。坐中數千人，皆言夫壻殊。（《玉臺新詠》卷一）

長安有狹邪行〔一〕①

【題解】

向曰：『言世路險狹邪僻，正直之士無所措手足矣。』向説不足憑，此詩或有所指，今不可考。從文本看，此詩情感頗爲複雜，對豪門俊彦，有批判，有豔羨；對身事新朝，既喻之『歧路』，又投足殊途，並謂之『守一不足矜』。詩人在覆國亡家之後，雖屏居鄉里十年，終不得已而入洛，既渴望身登要津，重振家風，內心又充滿矛盾與掙扎。思想與行爲之分裂，於此可見一斑。所謂西晉『士無特操』者，或此之謂也。士衡這種心態，當生於入洛之初，人生面臨歧路選擇之時，故詩或作於入洛初也。

伊洛有歧路，歧路交朱輪②。輕蓋承華景，騰步躡飛塵③。鳴玉豈樸儒〔二〕，憑軾皆俊民④。烈心厲勁秋，麗服鮮芳春⑤。余本倦游客，豪彥多舊親⑥。傾蓋承芳訊，欲鳴當〔三〕及晨⑦。守一不足矜，歧路良可遵⑧。規行無曠迹，矩步豈逮〔四〕人⑨。投足緒已爾，四時不必循⑩。將遂殊塗軌，要子〔五〕同歸津⑪。

【校勘】

〔一〕『長安有狹邪行』，《樂府詩集》卷三十五作『長安有狹斜行』。

〔二〕『樸儒』，陸刻本、《六朝詩集》本、陳仲魚校本、鄧邦述校本作『不儒』。鄧邦述校本校作『樸儒』。

〔三〕『當』，《藝文類聚》卷四十一作『賞』。形近而誤。

〔四〕『逮』，《樂府詩集》卷三十五作『建』。形近而誤。

〔五〕『子』，《文選》卷二十八作『予』。

【注釋】

①《長安有狹邪行》爲樂府《相和歌辭·清調曲》。《樂府詩集》卷三十四古辭《相逢行》注：『一曰《相

逢狹路間行》，亦曰《長安有狹斜行》。《樂府解題》曰：古詞文意與《雞鳴曲》同。晉陸機《長安狹斜行》云「伊洛有歧路，歧路交朱輪」，則言世路險狹邪僻，正直之士無所措手足矣。唐李賀有《難忘曲》亦出於此。」

②善注：『《爾雅》曰：二達謂之歧旁。郭璞曰：歧，道旁出也。楊惲《書》曰：乘朱輪者十人。曹植《妾薄相行》曰：輜軿飛轂交輪。』翰注：『貴者朱其車輪，交於歧路。』伊洛，伊水與洛水。《尚書·禹貢》：『伊洛瀍澗，既入於河。』孔安國傳：『伊出陸渾山，洛出上洛山，澗出沔池山，瀍出河南北山，四水合流而入河。』此指洛陽。歧路，岔路，此指道路交叉縱横。朱輪，朱漆之車輪，是古代達官貴族所乘之車。左思《吴都賦》：『躍馬疊迹，朱輪累轍。』此二句言洛陽道路縱横，達官貴族所乘華美的車馬交錯於道。

③善注：『華景，日也。《漢書》云：日華曜也。』濟注：『華景，日光也。躡飛塵，言輕疾也。』輕蓋，指輕車。鮑照《數詩》：『四牡曜長路，輕蓋若飛鴻。』向注：『其蓋輕疾，如鴻鴈飛。』承，托起。《玉篇》：『承，奉也。』騰步，奔走，言車行之輕疾。《玉篇》：『騰，躍也，奔也。』《説文》：『步，行也。』躡，踏。《玉篇》：『躡，蹈也。』此二句言輕車托起陽光，疾行踐起飛塵。

④善注：『《國語》曰：趙簡子鳴玉以相。《禮記》曰：君子行則鳴佩玉。《漢書·儒林傳》：武帝曰：吾始以《尚書》爲樸學。《左氏傳》：楚子王曰：請與君憑軾而觀之。《尚書》曰：俊民用康。』濟注：『珮玉之人，皆非樸實儒士，乘軒憑軾者，皆輕俊之子。』鳴玉，意謂行進時佩玉和鳴。樸，質樸。《禮記·郊特牲》：『素車之乘，尊其樸也，貴其質而已矣。』樸儒，質樸的儒生。憑，同凭，依。《玉篇》：『憑，依几也。』軾，車前横木。《説文》：『軾，車前也。』俊民，俊美男子。陸厥《奉答内兄希叔》：『王門所以貴，自古多俊民。』良注：『俊，賢俊也。』此二句言佩玉和鳴，豈有質樸之儒生？憑軾而觀，皆是賢俊之人。

⑤善注：『厲，嚴貌也。《西京賦》曰：麗服颺菁。』銑注：『烈，猛。厲，嚴也。言朝廷輕薄之人，其心

猛暴嚴毅甚於勁秋，其服鮮麗有如芳春。』烈心，忠烈之心。張説《兵部尚書代國公贈少保郭公行狀》：『及登朝受任，屢使遐方，霜明烈心，玉立貞節，言行忠正，居取儉約。』厲，《玉篇》：『厲，近也。』勁秋，肅殺之秋。此二句言忠烈之心近於肅殺之秋，華美之服豔比芬芳之春。

⑥善注：『《漢書》曰：司馬長卿故倦遊。』向注：『自謂亦與朝廷之士有舊親也。』倦遊客，倦於交遊之人。彦，《説文》：『美士之有文也。』豪彦，指豪族俊美之士。舊親，此指世交。此二句言自己落拓而倦於交遊；豪族俊士多權門世交。

⑦善注：『《家語》曰：孔子之郯，遭程子於塗，傾蓋而語。雞及晨而鳴，以喻人及時而仕也。《春秋考異記》曰：雞應旦明。明，與鳴同，古字通也。』良注：『傾蓋，新相逢者。芳訊，美言也。而有新知之人，見我如此，以美言勸我，須早進仕，猶雞之鳴及於朝也。』芳訊，猶美言。顔延年《皇太子釋奠會作》：『肆議芳訊，大教克明。』善注：『《演連珠》曰：肆議芳訊，非庸聽所善。鄭玄《毛詩箋》曰：訊，言也。』此二句言自己雖與豪俊之士是傾蓋之交，然承其美言，勸我須如雞鳴於旦，而及時建立功業也。

⑧善注：『《漢書》：嚴安上書曰：守一而不變者，未覩治之至也。《淮南子》曰：楊子見逵路而哭之，爲其可以南可以北也。《老子》曰：聖人抱一，爲天下式。河上公曰：抱，守也。守一乃知萬事，故爲天下法式。』翰注：『守貞一之道，自取苦辛，何足矜也。當遵世步中之路，委曲從人，然後可也。』守一，謂守一不變。矜，敬。《孟子·公孫丑下》：『使諸大夫國人，皆有矜式。』趙岐注：『矜，敬也。』遵，遵循。《爾雅·釋詁》：『遵，循也。』此二句爲新知者勸説之語，言守一不變何足敬也，世俗之歧路或可遵循。按：士衡覆國亡家，適洛事於新朝，既非『守一』之道，故以『歧路』喻之。

⑨善注：『揚雄《覈靈賦》曰：二子規遊矩步。蘇子曰：行務應規，步慮投矩。《廣雅》曰：曠，遠也。』

銑注：『若行步中乎規矩，不可致曠遠之迹；而逮及前人者，矩行以正直之道。將求仕進，亦如此矣。皆新知者之詞。』規行、矩步，指行爲循規蹈矩。逮，及，至。《爾雅·釋言》：『逮，及也。』此二句亦新知者勸説之語，言循規蹈矩者，必不可至曠遠之處，不可逮及前人。

⑩善注：『言規行矩步，既無所及，故投足前緒，且當止矣。猶如四時異節，不必相循。《解嘲》曰：欲行者擬足而投迹。《爾雅》曰：緒，事也。孫卿子曰：日月遞照，四時代御。』向注：『言我試投足於邪路，其事果然。寒暑具在於斯，不待更循四時，而後致耳。』投足，舉足。爾，果然。《廣韻》：『尒，義與爾同。《説文》曰：詞之必然也。』此二句言舉足於歧路，果然可至於曠遠，可逮及前人，可見自然之道不必遵循。

⑪善注：『《周易》曰：天下同歸而殊塗。』翰注：『津者，會合之所，答新知者詞也。言我自試不能，履於邪徑，理終殊塗而同迹，竟與子歸乎會合之地。』遂，前進。《周易·大壯》：『羝羊觸藩，不能退，不能遂。』軌，車迹。《玉篇》：『軌，車轍也。』要，邀請。《詩·鄘風·桑中》：『期我乎桑中，要我乎上宫。』津，渡口，喻重要職位。《古詩·今日良宴會》：『何不策高足，先據要路津。』此二句言將前進於殊途，與俊彦之士，同登要津。

【集評】

［宋］郭茂倩《樂府詩集》卷三十五《相逢行》（古辭）：《樂府解題》曰：古詞文意與《雞鳴曲》同。晉陸機《長安狹斜行》云『伊洛有歧路，歧路交朱輪』，則言世路險狹，邪僻正直之士，無所措手足矣。唐李賀有《難忘曲》，亦出於此。

〔元〕劉履《風雅翼》卷四：賦而兼比也。歧，道之旁出者。《爾雅》以二達謂之岐旁。華景，日光也。玉，佩玉。樸，猶愚也。軾，車前横木，有所敬則俯而憑之。俊民，即豪彦也。厲，暴也。傾，猶委也。《家語》云：『孔子之郯，遭程子於塗，傾盖而語。』訊，言也。鳴及晨者，以鷄喻人當及時而仕也。守一，謂執守常理而不變者。矜，自負也。規行、矩步，謂舉足必中度也。曠，濶遠貌。逮，及也。投足，循迹而行也。遂，從也。殊塗，謂正塗與邪徑異趣者。《易》云：『天下殊塗而同歸。』要，約也。

士衡在京洛，見世道險狹邪僻，而豪俊之士競相奔趨，自謂得志，莫覺其非，故託歧路爲喻，而賦此以諷焉。首言車服之華麗，氣勢之驕暴，已足彰其失矣。復謂我本倦遊之客，易於止託，况多豪彦舊親，承以美言，諄諄勸誘。如此是豈不知歧路可以追及於人哉。然既投足於正塗，而意向已定，不可改矣。盖窮達之分雖殊，而其理則一，猶四時寒暑各異，而一氣流行，不必一一相循，且將遂我所適，而要子於同歸之津可也。此不特辭其所勸，而所以警之者，亦深矣。但意圓而語滯，舊説不能盡通爾。

〔明〕陸時雍《古詩鏡》卷九：『四時不必循』一語亦拙。

〔明〕孫鑛評：亦稍有骨力，第尚未鍾煉入妙，覺微率意。（《孫月峰先生評文選》）

〔明〕鄒思明評：此言世路險狹邪僻，正直之士無所措手足。（《文選尤》）

〔清〕吴淇《六朝選詩定論》卷十：此篇從來注者，文意多不屬。再三玩味，始知與潘尼《迎大駕詩》同格也。此詩『豪彦多舊親，傾蓋承芳訊』，即潘詩所謂『道逢深識士，舉手對吾揖』。『欲鳴』以下，連舊親所訊之言也。『欲鳴』句當及時而仕。『守一』句，欲及時而仕，當遵歧路，不得規行矩步，續是繼已爾是已。然凡人舉足作事，當照前人行過的做，雖曰人生出處，如四時之有定序，實不必循也。『將遂』二句，言子行正道，吾行歧路，是殊塗。今吾欲要子合成一轍，而同歸於要津也。潘詩是勸止，故用陌路深識之士。士龍（衡）詩其勸進，故設舊親豪彦之言，總是欲止之之意。潘顯快些，陸深婉些。

［清］方廷珪《昭明文選集成》：按大意總見舉世習爲狹邪，親友勸勉無不以是，歷叙其事與語，不必呵斥，不可由意自見。

篇中俱從『歧路』二字取出意義，作文其不可切題乎？

前緩聲歌〔一〕①

【題解】

向曰：『將前慕仙遊，異命長緩，故流聲於歌曲中也。』此爲遊仙詩，先描述仙人宴飲之環境，再鋪陳參加宴飲神仙之衆，車駕之盛，歌樂之歡，後寫宴罷歸去。前人遊仙詩，多染有濃烈的主觀色彩，滲透主體自由之遐想，如曹植、阮籍、嵇康之流；而此詩則客觀之描述，主體情感隱於詩外。最後垂慶皇家云云，乃套語也。皇家者，蓋指晉室，可知此詩作於入洛之後，其詩實爲頌美，非如吴淇《六朝選詩定論》所言爲刺也。揣摩詩境，或在晉八王之亂前所作。

游僊〔二〕聚靈族，高會層城〔三〕阿②。長風萬里舉〔四〕，慶雲鬱嵯峨③。宓妃興洛浦，王韓起太華〔五〕④。北徵瑶臺女，南要湘川娥⑤。肅肅霄〔六〕駕動，翩翩翠蓋羅⑥。羽旗棲瓊鸞〔七〕，玉衡吐鳴和⑦。太容〔八〕揮高絃，洪崖發清歌⑧。獻酬既已周〔九〕，輕舉乘〔一〇〕紫霞⑨。揔轡扶桑底〔一一〕，濯足暘〔一二〕谷波[10]。清輝〔一三〕溢天門，垂慶惠皇家[11]。

【校勘】

〔一〕『前綏聲歌』，《藝文類聚》卷四十二作『前綏歌行』；《太平御覽》卷五十六作『綏齊歌行』。

〔二〕『游僊』，《太平御覽》卷五十六作『遨僊』。

〔三〕『高會』，《藝文類聚》卷四十二作『高宴』；《太平御覽》卷五十六作『高讌』。又『層城』，《玉臺新詠》卷三作『層山』。

〔四〕『舉』，《藝文類聚》卷四十二作『急』。

〔五〕『太華』：《玉臺新詠》卷三作『泰華』。古二詞同。

〔六〕『霄』，《文選》卷二十八、《藝文類聚》卷四十二、《詩紀》卷二十四、《六朝詩集》本、陳仲魚校本、鄧邦述校本作『宵』，形近而誤。陳仲魚校本、鄧邦述校本并校作『霄』。

〔七〕『瓊鸞』，《玉臺新詠》卷三作『瑣鸞』。

〔八〕『太容』，《藝文類聚》卷四十二作『大客』。形近而誤。

〔九〕『周』，《藝文類聚》卷四十二作『終』。

〔一〇〕『輕舉』，《玉臺新詠》卷三作『輕軒』。又『乘』，《玉臺新詠》卷三作『垂』。

〔一一〕『扶桑』，《玉臺新詠》卷三作『榑桑』。古二詞同。又『底』，《文選》卷二十八、《玉臺新詠》卷三、《樂府詩集》卷六十五、《古詩紀》卷三十四、陸刻本、《百三家集》本、《六朝詩集》本、陳仲魚校本、鄧邦述校本作

『枝』。六臣本注：『五臣作底。』《樂府詩集》卷六十五注：『一作底。』陳仲魚校本、鄧邦述校本亦校作『底』。

〔一二〕『暘』，《古詩紀》卷三十四、陸刻本、《六朝詩集》本、陳仲魚校本、鄧邦述校本作『湯』。六臣本注：『五臣作暘。』《詩紀》卷二十四曰：『一作暘。』陳仲魚校本、鄧邦述校本亦校作『暘』。古二字通。

〔一三〕『輝』，《玉臺新詠》卷三作『暉』。古二字同。

【注釋】

① 《前緩聲歌》屬樂府《雜曲歌辭》。《樂府詩集》卷六十三：『《樂府解題》曰：《升天行》，曹植云「日月何時留」，鮑照云「家世宅關輔」。曹植又有《上仙籙》與《神遊》《五遊》《龍欲升天》等篇，皆傷人世不永，俗情險艱，當求神仙，翱翔六合之外。與《飛龍》《仙人》《遠遊篇》《前緩聲歌》同意。按《龍欲升天》即《當牆欲高行》也。』又卷六十五：『晉陸機《前緩聲歌》曰：遊仙聚靈族，高會曾城阿。言將前慕仙游，冀命長緩，故流聲於歌曲也。宋謝惠連又有《後緩聲歌》，大略戒居高位而爲讒諂所蔽，與前歌之意異矣。按緩聲本謂歌聲之緩，非言命也。又有《緩歌行》亦出於此。』

② 善注：『《淮南子》曰：掘崑崙墟以下，地中有層城九重，其高萬一千里一十四步二尺六寸。』翰注：『曾城九重，王母所居處，在崑崙山上也。仙靈聚族，高會於曾城之曲。阿，曲也。』靈族，神仙一族。高會，盛大宴會。《史記·項羽本紀》：『身送之無鹽，飲酒高會。』此二句言遊仙於崑崙，層城上神仙正飲酒高會。

③ 善注：『《史記》曰：若煙非煙，若雲非雲，鬱鬱紛紛，蕭索輪囷，是謂慶雲。』良注：『慶雲，瑞雲也。嵯峨，雲盛貌。』舉，起。《廣韻》：『舉，動也。』鬱，集。《玉篇》：『鬱，木叢生貌。』此二句言飄動着萬里長風，

鬱積着厚盛瑞雲。

④ 善注：『《楚辭》曰：迎宓妃於伊洛。魏文帝詩曰：王韓獨何人，翱翔隨天塗。《神仙傳》曰：衛叔卿歸華山，漢武帝令叔卿子度求之。見其父與數人博。度曰：向與博者爲誰？叔卿曰：是洪崖先生、王子晉、薛容也。又曰：劉根初學道，到華陰，見一人乘白鹿，從十餘玉女。根頓首乞一言，神人乃住曰：爾聞有韓衆不？答曰：實聞有之。神曰：即我是也。《尚書》曰：至於太華。』銑曰：『宓妃，洛水之神。王子晉與衛叔卿於華山博，劉根遊華山，見神人謂根曰：汝聞韓終乎？根曰：聞。曰：我是也。興，起也。太華，即華山也。』洛浦，洛水邊。張衡《思玄賦》：『戴太華之玉女兮，召洛浦之宓妃。』衡注：『浦，涯也。』此二句言宓妃生於洛水，王、韓起於華山。

⑤ 善注：『《爾雅》曰：徵，召也。《楚辭》曰：望瑶臺之偃蹇兮，見有娀之佚女。《西京賦》曰：懷湘娥。王逸《楚辭注》曰：堯二女，娥皇女英，墮湘水之中，爲湘夫人也。』良注同。瑶臺女，即有娀之佚女。朱熹《楚辭集注》：『有娀，國名。佚，美也。謂帝嚳之妃，契母簡狄也。』又引《吕氏春秋》：『有娀氏有美女，爲之高臺而飲食之。』要，邀請。見《長安有狹邪行》注。湘川娥，即湘水之神娥皇、女英。此二句言北召有娀之佚女，南邀湘水之女神。

⑥ 善注：『《毛詩》曰：肅肅宵征。曹植《飛龍篇》曰：芝蓋翩翩。《甘泉賦》曰：咸翠蓋而鸞旗。』翰注：『肅肅，車行貌。霄駕，謂薄天而行。翩翩，輕貌。似以翡翠羽爲蓋而羅列。』羅，《玉篇》：『羅，罔也。』引申爲排列。此二句言神仙車駕在雲霄中行進，車蓋排列之翠羽隨風輕颺。

⑦ 善注：『《琴道》：雍門周曰：水嬉則建羽旗，瓊鸞，以瓊爲鸞，以施於旗上。鸞，鳥，故曰棲也。鸞旗，已見上注。《楚辭》曰：鳴玉鸞之啾啾。又曰：枉玉衡於炎火。王逸曰：衡，車衡也。鄭玄《周禮注》

曰：鑾和，皆以金爲鈴也。應劭《漢書注》曰：鑾在軾，和在衡。』濟注：『棲，倚。瓊，玉。衡，軛也。皆在於車上。』鑾和，車鈴。《詩·小雅·蓼蕭》：『和鑾雝雝，萬福攸同。』朱熹注：『和鑾，皆鈴也。』此二句言車上插着飾有羽毛的旗幟，倚着鸞鳥狀的車鈴，行進中發出和諧的聲音。

⑧善注：『《思玄賦》曰：太容吟曰念哉！注曰：太容，黄帝樂師。《廣雅》曰：揮，動也。《西京賦》曰：洪崖立而指麾。薛綜曰：三皇時伎人也。』向注：『揮，發也。高絃，謂高張琴瑟絃也。洪崖，三皇時樂人，後皆登仙，故得作樂于曾城。』此二句言三皇時樂師太容、洪崖或彈着高張的琴瑟，或唱着清脆的歌聲。

⑨善注：『《毛詩》曰：獻酬交錯。《漢書》谷永曰：遥興輕舉，登霞倒景。』良注：『衆仙會畢，乘霞而去。』獻酬，謂殷勤進酒。《詩·大雅·行葦》：『或獻或酢，洗爵奠斝。』鄭玄箋：『進酒於客曰獻，客答之曰酢。』又《國語·周下》：『獻酬交酢也。』注：『酬，勤也。酢，報也。』周，《廣韻》：『徧也。』此二句言仙人殷勤進酒，宴會結束後，輕聳身軀，乘紫氣雲霞而去。

⑩善注：『《楚辭》曰：飲余馬乎咸池，摠余轡乎扶桑。又曰：朝濯髮於湯谷。』濟注：『摠，整也。扶桑、暘谷，皆日出處。言須臾至此，而整轡濯足。』此二句言仙人到達日出之處，整馬轡於扶桑，濯雙足於湯谷。

⑪善注：『《淮南子》曰：馮夷，大禹之御也。乘雲車，排閶闔，淪天門。高誘曰：天門，上帝所居紫宫門也。蔡邕《述征賦》曰：皇家赫而天居，萬方徂而星集。』翰注：『羣仙飛舉，溢滿天門，垂降慶福。惠賜我皇家。』慶，福。《周易·坤》：『積善之家，必有餘慶。』此二句言仙人飛舉，其清輝覆蓋天門，降下瑞福，惠賜我皇家。

【集評】

[宋]郭茂倩《樂府詩集》卷六十五《前緩聲歌》(古辭)：晉陸機《前緩聲歌》曰：『游仙聚靈族，高會曾城阿。』言將前慕仙游，冀命長緩，故流聲於歌曲也。宋謝惠連又有《後緩聲歌》，大略戒居高位而爲讒諂所蔽，與前歌之意異矣。

[明]孫鑛評：亦華亦雄，第只是填鋪腴滿，無流動之致。(《孫月峰先生評文選》)

[清]徐文靖《管城碩記》卷二十：陸機《前緩聲歌》：王韓起太華。注以爲王子晉及韓終，謬矣。《漢書·王莽傳》：『予皇祖叔父，子僑欲來迎，我附會之詞耳。』王子晉豈王姓哉！李白詩：『一隨王喬去，長年玉天賓。』又詩：『天落白玉棺，王喬隨葉縣。』此《後漢書·方術傳》：王喬鳧舄。蓋王姓也。

[清]陳祚明《采菽堂古詩選》卷十：『肅肅』四句，微有生致。

[清]紀昀《玉臺新詠》評：鸞音鳳采，震耀耳目，而妙無章咒之氣。

結二句是樂府體，而氣亦微覺其促。

[清]吴淇《六朝選詩定論》卷十：此篇似極頌美，却是痛刺晉室諸王外戚，專權自恣，樹立黨援，争以遊戲荒淫相尚，全無體統紀綱也。故借僊靈聚會以寓意。『長風』二句，見其勢既盛，不可推解。宓妃、王韓、瑶女、湘娥，是一色僊靈。宓妃指賈后，王韓指諸王，瑶女、湘娥指諸家之羽翼。曰『興』曰『起』，各立門户。曰南要北轍，招致幾遍天下。『肅肅』云云，正是争爲遊戲荒淫之戲，習已成風，即有一二老成，如太容、洪崖輩，亦俱化而共趨一塗，真乃舉國如狂，心中猶然未足。『獻酬』云云，真要將此戲遊荒淫之事做到無以復加處。『清暉』云云，被此輩人把君門壅蔽住，下情無以上聞也。按：洛陽，天下之中，晉之都也。中間劈首興個宓妃，西邊太華，起一王一韓；北邊瑶臺，徵個瑶女；南邊湘川，要個湘娥。單單只留着東邊湯谷、扶桑，

爲羣僊總轡、濯足之地。看他實虛互補，真是妙手。

〔清〕方廷珪《昭明文選集成》：按通篇過於鋪列，便少意味，後來遊仙諸作本此。

王闓運《八代詩選》：『舉』字得御風之神。

長歌行①

【題解】

向曰：『前有是篇，其意相類。』此詩言光陰如勁矢，迅疾逝去，人生百歲難期，轉瞬榮華凋零，然功業未就，只有長歌自慰。此詩工於起調，上承曹植，下開鮑照。其起調驀然而起，突兀峭拔，而又境界闊大，氣勢雄渾。加之後詩以寸陰、尺波、矢弦喻之，將時光之流逝，寫得驚心動魄，故詩人汲汲功名之情也就顯得十分濃郁。而結句『長歌承我閑』又驟然而落，由張而弛，形成嫋嫋不盡的餘音。察其詩意當是入洛之初，仕途未達之時。具體時間不可考。

逝矣經天日，悲哉帶地川②。寸陰無停晷，尺波豈徒旋〔一〕③。年往迅〔二〕勁矢，時來亮〔三〕急弦④。遠期鮮克及，盈數固希全⑤。容華夙夜零，體澤坐自捐⑥。兹物苟難停，吾壽安得〔四〕延⑦。俛仰逝將過，倏忽幾何間⑧。慷慨亦焉訴，天道良自然⑨。但恨功名薄，竹帛無所宣⑩。迨及歲未暮，長歌承我閑〔五〕⑪。

【校勘】

〔一〕『豈徒旋』，《藝文類聚》卷四十二、《樂府詩集》卷三十作『徒自旋』。《樂府詩集》三十又注曰：『一作豈徒旋。』

〔二〕『迅』，《七十二家集》本、《詩紀》二十四作『信』；《詩紀》又注曰：『一作迅。』

〔三〕『亮』，《太平御覽》卷十七作『諒』。古二字通。

〔四〕『安得』，《文選》卷二十八、《七十二家集》本作『安用』。

〔五〕『承』，《樂府詩集》卷三十作『乘』。又『閑』，《樂府詩集》卷三十作『間』。古二字通。

【注釋】

① 題屬樂府《相和歌辭・平調曲》。《樂府詩集》卷三十：『《樂府解題》曰：古辭云：「青青園中葵，朝露待日晞。」言芳華不久，當努力爲樂，無至老大乃傷悲也。魏改奏文帝所賦曲「西山一何高」，言仙道茫茫不可識，如王喬、赤松，皆空言虛詞，迂怪難信，當觀聖道而已。若陸機「逝矣經天日，悲哉帶地川」，則復言人運短促，當乘間長歌，與古文合也。崔豹《古今注》曰：「長歌、短歌，言人壽命長短，各有定分，不可妄求。」按古詩云「長歌正激烈」，魏武帝《燕歌行》云「短歌微吟不能長」，晉傅玄《豔歌行》云「咄來長歌續短歌」，然則歌聲有長短，非言壽命也。唐李賀有《長歌續短歌》，蓋出於此。』

② 善注：『范曄《後漢書》：上黨太守田邑《與馮衍書》云：日月經天，河海帶地。』良注：『逝，往也。日行經於天，川流帶於地。』經天日，謂日運行經過天空。帶，猶言如衣帶流過大地。此二句言日光逝去，江

河東流，令人傷悲。

③ 善注：『言日無停景，川不旋波，以喻年命流行，曾無止息也。《淮南子》曰：聖人不貴尺之璧，而重寸之陰，時難得而易失也。《説文》曰：晷，景也。』銑注：『日景不留，川流不反，謂寸尺者以少言之。』寸陰，短暫之光陰。左思《吴都賦》：『責千里於寸陰，聊先期而須臾。』劉注：『寸陰，晷之短也。』旋，返。《廣韻》：『旋，還也。』此二句言光陰流逝，片刻不停；水波東去，點水不返。喻流年似水，一去不還。

④ 善注：『《楚辭》曰：年洋洋而日往。《釋名》曰：矢，指也，其有所指。迅，疾也。《漢書》：蒯通曰：時乎時，不再來。侯瑾《箏賦》曰：急絃促柱，變調改曲。』向注：『年往時來，其迅疾信如急弦之發勁矢也。弦，弓弦也。矢，箭也。』亮，信，誠然。《爾雅·釋詁》：『亮，信也。』此二句喻時光消逝之迅疾。

⑤ 善注：『《管子》曰：任之重者莫如身，期之遠者莫如年。《左氏傳》：卜偃曰：萬，盈數也。然此之盈數，謂百年也。《列子》：楊朱曰：人得百年之壽，千中無一。疾病哀苦，居其半矣。《毛詩》曰：君子萬年，介爾景福。鄭玄曰：汝有萬年之壽矣，又助汝大福也。』翰注：『遠期，謂上壽百二十歲。及此期者，少能有之。滿盈此數者，固希全矣。希，少也。希全，謂無一也。』鮮，少。《爾雅·釋詁》：『鮮，寡也。』郭璞注：『謂少。』克，能够。《爾雅·釋言》：『克，能也。』希，罕，稀。《爾雅·釋詁》：『希，罕也。』此二句言上壽很少能够達到，百歲之數亦少全矣。

⑥ 善注：『無故自捐，曰坐也。』濟注：『夙，早。零，落也。體澤，身之光潤。捐，棄也。』榮華，草木之花。《爾雅·釋草》：『華，榮也。木謂之華，草謂之榮。』喻青春年華。此二句言容顏年華日夜凋零，身體光澤無端消逝。

⑦ 善注：『《爾雅》曰：延，長也。』良注：『兹物，謂容華體澤也。苟，且也。』此二句言容華體澤之消逝

尚難停止，人生壽命豈可以延長？

⑧ 善注：『《莊子》曰：俛仰之間。《詩》曰：逝將去女。毛萇曰：逝，往也。《楚辭》曰：往來倏忽。』銑注：『言歲月俯仰，則往將過，人命倏忽，能幾何時也。』俛仰，形容時間短暫。倏忽，瞬間。又作儵忽。《楚辭·招魂》洪興祖補注：『儵忽，疾急貌也。』幾何，多少，言其短暫。《左傳·襄公二十九年》：『裨諶曰：是盟也，其與幾何？』杜預注：『言不能久也。』間，迭代，更替。《廣韻》：『間，迭也。』此二句言俯仰之間歲月將逝，倏忽之刻榮華零落。

⑨ 向注：『慷慨，歎思也。焉，亦何也。』此二句慷慨歎息，無法訴説，自然規律，本是如此。

⑩ 善注：『《四子講德論》曰：節趨不立，則功名不宣。《墨子》曰：以其所行，書於竹帛，傳遺後子孫。』翰注：『竹帛，謂史籍也，古人書於竹簡及素帛。宣，述也。』恨，怨。《玉篇》：『恨，自怨也。』薄，少。《玉篇》：『薄，厚薄。』此二句言自怨功名不立，不能宣之史籍。

⑪ 善注：『毛萇《詩傳》曰：迨，及也。《韓詩》曰：歲聿其暮。薛君曰：暮，晚也。言君之年歲已晚也。《楚辭》曰：願承閑而自察。』濟注：『迨，屬也。歲未暮，喻將老也。言屬及我未老，以承閑暇之日，長歌定分，以自慰也。』此二句言趁自己年歲未老，長歌以承閑暇，聊以自慰。

【集評】

［宋］郭茂倩《樂府詩集》卷三十《長歌行》（古辭）：《樂府解題》曰：古辭云『青青園中葵，朝露待日晞』，言芳華不久，當努力爲樂，無至老大乃傷悲也。魏改奏文帝所賦曲『西山一何高』，言仙道茫茫不可識，如王

喬、赤松，皆空言虚詞，迂怪難信，當觀聖道而已。若陸機『逝矣經天日，悲哉帶地川』，則復言人運短促，當乘間長歌，與古文合也。

[明]謝榛《四溟詩話》卷一：魏文帝曰：『梧桐攀鳳翼，雲雨散洪池。』曹子建曰：『游魚潛緑水，翔鳥薄天飛。』阮籍曰：『存亡從變化，日月有浮沉。』張華曰：『洪鈞陶萬類，大塊禀羣生。』左思曰：『皓天舒白日，靈景耀神州。』張協曰：『金風扇素節，丹露啓陰期。』潘岳曰：『南陸迎修景，朱明送末垂。』陸機曰：『逝矣經天日，悲哉帶地川。』以上雖爲律句，全篇高古，及靈運古律相半，至謝朓全爲律矣。

[明]謝榛《四溟詩話》卷二：陸機曰：『容華夙夜零，體澤坐自捐。茲物苟難停，吾壽安得延。』……此皆氣短。無名氏曰：『人生不滿百，常懷千歲憂。晝短苦夜長，何不秉燭遊。』此作感慨而氣悠長也。

[明]孫鑛評：首尾完净，語句亦琢煉，然只是平雅之調。（《孫月峰先生評文選》）

[清]吴旭《歷代詩話》卷二十四：觀魏文帝所賦，似《擬仙人騎白鹿》一首。陸士衡所賦，似擬《青青園中葵》一首。其詞意各合古辭，而《解題》謂曹魏改奏，晉陸士衡不與古文合，何也？『岧岧山上亭』以下，細閲絶不相類，嚴氏駁之有見。

[清]陳祚明《采菽堂古詩選》卷十：通首徒作虚語，以筆蒼，不覺爲薄。起稍有氣。

[清]吴淇《六朝選詩定論》卷十：首尾完潔平雅之調，但人乍看之，未免似每二句一意。仔細玩來，只因他辭句雕琢得好，却不曾一字合掌。首四句，日無停晷，川無旋流，雙起雙承。年是吾之年，時是天之時。年矢之往迅，由於時弦之催急。『期』是遥指百年。『數』是逐年細數。容之華主外，體之澤主內。茲二物者，吾命所寓。二物難停，吾壽曷長。前之去者，俛仰已過；後之來者，倏忽幾何。此乃天道之常，復何恨？所恨者，冉冉老至，功名不立耳。

〔清〕方廷珪《昭明文選集成》：按大意是言年華易逝，百歲難期，當立功名以垂後。

王闓運《八代詩選》：全以跌宕取致，不使氣直，結乃以超妙出之。

吴趨行①

【題解】

善曰：『崔豹《古今注》曰：《吴趨曲》，吴人以歌其地也。』良曰：『趨，步也。此曲吴人歌其土風也。』此詩先述吴地歷史，宫殿建築之美，山川風物之美，人文教化之美。然後寫吴大帝在漢末逐鹿之中，整頓皇綱，網羅人才，名家貴族，爲之所用，建立文德武功，使教化廣被。詩人借古題而頌吴，骨子裏浸透着對吴盛時之嚮往，重振家風之渴望。此詩所作之時間，吴淇《六朝選詩定論》認爲在八王之亂後，或可采信。

楚妃且勿歎，齊娥且莫謳②。四坐並清聽，聽我歌吴趨。吴趨自有始〔一〕，請從閶門〔二〕起③。閶門何峨峨〔三〕，飛閣跨通波④。重欒承游〔四〕極，回軒啓曲阿⑤。藹藹慶雲被，泠泠祥風〔五〕過⑥。山澤多藏育，土風〔六〕清且嘉⑦。泰〔七〕伯導仁風，仲雍揚其波⑧。穆穆延陵子，灼灼光諸〔八〕華⑨。王迹頹〔九〕陽九，帝功興四遐⑩。大皇自富春，矯手〔一〇〕頓世羅⑪。邦彦應運興，粲若春林葩⑫。屬城咸有士，吴邑最爲多。八族未足〔一一〕侈，四姓實名家⑬。文德熙淳懿，武功侔山河⑭。禮讓何濟濟，流化自滂沱⑮。淑美難窮紀，商搉〔一二〕爲此歌⑯。

【校勘】

〔一〕「始」，《藝文類聚》卷四十一作「紀」。

〔二〕「閶門」，《文選》卷二十八作「昌門」；六臣本注曰：「五臣作閶。」《藝文類聚》卷四十一、《太平御覽》卷一百八十四作「昌」。古二字通。

〔三〕「峨峨」，《樂府詩集》卷六十四作「嵯峨」。

〔四〕「游」，《藝文類聚》卷四十一作「旋」。

〔五〕「泠泠」，《七十二家集》本作「冷冷」，形近而誤。又「祥風」，《樂府詩集》卷六十四作「鮮風」；六臣本注：「五臣作鮮。」

〔六〕「土風」，陸刻本、《六朝詩集》本、陳仲魚校本作「士風」，形近而誤。陳仲魚校本校作「土」。

〔七〕「泰」，《藝文類聚》卷四十一作「大」。

〔八〕「諸」，《藝文類聚》卷四十一作「其」。

〔九〕「王迹」，《七十二家集》本作「上迹」，形近而誤。又「頽」，《文選》卷二十八、《古詩紀》卷三十四、陸刻本、《百三家集》本、《六朝詩集》本、陳仲魚校本、鄧邦述校本作「隤」。六臣注：「五臣作頽。」陳仲魚校本、鄧邦述校本亦校作「頽」。古二字通。

〔一〇〕「矯手」，《樂府詩集》卷六十四、陸刻本、《六朝詩集》本、陳仲魚校本、鄧邦述校本作「矯首」。陳仲魚校本、鄧邦述校本并校作『手』。

〔一一〕『足』，陸刻本、《六朝詩集》本、陳仲魚校本、鄧邦述校本作『多』。陳仲魚校本、鄧邦述校本并校作『足』。

〔一二〕『商搉』，范成大《吳郡志》卷二引作『商榷』。古二詞同。

【注釋】

①《樂府詩集》卷二十九：『劉向《列女傳》曰：楚姬，楚莊王夫人也。莊王好狩獵畢弋，樊姬諫不止，乃不食禽獸之肉。王嘗與虞丘子語，以爲賢。樊姬笑之。王曰：何笑也。對曰：虞丘子賢矣，未忠也。妾充後宮十一年，而所進者九人，賢于妾者二人，與妾同列者七人。虞丘子相楚十年，而所薦者非其子孫，則族昆弟，未聞進賢退不肖也。妾之笑不亦宜乎！王于是以孫叔敖爲令尹，治楚三年，而莊王以霸。《樂府解題》曰：陸機《吳趨行》云「楚妃且勿歎」，明非近題也。』

②善注：『楚妃，樊姬。齊娥，齊后也。《歌録》曰：石崇《楚妃歎》曰：歌辭楚妃歎，莫知其所由。楚之賢妃，能立德著勳，垂名於後，唯樊姬焉。故今歎詠之聲，永世不絕。《孟子》：淳于髡曰：昔緜駒處高唐，而齊右善歌。《方言》曰：秦晉之間，美貌謂之娥。《説文》曰：謳，齊歌也。』良注：『楚妃，楚姬也。歎，歎其德。齊娥，齊后也，善爲謳歌，人皆採以爲曲。』楚妃，楚莊王之妃樊姬。此二句言楚妃不必慨歎，齊娥不必謳歌。謂楚齊不值歌詠也。

③善注：『《吳越春秋》曰：大城立昌門者，象天通閶闔風，亦名破楚門也。』向注：『吳王闔閭，立閶

門，象天閶闔門。』上四句言請四坐静聽，我歌《吴趨》，而歌《吴趨》又從閶門説起。

④ 善注：『《吴地記》曰：昌門者，吴王闔閭所作也。名爲閶闔門，高樓閣道。《西都賦》曰：脩除飛閣。又曰：與海通波。』翰注：『峨峨。高貌。飛閣，高閣也。跨，猶帶也。帶通波，謂連江海也。』此二句言閶門何其高峻，凌空高閣，猶如與江海相連。

⑤ 善注：『《西京賦》曰：跱遊極於浮柱，結重欒以相承。軒，長牕也。言長牕開於屋之曲阿也。《周書》曰：明堂咸有四阿。鄭玄《周禮注》曰：四阿，若今四柱也。』銑注：『欒，拱。游，浮。極，棟也。回軒，長窗。阿，角也，言開窗於曲屋之角。』此二句言層層拱木，托着浮空棟樑；屋之曲角，開着回環長窗。

⑥ 善注：『《史記》曰：若煙非煙，若雲非雲，鬱鬱紛紛，蕭索輪囷，是謂慶雲。《風賦》曰：清清泠泠。』翰注：『藹藹，雲貌。慶雲，瑞雲也。泠泠，風聲也。鮮風，清風。被，覆也。過，度也。』藹藹，盛多貌。《詩·大雅·卷耳》：『藹藹王多吉士，維君子使媚于天子。』言雲當作靄。祥風，祥瑞之風。五臣作鮮風，誤。此二句言濃厚瑞雲覆蓋昌門，吉祥和風泠泠吹過。

⑦ 善注：『《左氏傳》曰：晉侯曰：鍾儀樂操土風，不忘本也。』良注：『藏育，謂包容生長也。嘉，善也。』土風，地方歌謡，此指鄉土風俗。此二句言吴地山澤孕育生長萬物，鄉土風俗清簡美善。

⑧ 善注：『《史記》曰：吴太伯弟仲雍，皆周太王之子，而王季歷之兄也。季歷賢，有聖子昌，太王欲立季歷以及昌。於是太伯、仲雍二人，乃奔荆蠻，以避季歷。季歷果立，是爲王季，而昌爲文王。太伯之奔荆蠻，自號句吴。太伯卒，無子，弟仲雍立。《典引》曰：仁風翔於海表。《楚辭》曰：汨其泥而揚其波。』向注：『太伯、仲雍二人逃於荆蠻以避之，季歷果立，故謂導仁風也。荆蠻義而歸之，立爲吴。太伯早卒，仲雍有後，遂啓於吴，故云揚其波。』此二句言泰伯讓賢，倡導仁風；仲雍啓吴，承其餘緒。

⑨ 善注：『毛萇《詩傳》曰：穆穆，美也。《左氏傳》曰：吴公子札來聘，其出聘也，通嗣君也。《廣雅》曰：灼灼，明也。《左氏傳》曰：吴，周之冑裔也，今而始大，比於諸華。』翰注：『延陵子，吴公子季札也。季札聘諸華夏，觀樂以知盛衰。灼灼然有暉光於華夏。』此二句言和美的延陵子出使中原，風采照諸華夏。

⑩ 善注：『《孟子》曰：王者之迹熄而詩亡。《漢書》：陽九厄曰：初入，百六，陽九。《音義》曰：《易傳》所謂陽九之厄，百六之會者也。《東都賦》曰：軒轅氏之所以開帝功。』濟注：『謂後來王道頹壞，由於陽九之厄也。九者陽數之極，重陽無陰，萬物不交，理之困極，而天下亂矣。帝功興於四方，謂三國時，魏蜀與吴並立也。』王迹，王業之迹。《尚書・武成》：『至於大王，肇基王迹。』孔安國傳：『大王修德，以翦齊商，人始王業之肇迹。』頹，敗壞。司馬遷《報任安書》：『李陵既生降，頹其家聲。』陽九，術數家以四千六百一十七歲爲一元，初入元一百零六歲，内有旱災九年，謂之『陽九』，後泛謂災荒或厄運。曹植《漢二祖優劣論》：『值陽九無妄之世，遭災光厄會之運。』興，起。遐，邊遠之地。四遐，四方。見《從軍行》注。此二句言漢遭厄運，致使王者之迹熄，諸帝功業，遂起於四方。

⑪ 善注：『《吴志》曰：孫權字仲謀，吴富春人也。薨謚曰大皇帝。《説文》曰：矯，舉手也。頓，整也。世羅，猶皇綱也。言大皇生自富春，矯手而整天網也。』向注：『頓，下也，謂舉手下羅天下英賢而用。』此二句言大皇帝孫權起於富春，舉手整頓皇綱。

⑫ 善注：『《毛詩》曰：彼己之子，邦之彦兮。《春秋命曆序》曰：五德之運，應録次相代也。』濟注：『國之美士，應時運而至，粲然如春林之發榮。』邦彦，國之俊才。《爾雅・釋訓》：『美士爲彦。』粲，鮮明貌。《詩・小雅・伐木》：『於粲灑掃，陳饋八簋。』毛傳：『粲，鮮明貌。』葩，花。《廣韻》：『葩，花也。』此二句言國中俊士應時而起，粲然如春林之花。

⑬善注：『蔡邕《陳留太守行縣頌》曰：府君勸耕桑於屬城也。張勃《吴録》曰：八族陳、桓、吕、竇、公孫、司馬、徐、傅也。四姓朱、張、顧、陸也。《漢書》：劉敬曰：徙齊諸田豪桀名家。』良注：『十縣爲屬城。咸，皆也。言此八族，猶未足侈大。四姓實有聲名之家。言此者，機吴人以重吴也。』此四句言所屬之地，皆有俊士，惟吴地最多；八族之中俊士未足多，而朱、張、顧、陸四姓實名家世族。

⑭善注：『曹植《令》曰：相者文德昭，將者武功烈。《爾雅》曰：熙，興也，謂盛多也。謝丞《後漢書》曰：朱皓德行純懿，才學優裕。《漢書》曰：漢興，封爵之誓曰：使黄河如帶，泰山若礪，國以永存，爰及苗裔。』翰注：『熙，廣。淳，厚。懿，美。侔，等也。侔此山河者，謂長久也。』此二句言吴邑俊士，文德廣被淳美，武功齊於山河。

⑮善注：『毛萇《詩傳》曰：濟濟，多威儀也。《論語》曰：泰伯三以天下讓。《毛詩》曰：月離於畢，俾滂沱矣。』濟注：『濟濟，衆盛貌。滂沱，充溢貌。』流化，廣布教化。《漢書·成帝紀》：『古之立太學，將以傳先王之業，流化於天下也。』此二句言吴邑俊士重禮讓威儀，廣布教化，何其盛也。

⑯善注：『《公羊傳》：宋萬曰：魯侯之淑，魯侯之美。何休曰：淑，美也。美，好也。賈逵《國語注》曰：紀，猶録也。《廣雅》曰：商，度也。許慎《淮南子注》曰：商搉，粗略也，言商度其粗略也。』良注：『淑，善也。』此二句言吴邑俊士之美善難以窮紀，度其粗略，而作此歌。

【集評】

[宋]郭茂倩《樂府詩集》卷二十九陸機《吴趨行》：《崔豹古今注》曰：《吴趨行》，吴人以歌其地。陸機

《吴趨行》曰『听我歌吴趨』。趨，步也。

[宋]郭茂倩《樂府詩集》卷二十九石崇《楚妃歎》：《樂府解題》曰：陸機《吴趨行》云『楚妃且勿歎』，明非近題也。

[宋]范成大《吴郡志》卷二：《吴趨行》，《樂府題解》云：古樂府吴趨者，行經趨市也。《文選》注云：趨，步也。此曲吴人歌其土風也。吴王闔廬起昌門，象閶闔。舊説吴人歌其地也。晉陸機《吴趨行》曰：（詩略）。

[明]胡應麟《詩藪·内編》卷二：曹公『月明星稀』，四言之變也。子建《名都》《白馬》，樂府之變也。士衡《吴趨》《塘上》，五言之變也。

[明]王鏊《姑蘇志》卷十三：吴音清柔，歌則窈窕洞徹，沈沈綿綿，切于感慕。故樂府有《吴趨行》。吴音子又曰：吴歈皆以音擅于天下，佗郡雖習之不及也。陸機《吴趨行》亦因古曲之餘，以道吴地之淑美。

[明]孫鑛評：與《齊謳》同調，而意態更覺飛動。（《孫月峰先生評文選》）

[清]何焯《義門讀書記》卷四十七：《吴趨行》曰：昌門曰吴邑，所歌專在一縣，不爲吴郡作也。『泠泠祥風過』，祥當作鮮。江淹《雜擬·許徵君》自序詩注中引此句，作鮮風。《樂府》及《吴郡志》皆作鮮。如詩度其鮮原之鮮，詁爲善風，亦與泠泠相貫，慶雲恰對。

『王迹隤陽九』以下，言昔惟爲侯國，今乃出天子也。

『矯手頓世羅』，世羅，猶言世變也。吕向注以爲舉手下羅天下英賢而用之，亦非也。

『禮讓何濟濟』二句，收泰伯季札，密緻。

[清]吴旭《歷代詩話》卷二十七：陸機《吴趨行》云：『閶門何峩峩，飛閣跨通波。重欒承游極，迴軒啓

曲阿。』吴旦生曰：《吴地記》：閶闔門者，吴王闔閭所作也，名爲閶闔門，高樓閣道，後從此出伐楚，改曰破楚門，故士衡云爾。

[清]陳祚明《采菽堂古詩選》卷十：一惟鋪張，此與《會吟》同體。結二句，覺有揚扢不盡之意，稍存餘致。『商搉』字有致。

[清]孫梅《四六叢話・選詩叢話》：陸士衡《吴趨行》云：『楚妃且勿歎，齊娥且莫謳。四坐並清聽，聽我歌吴趨。吴趨自有始，請從閶門起。』謝靈運《會吟行》云：『六引緩清唱，三調佇繁音。列筵皆静寂，咸共聆會吟。會吟自有初，請從文命敷。』盡踵其步驟。（引宋范晞文《對床夜話》）

[清]吴淇《六朝選詩定論》卷十：樂之始作曰趨，終曰亂，故《吴趨》冒起，知下有《齊謳》一篇。《齊謳》直起，知有《吴趨》在上。

起上句點出楚齊二字，明用《子虚賦》意。以齊比魏，以楚比蜀，『聽我』句，以吴比漢。後《齊謳行》『孟諸吞雲夢』，亦用《子虚賦》意。言齊差勝楚，正魏勝蜀耳。可謂細心之極。

士衡生於吴，世受吴恩，家破國亡而歸晉，其心有不安處。時諸王争權，晉室大亂，無有寧日，其身亦有不安者，故作《吴趨》以示不忘吴之意。而叙人物處，取泰伯、伯雍、季札，讓國高賢，引起大皇兄相讓，以刺司馬諸王骨肉相殘，照出後《齊謳行》之意。結以『商榷爲歌』，言費盡苦心，以俟後人之好學心知者。

[清]俞瑒評：平鋪見意，歸重在風俗之美，人才之多，着眼在『士風清且嘉』句。（清鈔本《昭明文選》）

[清]方廷珪《昭明文選集成》：發端妙於瀟灑，目無齊楚，只開口便見誇大。

按具肖吴人口角，莊中帶諧，韻中帶趣，另是一種氣色。

塘上行①

【題解】

善曰：『《歌録》曰：《塘上行》，古辭。或云甄皇后造，或云魏文帝，或云武帝。歌曰：蒲生我池中，葉何一離離。』銑曰：『言婦人衰老失寵，行於塘上爲歌也。塘，堤也。』此詩實是早期之宫怨詩。言其遭逢風雲際會，而入宫見寵，然因歲月流逝，年老色衰而見棄，最後只惟願免遭讒言，終其暮年。詩人藉宫怨而抒寫君臣遇合，别有情感寄託。創作時間無考，從詩境看，或作於詩人進退失據之時，比《園葵詩》稍前。

江蘺生幽渚，微芳不足宣②。被蒙風雲〔一〕會，移居〔二〕華池邊③。發藻玉臺下，垂影滄浪泉〔三〕④。霑潤既已渥，結根奥且堅⑤。四節逝〔四〕不處，繁華〔五〕難久鮮。淑氣與時殞〔六〕，餘芳隨風捐⑥。天道有遷易，人理無常全⑦。男懽〔七〕智傾愚，女愛衰避妍⑧。不惜微軀〔八〕退，但懼〔九〕蒼蠅前⑨。願君廣末光，照妾薄暮年⑩。

【校勘】

〔一〕『風雲』，《玉臺新詠》卷三、《樂府詩集》卷三十五作『風雨』。

〔二〕『移居』，《玉臺新詠》卷三作『移君』。

〔三〕『泉』，《玉臺新詠》卷三作『淵』；《樂府詩集》卷三十五注曰：『一作淵。』金濤聲曰：『疑泉乃唐人避諱改。』金説是。

〔四〕『逝』，《玉臺新詠》卷三作『遊』。

〔五〕『繁華』，《玉臺新詠》卷三、《文選》卷二十八作『華繁』；六臣本注曰：『五臣作繁華。』

〔六〕『殞』，《六朝詩集》本作『隕』。六臣本注：『五臣作隕。』古二字通。

〔七〕『懽』，陸刻本作『歡』。古二字同。《藝文類聚》卷四十一作『稚』，似誤。

〔八〕『微軀』：《藝文類聚》卷四十一作『微驅』。似誤。

〔九〕『但』，《樂府詩集》卷三十五作『怕』。又『懽』，《詩紀》卷二十四曰：『一作歎。』

【注釋】

①《塘上行》屬樂府《相和歌辭·清調曲》。《樂府詩集》卷三十五：『《歌録》曰：《塘上行》，古辭。或云甄皇后造。《樂府解題》曰：《前志》云：晉樂奏魏武帝《蒲生篇》，而諸集録皆言其詞，文帝甄后所作。歎以讒訴見棄，猶幸得新好，不遺故惡焉。若晉陸機「江蘺生幽渚」，言婦人衰老失寵，行於塘上，而爲此歌，與古辭同意。』

②善注：『張揖《漢書注》曰：江蘺，香草也。郭璞曰：似水薺也。』濟注：『宣，布也。婦人自喻，本在父母家，居幽閑之室，謙以德微不足以奉君子。』幽渚，幽僻小洲。《玉篇》：『渚，小洲。』此二句言江離生於

幽僻小洲，淡淡芬芳不足言説。婦人自喻其德微身賤。

③善注：『《周易》曰：潤之以風雨。《楚辭》曰：鼃黽遊乎華池。』翰注：『喻自家適人。』被，《玉篇》：『加也，及也。』蒙，《廣韻》：『覆也，奄也。』被蒙，猶言幸遇也。風雲會，即風雲際會，比喻有才能之士遭逢機會，或喻君臣際遇。《易·乾》：『雲從龍，風從虎。』華池，傳説在崑崙山上的仙池。王充《論衡·談天》：『河出崑崙……上有玉泉、華池。』此二句喻入宫。言承蒙風雲際會之機，移居於仙池之中。

④善注：『《西京賦》曰：西有玉臺，連以昆德。《孟子》曰：滄浪之水清。滄浪，水色也。』良注：『藻，花也。玉臺，以玉飾臺。滄浪取其清，以喻婦人清貞。』發藻，開花。此二句言花開玉臺之下，垂影清泉之中。喻婦人宫中生活。

⑤善注：『《毛詩》曰：既沾既渥。毛萇曰：渥，厚也。《古詩》曰：冉冉孤生竹，結根太山阿。奥，猶深也。』向注：『自謂沐君子之德，有如此也。』霑潤，浸濕，浸潤。喻受君之恩澤。霑，同沾。《集韻》：『霑，通作沾。』此二句言既浸潤仙池之厚澤，其紮根既深厚亦堅固。上四句喻婦人受君之寵也。

⑥銑注：『淑，美。隕，落。捐，去也。言容顔亦隨歲時而毁。』四節，四時。逝，《玉篇》：『去也，往也。』處，《玉篇》：『居也。』華，同花。上四句言時光流逝，四時不居，繁花難以久鮮，芳氣與時隕散。

⑦善注：『司馬遷《悲士不遇賦》曰：天道悠昧，人理促兮。』遷易，變易。《爾雅·釋詁》：『遷，徙也。』此二句言自然之道常有變易，人生之理豈可常全。

⑧善注：『《莊子》曰：喜怒相疑，愚智相欺。仲長子《昌言》曰：彊者勝弱，智者欺愚也。』向注：『妍，美也。』傾，傾伏。《廣韻》：『傾，側也，伏也。』愚，女子自謂也。此二句言男之歡愛，以其智而使女子傾伏；女之歡愛，因色衰而避見豔麗之人。謂雖傾心君王，然色衰而愛弛也。

⑨ 善注：『《毛詩》曰：營營青蠅，止于丘樊。鄭玄曰：蠅之爲蟲，污白使黑，污黑使白。喻佞人變亂善惡也。』翰注：『蒼蠅能變易白黑，喻讒人也。言不惜己身退棄，但懼讒人毀我於君前。』此二句言並不憐惜渺小的自己爲君所棄，只是擔心讒人在君王之前顛倒是非。

⑩ 善注：『《封禪書》曰：使獲日月之末光。暮年，喻老也。』翰注：『薄暮，喻老也。欲君子存始終之情也。』廣，擴大。《史記·樂毅列傳》：『破宋，廣地千餘里。』末光，微光。薄，迫。李密《陳情表》：『日薄西山，氣息奄奄。』此二句言但願君王廣其微光，以照亮我薄暮之年。

【集評】

[宋]郭茂倩《樂府詩集》卷三十五魏武帝《塘上行》：《樂府解題》曰：前志云：晉樂奏魏武帝『蒲生篇』，而諸集録皆言其詞，文帝甄后所作，歎以讒訴見棄，猶幸得新好，不遺故惡焉。若晉陸機『江蘺生幽渚』，言婦人衰老失寵，行於塘上而爲此歌，與古辭同意。

[宋]劉克莊《後村集》卷四十五：陸士衡『願君廣末光，照妾薄莫年』，君臣之際深矣。

[宋]范晞文《對床夜語》卷一：古《塘上曲》有云：『莫以賢豪故，棄捐素所愛。莫以魚肉賤，棄捐葱與薤。莫以桑麻賤，棄捐菅與蒯。』前云『衆口鑠黃金，使君生別離』。或謂甄后爲郭后所譖，遂作此。觀其辭，殆亦是也。陸士衡云：『男懽智傾愚，女愛衰避妍。不惜微軀退，但懼蒼蠅前。願君廣末光，照妾薄暮年。』則爲甄后作無疑矣。劉休玄《擬古》云：『願垂薄暮景，照妾桑榆時。』適與士衡末句同。

[宋]嚴羽《滄浪詩話》：陸士衡云：『男懽智傾愚，女愛衰避妍。不惜微軀退，惟懼蒼蠅前。願君廣末

光，照妾薄暮年。』則爲甄后作無疑矣。劉休玄《擬古》云：『願垂薄暮景，照妾桑榆時。』適與士衡末句同。

［元］劉履《風雅翼》卷四：比也。蘺，香草，似水薺，生水中，故曰江蘺。《楚詞》作離。宣，猶揚也。藻，華彩也。玉臺，《漢書注》云：上帝所居。滄浪，水名。泉取其清而言渥厚。奥，深。淑，和。傾圮，愛寵也。末者，遠及之意。

此篇豈亦宮中妃嬪之流，有衰老而失寵者，故爲託江蘺爲喻，以諷其主焉。或曰：此士衡慮己之詞。然不可考其何爲也。且言智能傾愚、衰當避妍，固天道之常。故於身退有不足惜，但懼讒邪如蒼蠅之能變白黑者，乘間而進，有以惑亂於君耳。其忠愛之誠見於詞者，如此則庶幾能感悟之云。

［明］唐汝諤《古詩解》卷十一：按《塘上行》本甄皇后被廢而作，此蓋擬其詞也。江蘺芬香，取以自比。生幽渚而移居華池，以言己本寒微得配君子也，發藻垂影於玉臺清沼之中亦極榮矣。既蒙沾潤之恩，惟冀結根之固，永爲母后之尊可耳。其奈時逝色衰，芳不可恃乎！苟天人之理，互有遷改，我之榮寵安能久存？且男懽以智，愚者必傾，女愛以年，衰者以避，我於身退分也。但懼君惑於讒口，禍亂不測，安能廣此末光，照妾薄暮之年乎？機詩多浮，惟結四語，差爲沉著。

［明］孫鑛評：情思婉妙，怨而不怨，固是樂府佳調。（《孫月峰先生評文選》）

［清］何焯《義門讀書記》卷四十七：《塘上行》注：古詞或云甄皇后造，或云魏文帝，或曰武帝。按以本詞爲甄皇后造者，近之。

［清］宋徵壁《抱真堂詩話》：陸機云：『不惜微軀退，但懼蒼蠅前。』《十九首》云：『君亮執高節，賤妾亦何爲？』張華云：『不曾遠離別，安知慕儔侶？』俱《三百篇》之遺。

［清］王壽昌《小清華園詩談》卷上：何謂忠厚？曰：平子《四愁》，悲路遠之莫致。子建《七哀》，願爲風

以入懷。《塘上行》「願君廣末光，照妾薄暮年」，被棄而猶懷顧戀。……必其至誠惻怛之意，充溢於中，隨其所發，無非慈祥豈弟之音。

［清］沈德潛《古詩源》卷七：亦是平韻，而音旨自婉。

［清］王夫之《古詩評選》卷一：斂括悠適，不但末視陳王，且于甄后始製，增其風度矣。以文士而詠奩情，無寧止此？「願君廣末光，照妾薄莫年」，其聲其情，自然入人者甚。

［清］陳祚明《采菽堂古詩選》卷十：平調，故無疵累，亦無警句。予選古詩，亦多收平調，觀昭明取此，不復自悔。

［清］吴淇《六朝選詩定論》卷十：甄后既衰，作《塘上行》，説者以爲怨而不怒。此擬更加雅秀，深得風人之致。首二句，自謙爲小家兒女，生長民間，其後發藻垂影，都是大家抬舉出來。「沾潤」二句，滿意正寫，反映下文之衰棄也。「四節」四句，正寫衰棄，由於時去，非已有可棄之罪。「天道」四句，承上，竟言女色避妍，亦天道人理之常，無足深惜。但恨蒼蠅之物，能白黑黑白，懼其前進，熒亂君德，所以望君子之念舊耳。

［清］張玉穀《古詩賞析》卷十一：《塘上行》始於魏文帝甄后，此詩擬之，亦作宫怨看。前十二句，皆以江蘺比己。而四句叙出身之概，四句叙末路之哀，意亦平順，託之於物，便覺空靈。後八句，接喻意，用概歎遞落正意，而女愛以男歡襯出，懼讒又以甘退跌醒，然後以望其終鑒收住，辭旨婉曲。

［清］紀昀《玉臺新詠》評：後八句和平深婉，遠勝本詞。

［清］方廷珪《昭明文選集成》：以物情驗人情，言不戚而神已瘁。

【附録】

甄皇后·塘上行

蒲生我池中，其葉何離離。傍能行仁義，莫若妾自知。衆口鑠黄金，使君生别離。念君去我時，獨愁常苦悲。想見君顔色，感結傷心脾。念君常苦悲，夜夜不能寐。莫以賢豪故，棄捐素所愛。莫以魚肉賤，棄捐葱與薤。莫以麻枲賤，棄捐菅與蒯。出亦復苦愁，入亦復苦愁。邊地多悲風，樹木何修修。從君致獨樂，延年壽千秋。（《玉臺新詠》卷二）

悲哉行①

【題解】

善曰：『《歌録》曰：《悲哉行》，魏明帝造。』良曰：『客游感物，憂思而作焉。』此詩以『春芳傷客心』振領全篇，總寫詩人客遊異鄉，雖春芳亦傷情。然後宕開一筆，專寫春風、春雲、春鳥、春花之怡人。以『女蘿亦有託，蔓葛亦有尋』作爲轉折，感萬物之有託，歎自己之飄零，故傷情念遠，思鄉懷人。藝術上，結構之轉折與情感之複雜相應，以樂景寫哀，一倍增其哀也。方廷珪評之曰：『風致宜人。』（《昭明文選集成》）創作時間無考，既言『遊客』，必在入洛後也。

游客芳春林，春芳〔一〕傷客心②。和風飛清響，鮮雲垂薄陰。蕙草饒淑氣，時鳥多好音③。翩翩鳴鳩羽，喈喈倉庚吟〔二〕④。幽蘭盈通谷，長秀〔三〕被高岑⑤。女蘿亦有託，蔓葛亦有尋⑥。傷哉客遊士〔四〕，憂思一何深。目感隨氣草，耳悲詠時禽⑦。寤寐多遠念，緬然若〔五〕飛沉⑧。願託歸風響，寄言遺所欽⑨。

【校勘】

〔一〕『春芳』，《北堂書鈔》卷一百五十四作『芳春』。

〔二〕『倉庚』，《太平御覽》卷二十作『鶬鶊』。古二詞同。又『吟』，六臣本《文選》卷二十八、《樂府詩集》卷六十二、《七十二家集》本、《詩紀》卷二十四作『音』；六臣本、《七十二家集本》注曰：『五臣作吟。』《樂府詩集》卷六十二亦注曰：『一作吟。』

〔三〕『秀』，《樂府詩集》卷六十二作『莠』。

〔四〕『客遊士』，《文選》卷二十八、《藝文類聚》卷四十一作『遊客士』；六臣本注曰：『五臣作客游。』

〔五〕『若』，《文集》作『苦』，形近而誤。《文選》卷二十八、《樂府詩集》卷六十二、《古詩紀》卷三十四、《百三家集》本作『若』。今據改。

【注釋】

①《悲哉行》屬樂府《雜曲歌辭》。《樂府詩集》卷六十二：『《歌録》曰：《悲哉行》，魏明帝造。《樂府解

題》：『陸機云「遊客芳春林」，謝靈運云「羈人感淑節」，皆言客遊感物憂思而作也。』

②遊客，詩人自謂。此二句言游於春林之中，春花芬芳反而使遊客内心充滿無限憂傷。

③善注：『毛詩曰：晛晥黄鳥，載好其音。』銑注：『鮮雲，輕雲。蕙草，香草也。淑，美也。時鳴，春鳴之鳥。』饒，《玉篇》：『多也，豐也。』好，《玉篇》：『美也。』上四句言和風吹拂，傳來悦耳之聲響，輕雲流動，垂下淡淡之花陰。香草濃鬱，散發美妙之芳氣，春鳥和鳴，交彙動人之聲音。

④善注：『《禮記》曰：季春之月，鳴鳩拂其羽。《毛詩》曰：倉庚喈喈。』向注：『翩翩，飛貌。倉庚，鳥名。喈喈，鳥聲。長引聲曰吟。』此二句言鳩鳥翩然飛鳴，倉庚喈喈吟唱。

⑤善注：『幽蘭生乎通谷，而長秀被乎高岑，言有託也。《楚辭》曰：結幽蘭而延佇。《漢書》：伍被曰：通谷數行。漢武《秋風辭》曰：蘭有秀兮菊有芳。』翰注：『蘭生於幽，故云幽蘭。盈，滿也。通谷，深谷也。長秀，謂草木長茂者。被，覆也。岑，山也。』此二句言幽蘭長滿深谷，茂盛草木覆蓋高山。

⑥善注：『言女蘿蔓葛，各有尋託。而已獨無，所以增思也。《毛詩》曰：蔦與女蘿，施於松柏。毛萇曰：女蘿，松蘿也。《詩》曰：南有樛木，葛藟纍之。鄭玄曰：葛藟纍而蔓之。尋，猶緣也。』濟注：『女蘿託松樹而長，蔓葛尋山嶺而生。言萬物皆有依附，而客游獨無也。』女蘿，即菟絲，松蘿；蔓葛，即葛藟，皆藤蔓類植物，須託於樹莖或山嶺而生長。此二句言女蘿可託於樹莖，蔓葛亦緣於山嶺，意謂自己獨無所依託。

⑦善注：『言己客遊，不如蘿葛，故憂思逾深也。』良注：『草色隨氣序而生，故目望而懷感也。禽聲亦應時月而變，故耳聞其悲詠。』上四句言遊客之人見萬物皆有所託，自己客遊他鄉，故漂泊憂傷，應時而生之春草春禽，目見之而增感，耳聞之而心悲。

⑧善注：『韋昭《國語注》曰：緬，猶邈也。飛沉，言殊隔也。』銑注：『其心邈然，若魚鳥之飛沈，是傷

心也。』寤寐，猶言夢寐。《詩・周南・關雎》：『求之不得，寤寐思服。』馬瑞辰《毛詩傳箋通釋》：『寤寐，猶夢寐。』遠念，即念遠，指思念故鄉。緬，邈遠。《廣韻》：『緬，遠也。』《説文》曰：微絲也。』此二句言即使夢寐之中亦思念故鄉，然故鄉遥遠，若飛塵之渺茫。

⑨ 善注：『李陵《答蘇武書》曰：時因北風，復惠德音。嵇康《贈秀才詩》曰：思我所欽。』向注：『遺，與也。所欽，敬者，謂知友也。』歸風，曲調名。《西京雜記》第五：『趙后有寶琴曰鳳凰，皆以金玉，隱起爲龍鳳螭鸞，古賢列女之象，亦善爲《歸風》《送遠》之操。』此二句言但願託《歸風》之聲，寄上我的思念，贈與敬愛之人。

【集評】

［宋］郭茂倩《樂府詩集》卷六十二陸機《悲哉行》：《歌録》曰：《悲哉行》，魏明帝造。《樂府解題》曰：陸機云『遊客芳春林』，謝惠連云『羇人感淑節』，皆言客遊感物憂思而作也。

［宋］吴曾《能改齋漫録》卷八：陸士衡樂府『游客春芳林，春芳傷客心』，杜子美『花近高樓傷客心』，皆本屈原『目極千里傷春心』。

［明］胡應麟《詩藪・内編》卷二：世謂晉人以還，方有佳句。今以衆所共稱者，彙集於此。太沖『振衣千仞岡，濯足萬里流』，士衡『和風飛清響，鮮雲垂薄陰』……皆精言秀調，獨步當時。六朝諸君子生平精力，罄於此矣。

［明］鄧雲霄《冷邸小言》：花鳥可娱之物也。杜工部乃云：『感時花濺淚，恨别鳥驚心。』陸士衡亦云：『目感隨氣草，耳悲詠時禽。』文士懷抱，千古如一，非有意蹈襲也。

[明]陸時雍《古詩鏡》卷九：聞人蒨『林有驚鳥心，園多奪目花』，其詩已近律矣，猶病俚氣。士衡『目感隨氣草，耳悲詠時禽』。古體中更傷雅道，凡妝点造作，非稚即俚，縱得佳句，總不登大雅之堂矣。

[明]方廷珪《昭明文選集成》：（『女蘿』二句）不覺觸動客心矣。

[清]何焯《義門讀書記》卷四十七：《悲哉行》，緣情綺麗，斯爲不負。此入洛之後，爲北士所輕而賦。

『長秀被高岑』，秀，《樂府》作莠，亦澗松山苗之意。

『傷哉遊客士』，遊客，《樂府》作客遊，然似與發端遊客二字相應也。按宋本亦作遊客。

[清]王壽昌《小清華園詩談》卷下：古人名句，如范蔚宗之『山梁協孔性，黄屋非堯心』，陸士衡之『夕息抱影寐，朝徂銜思往』，『和風飛清響，鮮雲垂薄陰』……皆高華名貴，可謂可法者。

[清]王夫之《古詩評選》卷一：音響節族全爲謝客開先，平原所云『謝朝華』『啓夕秀』者，殆自謂此。

[清]陳祚明《采菽堂古詩選》卷十：自寄土思，凄婉輕逸。起二句便輕俊，已稍趨齊梁。『鮮雲』句，『鮮』字、『垂』字、『薄』字並活然尚渾，自此而下，述景流宕，景中有情，得興體。『女蘿』二句，酷似風人，言情於景物之中，情乃不滯也。但如此已足，翻嫌『目感』二句重述徑露。詩以含蘊有餘，令人徘徊爲妙，寫盡乃最忌。『長秀被高岑』，語殊秀。

[清]吴淇《六朝選詩定論》卷十：心爲悲之因，景爲悲之緣，耳與目爲之締合，題之悲哉。蓋四句者，適湊而成也。而要以心爲主，心有情，景無情。故同一景也，樂人見之而樂，悲人見之而悲。春芳者，世之所謂良辰美景，而遊客則以傷心也。故下文『和風』二句虛寫春芳一風一雲。『惠草』二句，實寫春芳一風一鳥。『翩翩』二句，就鳥申寫春。『幽蘭』句，就草申寫春芳。極寫之者，以見人世賞心之物，遂爲傷心之媒也。『女蘿』二句，不與蘭草一例，蓋厥就文勢，全重『有託』『有尋』，以起下文之憂思也。

［清］俞瑒評：因芳春而生懷遠之情，以芳草、時禽爲眼目，未見出色。（清鈔本《昭明文選》）

王闓運《八代詩選》：清勁。

短歌行①

【題解】

翰曰：『前有此詞，意旨相類。』此詩抒寫人生短促，容華易逝，契闊難期，何不對酒當歌，及時行樂。將魏武帝《短歌行》『對酒當歌，人生幾何。譬如朝露，去日苦多』之感反復鋪寫，而捨去魏武及時建立功業之壯思，不惟見二者胸襟氣度之差異，亦見建安與元康文士心態與詩風之差異。所作時間雖不可考，必在入洛之後。

置酒高堂，悲歌臨觴。人壽〔一〕幾何，逝如朝霜②。時無重至，華不再揚〔二〕③。蘋以春暉，蘭以秋芳④。來日苦短，去日苦長⑤。今我不樂，蟋蟀在房⑥。樂以會興，悲以別章⑦。豈曰無感，憂爲〔三〕子忘⑧。我酒既旨，我肴既臧⑨。短歌可〔四〕詠，長夜無荒⑩。

【校勘】

〔一〕『人壽』，《樂府詩集》卷三十作『人生』。

〔二〕『揚』，六臣本作『陽』，又注曰：『五臣作揚。』

〔三〕『爲』，《文集》作『與』。《文選》卷二十八、《樂府詩集》卷三十、《古詩紀》卷三十四、陸刻本、《百三家集》本、《六朝詩集》本、陳仲魚校本、鄧邦述校本作『爲』。《文集》亦校作『爲』。今據改。

〔四〕『可』，《文選》卷二十八、《古詩紀》卷三十四、陸刻本、《百三家集》本、《六朝詩集》本、陳仲魚校本、鄧邦述校本作『有』。六臣本注：『五臣作可。』陳仲魚校本、鄧邦述校本亦校作『可』。

【注釋】

① 《短歌行》屬樂府《相和歌辭·平調曲》。《樂府詩集》卷三十：『《古今樂録》曰：王僧虔《技録》云：《短歌行》「仰瞻」一曲，魏氏遺令，使節朔奏樂。魏文製此辭，自撫筝和歌。歌者曰「貴官彈筝」，貴官，即魏文也。此曲聲制最美，辭不可入宴樂。《樂府解題》：『《短歌行》魏武帝「對酒當歌，人生幾何」；晉録陸機「置酒高堂，悲歌臨觴」，皆言當及時行樂也。』

② 善注：『《列子》曰：秦青撫節悲歌。王逸《楚辭》曰：悲歌，言愁思也。《左氏傳》曰：俟河之清，人壽幾何。曹植《送應氏》詩曰：人壽若朝霜。』向注：『觴，酒器也。』良注：『言人壽促也。逝，往也。朝霜見日而消。』高堂，高大殿堂，指正廳。《楚辭·招魂》：『高堂邃宇，檻層軒些。』王逸注：『言所造之室，其堂高顯，屋宇深邃。』臨觴，面對酒杯，猶舉杯。《爾雅·釋詁》：『臨，視也。』上四句言置酒宴於高堂，對酒悲歌，歎息人生短暫，如朝陽之霜，頃刻而逝。

③ 善注：『《論語摘輔像讖》曰：時不再及。宋均曰：及，亦至也。』濟注：『言一歲之内，時之一過，無

有重來者。花一落無有再發者，以喻一生之中，年一衰者，無復少年矣。』時，《説文》：『四時也。』華，花。《釋名・釋首飾》：『華，象草木華也。』揚，當作陽，明亮。《詩・豳風・七月》：『載玄載黄，我朱孔陽，爲公子裳。』毛傳：陽，明也。此二句言四時更替，不會再來，花兒凋零，不能再豔。

④善注：『《禮記》曰：季春，蘋始生。鄭玄曰：荓，萍也，華其大者曰蘋。《楚辭》曰：秋蘭兮青青。』向注：『蘋生於春，蘭茂於秋，榮華有時，反覆相代。』此二句言蘋因春而生輝，蘭以秋而芬芳。謂物應時而繁榮，不違時也。

⑤善注：『曹植《苦短篇》曰：苦樂有餘。魏武帝《短歌行》曰：去日苦多。』翰注：『將來之日苦少，已去之日苦多，謂漸老也。』

⑥善注：『《毛詩》曰：蟋蟀在堂，歲聿其暮。今我不樂，日月其除。』良注：『房，即堂。感此時，故不樂也，言思深也。』此二句言蟋蟀鳴於堂上，歲既暮矣，思日月之易逝，故我心之不樂。

⑦向注：『歡會則起其樂，別離則明其悲。』興，起，産生。《玉篇》：『興，起也。』章，同彰，顯明。《玉篇》：『章，明也。』《韻會》：『彰，《説文》：文章也。通作章。』此二句言因人生短暫，故歡會則樂生，別離則悲顯。

⑧銑注：『言我豈不感年命之促邪？但得與子歡會，遂忘其憂也。子，謂知友。』此二句我豈無傷感，只是與知友歡會，而暫忘人生短促之憂。

⑨善注：『《毛詩》曰：爾酒既旨，爾肴既嘉。』向注：『旨，美。肴，肉。臧，善也。』此二句言我酒既美，我肴亦善。

⑩善注：『《史記》曰：紂爲長夜之飲。《毛詩》曰：好樂無荒。』翰注：『相與詠短歌，飲長夜也。荒，

廢也，言雖歌詠樂飲，無得廢於政事。』荒，虚，空。《詩·大雅·桑柔》：『哀恫中國，具贅卒荒。』毛傳：『荒，虚也。』無荒，即無使樽中空也。此二句言我與知友作長夜之飲，相與歌詠，無使樽中無酒。

【集評】

［宋］郭茂倩《樂府詩集》卷三十魏武帝《短歌行》：《樂府解題》曰：《短歌行》，魏武帝『對酒當歌，人生幾何』，晉陸機『置酒高堂，悲歌臨觴』，皆言當及時爲樂也。

［元］劉履《風雅翼》卷四：賦也。楊（揚），發也。蘋，萍之大者，生白華。暉，光鮮貌。來日，指將來之日。去日，謂既往之年。在房，即詩所謂入我牀下也。章，著也。臧，猶嘉也。長夜，猶言終夜。《史記》云：『紂爲長夜之飲。』荒，謂樂酒無厭也。

此士衡宴會賓親之詩，既有以勸其不可不樂，又得以因其會而忘憂。而卒能以長夜無荒爲戒，其得《唐風·蟋蟀》之遺意者歟？

［明］王世貞《藝苑卮言》卷三：陸士衡之『來日苦短，去日苦長』，傅休奕之『志士惜日短，愁人知夜長』，張季鷹之『榮與壯俱去，賤與老相尋』，曹顏遠之『富貴他人合，貧賤親戚離』，語若卑淺，而亦實境所就，故不忍多讀。

［明］胡應麟《詩藪·內編》卷一：四言句法高古者，已經前人采摭。自餘情工奇麗，代有名篇，雖非本色，不可盡廢，漫而筆之。……晉宣帝『天地開闢，日月重光。肅清萬里，總齊八方』，叔夜『目送歸鴻，手揮五絃。俯仰自得，游心太玄』，步兵『青陽曜靈，和風容與。明月映天，甘露被宇』，士衡『來日苦短，去日苦

長。今我不樂，蟋蟀在房』，右諸語或類古詩，或類樂府，或近文詞，較之《雅》《頌》則遠，皆四言變體之工者。典午以後，即此類不易得矣。

[明]陸時雍《古詩鏡》卷九：意象淺促，更無餘地，曹氏父子只意有餘而言不盡。

[明]鄒思明評：古有此行，慨人事無常，思與知友及時行樂，是篇意旨相類。（《文選尤》）

[清]何焯《義門讀書記》卷四十七：《短歌行》『華不再陽』，華，日華也。

『豈曰無感』六句，忘憂所以合歡，無荒所以知節。

[清]葉矯然《龍性堂詩話初集》：《唐風》：『子有酒食，何不日鼓瑟。宛其死矣，他人入室。』魏武：『對酒當歌，人生幾何。譬如朝露，去日苦多。』子桓：『人生如寄，多憂何爲。今我不樂，日月如馳。』陸機：『人壽幾何，逝如朝露(霜)。時無重至，華不再揚。』嗣宗：『丘墓蔽山岡，萬代同一時。千秋萬歲後，榮名安所之。』《十九首》：『古墓犁爲田，松柏摧爲薪。白楊多悲風，蕭蕭愁殺人。』曹植：『驚風飄白日，光景馳西流。生存華屋處，零落歸山丘。』……雖是口頭慣熟，然鐘鳴酒醒之餘，每一念過，未嘗不泣數行下也。

[清]沈德潛《古詩源》卷七：詞亦清和，而雄氣逸響，杳不可尋。

[清]王夫之《古詩評選》卷一：樂府之長，大端有二：一則悲壯奡發，一則旖旎柔入。曹氏父子各至其一，遂以狎主齊盟。平原則別構一體，務從雅正，使被之管弦，恐益魏文之卧耳。顧其回翔不迫，優餘不儉，於以涵泳志氣，亦可爲功承。西晉之波流，多爲理語，然終不似荀勗、孫楚之滿頰塾師氣也。神以將容，平原之理固已濯濯，豈或者所可竊哉？雖然神不平原若者，且置此體可矣。

[清]陳祚明《采菽堂古詩選》卷十：有亮音而無雄氣，有調節而無變響，士衡詩大抵如此。

[清]孫梅《四六叢話・選詩叢話》：又《詩》曰：『蟋蟀在堂，歲聿雲暮。今我不樂，日月其除。無已大

康，職思其居。好樂無荒，良士瞿瞿。』既欲其樂，又慮其荒，此詩人憂深思遠之意。陸士衡云：『來日苦短，去日苦長。今我不樂，蟋蟀在房。樂以會興，悲以別章。豈曰無感，憂爲子忘。我酒既旨，我肴既臧。短歌可詠，長夜無荒。』全是詩人之體。（引宋范晞文《對床夜話》）

［清］吴淇《六朝選詩定論》卷十：於短處説長，亦教人急急修行。首二句就置酒、臨觴之一項，點明題上『短』字。『時無』四句，正從短處寫長也。時雖不再至，然人固未嘗無時，時又未嘗不至也。華不在揚，物固未嘗無華，華又未嘗不揚也。即以蘋論，蘋時在春，條風一發，而其時至矣。時至而蘋有不暉乎！以九十之春，而蘋之暉也。不過費數日，固已綽然有餘矣。即以蘭論，蘭特在秋，白露一降，而其時至矣。時至而蘭有不芳乎！以九十之秋，而蘭之芳也。不過費數日，亦自綽然有餘矣。可見人生雖促，中間固有容不慮修行不及，但恐暴棄者因循虛度耳。來日之短，以去日之長形出；去日之長，以來日之短形出。『蟋蟀在房』即指現今，秋冬之交也。暉蘋之春，既已久勢；芳蘭之秋，今尚未艾。急急修行，猶可功收桑榆耳。『歡以』四句，乃是善與人同。『我酒』二句喻善，『長夜無荒』，取《抑》詩以自勵也。

魏武帝『但爲子故，沉吟至今』，善於憂處寫短；陸平原『豈曰無感，憂爲子忘』，善於樂處寫短。魏武帝『去日苦多』，妙在能合。陸平原補出『來日苦短』，妙在互視，真正對手棋子。

［清］邵長蘅《文選》評：不若魏武之作遠甚，然亦覺警朗可誦。（范子燁《〈昭明文選〉邵氏語迻録稿》）

［清］方廷珪《昭明文選集成》：按此即風人《蟋蟀》之旨，詞意極明顯。

卷七

樂府

折楊柳①

【題解】

此詩或有所指，郝立權《陸士衡詩注》從詩之以龍爲喻，以爲蓋指趙王倫篡位之事，或非無據。然從全詩立意而言，仍是寫時序遷移，盛衰相續，仕隱皆難，乃千古之同懷，故詩人感慨憂傷。士衡吴亡隱居鄉里，讀書十年，然迫於王命，赴洛爲官。赴洛後又志在功業，克振家聲。此詩既感歎出處皆難，可見其身居矛盾困境之中。所作時間不可考，或作於趙王倫篡位之時。

遡矣垂天景，壯哉奮地雷②。豐隆豈久響〔一〕，華光但西隤〔二〕③。日落似有竟，時逝恒若

催④。仰悲朗月運，坐觀璇〔三〕蓋迴⑤。盛門無再入，衰房莫苦開〔四〕⑥。人生固已短，出處鮮爲諧〔五〕⑦。慷慨〔六〕惟昔人，興此千載懷⑧。升龍悲絶處，葛藟變條枚〔七〕⑨。寤寐豈虚歎，曾是感與摧〔八〕⑩。弭意無足歡〔九〕，願言有餘哀⑪。

【校勘】

〔一〕『豐隆』，《樂府詩集》卷三十七作『隆隆』。又『響』，《廣文選》卷十三誤作『嚮』。

〔二〕『華光』，《樂府詩集》卷三十七作『華華』。又『但』，《樂府詩集》卷三十七作『恒』。又『隤』，《七十二家集》本作『噴』，形近而誤。

〔三〕『璇』，《七十二家集》本作『旋』。古二字通。

〔四〕『苦』，疑爲『若』之誤。『開』，《樂府詩集》卷三十七作『闓』。

〔五〕『諧』，《廣文選》卷十三作『階』，形近而誤。

〔六〕『慷慨』，陸刻本作『慨慨』，《樂府詩集》卷三十七作『慷慨』。

〔七〕『枚』，《七十二家集》本作『救』。疑誤。

〔八〕『摧』，《樂府詩集》卷三十七、《詩紀》卷二十四作『榷』。

〔九〕『歡』，《樂府詩集》卷三十七作『歎』。

【注釋】

①《折楊柳行》屬樂府《相和歌辭·瑟調曲》。《樂府詩集》卷三十七：『《古今樂録》曰：王僧虔《技録》云：《折楊柳行》歌文帝「西山」，古「默默」二篇，今不歌。』《樂府詩集》卷二十二：『《唐書·樂志》曰：梁樂府有胡吹歌云：上馬不捉鞭，反拗楊柳枝。下馬吹横笛，愁殺行客兒。此歌辭元出北國，即鼓角横吹曲《折楊柳》是也。《宋書·五行志》曰：晉太康末，京洛爲折楊柳之歌，其曲有兵革苦辛之辭。按《古樂府》又有《小折楊柳》，相和大曲有《折楊柳行》，清商四曲有《月節折楊柳歌》十三曲，與此不同。』

②邈，遥遠。《玉篇》：『邈，遠也。』垂，同陲。《莊子·逍遥遊》：『有鳥焉，其名爲鵬，翼若垂天之雲。』《玉篇》：『垂，遠邊也。』《韻會》：『陲，《説文》：本作垂。』景，同影。《説文》：『景，日光也。』奮，震動。《易·豫》：『雷出地奮，豫。』此二句言天陲日影，那樣邈遠；地上震動之雷聲，何其雄壯。

③豐隆，雲師。《楚辭·離騷》：『吾令豐隆乘雲兮，求宓妃之所在。』王逸注：『豐隆，雲師。一曰雷師』。《淮南子·天文》：『季春三月，豐隆乃出，以將其雨。』許慎注：『豐隆，雷也。』但，止。《玉篇》：『但，語辭。』隤，墜落。阮籍《詠懷詩》之八：『灼灼西隤日，餘光照我衣。』《玉篇》：『隤，壞墜也，頽墳。』此二句言雷聲漸漸消逝，日光也向西墜落。謂時光流逝如雷電之倏忽也。

④竟，終。《周禮·春官·樂師》：『凡樂成則告備。』鄭玄注：『成，謂所奏一竟。』賈公彦疏：『竟則終也。』曹操《龜雖壽》：『神龜雖壽，猶有竟時。』催，迫促。《説文》：『催，相擣也。』此二句言日影墜落猶如樂曲之終，時光流逝常似促人之老。

⑤朗月，魏文帝《與吴質書》：『白日既匿，繼以朗月。』運，《方言》：『躔歷，行也。日運爲躔，月運爲逡。』郭璞注：『運，猶行也。』璿，即璿璣，指北斗魁第四星。《楚辭·九思·逢上》：『謡吟兮中壄，上察兮璿

璣。』洪興祖補注曰：『北斗魁第四星爲璿璣。』蓋，喻天空。宋玉《大言賦》：『方地爲車兮，圓天以爲蓋。』此二句言仰視天空，明月星斗運行，感慨時光易逝，不禁悲從中來。

⑥ 郝立權《陸士衡詩注》：『《老子》五十八章：禍兮福之所倚，福兮禍之所伏。盛衰無常，吉凶同域。今之盛門，將來之衰房也。』盛門，猶言豪門。《晉書·夏侯湛傳》：『湛族爲盛門，性頗豪侈。』衰房，衰落之家。再，《玉篇》：『兩也，重也。』入，《玉篇》：『出入也，進也。』此二句言時世推移，昔日豪門貴族，已成衰瑟之家，人亦凋零殆盡矣。

⑦ 出處，進退，指出仕與退隱。《易·繫辭上》：『君子之道，或出或處。』鮮，少。《爾雅·釋言》：『鮮，寡也。』郭璞注：『謂少。』諧，和諧，協調。《尚書·堯典》：『八音克諧，無相奪倫。』此二句言人生短暫，或出仕，或退隱，皆難和諧處之。謂進退失據也。

⑧ 慷慨，不得志而情緒激昂。張衡《歸田賦》：『感蔡子之慷慨，從唐生以決疑。』善注：『《説文》曰：慷慨，壯士不得志於心也。』二句言盛衰相續，出處難諧，不惟古人慷慨，自己亦生此千古同悲之懷。

⑨ 升龍，飛龍。《易·乾》：『飛龍在天，上治也。亢龍有悔，窮之災也。』王弼注：『潛而勿用，何乎？必窮處於下也。』絶處，窮處，窮處於下，猶困境。葛藟，葛滕。《詩·周南·樛木》：『南有樛木，葛藟纍之。』條枚，枝幹。《詩·周南·汝墳》：『遵彼汝墳，伐其條枚。』毛詩傳：『枝曰條，幹曰枚。』此喻升進者。郝立權《陸士衡詩注》：『升龍喻君，葛藟喻臣。昔日升龍，今悲絶處。詩之作，其感於趙王倫篡位之事乎。《晉書·惠帝紀》：「永寧元年春乙丑，趙王倫以匡救之策。」』此二句以飛龍窮處於下，葛滕變爲枝幹，喻人生進退變化無常，難以逆料。

⑩ 寤寐，猶言夢寐。《詩·周南·關雎》：『求之不得，寤寐思服。』馬瑞辰《毛詩傳箋通釋》：『寤寐，猶

夢寐。』曾，乃，竟。《詩・衛風・河廣》：『誰謂河廣？曾不容刀。』摧，憂愁，悲傷。蘇武《詩四首》之二：『長歌正激烈，中心愴與摧。』此二句言夢寐歎息人生無常，乃充滿無限感慨與悽愴。

⑪弭，停止。《詩・小雅・沔水》：『心之憂矣，不可弭忘。』毛詩傳：『弭，止也。』願，意念。《詩・邶風・二子乘舟》：『願言思子，中心養養。』鄭玄箋：『願，念也。』言，語助詞。此二句言本想止其憂思，不再歎息，然內心又餘哀難以驅遣。

鞠歌行①并序

【題解】

士衡出身東吴世族，吴亡入洛，意在建功立業，重振家風。然新朝之達官權貴，皆非其舊識。其《薦賀循郭訥表》曰：『皆出自新邦，朝無知己，居於遐外，志不自營。』雖言賀、郭，實感慨吴人入洛之窘境也。故冀逢知己舉薦，以遂乘風騰雲之志，然其時難遇，年華蹉跎，知音難覓，故嗟歎慷慨。推其詩意，當作於入洛之初。

【按漢宫閣〔一〕有含章鞠室，靈芝鞠室，後漢馬防第宅卜臨道，連閣通池，鞠城彌於街路。鞠歌將謂此也。又東阿王詩『連騎擊壤』〔二〕，或謂蹴鞠乎？三言七言，雖奇寶名器，不遇知己，終不見重。願逢知己，以託意焉】〔三〕。

朝雲升，應龍攀，乘風遠遊騰雲端②。鼓鐘歇，豈自歡，急絃高張思和彈③。時希值，年夙愆，循己雖易人知難④。王陽登，貢公歡，罕生既没國子歎⑤。嗟千載，豈虚言，邈矣遠念情慨然⑥。

【校勘】

〔一〕「閤」，《七十二家集》本作「閣」。下一「閤」，亦作「閣」。

〔二〕「連騎擊壤」，曹植《名都篇》作「連騎擊鞠壤」。

〔三〕按：此序《文集》失載，今據《樂府詩集》卷三十三補。《札記》：「郭茂倩引陸自序，雖未必全文，然大意可見。輯陸集者顧失之，罣漏甚矣。」

【注釋】

①《鞠歌行》屬樂府《相和歌辭·平調曲》。《樂府詩集》卷三十三：「《古今樂録》曰：王僧虔《技録》：平調又有《鞠歌行》，今無歌者。」

②應龍，有翼之龍。《山海經·大荒東經》：「大荒東北隅，中有山，名曰凶犁土丘。應龍處南極，殺蚩尤與夸父，不得復上，故下數旱，旱而爲應龍之狀，乃得大雨。」郭璞注：「應龍，龍有翼者也。」《樂府詩集》卷六十四：「張正見《應龍篇》，言龍未起時，乃在淵底藏，以喻君子隱居養志，以待時也。」此三句以潛身淵底的應龍攀附升起的朝雲，乘着長風，飛向雲端。喻詩人渴望趁時而起，際會風雲。

③ 鼓鐘，指宴飲之樂。《詩・小雅・彤弓》：『我有嘉賓，中心貺之。鐘鼓既設，一朝饗之。』鄭玄箋：『貺者，欲加恩惠也。王意殷勤於賓，故歌序之。』急絃高張，形容音節急促，聲音高亢。揚雄《解難》：『今夫弦者，高張急徽，追趨逐耆，則坐者不期而附矣。』和彈，音節和諧。《禮記・檀弓上》：『子夏既除喪而見，予之琴，和之不和，彈之而不成聲。作而曰：哀未忘也。』此三句言飲宴之樂停歇，内心充滿失落，然急絃高張亦非所喜，所喜者乃追求知遇的和諧之音。

④ 時，時世。曹植《送應氏二首》：『清時難屢得，嘉會不可常。』值，遇。《史記・酷吏列傳》：『寧見乳虎，無值寧成之怒。』夙，早。《詩・周南・采蘩》：『被之僮僮，夙夜在公。』毛詩傳：『夙，早也。』愆，錯過。《詩・衛風・氓》：『匪我愆期，子無良媒。』毛詩傳：『愆，過也。』循，遵循。《淮南子・氾論》：『大人作而弟子循。』高誘注：『循，遵也。』此三句言時世難遇，年華早已錯過，秉持自己的本性雖易，却難以爲人所理解。

⑤ 王陽，王吉，字子陽。貢禹，字少翁。志趣相投。《前漢紀・孝元皇帝紀上》：『（宣帝）遣使者徵瑯邪王吉、貢禹，吉年老道病卒，禹至拜諫議大夫。王吉與禹相善，世稱王陽在位，貢公彈冠，言其趣舍同也。』罕生，即子皮。國子，即子產，與子皮相知甚深。《左傳・昭公十四年》：『鄭子皮授子產政。辭曰：國小而偪，族大寵多，不可爲也。……子產歸，未至，聞子皮卒。哭且曰：吾已無爲爲善矣。唯夫子知我。』此三句以王陽與禹貢、罕生與子產相善知遇的典故，表達對知遇者政治上舉薦自己的渴望。

⑥ 邈，時間久遠。《漢書・司馬相如傳》：『軒轅之前，遐哉邈乎，其詳不可得聞已。』愾，歎息。《説文》：『愾，太息也。』此三句言嗟歎千載知音難覓，豈是虚言，知遇舉薦，已經邈遠，追念歷史，不禁歎息不已。

【集評】

［宋］郭茂倩《樂府詩集》卷三十三陸機《鞠歌行》：《古今樂録》曰：王僧虔《技録》：平調又有《鞠歌行》，今無歌者。陸機序曰：『按漢宮閣有含章鞠室、靈芝鞠室，後漢馬防第宅卜臨道，連閣通池，鞠城彌於街路。鞠歌將謂此也。又東阿王詩「連騎擊壤」，或謂蹴鞠乎？三言七言，雖奇寶名器，不遇知己，終不見重。願逢知己，以託意焉。』

［元］左克明《古樂府》卷四：古辭三七言。言雖奇寶名器，不遇知己，終不見重，願逢知己以託意焉。

［清］陳祚明《采菽堂古詩選》卷十：宜存此體，詩亦稍有慨。

當置酒①

【題解】

此詩寫宴飲，但脱出窠臼，不寫宴飲之歡，人生短暫，及時行樂之意，而是自出機杼，宕開筆端，寫飛觀、絶嶺、江浦、日色、花影，有大筆揮墨，有細微描摹。『日色花上綺，風光水中亂』，將花色置於日影之下，寫其如綺之美；花影置於水風之中，寫紛亂之態，尤爲妙也。後寫益友，關合詩題，亦見結構之迹。

置酒宴佳賓，瞻眺〔一〕臨飛觀。絶嶺隔丈〔二〕餘，長嶼横江半②。日色花上綺，風光水中亂③。三益既葳蕤，四始方葱粲④。

【校勘】

〔一〕『瞻眺』,《樂府詩集》卷三十一、《百三家集》本、《詩紀》卷七十一、《古樂苑》卷十六作『矚迥』。

〔二〕『隔丈』,《樂府詩集》卷三十一、《百三家集》本、《詩紀》卷七十一、《古樂苑》卷十六作『隔天』。應據改。

【注釋】

①《當置酒》亦樂府歌辭,所屬不詳。

②觀,宫廷中高大華美的臺榭。《左傳·哀公元年》:『宫室不觀,舟車不飾。』杜預注:『觀,臺榭。』嶼,島嶼。曹操《滄海賦》:『覽島嶼之所有。』上四句言置酒宴樂佳賓,遠眺臺榭飛檐,與峻嶺相連,長長之島嶼横斷半江。

③綺,華美。此二句言日光照在花上色澤華美,微風吹動水光散亂飄逸。

④三益,三類益友。盧諶《答魏子悌詩》:『寄身蔭四嶽,托好憑三益。』《論語·季氏》:『益者三友……友直,友諒,友多聞,益矣。』葳蕤,鮮麗。張衡《南都賦》:『望翠華兮葳蕤,建太常兮裶裶。』四始,正月旦日。《史記·天官書》:『正月旦,王者歲首;立春日,四時之始也。四始者,候之日。』《正義》:『謂正月旦歲之始,時之始,日之始,月之始,故云四始。言以四時之日候歲吉凶也。』葱,青緑色。《詩·小雅·采芑》:『服其命服,朱芾斯皇,有瑲葱珩。』毛詩傳:『葱,蒼也。』粲,鮮明。《詩·小雅·伐木》:『於粲灑掃,陳饋八簋。』毛詩傳:『粲,鮮明貌。』此二句言宴上益友風華正茂,與初春濃郁燦爛的春色相得益彰。

【備考】

此詩作者頗有争議。第一，定爲陸機所作。《紺珠集》卷八、《類説》卷五十一引《當置酒》『三益既葳蕤，四始方葱粲』二句，亦作陸機。第二，定爲簡文帝所作。《樂府詩集》卷三十一、《古詩鏡》卷十八作簡文帝。《古樂苑》卷十六注曰：『《當置酒》，陸機集載此，誤。』第三，存疑。《漢魏六朝百三家集》卷八十三、《詩紀》卷七十一注曰：『《當置酒》，陸士衡集亦載此詩，今從《樂府》作簡文。』《韻府拾遺》卷五十五：『《當置酒》，梁簡文帝樂府有《當置酒》。』

目前尚無可靠材料證其作者歸屬，然從詩歌所表現情感及其藝術看，似是陸機詩。陸機長詩詩情繁縟，結構鋪排，用語色濃，短詩則情感簡澹，結構簡潔，用語色淡。

倢伃怨〔一〕①

【題解】

詩情如題，亦宫怨也。寫倢伃見讒，辭後宫之寵，雖託意於詩賦，終無法挽回君心。『春苔』二句，融情入景，階上春苔滋生，宫殿秋草荒蕪，以人迹罕至，環境凄冷，寫出人之情境。從春至秋，年復一年，浸透着在期待與失望中時光流逝之感。後二句叙述、描摹與抒情結合，以黄昏荒蕪之宫殿，襯託滿面淚光失寵之宫人，情至慘痛。詩作時間不可考，然秋扇見捐之感觸，或折射詩人人生之際遇，蓋於《塘上行》所作時間差近，爲入洛之後期。

倢伃去辭寵，淹留終不見②。寄情在玉階，託意唯團扇③。春苔暗階除，秋草蕪高殿④。昏黄〔二〕履綦絶，愁來空雨面⑤。

【校勘】

〔一〕「倢伃怨」，《樂府詩集》卷四十三題爲「班婕妤」；《詩紀》卷二十四注曰：「一作婕妤怨。」考唐前此樂府之名均爲「班婕妤」，至唐始有「倢伃怨」之名，故當以「班婕妤」爲是。「倢伃」，同「婕妤」。

〔二〕「昏黄」，《樂府詩集》卷四十三、《古詩紀》卷三十四、《七十二家集》本作「黄昏」；《古詩紀》、《七十二家集》又注：「一作昏黄。」

【注釋】

① 《倢伃怨》屬樂府《相和歌辭・楚調曲》。《樂府詩集》卷四十一：「《古今樂録》曰：王僧虔《技録》：楚調曲有《白頭吟行》《泰山吟行》《梁甫吟行》《東武琵琶吟行》《怨詩行》。其器有笙、笛、弄節、琴、箏、琵琶、瑟七種。張永《録》云：未歌之前有一部弦，又在弄後。又有但曲七曲：《廣陵散》《黄老彈飛引》《大胡笳鳴》《小胡笳鳴》《鵾雞遊弦》《流楚》《窈窕》，並琴、箏、笙、筑之曲，王録所無也。其廣陵散一曲，今不傳。」又卷四十三：「一曰《婕妤怨》。《漢書》曰：孝成班婕妤初入宮，爲少使，俄而大幸，爲婕妤，居增成舍。自鴻嘉後，帝稍隆内寵，婕妤進侍者李平，平得幸，立爲婕妤，賜姓衛，所謂衛婕妤也。其後趙飛燕姊弟亦從微賤興，班婕妤失寵，稀復進見。趙氏姊弟驕妬，婕妤恐久見危，求供養太后長信宮，帝許焉。《樂府解題》曰：《婕

好怨》者，爲漢成帝班婕妤作也。婕妤，徐令彪之姑，况之女。美而能文，初爲帝所寵愛，後幸趙飛燕姊弟，冠於後宫。婕妤自知見薄，乃退居東宫，作賦及《紈扇詩》以自傷悼，後人傷之而爲《婕妤怨》也。』又《文選》卷二十七《怨歌行》六臣注：『《漢書》云：孝成帝班婕妤，帝初即位，選入後宫，始爲少使，俄而大幸，爲婕妤。後趙飛燕寵盛，婕妤失寵，故有是篇也。婕妤，后妃之位名也。左曹越騎校尉况之女，彪之姑，少有才學。』

② 倢伃辭寵，指班婕妤受讒而辭後宫事。見上注。事見《漢書·外戚傳下》。淹留，久留。《爾雅·釋詁》：『淹，留久也。』此二句言婕妤失寵，辭别皇上，滯居長信宫中，終不復見寵。

③ 寄情玉階，即寄情於『玉階』之賦。《漢書·外戚傳下》：『婕妤退處東宫，作賦自傷悼，其辭曰：……華殿塵兮玉階苔，中庭萋兮緑草生。』託意團扇，即託意於『團扇』之詩。班婕妤《怨歌行》：『新裂齊紈素，鮮潔如霜雪。裁爲合歡扇，團團似明月。出入君懷袖，動摇微風發。常恐秋節至，凉飈奪炎熱。棄捐篋笥中，恩情中道絶。』此二句言失寵見棄，只得以詩賦寄託自己的情意。

④ 階除，宫殿之臺階。何晏《景福殿賦》：『若乃階除連延，蕭曼雲征。』濟注：『除，亦階也。』此二句言長信宫中人迹罕至，春苔厚積，臺階晦暗，秋草萋萋，高殿荒蕪。

⑤ 履綦，鞋的飾物。《漢書·外戚傳》(下)：『婕妤退處東宫，作賦自傷悼，其辭曰：……俯視兮丹墀，思君兮履綦。』顔師古注：『綦，鞋下飾也。言視殿上之地，則想君履綦之迹也。』後指足迹。傅玄《放歌行》：『丘冢如履綦，不識故與新。』此二句言黄昏來盼君而足迹不至，滿腹憂愁，空留下淚滴如雨。

【集評】

［宋］郭茂倩《樂府詩集》卷四十三陸機《班婕妤》：一曰《婕妤怨》。《漢書》曰：孝成班婕妤初入宫，爲少使，蛾而大幸，爲婕妤，居增成舍。自鴻嘉後，帝稍隆内寵婕妤進侍者李平。平得幸，爲婕妤，賜姓衛，所謂衛婕妤也。其後，趙飛燕姊弟亦從微賤興，班婕妤失寵，稀復進見。趙氏姊弟驕妒，婕妤恐久見危，求供養太后長信宫，帝許焉。《樂府解題》曰：《婕妤怨》者，爲漢成帝班婕妤作也。婕妤，徐令彪之姑，况之女，美而能文。初爲帝所寵愛，後幸趙飛燕姊弟，冠於後宫。婕妤自知見薄，乃退居東宫。作賦及紈扇詩，以自傷悼。後人傷之，而爲婕妤怨也。

［清］王夫之《古詩評選》：净。單舉出辭寵一日寫意，託筆早高，云胡不净。

王闓運《八代詩選》：纖筆。

燕歌行①

【題解】

此詩與曹丕《燕歌行》情感相似，乃抒寫思婦懷人念遠之情。四時代序，轉瞬歲暮，遊子緬然不歸，思婦愁思難遣，黄昏見夜鳥歸林，雎鳩和鳴，而自己獨守空房，更徒增悲傷。然藝術上與丕詩有别。丕詩音調舒緩，便娟婉約；此詩音調急切，直露濃烈；丕詩重寫别情相思，此詩交織着强烈的時間意識。所作具體時間不可考，其情調與《爲顧彦先贈婦詩》類似，或爲同時之作。

四時代序逝〔一〕不追，寒風習習落葉飛②。蟋蟀在堂露盈墀〔二〕，念君客遊苦恒悲〔三〕③。君何緬然久不歸，賤妾悠悠心無違④。白日既没明燈輝，夜禽赴林匹鳥〔四〕棲⑤。雙鳩關關宿河湄，憂來感物涕〔五〕不晞⑥。非君之念思爲誰，離別何早會何遲〔六〕⑦。

【校勘】

〔一〕「逝」，《樂府詩集》卷三十二注曰：「一作遠。」

〔二〕「墀」，《玉臺新詠》卷九、《藝文類聚》卷四十二作「階」；《詩紀》卷二十四注曰：「一作階。」

〔三〕「客」，陸刻本作「遠」。《詩紀》卷二十四作「客」，又注：「一作遠」；《樂府詩集》卷三十二作「遠」，又注：「一作客。」又「苦恒悲」，《玉臺新詠》卷九、《七十二家集》本作「常苦悲」。《樂府詩集》卷三十二作「恒苦悲」。

〔四〕「夜」，《玉臺新詠》卷九作「寒」；《七十二家集》本、《詩紀》卷二十四注曰：「一作寒。」又「鳥」，《文集》作「鳴」。《玉臺新詠》卷九、《樂府詩集》卷三十二、《古詩紀》卷三十四、《百三家集》本作「鳥」。今據改。

〔五〕「涕」，《樂府詩集》卷三十二作「淚」。

〔六〕「離別」，《玉臺新詠》卷九、《樂府詩集》卷三十一、《七十二家集》本作「別日」；《樂府詩集》卷三十二又注曰：「一作日別。」

【注釋】

①《燕歌行》屬樂府《相和歌辭・平調曲》。《樂府詩集》卷三十二：『《樂府解題》曰：晉樂奏魏文帝「秋風」「別日」二曲，言時序遷換，行役不歸，婦人怨曠，無可訴也。《廣題》曰：燕，地名也。言良人從役于燕，而爲此曲。』

②代序，時序交相更替。《楚辭・離騷》：『日月忽其不淹兮，春與秋其代序。』王逸注：『代，更也。序，次也。言日月晝夜常行，忽然不久，春往秋來，以次相代，言天時易過，人年易老也。』習習，盛貌。蔡邕《陳留太守胡公碑》：『祁祁我君，習習冠蓋。』此二句言時序更替，日居月將，寒風習習，落葉飄飛。

③蟋蟀在堂，指九月。《詩・唐風・蟋蟀》：『蟋蟀在堂，歲聿其莫。今我不樂，日月其除。』毛詩傳：『蟋蟀，蛬也。九月在堂。聿，遂。除，去也。』墀，臺階。班固《西都賦》：『玄墀釦砌，玉階彤庭。』銑注：『墀，階也。』恒，《說文》：『常也。』此二句言蟋蟀入堂，白露盈階，轉眼之間，歲將暮矣，每念及遊子遠役之苦，内心常充滿悲傷。

④緬，邈，遥遠。《國語・楚語》：『女實遺之，彼懼而奔鄭，緬然引領南望。』韋昭注：『緬，猶邈也。』悠悠，思念貌。《詩・邶風・雄雉》：『瞻彼日月，悠悠我思。』鄭玄箋：『視日月之行，迭往迭來。今君子獨久行役而不來，使我心悠悠然思之。』此詩蓋取其意。違，《爾雅・釋詁》：『離也。』此二句言君何遠離他鄉，久久不歸？悠悠思念，未嘗須臾離也。

⑤白日既没明燈輝，猶言晝去夜來。曹丕《與吴質書》：『白日既匿，繼以朗月。』曹植《當車已駕行》：『不醉無歸來，明燈以繼夕。』此二句言日影西下，明燈放輝，夜鳥赴林，而自己猶如孤鳥，獨棲空室。

⑥雙鳩關關，雙鳩，睢鳩，傳爲貞情之鳥；關關，鳥鳴聲。《詩・周南・關雎》：『關關雎鳩，在河之舟。

窈窕淑女，君子好逑。』毛詩傳：『關關，和聲也。雎鳩，王雎也。』湄，水邊高地。《詩·秦風·蒹葭》：『所謂伊人，在水之湄。』毛詩傳：『湄，水隒也。』晞，乾。《詩·秦風·蒹葭》：『蒹葭淒淒，白露未晞。』毛詩傳：『晞，乾也。』此二句言貞情之鳥雙宿水邊，聲音相和，感物傷懷，淚痕不乾。

⑦ 此二句言思君之情專一難遣，爲何早早分離，又遲遲不能相會？

【集評】

[明]許學夷《詩源辨體》卷五：陸士衡、謝靈運、謝惠連樂府七言《燕歌行》各一篇，較之子桓，體制聲調亦不甚殊，未可稱變也。

[清]陳祚明《采菽堂古詩選》卷十：平暢，其音差亮。

[清]紀昀《玉臺新詠》評：此種亦是屋下屋，但詞句流美耳。

悲哉行〔一〕

【題解】

此詩上半篇寫景，下半篇抒情。寫景是隱士所居之景，抒情是遊宦失意之悲。見其美景而生出世遁隱之心，既顯現失意者的典型心態，又使寫景與抒情渾然一體。

萋萋春草生，王孫猶有情①。差池鷰〔二〕始飛，夭裊桃始榮②。灼灼桃悅色，飛飛鷰弄聲③。檐〔三〕上雲結陰，澗下風吹清④。幽樹雖改觀，終始在初生⑤。松蔦歡蔓延，樛葛欣纍〔四〕縈⑥。眇然游宦子，晤〔五〕言時未並⑦。鼻感改朔氣，心傷變節榮⑧。侘傺豈徒然，澶漫絕音形⑨。風來不可託。鳥去豈爲聽⑩。

【校勘】

〔一〕逯欽立案：『《類聚》《樂府》引作謝靈運《悲哉行》，今兩存之，俟考。』

〔二〕『鷰』，陸刻本作『燕』。古二字同。

〔三〕『檐』，陸刻本作『簷』。古二字同。

〔四〕『纍』，陸刻本作『累』。古二字通。

〔五〕『晤』，陸刻本作『悟』。古二字通。

【注釋】

① 萋萋，草茂盛貌。《楚辭·招隱士》：『王孫遊兮不歸，春草生兮萋萋。』濟注：『萋萋，草色。』此二句言春草萋萋，王孫見春草而生思歸之情。

② 差池，尾翼舒展貌。《詩·邶風·燕燕》：『燕燕于飛，差池其羽。』鄭玄箋：『差池其羽，謂張舒其尾翼。』鷰，即燕。夭，茂盛。《詩·周南·桃夭》：『桃之夭夭，灼灼其華。』毛詩傳：『桃有華之盛者，夭夭，其

室壯也。」裊，細長柔美。謝靈運《擬魏太子鄴中集・平原侯植》：「平衢修且直，白楊信裊裊。」翰注：「裊裊，弱貌。」榮，花。《爾雅・釋草》：「木謂之花，草謂之榮。」按：應爲「草謂之花，木謂之榮」。此二句言燕子舒展尾翼，開始飛翔，桃枝茂盛，細長柔美，且始開花。

③灼灼，形容桃花盛開。見上注。此二句言悦觀盛開桃花之色，喜聞飛翔燕子之聲。

④此二句言飛簷上流雲結着濃陰，水澗下清風吹動漣漪。

⑤改觀，猶言改變外貌。裴子野《南齊安樂寺律師智稱法師碑》：「由是後進知宗，先達改觀，暉光令問於斯籍。」此二句言幽深樹木外貌雖改，然終顯初生之嫩緑。

⑥松蔦，即寄生於松上常緑小灌木。《詩・小雅・頍弁》：「蔦與女蘿，施於松柏。」毛詩傳：「蔦，寄生也。」樛葛，即攀附於曲木上葛藤。《詩・周南・樛木》：「南有樛木，葛藟纍之。」毛詩傳：「木下曲曰樛。」此二句言松上蔦蘿歡快蔓延，木上葛藤層層縈繞。

⑦眇，遥遠。《莊子・庚桑楚》：「夫全其形生之人，藏其身也，不厭深眇而已矣。」成玄英疏：「眇，遠也。」悟，明白。《説文》：「悟，覺也。」並，相隨。《玉篇》：「並，併也，相從也。」此二句言遠遊求宦之人，羈於世俗機務，未悟季節之變化。

⑧朔氣，節氣。《周禮・春官・大史》：「正歲年以序事。」賈公彦疏：「節氣，一名朔氣。」此二句言鼻息冷暖，可以感受節氣變化，而節氣變換，草木開花，又使找充滿時序遷逝的悲傷。

⑨侘傺，失意而精神恍惚貌。《楚辭・離騷》：「忳鬱邑余侘傺兮，吾獨窮困乎此時也。」王逸注：「侘傺，失志貌。侘，猶堂堂立貌也。傺，住也。楚人名住曰傺邑。」澶漫，放縱。《莊子・馬蹄》：「澶漫爲樂，摘僻爲禮。」成玄英疏：「澶漫是縱逸之心。」絶音形，指絶聲音形影於塵世，猶言遁世隱居。此二句言失意恍

惚，豈非枉然，還不如縱心適性，絶聲音形影於塵世，居此山中。

⑩ 此二句言山風吹來，並非爲之寄託情意，小鳥飛去，亦非爲之聽覺之美。意謂一切均爲自然適性而已。

【備考】

《晉二俊文集》四部叢刊本、明嘉靖毘陵陳奎刊（汪士賢校）《六朝詩集》本、明萬曆翁少麓《漢魏諸名家集》本、明末刻徐日曦讀本、《七十二家集》本、影宋清鈔本、《宛委別藏》之清鈔本、小萬卷樓叢書本，以及臺灣『國家圖書館』藏陳仲魚手録陸敕先宋本《晉二俊文集》、鄧邦述手校並跋明萬曆新安汪士賢校刊本《晉二俊文集》，著録此詩，均題爲陸機。然《樂府詩集》卷六十二、《藝文類聚》卷四十一、《古樂苑》卷三十五均題爲謝靈運。《漢魏六朝百三家集》卷六十六、《古詩紀》卷五十七亦作謝靈運，並注曰：『《陸士衡集》亦載此詩，誤也。陸別有一首。』逯欽立《先秦漢魏晉南北朝詩》案：『《類聚》《樂府》引作謝靈運《悲哉行》，今兩存之，俟考。』

稽考典籍，此詩作者當爲陸機，試辨之如下：

第一，以上所引明代諸刻本均收録，而《漢魏六朝百三家集》《詩紀》皆注曰：『《陸士衡集》亦載此詩。』臺灣『國家圖書館』藏陳仲魚手録陸敕先宋本《晉二俊文集》、鄧邦述手校並跋明萬曆新安汪士賢校刊本《晉二俊文集》，其校勘底本均爲宋本；劉明認爲，影宋清鈔本最近宋本原貌。若然，證明宋本以及明代前陸機集均收録有此詩。其否定爲陸詩的理由是『陸別有一首』。陸集散佚，完本今不可見，然從存世之詩與殘句看，同題之作比比皆是，以『別有一首』而否定此篇，蓋臆斷也。乃《樂府詩集》誤刻於前，後人遂襲其誤。

第二，《樂府詩集》卷六十二收録陸機另一首《悲哉行》（遊客芳春林），其題解曰：『《歌録》曰：《悲哉行》，魏明帝造。《樂府解題》曰：陸機云「遊客芳春林」，謝惠連云「羈人感淑節」，皆言客遊感物憂思而作也。』《悲哉行》（萋萋春草生）也是『客遊感物憂思』之作，與謝惠連云『羈人感淑節』，内容近似。如若此首『萋萋春草生』，乃靈運所作，那麽『解題』必引靈運而非惠連，因爲靈運名氣遠過惠連。

第三，謝爲晉宋大族，世居京城，雖遭貶謫，有『窮海』之歎，然而貶謫與遊宦絶然不同。所以，遍檢謝集，絶無『遊宦』之悲。陸機由吴適洛，别桑梓而求顯宦，其志不達，故其遊宦之悲，不絶於篇籍。此詩所言『眇然遊宦子』，遊宦異國，故鄉渺遠，此種人生經歷、遊子口吻，皆非靈運所能有。

第四，靈運出京外放，窮山極水，肆意遨遊，斷不至於賞此美景而有足迹未至之理，故此詩之『晤言來未並』，亦非謝所能語。

第五，謝樂府共十七題，其《折楊柳行》，一作魏文帝詩，此詩在謝集中作《悲哉行》。然謝詩結尾喜作議論，或言佛，或談玄，或説理，使其詩有佳句而無佳篇，而此詩寫景抒情渾融一體，風格亦不類謝詩。

第六，《宛委别藏》之清鈔本、清影宋鈔本，雖體例一如《晉二俊文集》，且無校勘，然此書所抄凡涉及『民』字多用『人』。以『人』代『民』，蓋唐人避諱，故此鈔本，可能以《晉二俊文集》爲底本，參校古本而成，或古本即收録此詩，題爲士衡，故採録。

綜上所考，此詩作者當爲陸機，而非謝靈運。

梁甫吟①

【題解】

此詩感慨四時遷移，轉瞬歲暮，年命流逝，壯志未酬，既無人助，又無天佑，不禁臨川歎息，拊膺而低吟《梁甫》。此爲士衡常發之詩情，然每首詩的體裁、寫法以及所取之詩歌意象，各有不同。此詩上觀蒼穹，下視大川，心感四時，耳聞悲風，一一攝入筆端，既境界闊大遼遠，又如五音繁會。詩後半感慨人生，俯仰今古，亦有一瞥千年之勢。張華歎其大才，信矣。詩作時間無考，蓋作於入洛之後。

玉衡固〔一〕已驂，羲和若飛凌②。四運循〔二〕環轉，寒暑自相承〔三〕③。冉冉年時暮，迢迢天路徵④。招搖東北指，大火西南昇⑤。悲風無絕響，玄雲互相仍⑥。豐冰〔四〕憑川結，零〔五〕露彌天凝⑦。年命特〔六〕相逝，慶雲鮮克乘⑧。履信多愆期，思順焉足憑⑨。慷慨〔七〕臨川響，非此孰爲興⑩。哀吟梁甫顛，歎息獨撫〔八〕膺⑪。

【校勘】

〔一〕「固」，《樂府詩集》卷四十一、《古詩紀》卷三、《七十二家集》本作「既」；《樂府詩集》又注曰：「一作固。」

〔二〕『循』，《樂府詩集》卷四十一作『尋』。音同而誤。

〔三〕『承』，《樂府詩集》卷四十一作『懲』。音同而誤。

〔四〕『豐冰』，《文集》作『豐水』。《古詩紀》卷三、《七十二家集》本、《百三家集》本、《六朝詩集》本作『豐冰』。今據改。

〔五〕『零』，《樂府詩集》卷四十一作『霜』；《七十二家集》本、《百三家集》本注：『一作寒。』《詩紀》卷二十四注：『《集》作寒。』當以寒爲善。

〔六〕『特』，《七十二家集》本作『時』。

〔七〕『慷慨』，《樂府詩集》卷四十一、《百三家集》本作『愾愾』；又注：一作『慷愾』。

〔八〕『歎息』，《文集》及諸本皆作『慷慨』，與上文重複。《詩紀》卷二十四曰：『一作歎息。』今據改。又『撫』，《七十二家集》本作『拊』。古二字同。

【注釋】

①《梁甫吟》屬樂府《相和歌辭·楚調曲》。《樂府詩集》卷四十一：『《古今樂録》曰：王僧虔《技録》：有《梁甫吟行》今不歌。謝希逸《琴論》曰：諸葛亮作《梁甫吟》。《陳武別傳》曰：武常騎驢牧羊，諸家牧豎十數人，或有知歌謡者。武遂學《太山梁甫吟》《幽州馬客吟》及《行路難》之屬。《蜀志》曰：諸葛亮好爲《梁甫吟》，然則不起於亮矣。李勉《琴説》曰：《梁甫吟》，曾子撰《琴操》曰：曾子耕太山之下，天雨雪凍，旬月不得歸，思其父母，作《梁山歌》。蔡邕《琴頌》曰：《梁甫悲吟》，周公越裳。按：梁甫，山名，在泰山下。《梁

甫吟》蓋言人死葬此山，亦葬歌也。又有《泰山梁甫吟》與此頗同。』王先謙《漢書補注》：『梁甫在今泰安府南六十里。』

②　玉衡，北斗第五星。《古詩·明月皎夜光》：『玉衡指孟冬，衆星何歷歷。』善注：『《春秋運斗樞》曰：北斗七星，第五曰玉衡。』翰注：『玉衡，斗柄也。』驂，同駕一車之三馬。《詩·小雅·采薇》：『載驂載駟，君子所屆。』孔穎達疏：『王肅云：古者一轅之車駕三馬則五轡。』此指啓駕。羲和，駕日之神。《楚辭·離騷》：『吾令羲和弭節兮，望崦嵫而勿迫。』王逸注：『羲和，日御也。』《山海經·大荒南經》：『東南海之外，甘水之間，有羲和之國。有女子名曰羲和，方浴日於甘淵。』郭璞注：『羲和，蓋天地始生主日月者也。故啓筮曰：空桑之蒼蒼，八極之既張，乃有夫羲和，是主日月，職出入以爲晦明。又曰：瞻彼上天，一明一晦，有夫羲和之子出於湯谷，故堯因此而立羲和之官，以主四時，其後世遂爲此國，作日月之象，而掌之沐浴，運轉之於甘水中，以効其出入湯谷虞淵也。』飛凌，疾馳。嵇康《兄秀才公穆入軍贈詩》：『風馳電逝，躡景追飛。凌厲中原，顧眄生姿。』善注：『追飛，謂逐飛鳥也，此皆言疾也。《廣雅》曰：凌，馳也。』此二句言玉衡轉動，指向孟冬，羲和駕日，飛馳而過。

③　四運，潘岳《秋興賦》：『四運忽其代序兮，萬物紛以迴薄。』善注：『《莊子》：黄帝曰：陰陽四時運行，各得其序。』循環，回環往復。潘岳《西征賦》：『超長懷以遐念，若循環之無賜。』善注：『《尚書大傳》曰：三王之統，若循連環，周則復始，窮則反本。』承，依次相續。《廣韻》：『承，次也，奉也。』此二句言四季運轉，循環往復，暑往寒來，前後相續。

④　冉冉，漸漸。《楚辭·離騷》：『老冉冉其將至兮，恐脩名之不立。』王逸注：『冉冉，行貌。』向注：『冉冉，漸漸也。』迢迢，遥遠貌。《古詩·迢迢牽牛星》：『迢迢牽牛星，皎皎河漢女。』天路，登天之路。曹植

《雜詩六首》之二：『高高上無極，天路安可窮。』善注：『仲長子《昌言》曰：蕩蕩乎若昇天路，而不知其所登。子若昇天路也。』此指天空。徹，明。《廣韻》：『徹，明也。』此二句言歲暮漸進，夜色漸明。

⑤ 招摇，北斗斗柄。《淮南子·時則訓》：『孟冬之月，招摇指亥。』高誘注：『招摇，斗建。』郝立權《陸士衡詩注》：『按招摇指丑，正爲東北。是于時爲季冬矣。』大火，《爾雅·釋天》：『大火，謂之大辰。』郭璞注：『大火，心也。在中最明，故時候主焉。』《左傳·昭公三年》：『然自今子其無事矣。譬如火焉，火中，寒暑乃退。』服虔注：『火，大火星也。季冬十二月，平旦正中在南方，大寒退；季夏六月，黄昏火星中，大暑退。』郝立權《陸士衡詩注》：『又按十二月平旦正中大寒，大火既流，則寒退而歲暮時矣。』此二句言北斗斗柄直指東北，歲已暮。大火星升起西南，天已明。

⑥ 悲風，指寒風。曹植《贈王粲》：『悲風鳴我側，羲和逝不留。』善注：『《楚詞》曰：哀江介之悲風。』絶響，回聲斷絶。釋慧琳《龍光寺竺道生法師誄》：『嗚呼哀哉，遡來風之絶響，送行雲之莫因。』玄雲，黑雲。嵇康《琴賦》：『玄雲蔭其上，翔鸞集其巔。』仍，相因，相從。《論語·先進》：『閔子騫曰：仍舊貫如之何，何必改作。』鄭玄注：『仍，因也。』此二句言寒風之聲不絶於耳，濃厚之烏雲前後相因。

⑦ 豐水，洪水。《易·豐》：『彖曰：豐，大也。』憑，滿。《楚辭·離騷》：『衆皆競進以貪婪兮，憑不厭乎求索。』王逸注：『憑，滿也。楚人名滿曰憑。』零露，露落而生霜。《詩·鄭風·野有蔓草》：『野有蔓草，零露漙兮。』鄭玄箋：『零，落也。蔓草而有露，謂仲春之時，草始生霜爲露也。』凝，結冰。《説文》：『凝，水堅也。』此指凝霜。此二句言滿川洪水結爲冰，漫天露水凝爲霜。

⑧ 年命，人命，壽命。《古詩·驅車上東門》：『浩浩陰陽移，年命如朝露。』翰注：『陰陽流轉，人命如朝露之易乾。』特，但，空。《漢書·高帝紀上》：『（項伯）夜馳見張良，具告其實，欲與俱去，毋特俱死。』顔師

古注：『蘇林曰：特，但也。但，空也。』慶雲，瑞雲。曹植《上責躬應詔詩表》：『是以不別荆棘者，慶雲之惠也。』善注：『《史記》曰：若煙非煙，若雲非雲，鬱鬱紛紛，蕭索輪囷，是謂慶雲。』良注：『慶雲，瑞雲也。』此指仙境之雲。乘，登，升。《易・同人》：『乘其墉，弗克攻。』此二句言壽命空隨日月飄逝，又不能飛升至仙境之雲。

⑨ 履信，指人之所助。思順，指天之所助。《易・繫辭上》：『天之所助者，順也。人之所助者，信也。履信思乎順。』《爾雅・釋言》：『履，踐也。』愆，錯過。《詩・衛風・氓》：『匪我愆期，子無良媒。』毛詩傳：『愆，過也。』憑，《廣韻》：『託也。』此二句言人之所助，多已錯過，天之所助，豈可依憑。

⑩ 慷慨，不得志而歎息。張衡《歸田賦》：『感蔡子之慷慨，從唐生以決疑。』善注：『《說文》曰：慷慨，壯士不得志於心也。』臨川響，俯視川流而感慨。《論語・子罕》：『子在川上曰：逝者如斯夫，不舍晝夜。』何晏《集解》：『苞氏曰：逝，往也。言凡往者如川之流也。』興，産生。《禮記・樂記》：『明於天地，然後能興禮樂也。』此二句言臨川慷慨，歎息時光如水流逝，非此而什麼可引起這種情感呢？

⑪ 哀吟，哀歎低吟。曹植《雜詩六首》之一：『孤鴈飛南遊，過庭長哀吟。』撫膺，拊胸。見《赴洛二首》注。梁甫顛，《梁甫吟》，又作《泰山梁甫吟》，故曰。此二句言滿腹憂傷，低吟《梁甫吟》，不禁獨自撫膺歎息。

【集評】

［宋］曹勛《松隱文集・梁甫吟并序》：昔人有壯歲從軍，老而還家，窮獨無依，晨行泰山下，因疾哀歌以自傷，後人感之。陸機、沈約皆有此作，敘時運流邁，君子履信思順，悲感之意，因申而廣之，爲變體云。

董逃行〔一〕①

【題解】

《樂府解題》曰：『若陸機「和風習習薄林」……但言節物芳華，可及時行樂，無使徂齡，坐徙而已。』詩人善萬物之得時，感時光之流逝；翩翩宵征，却功業無成，懷抱遺情，又不知何之。老之將至，故憂端交織，喟然歎息。文人六言詩，源於漢谷永，以孔融爲著名，然文舉叙事，此詩寫景抒情，拓展了詩歌題材。此詩所作具體時間不可考，從『萬里倏忽幾年』句看，當是離吴入洛後數年，約於元康中期。

和風習習薄林，柔條布葉〔二〕垂陰②。鳴鳩拂羽相尋，倉庚〔三〕喈喈弄音，感時悼逝傷心③。

【校勘】

〔一〕『董逃行』，《文集》作『董桃行』。《樂府詩集》卷三十四、《廣文選》卷十三、鄧邦述校本作『董逃行』。又《文集》校曰：『桃，當作逃。』鄧邦述校本注：『董卓時童謡名。』今據改。按：《七十二家集》本、《采菽堂古詩選》均將此詩分爲五解，古辭《董逃行》亦分爲五解，故此依《七十二家集》《采菽堂古詩選》之體例分解。

〔二〕『葉』，《藝文類聚》卷四十一作『繁』。

〔三〕『倉庚』，《藝文類聚》卷四十一、《樂府詩集》卷三十四作『倉鶊』。古二詞同。

【注釋】

① 《樂府詩集》卷三十四：『崔豹《古今注》曰：《董逃歌》，後漢游童所作也。終有董卓作亂，卒以逃亡。後人習之爲歌章，樂府奏之，以爲儆誡焉。《後漢書・五行志》曰：靈帝中平中，京都歌曰：承樂世，董逃，遊四郭，董逃。蒙天恩，董逃，帶金紫，董逃。行謝恩，董逃，整車騎，董逃。垂欲發，董逃，與中辭，董逃。出西門，董逃，瞻宫殿，董逃。望京城，董逃，日夜絶，董逃，心摧傷，董逃。案：董謂董卓也。言欲跋扈，縱有殘暴，終歸逃竄，至於滅族也。《風俗通》曰：卓以《董逃》之歌，主爲己發，太禁絶之。楊孚《董卓傳》曰：卓改《董逃》爲《董安》。《樂府解題》曰：古詞云：吾欲上謁從高山，山頭危險大難言。言五岳之上，皆以黄金爲宫闕，而多靈獸仙草，可以求長生不死之術，令天神擁護君上以壽考也。若陸機「和風習習薄林」，謝靈運「春虹散彩銀河」，但言節物芳華，可及時行樂，無使徂齡，坐徙而已。晉傅玄有《歷九秋篇》十二章，具叙夫婦别離之思，亦題云《董逃行》，未詳。』

② 習習，和煦。《詩・小雅・谷風》：『習習谷風，維風及雨。』鄭玄箋：『習習，和調之貌。』薄林，即林薄，此指樹林。張衡《西京賦》：『爾乃振天維，衍地絡，蕩川瀆，簸林薄。』薛綜注：『林薄，草木叢生也。』布葉，猶言長滿枝葉。嵇康《兄秀才公穆入軍贈詩》：『春木載榮，布葉垂陰。習習谷風，吹我素琴。』此二句言和煦東風吹入林中，柔嫩枝條長滿緑葉，垂下翠陰。

③ 鳴鳩，鶻鵰，即斑鳩。《詩・小雅・小宛》：『宛彼鳴鳩，翰飛戾天。』毛詩傳：『鳴鳩，鶻鵰。』《經典釋

文》卷六：『鶻鵰，云骨鵃，小種鳩也。《草木疏》云：鳴鳩，班鳩也。』拂羽，振動翅膀。《禮記·月令》：『季春之月，鳴鳩拂其羽。』倉庚，黃鸝。《詩·豳風·七月》：『春日載陽，有鳴倉庚。』毛詩傳：『倉庚，離黃也。』喈喈，鳥鳴之聲。《詩·周南·葛覃》：『黃鳥於飛，集於灌木，其鳴喈喈。』毛詩傳：『喈喈，和聲之遠聞也。悼，哀傷。《詩·檜風·羔裘》：『豈不爾思，中心是悼。』鄭玄箋：『悼，猶哀傷也。』此三句言季春之時，斑鳩振動翅膀，尋求同伴，黃鸝和鳴，聲音清脆。感時序之變化，哀逝去之時光，内心愴然。

日月相追周旋，萬里倏忽〔一〕幾年，人皆冉冉西遷①。盛時一往不還，慷慨乖念凄然②。

【校勘】

〔一〕『倏忽』，《樂府詩集》卷三十四作『儵忽』。古二詞同。

【注釋】

① 周旋，運轉。《國語》：『蚤晏無失，必順天道，周旋無究。』韋昭注：『無窮若日月然也。』倏忽，同儵忽，迅疾。《楚辭·天問》：『雄虺九首，儵忽焉在？』洪興祖補注：『儵忽，疾急貌。』冉冉，漸漸。《楚辭·離騷》：『老冉冉其將至兮，恐脩名之不立。』王逸注：『冉冉，行貌。』向注：『冉冉，漸漸也。』西遷，即西行也。按：郝立權《陸士衡詩注》：『猶言老死也。』疑誤。此二句承上『感時悼逝傷心』，言日月運轉不息，離鄉萬里，倏忽已過幾年，而今人又漸漸西行。

②盛時，猶言盛年輝煌之時。《世説新語》卷中之上：『戴安道年十餘歲，在瓦官寺畫。王長史見之曰：「此童非徒能畫，亦終當致名。恨吾老不見其盛時耳。」』慷慨，歎息。盧諶《贈劉琨》（其十七）：『慷慨遐蹤，有愧高旨。』良注：『慷慨，歎也。』乖念，違背心志。《魏書·陸俟傳》：『卿等之間，忽及今日，違心乖念，一何可悲？』此二句言盛年輝煌一去不返，離鄉適洛，違背心志，故淒然悲歎。

昔爲少年無憂，常悋〔一〕秉燭夜遊，翩翩宵征〔二〕何求①？于今知此有由，但爲老去年遒②。

【校勘】

〔一〕『悋』，《樂府詩集》卷三十四、《廣文選》卷十三作『恡』。形近而誤。

〔二〕『宵征』，陸刻本、《七十二家集》本作『常征』。形近而誤。

【注釋】

①悋，同吝，吝惜。《商君書·更法》：『吾聞窮巷多恡，曲學多辯。』秉燭夜遊，謂及時行樂。《古詩·生年不滿百》：『晝短苦夜長，何不秉燭遊。』翩翩，行進貌。《詩·小雅·巷伯》：『緝緝翩翩，謀欲譖人。』毛詩傳：『翩翩，往來貌。』宵征，猶日夜兼行。《詩·召南·小星》：『肅肅宵征，夙夜在公，寔命不同。』毛詩傳：『宵，夜。征，行。』此三句言昔爲少年，無憂無慮，常吝惜春光，秉燭夜遊，爾今日夜兼行，何以求得秉燭夜遊之樂。

②由，以，緣由。曹丕《與吴質書》：『古人秉燭夜遊，良有以也。』遒，同逎，急迫。《説文》：『逎，迫也。』《韻會》：『遒，本作逎。又作遒。』此二句言於今才知年少時秉燭夜遊的緣由，只爲老之將至，時光急迫。

盛固有衰不疑，長夜冥冥無期①。何不驅馳及時，聊樂永日自怡，賫〔一〕此遺情何之②。

【校勘】

〔一〕『賫』，《樂府詩集》卷三十四作『齎』。古二字同。

【注釋】

①固，常。《廣韻》：『固，一也，常也。』冥冥，暮夜昏暗貌。《荀子・解蔽》：『冥冥，蔽其明也。』楊倞注：『冥冥，暮夜也。』此二句言盛年常衰，毋庸置疑，白晝苦短，長夜漫漫。

②驅馳，追逐。《玉篇》：『驅，逐也。』又『馳，走奔也』。此指追求。及時，猶言及時行樂。《古詩・生年不滿百》：『爲樂當及時，何能待來兹。』永日，整日，謂消磨整日時間。《詩・唐風・山有樞》：『且以喜樂，且以永日。』毛詩傳：『永，引也。』怡，《爾雅・釋詁》：『樂也。』賫，同齎，懷抱。鮑照《代蒿里行》：『齎我長恨意，歸爲狐兔塵。』遺情，遺世隱逸之情。謝靈運《述德詩》：『遺情捨塵物，貞觀丘壑美。』向注：『遺其冠冕之情，是捨塵物也。』此三句言何不追求及時行樂，消磨永日，聊以自怡，懷抱此遺世隱逸之情，却又不

知何之。

人生居世爲安，豈若及時爲歡①。世道多故萬端，憂慮紛錯交顔，老行及之長歎②。

【注釋】

① 居世，猶言生於世。曹植《吁嗟篇》：『吁嗟此轉蓬，居世何獨然。』此二句言人生於世惟求安逸，豈若追求及時行樂？

② 世道，世事。《抱朴子·内篇·釋滯》：『世道夷，則奇士退。』故，變故。嵇康《與山巨源絶交書》：『機務纏其心，世故繁其慮。』紛錯，悲憤交加。《楚辭·惜賢》：『思餘俗之流風兮，心紛錯而不受。』王逸注：『紛錯，憒亂也。』交，通『皎』。《莊子·漁父》：『鬚眉交白。』《經典釋文》：『交，一本作皎。』顔，容顔。《詩·鄭風·有女同車》：『有女同車，顔如舜華。』交顔，猶言容顔憔悴。此三句言世事變故無窮，難以逆料，憂慮悲憤交加，使人容顔憔悴，老之將至，徒有悲歎。

【集評】

［宋］郭茂倩《樂府詩集》卷三十四《董逃行》（古辭）：《樂府解題》曰：古詞云『吾欲上謁從高山，山頭危險大難言』，言五岳之上，皆以黄金爲宫闕，而多靈獸仙草，可以求長生不死之術。令天神擁護君上以壽考也。若陸機『和風習習薄林』，謝靈運『春虹彩銀河』，但言節物芳華，可及時行樂，無使徂齡坐徙而已。

[明]謝榛《四溟詩話》卷二：六言體起於谷永、陸機長篇一韻，迨張説、劉長卿八句，王維、皇甫冉四句，長短不同，優劣自見。

[明]梁橋《冰川詩式》卷二：六言絶句，始於漢司農谷永。自唐王繼效曹、陸體賦之，其後諸家往往間見筆法，或對或散，亦如七言絶句。

[明]胡應麟《詩藪・内編》卷一：《董逃行》，實緣董卓作，然本色已全無此意。至魏武乃言長生，陸機則感時運，傅玄復托夫婦，咸自足傳，玄詩遂爲六言絶唱。唐元稹、張籍，竟用本事，而卑弱靡瑣，了無發明。余謂擬魏晉樂府，盡仍其誤不妨，乃反有古色。

[明]許學夷《詩體明辨・六言詩》：按六言詩，昉于漢司農谷永，魏晉間曹、陸間出，其後作者漸多，然不過詩人賦詠之餘耳。

[清]陳祚明《采菽堂古詩選》卷十：語差健，有曹氏遺韻。一解發端悠然，頗擅秀致。

月重輪行①

【題解】

此詩舊題本爲頌天子之德，然士衡取之抒情。由月之盈虧，感悟盛年難在，吉凶倚伏。然詩人始終無法忘情功名，希望名揚天下，譽美青史。可大才難得，嘉運已過，俯仰之間，暮年將至，只徒留慷慨悲歎。在舊題樂府中，『月重輪』本爲音樂之襯音，然在士衡詩中均有比興的意義，從而拓展了詩歌表達内容。創作時間無考，當與下首《日重光行》同作於入洛之後。

人生一時，月重輪。盛年安可持〔一〕，月重輪②。吉凶倚伏，百年莫我與期③。臨川曷悲悼，兹去不從肩，月重輪④。功名不勗之，善哉！古人揚聲，敷聞九服，身名流何穆⑤。既自才難，既嘉運，亦易愆⑥。俛仰行老，存没將何所觀〔二〕⑦。志士慷慨獨長歎，獨長歎⑧。

【校勘】

〔一〕『安可持』，《樂府詩集》卷四十作『焉可恃』，並在『恃』下注曰：『一作持。』

〔二〕『何所觀』，《樂府詩集》卷四十作『何觀』。

【注釋】

①《樂府詩集》卷四十：『崔豹《古今注》曰：「《日重光》《月重輪》，羣臣爲漢明帝作也。明帝爲太子，樂人作歌詩四章，以贊太子之德。一曰《日重光》，二曰《月重輪》，三曰《星重輝》，四曰《海重潤》。漢末喪亂後，二章亡。舊説云天子之德，光明如日，規輪如月，衆輝如星，霑潤如海。太子比德，故云重也。」』

②持，保持。《説文》：『持，握也。』上四句言人生如月虧月圓，盛年豈可永遠保持。

③吉凶倚伏，指吉凶同域，難以逆料。《老子》五十八章：『禍兮福之所倚，福兮禍之所伏。』百年，百年之壽。《古詩·生年不滿百》：『生年不滿百，常懷千歲憂。』善注：『孫卿子曰：人生無百歲之壽。』期，約

也。《玉篇》：『期，要也，契約也。』此二句言吉凶同域，難以預料，百年之壽，不可奢求。

④臨川，俯視川流而感慨。《論語・子罕》：『子在川上曰：逝者如斯夫，不舍晝夜。』曷，何。《爾雅・釋言》：『曷，盍也。』悼，《玉篇》：『傷也。』茲去不從肩，猶言此去相連。不，語助詞，無義。《詩・周頌・清廟》：『不顯不承，無射於人斯。』毛詩傳：『顯於天矣，見承於人矣。』從肩，猶比肩，喻相連。王充《論衡・效力》：『殷周之世，亂迹相屬，亡禍比肩。』上三句言臨川上流水，見明月盈虧，念歲月易逝，内心充滿悲傷。

⑤不勗，猶勗之。不，語助詞，無義。勗，勉勵。《書・牧誓》：『勗哉夫子！爾所不勗，其於爾躬有戮。』揚聲，聲名遠揚。曹植《白馬篇》：『少小離鄉里，揚聲沙漠垂。』敷，布。《書・周官》：『敷五典，擾兆民。』孔安國傳：『布五常之教，以安和天下衆民。』九服，猶天下。《周禮・夏官・職方氏》：『乃辨九服之邦國，方千里曰王畿。其外方五百里，曰侯服；又其外方五百里，曰甸服；又其外方五百里，曰男服；又其外方五百里，曰采服；又其外方五百里，曰衛服；又其外方五百里，曰蠻服；又其外方五百里，曰夷服；又其外方五百里，曰鎮服；又其外方五百里，曰藩服。』鄭玄注：『服，服事天子也。』身名，地位名譽。《韓詩外傳》卷一：『（忠信廉）三者存乎身名，傳於世，與日月並而息。』穆，美。《詩・周頌・清廟》：『於穆清廟，肅雝顯相。』毛詩傳：『穆，美。』上五句言應該勉勵建功立業，古人聲名遠播，布聞天下，其地位名譽流傳青史，何其美哉。

⑥才難，猶言大才難得。《論語・泰伯》：『孔子曰：才難，不其然乎。唐虞之際，於斯爲盛。有婦人焉，九人而已。』孔安國傳：『言堯舜交會之間，比於此周，周最盛多賢，然尚有一婦人，其餘九人而已，大才難得，豈不然乎？』嘉運，猶好運。《玉篇》：『嘉，美也，善也。』此指難得際遇。愆，錯過。《玉篇》：『愆，過

也，失也。』此三句言既是大才難得，即使欣逢嘉運，機遇亦易錯過。意謂人多非大才，故易錯失良機。

⑦ 俛仰，喻時間短暫。曹植《雜詩六首》之四：『俛仰歲將暮，榮耀難久恃。』行，將。《詩·衛風·十畝之間》：『行與子還兮，十畝之外兮。』存没，生死之間。顔延年《始安郡還都與張湘州登巴陵城樓作》：『存没竟何人，炯介在明淑。』没，同殁，死。《玉篇》：『殁，死也。今作没。』郝立權《陸士衡詩注》：『俯仰行老，存没均未易觀其究竟也。』此二句言轉眼之間年華老去，無論生死，也無法看清瞬息萬變的人生。

⑧ 志士，追求建功立業之士。曹植《贈徐幹》：『志士營世業，小人亦不閑。』此二句言時光易逝。功名未立，種種複雜的襟抱使志士獨自歎息不已。

【集評】

[清]陳祚明《采菽堂古詩選》卷十：頗類傅休奕，壯不及而古氣相近。自《鞠歌行》以下四首（按：指《鞠歌行》《順東門行》《日重光行》《月重輪行》）並用存樂府之體，若《百年歌》十章，後人苦相仿效，多有俚語，不足存也。

日重光行①

【題解】

此詩與《月重輪行》係姊妹篇。亦是感慨年華易逝，盛往必衰，才不得展，志不獲騁，身殁之後，名不見史籍也。然而，此詩在藝術上又與《月重輪行》有別。同爲雜言，《月重輪行》將三言置於句組之後，音節先緩而後急。此詩將三言置於句組之前，音節先急而後緩；而中間又全用三言，使全詩構成緩—急—緩的音節特徵。前詩爲志士發慷慨之音，此詩爲文人作嗟歎之詞，情感、風格亦有細微差別。

日重光，奈何天回薄。日重光，冉冉其遊如飛征②。日重光，今我日華華之盛。日重光，倏忽過，亦安停③。日重光，盛往衰，亦必來。日重光，譬如四時，固恒相催。日重光，惟命有分〔一〕可營④。日重光，但〔二〕惆悵才志。日重光，身歿之後無遺名⑤。

【校勘】

〔一〕『分』，《七十二家集》本作『兮』。疑是。

〔二〕『但』，《樂府詩集》卷四十、《詩紀》卷二十四注曰：『一作常。』《札記》：『蓋此但字乃恒字之譌。』所言是。

【注釋】

① 《樂府詩集》卷四十：『《古今樂録》曰：王僧虔《技録》有《日重光行》，今不傳。崔豹《古今注》曰：《日重光》《月重輪》，羣臣爲漢明帝作也。』

② 回薄，回轉迫近，此指日月星辰的運轉遷迫。《説文解字繫傳》：『回，轉也。徐鍇曰：渾天之氣，天

地相成，天周地外，陰陽日月，五星回薄其中也。』潘岳《秋興賦》：『四運忽其代序兮，萬物紛以迴薄。』善注：『《莊子》黄帝曰：陰陽四時，運行各得其序。《楚辭》曰：日月忽其不淹兮，春與秋其代序。《鵬鳥賦》曰：萬物迴薄。』向注：薄，迫也。言四時代爲節序，萬物遞相遷迫也。』《韻會》：『回，或作迴。』征，遠行。《詩・小雅・小明》：『我征徂西，至於艽野。』冉冉，遠行貌。《楚辭・離騷》：『老冉冉其將至兮，恐脩名之不立。』王逸注：『冉冉，行貌。』上四句言見日之轉换遷移，疾如飛行，内心充滿無可奈何。

③日華，日光。謝朓《直中書省》：『風動萬年枝，日華承露掌。』良注：『華，謂日光，昭也。』此指年華。華之盛，如花盛開。倏忽，同儵忽，猶迅疾。《楚辭・天問》：『雄虺九首，儵忽焉在？』洪興祖補注：『儵忽，疾急貌。』上四句言，而今我之年華猶如花之盛開，然倏忽而過，豈可停止！

④盛往衰來，郝立權《陸士衡詩注》：『盛者衰之始，盛往則衰來矣。』催，催促。庾信《和靈法師游昆明池》：『落花催十酒，棲鳥送一絃。』分，度。《商君書・修權》：『先王縣權衡，立尺寸，而至今法之，其分明也。』營，得。《楚辭・天問》：『何往營班禄？不但還來。』王逸注：『營，得也。』上八句言盛往衰來，譬如四時遷轉，催促逼人，性命有度，豈可謀求而得之。

⑤但，空。《廣韻》：『但，語辭。又空也。』歿，死。《玉篇》：『歿，死也。今作没。』上四句言空惆悵才志不得舒展，身死之後不能千秋留名。

【集評】

[宋]郭茂倩《樂府詩集》卷四十陸機《日重光行》：《古今樂録》曰：王僧虔《技録》有《日重光行》，今不

傳。崔豹《古今注》曰：《日重光》《月重輪》，羣臣爲漢明帝作也。明帝爲太子，樂人作歌詩四章，以贊太子之德。一曰《日重光》，二曰《月重輪》，三曰《星重輝》，四曰《海重潤》。漢末喪亂，後二章亡。舊説云：天子之德，光明如日，規輪如月，衆輝如星，霑潤如海，太子比德，故云重也。

[清]陳祚明《采菽堂古詩選》卷十：體須存，語能作健，似魏人。

挽歌三首〔一〕①

【題解】

送葬所歌者爲挽歌，源於戰國時期。善曰：『譙周《法訓》曰：挽歌者，高帝召田横，至尸鄉自殺，從者不敢哭，而不勝哀，故爲此歌以寄哀音焉。』此詩第一首先言所唱挽歌之緣由，後寫所唱挽歌之内容。第二首寫送葬親友之悲傷。第三首乃詩人懸想死者在墓中的感受。從柩前祭奠、親友奔喪、送葬者之哀傷、對死去者之懸想等幾個方面，反復鋪陳渲染生死懸隔，將死亡之悲表現到了極至。與繆襲、陶淵明之《挽歌詩》所表現的面對死亡的一份超然相比，此詩涂有更濃郁的悲傷情緒與死亡意識，從一個側面折射了士衡晚期的心態。詩作時間雖不可考，作於晚期，蓋無疑也。

一

卜擇考休貞，嘉命咸在兹②。夙駕警〔二〕徒御，結〔三〕轡頓重基③。龍幌被〔四〕廣柳，前驅矯輕旗④。殯宮何嘈嘈，哀響沸中闈〔五〕⑤。中闈且勿讙〔六〕，聽我《薤露》詩⑥。死生各異倫〔七〕，祖載當有時⑦。舍爵兩楹位，啓殯進靈轜〔八〕⑧。飲餞觴莫舉〔九〕，出宿歸無期⑨。帷袵曠遺影〔一〇〕，棟宇與子辭⑩。周親咸犇〔一一〕湊，友朋自遠來⑪。翼翼飛輕軒，騤騤策素騏⑫。按轡遵長薄，送子長夜臺⑬。呼子子不聞，泣子子不知。歎息重櫬側，念我疇昔〔一二〕時⑭。三秋猶足〔一三〕收，萬世安可思⑮。殉没身易亡〔一四〕，救〔一五〕子非所能⑯。含言言哽噎〔一六〕，揮涕涕〔一七〕流離⑰。

【校勘】

〔一〕『挽歌』，《唐鈔文選集注彙存》卷五十六：『陸善經曰：《集》曰：王侯挽歌。』可見唐人所見之陸機文集作『王侯挽歌』。《文選》卷二十八作『輓歌詩』。

〔二〕『警』，《文集》作『驚』，形近而誤。《文選》卷二十八、《樂府詩集》卷二十七作『警』，《文集》校作『警』。今據改。

〔三〕『結』，《文選集注》卷五十六作『撚』。《唐鈔文選集注彙存》卷五十六作『捴』。注曰：『今案：五家、陸善經本「捴」爲「結」。』

〔四〕『㡛』，六臣本、《詩紀》卷二十四作『捴』。《唐鈔文選集注彙存》卷五十六作『㡛』，當與上句之『捴』爲亂簡。又『㡛被』，《七十二家集》本作『流破』。疑誤。

〔五〕『闈』，《唐鈔文選集注彙存》卷五十六曰：『《音決》：闈爲閨也。』又『中闈』，《樂府詩集》卷二十七作『闈中』。

〔六〕『讙』，陸刻本作『歡』，形近而誤。《文集》校曰：『讙，當作譁。』亦不妥。《初學記》卷十四、《太平御覽》卷五百五十二、《樂府詩集》卷二十七作『喧』；六臣本注：『五臣作諠。』『讙』與『喧』，古二字通。《荀子·儒效》曰：『此君子，義信乎人矣，通于四海，則天下應之如讙。』楊倞注：『讙，喧也。』

〔七〕『死生』，《初學記》卷十四，《太平御覽》卷五百五十二作『生死』。又『各異倫』，《初學記》卷十四作『必異論』。

〔八〕『輀』，《初學記》卷十四作『輌』。古二字同。

〔九〕『飲餞』，《初學記》卷十四作『餞飲』；《太平御覽》卷五百五十二作『餞飯』。又『觴莫舉』，《初學記》卷十四作『悵莫反』。

〔一〇〕祗，《文選》注：『五臣作袛。』『祗』同『袛』。又『遺影』，《文集》作『道影』，扞格難通。《文選》卷二十八、《樂府詩集》卷二十七、《古詩紀》卷三十四、《百三家集》本、《六朝詩集》本作『遺影』。今據改。

〔一一〕『犇』，《文選》卷二十八、陸刻本作『奔』。古二字同。

〔一二〕『昔』，《宛委別藏》本作『音』。形近而誤。

〔一三〕『足』，陸刻本作『是』，形近而誤。

〔一四〕『殉』，《文選》卷二十八善注：『或作殞。』《合璧事類》作『殆』，《韻補》作『徇』。又『亡』，《合璧事類》作『忘』。

〔一五〕『救』，《文集》作『殺』，誤。《樂府詩集》卷二十七作『救』。《文選》亦作『殺』，然六臣注作『救』。今據改。

〔一六〕『哽噎』，《樂府詩集》卷二十七、《七十二家集》本作『哽咽』。古二詞同。

〔一七〕『涕』，《文選集注》卷五十六、《唐鈔文選集注彙存》卷五六並作『淚』。《樂府詩集》卷二十七注曰：『一作淚。』當作『淚』。

【注釋】

①《樂府詩集》卷二十七：『崔豹《古今注》曰：《薤露》《蒿里》，泣喪歌也。本出田橫門人。橫自殺，門人傷之，爲作悲歌。言人命奄忽，如薤上之露，易晞滅也。亦謂人死，魂魄歸於蒿里。至漢武帝時，李延年分爲二曲。《薤露》送王公貴人，《蒿里》送士大夫庶人。使挽柩者歌之，亦謂之《挽歌》。譙周《法訓》曰：《挽歌》者，漢高帝召田橫，至尸鄉自殺。從者不敢哭而不勝哀，故爲挽歌以寄哀音。《樂府解題》曰：《左傳》云：齊將與吴戰於艾陵，公孫夏命其徒歌《虞殯》。杜預云：送死，《薤露歌》即喪歌，不自田橫始也。按蒿里，山名，在泰山南。魏武帝《薤露行》曰：惟漢二十二世，所任誠不良。曹植又作《惟漢行》。』

② 善注：『《儀禮》曰：筮若不從，筮擇如初儀。又曰：卜若不從，卜擇如初儀。鄭玄曰：擇地而筮之也。鄭玄《毛詩箋》云：考，稽也。（《字書》曰：貞，卦下體也。）鄭衆《周禮注》曰：大貞，大卦也。《廣雅》曰：命，名也。』翰注：『卜擇葬地，考其貞吉嘉善之命，云在此中。』此二句言稽考大卦之吉，占卜選擇墓地，卦曰嘉美之名，盡在於此。

③ 善注：『《毛詩》曰：星言夙駕。又曰：徒御不驚。（《楚辭》曰：揔余轡乎扶桑。王逸曰：揔，繫也。）《春秋運斗樞》曰：山者，地基也。』向注：『夙駕，早駕也。警，戒也。徒御，御車者。結，連也，謂馬轡相連而駕也。頓，上下也。重基，山也，謂輀車上下於山阜之間。』此二句言出殯車駕早早出發，警戒御者駕

着靈車在山阜之間上下行駛。

④善注：《禮記》曰：飾棺，君龍帷、三池、振容、黼荒。鄭玄曰：荒，蒙也，在傍曰帷，在上曰荒，皆所以衣柳。然龍荒，畫龍於荒也。被，猶衣也。《史記》曰：周氏置季布於廣柳車中。劉熙《釋名》曰：輿棺之車，其蓋曰柳。晉灼《漢書》曰：柳，聚也，衆飾之所聚也。《禮記》曰：以死者爲不可別也，故以其旗識之。賀循《葬禮》曰：杠，今之旐也，古以緇布爲之，絳縿，題姓名而已，不爲畫飾。幰與荒同，古字通。』濟注：『《禮記》云：飾棺，君龍帷、蜃容、黼幰。幰，蒙也。前驅舉旗以引路，將啓殯也。』此二句言靈車幃幕，以畫龍爲飾，覆蓋着車下各種裝飾。前行者舉着題有死者姓名之幡旗，在前引路啓殯。

⑤善注：『《釋名》曰：於西壁下塗之曰殯。《儀禮》曰：遂適殯宮。』良注：『嘈嘈，衆哭聲。闈，殯宮之門。』此二句言停殯之靈室内外，一片悲哀哭泣之聲。

⑥善注：『崔豹《古今注》曰：《薤露》《蒿里》並喪歌，出田横門人。横自殺，門人傷之，爲之悲歌。言人命如薤上之露易晞滅。亦謂人死魂精歸乎蒿里。故有二章。其一曰：薤上朝露何易晞，露晞明朝更復落。人死一去何時歸。其二章曰：蒿里誰家地，聚斂魂魄無賢愚。鬼作一何相催促，人命不得少踟躕。至李延年乃分二章爲二曲。《薤露》送王公貴人，《蒿里》送士大夫庶人，使挽柩者歌之，世亦呼爲挽歌也。』銑注：『代歌者言《薤露》《蒿里》，古挽歌詩。』讙，喧。此二句言殯室内外暫且不要哭泣喧嘩，聽我唱《薤露詩》。以上十句爲唱挽歌之緣由，以下二十四句爲挽歌之内容。

⑦善注：『范曄《後漢書》曰：唐姬詩曰：死生各異兮從此乖。《周禮》曰：喪祝掌大喪。祖、飾，棺乃載。鄭玄曰：祖，爲行始也。其序載而後飾。《白虎通》曰：祖者，始也。始載於庭，輀車辭祖禰，故名曰祖載也。《白虎通》與鄭説不同，故俱引之。』翰注：『倫，理也。祖載，謂移柩車，爲行之始。』此二句言死生各

異，理之自然，靈車停於殯室，總有移柩出行之時。

⑧ 善注：『《儀禮》曰：遷于祖，用輴，正柩於兩楹間，奠設如初。又曰：請啓期。鄭玄曰：請啓殯之期也。《説文》曰：輴，喪車也。《禮記》：孔子曰：予疇昔之夜，夢坐奠於兩楹之間。鄭玄曰：是夢坐奠於兩楹之間，而見饋食，言奠者以爲凶也。』翰注：『舍，置也。爵，酒器也。楹，柱也。位，祭位。《儀禮》云：遷于祖用輴，正柩於兩楹間，奠設如初靈。輴，喪車也。』此二句言靈柩置於兩柱之間，柩前置酒祭奠，而後啓殯進入靈車。

⑨ 善注：『《毛詩》曰：出宿於泲，飲餞於禰。』濟注：『飲餞出宿，謂相送也。言逝者莫能舉酒，復無歸期。』觴，酒器。宿，居住之地。《周禮・地官・遺人》：『三十里有宿，宿有路室。』此二句就死者而言，謂飲酒餞行，莫能舉觴，出宿墓中，歸來無期。

⑩ 善注：『鄭玄《禮記注》曰：衽，卧席也。孔安國《尚書傳》曰：曠，空也。』向注：『言不復見舊居也。衽，席也。曠，猶無也。』此二句言靈帷卧席，空留下死者遺影，舊居梁宇，與子永訣。

⑪ 善注：『《尚書》：王曰：雖有周親，不若仁人。孔安國曰：周，至也。王逸《楚辭注》曰：湊，衆也。《論語》：子曰：有朋自遠方來。』良注：『皆奔遠至，來此相送。』犇，同奔。《韻會》：『《説文》：奔，走也。古作犇。』湊，聚集。《經典釋文》：『湊，聚也。』此二句言至親聚集奔喪，友朋遠來送行。

⑫ 善注：『《毛詩》曰：乘其（四旗，四旗翼翼。又曰：駕彼）四駱，載驟駸駸。又曰：有騂有騏。毛萇曰：蒼白曰騏也。』向注：『親友之車馬也。翼翼，車輕貌。飛，馳也。駸駸，馬奔貌。策，捶也。騏，良馬名。』此二句直承前二句描寫親友途中奔喪之狀。言其駕着輕車，舉鞭策馬，飛馳而至。

⑬ 善注：『《漢書》曰：天子按轡徐行。阮瑀《七哀詩》曰：冥冥九泉室，漫漫長夜臺。』翰注：『遵，循

也。草木叢生曰薄。子，謂亡者，謂墳墓一閉，無復見明，故云長夜臺。』按，止，控制。《詩・大雅・皇矣》：『爰整其旅，以按徂旅，以篤周祜。』毛詩傳：『按，止也。』轡，馬韁。《玉篇》：『轡，馬轡也。』《釋名・釋車》：『轡，咈也。牽引咈戾，以制馬也。』遵，循。《詩・周南・汝墳》：『遵彼汝墳，伐其條枚。』毛詩傳：『遵，循也。』長夜臺，喻墓室，古人擇墓地選擇高處，故曰臺也。白居易《唐太原白氏之殤墓銘》：『念爾九歲逝不迴，埋魂閟骨長夜臺。』此二句言衆親友循着林間，按轡徐行，送死者至黑暗的墓室。

⑭ 善注：『杜預《左氏傳》曰：櫬，棺也。楚鎮切。《左氏傳》：羊斟曰：疇昔之羊子爲政。』濟注：『送者詞也，言疇昔游從之時矣。櫬，棺也。』《唐鈔文選集注彙存》卷五八：『陸善經曰：送者言思念疇昔游從之時。』疇昔，往日。《左傳・宣公二年》：『羊斟曰：疇昔之羊，子爲政；今日之事，我爲政。』杜預注：『疇昔，猶前日也。』上四句言親友呼喚哭泣，死者不能聞知，念及昔日之遊，如今生離死別，只能在棺槨之側歎息無已。

⑮ 濟注：『《詩》云：一日不見，如三秋兮。若此之念，猶足可收，萬世永絶，安可思也。』《唐鈔文選集注彙存》卷五八：『陸善經曰：一日不見，如三秋兮。猶足收，言雖經久，時會收盡，猶可相見，死則萬世永絶，安可思也。』收，止息。應璩《與廣川長岑文瑜書》：『今者，雲重積而復散，雨垂落而復收。』三秋，一日三秋之思，形容思念之切。此二句言一日三秋之思，猶有停息之時，萬世永絶，思念豈可終止。

⑯ 善注：『臣瓚《漢書注》曰：亡身從物曰殉。殉或爲殯。』良注：『欲以身殉子，亡没甚易，獨救子不能致焉。』《唐鈔文選集注彙存》卷五八：『陸善經曰：殞殁從子，身則易亡，以此救子，終非所能也。』此二句言即使以身殉葬，自己死亡雖易，使死者復活却非己所能。

⑰ 善注：『劉表《與袁譚書》曰：聞之哽咽，若存若亡。《長門賦》曰：涕流離而從横。』向注：『含言，

欲言也。哽咽，悲哀貌。流離，淚散見。』此二句言欲言而哽咽難語，揮淚而淚流縱横。

陳祚明《采菽堂古詩選》卷十曰：『勿歡且聽，已成恒規。來緒舒緩，入「殯宫」二語便覺生動不羣。「呼子」二句幾於至哀無淚，故彌質彌佳。「殉没」二句，何遽言及此？』吴淇《六朝選詩定論》卷十：『「夙駕」六句，寫送死者，荒荒亂亂，忙迸一團光景。旋用挽歌郎口喝斷，作一波瀾。然後即挽歌郎口中代説生人送死一段，極痛極哀之情，死者泯然不知，爲可悲耳。』

二〔一〕

流離親友思，惆悵神不泰①。素驂佇轜軒，玄駟鶩〔二〕飛蓋②。哀鳴興殯宫，迴〔三〕遲悲野外③。魂輿〔四〕寂無響，但見冠與帶④。備物象平生，長旐誰爲旆〔五〕⑤。悲風徽〔六〕行軌，傾雲結流靄〔七〕⑥。振策指靈丘，駕言從此逝⑦。

【校勘】

〔一〕《札記》：『《文選》此章與下章次序互易。按：此句「流離」二字即承首章來，猶是挽送之辭。下章「重阜崔嵬」云云，正承此章末「振策指靈丘」句。篇中皆葬後哀歎之辭。先後井然，昭明顛倒其序，《樂府詩集》遂承其誤，不足據。』所言甚是。

〔二〕『玄』，《北堂書鈔》卷九十二作『白』。又『鶩』，《北堂書鈔》卷九十二作『挈』。

〔三〕『迴』，《北堂書鈔》卷九十二作『徘』。

〔四〕「魂輿」，陸刻本作「魏輿」，誤。
〔五〕「旆」，《唐鈔文選集注彙存》卷五十六作「旍」。
〔六〕「徽」，《北堂書鈔》卷九十二作「激」；《唐鈔文選集注彙存》卷五十六、《樂府詩集》二十七作「鼓」；六臣本注曰：「五臣作鼓」；善注：「或作鼓。」《唐鈔文選集注彙存》卷五十六亦作「鼓」。
〔七〕「傾雲」，《北堂書鈔》卷九十二作「仰靈」；又「靄」，《北堂書鈔》卷九十二、《樂府詩集》卷二十七、《唐鈔文選集注彙存》卷五十六作「藹」。

【注釋】

①善注：「《長門賦》曰：涕流離而從橫。《楚辭》曰：惆悵兮而私自憐。」翰注：「惆悵，痛恨也。泰，通也。」不泰，猶恍惚。泰，安適，安寧。《莊子·庚桑楚》：「宇泰定者，發乎天光。」《經典釋文》：「謂器宇閑泰則靜定也。」此二句言思念逝去親友，淚流縱橫，內心悵然失落，神情恍惚。

②良注：「驂，駕也。玄駟，四馬也。轜車，喪車也。佇，立。鶩，馳也。皆葬之儀注也。」此二句言白色靈車，四馬駕之，有時佇立，有時疾馳。謂靈車時停時進。

③善注：「《儀禮》曰：遂適殯宮。」向注：「興，起也。迴遲，迴轉，遲，留也。」此二句言在哀鳴聲中，殯車啓駕，悲傷哭聲，回蕩於野外。

④善注：「周遷《輿服志》曰：禮葬有魂車。《儀禮》曰：薦車直東榮。鄭玄曰：進車者，象生時將行陳駕，今時謂之魂車也。」銑注：「魂輿，魂車也，中有平生冠帶也。」此二句言靈車死寂無聲，只見死者生前

冠帶，徒增傷感。

⑤ 善注：『《禮記》曰：孔子爲明器者，備物而不可用。《周禮》曰：大喪供銘旌。』向注：『明器皆象平生所服御者。長旌，銘旌也。誰爲旆者，言爲亡者之旆。』《唐鈔文選集注彙存》：『陸善經曰：誰爲旆，言爲誰設也。』銘旌，靈柩前的旗幡，又謂之銘。用絳帛粉書。品官則借銜題寫曰某官某公之柩；士則稱顯考顯妣；另紙書題者姓名，粘於旌下。大斂後，以竹杠懸之依靈右。葬時去杠及題者姓名，以旌加予柩上。旆，旗幡。此二句言所備之物皆如平生所服用者，是誰爲之題銘旌而作旗幡。

⑥ 善注：『曹植《仲雍哀辭》曰：陰雲回于素蓋，悲風動而扶輪。《爾雅》曰：徽，止也。或作鼓。軌，車也。結，猶積也。《文字集略》曰：靄，雲雨狀也，藹與靄古字同。』翰注：『悲風者，聽風有似助悲，故云悲風。鼓，擊也。哀響震雲，有以傾側，故曰傾雲結聚，流行藹蓋也。』《唐鈔文選集注彙存》卷五八：『陸善經曰：言風雲助悲慘也。傾，謂雲傾側也。此二句言風聲猶帶悲傷，鼓擊行進的靈車，哀聲聚集，仿佛天空流動的雲雨。

⑦ 善注：『秦嘉詩曰：振策陟長衢。曹植《感節賦》曰：豈吾鄉之足顧，戀祖宗之靈丘。《毛詩》曰：駕言出遊。』濟注：『振，舉。策，鞭也。靈丘，墓也。遊，往也。言從此一往，無復還期也。』此二句言舉鞭策馬直指墳墓，靈車駕去，從此消逝於人寰。

陳祚明《采菽堂古詩選》卷十曰：『「魂輿」四句生動。』又吴淇《六朝選詩定論》卷十曰：『此送死既畢，而生者各歸也。』

三

重阜何崔嵬，玄廬竄其間①。旁薄〔一〕立四極，穹隆放〔二〕蒼天②。側〔三〕聽陰溝涌，臥觀天井懸③。廣宵何寥〔四〕廓，大暮安可晨④。人往有返〔五〕歲，我行無歸年⑤。昔居四民宅，今託〔六〕萬鬼鄰⑥。昔爲七尺軀〔七〕，今成灰與塵⑦。金玉素〔八〕所佩，鴻毛今不振⑧。豐肌饗螻蟻，妍姿永夷泯〔九〕⑨。壽堂延魑魅〔一〇〕，虛無自相賓⑩。螻蟻爾何怨，魑魅我何親⑪。拊心痛荼毒，永歎莫爲陳⑫。

【校勘】

〔一〕『旁薄』，《樂府詩集》卷二十七、《七十二集》本作『磅礴』。古二詞同。

〔二〕『穹隆』，《初學記》卷十四、《太平御覽》卷五百五十二作『崇隆』；《樂府詩集》卷二十七作『穹崇』。金濤聲曰：『《文選》善注引《太玄經》：天穹隆而周乎下。似當作穹隆。』金説是，《唐鈔文選集注彙存》卷五十六即作『穹隆』。又『放』，《樂府詩集》卷二十七作『效』，又注曰：『一作放。』

〔三〕『側』，《樂府詩集》卷二十七作『測』，又注曰：『一作側。』

〔四〕『廣』，《樂府詩集》卷二十七、《七十二家集》本作『壙』。六臣本注曰：『五臣作壙。』《七十二家集》注曰：『五臣作廣。』又『宵』，《文選》卷二十八作『霄』。又『寥』，《初學記》卷十四作『遼』。

〔五〕『返』，《文選》卷二十七、陸刻本作『反』。六臣本注：『五臣作返。』古二字通。

〔六〕『託』,《初學記》卷十四、《太平御覽》卷五百五十二作『爲』。

〔七〕『軀』,《初學記》卷十四、《太平御覽》卷五百五十二作『體』。

〔八〕『素』,《樂府詩集》卷二十七作『昔』。

〔九〕『姸姿』,《初學記》卷十四作『形骸』;《太平御覽》卷五百五十二作『形體』;《樂府詩集》卷二十七,作『姸骸』。又『泯』,《文集》作『呡』,扞格難通。《文選》卷二十八、《樂府詩集》卷二十作『泯』,《文集》亦校作『泯』。今據改。

〔一〇〕『魑』,《文選》卷二十八作『螭』。古二字通。

【注釋】

① 善注:『曹植《曹喈誄》曰:痛玄廬之虛廓。』向注:『重阜,重岡阜也。崔嵬,高貌。玄廬,謂墓也。竄,藏也。』《唐鈔文選集注彙存》卷五八:『陸善經曰:本以此篇爲第三也。』此二句言重疊的山岡何其高峻,而死者墳丘將深藏其間。

② 善注:『《爾雅》曰:東至於泰遠,西至於邠國,南至於濮鈆,北至於祝栗,謂之四極。《太玄經》曰:天穹隆而周乎下,地旁薄而向乎上,故天裏地。』銑注:『旁薄,地之形也;穹蒼,天之形,於壙中儀象天地也。四極,四方也。蒼天,青天也。』旁薄,廣博。《荀子·性惡》:『齊給便敏而無類,雜能旁薄而無用。』《唐鈔文選集注彙存》卷五八:『陸善經曰:四極,四角也。』穹隆,中高而四周低之狀。張衡《西京賦》:『於是鉤陳之外閣,道穹隆,屬長樂。與明光徑北,通于桂宮。』善注:『穹隆,長曲貌。』放,仿效。《後漢書·班固

傳》：『據坤靈之正位，放太紫之圓方。』《廣雅・釋詁》：『放，效也。』此二句言墓室之下，象徵廣博大地立於四極，墓室之上，以穹隆之狀仿效蒼穹天宇。

③ 善注：『古之葬者於壙中，爲天象及江河。陰溝，江河也。天井，天象也。《魯靈光殿賦》曰：玄醴騰湧於陰溝。《史記》曰：始皇治驪山，以水銀爲江河，上具天文。《天官星占》曰：東井，一名天井。』濟注：『壙中又作陰溝、天井，故亡者側聽臥觀之。涌，謂波涌也。懸者，在於上如懸也。』《唐鈔文選集注彙存》卷五八：『陸善經曰：皆曠中所有也。此已下並爲亡者之意也。』此詩以下數句皆爲詩人懸想死者之辭。此二句言側耳傾聽墓室之陰溝流水，如江河之波湧，臥觀墓室之天象，如天井懸於空中。

④ 善注：『張奐《遺令》曰：地底冥冥，長無曉期。』翰注：『宵暮，皆夜，謂壙中也。寥，深。廓，空也。安可晨，不可見明也。』《唐鈔文選集注彙存》：『陸善經曰：廣宵大暮，皆謂衆壤之中也。』廣，五臣作壙，古二字通。《孔子家語・困誓》：『自望其廣，則睪如也。』王肅注：『廣宜爲壙。』寥廓，曠遠。《楚辭・遠遊》：『下峥嶸而無地兮，上寥廓而無天。』顔師古注：『寥廓，廣遠也。』大暮，猶長夜。詳《歎逝賦》注。此二句言漫漫長夜何其曠遠，豈可再見天明。

⑤ 善注：『《吕氏春秋》曰：管仲有病，桓公往問之。對曰：今臣將有遠行，胡可以問之。高誘曰：遠行，謂即世也。』向注：『生人往者，皆返其家。死者一去，無歸生也。』此二句言生人出門皆有返歲，獨我遠行再無歸年。

⑥ 善注：『《管子》曰：士農工商四民者，國之正民也。《海水經》曰：東海中有山焉，名度索。上有大桃樹，東北瘣枝名曰鬼門，萬鬼所聚。』此二句言昔日居於人間之民宅，今却託身於萬鬼之鄰。

⑦ 善注：『《淮南子》曰：吾生也有七尺之形，吾死也有一棺之土。《韓子》曰：死者始而灰，已而土。

李尤《九曲歌》曰：肥骨消滅隨塵去。』此二句言昔日是七尺之身軀，如今却化爲灰塵。

⑧善注：『《漢書・郊祀歌》曰：曳珂錫，佩珠玉。鄭玄《喪服注》曰：素，故也。鴻毛，喻輕也。《燕丹子》曰：死有輕於鴻毛。』良注：『素，音。振，舉也。如金玉之珍，昔者所佩服；如鴻毛之輕，今不能勝舉。』《唐鈔文選集注彙存》卷五八：『陸善經曰：言昔能佩金與玉，今不能振舉鴻毛也。』此二句言昔日素佩金玉，而今鴻毛亦不可舉。

⑨善注：『司馬相如《美人賦》曰：弱骨豐肌。《莊子》曰：莊子將死，弟子欲厚葬之。莊子曰：吾以天地爲棺。弟子曰：恐烏鳶之食夫子也。莊子曰：在上爲烏鳶食，在下爲螻蟻食，奪彼與此，何其偏也。《廣雅》曰：夷，滅也。《爾雅》曰：泯，盡也。』向注：『豐肌妍骸，平生之美好也。今以此饗食螻蟻，長爲夷滅也。螻蟻，土中蟲名。』此二句言豐滿肌膚成爲螻蟻美餐，美好骸骨亦永遠夷滅。

⑩善注：『《楚辭》曰：蹇將澹兮壽宫，與日月兮齊光。王逸曰：壽宫，供神之處也。《左氏傳》曰：王孫滿對楚子曰：魑魅魍魎，莫能逢之。杜預曰：魑，山神，獸形。魅，怪物也。《周禮》曰：五州爲鄉使之相賓。鄭玄曰：賓，賓客，其賢者也。』翰注：『壽堂，祭祀處。言祭祀之處，獨魑魅與虚無相延爲賓主。魑魅，邪鬼也。』《唐鈔文選集注彙存》卷五八：『陸善經曰：壽堂，祠神堂也。虚無空寂，自相爲賓，言無象也。』虚無，指無形魂魄。《爾雅・釋詁》：『孔魄哉，延虚無之言間也。』郭璞注：『孔穴延魄，虚無皆有。』此二句言祭祀之處獨延請魑魅，無形之魂魄成爲賓主。

⑪濟注：『言螻蟻何怨，而饗食於我；魑魅何親，而憑附於我。』《唐鈔文選集注彙存》五八：『陸善經曰：怨，謂見食；親，謂延之也。』此二句言螻蟻無怨，何以食我軀，魑魅無親，何以附我身？

⑫善注：『《列子》曰：師襄乃撫心高蹈。《毛詩》曰：民之貪亂，寧爲荼毒。又曰：假寐永歎。』向

注：『皆假亡者詞也。荼毒，苦也。』拊心，猶撫膺。《爾雅·釋訓》：『擗，拊心也。』郭璞注：『謂椎胸也。』此二句言撫膺長歎，內心充滿苦痛，無法向人訴說。

陳祚明《采菽堂古詩選》卷十：『此首更條暢。「昔居」四句，壯激不及士衡常調。』又吴淇《六朝選詩定論》卷十：『送人既歸，又代死者作自嗟自歎之詞。真是空中樓臺，而搆詞奇麗絶倫。』

【集評】

[北齊]顔之推《顔氏家訓》卷上《文章》：挽歌辭者，或云古者《虞殯》之歌，或云出自田横之客，皆爲生者悼往苦哀之意，陸平原多爲死人自歎之言。詩格既無，此例又乖製作本意。

[明]陸時雍《古詩鏡》卷九：長哭大慟，然而不悲，無情故也，更病太甚。凡過飾則損真，好盡則傷雅，故道貴中和，詩歸風雅。

[明]史鑑《西村集·挽歌序》：或曰挽歌何始也？始於田横也。何始於横？横爲高帝所徵，至尸鄉自殺，其從者奉首至漢宫，哀不敢哭，故爲歌以寄其情焉。後因廣之爲挽歌也。某曰：不然。《左傳》之載虞殯，莊子之言紼謳，是皆在横之前然。則非始於横也，明矣。蓋古之送葬，必有執紼，爲人用力不齊，故爲歌音以促急之，此挽歌之始也。漢李延年分爲二曲，曰《薤露》《蒿里》。《薤露》送王公貴人，《蒿里》送士大夫庶人。下至魏繆熙伯、晉陸士衡、陶淵明，競爲《挽歌》，大槩皆哀人命之短促，述死亡之悲苦，叙喪葬之儀情至。

[清]何焯《義門讀書記》卷四十七：陸士衡《挽歌詩》『卜擇』首，按：虞殯，本謂啓殯將虞之歌，此爲得

其本意也。

［清］陳元龍《格致鏡原》卷二十九：《詞林》：海錯鯖車，喪車也。殯則謂之鯖車，葬則謂之柳車。陸士衡詩注：輿棺之車，其蓋曰柳。

［清］陳祚明《采菽堂古詩選》卷十：三首并极悲凄。

（第一首）『呼子』二句，幾於至哀無淚，故彌質彌佳。『殉没』二句，何遽言及此。

（第二首）『魂輿』四句，生動。

（第三首）此首更條暢。『昔居』四句壯激，不似士衡常調。

［清］方廷珪《昭明文選集成》：按：此篇（第一首）從殯宫在家啓行，因而在道，逐層描寫，是極喧鬧事，却是極悲愴事，色色俱絶。與潘安仁《悼亡詩》堪稱千古絶調。

［清］吴淇《六朝選詩定論》卷十：（上首）莊子曰：『死生亦大矣。』故古人立教，必假生死二字爲柄。釋教修不生，道教修不死。儒教修生，景教修死。總之，死生皆命於天，但人知生爲天之嘉命，而不知死亦天嘉命。卜擇吉地，出於堪輿家；卜擇吉日，出於陰陽家。此亦流俗不經之事。然而聖人不禁，賢者不免，蓋以天之嘉命，全在於此，必如全而受，全而歸，方得不辱此嘉命。

王闓運《八代詩選》：『側聽陰溝涌』二句，是仰卧壙中光景。此開中唐派。

百年歌十首①

【題解】

《太平御覽》卷五百七十三《百年歌》下注曰：『晉土道沖、陸機並作。』可見，陸機是較早作此歌者。歌辭蓋取《古詩十九首》『人生不滿百，常懷千歲憂』之意。此詩從人生十歲寫至百齡，少年的詩意，中年的事業，老年的衰朽，依次寫來，揭示了生命由朝花走向輝煌再走向衰歇的全部過程。此詩雖取當時曲調，然有兩點值得注意：一是對人生功名事業的强烈渴望和浪漫遐想；二是浸透着年華老去無可奈何的生命意識。從整體上説，風格輕盈，語淺情深，或爲早期所作。

一十時，顏如蕣華曄有暉，體如飄風行如飛②。孌彼孺子相追隨〔一〕，終朝出遊薄暮歸，六情逸豫心無違③。清酒將炙奈樂何〔二〕，清酒將炙奈樂何④。

【校勘】

〔一〕《札記》：『《類聚》無此句。』

〔二〕『將』，《文集》作『漿』，《藝文類聚》卷四十三作『將』。逯欽立《先秦漢魏晉南北朝詩》案曰：『「清酒將炙」，謂以酒進炙也。本集、《詩紀》作「清酒漿炙」，均爲不辭。』逯説是，今據改。下文同。

【注釋】

① 《太平御覽》卷五百七十三：『《古今樂録》：晉宋已後歌曲，有《滛豫歌》《楊叛兒歌》《扶風歌》《百年歌》《白日歌》《九曲歌》《採葛婦歌》《桃葉歌》《同聲歌》《碧玉歌》《四時歌》《子夜歌》《上聲歌》《白紵歌》《襄陽白銅鞮歌》《前溪歌》《歎聞歌》。』

② 顔如蕣華，喻容顔如木槿花之美。《詩・鄭風・有女同車》：『有女同車，顔如舜華。』毛詩傳：『舜，木槿也。』舜與蕣同。《韻會》：『蕣，通作舜。』曄，繁盛貌。宋玉《神女賦》：『曄乎如花，温乎如瑩。』善注：『《毛詩》曰：有女同車，顔如蕣華。曄，盛貌。』飄風，喻行如風之輕飈迅疾。《詩・小雅・何人斯》：『彼何人斯，其爲飄風。』毛詩傳：『飄風，暴起之風。』鄭玄箋：『何人乎女，行來而去，疾如飄風。』此三句言年齡十歲，容顔如花，光彩照人，行時四體如飄風，輕飈迅疾。

③ 孌，美。《詩・邶風・泉水》：『孌彼諸姬，聊與之謀。』毛詩傳：『孌，好貌。』終朝，整個早晨。《詩・小雅・采緑》：『終朝采緑，不盈一匊。』毛詩傳：『自旦及食，時爲終朝。』薄，迫近也。《書・益稷》：『外薄四海，咸建五長。』孔安國傳：『薄，迫也。』六情，一指人之六種欲望。《韓詩外傳》卷五：『人有六情：目欲視好色，耳欲聽宫商，鼻欲嗅芬香，口欲嗜甘旨，其身體四肢欲安而不作，衣欲被文繡而輕暖，此六者民之六情也。』又《弘明集》卷十三：『六情，一名六衰，亦曰六欲，謂目受色，耳受聲，鼻受香，舌受味，身受細滑，心受識，識者，即上所謂識陰者也。』二指人之六種情感。《儀禮疏》卷十三：『心者萬慮之揔，喜怒喪樂好惡六情。』逸豫，逸樂，安樂。《詩・小雅・白駒》：『爾公爾侯，逸豫無期。』毛詩傳：『爾公爾侯邪，何爲逸樂無期？』此三句言因爲美貌，使稚子互相追隨，一早出遊，日暮而歸，隨心所欲，放縱情感。

④ 清酒，新釀之酒。《詩・小雅・信南山》：『祭以清酒，從以騂牡，享于祖考。』鄭玄箋：『清，謂玄酒

也。酒，鬱鬯、五齊三酒也。』又《士冠禮》鄭玄注：『玄酒，新水也。』炙，烤肉。《詩·小雅·瓠葉》：『有兔斯首，燔之炙之。』《說文》：『炙，炮肉也。』此二句言且飲清酒，食肥甘，不及時行樂又該如何呢？

此詩首章言少年時容顏如花，四體矯捷，活潑天真，無拘無束。

二十時，膚體彩澤〔一〕人理成①。美目淑貌灼有榮。被服冠帶麗且清〔二〕②。光車駿馬遊都城，高談雅步何盈盈③。清酒將炙奈樂何，清酒將炙奈樂何。

【校勘】

〔一〕『膚體彩澤』，《藝文類聚》卷四十三作『膚彩津澤』。

〔二〕《札記》：『《類聚》無此句。』

【注釋】

① 人理，成人之道。揚雄《蜀都賦》：『若乃卓犖奇譎，倜儻罔已，一經神怪，一緯人理。』此句言年齡二十，肌膚四肢，光彩潤澤，已經成人。

② 美目，黑白分明之目。《詩·衛風·碩人》：『巧笑倩兮，美目盼兮。』毛詩傳：『盼，白黑分。』淑，善，閑淑。《詩·周南·關雎》：『窈窕淑女，君子好逑。』毛詩傳：『淑，善。』灼，花盛貌。《詩·周南·桃夭》：『桃之夭夭，灼灼其華。』毛詩傳：『灼灼，華之盛也。』榮，草木之花。《楚辭·橘頌》：『緑葉素榮，紛其可喜

兮。』被服，猶身披華美之服。曹植《閨情二首》：『有一美人，被服纖羅。妖姿艷麗，蓊若春華。』冠帶，束髮戴冠，佩結綬帶。《儀禮・士冠禮》鄭玄注：『童子任職，居士位，年二十而冠。』《史記・魏世家》：『唐雎曰：夫魏萬乘之國也，然西面而事秦，稱東藩，受冠帶。』麗且清，即清麗，清新華美。《南史・謝朓傳》：『朓字玄暉，少好學，有美名，文章清麗。』此二句言眼睛美麗，姿容賢淑，猶如盛開之花。身着華美之服，束髮而佩冠帶，何其清麗。

③ 光車，華美之車。崔祐甫《廣喪朋友議》：『權厚矣，固當緩步闊視，光車美服，爲貴爲達而已矣。』遊都城，指入都宦遊。《漢書・段會宗傳》：『谷永曰：若子之材，可優遊都城而取卿。』高談，高遠的議論。徐幹《中論・譴交》：『擲目指掌，高談大語。』雅步，閑雅之步履。陸雲《爲顧彦先贈婦二首》：『雅步擢纖腰，巧笑發皓齒。』善注：『雅，閑雅，謂妖麗也。』盈盈，形容步履端莊輕盈。《古詩・迢迢牽牛星》：『盈盈一水間，脈脈不得語。』善注：『盈盈，端麗貌。』此二句言駕御駿馬美車，宦遊都城，議論高遠，步履閑雅輕盈。

二章言弱冠之年衣著華美，束髮冠帶，駿馬美車，宦遊都城，議論高遠，步履閑雅輕盈。

三十時，行成名立有令聞①。力可扛鼎志干雲，食如漏巵氣如熏②。辭家觀國綜典文，高冠素帶煥翩紛〔一〕③。清酒將炙奈樂何，清酒將炙奈樂何。

【校勘】

〔一〕《札記》：『《類聚》無此句。』

【注釋】

① 行成名立，行成於内而名立後世。意指修身齊家而入世，聲名播之後代。《孝經·廣揚名章》：『子曰：君子之事親孝，故忠可移於君；事兄悌，故順可移於長；居家理，故治可移於官。是以行成於内而名立於後世矣。』又《論語·爲政》：『子曰：吾十有五而志於學，三十而立。』令聞，美聞，美譽。《詩·大雅·文王》：『亹亹文王，令聞不已。』鄭玄箋：『令，善哉。其善聲聞。』此句言三十而立，修身齊家，忠君治國，美譽遐邇，名垂後世。

② 力可扛鼎，力量可舉起金鼎，形容力氣大。《漢書·項籍傳》：『籍長八尺二寸，力扛鼎。』干雲，高觸雲端，形容志氣高漲。張衡《西京賦》：『干雲霧而上達，狀亭亭以岧岧。』薛綜注：『干，犯也。』濟注：『干，觸也，言高觸雲霧。』卮，圓形酒器。食如漏卮，飲食如灌於無底之酒器，形容食量大。曹植《與吴季重書》：『食若填巨壑，飲若灌漏卮。』熏，如火之灼人。《詩·大雅·雲漢》：『我心憚暑，憂心如熏。』毛詩傳：『熏，灼也。』氣如熏，形容意氣旺盛如火。此二句言此時力可舉鼎，志氣入雲，飲食如灌漏卮，意氣如火之盛。

③ 觀國，即觀國之光，喻入朝居官。《易·觀》：『觀國之光，利用賓于王。』王弼注：『居觀之時，最近至尊，觀國之光者也。居近得位，明習國儀者也。故曰利用賓于王也。』綜，統理。司馬遷《報任安書》：『網羅天下放失舊聞，略考其行事，綜其終始。』典，《爾雅·釋言》：『典，經也。』高冠，高高的冠冕，此指武將所服之冠。范曄《後漢書·宦者傳論》：『若夫高冠長劍，紆朱懷金者，布滿宫闈。』向注：『高冠長劍，武夫之服。』素帶，潔白的綬帶，此指大夫所佩之帶。鮑照《放歌行》：『素帶曳長飈，華纓結遠埃。』善注：『《禮記》曰：大夫帶素。』煥，鮮明。潘岳《安石榴賦》：『遥而望之，煥若隨珠耀重川。』翩，舒展飄忽。《詩·大雅·桑柔》：『四牡騤騤，旟旐有翩。』孔穎達疏：『翩是旌旗行而舒展之貌。』紛，盛貌。《楚辭·離騷》：『紛吾既

有此内美兮，又重之以脩能。』王逸注：『紛，盛貌。』此二句言辭别故鄉，入朝居官，綜理經典；高高冠冕，潔白綬帶，鮮明照人，舒展飄忽。

三章言而立之年體格强壯，志氣干雲，辭家爲官，美譽遐邇。

四十時，體力克壯志方剛①。跨州越郡還帝鄉，出入承明擁大璫②。清酒將炙奈樂何，清酒將炙奈樂何〔一〕。

【校勘】

〔一〕逯欽立《先秦漢魏晉南北朝詩》案曰：『此首當缺一句。』若依《藝文類聚》體例，則不缺；若依别本體例，逯説甚是。

【注釋】

① 克，能。《詩·大雅·蕩》：『靡不有初，鮮克有終。』毛詩傳：『克，能也。』志，猶志氣，志向與氣量。《孟子·公孫丑上》：『夫志氣之帥也，氣體之充也。』趙岐注：『志，心所念慮也。氣，所以充滿形體爲喜怒也。志帥氣而行之，度其可否也。』剛，堅毅，與『柔』相對。《論語·公冶長》：『吾未見剛者。』鄭玄注：『剛，謂强志不屈撓。』此二句言年齡四十，體力强盛，志氣剛毅。

② 跨州越郡，意謂封爵之地跨越州郡。曹冏《六代論》：『高祖封建，地過古制，大者跨州兼城。』帝鄉，

皇帝所居之所。《後漢書・劉隆傳》：『河南帝城，多近臣，南陽帝鄉，多近親，田宅踰制，不可爲準。』此指京都。承明，漢宮殿名。《三輔黃圖》卷三：『未央宮有承明殿，著述之所也。』班固《西都賦》序云：內有承明著作之庭，即此也。』此泛指宮廷。應璩《百一詩》：『問我何功德，三入承明廬。』璫，漢代武官的冠飾。《續漢書・輿服志下》：『侍中、中常侍加黃金璫，附蟬爲文，貂尾爲飾。』此二句言勳業卓著，封地跨州越郡，回到朝中，出入於宮廷，身著飾有玉璫之官服。

四章言年入不惑，體壯志剛，建立輝煌功業。

五十時，荷旄仗節鎮邦家①。鼓鐘嘈囋趙女歌，羅衣綷粲金翠華，言笑雅舞相經過②。清酒將炙奈樂何，清酒將炙奈樂何。

【注釋】

① 荷旄仗節，持節旄。《漢書・蘇武傳》：『單于徙武北澤上，武仗漢節牧羊。臥起操持，節旄盡落。』李賢注：『節所以爲信也。以竹爲之，柄長八尺，旄牛尾爲其眊三重。』郝立權《陸士衡詩注》：『今漢使擁節，凡行者必持節以示信。其上綴毛以爲飾。』邦家，國家。《詩・周頌・載芟》：『有飶其香，邦家之光。』鄭玄箋：『芬香之酒醴，享燕賓客，則多得其歡心，於國家有榮譽。』此句言年齡五十，手持朝廷節旄，鎮守國家。

② 嘈囋，輕浮豔冶之聲。見《文賦》注。趙女，趙國之女。張衡《南都賦》：『於是齊僮唱兮列趙女，坐

南歌兮起鄭舞。』善注：『齊趙，二國名也。楊惲《書》曰：婦，趙女也。』趙女以善歌而聞名，故泛指善歌之女。綷，五色。左思《吴都賦》：『孔雀綷羽而翱翔，山雞歸飛而來棲。』向注：『五色曰綷。』粲，鮮明貌。《詩·小雅·伐木》：『於粲灑掃，陳饋八簋。』毛詩傳：『粲，鮮明貌。』翠華，以翠羽爲飾之旌旗。司馬相如《上林賦》：『建翠華之旗，樹靈鼉之鼓。』善注：『翠華，以翠羽爲葆也。』言笑，言笑晏晏之省略。《詩·衛風·氓》：『總角之宴，言笑晏晏。』毛詩傳：『晏晏，和柔也。』雅舞，原指郊廟之歌舞。《樂府詩集·舞曲歌辭》曰：『自漢以後，樂舞寖盛，故有雅舞，有雜舞。雅舞用之郊廟朝饗，雜舞用之宴會。』後泛指配合雅樂之歌舞，此指優雅之舞姿。經過，謂觀賞美妙之歌舞。阮籍《詠懷詩》：『西遊咸陽中，趙李相經過。』良注：『漢都，咸陽也。趙李並善歌舞，故託以經過也。』此三句言在鼓樂聲中，歌女唱輕浮豔冶之歌，身着絢麗之羅衣，頭戴翠羽首飾，言笑輕盈柔和，舞姿優雅，如趙李之美妙。

五章言天命之年，功成名就，國之棟樑，聲色歌舞，享樂人生。

六十時，年亦耆艾業亦隆①。驂駕四牡入紫宮，軒冕納那〔一〕翠雲中，子孫昌盛家道豐②。清酒將炙奈樂何，清酒將炙奈樂何。

【校勘】

〔一〕『納那』，《七十二家集》本、《詩紀》卷二十四作『婀那』。

【注釋】

① 耆艾，泛指老者。《禮記・曲禮》：『五十曰艾，服官政。六十曰耆，指使。』鄭玄注：『艾，老也；耆，至也。至老境也。』《詩・周頌・閟宮》：『俾爾昌而大，俾爾耆而艾。』隆，盛。《前漢紀・孝昭皇帝紀》：『上及唐虞之隆，下及殷周之盛。』此句言年至六十，亦至老境，然功業隆盛。

② 驂駕四牡，猶言以四馬駕車，古之諸侯將朝於王，以四馬駕車而往。《詩・小雅・采薇》：『載驂載駟，君子所届。』鄭玄箋：『諸侯來朝，王使人迎之。因觀其衣服車乘之威儀，所以爲敬，且省禍福也。諸侯將朝于王，則驂乘乘四馬而往。此之服飾，君子法制之極也。』又《詩・小雅・四牡》：『四牡騑騑，周道倭遲。』詩序曰：『四牡，勞使臣之來也。有功而見知，則説矣。』紫宮，此喻藩臣。班固《西都賦》：『閑館煥若列宿，紫宮是環。』善注：『《春秋合誠圖》曰：紫宮，大帝室，太一之精也。《漢書》曰：中宮天極星，環之匡衛十二星。藩臣，皆曰紫宮也。』軒冕，卿大夫車駕與冠服。《春秋繁露・服制》：『生則有軒冕之服位、貴禄、田宅之分，死則有棺槨、絞衾、壙襲之度。』納那，同阿那，又作婀娜，盛貌。蕭子雲《玄圃園講賦》：『鑾納那而垂藻，笳和鳴以承簫。』又王延壽《魯靈光殿賦》：『朱桂黝儵於南北，蘭芝阿那於東西。』張載注：『黝儵、婀娜，皆茂盛之貌。』翠雲，喻車飾冠纓之盛，如天之彩雲。陸雲《大將軍宴會被命作詩》：『玄暉峻朗，翠雲崇靄。冕弁振纓，服藻垂帶。』此三句言功成歸來，車駕四馬，拜見天子，入位藩臣，車飾冠纓之盛，猶如天上彩雲，子孫昌盛，家道豐殷。

六章言耳順之年，漸入老境，事業鼎盛，子孫昌盛，家道豐殷。

七十時，精爽頗損膂力愆，清水明鏡不欲觀①。臨樂對酒轉無歡，攬形羞〔一〕髮獨長歎②。

【校勘】

〔一〕『形』，《詩紀》卷二十四注：『《集》作衣』。又『羞』，《文集》作『修』，語意扞格。《古詩紀》卷三十四、《七十二家集》本、《六朝詩集》本、陳仲魚校本、小萬卷樓本、鄧邦述校本作『羞』。今據改。

【注釋】

① 精爽，猶言精神，精力。《左傳·昭公七年》：『是以有精爽，至於神明。』孔穎達疏：『精亦神也，爽亦明也，精是神之未著，爽是明之未昭。』膂力愆，膂臂之力已失。《尚書·秦誓》：『番番良士，旅力既愆，我尚有之。』孔安國傳：『番番之良士，雖衆力已過老，我今庶幾欲得此人而用之。』旅，通膂。愆，失也。清水明鏡，可以鑒形影者也。劉向《新序·善謀》：『夫草木之中霜霧，不可以風過。清水明鏡，不可以形遯也。』此三句言年至七十，精力不濟，膂臂無力。清水明鏡可以照見其蒼老的容顏，故不欲觀看。

② 攬，通覽，看。《莊子·在宥》：『而欲爲人之國者，此攬乎三王之利而不見其患者也。』《經典釋文》卷三十：『此攬，音覽。本亦作覽。』羞，羞惡。《玉篇》：『羞，辱也，耻也。』此二句言面對音樂美酒轉而怏怏不樂，羞見自己衰朽的身體和如雪的白髮，獨自長歎。

七章言年至七十，精力衰損，容顏衰老，對酒無歡，覽鏡長歎。

八十時，明已損目〔一〕聽去耳，前言往行不復紀①。辭官致祿歸桑梓，安車〔二〕駟馬入舊里，樂事告終憂事始②。

【校勘】

〔一〕『目』，《藝文類聚》卷四十三無『目』字。

〔二〕『車』，陸刻本作『居』。音同而誤。

【注釋】

① 明，視覺清晰。聽，聽覺靈敏。《荀子·勸學》：『目不能兩視而明，耳不能兩聽而聰。』前言往行，前人之言行。《易·大畜》：『君子以多識前言往行，以畜其德。』紀，通記。《列子·楊朱》：『太古至於今日，年數固不可勝紀。』《韻會》：『紀，又記也。《史·本紀》索隱曰：本其事而記之。』此三句言年至八十，視力已經損害，聽覺已不靈敏，前人之言行也不復記憶。

② 致祿，歸還朝廷之俸祿。《國語·魯語下》：『子冶歸，致祿而不出，曰：使予欺君，謂予能也。』韋昭注：『致，歸也。歸祿還采邑也。傳曰：公冶致其邑。』桑梓，指父母所種植於住宅旁的桑梓。《詩·小雅·小弁》：『維桑與梓，必恭敬止。』毛詩傳：『父之所樹已。』東漢以來遂以代指故鄉。張衡《南都賦》：『永世克孝，懷桑梓焉；真人南巡，覩舊里焉。』安車，老人所乘小車。《禮記·曲禮上》：『大夫七十而致事，若不得謝，則必賜之几杖，行役以婦人，適四方乘安車，自稱曰老夫。』鄭玄注：『安車所以養其身體也。安車坐

乘若今小車也。』此二句言辭去官職，歸還朝廷俸禄，乘小車，駕駟馬，回歸故鄉。從此而後，快樂已成過去，憂愁始伴殘生。

八章言八十之時，目聰衰損，記憶衰退，辭官歸鄉，已無復人生歡樂。

九十時，日告耽瘁月告衰，形體雖是志意非①。多言〔一〕謬誤心多悲，子孫朝拜或問誰②。指景玩日慮安危，感念平生淚交揮③。

【校勘】

〔一〕『多言』，《藝文類聚》卷四十三作『言多』，疑是。

【注釋】

①耽，沉溺。《尚書・無逸》：『不知稼穡之艱難，不聞小人之勞，惟耽樂之從。』孔安國傳：『過樂謂之耽。』瘁，《爾雅・釋詁》：『病也。』郝立權《陸士衡詩注》：『言耽樂既盡，而繼之以病也。』志意，猶言精神。《禮記・樂記》：『故聽其雅頌之聲，志意得廣焉。』此三句言年至九十，日月流逝，告之耽樂已盡，體衰多病。形體雖存，精神已非昔日可比。

②此二句言語多謬誤，心多悲哀，子孫晨拜問安，或已不知是誰。

③指景，指日影，景，同『影』。曹植《文帝誄》：『感惟南風，惟以鬱滯。終於偕没，指景自逝。』玩日，猶

言消磨時光。李羣玉《送魏珪覲》：『林泉趣耽，翫日成癖。』翫，同玩。《經典釋文》卷二：『而玩，研玩也。馬云：貪也。鄭作翫。』平生，猶言少年。《論語・憲問》：『久要不忘平生之言。』何晏注：『孔曰：平生，猶少時。』此二句言手指日影，消磨時光，時時憂慮生命安危，追念少年之時，不覺涕淚縱橫。

九章言年已九十，耽樂已盡，體衰多病。言多謬誤，不識子孫，生命危淺，心多憂傷。

百歲時，盈數已登肌肉單，四支百節還相患〔一〕①。目若〔二〕濁鏡口垂涎，呼吸嚬蹙〔三〕反側難，茵褥滋味〔四〕不復安②。

【校勘】

〔一〕『四支百節還相患』，《藝文類聚》卷四十三作『四支百節即還相患』。疑衍『即』字。

〔二〕『若』，《詩紀》卷二十四作『苦』；又注曰：『一作若。』

〔三〕『蹙』，《七十二家集》本作『慼』。古二字通。

〔四〕『味』，《七十二家集》本作『咏』。形近而誤。

【注釋】

① 盈數，此指百年。《左傳・莊公十六年》：『三年而復之曰：不可使共叔無後於鄭，使以十月入。曰：良月也，就盈數焉。』杜預注：『數滿於十。』肌肉單，肌肉單薄。阮瑀《駕出北郭門行》：『骨消肌肉盡，

體若枯樹皮。』四支，即四肢。《易·坤》：『體美在其中，而暢於四支。』百節，指全身關節。《説苑·談叢》：『食其口而百節肥，灌其本而枝葉茂。』上三句言，年至百歲，雖已登百年之壽，然肌肉萎縮，四肢關節交相疾患。

②嚬蹙，皺眉蹙額。王充《論衡·自然》：『薄酒酸苦，賓主嚬蹙。』此表示憂慮。反側，輾轉翻動。《詩·小雅·何人斯》：『作此好歌，以極反側。』毛詩傳：『反側，不正直也。』鄭玄箋：『反側，輾轉也。』茵褥，供坐卧的墊子。劉向《説苑·反質》：『而朱畫其内，縉帛爲茵褥。』此三句言眼如渾濁之鏡，口流涎水，呼吸皺眉蹙額，翻轉十分艱難，茵褥之上，不復安逸。

十章言雖登百年，然肌肉萎縮，體衰多病，眼如濁鏡，口流涎水，呼吸急促，翻轉艱難，日不安逸。

【集評】

［宋］鄭樵《通志》卷四十九：《百年歌》，陸機作。十年爲一章，共十章。言句汜濫無可采。

［明］彭大翼《山堂肆考》卷一百六十：《百年歌》，晉陸機作。言人生百年之苦樂也。

秋胡行①

【題解】

此詩蓋用古人樂府舊題，感慨人事萬端，吉凶難測，歎息運命無常，功名不立。所作時間不可考，然此種感慨，非止歎已，亦寓時也，故當作於入洛之後，西晉內亂紛起之時。

道雖一致，塗有萬端②。吉凶紛藹，休咎之源③。人鮮知命，命未易觀④。生亦何惜，功名所歎〔一〕⑤。

【校勘】

〔一〕『歎』，《藝文類聚》卷四十一、《樂府詩集》卷三十六並作『勤』。

【注釋】

①《樂府詩集》卷三十六：『《西京雜記》曰：魯人秋胡，娶妻三月而遊宦。三年休，還家。其婦採桑於郊，胡至郊而不識其妻也。見而悦之，乃遺黄金一鎰。妻曰：妾有夫，遊宦不返，幽閨獨處三年，於兹未有被辱於今日也。採桑不顧，胡慚而退。至家，問妻何在？曰：行採桑於郊未返。既歸還，乃向所挑之婦也。夫妻並慚，妻赴沂水而死。《列女傳》曰：魯秋潔婦者，魯秋胡之妻也。既納之五日，去而宦於陳，五年乃歸。未至其家，見路傍有美婦人，方採桑而説之。下車謂曰：力田不如逢豐年，力桑不如見國卿。今吾有金，願以與夫人。婦曰：採桑力作，紡績織紝，以供衣食，奉二親，養夫子已矣。不願人之金。秋胡遂去，歸至家，奉金遺母，使人呼其婦。婦至，乃嚮採桑者也。婦汙其行，去而東走，自投於河而死。《樂府解題》曰：後人哀而賦之，爲《秋胡行》。若魏文帝辭云：堯任舜禹，當復何爲，亦題曰《秋胡行》。廣題曰：曹植

《秋胡行》但歌魏德，而不取秋胡事，與文帝之辭同也。」

② 道，天道，引申爲事理，規律。《易·説卦》：「立天之道，曰陰與陽；立地之道，曰柔與剛；立人之道，曰仁與義。」塗，道路，途徑。《易·繫辭》：「天下同歸而殊塗，一致而百慮。」萬端，形容紛繁不一。《史記·禮書》：「人道經緯萬端，規矩無所不貫。」此二句言天道雖然一致，然人事紛繁萬端。

③ 紛藹，紛繁複雜。見《文賦》注。休咎，禍福。劉向《尚書大傳序録》：「《尚書·洪範》：箕子爲武王陳五行陰陽休咎之應。」此二句言吉凶相倚相伏，紛繁複雜，禍福之源，皆由天道。

④ 鮮，少。《詩·王風·揚之水》：「終鮮兄弟，維予與女。」鄭玄箋：「鮮，寡也。」知命，一爲知天命。《論語·爲政》：「五十而知天命。」《集解》：「孔安國曰：知天命之終始也。」二爲知人命。《論語·堯曰》：「不知命，無以爲君子也。」《集解》：「孔安國曰：命謂窮達之分也。」此二句言人生難知天命，命運即不易看清。

⑤ 此二句言生命不足惜，只是功名不立，斯可歎也。

順東西門行①

【題解】

此詩取古曲，雖有及時行樂之意，然主旨仍在光陰流水，修身自律。詩言「世平」，可知此詩不可能作於東吴季世，或八王之亂後。蓋作於初入洛，西晉仍呈升平之時。

出西門〔一〕，望天庭，陽谷既虛崦嵫盈②。感朝露，悲人生，逝〔二〕者若斯安得停③。桑樞戒，蟋蟀鳴，我今不樂歲聿征④。迨未暮〔三〕，及世〔四〕平，置酒高堂宴友生⑤。激朗笛，彈哀箏，取樂今日盡歡情⑥。

【校勘】

〔一〕「出西門」，《文集》作「日出西門」。《樂府詩集》卷三十七、《古詩紀》卷三十四、《百三家集》本作「出西門」。金濤聲曰：『原作「日出西門」不合《順東西門行》詩格，「日」字當是衍文。』今據改。

〔二〕「逝」，《樂府詩集》卷三十七作「遊」。

〔三〕「迨未暮」，《文集》作「迨未年莫」，不合前後句格。《樂府詩集》卷三十七、《古詩紀》卷三十四、《百三家集》本作「迨未暮」，今據改。莫，同暮。

〔四〕「世」，《樂府詩集》卷四十一、《七十二家集》本作「時」。

【注釋】

①《樂府詩集》卷三十七：「《古今樂録》曰：王僧虔《技録》：《西門行》，歌古西門一篇，今不傳。《樂府解題》曰：古辭云：出西門，步念之。始言醇酒肥牛，及時爲樂；次言：人生不滿百，常懷千歲憂。晝短苦夜長，何不秉燭遊；終言：貪財惜費，爲後世所嗤。又有《順東西門行》爲三、七言，亦傷時顧陰，有類於此。」

②西門，古代祭祀山川丘陵之門。《儀禮・覲禮》：『禮日於南門外，禮月與四瀆於北門外，禮山川丘陵於西門外。』此指出西門登丘陵以遠望。天庭，猶言天空。《楚辭・九思・守志》：『天庭明兮雲霓藏，三光朗兮鏡萬方。』王逸注：『天清則雲霓除。』陽谷，亦作湯谷、暘谷，日出之所。《淮南子・天文訓》：『日出於暘谷，浴於咸池，拂於扶桑，是謂晨明登於扶桑。』崦嵫，日落之所。《楚辭・離騷》：『吾令羲和弭節兮，望崦嵫而勿迫。』王逸注：『崦嵫，日所入山也。下有蒙水，水中有虞淵。』此三句言出西門登上丘陵，遠望天空，日離陽谷，迅疾行至崦嵫。

③朝露，比喻人生短暫。曹操《短歌行》：『對酒當歌，人生幾何？譬如朝露，去日苦多。』此三句言感慨人生猶如朝露，逝去時光如西墜之日影，内心充滿無限傷悲。

④桑樞，意謂居於陋室，能學而修身。《世説新語・言語》：『原憲桑樞，不易有官之宅。』劉孝標注：『《家語》曰：原憲，字子思，宋人，孔子弟子。居魯，環堵之室，茨以生草，蓬户不完，桑樞而甕牖，上漏下濕，坐而弦歌。』蟋蟀，此取《蟋蟀》詩意，形容歲暮已至。《詩・唐風・蟋蟀》：『蟋蟀在堂，歲聿其莫。今我不樂，日月其除。』毛詩傳：『蟋蟀，蛬也。九月在堂。聿，遂。除，去也。』鄭玄箋：『蛬在堂，歲時之候。是時農功畢，君可以自樂矣。今不自樂，日月且過去，不復暇爲之。謂十二月，當復命農計耦耕事。』征，行也。《詩・召南・小星》：『肅肅宵征，夙夜在公。』毛詩傳：『征，行。』此三句言以原憲安貧樂道、致學而修身警戒自己，然而轉眼歲暮已至，内心充滿憂慮。

⑤迨，及，趁着。《公羊傳・僖公二十二年》：『楚人濟泓而來，有司復曰：迨其未畢濟而擊之。』杜預注：『迨，及。』高堂，高大殿堂。《楚辭・招魂》：『翡帷翠帳，飾高堂些。』後指正屋。揚雄《蜀都賦》：『置酒高堂，以御嘉賓。』友生，朋友。《詩・小雅・常棣》：『雖有兄弟，不如友生。』毛詩傳：『兄弟尚恩怡怡然，朋

友以義切切然。』此三句言趁年歲未暮，時世清平，在高堂之上，置酒宴請生平好友。

⑥ 朗笛，高亢之笛聲。王勃《梓潼南江泛舟序》：『嘉餚旨酒，鳴弦朗笛，以補尋幽之致焉。』哀箏，低沉之箏聲。曹丕《與吴質書》：『高談娱心，哀箏傾耳。』此三句言吹奏高亢之笛聲，彈奏低沉之箏音，聊以取樂今日，極盡歡情。

【題解】

[清]陳祚明《采菽堂古詩選》卷十：校《鞠歌行》尤亮。

上留田行〔一〕①

【題解】

此詩歎息芸芸衆生汲汲奔走於世途，如輕舟之泛川，雷電之倏忽，寒暑之相因，轉瞬即逝。故詩人感時悼逝，悽愴鬱結。由一己之情進而觀照宇宙人生，非止詩人，亦哲人也。此詩雖取古樂府，然有兩點不同：一是古辭五言，此詩六言。二是古辭寫其孤兒之悲，此詩寫人生之感悟。從形式到内容均爲詩人之創新。詩作時間不可考，亦當爲入洛後所作也。

嗟行人之藹藹，駿馬陟原風馳②。輕舟泛川雷邁，寒往暑來相尋③。零雪霏霏集宇，悲風徘徊入襟④。歲華冉冉方除，我思纏綿未紓，感時悼逝悽如⑤。

【校勘】

〔一〕《藝文類聚》卷四十一題下注曰：『平徵調。』

【注釋】

①《樂府詩集》卷三十八：『《古今樂録》曰：王僧虔《技録》有《上留田行》，今不歌。崔豹《古今注》曰：上留田，地名也。人有父母死，不字其孤弟者，鄰人爲其弟作悲歌，以風其兄。注曰：《上留田》，《樂府廣題》曰：蓋漢世人也。云：里中有啼兒，似類親父子。回車問啼兒，慷慨不可止。』

② 藹藹，衆多。《楚辭・九思・遠遊》：『讒夫藹藹而漫著兮，曷其不舒予情。』王逸注：『藹藹，盛多貌也。《詩》云：藹藹王多吉士。』陟，登。《詩・周南・卷耳》：『陟彼崔嵬，我馬虺隤。』毛詩傳：『陟，升也。』原，高而平之地。庾信《周趙國公夫人紇豆陵氏墓誌銘》：『下平曰隰，高平曰原。』此二句言嗟歎衆人汲汲奔走於世，猶如駿馬登上高原風馳一般。

③ 汎，同泛，浮也。《玉篇》：『汎，《説文》：浮貌。今爲汎濫字。』邁，疾行。《尚書・秦誓》：『日月逾邁，若弗云來。』孔安國傳：『如日月並行過，如不復云來。』尋，追逐。張衡《西京賦》：『乃有迅羽輕足，尋影追括。』此二句言人生如輕舟泛於川上，如雷電倏忽消逝，寒往暑來，互相因尋。

④ 零雪霏霏，零，落也，霏霏，濃密貌。《詩・小雅・采薇》：『昔我往矣，楊柳依依。今我來思，雨雪霏

霏。』毛詩傳：『霏霏，甚也。』徘徊，此形容風之迴旋舒緩。《楚辭·七諫·怨思》：『徐風至而徘徊兮，疾風過之湯湯。』此二句言大雪飄落，聚於屋宇，寒風淒冷，輕輕吹動衣襟。

⑤歲華，年初。謝脁《休沐重還道中》：『歲華春有酒，初服偃郊扉。』翰注：『此心終願歲初春酒熟，衣以初服，偃息於故居之門庭也。』此指年華。冉冉，漸漸。《楚辭·離騷》：『老冉冉其將至兮，恐脩名之不立。』善注：『冉冉，行貌。』向注：『冉冉，漸漸也。』除，去。《詩·唐風·蟋蟀》：『今我不樂，日月其除。』毛詩傳：『除，去也。』纏綿，鬱結不解。《晉書·應詹傳》：『退以申尋平生，纏綿舊好。』紓，《廣雅·釋詁》：『解也。』此三句言青春年華正漸漸離去，我情思鬱結，難以化解，感傷時光消逝，內心淒然。

【集評】

［清］王夫之《古詩評選》卷一：六言詩體勁促，尤易入俗。靜秀安詳，此爲首出矣。

［清］陳祚明《采菽堂古詩選》卷十：分章用韵，別是一格。

隴西行①

【題解】

此詩乃玄言，闡發守靜可以察微、因兆可以察事、因象可以察本的哲理。體制短小，理致深刻。此詩『世鮮興賢』之感慨，亦當有感而發，非泛謂也。故亦當作於入洛之後。

我静如〔一〕鏡，民動如煙②。事以形兆，應以象懸③。豈曰無才，世鮮興賢④。

【校勘】

〔一〕『如』，《文集》作『而』，語意扞格。《藝文類聚》卷四十一、《樂府詩集》卷三十七、《古詩紀》卷三十四、《百三家集》本作『如』，今據改。

【注釋】

①《樂府詩集》卷三十七：『一曰《步出夏門行》。《樂府解題》曰：古辭云：天上何所有，歷歷種白榆。始言婦有容色能應門承賓，次言善於主饋，終言送迎有禮。此篇出諸集，不入樂志。若梁簡文《隴西戰地》：但言辛苦征戰，佳人怨思而已。王僧虔《技録》云：《隴西行》歌武帝「碣石」，文帝「夏門」二篇。《通典》曰：秦置隴西郡，以居隴坻之西爲名，後魏兼置渭州。《禹貢》曰：導渭自鳥鼠同穴，即其地也，今首陽山亦在焉。』

②静，意謂守静。《老子》十六章：『致虚極，守静篤，萬物並作，吾以觀復。』王弼注：『以虚静觀其反復。凡有起於虚，動起於静，故唯物雖並動作，卒復歸於虚静，是物之極篤也。』魏源《老子本義》：『致者，至其極也；虚者，無欲也。無欲則静，蓋萬物不入，則内心不出也。』又《淮南子·精神訓》：『夫静漠者，神明之宅也。虚無者，道之所居也。』動，與『静』相對，《易·坤》：『六二之動，直以方也。』魏源《老子本義》：『凡有起於虚，動起於静，故萬物雖並動，卒復歸於虚静。』郝立權《陸士衡詩注》：『皆言静能制動，民事萬端，在

上者能臨之以静，自可覽察無遺矣。』此二句言我守静而心如明鏡，可以鑒人事紛紜如煙之微。

③ 形兆，意謂凡事可因形而見其微。《國語·晉語》：『公子重耳其入乎其魄，兆於民矣。』韋昭注：『魄，形也。兆，見也。』應，應驗。《易·比》：『不寧方來，上下應也。』象，《易·繫辭上》：『見乃謂之象，形乃謂之器。』韓康伯注：『兆見曰象，成形曰器。』郝立權《陸士衡詩注》：『言事必有先見之兆，兆必有應，能求之以幾微形象之間，則賢才不難舉矣。』此二句言凡事因其形可見其微，見其兆而可察其本。

④ 鮮，少。《易·繫辭下》：『百姓日用而不知，故君子之道鮮矣。』興，生。《詩·小雅·沔水》：『我友敬矣，讒言其興。』郝立權《陸士衡詩注》：『詩之意蓋謂世非無才，賢不肖易見，在求以寂静驗之事形而已。』此二句言世非無才，只是見其形兆而察其微之賢才寡矣。謂世上少有見微知著舉薦賢才者。

【集評】

[明]唐汝諤《古詩解》卷十一：此戒世之求賢者，不當藉口于無人也。言我雖澄然不動，而民自煙起應之。此事理之常，無足怪者。然則世非無賢，特興賢者少耳。

[明]鍾惺、譚元歸《古詩歸》卷八：譚云：風草之言亦已奇矣。『民動如煙』寫出情狀，更使人輾然而笑。鍾云：偶然妙語，經思則失之。

[清]陳祚明《采菽堂古詩選》卷十：起二句佳語。

[清]張玉穀《古詩賞析》卷十一：此表治世之略，而惜不用也。借用古題，頗覺無謂。首二，民我雙提，形容動静，造句特奇。中二，明以静御動之方。後二，致懷才望用之慨。陸詩四言多平實鋪排，惟此簡峭，取之。

駕言出北闕行〔一〕①

【題解】

此詩係擬《驅車上東門》。詩人見北闕外之山陵，青松茂盛，丘墓相連，由此念及死者與世人，天壤殊隔，轉而思考人生短促，處境艱危，仁智無補，求仙不得，只能歸之及時行樂也。詩作時間不可考，可能作於八王亂後，詩人進退失據之時。

駕言出北闕，躑躅遵山陵②。長松何鬱鬱，丘墓互相承③。念昔徂殁子，悠悠不可勝④。安寢重冥廬，天壤莫能興⑤。人生何所〔二〕促，忽如朝露凝⑥。辛苦百年間，戚戚如履冰⑦。仁知〔三〕亦何補，遷化有明徵⑧。求仙鮮克仙，太虛不〔四〕可凌⑨。良會罄美服，對酒宴同聲⑩。

【校勘】

〔一〕《札記》：『《類聚》四十一詩首有「驅馬上東門」五字，疑驅上失擬字，乃題下注也。』亦即此詩乃當題爲『擬驅車上東門』。

〔二〕『所』，《樂府詩集》卷六十一作『期』。

〔三〕『知』，《七十二家集》本作『智』。古二字同。

〔四〕『不』，《樂府詩集》卷六十一作『安』；《詩紀》卷二十四注曰：『一作安。』

【注釋】

①此爲《雜曲歌辭》，《樂府詩集》除載陸機此詩，未見他載。《詩紀》卷三十七注：『按《藝文類聚》題下有「驅車上東門」五字，然則此擬作也。』

②駕言，駕車。言，語助詞。潘岳《悼亡詩》：『駕言陟東阜，望墳思紆軫。』翰注：『駕言，謂駕馬。』北闕，宫城之北。張衡《西京賦》：『北闕甲第，當道直啓。』善注：『北闕，當帝城之北也。』躑躅，徘徊不進貌。江淹《别賦》：『知離夢之躑躅，意别魂之飛揚。』善注：『《説文》曰，蹢躅，住足也。蹢與躑同。』遵，循。《詩·周南·汝墳》：『遵彼汝墳，伐其條枚。』毛詩傳：『遵，循也。』此二句言從宫闕北門駕車而出，沿着山陵，徘徊不前。

③鬱鬱，茂盛。《古詩·青青河畔草》：『青青河畔草，鬱鬱園中柳。』善注：『鬱鬱，茂盛也。』承，繼。《楚辭·招魂》：『朱明承夜兮，時不可以淹。』此二句言山陵上松柏高大茂盛，松柏下墓丘相連。

④徂，往。《詩·邶風·谷風》：『自我徂爾，三歲食貧。』鄭玄箋：『徂，往也。』殁，《玉篇》：『死也。今作没。』悠悠，思念貌。《詩·邶風·終風》：『莫往莫來，悠悠我思。』鄭玄箋：『我思其如是，心悠悠然，思如字。』勝，自持。《説文》：『勝，任也。』此二句言念及往昔之死者，内心悠然而思，不能自持。

⑤重冥，猶長夜也。鮑照《挽歌詩》：『獨處重冥下，憶昔登高台。』廬，指守墓小屋。《周禮·天官》：『大喪則授廬舍。』此指墓室。天壤，天地之間。繁欽《與魏文帝牋》：『乃知天壤之所生，誠有自然之妙物

也。』濟注：『壤，地也。』興，起。《詩·衛風·氓》：『夙興夜寐，靡有朝矣。』鄭玄箋：『常早起夜卧，非一朝然。』此二句言死者安息於猶如長夜之墓室，與世人天壤殊隔，再不能起身回轉世間。

⑥ 促，迫促。《莊子·庚桑楚》：『夫外韄者不可繁而捉。』《經典釋文》：『崔作促，云迫促也。』朝露，形容人生短暫，猶如朝露。曹植《贈白馬王彪》：『人生處一世，去若朝露晞。』此二句言人生短暫，猶如朝露倏忽之間，已消逝矣。

⑦ 百年，喻人生。《古詩·生年不滿百》：『生年不滿百，常懷千歲憂。』戚戚，憂懼。《論語·述而》：『子曰：君子坦蕩蕩，小人長戚戚。』鄭玄注：『長戚戚，多憂懼貌也。』薄冰，喻處境之艱危。《詩·小雅·小旻》：『戰戰兢兢，如臨深淵，如履薄冰。』此二句言人生辛苦百年，内心憂懼，如履薄冰。

⑧ 仁知，即仁智，仁義與智慧。《孟子·公孫丑下》：『知而使之是不仁也，不知而使之是不智也。』仁智周公未之盡也。』遷化，指死。《漢書·李夫人傳》：『忽遷化而不返兮，魄放逸以飛揚。』徵，徵兆，迹象。《史記·周本紀》：『山崩川竭，亡國之徵也。』此二句言仁義智慧，與人壽無補，隨物而化，亦有明顯徵兆。

⑨ 鮮，《爾雅·釋詁》：『罕也。』郭璞注：『罕，亦希也。』克，《爾雅·釋言》：『能也。』太虚，上天，喻仙境。孫綽《遊天臺山賦》：『太虚遼廓而無閡。運自然之妙有。』善注：『太虚，謂天也。』凌，乘，登。《楚辭·九歎·怨思》：『凌恒山其若陋兮，聊愉娱以忘憂。』王逸注：『凌，乘也。』此二句言求仙罕能成仙，仙境不可登也。

⑩ 良會，嘉宴。陳子昂《送别出塞》：『蜀山余方隱，良會何時同。』《玉篇》：『良，美也。』罄，用盡。《詩·小雅·蓼莪》：『缾之罄矣，維罍之恥。』毛詩傳：『罄，盡也。』美服，美酒羅衣。《古詩·驅車上東門》：『不如飲美酒，被服紈與素。』同聲，指志同道合者。吴質《答魏太子》：『此衆議所以歸高，遠近所以同

聲也。』善注：『《周易》曰：同聲相應。』向注：『同聲，言俱謂然也。』此二句言得其嘉會，著紈素，舉美酒，以宴請同聲之友。

【附録】

古辭・驅車上東門

驅車上東門，遥望郭北墓。白楊何蕭蕭，松柏夾廣路。下有陳死人，杳杳即長暮。潛寐黄泉下，千載永不寤。浩浩陰陽移，年命如朝露。人生忽如寄，壽無金石固。萬歲更相送，賢聖莫能度。服食求神仙，多爲藥所誤。不如飲美酒，被服紈與素。（《玉臺新詠》卷六十一）

泰山吟〔一〕①

【題解】

古曲《泰山吟》，言人死精魄歸於泰山，與《薤露》《蒿里》同類。然此詩誇飾泰山高峻起伏，層雲鬱積，頗有氣勢；萬鬼、百靈，不惟無陰森之感，反而見其壯美。後二句寫詩人慷慨高吟楚聲，顯然有狐死首丘之意，包含詩人複雜的思鄉情緒。泰山在魯，與古齊地平原不遠，或是士衡太安二年（三〇二）做平原内史時遊泰山而作。

泰山〔二〕一何高，迢迢造天庭②。峻極周已遠，曾雲鬱冥冥③。梁甫〔三〕亦有館，蒿里亦有亭④。幽塗〔四〕延萬鬼，神房〔五〕集百靈⑤。長吟泰山側，慷慨激楚聲⑥。

【校勘】

〔一〕『泰山』，《文集》作『太山』。陸刻本、《樂府詩集》卷四十一作『泰山』，今據改。下同。

〔二〕『泰山』，《六朝詩集》本作『太行』，誤。

〔三〕『梁甫』，《岱史》作『梁父』。

〔四〕『塗』，《岱史》作『岑』。

〔五〕『房』，《岱史》作『方』。

【注釋】

① 《泰山吟》爲樂府《相和歌辭・楚調曲》。《樂府詩集》卷四十一：『《古今樂録》曰：王僧虔《技録》有《泰山吟行》，今不歌。《樂府解題》曰：《泰山吟》言人死精魄歸於泰山，亦《薤露》《蒿里》之類也。』

② 一何，何其。曹丕《芙蓉池作》：『上天垂光采，五色一何鮮。』迢迢，遥遠。《古詩・迢迢牽牛星》：『迢迢牽牛星，皎皎河漢女。』濟注：『迢迢，遠貌。』造，到。《廣韻》：『造，至也。』天庭，猶言天空。《楚辭・九思・守志》：『天庭明兮雲霓藏，三光朗兮鏡萬方』王逸注：『天清則雲霓除。』此二句言泰山何其高峻，聳入遥遠天空。

③ 峻極，同駿極，高大至極。《詩・大雅・崧高》：『崧高維嶽，駿極於天。』毛詩傳：『駿，大；極，至也。』周，曲折。《詩・唐風・有杕之杜》：『有杕之杜，生於道周。』毛詩傳：『周，曲也。』此指起伏綿延。曾雲，重雲。《爾雅・釋親》：『孫之子爲曾孫。』郭璞注：『曾，猶重也。』曾與層通。鬱，鬱結。《詩・秦風・晨風》：『鴥彼晨風，鬱彼北林。』毛詩傳：『鬱，積也。』冥冥，幽暗。潘岳《悼亡詩》：『夢寐復冥冥，何由覿爾形。』善注：『冥冥，幽昧也。』此二句言泰山高大起伏，延伸遠方，層雲鬱積，幽深昏暗。

④ 梁甫，一曰梁父，泰山下之小山。《史記・秦始皇本紀》：『乃遂上泰山……禪梁父。』《集解》：『服虔注：梁父，泰山下小山。』張守節《正義》曰：『父音甫，在兖州泗水縣北八十里。』蒿里，即高里之誤。《漢書・武帝紀》：『(太初元年)十二月，禪高里，祠后土。』顔師古注：『此「高」字自作高下之高，而死人之里謂之「蒿里」，或呼爲下里者也。字則蓬蒿之蒿。或者既見太山神靈之府，高里山又在其旁，即誤以高里爲蒿里。』館、亭，此指祭祀鬼神之處。此二句言泰山腳下之梁甫建有館閣，高里亦設亭臺。

⑤ 幽途，幽冥之路。王僧達《和琅邪王依古》：『顯軌莫殊轍，幽塗豈異魂。』延，《廣雅・釋詁》：『遍也。』神房，泰山祭拜神靈之所。《太平御覽》卷三十九《泰山》：『《尸子》曰：泰山之中，有神房阿閣。』百靈，猶百神。班固《東都賦》：『於是薦三犧，效五牲，禮神祇，懷百靈。』善注：『《周禮》曰：太宗伯掌天神地祇(祇)之禮。然天神曰神，地神曰祇(祇)也。毛詩曰：懷柔百神。』此二句言幽冥之途遍是鬼魂，神房之中聚集衆神。

⑥ 慷慨，聲音激揚。曹植《箜篌引》：『秦筝何慷慨，齊瑟和且柔。』銑注：『慷慨，猶激揚也。』激，激烈，激越。《漢書・叙傳下》：『子絲慷慨，激辭納説。』楚聲，即南音，故鄉之音樂。《左傳・成公九年》：『晉侯觀於軍府，見鍾儀問之曰：南冠而縶者誰也？有司對曰：鄭人所獻楚囚也。……公曰：能樂乎？對曰：

先人之職官也，敢有二事？」使與之琴，操南音。……文子曰：楚囚，君子也。言稱先職，不背本也；樂操土風，不忘舊也。』杜預注：『南音，楚聲。』機爲吴人，寄身洛陽，心思故鄉，故作南音。非漢《郊廟歌辭》之楚聲也。此二句言長吟於泰山之側，慷慨發激越之南音。

【集評】

［清］陳祚明《采菽堂古詩選》卷十：正惟不作章法頓挫，反有餘情。有館有亭，如親見之。

櫂歌行①

【題解】

上巳乃古代重要節日，男女去水邊祓除不祥，嬉戲遊樂，《詩經·溱洧》爲其發端。魏晉以降，成爲文人雅集的一種方式，蘭亭雅集最爲典型，故上巳之詩不絶於六朝。此詩所寫乃上巳日洛陽人去河川泛舟嬉遊之情景，是研究晉人生活與民俗的可貴材料。詩言『濯穢遊黄河』，爲河洛之景。而詩境歡快承平，亦非衰世之作，故當作於八王之亂前。

遲遲暮春日〔一〕，天氣柔且嘉②。元吉隆〔二〕初巳，濯穢遊黄河③。龍舟浮鷁〔三〕首，羽旗垂藻葩④。乘風宣飛景，逍遥戲中波⑤。名謳激清唱，榜人縱〔四〕棹歌⑥。投綸沉洪川，飛繳入紫霞⑦。

【校勘】

〔一〕『暮春日』，《樂府古題要解》作『春欲莫』。

〔二〕『隆』，《太平御覽》卷三十作『陸』。

〔三〕『鷁』，《玉燭寶典》卷三作『鶂』。

〔四〕『縱』，《詩紀》二十四注：『一作從。』

【注釋】

①《櫂歌行》屬樂府《相和歌辭·瑟調曲》。《樂府詩集》卷四十：『《古今樂録》曰：王僧虔《技録》云：《櫂歌行》，歌明帝「王者布大化」一篇。或云左延年作，今不歌。梁簡文帝在東宫，更製歌，少異此也。《樂府解題》曰：晉樂奏魏明帝辭云「王者布大化」，備言平吴之勳。若晉陸機「遲遲春欲莫」，梁簡文帝「妾住在湘川」，但言乘舟鼓櫂而已。』

②遲遲，形容春日之和煦。《詩·豳風·七月》：『春日遲遲，采蘩祁祁。』毛詩傳：『遲遲，舒緩也。』暮春，三月。《論語·先進》：『暮春者，春服既成。』何晏《集解》：『包曰：暮春者季春三月也。』柔，和。《管子·四時》：『柔風甘雨乃至。』尹知章注：『柔，和也。』嘉，美。《詩·豳風·東山》：『其新孔嘉，其舊如之何。』鄭玄注：『嘉，善也。』此二句言暮春三月，陽光和煦，天氣柔美。

③元吉，大福。《易·坤》：『黄裳元吉。』《正義》曰：『元，大也。以其德能如此，故得大吉也。』隆，興盛。《前漢紀·孝昭皇帝紀》：『上及唐虞之隆，下及殷商之盛。』初巳，上巳。《樂府詩集》卷八十：『王子年

《拾遺記》曰：周昭王溺於江漢，二女延娟延娛與王乘舟，夾擁王，身同没焉。故江漢之人，到今思之。至春上巳之日，禊集祠間，或以時鮮甘味，採蘭杜包，裹以沉水中；或結五色紗囊盛食；或用金鐵之器並沉水中。言蛟龍畏五色、金鐵，則不侵此食也。《後漢書·禮儀志》曰：三月上巳，官民皆絜於東流水上，曰：洗濯祓除，去宿垢疢，爲大絜。絜者言陽氣布暢，萬物訖出，始絜之矣。注謂之禊也。《風俗通》曰：《周禮》：女巫掌歲時，以祓除疾病。禊者，絜也。春者，蠢也。蠢，摇動也。《尚書》以殷仲春厥民析，言人解析也。蔡邕曰：《論語》：莫春者，春服既成，冠者五六人，童子六七人，浴乎沂，風乎舞，雩詠而歸。今三月上巳祓禊於水濱，蓋出於此。一説：云後漢有郭虞者，三月上巳産二女，二日中並不育，俗以爲大忌。至此月日，諱止家，皆於東流水上，爲祈禳自絜濯，謂之禊祠。引流行觴，遂成曲水。《韓詩》曰：鄭國之俗，三月上巳，之溱洧兩水之上，招魂續魄，秉蘭草，祓除不祥。《漢書》：八月祓灞水，亦斯義也。杜篤《祓禊賦》曰：王侯公主，暨于富商，用事伊雒，帷幔玄黄。本傳大將軍梁商亦歌泣於雒禊也。自魏不復用三日水宴者焉。《晉書》曰：武帝嘗問摯虞，三日曲水之義。虞對曰：漢章帝時，平原徐肇，以三月初生三女，至三日俱亡。人以爲怪，乃招擕之水濱洗祓，遂因水以汎觴，其義起此。束皙曰：昔周公城洛邑，因流水以汎酒。故逸詩云：羽觴隨波。又秦昭王以三日置酒河曲，見金人奉水心之劍，曰：令君制有西夏，乃霸諸侯，因此立爲曲水。二漢相緣，皆爲盛集。《西京雜記》曰：漢宫三月上巳，張樂於流水是也。晉宋已後，皆因之，至唐傳以爲曲。』濯穢，洗滌污垢，即《後漢書·禮儀志》『洗濯祓除，去宿垢疢』之意。此二句言上巳之節，熱烈隆盛，衆人游於黄河，洗濯祓除，去宿垢疢，以求大福。

④鷁首，船首如鷁鳥。《淮南子·本經訓》：『龍舟鷁首，浮吹以娱。』高誘注：『鷁，大鳥也。』張衡《西京賦》：『浮鷁首，翳雲芝。』薛綜注：『船頭象鷁鳥。』羽旗，飾有翠羽之旗。《漢書·郊祀志》：『武帝

置壽宮北宮，張羽旗，設供具，以禮神君。』藻葩，文采花紋，蓋旗飾也。曹植《七啓》：『步光之劍，華藻繁縟，飾以文犀，雕以翠緑。』善注：『藻，文采也。』《説文》：『葩，華也。』此二句言衆人或泛雕龍之舟，或乘刻鷁之船，舟船上垂掛飾有文采花紋的翠羽之旗。

⑤宣，揚。《左傳·昭公十二年》：『宴語之不懷，寵光之不宣。』杜預注：『宣，揚也。』景，日影。曹操《陌上桑》：『景未移，行數千。壽如南山不忘愆。』逍遥，遊戲。《楚辭·離騷》：『時不可兮再得，聊逍遥兮容與。』王逸注：『逍遥，遊戲也。』此二句言輕舟乘風，其影飛揚，衆人嬉戲，遊戲波中。

⑥名謳，猶言著名歌者。曹植《箜篌引》：『陽阿奏奇舞，京洛出名謳。』激，激烈，激越。《漢書·叙傳下》：『子絲慷慨，激辭納説。』清唱，無伴奏之歌。王冏〈長安有狹斜行〉：『大婦裁舞衣，中婦學清唱。』榜人，船工。司馬相如《子虛賦》：『榜人歌，聲流喝。』善注：『《月令》曰：命榜人。榜人，船長也。』良注：『榜人，船人也。』此二句言名伶歌聲激越清美，船工亦縱棹而歌。

⑦綸，釣絲。《詩·小雅·采緑》：『之子於釣，言綸之繩。』洪川，大川。劉楨《藜陽山賦》：『自魏都而南邁，迄洪川以揭休。』繳，箭上絲繩。《孟子·告子上》：『一心以爲有鴻鵠將至，思援弓繳而射之。』紫霞，猶言雲霞。江淹《燈賦》：『紫霞没，白日沉。掛明燈，散玄陰。』此二句言投下的釣絲，沉於大川，射出的箭繳，没入雲霞。

【集評】

［宋］郭茂倩《樂府詩集》卷四十魏明帝《櫂歌行》：《樂府解題》曰：晉樂奏魏明帝辭云『王者布大化』，

備言平吴之勳。若晉陸機『遲遲春欲暮』，梁簡文帝『妾住在湘川』，但言乘舟鼓櫂而已。［清］吴旭《歷代詩話》卷十九：鷁，水鳥，能厭水神，故畫於舟首。《方言》：或謂之艗艏。郭璞解云：今江東貴人船前作青雀，是其像也。《韻集》云：鷁首，天子船也。《淮南子》云：龍舟鷁首，浮吹以虞。此游於水也。陸機詩『龍舟浮鷁首』，蓋用此語。司馬相如賦：浮文鷁。謝朓賦：弭蘭鷁兮江潯。又張協：乘鷁舟，爲水嬉。

東武吟行〔一〕①

【題解】

此乃遊仙詩。郝立權《陸士衡詩注》：『此詩蓋歎榮樂之難常，托爲神仙，以寄其意也。』

投迹短世間，高步長生闈②。濯髪冒雲冠，洗〔二〕身被羽衣③。飢從韓衆餐，寒就佚女棲④。

【校勘】

〔一〕詩題《文集》作『東武行吟』。《藝文類聚》卷四十一、《樂府詩集》卷四十一作『東武吟行』。今據改。

〔二〕『洗』，《七十二家集》本、《詩紀》卷二十四作『浣』；《詩紀》又注曰：『一作洗。』

【注釋】

①《東武吟行》屬樂府《相和歌辭・楚調曲》。《樂府詩集》卷四十一：『《古今樂録》曰：王僧虔《技録》有《東武吟行》，今不歌。《樂府解題》曰：鮑照云：主人且勿喧。沈約云：天德深且曠。傷時移事異，榮華徂謝也。左思《齊都賦》注云：東武太山，皆齊之土風。弦歌謳吟之曲名也。《通典》曰：漢有東武郡，今高密諸城縣是也。』

②投迹，置身，投身。鍾會《檄蜀文》：『誠能深鑒成敗，邈然高蹈，投迹微子之蹤，措身陳平之軌。』銑注：『措，投。軌，迹也。』投迹、措身，其意同。短世，人生短暫，故曰短世。王融《法壽樂》：『天長命自短，世促道悠悠。』高步，闊步，大步。嵇康《言志詩》：『遠想出宏域，高步超常倫。』闈，門。《説文》：『闈，宫中之門也。』此二句言投身短暫之世間，何如高步於長生之門。

③濯髮，洗滌頭髮。《楚辭・遠遊》：『朝濯髮於湯谷兮，夕晞余身兮九陽。』冐，覆，猶言戴也。《玉篇》：『冐，覆也。』雲冠，形容冠之高聳者，仙人所戴。《雲笈七籤・王奉仙》：『且所見天上之人，男子則雲冠羽服，或草髻青襟。』羽衣，鳥羽所製之衣。《漢書・郊祀志》：『天道將軍使使衣羽衣，立白茅上。』顔師古注：『羽衣，以鳥羽爲衣，取其神仙飛翔之意也。』後指羽服，《雲笈七籤・三洞經教》：『羽服，仙服也。』此二句言洗滌頭髮，戴高聳之仙冠，洗浄身體，披仙人之羽服。

④韓衆，神仙名。《楚辭・遠遊》：『奇傅説之託辰星兮，羨韓衆之得一。』王逸注：『衆，一作終。』洪興祖補注：『《列仙傳》：齊人韓終，爲王採藥，王不肯服，終自服之，遂得仙也。』又《太平御覽》卷六百六十九《服餌》：『《仙經》曰：昔仙公各服一物，以得數百年，乃合神丹金液。韓衆服菖蒲十三年，身生毛，日視書萬言，皆誦之。冬袒不寒。』佚女，簡狄。《楚辭・離騷》：『瑶臺之偃蹇兮，見有娀之佚女。』王逸注：『有娀，

國名。佚，美也。謂帝嚳之妃，契母簡狄也。配聖帝生賢子，以諭貞賢也。《詩》曰：有娀方將，帝立子生商。《吕氏春秋》曰：有娀氏有美女，爲之高臺而飲食之。言己望見瑶臺高峻，覩有娀氏美女，思得與共事君也。佚，《釋文》作妷。』洪興祖補注：『李善引《吕氏春秋》曰：有娀氏有二佚女，爲九成之臺。《淮南子》曰：有娀在不周之北，長女簡翟，少女建疵。注云：姊妹二人在瑶臺也。』此二句言飢隨韓衆服食藥餌，寒從佚女棲息瑶臺。

飲酒樂〔一〕①

【題解】

此詩如題，言飲酒之樂，歌舞之盛，賓客之歡。然酒醒之後，感受弦促催人，則又在語言之外，寓含無限深意也。唐人王翰《凉州詞》曰：『葡萄美酒夜光杯，欲飲琵琶馬上催。』境界雖有不同，藝術實有自也。

葡萄四時芳醇，瑠璃千鍾〔二〕舊賓②。夜飲舞遲銷燭，朝醒弦促催人〔三〕③。

【校勘】

〔一〕此詩著者或題陸機，或題陸瓊，詳『備考』。

〔二〕『弦』，《百三家集》本、《佩文齋詠物詩選》卷二百四十三皆作『絃』。古二字通。

〔三〕《七十二家集》本後有『春風秋月長好，歡醉日月言新』二句。

【注釋】

①《飲酒樂》屬樂府《雜曲歌辭·商調曲》。《樂府詩集》卷七十四：『《樂苑》曰：飲酒樂，商調曲也。』《太平御覽》卷八百三《珍寶》：『漢武帝幸河渚，聞弦歌之音。而有老公及年少數人出，皆長八九寸，爲帝奏樂《飲酒樂》。』

② 葡萄，酒名，出自匈奴。《史記·大宛傳》：『大宛在匈奴西南，在漢正西，去漢可萬里，有葡萄酒。』醇，《廣雅·釋詁》：『厚也。』瑠璃，酒器也。《世説新語·排調》：『王公與朝士共飲酒，舉瑠璃盌。』千鍾，指飲酒之多。《列子·楊朱》：『公孫朝之室，聚酒千鍾。』此二句言葡萄美酒，芬芳醇厚，舉酒千杯，宴請故友。

③ 夜飲，長夜之飲。《史記·信陵君傳》：『公子乃謝病不朝，與賓客爲長夜飲。』遲，舒慢。李商隱《一片》：『天泉水暖龍吟細，露畹春多鳳舞遲。』醒，酒醒。《玉篇》：『醒，醉除也。』弦促，繁音促節。隋煬帝《四時白紵歌·東宮春》：『小苑花紅洛水緑，清歌宛轉繁弦促。』此二句言在輕歌曼舞中作長夜之飲，酒醒以後，繁弦促節猶如時光催人。

【集評】

[明]胡應麟《詩藪·内編》卷六：漢樂府雜詩，除《郊祀》、《鐃歌》、李陵、蘇武外，大率里巷風謡，如上古

《擊壤》《南山》，矢口成言，絶無文飾，故渾樸真至，獨擅古今。自曹氏父子以文章自命，賓僚綴屬，雲集建安。然薦紳之體，既異民間；擬議之詞，又乖天造。華藻既盛，真樸漸漓。晉潘、陸興，變而俳偶，西京格制，實始蕩然。獨五言短什，雜出閭閻閨閤之口，句格音響，尚有漢風。

〔明〕陸時雍《古詩鏡》卷九：陸機詩可喜處有清俊之氣，可憎處在縟繡之辭。《豫章行》《長安有狹邪行》《塘上行》《飲馬長城窟行》諸篇，絶少詞累。

〔清〕何焯《義門讀書記》卷四十七：陸士衡樂府數詩，沉着痛快，可以直追曹、王。顔延年專寫仿其典麗。則偶人而已。

陸士衡之樂府，雖本前人之意，實能自回風氣，所以可尚。

〔清〕王士禛《池北偶談》卷十七：樂府古詩，不必輕擬。滄溟諸賢，病正坐此。前人擬古，莫妙於陸機、江淹。馮班云：『江陸擬古詩，如搏猛虎、禽生龍，急與之角力，不暇氣格悉敵。今人擬古，如牀上安牀，但覺怯處種種不逮。』此論良是。

〔清〕方東樹《昭昧詹言》卷六『一條』：李杜皆推服鮑明遠，稱曰『俊逸』，蓋取其有氣，以洗茂先、休奕、二陸、三張之靡弱。今以士衡所擬樂府古詩與明遠相比，可見。

【備考】

《樂府詩集》卷七十七有陳陸瓊《還臺樂》，歌辭與此全同。馮復京《説詩補遺》卷三：『其《飲酒樂》一篇當從《樂府》爲陸瓊作。』金濤聲曰：『此詩亦載《樂府詩集》卷七十四。但《樂府詩集》卷七十七有陳陸瓊《還臺樂》，歌辭與此全同，句並多出「春風秋月恒好，歡醉日月言新」二句。疑此詩非陸機作，但不明誤收原因，姑存之。』此外，關於《飲酒樂》，尚有以下材料值得注意：

第一，《七十二家集》本、《詩紀》卷三十四均題下注曰：『《樂府》作《還臺樂》，謂陳陸瓊詩，誤。』然而《詩紀》卷一百五十一曰：『陳陸瓊《飲酒樂》云：蒲桃四時芳醇，琉璃千鍾舊賓。夜飲舞遲銷燭，朝醒絃促催人。春風秋月長好，歡醉日月言新。唐人之《破陣樂》《何滿子》皆祖之。』又同書卷一百十一，收陸瓊《還臺樂》注曰：『一作陸機，題云《飲酒樂》。』

第二，梅鼎祚《古樂苑》卷三十九：『《飲酒樂》，無名氏。飲酒須飲多，人生能幾何。百年須受樂，莫厭管絃歌。』又同卷收陳陸瓊《還臺樂》曰：『一作陸機，題云《飲酒樂》。《樂苑》曰：《飲酒樂》商調曲也。按此格調陸瓊爲是。楊慎《詞品》曰：唐人之《破陳樂》《何滿子》皆祖之。』

第三，《漢魏六朝百三家集》卷四十九：『《飲酒樂》，陸機。飲酒須飲多，人生能幾何。百年須受樂，莫厭管絃歌。』又：『《飲酒樂》：蒲萄四時芳醇，瑠璃千鍾舊賓。夜飲舞遲銷燭，朝醒絃促催人。春風秋月恒好，驩醉日月言新。《樂府》作《還臺樂》，謂陳陸瓊詩，誤。』

第四，《佩文齋詠物詩選》卷二百四十三：『《飲酒樂》，陸機。蒲萄四時芳醇，琉璃千鍾舊賓。夜飲舞遲銷燭，朝醒絃促催人。春風秋月恒好，驩醉日月言新。』

第五，錢培名《札記》：『飲酒樂，《樂府詩集》七十四録此詩四句，係陸機作。又七十七多「春風秋月恒好，驩醉日月言新」二句，題《還臺樂》，係陸瓊所作。按：二詩多寡不同，郭氏兩收，當是陸瓊增加舊詩，改爲《還臺樂》，古人固有此例。《詩紀》乃以六句詩收入陸機集，而於題下注云：《樂府》作《還臺樂》，乃陳陸瓊詩也。兩失之。』

綜合以上材料可以看出：第一，《飲酒樂》有五言、六言兩種。五言或題無名氏，或題陸機。六言或題陸機，或題陸瓊。第二，六言《飲酒樂》有兩種版本，題作陸瓊者多出「春風秋月恒好，驩醉日月言新」二句。或題作陸機亦有後兩句。在目前尚無其他材料佐證的情況下，當以錢培名《札記》所作推斷爲是：陸機、陸瓊均確曾作六言《飲酒樂》。可能的是，陸瓊取陸機之詩，爲合樂歌唱，增加兩句，或題爲《還臺樂》。因兩詩内容相近，後人遂混淆，故當以《樂府詩集》所記爲是。五言《飲酒樂》，《樂府詩集》卷七十四、《漢魏六朝百三家集》卷四十九，均收録，而《陸士衡文集》未收，當係陸機之佚文。

卷八

雜著

演連珠[①]五十首

【題解】

此文主要論述明主用才和才爲世用的問題。先以天道而喻人道，作爲全文之總括，然後就君主如何用才與賢才如何用世而分別言之。採用《演連珠》傳統表達手法，託物寓志，因喻而諷。或先言物理，而引出主旨；或先言主旨，以物理證之。不僅揭示君主用才與賢才用世之道，而且間有才性之論，顯然受魏晉才性論之影響。然此文非論玄理，而具有極强的現實性。西晉一統，晉主如何使用吴蜀之士？而吴蜀之士如何爲晉所用？成爲西晉王朝一個迫切需要解决的問題。陸機以『演連珠』的形式，提出解决這一現實問題的途徑。顯然，此文也隱約表達了陸機的政治理想。吴訥《文章辯體・連珠》曰：『大抵連珠之文，穿貫事理，如珠在貫，其辭麗，其言約，不直指事情，必假物陳義，以達其旨，有合古詩風興之義。其體則四六對偶，而有韻自士衡，後作者蓋鮮。』既揭櫫了陸機此文特點，亦昭示其在文學發展史上的意義。具體創作時間不可考，當陸機入洛之初，八王之亂前，西晉尚處於相對穩定時期。

一

臣聞日薄星迴，穹天所以紀物；山盈川沖，后土〔一〕所以播氣②。五行錯而致用，四時違而成歲③。是以百官恪居，以赴八音之離；明君執契，以要克諧之會④。

【校勘】

〔一〕『后土』，《藝文類聚》卷五十七、《七十二家集》本作『厚地』。

【注釋】

① 善曰：『傅玄《叙連珠》曰：所謂《連珠》者，興於漢章之世，班固、賈逵、傅毅三子，受詔作之。其文體，辭麗而言約，不指説事情，必假喻以達其旨，而覽者微悟，合於古詩諷興之義。欲使歷歷如貫珠，易看而可悅，故謂之連珠。』銑曰：『連珠者，假託衆物陳義，以通諷諭之道。連，貫也，言穿貫情理如珠之在貫焉。漢章帝時，班固、賈逵已有此作，機復引舊義以廣之。演，引也。』

② 劉孝標注：『天地所以施生，日薄於天，星迴於漢。穹蒼所以紀，陰陽之節，在山則實，在地則化，所

以散剛柔之氣也。』善注：『《禮記》曰：季冬之月，日窮於次，月窮於紀，星迴於天，數將幾終，歲且更始。《國語》：太子晉曰：山，土之聚也；川，氣之通也。天地成而聚於高，歸物於下，疏爲川谷，以導其氣也。《字書》曰：沖，虚也。鄭玄《考工記注》曰：播，散也。』向注：『此章喻君象天地運動之節而任賢能也。薄，迫。沖，虚也。日，君德。星，臣德。日星迴迫於天，以紀寒暑之節，亦猶君臣相助，以成太平之功。山盈滿，君象也，以含養萬物；川沖虚，臣體也，以達不通。后，土地也。播，布也。言布氣以成生物。』

③劉孝標注：『夫五行四時，佐天地造物者也。然水火相殘，金木相代，而共成陶鈞之致；春秋異候，寒暑繼節，而俱濟一歲之功也。』善注：『《莊子》曰：四時殊氣，天不私，故歲成；五官殊職，君不私，故國治也。』濟注：『五行，水火金木土。錯，雜也。違，諧也。言五行雜運，四時相諧，以成其歲。亦猶文武雜任，可否相攻，以成其理也。』

④劉孝標注：『三才理通，趣舍不異，天地既然，人理得不效之哉。所以臣敬治其職，膺金石之别響，君執契居中，納鏗鏘之合韻。』善注：『《左氏傳》：閔子騫曰：敬恭朝夕，恪居官次。《老子》曰：聖人執左契而不責於人，有德司契，無德司徹。《尚書》曰：八音克諧。《吕氏春秋》曰：宮徵商羽角，各處其處，音皆調均，而不可以相違。此所以無不受也，賢主之立官，有似於此。百官各處其職，治其事以待主，主無不安矣。』良注：『恪，勤也。赴，會也。八音，金、石、絲、竹、匏、土、革、木。離，猶節也。契，信。克，能。諧，和。會，合也。言百官勤居其職，君執信以任之，則事無不理。奏樂者，會八音之節，則聲和而韻合也。』要，應和，符合。《荀子·樂論》：『盡筋骨之力，以要鍾鼓俯會之節。』

此章言天之日行星移，地之山盈川虚，以紀物侯，以布節氣。五行交錯而致其用，四時更替而成其歲。人道亦如天道，百官勤其職，明君執其信。猶如八音，臣應其節，而司其職，君合其和，而總其成，方成其和諧。以天道而喻人道，爲全文之總括。方廷珪《昭明文選集成》曰：『此章言人君能無爲而治，惟在用人。』

二

臣聞任重於力，才盡則困；用廣其器，應博則凶。是以物勝權而衡殆，形過鏡則照窮①。故明主程才以效業，貞臣底〔一〕力而辭豐②。

【校勘】

〔一〕『底』，《文選》卷五十五作『厎』。《經典釋文》卷三：『厎，之履反。王云：致也；馬云：定也。』又：『底，之履反，致也。《史記》音致。』可知古二字通。

【注釋】

① 劉孝標注：『夫錙銖之衡，縣千斤之重；徑尺之鏡，照尋尺之形。用過其力，傷其本性。故在權則衡危，於鏡則照暗也。』善注：『勝，或爲稱。《爾雅》曰：稱，舉也。一曰，稱亦勝也。《吴録》：子胥曰：越未能與我争稱負也。』翰注：『此章明君當度才受任，臣當度德受官也。才，亦力也。器，能也。錘曰權，秤曰衡。殆，危也。言力少任重，力盡則困。用廣能寡，能盡則凶。所秤之物，重於錘衡，必折；所鑒之形，大於鏡照，必窮。皆不稱任也。』

②劉孝標注：『由衡危鏡凶，哲人所以爲戒。故主則程其才而授官，臣則辭其豐而致功。此唐虞所以緝熙，稷契所以垂美也。』善注：『《説文》曰：程，品也。《廣雅》曰：效，驗也。王肅《尚書注》曰：厎，致也。』銑注：『程，品。效，考。業，事。厎，致。豐，大也。言明君任人必能品藻才能，考其事業，而後受職。貞臣致力佐主，常辭爵禄豐大，故能安國存身，而無叨濫也。』

此章言權衡不任其物則危，明鏡不納其形則暗。故明主必衡量其才而授業，人臣須盡致其力而受爵。才過其力則困窘，爵過其職則危殆。以權衡、明鏡之用而喻人臣才力之用。方廷珪《昭明文選集成》曰：『此章見國家當因才任使，不可强人所難勝。』

三

臣聞髦俊之才，世所希乏；丘園之秀，因時則揚。是以大人基命，不擢才於后土；明主聿興〔一〕，不降佐於昊蒼〔二〕①。

【校勘】

〔一〕『聿興』，《藝文類聚》卷五十七作『幸與』。《文選》善注曰：『明主之興，非天地特爲生賢才，在引而用之爲貴爾。』金濤聲曰：『據此似作「聿興」爲是。』

〔二〕『蒼』，《文集》作『倉』，六臣本注：『五臣本作倉。』《文選》卷五十五、《西晉文紀》卷十五、陸刻本、

《百三家集》本、陳仲魚校本、鄧邦述校本作『蒼』。今據改。

【注釋】

① 劉孝標注：『此章言賢人雖希，而無世不有，故亡殷三仁辭職，隆周十亂入朝。故明主之興，非天地特爲生賢才，在引而用之爲貴爾。』善注：『毛萇《詩傳》曰：髦，俊也。《周易》曰：六五，賁於丘園，束帛戔戔。王肅曰：失位無應，隱處丘園。蓋象衡門之人，道德彌明，必有束帛之聘。戔戔，委積之貌也。鄭玄曰：秀，士有德行道藝者也。《尚書》曰：王如不敢及天基命定命。』向注：『此章明世有賢人，但膺時而用耳。髦俊，俊人也。秀，美也。大人，天子也。言俊人世世皆有，丘園之美，亦逢時而出。故聖主明王之興，賢臣亦相應而起，豈拔之於地下，降之於天上。擢，拔也。昊，天也。』

此章言代有賢才，應時而用。明主不求全責備，使野有遺才；不貴遠賤近，以待來兹耳。言明主用才之道也。方廷珪《昭明文選集成》曰：『此章見賢才無地不有，有不世出之君，則有不世出之人，豈是臨期天降地出？』

四

臣聞世之所遺，未爲非寶；主之所珍，不必適治〔一〕。是以俊乂之藪，希蒙翹車之招；金碧之岩，必辱鳳舉之使①。

【校勘】

〔一〕『治』，《文集》作『沾』，當形近而誤。《文選》卷五十五、《西晉文紀》卷十五、陸刻本、《百三家集》本作、陳仲魚校本、鄧邦述校本作『治』，《文集》亦校作『治』。今據改。

【注釋】

① 劉孝標注：『言末代闇主，崇神棄賢，故俊乂無軺車之徵，金碧有鳳舉之使也。』善注：『毛萇《詩傳》曰：適，之也。陳敬仲曰：翹翹車乘，招我以弓。豈不欲往，畏我友朋。《漢書》曰：或言益州有金馬、碧雞之神，可醮而致。於是遣諫（議）大夫王褒使持節而求之。班固《功德論》曰：朱軒之使，鳳舉於龍堆之表。』濟注：『此章明昏主棄賢良，親邪媚。藪，澤也。軺車，使車也。金馬、碧雞，神名。鳳舉，使者如鳳鳥之舉也。言昏主所遺者未爲非賢，所重者不必適理。何者？俊乂之人隱於藪澤，則不蒙招引。精怪之神處於山巖，則發使徵求之也。漢使王褒迎金馬、碧雞神於蜀是也。』

此章乃闇主遺才貴神之歎。季世重神異，故漢有迎金馬碧雞之謬舉；闇主賤賢才，故俊才隱於山丘，空有軺車之待。方廷珪《昭明文選集成》曰：『此章見人主不知物色賢才，崇信妖妄，是不求其所當求，而求其所不當求者。』

五

臣聞禄放於寵〔一〕，非隆家之舉；官私於親，非興邦之選。是以三卿世及，東國多衰敝〔二〕

之政；五侯並軌，西京有陵夷之運①。

【校勘】

〔一〕『禄放於寵』，《文集》作『禄五臣本施於寵』，誤録《文選》注釋。《文集》注：『禄五臣本本施於寵七字，誤。《文選》及它本皆作禄放於寵。』翁同書案：『五臣本三字，乃旁注誤入正文。』今據改。又『放』，六臣本注：『五臣本作施字。』陳仲魚校本、鄧邦述校本并校曰：『五臣本施。』

〔二〕『敝』，《文選》卷五十五、陸刻本、陳仲魚校本、鄧邦述校本作『弊』。六臣本注：『五臣本作敝。』陳仲魚校本、鄧邦述校本亦校作『敝』。古二字通。

【注釋】

① 劉孝標注：『寵，謂五侯。親，謂三卿。言三桓專魯，而哀公見逐。五侯用權，而漢氏以亡。』善注：『孔安國《論語注》曰：放，依也。《論語》：孔子曰：政逮大夫四世，夫三桓子孫微矣。孔安國曰：三桓，謂仲孫、叔孫、季孫也。東國，謂魯也。《法言》曰：夷、惠無仲尼，西山之餓夫，東國之黜臣。《漢書》曰：成帝悉封舅王譚、王商、王立、王根、王逢時列侯，五人同日封，故世謂之五侯。《廣雅》曰：軌，迹也。《漢書》：張釋之曰：秦陵夷，至於二世，天下土崩。《春秋命曆叙》曰：五德之運，應録次相代也。』良注：『此章明權在寵臣，則國危矣。隆，盛也。言卿大夫稱家三卿，謂孟孫、叔孫、季孫。世及，謂相承不絶也。五侯，謂王商、王立、王譚、王逢、王根也。軌，迹也。陵，謂頹毁也。言權盛於寵臣，禄厚於私親，非家國舉選之道。魯

君之奔，漢祚中缺，蓋由是也。』

此章蓋任人唯親，用才失當之歎。賜禄於寵，授官於親，必至邦國之衰。故魯用三卿而哀公見逐，漢封五侯而漢室陵夷。方廷珪《昭明文選集成》曰：『此章見用人當本至公，不可私於親故。』

六

臣聞靈輝朝覯，稱物納照；時風夕灑，程形〔一〕賦音。是以至道之行，萬類取足於世；大化既洽，百姓無匱於心①。

【校勘】

〔一〕『形』，《七十二家集》本作『刑』，形近而誤。

【注釋】

① 劉孝標注：『言至道均被，萬物取而咸足。淳化普洽，百姓用而不匱。猶靈耀覯而品物納光，清風流而百籟含響也。』善注：『《淮南子》曰：猶條風之時灑。許慎曰：灑，猶汎也。』翰注：『此章明聖人以百姓心爲心，則萬物各得其所矣。靈輝，日也。覯，見也。灑，猶散也。程，量也。夫日之朝見，隨隙穴大小而納照。風之夕散，因形物巨細而賦音。亦猶至德之君，化及萬物，各盡其分，故百姓無匱乏也。』

此章以光照萬物，風吹百籟，喻明主須行至道，廣被萬物，明教化，德澤民心。言明君治政之道。

方廷珪《昭明文選集成》曰：『此章言王道之成。』

七

臣聞頓網〔一〕探淵，不能招龍；振綱〔二〕羅雲，不必招鳳。是以巢箕之叟，不眄丘園之幣〔三〕；洗渭之民，不發傅嵓〔四〕之夢①。

【校勘】

〔一〕『網』，陸刻本、《七十二家集》本並作『綱』，形近而誤。

〔二〕『綱』，《文集》作『網』，形近而誤；《文選》卷五十五、陳仲魚校本、鄧邦述校本作『綱』，《文集》亦校作『綱』。今據改。

〔三〕『幣』，陸刻本、陳仲魚校本作『弊』，形近而誤。陳仲魚校本校作『幣』。

〔四〕『嵓』，《文選》卷五十五、陸刻本作『巖』，古二字同。

【注釋】

① 劉孝標注：『古之隱人結巢以居，故曰巢父。或言即許由也。洗耳，一說巢父也。記籍不同，未能詳孰是。又傅說築於傅巖，而精通武丁。言巢、許冥心長往，故無發夢之符。』善注：『頓，猶整也。《說文》曰：振，舉也。陸云洗渭，而劉之意云洗耳。據劉之意，則以洗渭爲洗耳乎？《呂氏春秋》曰：昔者堯朝許

由於沛澤之中，曰：請屬天下於夫子。許由遂之箕山之下，潁水之陽。《琴操》曰：堯大許由之志，禪爲天子，由以其言不善，乃臨河而洗耳。李陵詩曰：許由不洗耳，後世有何徵。《魏子》曰：昔者許由之立身也，恬然守志存己，不甘禄位，洗耳不受帝堯之讓，謙退之高也。《益部耆舊傳》：秦密對王商曰：昔堯優許由，非不弘也，洗其兩耳。皇甫謐《逸士傳》曰：巢父者，堯時隱人也。及堯讓位乎許由也，由以告巢父焉。巢父責由曰：汝何不隱汝光，何故見若身，揚若名令聞？若汝非友也。乃擊其膺而下之。由悵然不自得，乃過清泠之水，洗其耳。皇甫謐《高士傳》云：巢父聞許由之爲堯所讓也，以爲污，乃臨池水而洗耳。譙周《古史考》曰：許由，堯時人也。隱箕山，恬泊養性，無欲於世。堯禮待之，終不肯就。時人高其無欲，遂崇大之曰：堯將以天下讓許由，由恥聞之，乃洗其耳。或曰：又有巢父與許由同志。或曰：許由夏常居巢，故一號巢父。不可知也。凡書傳言許由則多，言巢父者少矣。范曄《後漢書》：嚴子陵謂光武曰：昔唐堯著德，巢父洗耳。士故有志，何至相迫乎？然書傳之説洗耳，參差不同。陸既以巢箕爲許由，洗耳爲巢父，且復水名不一，或亦洗於渭乎？』銑注：『此章明大賢不可以禮法而致，能以至道招之，則無不至矣。頓，致。網，網也。巢，巢父也。箕，山名。眄，顧也。幣，帛也。洗渭，或云許由洗耳於渭水。傅，傅説也，隱於傅氏之巖，見夢於高宗，高宗徵之爲相。龍鳳，喻賢人也。言下網振網，不可致之。亦由巢父不顧束帛之聘，許由不感時君之夢也。』

此章言君主招賢納才之術。以布網舉綱，不可致龍鳳，喻賢才可以至道招致之，而不可以網羅强致之。否則，即如巢父、許由，亦不爲所用也。方廷珪《昭明文選集成》曰：『此章見高尚之士，非國家物色所能致。』

八

臣聞鑒之積也無厚，而照有重淵〔一〕之深；目之察也有畔，而眡周天壤之際。何則？應事以精不以形，造物以神不以器。是以萬邦凱樂，非悦鍾〔二〕鼓之娱；天下歸仁，非感玉帛之惠①。

【校勘】

〔一〕『淵』，《藝文類聚》卷五十七作『泉』。蓋唐人避諱而改。

〔二〕『鍾』，《百三家集》本、陳仲魚校本、《宛委别藏》本、鄧邦述校本作『鐘』。古二字通。

【注釋】

① 劉孝標注：『鏡質薄而能照，目形小而能視，以其精明也。故聖人以至精感人，至神應物。爲樂不假鐘鼓之音，爲禮不待玉帛之惠，此所感之至也。』善注：『《廣雅》曰：鑑謂之鏡。《莊子》曰：千金之珠，在九重之淵。又曰：壺子曰：吾示之以天壤。司馬彪曰：壤，地也。《論語》：子曰：禮云禮云，玉帛云乎哉！樂云樂云，鐘鼓云乎哉！』向注：『此章明聖人化物，當以道德，不以威儀也。鑒，鏡也。精，謂鏡。器，謂目也。凱，大也。鐘鼓，樂也。玉帛，禮也。夫鏡之質薄，目之形小，所以能照深視遠者，以有精明之德。聖人能體此精明之德，則不假禮樂之化，而天下自樂也。』

此章言君主待才用才之道。以鏡薄而可照深淵，目小而可察土地，喻明主以至誠感人，以神明應物。國家和樂，非娛於鐘鼓而悦於樂；天下歸仁，非感於玉帛而感於禮。至誠至明，重於物矣。方廷珪《昭明文選集成》曰：『此章言應事之理操約而用博，全由以精神爲感通。』

九

臣聞積實雖微，必動於物；崇虚雖廣，不能移心。是以都人治容，不悦西施之影〔一〕；乘馬班如，不輟太山之陰①。

【校勘】

〔一〕『影』，六臣本注曰：『五臣本作景字。』古二字通。

【注釋】

① 劉孝標注：『美女之影，不惑荒婬之人。高山之陰，不止不進之馬。虚實之驗在兹也。』善注：『《周易》曰：慢藏誨盗，冶容誨淫。《潛夫論》曰：夫圖西施、毛嬙，可説於心，而不若醜妻陋妾而可御於前也。《周易》曰：乘馬班如。王肅曰：班如，槃桓不進也。《吕氏春秋》曰：審堂下之陰，而知日月之行。高誘曰：陰，晷影之候也。』濟注：『此章明積實而小，勝名虚而大也。都，美也。景，謂畫象也。班如，馬不進貌。輟，止也。太山，東岳也。陰，影也。言積微實，必感動於物。崇廣虚，不能移於心。雖美士荒婬，不悦

西施之畫象。東岳陰影，不能止難進之馬。』

此章亦言待才用才之道。以人不悦美女之影，馬不止太山之陰，喻小實可以感物，而大虚不足動心。人皆尚實而黜虚也。此章與上章對比言之，既須重精神，又應貴實際。方廷珪《昭明文選集成》曰：『此章言凡事虚不如實。』

十

臣聞應物有方，居難則易；藏器在身，所乏者時。是以充堂之芳，非幽蘭所難；繞梁之音，實縈絃所思①。

【注釋】

① 劉孝標注：『此章言賢明有才，不遇知者，所以自古爲難，芬芳之氣罕有，而幽蘭豐其氣；才明之術所希，而賢人懷其術。然則縈曲之絃，無繞梁以盡妙；不世之姿，寡明時以取窮。』善注：『劉云縈曲之絃，謂絃被縈曲而不申者也。言縈曲之絃，思繞梁以盡妙，以喻藏器之士，俟明時以效績。鄭玄《論語注》曰：方，常也。何休《公羊傳》曰：充，滿也。《周易》曰：君子藏器於身。《尸子》曰：繞梁之鳴，許史鼓之，非不樂也。墨子以爲傷義，是弗聽也。』良注：『此章明應物有方，則無難矣。充，滿也。幽蘭，香草也。韓娥善歌，餘聲繞梁。言應物有法，居難亦易。畜才於身者，候時而行；求滿堂之香，非幽蘭則難致。歌聲繞梁者，彈絃之人，思與合曲，亦由明主將理，非賢不可。賢人在世，亦明主所思，與之共理也。』

此章以幽蘭有滿室之芬芳，縈弦有繞梁之妙音，喻君子懷其才，所乏者，時也；所易者，常也。言其君臣遇合之難。方廷珪《昭明文選集成》曰：『此章是言賢士不遇時，雖有才亦不得展。』

十一

臣聞智周通塞，不爲時窮；才經夷險，不爲世屈。是以陵飈〔一〕之羽，不求反風；曜〔二〕夜之目，不思倒日①。

【校勘】

〔一〕『飈』，《藝文類聚》卷五十七作『霄』。

〔二〕『曜』，陸刻本作『耀』，古二字同。

【注釋】

① 劉孝標注：『鳶鵲能飛，不假風力。鴟鴞夜見，豈藉還曜。此與聖人通塞而不窮，夷險而不屈，何以異哉？』善注：『《莊子》曰：鵲巢於高榆之顛，巢折，凌風而起。《淮南子》曰：鴟鵂夜撮蚤，察毫末；晝出，瞑目而不見丘山。言殊性也。高誘曰：鴟鵂，謂之老菟。鵂音休。蚤音爪。』翰注：『此章明賢人遇時則通，故無窮屈也。飈，急風也。曜夜之目，謂能夜視也。倒日，過（迴）日也。賢者隨時應變，故無窮屈也。言有陵飈之翮者，不求反風之力也。夜見於物者，不思迴日爲明。喻賢人居亂闇之時，用情與太平之世

同也。』

此章言賢才用世之道。以淩風之鳥不假回風，夜視之禽無須回日，喻周至之智者，通達開塞之由，不爲時所困；經綸之才者，化險爲夷，不爲世所屈。謂賢才者須循時而動，非待時也。方廷珪《昭明文選集成》曰：『此章見人有異人之才，不必待人以成事。』

十二

臣聞忠臣率志，不謀其報；貞士發憤，期在明賢。是以柳莊黜殯，非貪瓜衍之賞；禽息碎首，豈要先茅之田①。

【注釋】

① 劉孝標注：『夫黜尸以明諫，觸車以進賢，並發之於忠誠，豈有求而然哉。』善注：『《韓詩外傳》曰：昔衛大夫史魚，病且死，謂其子曰：我數言蘧伯玉之賢，而不能進，彌子瑕不肖，而不能退，死不當居喪正堂，殯我於室足矣。衛君問其故，子以父言聞於君。召蘧伯玉而貴之，彌子瑕退之，徙殯於正堂，成禮而後去。可謂生以身諫，死以屍諫。然經籍唯有史魚黜殯，非是柳莊，豈爲書典散亡，而或陸氏謬也？《左氏傳》曰：晉侯賞桓子狄臣千室，亦賞士伯以瓜衍之縣，曰：吾獲狄士，子之功；微子，吾喪伯氏矣。《韓詩外傳》曰：禽息，秦人。知百里奚之賢，薦之穆公，爲私，而加刑焉。公後知百里之賢，乃召禽息謝之。禽息對曰：臣聞忠臣進賢不私顯，烈士憂國不喪志。奚陷刑，臣之罪也。乃對使者以首觸楹而死。以上卿之禮葬

之。《論衡》曰：傳言禽息薦伯里奚，繆公出，當門仆頭，碎首以達其友。應劭《漢書注》曰：繆公出，當車以頭擊門。而劉云觸車，未詳其旨。《左氏傳》曰：襄公以再命，命先茅之縣賞胥臣。曰：舉郤缺，子之功也。杜預曰：先茅絶後，故取其縣以賞胥臣也。」銑注：「此章明貞義之臣，諫君舉賢，皆發自深衷，而不求於封賞也。瓜衍，晉侯賞士伯縣名。先茅，襄公賞胥臣縣名也。昔衛大夫史魚病將死，謂其子曰：我不能進蘧伯玉之賢，退彌子瑕之諂，死當殯我於側室足矣。是黜尸於側室，以進賢也。今言柳莊則無黜尸進賢之道，是陸生之誤也。禽息薦百里奚於繆公，繆公不用，乃碎首以達之。言此二人碎首黜尸，並發於忠貞之志，以進賢明，豈有求於爵賞也。」

此章以前賢黜屍以諫，碎首舉賢，言忠義貞正之臣，當不求爵賞，率情發憤而彰舉賢才。既强調舉才之重要，又見舉才之維艱。方廷珪《昭明文選集成》曰：「此章見純臣薦賢非爲私。」

十三

臣聞利眼臨雲，不能垂照；朗璞蒙垢，不能吐暉〔一〕。是以明哲之君，時有蔽壅之累；俊乂之臣，屢抱後時之悲①。

【校勘】

〔一〕「暉」，《文選》卷五十五、陸刻本作「輝」。六臣本注：「五臣本作暉。」古二字同。

【注釋】

① 劉孝標注：『言讒人在朝，君臣否隔，明君時有蔽壅，喻利眼臨雲而息照。俊乂後時而屢歎，喻朗玉蒙垢而掩輝。』善注：『《論衡》曰：日月猶人之有目。《任子》云：日月，天下眼目，而人不知德。《抱朴子》云：日月之蝕，乃至於盡。天何爲當故壞其眼目，以行譴人乎？《尸子》曰：鄭人謂玉未理者爲璞。』向注：『此章明讒臣在朝，壅蔽明君，故令賢者不得用也。利眼，日也。天有日月，如人有眼，故以日爲利眼也。此喻君也。雲，喻讒臣也。璞，玉也。以喻君子蒙垢，謂讒言所污之也。夫雲翳於日則不能照，垢污於玉則不能光，亦猶明主賢臣遭讒邪壅蔽，不能申聖明之德，故數有失時之悲。後，失也。』

此章爲賢才失時之悲。以日蔽於雲，不可朗照，玉蒙其塵，失其光輝，喻明主亦有被蒙蔽之時，俊臣屢懷失時之悲。以此揭示賢才不遇於時之原因。方廷珪《昭明文選集成》曰：『此章見君雖明，而忠良之士易爲左右讒邪所蔽。』

十四

臣聞郁烈之芳，出於委灰；繁會之音，生〔一〕於絶絃。是以貞女要名於没世，烈士赴節於當年①。

【校勘】

〔一〕『生』，六臣本注：『五臣本作主字。』

【注釋】

① 劉孝標注：『香以燔質而發芳，絃以特絶而流響，喻貞女没身而譽立，烈士效節而名彰也。』善注：『《上林賦》曰：酷烈淑郁。王逸《楚辭注》曰：委，棄也。《楚辭》曰：五音紛其繁會。』濟注：『此章明烈士貞女身死而後名彰，言香委火而香芳，音以絃急而繁，亦猶烈士貞女没身知節於當年，而後成其名。』

此章感慨賢才在世，聲名難彰。以濃烈之香，出自棄灰，繁會之音，生於絶響，喻貞女身死而名彰，烈士必就義而見節。言賢才生前難爲人所識，必壯烈殉義方顯其名。方廷珪《昭明文選集成》曰：『此章見人貴立節，死而不朽，名重於生。』

十五

臣聞良宰謀朝，不必借威；貞臣衛主〔一〕，修身則足。是以三晉之强，屈於齊堂之俎；千乘之勢，弱於陽〔二〕門之哭①。

【校勘】

〔一〕『主』，《文集》作『生』，當形近而誤。《文選》卷五十五、陸刻本、《百三家集》本、陳仲魚校本作『主』，《文集》亦校作『主』。今據改。

〔二〕『於陽』，六臣本注：『五臣本從才。』

【注釋】

① 劉孝標注：『晏嬰立威於樽俎，子罕慟哭於介夫，終使晉人輟謀，齊宋不撓。良宰貞臣，有效於斯者也。』善注：『《晏子春秋》曰：晉平公使范昭觀齊國政。景公觴之，范昭起曰：願得君之樽爲壽。公令左右酌樽以獻，晏子命撤去之。范昭不悦而起舞，顧太師曰：爲我奏成周之樂。太師曰：盲臣不習也。范昭歸謂平公曰：齊未可並。吾欲試其君，晏子知之；吾欲犯其樂，太師知之。於是輟伐齊謀。孔子聞之曰：善。不出樽俎之間，而折衝千里之外，晏子之謂也。《禮記》曰：晉人之覘宋者，反報於晉侯曰：陽門之介夫死，而子罕哭之哀，而人説，殆不可伐也。孔子聞之曰：善哉，覘國乎！《史記》曰：韓哀侯、魏武侯、趙敬侯共滅晉，參分其地，故曰三晉。陸氏從後通言爾，非謂平公之日，已有三晉之名也。』良注：『此章明忠良在朝，不假威力而服敵國也。樽俎、陽門事，同善注。言此二人修身衛主，執禮節於樽俎，哭介夫於揚門，雖三晉之彊，千乘之勢，不敢加兵於齊宋也。』

此章言賢才之重要作用。以晏子折衝樽俎之間，子罕慟哭陽門甲士，終屈强晉，言良宰謀朝，忠臣衛主，修德可屈敵國，非在於假其威權也。方廷珪《昭明文選集成》曰：『此章言良臣能消患於未然。』

十六

臣聞赴曲之音，洪細入韻；蹈節之容，俯仰依詠。是以言苟適事，精麄〔一〕可施，士苟適道，脩短可命①。

【校勘】

〔一〕『麄』，陸刻本、陳仲魚校本、鄧邦述校本作『粗』，《文選》卷五十五作『麤』。古三字並同。

【注釋】

① 劉孝標注：『此言取其正事而已，豈復係門閥乎？婁敬一言，漢以遷都；醜女暫説，齊以爲后。亦猶鼓缶而會時，摇頭而韻曲也。』善注：『高誘《吕氏春秋注》曰：適，中適也。』翰注：『此章明取人之才隨其所長，不待備具而後任也。洪，大。韻，調。詠，歌也。言樂音大小雖異，俱合於調；舞容俯仰殊體，必依於歌。士有言適於事，德合於道，才雖精麤長短不同，皆可命而用之也。』

此章以樂音大小皆可入曲，舞容上下均必合節，喻用才須量才任事，不可求全責備。方廷珪《昭明文選集成》曰：『此章見出言作事貴適機會。』

十七

臣聞因雲灑潤，則芬澤易流；乘風載響，則音徽自遠。是以德教俟物而濟，榮名緣時而顯①。

【注釋】

① 劉孝標注：『此言物有因而易彰也。』善注：『乘，猶因也。孔安國《尚書傳》曰：載，行也。孫卿

曰：吾嘗順風而呼，聲非加疾，而聞者彰。君子生非異也，善假於物也。』銑注：『此章明賢人負德，當際會而成也。徽，美。俟，待也。言雨之灑潤，聲之音響，必資風雲，而後芬美流遠也。亦猶德教待賢而後濟，賢人因時而後彰。』

此章言賢才之用必待物遇時也。以雨因雲而布其潤澤，聲因風而播其徽音，喻道德教化，待物而成，俊才令名，因時而顯。方廷珪《昭明文選集成》曰：『此章見人欲成業立名，因機則易。』

十八

臣聞覽影偶質，不能解獨；指迹慕〔一〕遠，無救於遲。是以循虚器者，非應物之具；翫空言者，非致治之機①。

【校勘】

〔一〕『慕』，《文集》作『纂』，形近而誤。《文選》卷五十五、《西晉文紀》卷十五、陸刻本、《百三家集》本、陳仲魚校本、鄧邦述校本作『慕』，《文集》亦校作『慕』。今據改。

【注釋】

① 劉孝標注：『此言爲事非虚，立功須實，故三章設而漢隆，玄言流而晉滅，此其驗也。』向注：『此章明有言而無行者，不可用也。虚器，謂畫器也。言循畫器者，不堪應受盛；賞空言者，不足理機務也。』遲，

猶行。《説文》：『遲，徐行也。』循，依次排列。《玉篇》：『循，次序也。』

此章言賢才之用必考其實而擯其虚也。以觀影以爲實，不解孤獨之情，舉足而慕遠，無助當下之行，喻虚器不可應物，空言不可治政。方廷珪《昭明文選集成》曰：『此章見爲治當循名責實，馳騖空談皆屬無益。』

十九

臣聞鑽燧吐火，以續暘谷〔一〕之晷；揮翮生風，而繼飛廉之功。是以物有微而毗著，事有瑣而助洪①。

【校勘】

〔一〕『暘谷』，陸刻本、陳仲魚校本、鄧邦述校本作『湯谷』。陳仲魚校本、鄧邦述校本并校作『暘』。古二字通。

【注釋】

① 劉孝標注：『物有小而益大，不可忽也。若緹縈獻書而除肉刑，此其例也。』善注：『《論語》：宰予曰：鑽燧改火。《楚辭》曰：後飛廉使奔屬。王逸曰：飛廉，風伯也。』濟注：『此章明人有小能者，亦可助成大功也。燧，鑽火木也。暘谷，日出處。晷，日影也。飛廉，風師也。毗，贊。瑣，小也。言鑽燧取火，揮

翮生風，亦能續日晷之明，繼飛廉之吹，足明小能之人亦可贊助大業。』

此章言雖小才之人亦可濟大業也。以鑽燧取火，可續日影之明，揮扇生風，可繼飛廉之吹，喻物微可助其顯，事小而成其大。方廷珪《昭明文選集成》曰：『此章明人有小善亦可取之，助成大功。』

二十

臣聞春風朝昫〔一〕，蕭艾蒙其溫；秋霜宵〔二〕墜，芝惠被其涼。是以〔三〕威以齊物爲肅，德以普濟爲弘①。

【校勘】

〔一〕『昫』，《文選》卷五十五、陸刻本、陳仲魚校本、鄧邦述校本作『煦』。陳仲魚校本校作『昫』。古二字同。

〔二〕『宵』，陳仲魚校本、鄧邦述校本并校作『霄』，或音同而誤。

〔三〕『以』，《文選》卷五十五、陸刻本作『故』。六臣本注：『五臣本作以字。』

【注釋】

① 劉孝標注：『春秋不以善惡殊其彫榮，人君不以貴賤革其賞罰。故《詩》云：柔亦不茹，剛亦不吐也。』善注：『薛君《韓詩章句》曰：煦，暖也。』良注：『此章明人君賞罰，不以貴賤而易常也。煦，蒸也。蕭

艾，惡草。墜，落也。芝蕙，香草。言春秋生殺，不以善惡而易寒燠；聖主理人，不以貴賤而殊威德也。肅，嚴。普，徧。洪，大也。』

此章言人君用才不以喜惡而謬其賞罰也。以春陽之温，不避蕭艾，秋霜之凉，芝蕙同被，喻明主治人，刑罰以齊同萬物爲公正，施恩以普濟貴賤爲弘大。方廷珪《昭明文選集成》曰：『此章明國家當恩威並用，一出之以至公。』

二十一〔一〕

臣聞性之所期，貴賤同量；理之所極，卑高一歸。是以准〔二〕月禀水，不能加凉；晞日引火，不必增輝①。

【校勘】

〔一〕《札記》：『《文選》此條與下「巧盡於器」條次序互易。』

〔二〕『准』，陸刻本、陳仲魚校本、鄧邦述校本作『淮』，形近而誤。陳仲魚校本、鄧邦述校本校作『准』。《札記》：『准，當作準。《文選》亦從俗。』

【注釋】

① 劉孝標注：『言物雖貴賤殊流，高卑異級，至其極也，殊塗共歸。雖方諸禀水於月，而不加於水之

涼；陽燧取火於日，不加於火之輝也。』善注：『《周禮》曰：司烜氏，掌以夫遂取明火於日，以鑒取明水於月，以共祭祀之明齍、明燭、共明水。鄭玄曰：夫遂，陽燧也。鑒，鏡屬也。取水者，世謂之方諸。鄭司農曰：夫，發聲也。明齍，謂以明水滌粢盛黍稷。烜，音燬。』銑注：『此章明貴賤雖異，理極則同也。言物雖貴賤殊流，高卑異級，理至其極，則同歸矣。亦猶方諸取水於月，陽燧取火於日，其來雖高，涼輝之性不加於尋常水火。』揚雄《方言》卷七：『晞，暴也。』

此章言明君之用才不以貴賤高低而有別也。以比之對月而取露，水不增其涼，陽燧暴日而取火，日不增其輝，喻物性之要，貴賤等量，理之極至，高低同歸。方廷珪《昭明文選集成》曰：『此章見物理、物性各歸一定，再不能於一定之外得加毫末。』

二十二

臣聞巧盡於器，習數則貫〔一〕；道繫於神，人亡則滅。是以輪匠肆目，不乏奚仲之妙；瞽史〔二〕清耳，而無伶倫之察①。

【校勘】

〔一〕『貫』，六臣本注：『五臣本作慣。』

〔二〕『瞽史』，《文選》卷五十五作『瞽叟』。胡克家《文選考異》曰：『袁本、茶陵本，叟作史。案：此尤誤改也。』胡說有誤。六臣本注：『五臣作史。』五臣本在尤袤本之前，安謂『誤改』。

【注釋】

① 劉孝標注：『此言事在外則易致，妙在内則難精。奚仲巧見於器，故輪工能繼其致也；伶倫妙在其神，故樂人不傳其術也。』善注：『杜預《左氏傳注》曰：肆，極也。《世本》曰：奚仲作車。《尸子》曰：造車者，奚仲也。《漢書》曰：黄帝使伶倫自大夏之西，崑崙之陰，取竹嶰谷，斷兩節間而吹之，以爲黄鍾之宫。』翰注：『此章明工巧可以習致，妙道難以力求也。慣，猶善也。輪匠，輪扁也。肆，信也。奚仲，造車者。瞽，無目人也。史，樂官也。伶倫，黄帝樂師也。言奚仲造車，輪扁繼之，不乏其妙。瞽史静耳，不能得伶倫之妙。是由工妙外物，易善也；聽聲繫神，難成也。人亡則滅明，妙道則難傳也。』

此章言用人之難在於察人，外巧易見，内道難察，不可不細審之。以奚仲造車，輪扁盡繼其巧，伶倫作曲，瞽史難察其妙，喻器物之巧，其術可習而續之，精神之道，人亡則不可得之。方廷珪《昭明文選集成》曰：『此章大意是言物有象，故巧可以學至；道無形，故妙難以言傳。』

二十三

臣聞絶節高唱，非凡耳所悲；肆義芳訊，非庸聽所善。是以南荆有寡和之歌，東野有不釋之辯〔一〕①。

【校勘】

〔一〕『辯』，《七十二家集》本作『辨』。

【注釋】

① 劉孝標注：『商鞅言帝王之術，而孝公以之睡，此其義也。』善注：『孔安國《尚書傳》曰：肆，陳也。《宋玉集》：楚襄王問於宋玉曰：先生有遺行歟？宋玉對曰：唯，然，有之。客有歌於郢中者，其始曰《下里巴人》，國中屬而和者數千人。既而《陽春白雪》，含商吐角，絶節赴曲，國中唱而和之者彌寡。《吕氏春秋》曰：孔子行於東野，馬逸，食野人稼，野人留其馬。子貢説而請之，野人終不聽。於是鄙人馬圉乃復往説曰：子耕東海，至於西海，吾馬何得不食子苗。野人大悦，解馬還之。』向注：『此章明事至於妙，非常人所知也。肆，陳。訊，言。釋，解也。南荆、東野，同善注。言楚人其（共）唱雅曲，凡耳所不聽；子貢雖陳其芳義，野人所不善，是事不適時也。』

此章以楚之曲雅而和者蓋寡，子貢陳言而野人不聽，喻絶妙之曲，凡耳不爲之動情，嘉言陳義，庸人不以之爲善。言明主察人之道，不以衆惡而惡之，不以衆善而善之。方廷珪《昭明文選集成》曰：『此章是對淺人不可與説深語，於其所喜所明者，投之則易入。』

二十四

臣聞尋煙染芬，薰〔一〕息猶芳；徵音録響，操終則絶。何則？垂於世者可繼，止乎身者難結。是以玄晏之風恒存，動神之化已滅①。

【校勘】

〔一〕『薫』，鄧邦述校本作『蕙』，又校作『薰』。

【注釋】

① 劉孝標注：『周孔以禮樂訓世，故其迹可尋；倪惠以堅白爲辭，故其辯難繼。是以唐、虞遠而淳風流存；蘇、張近而解環易絶也。』善注：『《字書》曰：薫，火煙上出也。曹植《魏德論》曰：玄晏之化，豐洽之政。《尚書》：益曰：至誠感神。』濟注：『此章明教迹垂世者，可尋妙道，在身者，難繼也。薫，煙。徵，驗。操，曲也。玄晏，禮教也。動神，至道也。言尋煙染氣，煙息猶香，喻周孔雖死，禮教之風尚在；驗音録響，曲終即絶，喻堯舜去世，至道之化乃滅也。』晏，《説文》：『天清也。』

此章言至道難續，至人難察也。以煙染芬芳，煙息而香存，宫徵調聲，曲終則絶，喻流傳於世者可繼，止乎自身者難承，故上古清和之風常存，至誠感神之化難續。方廷珪《昭明文選集成》曰：『此章見治道當以前代可據之迹爲徵，若高談太古，不過自適一時之意，不足信也。』

二十五

臣聞託闇藏形，不爲巧密；倚智隱情，不足自匿。是以重光發藻，尋虛捕景；大人貞觀，探心昭忒①。

【注釋】

① 善注：『日月發輝，既尋虚而捕影，欲藏形託闇，豈得施其巧密乎？以喻聖人正見，既探心而明惑，欲隱情而倚智，豈足自匿其事乎？《鄧析子》曰：藏形匿影。《鬼谷子》曰：藏形其有欲也，不能隱其情。重光，日也。《尚書五行傳》曰：明王踐位，則日儷其精，重光以見吉祥。《説文》曰：捕，取也。《思玄賦》曰：朝貞觀而夕化。應劭曰：貞，正也。《易》曰：天地之道，貞觀者也。仲長子《昌言》曰：探心測意，世加甚焉。』良注：『此章明人不可以託闇潛形，以智隱詐也。匿，藏也。重光，日也。貞，正。昭，明。忒，差也。夫人藏形於闇，自以爲密，日發光藻而照之。隱情於智，自以爲匿，聖人垂貞觀而明之。然日非尋捕聖，非探賾，但以無私之照，無情之觀，故物不能逃也。』

此章謂賢才須磊落志誠，不可玩弄機巧，逞小聰明。以日發藻麗之光，可尋虚而取影，君以正觀之明，可探心而明惑，言人不可藏形於暗，自以爲巧密，隱情於智，自匿其情志。方廷珪《昭明文選集成》曰：『此章見善惡無隱不彰，無所容其掩著之工。』

二十六

臣聞披雲看霄，則天文清；澄風觀水，則川流平。是以四族放而唐劭，二臣誅而楚寧①。

【注釋】

① 劉孝標注：『凶邪亂正，亦由浮雲蔽天，疾風激水。故舜流四凶而朝穆穆，楚戮費、鄢而王道洽也。』

善注：『《尚書》：舜流共工於幽州，放驩兜於崇山，竄三苗於三危，殛鯀於羽山，四罪而天下咸服。《小(爾)雅》曰：劭，美也。二臣，費無極與鄢將師也。《左氏傳》：沈尹戌言於子常曰：夫無極，楚之讒人也，去朝吴。出蔡侯朱，喪太子建，殺連尹奢，子而弗圖，將焉用之子？常曰：是瓦之罪也。乃殺費無極、鄢將師，盡滅其族，以説其國也。』翰注：『此章明誅暴亂，則主聖明矣。霄，天。澄，净也。四族，謂共工、驩兜、三苗、鯀也。二臣，謂費無極、鄢將師也。天、水，喻君也。風、雲，喻亂臣也。言去風雲，則天清而水平；誅暴亂，則君聖而時泰也。劭，繼也。故舜能繼唐，因放四凶；楚之載理，由戮二臣也。』

此章言亂臣賊子去，賢才方可得其所。以撥雲見天之清，風静見波之平，喻必誅暴亂，方可主明世寧，故舜放四凶而世美，楚誅二臣而世寧。方廷珪《昭明文選集成》曰：『此章見去小人則朝廷治。』

二十七

臣聞音以比耳爲美；色以悦目爲歡。是以衆聽所傾，非假北里〔一〕之操；萬夫婉孌，非俟西子之顔。故聖人隨世以擢〔二〕佐，明主因時而命官①。

【校勘】

〔一〕『北里』，《文選》卷五十五作『百里』。六臣本注：『五臣本作北字。』胡克家《文選考異》曰：『「百里」不可通，此必有誤。疑里當作牙。劉及善無注，以「百牙」自不煩注耳。』金濤聲曰：『「北里」古舞曲名，曹植《七啓》：揚北里之流聲。作「北里」亦可通，似不必改。』金説是。

〔二〕『擢』，《七十二家集》本作『櫂』，形近而誤。

【注釋】

① 劉孝標注：『物之企競，由乎不足；政之不治，才不合時故也。心苟自足，不假美女之麗；用會其朝，不勞稷契之賢矣。』善注：『揚雄《答客難》曰：工聲調於比耳。張衡《舞賦》曰：既娱心以悦目。《孟子》曰：西子蒙不絜，則人皆掩鼻而過之。趙岐曰：西子，古好女西施也。』銑注：『此章明君當隨時擢賢，不必空慕古人也。《北里》，樂名。操，曲。婉，順。孌，好。俟，待也。西子，西施也。夫悦耳目者，以適時而爲美，何必假《北里》之操，待西施之容，而後樂哉！言聖人亦當隨世擢用賢良，豈必遠思稷契而後成理也。』

此章以聲色以悦耳目爲美，故傾心於樂者，不必借《北里》之曲，衆人所美者，不必待西施之容，喻明主必於當世擢才授職，而不空慕前賢。方廷珪《昭明文選集成》曰：『此章見國家能權時立制，便足慰人望治之情，所云俗不必成康，化不必三代也。末則言其隨才器使，不必求全責備，即以行政之用人，首尾實一串事。』

二十八

臣聞出乎身者，非假物所隆；牽乎時者，非克己所勗〔一〕。是以利盡萬物，不能叡童昏之心；德表生民〔二〕，不能救〔三〕棲遑之辱①。

【校勘】

〔一〕『勖』，《宛委別藏》本作『鬲』。

〔二〕『生』，六臣本注曰：『五臣本無生字。』又『民』，六臣本注曰：『五臣本有倫字。』

〔三〕『救』，《七十二家集》本作『敕』。

【注釋】

① 善注：『下愚由性，非假物所移；弊俗係時，非克己能正。是以放勛化被四表，不革丹朱之心。仲尼德冠生人，不救棲遑之辱。漢劉向上疏曰：雖有堯舜之聖，不能化丹朱。《答賓戲》曰：聖哲之洽，棲棲遑遑，孔席不煖，墨突不黔。』向注：『此章明性愚不可以教變，俗敝不可以力移也。勖，勉。叡，明也。童昏，癡也。表，上也。夫至愚之人，非假物而能致其明；至敝之時，非克己勉力而能正。故唐堯能理天下，不能化子之傲；孔丘德上人倫，不能免己之辱也。』

此章言性愚出於己，外物不可使隆盛，弊俗係乎世，克己勉力不可得，故聖人澤被萬物，不可明愚昧之心，德冠衆人，不可救棲遑之辱。謂限於時世與心智，賢人或不能爲世所用也。方廷珪《昭明文選集成》曰：『此章見性之惡，俗之弊處於一定，雖聖人亦難爲功。』

二十九

臣聞動循定檢，天有可察；應無常節，身或難照〔一〕。是以望景揆日，盈數可期；撫臆論心，有時而謬①。

【校勘】

〔一〕『照』，六臣本注：『五臣本作昭字。』古二字通。

【注釋】

① 劉孝標注：『檢，謂定檢，不瀾漫也。此言晷景有節，尺圭可以知其數；深情難測，淵識不能知其心。故光武蔽於龐萌，魏武失之張邈。』善注：『趙岐《孟子章指》曰：言循性守故，天道可知；妄改常心，乖性命之指。《蒼頡篇》曰：檢，法度也。』濟注：『此章明人事深遠，不可抑知也。循，轉也。檢，猶分也。揆，度也。盈數，長短之數也。臆，心。謬，誤也。言天之運轉有定分，故可察人之變易，無常故難明。何者？天道有定，晷刻不差；無恒之人，心口相誤，是明人心難知於天也。』

此章言天之運行有常度，可察；人之應物無常檢，難明。故望日晷之景，可知其盈數，推己以論人，有時則謬。謂考才之量，難以察其心。方廷珪《昭明文選集成》曰：『此章見人心深阻，觀人要慎。』

三十

臣聞傾耳求音，眂優聽苦；澄心徇〔一〕物，形逸神勞。是以天殊其數，雖同方不能分其感；理塞其通，則並質不能共其休①。

【校勘】

〔一〕『徇』，《七十二家集》本作『狥』。古二字通。

【注釋】

① 劉孝標注：『耳之與目，同在於身，而苦樂有殊，不能相救。良由造化隔其通，七竅理其用也。』善注：『《莊子》曰：棄生以徇物。又曰：譬如耳目鼻口，皆有所明，不能相通，猶百官衆技，皆有所長，時有所用也。』良注：『此章明量才任人，事雖勞，不可以殊能兼也。優，樂。澄，定。徇，營。慼，憂。塞，隔也。夫傾聽求聲者，則耳苦而目樂，定心營物者，則神勞而形安。然同在一身之上，而休慼異者，是天理殊宜，造化自隔。』眂，《玉篇》：『古文視字。』徇，《廣雅》：『營也。』

此章言傾耳聽聲，目優遊而耳辛苦；靜心察物，形安逸而神勞苦。故造化使其不同其用，雖同體而不能分其憂；天理使其阻隔不通，則並質而不能同其樂。謂才用各有異，不可兼得之。方廷珪《昭明文選集成》曰：『此章見人一身之耳目，彼此尚不能兼資爲用，凡事不能無藉於人，亦不可徒恃乎人。』

三十一

臣聞遁〔一〕世之士，非受匏瓜之性；幽居之女，非無懷春之情。是以名勝欲，故偶影之操矜；窮愈達，故淩〔二〕霄之節厲①。

【校勘】

〔一〕『遁』，《文選》卷五十五、《西晉文紀》卷十五、《百三家集》本、陳仲魚校本、鄧邦述校本作『遯』。陳仲魚校本、鄧邦述校本并校作『遁』。古二字同。

〔二〕『淩』，六臣本注：『五臣本作陵字。』古二字通。

【注釋】

①劉孝標注：『名則傳之不朽，窮則身居萬全，故謂之勝。所以烈士貞女，棄彼而取此也。』善注：『《周易》曰：遯世無悶。王逸《楚辭注》曰：遯，隱也。《論語》：子曰：吾豈匏瓜也哉？焉能繫而不食？《禮記》曰：幽居而不淫。《漢書》：蒯通曰：婦人有幽居守寡者。《毛詩》曰：有女懷春，吉士誘之。《廣雅》曰：矜，急也。厲，高也。』翰注：『此章明遁世不仕，非樂幽隱；貞烈之女，豈樂獨居？知時不可仕，知欲不勝名也。言隱者豈性如匏瓜，繫在一處。貞女豈不知懷春而好偶影，以時不可動，故厲節不可違，故執操也。』

此章言隱士非如匏瓜，繫於一處，貞女非喜幽居，不知懷春，因名勝於欲，故貞女以影爲伴而守節，困勝於達，故隱士超然脱俗而厲志。謂隱士者非樂其遁世，實是爲世所棄，不得已而隱也。方廷珪《昭明文選集成》曰：『此章言人當擇其重者爲之，字字警拔。』

三十二

臣聞聽極於音，不慕鈞天之樂；身足於蔭，無〔一〕假垂天之雲。是以蒲密之黎，遺時雍之世；豐沛之士，忘桓撥之君①。

【校勘】

〔一〕『無』，陸刻本、陳仲魚校本、小萬卷樓本、鄧邦述校本作『不』。陳仲魚校本、鄧邦述校本校作『無』。

【注釋】

① 劉孝標注：『搖頭鼓缶，秦之樂也。秦人樂之，此故不願天帝之音。故子路之惠政，卓茂之仁恕，豐沛之甄復，三者自足其樂矣。豈復思時雍、桓撥之治哉！』善注：『身蔭既足，故無假垂天之雲。垂天，言雲之大也。《莊子》曰：北溟有魚，名之曰鯤，化爲鵬，怒而飛，翼若垂天之雲。《家語》曰：子路爲蒲宰，夫子入其境而歎。子貢執轡而問曰：夫子未見由而三稱善，何也？曰：吾入其境，田疇甚易，草萊甚辟，此恭敬以信，故其人盡力也。入其邑，墉屋甚嚴，樹木甚茂，此忠信以寬，故其民不偷也。至其庭甚閑，此明察以斷，其民不擾也。范曄《後漢書》曰：卓茂，字子康，南陽人也。遷密令，視人如子，吏人親愛而不忍欺。《尚書·堯典》曰：黎民於變時雍。豐沛，謂漢也。桓撥，謂殷也。《毛詩》曰：玄王桓撥。毛萇曰：玄王，契也。或者以密爲宓子賤。但子賤爲政，雖則有聞，以邑對姓，恐文非體也。』銑注：『此章明令長政和人，得其足矣。鈞天，中天也。昔趙簡子夢遊鈞天，鈞天爲設廣樂也。垂天雲，謂大雲也。蒲，子路所理邑。密，卓茂所理邑也。黎，衆也。時雍，太平化也。豐沛，謂漢高祖也。桓撥，謂殷湯也。夫聽足於音，不思廣樂；身有所庇，不假大雲，亦猶蒲、密衆人，被子路、卓茂之化，而忘太平之風，漢朝之士不思殷德也。』

此章之意，五臣注甚明。喻才士求爲世用，用則足矣。方廷珪《昭明文選集成》曰：『此章見人之情易遂、欲易足，爲治者當遂其情、足其欲，文極爽達。』

三十三

臣聞飛轡西頓，則離朱與矇瞍收察；懸景東秀，則夜光與珷玞〔一〕匿耀。是以才換世則俱困，功偶時而並劭①。

【校勘】

〔一〕『珷玞』，六臣本注：『善本作武夫。』《七十二家集》本作『碔砆』。音同相通。

【注釋】

① 劉孝標注：『運若時來，則賢明易興；數逢澆季，則愚聖一揆。故堯在朝而舜登庸，哀公居位而仲尼逐也。』善注：『飛轡、懸景，皆謂日也。日有御，故云轡也。頓，猶舍也。西頓，謂已夕也。東秀，謂旦明也。《廣雅》曰：秀，出也。《慎子》曰：離朱之明。《韓詩》曰：矇瞍奏公。薛君曰：無珠子曰矇，珠子具而無見曰瞍。《大戴禮》云：日歸於西，起明於東；月歸於東，起明於西。鄒陽《上書》曰：夜光之璧。《戰國策》曰：白骨疑象，武夫類玉。張揖《漢書注》曰：武夫，石之次玉者。』向注：『此章明君暗而權臣任事，則賢與愚同類矣。飛轡，謂日也。日有御，故云，日爲君也。離朱，明目人，喻賢也。矇瞍，謂盲人，喻愚也。

懸景，月也，月象，權臣也。秀，出也。夜光，名璧，喻賢也。珷玞，石名，喻愚也。換，易也。困，遲也。夫日闇，則明目與盲瞽同爲無察；月出，則夜光與珷玞咸歸匿耀。亦猶世昏，則賢愚俱困；逢時，則賢者相繼而起。劭，繼也。』

此章以日影西沉，離朱之明與朦瞍之盲，同不察其光；日光東出，夜光之璧與珷玞之玉，同失其光輝，喻賢才因易世而俱困，功業因遇時而並繼。言賢才因明時而起，遇季世則困。方廷珪《昭明文選集成》曰：『此章言世亂則賢愚俱困。』

三十四

臣聞示應於近，遠有可察；託驗於顯，微或可包。是以寸管下〔一〕傃，天地不能以氣欺；尺表逆立，日月不能以形逃①。

【校勘】

〔一〕『下』，陸刻本、陳仲魚校本、鄧邦述校本作『不』，形近而誤。陳仲魚校本、鄧邦述校本校作『下』。

【注釋】

① 劉孝標注：『寸管，黃鍾九寸之律。以灰飛，所以辨天地之數，即示近之義也。以夏至立丈二表於陽城，表觀其晷影，以知日月之度，斯所謂託驗於顯者也。』善注：『司馬彪《續漢書》曰：候氣之法，爲室三

重，户閉，途釁必周，密佈緹幔。室中以木爲桉，每律各一，内庳外高，從其方位，加律上，以葭灰抑其内端，案曆而候之。氣至者灰去。其氣所動者，其灰散；人及風所動者，其灰聚。鄭玄《禮記注》曰：傃，猶向也。《周禮》曰：土圭之法，則（測）土深，正日景，以求地中。日至之景，尺有五寸，謂之地中，四時之所交也，風雨之所會也，陰陽之所和也。』濟注：『此章明用人不假臨事而後知也，但察志氣之近，可驗心迹之遠也。管，律管也。傃，向也。謂插向地中候氣也。欺，誑也。表以測日影，言以寸管測天地之氣。尺表候日月之形，則天地不能誑，日月不能逃，而况人情能逃匿乎！』

此章以黄鍾寸律，可以測天地之節氣，尺表之具，可以觀日月之行，喻雖應物而示於近，然可察其遠迹，驗證在於顯處，却又含其幽微。言用人之道在於由近而察遠，由顯而洞微也。方廷珪《昭明文選集成》曰：『此言凡事遠不離近，微不離顯，觀人察物，理莫能外。』

三十五

臣聞絃有常音，故曲終則改；鏡無畜影，故觸形則照。是以虚己應物，必究千變之容；挾情適事，不觀萬殊之妙①。

【注釋】

① 劉孝標注：『常音，謂君臣宫商之音。夫弦節有恒，清濁之聲難越；對物有恒，則應化之功不廣。然明鏡無心，物來斯照；聖人玄同，感至皆應。是以滯有之與懷豁，道難得而校也。』善注：『《文子》曰：事

猶琴瑟，每終改調。《淮南子》曰：鏡不設形，故能形也。高誘曰：鏡不豫設人形貌，清明以待人形，形見則見之。《鵩鳥賦》曰：千變萬化，未始有極。《淮南子》曰：隔而不通，分爲萬殊。」良注：『此章明聖人以道御物，不私其情，故無不應也。畜，積也。究，盡也。絃有常音，曲終則異，以挾改易之情，故不能見其妙；鏡無積影，觸形則照，以合應物之體，故能盡其容。言聖人虛己應人，亦猶鏡也。』改，《説文》：『更也。』應，《説文》：『當也。』挾，《爾雅·釋言》：『藏也。』

此章以弦有常音，曲終則調易，鏡不存影，遇形則象顯，喻必空明胸襟而對物，則可探究物之變化，若心滯於情而應事，則不可覩物不同變化之妙也。言明主以道御人，不徇私情，則無不應也。方廷珪《昭明文選集成》曰：『此章見應事當去其適，莫之私心於至虛，庶觀人觀我，各得所宜。』

三十六

臣聞柷敔〔一〕希聲，以諧金石之和；鼙鼓疎擊，以節繁絃之契。是以經治必宣〔二〕其通，圖物恒審其會①。

【校勘】

〔一〕『柷敔』，六臣本注：『五臣本作柷圉。』古二詞同。

〔二〕『宣』，陸刻本、陳仲魚校本、鄧邦述校本作『先』。陳仲魚校本、鄧邦述校本并校作『宣』。

【注釋】

① 劉孝標注：『夫道上環中，理貴特會，希發而節樂者，繫一柷之功也。一契而御衆者，聖人之能也。』善注：『《廣雅》曰：踈，遲也。』翰注：『此章明道雖少而合理者，亦不可棄也。柷圉，止樂之物。鼙，小鼓也。夫柷圉、鼙鼓，音雖希踈，皆和金石節序繁絃也。言經營政化，圖謀事物，亦資合理之事，以審要會也。』宣，《爾雅·釋訓》：『通也。』

此章以柷敔之器音節稀疏，以諧調金石之和聲，鼙鼓之器音節舒緩，以控制繁音之合節，喻經營治政必宣而使之通，圖物慮事必審而使其合。言君主治政用人，或宣之使言，或合之以道，如柷敔、鼙鼓，調節制約亦在我也。方廷珪《昭明文選集成》曰：『此章見爲治之具圖其大，亦不可忽乎其細。』

三十七

臣聞目無嘗〔一〕音之察，耳無照景之神。故在乎我者，不誅〔二〕之於己；存乎物者，不求備於人①。

【校勘】

〔一〕『嘗』，《文集》作『常』，形近而誤。《文選》卷五十五作『嘗』。今據改。

〔二〕『誅』，《藝文類聚》卷五十七作『殊』。

【注釋】

① 劉孝標注：『言爲政之道，恕己及物也。耳目在身，施之異務，不以通塞之故，而誅之於己，是以存乎物者，豈求其備哉？』善注：『杜預《左氏傳注》曰：嘗，試也。《論語》：周公曰：無求備於一人。孔安國《尚書傳》曰：誅，猶痛責之甚也。』銑注：『此章明人無周材，不可以責備也。言目不堪聽，耳不堪視，斯乃在於一人之身，猶不責其通塞之故，豈可求諸備於一人。』

此章以目無試於察音，耳不擅於照影，喻存乎身者，不責備其耳目不同之用，存乎物者，不求全於其有通用之才耳。言人無通材，用人之道，不求全責備。方廷珪《昭明文選集成》曰：『此章見君子當以恕己之心恕人。眼前語，大有道理。』

三十八

臣聞放身而居，體逸則安；肆口而食，屬厭則充。是以王鮪〔一〕登俎，不假吞波之魚；蘭膏停室，不思銜燭之龍①。

【校勘】

〔一〕『王鮪』，《文集》作『玉鮪』，誤。《文選》卷五十五、《西晉文紀》卷十五、陸刻本、《百三家集》本、陳仲魚校本、鄧邦述校本作『王鮪』，今據改。

【注釋】

① 劉孝標注：『此欲令各當其所，而無企羨之心，抑亦在鵬鷃之義也。』善注：『杜預《左氏傳注》曰：肆，放也。《左氏傳》：閻没汝寬曰：及饋之畢，願以小人之腹，而爲君子之心，屬厭而已。鄭玄《周禮注》曰：充，猶足也。《周禮》曰：春獻王鮪。劉邵《趙都賦》曰：巨鼇冠山，陵魚吞舟，吸潦吐波，氣成雲霧。《楚辭》曰：蘭膏明燭華容備。王逸曰：以蘭香練膏也。《楚辭》曰：日安不到，燭龍何照？王逸曰：言天西北有幽冥無日之國，有龍銜燭而照之也。』向注：『此章明物各得其所，則無傾慕之心矣。肆，恣。厭，飽。充，足也。王鮪，魚名。俎，槃也。吞波，大魚也。北方有無日之處，有龍銜燭而照之。夫放身而居，恣口而食，在於安飽爲足，亦猶俎登王鮪者，不得待吞波之魚也。室照蘭燈者，無假燭龍之光。』屬厭，厭足。《左傳·昭公二十八年》杜預注：『屬，足也。言小人之腹飽，猶知厭足。君子之心，亦宜然。』

此章以王鮪盛於盤，則不羨吞波巨魚，蘭膏照於室，則不思燭龍之照，喻恣身而居，四體安逸，任口而食，腹飽即足。言君子之道，各當其所，求其自足而已，無膨脹其私欲。方廷珪《昭明文選集成》曰：『此章見人既適意，便不必多求，知止之義也。』

三十九

臣聞衝波安流，則龍舟不能以漂①。震風洞發，則夏屋有時而傾②。何則？牽乎動則靜凝③，係乎靜則動貞④。是以淫風大行，貞女蒙冶容之誨〔一〕；淳化殷流，盜蹠挾曾史之情⑤。

【校勘】

〔一〕『誨』，《文選》卷五十五、陸刻本作『悔』，誤。善注：『悔，當爲誨。』

【注釋】

① 善注：『《楚辭》曰：衝風起兮橫波。王逸曰：衝，隧也。言及遇隧風，大波湧起。《楚辭》曰：使江水兮安流。《淮南子》曰：龍舟鷁首，天子之乘。《廣雅》曰：漂，激也。』翰注：『此章明人性隨化遷易，聖人爲理，不可不慎風化也。龍舟，畫龍於舟也。漂，蕩也。』

② 善注：『《法言》曰：吾不見震風能動聾聵也。洞，疾貌也。《楚辭》曰：夏屋廣大沙堂秀。《莊子》云：風謂蛇曰：折大木，飛大屋，唯我也。』良注：『震風，大風也。洞，疾。夏，大。傾，側也。』

③ 劉孝標注：『言舟牽乎水，波靜而舟定，故曰靜凝也。』善注：『屋雖靜，而爲動之所牽，則靜止而爲動也。鄭玄《儀禮注》曰：凝，止也，自定之貌也。』翰注：『凝，止也。舟牽水是動也，以波安而反靜止也。』

④ 劉孝標注：『言屋繫乎地，風動而屋傾，是動貞也。』善注：『舟雖動，而爲靜之所繫，則動正而爲靜也。《周易》曰：貞，正也。然此文勢與上句稍殊，不可以文而害意也。』銑注：『貞，正也。屋繫於地，是靜也，風震而動，止也。』

⑤ 劉孝標注：『此謂物無常性，惟化所珍，故水本驚蕩，風靜則安；屋本貞堅，風來則傾。亦由貞專之女，值淫奔之俗，或有桑中之心；凶虐之人，被淳風之化，當挾賢士之義。』善注：『言舟本搖蕩，流靜則安；流爲水及風，誤也。悔當爲誨，曾，曾參。史，史魚。《莊子》曰：削曾、史之行，鉗楊、墨之口。』向注：『殷，

盛也。盜蹠，東陵大盜也。曾參、史魚，廉潔之士也。言人無常性，善惡在於化也。水本漂蕩，風靜則安；屋本堅正，風漂則側。猶貞女之心，因淫風而倡蕩；大盜之性，遇淳化而廉潔也。』

此章言風激波靜，則龍舟不能激蕩，大風疾起，則大屋時亦傾側，因爲舟牽乎風動，因波靜而安，屋繫地靜，因風起而動。故淫蕩之風盛行，貞節之女亦受誨淫之化，淳風之化盛行，盜蹠亦懷廉臣之情。意謂人性隨風化而變易，聖人治政用人，必慎其風俗教化也。方廷珪《昭明文選集成》曰：『此章言善惡無定，因物以爲轉移，見人當慎習意。』

四十

臣聞達之所服，貴有或遺；窮之所接，賤而必尋。是以江漢之君，悲其墜屨；少原之婦，哭其亡簪①。

【注釋】

① 劉孝標注：『言人居窮則志篤，處達則恩輕。是以楚君施繒，激三軍之澆俗；少原流慟，誚輕薄之頹風。』善注：『《賈子》曰：楚昭王與吴人戰，軍敗走，昭王亡其踦屨，已行三十步，後還取之。左右曰：大王何惜於此？昭王曰：楚國雖貧，豈無此一踦屨哉！吾悲與之偕出，而不與之偕返。於是楚俗無相棄者。《韓詩外傳》曰：孔子出遊少原之野，有婦人中澤而哭，甚哀。孔子怪之，使弟子問焉。婦人對曰：向者刈蓍薪而亡吾蓍簪，是以哀。孔子曰：刈蓍薪而亡蓍簪，有何悲也？婦人曰：非傷亡簪，吾所以悲者，不忘故

也。』濟注：『此章明故舊不可忘也。服，用。遺，棄也。墜屨、忘簪，同善注。言人達時所用，或有可棄；貧賤之交，在於貴難忘。故楚王之悲，少原流慟，蓋欲激厲澆俗也。』

此章言顯達者所用，雖貴重或有所棄，窮之所持，雖賤而必尋求之。故楚國之君，因屐失而悲；少原之婦，因簪亡而哭。意謂君子治政，必移其澆俗，易其頹風。此承上章慎於教化言之。方廷珪《昭明文選集成》曰：『此章見人不可忘故舊。』

四十一

臣聞觸非其類，雖疾不〔一〕應；感以其方，雖微則順。是以商飈漂山，不興盈尺之雲；谷風乘條，必降彌天之潤。故闇於治〔二〕者，唱繁而和寡；審乎物者，力約而功峻①。

【校勘】

〔一〕『不』，《文選》卷五十五、《藝文類聚》卷五十七並作『弗』。六臣本注：『五臣本作不。』

〔二〕『治』，《藝文類聚》卷五十七作『理』。或避唐諱。

【注釋】

① 劉孝標注：『商風漂蕩，本無興雲之候；暗君政亂，不能懷百姓之心。至谷風習習，必陰必雨；明主在上，則天下自安也。』善注：『《毛詩》曰：習習谷風，維風及雨。毛萇《詩傳》曰：乘，升也。《洪範五行

傳》曰：雲起於山而彌於天。鄭玄《周禮注》曰：彌，徧也。』良注：『此章明君行暴急之政，則不能懷百姓也。商飈，秋風也。谷風，東風也。彌，猶徧也。峻，高也。夫秋飈吹山不能興雲，疾不應也；東風動條，則必降雨，微而順也。亦猶闇者法繁而人不從，明者事約而功高大也。』

此章言接觸若非同類，雖疾速而不回應，感動若以其術，雖細微則順應。因此秋風可漂山，則不可吹起一尺之雲；春風可長枝條，必可普降漫天雨潤。故不明治政者，法度繁而應和者少；明察事理者，用力少而功業高峻。意謂治政者須簡約刑罰，審察事理，重於教化，則事半而功倍矣。方廷珪《昭明文選集成》曰：『此章見作事能乘機利導，則事半而功倍。』

四十二

臣聞煙出於火，非火之和；情生於性，非性之適。故火壯則煙微，性充則情約。是以殷墟有感物之悲，周京無佇立之迹①。

【注釋】

① 劉孝標注：『殷墟，謂紂也。周京，幽王也。棄性逐欲，遂令身死，國家爲墟，故微子視麥秀而悲殷，周大夫見禾黍而悲感者也。』善注：『夫性者生之質，情者性之欲。故性充則國興，情侈則國亂。二王皆棄性而縱欲，所以滅亡也。或者以《詩序》云：彷徨不忍去，而凝佇立之迹。然《序》又云：盡爲禾黍，豈得佇立哉？』翰注：『此章明情欲縱則必喪身亡國也。殷，謂紂。周，謂幽王也。微子過殷墟，見麥秀於舊居而

悲；周大夫過周京，感黍苗而歎。夫煙能生火，性能生欲。火盛則煙滅，欲深則性亡。亦猶殷周之君，縱欲隕身喪國，使二賢感歎也。宮室盡爲禾黍，故無佇立之迹。』充，《廣韻》：『美也，備也。』

此章言煙出於火，非應火而生；情生於性，非得之性。故火旺而煙少，本性充美而情感簡約。因此，微子過殷墟，見麥秀而悲傷；周臣過周京，感黍苗而歎息。意謂治政者不可棄性而縱欲，否則喪身亡國，徒令後人之悲歎也。方廷珪《昭明文選集成》曰：『此章大意是言煙雖出於火，煙閉火反爲之滅，故曰「非火之和」；情雖生於性，性充則性不爲情蕩，故情約。惟殷周二主不能約情於性，乃有滅亡之禍。文勢遞引而出，又一格也。』

四十三

臣聞適物之技〔一〕，俯仰異用；應事之器，通塞異任。是以鳥棲雲而繳飛，魚藏淵而網沉；賁鼓密而含響，朗笛疎而吐音①。

【校勘】

〔一〕『技』，《七十二家集》本作『枝』，形近而誤。

【注釋】

① 劉孝標注：『賢聖之道，動合物宜，隨俗污隆，用行其正，取其濟物而已。由求鳥必高其繳，須魚必

沉其網也。』善注：『《爾雅》曰：大鼓謂之鼖。賁與鼖，古字同。鄭玄《禮記注》曰：密之言閉也。《説文》曰：踈，通也。』銑注：『此章明聖人不枉物從己，故所適必通也。繳，射也。網，綱也。大鼓曰賁。朗，明。踈，通也。夫鼓笛爲器，有通有塞，故使任各異。而聖人用心，俯仰順物，升於雲則爲繳，沈於淵則爲網，故物不能逃而無不通也。』

此章言鳥飛於雲，不高其繳則不得鳥，魚藏於淵，不沉其網則不得魚，故應物之技能，或俯或仰，所用有別，用事之器，或通或塞，功能不同。謂明君治世則順應物理，用人則取其所長。方廷珪《昭明文選集成》曰：『此章見處事順應無方，乃不凝滯於物。』

四十四

臣聞理之所守，勢所常奪；道之所閉，權所必開。是以生重於利，故據圖無揮劍之痛；義重〔一〕於身，故臨川有投迹之哀①。

【校勘】

〔一〕『重』，《文選》卷五十五作『貴』。善注曰：『以身方義，則義貴身。』六臣本注曰：『五臣本作重。』

【注釋】

① 善注：『性命之道，含靈所惜。以利方生，則生重利；不以利喪生，是理之所守，道之所閉也。以身

方義，則義貴身，而以義棄身，是勢之所奪，權所必開也。是以據圖無揮劍之痛，以利輕於生；臨川有投迹之哀，以身輕於義。《文子》曰：左手據天下之圖，而右手刎其喉，愚者不爲，身貴乎天下也。死君之難者，視死若歸，義重於身故也。天下大利也，比身則小，身所重也。比義則輕，臨川自投，謂北人無澤也。《莊子》曰：舜以天下讓其友北人無擇。北人無擇曰：異哉！後之爲人也。欲以其辱行漫我，吾羞見之。因自投清泠之淵。』向注：『此章明賢者重義而輕身也。《文子》曰：左手據天下圖，右手刎其喉，愚者不爲也。舜以天下讓其友北人無擇。無擇曰：欲以辱行漫我，因自投清泠之泉。夫理有可守者，爲勢力所奪；道有可閉者，爲威權所開。是以據圖之人，揮劍不痛，以利輕身也。投川之士，死而可哀者，輕身徇義也。』按：據圖，即據於天下。《文子》曰：『天下，大利，比身即小，身所重也。』生重於利，故據圖無揮劍之痛，意謂生命重於世利，故雖據天下，而遭揮劍之戮，君子不取也。故徐陵《與楊僕射書》曰：『且據圖刎首，愚者不爲；運斧全身，庸流所鑒。』五臣注誤。

此章言人常守理，因勢所失；守道，因權而喪。然生重於利，雖據天下，有揮劍之痛，君子不取；義重於身，雖得天下，而辱行背義，臨川投身。意謂君子無爲利而傷身，無爲身而害義。方廷珪《昭明文選集成》曰：『此章即「怯夫慕義，何處不勉」之意。』

四十五〔一〕

臣聞圖形於影，未盡纖麗之容；察火於灰，不覩洪赫之烈。是以問道存乎其人，觀物必造其質①。

【校勘】

〔一〕《札記》：『《文選》此條與下「通於變者」條次序互易。』

【注釋】

① 劉孝標注：『此言令人尋本而棄末也。』善注：『《法言》曰：或問經難易。曰：其人存則易，亡則難。』良注：『此章明棄虛收實也。圖，畫也。言人圖形於影，不得容媚；察火於灰，無見赫烈。若信虛言，不能存道，亦猶畫形於影，不至其質也。造，至也。』存，察。《爾雅·釋詁》：『存，察也。』郭璞注：『《書》曰：在璿璣玉衡。士理官亦主聽察。存，即在。』造，《玉篇》：『至也。』

此章以依影而畫形，不可盡纖細秀麗之容貌；以灰察火，不可觀猛烈大火之勢，喻探求道必察乎其人，考察物必至其本質。言君子必棄虛就實，尋本棄末。方廷珪《昭明文選集成》曰：『此章見觀人當由本以及末，不可因末而求本。纖麗形之本，洪赫火之本，影與灰則末矣。造乎其質，質即本矣。』

四十六

臣聞通於變者，用約而利博；明其要者，器淺而應玄。是以天地之賾，該於六位；萬殊之曲，窮於五絃①。

【注釋】

① 劉孝標注：『事得其要，雖寡而用博。易之六爻，該綜萬象；琴之五弦，備括衆聲。』善注：『《廣雅》曰：玄，遠也。《小(爾)雅》曰：賾，深也。《周易》曰：大明終始，六位時乘。五絃，琴也。(《歸田賦》曰：彈五絃於妙指。)蔡邕《琴操》曰：伏羲氏作琴，弦有五，象五行。』濟注：『此章明事能通變者，雖小可以窮大也。器，用。宏，遠。賾，深。該，備也。夫事有變要，所用淺約，通乎玄遠者，亦猶《易》著六爻，備於萬象；琴張五絃，揔於衆聲。』

此章言通於變化，用雖簡約而有廣博之利；明於樞機，器雖淺陋而應玄遠之機。故天地之道深遠，備於《易》之六爻；曲調之音殊異，盡於樂之五弦。謂君子善以小見大，以少總多。方廷珪《昭明文選集成》曰：『此章言應事之理貴於痛變而知要，則能以簡而御繁，以少而勝多。』

四十七

臣聞情見於物，雖遠猶疎；神藏於形，雖近則密。是以儀天步晷，而脩短可量；臨淵揆水，而淺深難察①。

【注釋】

① 劉孝標注：『天布列象物，所以知其度，此即遠猶踈。淵之積水，人所不能測，此即藏於器也。』善注：『儀，猶法象也。鄭玄《尚書大傳注》曰：步，推也。《說文》曰：晷，日景也。《慎子》曰：離朱之明，察

毫末於百步之外；下於水尺，而不能見淺深，非目不明也，其勢難覩也。』翰注：『此章明事遠者，不必難知；近者，不必易察也。儀，法。步，推。晷，影。脩，長。揆，度也。夫天體雖遠，可以法推者，踈而易知；神機至近，非能理契者，密而難測。故聖人用心，不重其大，不輕其小。』密，深。《玉篇》：『密，止也，默也，深也。』

此章言情理深奥，見之於物，雖遠而所見者近；神機難明，藏之於形，雖近而深不可測。故觀測天體之運行，推日影長短而可知；度量深淵之淺深，以目之所視而難察。謂君子見近知遠，不蔽於形，方可洞察物理，明達神機。方廷珪《昭明文選集成》曰：『此章見人之明，或不蔽於遠而蔽於近。』

四十八

世聞虐暑熏〔一〕天，不減堅冰之寒；涸陰凝地，無累陵火之熱。是以吞縱之强，不能反蹈海之志；漂櫓〔二〕之威，不能降西山之節①。

【校勘】

〔一〕『熏』，《西晉文紀》卷十五、陳仲魚校本、鄧邦述校本作『薰』。陳仲魚校本、鄧邦述校本并校作『熏』。古二字通。

〔二〕『櫓』，《文選》卷五十五、陸刻本、陳仲魚校本作『鹵』。六臣本注：『善本作鹵字。』陳仲魚校本校作『櫓』。古二字通。

【注釋】

① 劉孝標注：『言勢有極也。虐暑涸陰之隆，不能易火、冰之性；吞縱漂鹵之威，不能移貞介之節。』善注：『《淮南子》曰：夫寒之與煖相反，寒地坼水凝，火弗爲衰，其勢暴也。如下文。吞縱，謂秦也。六國爲縱，而秦滅之，故曰吞縱。《過秦》曰：秦有併吞八荒之心。《史記》曰：魏將軍新垣衍説趙，使尊秦爲帝。魯連曰：彼秦者，棄禮義而上首功之國也。即肆然而爲帝，則連有蹈東海而死耳，吾不忍爲之民。《尚書序》曰：武王伐殷。《尚書》曰：前徒倒戈，攻於後以北，血流漂杵。《過秦》曰：伏尸百萬，流血漂櫓。《説文》曰：漂，浮也。《史記》曰：武王伐紂，伯夷、叔齊叩馬諫曰：以臣伐君，可謂仁乎？左右欲兵之。太公曰：此義人也。扶而去之。武王以平殷亂，伯夷、叔齊恥之，隱於首陽山。及餓且死，作歌。其辭曰：登彼西山兮，採其薇。』銑注：『此章明士有執節者，不可以威力移也。虐，毒也。陵，原也。關東諸侯合縱拒秦，而秦吞併之。蹈海，謂魯連隱於海也。櫓，大楯也。武工伐紂，流血漂櫓。西山，首陽山也。夫冰之性寒，毒暑不能滅；火之性熱，凝陰不能累。亦猶秦皇之彊，不能迴魯連之志；周武之威，不能屈伯夷之節也。』

此章意五臣注甚明。言君主不能憑權威移貞士志節，貞士亦不可爲權威所屈。方廷珪《昭明文選集成》曰：『此章言物有一定之性，不由風會爲轉移，上舉其理，下實其事。』

四十九

臣聞理之所開，力所常達；數之所塞，威有必窮。是以烈火流金，不能焚景；沉寒凝海，不能結風①。

【注釋】

①劉孝標注：『金爲火所流，海爲寒所凝，此是理開而常達也。然則能流金而不能焚景，能凝海而不能結風，此理閉而所窮也。』善注：『高誘《吕氏春秋注》曰：數，術也。』向注：『此章明理有定分，不可越也。言火之流金，寒之凝海，乃理開常達之道，是以能之。至於焚景、結風，則數塞必窮之，義由是不及也。』此章以烈火可以熔化金石，然不可焚日影；嚴寒可以冰凝大海，然不可凍結風，喻智力可使理通，威權不可使術塞。言治政之道須以其智力，而不可以其權勢也。方廷珪《昭明文選集成》曰：『此章見人之威力有時而行，亦有時而格。』

五十

臣聞足於性者，天損不能入；貞於期者，時累不能淫〔一〕。是以迅風凌〔二〕雨，不謬晨禽之察；勁陰殺節，不凋寒木之心①。

【校勘】

〔一〕『淫』，《七十二家集》本作『滛』。古二字同。

〔二〕『凌』，《文選》卷五十五、陸刻本、陳仲魚校本、鄧邦述校本作『陵』。鄧邦述校本校作『凌』。古二字通。

【注釋】

① 劉孝標注：『夫冒霜雪而松柏不凋，此由是堅實之性也。天雖損，無害也。雞善伺晨，雖陰晦而不輟其鳴，此謂時累不能淫也。』善注：『《莊子》曰：孔子謂顔回曰：無受天損易，無受人益難。淫，猶侵也。《法言》曰：震風陵雨，然後知厦屋帡幪。李軌曰：陵雨，暴雨也。帡，莫經切。幪，莫公切。』濟注：『此章明貞操之士，時亂不能易其節也。足於性，謂松柏也。天損，謂霜雪也。貞於期，謂雞鳴也。時累，謂風雨也。喻君子邪亂不能侵其明節，亦猶風雨不能誤雞鳴，霜雪不能凋松柏也。淫，侵也。』

此章以疾風暴雨，不可使伺晨之雞謬其鳴，嚴寒肅殺，不可使松柏之木凋其性，喻堅實之性，天之霜雪不可侵，忠正之心，世之俗累不能犯。言君子不可因時亂、俗累而易其節也。方廷珪《昭明文選集成》曰：『此章即周於德者，邪世不能亂之意。』

【集評】

［南朝・梁］劉勰《文心雕龙・雜文》：自《連珠》以下，擬者間出。杜篤、賈逵之曹，劉珍、潘勗之輩，欲穿明珠，多貫魚目。可謂壽陵匍匐，非復邯鄲之步；里配捧心，不關西施之嚬矣。唯士衡運思，理新文敏，而裁章置句，廣於舊篇。豈慕珠仲四寸之璫乎！夫文小易周，思閑可贍，足使義明而辭净，事圓而音澤，磊磊自轉，可稱珠耳。

［宋］楊齊賢曰：（李白《送韓準裴政孔巢父還山》：獵客張兔罝，不能卦龍虎。所以青雲人，高歌在巖户。）陸機《演連珠》曰：『臣聞頓網探淵，不能招龍；振綱羅雲，不必招鳳。是以巢箕之叟，不盷丘園之幣；

洗渭之民，不發傅巖之夢。』此首四句意出於此。（《李太白集分類補注》卷十六）

［宋］王应麟《玉海》卷五十四：《文選》陸機《演連珠》五十首注：傅玄叙連珠，興於漢章之世。班固、賈逵、傅毅受詔作之，合於古詩諷興之義。《文心雕龍》：揚雄覃思文閣，碎文瑣語，肇爲連珠。擬者間出，杜篤、賈逵、劉珍、潘勗欲穿明珠，多貫魚目，唯士衡理新文敏。《隋志》陸機《連珠》一卷，何承天注。謝靈運《連珠集》五卷。陳證《連珠》十五卷。黄芳《連珠》一卷。梁武《連珠》一卷，沈約注。梁武帝製《旨連珠》十卷，邵陵王綸注，又陸緬注。梁有《設論連珠》十卷，謝靈運撰。《唐志》：謝靈運《連珠集》五卷。梁武帝製《旨連珠》四卷，陸緬注十一卷。康顯海《藏連珠》三十卷。《文章緣起》：《連珠》，揚雄作。沈約曰：《連珠》之作，始自子雲。蓋謂辭句連續，互相發明，若珠之結排也。

［明］王禕《王忠文集·演連珠并序》：《連珠》之體，貴乎辭麗而言約，不指説事情，必假諭以達其行，使覽者微悟，合古詩諷興之義。以其易覩而可悦，歷歷如貫珠，故謂之連珠也。漢章之世，班固、賈逵、傅毅三子者，受詔始作，然其文後世鮮傳焉。禕讀《文選》，嘗喜陸機所作《演連珠》，因擬其體爲五十首，雖諷興之義竊或庶幾，而辭不能麗，言不能約，有媿於作者多矣。録之于左，以備覽云。

［明］吴訥《文章辯體序題·連珠》：按晉傅玄曰：《連珠》興於漢章帝之世，班固、賈逵亦嘗受詔作之，蔡邕、張華又嘗廣焉。考之《文選》，止載陸士衡五十首。而曰《演連珠》，言演舊義以廣之也。大抵《連珠》之文，穿貫事理，如珠在貫。其辭麗，其言約。不直指事情，必假物陳義，以達其旨，有合古詩風興之義。其體則四六對偶而有韻。自士衡後，作者蓋鮮。洪武初，宋王二閣老有作，亦如士衡之數。

［明］李淳評：文如貫珠，則不必如珠者可棄。（李淳删定評點《選文選》）

［明］孫鑛評：虚詞括事理，而撰語特工麗。構法全本韓公子《内外儲》來，但彼間排，此則全排也。中

有談理處盡人妙，以此知士衡之學，非徒藻繪。（《孫月峰先生評文選》）

［明］錢陸燦評：連珠興於漢章之世，文體詞麗而言約，不指説事情，必假喻以達其旨，俾覽者微悟，合於古詩諷諫之美，欲使歷歷如貫珠，易看而可悦也。（晉陵吴氏刻《文選》六十卷）

［明］鄒思明評：節節變化，段段生情，言外立言，喻中設喻，緜中綫引，草裏蛇眠，雲破月映，藕斷絲連，委婉而多姿，遒麗而朗耀。只覺花顔縹緲，欺樹裏之春風；銀焰熒煌，却城頭之曉色。猶玄圃之積玉，無非夜光；若不湖之吐流，源泉自一。正大妍贍，英鋭秀逸，高言妙句，綺靡天成。（《文選尤》）

［清］洪若皋《梁昭明文選越裁》：連珠始於揚子雲，漢章帝時，班固、賈逵、傅毅受詔爲之。昔人謂景伯儒而不艷，武仲文而不典，孟堅喻美辭壯，文章宏麗，最爲得體，即蔡邕、王粲、張華各有仿擬，總以秀麗典雅、託物達情爲可貴也。士衡文章多滯重之病，獨《演連珠》清綺絶倫，典雅不俗，靈心妙筆，如潘岳《悼亡》，顔延之《五君詠》，沈休文《别范安成》，俱另出手眼，不以綺靡掩其所長，乃知才人固不可以尋常測也。

［清］孫洙評：辭麗言約，假喻達旨，能使覽者微悟，深合古詩比興之義。體始於漢，而士衡獨傳，蓋中有至理，不僅以藻采爲工也。（《山曉閣重訂文選》）

［清］俞瑒評：對偶工，聲韻葉。以詞賦之支流，四六文濫觴也。造語亦有極精妙處。（清鈔本《昭明文選》）

［清］方廷珪《昭明文選集成》：古榕伯海曰：『連珠之體，雖無指實之事，凡一切持身涉世，應事接物，皆可以意相求。大抵前虛後實，前伏後應，前案後斷，法總不外於賓主、反正、開合、淺深，用風人比體爲多。一篇之中，義取相生相足，必有根據以立言。五十首中多取子書以演其説，作固不難，學之亦易也。』

陳氏潔渚曰：『五十首中，或據理而談，或罕譬而喻，或假於物，或徵於事。習其體者，必先有前言往行了然胸中，然後有以博其義類，伸其旨趣，得詩人風諭之義，正非空疏者可以襲取也。』

［清］何焯《義門讀書記》卷四十九：陸士衡《演連珠》『日薄星迴』首，『是以百官恪居』至『以要克諧之會』，似是可否相成之義。注未昭暢。

『利眼臨雲』首，注引《抱朴子》云：『日月之蝕，乃至于盡，天何爲當，故壞其眼目，以行譴人乎？』按：玉川《月蝕詩》出於此。

『尋烟染芬』首，似是服子規矩律吕之説。

［清］朱鶴齡《詩經通義》卷三：嚴緝世亂俗敗士之怵於利害，隨勢變遷，失其常度者多矣，故詩人思見君子焉。陸機《連珠》云：『貞乎期者，時累不能淫。是以迅風陵雨，不謬晨禽之察。』正用序意。

［清］孫萬春《縉山書院文話》卷二：揚子雲作《連珠》，陸士衡作《演連珠》，均取其歷歷如貫珠。墨卷家以二字鍊者，亦謂之連珠體。然用來太俗爛矣。

［清］王之績《鐵立文起・前編》卷八《連珠》：考之《文選》，止載陸士衡五十首，而曰《演連珠》，言演舊義以廣之也。

李詳《愧生叢録》卷一：鮑照《河清頌》：『無辱鳳舉之使，靈怪不召而自彰。』陸機《演連珠》：『金碧之巖，必辱鳳舉之使。』謂漢使王褒求金馬碧雞也，隸事甚僻。

唐文治《國文經緯貫通大義》卷六《典綴華藻法》：《文選》陸士衡《演連珠》：藻采紛綸中，時有見道之言，所謂文質相宣是也。後世作者，枝葉大於本幹，實爲辭章家之流弊。

孫德謙《六朝麗指・連珠體》：連珠之體，彦和謂肇始揚雄，此説不然，或謂源于韓非《儲説》，斯得之矣。以吾考之，其體創于《鄧析子》，又非出自韓非也。《無厚篇》云：『夫負重者患途遠，據貴者憂民離。負重途遠者，身疲而無功；在上離民者，雖勞而不治。故智者量途而後負，明君視民而出政。』又云：『獵羆虎者，不於外圂；釣鯨鯢者，不於清池。何則？圂非羆虎之窟也，池非鯨鯢之泉也。楚之不泝流，陳之不束麾，長盧之不士，吕子之蒙恥。』則連珠一體，在春秋已有矣。子雲好擬古，始放而爲之。其後如東漢之班孟堅，魏之潘勗，晉之陸士衡，無不承流而作。其在六朝，謝惠連、顏延年、王仲寶、沈隱侯輩，皆極一時之選。

七徵〔一〕①

【題解】

以『七』名篇，源於枚乘《七發》，以七事諭太子。摯虞《文章流别論》曰：『雖有甚泰之辭，而不没其諷喻之義也。』此文虚構兩位人物，一是妙通物理的通微大夫，另一是超越塵俗的玄虚子。全文藉通微大夫之言，以世俗的飲食之美、華居之麗、歌舞之甚、聲色之歡、功業之隆、勳爵之美，勸諭玄虚子，終於使其棄隱而入世。藝術上鋪張揚厲，麗旨腴辭，申述之意，層層深入，其結構與《七發》近似。其意强調積極入世，體現了士衡之儒家人生觀。然因『規倣太切』，藝術創新不足。具體創作時間不可考。從『弭侵略於强暴，綜墜紀乎危邦』二句看，似當作於八王之亂起之後，體現了陸機『志匡世難』的價值追求。

玄虚子耽性沖素，雍容玄泊，棄時俗而弗徇〔二〕，甘漁〔三〕釣於一壑②。乃有通微大夫，怨皇居之失實〔四〕，傷鴻誓之後聞③，策〔五〕玄黃於榛險，憑六嵓〔六〕而放言④。

【校勘】

〔一〕《札記》：『《七徵》，見《聚類》五十七。又《初學記》二十一引陸士衡《七徵》曰：演八代之洪旨，統先聖之遺訓。聳一心以紹軻，敦四教以承某（丘）。此無之，蓋非全篇。』又『七徵』，嚴可均《全晉文》卷九十八曰：『案：此假通微大夫以爲説，疑作「微」是。』按：魏晉七體，效仿漢人，虛構人物對答，如曹植《七啓》之『玄微子』與『鏡機子』，文題與人名無關，故此文不當爲『七微』，且後人所引均作《七徵》，亦其證也。

〔二〕『徇』，《藝文類聚》卷五十七、《七十二家集》本、《西晉文紀》卷十五作『狥』。古二字通。

〔三〕『漁』，《七十二家集》本作『鴻』。

〔四〕『居』，陸刻本、陳仲魚校本、小萬卷樓本、鄧邦述校本作『后』。陳仲魚校本、鄧邦述校本并校作『居』。又『寶』，陳仲魚校本、鄧邦述校本并校作『實』。

〔五〕『策』，《文集》作『榮』。《藝文類聚》卷五十、《西晉文紀》卷十五、陸刻本、陳仲魚校本、鄧邦述校本作『策』。《文集》亦校作『策』。今據改。

〔六〕『嵓』，陸刻本作『巖』。古二字同。

【注釋】

① 吴訥《文章辯體序題・七體》曰：『昭明輯《文選》，其文體有曰七者，蓋載枚乘《七發》，繼以曹子建

《七啓》、張景陽《七命》而已。《容齋隨筆》云：枚生《七發》創意造端，麗旨腴辭，固爲可喜，後之繼者，如傅毅《七激》、張衡《七辯》、崔駰《七依》、馬融《七廣》、曹植《七啓》、王粲《七釋》、張協《七命》、陸機《七徵》之類，規倣太切，了無新意。及唐柳子厚作《晉問》，雖用其體，而超然別立機杼。漢晉之間，沿襲之弊一洗矣。』

② 耽，樂也。《詩·衛風·氓》：『于嗟女兮，無與士耽。』毛詩傳：『耽，樂也。』沖素，沖淡樸質。《晉書·孝懷帝紀》：『帝沖素自守，門絶賓遊。』雍容，王褒《聖主得賢臣頌》：『雍容垂拱，永永萬年。』濟注：『雍容，閑和貌，静思乃閑和。』玄泊，玄遠澹泊。《華陽國志》卷十中《廣漢士女》：『元章玄泊，韜光匿耀。』徇，《廣韻》：『營也。』此四句言玄虛子性守沖素，閑遠淡泊，遠離世俗而不汲汲名利，甘於隱居山林。

③ 皇居，指君主。皇，《説文》：『大也。』失實，猶言失位。《易·繫辭下》：『聖人之大寶曰位。』鴻誓，帝王之敕戒也。夏竦《傳法院碑銘》：『守護正法，有帝之鴻誓也。』《爾雅·釋詁》：『誥誓，謹也。』郭璞注：『皆所以約勤謹戒衆。』邢昺疏：『謹，敕也。集將士而戒之曰誓。』此二句言悲怨君主之失位，帝王誥誓之不聞也。

④ 玄黄，指馬病。《詩·周南·卷耳》：『陟彼高崗，我馬玄黄。』毛詩傳：『玄，馬病。』此指病馬。榛，《玉篇》：『木叢生。』榛險，猶言荒蕪險艱。放言，置言。《論語》：『虞仲夷逸，隱居放言。』何晏《集解》：『苞氏曰：放，置也。』此指鋪張揚厲之言。此二句謂通微大夫策病馬而至山林岩穴，以華美之言遊説玄虛子。

此段交待論説之緣起。分别點明玄微子隱居避世、通微大夫傷時救世的不同價值取向。

通微大夫曰：奇膳玉食，窮滋致豐①。簡犧羽族，考牲〔一〕毛宗②。俯出沉鮪，仰落歸鴻③。

剖柔胎於孕豹，宰潛肝乎豢龍④。拾朝陽之遺卵，納丹穴之飛鳳〔二〕凰⑤。神宰奇稔〔三〕，嘉禾之穗，含滋發馨，素穎玉鋭⑥。【勺藥調以充饑，芳馨發而協氣】〔四〕⑦。灼若皓雪之頹玄雲，皎若明珠之積緇匱⑧。素蟻踊而瀺灂，滋芬溢而相徽⑨。【雲沸淵湧，秋醪春酒。兼醞增奇，浮藻吐秀】〔五〕⑩。味雖濃而弗爽，氣既惠而復奇〔六〕⑪。介景福於眉壽，裕温克乎齊聖。子能饗之乎⑫？

【校勘】

〔一〕『牲』，《藝文類聚》卷五十七作『生』。

〔二〕『鳳』，《藝文類聚》卷五十七、《西晉文紀》卷十五、陸刻本、《百三家集》本、陳仲魚校本、鄧邦述校本作『凰』。陳仲魚校本、鄧邦述校本并校作『鳳』。

〔三〕『稔』《藝文類聚》卷五十七作『稌』。

〔四〕『勺藥調以充饑』二句，《文集》脱，嚴可均《全晉文》卷九十八據《北堂書鈔》卷一百四十二補。

〔五〕『雲沸淵湧』以下四句，《文集》脱，嚴可均《全晉文》卷九十八據《北堂書鈔》卷一百四十八補。

〔六〕『奇』，《藝文類聚》卷五十七無此字。汪紹楹校曰：『本集「復」下有「奇」字。』

【注釋】

① 窮，窮盡。《爾雅·釋言》：『究，窮也。』郭璞注：『皆窮盡也。』滋，滋味。《禮記·月令》：『薄滋味

毋致和。』

②簡，選擇。《書・冏命》：『慎簡乃僚，無以巧言令色，便辟側媚，其惟吉士。』孔安國傳：『當謹慎簡選汝僚屬侍臣。』牲，祭祀之六牲。《周禮・地官・司徒》：『牧人掌牧六牲而阜蕃其物，以共祭祀之牲牷。』鄭玄注：『六牲，謂牛馬羊豕犬雞也。』犧牲，毛羽完具之六牲。《周禮・地官・司徒》：『凡祭祀共其犧牲，以授充人繫之。』鄭玄注：『犧牲，毛羽完具也。』古代祭祀之品尊貴而精美，故此指精美之食。羽族，禽鳥類。毛宗，畜獸類。左思《蜀都賦》：『毛羣陸離，羽族紛泊。』劉逵注：『毛羣，獸也。羽族，鳥也。』上四句概述膳食精巧，滋味豐盛，飛禽走獸，無所不包。

③沉鮪，沉魚。鮪，魚名。《爾雅・釋魚》：『鮪，鱣屬也。大者名王鮪，小者名鮇鮪。今宜都郡自京門以上江中通出鱏鱣之魚，有一魚狀似鱣而小，建平人呼鮥子，即此魚也。』

④豢龍，豢養之龍。豢，《廣韻》：『穀養畜也。』此二句言剖開孕豹而食其柔嫩之胎兒，宰殺豢龍而食其腹藏之龍肝。

⑤朝陽，指鳳。《詩・大雅・卷阿》：『鳳皇鳴矣，于彼高岡。梧桐生矣，于彼朝陽。』毛詩傳：『山東曰朝陽。梧桐不生，山岡大平，而後生朝陽。』鄭玄箋：『鳳皇之性，非梧桐不棲，非竹實不食。』丹穴，南方朝陽之處。《淮南子・氾論訓》：『丹穴太蒙，反踵空同，大夏北户，奇肱脩股之民，是非各異，習俗相反。』許慎注：『丹穴，南方當日下之也。』上六句選擇王鮪、落鴻、豹胎、龍肝、鳳卵、凰肉八個方面，具體描述菜餚之奇。

⑥神宰，神靈之主宰。王勃《乾元殿頌》：『我大唐雖渾制極，樹神宰而制山河。』稔，《説文》：『穀熟也。』滋，汁液。《禮記・檀弓上》：『喪有疾，食肉飲酒，必有草木之滋焉。』《玉篇》：『滋，液也。』馨，《玉

篇》：『香遠聞也。』穎，禾穗之芒。《玉篇》：『穎，禾末也。』銳，喻禾穎之尖細。《廣韻》：『銳，利也。』

⑦ 勺藥，即芍藥，香草。《詩·鄭風·溱洧》：『維士與女，伊其相謔，贈之以勺藥。』毛詩傳：『勺藥，香草。』協氣，節氣和諧。《三國志·魏·陳思王傳》：『植復上疏陳審舉之義，曰：「臣聞天地協氣而萬物生。」』

⑧ 灼，鮮明貌。《詩·周南·桃夭》：『桃之夭夭，灼灼其華。』《玉篇》：『灼，明也。』頹，下墜，此猶散。《楚辭·悲回風》：『歲曶曶其若頹兮，旹亦冉冉而將至。』王逸注：『頹，下墜也。』頹玄雲，謂黑雲散。皎，《廣雅》：『白也，明也。』緇，《詩·鄭風·緇衣》：『緇衣之宜兮，敝予又改爲兮。』毛詩傳：『緇，黑色。』匱，《説文》：『一曰乏也。』積緇匱，意謂黑色散去。以上八句先寫穀物之神奇、嘉美、汁濃、色潤，再寫飯食之馨香、潔白以及穀粒之新鮮、質感。

⑨ 素蟻，初生蟻虱。沈約《憫國賦》：『育素蟻于玄胄，垂葆發于縵胡。』瀺灂，湧出。潘岳《閑居賦》：『遊鱗瀺灂，菡萏敷披。』善注：『瀺灂，出没貌。《高唐賦》曰：巨石溺之瀺灂。』踴，《玉篇》：『跳也。』滋，《玉篇》：『長也。』徽，《爾雅·釋詁》：『善也。』此二句言如初生白蟻，跳動出没，芬芳四溢，滋味美善。以下寫酒，前句從視覺上寫，後句從嗅覺上寫。

⑩ 醪，濁酒。謝朓《三日侍華光殿曲水宴代人應詔》：『浮醪聚蟻，靈蔡呈姿。』《玉篇》：『醪，滓酒也。』醞，釀酒。《廣韻》：『醞，釀也。』此四言春秋所釀之酒，如雲飛泉湧。釀之愈久，愈加奇美，如文藻漂動，花紋綻吐。

⑪ 爽，《廣韻》：『烈也。』惠，和順。《詩·邶風·燕燕》：『終温且惠，淑慎其身。』毛詩傳：『惠，順也。』此二句言酒味濃而不烈，香氣平和而奇異。

⑫ 介景福，猶言助爾大福。《詩・小雅・小明》：『神之聽之，介爾景福。』毛詩傳：『介、景，皆大也。』鄭玄箋：『介，助也。神明聽之，則將助女以大福。』眉壽，猶長壽。《詩・七月》：『爲此春酒，以介眉壽。』毛詩傳：『眉壽，豪眉也。』裕，使足也。《説文》：『裕，衣物饒也。』温克，蘊藉自持。齊聖，中正通智。《詩・小雅・小宛》：『人之齊聖，飲酒温克。』毛詩傳：『齊，正；克，勝也。』鄭玄箋：『中正通知之人，飲酒雖醉，猶能温藉自持以勝。』孔穎達疏：『中正謂齊，通智謂聖。』饗，飲酒。《説文》：『饗，鄉人飲酒也。』此三句謂酒可助爾長壽，求其大福，可足其蘊藉自持，中正通智。子可飲之乎？

此段以飲宴之樂而説玄虚子。分別從菜餚之奇、飯食之美、美酒之馨香三個方面，鋪陳飲食之美。

通微大夫曰：豐居〔一〕華殿，奇〔二〕構磊落。高〔三〕宇雲覆，千楹林錯。仰綏瑰木，俯積瓌石①。敷延袤之廣廡，矯陵〔四〕霄之高閣②。秀清暉乎雲表，騰藻蔭之奕奕〔五〕③。珍觀清榭，岳立連行。雲階飛陛，仰陟穹蒼④。聳浮柱而虬立，施飛檐以龍翔⑤。回房旋室，綴珠〔六〕襲玉。圖畫神仙，延祜〔七〕承福。懸闥高達，長廊迴屬⑥。於是登漸臺，理俊音，鏡玄沚，望長林。逐狡獸，弋〔八〕輕禽⑦。覽壯藝以悦觀，聆和樂而怡心⑧。子能居之乎？

【校勘】

〔一〕『居』，《藝文類聚》卷五十七作『屋』。

〔二〕『奇』，《藝文類聚》卷五十七原無『奇』字，汪紹楹校曰：『本集下有奇字。』

〔三〕『高』，陸刻本、陳仲魚校本、鄧邦述校本作『萬』。陳仲魚校本、鄧邦述校本并校作『高』。

〔四〕『陵』，陸刻本作『凌』。古二字通。

〔五〕『蔭』，陸刻本作『陰』。又『奕奕』，《藝文類聚》卷五十七作『弈弈』，形近而誤。

〔六〕『珠』，《藝文類聚》卷五十七作『琳』。

〔七〕『祜』，《文集》作『祐』。陳仲魚校本、鄧邦述校本并校作『祜』。今據改。

〔八〕『弋』，《文集》作『戈』，形近而誤。《藝文類聚》卷五十七、《西晉文紀》卷十五、陸刻本、《百三家集》本、陳仲魚校本、鄧邦述校本作『弋』。《文集》亦校作『弋』。今據改。

【注釋】

① 磊落，高聳貌。郭璞《江賦》：『衡霍磊落以連鎮，巫廬嵬崫而比嶠。』翰注：『磊落、嵬崫，皆山高大貌。』楹，《説文》：『柱也。』徐鍇《繫傳》曰：『楹言盈，盈對立之狀。』綏，安。《書・太甲上》：『用集大命，撫綏萬方。』孔安國傳：『集王命於其身，撫安天下。』瑌石，石之次於玉，色白有赤者。《山海經》：『扶豬之山，其上多礝石。』郭璞注：『今鴈門山中出礝石，白者如水，水中有赤色者。』礝、瑌，古二字同。此六句言所居宫室盛大華美，高聳奇異，浮雲籠罩高殿，楹柱林立交錯，上安奇木爲梁，下鋪玉石爲地。

② 敷，施，陳。《廣韻》：『敷，施也。』延袤，向四周延伸。荀悦《前漢紀・孝平皇帝紀》：『恢長城之固，延袤萬里。』廡，廊廡。《玉篇》：『廡，堂下周屋出翼人，曰房。』矯，《類篇》：『舉也。』此二句言廊廡綿長廣袤，高閣飛檐凌霄。

③秀，吐花。《爾雅·釋草》：『不榮而實者謂之秀。』清暉，喻日。顔延年《皇太子釋奠會作》：『清暉在天，容光必照。』善注：『清暉，喻日。』雲表，猶雲外。張衡《西京賦》：『立脩莖之仙掌，承雲表之清露。』騰，《玉篇》：『上躍也，奔也。』藻蔭，日光。藻，水草有文者，喻日之光彩。張衡《南都賦》：『藻茆菱芡，芙蓉含華。』善注：『《書傳》曰：藻，水草有文者。』蔭，日影。《左傳·昭公元年》：『趙孟視蔭曰：朝夕不相及，誰能待五。』杜預注：『蔭，日景也。』奕奕，華美。《詩·魯頌·閟宮》：『新廟奕奕，奚斯所作。』鄭玄箋：『奕奕，佼美也。』此二句言雲外清輝成文如花綻放，閣上彩霞升騰無比華美。

④觀，宫門外之雙闕。《爾雅·釋宫》：『觀謂之闕。』郭璞注：『宫門雙闕。』榭，臺有木者。《書·泰誓》：『惟宫室臺榭，陂池侈服。』孔安國傳：『土高曰臺，有木曰榭。』陛，宫廷臺階。《玉篇》：『天子階也。』陟，《説文》：『登也。』穹蒼，蒼天。《詩·大雅·桑柔》：『靡有旅力，以念穹蒼。』毛詩傳：『穹蒼，蒼天。』此四句言奇異之樓觀，如山岳聳立；清池之臺榭，與道路相連。

⑤浮柱，梁上之柱。揚雄《甘泉賦》：『抗浮柱之飛榱兮，神莫莫而扶傾。』向注：『浮柱，梁上柱也。』虯，同虬。《玉篇》：『虯，無角龍。』此二句言浮柱高聳，如虬挺立；飛檐凌空，似龍翱翔。

⑥迴房旋室，幽曲之屋。王延壽《魯靈光殿》：『旋室㛹娟以窈窕，洞房叫窱而幽邃。』善注：『徐幹《七喻》曰：連觀飛榭，旋室迴房。旋室，曲屋也。』綴珠襲玉，裝飾之精美。綴，《博雅》：『連也。』襲，《廣韻》：『重也。』延祜，賜福之久遠。延，《廣韻》：『進也。』祜，神所賜之福。《玉篇》：『祜，福也。』懸闥，層樓之門。《説文》：『闥，門也。』回屬，回環相連。屬，《説文》：『連也。』此六句言殿内房屋曲折迴旋，室内裝飾珠玉滿眼，壁上畫圖神仙賜福。層樓高門暢達，閣道綿延曲折。

⑦漸臺，臺名，漢之所建，泛指高臺。揚雄《羽獵賦》：『漸臺太液，象海水周流方丈瀛洲。』善注：『《漢

書》曰：建章其北，治太液池、漸臺，高二十餘丈，名曰泰液，中有蓬萊、方丈、瀛洲，象海中仙山。』理俊音，謂奏俊美之樂。理，治。《說文》：『理，治玉也。』鏡玄沚，謂臨洲渚而鑒影。玄沚，清幽之洲渚。玄，幽。《書·舜典》：『玄德升聞，乃命以位。』孔安國傳：『玄，謂幽。』沚，《爾雅·釋水》：『小渚曰沚。』長林，猶山林。嵇康《與山巨源絶交書》：『思長林而志在豐草也。』弋輕禽，射飛禽。弋，《玉篇》：『繳射也。』此六句言於是或登上仙境之高臺，聆聽華美音樂；或俯照清幽之洲渚，遥望莽莽山林；或下逐狡獸，仰射飛禽。後謂在宮苑中田獵也。

⑧覽，《說文》：『觀也。』壯藝，壯美之文。《書·舜典》：『歸格于藝，祖用特。』孔安國傳：『歸告至文，祖之廟。藝，文也。』此指宮室壯美的文飾。此二句言宮室文飾壯美可以悦目，音樂和諧可以怡心。

此段以華居苑囿之美而說玄虛子。先總寫宮室高聳廣大，裝飾奢華；然後具體描述廊廡閣道、清池臺榭、雲階飛陛、飛檐浮柱、迴房曲室、層樓長郭之廣袤、峻偉以及氣勢，並以清輝、日影加以點染；最後又以人物之活動襯托之。

通微大夫曰：金石諧而齊響，塤篪協而和鳴①。於是才人進羽籥，玄弁被藻襲②。俯縈領以鴻歸，仰矯首而鶴立③。激長歌於〔一〕丹脣，發鏗鏘乎柔木。合清商以絶節，揮流徵而赴曲④。奏南荆〔二〕之高歎，詠易水之清角⑤。爾乃覩蛾眉之羣麗，容〔三〕既都而又閑⑥。矯纖腰以逐節，頓皓足於鼓盤。舒妍暉以妖韶，若陵危之未安〔四〕⑦。

【校勘】

〔一〕『於』，《西晉文紀》卷十五、陸刻本、陳仲魚校本、鄧邦述校本作『而』。陳仲魚校本、鄧邦述校本并校作『於』。

〔二〕『南』，《西晉文紀》卷十五、陸刻本、陳仲魚校本、鄧邦述校本作『商』。陳仲魚校本、鄧邦述校本并校作『南』。『南荆』或爲楚地之稱，劉孝標《廣絶交論》：『南荆之跋扈，東陵之巨猾。』善注：『南荆，謂楚也。』其《演連珠》亦有『南荆有寡和之歌』。或爲楚舞之名，嵇康《琴賦》：『進南荆，發西秦，紹陵陽，度巴人。』善注：『《南荆》，即荆豔楚舞也。』向注：『《南荆》《西秦》《陵陽》《巴人》，並曲名。』作『商荆』則不可通。

〔三〕『容』，《藝文類聚》卷五十七作『羌』。

〔四〕按：依照前文體例，此句後有脱句。

【注釋】

①金石，八音之二種，此指音樂。《周禮·春官·宗伯下》：『以五聲宫商角徵羽，皆播之以八音金石土革絲木匏竹。』塤篪，即壎篪，樂器名。禰衡《鸚鵡賦》：『感平生之遊處兮，若壎篪之相須。』善注：『《毛詩》曰：伯氏吹壎，仲氏吹篪。毛萇曰：土曰壎，竹曰篪。』向注：『壎篪，並樂器相和者也。』此二句概述音樂之繁盛與和諧。

②才人，伎人。曹植《七啓》：『將有才人，妙妓遺世越俗。』善注：『《漢書》曰：傅昭儀少爲才人。韋昭曰：才人，伎人也。』羽籥，文舞也。羽籥爲文舞，干戚爲武舞。《周禮·春官·宗伯下》：『籥師掌教國子

舞羽歙籥，祭祀則鼓羽籥之舞。』鄭玄注：『文舞有持羽吹籥者，所謂籥舞也。《文王世子》曰：秋冬學羽籥。《詩》云：左手執籥，右手秉翟。』又，羽籥，樂器名。《禮記·樂記》：『故鐘鼓管磬羽籥干戚，樂之器也。』玄弁，玄冠，士人所冠。賈公彦《儀禮疏序》：『士冠三加，有緇布冠、皮弁、爵弁，既冠，又著玄冠，見於君。』此爲吉祥之服，故伎人著之。藻襲，文繡之上衣。《禮記·樂記》：『升降上下，周還裼襲，禮之文也。』孔穎達疏：『周還裼襲者，周，謂行禮周曲迴旋也。裼，謂袒上衣而露裼也。襲，謂掩上衣也。禮盛者尚質，故襲。不盛者尚文，故裼。』被藻襲，意謂著文繡之上衣而舞也。此二句寫伎人頭戴赤黑色冠冕，身著紋繡之上衣，表演羽籥。

③ 縈領，旋轉頸項。縈，《玉篇》：『旋也。』領，《釋名·釋衣服》：『頸也。』矯首，舉首。陶潛《歸去來兮辭》：『策扶老以流憩，時矯首而遐觀。』此二句寫其舞姿俯仰上下，或旋轉頸項，猶鴻鴈之歸去；或舉首仰視，如松鶴之獨立。

④ 激，感發。《玉篇》：『激，感激也。』《説文》：水礙。』柔木，桐梓之類。《詩·小雅·巧言》：『荏染柔木，君子樹之。』毛詩傳：『柔木，椅桐梓。』古以造琴，故以代指樂器。清商，歌曲。《楚辭·惜誓》：『二子擁瑟而調均兮，余因稱乎清商。』王逸注：『清商，歌曲也。』絶節，絶妙之曲。《太平御覽》卷五百七十二引《襄陽耆舊傳》：『陽春白雪，朝日魚離，含商吐角，絶節赴曲。』流徵，曲音流轉。司馬相如《長門賦》：『案流徵以却轉兮，聲幼妙而復揚。』善注：『宋玉《笛賦》曰：吟清商追流徵。』良注：『案徵絃而却轉之，使其聲抑而復揚也。』赴曲，繁音交會而應節。《楚辭·九懷·株昭》：『神章靈篇兮，赴曲相和。』王逸注：『宮商並會，應琴瑟也。』此四句言長歌發於丹脣，鏗鏘出自器樂，清商之樂合乎絶妙之音節，流轉之音揮灑而應和之。

⑤ 南荊，楚舞曲名。嵇康《琴賦》：『進南荊，發西秦，紹陵陽，度巴人。』善注：『《南荊》，即荊豔楚舞

也。』易水，原爲地名，此指《易水歌》。《戰國策・燕策》：『（荆軻）遂發，太子賓客知其事者，皆白衣冠以送之至易水上，既祖取道，高漸離擊築，荆軻和而歌，爲變徵之聲。士皆垂淚涕泣，又前而爲歌曰：風蕭蕭兮易水寒，壯士一去兮不復還。復爲羽聲忼慨。』清角，商曲。《淮南子・俶真訓》：『耳聽白雪清角之聲，不能以亂其神。』許慎注：『清角，商聲也。』此二句言歌南荆慷慨之音，唱易水悲涼之曲。

⑥ 蛾眉，喻女子眉目之美。《詩・衛風・碩人》：『齒如瓠犀，螓首蛾眉。』此指美女。都、閑，嫺靜之美。《詩・鄭風・有女同車》：『彼美孟姜，洵美且都。』毛詩傳：『都，閑也。』閑，幽靜。《爾雅・釋言》：『窕，閒也。』郭璞注：『窈窕閒隙。』此二句言於是可欣賞伎人美麗之容貌，閒靜之儀態。

⑦ 撟纖腰，謂伸展細腰。撟，直。《淮南子・説山訓》：『使養由其射之，始調弓撟矢，未發而蝯擁柱號矣。』許慎注：『撟，直。』逐節，按其節拍。《玉篇》：『逐，追也。』頓皓足，謂以潔白之足叩地。頓，以足叩地。庾信《擬連珠》：『蓋聞三關頓足，長城垂翅。』盤，舞。張衡《南都賦》：『結九秋之增傷，怨西荆之折盤。』善注：『折盤，舞貌。』張衡有《七盤舞賦》。』妖韶，纖巧舒緩。《説文》：『妖，巧也。』又《集韻》：『韶，緩也。』陵危，若登高峻險要。《説文》：『危，在高而懼也。』比喻歌伎身體聳立。未安，指歌伎身體傾斜。皆寫舞姿之變幻無端。此四句言按節拍而纖腰舒展，合舞步而皓足點點。光彩照人而纖巧舒緩，體態挺拔又傾斜不安。

此段以歌舞之美而説玄虚子。先總寫音樂五音繁會而又和諧有序，然後交待歌伎之妝飾及所演奏之樂曲，最後具體描述歌伎曼妙的舞姿、儀態與音樂、節拍的和諧統一。

通微大夫曰：蓋聞沬北〔一〕有采唐之思，淇上有送子〔二〕之歎①。《關雎》以寤寐爲戚〔三〕，《溱洧》以謔浪爲歡②。若夫妖嬪豔女，蒐羣擢俊③。穆藻儀於令表，茂當年之柔嫚④。罄妍規之約綽〔四〕，體每變而增閑⑤。秀紅〔五〕蕤其愉愉，若餘穎之可飡〔六〕⑥。若夫靈晷潛，祖顏退。羽觴升，清琴厲⑦。因清明以宣誠，流微〔七〕睇而授愛⑧。纖手揮而鳴佩鏗，華袊被則芳塵萃⑨。子其納之乎？

【校勘】

〔一〕「沬北」，陸刻本、《七十二家集》本、陳仲魚校本、鄧邦述校本作「洙北」，《藝文類聚》卷五十七作「沫北」，皆形近而誤。陳仲魚校本校作「沬北」。

〔二〕「子」，《文集》作「予」。《藝文類聚》卷五十七作「子」。「淇上有送子之歎」，意取《詩・衛風・氓》「送子涉淇，至於頓丘。」非爲「送予」明矣，故據改。

〔三〕「戚」，《藝文類聚》卷五十七作「慼」，古二字同。《釋名・釋兵》：「戚，慼也。斧以斬斷，見者皆慼懼也。」

〔四〕「罄」，陳仲魚校本、鄧邦述校本并校作「磬」。「綽」，《文集》作「婥」，陳仲魚校本、鄧邦述校本并校作「婥」。《藝文類聚》卷五十七、《西晉文紀》卷十五、陸刻本、《百三家集》本作「綽」。「約綽」乃綽約之倒裝，故據改。

〔五〕「紅」，《七十二家集》本作「芳」。

〔六〕『飡』，《藝文類聚》卷五十七作『餐』，古二字同。

〔七〕『微』，《西晉文紀》卷十五、陸刻本、《百三家集》本、陳仲魚校本、鄧邦述校本作『徽』，形近而誤。陳仲魚校本、鄧邦述校本并校作『微』。

【注釋】

① 沬北，衛邑之北。衛邑，淫風盛行之地。《詩・鄘風・桑中》：『爰采麥矣，沬之北矣。』毛詩傳：『沬，衛邑。』采唐，采集女蘿。《詩・鄘風・桑中》：『爰采唐矣，沬之鄉矣。云誰之思，美孟姜矣。』毛詩傳：『爰，於也。唐蒙，菜名。』鄭玄箋：『於何采唐，必沬之鄉？猶言欲爲淫亂者，必之衛之都。惡衛爲淫亂之主。』孔穎達疏：『《釋草》云：唐蒙，女蘿。女蘿，菟絲。舍人曰：唐蒙名女蘿，女蘿又名菟絲。』采唐之思，猶言懷念美人之思。淇上，淇水之上。《詩・衛風・氓》：『送子涉淇，至于頓丘。匪我愆期，子無良媒。』鄭玄箋：『言民誘己，己乃送之涉淇水，至此頓丘，定室家之謀，且爲愆期。』又，《詩・鄘風・桑中》：『期我乎桑中，要我乎上宫，送我乎淇之上矣。』毛詩傳：『淇，水名也。』鄭玄箋：『此思孟姜之愛厚己也，與我期於桑中，而要見我於上宫，其送我則於淇水之上。淇，衛水。』淇上送子之歎，猶言幽期爽約之歎也。此二句言聽聞衛邑之北，有懷念美人的『采唐』之歌，有男子爽約的『淇上』之歎。

② 寤寐，醒與眠，猶日夜、夢寐。《詩・周南・關雎》：『窈窕淑女，寤寐求之。求之不得，寤寐思服。』毛詩傳：『寤，覺。寐，寢也。服，思之也。』鄭玄箋：『言后妃覺寐則常求此賢女，欲與之共己職也。服，事也。求賢女而不得，覺寐則思己職事，當誰與共之乎？』戚，憂。《釋名・釋兵》：『戚，慼也。斧以斬斷，見

者皆感懼也。」寤寐之戚，意謂求偶不得之憂也。謔浪，戲謔調笑而放縱。《詩・鄭風・溱洧》：「維士與女，伊其相謔，贈之以勺藥。」鄭玄箋：「士與女往觀，因相與戲謔，行夫婦之事，其別則送女以勺藥，結恩情也。」又《詩・邶風・終風》：「謔浪笑傲，中心是悼。」毛詩傳：「戲謔不敬。」孔穎達疏：「戲謔調笑而敖漫。」此二句言《關雎》有夢寐求偶之憂戚，《溱洧》以放縱調笑而爲樂。

③ 妖嬪，豔冶之婦。《爾雅・釋親》：「嬪，婦也。」蒐，《爾雅・釋詁》：「聚也。」擢，《説文》：「引也。」此二句言嫵媚豔冶之女，羣聚而招引俊士。

④ 穆，美。《詩・商頌・那》：「於赫湯孫，穆穆厥聲。」鄭玄箋：「穆穆，美也。」又《廣韻》：「穆，美也。」藻儀，鮮麗之容貌。藻，文采鮮麗。張衡《南都賦》：「藻茆菱芡，芙蓉含華。」善注：「《書傳》曰：藻，水草有文者。」儀，儀態。《廣韻》：「儀，容。」令表，美善之容儀辭令。令，善。《詩・大雅・卷阿》：「如圭如璋，令聞令望。」鄭玄箋：「令，善也。」表，容儀辭令。揚雄《法言・重黎》：「威儀文辭，表也。」茂，盛也。《説文》：「茂，草豐盛。」當年，盛年。韋曜《博弈論》：「蓋君子恥當年而功不立，疾没世而名不稱。」柔嫚，柔弱豔麗。司馬相如《上林賦》：「柔橈嫚嫚，嫵媚纖弱。」郭璞注：「柔撓嫚嫚，皆體耎弱長豔貌也。」此二句言辭令儀表，展示其美麗之容貌；柔弱曼麗，顯現其盛年之風華。

⑤ 罄，盡。《詩・小雅・天保》：「罄無不宜，受天百禄。」毛詩傳：「罄，盡也。」規，合乎於。《玉篇》：「規，正圜之器。」約綽，同綽約，風姿婉約之美。司馬相如《上林賦》：「靚粧刻飾，便嬛綽約。」善注：「綽約，婉約也。《莊子》曰：綽約若處子。」體，《廣韻》：「四支也。」支，通肢。閑，幽静。《爾雅・釋言》：「窕，閒也。」郭璞注：「窈窕閒隙。」此言女綽約風姿盡合於天然法度，四肢變化愈增其幽静嫵媚。

⑥ 秀，花，此作動詞。《爾雅・釋草》：「不榮而實者謂之秀。」紅蕤，紅花。《説文》：「蕤，草木華垂

貌。』愉愉，和悦之貌。張衡《東京賦》：『我有嘉賓，其樂愉愉。』薛綜：『愉愉，和悦之貌也。』餘穎，猶言禾穗。餘，末。《書・禹貢》：『導弱水至於合黎，餘波入於流沙。』《玉篇》：『穎，禾末也。』此二句言如綻放之紅花，和心悦人，若垂下之禾穗，秀色可餐。

⑦靈晷，日影。潘尼《長至詩》曰：『靈晷脩期夕，日南始今朝。』祖顔，謂日初始之光。《爾雅・釋詁》：『祖，始也。』羽觴，酒器。《楚辭・招魂》：『瑶漿蜜勺，實羽觴些。』王逸注：『羽，翠羽也。觴，觚也。』良注：『觴，酒器也，插羽於上。』洪興祖補注：『杯上綴羽以速飲也。』升，進奉。《吕氏春秋・孟秋紀》：『是月也，農乃升穀，天子嘗新，先薦寢廟。』高誘注：『升，進也。』厲，作。《穀梁傳・隱公五年》：『初獻六羽，始厲樂矣。』《爾雅・釋詁》：『厲，作也。』此四句言靈影已潛隱，日光已消逝，奉上羽觴，奏起清琴。

⑧清明，神志清朗。《禮記・孔子閒居》：『清明在躬，氣志如神。』孔穎達疏：『清謂清静，明謂顯著，言聖人清静光明之德在於躬身。』此指舞女之清澈明眸。誠，真情。《禮記・樂記》：『窮本知變，樂之情也；著誠去僞，禮之經也。』流睇，流轉傾視。《南都賦》：『微眺流睇，蛾眉連卷。』善注：『鄭玄《禮記注》曰：睇，傾視也。』此二句言藉明眸而達情，轉流眄而傳愛。乃描摹美人彈琴時的神態。

⑨鳴佩，佩玉之鳴。謝朓《直中書省》：『兹言翔鳳池，鳴佩多清響。』善注：『《禮記》曰：君子行則鳴珮玉。』翰注：『鳴珮，所佩玉也。』衿，衣帶。《爾雅・釋器》：『衿謂之袸。』郭璞注：『衣小帶。』芳塵，微芬。謝朓《夜聽妓》：『瓊閨釧響聞，瑶席芳塵滿。』萃，集聚。《詩・陳風・墓門》：『墓門有梅，有鴞萃止。』毛詩傳：『萃，集也。』此二句言揮舞纖手，玉珮鏗然而鳴，身披華帶，微芬集於輕軀。

此段言聲色之美以説玄虛子。先以『采唐』『淇上』，説明男女歡愛自古而然；然後極寫男女情愛之憂樂，美人媚態艷冶且合乎自然，以悦人可飡寫其審美效應；最後宕開筆墨，將美人與歌舞合寫，既寫其藝，又凸顯其色。

通微大夫曰：塗有殊而一致，業有殊而名約①。各因姿以效績〔一〕，期寄響於天人也②。孰與顯奇蹤於萬邦，撫六轡而高遊，瞰八宇以攄眪〔二〕，齊〔三〕清風乎諸侯③？言成否〔四〕泰，氣作温凉④。弭侵略於强暴，綜墜紀乎危邦⑤。子豈不願斯之雍容乎？

【校勘】

〔一〕『績』，《文集》作『積』。《藝文類聚》卷五十七、《西晉文紀》卷十五、陸刻本、《百三家集》本、陳仲魚校本、鄧邦述校本作『績』。今據改。

〔二〕『眪』，《七十二家集》本作『照』。

〔三〕『濟』，《藝文類聚》卷五十七、《西晉文紀》卷十五、陸刻本、《百三家集》本、陳仲魚校本、鄧邦述校本作『齊』。鄧邦述校本校作『濟』。

〔四〕『否』，《文集》校曰：『(翁)同書案：否字誤從几，此影寫之譌。』

【注釋】

① 塗有殊而一致，即殊途同歸，一致百慮之略。《易·繫辭下》：『天下同歸而殊塗，一致而百慮。』韓康伯注：『夫少則得，多則惑。塗雖殊，其歸則同；慮雖百，其致不二。苟識其要，不在博求，一以貫之，不

慮而盡矣。』名約，即名之樞要。《荀子・正名篇》：『驗之名約，以其所受悖其所辭，則能禁之矣。』楊倞注：『名約，即名之樞要也。……驗其名之大要，本以稽實定數。』此二句言殊途百慮，同歸一致，功業有別，名必稽實。

② 姿，姿質。《釋名・釋姿容》：『姿，資也；資，取也。形貌之禀，取爲資本也。』此謂天生才性。效績，效其功。《國語・魯語下》：『男女效績，愆則有辟，古之制也。』韋昭注：『績，功也。』寄響，寄託聲名。《玉篇》：『響，應聲也。』天人，天地人世。《禮記・郊特牲》：『萬物本乎天人，本乎祖，此所以配上帝也。』此二句言各因其天生才性，效其功績，期待功垂於世，名播天地。

③ 奇蹤，奇迹，指奇異之功業。陸雲《吊陳永長書》：『奇蹤瑋寶，灼爾凌羣。』六轡，六根馬轡。《大戴禮記・盛德》：『故欲御四馬，執六轡，御天地與人與事者，亦有六政。』戴德曰：『六政，謂道德仁聖禮義也。』按：四馬共有八轡，其中兩邊驂馬的内轡繫於車軾，謂之軜，御馬者只執六轡，故曰。《詩・秦風・小戎》：『四牡孔阜，六轡在手。』孔穎達疏：『四馬八轡，而經傳皆言六轡，明有二轡當繫之。』瞰，《廣韻》：『視也。』八宇，八方區宇，猶言天下。張衡《東京賦》：『澤浸昆蟲，威振八宇。』薛綜注：『八宇，八方區宇也。』攄，舒展。《廣韻》：『攄，舒也。』眄，《廣韻》：『斜視也。』齊，等。《論語・里仁》：『見賢思齊焉，見不賢者而内自省也。』何晏《集解》：『苞氏曰：思與賢者等也。』清風，謂清風而化養萬物。《詩・大雅・烝民》：『吉甫作誦，穆如清風。』毛詩傳：『清微之風化養萬物者也。』鄭玄箋：『穆，和也。吉甫作此工歌之，誦其調，和人之性，如清風之養萬物然。』此四句言彰顯奇迹於邦國，高舉六轡而遠遊，雄視天下而周流，澤被萬物而同諸侯，孰可匹之？

④ 否泰，《易》之卦名，喻事之順逆；此偏義複詞，意爲泰，即政通人和。潘岳《西征賦》：『豈地勢之安

危，信人事之否泰。」善注：「否泰，《周易》二卦名也。《周易》曰：泰，上下交而其志同也；否，上下不交而天下無邦。」良注：「若此則否泰皆由乎人，安危不在於地。」温凉，謂四時安泰。《釋名・釋典藝》：「《春秋》：春秋冬夏終而成歲，《春秋》書人事，卒歲而究備，春秋温凉，中象政和也，故舉以爲名也。」此二句謂言可使政通人和，氣可使春秋安泰。

⑤ 弭，《玉篇》：「止也。」侵，侵入。《周禮・夏官・司馬》：「負固不服則侵之。」鄭玄注：「侵之者，兵加其竟而已用兵淺者。」略，攻城掠地。《玉篇》：「略，强取也。」綜，綴合。《玉篇》：「持絲交。」墜紀，國家綱紀墜落。《韻會》：「紀，又理也。又大曰綱，小曰紀，總之爲綱，周之爲紀。」此二句言制止强暴之侵城掠地，整頓危邦墜落之綱紀。

此段以勳爵功名而説玄虚子。先言人生雖然殊途，却同歸於功名，故各因才性而求功名垂世。然後假設其如若入世，整頓朝綱，安邦定國，功業垂成，名垂天地。

通微大夫曰：明主應期，撫民以德①。配仁風於黄唐，齊威靈〔一〕乎宸極②。彝倫幸序，庶績咸乂③。蕩流風於雍俗，給天民乎齊泰④。是以玄靈感而表應，嘉神繁而畢覿⑤。舞唐庭之來儀，鳴岐陽之鸑鷟⑥。應〔二〕天監之休命，荷神聽之介福⑦。然聖主達持盈之寶術，寤經國之在賢⑧。各畢榮於分局，期贊化於大鈞⑨。吾子豈不欲縻好爵於天宇，顯列業乎帝臣歟⑩？

【校勘】

〔一〕『靈』，《文集》作『虛』，語意扞格。《藝文類聚》卷五十七、《西晉文紀》卷十五、陸刻本、《百三家集》本、陳仲魚校本、鄧邦述校本作『靈』。《文集》亦校作『靈』。今據改。

〔二〕『應』，《藝文類聚》卷五十七作『膺』。古二字同。

【注釋】

① 應期，應天時而動。應貞《晉武帝華林園集詩》：『上帝乃顧惟眷，光我先祚，應期納禪。』良注：『言上天眷我晉德，故應期運而納於魏禪。』撫，《說文》：『安也。』此謂以德安民。

② 配，《玉篇》：『匹也，媲也。』黃唐，黃帝與唐堯。班固《答賓戲》：『基隆於羲農，規廣於黃唐。』銑注：『黃，黃帝也。唐，唐堯也。』威靈，聖德。揚雄《長楊賦》：『今樂遠出以露威靈。』良注：『暴露聖德也。』宸極，帝位。劉琨《勸進表》：『宸極失御，登遐醜裔，國家之危，有若綴旒。』善注：『宸極，喻帝位。』此二句言治國則仁愛媲美黃唐之世，聖德同乎上古帝王。謂不世之業也。

③ 彝倫，天地人之常道。《書·洪範》：『我不知其彝倫攸敘。』孔安國傳：『言我不知天所以定民之常道理次序，問何由。』《經典釋文》：『彝，常。倫，理也。』幸序，甚有次序。《玉篇》：『幸，甚也。』庶績，百官之功績。《書·堯典》：『允釐百工，庶績咸熙。』孔安國：『績，功。咸，皆。熙，廣也。言定四時成歲曆，以告時授事，能信治百官，衆功皆廣，歎其善。』又，《爾雅·釋詁》：『治也。』此二句言人倫之常有序，百官考功皆治。

④蕩，推衍激蕩。《易·繫辭上》：『是故剛柔相摩，八卦相盪。』王弼注：『相推盪也。言運化之推移。』流風，猶風化。《楚辭·九歎·憂苦》：『思余俗之流風兮，心紛錯而不受。』王逸注：『流風，風化。』雍俗，猶時雍，和諧風俗。《書·堯典》：『協和萬邦，黎民於變時雍。』孔安國傳：『雍，和也。言天下衆民皆變化化上，是以風俗大和。』給，《説文》：『相足也。』天民，人民。《禮記·王制》：『(孤獨矜寡)此四者，天民之窮而無告者也。』泰，安寧。《周易·説卦》：『履而泰，然後安。』此二句言運化推移，和諧風俗；百姓富裕，安居樂業。

⑤玄，《玉篇》：『妙也。』靈感，神靈感應。王勃《廣州寶莊嚴寺舍利塔碑》：『識洞幽明，思假妙因；冀通靈感，爰承綸綍。』表應，意謂人之行爲應乎天時。張九齡《賀太陽不虧狀》：『外寬刑政，内廣仁惠，聖德日慎，災祥自弭。若無表應，何謂大明？』嘉，《爾雅·釋詁》：『美也。』畢覿，王充《論衡·實知》：『盡知萬物之性，畢覩千道之要也。』覩，同覿，觀也。此二句言妙其神靈之感而應天時，美其衆神之妙而畢觀之。

⑥唐庭，指唐堯。來儀，代指韶舞。《書·益稷》：『簫韶九成，鳳凰來儀。』孔安國傳：『韶，舜樂名。……儀，有容儀。備樂九奏而致鳳凰。』岐陽，岐山之南。鸑鷟，鳳凰别名。《國語·周語》：『周之興也，鸑鷟鳴於岐山。』韋昭注：『三君云：鸑鷟，鸞鳳之别名也。《詩》云：鳳皇鳴矣，於彼高岡。其在岐山之舊乎？』此二句言堯舜之韶樂舞於朝廷，西周之鳳凰鳴乎岐山。謂太平盛世也。

⑦天監之休命，上天視之而降其美命。《書·太甲上》：『天監厥德，用集大命，撫綏萬方。』孔安國傳：『監，視也。天視湯德，集王命於其身，撫安天下。』休命，美命。《書·説命上》：『疇敢不祗若王之休命？』孔安國傳：『言王如此，誰敢不敬順王之美命而諫者乎？』荷，負。《廣韻》：『荷，負荷也。』神聽之介

福，神聽之而賜其福。《左傳・襄公七年》：『如是則神聽之，介福降之，立之，不亦可乎？』此二句言接受天賜之美命，荷蒙神靈之賜福。

⑧持盈，意謂保持圓滿之成業。《詩・大雅・鳧鷖》序：『《鳧鷖》，守成也。太平之君子，能持盈守成，神祇祖考安樂之也。』孔穎達疏：『致太平君子成王，能執持其盈滿，守掌其成功，則神祇祖考皆安寧而愛樂之矣。』此二句言聖明君主須通達守其成業之道，明瞭治國之道在於用賢。

⑨畢榮，畢公、榮公，皆西周重臣。《國語・晉語》：『重之以周召畢榮，億寧百神，而柔和萬民。』韋昭注：『周，周文公。召，召康公。畢，畢公。榮，榮公。』分局，分職。劉禹錫《謝分司東都》：『列名賓護之職，分局河洛之都。』局，部分。《禮記・曲禮上》：『左右有局，各司其局。』鄭玄注：『局，部分也。』贊化，助天地之化生。《禮記・中庸》：『能盡物之性，則可以贊天地之化育。』鄭玄注：『贊，助也。育，生也。助天地之化生，謂聖人受命在王位，致大平。』大鈞，原指製陶模下可以旋轉者，此喻天地之造化。賈誼《鵩鳥賦》：『雲蒸雨降兮糾錯相紛，大鈞播物兮坱圠無垠。』善注：『如淳曰：陶者作器於鈞上。此以造化爲大鈞。應劭曰：陰陽造化，如鈞之造器也。』良注：『鈞，輪也。言天地輪轉，萬物生死之理。』此二句言雖如西周畢、榮二公各有分職，然皆期於有助天地之化生萬物。

⑩縻好爵，謂厚賜之官爵。《易・中孚》：『鳴鶴在陰，其子和之。我有好爵，吾與爾靡之。』靡，本又作縻。孔穎達疏：『靡，散也。……我有好爵，吾願與爾賢者分散而共之。』天宇，喻帝王。謝靈運《擬魏太子鄴中集・應瑒》：『晚節值衆賢，會同庇天宇。』翰注：『庇，蔭也。天宇，謂武帝之德能蔭於天下。』列，《廣韻》：『行次也，位序也。』此二句言吾子難道不欲君主厚賜官爵，在大臣中彰顯自己的偉業麼？

此段以治國安邦而説玄虛子。先言明主治國的種種表現：應時而動，仁德治民，遠追上古盛世，使萬民彝倫攸序，百官考功黜陟，如此則天下安寧和諧，上古盛世再現，君主亦蒙神靈賜福。然後以君主守成用賢轉折，謂賢才各司其職，輔佐君主以治理天下。

玄虛子作而言曰：甚哉，鄙人之惑也！猶窮繩自逸於井幹，憑河盜本於黃川①。欽至論，敷敝衽〔一〕，謹聞命于王孫②。

【校勘】

〔一〕『敝衽』，《文集》作『蔽衽』。《藝文類聚》卷五十七、《西晉文紀》卷十五、陸刻本、《百三家集》本、陳仲魚校本、鄧邦述校本作『敝衽』，今據改。

【注釋】

① 作，起身。《説文》：『作，起也。』逸，《正韻》：『隱也，遁也。』本，本原。《説文》：『木下曰本。』此二句言隱逸猶如放縱已盡之繩汲水於井欄，依憑黃河之邊却竊其水源。

② 欽，《説文》：『一曰敬也。』敷，鋪。《廣韻》：『散也。』衽，《類篇》：『衣襟也。』敷蔽衽，恭敬之貌。王孫，代指通微大夫。此三句言敬聞至理之論，鋪衣襟拜受之，謹聽命於先生。

此段是全文總結。在通微大夫諄諄誘導之下，反省自己的行爲乃捨本逐末，於是離隱入世。

【集評】

［明］孫緒《沙溪集·七謠贈璞岡趙明府》：自枚乘《七發》之後，作者遂以七爲體。曹植《七啓》，張協《七命》，傅毅《七激》，張衡《七辨》，以至崔駰、馬融、王粲、陸機之屬，各有《七依》《七廣》《七釋》《七徵》之作，腴詞麗旨，膾炙百世，當時被揄揚者，固已天壤與敝矣。

［清］王之績《鐵立文起·前編》卷十二《附論》：《容齋隨筆》云：枚生《七發》，創意造端，麗旨腴詞，故爲可喜。後之繼者，如傅毅《七激》、張衡《七辯》、崔駰《七依》、馬融《七廣》，曹植《七啓》、王粲《七釋》、張協《七命》、陸機《七徵》之類，規仿太切，了無新意。

卷九

頌　箴　贊　牋　表　文　誄　哀辭

漢高祖功臣頌

【題解】

《文選鈔》曰：『與項争天下由此卅一人。仕(士)衡讀《漢書》，美其人，故爲之作頌。』此文乃漢開國功臣三十一人之頌贊。開頭盛讚高祖風雲際會，龍興泗水之濱，而建立漢朝；結尾總論漢代臣效其才，君納其用，君臣遇合，故使有漢一代，文武充美，福祚廣延，並表達其流風餘烈垂範千載的瞻仰之情。中間撮取三十一人主要功績而分别頌贊之。作者主要着眼於安社稷、忠明主而取捨史料，有些篇章並能突出人物個性，間有容儀描寫，且每節材料取捨與描寫亦富有變化，語言簡練而有詩意，陸雲《與兄平原書》以『甚美』稱之。然頌其功也，時有溢美之詞，故洪亮吉《漢麒麟閣功臣頌》：『昔陸機爲《漢高祖功臣頌》……歌詠功德，至數十人，然徵其美備，考其績效，均若有不及焉。』具體創作時間已不可考，然據陸雲《與兄平原書》：『見《吊少明》殊復勝前，《吊蔡君》清妙不可言，《漢功臣頌》甚美。』可知此頌與《吊少明》所作時間差近。夏少明卒於永寧元年（三〇一），吊文當作於是年。若然，此頌或作《吊少明》之前，或即永康元年（三〇〇）前後。

【相國鄼文終侯沛蕭何，相國平陽懿侯沛曹參，太子少傅留文成侯韓張良，丞相曲逆獻侯陽武陳平，楚王淮陰韓信，梁王昌邑〔一〕彭越，淮南王六黥布，趙景王大梁張耳，韓王韓信，燕王豐盧綰，長沙文王吴芮，荆王沛劉賈，太傅安國懿侯王陵，左丞相降武侯沛周勃，相國舞陽侯沛樊噲，右丞相曲周景侯高陽酈商，太仆汝陰文侯沛夏侯嬰，丞相潁陰懿侯睢陽灌嬰，代丞相陽陵景侯魏傅寬，車騎將軍信武肅侯靳歙，大行廣野君高陽酈食其，中郎〔二〕建信侯齊劉敬，大中大夫楚陸賈，太子太傅稷嗣君薛叔孫通，魏無知，護軍中尉隨何，新成三老董公〔三〕、轅生〔四〕，將軍紀信，御史大夫沛周苛，平國君侯公，右三十一人，與定天下安社稷者也】〔五〕。頌曰：

【校勘】

〔一〕『邑』，陸刻本、陳仲魚校本無此字。金濤聲曰：『按《漢書·彭越傳》：越，昌邑人。今據《文選》四七補。』金説是。

〔二〕『中郎』，當作『郎中』。金濤聲曰：『按《史記·劉敬傳》載劉敬拜爲郎中，號爲奉春君，後爲關内侯，號爲建信侯，未有中郎將之封。』金説是。

〔三〕『新城』，陸刻本誤作『新成』。胡克家《文選考異》曰：『何校：成，改城是也。各本皆誤。』金濤聲曰：『《史記·高祖本紀》曰：新城三老董公遮説漢王，以義帝死故。』

〔四〕『轅生』，《頌》作『袁生』。《史記·高祖本紀》亦作『袁生』。楊慎《升庵集》卷四十七考之曰：『《姓氏書》：轅生乃轅塗之後，漢有轅固生之後也。其後去車爲袁。後漢《袁良碑》叙其世系曰：當秦之亂，隱居河洛。高祖破項，實從其策。天下既定，還宅扶樂。文失其名，碑亦闕焉，非陸士衡、王伯厚發其潛德，人亦罕知之。予故彙之以補班史之易遺焉。』其姓氏之『轅』後通作『袁』。

〔五〕按：《文集》無此序。六臣本注：『五臣無此序。』《文集》校曰：『別本有序。』陳仲魚校本又校曰：『宋版無此段。』

茫茫〔一〕宇宙，上墋〔二〕下黷①。波振四海，塵飛五岳②。九服徘徊，三靈改卜③。赫矣高祖，肇載天禄④。沉迹中鄉，飛名帝録〔四〕⑤。慶雲應輝，皇階授木⑥。龍興〔五〕泗濱，虎嘯豐谷⑦。彤雲晝聚，素靈夜哭⑧。金精仍頹，朱光以渥⑨。萬邦宅心，駿民〔六〕效足⑩。

【校勘】

〔一〕『茫茫』，《文選》卷四十七作『芒芒』。六臣本注：『五臣作茫茫。』古二詞通。

〔二〕『墋』，《文集》作『慘』。《文選》卷四十七、《西晉文紀》卷十五、陸刻本、《百三家集》本、陳仲魚校本、鄧邦述校本作『墋』。又《文集》校曰：『慘，當作墋。』今據改。

〔四〕『録』，《七十二家集》本作『籙』。古二字通。

〔五〕『龍興』，五臣注作『龍舉』。

〔六〕『駿民』，《文集》作『駿人』。《文選》卷四十七、陸刻本《百三家集》本、陳仲魚校本、鄧邦述校本作『駿民』。《文集》校曰：『人，别本作民。』今據改。又『駿』，當作『俊』。胡克家《文選考異》曰：『善引「俊民用章」爲注，是其本作俊也。……考士衡《長安有狹邪行》云：憑軾皆俊民。左太沖《擬士衡》云：長纓皆俊人。可見陸自用俊字，與此同。彼二注善皆引《尚書》，亦與此同。决不得作駿，甚明。』胡考是，宜據改。

【注釋】

① 善注：『天以清爲常，地以静爲本。今上墋下黷，言亂常也。墋，不清澄之貌也。楚錦切。《國語》：觀射父曰：民神異業，敬而不黷。賈逵曰：黷，媟也。』翰注：『茫茫，廣遠貌。墋，垢。黷，濁也。並言天下昏亂垢濁也。』

② 善注：『波振、塵飛，以喻亂也。』翰注：『波振、塵飛，謂兵戈不息。』

③ 善注：『《周書》曰：乃辯九服之國。《春秋元命包》曰：造起天地，鑄演人君，通三靈之貺，交錯同端。』翰注：『四海、五岳、九服，皆謂天下也。徘徊，謂人無主不知所從也。三靈，天地人也。言天將惡秦濁亂，改卜清平之君也。』九服，《周禮·夏官·司馬下》：『乃辨九服之邦國，方千里曰王畿，其外方五百里曰侯服，又其外方五百里曰甸服，又其外方五百里曰男服，又其外方五百里曰采服，又其外方五百里曰衛服，又其外方五百里曰蠻服，又其外方五百里曰夷服，又其外方五百里曰鎮服，又其外方五百里曰藩服。』卜，猶

賜予。《爾雅·釋詁》：『卜，予也。』郭璞注：『卜，賜與也。與猶予也。』三靈，猶神靈也。此二句言天下不知所依，神靈改賜其君。

④ 善注：『《尚書》曰：天禄永終。』向注：『赫，盛。肇，始。載，運也。』載，承。《易·坤》：『君子以厚德載物。』此二句言赫赫之高祖，始承受其天賜之福禄。

⑤ 善注：『中鄉，即中陽里也。《漢書》曰：高祖中陽里人。《尚書琁璣鈐》：孔子曰：五帝出，受《録圖》。』向注：『高祖，中陽里人，故云中鄉也。飛名帝録，謂預應圖讖，如預飛名在其中。』沉迹，猶言隱其行迹。袁宏《三國名臣序贊》：『況沉迹溝壑，遇與不遇者乎。』此二句言始隱身於鄉邑，終飛名於帝録。

⑥ 善注：『《漢書》：范增謂項羽曰：吾使人望沛公，其氣皆爲龍，成五色，此天子氣，急擊之勿失。《春秋孔演圖》曰：天子皆五帝精，必有諸神扶助，使開階立遂。宋均曰：遂，道也。《春秋保乾圖》曰：黑帝治八百歲，運極而授木，倉帝七百二十歲而授火。言漢之歷運，爲周木德所授也。』銑注：『慶雲，瑞雲也。皇階，謂天位之次也。』授木，意謂承授木德而來。古之帝王與五行相配，周爲木德，漢爲火德，木生火，故漢受之周也。《前漢紀·高祖皇帝紀》：『武王滅紂，王天下號曰周，爲木德，七百六十七年。秦昭王始滅周，而諸侯未盡。從至昭王之曾孫，政遂並天下，是爲始皇帝，有天下十四年，猶共工氏焉，非其序也。自周之滅及秦之亡，凡四十九年，而漢祖滅秦，號曰漢，故爲火德矣。』此二句言高祖所罩之瑞雲與天輝相應，所受之天位承周之木德。

⑦ 善注：『《尚書序》曰：漢室龍興。《漢書》曰：高祖爲泗上亭長。《淮南子》曰：虎嘯而谷風至。《漢書》曰：高祖居沛豐。』濟注：『龍興，言如龍飛於天，得高位也。虎嘯，謂天下英雄皆相應，如虎嘯風生也。泗濱，謂高祖嘗爲泗水亭長也。豐邑，高祖所居邑也。』龍興，喻天子之興起。庾亮《讓中書令表》：『先

帝龍興，垂異常之顧。』向注：『龍興，謂先帝中興。』此二句言天子興起於泗水之濱，英雄相應於山谷之中。

⑧　善注：『《漢書》曰：高祖隱於芒碭山澤間，呂后求常得之。高祖怪問呂后，后曰：季所居上常有雲氣，故從往常求得季。彤，丹色也。素靈，即《高祖紀》老嫗哭所殺白蛇。《漢書》曰：高祖夜經澤中，有大蛇當徑，拔劍斬蛇，蛇分爲兩。後人至蛇所，有一嫗夜哭。人問嫗，嫗曰：吾子白帝子，化爲蛇當道，今者赤帝子斬之也。』良注：『彤，丹紫色。』此二句言彤雲罩頂，斬蛇而起。

⑨　善注：『《漢書·郊祀志》曰：秦襄公自以居西，主少昊之神，作西畤，祠白帝。至獻公時，櫟陽雨金，以爲瑞，又作畦畤，祠白帝。少昊，金德也。朱光，謂漢也。殺之者，明漢當滅秦也。』向注：『金精，秦也。朱光，漢也。渥，流也。』《前漢紀·高祖皇帝紀》：『黄帝承之火生土，故爲土德，號曰軒轅氏。帝少昊滅帝摯，承之土生金，故爲金德，號曰金天氏。』秦居西方，主少昊之神，少昊爲金德，故以金精稱秦也。漢爲火德，火克金，故朱光流動，明漢當滅秦也。

⑩　善注：『《尚書》曰：宅心知訓。又曰：俊民用章。曹植《與陳琳書》曰：驥騄不常一步，應良御而效足。』翰注：『宅，居也。言天下之人，懷高祖寬仁之德，常居於心，故羣賢如駿馬足以效其用也。』

此章謂天下混亂，高祖乘勢而起，上承天意，下得人心，俊才爲之所用。爲全文之總起。

堂堂蕭公，王迹是因①。綢繆叡后，無競惟人②。外濟六師，內撫三秦③。拔奇夷難，邁德振民④。體國垂制，上穆下親⑤。名蓋羣后，是謂宗臣⑥。

【注釋】

① 善注：『蕭何爲丞相，故曰公。《論語》：曾子曰：堂堂乎張也，難與並爲仁矣。』向注：『此蕭何也。堂堂，盛貌。言高祖因之而升帝位也。王者，天子之通稱。』堂堂，容儀威嚴。何晏《集解》：『鄭玄曰：言子張容儀威而於仁道薄也。』王迹，王業。《書・武成》：『至於大王，肇基王迹。』《經典釋文》：『王迹，王業，王功同。』此二句言高祖之王業賴此蕭公也。

② 善注：『《毛詩》曰：無競惟人，四方其訓之。』銑注：『綢繆，親密貌。叡，聖。后，君也。聖君，則高祖也。惟，辭也。言其無侵競於人，能安而悦之也。謂留在秦。』無競，意謂其賢無以過也。鄭玄箋：『競，彊也。人君爲政無强於得賢人，得賢人則天下教化。』綢繆，緊密纏繞。《詩經・邠風・鴟鴞》：『迨天之未陰雨，徹彼桑土，綢繆牖户。』鄭玄箋：『綢繆，猶纏綿也。此鴟鴞自説作巢至苦如是，以喻諸臣之先臣，亦及文武未定天下，積日累功，以固定此官位與土也。』後喻運籌，謀劃。《列女傳・齊孝孟姬》：『孟姬好禮，禮婦人出，必輜軿衣服綢繆。』陸機《遂志賦》：『蕭綢繆於豐沛，故攀龍而先躍。』亦此意。此二句言爲聖君運籌關中，此人之賢無以過之。

③ 善注：『《漢書》曰：漢王與諸侯擊楚，何守關中。漢王數失軍，何常與關中卒輒補缺。應劭曰：章邯爲雍王，司馬欣爲塞王，董翳爲翟王，分王秦地，故曰三秦。』濟注：『六師，六軍也。高祖留何守關中，聚糧以給關外軍也。內則撫安百姓也。高祖封秦三將爲王，王秦中，故謂之三秦。』濟，《爾雅・釋言》：『濟，成也，益也。』

④ 善注：『《漢書》曰：何進韓信，漢王以爲大將軍。黥布反，上自將擊之，使使問相國何爲？曰：爲上在軍，拊循百姓。《尚書》曰：咎繇邁種德。《周易》曰：君子以振民毓德。』良注：『何拔韓信爲將，遂平

天（下），以行其德惠，振給於下人。夷，平。邁，行也。』振，濟，救。《易·蠱》：『君子以振民育德。』王弼注：『故君子以濟民養德也。』此二句言薦拔奇將，平定關中，施行恩德，賑濟百姓。

⑤善注：『《周禮》曰：惟王建國，體國經野。班固《蕭何》述曰：營都立宮，定制修文。然重威則上穆，刑約則下親。』翰注：『能體國家輕重，以約法三章，使君臣上下和穆而相親也。垂，下也。制，法也。』體國，猶言立國體也。任昉《爲范始興作求立太宰碑表》：『體國端朝，出藩入守。』良注：『體國，謂爲政化之體，以正朝廷。』此二句言立國體，定制度，上和君臣，下親百姓。

⑥善注：『班固《漢書贊》曰：蕭何、曹參，位冠羣后，聲施後世，爲一代之宗臣。張晏曰：宗臣，國所宗也。』向注：『羣后，謂諸立功者。高祖論何功弟一，故曰名蓋也。何爲羣臣之尊，故曰宗臣。宗，尊也。』

此章論蕭何之功。平定關中，賑濟軍糧，安撫百姓，薦賢才，立國制，從而爲王業之奠基者。

平陽樂道，在變則通①。爰淵爰嘿〔一〕，有此武功②。長驅河朔，電擊壤〔二〕東③。協〔三〕策淮陰，亞迹蕭公④。

【校勘】

〔一〕『爰淵爰嘿』，《文集》作『爰淵玄嘿』，《藝文類聚》卷四十五作『爰深爰默』，《宛委別藏》本作『爰淵元嘿』，《百三家集》本作『爰玄爰默』，陳仲魚校本校作『元淵爰嘿』。《文選》卷四十七、《西晉文紀》卷十五、陸刻本、陳仲魚校本、鄧邦述校本作『爰淵爰嘿』。又《文集》校曰：『玄，當作爰。別本作爰。』今據改。

〔二〕『壤』,《藝文類聚》卷四十五作『襄』。

〔三〕『協』,《文集》、《文選》卷四十七作『恊』,形近而誤。『恊』,同『愶』,《博雅》:『怯也。』《廣韻》:『以威力相恐也。』與此文意相抵牾。

【注釋】

① 善注:『《論語》曰:貧而樂。《周易》曰:易窮則變,變則通。』銑注:『此謂曹參也,好黄老之術,故曰樂道,臨事能變通而合於理也。』平陽,曹參封邑平陽,故稱之。《漢書·曹參傳》:『高祖六年,與諸侯剖符,賜參爵列侯,食邑平陽萬六百三十户,世世勿絶。』

② 善注:『《莊子》曰:君子淵默而雷聲。《毛詩》曰:文王受命,有此武功。』濟注:『爰於淵沈。嘿,静也,言於事好沈静而爲理也。』爰,語助詞。《集韻》:『謂引詞也。』嘿,同默。《玉篇》:『嘿,與默同。』淵默,出處沉静,順乎自然。《莊子·在宥》:『尸居而龍見,淵默而雷聲。』郭象注:『出處語默,常無其心而付之自然。』爰淵爰嘿,《義門讀書記》卷四十九:『爰淵爰嘿,清净寧一也。從學問説到武功,結句收轉軋迹蕭公,即位次而相業,亦自在其中。』

③ 善注:『《漢書》曰:秦將王離圍鉅鹿,參擊王離軍咸陽南,大破之。又擊三秦軍壤東,破之。文穎曰:壤東,地名也。班固《漢書》述曰:長驅大舉,電擊雷震。』河朔,黄河以北。《書·泰誓》:『惟戊午王次於河朔。』孔安國傳:『次,止也。戊午渡河而誓,既誓而止於河之北。』

④ 善注:『《漢書》曰:魏王豹反,參以假丞相别與韓信東攻魏將孫道(遫),大破之。又從韓信擊趙,

大破之。又從韓信擊龍且，大破之。又曰：謁者鄂秋曰：位次：蕭何第一，曹參次之。』翰注：『協，合也。亞，次也。』

此章述曹參。其人也，守道清静，遇事通變；其功也，揮師河朔，平定壤東，助韓信大破趙魏。

文成作師，通幽洞冥①。永言配命，因心則靈②。窮神觀化，望景〔一〕揣情。鬼無隱謀〔二〕，物無遁形③。武關是闢，鴻門是寧④。隨難滎陽，即謀下邑⑤。銷印惎廢，推齊勸立⑥。運籌固陵，定策東襲。三王從風，五侯允集⑦。霸楚實〔三〕喪，皇漢凱入⑧。怡顔高覽，弭翼鳳戢〔四〕。託迹黄老，辭世却粒⑨。

【校勘】

〔一〕『景』，《文選》卷四十七、《西晉文紀》卷十五、陸刻本、《百三家集》本、陳仲魚校本、鄧邦述校本作『影』。六臣本注：『五臣作景。』陳仲魚校本、鄧邦述校本并校作『景』。古二字同。

〔二〕『謀』，《藝文類聚》卷四十五作『謨』。古二字同。

〔三〕『實』，《藝文類聚》卷四十五作『雲』。《文選》卷四十七作『寔』，古二字同。

〔四〕『弭』，《文集》作『彌』。《文選》卷四十七、《西晉文紀》卷十五、陸刻本、《百三家集》本、陳仲魚校本、鄧邦述校本作『弭』。《文集》校曰：『彌，别本作弭。』今據改。又『戢』，《七十二家集本》作『戰』，疑誤。

【注釋】

① 善注：『《漢書》：張良終，謚曰文成侯。又曰：張良從容步遊下邳圯上，有老父出一編書，曰：讀是則爲王者師。』向注：『此謂張良也。凡不言姓名，皆所封邑名及號謚也，餘皆類此。良自言以三寸舌爲帝者師。幽冥，謂受兵法於黄石公也。』洞，通。《漢書·司馬相如傳下》：『洞出鬼谷之堀礨崴魁。』顔師古注引張輯曰：『洞，通也。』引申爲明徹，洞徹。顔延年《五君詠·阮籍》：『阮公雖淪迹，識密鑒亦洞。』文成，文成侯，良生封留侯，死謚文成侯。此二句言良受黄石公《太公兵法》，智通幽冥，而爲帝王師。

② 善注：『《毛詩》曰：永言配命，自求多福。又曰：維此王季，因心則友。』銑注：『配合天命，籌策因心而出，則如神靈無不必中也。』永言配命，意謂長配天命而行。善引《大雅·文王》，毛詩傳：『永，長。言，我也。我長配天命而行，爾庶国亦當，自求多福。』鄭玄箋：『長，猶常也。王既述脩祖德，常言當配天命而行，則福禄自來。』《玉篇》：『配，合也。』因心，親近也。善引《大雅·皇矣》，毛詩傳：『因，親也。』因心則靈，指張良心親下邳老父而得其《太公兵法》事。《漢書·張良傳》：『良嘗間從容步遊下邳圯上，有一老父，衣褐，至良所，直墮其履圯下，顧謂良曰：「孺子下取履！」良愕然，欲歐之。爲其老，乃强忍，下取履，因跪進。』此二句言行合天命，因親近邳圯老父而獲神靈之助。

③ 善注：『《周易》曰：窮神知化，德之盛也。《史記》：太史公曰：虞卿斷事揣情，爲趙畫策。《鬼谷子》曰：測深揣情。』良注：『言其觀察事變，見其形影，已能揣度其情，無不知耳。故雖鬼神亦不能隱謀萬物，亦莫能逃形也。』

④ 善注：『《漢書》曰：漢王與良西入武關。良曰：臣聞秦將屠者賈竪，易動以利，今持重寳啗秦將，秦將果欲連和。沛公欲聽之。良曰：此其將欲叛，士卒恐不從，不如因其解擊之。沛公乃擊秦軍，大破之。

又曰：項羽至鴻門，欲擊沛公，良因要項伯見沛公，沛公令伯具言沛公不敢背項王，項羽意乃解。《周易》曰：人謀鬼謀，百姓與能。』闢，《説文》：『開也。』寧，安。《易・乾卦》：『首出庶物，萬國咸寧。』此言良助漢王開闢武關，鴻門化險爲夷。

⑤ 善注：『「隨難滎陽」見下文。《漢書》曰：漢王兵還至下邑。漢王曰：吾欲捐關以東，誰可與共功者？張良曰：九江王英布，楚梟將，彭越反梁地，此兩人可急使。韓信可屬大事，當一面。即欲捐之此三人，楚可破也。』隨難，從而赴難。《禮記・祭義》：『成公乃命莊叔，隨難於漢陽。』鄭玄注：『隨難者，謂成公爲晉文公所伐，出奔楚，命莊叔從焉。』此二句言從高祖而赴滎陽之難，並爲之謀取下邑。

⑥ 善注：『《漢書》曰：項羽急圍漢王滎陽。酈食其曰：誠復立六國後，楚必歛衽而朝。漢王曰：善。趣刻印，先生行佩之。良曰：誰爲陛下畫此計者？陛下大事去矣。且楚唯無强，六國復撓而從之，陛下焉得而臣之？漢王曰：趨銷印。後韓信破齊，欲自立爲齊王，漢王怒。良勸漢王因封之。班固《漢書》述張良曰：推齊銷印，驅致越、信。』銑注：『甚，教也。』廢，《爾雅・釋詁》：『舍也。』此二句言教高祖捨棄食其之計而銷印，勸其舉立韓信爲齊王。

⑦ 善注：『《漢書》曰：漢王與齊王信、魏相國彭越期會擊楚，至固陵，不會。漢王謂張良曰：諸侯不從，奈何？良曰：今能取睢陽以北至穀城，以王彭越；從陳以東傅海，與齊王信，則楚易敗也。於是韓信、彭越皆引兵來，黥布隨劉賈皆會。項羽敗，自刎。《淮南子》曰：施于寡妻，至於兄弟，天下從風。《漢書》曰：漢王用良計，諸侯皆至。《史記》曰：漢部五諸侯兵東伐楚。又蘇秦曰：梁從風而動。』濟注：『羽死烏江，而董翳、楊喜、馬童、呂勝、楊武等五人，各得其一體。高祖乃封五人爲列侯，是謂五侯。允，信。集，至也。』此四句言運籌固陵，東伐于楚，三王從風而卒至，五侯如期而兵集。

⑧ 善注：『《周禮》曰：師有功，則愷樂。』良注：『霸楚，謂項羽也。寔，實也。喪，亡也。皇，大也。凱入，謂戰勝凱歌而還其國。言漢勝而入其國也。』

⑨ 善注：『《史記》：良曰：願棄人間事，從赤松子遊耳。乃學辟穀，導引輕身。』翰注：『謂功成、名遂、身退也。怡，和。弭，止。戢，藏也。言良和顏高覽神仙之事，退歸靜理，如鳳之止羽翼不見也。良時託迹黃帝老子之術。却粒，謂絶穀也。』

此章謂張良傳奇之經歷，運籌帷幄之智慧，以及功成身退之超然。

曲逆宏達，好謀能深①。遊精杳漠〔一〕，神迹是尋。重玄匪奥，九地匪沉②。伐謀先兆，擠響于音③。奇〔二〕謀六奮，嘉聲四迴〔三〕④。規主以〔四〕足，離項于懷⑤。格〔五〕人乃謝，楚翼實摧⑥。韓王窘執，胡馬〔六〕洞開⑦。迎文以謀，哭〔七〕高以哀⑧。

【校勘】

〔一〕『精』，《藝文類聚》卷四十五作『情』。又『漠』，《藝文類聚》卷四十五作『莫』。

〔二〕『奇』，《文集》作『寄』。《文選》卷四十七、陸刻本、《百三家集》本、陳仲魚校本作『奇』。今據改。

〔三〕『聲』，《文選》卷四十七、《西晉文紀》卷十五、陸刻本、《百三家集》本、陳仲魚校本、鄧邦述校本作『慮』。六臣本注：『五臣作聲。』陳仲魚校本、鄧邦述校本并校作『聲』。胡克家《文選考異》曰：『袁本、茶陵本「慮」作聲。案：此所見不同，無以考之。』然從句意看，以『慮』爲善。又『四迴』，《藝文類聚》卷四十五作

『百迴』。

〔四〕『以』，陸刻本、陳仲魚校本、小萬卷樓本、鄧邦述校本作『于』。胡可家《文選考異》曰：『袁本、茶陵本「於」作以。案：此亦所見不同。』鄧邦述校本校作『於』。

〔五〕『格』，陸刻本、陳仲魚校本、鄧邦述校本作『恪』。陳仲魚校本、鄧邦述校本并校作『格』。善注引《尚書》曰：『格人元龜，罔敢知吉。』

〔六〕『胡馬』，《宛委别藏》本作『天馬』。避清諱而改。

〔七〕『哭』，《文集》作『送』。《文選》卷四十七、《西晉文紀》卷十五、陸刻本、《百三家集》本、陳仲魚校本、鄧邦述校本作『哭』。又《文集》校曰：『送，别本作哭。』今據改。

【注釋】

① 善注：『《西都賦》曰：大雅宏達。《論語》：子曰：好謀而成。』向注：『此謂陳平也。宏，大。達，通也。』曲逆，指曲逆侯，陳平封號。此二句言陳平爲人通達，好爲奇謀，且深不可測。

② 銑注：『平常好道術玄理也。』善注：『重玄，天也。《鄧析子》曰：九地之下，重天之巔。』濟注：『奥，深也。言平妙知天道地理，則天地非爲深沈也。』杳漠，幽遠廣漠。宗炳《明佛論》：『最先之祖都自杳漠，非追想所及，豈復學者通塞所預乎。』此四句言神遊幽遠廣漠之天地，追尋神靈變化之蹤迹，可洞明一切，故天之非遠，地之非深。

③ 善注：『言將伐其謀，先其未兆；欲墜其響，在於爲音。然兆爲謀始，響爲音初也。《孫子》曰：上

兵伐謀，其次伐交。《鶡冠子》曰：音者，所以調聲也，未聞音出而響過其聲者也。』良注：『言將伐敵，其謀策已先見其始事。凡響出於音，故須音響相濟也。亦如君臣相得也，則平與高祖亦如之也。』伐謀，未伐而先有謀略也。《孫子集注》卷三：『故上兵伐謀。』曹操注：『敵始有謀，伐之易也。』李筌曰：伐其始謀也。』擠，《廣韻》：『音濟，義同。』此二句言每有征伐，陳平謀於未兆，如音之未萌，而回聲已應。

④ 善注：『《漢書》曰：陳平凡六出奇計，或頗祕之，世莫得聞。宋仲子《法言注》曰：張良爲高祖畫策六，陳平用奇策四，皆權謀，非正也。然機之此言，有符仲子之説，未詳。相承而誤，或别有所憑也。』向注：『平自定天下，凡六出奇計。奮，出也。四迴，謂迴轉於天下四方也。』此言六出奇計，其嘉美之謀回轉天地也。

⑤ 善注：『《漢書》曰：淮陰侯破齊王，使使來言漢王。漢王怒而駡，平躡漢王，漢王悟，乃厚遇齊使。《音義》曰：躡，謂平躡漢王足也。《漢書》：陳平曰：項羽骨鯁之臣，亞父、鍾離沫、龍且、周殷之屬，不過數人，大王捐數萬金，行反間，間其君臣，破楚必矣。漢王以爲然。反間既行，羽果疑亞父，亞父去，發病死。』向注：『規，諫也。』此二句言躡高祖之足而陰規諫之，又從内部離間項羽君臣。

⑥ 善注：『《尚書》曰：格人元龜，罔敢知吉。』銑注：『格，至也。謂范增謝病去楚，而楚羽翼實已摧折。』格人，孔安國傳：『至人。』《玉篇》：『至，達也，由此達彼也。』即通達事理之人。謝，《説文》：『辭去也。』摧，《説文》：『一曰折也。』此二句言於是智者范增辭去，楚王折其羽翼。

⑦ 善注：『《漢書》曰：人有上書告楚王韓信反。陳平曰：陛下第出，僞遊雲夢，信聞天子以好遊出，其勢必郊迎謁，陛下因禽之，此特萬世之事也。高祖以爲然。信果郊迎，即執縛之。毛萇《詩傳》曰：窘，困也。《漢書》曰：上至平城，爲匈奴所圍。高祖用平奇計，使單于、閼氏解圍以得出。』濟注：『胡馬，即匈奴

也。洞，通也。』此二句言因其奇謀，使韓王窘迫而被擒，胡人之圍而頓釋。

⑧善注：『《漢書》曰：吕太后崩，平與太尉勃合謀，誅諸吕，立文帝。平，本謀也。又曰：高帝崩，平馳至宫，哭殊悲。』此言高祖之崩，哭之甚哀，謀誅諸吕，迎立文帝。

此章言陳平。其智也，洞明世事，未雨綢繆；其功也，出奇計而定天下，離間楚而折其羽翼，又助高祖剪滅叛逆，平定邊患，後又謀誅諸吕，恢復漢室。

灼灼淮陰，靈武冠世①。策出無方，思入神契②。奮臂雲興，騰迹虎噬③。陵〔一〕險必夷，摧堅則脃〔二〕④。肇謀漢濱〔三〕，還定渭表⑤。京索既扼，引師北討⑥。濟河夷魏，登山滅趙⑦。威亮〔四〕火烈，勢踰風掃⑧。拾代如遺，偃齊猶草⑨。二州肅清，四邦咸舉⑩。乃眷北燕，遂表東海⑪。克滅龍且，爰取其旅⑫。劉項懸命，人謀是與⑬。念功推〔五〕德，辭通絶楚⑭。

【校勘】

〔一〕『陵』，《文選》卷四十七、陸刻本作『淩』。古二字通。

〔二〕『堅』，《文選》卷四十七、《藝文類聚》卷四十五作『剛』。六臣本注曰：『五臣作堅。』又『脃』，别本皆作脆。古二字同。

〔三〕『濱』，《藝文類聚》卷四十五作『湄』。

〔四〕『亮』，《藝文類聚》卷四十五作『掠』。《文選》善注引《孫子》曰：『兵以詐立，以利動，以分合而爲變者也。故其疾如風，侵略如火，則彼三軍可奪氣，將軍可奪心。此用兵之法也。』應以作『掠』爲是。

〔五〕『推』，《文選》卷四十七、陸刻本、陳仲魚校本、鄧邦述校本作『惟』。六臣本注：『五臣作推。』陳仲魚校本、鄧邦述校本并校作『推』。

【注釋】

① 翰注：『此謂韓信也。灼灼，盛烈貌。冠，首也。言其靈武爲世之首。』淮陰，淮陰侯，韓信之封號。靈武，神威。《詩・大雅・靈臺》：『經始靈臺，經之營之。』毛詩傳：『神之精明者稱靈。』《玉篇》：『武，健也，一曰威也。』灼灼，盛也。潘岳《夏侯常侍誄》：『英英夫子，灼灼其儁。』此喻功業之盛也。

② 善注：『孔安國《尚書傳》曰：神妙無方。蔡邕《李咸碑》曰：明略兼洞，與神合契。』向注：『謀策所出無極，思與神合也。入，猶與也。契，合也。』無方，無定向也。《周禮・春官・宗伯下》：『冬堂贈無方無筭。』鄭玄注：『無方，四方爲可也。』喻不可測也。此二句言謀略深不可測，思路契合神理。

③ 銑注：『奮，振也。言其心勇疾如雲起，猛烈若虎之噬。噬，齧也。』騰迹，猶言飛躍而起。江淹《傷内弟劉常侍》：『丹綵既騰迹，華萼故揚聲。』此二句言振臂而雲疾起，騰步如虎噬物。喻韓信其勇也。

④ 善注：『《吕氏春秋》曰：凡兵之用也，攻亂則脆。』濟注：『言其雖陵敵險難，必以平也；摧敗堅陳，則如脆矣。夷，平也。』脆，同脆。《玉篇》：『脆，小耎易斷曰脆。』此二句言足履險地必平定之，摧折堅甲如擊脆物。

⑤ 善注：『《漢書》：蕭何謂高祖曰：必長王漢中，無所事信；必欲争天下，非信無可與計事者。漢王

乃拜信大將軍，信説漢王曰：今王舉兵而東，三秦可傳檄而定也。漢王喜，遂聽信計，舉兵出陳倉，定三秦。』良注：『肇，始也。漢濱，謂項羽封高祖爲漢王。高祖就國漢中。蕭何曰：必欲争天下，非信不可與計事。高祖乃與謀事，用其計，遂自漢中，還定秦地。渭，水名，在秦故也。濱，表，謂水畔也。』此言於漢水之濱，始爲漢王籌謀，在渭水之畔，還兵平定三秦。

⑥善注：『《漢書》曰：漢擊楚彭城，漢兵敗散而還，信復發兵與漢王會滎陽，復擊破楚京索間。齊、趙、魏皆反，與楚和，以信爲左丞相，擊魏。』扼，掐住，引申爲控制。《漢書·李陵傳》：『力扼虎，射命中。』顔師古注：『扼，謂捉持也。』此二句言既破楚於京索，又還兵北討魏。

⑦善注：『《漢書》曰：信遂進擊魏，魏盛兵蒲阪，塞臨晉。信乃益爲疑兵，陳船欲渡臨晉，而伏兵從夏陽以木罌缶渡軍，襲安邑，虜魏王豹。信請北舉燕趙，選輕騎二千人，人持一赤幟，從間道登山而望趙軍，戒曰：趙見我走，必空壁逐我，若疾入，拔趙幟，立漢幟。後趙空壁争漢鼓旗，奇兵馳入趙壁，皆拔趙旗，立漢赤幟。趙卒見之，大驚，遂亂走，禽趙王歇。』此二句謂平魏滅趙也。

⑧善注：『《孫子》曰：兵以詐立，以利動，以分合而爲變者也。故其疾如風，侵掠如火，則彼三軍可奪氣，將軍可奪心，此用兵之法也。』銑注：『亮，信。踰，過也。言其威武信爲猛烈，破敵之勢過於風掃，言易也。』

⑨善注：『《漢書》曰：信進擊代，禽夏説閼與。李奇曰：代相也。孟康曰：音焉預，邑名也。《漢書》曰：信發趙兵未發者擊齊，信引兵東，遂渡河，襲齊歷下軍，至臨菑。齊王走高密。又梅福上書曰：高祖取楚如拾遺。《論語》曰：草上之風必偃。』濟注：『破代、齊二國，如拾遺物於地，如草偃於風也。』

⑩善注：『據《禹貢》九州之屬，魏趙屬冀州，齊代屬青州。四邦，魏、代、趙、齊也。』舉，攻克。《戰國

策・楚策》：『大王悉起兵以攻宋，不至數月而宋可舉。』此二句言肅清冀青二州，四國皆以平定。

⑪ 善注：『《漢書》曰：信用廣武君策，發使使燕，燕從風而靡。又曰：信平齊，使人言于漢王：齊誇詐多變，反覆之國，不爲假王以鎮之，其勢不定，請自立爲假王。漢王乃遣張良立信爲齊王。《左氏傳》：王使劉定公賜齊侯命曰：世胙太師，以表東海。杜預曰：表，顯也。』翰注：『眷，向也。信既破趙，將北伐燕，李左車勸按甲休兵，然後可也。遂表東海，謂立爲齊王也。東海，齊地也。表，猶立也。』

⑫ 善注：『《漢書》曰：齊王走高密，使使于楚。楚使龍且救齊，與信夾維水陣。信乃夜令人爲萬餘囊盛沙，以壅水上流。引軍半渡，擊龍且。佯不勝，還走。龍且果喜曰：固知信怯。遂追渡水，信使人決壅囊，水大至，龍且軍大半不得渡，即急擊，殺龍且。楚卒皆降之。』向注：『龍且，項羽將也。信既勝滅之，於是盡取其衆。爰，於也。旅，衆也。』克滅，猶消滅。《韻會》：『能勝此物謂之克也。』

⑬ 善注：『《漢書》：蒯通説信曰：當今之時，兩主懸命於足下。足下爲漢則漢勝，爲楚則楚勝。人謀，已見上文。』銑注：『蒯通知天下權在信，乃説信曰：當今時兩主懸命於足下，足下爲漢則漢勝，爲楚則楚勝。故云劉項懸命也。人謀，謂蒯通説信反漢爲楚王，三分天下。』

⑭ 善注：『《漢書》曰：漢王使盱眙人武涉往説信曰：足下何不與楚連和，三分天下而王齊？信辭曰：人信親我，背之不祥。蒯通知天下權在信，深説以三分天下之計。信自以功大，漢不奪我齊，遂不聽。《尚書》曰：惟念帝功。』銑注：『信曰：我幸得事項王數年，官不過執戟，故歸漢。漢授我上將軍，言聽計用，背之不祥。此則念己之功，推高祖之德，辭蒯通所説，絶楚王之望。』

此章歌頌韓信之神威雄勇，謀略過人，軍功顯赫，以及在逐鹿中原中所處重要地位，推恩報德的行爲品質。

彭越觀時〔一〕，韜迹匿光〔二〕。民〔三〕具爾瞻，翼爾鷹揚①。威陵〔四〕楚域，質委漢王。靖難河濟，即宮舊梁②。

【校勘】

〔一〕『時』，《藝文類聚》卷四十五作『是』。

〔二〕『韜迹匿光』，《藝文類聚》卷四十五作『韜迹隱光』。又『韜』，《文選》卷四十七、陸刻本、陳仲魚校本、小萬卷樓本、鄧邦述校本作『弢』。六臣本注：『五臣作韜迹。』陳仲魚校本、鄧邦述校本并校作『韜』。

〔三〕『民』，《文集》作『人』。《文選》卷四十七、《西晉文紀》卷十五、陸刻本、《百三家集》本、陳仲魚校本、鄧邦述校本作『民』。《詩·節南山》『民具爾瞻』。故據改。

〔四〕『陵』，《文選》卷四十七、陸刻本作『淩』。六臣本注：『五臣作陵。』

【注釋】

① 善注：『杜預《左氏傳注》曰：韜，藏；弢與韜，古字通也。《毛詩》曰：赫赫師尹，人具爾瞻。又曰：維師尚父，時維鷹揚。』濟注：『韜，藏。匿，隱也。陳涉初起，或人謂越曰：豪傑相立叛秦，公可效之。越曰：兩龍方鬥，且待之，此謂觀時、藏迹、隱光也。後高祖擊昌邑，越乃助之，言其有英雄之才，天下所瞻望。翼爾鷹揚，言其勇志疾速如鳥翼之飛，若鷹之擊揚。』此四句言彭越善觀時變，韜光養晦。然衆望所歸，冀其如鷹之展翅飛揚。

② 善注：『《漢書》曰：漢使人賜越將軍印綬，使下濟陰以擊楚，大敗楚軍，拜越爲魏相國。漢敗彭城，越皆亡其所下城，獨將其兵北居河上，往來爲漢王游兵擊楚，絶其糧於梁地。項籍死，封越爲梁王，都定陶。《禮記》：孔悝爲鼎銘曰：即宫於宗周。』良注：『楚域，謂項王也。』翰注：『即，就。宫，居也。項氏既滅，高祖封越爲梁王。初爲相國，將兵略定梁地，後封之，故云舊梁也。言如舊之有也。』質委，即委質，猶屈身事奉。《戰國策·莊襄王》：『吾將還，其委質而朝於邯鄲之君乎？』鮑彪注：『委質，屈膝也。』靖難，平定變亂。《後漢書·孔融傳》：『融負有高氣，志在靖難。』此四句言威振楚地，委身事奉漢王，平定河濟之地，封梁王而就舊地。

此章言彭越雖早期韜光養晦，後仍委身事奉漢王，因軍功而被封。

烈烈黥布，耽耽其眄〔一〕①。名冠强楚，鋒猶駭電②。覩機〔二〕蟬蛻，悟主革面③。肇彼梟風，翻〔三〕爲我扇④。天命方輯〔四〕，王在〔五〕東夏⑤。矯矯三雄，至於垓下〔六〕⑥。元凶既夷，寵禄來假⑦。保大〔七〕全祚，非德孰可。謀之不臧，舍福取禍⑧。

【校勘】

〔一〕『耽耽』，《藝文類聚》卷四十五作『晼晼』。『眄』，《文選》卷四十七、陸刻本、陳仲魚校本、鄧邦述校本作『眄』。六臣本注：『五臣作眄，音麪。』陳仲魚校本、鄧邦述校本并校作『眄』。古二字同。

〔二〕『機』，《文選》卷四十七、《西晉文紀》卷十五、陸刻本、《百三家集》本、陳仲魚校本、鄧邦述校本作

『幾』。陳仲魚校本、鄧邦述校本并校作『機』。

〔三〕『翻』，《藝文類聚》卷四十五作『翩』。

〔四〕『輯』，《藝文類聚》卷四十五作『集』。

〔五〕『王在』，《藝文類聚》卷四十五作『王於』。

〔六〕『下』，《七十二家集》本作『干』。

〔七〕『大』，《七十二家集》本作『太』。

【注釋】

① 善注：『《漢書》曰：黥布，姓英氏。項梁定會稽，布以兵屬之。《周易》曰：虎視眈眈。』向注：『凡有姓名，則注不重言也。或唯言其名，則注重説，餘類此。烈烈，猛也。眈眈，虎視貌。此於虎言猛也。眄，視也。』眄，同眄。《韻會》：『眄，《集韻》：或作眄。』

② 善注：『《漢書》曰：楚兵常勝，功冠諸侯者，以布數以少敗衆。』銑注：『初布爲項羽將，功冠諸侯，其鋒鋭勇，急如雷電之鷙也。彊楚，謂項羽也。』鋒，《玉篇》：『刀刃也。』鋒猶駭電，言其衝鋒陷陣揮動兵器如雷電之迅疾。

③ 善注：『《漢書》曰：漢王使隨何説布，布間行與何歸漢。《淮南子》曰：蟬飲不食，三十日而蜕。《周易》曰：小人革面以從君也。』濟注：『言布見幾去楚歸漢，亦如蟬蜕去其殼也。覺漢王仁明，故改操而來北面事之。悟，覺也。革，改也。』機，同幾，謂物變化微妙之時。《易·繫辭上》：『夫易聖人之所以極深

而研幾也。』王弼注：『極末形之理則曰深，適動微之會則曰幾。』此二句言見其幾微，如蟬蜕去楚，覺其明主，始改面事漢。

④善注：『《漢書》曰：上立布爲淮南王，與擊項籍。』良注：『肇，始也。彼，謂項羽。梟，惡鳥也。我，謂漢也。言始在項羽處，沐梟鳥之風，後乃翻飛而來爲漢助也。扇，助也。』此二句言始助項羽而成風，反爲我漢而助威。

⑤善注：『東夏，即陽夏也。《漢書》曰：漢王追項羽至陽夏南。』翰注：『輯，運也。王在東夏，謂布爲淮南王。』天命方輯，謂漢王勢弱，方承天命。王在東夏，指漢王之在陽夏，非指淮南王。《前漢紀·高祖皇帝紀》：『五年冬十月，王追項羽至陽夏南，與韓信彭越期，皆不至。會楚擊漢軍，大破之。』

⑥善注：『三雄，韓信、彭越、英布。《漢書》曰：漢王發使使韓信、彭越至，皆列兵來。黥布隨劉賈皆會，圍羽垓下。《毛詩》曰：矯矯虎臣。』向注：『矯矯，雄勇貌。垓下，地名。』

⑦善注：『元凶，謂項羽。班固《漢書》張湯述曰：既成寵禄，亦罹咎慝。』銑注：『元凶，則項羽也。夷，平也。假，至也。』此二句言元凶既滅，恩寵爵禄並至矣。

⑧善注：『《左氏傳》：楚子曰：保大定功。班固《漢書》張湯述曰：子孫遵業，全祚保國。《毛詩》曰：謀之不臧，則具是依。《左氏傳》：劉子曰：能者養之以福，不能者敗以取禍。』濟注：『安於大位而能全福者，非德不可也。言布謀及不善之道，卒見其禍矣。保，安。祚，福。孰，誰。臧，善也。』謀之不臧，指黥布謀反事。高祖十一年（前一九六），誅韓信、彭越，黥布大恐，陰令人部聚兵，候伺帝郡警急。又因與中大夫賁赫有隙，赫上言布變，布遂族其赫家，舉兵反，高祖出兵平之。事見《漢書·黥布傳》。

此章叙述黥布見幾蟬蜕，去楚歸漢，助漢滅楚，寵禄並至，然終因謀逆取禍。叙韓信不言其逆，説黥布則歎其『謀之不臧』，在作者對史料之取捨中可見其思想傾向。

張耳〔一〕之賢，有聲梁魏①。士也罔極，自貽〔二〕伊媿②。俯思舊恩，仰察五緯③。脱迹遺難〔三〕，披榛來洎〔四〕。改策西秦，報〔五〕辱北冀④。悴葉更耀〔六〕，枯條以肄⑤。

【校勘】

〔一〕『張耳』，《七十二集》本作『張旦』，誤。

〔二〕『貽』，《文選》卷四十七、陸刻本作『詒』。六臣本注：『五臣從貝。』

〔三〕『遺難』，《文選》卷四十七、陸刻本、陳仲魚校本、鄧邦述校本作『違難』。《文集》校曰：『遺，《文選》作違。』陳仲魚校本、鄧邦述校本并校作『遺』。《藝文類聚》卷四十五作『違禮』。

〔四〕『洎』，《藝文類聚》卷四十五作『媢』。

〔五〕『報』，《藝文類聚》卷四十五作『執』。

〔六〕『耀』，六臣本作『輝』，又注曰：『五臣作耀。』

【注釋】

① 善注：『《漢書》曰：張耳，大梁人也，少時及魏公子毋忌爲客。《毛詩》曰：文王有聲。』良注：『聲，譽也。謂高祖微時，素聞其賢。』有聲梁魏，即聲名聞於梁魏。

②善注：『《漢書》曰：張耳、陳餘相與爲刎頸交，耳與趙王歇走入鉅鹿，王離圍之，餘自度兵少，不敢前。後耳得出鉅鹿，責餘，餘怒，脱印綬與耳，耳佩其印綬。後餘以兵襲耳，耳敗走。《毛詩》曰：士也罔極，二三其德。又曰：心之憂矣，自詒伊慼。詒，音怡。』翰注：『此言陳餘交不固也。罔，無。極，窮也。言士之結交，當堅踰金石，至於無窮。豈可二三其德，終易其初，以相誅伐？此所以自遺其媿也。貽，遺。伊，其也。』罔極，不一其行也。極，《詩集傳》：『至也。』媿，《集韻》：『同愧。』此言與陳餘相交不終，自取其敗，故曰愧。

③善注：『《漢書》：耳曰：漢王與我有故，而項王强立我，我欲之楚。甘公曰：漢王之入關，五星聚東井，先至必王。耳走漢。《易乾鑿度》曰：五緯順軌，四時和肅。』向注：『耳與陳餘戰，敗走。曰：漢王與我有故，遂歸漢。此思舊恩也。五緯，五星也。高祖入關，五星聚東井。東井，秦分野。言耳望此而歸漢也。』五緯，五星。《淮南子·天文訓》：『五星八風二十八宿。』高誘注：『五星：歲星、熒惑、鎮星、太白、辰星也。』此謂張耳上察五星之天象，見天命在漢，故歸之。

④善注：『《漢書》曰：漢定三秦，方圍章邯廢丘，耳謁漢王。又曰：漢遣張耳與韓信擊破趙井陘，斬餘泜水上，追殺趙王歇於襄國。泜，音祗。』銑注：『脱，遺也。迹違難，謂與陳餘戰敗歸漢也。榛，草木叢生也。洎，至也。言耳奔馳披冒叢榛之路，來至秦中。高祖遣耳與韓信擊趙，是爲改策矣。與韓信破趙，斬陳餘於泜水上，是報辱也。趙，冀州分野，故曰北冀。』違，《正韻》：『避也，去之也。』改策，策馬改向。《玉篇》：『策，馬箠。』此四句言脱身避難，策馬改向，踏叢榛艱險之路而至西秦，終破趙報陳餘之辱矣。

⑤善注：『以木爲喻也。《漢書》曰：漢立耳爲趙王。毛萇《詩傳》曰：斬而復生曰肄。』濟注：『謂耳敗走，已如悴葉枯條矣。而高祖厚遇之，是謂更有耀光而復生也。』此謂張耳本爲敗兵之將，賴高祖而顯赫。

《漢書・張耳傳》：『四年夏，立耳爲趙王。五年秋，耳薨，謚曰景王。子敖嗣立爲王，尚高祖長女魯元公主，爲王后。』蓋指此。

此章言張耳雖有聲名，然交友不終；雖隨高祖征戰，然挾報私仇，實賴高祖而顯赫，似頌而實貶。

王信韓孽，宅〔一〕土開疆。我圖爾才〔二〕，越遷晉陽①。盧綰自微，婉孌我皇②。跨功踰德，祚爾輝〔三〕章③。人之貪禍，寧爲亂亡④。

【校勘】

〔一〕『宅』，《藝文類聚》卷四十五作『拓』。

〔二〕『才』，《藝文類聚》卷四十五作『戎』。

〔三〕『輝』，《藝文類聚》卷四十五作『暉』。

【注釋】

① 善注：『《漢書》曰：韓王信，故韓襄王孽孫也。漢立信爲韓王，上以信壯武，乃更以太原郡爲韓國，徙信以備胡，都晉陽。毛萇《詩》曰：我圖爾居。』孽，庶出，非嫡母所生。《公羊傳・襄公二十七年》：『從君東西南北，則是臣僕庶孽之事也。』何休注：『庶孽，衆賤子，猶樹之有孽生。』宅土開疆，指信居韓襄王之封地且開闢其疆土。《漢書・韓王信傳》：『項梁立楚懷王，燕、齊、趙、魏皆已前王，唯韓無有後，故立韓公子

橫陽君成爲韓王，欲以撫定韓地。』圖，《爾雅・釋詁》：『謀也。』此四句言韓王信韓襄王之庶孫，居襄王之舊地且開闢其疆土。漢王思爾之才，遷之晉陽以備胡。

②善注：『《漢書》曰：高祖與綰壯學書，又相愛也。班固《漢書》述哀紀曰：婉孌董公，惟亮天工。』向注：『綰與高祖同日生，微時相愛，及貴，綰出入帝卧内。婉孌，相親貌。我皇，高祖也。』婉孌我皇，謂盧綰與漢皇相親愛。《漢書・盧綰傳》：『盧綰，豐人也，與高祖同里。……高祖爲布衣時，有吏事避宅，綰常隨上下。及高祖初起沛，綰以客從，入漢爲將軍，常侍中。從東擊項籍，以太尉常從，出入卧内，衣被食飲賞賜，羣臣莫敢望。雖蕭、曹等，特以事見禮，至其親幸，莫及綰者。封爲長安侯。長安，故咸陽也。』此二句言盧綰微時，即與高祖相親也。

③善注：『《漢書》曰：羣臣知上欲王綰，皆曰：綰可王。上乃立綰爲燕王。章，印章也。』銑注：『跨，度。踰，過。祚，福。爾，汝也。言其功則所封，士爵已過其德，蓋上心所惠，故福汝輝榮之寵章。』輝章，光明貌，猶顯赫。陸雲《祖考頌》：『穆矣暉章，有吴之旗。』此二句言封爵逾其功德，漢王賜福使汝顯赫。

④善注：『《漢書》曰：高祖崩，綰遂將其衆，亡入匈奴，死胡中。《毛詩》曰：民之貪亂，寧爲荼毒。鄭玄曰：天下之民，苦王之政，欲其亂亡也。』濟注：『言人志貪禍，乃爲亂亡之道。謂綰爲叛，亡入匈奴。』按：此節將韓王信與盧綰合論，因二人後來均叛漢降匈奴，故『人之貪禍，寧爲亂亡』，非止言盧綰，亦言韓王信。《漢書・韓王信傳》：『（六年）秋，匈奴冒頓大入圍信，信數使使胡求和解。漢發兵救之，疑信數間使，有二心。上賜信書責讓之……信得書，恐誅，因與匈奴約共攻漢，以馬邑降胡，擊太原。……十一年春，信復與胡騎入居參合。漢使柴將軍擊之……斬信。』

此章將盧綰、韓王信合叙，所同者，皆封爵逾其功德，因貪而叛，自取其禍。

吴芮之王，祚由梅鋗。功微勢弱，世載忠賢①。

【注釋】

① 善注：『《漢書》曰：天下之初叛秦，吴芮率越人舉兵以應諸侯。沛公攻南陽，遇芮之將梅鋗，與偕攻析、酈。上以鋗有功武關，故德芮，徙爲長沙王。高祖賢之，詔御史：長沙王忠，其著之甲令。《音義》曰：鋗，呼玄切。酈，持益切。』

此章言吴芮封王，其福祚蓋賴其將梅鋗也。雖功小勢弱，其志忠才賢，亦爲世所稱。

肅肅荆王，董我王軍〔一〕①。我圖〔二〕四方，殷薦其勳②。庸親祚〔三〕勞，舊楚是分③。往踐厥宇，大啓淮濆④。

【校勘】

〔一〕『王軍』，陸刻本、陳仲魚校本、鄧邦述校本作『三軍』。陳仲魚校本、鄧邦述校本并校作『王軍』。

〔二〕『我圖』，《藝文類聚》卷四十五作『圖掌』。

〔三〕『祚』，《文選》四十七、陸刻本、《百三家集》本、陳仲魚校本、小萬卷樓本、鄧邦述校本作『作』。六臣本注：『五臣作祚。』陳仲魚校本、鄧邦述校本亦校作『祚』。

【注釋】

①善注：『《漢書》：劉賈將二萬人，騎數百，擊楚。孔安國《尚書傳》曰：董，督也。』翰注：『肅肅，嚴整貌。董，正也。』荆王，劉賈之封爵。

②善注：『《漢書》曰：漢王追項籍至固陵，賈使人間招楚大司馬周殷，周殷反楚佐賈。』向注：『殷，多。薦，進。勳，功也。』殷，指周殷。此二句言高祖謀取天下之時，周殷助賈而進其功勳也。

③銑注：『庸，用。祚，福也。賈則高祖從兄，故用親也。祚勞者，謂加福於功勞之臣，分楚地而爲荆國也。』

④善注：『《漢書》曰：高祖子弟弱，昆弟少，欲王同姓以鎮天下。詔立賈爲荆王，王淮東。《毛詩》曰：鋪敦淮濆。』濟注：『厥，其。宇，居也。言往踐其荆國之居也。啓，開也。淮，水名，在荆地。濆，水濱也。』上四句言因是高祖之親，故分故楚之地而封之，以賜福而酬其勞。賈亦往居其封地，大開淮水之境。

此章言劉賈率三軍而擊楚，藉部下而進動，因宗親功勞而封荆王。

安國違親，悠悠我思。依依哲母，既明且慈。引身伏劍，永言固之①。淑人君子，實邦之基②。義形於色，憤發於辭③。主亡與亡〔一〕，末命是期④。

【校勘】

〔一〕『主亡與亡』，陸刻本作『主云興亡』，誤。

【注釋】

① 善注：『《漢書》曰：王陵以兵屬漢，項羽取陵母，置軍中。陵使至，則東鄉坐陵母，欲以招陵。陵母私送使者，泣曰：爲老妾語陵，善事漢王。漢王長者也，毋以老母故持二心。妾以死送使者，遂伏劍而死。《毛詩》曰：青青子佩，悠悠我思。』良注：『此則恐其子事王懷二心，故自殺，可謂明且慈也。』安國，指太傅安國懿侯王陵。違親，指離其母。《正韻》：『離，去之也。』依依，戀戀不舍。《韓詩外傳》卷二：『其民依依，其行遲遲，其意好好。』哲，明智。《書·舜典》：『濬哲文明，温恭允塞。』孔安國傳：『濬，深。哲，智也。』永言固之，謂永固其志也。言，語助詞。此六句言安國侯離親而追隨漢王，悠悠思親；而眷戀其子的母親爲其子事漢王永無二心，伏劍自殺，可謂明哲而慈愛矣。

② 善注：『《毛詩》曰：淑人君子，其儀不忒。又曰：樂只君子，邦家之基。』翰注：『淑，美。實，寔。邦，國。基，本也。言陵才器可謂美人君子，實國之本也。』

③ 善注：『《漢書》曰：陵爲人少文任氣，好直言。高后欲立諸吕爲王，問陵。陵曰：高皇帝刑白馬而盟曰：非劉氏而王者，天下共擊之。今王吕氏，非約也。《公羊傳》曰：孔父可謂義形於色矣。』向注：『高祖既崩，吕后欲廢絶漢祚，將封吕氏。王陵曰：昔高帝云：非劉氏不王也。吕后不悦。此則義形於色，憤發於辭也。』形，表現。《正韻》：『形，現也。』《玉篇》：『色，人顔容也。』此二句言忠義之心形於顔容，憤激之情發之言辭。

④ 善注：『《漢書》：文帝即位，絳侯爲丞相。爰盎進曰：丞相何如人？上曰：社稷臣。盎曰：絳侯所謂功臣，非社稷臣。社稷臣，主存與存，主亡與亡。』向注：『言其一心事主，志節不移，故曰主亡與亡也；守其遺命，不封吕氏，可謂末命是期也。』

此章言王陵違親追隨漢王，後爲保漢安劉，忠正不阿。而其母爲固子志，伏劍自殺，既明達大義，又是真正慈愛其子。

絳侯質木，多略寡言①。曾是忠勇，惟帝攸歎②。雲鶩〔一〕靈丘，景逸上蘭。平代禽豨，奄有燕韓③。寧亂以武，斃吕以權④。滌穢紫宫，徵帝太原⑤。實惟太尉，劉宗以安⑥。挾功震主，自古所難⑦。勳曜〔二〕上代，身終下藩⑧。

【校勘】

〔一〕「鶩」，《藝文類聚》卷四十五、《百三家集》本、陳仲魚校本、鄧邦述校本作「騖」。陳仲魚校本、鄧邦述校本并校作「鶩」。

〔二〕「曜」，陸刻本、《文選》卷四十七、陳仲魚校本、鄧邦述校本作「耀」。六臣本注：「五臣作曜。」鄧邦述校本亦校作「曜」。古二字同。

【注釋】

① 善注：「《漢書》曰：周勃爲人木强敦厚。《論語摘輔》曰：子然公順多略。」銑注：「此謂周勃也。木，素。寡，少也。」寡，《玉篇》：「少也。」絳侯，周勃之封號。此二句言絳侯質樸木訥，言雖少而謀略多。

② 善注：「《漢書》曰：始吕后問宰相。高祖曰：安劉氏者，必勃也。」曾，發語辭。《爾雅·釋言》：

『憯，曾也。』郭璞注：『發語辭，見詩。』又『攸，所也』。此言絳侯何其忠勇，故惟帝所讚歎也。

③　善注：『《漢書》曰：陳豨反，勃復擊豨靈丘，破之，斬豨，定代郡九縣。燕王盧綰反，勃破綰軍上蘭，定上谷右北平遼西遼東。』良注：『鶩，馳。逸，疾也。雲馳、景疾者，言其用兵之機速也。』禽，同擒。《左傳·僖公二十二年》：『君子不重傷，不禽二毛。』奄，同，盡。《書·大禹謨》：『皇天眷命，奄有四海。』孔安國傳：『奄，同也。』燕韓，指燕王盧綰、韓王信。《漢書·周勃傳》：『以將軍從高帝擊韓王信於代。……破之。』奄有燕韓，《義門讀書記》卷四十九：『兼勃平燕王盧綰及擊破王信下晉陽，兩事言之。』此四句言用兵靈丘，擒陳豨而平定代郡。掩繫上蘭，大破盧綰，使漢盡有燕王、韓王之地。

④　善注：『《漢書》曰：高后崩，吕産秉權，欲危劉氏。勃與丞相平誅諸吕。《左傳》：樂桓子謂范宣子曰：夫剋亂在權。』權，權謀。《莊子·天道》：『以顯爲是者不能讓名，親權者不能與人柄。』此二句言以武力平定暴亂，以權謀誅殺諸吕。

⑤　善注：『《漢書》曰：勃已滅諸吕，遂共迎立代王，是爲孝文皇帝。勃曰：臣無功，請得除宮。乃與太僕滕公入宮，載少帝出，乃奉天子法駕迎皇帝代邸。張衡《羽獵賦》曰：開閶闔兮坐紫宮。』滌穢，蕩滌污穢。《前漢紀·孝元皇帝紀中》：『故設三章之法，太赦之令，蕩滌穢流。』此喻清除朝廷之逆臣。紫宮，天子之所居。張衡《西京賦》：『正紫宮於未央，表嶢闕於閶闔。』薛綜注：『曰天有紫微宮，王者象之。紫微，宮門名。』徵帝太原，指迎立代王於太原，是爲孝文帝。按：『滌穢紫宮』，《義門讀書記》卷四十九考之曰：『按《周勃傳》「臣無功，請得除宮」二句，乃東平侯興居語。勃無此言，自乃與太仆滕公以下云云，皆叙興居事，與勃無涉，注誤引也。「滌穢」句蓋謂勃之能誅諸吕，以清宮禁之亂，乃文帝未至以前事，故下繼云徵帝太原耳。注中「勃曰」以下數語皆可删。』此二句言平定諸吕之篡，迎立代王。

⑥善注：『《漢書》曰：惠帝以勃爲太尉。安劉氏，已見上文。』向注：『惟，是也。時勃爲太尉也。劉宗，漢也。』此二句言惟是太尉以安劉氏天下。

⑦善注：『《漢書》：蒯通説韓信曰：功略震主者身危。』銑注：『挾，懷也。言其懷挾定社稷之功，震動君主，自古所難爲也。』挾功震主，意謂恃其功高而主懼。《漢書·周勃傳》：『文帝即位，以勃爲右丞相，賜金五千斤，邑萬户。居十餘月，人或説勃曰：君既誅諸吕，立代王，威震天下，而君受厚賞，處尊位以厭之，則禍及身矣！』勃懼，亦自危，乃謝請歸相印。上許之。』《爾雅·釋詁》：『震，懼也。』

⑧善注：『《漢書》：上曰：丞相朕所重，其爲朕率列侯之國。乃免丞相就國，薨。』濟注：『勳，功也。言勃免相國，出於下藩而薨也。諸侯之國曰下藩，即所封絳是也。』此二句言雖功勳光被上代，然身終於藩國也。

此章言周勃少言多略，忠勇權變，平定叛亂，剪滅諸吕，迎立代王，因功高震主，退居下藩。

舞陽道迎，延帝幽藪①。宣力王室，匪惟厥武。揔干〔一〕鴻門，披闥帝宇。聳顔誚項，掩淚寤主②。

【校勘】

〔一〕『揔』，《藝文類聚》卷四十五作『摠』，《七十二家集》作『總』。古三字並通。又，『干』，《文集》作『于』，形近而誤。《藝文類聚》卷四十五、《文選》卷四十七、《西晉文紀》卷十五、陸刻本、陳仲魚校本、鄧邦述校本作『干』。今據改。

【注釋】

① 善注：『《漢書》曰：陳勝初起，蕭何、曹參使噲求高祖，迎立爲沛公。范曄《後漢書》：順帝詔曰：張揖竄迹幽藪。』良注：『此謂樊噲也。初，噲在沛，蕭何使迎高祖，立爲沛公。高祖嘗在澤中游，故曰延帝幽藪也。澤無水曰藪也。』舞陽，舞陽侯，樊噲之封爵號。延，《玉篇》：『進也。』幽藪，幽遠之水澤。張協《雜詩》：『結宇窮岡曲，耦耕幽藪陰。』善注：『《周禮注》曰：藪，大澤也。』濟注：『幽藪，謂幽遠之藪澤也。』

② 善注：『《漢書》曰：項羽在鴻門，亞父謀欲殺沛公。樊噲聞事急，乃持楯入曰：沛公先入定咸陽以待大王，大王聽小人之言，與沛公有隙，臣恐天下解心，疑大王也。項羽默然。高祖嘗病，惡見人，臥禁中，詔户者無得入羣臣。噲乃排闥直入，流涕曰：始陛下與臣等起豐沛，定天下，何其壯也！今天下已定，又何憊也。高帝笑而起。《尚書》：帝曰：余欲宣力。《禮記》：子曰：揔干而山立，武王事也。班固《漢書贊》曰：金日磾以篤敬悟主，忠信自著。』宣力，用力，盡力。見《謝平原内史表》注。揔干，鄭玄《禮記·樂記》注曰：『揔干，持盾也。』披闥，披幃。《史記·項羽本紀》：『樊噲側其盾以撞，衛士仆地，噲遂入，披帷西鄉立，瞋目視項王。』聳顔，意謂色厲而使人懼也。聳，懼。《左傳·襄公四年》：『邊鄙不聳，民狎其野。』杜預注：『聳，懼。』誚，責備。《史記·黥布列傳》：『項王由此怨布，數使使者誚讓。』《集解》：『《漢書音義》曰：誚，責也。』此六句言戮力王室，非止其勇武也。持盾而闖鴻門宴會，披幃而立於項羽之宇。厲言責備項羽，又曾掩淚而開導高祖。

此章言樊噲之功，迎立沛公，鴻門化險爲夷，力諫高祖勤於政事。

曲周之進，于其哲兄。俾率爾徒，從王于征①。振威龍脱〔一〕，攄武庸〔二〕城。六師寔〔三〕因，克荼禽黥②。

【校勘】

〔一〕『脱』，《文選》卷四十七、《西晉文紀》卷十五、陸刻本、《百三家集》本、陳仲魚校本、鄧邦述校本作『蜕』。六臣本注：『五臣作脱，音奪。』陳仲魚校本、鄧邦述校本亦校作『脱』。龍脱，地名。《漢書·酈商傳》：『漢王即帝位，燕王臧荼反，商以將軍從擊荼，戰龍脱。』亦爲證。

〔二〕『庸』，《文集》作『墉』。《文選》卷四十七、陸刻本、陳仲魚校本、鄧邦述校本作『庸』。《文集》校曰：『墉，《文選》作庸。按：《漢書·英布傳》：壁庸城。鄧展曰：地名也。墉，誤。』陳仲魚校本、鄧邦述校本亦校作『庸』。今據改。

〔三〕『寔』，陸刻本作『實』。古二字同。

【注釋】

① 善注：『《漢書》曰：酈食其進其弟商，使將數千人，從沛公略地。《漢書》：谷永謝王鳳曰：察父哲兄，覆育子弟，誠無以加。』銑注：『此謂酈商也。兄，謂食其。言其因食其乃進用於高祖也。初陳勝起兵，

商以數千衆屬高祖略地，故云俾率爾徒，從王於征也。俾，使。爾，汝。徒，衆也。』曲周，曲周侯，酈商爵號。

② 善注：『《漢書》曰：燕王荼反，商以將軍從擊荼，戰龍蜕，破荼軍。《音義》：或曰龍脱，地名也。音奪。《漢書》曰：商又從擊黥布，兩陣以破布軍。又曰：布軍與上兵遇蘄西，上乃壁庸城。鄧展曰：地名也。』濟注：『龍脱，地名。墉，城。垣，墻也。攄，猶用也。寔，是。克，勝。禽，殺也。』

此章言酈商之功，因兄舉薦而隨高祖，破燕王，揚威龍脱，擊黥布，用武庸城。

猗歟汝陰，綽綽有裕①。戎軒肇迹，荷策來附②。馬煩轡殆，不釋擁樹。皇儲時乂〔一〕，平城有謀③。

【校勘】

〔一〕『乂』，《七十二家集》本作『又』。蓋形近而誤。

【注釋】

① 善注：『《毛詩》曰：猗歟那歟。又曰：此令兄弟，綽綽有裕。』良注：『此謂夏侯嬰也。猗，美也。綽裕，言其才器寬也。』猗歟，同猗與，歎美之詞。《詩·周頌·潛》：『猗與漆沮，潛有多魚。』鄭玄箋：『猗與，歎美之言也。』綽綽有裕，毛詩傳：『綽綽，寬也。裕，饒。』汝陰，汝陰侯，夏侯嬰爵號。

② 善注：『《漢書》曰：上降沛，爲沛公，以嬰爲太僕，常奉車。』翰注：『戎軒，兵車也。肇，始。荷，負

也。謂高祖初起時，以嬰爲太僕，嘗奉車，故云始迹也。負策，謂負鞭策以奉事也。來，附，謂附高祖也。』此二句言高祖始起兵時，嬰負策駕兵車來附之。

③ 善注：『《漢書》曰：嬰從擊項籍，漢王不利，馳去。見孝惠、魯元，載之。漢王急，馬罷，取兩兒棄之，嬰常收載行，面擁樹馳。晉灼曰：今京師謂抱小兒爲擁樹。《漢書》曰：平城之難，冒頓乃開一角。高帝出，欲馳，嬰固請徐行，弩皆持滿外鄉，卒以得脱。』向注：『馬煩，謂馬疲也。殆，壞也。釋，捨也。皇儲，太子也，則孝惠帝也。時，是。乂，安也。平城，地名。』此四句言漢王逃時，馬疲車殆，然嬰屢抱二小兒而不忍捨之，因此太子、公主得安。且平城之難，又因其計謀而高祖得脱去。

此章言夏侯嬰之功，逃難途中，保護太子、公主，平城之役，智脱高祖。

潁〔一〕陰鋭敏，屢爲軍鋒①。奮戈東城，禽項定功②。乘風藉響，高步長江。收吴引淮，光啓於東③。

【校勘】

〔一〕『潁』，《文集》作『穎』，誤。《文選》卷四十七、《西晉文紀》卷十五、陸刻本作『潁』。今據改。

【注釋】

① 良注：『此謂灌嬰也。鋭，精。敏，達也。鋒，謂爲先鋒也。』潁陰，潁陰侯，灌嬰封爵。鋭敏，精明迅

疾。《左傳·哀公十一年》：『子羽鋭敏，我不欲戰而能默。』杜預注：『鋭，精也。敏，疾也。』敏鋭，謂用兵迅疾果敢。軍鋒，謂衝鋒前陣也。

②善注：『《漢書》曰：項籍敗垓下，去，嬰追項籍至東城，破之，所將卒斬籍。』奮戈，猶揮戈。曹植《責躬詩》：『甘赴江湘，奮戈吴越。』《廣韻》：『奮，揚也。』禽，通擒。《左傳·僖公二十二年》：『君子不重傷，不禽二毛。』

③善注：『《漢書》曰：嬰渡江定吴，還定淮北。《吕氏春秋》曰：順風而呼，聲乃加疾，所因便也。《左氏傳》：宋向戌曰：光啓寡君，羣臣安矣。』濟注：『言嬰乘其風勢，假藉聲譽，乃渡江破吴都，定豫章、會稽，還定淮北，遂大開東土也。光，大。啓，開也。』乘風藉響，謂乘其雄風，藉其軍威。古以軍鉦、鼓角爲號，故以響喻軍威。

此章言灌嬰之功，東城擒殺項羽，渡江破吴，還定淮北，開闢東土。

陽陵之勳，元帥〔一〕是承①。信武薄伐，揚節江陵②。夷王殄國，俾亂作懲③。

【校勘】

〔一〕『元帥』，《文集》作『元師』。《文選》卷四十七、《西晉文紀》卷十五、陸刻本、《百三家集》本、陳仲魚校本、鄧邦述校本作『元帥』。《文集》校曰：『師，當作帥。』今據改。

【注釋】

① 善注：『《漢書》曰：傅寬屬淮陰，擊破齊歷下軍。屬相國參，殘博。』翰注：『此謂傅寬也。勳，功也。元，大也。大帥，謂曹參也。言承奉大帥之令，以定齊地，逐封勳爵。』陽陵，陽陵侯，傅寬之封爵。此節將傅寬、靳歙合論之。按：元帥，指韓信、曹參、周勃三人。翰注誤。《漢書·傅寬傳》：『屬淮陰，擊破齊歷下軍，擊田解。屬相國參，殘博，益食邑。因定齊地……五歲，爲齊相國。四月，擊陳豨，屬太尉勃，以相國代丞相噲擊豨。』元帥是承，是指分别承淮陰韓信、曹參、周勃之令而建立功勳也。

② 善注：『《漢書》曰：靳歙别定江陵，身得江陵王，致雒陽。《上林賦》曰：揚節上浮。《毛詩》曰：戎狄是膺，荆舒是懲。』向注：『此謂靳歙也。從高祖擊項羽，别定江陵也。江陵，郡名。薄伐，謂以義伐敵，克之易也。』信武，信武侯，靳歙之封爵。揚節，高舉旌節。《上林賦》向注：『揚，舉也。節，旌節也。』此二句言信武侯以義師討敵，舉旌節而定江陵。

③ 銑注：『夷，平。殄，盡。俾，使。懲，止也。言平定江陵，禽其王，盡得其國。使亂者止也。』此二句言二人平定諸王之亂，盡滅其國，使其叛亂息矣。

此章將傅寬、靳歙合論。傅承帥令而建功勳，靳舉義兵而定江陵，平息諸王之亂，二人亦有功。

恢恢廣野，誕節令圖①。進謁嘉謀，退守〔一〕名都。東規〔二〕白馬，北距飛狐。即倉敖庾，據險三塗②。輶軒東踐，漢風載徂③。身死於齊，非説之辜④。我皇寔念，言祚爾孤⑤。

【校勘】

〔一〕『守』，六臣本注：『五臣作宫。』

〔二〕『規』，《文集》作『窺』。《文選》卷四十七、《西晋文紀》卷十五、陸刻本、《百三家集》本、小萬卷樓本、鄧邦述校本作『規』。胡克家《文選考異》曰：『袁本、茶陵本「窺」作規。案：此所見不同，似「規」字是也。』今據改。

【注釋】

①善注：『《漢書》曰：漢王數困滎陽、成皋，計欲捐成皋以東，屯鞏、雒以距楚。酈食其曰：願足下急進兵，收取滎陽，據敖庾之粟，塞成皋之險，杜太行之道，距飛狐之口，守白馬之津，以示諸侯刑制之勢，則天下歸矣。《老子》曰：天網恢恢。班固《漢書述》曰：陳湯誕節，救在三哲。《尚書》曰：爾有嘉謀嘉猷。杜預《左氏傳注》曰：三塗在河南陸渾縣南。』翰注：『此謂酈食其也。恢恢，大也。誕，大。節，度。令，善。圖，謀也。』廣野，廣野君，酈食其號也。恢恢，城府深廣貌。《荀子·非十二子》：『恢恢然，廣廣然，昭昭然，蕩蕩然，是父兄之容也。』楊倞注：『恢恢、廣廣，皆容衆貌。』誕節，猶言不拘小節。《三國志·魏·杜恕傳》裴注：『《杜氏新書》曰：……豐砥礪名行以要世譽，而恕誕節直意，與豐殊趣。』此二句言廣野君城府深廣，不拘小節，却屢有善謀。

②向注：『名都，謂滎陽也。食其勸高祖急收滎陽是也。』濟注：『食其勸高祖守白馬之津，距飛狐之口，據敖庾之粟也。白馬，津河也。飛狐，塞名也。敖庾，倉名。三塗，山名。規，守。即，就也。』此六句言

進見高祖，獻其嘉謀：退據名都滎陽，東守白馬之津，北拒飛狐之塞，就敖庾之粟，據三塗之險。

③ 善注：『《漢書》：燕趙已定，唯齊未下，上使酈食其説齊。齊王田廣以爲然，罷歷下兵守備。』銑注：『輶軒，輕車也。東踐，謂東行向齊也。載，則。徂，往也。言漢之威風則往矣。』

④ 善注：『《漢書》曰：韓信聞食其下齊，乃襲齊王。齊王田廣聞漢兵至，以爲食其賣已，乃烹食其。』銑注：『雖身死於齊，非説辭不善之罪也。』幸，《玉篇》：『罪也。』此二句意謂食其雖身死齊國，非謀之不善，乃勢之然也。

⑤ 善注：『《漢書》曰：高祖舉功臣，思食其，封其子爲高梁侯。』翰注：『我皇，謂高祖也。寔，實。祚，福。爾，汝也。言高祖實念其功，封子疥爲高梁侯。此蓋福及其孤也。』

此章言酈食其城府深廣，每以嘉謀而建立奇功。雖身死齊國，乃形勢使然，非説之不善。以遺爵其子，襯託其功之偉。

建信委輅，被褐獻寶①。指明周漢，銓時論道。移帝伊洛，定都酆鎬②。柔遠鎮邇，寔敬攸考③。

【注釋】

① 善注：『《漢書》：婁敬脱輅見虞將軍曰：臣願見上，言便宜事。虞將軍欲與鮮衣。敬曰：臣衣帛，衣帛見；衣褐，衣褐見，不敢易衣。虞將軍入，言於上，上召見。』良注：『此謂婁敬也。委，棄也。輅，庶車

也。婁敬本爲輓車者，乃棄車被褐衣，以見高祖獻説，令都長安，可謂大寶也。』建信，建信侯劉敬，敬，原姓婁。《史記索隱》曰：『敬本姓婁，《漢書》作婁敬。高祖曰：婁即劉也，因姓劉耳。』輅，即輓輅，鹿車。《集解》：『蘇林曰：一木横鹿車前，一人推之。』褐，庶人之衣。《孟子·滕文公上》：『其徒數十人皆衣褐，捆屨織席以爲食。』趙岐注：『衣褐，貧也。』此二句言婁敬棄其鹿車，着庶人之服見漢王而獻其大策。

②善注：『《漢書》：婁敬謂上曰：陛下取天下與周異。而都雒陽，不便，不如入關，據秦之固。是日，車駕西都長安。班固《漢書》婁敬述曰：敬繇役夫，還京定都。《聲類》曰：銓，所以稱物也。』酆鎬，周人所居之地，此指長安。潘岳《西征賦》：『徘徊酆鎬，如渴如飢。』善注：『酆鄗，周所居也。』良注：『酆鄗，水名。』此二句言婁敬指明其周漢取天下之不同，乃權衡時勢而論其理也。故高祖移駕洛陽，定都長安。

③善注：『《毛詩》曰：柔遠能邇，以定我王。《爾雅》曰：考，成也。』濟注：『安鎮遠近，實敬之所考定也。』柔遠，毛詩傳：『柔，安也。』鄭玄箋：『邇，近也。安遠方之國，順伽其近者，當以此定我國家，爲王之功。』鎮，《玉篇》：『安也。』此二句言高祖安定天下，實是敬之功也。

此章言婁敬之功，勸漢王移駕洛陽，定都關中，乃安天下之策也。

抑抑陸生，知言之貫①。往制勁越，來訪皇漢②。附會平勃，夷凶翦亂③。所謂伊人，邦家之彦④。

【注釋】

① 善注：『《毛詩》曰：抑抑威儀，維德之隅。漢孝武詔曰：《詩》云：九變復貫，知言之選。應劭曰：言變政復禮，合於先王舊貫。選，善也。』銑注：『此謂陸賈也。抑抑，昂藏貌。言賈善爲言説也。貫，通也。』抑抑，謹嚴貌。毛詩傳：『抑抑，密也。』鄭玄箋：『人密審於威儀，抑抑然，是其德必嚴正也。』一曰美。《詩・大雅・假樂》：『威儀抑抑，德音秩秩。』毛詩傳：『抑抑，美也。』知言，智言也。《論語・子張》：『君子一言以爲智，一言以爲不智，言不可不慎也。』此二句言謙謹嚴正之陸生，言語智慧，貫通舊典。

② 善注：『《漢書》曰：中國初定，尉佗平南越，因王之。高祖使賈賜佗印，爲南越王。賈卒拜佗爲南越王，令稱臣奉漢約。歸報，高帝大悦。《爾雅》曰：訪，謀也。』翰注：『制，約也。勁，彊也。皇，大也。高祖使賈往約南越王尉佗，而賜之印。初，尉佗見賈，頗有驕傲。賈與之言，尉佗蹶然而起謝賈，稱臣受漢約而來歸漢之德也。訪，歸也。』此二句言受命而往令强大之南越稱臣奉約，歸來拜謁大漢之天子。

③ 善注：『《漢書》曰：諸吕欲危劉氏，陳平患之。賈説平曰：天下安，注意於相；危，注意於將。將相和，天下雖有變，權不分。君何不交懽太尉，深相結？平乃以五百金爲絳侯壽，太尉勃亦報如之，則吕氏謀益壞。及誅吕氏，賈頗有力焉。』良注：『平，謂陳平。勃，謂周勃。會，猶接也。謂其能安國家，定社稷，可以附接於陳周之間矣。夷，平。翦，伐也。謂與陳周誅吕氏也。』附會，親和協調。《史記・陸賈傳》：『陸賈位止大夫，致仕諸吕，不受憂責，從容平、勃之間，附會將相以强社稷，身名俱榮，其最優乎！』此二句言親和協調於陳平、周勃之間，平定内亂，剪除叛臣。

④ 善注：『《毛詩》曰：所謂伊人，於焉逍遥。又曰：彼己之子，邦之彦兮。班固《漢書》王尊贊曰：尊實赳赳，邦家之彦。』向注：『伊，辭也。伊人，猶言此人也。彦，美也。』彦，俊才。《書・太甲上》：『旁求俊

彥，啓迪後人。』孔安國傳：『美士爲彥。』

此章言陸賈之功，出使南越，使之歸漢；配合陳周，剪滅諸呂。

百王之極，舊章靡存①。漢德雖朗，朝儀則昏。稷嗣制禮，下肅上尊②。穆穆帝典，煥〔一〕其盈門。風睎〔二〕三代，憲流後昆③。

【校勘】

〔一〕『煥』，《藝文類聚》卷四十五作『乃』。

〔二〕『睎』，《文集》作『晞』，形近而誤。《文選》卷四十七、《文章辨體彙選》卷四百五十九作『睎』，今據改。又《藝文類聚》卷四十五作『希』，古二字通。

【注釋】

① 善注：『班固《漢書》贊曰：漢承百王之弊。《典引》曰，彝倫斁而舊章缺。』銑注：『此謂叔孫通也。言漢承百王敝極之時，而禮儀舊章皆無存者，通乃復脩之。』靡，不。《爾雅·釋言》：『靡，無也。』

② 濟注：『朗，明。昏，暗也。』此二句言雖漢王德行朗照，然朝廷禮儀混亂。

③ 翰注：『漢拜通爲博士，號爲稷嗣君也。言其制禮儀，下敬而上尊，各有分也。肅，敬也。』

③ 善注：『《漢書》：叔孫通曰：臣願徵魯諸生與臣弟子，共起朝儀。高帝曰：得無難乎？通曰：臣

願采古禮與秦儀雜就之。上曰：可。其儀就，皇帝輦出房，諸侯王以下，莫不震恐肅敬。高帝曰：今日知爲皇帝之貴也。《劇秦美新》曰：帝典闕而不補。《毛詩》曰：韓侯顧之，爛其盈門。包咸《論語注》云：三代，夏殷周也。《尚書》曰：垂裕後昆。』向注：『穆穆，美也。焕，盛也。』良注：『睎，望也。憲，法也。三代，謂夏殷周也。言所制禮儀之風，睎望與三代同盛，而法流於後嗣。昆，猶嗣也。』焕，粲然光明。《玉篇》：『焕，明盛。亦作奂。』此四句言和美之帝王典章，粲然光明，盈其宮門。禮儀之風，上望三代，典章之法，傳之後世。

此章言孫叔通之功，制定禮儀，使上下肅敬。

無知叡敏，獨昭〔一〕奇迹。察侔蕭相，貺同師錫①。隨何辯達，因資於敵。紓〔二〕漢披楚，唯〔三〕生之績②。

【校勘】

〔一〕『昭』，《文集》作『照』。《文選》卷四十七、《西晉文紀》卷十五、陸刻本、《百三家集》本、陳仲魚校本、鄧邦述校本作『昭』。《文集》校曰：『照，當作昭。』今據改。

〔二〕『紓』，《文集》作『舒』。《文選》卷四十七、《西晉文紀》卷十五、《七十二家集》本、《百三家集》本作『紓』。今據改。又陸刻本、陳仲魚校本、鄧邦述校本作『紆』，或形近而誤。又六臣注曰：『五臣作舒。』

〔三〕『唯』，陸刻本、《西晉文紀》卷十五、《百三家集》本、陳仲魚校本、鄧邦述校本作『維』。古二字通。

【注釋】

①善注：『蕭何進韓信，無知進陳平，故曰侔也。《漢書》曰：陳平降漢，因魏無知求見漢王。後上封平，平曰：非魏無知，臣安得進？上乃賞魏無知。《尚書》：師錫安曰：有鰥在下，曰虞舜。』向注：『此謂魏無知也。叡，明。敏，達。侔，比也。貺，猶慶也。師，猶衆也。錫，舉也。言其明達，獨有奇迹，謂薦陳平於高祖，則亦比蕭何進用韓信而天下定，慶同堯時衆舉舜而洪水理。《書》云：師錫帝曰：有鰥在下，曰虞舜。』師錫，孔安國傳：『師，衆。錫，與也。』意謂衆臣與帝言之。貺，猶進也。《説文》：『貺，賜也。』此四句言無知明達，獨顯奇迹。識人可比蕭何舉信，進賢猶同堯臣舉舜。

②善注：『《漢書》：漢王曰：孰爲我使淮南，使之發兵背楚。項王必留，留數月，漢之取天下可萬全。隨何曰：臣請使之。往説布，布歸漢。《毛詩》曰：酆水東注，維禹之績。』銑注：『黥布本屬項羽，則漢之敵也。而何説之，背項羽而歸漢……乃定天下，是因資於敵也。舒，成也。披，毁也。楚，則項羽也。唯生之績，謂唯何之功也。生者，有德之稱。』因資於敵，謂取敵方之人才而用之，指隨何説黥布背楚歸漢事。《玉篇》：『資，取也，用也。』紓，緩解。《左傳·莊公三十年》：『自毁其家，以紓楚國之難。』杜預注：『紓，緩也。』披，器毁也。《方言》卷四：『器破曰披。』此四句言隨何辯言達理，因取用於敵。解漢王之難，毁其楚王之業，唯隨何之功也。

此章將魏無知、隨何合言之。前者察人，舉陳平以助劉；後者善辯，説黥布以歸漢。故二人皆有助漢滅楚之功。

皤皤董叟，謀我平陰。三軍縞素，天下歸心①。

【注釋】

①善注：『《漢書》曰：漢王南渡平陰津，至洛陽，新城三老董公遮説漢王曰：項王無道，放殺其主。三軍之衆，爲之素服東伐，四海之内，莫不仰德，此三王之舉也。漢王曰：善。於是爲義帝發喪，兵皆縞素，擊楚之殺義帝者。《論語素王受命讖》曰：河受圖，天下歸心。』向注：『此謂新成三老董公也。皤皤，老貌。』皤皤，《玉篇》：『皤，老人白也。皤皤，衆良士也。』謀我平陰，猶言爲我謀之平陰也。

此章言三公於平陰勸漢王發喪義帝以使天下歸心之事。

袁生秀朗，沉〔一〕心善照①。漢旆南振，楚威自撓②。大略淵回，元功響效③。邈哉惟〔二〕人，何識之妙④。

【校勘】

〔一〕『沉』，《文選》卷四十七作『沈』。古二字同。

〔二〕『惟』，《西晉文紀》卷十五、陸刻本、陳仲魚校本、鄧邦述校本作『維』。鄧邦述校本校作『惟』。古二字通。

【注釋】

①良注：『秀朗，謂賢明也。沈，深也。言其深心照見事理也。』

②善注：『《漢書》曰：袁生説漢王曰：願君出武關，項王必引兵南走，王深壁，令滎陽、成皋間且得休。王乃復走滎陽。如此則楚所備者多，力分。漢得休，復與之戰，破楚必矣。漢王從其計，出軍宛葉間，羽乃聞漢王在宛，果引兵南。』向注：『袁生謂高祖曰：分諸將引入楚地，而使自分兵相救，而楚威權自然撓也。大旆，旗也。南振，謂南入楚也。撓，亂也。』此謂楚軍心亂也。振，迅疾。《爾雅·釋言》：『振，訊也。』郭璞注：『振者，奮迅。』

③善注：『《漢書》司馬遷述曰：大略孔明。《史記》：太史公曰：惟祖元功，輔臣股肱。』向注：『言其大謀略如淵回之深，大功如響應之速。效，猶應也。』

④向注：『邈，遠也。惟人，猶此人也。』此二句言此人見識微妙，遠過他人。

此章言袁生察事深遠，説漢王向南入楚，破其楚軍。

紀信誑項，軺軒是乘。攝齋〔一〕赴節，用死孰懲。身與煙消，名與風興①。周苛慷慨〔二〕，心若懷冰②。形〔三〕可以暴，志不可陵〔四〕③。貞軌偕没，亮迹雙升。帝疇爾庸，後嗣是膺④。

【校勘】

〔一〕『齋』，《文選》卷四十七、《西晉文紀》卷十五、陸刻本、《百三家集》本、鄧邦述校本作『齊』。六臣本

注：『五臣作齋，即夷切。』鄧邦述校本校作『齋』。齋、齊，古音同，並通轉。『攝齊』即提衣。《論語・鄉黨》：『其言似不足者，攝齊升堂，鞠躬如也。』何晏《集解》：『孔安國曰：衣下曰齊。攝齊者，摳衣也。』五臣注：『攝齋，摳衣也。』

〔二〕『慨』，陸刻本、《七十二家集》本、陳仲魚校本、鄧邦述校本作『愾』。六臣本注：『五臣作慨。』陳仲魚校本、鄧邦述校本并校作『慨』。古二字通。

〔三〕『形』，《文選》卷四十七作『刑』。

〔四〕『陵』，《文選》卷四十七、《西晉文紀》卷十五、陸刻本、《百三家集》本、陳仲魚校本、鄧邦述校本作『淩』。六臣本注：『五臣作陵。』古二字通。

【注釋】

① 善注：『《漢書》曰：項羽圍漢王滎陽，將軍紀信曰：事急矣！臣請誑楚，可以間出。紀信乃乘王車，黃屋左纛，曰：食盡，漢王降楚。皆之城東觀，以故漢王得遯。羽見紀信，問漢王安在？曰：已出去矣。羽燒殺信。《論語》曰：攝齊升堂。』翰注：『項羽急攻滎陽，漢計無所出。紀信曰：事急矣，臣請誑楚，可以間出。信乃乘王車服王衣，詐爲高祖，降項羽。以此高祖得與數十騎出矣。項羽遂燒殺信。軺軒，輕車也。攝齋，摳衣也。謂高祖所服衣也。懲，恐也。言其忠勇是用死節，誰復恐懼？雖身隨煙滅，而忠烈之名與風興也。』此六句言紀信欺楚王，乘輕車，衣漢王衣，赴節而死，身滅而名興矣。

② 善注：『應劭《風俗通》曰：言人清高，如冰之潔。』慷慨，雄勇貌。揚雄《羽獵賦》：『若夫壯士忼慨，

殊鄉別趣。』向注：『忼慨，雄勇貌。』忼，同慷。此二句言周苛英勇壯烈，忠臣之心純潔如冰。

③善注：『《漢書》曰：楚圍漢王滎陽急，漢王出去，而使苛守滎陽。楚破滎陽，欲令將，苛罵曰：若趣降漢王，不然，今爲虜矣。項王怒，亨苛。』良注：『暴，露也。言其壯志見於外也。陵，欺也。』暴，凌暴。《爾雅・釋言》：『强，暴也。』郭璞注：『强梁凌暴。』此二句言形體可以凌暴，志節不可欺辱。

④善注：『謝承《後漢書》：黄向《對策》曰：雷陳義重，出則雙升。《漢書》曰：苛子成，以父死王事，封爲高景侯。又曰：襄平侯紀通尚符節。張晏曰：紀信子也。晉灼曰：紀信焚死，不見其後。《功臣表》曰：襄平侯紀通，父成，以將軍從定三秦，死王事，子侯。然則通非信子也。機之此言，與晏同誤也。』向注：『軌，迹。亮，信。升，高。疇，誰。庸，用。膺，當也。言紀信、周苛忠貞之節，俱没於項羽。信勇壯之迹雙高也。高祖念此二人已死，誰可封汝功乃後嗣以當也。謂高祖封信子通爲襄平侯，周苛子成爲高平侯。』帝疇爾庸，謂帝諮詢誰可承其功也。爾庸，猶汝功。《詩・大雅・崧高》：『因是謝人，以作爾庸。』鄭玄箋：『庸，功也。』此四句言信、苛忠貞之迹雖已沉没，高朗之節並舉。帝咨誰可承其功？其後嗣受之。

此章將紀信、周苛合論。二人皆因解滎陽之難，而爲主死難。

天命[一]雖順，王心有違。懷親望楚，永言長悲。侯公伏軾，皇媼來歸。是謂平國，寵命有輝①。

【校勘】

〔一〕『命』，《文選》卷四十七、《西晉文紀》卷十五、陸刻本、《百三家集》本、陳仲魚校本、鄧邦述校本作『地』。六臣本注：『五臣作命。』陳仲魚校本、鄧邦述校本并校作『命』。

【注釋】

①善注：『《毛詩》曰：行道遲遲，中心有違。《漢書》曰：漢遣陸賈説羽，請太公。羽弗聽。漢復使侯公説羽，羽歸太公媼。《漢書·項羽傳》曰：歸漢王父母妻子。《漢書音義》曰：媼，母別名也。烏老切。《楚漢春秋》曰：上欲封侯公，匿不肯復見。曰：此天下之辯士，所居傾國，故號平國君。』銑注：『王心有違，謂高祖父母並爲項羽軍所執也。高祖懷思長悲，侯公爲高祖往説羽，父母皆得歸漢。封侯公爲平國君，故云寵命有輝也。伏軾，謂乘車而往也。皇，謂高祖父也。高祖即位，爲太上皇。媼，謂高祖母也。女老曰媼。此上三十一人頌畢，此下揔述其事也。』此節言平國君侯公。按：『皇媼來歸』，《義門讀書記》卷四十九考之曰：『按《高紀》但云太公呂后，無歸媼之文。善注未詳何據。惟項羽傳中有歸漢王父母語。皇媼句殆本之此耶？然高祖母實已先亡，無留楚及來歸事。《高紀》十年，太上皇后崩一條下，如淳一説辨之甚核。羽傳本不可據也。晉氏既定，《高紀》中載太上皇后崩一事于文爲長，則羽傳中母字其誤無疑矣。』此章言天命順漢，然而王心有別親之悲，念雙親而望楚，其悲傷而永存。侯公乘車説項羽，使皇母歸來。故封平國君，以彰其寵矣。

此章述侯公説項使歸高祖父母歸漢之功。

震風過物，清濁效響①。大人于興，利在攸往②。弘海者川，崇山惟壤③。《韶》《護》〔一〕錯音，袞龍比象④。明明衆哲，同濟天網〔二〕⑤。劍宣其利，鑒獻其朗⑥。文武四充，漢祚克廣⑦。悠悠遐風，千載是仰⑧。

【校勘】

〔一〕『韶護』，《七十二家集》本作『部濩』，《文選》卷四十七、《西晉文紀》卷十五、《百三家集》本、陳仲魚校本、鄧邦述校本作『韶濩』。陳仲魚校本、鄧邦述校本并校作『韶護』。

〔二〕『網』，六臣本注：『五臣作綱。』《七十二家集》本作『綱』，陳仲魚校本校作『綱』。應據改。

【注釋】

① 善注：『《文子》曰：昔堯之治天下也，舜爲司徒，契爲司馬，禹爲司空，后稷爲田疇，奚仲爲工師。是以離叛者寡，聽從者衆，若風之過蕭，忽然感之，各以清濁應物也。』翰注：『言風動過於萬物之中，無清濁皆應聲響，亦如功臣各效其才，以成大業。』

② 善注：『《周易》曰：巽，小亨，利有攸往，利見大人。』濟注：『大人，君子也。利在所往，言君臣相應，所往則利也。』大人，漢王也。此二句言漢王龍興，賢哲利在歸之。

③ 善注：『《管子》曰：海不辭水，故能成其大；山不辭土，故能成其高；明主不厭人，故能成其衆。』向注：『弘，大。崇，高。壤，土也。海所以大者，衆川成之；山所以高者，積土成之。言帝王成功亦須衆賢

成之也。」

④ 善注：『《漢書》曰：舜作《韶》，湯作《護》。《周禮》：王之吉服，享先王，即衮龍衣也。《左傳》曰：臧哀伯曰：五色比象，昭其物也。』良注：『《韶》，舜樂名；《護》，湯樂名，錯，雜也。天下既平，功成作樂之義也。衮龍服，王者之服也。比象者，諸色備也。謂高祖居尊位禮儀也。』比象，以文繡以象其物。《國語·周語中》：『服物昭庸，采飾顯明，文章比象。』韋昭注：『比象，比文，以象山龍華蟲之屬。』此二句言功成作《韶》《護》之樂，漢王著天子之服。

⑤ 善注：『《毛詩》曰：明明魯侯。崔寔《本論》曰：舉彌天之網，以羅海内之雄。』向注：『同濟天綱，謂同濟天下離亂，若整綱紀。綱，羅也。』此二句言明察之賢哲，輔弼漢主，同整天下綱紀。

⑥ 善注：『《廣雅》曰：鑒，炤也。鑑謂之鏡。』翰注：『宣，猶用也。鑒，鏡。朗，明也。言羣臣如用劍之利，以斷割事機，如獻鏡之明，以照察事理也。』

⑦ 善注：『《尚書》曰：光被四表。孔安國曰：光，充也，充溢四外也。《毛詩》曰：克廣德心。』向注：『衆賢文武之道，四方充滿，故漢祚能廣也。克，能也。』

⑧ 悠悠，遠貌。《詩·鄘風·載馳》：『驅馬悠悠，言至於漕。』毛詩傳：『悠悠，遠貌。』此言悠遠之風範，令人千載仰慕。

此章爲全文之總結。分别從臣與君兩面言之。以君言，須廣納賢才以成帝業；就臣言，須輔弼王室以效其才。漢之人才充盈，福祚廣遠，則在此也。作者論史，實以鑒今，盛世之嚮往，溢於言表。

【集評】

[晉]陸雲《與兄平原書》：《漢功臣頌》甚美。

[南朝・梁]劉勰《文心雕龙・頌讚》：及魏晉辨頌，鮮有出轍。陳思所綴，以《皇子》爲摽。陸機積篇，惟《功臣》最顯。其褒貶雜居，固末代之訛體也。原夫頌惟典雅，辭必清鑠。敷寫似賦，而不入華侈之區。

[明]楊慎《升庵集》卷四十七《袁生》：陸機《漢高祖功臣頌》曰：『袁生秀朗，沈心善照。漢旆南振，楚威自撓。大略淵回，元功響效。』『邈哉斯人，何識之妙。』按《漢書》：轅生説漢王曰：『願君出武關，項王必引兵南走，王深壁，令滎陽、成皋且得休，乃復走滎陽。如此，則楚所備者多力分，漢得休復，與之戰，破楚必矣。』其後高祖未酧其賞，故史不列於功臣之數。陸機作頌，乃儕之二(三)十一人之列，可謂發潛闡幽矣。王應麟曰：『轅生説行而身隱，鴻飛魚潛，脱屣圭組，遠希魯連，近慕董公，亦古之逸民，不可與辯士説客並論也。』

[清]何焯《義門讀書記》卷四十九：袁彦伯《三國名臣序贊》，贊勝士衡《高祖功臣頌》，序亦激昂。晉代之佳者。贊雅質勝陸，然陸甚變化。

[清]俞瑒評：如此長篇，許多人物，却得首尾包括，中間長短分合處亦見錯綜，將相謀士以類相從。(清鈔本《昭明文選》)

陸士衡《漢高祖功臣頌》：『平陽樂道』至『亞迹蕭公，爰淵爰嘿』，謂清净寧一也。從學問説到武功，結句收轉『亞迹蕭公』，即位次而相業，亦自在其内。

『曲逆宏達』，《孔氏雜説》載曲逆，《漢書》無別音。《文選》注：曲，區句反。逆，音遇。當是五臣注也。按《漢書・曹參傳》：西擊秦將楊熊軍于曲，遇破之。小顔注：曲，音邱羽反。遇，音顒。《文選》緣此，遂讀曲爲區句反，且忘遇之爲顒，而讀爲遇。其失甚矣。又《後書・郡國志》章帝醜其名，改爲蒲陰，則當讀如本字審矣。

『規主于足』二句，作贊用，此等語恐未高雅。『覩幾蟬蜕』二句不類。

『矯矯三雄』至『舍福取禍』，注：三雄，謂韓信、彭越、英布。按：信、越誅夷，于此贊中總見，此文章變化處。

『王信韓孽』至『寧爲亂亡』，韓信、盧綰合爲一贊。

『奄有燕韓』，兼勃平燕王盧綰，及擊破王信、下晉陽兩事言之。

『滌穢紫宫』，按：《周勃傳》『臣無功，請得除宫』二句，乃東平侯興居語，勃無此言。自乃與太僕滕公以下云云，皆叙興居事，與勃無涉，注誤引也。『滌穢』句蓋謂勃之能誅諸吕，以清宫禁之亂，乃文帝未至以前事，故下繼云『徵帝太原』耳。注中『勃曰』以下數語，皆可删。

『陽陵之勳』至『俾亂作懲』，傅寬、靳歙合爲一贊。

『無知叡敏』至『唯生之績』，魏無知、隨何合爲一贊。

『紀信誑楚』至『後嗣是膺』，紀信、周苛合爲一贊。

『皇媪來歸』，按：《高紀》但云歸太公吕后，無歸媪之文。善注未詳何據。惟《項羽傳》中有歸漢王父母語，皇媪句殆本之此耶？然高祖母實已先亡，無留楚及來歸事。《高紀》十年太上皇后崩一條下，如淳二説辨之甚核，《羽傳》本不可據也。晉氏既定，《高紀》中載太上皇后崩一事，於文爲長，則《羽傳》中母字其誤無疑矣。

[清]顧炎武《日知録》卷二十一『陸機文誤』：陸機《漢高帝功臣頌》『侯公伏軾，皇媪來歸』，乃不考史書之誤。《漢儀》注：高帝母，兵起時死小黄，後於小黄作陵廟。《本紀》五年，即皇帝位於汜水之陽，追尊先媪爲昭靈夫人，則其先亡可知。而十年有太上皇后崩，乃太上皇崩之誤，文重書而未删也。侯公説羽，羽乃與

漢約，中分天下。九月，歸太公、呂后，並無皇媼。

[清]洪亮吉《洪北江詩文集・漢麒麟閣功臣頌并序》：昔陸機爲《漢高祖功臣頌》、袁宏爲《三國名臣序贊》，歌詠功德至數十人，然徵其美備，考其績效，均若有不及焉。

[清]馬榮祖《文頌》：若陸機之頌功臣，才華閃爍，而予奪錯互，自紊其體。

[清]李兆洛《駢體文鈔》卷二十二：此士衡所謂『文繁理富，意必指適』者也。優游彬蔚，精微朗暢，兩者兼之。

[清]譚獻評：有變化，有頓挫，可謂跌宕昭章矣。

[清]洪若皋《梁昭明文選越裁》：漢高之興，一時從龍諳彥、奸雄群盜、賢豪長者、仙隱儒流、賈人牧豎、屠沽黥奴各竭其材，供一代之用，智謀策力，史不勝書。評頌之下，務另出手眼，闡幽抉微，庶使古人各有身分。似此據事屬詞，摸皮搔膚，毫無痛癢。士衡號稱極博，而運用之間，胸中所有，不暇再擇；腕中所得，不能少變。雖滿腹珠璣，比之蠹魚食簡耳。昔人謂司馬遷才高，恨其不博，余以爲使其極博，而靈心妙筆必爲博所誤，定不能使讀者耳目千古常新也。

[清]孫洙評：品藻諸臣無漏意，亦無溢詞。琢句如秦碑漢篆，工勁蒼老，自有精氣存乎其間。（《山曉閣重訂文選》）

[清]方廷珪《昭明文選集成》：按三十一人中，有各人之遇合，有各人之功績，有各人之面目，必覩影識形，聞嚮知音，才見精神結聚。若改易字面，俱可相通，便不成章矣。全意包裹，細意熨帖，刻羽引商，鏤金錯采，令千載下生氣奕奕，是爲才人極筆。

陳氏潔渚曰：『篇中由相而將，由謀臣而及辨士死事，大職其要，小職其詳，各如其本量而止，有典有則，不漏不支。』

吴闓生彙輯《吴先生點勘文選》：李云：『此士衡所謂文繁理富、意必指適者也。優遊彬蔚，精微朗暢，兩者兼之。』姚云：『厭厭無氣，不及袁彦伯《三國名臣序贊》也。』

林紓《春覺齋論文·流别論》：陸士衡爲《漢高祖功臣頌》，皇皇大觀也。然篇中如『拾代如遺，偃齊猶草』『身與煙消，名與風興』等句，此揚子雲所萬萬不爲者。觀子雲爲《趙充國頌》，無一語不精心，亦無一語傷於纖弱，則極意摹古，由其讀古書多，故發聲亦洪而肅，此不能以淺率求也。

吴曾祺《涵芬樓文談·核實》：陸士衡《漢功臣頌》有『侯公伏軾，皇媪來歸』語，按高祖母已前卒，歸者獨太公耳。

丞相箴①

【題解】

本文從治政、用人、納言三個方面論丞相之職責，最後强調養德棄惡，以前代存亡成敗爲鑒，將丞相之爲人與治政合而論之。文章短小，意旨豐富。然陸雲《與兄平原書》曰：『兄《丞相箴》小多，不如《女史》清約耳。恐兄無緣思於此意。』猶批評其文不够清省簡約。此所存者，或爲殘篇。具體創作時間無載，然考之史籍，永康元年（三〇〇）四月，趙王倫矯詔廢賈后，自爲相國，機爲相國參軍，賜爵關内侯，此箴當作於此時，以諫誡趙王倫也。

夫導民在簡，爲政以仁；仁實生愛，簡亦易遵②。罔〔一〕疏下睦，禁密巧繁，深文碎教，伊何能存③？故人不可以不審，任不可以不忠。捨賢昵讒，則喪爾邦④。且偏見則昧，專聽悔〔二〕疑。耳目之用，亦各有期。夫豈不察，而惟〔三〕牆隔之⑤。矜己任智，是蔽是欺⑥。德無遠而不復，惡何適而不追⑦。存亡日鑒，成敗代陳。人咸知鏡其貌〔四〕，而莫能照其身⑧。

【校勘】

〔一〕『罔』，《七十二家集》本作『網』。古二字同。

〔二〕『悔』，《文集》作『誨』。《西晉文紀》卷十五、陸刻本、《百三家集》本、陳仲魚校本、鄧邦述校本作『悔』。今據改。

〔三〕『惟』，陸刻本、陳仲魚校本、鄧邦述校本作『帷』，《文集》亦校作『帷』。古二字通。鄒陽《於獄上書自明》：『牽於惟牆之制。』

〔四〕『貌』，《文集》作『皃』，陸刻本、《百三家集》本、陳仲魚校本、鄧邦述校本作『貌』。『皃』乃古字，今改爲通行字。

【注釋】

①『箴』是以規戒爲表達主題的一種文體。《玉海》卷五十九：『胡廣曰：箴諫之興，所由尚矣。聖君求之於下，忠臣納之於上。劉勰曰：箴者，所以攻疾防患喻鍼石也。』

② 導民，訓導百姓。《國語》：『夫長國者，唯知哀樂喜怒之節，是以導民。』韋昭注：『長，君也。導，訓也。』實，《廣韻》：『誠也。』遵，《説文》：『循也。』

③ 罔，同『網』，羅網。《孟子·梁惠王上》：『及陷於罪，然後從而刑之，是罔民也。』趙岐注：『犯罪觸刑無所不爲乃就刑之，是由張羅罔以罔民者也。』巧繁，僞飾繁多。《荀子·富國篇》：『直將巧繁拜請而畏事之。』楊倞注：『巧爲繁多拜請以畏事之也。』深文，法令條文苛細周納。《史記·張湯列傳》：『與趙禹共定諸律令，務在深文，拘守職之吏。』碎教，教令瑣屑。《高僧傳·宋齊州開元寺義楚傳》：『慮删碎教，文裁量差。』伊，《爾雅·釋詁》：『維也。』郭璞注：『發語辭。』存，明察。《爾雅·釋詁》：『存，在也，察也。』以上言丞相治政之術：施仁政，簡法令，百姓方可仁愛和睦，遵紀守法。禁令僞飾繁密，法制教令苛細，則人之不可明察也。

④ 審，省察。《爾雅·釋詁》：『察，審也。』郭璞注：『察，視，皆所爲審諦。』任，《玉篇》：『委任也。』昵，同暱，親近。《爾雅·釋詁》：『暱，近也。』郭璞注：『暱，親近也。』讒，此指讒佞小人。《玉篇》：『讒，佞也。』此四句言丞相用人之道：用人必察其賢，任職考其忠，若捨棄賢人，親近讒佞，必喪其國。

⑤ 昧，昏暗不明貌。《玉篇》：『昧，冥也。』專聽，偏聽偏信。《管子·任法》：『專聽其大臣者，危主也。』期，《廣韻》：『限也。』惟牆，妻妾所居之處。鄒陽《於獄上書自明》：『今人主沉於諂諛之詞，牽於惟牆之制。』五臣注：『帷牆，妻妾所居也。』惟，通帷。此喻親近之小人。以上言丞相納言之要：偏見則昏暗不明，偏聽必後悔懷疑，耳目之所用，各有其限度，謹防爲身邊小人所雍隔。

⑥ 矜，自賢曰矜。《公羊傳·莊公十二年》：『閔公矜此婦人，妬其言。』何休注：『色自美大於此婦人。』此二句言炫耀其賢能，專任其智慧，必被蒙蔽，必爲人欺。

⑦ 復，報也。《周禮·天官冢宰》：『叙羣吏之治，以待賓客之令，諸臣之復，萬民之逆。』鄭玄注：『詩人重之曰：家伯維宰，玄謂復之。言報也，反也。』適，《廣韻》：『往也。』追，《廣韻》：『隨也。』此二句言有德者無遠而不報其德，有惡者何往而惡隨其身。

⑧ 鏡，鑑。《廣韻》：『鑑，鏡也，誡也，昭也。』陳，昭示。《國語·齊語》：『相示以巧，相陳以功。』韋昭注：『陳，亦示也。』貌，《韻會》：『容也。本作皃。』此四句言存亡之道，可鑒於往日，成敗之理，昭示於前代。人皆知照他人之貌，而莫能照其自身。

【集評】

［晉］陸雲《與兄平原書》：兄《丞相箴》小多，不如《女史》清約耳。

孔子贊

【題解】

此文對孔子睿哲覃思，隆崇禮教，光被四表，澤流後世，予以高度讚美。文以『玄流』稱孔子之禮教，以『明發懷周，興言謨老』贊孔子之行爲，有明顯融合儒道之思想傾向，打下鮮明的西晉時代思想烙印。此文或爲陸雲所作，並見《陸士龍文集》卷六，詳備考。

孔子叡聖〔一〕，配天弘道①。風扇玄流，思探神寶②。明發懷周，興言謨老③。靈魄有行，言觀蒼昊④。清歌先誠，丹書有造⑤。

【校勘】

〔一〕『孔子叡聖』，《陸士龍文集》卷六作『孔丘大聖』。

【注釋】

① 叡聖，通達聖明。《國語·楚語上》：『及其没也，謂之叡聖武公。』韋昭注：『叡，明也。《書》曰：叡作聖，謚法威，强叡德，曰武。』孔安國傳：『於事無不通，謂之聖。』配天，猶德合天地。《禮記·經解》：『故德配天地，兼利萬物，與日月並明。』《玉篇》：『佩，合也。』弘道，弘揚道義。《論語·衛靈公》：『子曰：人能弘道，非道弘人也。』

② 風扇，猶言仁風扇動。沈約《齊故安陸昭王碑文》：『惠露霑吴，仁風扇越。』良注：『恩惠仁德，如露之霑潤，風之扇動也。』玄流，玄理流被。僧順《釋三破論》：『振無爲之高風，激玄流於未悟。』此指名教。神寶，喻教化。《管子·禁藏》：『民之承教，重於神寶。』房玄齡注：『不爲重寶犯禁，故教重；夫寶有靈，故曰神寶。』此二句言仁義之教如風扇動，深奥之理如水流被，思致深刻，探其教化之靈。

③ 明發，從夕至明。《詩·小雅·小宛》：『明發不寐，有懷二人。』毛詩傳：『明發，發夕至明。』懷周，追慕周公之道。《論語·述而》：『子曰：甚矣，吾衰也久矣，吾不復夢見周公也。』《集解》：『孔安國曰：孔

子衰老，不復夢見周公也。明盛時夢見周公，欲行其道也。』興，《爾雅·釋言》：『起也。』謨，謂謀其道。《詩·大雅·抑》：『訏謨定命，遠猶辰告。』毛詩傳：『謨，謀，猶道。』此二句言日日追懷周公之禮，晨起又思圖老子之道。

④靈魄，猶神靈也。謝莊《宋孝武宣貴妃誄》：『銷神躬於壤末，散靈魄於天潯。』向注：『神躬靈魄，謂貴妃神靈也。』有行，謂行合禮義。《禮記·射義》：『以成禮節，以正君臣，以親父子，以和長幼，此衆人之所難而君子行之，故謂之有行。』觀，察也。《易·賁》：『觀乎天文，以察時變，觀乎人文，以化成天下。』王弼注：『解天之文，則時變可知也，解人之文，則化成可爲也。』蒼昊，天。王延壽《魯靈光殿》：『據坤靈之寶勢，承蒼昊之純殷。』張載注：『蒼昊，皆天之稱也。春爲蒼天，夏爲昊天。』此言孔子之行合乎禮義，之言觀乎天象，上察時變，下化天下，故謂之神靈也。

⑤清歌是誡，意殊難解。或可謂誡之以《清人》之歌。《詩·鄭風·清人》序：『清人刺文公也。高克好利而不顧其君，文公惡而欲遠之。……公子素惡高克進之不以禮，文公退之不以道，危國亡師之本，故作是詩也。』謂君臣之進退必合乎禮，遵乎道。丹書，受天命而作之天書，如《河圖》《洛書》之類，因以丹筆所書，故曰。《大戴禮記·武王踐阼》：『（武王）召師尚父而問焉，曰：黄帝顓頊之道存乎？意亦忽不可得見與？師尚父曰：在丹書。』丹書是造，指孔子所垂之文。

【備考】

此篇《晉二俊文集》本、《七十二家集》本、《漢魏六朝百三家集》本、小萬卷樓叢書本、清影宋鈔本、《宛委別藏》清鈔本，以及臺灣『國家圖書館』藏陳仲魚手録陸敕先宋本《晉二俊文集》、鄧邦述手校並跋明萬曆新安汪士賢校刊本《晉二俊文集》等均收録之。《陸士龍文集》卷六《登遐頌・孔仲尼》亦載其文。其後又有：『茫茫九疑，登暉太素。有漢登聞，神具爾顧。發彼靈丘，聿來載步。貽我則歌，永揚遐祚。大勝之娥，厥猶翼翼。降宮有和，納符帝側。揮杖指辰，絶音頹息。苕苕玄右，在彼峻極。』較此文多出十六句。從文意看，機集當是殘篇，雲集則爲全文。乃是後人割裂引書，誤題陸機。《藝文類聚》或即始作俑者。

王子喬贊①

【題解】

王子喬，又稱王喬，古仙人。傳説爲周靈王太子王子晉所羽化。此詩讚頌王喬棲身靈岳，超然自喪之逍遥，乘雲騰影，飄飄帝宮之高眇。讚語之外，隱蔽着作者超越現實之遐想。此文或爲陸雲所作，詳備考。

遺形靈岳，顧景忘歸②。乘雲倏〔一〕忽，飄飄〔二〕紫微③。

【校勘】

〔一〕『倏』，《七十二家集》本作『條』，形近而誤。

〔二〕『飄飄』，《藝文類聚》卷七十八、《西晉文紀》卷十五、陸刻本、陳仲魚校本、鄧邦述校本作『飄颻』。陳仲魚校本、鄧邦述校本并校作『飄飄』。

【注釋】

① 王子喬，古仙人。何劭《遊仙詩》：『羨昔王子喬，友道發伊洛。』善注：『《列仙傳》曰：王喬者，周靈王太子晉也。好吹笙，作鳳鳴，遊伊洛之間，道人浮丘公接以上嵩高山。三十餘年後，求之於山上，見桓良曰：告我家，七月七日待我於緱山頭。果乘白鶴，駐山頭，望之不得到，舉首謝時人。數日而去，立祠緱氏山下。』

② 遺形，忘形，忘其自我。《新書・傳》：『真人恬漠，獨與道息，釋智遺形，超然自喪。』此二句言王子喬棲身靈岳，超然自喪，顧視日影，忘却歸去。

③ 倏忽，同儵忽，高眇不可及。《楚辭・悲回風》：『據青冥而攄虹兮，遂儵忽而捫天。』王逸注：『所至高眇不可逮也。』《經典釋文》：『儵，李云：喻有象也；忽，李云：喻無形也。』紫微，北辰第七星。陸雲《大將軍宴會被命作詩》：『在昔姦臣，稱亂紫微。』善注：『《春秋合誠圖》曰：北辰其星，七在紫微中。又曰：紫宮，大帝室也。』此二句言乘雲霞而高眇倏忽，飄颻於帝宮之上。

【備考】

此篇《晉二俊文集》本、《七十二家集》本、《漢魏六朝百三家集》本、小萬卷樓叢書本、清影宋鈔本、《宛委別藏》清鈔本，以及臺灣『國家圖書館』藏陳仲魚手録陸敕先宋本《晉二俊文集》、鄧邦述手校並跋明萬曆新安汪士賢校刊本《晉二俊文集》等均收録之。又見《陸士龍集》。《登遐頌·王子喬》曰：『王喬淵嘿，遂志潛輝。遺形靈嶽，顧景亡歸。變彼有傳，與爾翻飛。承雲儵忽，飄颻紫微。』顯然，雲集爲全帙，機集爲殘篇。乃《藝文類聚》卷七十八割裂引用，誤題陸機。後人不察，將《藝文類聚》所引殘篇輯佚於機集之中，故總集以及二陸別集皆重複收録之。

至洛與成都王牋

【題解】

《晉書·陸機傳》：『太安初，穎與河間王顒起兵討長沙王乂，假機後將軍、河北大都督，督北中郎將王粹、冠軍牽秀等諸軍二十餘萬人。』由此文可知，機率兵討長沙王，其動機乃在平內亂，勤王室，非爲無節操之舉。其創作具體時間爲太安二年（三〇三）八月。

王室多故，禍難薦有①。羊玄之乘寵凶豎，專記朝政，姦臣賊子，是爲比周②。皇甫商同惡相求，共爲亂階③。至今天子飄颻〔一〕，甚於贅旒〔二〕④。伏惟明公〔三〕匡濟之舉，義命方宣，元戎〔四〕既啓，風威〔五〕電赫⑤。機以駑暗，文武寡施，猥蒙橫授，委任外閫〔六〕；輒承嚴教，董率諸軍，唯力〔七〕是視⑥。

【校勘】

〔一〕『飄颻』，《文集》作『飄飄』。《藝文類聚》卷五十九、《西晉文紀》卷十五、陸刻本、《百三家集》本、陳仲魚校本、鄧邦述校本作『飄颻』。今據改。

〔二〕『贅旒』，《藝文類聚》卷五十九作『贅瘤』。

〔三〕『明公』，《文集》作『相公』。《藝文類聚》卷五十九、《西晉文紀》卷十五、陸刻本、《百三家集》本、陳仲魚校本、鄧邦述校本作『明公』。今據改。

〔四〕『元戎』，《藝文類聚》卷五十九作『先戎』。

〔五〕『風威』，《藝文類聚》卷五十九作『威風』。

〔六〕『任』，《文集》作『仕』。《藝文類聚》卷五十九、《西晉文紀》卷十五、陸刻本、《百三家集》本、陳仲魚校本作『任』。《文集》校曰：『仕，別本作任。』今據改。又『外閫』，《文集》作『外梱』，音同而誤。《西晉文紀》卷十五、《七十二家集》本、《百三家集》本作『閫』。金濤聲曰：『「梱」字亦作閫，《史記・馮唐傳》：閫以內者寡人制之，閫以外者將軍制之。』金説是，今據改。

〔七〕《文集》『力』後有一『之』字。按照前後句式，『之』爲衍字，故刪。

【注釋】

① 薦，《爾雅・釋言》：『薦，再也。』郭璞注：『《易》曰：水薦至今。』

② 羊玄之，《晉書・羊玄之傳》：『羊玄之，惠皇后父，尚書右仆射瑾之子也。玄之初爲尚書郎，以后

父，拜光禄大夫，特進散騎常侍，更封興晉侯。遷尚書右仆射，加侍中，進爵爲公。成都王穎之攻長沙王乂也，以討玄之爲名，遂憂懼而卒。』乘寵，恃寵。乘，憑恃。《漢書・遊俠傳・原涉》：『遣奴至市買肉，奴乘涉氣，與屠争言，斫傷屠者，亡。』凶竪，凶殘小人。《廣韻》：『竪，立也。又童僕之未冠者。』記，志其過也。《廣韻》：『記，志也。』專記，猶言專權。比周，指朋黨之間親近密切，互相包庇。《戰國策》：『夫從人朋黨比周，莫不以從爲。』鮑彪注：『比周，親周相芘也。與《論語》意異。』

③皇甫商，曾任梁州刺史、左將軍等職。先附趙王倫，倫敗被殺，復依河間王顒，後參齊王冏軍事，冏被殺，投長沙王乂。《晉書・張方傳》：『永寧中，顒表討齊王冏，遣方領兵二萬爲前鋒。及冏被長沙王乂所殺，顒及成都王穎復表討乂，遣方率衆自函谷入屯河南。惠帝遣左將軍皇甫商距之，方以潜軍破商之衆，遂入城。』又《成都王穎傳》：穎上書曰：『羊玄之、皇甫商等恃寵作禍，能不興慨！』同惡相求，猶言狼狽爲奸。《左傳・昭公十三年》：『同惡相求，如市賈焉。』杜預注：『宣子謂棄疾親恃子幹，共同好惡，故言如市賈同利以相求。』亂階，亂之所由。《詩・小雅・巧言》：『無拳無勇，職爲亂階。』鄭玄箋：『此人主爲亂作階，言亂由之來也。』

④飄飖，隨風飛揚，此喻惠帝因罹亂而動蕩漂泊也。曹植《雜詩》：『轉蓬離本根，飄飖隨長風。』濟注：『此詩自喻遭邪譖，逐出帝都也。』贅旒，喻如垂下之旒飄蕩不已。《公羊傳・襄公十六年》：『曷爲偏刺天下之大夫，君若贅旒然。』何休注：『旒，旂旒。贅，繫屬之辭，若今俗名就壻爲贅壻矣。以旂旒喻者，爲下所執持東西。旒者，其數名。』旒，《玉篇》：『旌旗之垂者。』

⑤匡濟，匡正救難。邢璹《周易略例序》：『探測鬼神，匡濟邦家。』宣，宣揚。《左傳・昭公十二年》：『寵光之不宣。』杜預注：『宣，揚也。』元戎，兵車。《詩・小雅・六月》：『元戎十乘，以先啓行。』毛詩傳：

『元，大也。』孔穎達疏：『戎車十乘，以在軍先，欲以啓敵陳之前行。』赫，顯赫。《詩・大雅・生民》：『以赫厥靈，上帝不寧。』毛詩傳：『赫，顯也。』

⑥ 駑暗，同駑闇，駑鈍愚昧。陸雲《國起西園第表啓》：『殿下不以其駑闇，特蒙拔擢。』施，功勞。《左傳・僖公二十四年》：『報者倦矣，施者未厭。』杜預注：『施，功勞也。』猥，謙詞，含『有辱』之意。《廣韻》：『猥，犬聲，又鄙也。』横授，意謂枉自授權。横，枉。《後漢書・酷吏傳序》：『至於重文横入，爲窮怒之所遷及者，亦何可勝言。』李賢注：『横，猶枉也。』外閫，此指統兵在外的將帥。閫，宫門之外。《史記・馮唐傳》：『閫以外者，將軍制之。』《集解》：『韋昭曰：此郭門之閫也。門中橛曰閫。』《正義》：『謂門限也。』輒，《玉篇》：『專也。』董，《廣韻》：『督也，正也。』

謝平原内史表

【題解】

《西晉文紀》卷十五曰：『趙王倫輔政，引機爲相國參軍。倫將篡，以爲中書郎。及倫誅，齊王冏以機職在中書，九錫文及禪詔疑機與焉。收付廷尉，賴成都王穎、吴王晏救免。冏敗，穎表爲平原内史。』善曰：『臧榮緒《晉書》曰：成都王表理機起爲平原内史，到官上表謝恩。』此表將身受皇恩之隆，横遭誣枉之痛，對成都王援手相救之感激，蒙垢受命之喜懼，臨别依依之心志，依次寫來，結構井然，説理、抒情、叙述、辨白融合。其意有曲折，有直陳；其言有白描，有譬喻，藝術上頗有特色。據《晉書》本傳可知，此表作於太安元年(三〇二)。

陪臣陸機言①：今月九日，魏郡太守遣兼丞張含，齎板詔書印綬，假臣爲平原内史，拜受祗悚〔一〕，莫〔二〕知所裁②。臣機頓首，死罪死罪〔三〕。

【校勘】

〔一〕『悚』，《文選》卷三十七、《西晉文紀》卷十五、陸刻本、《百三家集》本、陳仲魚校本、鄧邦述校本作『竦』。陳仲魚校本、鄧邦述校本并校作『悚』。古二字同。

〔二〕『莫』，《文選》卷三十七作『不』。

〔三〕『臣機頓首，死罪死罪』，《文集》、《西晉文紀》卷十五無此二句。此據《文選》卷三十七、《百三家集》本、陸刻本、陳仲魚校本、鄧邦述校本校補。

【注釋】

① 善注：『蔡邕《獨斷》曰：諸侯境内，自相以下，皆爲諸侯稱臣，於朝皆稱陪臣。』銑注：『諸侯之臣，於天子朝稱陪臣。此及姓也，機前任吴王郎中，今故稱此。』

② 善注：『凡王封拜，謂之板官。時成都攝政，故稱板詔。范曄《後漢書》：陳蕃上疏曰：臣誠悼心，不知所裁。』翰注：『含，太守下丞。賫，持也。板，册文。假，言假借不久也。祗竦，敬懼貌。裁，制也。』竦，

同悚。假，授。《逸周書・史記》：『任之以國，假之以權。』裁，裁制。《釋名・釋言語》：『裁，制事物使合宜也。』

臣本吴人〔一〕，出自敵國①。世無先臣宣力之效，才非丘園耿介之秀②。皇澤廣被，惠濟無遠③。擢自羣萃，累蒙榮進④。入朝九載，歷官有六，身登三閣，官〔二〕成兩宫⑤。服冕乘軒，仰齒貴遊⑥。振景拔迹，顧邈同列〔三〕⑦。施重山岳，義足灰没⑧。遭國顛沛，無節可紀，雖蒙曠蕩，臣獨何顔！俛首頓膝，憂媿〔四〕若厲⑨。而横爲故齊王冏所見枉陷，誣臣與衆人共作禪文⑩。幽執囹圄，當爲誅始。臣之微誠，不負天地，倉卒之際，慮有逼迫⑪。乃與弟雲及散騎侍郎袁瑜、中書侍郎馮熊、尚書右丞崔基、廷尉正顧榮、汝陰太守曹武，思所以獲免⑫，陰蒙避回，崎〔五〕嶇自列⑬。片言隻字，不關其間，事蹤筆迹，皆可推校⑭。而一朝幡〔六〕然，更以爲罪，蕞爾之生，尚不足吝⑮。區區本〔七〕懷，實有可悲⑯。畏逼天威，即罪維〔八〕謹⑰，鉗口結舌，不敢上訴所天⑱。莫大之釁，日經聖聽，肝血之誠，終不一聞⑲。所以臨難慷〔九〕慨，而不能不悢悢〔一〇〕者，維〔一一〕此而已⑳。

【校勘】

〔一〕『吴人』，六臣本無此二字，然注曰：『五臣作吴人。』《西晉文紀》卷十五、《文章辨體彙選》卷一百三十一並無此二字。

〔二〕「官」，《七十二家集》本作「宦」。

〔三〕「列」，《文集》作「烈」。《文選》卷三十七、《西晉文紀》卷十五、陸刻本、《百三家集》本、陳仲魚校本、鄧邦述校本作「列」。《文集》校曰：「烈，别本作列。」今據改。

〔四〕「媿」，陸刻本作「愧」。古二字同。

〔五〕「崎」，六臣本注曰：「善作岐。」

〔六〕「幡」，《文選》卷三十七、《西晉文紀》卷十五、《百三家集》本、陸刻本作「翻」。古二字通。陳仲魚校本、鄧邦述校本并校作「播」。

〔七〕「本」，《七十二家集》本作「木」。形近而誤。

〔八〕「維」，陸刻本、《百三家集》本、陳仲魚校本、鄧邦述校本作「惟」。鄧邦述校本校作「維」。古二字通。

〔九〕「慷」，六臣本注：「五臣作忼。」古二字通。

〔一〇〕「悢悢」，陸刻本、《百三家集》本、陳仲魚校本、鄧邦述校本作「恨恨」。金濤聲曰：「《文選》嵇康《與山巨源絶交書》：顧此悢悢，如何可言！」金説是。《通雅·卷十》：「悢悢，猶眷眷也。五臣本陸機表「不能不悢悢。」」又陳仲魚校本校作「悢悢」。

〔一一〕「維」，陸刻本、《百三家集》本、陳仲魚校本、鄧邦述校本作「唯」。鄧邦述校本校作「維」。古二字通。

【注釋】

①善注：『《漢書》：蒯通説韓信曰：敵國破，謀臣亡。』銑注：『敵國，謂仇敵之國也。』

②善注：『《尚書》：舜曰：予欲宣力四方，汝爲。《易》曰：賁于丘園，束帛戔戔。王肅曰：隱處丘園，道德彌明，必有束帛之聘。《楚辭》曰：獨耿介而不隨。』銑注：『先臣，謂父祖也。宣，用。效，勤也。言非有功於國。耿，絜。介，獨也。言負才德清絜，獨居丘園，不仕之人也。』宣力，猶效力。《玉篇》：『宣，布也。』效，功績。《玉篇》：『效，功也。』耿介，稟執操守。《楚辭·九辯》：『獨耿介而不隨兮，願慕先聖之遺教。』王逸注：『執節守度，不枉傾也。』秀，《玉篇》：『榮也，芳也。』此二句言既先祖無效力王室之功績，自己又無隱居丘園稟持操守之德馨。

③善注：『《四子講德論》曰：皇澤豐沛。《尚書》曰：無遠弗届。』被，《廣韻》：『覆也。《書》曰：光被四表。』濟，《爾雅·釋言》：『益也。』此二句言皇恩廣被天下，惠澤不分遠近。

④善注：『《國語》曰：羣萃而同處。賈逵曰：萃，亦處也。』向注：『萃，聚也。言拔於羣聚之中。』

⑤善注：『臧榮緒《晉書》曰：太熙末，大傅楊駿辟機爲祭酒。駿誅，徵爲太子洗馬。吴王出鎮淮南，以機爲郎中令，遷尚書中兵郎，轉殿中郎，又爲著作郎。《晉令》曰：秘書郎掌中外三閣經書。兩宫，東宫及上臺也。』向注：『入朝，謂入晉朝也。歷官六：爲楊駿祭酒、太子洗馬、吴王郎中、尚書郎中、殿中郎，又爲著作郎。三閣，謂祕書郎，掌内外三閣經書也。兩宫，東宫及上臺也。』按：『入朝九載』蓋指为朝官。《晉書》本傳謂士衡太康末入洛，至遲在公元二八九年。從太熙元年（二九〇）士衡任楊駿祭酒始，至永康二年（三〇一）任中書郎止，前後十一年，其中元康四年至五年（二九四—二九五）任吴王郎中令，非爲朝官，故『入朝九載』指任朝官。『歷官有六』，指太傅祭酒、太子洗馬、尚書郎中、殿中郎、著作郎、中書郎。不包括吴

王郎中令。

⑥善注：『《左傳》：衛太子謂渾良夫曰：服冕乘軒，三死無與。杜預《傳注》曰：齒，列也。《周禮》曰：師氏以三德教國子，凡國之貴遊子弟學焉。』濟注：『冕，冠也。軒，車也。貴游，謂與公子同游也。』軒冕，官飾也。此二句言入朝爲官，上列貴宦之遊。

⑦善注：『臣瓚《漢書注》曰：邈，凌邈也。』濟注：『言振其光景，拔迹越衆。迴顧自省，遠於同列。』振景，喻輔弼皇室。張九齡《爲王司馬祭妻父文》：『惟公聯華公族，振景天朝。』拔迹，指超拔衆人。袁宏《三國名臣序贊》：『昂昂子敬，拔迹草萊。』此二句言顧視自省，功績才能，遠遜於同爲官者。

⑧善注：『葛龔《讓州辟文》曰：恩重山岳，言君之義，我身如灰之滅，不足報也。』濟注：『蒙恩施之重，我於事義，足爲灰没，以報恩德。』灰没，喻身死。《華陽國志·後賢志·侯馥》：『今縱不死，又無益國，灰没其分，守心而已。』

⑨善注：『《周易》曰：夕惕若厲。』良注：『遭國顛沛，謂趙王倫篡位，遷帝金墉。無節，謂不能見危授命。曠蕩，謂蒙寬宥。何顏，謂自慙也。頓膝，謂拜跪也。厲，危也。』顛沛，猶傾覆。歐陽建《臨終詩》：『況乃遭屯蹇，顛沛遇災患。』濟注：『顛沛，猶傾覆也。』曠蕩，胸襟寬廣，此指寬宥。張衡《南都賦》：『上平衍而曠蕩，下蒙籠而崎嶇。』良注：『曠蕩，寬廣也。』若厲，若危。《易·乾》：『君子終日乾乾，夕惕若厲，無咎。』王弼注：『處下體之極，居上體之下，在不中之位，履重剛之險，上不在天，未可以安其尊也。下不在田，未可以寧其居也。純脩下道則居上之德廢，純脩上道則處下之禮曠。故終日乾乾，至於夕惕猶若厲也。居上不驕，在下不憂，因時而惕，不失其幾，雖危而勞，可以無咎。』士衡取《易》之意，非止字面意也。按：五臣所注頗乖文意。此六句言身遭國家傾覆，事晉已爲失節，雖蒙皇恩浩蕩，赦罪賜官，臣獨有何顏面？故入朝爲

官，俯首頓膝，以盡卑誠，憂愧若危，以恐得咎。士衡自白，蓋在辨白無由背晉君而爲倫作禪文也。其意順承『出自敵國』而來，故下文以『而』作轉折，言其横遭誣枉。

⑩ 善注：『王隱《晉書》曰：齊王冏，字景治。趙王倫簒位，冏舉兵討倫，臨陳斬之。禪文，倫受禪之文。』翰注：『枉，曲。誣，加也。禪文，謂禪位之文。』枉陷，歪曲陷害。誣，《玉篇》：『欺罔也。』謂被誣爲作禪位文也。

⑪ 善注：『司馬遷《書》曰：深幽囹圄之中。』銑注：『幽，隱。執，繫也。囹圄，獄名。誅始，謂先合誅也。言我幽微之信，不欺天地，但恐急暴之間，不得申説。』此六句言幽禁獄中，始議當誅。臣之微誠雖不欺天地，然倉卒之間，恐遭逼迫而不得申説。

⑫ 善注：『王隱《晉書》曰：袁瑜，字世都。馮熊，字文羆。顧榮，字彦先。《晉百官名》曰：曹武，字道淵。』向注：『言此六人初皆同坐，共思所以獲免之計也。』

⑬ 善注：『言密自蒙蔽，避迴冏黨，岐嶇艱阻，得自申列也。《廣雅》曰：列，陳也。』濟注：『陰蒙避迴，詐發妹喪，不預倫事，崎嶇傾側也。自列，謂自分雪也。』避迴，謂迴避不得見他人。崎嶇，謂周折迂迴。此二句言收獄之時，又暗令迴避他人，周折迂迴，方得自陳。

⑭ 善注：『王隱《晉書》曰：機《與吴王晏表》曰：禪文本草，今見在中書。一字一迹，自可分别。蔡邕《書》曰：惟是筆迹，可以當面也。』濟注：『片言隻字，皆不關趙王倫事也。』推校，究詰考校。《廣弘明集》卷七：『臣請言得失，推校是非。』《廣韻》：『校，檢校，又考校。』言事件原委，禪文筆迹皆可究詰考校也。

⑮ 善注：『《左傳》：子産曰：諺云蕞爾之國。杜預曰：蕞，小貌也。《説文》曰：尚，曾也。孔安國《尚書傳》曰：吝，惜也。』良注：『翻，反也。』翻，同幡。《韻會》：『翻，與飜同。通作幡。』一朝幡然，謂一旦

反覆。蕞爾之生，謂微薄的生命。謙詞。

⑯ 善注：『李陵《書》曰：區區之心，切慕此爾。』良注：『區區，勤勤也。可悲，謂遭枉横實可悲痛也。』上六句言一朝反復，又以爲有罪，雖區區人生，曾不足惜，殷勤之心，實爲可悲。

⑰ 善注：『《左氏傳》：齊侯對宰孔曰：天威不違顔咫尺。《公羊傳》曰：不即罪爾。何休曰：不就罪也。《漢書》曰：終軍詰徐偃，請下御史徵偃即罪。《論語》曰：子在宗廟朝廷，便便言，惟謹爾。』良注：『逼迫天威，言逼天威之怒而就罪也。』唯謹，《集解》：『鄭玄曰：雖辯而謹敬也。』此言不敢申辯。

⑱ 善注：『《莊子》曰：鉗墨翟之口。《慎子》曰：臣下閉口，左右結舌。《潛夫論》曰：臣鉗口結舌而不敢言。《左傳》：箴尹克黄曰：君，天也。何休《墨守》曰：君者，臣之天也。』翰注：『鉗，以鐵爲劫，束也。結，繫也。束口繫舌，言不敢語。』

⑲ 善注：『《孝經》曰：五刑之屬三千，而罪莫大於不孝。』銑注：『釁，罪也。人之罪，莫大不忠不孝。日經聖聽，謂日日經天子聽察也。肝血，謂赤心誠實也。』此四句言議臣不忠之罪，聖聽日聞，而臣肝膽之誠，終不能使聖聽聞知。

⑳ 銑注：『忼慨，失志也。悢悢，悲也。志無所申，但悲而已。』悢悢，應作悢悢。《通雅・卷十》：『悢悢，猶眷眷也。』慷慨，悲歎。此三句言臨難悲歎，而眷眷留戀，唯此罷了。

此段意分三層，一陳身受皇恩，無背晉主之緣由。二言臣横遭誣枉，沉冤難陳之苦痛。三言其誠未達，臨難眷眷之心態。

重蒙陛下愷悌〔一〕之宥，回霜收電，使不隕越①。復得扶老携幼，生出獄户，懷金拖紫，退就散輩②。感恩惟咎，五情震悼③，跼天蹐地，若無所容④。不悟日月之明，遂垂曲照；雲雨之澤，播及朽瘁⑤。忘臣弱才，身無足采；哀臣零落，罪有可察⑥。苟削丹書，得夷平民，則塵洗天波，謗絶衆口〔二〕，臣之始望，尚未至是⑦。

【校勘】

〔一〕『愷悌』，《文章辨體彙選》卷一百三十一作『豈弟』。《詩·小雅·青蠅》：『豈弟君子，無信讒言。』杜預《左傳·僖公十二年》、善注引《詩》作『愷悌』。古二詞通。

〔二〕『口』，《七十二家集》本作『日』。

【注釋】

① 善注：『陛下，謂成都也。《毛詩》曰：愷悌君子。杜預《左傳注》曰：宥，赦也。威如霜，已見《西征賦》。』（按：潘岳《西征賦》：『弛秋霜之嚴威，流春澤之渥恩。』善注：『荀悦《申鑒》曰：人主怒如秋霜。《漢書》：孫寶勑侯文曰：今鷹隼始擊，當從天氣，取姦惡以成嚴霜之威。』）荀悦《申鑒》曰：人主威如雷電之震。《左傳》：齊侯對宰孔曰：小白恐隕越於下。』向注：『宥，寬也。雷震，喻威。隕越，死也。蒙天子寬迴，收其威，使至不死也。』愷悌，同豈弟，和易近人。鄭玄注：『豈弟，樂易也。』士衡蓋取詩下句『不信讒言』之意。回電收霜，喻天子息其威怒。李德裕《唐武宗昭肅皇帝會昌二年上尊號玉册文》：『寬厎劉之罪，輿

惻隱之仁，回霜收電。』

②善注：『《戰國策》曰：薛人扶老携幼，迎孟嘗君道中。揚子《法言》曰：使我紆朱懷金，其樂不可量也。《解嘲》曰：紆青拖紫。拖，徒我切。』濟注：『散輩，謂不除名爵，散官之輩。』懷金拖紫，即紆朱懷金，言著朱紱懷金印。范曄《宦者傳論》：『若夫高冠長劍，紆朱懷金者，布滿宫闈。』善注：『李軌曰：朱紱也。』向注：『金，金印也。』

③善注：『《文子》曰：昔中黄子曰：色有五章，人有五情。』良注：『震悼，驚也。』惟咎，惟病之也。《史記·殤帝紀》：『間者郡國或有水災，妨害秋稼。朝廷惟咎，憂惶悼懼。』咎，《爾雅·釋詁》：『病也。』震悼，驚恐憂傷。《楚辭·九章·抽思》：『願承閒而自察兮，心震悼而不敢。』王逸注：『志恐動悸，心中怛也。』此言感恩若有心病，情感驚恐憂傷。

④善注：『《毛詩》曰：謂天蓋高，不敢不跼。謂地蓋厚，不敢不蹐。《史記》曰：魏公子自責，似若無所容。跼音局。蹐，精亦切。』良注：『跼，曲也。蹐，累足行也。思前得罪，五情震驚，心自愧責於天地，若無所容也。』跼天蹐地，形容處境困厄，恐懼不安。《三國志·吴·步騭傳》：『無罪無辜，横受大刑，是以吏民跼天蹐地，誰不戰慄？』

⑤善注：『《尚書》：武王曰：惟我文考，若日月之照臨。范曄《後漢書》：鄧隲上疏曰：被雲雨之渥澤也。』翰注：『日月，喻君也。播，布。朽，腐。瘁，病也。』曲照，光照於幽曲之處。《抱朴子·外篇·廣譬》：『日月不能私其耀，以就曲照之惠。』朽瘁，自喻老病也。此四句言不料日月之光，垂照幽曲之處，雲雨之澤布及朽病之人。日月、雲雨，喻成都王。

⑥采，用。《玉篇》：『采，採取也。』零落，草木之凋。《禮記·王制》：『草木零落，然後入山林。』鄭玄

注：『零本又作苓，音同，《説文》云：草曰苓，木曰落。』此喻處境落魄。察，覆審。《爾雅·釋詁》：『察，審也。』郭璞注：『覆校，察視、副長皆所爲審諦。』

⑦善注：『《左傳》曰：斐豹，隸也，著於丹書。《書》曰：延及平民。』翰注：『削，除也。丹書，定罪之書。夷，亦平也。平民，凡民也。言蒙天子照察，除其罪書，爲凡民也。』銑注：『塵，喻罪也。天波，喻天子恩澤。謗，枉也。言初所尚未至天恩洗罪。』此六句言若除其罪名，削官爲民，則願足矣。至於天波洗滌臣所蒙之塵垢，使誹謗絶於衆口，非臣開始所敢期望。天波，喻成都王。

此段表達對成都王憐臣落魄，核察臣罪，使臣生還，且昭雪沉冤，謗絶衆口，大過臣之所望的感激之情。

猥辱大命，顯授符虎①，使春枯之條，更與秋蘭垂芳；陸沉之羽，復與翔鴻撫翼②。雖安國免徒，起紆青組；張敞〔一〕亡命，坐致朱軒〔二〕③。方臣所荷，未足爲泰④，豈臣蒙垢含吝，所宜忝竊⑤。非臣毀宗夷族，所能上報⑥。喜懼參并，悲慚哽結。拘守常憲，當便道之官，不得束身奔〔三〕走⑦。稽顙城闕，瞻係天衢，馳心輦轂，臣不勝屏營〔四〕延仰，謹拜表以聞⑧。

【校勘】

〔一〕『敞』，《文集》作『敝』，形近而誤。《文選》卷三十七、《西晉文紀》卷十五、陸刻本、《百三家集》本、陳仲魚校本作『敞』，《文集》校曰：『敝，當作敞。』鄧邦述校本校作『敞』。今據改。

〔二〕『朱軒』，《七十二家集》本作『宋軒』。疑形近而誤。

〔三〕『奔』，《七十二家集》本、《百三家集》本、陳仲魚校本、鄧邦述校本作『犇』。陳仲魚校本、鄧邦述校本并校作『奔』。古二字同。

〔四〕『屏營』，《百三家集》本作『屏榮』，形近而誤。

【注釋】

①善注：『《漢書·文帝紀》曰：初與郡守爲銅虎符竹使符。』向注：『猥，頓也。大命，天子命也。符虎，謂金虎符也，謂授内史也。』猥辱，辱也。《廣韻》：『猥，鄙也。』符虎，即虎符，古代調兵遣將的兵符。銅鑄虎形，背有銘文，分兩半，右半留中央，左半授統兵將帥或地方長官。調兵時由使臣持節驗合，方可生效。《史記·文帝紀》之《集解》：『應劭曰：銅虎符第一至第五，國家當發兵，遣使者至郡合符，符合乃聽受之。』顯授虎符，謂授平原内史之顯職。

②善注：『《莊子》曰：孔子之楚，其鄰有夫妻臣妾登極者。仲尼曰：是陸沉者也。班固《漢書》張陳述曰：携手逐秦，撫翼俱起。』向注：『陸沉，謂無水而沉，喻己也。翔鴻，喻朝士也。言我頓蒙天恩，再得與朝士齊列也。』春枯之條，喻己。秋蘭，喻朝士。

③善注：『《漢書》曰：韓安國事梁孝王，爲中大夫。其後安國坐法抵罪。梁内史缺。漢使使者拜安國爲梁内史，起徒中爲二千石。《漢書》曰：張敞爲京兆尹，坐與楊惲厚善，不宜處位，免爲庶人。數月，冀州部中有大賊，天子思敞功，使使召敞。即裝隨使者詣公車上書。天子引敞見，拜爲冀州刺史。敞起亡命，

復奉使典州。命，名也。謂所犯罪名已定，而逃亡避之，謂之亡命。青組、朱軒，並二千石之車飾。』濟注：『韓安國事梁孝王爲中大夫，有罪在徒中，漢使張羽拜安國爲內史。張敞爲京兆尹，殺人被罪，遂逃走。後冀州有賊，天子思敞，使治之。敞隨詣拜，爲冀州刺史，青組、朱軒，並二千石之車飾。』徒，刑法名，即拘禁使服勞役。《唐書·刑法志》：『用形有五……三曰徒。徒者，奴也；蓋奴辱之。』起紆，起用於屈曲之中。《說文》：『紆，詘也。一曰縈也。』

④方，《廣韻》：『比也，類也。』荷，《廣韻》：『負荷也。』泰，《廣韻》：『大也，通也。』此二句言雖安國、張敞比臣之所負之重任，亦未足爲大也。

⑤善注：『范曄《後漢書》：陳蕃曰：鄙吝之萌，復存於心。《方言》曰：貪而不施謂之吝。』良注：『垢，濁也。吝，恨惜也。忝，辱。言我含此污濁，豈能辱竊此位也。』

⑥言臣毀家夷族，亦無法報此大恩也。

⑦善注：『如淳《漢書注》曰：律，二千石以上，告歸寧，不過行在所者，便道之官無問也。』良注：『喜，謂喜得內史；懼不勝任也。參並，言雜半也。憲，法也。當時之法，據官者，便之任也。』當，《玉篇》：『任也。』便道之官，指地方官。便道，猶問道。杜甫《送十五侍御弟使蜀》：『歸朝多便道，搏擊望秋天。』《集注》：『洙曰：便道，問道也。』束身，謹守職事。《後漢書·卓茂傳》：『前密令卓茂，束身自修，執節淳固，誠能爲人所不能爲。』言謹守職事而不得奔走以面謝也。

⑧善注：『李陵詩曰：策名於天衢。班固《漢書》述曰：攀龍附鳳，並集天衢。胡廣《漢官解詁注》曰：轂下，諭在輦轂之下。《國語》：申胥曰：昔楚靈王獨行屏營。』翰注：『稽顙，拜也。言爲奉法赴任，不得奔走謝城闕也。視天子街衢，不得往，故馳心也。輦，天子車轂。屏營，迴惶也。』屏營，徘徊不前貌。《楚

辭·九思·逢尤》：『遽傽遑兮驅林澤，步屏營兮行丘阿。』王逸注：『憂憒不知所爲，徒經營奔走也。』延仰，猶久仰。李巽《第三書》：『故延仰之誠，有加常旨。』此四句言稽拜皇宫城闕，瞻望宫前大道，馳心君主之車輦，徘徊不前，不勝仰慕。

此段既表達士衡蒙垢臨命、身負重任之喜悦，又明其守職報恩、臨别依依之心志。

【集評】

［明］王志堅《四六法海》卷二：《謝平原内史表》：此文體之初變者也，今讀之猶有漢人風味。

［明］孫鑛評：皇甫子循所謂語雖合璧，意若貫珠者，於此篇見之。（《孫月峰先生評文選》）

［明］鄒思明評：諄諄懇懇，斂鍔藏鋒，玉韞珠含，輝映山澤。（《文選尤》）

［清］洪若皋《梁昭明文選越裁》：平原板詔方聞，河北牙旗已折，今之罔復有後之罔，後之穎非復今之穎，吉凶禍福，哀樂恩仇，悠悠未艾。桂生幽壑，終保彌年之丹；蘭植中途，必無經時之翠。飛鱗北逝，卒委湯池；矯翮南辭，翻棲火樹，良可哀也。

［清］方廷珪《昭明文選集成》：草禪詔，大逆也。被誣入獄，當亦自分必死。昭雪出獄，幸矣。復居散秩，已屬望外，況又擢爲内史，尤望外之望外者。入手叙進身之始，中述被誣之由，末陳受恩之厚。一路文氣故作抑而不揚，句句是悲咽聲口，以自抒其此番受恩感激，迥異尋常，所云喜極而悲也。陸文妙在流，此篇妙在不流，文字各有結構，初非傖父所知也。

［清］錢陸燦評：有此精思，若運以散文，當更頓挫有節奏，第恐無此姿態。散文姿態在動作，此姿態在

肌理。(《晉陵吴氏刻文選》)

［清］譚獻評：羈旅局脊，已無生之氣矣。

客子畏人，惟憂用老。當牢户之餘生，言言酸惻，正不必推波助瀾，已覺情辭激注。

一意槃互，不待敷藻。晉宋間文字，與東漢祇隔一塵土。(李兆洛《駢體文鈔》卷十六)

［清］何焯《義門讀書記》卷四十九：陸士衡《謝平原内史表》，此文亦學蔡中郎《讓高陽侯表》。『身登三閣，官成兩宫』，注引《晉令》曰：『秘書郎掌中外三閣經書，兩宫東宫及上臺也。』按：所謂臺閣者，此也。唐之鳳閣、鸞臺，則當爲閤字。『重蒙陛下愷悌之宥』，注：陛下，謂成都也。按：此表自上惠帝，非成都也。觀表首稱陪臣可見。是時，士衡從成都在鄴下魏郡，太守治鄴，故詔書下魏守，守復遣丞授之耳。兼以表末『便道之官』等語證之，其義尤明。李注恐誤。

『五情震悼』，方氏《韓文舉正》云：《説文》：悼，懼也。陳楚謂懼曰悼，引『五情震悼』句爲證。然顔魯公《祭姪季明文》『震悼心顔』，只作悲悼也。

吊魏武帝文并序

【題解】

曹操起於亂世，功勳卓著，然面對死亡，却充滿無奈，分香賣履之遺令，真實再現其對人生、功業、享樂之留戀。此文雖以《遺令》爲切入點，以賢俊應不累於外物、不留念閨房爲主旨，渲染其死亡時對人生欲望之貪戀，充滿説教氣息，然由於作者以史實爲依據，展開叙述、描寫與議論，恰恰展示出一位叱咤風雲之英雄另一精神層面。由序可知，此文作於元康八年（二九八），是時八王因貪欲而亂政，作者之論或有所寄託。

元康八年，機始以臺郎出補著作，遊乎祕閣，而見魏武帝遺令，慨然歎息，傷懷者久之①。客曰：夫始終者，萬物之大歸；死生者，性命之區域。是以臨喪殯而後悲，覩陳根而絶哭②。今乃〔一〕傷心百年之際，興哀無情之地③，意者無乃知哀之可有，而未識情之可無乎④？

【校勘】

〔一〕『乃』，六臣本注：『五臣本無乃字。』

【注釋】

① 善注：『《毛詩》曰：嘯歌傷懷。』翰注：『假設客言以發意也。』祕閣，古代禁中藏書之所，亦稱祕館、祕府。

② 善注：『《家語》：孔子曰：命者，性之始也。死者，生之終也。有始必有終矣。《尸子》：老萊子曰：人生於天地之間，寄也。寄者同歸也。《國語》曰：楚子西歎於朝。藍尹亹曰：吾聞君子思前世之崇替與哀殯喪，於是有歎，其餘則否。《禮記》曰：朋友之墓，有宿草而不哭焉。鄭玄曰：宿草，謂陳根也。』向

注：『臨見其喪殯之所，則必悲哀也。《禮》云：朋友之墓，有宿草而不哭焉，謂時遠也。宿草，即陳根也。』此數句言由生至死，乃萬物之最終歸宿，性命寄託之區域。故臨喪殯而傷悲，見墓草而慟哭。

③銑注：『以爲世異時遠，不可致情。今之傷心，是興哀於無情之地矣。自魏武至機方百年，故言也。』此二句謂今你傷心於百年之間事，悲哀於本無情感之處。

④良注：『言機空知事，未識人情，亦可無之。』此二句言想來恐怕只知事可哀之，未識情不必有也。

機答之曰〔一〕：日蝕〔二〕由乎交分，山崩〔三〕起於朽壤，亦云數而已矣①。然百姓怪焉者，豈不以資高明之質，而不免卑濁之累②；居常安之勢，而終嬰傾離之患故乎〔四〕③？夫以迴天倒日之力，而不能振形骸之內④；濟世夷難之智，而受困魏闕之下⑤。已而〔五〕格乎上下者，藏於區區之木⑥；光於四表者，翳乎蕞爾之土〔六〕⑦。雄心摧於弱情，壯圖終於哀志⑧。長筭〔七〕屈於短日，遠迹頓於促路⑨。嗚呼！豈特瞽史之異闕景，黔黎之怪頽岸乎⑩？觀其所以顧命冢嗣，貽謀四子，經國之略既遠，隆家之訓亦弘⑪。又云：『吾在軍中，持法是也。至於小忿怒，大過失，不當效也⑫。』善乎達人之讜言矣⑬！持姬女而指季豹，以示四子曰：『以累汝！』因泣下⑭。傷哉！曩以天下自任，今以愛子託人⑮。同乎盡者無餘，而得乎亡者無存⑯。然而婉孌房闥之內，綢繆家人之務，則幾乎密與⑰！又曰〔八〕：『吾婕妤妓〔九〕人，皆著銅雀臺〔一〇〕⑱。於臺〔一一〕堂上施八尺牀、張繐帳〔一二〕⑲，朝晡設〔一三〕脯糒之屬⑳。月朝十五日，輒向帳作妓〔一四〕㉑。汝等時時登銅雀臺，望吾西陵墓田㉒。』又云：『餘香可分與諸夫人，諸舍中無所爲〔一五〕，學作履組賣也㉓。

吾歷官所得綬〔一六〕，皆著藏中㉔。吾餘衣裘，可別爲一藏。不能者，兄弟可共分之。』既而竟分焉。亡者可以勿求，存者可以勿違，求與違，不其兩傷乎㉕？悲夫！愛有大而必失，惡有甚而必得；智慧〔一七〕不能去其惡，威力不能全其愛㉖。故前識所不用心，而聖人罕言焉㉗。若乃繫情累於外物，留曲念於閨房，亦賢俊之所宜廢乎㉘！於是遂憤懣而獻吊云爾㉙。

【校勘】

〔一〕『機答之曰』，六臣本注曰：『五臣本無此一句。』

〔二〕『日蝕』，《文選》卷六十、《七十二家集》本在『日蝕』前有一『夫』字。

〔三〕『崩』，《文集》作『萌』，形近而誤。《文選》卷六十、《西晉文紀》卷十五、陸刻本、《百三家集》本、陳仲魚校本、鄧邦述校本作『崩』。又《文集》校曰：『(翁)同書案：萌，當作崩。』今據改。

〔四〕『故乎』，《文集》脱『乎』。此據《文選》卷六十、《西晉文紀》卷十五、《百三家集》本校補。

〔五〕『已而』，《藝文類聚》卷四十無此二字。

〔六〕『土』，《文集》作『士』，形近而誤。《藝文類聚》卷四十、《文選》卷六十、《西晉文紀》卷十五、陸刻本、《百三家集》本作『土』。《文集》校曰：『(翁)同書案：士，當作土。』今據改。

〔七〕『筭』，陸刻本作『算』。古二字同。

〔八〕『曰』，《文集》作『日』，形近而誤。《文選》卷六十、陸刻本、《百三家集》本、陳仲魚校本、鄧邦述校本作『曰』。《文集》校曰：『(翁)同書案：日，當作曰。』今據改。

〔九〕『妓』，《藝文類聚》卷四十、《宛委別藏》本作『伎』，下同。古二字同。

〔一〇〕『皆』，六臣本注曰：『五臣本無皆字。』『銅雀臺』，《藝文類聚》卷四十、六臣本作『銅爵臺』。六臣又注曰：『五臣本作雀字。』

〔一一〕『於臺』，《文集》脱。此據《文選》卷六十、《西晉文紀》卷十五、陸刻本、《百三家集》本、陳仲魚校本、鄧邦述校本校補。

〔一二〕『堂上施八尺牀，張繐帳』，《藝文類聚》卷四十作『施六尺牀，下繐帳』。陸刻本作『施六尺牀，繐帳』。六臣本注曰：『五臣本繐字上有張字。』陳仲魚校本、鄧邦述校本亦校補『張』。

〔一三〕『設』，陸刻本、陳仲魚校本、鄧邦述校本作『上』。六臣本注：『五臣本作設字。』《文集》校曰：『設，一本作上。』陳仲魚校本、鄧邦述校本并校作『設』。

〔一四〕『作妓』，《文集》作『作汝妓』，乃與下句『汝』字倒置。《文選》卷六十、《西晉文紀》卷十五、陸刻本、《百三家集》本、陳仲魚校本、鄧邦述校本作『作妓』，後乃『汝』字。《文集》校曰：『汝妓二字倒置。』今據改。

〔一五〕『無所爲』，《藝文類聚》卷四十作『無爲』，陸刻本、陳仲魚校本、鄧邦述校本作『無所不』，均扞格難解。陳仲魚校本、鄧邦述校本并校作『無所爲』。

〔一六〕『綬』，《藝文類聚》卷四十作『絹』，形近而誤。

〔一七〕『慧』，《文集》作『惠』。《文選》卷六十、《西晉文紀》卷十五、陸刻本、《百三家集》本、陳仲魚校本、鄧邦述校本作『慧』。《文集》校曰：『惠，别本作慧。』今據改。

【注釋】

①善注：『《左氏傳》曰：秋七月壬午朔，日有蝕之。公問於梓慎曰：是何物也？禍福何爲？對曰：二至二分，日有蝕之，不爲災。日月之行也，分同道，至相遇也。其他日則爲災，陽不克也。《國語》曰：梁山崩。伯宗問絳人曰：若何？對曰：山有朽壤而崩，將若何？』向注：『日月，歲凡十二交會而後分，當此交會之際，日月相掩，故蝕也。』銑注：『山之崩倒，謂年代積遠，其土朽故也。』濟注：『言日蝕山崩，亦自然運數而已。』數，曆數，氣數。李康《運命》：『吉凶成敗，各以數至。』善注：『數，曆數也。孔安國《尚書傳》曰：曆數，謂天道也。』良注：『謂運數至也。』

②善注：『《尚書》曰：高明柔克。高明，謂日月也。』良注：『日月在天，故高明。不免卑濁之累，謂蝕也。』怪，驚異。《玉篇》：『怪，異也。』

③善注：『《穀梁傳》曰：沙麓崩。林屬於山爲麓。沙，山名。無崩壞之道而云崩，故志之也。』翰注：『山止於地而不動，故常安也。終嬰傾離之患，謂崩也。』嬰，遭受。《後漢書·南匈奴列傳》：『墝埆之人，屢嬰塗炭。』上四句言日月高懸明照，難免日蝕之累，山之常居安逸，終有崩離之患。况人乎！

④善注：『范曄《後漢書》曰：左迴天，具獨坐。謂中官左悺、貝瑗也。《淮南子》曰：魯陽公與韓遘戰酣，日暮，援戈而麾之，日爲之反三舍。《莊子》曰：申徒，兀者也。謂子産曰：今子與我遊於形骸之內，而子索我於形骸之外。』向注：『形骸内，性命也。言壯力亦不能起死者之命也。迴天倒日，力壯也。』振，《廣韻》：『舉也。』

⑤善注：『崔寔《政論》曰：及其出也，足以濟世寧民。《吕氏春秋》：公子牟曰：心居魏闕之下。許慎《淮南子注》曰：魏闕，王之闕也。』銑注：『夷，平也。魏闕，天子闕也。』魏闕，指魏王之宫廷。上四句言

力可回天倒日，却不可舉衰亡之形骸；智可救世平難，却受困宫廷。皆言曹操也。

⑥善注：『《尚書》曰：格於上下。《左氏傳》：楚靈王曰：是區區者，而不卑余也。』濟注：『上下，謂天地。言功雖至於天地者，其死則藏之於小木之中也。區區，小也。木，棺也。』格于上下，孔安國傳：『格，至也。……故其名聞充溢四外，至於天地。』

⑦善注：『《尚書》曰：光被四表。《左氏傳》：子産曰：諺曰蕞爾之國。杜預注曰：蕞爾，小貌也。』良注：『言德聲雖光明徧於四外者，死則掩翳乎狹小之土也。表，外也。蕞爾，小貌也。』蕞爾之土，謂丘墳。上四句言聲名道德可至於天地之間，光照四極之外，然終藏身於小小棺木，掩埋於一撮黄土。

⑧翰注：『弱情，謂疾病也。哀志，謂將死也。』弱情，喪痛之情。弱，喪。《左傳·昭公三年》：『齊公孫竈卒，司馬竈見晏子曰：……又弱一個焉，姜其危哉。』哀志，猶喪親之悲。《禮記·問喪》：『孝子親死，悲哀志懣，故匍匐而哭之。』

⑨善注：『筭，計謀也。迹，功業也。《思玄賦》曰：盍遠迹以飛聲。』向注：『長筭、遠迹，謂平生謀長遠之事也。短日、促路，生命窮盡也。』筭，同算。此四句言英雄之心摧折於病疾，壯烈之志，終止於死亡。長久之謀屈於短命，宏遠之計止於命夭。

⑩銑注：『特，獨也。瞽史，掌日蝕之官。黔黎，百姓也。言豈獨日蝕山崩可爲變異之怪乎？則人命亦可傷也。』景，同影，日光。《玉篇》：『景，光景也。』頹岸，指山崩。岸，山谷。《詩·小雅·十月之交》：『高岸爲谷，深谷爲陵。』

⑪善注：『《尚書》曰：成王將崩，命召公畢公相康王，作顧命。《爾雅》曰：冢，大也。《左氏傳》：里克曰：太子奉冢祀社稷之粢盛，故曰冢子。謂文帝也。《毛詩》曰：貽厥孫謀。』良注：『謂觀武帝臨終顧命

於太子，使其嗣位，遺謀於四子也。冢嗣，長子也。貽，遺也。四子謂丕、植、彪、章也。』顧命，君王臨終之命。《尚書・顧命》孔安國傳：『臨終之命曰顧命。』弘，猶遠。《玉篇》：『弘，大也。』此四句言觀其顧命太子，貽訓四兒，既遠治國之方略，亦非盛家之遺言也。

⑫ 翰注：『武帝自謂四子云：吾在軍中，所持法皆是也，當依而行之。至於有小忿怒，及大過失，汝等勿學我也。』小忿怒，大過失，是謂因自己的小憤怒而誇大了別人過失。忿，《玉篇》：『怒也。』效，《玉篇》：『效法也。』

⑬ 善注：『《聲類》曰：讜，善言也。』濟注：『讜，正也。』達人，知能通達之人。《左傳・昭公七年》：『聖人有明德者若不當世，其後必有達人。』

⑭ 善注：『《魏略》曰：太祖杜夫人，生沛王豹及高城公主。四子，即文帝已下四王也。太祖崩，文帝受禪，封母弟彰爲中牟王，植爲雍丘王，庶弟彪爲白馬王，又封支弟豹爲侯。然太祖子在者，尚有十一人。今唯四子者，蓋太祖崩時，四子在側。史記不言，難以定其名位矣。』向注：『持，執也。姬，衆妾之摠名也。（按：後文濟注：『姬女，小女也。』濟注是而向注非。）女，武帝有小女，後爲高城公主。豹，武帝小男名。豹時年五歲，後封沛王。武帝臨死時，執此孩幼以示四子，云此以累重汝輩，因下泣。』此四句言小女之手，指着幼子豹，示四子而告之曰：『以之託付汝等。』因之而落淚。

⑮ 善注：『《孟子》曰：伊尹其自任，以天下之重也如此。《列子》：相室謂東門吾曰：公之愛子也。』銑注：『愛子，則豹也。託人，謂託於四子。』曩，從前。《爾雅・釋言》：『曩，曏也。』郭璞注：『在今而道既往或曰曩，或曰曏。』

⑯ 善注：『言人命盡而神無餘，身亡而識無存。今太祖同而得之，故可悲傷也。鄭玄《禮記注》曰：

死，言精神盡也。』翰注：『性命同歸乎盡滅者，則無餘勢也。而得乎亡没者，無有存其威神者，謂武帝平生威勢，一朝已盡而無威也。』

⑰善注：『班固《漢書・哀紀》述曰：婉孌董公。力婉切。《毛詩》曰：綢繆束薪。毛萇曰：綢繆，猶纏緜也。杜預《左氏傳注》曰：幾，近也。』銑注：『婉孌，從順貌。綢繆，相親貌。幾，近也。密，猶細也。言遺令於房闥家人，則近於細碎也。』婉孌，深摯，纏綿。《後漢書・朱佑傳》：『婉孌龍姿，儷景同翻。』李賢注：『婉孌，猶親愛也。』闥，《玉篇》：『門内也。』務，事也。《廣韻》：『務，事務也。』

⑱善注：『《魏志》曰：建安十五年冬作銅爵臺。』良注：『著，置也。武帝又有《遺令》云：使妓人置歌樂於臺上。銅雀，臺名。』婕妤，宫女官名。荀悦《申鑒・雜言》：『若慎夫人之知，班婕妤之賢。』黄省曾注：『婕妤之號自武帝始，位視上卿，爵比列侯。婕，言接幸於上也，妤，美稱也。』妓人，歌女。《太平御覽》卷五百七十引鄧粲《晉紀》：『（郭訥）嘗入洛觀伎人歌，言佳。石崇問其曲，訥不知。』

⑲善注：『鄭玄《禮記注》曰：凡布細而疎者謂之繐。』向注：『繐，細布而疎者，以爲靈帳之裙。』施，《玉篇》：『設也。』牀，坐具。《釋名・釋牀帳》：『人所坐卧曰牀。』張，《增韻》：『設也。』

⑳善注：『《漢書》：東方朔曰：乾肉爲脯。方武切。《説文》曰：糒，乾飯也。蒲秘切。』濟注：『晡，日晚時也。糒，乾飯也。皆著於靈帳之前以祭焉。』朝晡，猶早晚。脯糒，泛指祭品。屬，《廣韻》：『類也。』

㉑翰注：『月朝，一月也。十五，謂十五日也。妓，樂也。』十五，月中也。輒，即，就。《增韻》：『輒，每事即然也。』

㉒向注：『汝等，謂四子也。』

㉓善注：『舍中，謂衆妾。衆妾既無所爲，可學作履組賣之。《晏子春秋》曰：景公爲履，黄金爲綦，飾

以組，連以珠。』銑注：『諸舍中，謂衆妾。無所爲者，令學作履賣之。組者，以綵色飾之也。』香，指香料及其製品，如麝香、檀香、綫香、盤香之類。《三國志·吴·士燮傳》：『燮每遣使詣權，致雜香細葛，輒以千數。』履組，繡鞋之類。

㉔ 良注：『綬，綵爲之，以貫玉佩也。藏，猶櫝中藏也。』綬，官帶。《廣韻》：『綬，組綬。《禮》云：天子玄，公侯朱，大夫純，世子綦，士緼。應劭《漢官》曰：綬長一丈二尺，法十二月；廣三尺，法天地人也。』著藏，謂儲存衣櫝之中。著，通貯。藏，藏物之處。

㉕ 善注：『令衣裘别爲一藏，是亡者有求也。既而竟分焉，是存者有違也。求爲吝而虧廉，違爲貪而害義，故曰兩傷。』翰注：『既而武帝崩，兄弟盡分其物也。』向注：『言亡人本可以勿求，謂不可衣裳别爲一藏也。既有求，則存者可以勿違令也。今武帝有求，是一傷也；而四子違而竟分，是兩傷也。』意謂武帝求存其衣裘，虧廉。諸子分其衣裘，害義，故曰兩傷。

㉖ 善注：『言愛是情之所厚，故雖大而必失之。惡是行之所穢，故雖甚而必得之，故智惠不能去其惡，威力不能用其愛，故可悲也。《尸子》：曾子曰：父母愛之，喜而不忘。父母惡之，懼而無咎。然則愛與惡，其於成孝也無擇，今人雖未得愛，不得惡矣。』翰注：『人所愛者，生也；人理有死，故必失生。』銑注：『人所惡者，死也；人生有涯，故必得死矣。』翰注：『雖智惠安能去死，雖平生有威力，身從没化，安能固全其愛乎？』智惠，同智慧。吴玉搢《别雅》卷四：『陸機《吊魏武文》：智惠不能去其惡。《世説》：何晏七歲明惠若神。惠並同慧。又《史記·淮南王安傳》：王有女陵，彗有口辨。彗亦同慧。』此數句謂人之所愛者生，雖愛必失之；人之所惡者死，雖惡必得之，故雖有智慧不能去其死，雖有威力不能全其生。

㉗ 善注：『《老子》曰：前識者，道之華。《論語》：子曰：飽食終日，無所用心。又曰：子罕言利。』良

注：『前識，謂達人也。罕，希也。言愛惡之事難保，則達人不用心謀之，聖人希能言及也。』意謂然生死之大，前賢並不留意，聖人亦罕言之，即使前代聖賢也不能了悟生死矣。

㉘善注：『《慎子》曰：德精微而不見，是故物不累於内。』翰注：『皆賢俊所不宜行之，故可廢之也。』意謂如若情之所繫，累於外物，細碎之思，念於閨房，即爲賢俊亦宜廢而不行乎？謂賢俊之人，不應繫情外物，留戀閨房矣。

㉙善注：『《白虎通》曰：天子崩，臣子哀痛憤懣。』

此序假託問答，言其産生哀情憂傷之原因。魏武雄才大略，光被四表，面對死亡時却繫情外物，留念閨房，充滿無奈和眷戀。『智慧不能去其惡，威力不能全其愛』，實是人生之大悲，故憤懣吊之。

接皇漢之末緒，值王塗之多違①。佇重淵以育鱗，撫慶雲而遐飛②。運神道〔一〕以載德，乘靈風〔二〕而扇威③。摧羣雄而電擊，舉勍〔三〕敵其如遺④。指八極以遠略，必翦焉而後綏⑤。釐三才之闕典，啓天地之禁闈⑥。舉修網〔四〕之絶紀，紐〔五〕大音之解徽⑦。掃雲物以貞觀，要萬塗而來歸⑧。丕大德以宏覆，援日月而齊暉⑨。濟元功於九有，固舉世之所推⑩。

【校勘】

〔一〕『神道』，陸刻本、陳仲魚校本、鄧邦述校本作『禮道』。陳仲魚校本、鄧邦述校本并校作『神道』。王太岳等《四庫全書考證》卷九十三：晉陸機《吊魏武帝文》：運神道以載德，乘靈風而扇威。原本『神』訛

『禮』。據《文選》改。

〔二〕『靈風』,《文集》作『虛風』。《文選》卷六十、《西晉文紀》卷十五、陸刻本、《百三家集》本、陳仲魚校本、鄧邦述校本作『靈風』。『靈風』與『神道』相對,今據改。

〔三〕『勍』,《文集》作『勃』,形近而誤。《文選》卷六十、《西晉文紀》卷十五、陸刻本、《百三家集》本、陳仲魚校本、鄧邦述校本作『勍』。《文集》校曰:『勃,當作勍。』今據改。

〔四〕『網』,《文集》作『綱』,形近而誤。《文選》卷六十、《西晉文紀》卷十五、陸刻本、《百三家集》本、陳仲魚校本、鄧邦述校本作『網』。今據改。

〔五〕『紐』,《文集》作『紉』,形近而誤。《文選》卷六十、《西晉文紀》卷十五、陸刻本、《百三家集》本、陳仲魚校本、鄧邦述校本作『紐』。今據改。

【注釋】

① 善注:『《東都賦》曰:系唐統,接漢緒。《答賓戲》曰:王途蕪穢,周失其馭。蔡邕《釋誨》曰:王途壞,人極弛。《漢書》:元帝詔曰:政令多違。』向注:『緒,業也。塗,道也。』接,猶值,遇。《廣韻》:『接,會也,合也。』違,《玉篇》:『背也。』

② 善注:『以龍喻太祖也。重淵,九重之淵也。揚雄《釋愁》曰:懿神龍之淵潛,竢慶雲而將舉。《史記》曰:若煙非煙,若雲非雲。鬱鬱紛紛,蕭索輪囷,是謂慶雲。』銑注:『佇,待。重,深也。育鱗,謂潛龍也。慶雲,瑞雲也。遐,遠也。言魏武待時育德,乃撫拂於雲天而遠飛也。言天命相感,有如龍雲也。』上四句言正值

大漢季世，恰逢王道多艱；如龍潛深淵養其鋭氣，等待拍擊瑞雲而遠飛。謂其生遭季世，待時而動。

③ 善注：『《周易》曰：聖人以神道設教。《國語》曰：祭公謀父，奕世載德。載，猶行也。』翰注：『載，行也。』神道，猶天道。《易・觀》：『觀天之神道而四時不忒，聖人以神道設教，而天下服矣。』王弼注：『神則無形者也，不見天之使四時，而四時不忒；不見聖人使百姓，而百姓自服也。』靈風，天風，自然之風。吴筠《步虚詞》：『灼灼青華林，靈風振瓊柯。』此二句言順應天道，德忠漢室；際會風雲，威震天下。

④ 善注：『《左氏傳》：子魚曰：君未知戰。勍敵之人，隘而不成列，天贊我也。杜預曰：勍，强也。《漢書》：梅福上書曰：高祖取楚如拾遺。』向注：『雹擊，言如雹之威也。勍，彊也。如遺，謂擊彊敵如拾遺於地，言易也。』摧，《玉篇》：『挫也，折也。』舉，攻克。《穀梁傳・僖公二年》：『獻公亡虢，五年而後舉虞。』上二句言摧折群雄，如雹之威；克舉强敵，易如拾遺。

⑤ 善注：『《淮南子》曰：八紘之外，乃有八極也。』良注：『八極，天下也。略，取也。翦，謂除翦暴亂也。綏，安也。言天下可手指麾而遠取之，除翦暴亂而後安百姓。』

⑥ 善注：『《周易》曰：易有天道焉，有人道焉，有地道焉，兼三才而兩之，故六。范曄《後漢書》曰：梁太后詔曰：周舉在禁闈，有密静之風。』翰注：『釐，理也。三才，天地人事也。禁闈，謂天地之闈，元氣閉塞，如禁門之不通，而武帝皆開之。啓，開。闈，門也。』闕典，典章闕失。《廣韻》：『典，法也。』禁闈，禁門，指宫廷。杜甫《送盧十四弟侍御護韋尚書靈櫬歸上都二十韻》：『戎狄乘妖氣，塵沙落禁闈。』趙次公注：『禁闈，天子之内也。』按：啓天地之禁闈，言打開天地間之禁門。東漢後期，宦官擅政，宫廷内外不通，操翦滅宦官，使宫廷内外暢通，故曰啓天地之禁闈。善引『禁闈』是，翰注誤矣。此二句言整治王道缺失之典法，開啓暢通政令。

⑦ 善注：『《老子》曰：大音希聲。許慎《淮南子注》曰：鼓琴循絃謂之徽。』濟注：『漢末，政大亂，禮樂崩壞，而武帝舉脩法網，將絶復理。且國家之政，猶音聲也，若音之失調，則亂也。故武帝又繼大音之樂調者，復致太平，紀理紐繼，解失徽調也。』舉，正。《吕氏春秋・自知》：『故天子立輔弼，設師保，所以舉過也。』高誘注：『舉，猶正也。』綱，猶綱紀。紐，結。《荀子・正名》：『交喻異物，名實玄紐。』楊倞注：『紐，結也。』大音，鍾名。《管子・五行》：『昔黄帝以其緩急作五聲，以政五鍾，令其五鍾。一曰青鍾大音，二曰赤鍾重心，三曰黄鍾灑光，四曰景鍾昧其明，五曰黑鍾隱其常。』注：『大音，東方鍾名。』解，解其紐結。《管子・宙合》：『先王不約束，不結紐。約束則解，結紐則絶。』大音與絃徽紐結，則其音失調，故須解之。喻治理綱紀，使和諧也。

⑧ 善注：『雲物，喻羣凶也。《左氏傳》曰：分至啓閉，必書雲物。《周易》曰：天地之道，貞觀者也。來歸，歸之於已也。』銑注：『言掃除羣凶，以致天下清平之理，使天下殊塗而來歸其德焉。雲物，喻羣凶。貞觀，猶清平也。要，猶使也。萬塗，猶殊塗也。』

⑨ 善注：『《周易》曰：天地之大德曰生。《禮記》曰：天無私覆。《淮南子》曰：爲帝異道，而德覆天下。《楚辭》曰：與天地兮比壽，與日月兮齊光。宏，普也。』向注：『宏，普也。』丕，《爾雅・釋詁》：『大也。』此作動詞。援，《玉篇》：『引也。』大德，指天地。此二句言功業可普覆天地，齊暉日月。

⑩ 善注：『《史記》：太史公曰：惟祖元功，輔臣股肱。《毛詩》曰：奄有九有。《老子》曰：天下樂推而不猒。』翰注：『濟，成。元，大也。九有，謂天下也。言能成功於天下，則舉一世羣推其高德也。』

此段言魏武際會於漢末風雲，摧羣雄，克强敵，安天下，理朝政，正綱紀，除宫穢，從而建立不世之功業。

彼人事之大造，夫何往而不臻①。將覆簣於浚谷，擠爲山乎九天②。苟理窮而性盡，豈長筭之所研③？悟臨川之有悲，固梁木其必顛④。當建安之三八，實大命之所艱⑤。雖光昭於曩載，將稅駕於此年⑥。惟降神之緜邈，眇千載而遠期⑦。信斯武之未喪，膺靈符之〔一〕在茲⑧。雖龍飛於文昌，非王心之所怡〔二〕⑨。憤西夏以鞠旅，泝秦川而舉旗⑩。踰鎬京而〔三〕不豫，臨渭濱而有疑。冀翌日之云瘳〔四〕，彌四旬而成災⑪。詠歸塗以反旆，登崤澠而揭來⑫。次洛汭而大漸，指六軍曰念哉⑬。

【校勘】

〔一〕『之』，《文選》卷六十、《西晉文紀》卷十五、陸刻本、《百三家集》本、陳仲魚校本、鄧邦述校本作『而』。陳仲魚校本、鄧邦述校本并校作『之』。

〔二〕『怡』，《七十二家集》作『治』。

〔三〕『而』，陳仲魚校本、鄧邦述校本并校作『之』。

〔四〕『翌日』，《七十二家集》本作『翼日』。又『瘳』，陸刻本作『廖』，古二字通。

【注釋】

① 善注：『《左氏傳》：呂相曰：我有大造於西也。杜預注曰：造，成也。』向注：『造，成。臻，至也。』此二句言人事之成功，無往而不至。此承上段，謂其功業蓋世。

②　善注：『《論語》：孔子曰：譬如平地，雖覆一簣，進，吾往也。孔安國《尚書傳》曰：擠，墜也。《司馬兵法》曰：善攻者動於九天之上。』銑注：『將覆簣爲山於深谷之中，謂立大業也。爲山將至九天，忽山頹，謂大功既成而死矣。覆簣，謂盛土以覆之將爲山也。浚，深也。擠，墜也。』

③　善注：『《周易》曰：窮理盡性，以至於命。鄭玄曰：言窮其義理，盡人之情性，以至於命吉凶所定。又曰：研，喻思慮也。』良注：『凡事至於窮理盡性，則非長計所能研精而知也。謂死生事在其中而無定也。』

④　善注：『《論語》：子在川上曰：逝者如斯夫。《禮記》曰：孔子蚤作，負手曳杖，逍遥於門。歌曰：太山其頹乎？梁木其壞乎？』濟注：『臨川有悲，謂逝者不息如流，是可悲矣。良材之人於國，如屋有梁，今死矣，如梁木之顛墜。』

⑤　善注：『大命，謂天命也。《尚書》曰：天監厥德，用集大命。』翰注：『言漢獻帝建安二十四年得病，是大命之患也。三八，謂二十四也。艱，猶患也。』

⑥　善注：『《史記》：李斯曰：當今可謂富貴極矣，吾未知所税駕也。《法言》曰：仲尼駕税者也。李範曰：税，舍也。』向注：『税，捨也。捨駕，言死也。』此二句言雖功業光昭前世，而今則將棄世矣。

⑦　善注：『降神，謂生聖智也。千載一出，故曰遠期也。《毛詩》曰：惟嶽降神。桓子《新論》曰：夫聖人乃千載一出，賢人君子所想思而不可得見者也。』銑注：『降神，謂天生聖智也。緜邈，遠也。言聖智生自幽遠也。千載遠期，謂千年一聖，即武帝應之。』

⑧　善注：『兹，此也。此太祖也。《論語》曰：子畏於匡。曰：文王既没，文不在兹乎。天之未喪斯文也，匡人其如予何？曹植《大魏篇》曰：大魏膺靈符，天禄方兹始。《春秋孔演圖》曰：靈符滋液，以類相感。』良注：『信此神武之道未喪，故武帝當靈應之符在此也。膺，當也。』

⑨善注：『《周易》曰：飛龍在天，大人造也。《東京賦》曰：龍飛白水。《漢書》曰：文昌宮，一曰上將，二曰次將，三曰貴相。』濟注：『文昌，殿名。言受王位於文昌殿，故云龍飛也。當受命時，非武帝心所悦欲之，蓋天命也。』按：『非王心之所怡』者，蓋因武帝之功業意在天下，非止魏也，下文『憤西夏』云云，即此證也。故雖龍飛文昌，心不悦矣。五臣意謂武帝受王位，非所願，乃天命所歸，實不解武帝。

⑩善注：『《魏志》曰：建安二十四年三月，王自長安出斜谷，劉備固險距守。五月，引軍還長安。陳思王《述征賦》曰：恨西夏之不綱。《毛詩》曰：陳師鞠旅。魏明帝《自惜薄祜行》曰：出身秦川，爰居伊陽。』翰注：『西夏，謂劉備也。鞠，養也。旅，衆也。泝，度也。舉旗，謂戰也。言憤見劉備練兵養衆，圖中國乃度秦川而與戰也。』

⑪善注：『《毛詩》曰：宅是鎬京。《答賓戲》曰：周望兆動於渭濱。《尚書》曰：既克商，二年，王有疾。不豫，公乃告太王、王季、文王。公歸，王翌日乃瘳。孔安國曰：翌日，明日也。瘳，差也。』向注：『踰，過也。鎬京，長安也。不豫，謂有疾也。渭濱，亦長安城也。疑，謂病甚也。言伐劉備，過長安，乃得病，却至長安城，而病甚重也。』銑注：『翌，明也。成災，謂疾甚重也。言遇疾之時，冀明日乃瘳，何至四十日而甚重也。彌，甚也。』

⑫善注：『《魏志》曰：建安二十四年十月，還洛陽。《東京賦》曰：乃反旆而回復。《漢書》：王莽册命王寄曰：崤澠之險，東向鄭衛。《新序》：大臣曰：洛陽西有崤澠。《思玄賦》曰：迴志朅來從玄謀。』濟注：『言疾病既甚，言尋歸塗以反旆也。崤澠，二山名。朅來，言歸去來也。旆，旗之屬也。』

⑬善注：『《魏志》曰：建安二十五年正月，至洛陽。庚子，王崩。《尚書》曰：東至於洛汭。《尚書》曰：疾大漸，惟幾病日，臻既彌留。《尚書》曰：帝念哉。』翰注：『次，至也。洛汭，東都也。大漸，謂病重將

死也。念哉，戒令也。臨終留顧六軍之士，戒誓無有二心也。』

此段言魏武雖功業蓋世，當膺天命，然揮師西蜀途中，則病染沉疴，出師未捷，『長算』成空。

伊君王之赫奕，實終古之所難①。威先天而蓋世，力盪海而拔山〔一〕②。厄奚險而弗濟，敵何强而不殘③。每因禍以禔福〔二〕，亦踐危而必安④。迄在兹而蒙昧，慮噤閉而無端⑤。委軀命以待難，痛没世而永言⑥。撫四子以深念，循膚體而積歎⑦。迨營魄之未離，假餘息乎音翰⑧。執姬女以嚬瘁，指季豹而漼焉⑨。氣衝襟以嗚咽〔三〕，涕垂睫而汍瀾〔四〕⑩。違率土以静〔五〕寐，戢彌天以〔六〕一棺⑪。

【校勘】

〔一〕『山』，《文集》作『凶』。《藝文類聚》卷四十、《文選》卷六十、《西晉文紀》卷十五、陸刻本、《百三家集》本、陳仲魚校本、鄧邦述校本作『山』。《文集》校曰：『凶，當作山。』今據改。

〔二〕『禔福』，陸刻本、陳仲魚校本、鄧邦述校本作『提福』。六臣本注：『五臣本作提。』陳仲魚校本、鄧邦述校本并校作『禔福』。

〔三〕『衝』，《文集》作『衝』。《文選》卷六十、《西晉文紀》卷十五、陸刻本、《百三家集》本、陳仲魚校本、鄧邦述校本作『衝』。《文集》亦校作『衝』。今據改。又『嗚咽』，六臣本注：『五臣本作嗚呼字。』

〔四〕『汍瀾』，《文集》作『氿瀾』。《文選》卷六十、《西晉文紀》卷十五、《七十二家集》本、《宛委别藏》本、陳仲魚校本、鄧邦述校本作『汍瀾』。《文集》校曰：『氿，當作汍。氿是避諱。』今據改。

〔五〕『静』，《文選》卷六十作『靖』。六臣本注：『五臣本作静。』

〔六〕『以』，《文選》卷六十、《西晉文紀》卷十五、陸刻本、《百三家集》本、陳仲魚校本、鄧邦述校本作『乎』，《藝文類聚》卷四十作『之』。六臣本注：『五臣本作以。』陳仲魚校本、鄧邦述校本并校作『以』。

【注釋】

① 善注：『《楚辭》曰：長無絶兮終古。』向注：『伊，惟也。赫奕，盛貌。寔，實也。言實終古所難有也。』此二句謂曹操威盛，實乃終古所無。

② 善注：『《周易》曰：先天而天弗違。《漢書》：項羽歌曰：力拔山兮氣蓋世，時不利兮騅不逝。田邑《與馮衍書》曰：欲摇太山而盪北海。』銑注：『先天，謂威勢爲天下所先，而才德蓋徧於當世。盪，動也。言勇氣一皷，動海拔山也。』此二句言威勢蓋世無雙，威力拔山動海。

③ 良注：『奚，何也。殘，殺也。言雖險必濟也，雖彊必殺也。』

④ 善注：『《難蜀父老》曰：遐邇一體，中外禔福。《説文》曰：禔，安也。時移切。』濟注：『提，猶致也。言行征伐則爲禍也，誅暴亂以安百姓，是爲致福也。雖陟踐危險，其志如安，憂國之深也。』此二句言每因禍而安之以福，踐危境而終之以安。按：當以善注爲是。

⑤ 善注：『《楚辭》曰：口噤閉而不言。噤，巨蔭切。』翰注：『迄，至也。蒙昧，謂疾重不曉事也。噤閉，謂不開口也。言至此疾重之時，慮其閉口，則無遺令之端也。』此二句言至此重疾而精神昏昧，慮其口噤

難開而思緒無端。

⑥　善注：『《鶡冠子》曰：從祀委命。《鵩鳥賦》曰：縱軀委命。《論語》：子曰：君子疾没世而名不稱。』向注：『委棄身命以待死，終痛没此世而永言後事，有所悲泣也。』

⑦　銑注：『積歎，謂悲思隕絶也。』循，通揗，撫摩。《韓非子·説林》：『其一人舉踶馬，其一人從後而循之，三撫其尻而馬不踶。』此二句言告誡四子而留念不已，撫摸身體而悲歎欲絶。

⑧　善注：『《楚辭》曰：我營魄而登遐。《老子》曰：抱一能無離乎？鍾會曰：經護爲營，形氣爲魄。』良注：『迨，及也。營，魂也。音翰，謂作遺令也。言及魂魄未離，其形體假借餘息之氣，以作遺令也。』

⑨　善注：『《孟子》曰：嚬蹙而言。嚬蹙，謂人嚬眉蹙額，憂貌也。漼，涕泣垂貌。』濟注：『姬女，小女也。季豹，小男也。嚬瘁，謂蹙眉而憂也。漼，深悲貌。謂遺囑於四子也。』

⑩　善注：『蔡琰詩曰：行路亦鳴咽。桓子《新論》曰：雍門周以琴見孟嘗君，孟嘗君淚承睫，涕出。《漢書》：息夫躬《絶命辭》曰：涕泣流兮萑瀾。臣瓚曰：萑瀾，涕泣闌干也。萑與汍，古今字同。』翰注：『嗚呼，謂悲多不得言也。汍瀾，淚疾流貌。』汍瀾，同汍瀾。方以智《通雅》卷六：『汍瀾，一作萑蘭、汍濫、丸蘭。《後漢書·馮衍賦》：淚汍瀾而雨集。陸機《吊魏武文》：涕垂睫而汍瀾。言流淚縱横也。又漢息夫躬《絶命辭》：涕泣流兮萑蘭。又班固《答賓戲》：汍濫而測，深乎重淵。又揚子《太玄》：密首陽氣親天，萬物丸蘭。注：盛貌。』此二句言氣喘動衣而鳴咽難言，淚垂眼睫且滿面縱横。

⑪　善注：『《毛詩》曰：率土之濱。《古詩》曰：潛寐黄泉下。毛萇《詩傳》曰：戢，聚也。彌天，喻志高遠也。《尚書五行傳》曰：雲起於山，彌於天。《淮南子》曰：吾死也朽，有一棺之土。』向注：『言其違棄天下以死也，乃戢斂彌天之大德於棺之中也。率土，猶天下也。静寐，猶死也。』戢，《廣韻》：『止也，斂也。』

此段言魏武生前王業赫奕，威力冠世，摧枯拉朽，踐險必安，然面對死亡時，撫念幼子，眷顧姬女，歎息流淚，何其悲也。

咨宏度之峻邈，壯大業之允昌①。思居終而恤始，命臨没而肇揚②。援貞吝以惎悔，雖在我而不臧③。惜内顧之纏緜，恨末命之微詳④。紆廣念〔一〕於履組，塵清慮於餘香⑤。結遺情於〔二〕婉孌，何命促而意長⑥！陳法服於帷座，陪窈窕於玉房〔三〕⑦。宣備物於虚器，發哀音於舊倡⑧。矯戚〔四〕容以赴節，掩零淚而薦觴⑨。物無微而不存，體無惠而不亡〔五〕⑩。庶聖靈之響像，想幽神之復光⑪。苟形聲之翳没，雖音景其必藏⑫。徽清絃〔六〕而獨奏，進脯糒而誰嘗⑬。悼繐帳之冥漠，怨西陵之茫茫⑭。登雀〔七〕臺而羣悲，眝〔八〕美目其何望⑮？既晞〔九〕古以遺累，信簡禮而薄葬⑯。彼〔一〇〕裘紱於何有，貽塵謗於後王⑰。嗟大戀〔一一〕之所存，故雖哲而不忘⑱。覽遺籍以慷慨，獻兹文而悽傷⑲。

【校勘】

〔一〕『廣念』，《文集》作『家人』。《文選》卷六十、《西晉文紀》卷十五、陸刻本、《百三家集》本、陳仲魚校本、鄧邦述校本作『廣念』，《文集》亦校作『廣念』。今據改。

〔二〕『於』，《文選》卷六十作『之』。六臣本注曰：『五臣本作於字。』古二字同。

〔三〕『玉』，《宛委別藏》本作『王』。

〔四〕『戚』，六臣本作『慼』，又注曰：『五臣本作慼字。』古二字同。

〔五〕『亡』，《文集》作『忘』，音同而誤。《文選》卷六十、《西晉文紀》卷十五、陸刻本、《百三家集》本、陳仲魚校本、鄧邦述校本作『亡』。《文集》校曰：『忘，當作亡。別本作亡。』今據改。

〔六〕『徽清絃』，《藝文類聚》卷四十作『徽清絲』。

〔七〕『雀』，陸刻本作『爵』。六臣本注：『五臣本作雀字。』

〔八〕『眝』，《七十二家集》本作『貯』。

〔九〕『睎』，《文集》作『晞』，形近而誤。《文選》卷六十、《西晉文紀》卷十五、陸刻本、《百三家集》本、陳仲魚校本、鄧邦述校本作『睎』。今據改。

〔一〇〕『彼』，《文集》作『被』，形近而誤。《文選》卷六十、《西晉文紀》卷十五、陸刻本、《百三家集》本、陳仲魚校本、鄧邦述校本作『彼』。今據改。

〔一一〕『戀』，《文集》作『變』，形近而誤。《文選》卷六十、《西晉文紀》卷十五、陸刻本、《百三家集》本、陳仲魚校本、鄧邦述校本作『戀』。《文集》校曰：『變，當作戀。』今據改。

【注釋】

① 善注：『《周易》曰：富有之謂大業。』銑注：『咨，嗟。宏，大。峻，高。邈，遠。允，信也。』此二句言嗟其宏偉之志何其高遠，壯大之功業確是昌盛。

② 善注：『《穀梁傳》曰：先君有正終，後君有正始也。』良注：『恤，憂也。肇，初也。言臨死始有抑揚

之氣。』揚，陳説。《廣韻》：『揚，説也。』此二句言生命將終之時，憂思始生，始陳遺令。

③ 善注：『言爲履組及分香，令藏衣裘，是引貞吝之道，教爲可悔之行也。《周易》曰：自邑告命，貞吝。《毛詩》曰：何用不臧。』濟注：『援，引也。貞，正也。惎，教也。臧，善也。言引其正道吝悔之事以教其四子，不善者則可改悔。雖已身亦爲不善也。謂上序所云，吾小忿大過不當效者是也。』

④ 善注：『《西京賦》曰：嗟内顧之所觀。張堅《與任彦昇書》曰：纏緜惠好，庶躡高縱。《尚書》曰：道楊末命也。』翰注：『内顧，家事也。纏緜，親密也。微，細也。詳，悉也。此機言武帝之德甚高，但惜其臨終下節，乃於姬妾親密，遺令細碎，詳述之甚也。』

⑤ 向注：『謂遺令云學作履組賣之也。』紆，《玉篇》：『曲也，詘也。』廣念，大的意願。《玉篇》：『廣，大也。』銑注：『謂遺令云餘香分與諸夫人。』塵，使蒙塵垢也。《爾雅·釋詁》：『塵，久也。』郭璞注：『塵，垢。』清慮，澄澈之思。顔延之《重釋何衡陽》：『知研其清慮，未肯存同。猶以相容罔棄廣載，不遺篤物之志。』清，《玉篇》：『澄也，潔也。』此二句意謂『履組』『餘香』之遺令，曲平生之弘願，污曾經之澄思也。

⑥ 此二句言其命短促而意長，竟結遺情於親愛。

⑦ 善注：『《孝經》曰：非先王之法服不敢服。《毛詩》曰：窈窕淑女。《漢書》：《郊祀歌》曰：神之出，排玉房。』良注：『法服，謂平生衣服也。窈窕，美人貌。玉房，即銅雀臺上以玉飾也。』法服，猶官服，因按禮法等級所制，故曰。《孝經·卿大夫章》李隆基注：『服者，身之表也。先王制五服，各有等差，言卿大夫遵守禮法，不敢僭上偪下。』此二句言遺令生前官服陳設帷帳座上，美麗歌伎陪侍銅雀臺中。

⑧ 善注：『《禮記》曰：孔子謂盟器者，備物而不可用。《説文》曰：倡，樂也。謂作妓人也。』濟注：『宣，布也。備物，謂平生所用物也。虚器，言虚設終不見用也。倡，女樂也，即向帳作妓之事也。』此二句平

生所用之物虛設臺上，曾經之歌伎空發哀歌。

⑨善注：『《家語》曰：子貢問居父母之喪。子曰：戚容稱其服。《楚辭》曰：長太息以掩涕。』翰注：『此謂衆妓妾奏樂，不見君王，故憂悲也。矯，舉也。慼，憂也。赴節，謂赴曲之節會也。薦，進也。』此二句言歌伎舉哀戚之容踏節而歌，揮灑淚水而進獻祭品。

⑩善注：『言服玩雖微而必存，儀形無善而必逝。言物在而人亡也。《家語》：孔子謂哀公曰：君入廟，仰視榱桷，俯察機筵，其器皆存，而不覩人，君以此思哀，則意可知矣。』向注：『言物之雖微，必有長存者，人體雖有恩惠，無不亡也。』謂物存而人亡也。

⑪善注：『響像，音影之異名。《魯靈光殿賦》曰：忽縹眇以響像。《孫卿子》曰：下和上，譬響之應聲，影之像形。』謂冀復見其聖靈之音聲、形像與神采也。

⑫善注：『音以應聲，景以隨形。形聲咸已翳没，影響故亦必藏也。《鶡冠子》曰：景則隨形，響則應聲也。』銑注：『形翳則影滅，聲没則音藏。音，響。景，影也。』翳，《廣韻》：『蔽也。』苟，假如。雖，即使。此二句言人死成空，欲睹形聲音影而不可得。

⑬良注：『徽，調也。糒，乾飯也。言雖進脯糒，誰復嘗而食之？』此二句言雖調其清絃惟伎人獨奏，進獻肉食而無人食之。

⑭善注：『《毛詩》曰：殷土茫茫。』濟注：『悼，痛也。茫茫，草木貌。』冥漠，寂寞冥昧。顔延之《陶徵士誄》：『糾纏斡流，冥漠報施。』銑注：『冥莫報施，謂神靈報寂寞冥昧，不能施善，人之善不能明也。』茫茫，同芒芒，廣大貌。《詩·商頌·玄鳥》毛詩傳：『芒芒，大貌。』此二句言惟傷悼繐帳幽暗空寂，西陵茫茫寥落。

⑮善注：『《字林》曰：眝，長眙也。《博雅》曰：眝，視也。眝與貯同。《毛詩》曰：美目盼兮。』翰注：『張

目視曰時（眝）。言美人張目遠視，終不見君王，是亦何望也。』此二句言歌伎登臺而皆悲，美目遥望而無物。

⑯善注：『禮繁則易亂，厚葬則傷生。能遵簡薄，所以遺累。《詩緯》曰：齊數好道，廢義簡禮。宋均曰：簡，猶闕也。《漢書》：劉向曰：賢臣孝子，亦命順意而薄葬。《史記》曰：因其俗，簡其禮也。』向注：『機言我望古人奢華，以爲遺累，信可以簡略於禮，而尚薄葬也。』睎，《玉篇》：『眄望也。』

⑰善注：『言裘紱輕微何所有，而空貽塵謗而及後王。』銑注：『謂《遺令》云「吾衣裘别爲一藏」，後爲四子所分，終亦何有也？乃遺塵黷之謗於後世帝王也。』

⑱善注：『言情苟存乎大戀，雖復上聖亦不能忘，故可嗟也。』良注：『嗟其大戀愛所在心者，雖賢哲之士不能忘情也。』

⑲此二句言閲覽遺令，慷慨悲歎，獻上此文，而抒悽傷。總説作文之目的。

此段言魏武臨終遺令，終化爲空想，裘紱何在，死後皆空，惟空貽塵謗於後王而已，故覽籍悲歎，作文以抒哀情。

【集評】

［南朝·梁］劉勰《文心雕龍·哀悼》：禰衡之《吊平子》，縟麗而輕清；陸機之《吊魏武》，序巧而文繁。降斯以下，未有可稱者矣。夫吊雖古義，而華辭未造；華過韻緩，則化而爲賦。固宜正義以繩理，昭德而塞違。割析褒貶，哀而有正，則無奪倫矣。

［宋］劉克莊《後村先生大全集·詩話前集》：陸機《吊魏武文》云：曩以天下自負，今以愛子託人。其

言甚可悲也。

［宋］劉克莊《後村先生大全集·詩話續集》：士衡此作，詞簡而事甚備，語絶而意愈新，當爲魏晉間文章第一。序勝于文。

［宋］高似孫《緯略》卷七：任昉《述異記》曰：魏武陵中有泉，謂之香水。古詩云：『安得香水泉，濯郎衣上塵。』一説香水在并州香山，其水潔香，浴之去病。吴故宫亦有香水溪，俗云西施浴處，又呼爲脂粉塘，吴王宫人濯粧於此溪上源，至今馨香。香水二字尤佳，然石曼卿《荷花詩》：『洛渚微波長映步，漢宫香水不濡肌。』乃以爲漢宫也。只此分香一事，亦魏武也。唯陸機喜用。陸機《弔魏武文》曰：『余爲著作郎，遊秘閣見魏武令曰：餘香可分與諸夫人。諸舍中無所爲，學作履組賣也。』弔曰：『紆佳人于履組，清塵慮于餘香。』下一句奇絶。

［明］孫能傳《剡溪漫筆》卷一：司馬温公語劉元城：『昨看《三國志》，識破一事。曹操身後事，孰有大於禪代？遺令諄諄百言，下至分香賣履，家人婢妾，無不處置詳盡，而無一語及禪代事。是實以天下遺子孫，而身享漢臣之名。』賊操奸心，直爲温公剖出。……陸士衡《弔武帝文》略叙其語，然謂『惜内顧之纏緜，恨末命之微詳。紆廣念於履組，塵清慮於餘香』，則未免墮其奸中。弔文可無也。

［明］鄒思明評：此文見前定不可逃，後事不必計，以超朗之筆，運委婉之思，奇語在翰墨之外，奇姿在感慨之中。魏武命世之傑，然脱不得『奸雄』二字，遺天道文爲後世所窺，遂爲議論奇貨。臆其生平，想當然耳。然讀士衡弔文，乃知書生果落英雄度内也。（《文選尤》）

［明］楊慎評：魏武臨終諄諄碎事，正欲掩覆禪代，而士衡乃用以譏之，豈未識奸雄之欺人耶？至數百載後，司馬君實伐彼，則機職此作亦土苴耳。（余碧泉《文選纂注》）

［清］錢謙益《牧齋有學集·毛子晉六十壽序》：余嘗觀魏武遺令，爲陸士衡之憤懣歔吊者矣。

［清］何焯《義門讀書記》卷四十九：陸士衡《吊魏武帝文》又曰：『吾婕好伎人』至『學作履組賣也』，『百年之後。汝曹皆當出嫁』，此建安十四年作銅雀臺時令也，奈何猶有不從其治命，且至狗鼠不食其餘者乎？

『雖龍飛于文昌』，文昌，即操所自謂吾其爲周文王也。注非。

『憤西夏以鞠旅』至『彌四旬而成災』，按：此言操以西征無功，發憤疾作，與《魏志》不同，蓋諱之也。諸葛武侯《正議》云：孟德以其譎勝之力，舉數十萬之師，救張郃于陽平，勢窮慮悔，僅能自脱。辱其鋒鋭之衆，遂喪漢中之地。深知神器不可妄獲，旋還未至，感毒而死。以此互證，知武侯之言也信。

『援貞吝以惎悔』，貞，謂持法。吝，謂小忿怒大過失。注非。

『既晞古以遺累，信簡禮而薄葬』，《魏志》：建安二十三年六月令曰：古之葬者，必居瘠薄之地。其規西門豹祠，西原上爲壽陵。因高爲基，不封不植，所謂遺累薄葬也。

［清］葉矯然《龍性堂詩話續集》：平原《吊魏武》一賦，調笑盡情，英雄心死千年。……使三曹見及，亦應大笑黄泉。

［清］方廷珪《昭明文選集成》：按若不將操生前驚天動地事業極力揚厲，亦安見遺令之可哀？此是作文聲東擊西法。然後叙其死由出師西夏，復由平日遇險必濟，何至一疾便死，誰想到有此番遺令，此又是借彼形此法。然後將序文各截遺令，叙事間以議論，嶺斷雲横不使粘連一片，渾雄深厚，不特拍肩陳思，直可揖讓兩漢，真晉文之雄也。

林紓《春覺齋論文·流别論》：綜言之，哀詞者，既以情勝，尤以韻勝。韻非故作悠揚語也，情贍於中，發爲音吐，讀者不覺其綿亘有餘悲焉，斯則所謂韻也。……若胡廣、阮瑀之吊伯夷，則一無所託，不過覓得好題目，表見其文采。即陸機之吊魏武，亦不盡有所激於中情，而成爲此種文字。蓋必循乎古義，有感而發，發而不失其情性之正，因憑吊一人，而抒吾懷抱，尤必事同遇同，方有肺腑中流露之佳文。

吊蔡邕文

【題解】

此文雖短，意味雋永。所言國之將傾，一木難支。居亂邦，必如甯武子，韜隱其智而佯愚，方可保身。如若萇叔違天矯命，冀澄清天下，既不可得，身亦亡矣。在探討蔡邕悲劇原因時，滲透着作者對時局思考，名吊蔡邕，實爲自誡。然機之爲人，露才揚己，居亂世而不善自保，終蹈蔡邕之覆轍，惜乎。此文創作時間雖不考，然據陸雲《與兄平原書》（見『集評』），此文或作於《吊少明》之前。夏少明卒於永寧元年（三〇一），此文或即作元康二年（三〇〇）之前。

彼洪川之方割，豈一簣〔一〕之所堙①。故尼父之惠訓，智必愚而後賢②。諒知道之已妙〔二〕，曷信道之未堅③。忽甯子之保已，效萇叔之違天④。冀澄河之遠日，忘朝露之短年⑤。

【校勘】

〔一〕『簣』，《藝文類聚》卷四十作『等』。汪紹楹校曰：『本集作簣。』

【注釋】

①割，《爾雅・釋詁》：『裂也。』一簣，猶一簣之土。《書・旅獒》：『爲山九仞，功虧一簣。』孔穎達疏：『簣，盛土器。』堙，同垔，堵塞。《玉篇》：『垔，《書》：鯀垔洪水。塞也。杜預曰：土山，亦作陻。』此二句言彼洪流裂堤，豈一簣之土可堵塞耶？按：邕晚年遭董卓之亂，雖存匡益社稷之心，亦無所用之。《後漢書・蔡邕傳》：『卓重邕才學，厚相遇待，每集宴，輒令邕鼓琴贊事，邕亦每存匡益。然卓多自佷用，邕恨其言少從，謂從弟谷曰：董公性剛而遂非，終難濟也。』機之所言蓋喻此也。

②尼父，仲尼。《禮記・檀弓上》：『魯哀公誄孔丘曰：天不遺耆老，莫相予位焉，嗚呼哀哉尼父。』鄭玄注：『尼父，因其字以爲之謚。』惠訓，惠愛之訓誡。潘岳《夏侯常侍誄》：『惠訓不倦，視人如傷。』善注：『《左氏傳》：祁奚曰：惠訓不倦，叔向有焉。』銑注：『惠，愛。訓，教也。』智必愚，意謂智者必藏智而若愚也。《論語・爲政》：『子曰：吾與回言，終日不違，如愚。退而省其私，亦足以發，回也不愚。』《集解》：『孔安國曰：不違者，無所怪問於孔子之言，默而識之，如愚也。察其退，還與二三子説，釋道義，發明大體，知其不愚也。』此二句言故仲尼惠愛之訓誡，智者必藏智若愚，方爲賢矣。

③諒，《説文》：『信也。』曷，何。《玉篇》：『曷，盍也。』此二句言誠已知聖人之道奧妙，何不堅守此不易之道？

④甯子，即甯武子，衛大夫。《論語・公冶長》：『子曰：甯武子邦有道則知，邦無道則愚。其知可及也，其愚不可及也。』《集解》：『馬融曰：衛大夫甯喻也。武，謚也。孔安國曰：詐愚似實，故曰不可及也。』孔穎達疏：『若遇邦國有道，則顯其知謀。若遇無道，則韜藏其知而佯愚。』萇叔，即萇弘，周大夫。《左傳・定公元年》：『晉女叔寬曰：周萇弘、齊高張，皆將不免。萇叔違天，高子違人。天之所壞，不可支也；衆之

所爲，不可奸也。』杜預注：『天既厭周德，萇弘欲遷都以延其祚，故曰違天。諸侯相帥以崇天子，而高子後期，故曰違人。爲哀三年，周人殺萇弘；六年，高張來奔起。』此二句言何輕忽甯武子明哲保身之道，却效萇弘耿介違天之舉。

⑤澄河，河清澄也，古人認爲黄河清，聖人出，天下寧。李康《運命論》：『夫黄河清而聖人生，里社鳴而聖人出。』善注：『《易乾鑿度》曰：聖人受命瑞應，先見於河，河水先清。清變白，白變赤，赤變黑，黑變黄，各三日。』翰注：『黄河千年一清，清則聖人生於時也。』朝露，喻人生短暫。曹操《短歌行》：『對酒當歌，人生幾何。譬如朝露，去日苦多。』此二句言冀黄河之清其日何遠，忘却年壽短暫，如朝露須臾逝矣。

【集評】

［晉］陸雲《與兄平原書》：見《吊少明》殊復勝前，《吊蔡君》清妙不可言，《漢功臣頌》甚美，恐《吊蔡君》故當爲最。

吴大帝誄（一）

【題解】

孫權卒於吴太元二年（二五二）四月，謚大皇帝。此誄先讚美吴主崛起於亂世，上承天命，下修聖德，文武並舉，終登帝位。後鋪陳葬禮之奢華，備極哀榮。誄文或非完篇，創作時間難以確考，然而有兩點值得注意：第一，誄文内容空泛，無一語及於史實；第二，誄文所誄之『我皇』，身份或是『將熙景命』的天子之臣或是『班瑞舊圻』的東吴大帝。其『登迹岱宗』更於史無徵。可見此文用筆稚嫩，或即機之少年之作，或非機之所作。疑不能明。

【皇聖膺期，有命太素①。承亂下萌，清難天步】〔二〕②。我皇明明，固天寔生③。體和二合，以察三精④。濯暉育慶，懷祥〔三〕載榮⑤。率性而和，因心則靈⑥。厥靈伊何？克聖克仁⑦。茂對四象，克配乾坤⑧。齊明日月，考詳〔四〕鬼神⑨。誕自幼沖，叡哲宿照⑩。甄化無形，探景絶曜⑪。巍巍聖姿，文武既俊⑫。有覺德徽，兆民欣順⑬。將熙景命，經營九圍⑭。登迹岱宗，班瑞舊圻⑮。上玄匪惠，早零聖暉⑯。神廬既考，史臣獻貞⑰。龍輴啓殯，宵〔五〕載紫庭⑱。辰旒飛藻，凶旗舉銘⑲。崇華熠爍，翠蓋繁纓⑳。千乘〔六〕結駟，萬騎重營㉑。簫鼓振響，和鑾流聲㉒。動軫閶闔，永背承明㉓。顯步萬官，幽驅百靈㉔。隨化太素，即宫杳冥㉕。億兆同慕，泣血如零㉖。

【校勘】

〔一〕《札記》：『《吴大帝誄》見《類聚》十三，又《御覽》一引陸機《孫權誄》曰：皇聖膺期，有命太素。承亂下萌，清難天步。今無此四句，蓋非全篇。』

〔二〕『皇聖膺期』四句，《文集》脱，嚴可均《全晉文》卷九十九據《太平御覽》卷一補。

〔三〕『祥』，《藝文類聚》卷十三作『詳』。古二字通。徐鉉《説文》釋曰：『祥，詳也。天欲降以禍福，先以吉凶之兆，詳審告悟之也。』

〔四〕『詳』，《藝文類聚》卷十三、《西晉文紀》卷十五、《漢魏六朝百三家集》卷四十八、《七十二家集》本作『祥』。

〔五〕『宵』，《藝文類聚》卷十三、《西晉文紀》卷十五、陸刻本、《百三家集》本、陳仲魚校本、鄧邦述校本作『霄』。陳仲魚校本、鄧邦述校本校作『宵』。

〔六〕『千乘』，陸刻本作『干乘』，形近而誤。

【注釋】

①皇聖，聖明之君，指吴大帝孫權。顔延年《和謝監靈運》：『皇聖昭天德，豐澤振沈泥。』善注：『皇聖，謂文帝也。』膺期，猶言應天承運。《隋書·煬帝紀上》：『命世膺期，蘊兹素王。』太素，上天。班固《幽通賦》：『皓爾太素，曷渝色兮。』善注：『素，質也。』銑注：『太素，天也。』此二句言受命於天，應天時而動。

②下萌，萌生於下。《爾雅·釋草》：『萌，初生者。』天步，天之運行。《詩·小雅·白華》：『天步艱難，之子不猶。』毛詩傳：『步，行。』此二句言帝承位於動亂之時，清除患難而應天命。

③明明，德義昭彰。《詩·魯頌·有駜》：『夙夜在公，在公明明。』鄭玄箋：『言時臣憂念君事，早起夜寐，在於公之所。在於公之所，但明義明德也。』《禮記》曰：『大學之道，在明明德。』此二句言我皇德行昭彰，本是天之所生。

④和，《玉篇》：『應也。』二合，指天地陰陽。《易・繫辭下》：『乾，陽物也；坤，陰物也，陰陽合德而剛柔有體，以體天地之撰。』三精，日月星辰。范曄《後漢書・光武紀贊》：『九縣飈迴，三精霧塞。』善注：『三精，日月星也。』此二句言體應天地陰陽，而目察日月星辰。

⑤濯，洗滌，猶言沐浴。《詩・大雅・常武》：『泂酌彼行潦，挹彼注兹，可以濯罍。』毛詩傳：『濯，滌也。』慶，福。《易・坤》：『積善之家，必有餘慶。』《廣韻》：『慶，福也。』祥，通詳，詳見『校勘』。載榮，托承花朵。曹植《臨觀賦》：『丘陵崛兮松柏青，南園薆兮果載榮。』此二句言沐浴天輝，孕育福禄，懷藏祥瑞，帶來昌盛。

⑥率性，循其本性。《禮記・中庸》：『天命之謂性，率性之謂道。』鄭玄注：『天命，謂天所命生人者也，是謂性命。《孝經》說曰性者，生之質命，人所稟受度也。率，循也。循性行之，是謂道。』此二句言循其本性而諧和，因心而爲則神靈。

⑦厥，《爾雅・釋言》：『其也。』伊何，維何，如何。《詩・小雅・巧言》：『既微且尰，爾勇伊何。』克聖克仁，猶既聖且仁也。潘岳《夏侯常侍誄》：『克明克聖，光啓夏政。』《爾雅・釋言》：『克，能也。』

⑧茂對，意謂盛德而應四時。《易・無妄》：『先王以茂對時，育萬物。』王弼注：『茂，盛也。物皆不敢妄，然後萬物乃得各全其性，對時育物，莫盛於斯也。』孔穎達疏：『茂，盛也。對，當也。言先王以此無妄盛事，當其無妄之時，育養萬物也。』四象，四時之象。《易・繫辭上》：『兩儀生四象，四象生八卦。』王弼注：『卦以象之。』孔穎達疏：『謂金木水火，稟天地而有，故云兩儀生四象。』乾坤，猶天地。《易・繫辭上》：『天尊地卑，乾坤定矣。』韓康伯注：『乾坤其易之門户，先明天尊地卑，以定乾坤之體。』此二句言盛德順應四時，配於天地。

⑨ 齊明日月，與日月齊光。王韶之《宋四廂樂歌》：『於鑠我皇，體仁包元；齊明日月，比量乾坤。』考詳鬼神，謂神靈賜其吉祥。考詳，成祥。考，《韻會》：『成也，言德行之成也。』詳，同祥。

⑩ 誕，發語詞。《詩・大雅・生民》：『誕彌厥月，先生如達。』朱熹《詩集傳》：『發語詞。』幼沖，幼童。《書・大誥》：『延洪惟我幼沖人。』孔安國傳：『凶害延大，惟累我幼童人成王。』睿哲，聖明。張衡《東京賦》：『睿哲玄覽，都兹洛宫。』善注：『《尚書》曰：睿作聖，明作哲。』宿，素，猶長久也。《廣韻》：『宿，素也。』宿照，言如日月之長照。此二句言其幼童時即聖智如日月之明。

⑪ 甄，化育，造就。班固《典引》：『乃先孕虞育夏，甄殷陶周。』向注：『如孕而生之，育而長之，甄陶而成也。甄謂以土燒器也。』無形，不言之教化。《春秋繁露・保位權》：『爲人君者，居無爲之位，行不言之教，寂而無聲，静而無形。』探景，探求日影。《説文》：『探，遠取之也。』又『景，光也』。絶曜，幽暗無光。《釋名・釋天》：『曜，耀也，光明照耀也。』探景絶曜，喻於昏暗之亂世而求其光明也。此二句言以不言之教化，化育萬物，於昏暗之現實，探求光明。

⑫ 巍巍，高大。《論語・泰伯》：『巍巍乎，舜禹之有天下也，而不與焉。』何晏《集解》：『巍巍者，高大之稱也。』聖姿，聖主之舉動。劉琨《勸進表》：『玄德通於神明，聖姿合於兩儀。』翰注：『言道德通神明，舉動合天地。』《説文》：『姿，態也。』俊，人材出衆。《説文》：『俊，材千人也。』此二句言聖主行爲偉大，文武之才出衆。

⑬ 有覺，高大。《詩・小雅・斯干》：『殖殖其庭，有覺其楹。』毛詩傳：『有覺，言高大也。』鄭玄箋：『覺，直也。』徽，美善。《爾雅・釋詁》：『徽，善也。』欣順，欣喜而順從其政。《詩・大雅・抑》：『有覺德行，四國順之。』鄭玄箋：『有大德行，則天下順從其政。』此二句言美德崇高，百姓欣然順從。

⑭ 熙，光大。《玉篇》：『熙，光也。』景命，天之大命。《詩・大雅・既醉》：『君子萬年，景命有僕。』鄭玄箋：『云成王女既有萬年之壽，天之大命又附著於女，謂使爲政教。』經營，討伐。《詩・大雅・江漢》：『經營四方，告成于王。』鄭玄箋：『云召公既受命，伐淮夷服之，復經營四方之叛國，從而伐之。』九圍，九州。《詩・商頌・長發》：『帝命式於九圍。』毛詩傳：『九圍，九州也。』此二句言爲光大天子之命而討伐天下。

⑮ 登迹，迹登也，言足迹所至。迹，《類篇》：『步處也。』岱宗，泰山，因爲五岳之首，故稱之宗。《書・舜典》：『歲二月東巡守，至於岱宗。』孔安國傳：『岱宗，泰山，爲四岳所宗。』登迹岱宗，喻登上帝位。班瑞，還其瑞信。《書・舜典》：『乃日覲四岳羣牧，班瑞於羣后。』孔安國傳：『班，還。后，君也。舜斂公侯伯子男之瑞圭璧，盡以正月中，乃日日見四岳及九州牧監，還五瑞於諸侯，與之正始。』《音義》：『馬云：瑞，信也。』圻，天子之畿。《尚書大傳・禹貢》：『圻者，天子之境也。諸侯曰境，天子游不出封圻。』《玉篇》：『圻，《左傳》：天子之地一圻，杜預曰：方千里。』舊圻，謂吴也。此二句言迹登泰山而祭祀天地，在天子舊圻分封官爵。

⑯ 上玄，上天。張衡《東京賦》：『祈福乎上玄，思所以爲虔。』薛綜注：『玄，天也。』匪惠，不仁。《説文》：『惠，仁也。』早零，喻早逝。曹植《感節賦》：『恐年命之早零，慕歸全之明義。』按：《三國志・吴・吴主傳》：『（太元二年）夏四月，權薨，時年七十一，謚大皇帝。』此言早逝者，蓋追思之情殷而不忍其逝，非爲英年早逝也。

⑰ 神廬，廟祠，此指墓廬。《管子・五行》：『貨曋神廬，合於精氣。』房玄齡注：『神廬，謂廟祠也。』考，《廣韻》：『成也。』獻貞，獻占卜之辭。貞，占卜。《周禮・春官・宗伯》：『季冬陳玉，以貞來歲之媺惡。』鄭玄注：『問事之正曰貞……凡卜筮實問於鬼神，龜筮能出其卦兆之占耳。』此二句言史臣獻占卜之辭，選定墓廬。

⑱ 龍輴，轅上畫有龍的棺柩之車。《禮記・檀弓上》：『天子之殯也，菆塗龍輴以槨。』鄭玄注：『天子殯以輴車，畫轅爲龍。』殯，靈柩。《左傳・昭公五年》：『以書使杜洩告於殯。』杜預：『告叔孫之柩。殯，柩。』紫庭，帝王之居。王融《雜體報范通直》：『紫庭風日好，青槐枝葉新。』章樵注：『帝王之居，象北極紫微宮，故曰紫庭。』此二句言中宵於天子之宮而啓殯。

⑲ 辰旒，畫有日月星辰之靈幡。張衡《東京賦》：『建辰旒之太常，紛焱悠以容裔。』薛綜注：『辰，謂日月星也。畫之於旌旗，垂十二旒也。常上畫三辰，以象天明也。謂天子十二旒，諸侯九旒，大夫三旒。』飛藻，文飾飛動，此指靈幡隨風飄動。趙至《與嵇茂齊書》：『布葉華崖，飛藻雲肆。』良注：『藻，文章也。』銘，銘旌，豎在靈柩前志有死者官銜與姓名的旗幡。《儀禮・士喪禮》：『爲銘各以其物。』鄭玄注：『銘，明旌也。』此二句描述靈車之裝飾。

⑳ 熠爍，光彩盛也。葛洪《抱朴子・外篇・廣譬》：『不覩瓊琨之熠爍，則不覺瓦礫之可賤。』熠，《玉篇》：『熠熠，盛光也。』爍，光也。《玉篇》：『爍，灼爍。』翠蓋，飾有翠羽之車蓋。揚雄《甘泉賦》：『流星旄以電燭兮，咸翠蓋而鸞旗。』銑注：『翠蓋，翠羽飾蓋。』繁纓，形容纓絡之多。張衡《東京賦》：『順時服而設副，咸龍旂而繁纓。』薛綜注：『鞶，今之馬大帶也；纓，馬鞅也。』善注：『鄭玄曰：繁與鞶，古字通。』向注：『皆載龍旂繁多，纓絡於其間。』此二句描述靈車之奢華。

㉑ 千乘結駟，車衆多而相連。《戰國策・楚策》：『結駟千乘，旌旗蔽天。』鮑彪注：『結，連也。四馬曰駟。』重營，四周層疊。《韻會》：『東西爲經，周回爲營。』此二句謂送葬隊伍聲勢浩大。

㉒ 和鸞，鸞鈴。揚雄《劇秦美新》：『揚和鸞，肆夏以節之。』善注：『《大戴禮》曰：行以和鸞，趨中肆夏。鄭玄《周禮》注曰：鸞和，皆金鈴也。』此二句描述送葬途中熱鬧非凡。

㉓軨，車，此指靈車。《國語·晉語》：『還軨諸侯，可謂窮困。』韋昭注：『軨，車後橫木也。還軨，猶回車。』閶闔，升天之門。《淮南子·原道訓》：『排閶闔，淪天門。』許慎注：『閶闔，始升天之門也。』背，背離。《集韻》：『背，違也。』承明，漢宮殿名。《三輔黃圖》卷三：『未央宮有承明殿，著述之所也。班固《西都賦》序云：內有承明著作之庭，即此也。』此指宮廷。以下皆抒寫作者感慨。

㉔此二句言生前顯赫，衆官追隨，死後亦威，驅使神靈。

㉕化，造化。《素問·五常政大論》：『化不可代，時不可違。』王冰注：『化，謂造化也。』杳冥，絕遠之地，此指幽暗之黃泉。宋玉《對楚王問》：『絕雲霓，負蒼天，翱翔乎杳冥之上。』向注：『杳冥，絕遠處。』此二句言隨自然之造化，就宮廷於黃泉。

㉖億兆，萬姓。劉琨《勸進表》：『億兆攸歸，曾無與二。』濟注：『言萬姓歸附無二心也。』此二句言萬民皆追思之，哭泣血淚零落。

愍懷太子誄①

【題解】

據《晉書·惠帝紀》，愍懷太子于永康（三〇〇）三月爲賈后所殺。四月，梁王肜、趙王倫矯詔廢賈后爲庶人，侍中賈謐及黨與數十人皆伏誅。六月，詔復太子之號，葬於顯平陵。故臣江統、陸機並作誄頌焉。誄言太子頗多溢美之辭，不足爲訓。然文寫太子惴惴溫敬，亦終難自保，惠帝時世道之紛紜，晉室之衰微，朝綱之混亂，則於此可見端倪，實機文之所僅見也。全文以賦之筆法敘事，以贊之筆法寫志，章法分合有致，亦其特色也。

明明皇子，成命既駿②。保乂皇家，載生淑胤〔一〕③。茂德克廣，仁姿朗雋〔二〕④。當克無疆，光紹有晉⑤。如何不吊？暴離咎艱⑥。曾是遘愍，匪降自天⑦。肇傾運祚，遂喪華年⑧。嗚呼哀哉！沉雲既祛，日月增暉⑨。靈寵可贈，冤魂難追⑩。舊物東反，靈柩西歸⑪。傷我惠后，寂焉翳滅⑫。銜哀駿奔，凶服就列⑬。追慕徽塵，興言斷絶⑭。敢誄遺風，庶存芳烈⑮。其辭曰：

【校勘】

〔一〕『胤』，《宛委別藏》本作『允』。音近而誤。

〔二〕『雋』，《藝文類聚》卷十六作『儁』。古二字通。

【注釋】

① 愍懷太子，司馬遹字熙祖，晉惠帝長子，謝才人所生。永熙元年八月，立爲皇太子。元康九年十二月，因賈后進讒被廢，幽於許宫。明年，賈后遣黄門孫慮殺之，年二十三。後趙王倫殺賈后，追復太子，謚曰愍懷，葬顯平陵。事見《晉書·惠帝紀》《愍懷太子傳》。

② 成命，既定之王命。《詩·周頌·昊天有成命》：『昊天有成命，二后受之。』鄭玄箋：『有成命者，言

周自后稷之生而已有王命也。』駿，光大。《詩・大雅・文王》：『宜鑒于殷，駿命不易。』毛詩傳：『駿，大也。』成命既駿，謂受天成命而立爲太子。此二句言皇子德義昭彰，受天命而立爲太子。

③ 保乂，安定治理。潘勗《策魏公九錫文》：『保乂我皇家，弘濟於艱難，朕實賴之。』善注：『《尚書》：天壽平格，保乂有殷。』翰注：『保，安。乂，理。』淑，《爾雅・釋詁》：『善也。』胤，子嗣。《詩・大雅・既醉》：『君子萬年，永錫祚胤。』毛詩傳：『胤，嗣也。』此二句言上天爲安定皇室，始生其淑美之後代。

④ 茂德，盛德。潘岳《楊荆州誄》：『篤生戴侯，茂德繼期。』向注：『言厚生茂盛之德，繼百年之期。』克廣，德可廣被。《詩・魯頌・泮水》：『濟濟多士，克廣德心。』雋朗，才智高明而出衆。葛洪《抱朴子・外篇・博喻》：『雖天才雋朗，而實須墳誥以廣智。』

⑤ 無疆，無窮，喻壽命之長。《書・太甲》：『德實萬世無疆之休。』孔安國傳：『王能終其德，乃天之顧佑商家，是商家萬世無窮之美。』紹，《説文》：『繼也。』此二句言年壽本可久長，繼承光大晉室。

⑥ 吊，傷也，愍也。《詩・檜風・匪風》：『顧瞻周道，中心吊兮。』朱熹《集傳》：『吊，亦傷也。』暴，急驟，驟然。《史記・平津侯主父列傳》：『吾日暮途遠，故倒行暴施之。』《索隱》：『暴者，卒也，急也。』離，同罹，遭受。《史記・管蔡世家》：『我亡，爾聞公孫彊爲政，必去曹，無離曹禍。』《索隱》：『離即罹。罹，被也。』咎艱，凶險。《易・大有》：『無交害。匪咎，艱則無咎。』此指愍懷子之被殺。此二句言驟然之間横遭凶險，如何不令人傷感。

⑦ 遘愍，遭憂。班固《幽通賦》：『巨滔天而泯夏兮，考遘愍以行謡。』應劭注：『遘，遇也。愍，憂也。』此二句言曾遭此令人憂傷之禍，非爲天意，乃人爲也。

⑧ 肇，《廣韻》：『始也。』運祚，國運福祚，猶世運。《三國志・魏・文帝紀》裴松之注：『孫盛曰：此自

時昏道喪，運祚將移。』此二句言終使其華年早逝，國運福祚始以傾覆。

⑨ 祛，《集韻》：『散也。』此二句言其沉冤昭雪，重增其光輝也。《晉書・愍懷太子傳》：『及賈庶人死，乃誅劉振、孫慮、程據等，册復太子曰：「……今追復皇太子喪禮，反葬京畿，祠乙太牢。魂而有靈，尚獲爾心。」』

⑩ 贈，追贈。《説文》：『贈，玩好相送也。』追，《玉篇》：『及也，救也。』此二句言魂靈雖蒙追贈其寵愛，然沉冤而逝之生命則難救也。

⑪ 舊物東反，指太子之物自許昌而返洛。靈柩西歸，指太子靈柩自許昌西歸洛陽。《晉書・愍懷太子傳》：『册復太子曰：「……今追復皇太子喪禮，反葬京畿，祠乙太牢。魂而有靈，尚獲爾心。」』

⑫ 惠后，指太子。《説文》：『后，繼體君也。』翳，滅。《國語・周語》：『而又奪之資以益其災，是去其藏而翳其人也。』韋昭注：『翳，猶屏也。一曰：翳，滅也。』此二句感傷太子寂然而滅也。

⑬ 銜哀駿奔，含哀奔喪。《正字通》：『凡口含物曰銜。』駿奔，形容奔喪之急切。凶服就列，謂自己身着喪服與羣臣爲之服喪也。《晉書・愍懷太子傳》：『帝爲太子服長子斬衰，羣臣齊衰，使尚書和郁率東宮官屬，具吉凶之制，迎太子喪于許昌。』

⑭ 徽塵，言愍懷太子風儀。謝朓《遊後園賦》：『仰徽塵兮美無度，奉英軌兮式如璋。』章樵注：『徽塵、英軌，言隨王之風儀。』此二句言追思太子之風儀，使其斷絶之爵位而復興也。

⑮ 敢，謙詞，猶冒昧。《廣韻》：『敢，犯也。』庶，《爾雅・釋言》：『幸也。』郭璞注：『庶幾僥倖。』芳烈，美好之業績。《華陽國志・廣漢士女》：『猗猗衆偉，芳烈名垂。』《廣韻》：『烈，業也。』

序言作誄之因。愍懷太子仁德才俊，然殘遭凶險，華年早喪，幸冤雪櫬歸，故作誄追思遺風芳烈。

巍巍皇基，奕奕[一]紫微①。有命既集，天禄永綏②。篤生太子，纂德承茂③。平紹大烈，時惟洪胄④。奇穎發翹，清藻在秀⑤。誕自幼蒙，逮事武皇⑥。展矣太子，播此瓊芳⑦。允矣聖祖，無言不臧⑧。婉孌乘輿，名裕德昌⑨。龍集庚戌，日月改度⑩。赫赫明明，我皇登祚⑪。厥登伊何，皇統是荷⑫。華紱重采，翠蓋垂葩⑬。鸞旗阿那，玉衡吐和⑭。聿來在宮，體亮而誠⑮。肅雍皇極，思媚紫庭⑯。亦既涉學，遵師盛道⑰。何年之妙，而察之早⑱。讜言必復，乖義則考⑲。惟[二]天有命，太子膺之⑳。惟皇有慶，太子承之㉑。當究遐年，登兹胡耇[三]㉒。緝熙有晉，克構[四]帝宇㉓。

【校勘】

[一]『奕奕』，《藝文類聚》卷十六作『弈弈』。形近而誤。

[二]『惟』，《七十二家集》作『惜』。形近而誤。

[三]『耇』，陸刻本作『耉』。古二字同。

[四]『構』，《藝文類聚》卷十六作『搆』。古二字同。

【注釋】

① 奕奕，高大。《詩·小雅·巧言》：『奕奕寢廟，君子作之。』毛詩傳：『奕奕，大貌。』紫微，北辰第七星，此指帝宫。陸雲《大將軍宴會被命作詩》：『在昔姦臣，稱亂紫微。』善注：『《春秋合誠圖》曰：北辰其

星，七在紫微中。又曰：紫宫，大帝室也。」

②有命既集，天命所歸。《詩·大雅·大明》：『天監在下，有命既集。』毛詩傳：『集，就也。』鄭玄箋：『天監視善惡於下，其命將有所依就，則豫福助之。』天禄，天之禄籍。《書·大禹謨》：『顧四海困窮，天禄永終。』孔安國傳：『天之禄籍，長終汝身。』綏，安。《書·禹貢》：『三百里諸侯，五百里綏服。』孔安國傳：『綏，安也。』

③篤生，厚生。《詩·大雅·大明》：『篤生武王，保右命爾，燮伐大商。』毛詩傳：『篤，厚。』纂德，繼承先王之德。江淹《齊太祖高皇帝誄》：『何期弓劍有慕，纂德寫辭。』《爾雅·釋詁》：『纂，繼也。』茂，指盛德。《詩·小雅·南山有臺》：『樂只君子，德音是茂。』鄭玄箋：『茂，盛也。』

④平，《爾雅·釋詁》：『平，成也。』郭璞注：『《穀梁傳》曰：平者，成也。事有分明，亦成濟也。』紹，《爾雅·釋詁》：『紹，繼也。』大烈，大業。《書·立政》：『以揚武王之大烈。』孔安國傳：『揚父之大業。』時，《廣韻》：『是也。』洪胄，王公貴族之世系。陸雲《贈鄱陽府君張仲膺》：『淵哉陸生，本顯洪胄。』

⑤穎，《玉篇》：『禾末也。』翹，花。見《歎逝賦》注。秀，《廣韻》：『榮也。』清藻，清麗之文。楊方《合歡詩》其四：『扶疎垂清藻，布翹芳且鮮。』藻，張衡《南都賦》：『藻茆菱芡，芙蓉含華。』善注：『《書傳》曰：藻，水草有文者。』此二句以花發於奇異之禾穎，文生於清麗之花上，喻愍懷太子之風儀也。

⑥誕，生。《廣韻》：『誕，育也。』幼蒙，年幼懵懂。此指幼年。《晉書·愍懷太子傳》：『詔曰：遹尚幼蒙，今出東宫，惟當賴師傅羣賢之訓。』蒙，《釋名·釋天》：『日光不明，濛濛然也。』又《晉書·愍懷太子傳》：『愍懷太子遹，字熙祖，惠帝長子，母曰謝才人。幼而聰慧，武帝愛之，恒在左右。嘗與諸皇子共戲殿上，惠帝來朝，執諸皇子手，次至太子，帝曰：「是汝兒也。」惠帝乃止。宫中嘗夜失火，武帝登樓望之。太子

時年五歲，牽帝裾入暗中。帝問其故，太子曰：「暮夜倉卒，宜備非常，不宜令照見人君也。」逮事武皇，蓋指此也。

⑦展，誠。《詩·邶風·雄雉》：『展矣君子，實勞我心。』毛詩傳：『展，誠也。』播，布，揚。《玉篇》：『播，揚也。』瓊芳，瓊玉之芬芳，喻其高潔。《楚辭·九歌·東皇太一》：『瑤席兮玉瑱，盍將把兮瓊芳。』王逸注：『瓊，玉枝也。』

⑧允，信。《詩·小雅·車攻》：『允矣君子，展也人成。』鄭玄箋：『允，信。』聖祖，指晉武帝。《晉書·樂下》：『《天命篇》：聖祖受天命，應期輔魏皇。』臧，《爾雅·釋詁》：『善也。』謂武帝無不以太子爲善。

⑨婉孌，年少貌美。阮籍《詠懷詩》：『交甫懷環珮，婉孌有芬芳。』善注：『毛萇《詩傳》曰：婉孌，少好貌。』濟注：『婉孌，美貌。』乘輿，天子所乘之車。張衡《西京賦》：『後宮嬖人昭儀之倫，常亞於乘輿。』善注：『乘輿，天子所乘車。』謂年少受寵於武帝。名裕，有寬弘之名。裕，《廣韻》：『容也，寬也。』德昌，道德深厚。《玉篇》：『昌，盛也。』

⑩龍，同寵。《詩·小雅·蓼蕭》：『既見君子，爲龍爲光。』毛詩傳：『龍，寵也。』鄭玄箋：『爲龍爲光，言天子恩澤光耀被及己也。』寵集，言惠帝恩寵被及之也，指遹被封太子之事。庚戌，即太熙元年（二九〇）。《晉書·惠帝紀》：『太熙元年四月己酉，武帝崩。是日，皇太子即皇帝位，大赦，改元爲永熙。……秋八月壬午，立廣陵王遹爲皇太子。』日月改度，蓋指武帝崩而惠帝即位也。

⑪赫赫明明，顯赫且明察也。《詩·大雅·常武》：『赫赫明明，王命卿士。』毛詩傳：『赫赫然，盛也。明明然，察也。』吾皇，指惠帝。登祚，即位。《廣韻》：『祚，位也。』

⑫伊何，惟何，何所能。《詩·小雅·巧言》：『既微且尰，爾勇伊何。』鄭玄箋：『伊何，何所能也。』荷，

承。《廣韻》：『荷，負荷也。』此二句謂惠帝即位，繼承皇統。

⑬ 華紱，華美之禮服。紱，同黻，古代禮服之文繡。《周禮·冬官·考工記》：『白與黑謂之黼，黑與青謂之黻，五采備謂之繡。』翠蓋，指車。揚雄《甘泉賦》：『流星旄以電爥兮，咸翠蓋而鸞旗。』善注：『蔡邕《獨斷》曰：天子出，前驅有鸞旗者，編羽毛，列繫幢傍。』銑注：『翠蓋，翠羽飾蓋。』葩，《廣韻》：『花也。』以車服之盛寫其顯赫威嚴。

⑭ 鸞旗，飾有鸞鳥之旗，天子出行，前驅有鸞旗。張衡《東京賦》：『鸞旗皮軒，通帛緒旆。』薛綜注：『鑾旗，謂以象鸞鳥也。』阿那，低垂貌。張衡《南都賦》：『阿那蓊茸，風靡雲披。』善注：『阿那，柔弱之貌。』翰注：『阿那，垂貌。』玉衡吐和，指車衡之鈴吐音也。見《前緩聲歌》注。以鸞旗和鈴寫其政通人和。以上十句言惠帝。

⑮ 聿，自。《詩·大雅·緜》：『爰及姜女，聿來胥宇。』鄭玄箋：『聿，自也。』體亮，稟性俊朗。葛洪《抱朴子·外篇·漢過》：『體亮行高，神清量遠。』《廣韻》：『體，生也。』《玉篇》：『亮，朗也。』諴，《爾雅·釋詁》：『信也。』上句言太子入主儲宮，下句言太子稟性品質。

⑯ 肅雍，敬和。《詩·召南·何彼襛矣》：『曷不肅雝，王姬之車。』毛詩傳：『肅，敬。雝，和。』鄭玄箋：『何不敬和乎王姬，往乘車也。』雝，同雍。《禮記·樂記》引《詩》作『肅雍』。皇極，言以大中之道而治事。《書·洪範》：『次五曰建用皇極。』孔安國傳：『皇，大。極，中也。凡立事，當用大中之道。』思媚，常思而愛之。《詩·大雅·思齊》：『思媚周姜，京室之婦。』毛詩傳：『媚，愛也。』紫庭，帝王之居。王融《雜體報范通直》：『紫庭風日好，青槐枝葉新。』章樵注：『帝王之居，象北極紫微宮，故曰紫庭。』此指惠帝。此二句言太子立事中正，恭敬皇父。

⑰ 涉學，及於學也。《顏氏家訓・勉學》：『既不涉學，遂呼蓺爲露葵。』遵師，遵循師訓。《玉篇》：『遵，循也，行也。』盛，《周禮・冬官・考工記》：『共白盛之蜃。』鄭玄注：『盛，猶成也。』此二句言太子好學，遵師訓而厚道德。

⑱ 察，《廣韻》：『諦也，知也。』此二句言太子之早慧也。

⑲ 讜言，善言，直言。何晏《景福殿賦》：『賢鍾離之讜言，懿楚樊之退身。』善注：『讜言，《聲類》曰：讜，善言也。』翰注：『讜，直也。』必復，必思其同類之言，即舉一反三之意。《論語・述而》：『舉一隅不以三隅反，則不復也。』鄭玄曰：『舉一隅以語之，其人不思其類，則不復重教之。』乖義，義背於理。蕭子良《剋責身心門六》：『若使理乖義越者，則不容有此同致。』《玉篇》：『乖，戾也，背也。』考，考校。《廣韻》：『考，校也。』此二句言太子從善而考異。謂善學矣。

⑳ 膺，承，當。《書・武成》：『誕膺天命，以撫方夏。』孔安國傳：『當天命以撫綏四方中夏。』

㉑ 慶，善。《書・呂刑》：『一人有慶，兆民賴之。』孔安國傳：『天子有善，則兆民賴之。』上四句言太子上承天命，下承皇德。

㉒ 究，謂終其天年。《爾雅・釋言》：『究，窮也。』郭璞注：『皆窮盡也。』遐年，猶言長壽。曹植《王仲宣誄》：『庶幾遐年，携手同征。』向注：『遐，遠。』胡耇，元老。《左傳・僖公二十二年》：『雖及胡耇，獲則取之。』杜預注：『胡耇，元老之稱。』泛指高壽。

㉓ 緝熙，光明。《詩・大雅・文王》：『穆穆文王，於緝熙敬止。』毛詩傳：『緝熙，光明也。』構，《玉篇》：『架屋也。』因惠帝初時，楊駿、賈后專權，晉之大厦將傾，皇室式微，故言使晉重顯輝光，再構帝宇也。

此段言太子幼年岐嶷俊美，事於武皇；長又遵師訓，盛道德，可承大業，終天年，使西晉重顯輝煌。

如何晨牝，穢我朝聽①。仰索皇家，惟塵〔一〕明聖②。惴惴太子，終温且敬③。銜辭即罪，掩淚祗命④。顯加放流，潛肆鴆毒⑤。痛矣太子，乃離斯酷⑥。謂天蓋高，訴哀靡告⑦。鞠躬引分，顧景摧剥⑧。嗚呼哀哉，凡民之喪，有戚有姻。太子之殁，傍無昵親⑨。跼蹐嚴宮，絶命禁闈⑩。幽柩偏寄，孤魂曷歸⑪？

【校勘】

〔一〕『塵』，《西晉文紀》卷十五、陸刻本、陳仲魚校本、鄧邦述校本作『臣』。陳仲魚校本、鄧邦述校本并校作『塵』。

【注釋】

① 晨牝，母雞司晨。《書·牧誓》：『牝雞之晨，惟家之索。』孔安國傳：『索，盡也。喻婦人知外事，雌代雄鳴，則家盡；婦奪夫政，則國亡。』此喻賈后干政。穢，污也。《玉篇》：『凡不净之稱。』此二句言賈后如牝雞司晨，亂我天聽。

② 索，盡也。見上注。塵，蒙塵。此二句言使皇家蕭索，使聖主蒙塵。

③ 惴惴，懼也，不安也。《詩·秦風·黄鳥》：『臨其穴，惴惴其慄。』毛詩傳：『惴惴，懼也。』温，和善。《玉篇》：『温，顔色和也，善也。』此二句言太子謹慎小心，温和恭敬。

④ 銜辭即罪，銜冤辭而就罪。元康九年十二月，賈后將廢太子，詐稱上不和，呼太子入朝。逼飲醉之。

使黃門侍郎潘岳作書草，若禱神之文，使太子書之。文曰：『陛下宜自了；不自了，吾當入了之。中宮又宜速自了；不了，吾當手了之。』遂至太子被廢。事見《晉書・愍懷太子傳》。祗命，恭敬王命。《説文》：『祗，敬也。』《晉書・愍懷太子傳》：『是日太子游玄圃，聞有使者至，改服出崇賢門，再拜受詔，步出承華門，乘粗犢車』，至於金墉城，明年正月，『更幽於許昌宮之別坊』。

⑤顯，《玉篇》：『明也。』放流，放逐。太子被廢，先出宮居金墉城，後幽於許昌。肆，猶横遭也。《玉篇》：『肆，放也，恣也。』鴆毒，毒藥鴆殺之。鍾會《檄蜀文》：『豈宴安鴆毒，懷禄而不變哉。』銑注：『鴆毒，殺人之藥。』按：愍懷太子非爲鴆殺，乃爲藥杵擊殺之。《晉書・愍懷太子傳》：『賈后聞之憂怖，乃使太醫令程據合巴豆杏子丸。三月，矯詔使黃門孫慮齋至許昌以害太子。……慮乃逼太子以藥，太子不肯服，因如厠，慮以藥杵椎殺之，太子大呼，聲聞於外。時年二十三。』

⑥離，同罹，遭也。《玉篇》：『離，遇也。』斯酷，如此酷虐。《廣韻》：『酷，虐也。』

⑦謂天蓋高，謂天何高，乃呼天抢地語也。《詩・小雅・正月》：『謂天蓋高，不敢不局。』蓋，通盍。《禮記・檀弓上》：『公子重耳謂之曰：子蓋言子之志於公乎！』鄭玄注：『蓋，皆當爲盍。盍，何不也。』靡告，無告。《爾雅・釋言》：『靡，無也。』謂赴訴無門。

⑧鞠躬，恭敬畏懼。王粲《從軍詩》：『鞠躬中堅内，微畫無所陳。』良注：『鞠躬，敬懼貌。』引分，自殺。《三國志・魏・梁習傳》裴松之注引：『若使思不引分，主不加恕，則所謂自經於溝瀆而莫之知也。』顧景，回視日影。陸雲《登遐頌》：『遺形靈岳，顧景亡歸。』此謂顧景而計死亡之時刻。摧剥，亦作摧割，摧傷也。潘岳《馬汧督誄》：『凡爾同圍，心焉摧剥。』向注：『摧割，折傷也。』

⑨有戚有姻，謂有兄弟。《詩・小雅・常棣》：『死喪之戚，兄弟孔懷。』《玉篇》：『戚，親也。』《爾雅・

釋親》：『婦之黨爲婚，兄弟壻之黨爲姻兄弟。』郭璞注：『古者皆謂婚姻爲兄弟。』殁，《玉篇》：『死也。』昵親，親近之人。陸雲《西園第既成有司啓》：『實以殿下國之昵親，朝所欽重。』此四句將太子與凡民對比，凸顯其臨終之孤獨凄凉。

⑩ 跼蹐，形容行爲小心戒懼。潘岳《西征賦》：『籍含怒於鴻門，沛跼蹐而來王。』善注：『《毛詩》曰：謂天蓋高，不敢不跼。謂地蓋厚，不敢不蹐。』毛詩傳：『局，曲也。蹐，累足也。』嚴宫，莊嚴之宫廷。《南齊書·樂志》載《肅咸樂》：『肅肅嚴宫，藹藹崇基。皇靈降止，百祇具司。』禁闈，宫廷之門。《南史·周盤龍傳》：『奉叔常翼單刀二十口，出入禁闈，既無别詔，門衛莫敢訶。』此二句將生前之跼蹐乃不免於絶命對比，極寫其悲劇人生。

⑪ 幽柩偏寄，指太子靈柩寄於許昌。《晉書·惠帝紀》：永康元年三月『癸未，賈后矯詔害太子于許昌』。曷，《玉篇》：『何也。』孤魂無歸，死後之悲愴。

此段叙賈后專權，鴆殺太子。太子居東宫，戰戰兢兢，温和恭敬，縱横遭誣枉，仍銜冤敬命，然終遭殺戮，宫廷權力争鬥之酷，於此可見。

嗚呼太子！生冤殁悲。匹夫有怨，尚或殞〔一〕霜①。矧乃太子，萬邦攸望②。普天扼腕，率土懷傷③。精感六沴，咎徵紫房④。爰兹元輔，啓我令圖⑤。王赫斯怒，天誅〔二〕靡逋⑥。欃槍〔三〕叱掃，元凶服辜⑦。仁詔引咎，哀策東徂⑧。光復寵祚，紹建藐孤⑨。於時暉服，粲焉畢陳⑩。庭旅舊物，堂有故臣。孰云太子，不見其人⑪。嗚呼哀哉！既濟洛川，靈旆左迴⑫。三軍悽裂，都邑如隤。慨矣寤歎，念哉〔四〕愍懷⑬。

【校勘】

〔一〕『殞』，陸刻本、陳仲魚校本、鄧邦述校本作『殯』。陳仲魚校本、鄧邦述校本并校作『殞』。

〔二〕『誅』，《文集》作『誄』，形近而誤。《藝文類聚》卷十六、《西晉文紀》卷十五、陸刻本、《百三家集》本、陳仲魚校本、鄧邦述校本作『誅』。今據改。

〔三〕『欃槍』，《文集》作『攙搶』。《藝文類聚》卷十六、《西晉文紀》卷十五作『欃槍』，《文集》亦校作『欃槍』。古二詞同，今改作常字。

〔四〕『哉』，《藝文類聚》卷十六、《西晉文紀》卷十五、陸刻本、《百三家集》本、陳仲魚校本、鄧邦述校本作『我』。陳仲魚校本、鄧邦述校本校作『哉』。

【校勘】

①怨，通冤。《後漢書・謝弼傳》：『司隸校尉趙謙上訟弼忠節，求報其怨(魂)，乃收紹斬之。』殞霜，違時落霜。《論衡》：『鄒衍無罪，見拘於燕，當夏五月，仰天而歎，天爲隕霜。』《釋名・釋喪制》：『殞，落也。』殞，通隕。

②矧，况且。《書・大禹謨》：『至誠感神，矧兹有苗。』孔安國傳：『矧，况也。』上四句言匹夫有冤，天乃降霜以示其冤，况太子乃邦國萬民之所望哉。

③　普天、率土，猶言天下。《詩・小雅・北山》：『溥天之下，莫非王土。率土之濱，莫非王臣。』毛詩傳：『溥，大。率，循。』鄭玄箋：『此言王之土地廣矣，王之臣又衆矣，何求而不得，何使而不行？』溥天，同普天，《左傳・昭公七年》《孟子・萬章上》均引作『普天』。扼腕，把手而示憤怒之狀。詳見《五等諸侯論》注。

④　六沴，天地四時之六氣不和。《漢書・孔光傳》：『又曰：「六沴之作」，歲之朝曰三朝，其應至重。』顔師古注：『沴，惡氣也。』此指六氣。徵，《廣韻》：『證也。』紫房，猶天庭，神仙之所居。鮑照《代淮南王》：『合神丹，戲紫房。紫房綵女弄明璫，鸞歌鳳舞斷君腸。』吴兆宜注：『《青虚真人歌》：紫房何蔚炳。《西王母傳》：青琳之宇，朱紫之房。』此二句言神靈感於六氣，六氣不和，過錯可證驗上天，上天亦證其誣。

⑤　爰，《玉篇》：『於也，曰也。』元輔，輔弼重臣。王儉《褚淵碑文》：『欽若元輔，體微知章。』善注：『言臣能敬順元輔大臣之義。……班固《涿邪山文》曰：晄晄將軍，大漢元輔。』啓，《玉篇》：『開也，本作啓。』令圖，美謀。謝朓《和王著作八公山詩》：『平生仰令圖，吁嗟命不淑。』善注：『《左氏傳》：汝叔齊曰：君子能知其過，必有令圖。令圖，天贊也。』向注：『令，美。圖，謀。』此元輔，指梁王肜、趙王倫；令圖，指廢賈后，追復太子位。《晉書・惠帝紀》：永康元年四月，『癸巳，梁王肜、趙王倫矯詔廢賈后爲庶人……侍中賈謐及黨與數十人皆伏誅。甲午，倫矯詔大赦，自爲相國、都督中外諸軍，如宣文輔魏故事，追復故皇太子位』。

⑥　王赫斯怒，言王與羣臣赫然而怒。《詩・大雅・皇矣》：『王赫斯怒，爰整其旅。』鄭玄箋：『赫，怒意。斯，盡也。文王赫然與其羣臣盡怒。』靡逋，無逃亡者也。《玉篇》：『逋，逃亡也。』事見上注。

⑦　欃槍，同攙搶，慧星名。謝瞻《張子房詩》：『鴻門銷薄蝕，垓下隕攙搶。』善注：『《爾雅》曰：彗星爲攙搶。』古人認爲慧星出現爲不祥之兆。《晏子春秋・内篇諫上》第十四：『日月之氣，風雨不時，彗星之出，

天爲民之亂見之。』叱，《廣韻》：『呵叱也。』埽，《玉篇》：『埽，除也。作埽，同。』元凶，指賈后。辜，刑罪。《爾雅·釋詁》：『辜，辠也。』郭璞注：『皆刑罪。』

⑧ 仁詔，指惠帝册復太子之詔書。引咎，指惠帝援引己之過失。《晉書·惠帝紀》：『及賈庶人死，乃誅劉振、孫慮、程據等，册復太子曰：「皇帝使使持節、兼司空、衛尉伊策故皇太子之靈。……而朕昧於凶構，致爾於非命之禍，俾申生、孝己復見於今。」』哀策，指太子臨葬，惠帝之哀册文也。《晉書·惠帝紀》：『喪之發也，大風雷電，幃蓋飛裂。又爲哀策曰：「皇帝臨軒，使洗馬劉務告于皇太子之殯。」』東徂，指使節東去許昌。徂，《爾雅·釋詁》：『往也。』

⑨ 龍祚，指太子封號。《正韻》：『祚，禄也，位也。』紹，《説文》：『繼也。』藐孤，指愍懷太子之三子。與其父同被害，太子册復，亦被追封。見《晉書·愍懷太子傳》。

⑩ 服，職也。《書·旅獒》：『王乃昭德之致於異姓之邦，無替厥服。』孔安國傳：『賜異姓諸侯，使無廢其職。』此指太子所著之官服也。粲焉畢陳，指太子之服粲然而畢陳於靈前也。

⑪ 旅，祭。《周禮·天官·冢宰下》：『王大旅上帝，則張氈案，設皇邸。』鄭玄注：『太旅上帝，祭天於圓丘。國有故而祭亦曰旅。』此四句言堂上舊臣，設舊物而祭祀。雖曰追封太子，而不見其人。

⑫ 濟，《爾雅·釋言》：『渡也。』靈斾，靈幡。斾，同斾。《廣韻》：『旗也，繫旐曰斾。』左迴，西回洛陽也。

⑬ 悽裂，慘痛如五内迸裂。悽，《説文》：『痛也。』都邑如隤，言都邑之人心如毁墜。《玉篇》：『隤，壞墜也。或作頹、墤。』瘖歎，指瘖痳歎息。

此段太子之冤動天感地，人臣悲憤，幸誅其元凶，復其封號，柩回故都，然人已逝去，故悲凄欲絶。

【集評】

［金］王若虛《滹南遺老集・文辨》：其言晉惠事云：『寫餘哀于江陸，發故臣之幽契。』夫江統、陸機之作誄，出于己意，而非上命，則畦逕有礙，亦當删削。

吴貞獻處士陸君誄

【題解】

機有兄三人，晏、景、玄。惟玄史無明載，從機之誄文看，玄與機年齡相亞，未長而夭，機作誄吊之。因其終身未仕，故稱之『處士』。公元二八〇年，吴亡，晏、景同時被害，此文未言及二兄之難，故知其作於吴亡之前。誄文情感深摯，寫其孩提之時，尤爲動人。陸文繁蕪，然此文語言省净，叙事清簡，乃别一風格也。

我聞有命，天禄有秩①。如斯吉〔一〕人，而有斯疾。兄弟之恩，離形合氣②。矧我與君，年〔二〕相亞逮。綢繆之遊，自曚及朗③。孩不貳音，抱或同襁。撫髫並育〔三〕，携手〔四〕相長④。行焉比迹，誦必共響。庶君偕老，靈根克固。附〔五〕翼雲霄，雙飛天路⑤。人皆年長，君獨短祚。轂則同朝，遊矣先暮⑥。

【校勘】

〔一〕『吉』，《西晉文紀》卷十五、《七十二家集》本、陸刻本、《百三家集》本、陳仲魚校本、鄧邦述校本作『古』，形近而誤。陳仲魚校本、鄧邦述校本并校作『吉』。

〔二〕『年』，《藝文類聚》卷三十七作『非』，或誤。

〔三〕『育』，《七十二家集》本作『有』，形近而誤。

〔四〕『手』，《七十二家集》本作『乎』，形近而誤。

〔三〕『附』，《藝文類聚》卷三十七作『拊』，或當據改。

【注釋】

① 我聞有命，乃《詩》成句。《詩・唐風・揚之水》：『我聞有命，不敢以告人。』然其意乃取《詩・大雅・大明》『有命自天』。天禄，天賜之禄位。《書・大禹謨》：『顧四海困窮，天禄永終。』孔安國傳：『天之禄籍，長終汝身。』此指壽命。有秩，有常。《詩・商頌・烈祖》：『嗟嗟烈祖，有秩斯祜。』毛詩傳：『秩，常。』

② 吉人，劉向《新序・雜事》：『布衣也，其交皆孝悌，篤謹畏令，如此者其家必日益，身必日安，此所謂吉人也。』恩，《廣韻》：『恩，愛也。』合氣，謂精神相合也。《玉篇》：『氣，息也。』

③ 矧，况且。《書・大禹謨》：『至誠感神，矧茲有苗。』孔安國傳：『矧，况也。』亞逮，謂相近也。《爾雅・釋詁》：『亞，次也。』《説文》：『逮，及也。』機有兄二人，晏、景、玄，惟玄於機年齡相近。綢繆，情意殷勤。盧諶《贈劉琨並書》：『綢繆之旨，有同骨肉。』善注：『《毛詩》曰：綢繆束薪。毛萇曰：綢繆，纏綿也。』

濟注：『綢繆，相親也。』矇，《玉篇》：『有眸子無見。』喻年幼無知。朗，《玉篇》：『明也。』喻年長明事。

④ 孩，猶孩提。《孟子・盡心上》：『孩提之童，無不知愛其親者。』趙岐注：『孩提，二三歲之間，在繈褓，知孩笑，可提抱者也。』襁，襁褓。《玉篇》：『襁保，負兒衣也。』撫髫，言幼童之耳鬢斯磨。陶潛《祭程氏妹文》：『我年二六，爾才九齡，爰從靡識，撫髫相成。』髫，《玉篇》：『小兒髮。』

⑤ 比迹，足迹相連。《説文》：『密也。二人爲从，反从爲比。』庶，庶幾，希冀之意。《爾雅・釋言》：『庶，幸也。』郭璞注：『庶幾僥倖。』靈根，喻身也。見《君子有所思行》注。天路，喻仕途。陸景《典語》：『顯之以車服，天下莫不瞻其榮者，以其荷光景於辰耀，登階於天路也。』

⑥ 短祚，猶短壽也。《廣韻》：『祚，福也。』穀則同朝，意謂同時受父母之養育。穀，鞠養。《爾雅・釋言》：『穀，鞠生也。』郭璞注：『詩曰：穀則異室。』遊矣先暮，謂其早逝也。

吴丞相江陵侯陸公誄[一]

【題解】

機祖遜，年二十一，仕孫權幕府。曾破荆州，擒殺關羽，夷陵之戰，大敗劉備，拜遜輔國將軍，領荆州牧，改封江陵侯。吴赤烏七年（二四五）丞相顧雍卒，遜爲丞相，次年卒。此文或爲陸雲所作，然遜卒時，機、雲尚未出世，故此誄所作具體時間雖不可考，蓋當機或雲成人之後的追述之作，或與《吴大司馬陸公誄》所作時間差近。

根條伊何，苗黄裔舜。長發有祥，貽我作胤①。劉王負險，寇我西鄰〔二〕。公侯赫怒，干戈啓陳②。金鉞鏡日，雲旗絳天〔三〕③。元王〔四〕隕難，鯨鯢墜鱗④。戎漠〔五〕時殪，方域清塵⑤。

【校勘】

〔一〕《札記》：「《吴丞相江陵侯陸公誄》，見《類聚》四十五，非全篇。《吴志·陸遜傳》注引陸機爲遜銘曰：魏大司馬曹休侵我北鄙，乃假公黄鉞，統御六師及中軍禁尉，而攝行王事。主上執鞭，百司屈膝。即此誄之序。」

〔二〕「寇我西鄰」，《文集》作「冠我四鄰」，語意捍格。陸刻本、《藝文類聚》卷四十五、《西晉文紀》卷十五、陳仲魚校本、鄧邦述校本作「寇我西鄰」。《文集》亦校「冠」爲「寇」，校「四」爲「西」。今據改。

〔三〕「絳天」，《文集》作「降文」。《藝文類聚》卷四十五、《宛委别藏》本作「降天」。《文集》亦校作「絳天」。今據改。

〔四〕「元王」，《文集》作「無玉」。陳仲魚校本、鄧邦述校本作「元玉」。《藝文類聚》卷四十五、《西晉文紀》卷十六、《陸士龍文集》、《百三家集》本作「元王」。今據改。又「無」，《文集》校作「元」。

〔五〕「戎漠」，《文集》作「戎漢」。《文集》校曰：「漢，當作漠。」然翁同書校曰：「又案：士龍集作『元王』至『戎漢』，與士龍集同，似不誤。非謂朔漠，大漠也。」《藝文類聚》卷四十五、《陸士龍文集》、陳仲魚校本、鄧邦述校本作「戎漠」。今據改。

【注釋】

①根條,喻家之淵源。苗黄裔舜,謂陸氏蓋黄帝、舜之苗裔。長發,《詩·商頌·長發》序:『《長發》,大禘也。』鄭玄箋:『大禘,郊祭天也。』貽,留下。《玉篇》:『貽,亦作詒,遺也。』胤,後代。《玉篇》:『胤,嗣也。』

②劉王,指劉備。吴黄武元年,劉備爲報關羽之仇,舉兵攻吴,即著名的夷陵之戰,事見《三國志·吴·陸遜傳》。公侯,指陸遜。夷陵之戰,遜因軍功,加拜遜輔國將軍,領荆州牧,改封江陵侯。事見《三國志·吴·陸遜傳》。赫怒,盛怒。《詩·大雅·皇矣》:『王赫斯怒,爰整其旅。』鄭玄箋:『赫,怒意。』陳,同陣。《玉篇》:『陳,列也,布也。』

③金鉞,黄鉞,儀仗之用。《説文》:『鉞,大斧也。』鏡,照。《玉篇》:『鏡,鑑也。』絳天,謂映紅天空。《説文》:『絳,大赤也。』此二句言斧鉞照耀日光,雲旗映紅天空。

④元王隕難,指劉備戰敗,病死永安宫。事見《三國志·蜀·先主傳》。隕,通殞,死也。朱駿聲《説文通訓定聲》:『隕,亦作殞。』鯨鯢,喻不義之將。《左傳·宣公十二年》:『古者明王伐不敬,取其鯨鯢而封之,以爲大戮,於是乎有京觀,以懲淫慝。』杜預注:『鯨鯢,大魚名,以喻不義之人吞食小國。』此二句言元首死於難中,不義之將鎧甲墜落。

⑤戎漠,謂謀臣。張九齡《爲魏元忠作祭石嶺没士女文》:『言念北皁,抗憤戎漠。傷心按部,泣吊郊童。』《玉篇》:『漠,謀也。』時殪,猶是亡。《爾雅·釋詁》:『殪,死也。』此二句言謀臣是亡,而國無戰塵矣。

【備考】

此篇《晉二俊文集》本、《七十二家集》本、《西晉文紀》卷十五、《漢魏六朝百三家集》本、小萬卷樓叢書本、清影宋鈔本、《宛委别藏》清鈔本，以及臺灣『國家圖書館』藏陳仲魚手録陸敕先宋本《晉二俊文集》、鄧邦述手校並跋明萬曆新安汪士賢校刊本《晉二俊文集》等均收録之。此文又見《陸士龍文集》卷五。比勘二集所收之文，士衡集止十四句，爲殘篇；而士龍集則前有『序文』，正文爲長篇，可見是完篇。《藝文類聚》卷四十五節録此篇，誤題陸機。後人不察，因襲此誤；《四庫全書考證》卷九十五亦止考其異文，仍作陸機文。唯顧炎武《日知録》卷二十引此篇，題作陸雲；清影宋鈔本校曰：『士龍此作。』今人金濤聲校勘《陸機集》，誤收之，仍題作陸機，且未加校勘説明。

吴大司馬陸公誄〔一〕

【題解】

機父抗，年二十拜建武校尉，後遷大司馬、荆州牧。吴鳳凰三年（二七四）卒。誄文作當於抗卒之年，是年機年十四。此文從抗之道德風範、禮賢下士、賑救孤獨、安國定邦、作則垂憲等幾個方面，讚頌乃父過人之處，文簡而意繁，名爲悼誄，實爲自矜家世。

我公承軌，高風肅邁①。明德繼體，徽音奕世②。昭德伊何，克俊克仁③。德周能事，體合機神④。禮交徒候，敬睦白屋⑤。蹴蹐曲躬，吐食揮沐⑥。爰及鰥寡，賑此惸獨⑦。孚厥惠和〔二〕，脱驂分禄⑧。乃命我公，誕作元輔⑨。位表百辟，名茂羣后⑩。因是荆人，造我寧宇⑪。備物典策，玉〔三〕冠及斧⑫。龍旂飛藻，靈鼓樹羽⑬。質文殊塗，百異行轍〔四〕⑭。人玩其華，鮮識其實⑮。於穆我公，因心則哲⑯。經綸至道，終始自結⑰。德與行滿，美〔五〕與言溢⑱。

【校勘】

〔一〕《藝文類聚》卷四十七題作『吴大司馬陸抗誄』，恐非。子之誄父，必諱其名。

〔二〕『和』，《藝文類聚》卷四十七作『心』。

〔三〕『玉』，《文集》作『主』。《藝文類聚》卷四十七作『玉』。《西晉文紀》卷十五、《百三家集》本作『王』。《四庫全書考證》卷九曰：『玉冠及斧，刊本玉訛主。』今據改。

〔四〕『百異行轍』，《藝文類聚》卷四十七、《百三家集》本作『百行異轍。』又『轍』，《文集》作『徹』，形近而誤。《文集》校作『轍』。今據改。

〔五〕『美』，《藝文類聚》卷四十七作『英』。

【注釋】

① 承軌，繼承前人法度。《玉篇》：『軌，法也。』高風，高卓之風範。夏侯湛《東方朔畫贊》：『覩先生之縣邑，想先生之高風。』肅邁，威儀遠播。肅，威儀。《禮記·天子玉藻》：『言容詻詻，色容厲肅。』鄭玄注：

『儀，形貌也。』孔穎達疏：『肅，威也。』邁，《説文》：『遠行也。』

②明德，顯用俊德。《書・康誥》：『惟乃丕顯考文王，克明德慎罰。』孔安國傳：『能顯用俊德，慎去刑罰，以爲教。』繼體，繼承先人之制。謝朓《始出尚書省》：『宸景厭照臨，昏風淪繼體。』向注：『言厭者，武帝既崩，鬱林王昭業即位，昏亂淪溺，不紹帝體。』徽音，美音，猶令譽。《詩・大雅・思齊》：『大姒嗣徽音，則百斯男。』鄭玄箋：『徽，美也。』奕世，猶前世。《國語・周語上》：『奉以忠信，奕世載德，不忝前人。』韋昭注：『奕，亦前人也。』此二句言顯用俊才，繼承先王之制，令譽輝映前世。

③昭德，即昭明其德。《左傳・昭公十二年》：『其詩曰：祈招之愔愔，式昭德音。』杜預注：『昭，明也。』伊何，惟何。《詩・小雅・巧言》：『既微且尰，爾勇伊何。』鄭玄箋：『伊何，何所能也。』克俊克仁，既俊且仁。楊樹達《詞詮》：『克，助動詞，能也。』

④周，《廣韻》：『徧也。』能事，能事其職。《左傳・文公元年》：『潘崇曰：能事諸乎？』杜預注：『問能事職不？』體，性。《廣韻》：『體，生也。』機神，微妙精深。《文心雕龍・徵聖》：『夫鑒周日月，妙極機神。』此二句言其道德周遍，能任其職，其性敏達，妙合機微。

⑤徒侯，犹公卿諸侯。《資治通鑑》卷第九十四《顯宗成皇帝上》：『（郭）默以爲然，帥其徒，候旦門開，襲胤。』徒，《玉篇》：『黨也。』曹植《君子行》：『周公下白屋，吐哺不及餐。』銑注：『白屋，草屋，庶人居也。』

⑥踧踖，恭敬貌。《論語・鄉黨》：『君在踧踖如也，與與如也。』何晏《集解》：『踧踖，恭敬之貌也。』曲躬，曲身。《潛夫論・本政》：『欲使志義之士，匍匐曲躬以事己。』吐食揮沐，指周公食之吐哺，沐之握髮。謂禮賢下士。《韓詩外傳》卷三：『成王封伯禽於魯，周公誡之曰：往矣，子無以魯國驕士。吾文王之子，武王之弟，成王之叔父也，又相天下。吾於天下，亦不輕矣。然一沐三握髮，一飯三吐哺，猶恐失天下之士。』

曹植《君子行》：『周公下白屋，吐哺不及餐。一沐三握髮，後世稱聖賢。』上四句言交友以禮，待下以敬，曲身恭謹，以誠推士。

⑦爰，《爾雅·釋詁》：『於也。』鰥寡，無妻無夫者。《詩·小雅·鴻鴈》：『爰及矜人，哀此鰥寡。』毛詩傳：『老無妻曰鰥，偏喪曰寡。』賑，《廣韻》：『贍也。』惸獨，無兄弟子孫者。《周禮·秋官·司寇》：『凡遠近惸獨老幼之欲有復於上而其長弗達者，立於肺石。』鄭玄注：『無兄弟曰惸，無子孫曰獨。』

⑧孚厥，猶孚，誠信。權德輿《齊成公神道碑銘》：『巳日，乃孚厥猷茂焉。』孚，《説文》：『一曰信也。』惠和，仁愛和諧。《左傳·昭公二十五年》：『爲温慈惠和，以效天之生殖長育。』惠，《爾雅·釋詁》：『愛也。』和，《廣韻》：『諧也。』脱驂，分物以贈人。《論衡·問孔》：『孔子之衛，遇舊館人之喪，入而哭之。出，使子貢脱驂而賻之。』驂，《説文》：『駕三馬也。』分禄，論功而分其禄位也。上四句言賑救孤獨無依，誠信仁愛，使其和諧，分物贈人，論功分禄。

⑨誕作，猶尊爲也。《書·多方》：『年須暇之子孫，誕作民主。』孔安國傳：『紂大爲民主，肆行無道。』元輔，輔弼重臣。班固《涿邪山文》曰：『晄晄將軍，大漢元輔。』

⑩表，《玉篇》：『標也。』百辟，猶百官。《詩·大雅·假樂》：『百辟卿士，媚于天子。』鄭玄箋：『百辟，畿内諸侯也。』茂，盛。《玉篇》：『茂，草木茂盛。』羣后，猶羣臣。《書·舜典》：『覲四嶽羣牧，班瑞於羣后。』孔安國傳：『后，君也。』

⑪荆人，南人。曹植《王仲宣誄》：『我公奮鉞，耀威南楚。荆人或違，陳戎講武。』上六句言受命爲輔弼重臣，位標百官，名盛羣臣，造安寧之宇，南人因是賴之。

⑫備物典策，指服物之禮儀，禮法之簡册。《左傳·定公四年》：『祝宗卜史，備物典策。』杜預注：『典

策，春秋之制。』楊伯峻注：『備物即服物，備與服古通用，説詳王引之《述聞》。《國語·周語中》「亦唯是死生之服物采章」「服物昭庸」，服物不僅指生與死所服所佩之物，且指所用之禮儀，亦即《周語》中「縮取備物以鎮撫百姓」之備物。典策謂典籍簡册，周禮盡在魯，必有典籍簡册賜之。』斧，斧鉞，儀仗之用。冠，冠飾，以別尊卑也。

⑬ 龍旂，畫有兩龍，竿頭繫鈴之旗。《詩·大雅·韓奕》：『王錫韓侯，淑旂綏章。』毛詩傳：『交龍爲旂也。』《説文》：『旂，旗有衆鈴以令衆也。』飛藻，文采飛動。嵇紹《與嵇茂齊書》：『布葉華崖，飛藻雲肆。』良注：『藻，文章也。』靈鼓，祭祀所用之鼓。《周禮·地官司徒》：『以雷鼓鼓神祀，以靈鼓鼓社祭。』鄭玄注：『靈鼓，六面鼓也。』樹羽，置五彩之羽於鼓架以爲飾。《詩·周頌·有瞽》：『設業設虡，崇牙樹羽。』毛詩傳：『樹羽，置羽也。』孔穎達疏：『設其植者之虡，其上刻爲崇牙，因樹置五采之羽爲之飾。』

⑭ 質文，質樸與文華。《論語·雍也》：『文質彬彬，然後君子。』孔穎達疏：『言文華質樸相半，彬彬然，然後可爲君子也。』行，《爾雅·釋宫》：『道也。』上六句言著禮儀於簡册，使服飾、冠冕、斧鉞、旌旗、靈鼓，或質樸，或文華，各不相同，道上之百官亦異其列矣。

⑮ 玩，欣賞。《楚辭·九章·思美人》：『廓落寂而無友兮，誰可與玩此遺芳。』王逸注：『玩，習也。』華，喻聲望。任昉《宣德皇后令》：『客游梁朝，則聲華籍甚。』銑注：『客游梁朝，謂比漢朝司馬相如、枚乘之徒，游於梁孝王門，聲名籍甚於天下。』實，喻品質。《淮南子·泰族》：『知券契而信衰，知械機而實衰也。』許慎注：『實，質也。』

⑯ 於穆，歎美之辭。《詩·大雅·清廟》：『於穆清廟，肅雝顯相。』毛詩傳：『於，歎辭也。穆，美。』因心，其心親之，指有仁愛之心。《詩·大雅·皇矣》：『維此王季，因心則友。』毛詩傳：『因，親也。』哲，猶明

哲。《爾雅·釋言》：『哲，智也。』

⑰經綸，抽理絲緒曰經，編絲成繩曰綸。《易·屯》：『雲雷屯，君子以經綸。』孔穎達疏：『經謂經緯，綸謂綱綸。』引申爲抽繹條貫。《禮記·中庸》：『唯天下至誠，爲能經綸天下之大經。』又引申經營治理。任昉《天監三年策秀才文》：『斲雕刓方，經綸草昧。』濟注：『經，營。綸，理也。』結，要領。《淮南子·繆稱訓》：『故君子行斯乎其所結。』許慎注：『結，要，終也。』

⑱溢，《爾雅·釋詁》：『盈也。』上八句言人賞其聲望，少識其品質。我公之美，仁愛明哲。抽繹至理，始終得其要領，德與行圓滿，質與言溢美。

吳大司馬陸公少女哀辭

【題解】

陸公抗有小女早夭，史無記載，具體時間無考。然抗於吳鳳凰二年（二七三）春拜大司馬、荆州牧，鳳凰三年秋卒，此文既稱『大司馬陸公』，故知必作於鳳凰二年春之後，而文又以『晞陽』以喻父母之鞠養，說明其雙親皆存，故又知必作於鳳凰三年秋之前也。

冉冉晞陽，不遂其茂①。曄曄〔一〕芳華，彫〔二〕芳落秀②。遵堂涉室，髣髴興想。人皆有聲，爾獨無響③。

【校勘】

〔一〕『曄曄』，陸刻本、《七十二家集》本、陳仲魚校本、鄧邦述校本作『暉暉』，誤。陳仲魚校本、鄧邦述校本并校作『曄曄』。

〔二〕『彫』，《藝文類聚》卷三十四作『凋』。古二字通。

【注釋】

①冉冉，漸升也。《楚辭·離騷》：『老冉冉其將至兮，恐脩名之不立。』王逸注：『冉冉，行貌。』向注：『冉冉，漸漸也。』晞陽，朝陽。《詩·齊風·東方未明》：『東兮未晞，顛倒裳衣。』毛詩傳：『晞，明之始升。』此喻父母也。遂，《廣韻》：『達也，成也。』不遂其茂，喻其早夭也。

②曄曄，鮮明茂盛。班固《西都賦》：『蘭茝發色，曄曄猗猗。』善注：『《漢書》曰：華曄曄固靈根。《說文》曰：曄，草木白華貌。』濟注：『曄曄，花色貌。』秀，《廣韻》：『榮也。』上四句言雖蒙父母鞠養，却未得成人。正是芳華盛開，而隕落凋零矣。

③遵，《廣韻》：『行也。』髣髴，謂形貌。《楚辭·九章·悲回風》：『存髣髴而不見兮，心踊躍其若湯。』王逸注：『髣髴，謂形貌也。一云不得見。』上四句言每行於堂室之上，心生思念，思其形貌。不禁癡想，人皆有聲，爾何無語。

晉劉處士參妻王氏夫人誄〔一〕

【題解】

處士劉參，史籍無載。此文乃劉參卒後，妻王氏作誄文以悼之。文非陸機所作，詳『備考』。從文看，劉氏當是盛年而卒。

猗猗嘉穎，朝陽方翹①。烈風嚴霜，殞此秀條②。璇璣倏忽，四序競征③。清商激宇，蟋蟀吟檽〔二〕④。

【校勘】

〔一〕《藝文類聚》卷三十七作『晉劉處士參妻王氏夫誄』。『人』乃衍字。

〔二〕『吟檽』，《文集》作『霄吟』。《藝文類聚》卷三十七作『吟檽』。《西晉文紀》卷十五作『吟樞』。《文集》校曰：『霄吟，一本作吟檽。』今據改。

【注釋】

①猗猗，美盛。《詩·鄘風·淇奥》：『瞻彼淇奥，緑竹猗猗。』毛詩傳：『猗猗，美盛貌。』穎，《玉篇》：

『禾末也。』翹，花。見《歎逝賦》注。此二句以嘉禾之穎、朝陽之花喻王氏之夫青春與榮華。

②殞，零落，死亡。《釋名·釋喪制》：『殞，落也。』《玉篇》：『殞，殁也。』秀，《廣韻》：『榮也。』以烈風嚴霜，打落枝條之花，喻王氏之夫早逝也。

③璿璣，北斗魁四星。《史記·天官書》：『三能、三衡者，天廷也。』《正義》曰：『《晉書·天文志》云：三衡者，北斗魁四星爲璿璣，杓三星爲玉衡，人君之象，號令主也。』倏忽，迅疾。班固《東都賦》：『指顧倏忽，獲車已實。』翰注：『倏忽，言疾也。』競，逐。《詩·商頌·長發》：『不競不絿，不剛不柔。』鄭玄箋：『競，逐也。』征，《爾雅·釋言》：『行也。』

④清商，秋風。潘岳《悼亡詩》：『清商應秋至，溽暑隨節闌。』善注：『王逸《楚詞注》曰：商風，西風也。秋氣起，則西風急。』蟋蟀吟櫺，蟋蟀吟於屋宇，指八月。《詩·豳風·七月》：『七月在野，八月在宇。九月在户，十月蟋蟀入我牀下。』鄭玄箋：『自七月在野，至十月入我牀下，皆謂蟋蟀也。』《方言》卷十三：『櫺，屋梠謂之櫺。』郭璞注：『雀梠，即屋簷也。』上四句以北斗疾移，四時逐行，秋風吹宇，蟋蟀鳴於屋下，言時光之迅疾。

【備考】

《晉劉處士參妻王氏夫人誄》，《晉二俊文集》四部叢刊本、明嘉靖毗陵陳奎刊（汪士賢校）《六朝詩集》本、明萬曆翁少麓《漢魏諸名家集》本、明末刻徐日曦讀本、《七十二家集》本、影宋清抄本、《宛委别藏》之清抄本、小萬卷樓叢書本，以及臺灣『國家圖書館』藏陳仲魚手録陸敕先宋本《晉二俊文集》、鄧邦述手校並跋明萬曆新安汪士賢校刊本《晉二俊文集》，皆收録。多無校勘。唯張燮《七十二家集·陸平原集》附録『糾繆』曰：『此誄載《藝文》云：「晉劉處士劉參妻王氏夫誄。」蓋王氏誄其夫劉處士作也。因列在陸機之後，人遂誤爲機作，改其題曰「晉劉處士參妻王氏夫人誄」，今駁出，聊發一笑。』張説是。此文載《藝文類聚》卷三十七，考其文題，確非陸機所作。今人金濤聲校點《陸機集》亦未詳考，誤收之，且未校勘考證，故考之。

卷十

議　論　碑

大田議

【題解】關於大田議，史書無載，其内容乃議其田制，表現了作者重農抑商的治政思想。作年不詳，當在入晉之後。

臣聞隆名〔一〕之主，不改法而下治；陵夷之世，不易術而民怠①。夫商人逸而利厚，農人勞而報薄。導農以利，則耕夫勤；節商以法，則遊子歸②。

【校勘】

〔一〕『名』，《百三家集》本、《西晉文紀》卷十五作『古』。

【注釋】

① 隆名，盛名。《前漢紀·孝成皇帝紀》：『是以内恕之君，樂繼絶世；隆名之主，安存亡國。』《玉篇》：『隆，盛也。』一作隆古，崇尚古制也。陵夷，政教隤毀。司馬相如《難蜀父老》：『於沉溺奉至尊之休德，反衰世之陵夷。』善注：『凌夷，即凌遲也。』向注：『陵夷，謂政教隤毁也。』術，《玉篇》：『法也。《説文》：邑中道。』怠，困。《韻會》：『怠，倦也。』

② 逸，豫，安樂。《書·無逸》：『周公作無逸。』孔安國傳：『中人之性好逸豫，故戒以無逸。』勞，勤苦。《爾雅·釋詁》：『勞，勤也。』

辨亡論上

【題解】

善曰：『孫盛曰：陸機著《辨亡論》言吴之所以亡也。』翰曰：『辨亡者，所以辨吴興亡之事也。』此文上篇從東吴王基之建立、發展、鼎盛、衰落、滅亡的全部過程，論述國家興亡之本在於政治教化，簡賢授才。下篇從君主理政、賢臣輔政以及天地人三者之關係，論述國家興亡在於人和而不在於天時、地利。全文以東吴鼎盛的孫權時代爲核心，以人在國家興亡中所佔據的主體地位爲着眼點，表現了作者正確的歷史觀。上篇以叙爲主，以論點睛；下篇以論爲主，以叙爲據。上篇重在正論，下篇重在辯駁，相輔相成，構成一個完整整體。此文乃規擬賈誼《過秦論》，藝術或有不及，亦别有特色。

所作時間難以確考，庾信《周大將軍懷德公吴明徹墓誌》曰：『葛瞻始嗣兵戈，仍遭蜀滅；陸機才論功業，即值吴亡。』蓋指其作於吴亡之初。《西晉文紀》卷十五曰：『機年二十吴滅，閉門勤學，積有十年。乃論孫氏所以得，皓所以亡。又述其祖父功業，作《辨亡論》二篇。』日本學者佐藤利行所著《西晉文學研究》據此認爲作於退居舊里所作。然細考此文，稱孫皓曰『歸命』，晉曰『大邦』、晉軍曰『王師』，可知必作於機仕晉之後。庾信、佐藤氏之言或有誤也。辨吴之興亡，實質上是以吴爲鏡鑒而警晉，討論治國之遠規大略，亦當在惠帝初年，西晉承平，内亂未萌之際，故所作時間當於《五等諸侯論》差近，約於元康元年（二九一）前後。

從賈誼《過秦論》到陸機《辨亡論》，形成了中國文學獨特的歷論興廢之史論傳統，權德輿《兩漢辨亡論》、李德裕《三國論》，是這一史論傳統在唐代之迴響。

昔漢氏失御，姦臣竊命①，禍基京畿，毒徧宇内，皇綱弛紊〔一〕，王室遂卑②。於是羣雄蜂〔二〕駭，義兵四合③。吴武烈皇帝慷慨下國，電發荆南④。權略紛紜，忠勇伯世。威稜則夷羿震盪，兵交則醜虜授馘〔三〕⑤。遂掃清宗祊，蒸禋皇祖⑥。於時雲興之將帶州，飇〔四〕起之師跨邑⑦，哮闞之羣風驅，熊羆之衆霧集〔五〕⑧。雖兵以義合〔六〕，同盟戮力，然皆苞〔七〕藏禍心，阻兵怙亂⑨，或師無謀律，喪威稔寇⑩。忠規武節，未有如〔八〕此其著者也⑪。

【校勘】

〔一〕『綱』，《七十二家集》本作『綱』。又『弛紊』，《晉書》卷五十四、《景定建康志》卷三十四作『馳頓』。

〔二〕『蜂』，六臣本注曰：『五臣本作鋒字。』

〔三〕『虜』，陸刻本、陳仲魚校本、鄧邦述校本作『膚』，形近而誤。《文選》善注引《毛詩》曰：『仍執醜虜。』陳仲魚校本、鄧邦述校本亦校作『虜』。

〔四〕『飈』，《景定建康志》卷三十四作『猋』。古二字同。

〔五〕『衆霧集』，《晉書》卷五十四作『族霧合』，《三國志》卷四十八注作『族霧集』。

〔六〕『合』，《晉書》卷五十四、《景定建康志》卷三十作『動』。

〔七〕『苞』，《文選》卷五十三、《西晉文紀》卷十五、陸刻本作『包』。古二字通。

〔八〕『有』，六臣本注曰：『五臣本作見字。』又『如』，《三國志》卷四十八注作『若』。

【注釋】

① 善注：『姦臣，謂董卓也。《答賓戲》曰：王塗蕪穢，周失其御。《法言》曰：上失其政，姦臣竊國命。』良注：『御，理也。』徐乾學注：『中平六年，董卓弑太后，廢帝爲弘農王。』

② 善注：『《答賓戲》曰：廓帝紘，恢皇綱。《劇秦美新》曰：皇綱弛而未張。《尚書傳》曰：紊，亂也。

《新序》曰：及定王，王室遂卑矣。』濟注：『弛，廢。紊，亂也。』基，《爾雅·釋詁》：『始也。』京畿，京都。《玉篇》：『畿，天子千里地。』毒，危害。《書·盤庚》：『乃不畏戎毒於遠邇。』上六句言漢室混亂，董卓竊取國柄，禍起於京城，流毒遍及天下，朝綱廢弛，王室終至衰微。

③善注：『《廣雅》曰：駭，起也。漢高祖曰：吾以義兵誅殘賊。又魏相曰：救亂誅暴，謂之義兵。』此二句言於是英雄蜂擁而起，義兵四方雲合。

④善注：『《吴志》曰：漢以孫堅爲長沙太守。董卓專權，諸州郡並興義兵，欲以討卓，堅亦舉兵荆州。刺史王叡，素遇堅無禮，堅過殺之。比至南陽，衆數萬人。《楚辭》曰：雷動電發。』銑注：『武烈皇帝，孫堅也，則權之父焉。慷慨，壯志也。下國，諸侯之國也。雷發，言威如雷電也。堅起兵於荆州，故云荆南也。及權即皇帝位，追謚爲武烈皇帝。』

⑤善注：『《公羊傳》曰：權者，反於經而後有善者也。《漢書》曰：武帝《報李廣書》曰：威稜憺乎鄰國。李奇曰：神靈之威曰稜。《左氏傳》：魏莊子謂晉侯曰：寒浞，伯明氏之讒子弟也，夷羿收之，以爲己相。杜預曰：夷，氏也。羿善射。《左氏傳》曰：兵交，使在其間。《毛詩》曰：仍執醜虜。箋云：馘，所格者之左耳也。』向注：『言孫堅權變之略，爲當世雄伯也。紛紜，言多也。夷羿，古之善射者也。醜，衆也。虜，服也。言其威稜，則雖善射者必震盪而懷懼，出兵交戰，則賊衆咸服而授戮也。馘，謂殺而割取其耳，以計功數也。』伯世，稱霸於世。《荀子·儒效》：『用萬乘之國，則舉錯而定，一朝而伯。』楊倞注：『伯讀爲霸，言一朝而霸也。』上六句言孫堅雖居諸侯之國，英勇壯烈，起兵荆州，威如雷電。謀略滿腹，忠勇霸世。神靈之威則使猛將動蕩畏俱，交戰之時則衆虜敗北授首。

⑥善注：『《毛詩》曰：祝祭於祊。毛萇傳曰：祊，廟門内之祭也。《爾雅》曰：冬祭曰蒸。《尚書》孔

氏傳曰：精意以饗謂之禋。皇祖，謂漢祖也。《吴書》曰：堅入洛，掃除漢宗廟，祠以太牢。』翰注：『皇祖，謂漢祖也。宗祊，宗廟也。蒸禋，祭祀也。』徐乾學注：『本傳：堅入洛，修諸陵，平塞發掘。』此二句言於是掃清王室，祭祀漢祖。謂重建分崩的國家秩序。

⑦良注：『雲興、風起，言多而勇也。師，兵師也。帶州、跨邑，言天下皆是。』

⑧善注：『《毛詩》曰：進厥武臣，闞如虓虎。《尚書》：武王曰：勗哉夫子！尚桓桓，如虎如貔，如熊如羆。』翰注：『哮闞，虎振聲也。言兵勇叫之，勢若虎之振聲，如風之驅走。熊羆，亦猛獸。霧集，言多也。』此二句詩飾義兵雄勇、勢壯、衆盛。

⑨善注：『《左氏傳》曰：諸侯同盟於亳。《國語》曰：勠力一心。賈逵曰：勠力，並力也。《左氏傳》曰：楚公子圍聘于鄭。鄭使行人子羽與之言曰：大國無乃苞藏禍心以圖之？又衆仲曰：夫州吁阻兵而安忍。杜預曰：阻，恃也。又君子曰：史佚所謂無怙亂也。』濟注：『羣雄雖義以舉兵，同爲盟誓，勠力以匡帝室，將除暴亂，然皆苞藏禍心，欲行篡逆，阻守彊兵，恃託除亂也。怙，恃也。』怙亂，乘亂而謀私利。《左傳·僖公十五年》：『無始禍，無怙亂。』杜預注：『恃人亂爲己利。』此四句言雖以義合兵，結盟并力，但各自苞藏禍心，兵不前行，反而乘亂謀取私利。

⑩善注：『言出師之法，必以律齊之。今則不然，各恃兵怙亂，而出師無律也。稔寇，言喪其威權，令資熟於寇也。《周易》曰：師出以律，否臧凶。《左氏傳》：萇弘曰：毛得必亡，是昆吾稔之日。杜預注：稔，熟也。』向注：『言羣雄之兵，或無謀策之法，喪失兵威於成熟可取之敵也。稔，熟。寇，敵也。』稔寇，謂積久而成寇勢。稔，積久而成。《論衡·偶會》：『夏殷之朝適窮，桀紂之惡適稔。』此二句言或是帥無謀略，兵無軍紀，喪失兵威，反成寇勢。

⑪ 善注：『《漢書》：武帝詔曰：躬秉武節。』銑注：『言羣雄忠規武節，未有如孫堅之盛也。著，盛也。』忠規，規諫之忠臣。傅亮《爲宋公求加贈劉前軍表》：『若乃忠規密謨潛慮，帷幕造膝詭辭，莫見其際。』濟注：『密謨、潛慮，謂有帷幄之筭。造膝，謂近天子納諫言也。』武節，武臣之節。張衡《東京賦》：『文德既昭，武節是宣。』薛綜注：『言文武之教，無處不臨。』指死節之武將。

此段言漢末動亂，羣雄蜂起，孫堅乘勢舉兵，以權略忠勇威震海内，直諫之臣，死節之士，雲集麾下。

武烈既没，長沙桓王逸才命世，弱冠秀發①。招攬〔一〕遺老，與之述業。神兵東驅，奮寡犯衆②。攻無堅城之將，戰無交鋒之虜。誅叛柔服，而江外底〔二〕定③；飭〔三〕法修師，則威德翕赫④。賓禮名賢，而張昭爲之雄〔四〕；交御豪俊，而周瑜爲之傑⑤。彼二君子，皆弘敏而多奇，雅達而聰哲⑥。故同方者以類附，等契者以氣集，而〔五〕江東蓋多士矣⑦。將〔六〕北伐諸華，誅鉏〔七〕干紀，旋皇輿於夷庚，反帝座乎〔八〕紫闥⑧。挾天子以令諸侯，清天步而歸舊物⑨。戎車既次，羣凶側目，大業未就，中世而殞⑩。

【校勘】

〔一〕『攬』，《藝文類聚》卷十一作『擾』，形近而誤。汪紹楹校曰：『馮校本同。明本及《文選》五十三作「攬」。』

〔二〕『底』，陸刻本、六臣本作『底』。古二字同。

〔三〕『飭』，《文集》作『飾』，形近而誤。《西晉文紀》卷十五、陸刻本、《百三家集》本、陳仲魚校本、鄧邦述校本作『飭』。《文集》亦校作『飭』。今據改。

〔四〕『張昭』，《晉書》卷五十四作『張公』，蓋避晉諱。

〔五〕『而』，六臣本注曰：『五臣本無而字。』

〔六〕『將』，《文集》作『張』，音近而誤。《文選》卷五十三、《西晉文紀》卷十五、陸刻本、《百三家集》本、陳仲魚校本、鄧邦述校本作『將』。《文集》亦校作『將』。今據改。

〔七〕『鉏』，陸刻本作『鋤』。古二字同。

〔八〕『乎』，《藝文類聚》卷十一、《晉書》卷五十四、《三國志》卷四十八注作『於』。

【注釋】

①善注：『《吴志》曰：權稱尊號，追謚策曰長沙王。言桓王挺英逸之才，命世而出也。《禮記》曰：人生二十曰弱冠。』良注：『没，死也。長沙桓王，謂孫策也。』秀發，氣宇清秀。杜甫《冬日洛城北謁玄元皇帝廟》：『千官列鴈行，冕旒俱秀發。』梅聖俞注：『秀發，謂五聖氣宇清秀也。』

②善注：『范曄《後漢書》：陳忠曰：旬月之間，神兵電掃。』翰注：『招攬，謂收集也。遺老，謂堅之老臣也。述業，謂述父業也。』向注：『謂以少兵犯衆敵也。』徐乾學注：『本傳：策召募得數百人，從袁術。《江表傳》：術以堅餘兵千餘人還策。』述業，繼承武烈之業。《説文》：『述，循也。』

安寧。

③善注：『《左氏傳》：隨武子曰：君討鄭，怒其貳而哀其卑，叛而伐之，服而赦之。伐叛，刑也；柔服，德也，二者立矣。《尚書》曰：震澤厎定。』濟注：『言前敵雖有守堅城之將，亦攻而破之。前敵不敢交鋒刃，而與鬭戰也。』銑注：『柔，安。厎，致也。言叛者誅之，服者安之，而江外致定也。』徐乾學注：『本傳：策渡江轉鬭，所向皆破，莫敢當其鋒。』此四句謂其戰無不勝，攻無不克，誅叛逆，安順民，而江外安寧。

④善注：『《周易》曰：先王明罰飭法。趙充國頌曰：諭以威德。』良注：『脩師，謂理兵也。翕赩，盛貌也。』飭法，正法。《玉篇》：『飭，正也。』此二句言整飾刑罰以治兵，故威顯赫。

⑤善注：『《吴志》曰：策以彭城張昭爲謀主。班固《漢書》曰：班伯諸所賓禮，皆名豪。又述曰：賓禮故老。《吴志》曰：策徙居舒，與周瑜相友，收合士大夫，江淮間人咸向之。』翰注：『交，雜也。御，用也。』此四句言禮遇賢俊，廣交豪傑，故張昭爲謀主，周瑜爲將帥。

⑥向注：『彼二君子，謂張昭、周瑜也。哲，智也。』弘敏，寬容聰慧。《爾雅·釋詁》：『弘，大也。』邢昺疏：『弘者，含容之大也。』《廣韻》：『敏，聰也。』奇，異于常人。《玉篇》：『奇，異也。』雅達，正直通達。《玉篇》：『雅，正也。』又：『達，通也。』此三句言二人寬弘智慧，異於常人，雅正通達，睿智多謀。

⑦善注：『《周易》曰：方以類聚，物以羣分。又曰：同聲相應，同氣相求。』銑注：『言張昭、周瑜來附孫策，蓋以類聚，等於符契相合，而同氣相求也。用此二賢，親而信之，則江東多賢士而來也。』同方，志趣相投。《禮記·儒行》：『儒有合志同方，營道同術。』鄭玄注：『同方同術，等志行也。』謂同志者因其同類而依附之。等契，誠信相等。陸倕《新漏刻銘》：『成物之能，與坤元等契。』濟注：『等，齊。契，信也。』謂同心者因其同氣而聚集之。

⑧ 善注：『《左氏傳》曰：吴，周之胄裔也。今而始大，比於諸華。又季孫盟臧氏曰：無或如臧孫紇，干國之紀，犯門斬關。《春秋合誠圖》曰：誅鉏民害。《吴志》曰：曹公與袁紹相拒於官渡，策陰謀襲許，迎漢帝。繁欽《辨惑》曰：吴人者，以船檝爲輿馬，以巨海爲夷庚。臧榮緒《晉書》：司徒王謐議曰：夷庚未入，乘輿旅館。然夷庚者，藏車之所。崔駰《達旨》曰：攀臺階，闚紫闥。』翰注：『鉏，除也。干，亂也。紀，謂綱紀也。』濟注：『皇輿，帝車也。夷，平。庚，道也。紫闥，帝宫也。言欲襲迎漢獻帝以平王道，反其帝座也。』徐乾學注：『本傳：建安五年，策陰欲襲許，迎漢帝。』方以智《通雅》卷十七：『夷庚，平路。一曰往來要道也。《左傳》：以塞夷庚。繁欽《辨惑》：吴人以舟楫爲輿馬，巨海爲夷庚。陸機《辨亡》：旋皇輿于夷庚。《詩序》曰：由庚萬物，得由其道。是以庚爲道也。』諸華，中原。《左傳·襄公四年》：『而楚伐陳，必弗能救，是棄陳也。諸華必叛。』杜預注：『諸華，中國。』此四句言吴將北伐中原，掃除暴亂，使皇輿返於平坦大道，君主回歸帝宫之内。謂平定天下，復興王室。

⑨ 善注：『《戰國策》：張儀謂秦惠王曰：挾天子以令天下，此王業也。《毛詩》曰：天步艱難，之子不猶。《左氏傳》：伍員曰：少康祀夏配天，不失舊物。』向注：『挾持天子以號令諸侯，清其帝室。天步，謂帝室也。歸舊物，除亂反正也。』此二句言扶持天子而號令天下，清除宫室而恢復舊制。

⑩ 善注：『《漢書》曰：列侯宗室，見郅都側目。范曄《後漢書》：陳蕃上疏曰：羣凶側目，禍不旋踵。《周易》曰：富有之謂大業。』向注：『戎車，兵車也。次，謂次於路也。側目，言懼其威也。中世而殞，言孫策不成大業而死也。』徐乾學注：『本傳：爲故吴郡太守許貢客所殺。』此二句兵車整肅，群凶畏懼，可惜大業未成，中道而亡。

此段言孫策紹述父業，對外，以武力征討羣雄，以德化安定歸附，終定江表；對内，正法律，禮賢士，故人才雲集。本準備北伐中原，匡正朝廷，可惜中道崩殂，壯志未酬。

用集我大皇帝，以奇蹤襲於〔一〕逸軌，睿心因於〔二〕令圖，從政咨〔三〕於故實，播憲稽乎遺風①。而加之以篤固〔四〕，申之以節儉，疇咨俊茂，好謀善斷②。束帛旅於丘園，旌命交於〔五〕塗巷③。故豪彦尋聲而嚮臻〔六〕，志士希光而景騖〔七〕，異人輻輳〔八〕，猛士如林④。於是張昭〔九〕爲師傅；周瑜、陸公、魯肅、呂蒙之疇〔一〇〕，入爲腹心，出作〔一一〕股肱⑤；甘寧、凌統、程普、賀齊、朱桓、朱然之徒奮其威，韓當、潘璋、黄蓋、蔣欽、周泰之屬宣其力⑥。風雅則諸葛瑾、張承、步騭，以名聲〔一二〕光國⑦；政事則顧雍、潘濬、呂範、呂岱，以器任幹職；奇偉則虞翻、陸績、張温〔一三〕、張惇，以諷議舉正〔一四〕⑧；奉使則趙咨〔一五〕、沈珩，以敏達延譽⑨；術數則吴範、趙達，以機〔一六〕祥協德⑩。董襲、陳武殺身以衛主⑪，駱統、劉基强諫以補過⑫。謀無遺諝〔一七〕，舉不失策⑬。故遂割據山川，跨制荊吴，而與天下争衡矣⑭。

【校勘】

〔一〕『於』，《晉書》卷五十四、《景定建康志》卷三十無此字。

〔二〕『於』，《晉書》卷五十四、《景定建康志》卷三十無此字，《藝文類聚》卷十一、《三國志》卷四十八注並作『乎』。六臣本注曰：『五臣本作乎字。』

〔三〕『咨』，《七十二家集》本作『資』。

〔四〕『篤固』，《晉書》卷五十四作『篤敬』。

〔五〕『於』，《藝文類聚》卷十一、《晉書》卷五十四、《景定建康志》卷三十作『乎』。六臣本注曰：『五臣本作乎字。』

〔六〕『豪彦』，《文集》作『豪彦等』，衍一『等』。陸刻本及别本皆無，故删。『臻』，《藝文類聚》卷十一作『凑』。

〔七〕『鶩』，《藝文類聚》卷十一作『鶩』。

〔八〕『輳』，《文集》作『凑』。《西晉文紀》卷十五、陸刻本、《百三家集》本、陳仲魚校本作『輳』。今據改。

〔九〕『張昭』，《晉書》卷五十四作『張公』，蓋避晉諱。

〔一〇〕『疇』，李善本作『儔』。古二字通。

〔一一〕『作』，《晉書》卷五十四作『爲』。

〔一二〕『名聲』，《七十二家集》本作『聲名』。

〔一三〕『張温』，《晉書》卷五十四無此二字。

〔一四〕『正』，《晉書》卷五十四作『政』。

〔一五〕『咨』，《文集》脱。此據陸刻本及别本校補。

〔一六〕『機』，《文集》作『機』，形近而誤。《文選》卷五十三、《景定建康志》卷三十、《西晉文紀》卷十五、《百三家集》本、《宛委别藏》本作『機』。《文集》亦校作『機』。今據改。

〔一七〕『諝』，《晉書》卷五十四作『計』，《三國志》卷四十八注作『算』。

【注釋】

①善注：『《吴志》曰：權薨，謚曰大皇帝。《國語》：樊穆仲對宣王曰：魯侯賦事行刑，必問於遺訓，而諮於故實。《史記》曰：宣王即位，脩政法文武成康遺風，諸侯復宗周室也。』向注：『軌，迹。睿，聖。令，善。圖，謀也。』翰注：『咨，謀。播，布。憲，法。稽，考也。遺風，謂父兄之遺風也。』良注：『大皇帝，謂孫權也。言天用集會其命於我大皇帝也。』向注：『言孫權以奇異英雄之蹤，繼父兄超逸之迹，聖智之心，因成善謀也。』用集，謂王命集於其身。《書·太甲上》：『天監厥德，用集大命，撫綏萬方。』孔安國傳：『集王命於其身，撫安天下。』睿心，明達之心。陸雲《晉故散騎常侍陸府君誄》：『叡心遠暢，淵思遐通。』《説文》：『睿，深明也，通也。』睿，同叡。令圖，指孫策之雄圖大業。故實，先王之舊典。顔延年《三月三日曲水詩序》：『施命發號，必酌之於故實。』銑注：『故實，先王之道也。』播憲，頒佈法律。《爾雅·釋詁》：『憲，法也。』此五句言孫權身受王命，以英雄之奇，明達之心，繼承奇逸風範，雄圖大業。施行政令則諮詢於舊典，頒佈法律則稽考遺風。

②善注：『《尚書》：帝曰：疇咨若時登庸。班固《王命論》曰：信誠好謀。』銑注：『篤，厚也。言其志敦厚而堅固也。申，重也。』濟注：『疇咨，謀議也。俊茂，謂賢人也。善斷，謂所作不疑而必成也。』此四句言加之意志深沉堅定，重視節儉，賢士獻謀，自己亦多謀而果絶。

③善注：『《周易》曰：賁於丘園，束帛戔戔。孟子曰：夫招士以弓，大夫以旌。謝承《後漢書》曰：鄧道不應，州郡旌命。』翰注：『旅，次也。丘園，謂賢人隱逸之處也。言以束帛旌命招之，將用於朝，而使者交乎道路。閭，巷也。旌，旗類也。求賢使者執之爲君信也。塗，道也。』束帛，指聘隱士之禮。《儀禮·士冠禮》：『主人酬賓，束帛儷皮。』鄭玄注：『束，帛十端也。』《經典釋文》卷二：『束帛，子夏傳云：五匹爲束。』

此二句言束帛止於丘園而召隱，詔命進於巷道而納賢。

④ 善注：『班固《公孫弘贊》曰：異人並出。《文子》曰：羣臣輻湊。張湛曰：如衆輻之集轂也。漢高祖歌曰：安得猛士守四方。《毛詩》曰：其會如林。』銑注：『天下豪彥，志士賢人，聞吳用賢之聲，皆尋響而至，如應於聲也。望其光輝，如影馳於形也。故奇異之人，如車輻攢湊於轂也。猛士之徒，如林木之多也。臻，至。希，望。景，影。鶩，馳。』五臣意明。

⑤ 善注：『《吳志》曰：權待張昭以師傅之禮。又曰：呂蒙，字子明，汝南人也。爲武威將軍、南郡太守。《三國名臣序贊》曰：周瑜，字公瑾。公瑾英達，朗心獨見，披草求君，定交一面。陸遜，字伯言。伯言蹇蹇，以道佐世，出能勤功，入能獻替。魯肅，字子敬。昂昂子敬，拔迹草萊，荷擔吐奇，乃構雲臺。《毛詩》曰：赳赳武夫，公侯腹心。《尚書》曰：命汝予翼，作股肱心膂。』翰注：『周瑜，將也。陸公，謂陸遜也，爲丞相。機之祖也，故不言名。呂蒙，將軍也。疇，類也。』腹心，謀略之臣。鄭玄箋：『於行攻伐，可用爲策謀之臣，使之慮事，亦言賢也。』股肱，輔弼重臣。孔安國傳：『言大體若身。』此指安邊之將。

⑥ 善注：『《吳志》曰：甘寧，字興霸，巴郡臨江人也。少有氣力，好遊俠，拜西陵太守。又曰：凌統，字公績，吳郡人也，拜偏將軍。又曰：程普，字德謀，右北平人也，領江夏太守、遷盪寇將軍。又曰：賀齊，字公苗，會稽人也，爲蘄春太守。又曰：朱桓，字休穆，吳郡人也，拜前將軍、領青州牧。又曰：朱然，字義封，朱治姊子也。姓施氏。初，治未有子，然年十三，乃啓策乞以爲嗣，爲左大司馬右軍帥。《吳志》曰：韓當，字義公，遼西人也，遷昭武將軍，又加都督之號。又曰：潘璋，字文珪，東郡人也，拜平北將軍、襄陽太守。又曰：黃蓋，字公覆，零陵人也，拜武鋒中郎將、加偏將軍。又曰：蔣欽，字公奕，九江人也，拜右護軍。又曰：周泰，字幼平，九江人也，拜漢中太守、奮武將軍。《尚書》曰：予欲宣力四方，汝爲。』翰注：『甘寧等

十一人，皆吴名將也。』宣力，效力。孔安國傳：『布力立治之功。』

⑦ 善注：『《吴志》曰：諸葛瑾，字子瑜。《三國名臣序贊》曰：子瑜都長，體性純懿。都長，謂體貌都閑而雅，性長厚也。《吴志》曰：張昭長子承，字仲嗣，少以才學知名，爲濡須督、奮威將軍。又曰：步騭，字子山，臨淮人也。孫權爲討虜將軍，召騭爲主記。權稱尊號，代陸遜爲丞相。誨門生，手不釋卷。蔡邕《陳太丘碑》曰：紆佩金紫，光國垂勳。』風雅，此謂文臣。

⑧ 善注：『《吴志》曰：顧雍代孫劭爲丞相，平尚書事。其所選用文武將吏，隨能所任，心無適莫。又曰：潘濬，字承明，武陵人也。弱冠從宋仲子受學。權稱尊號，拜爲少府，遷太常。又曰：吕範，字子衡，汝南人也。權拜裨將軍。亮即位，遷揚州牧，又遷大司馬。又曰：吕岱，字定公，廣陵人也。權拜上將軍。亮即位，拜大司馬。岱清身奉公，所在可述。許慎《淮南子注》曰：幹，彊也。虞翻，字仲翔。（《三國名臣序贊》曰）《吴志》曰：虞翻性不協俗，數犯顔諫。權與張昭論及神仙，翻指昭曰：彼皆死人，而語神仙，俗豈有仙人也。權怒，徙翻交州。又曰：陸績，字公紀，吴郡人也。孫權統事，辟爲奏曹掾。又曰：張温，字惠恕，吴郡人也。權拜議郎，徙太子太傅，甚見信重。《吴録》曰：張惇，字叔方，吴郡人也。德量淵懿，清虚淡泊，又善文辭，孫權以爲車騎將軍，出補海昏令。《毛詩》曰：出入諷議。』向注：『器，才器也。幹，舉也。諷議，謀議以舉正國家之事也。』器任，勝任之才能。《荀子·大略》：『治國者，敬其寶，愛其器任。』

⑨ 善注：『《吴志》曰：權遣都尉趙咨使魏。魏帝問吴王何等主也，咨對曰：聰明仁智雄略之主也。帝問其狀，對曰：納魯肅於凡品，是其聰也；拔吕蒙於行陣，是其明也；獲于禁而不害，是其仁也；取荆州兵不血刃，是其智也；據三州，虎視於天下，是其雄也；屈身於陛下，是其略也。《吴書》曰：咨字德度，南陽人，拜騎都尉。又曰：沈珩，字仲山，吴郡人也。權以珩有智謀，能專對，乃使至魏。魏文帝問曰：吴嫌

魏東向乎？珩曰：不嫌也。曰：何以知？曰：信恃舊盟，言歸於好，是以不嫌。若魏渝盟，自有備豫。文帝善之。以奉使有稱，封永安鄉侯，宫至少府。《國語》曰：使張老延君譽于四方。』舉正，舉其過而正之。《後漢紀·孝明皇帝》：『由是徵入爲司隷校尉，多所舉正，百僚敬憚之。』諷議，謂皇上；舉正，謂百官。

⑩ 善注：『韋昭《漢書注》曰：歷數，占術也。《吴志》曰：吴範，字文則，會稽人也。以治歷數，知風氣，聞於郡中。權以範爲騎都尉，領太史令。又曰：趙達，河南人也。治九宫一筭之術，究其微旨。孫權行師征伐，每令達有所推步，皆如其言。吕忱《字林》曰：機，祆祥也。居衣切。《天文志》曰：臣主共憂患，其察機祥。如淳曰：《吕氏春秋》曰：荆人鬼而越人機。今之巫祝禱祀之比也。晋灼曰：機，音珠璣之璣。』濟注：『此二人以天文術數知其機密、災祥之事，以合其德也。協，合也。』機祥協德，謂稽考術數之祆祥，匡正其君以合德。

⑪ 善注：『《吴志》曰：董襲，字元世，會稽人也，爲偏將軍。曹公出濡須口，襲從權赴之。襲督五樓船往濡須口。夜卒暴風，樓船傾覆，左右散走遠舸，乞使襲出，怒曰：受將軍任，在此備賊，何等委去也，敢復言此者斬！於是莫敢干。其夜船敗，襲死。權改服臨殯。又曰：陳武，字子烈，廬江人也，累有功勞，進位偏將軍。建安二十年，從擊合肥，奮命戰死。權哀之，自臨其喪。』銑注：『此二人皆死於王命。』

⑫ 善注：『《吴志》曰：駱統，字公緒，會稽人也。權召爲功曹，志在補察，苟所聞見，夕不待旦。又曰：劉繇長子基，字敬輿。權爲吴王，基爲大司農。權嘗宴飲，騎都尉虞翻醉酒犯忤，權欲殺之，威怒甚盛。由基諫争，翻以得免。《左氏傳》：士季謂晋侯曰：詩云：衮職有闕，惟仲山甫補之。能補過也。』向注：『補君之過也。』

⑬ 善注：『《廣稚》曰：諝，智也。思與切。《東觀漢記》：魯恭上疏曰：舉無遺策，動不失其中。』此二

句謂謀事周密，舉正合法。

⑭ 善注：『爭衡，謂角其輕重也。《漢書》：公孫獲曰：吴楚之王，西與天子爭衡。鄭玄《周禮注》曰：稱上曰衡。』翰注：『衡，平也。言與天下英雄爭平其功業。』

此段言孫權承兄遺業，守成拓展，敦厚節儉，廣攬人才，敗曹操於赤壁，折劉備於西陵，挫濡須之寇，殲蓬龍之敵，終使國家安寧，疆土廣大；又修禮樂，强士卒，納諫言，安民居，廣教化，使國家繁榮，帝業鞏固。

魏氏嘗〔一〕藉戰勝之威，率百萬之師①，浮鄧塞之舟，下漢陰之衆②，羽楫萬計，龍躍順流③，鋭騎〔二〕千旅，虎步原隰④，謨〔三〕臣盈室，武將連衡⑤，喟然有吞江滸之志，一宇宙之氣。而周瑜驅我偏師，黜之赤壁⑥，喪旗亂轍，僅而獲免，收迹遠遁⑦。漢王亦憑帝王〔四〕之號，帥巴漢之民，乘危騁變，結壘千里，志報關羽之敗〔五〕，圖收湘西之地。而我陸公〔六〕亦挫之西陵，覆師敗績〔七〕，困而後濟，絶命永安⑧。續以濡須之寇，臨川摧鋭⑨；蓬籠之戰，孑輪〔八〕不反⑩。由是二邦之將，喪氣摧鋒，勢衄財匱⑪，而吴莞〔九〕然坐乘其弊，故魏人請好，漢氏乞盟⑫，遂〔一〇〕躋天號，鼎峙〔一一〕而立。西屠〔一二〕庸益之郊，北裂淮漢之涘⑬，東包〔一三〕百越之地，南括羣蠻之表⑭。於是講八代之禮，蒐三王之樂⑮，告類上帝，拱揖羣后⑯。虎臣毅卒，循江而守⑰；長棘勁鎩，望飈而奮⑱。庶尹盡規於上，四民展業〔一四〕於下⑲。化協殊裔，風衍遐圻⑳。乃俾一介行人，撫巡外域㉑。巨象逸駿，擾於外閑㉒；明珠瑋寶，耀〔一五〕於内府㉓。珍瑰重迹而至，奇玩應響而赴㉔。

輶軒騁於南荒，衝輣息於朔野㉕。齊民〔一六〕免干戈之患，戎馬無晨服之虞，而帝業固矣㉖。

【校勘】

〔一〕「嘗」，《文集》作「常」，音同而誤。《文選》卷五十三、《晉書》卷五十四、《三國志》卷四十八作「嘗」。六臣本注：「五臣本作嘗字。」今據改。

〔二〕「騎」，《文集》作「師」。《文選》卷五十三、《西晉文紀》卷十五、陳仲魚校本、鄧邦述校本作「騎」。今據改。

〔三〕「謨」，《三國志》卷四十八注引作「謀」。古二字同。

〔四〕「帝王」，《百三家集》本、《七十二家集》本作「帝室」。《文集》亦校作「室」。考《三國志》，劉備「報關羽之敗」時，已經稱帝，故以「帝王」善。

〔五〕「關羽」，《景定建康志》卷三十作「關侯」。又「敗」，陸刻本、陳仲魚校本、鄧邦述校本并脱。

〔六〕「而我陸公」，《文集》脱「我」。《晉書》卷五十四、《三國志》卷四十八注、《百三家集》本、《七十二家集》本、《宛委别藏》本作「而我陸公」。《文集》亦校補「我」。今據改。

〔七〕「敗績」，《文集》脱「敗」。《文集》校曰：「師下脱敗字。」《晉書》卷五十四、《文選》卷五十三、《西晉文紀》卷十五、《百三家集》本、陸刻本、陳仲魚校本皆有「敗」字，今據改。

〔八〕「孑輪」，陳仲魚校本、鄧邦述校本作「子輪」，并校作「孑輪」。《太平御覽》卷三一三作「只輪」。《文選》卷五十三善注引《公羊傳》曰：「晉敗秦於殽，匹馬只輪無反者。」據此似應作「只輪」。

〔九〕『莞』，《文集》作『莧』。六臣本注曰：『五臣本作莞字。』《晉書》卷五十四、《文選》卷五十三、《西晉文紀》卷十五、《百三家集》本、陸刻本、陳仲魚校本作『莞』。《文集》校曰：『莧，别本作莞。』今據改。

〔一〇〕『遂』，《文集》作『逐』。《晉書》卷五十四、《文選》卷五十三、《西晉文紀》卷十五、陸刻本、《百三家集》本、陳仲魚校本、鄧邦述校本作『遂』。《文集》校曰：『(翁)同書案：逐，當作遂。』今據改。

〔一一〕『鼎峙』，《景定建康志》卷三十作『鼎跱』，古二字通。

〔一二〕『屠』，《晉書》卷五十四作『界』。

〔一三〕『包』，《景定建康志》卷三十作『苞』，古二字通。

〔一四〕『四民』，《晉書》卷五十四作『黎元』，或因避諱而改。又『展業』，陸刻本、陳仲魚校本、鄧邦述校本作『庶業』。陳仲魚校本、鄧邦述校本并校作『展業』。

〔一五〕『耀』，陸刻本作『輝』。六臣本注：『五臣本作煇字。』

〔一六〕『齊民』，《晉書》卷五十四作『黎庶』。

【注釋】

①善注：『《漢書》：晁錯曰：戰勝之威，(民)氣百倍也。』濟注：『魏氏，曹操也。』藉，通耤。《韻會》：『藉，亦作耤。』《廣韻》：『耤，借也。』

②善注：『孔安國《尚書傳》曰：順流曰浮。酈元《水經注》曰：鄧塞者，即鄧城東北小山也。先後因之，以爲鄧塞。漢陰，漢水之南也。《莊子》曰：子貢南遊於楚，過漢陰。』銑注：『鄧塞，山名。言浮舟於下。

漢，水名也。水南曰陰。衆，謂兵聚也。』

③ 善注：『羽檝，言疾也。《羽獵》曰：杖鏌邪而羅者以萬計。《周易》曰：見龍在田，或躍在淵。』翰注：『言羽楫者，謂其疾也。龍躍順流，言船行速也。』楫，同檝，船槳。《玉篇》：『楫，行舟具也。』羽楫，槳如羽毛輕疾。龍躍，舟如龍行迅速。

④ 善注：『李陵詩曰：幸託不肖軀，且當猛虎步。』向注：『鋭，利也。五百人爲一旅。虎步，言猛也。高平曰原，下濕曰隰。言布兵陳於此處也。』

⑤ 善注：『包咸《論語注》曰：衡，輗也。戎車，武將所駕，故以連衡喻多也。』謨，同謀。《廣韻》：『謨，謀也。』

⑥ 善注：『毛萇《詩傳》曰：水涯曰滸。《吴志》曰：曹公入荆州，權遂遣瑜與備並力逆曹公，遇於赤壁。初一交戰，公軍破退。』翰注：『言曹操喟然而嘆，有吞吴國平一天下之勇氣，而周瑜爲偏將擊之大敗走退也。滸，浦也。宇宙，天下也。黜，退也。赤壁，江口戰處也。』徐乾學注：『建安十三年，操進兵江陵，權遣瑜逆之，大破操軍於赤壁。』江滸，指東吴。氣，猶氣概。

⑦ 善注：『《左氏傳》：曹劌曰：吾視其轍亂，望其旗靡。鄭玄《禮記注》曰：遁，逃也。』向注：『喪，失也。轍，車迹也。言軍敗人亂，遂失旌旗，車行迹亂也。收迹，謂收其敗餘之兵。』遁，《爾雅・釋言》：『遯，遯也。』郭璞注：『謂逃去。』又《玉篇》：『遯，同遁。』以上以赤壁之戰爲核心，叙述吴魏争衡天下。

⑧ 善注：『《蜀志》曰：孫權襲殺關羽，取荆州。先主忿孫權之襲關羽，遂乃伐吴。吴將陸遜大破先主軍，遂棄船還魚復，改縣曰永安。先主殂于永安宫。《吴志》曰：備升馬鞍山，陸遜促諸軍四面蹙之，土崩瓦解。馬鞍山在西陵之西。』向注（按：六臣本與李善本頗有歧異，六臣本下注文曰向同善注，意與李善本有

重疊，故出之向注）：『漢王，謂劉備也。備是漢景帝之後，故依憑先帝王之號也。巴漢，蜀中也。壘，軍營壁也。蜀將關羽守荆州，孫權襲破之，取荆州，虜關羽。劉備怨之，遂伐吴。備登馬鞍山，吴將陸遜促諸軍四面蹙之，土崩瓦解。圖，謀也。湘西，則荆州地也。陸公，即遜也。西陵，馬鞍山之東也。大崩曰敗績。劉備既敗，遂齊于永安宫，而劉備殂，故云絶命。』徐乾學注：『先主忿孫權之襲荆州，帥諸軍伐吴。連營七百餘里，與吴軍相拒於夷陵，爲陸遜所敗。章武三年，崩於永安宫。按：荆州在湘水之西，西陵即夷陵。』困而後濟，謂備受困，後獲救。以上以夷陵之戰爲核心，叙述吴蜀争衡天下。

⑨善注：『《吴歷》曰：曹公出濡須，作油船，夜渡洲上。權以水軍圍取，得三千餘人，其沉溺者數千人。』良注：『後又續敗曹公軍於濡須。濡須，水也。寇，敵也。摧鋭，謂摧其鋒鋭也。曹公懼而退走也。』徐乾學注：『建安十八年，曹操出濡須，作油船，夜渡洲上。權以水軍圍，取得三千餘人。』

⑩善注：『《魏志》曰：張遼之討陳蘭，别遣臧霸至皖討吴。吴將韓當遣兵逆霸，與戰於蓬籠。《楚辭》曰：登蓬籠而下隕兮。王逸曰：蓬籠，山名也。《公羊傳》曰：晉敗秦於殽，匹馬隻輪無反者。』向注：『吴將韓當又敗魏軍於蓬籠之山。孑，隻也。輪，車輪也。言大敗隻車不還。』徐乾學注：『《臧霸傳》：霸至皖討吴將韓當，當遣兵逆霸，戰於蓬籠。』以上四句補兩次小的戰役作爲餘波。

⑪濟注：『衂，縮也。匱，乏也。』此言失其鋭氣，挫其鋒芒，氣勢萎縮，資財匱乏。

⑫善注：『《論語》曰：子之武城，聞絃歌之聲，莞爾而笑。何晏曰：莞爾，小笑貌。《左氏傳》曰：隱公攝位，而欲求好於邾。又曰：鄭伯乞盟請服。』向注：『莞然，笑貌，示寬樂也。請好，請和也。漢氏，謂蜀也。乞盟，謂乞爲誓信不相伐也。謂魏蜀畏懼也。』弊，《玉篇》：『弊，同敝，敗也。』

⑬善注：『《方言》曰：躋，登也。《漢書》：蒯通説韓信曰：今爲足下之計，莫若三分天下，鼎足而立，

其勢莫敢先動。王逸《楚辭注》：屠，裂也。』銑注：『孫權遂從天命，升爲尊，而與魏蜀三分鼎足而立也。跱，足也。屠，裂也。庯益，蜀都也。裂，分也。言吴北以淮漢二水爲界。涘，水涯也。』天號，皇帝之尊號。鼎爲三足，故曰鼎峙。

⑭善注：『賈誼《過秦》曰：南取百越之地。薛君《韓詩章句》曰：括，約束也。』翰注：『百越，地名。括，通也。表，外也。蓋言其土地廣遠也。』羣蠻之表，南方蠻夷疆域之外。《玉篇》：『表，衣外也。』以上以孫權稱帝爲核心，叙述三國鼎立之形成，吴國地域之廣大。

⑮善注：『八代，三皇五帝也。杜預《左氏傳注》曰：蒐，閱也。蒐與搜，古字通。三王，夏殷周也。』銑注：『宇内既平，講説禮樂，以見成功也。』

⑯善注：『《尚書》曰：肆類於上帝。孔安國曰：類，謂攝位事類，遂以攝告天及五帝也。《尚書》曰：班瑞於羣后。《典引》曰：欽若上下，恭揖羣后。』向注：『告類，祭祀也。帝，天也。拱揖羣后，謂拱手以揖諸侯，示無事也。』以上四句寫吴立國之後，復興禮樂，建立國倫理與政治秩序。

⑰善注：『《毛詩》曰：進厥虎臣。《左氏傳》：君子曰：殺敵爲果，致果爲毅。《漢書》：伍被曰：彊弩臨江而守。』良注：『虎臣，言猛也。毅卒，言勇也。循，依也。』毅，《廣韻》：『果敢也。』

⑱善注：『《爾雅》曰：棘，戟也。《説文》曰：鎩，鈹有鐔也，亦曰長刃矛，刀之類也。山列切。』翰注：『棘，戟也。鎩，刀類。飈，風也。奮，振動也。望風而動者勇於鬥也。』以上四句寫將士勇敢，武器精良，軍威雄壯，士氣旺盛。

⑲善注：『《尚書》曰：庶尹允諧。孔安國傳曰：尹，正也，衆官之長。《國語》：召康公曰：天子聽政，近臣盡規。又曰：内史過曰：庶人工商，各守其業，以供其上。』濟注：『庶尹，百官也。四民，士農工商

也。』規，猶規諫。《玉篇》：『規，正圓之器也。』喻正其得失也。展業，猶樂業。《爾雅·釋言》：『展，適也。』郭璞注：『得自申展，皆適意。』此二句言百官盡忠，規諫於上，百姓樂業，教化於下。

⑳ 善注：『《左氏傳》曰：天子之地一圻。杜預曰：一圻，方千里。圻，界也。言風教及遠。』翰注：『協，合也。裔，夷狄之國也。衍，行。遐，遠有界也。』殊裔，猶異族。《玉篇》：『殊，《蒼頡》云：殊，異也。』《方言》卷十二：『裔，夷狄之揔名。』郭璞注：『邊地爲裔，亦四夷通以爲號也。』衍，《廣韻》：『達也。』此二句言教化協和異族，達到邊遠之地。

㉑ 善注：『《左氏傳》曰：晉人使子貢對鄭使曰：君有楚命，亦不使一介行李告於寡君。杜預曰：一介，獨使也。』向注：『俾，使也。一介，行人獨使也。域，方也。言宇内清平，不用戎馬，獨使而撫巡於方也。』行人，使者。《穀梁傳·襄公十一年》：『行人者，挈國之辭也。』范寧注：『行人，是傳國之辭命者。』此言使單獨的使者，安撫巡視外地。謂社會安寧。

㉒ 善注：『《周禮》曰：天子十有二閑，馬六種。鄭玄曰：每廐爲一閑也。』銑注：『巨，大也。象，獸名也。逸駿，良馬也。言皆馴順育之於外閑也。擾，順也。閑，謂育獸坊也。』

㉓ 善注：『《周禮》曰：玉府掌王之金玉玩好。』良注：『瑋，美也。府，庫也。』上四句言盛世太平，府庫充盈。

㉔ 善注：『《漢書》：息夫躬曰：羽檄重積而狎至。』濟注：『珍瑰奇玩，皆寶物也。重迹，謂遠方貢獻多而車馬之迹重疊也。應響，言歸君命速也。』上二句言國勢强盛，四方貢獻豐富。

㉕ 善注：『揚雄《答劉歆書》曰：嘗聞先代輶軒之使。班固《漢書》述曰：戎車七征，衝輣閑閑。《字略》作轒，樓（車）也。《音義》曰：輣，兵車名也。薄萠切。』翰注：『輶軒，輕車也。騁，行也。荒，遠國也。

言使輕車行使安撫遠國也。衡輣，兵車也。息於北野，謂不用兵戈也。』此二句言外，兵車息於四裔，使者輕車馳騁。

㉖ 善注：『《漢書》：《難蜀父老》曰：今割齊民，以附夷狄。如淳曰：齊等無有貴賤，故謂之齊民。《老子》曰：天下無道，戎馬生郊。《爾雅》曰：虞，度也。』向注：『齊民，百姓也。晨服，謂晨朝裝整戎服，以備不虞。今則無之，此乃帝業之堅固也。』虞，《玉篇》：『備也。』此三句言內，百姓和平安寧，戰馬無所用之。

此段言孫權承兄遺業，守成拓展，敦厚節儉，廣攬人才，敗曹操於赤壁，折劉備於西陵，挫濡須之寇，殲蓬籠之敵，終使國家安寧，疆土廣大；又修禮樂，強士卒，納諫言，安民居，廣教化，使國家繁榮，帝業鞏固。

大皇既没，幼主涖〔一〕朝，姦回肆虐，景皇聿興①。虔修遺憲，政無大闕，守文之良主也②。降及歸命之初，典刑未滅，故老猶存③。大司馬陸公以文武熙朝，左丞相陸凱以謇諤盡規〔二〕④，而施績、范慎以威重顯⑤，丁奉、離斐〔三〕以武毅稱⑥，孟宗、丁固之徒爲公卿⑦，樓玄、賀劭〔四〕之屬掌機事⑧，元首雖病，股肱猶存〔五〕⑨。爰及〔六〕末葉，羣公〔七〕既喪，然後黔首有瓦解之患〔八〕，皇家有土崩之釁⑩，歷命〔九〕應化而微，王師躡運而發⑪，【卒散于陣，民奔于邑】〔一〇〕，城池無藩〔一一〕籬之固，山川無溝阜之勢⑫，非有工輸雲梯之械，智伯灌激之害⑬，楚子築室之圍，燕人濟西之隊⑭，軍未浹辰而社稷夷矣⑮。雖忠臣孤憤〔一二〕，烈士死節，將奚救哉⑯！

【校勘】

〔一〕『涖』，《文選》卷五十三、陸刻本作『蒞』，陳仲魚校本作『莅』，鄧邦述校本作『蒞』。陳仲魚校本、鄧邦述校本并校作『涖』。古三字同。

〔二〕『規』，《文集》脱。《晉書》卷五十四、《文選》卷五十三、陸刻本、《百三家集》本、陳仲魚校本、鄧邦述校本并有『規』。又《文集》校曰：『盡下脱規字。』今據校補。

〔三〕『離斐』，《晉書》卷五十四、《三國志》卷四十八注作『鍾離斐』。六臣本注曰：『五臣本有鍾字。』按：斐，當作裴。《四庫全書考證》卷三十六：『《辨亡論》丁奉、離裴以武毅稱。案：離裴，《晉書》作鍾離裴。《文選》作離裴，與此合。考《孫峻傳》作黎裴，離與黎同音，即其人也。』又作『牧』，何焯《義門讀書記》卷二十八：『陸機著《辨亡論》上篇：丁奉、鍾離斐以武毅稱。按《文選》無鍾字。注云：魏將諸葛誕據壽春降，魏人圍之，使奉與黎斐解圍。奉爲先登，黎斐力戰，有功拜左將軍。黎與離音相近，是一人，但字不同。余謂李善所見之本必可徵信。但此「斐」字，恐「牧」字之訛。鍾離牧爲武陵太守，以少衆討五谿，事在蜀并于魏之後，作牧爲得也。』

〔四〕『樓』，六臣本注曰：『五臣本作婁字。』又『劭』，《七十二家集》本作『邵』。古二字通。

〔五〕『存』，《晉書》卷五十四、《三國志》卷四十八注引、《景定建康志》卷三十作『良』。六臣本注曰：『五臣本作良字。』

〔六〕『及』，《晉書》卷五十四作『逮』。

〔七〕『羣公』，《文集》作『郡公』。《文選》卷五十三、《西晉文紀》卷十五、陸刻本、《百三家集》本、陳仲魚校本、鄧邦述校本作『羣公』。《文集》校曰：『郡，當作羣。』今據改。

〔八〕『患』，《文集》作『志』。《晉書》卷五十四、《景定建康志》卷三十、《西晉文紀》卷十五、《百三家集》本、《七十二家集》本、《宛委别藏》本作『患』。六臣本注：『五臣本作患字。』又《文集》校作『患』。今據改。

〔九〕『歷命』，陸刻本、陳仲魚校本、鄧邦述校本作『曆命』。六臣本注：『五臣本作歷字。』

〔一〇〕『卒散於陣，民奔於邑』，《文集》脱。六臣本注：『五臣無此二句。』《西晉文紀》卷十五、《百三家集》本、陳仲魚校本、鄧邦述校本皆有此二句。《文集》校曰：『躡運而發下，别本多「卒散於陣，民奔於邑」八字。』今校補。

〔一一〕『藩』，《藝文類聚》卷十一作『蕃』。古二字通。

〔一二〕『孤憤』，《藝文類聚》卷十一作『發憤』。

【注釋】

① 善注：『幼主，孫亮也。《吴志》曰：孫亮，字子明，權少子也。立爲太子，權薨，即尊號。《尚書》曰：崇信姦回。《南都賦》曰：豺狼肆虐。《吴志》曰：孫休，字子烈，權第六子也。亮廢，孫綝使宗正孫楷迎休即位。薨，謚曰景帝。毛萇《詩傳》曰：聿，遂也。』銑注：『大皇，權也。涖，臨。回，邪。肆，縱也。言幼主臨朝，姦邪縱虐，乃廢亮爲會稽王，立權弟孫休爲景帝也。』徐乾學注：『權少子亮即位，孫綝專政，殺大司馬滕胤，驃騎將軍吕據，鎮南將軍朱異等。亮謀誅綝，綝以兵黜亮爲會稽王。迎休，立之，是爲景帝。』姦回，奸邪之人。孔安國傳：『回，邪也。姦邪之人反尊信之。』此四句言孫權既死，幼主臨朝，奸邪縱其暴逆，遂使景皇帝繼位。

②善注：『《南都賦》曰：朝無闕政。《公羊傳》曰：繼文王之體，守文王之法度也。』翰注：『虔，敬。憲，法也。守文良主，謂孫休也。』闕，《廣韻》：『失也，過也。』

③善注：『《吴志》曰：孫皓降晉，晉賜號歸命侯。《尚書》曰：尚有典刑。《毛詩》曰：召彼故老。』良注：『歸命之初，謂孫皓即位之初也。故老，謂老臣也。皓即位十六年，晉武帝伐吴，皓乃降晉，晉封爲歸命侯。』

④善注：『《吴志》曰：孫皓即位，拜陸抗大司馬、荆州牧。又曰：陸凱，字敬風，吴郡人也。孫皓遷爲左丞相。凱上表疏，皆指事不飾，忠懇。孔安國《尚書傳》曰：熙，廣也。《周易》曰：王臣蹇蹇，匪躬之故。《史記》：趙簡子曰：大夫在朝，徒聞唯唯，子不聞周舍之諤諤。《國語》：召康公曰：天子聽政，近臣盡規。』濟注：『陸公，謂陸抗也，機之父，故不言名。熙，興也。』向注：『蹇諤，正直也。』此二句言陸公以文武之才而振興朝政，陸凱以正直規諫匡正君主之失。

⑤善注：『《吴志》曰：施績，字公緒。遷將軍，都督領盗賊事，持法不傾，拜左大司馬。《吴録》曰：范慎，字孝敬，廣陵人也。竭忠知己之君，纏綿三益之友，時人榮之，孫皓以爲太尉。』良注：『施，姓也。績，名也。』

⑥善注：『《吴志》曰：丁奉，字承淵，廬江人也，少以驍勇爲小將。亮即位，爲冠軍將軍。魏將諸葛誕據壽春降。魏人圍之，使奉與黎斐解圍。奉爲先登，黎斐力戰，有功，拜左將軍。黎與離音相近，是一人，但字不同。』

⑦善注：『《吴志》曰：孫皓以左右御史大夫丁固、孟仁爲司徒、司空。《吴録》曰：初，固爲尚書，夢松樹生腹上，謂人曰：松字十八公也。後十八歲當爲三公乎？卒如夢焉。又曰：孟仁，字恭武，江夏人也。

本名宗，避皓字，易焉。《楚國先賢傳》曰：累遷光禄勳，遂至三公。』

⑧善注：『《吴志》曰：樓玄，字承先，沛郡人也。孫皓用玄爲宫下録事禁中候，主殿中事。又曰：賀劭，字興伯，會稽人也。皓時爲中書令。《漢官解故》曰：機事所總，號令攸發。』

⑨善注：『《尚書大傳》曰：元首，君也。股肱，臣也。』翰注：『元首，謂孫皓。股肱，謂上所述者也。』此二句言雖君主昏庸，輔弼大臣猶在，故國之寧也。

⑩善注：『秦更名民曰黔首。《漢書》：徐樂上書曰：何謂瓦解？吴楚齊趙之兵是也。當此之時，安土樂俗之民衆，故諸侯無境外助，此謂之瓦解。又曰：何謂土崩？秦之末葉是也。人困而主不恤，下怨而上不知，此之謂土崩也。』良注：『葉，代也。瓦解土崩，謂曰亂也。釁，憂也。』此四句言及至末世，群公去世，百姓之心分崩離析，皇室内部四分五裂。

⑪善注：『歷命，歷數天命也。王師，謂晉師也。言躡其運數而發也。干寶《晉紀》曰：咸寧五年十一月，命安東將軍王渾向揚州，龍驤將軍王濬帥巴蜀之卒，浮江而下。』向注：『言歷數天命，應其政化，同爲微弱也。言晉帝乃踐躡運祚，發兵而伐吴也。』

⑫善注：『《過秦論》曰：楚師深入鴻門，曾無藩籬之難。』銑注：『吴有堅地高山大川之固，而爲晉所破，若無藩籬溝阜之勢，言易取也。溝，小渠水也。阜，小山也。』此四句言軍無鬥志，民不安寧，城池山川無屏障可守。

⑬善注：『《墨子》曰：公輸班爲雲梯，必取宋。《史記》曰：晉智伯攻晉陽歲餘，引汾水灌其城，不没者三版。城中懸釜而炊，易子而食。』濟注：『公輸班，古之巧智人也。作陵雲之梯以攻宋城，將必取也。械，具也。晉大夫智伯攻趙襄子，懼走，保晉陽城。智伯乃引汾水灌之城，不没者三版，城中懸釜而炊也。

激，射也。言吳非有此事而自亡者，蓋爲君不明而有疑臣下之心故也。』此二句言無攻城之械具，灌城之水患。

⑭善注：『《左氏傳》曰：楚子圍宋，將去之。申叔時曰：築室反耕者，宋必聽命。王從之，宋人乃懼，遂及楚平。《史記》曰：燕昭王使樂毅爲上將軍伐齊，破之濟西。』向注：『隊，謂兵之部伍。言吳亦非有此患也。』此二句言無久圍之勢，鋭利之兵。

⑮善注：『《左氏傳》：君子曰：莒恃其陋，浹辰之間而楚剋其三都。杜預曰：浹辰，十二日二月。浹，祖牒切。干寶《晉紀》曰：太康元年四月，王濬鼓入于石頭，吳主孫皓面縛輿櫬降於濬。』翰注：『浹辰，十二日也。夷，滅也。言晉軍之至，不經十二日而吳之社稷已滅。』軍未浹辰，謂晉師攻吳時間短暫。非實指。

⑯善注：『《襄陽記》：張悌，字臣先，襄陽人。晉伐吳，悌逆之，吳軍大敗。諸葛靚退走，使過迎悌，悌不肯去。靚自牽之，悌垂泣曰：今日是我死日也。靚遂放之，爲晉軍所殺。韓子有《孤憤篇》。司馬遷書曰：世又不與能死節者也。』徐乾學注：『吳亡，丞相張悌死之。』此三句言雖忠臣憤激而起，壯士爲節殉國，亦將無救。

此段言吳至孫亮、孫景已顯衰勢。皓臨朝之初，因舊臣猶在，國尚安寧；舊臣既没，國政迅疾混亂，晉師一至，便土崩瓦解。前三段言其興，此段言其亡。

夫曹劉之將，非一世所選，向時〔一〕之師，無曩日之衆①。戰守之道，抑有前符，險阻之利，俄然未改。而成敗貿〔二〕理，古今詭趣，何哉？彼此之化殊，授任之才異也②。

【校勘】

〔一〕『向時』，《藝文類聚》卷十一作『向時人』，汪紹楹校曰：『「人」字《文選》無。』

〔二〕『貿』，《宛委別藏》本作『買』，形近而誤。

【注釋】

① 善注：『向時，謂太康之役也。曩日，謂昔日之曹劉也。』良注：『曹劉，謂曹操劉備也。言其將皆有雄略，固非晉一世所能選及也。言晉不如曹劉也。』此二句言晉師無曹劉將猛兵衆。

② 善注：『《廣雅》曰：貿，易也。《説文》曰：詭，變也。詭與恑同。』向注：『符，法。貿，易。詭，變。趣，事也。戰守之道，自有古法，且吴阻險之間，尚亦未改然。昔者曹劉之衆，勝於晉兵，而吴終成帝業。今晉師不如曹劉，而反敗吴國，成敗易理，古今事變何也？則彼此政化有殊，而授任羣臣有疑心故也。彼，謂孫權時，此謂孫皓時。言孫權任人不疑，皓用人有貳也。』

此段點明主旨，指出興亡之由，在於政治教化，簡賢授才。

【集評】

［清］孫洙評：從來開國承家，得之難，失之易，篇中詳著其盛，正深痛其亡也。孫皓兇殘，概不斥言而

獨遺恨於老成之亡，或有意張祖父之功與？（《山曉閣重訂文選》）

〔清〕俞瑒評：前用平叙，後倒應，全摹賈生，頗嫌學步耳。（清鈔本《昭明文選》）

〔清〕方廷珪《昭明文選集成》：按於吴所以亡處，未究極言之者。陸氏，吴之世臣，不得不爲國諱惡容，不得反覆痛快也，只以結語悠然不盡出之。行政則前仁後虐，用人則前賢後奸。魏當盛時，用多少謀臣將士，不能得江南撮土，乃以累代立國之固，不及浹辰而破，天乎？所以重致其痛惜之意。

辨亡論下

昔三方之王也〔一〕，魏人據中夏，漢氏有岷益，吴制荆揚而奄交廣〔二〕①。曹氏雖功濟諸華，虐亦深矣，其民怨矣〔三〕②。劉公因險以飾智〔四〕，功已薄矣③，其俗陋矣〔五〕。夫吴，桓王基之以武，太祖成之以德，聰明睿達，懿度弘〔六〕遠矣④。

【校勘】

〔一〕「也」，《藝文類聚》卷十一無此字。

〔二〕「奄交廣」，《晉書》卷五十四、《景定建康志》卷三十作「掩有交廣」。「奄」，《藝文類聚》卷十一作「掩」。六臣本注曰：「五臣本作掩字。」應據改。

〔三〕「矣」，《文集》脱。《文選》卷五十三、《西晉文紀》卷十五、陸刻本、《百三家集》本、陳仲魚校本、鄧邦述校本有『矣』。六臣本注：『五臣本無矣字。』《文集》校曰：『怨下當有矣字。』今校補。

〔四〕『劉公』，《藝文類聚》卷十一、《晉書》卷五十四作『劉翁』。又『以飾智』，陸刻本作『飾以智』。《藝文類聚》卷十一、《三國志》卷四十八無『以』字。六臣本注：『五臣本無以字。』

〔五〕『矣』，《文集》脱。《文選》卷五十三、《西晉文紀》卷十五、《百三家集》本皆有『矣』。《文集》校曰：『其民怨其俗陋正相對，不必有矣字。』然『曹氏』『劉公』二句相對，應以有『矣』爲善。今校補。

〔六〕『弘』，《藝文類聚》卷十一、《晉書》卷五十四作『深』。六臣本注曰：『五臣本作深字。』

【注釋】

① 善注：『《東都賦》曰：自中夏以布德。毛萇《詩傳》曰：奄，覆也。』翰注：『漢氏，謂劉備也。』銑注：『交、廣，郡名。』中夏，中原。《東都賦》向注：『中夏，中國也。』此四句謂三國地域之分佈。

② 善注：『《左氏傳》曰：吳，周之胄裔也。今而始大，比於諸華。《毛詩序》曰：亡國之音哀以思，其民怨。』良注：『曹操好殺戮，故云虐深民怨。』此三句言曹雖功成於中原諸雄之上，然政暴虐而人心怨。

③ 善注：『《淮南子》曰：僞之生，飾智以警愚。范曄《後漢書》：吳祐曰：遠在海濱，其俗誠陋也。』濟注：『劉公，即備也。言因其險阻，得增飾其智也。可謂功少而風俗敝陋也。』飾智，依仗智慧。《廣雅·釋詁》：『飾，著也。』錢大昭疏：『此言相依著也。』此三句言劉雖憑其天險，且依其智慧，然功業薄而民風陋。

④ 善注：『《周易》曰：古之聰明叡智神武而不殺者夫。《莊子》：許由曰：齧缺之爲人也，聰明叡智。』向注：『太祖，謂孫權也。』銑注：『懿，厚也。言權有厚度量也。』此四句言孫策以武創立基業，權以德

成其帝業，明察視聽，睿智通達，氣量深厚，志向弘遠。

其求賢如不〔一〕及，恤民〔二〕如稚子①。接士盡盛德之容，親仁罄丹府之愛。拔呂蒙於戎行，識〔三〕潘濬於係虜②。推誠信士，不恤人之我欺；量能授器，不患權之我偪〔四〕。執鞭鞠躬，以重陸公之威；悉〔五〕委武衛，以濟周瑜之師③。卑宮菲食〔六〕，豐功臣之賞；披懷虛己，納謨士之筭〔七〕④。故魯肅一面而自託，士燮蒙險而效命〔八〕⑤。高張公之德，而省游田之娱⑥；賢諸葛之言，而割情欲之歡⑦；感陸公之規，而除刑法之煩⑧；奇劉基之議，而作三爵之誓⑨；屏氣跼蹐，以伺子明之疾；分滋損甘，以育凌統之孤⑩；登壇慷慨，歸魯子〔九〕之功，削投惡言〔一〇〕，信子瑜之節⑪。是以忠臣競盡其謨，志士咸得肆力⑫。洪規遠略，固不厭夫區區者也⑬。故百官苟合，庶務未遑⑭。初都建業，羣臣〔一一〕請備禮秩，天子辭而不許，曰：『天下其謂朕何！』宮室輿服，蓋慊如也⑮。

【校勘】

〔一〕『不』，《景定建康志》卷三十作『弗』。

〔二〕『民』，《景定建康志》卷三十作『人』，蓋避唐諱。

〔三〕『識』，《藝文類聚》卷十一作『擢』，《晉書》卷五十四作『試』。

〔四〕『偪』，《藝文類聚》卷十一作『逼』。古二字同。

〔五〕『悉』，《文集》脱。《晉書》卷五十四、《文選》卷五十三、《西晉文紀》卷十五、陸刻本、《百三家集》本、陳仲魚校本皆有『悉』。《文集》校曰：『威下别本有悉字。』今校補。

〔六〕『食』，六臣本注曰：『善本有貪字。』

〔七〕『豐功臣之賞』『納謨士之筭』二句，《文選》卷五十三、陸刻本、陳仲魚校本、鄧邦述校本作『以豐功臣之賞』『以納謨士之筭』二句。《文集》校曰：『豐字、納字上俱有以字。』

〔八〕『效命』，陸刻本、陳仲魚校本、鄧邦述校本作『致命』。《文集》校曰：『效，别本作致。』六臣本注：『五臣本作效。』陳仲魚校本、鄧邦述校本并校作『效命』。

〔九〕『魯子』，《三國志》卷四十八作『魯肅』。

〔一〇〕『惡言』，《晉書》卷五十四作『怨言』。

〔一一〕『羣臣』，《文集》作『郡臣』。《晉書》卷五十四、《文選》卷五十三、陸刻本、《百三家集》本、陳仲魚校本作『羣臣』。《文集》校作『羣臣』。今據改。

【注釋】

①善注：『《論語》曰：子曰：見善如不及。謝承《後漢書》曰：延篤遷京兆尹，邺民如子。』翰注：『如不及者，謂志慕之也。恤，憂也。稚子，小兒也。』如不及，何晏《集解》：『如不及，猶恐失之耳也。』

②善注：『《吴志》曰：吕蒙年十五六，隨鄧當擊賊，策見而奇之，引置左右。張昭薦蒙，拜别部司馬。又曰：潘濬，字承明，武陵人也。《江表傳》曰：權剋荆州，將吏悉皆歸附，而濬獨稱疾不見。權遣人以牀就

家，輿致之。濬伏面著席不起，涕泣交横，哀哽不能自勝。權慰勞與語，呼其字曰：承明，昔觀丁父，鄀俘也，武王以爲軍帥。彭仲爽，申俘也，文王以爲令尹。此二人，卿荆國之先賢也。初雖見囚，後皆擢用，爲楚名臣。卿獨不然，未肯降，意將以孤異古人之量邪？使親近以巾拭面。濬起，下地拜謝，即以爲治中，荆州諸軍事，一以咨之。毛萇《詩傳》曰：識，用也。』良注：『盛德之容，謂禮節也。罄，亦盡也。丹府，謂赤心也。』濟注：『戎行，謂兵行伍之間也。虜，獲也。』盛德之容，謂待之以盛德之禮。《韻會》：『容，儀也。』仁，代指仁愛之士。丹府之愛，謂披肝瀝膽而愛之。府，同腑。《韻會》：『腑，人之六腑也。通作府。』係虜，俘虜。係，羈縛。《説文》：『係，絜束也。』

③ 善注：『《吴志》：陸機爲遜銘曰：魏大司馬曹休侵我北鄙，乃假公黄鉞，統御六師及中軍禁衛，而攝行王事。主上執鞭，百司屈膝。《江表傳》曰：曹公入荆州，周瑜夜請見權，曰：諸人徒見操書言水步八十萬，而各恐懼，不復斷其事實。今以實較之，不過十五六萬，軍已久疲。得精兵五萬，自足制之。權曰：五萬兵難卒合，已選三萬人，船載糧具俱辦。卿與子敬便在前發，孤當增發人衆，多載資糧，爲軍後援也。』向注：『誠，心。恤，憂也。我欺，猶欺我也。言權推腹心，信於人士，不憂前人有欺。』銑注：『不患難貴臣權勢所偪也。』良注：『時曹公入荆州，權盡委武衛之兵以濟益周瑜之軍也。悉，盡也。武衛，謂權之親近宿衛之兵也。』徐乾學注：『黄武七年，魏大司馬曹休舉衆入皖，乃假遜黄鉞，爲大都督，吴王親執鞭以見之。曹操入荆州，權盡委武衛之兵以益周瑜軍。』上數句言權待人以誠，用人以信，量才授職，禮賢下士。

④ 善注：『《論語》曰：禹菲飲食而致孝乎鬼神，卑宫室而盡力乎溝洫。馬融曰：菲，薄也。《漢書·李尋傳》曰：王根輔政，數虚己問尋。』向注：『披，張也。虚己者，亦猶虚器將容受其物也。言權開張其懷，

虚己受納謀臣之計也。』此四句言權居室簡陋，食物菲薄，而功臣之賞豐厚；推誠心，虚胸懷，而納謀士之略。

⑤ 善注：『《吴志》曰：魯肅，字子敬，臨淮人也。周瑜薦肅，才宜佐時，當廣求其比，以成功業，不可令去也。權即召肅與語，甚説之。衆賓罷退，獨引肅還，合榻對飲。又曰：士燮，字威彦，蒼梧人也。漢時，燮爲綏南中郎將，董督七郡，領交阯太守。孫權遣步陟爲交州刺史，燮率兄弟奉承節度。權加燮爲左將軍，燮遣子欽入質。』翰注：『故云一面自託也。士燮常蒙險阻以致其命也。效，致也。』

⑥ 善注：『《吴志》曰：張昭爲軍師。權每田獵，常乘馬射虎，虎常突前攀持馬鞍。昭變色而前曰：將軍何有當爾？夫爲人君者，謂能駕御英雄，驅使羣賢，豈謂馳逐於原野，校勇於猛獸者乎？如有一日之患，奈天下笑何？權謝昭曰：年少慮事不遠，慙君。然猶不能已。』向注：『張公，謂昭也。』高，意動詞，推崇。省，反省。《韻會》：『省，察也。』

⑦ 善注：『諸葛瑾事未詳也。』銑注：『諸葛，諸葛瑾也。情欲，女子之屬也。』上四句言推重張公之德，而反省田獵之行；以諸葛之言爲賢，而割舍其女愛之歡。

⑧ 善注：『《吴志》：陸遜陳便宜，勸以施德緩刑，寬賦息調。權報曰：君以爲太重，孤亦何利焉？但不得已而爲之耳。於是令有司盡寫科條，使郎中褚逢齎以就遜，意所不安，令損益之。』徐乾學注：『《孫權傳》：黄武五年，陸遜陳便宜，勸以施德緩刑。權報令有司，盡寫例條，令損益之。』

⑨ 善注：『權既爲吴王，歡宴之末，自起行酒。虞翻伏地，陽醉不持。權去，翻起坐。權於是大怒，手劍欲擊之。侍坐者莫不惶遽，惟大司農劉基起抱權，諫曰：大王三爵後殺善士，雖翻有罪，天下孰知之？翻由是得免。權因勑左右，自今酒後言殺，皆不得殺之。』良注：『議，亦諫也。三爵，謂醉後也。誓，戒也。』

奇，通倚，意猶憑藉。上四句言納陸公之諫，廢除繁苛刑法。藉劉基之議，而作不得醉酒殺人之誓。

⑩ 善注：『《論語》曰：屏氣似不息者。《毛詩》曰：謂天蓋高，不敢不跼。謂地蓋厚，不敢不蹐。《吴志》曰：吕子明疾發，權時在公安，迎置内殿，所以治護者萬方，募封内有能愈蒙者，賜千金。欲數見其顔色，又恐其勞動，常穿鑿壁瞻之，見其小能下食，則喜，顧左右言笑。不然，則咄唶，夜不能寐。病小瘳，爲下赦令，羣臣畢賀。後更增篤，自親臨視。凌統卒，權爲之數日減膳，言及流涕。乃列封統二子，年各數歲，權内養於宫，愛待與諸子同。賓客進見，呼示之曰：此吾虎子也。』濟注：『子明，吕蒙字也。屏氣、跼蹐，謂窺壁之時恐其知聞而使其勞也。屏，息也。跼蹐，緩行也。伺，謂伺候也。』屏氣跼蹐，謂屏氣緩行。分滋損甘，即食不甘味。謂孫權以赤誠之愛待下。

⑪ 善注：『《吴志》曰：權既稱尊號，臨壇，顧謂公卿曰：昔魯子敬嘗道此，可謂明於事勢矣。時或言諸葛瑾别遣親人，與備相聞。權曰：孤與子瑜，有死生不易之誓，子瑜之不負孤，猶孤不負子瑜也。』銑注：『登壇，謂權即帝位也。慷慨，雄壯之貌。言即位之時，顧謂羣臣，歸功於魯肅也。魯子，謂肅也。』濟注：『此則棄人惡言，信其忠節。削投，謂棄也。子瑜，瑾字也。』此二句謂孫權不掠人功，不疑人之節。

⑫ 善注：『孔安國《尚書傳》曰：謨，謀也。又曰：肆，陳也。』翰注：『肆，用也。』

⑬ 善注：『言其規略宏遠，不安兹小國也。《左氏傳》曰：初，楚靈王卜曰：余尚得天下，不吉。投龜詬天而呼曰：是區區者而不餘畀。《方言》曰：猒，安也。於豔切。』良注：『區區，小也。言權大規遠略，固不安此區區小國者，將欲一統天下故也。』

⑭ 善注：『《論語》曰：子謂衛公子荆善居室。始有，曰：苟合矣。少有，曰：苟完矣。』向注：『遑，暇也。』此二句言始立百官，各種政務未遑完備。即下文所謂『禮秩』『宫室輿服』之類。

⑮ 善注：『《漢書》：文帝曰：豫建太子，謂天下何？賈逵《國語注》曰：謂，告也。言何以告天下也。劉兆《穀梁傳注》曰：慊，不足也。』銑注：『建業，郡名。天子，謂權也。初都建業，羣臣請備禮，即天子位，而權不許也。謂我何者言天下，以我無心存漢矣。雖居宮室車服，蓋如不足堪也。』以上數句包含一個遞進語意。初，拒絶即天子位；即位後又躬行節儉，故宮室輿服亦多不足。

此段言吴由盛而亡之原因。孫權以德建立帝業，其求賢若渴，愛民如子，待人以誠，用人以信，虚懷納諫，克己勤政，故忠臣志士各盡忠職守。

爰及中葉〔一〕，天人之分既定，百度之闕粗修〔二〕①，雖醲化懿綱，未齒乎上代，抑其體國經民〔三〕之具，亦足以爲政矣②。地方〔四〕幾萬里，帶甲將百萬，其野沃，其兵〔五〕練③，其器利，其財豐。東負滄海，西阻險塞④，長江制其區宇，峻山帶其封域⑤，國家之利，未巨〔六〕有弘於兹者矣。借使中才〔七〕守之以道，善人御之有術〔八〕⑥，敦率遺典〔九〕，勤民謹政，循〔一〇〕定策，守常險，則可以長世永年，未有危亡之患也〔一一〕⑦。

【校勘】

〔一〕『中葉』，《文集》作『中業』。《晉書》卷五十四、《文選》卷五十三、《西晉文紀》卷十五、陸刻本、《百三家集》本、陳仲魚校本、鄧邦述校本作『中葉』。《文集》校作『中葉』。今據改。

〔二〕『粗修』，六臣本注：『五臣本作粗精。』又『粗』，李善注作『租』。古二字同。

〔三〕『經民』，《文選》卷五十三、《晉書》卷五十四、《景定建康志》卷三十、作『經邦』。或避唐諱。

〔四〕『地方』，《文集》脱『方』。《晉書》卷五十四、《文選》卷五十三、《西晉文紀》卷十五、陸刻本、《百三家集》本、陳仲魚校本、鄧邦述校本作『地方』。《文集》亦校補『方』。今據改。

〔五〕『兵』，《文集》作『民』。《晉書》卷五十四、《文選》卷五十三、《西晉文紀》卷十五、陸刻本、《百三家集》本、陳仲魚校本、鄧邦述校本作『兵』，《文集》亦校作『兵』。今據改。

〔六〕『巨』，《晉書》卷五十四、《三國志》卷四十八注、《景定建康志》卷三十作『見』。《文集》校曰：『巨，當作見。』應據改。

〔七〕『中才』，《晉書》卷五十四無此二字。

〔八〕『善人』，《晉書》卷五十四、《景定建康志》卷三十無此二字。『有』，《晉書》卷五十四作『以』。上二句，《晉書》卷五十四作『借使守之以道，御之有術』。

〔九〕『典』，《三國志》卷四十八作『憲』。

〔一〇〕『循』，《藝文類聚》卷十一、《晉書》卷五十四作『修』。

〔一一〕『也』，《藝文類聚》卷十一無此字。六臣本注：『五臣本無也字。』

【注釋】

① 善注：『粗，古粗字也。韋昭《漢書注》曰：粗，略也。才古切。』濟注：『中業，謂權中年之時，天道人事既定，謂三國各據一方也。則百法禮儀有所缺失者，粗得增脩也。』

②　善注：『杜預《左氏傳注》曰：齒，列也。《周禮》曰：惟王建國，體國經野。』翰注：『言雖醇醲之化，美政之理，以網羅天下，則未列齒於上代帝王之迹。然至其體國理人之事，亦足以爲政化也。』體國，鄭玄注：『營國。』猶治國。具，指綱紀具備。《玉篇》：『具，共置也，備也。』此四句言醇美之教化和綱紀，雖不及上代，然治國御民之術，亦可爲政。意謂國之體制、法令等漸趨完備。

③　善注：『杜預《左氏傳注》曰：幾音其，近也。韋昭《國語注》曰：沃，肥善也。』向注：『言吴地廣兵衆也。帶甲，謂兵也。』銑注：『練，謂習戰事也。』

④　良注：『器，謂兵器也。』濟注：『負，恃也。』阻，《廣韻》：『隔也。』此言此東以滄海爲屏障，西以險塞爲依託。

⑤　翰注：『封域，謂疆界也。』此言長江之險控制國之地域，四方疆界以峻山爲帶。

⑥　善注：『陳琳《爲曹洪與文帝書》曰：謂爲中才處之，殆難倉卒。《論語》：子張問善人之道。子曰：不踐迹，亦不入於室也。』向注：『御，理也。』借使，假使。《玉篇》：『借，假也。』

⑦　善注：『《左氏傳》：北宫文子曰：有其國家，令問長世。《尚書》曰：降年有永，有不永。』敦，勉力。《爾雅·釋詁》：『敦，勉也。』上數句言假使中才以道守業，善人治國有方，勉力遵從先王典章，勤於政事，謹慎治民，按照既定之策，守自然之險，則吴之帝業可長世永年，未有此危亡之患。

此段言中葉之後，帝業既立，國體初具，地廣兵精，才豐器利，又有四塞之險可依。所以亡者，乃守業無道，治國無方，不謹政事，不遵舊典，不從故策之故也。

或曰：『吴蜀脣齒之國〔一〕，蜀滅則吴亡，理則然矣。』夫蜀蓋藩援之與國，而非吴人之存亡也①。何則〔二〕？其郊境之接，重山積險，陸無長轂之徑；川流阤迅〔三〕，水有驚波之艱〔四〕②。雖有鋭師百萬，啓行不過千夫③；舳艫千里，前驅不過百艦④。故劉氏之伐，陸公喻之長蛇，其勢然也⑤。昔蜀之初亡，朝臣異謀，或欲積石以險其流，或欲機械以御其變⑥。天子總羣誼〔五〕而諮之大司馬陸公，公〔六〕以四瀆天地之所以節宣其氣，固無可遏之理⑦，而機械則彼我之所共，彼若棄長技以就所屈，即荆揚〔七〕而争舟楫之用，是天贊我也。將謹守峽口以待禽耳⑧。逮步闡之亂，憑寶城〔八〕以延强寇，重資幣以誘羣蠻⑨。于時大邦之衆，雲翔電發，縣旍〔九〕江介，築壘遵渚，襟〔一〇〕帶要害，以止吴人之西，而巴〔一一〕漢舟師，沿江東下⑩。陸公以〔一二〕偏師三萬，北據東坑⑪，深溝高壘，按甲養威。反虜踠迹待戮，而不敢北窺生路，强寇敗績宵遁，喪師大半。分命鋭師五千，西禦水軍〔一三〕，東西同捷，獻俘萬計⑫。信哉，賢人之謀，豈欺我哉⑬！自是烽燧罕警，封域寡虞⑭。陸公没而潛謀兆，吴釁深而六師駭⑮。夫太康之役，衆未盛乎曩日之師⑯；廣州之亂，禍有愈乎向時之難⑰，而邦家顛覆，宗廟爲墟。嗚呼！『人之云亡，邦家殄瘁』，不其然歟⑱！

【校勘】

〔一〕《七十二家集》本『國』後有一『也』。

〔二〕『何則』,《晉書》卷五十四無此二字。

〔三〕『川流阸迅』,《文選》卷五十三、《晉書》卷五十四、《西晉文紀》卷十五、陸刻本、《百三家集》本、陳仲魚校本、鄧邦述校本作『川阸流迅』。《文集》校曰:『川流阸迅,一本作川阸流迅』。鄧邦述校本校作『川流阸迅』。

〔四〕『艱』,《文集》作『難』。《晉書》卷五十四、《西晉文紀》卷十五、陸刻本、《百三家集》本、陳仲魚校本、鄧邦述校本作『艱』。《文集》校曰:『難,别本作艱。』陳仲魚校本、鄧邦述校本亦校作『難』。今據改。

〔五〕『誼』,《文選》卷五十三、《晉書》卷五十四、《三國志》卷四十八注並作『議』。六臣本注曰:『五臣本作議字。』

〔六〕『公』,《三國志》卷四十八注作『陸公』。六臣本注曰:『五臣本只有一公字。』『公』爲此句主語,或非衍字。

〔七〕『荆揚』,《晉書》卷五十四作『荆楚』。

〔八〕『寶城』,《三國志》卷四十八注作『保城』。胡克家《文選考異》曰:『「保」即今之堡字,保是,寶非也。』

〔九〕『旍』,《文集》作『旌』。《文選》卷五十三、《晉書》卷五十四、《西晉文紀》卷十五、陸刻本、《百三家集》本、陳仲魚校本、鄧邦述校本作『旍』。今據改。

〔一〇〕『襟』,《晉書》卷五十四作『衿』。古二字通。

〔一一〕『而』,《晉書》卷五十四、《景定建康志》卷三十無『而』字。『巴』,陳仲魚校本、鄧邦述校本作『已』,并校作『巴』。

〔一二〕『以』,《文集》脱。《文選》卷五十三、《晉書》卷五十四、《西晉文紀》卷十五、陸刻本、《百三家集》本、陳仲魚校本、鄧邦述校本有『以』。今校補。

〔一三〕『軍』,《文集》作『車』。《文選》卷五十三、《晉書》卷五十四、《三國志》卷四十八注、《西晉文紀》卷十五、《百三家集》本作『軍』。今據改。

【注釋】

① 善注:『《左氏傳》:宮之奇曰:諺所謂輔車相依,脣亡齒寒也。《漢書》:項梁曰:田假,與國之王也。如淳曰:相與友善爲與國,黨與也。』良注:『援,助也。與,黨也。言蜀雖爲藩籬之助,爲吴國之朋黨,然吴之存亡不由蜀也。』

② 善注:『《穀梁傳》曰:長轂五百乘。范甯曰:長轂,兵車也。』濟注:『其險狹無行車之路也。』郊境之接,謂城邑之外與邊境相接。《説文》:『距國百里爲郊。』此四句言蜀山疊險聚,陸路狹長,兵車難行;水道狹隘,湍急波險,舟船難通。謂難以進行大部隊作戰,下文則具體言之。

③ 善注:『《詩》曰:元戎十乘,以先啓行。』向注:『開行陣不過千人,亦言地狹。雖人衆,無施用也。』

④ 善注:『《漢書》曰:自尋陽浮江,舳艫千里。李斐曰:舳,船後持柂處也。艫,船前頭刺櫂處也。言其船多,前後相銜,千里不絶。』翰注:『舳艫,船也。艦,戰船也。不過百艦,言水狹也。』

⑤ 善注:『蛇鬬,以首尾救,故鋭師百萬,而無所施也。』良注:『劉氏,謂備也。陸公,謂遜也。《孫子兵法》曰:善用兵者,如常山之蛇,擊其首則尾至。言劉氏伐吴之時,陸遜比蜀兵爲長蛇者,言其地狹,首尾

不得相救，其勢合然也。』

⑥ 善注：『《戰國策》曰：公輸班爲攻宋機械。』翰注：『謂吴朝臣見蜀亡，恐禍將及。吴或謀，欲積石以遏江水，令流迅以爲險阻。機械，兵器之總名也。』

⑦ 善注：『《國語》：太子晉曰：夫天地成而聚於高，歸物於下，疏爲川谷，以道其氣。韋昭曰：聚，聚物也。高，山陵也。下，藪澤也。疏，通也。』銑注：『天子，謂權也。總，集也。咨，問也。』濟注：『陸公，謂抗也。抗言江水四瀆也無遏絶之理，謂不可積石以險流矣。四瀆，江淮河濟也。宣，通也。』誼，意。《玉篇》：『誼，理也。』按：天子，指孫休。魏景元四年、吴永安六年（二六三），魏伐蜀，蜀亡。永安吴帝孫休年號，五臣誤也。

⑧ 善注：『《漢書》：鼂錯曰：匈奴之長技三，中國之長技五。《左氏傳》：子魚曰：勍敵之人，隘而不成列，天贊我也。』向注：『言彼此皆有機械也。』銑注：『言晉人所長，巧於陸戰，若棄其所長，以就水戰，是屈其力也。晉人又即於荆揚二州，而争我舟楫之用，其不善用舟，必速覆敗，是天助贊吴也。則當守峽山之口，以待禽耳。』

⑨ 善注：『《國語》：單穆公曰：量資幣。《戰國策》曰：荆軻至秦，持千金之幣，厚遺中庶子蒙嘉。』翰注：『西陵督步闡，叛吴降晉，憑據堅城，以招延晉軍也。又重以幣帛，招説羣蠻，同爲背叛也。實，猶堅也。』逮，《爾雅・釋言》：『及也。』徐乾學注：『鳳凰元年，西陵督步闡叛降晉，晉羊祜率師向江陵。』

⑩ 善注：『雲翔，言衆也。《戰國策》：頓子説秦王曰：今楚魏之兵，雲翔而不敢拔。然此雲翔，與《戰國》微異，不以文害意也。《毛詩》曰：鴻飛遵渚。毛萇傳曰：遵，循也。』向注：『大邦，謂晉也。作此論之時，吴亡，機仕於晉，故云大邦也。介，間也。築壘，謂作軍營壁也。遵，繞也。言晉兵守吴要害，如襟帶束

於身也。又以蜀中兵沿江而東下，至於吴。順流而下口沿。』徐乾學注：『《抗傳》：晉巴東監軍徐胤率水軍，詣建平；荆州刺史楊肇至西陵。』此數句言晉師雲集電馳，懸旌旗於江邊，沿洲築營，使要害之地相連，以阻吴人西向，又以巴漢水兵，沿江東下。

⑪ 善注：『東坑，在西陵步闡城東北，長十餘里。陸抗所築之城，在東坑上，而當闡城之北，其迹並存。』良注：『陸公，謂抗也。東坑，謂海也。』按：東坑，當依善注，良注誤。

⑫ 善注：『《吴志》曰：西陵督步闡據城以叛，遣使降晉。陸抗聞之，因部分諸軍吴彦等，徑赴西陵，勑軍營，更築嚴圍，自赤谿至故市，内以圍闡，外以御寇。圍備始合，晉巴東監軍徐胤率水軍詣建平，荆州刺史楊肇至西陵。抗令張咸固守其城。公安督留慮距胤，身率三軍，憑圍對肇。肇攻至月餘，計屈夜遁。抗使輕騎躡之，肇大破敗，胤等引還。抗遂陷西陵城，誅夷闡族。《左氏傳》曰：僖二十年，晉侯敗楚師於城濮。還師歸國，獻俘授馘。杜預曰：獻楚俘於廟。俘，即囚也。』濟注：『反虜，謂步闡也。跼迹，謂俯伏也。北窺，謂投晉也。』翰注：『宵，夜遁逃也。喪，失師衆也。太半，言彊半也。』銑注：『伐國取人曰俘。獻，謂獻生虜於君。』徐乾學注：『《抗傳》：抗勑軍營築嚴圍圍闡，令水軍督留慮距胤。身率三軍，憑圍對肇。肇大敗，祜等引還，抗遂陷西陵，誅夷闡族。跼迹，謂俯伏也。北窺，謂投晉。』此數句言陸公加深溝水，增高營壘，按兵不動，蓄養鋭氣。叛將俯伏以待戮，不敢北逃而求生，救兵大敗而夜遁，喪師過半。西路分兵五千，以禦晉水軍，東西皆大勝，俘虜萬人。

⑬ 善注：『《孟子》：公明儀曰：文王，我師也。周公豈欺我哉？』向注：『言陸抗之謀豈欺詐於君也。』

⑭ 善注：『言少有虞度之事也。』翰注：『自陸公一捷，則烽火之侯稀有警動，而彊界少其虞備也。』警，

《玉篇》：『戒也。』此二句言自此之後少有警戒之烽火，邊境亦少憂虞矣。

⑮ 善注：『《蒼頡篇》曰：駭，驚也。』良注：『言陸抗亡没之後，而晉潛謀伐吴，自此而始，孫皓無道，瑕釁日深，而六軍於是警駭也。兆，始也。』

⑯ 濟注：『晉太康年滅吴，言太康時，兵衆未能盛於曩日魏蜀之師，且魏蜀兵盛而吴敗之。今晉兵不如魏蜀而吴滅者，由陸公亡没，後無良將也。』

⑰ 善注：『《吴志》曰：孫皓天紀三年，郭馬反，攻殺廣州都督虞授。馬自號都督交、廣二州軍事、安南將軍。曩日、向時，皆謂曹劉之世。』翰注：『孫皓天紀三年，郭馬反殺廣州刺史，當時禍患，亦少於魏蜀之難。廣州遭亂，豈不由無良臣明主也。愈，少也。向時，謂蜀魏也。』

⑱ 善注：『《詩·大雅》文也。』銑注：『人之云亡，謂陸公亡也。殄，盡。瘁，病也。言邦家顛覆，宗廟爲丘墟者，蓋以陸公亡而邦國之人盡病矣。不其然與，謂豈不如此也。』

此段駁斥蜀滅吴必亡之論。分析蜀亡，蓋因地勢狹長，河流窄隘，不宜大部隊作戰。而吴有天險可依，擅長水戰，貴在人謀。有人謀則勝，無人謀則亡，吴亡蓋因陸公亡也。

《易》曰『湯武革命順乎天』，《玄》曰『亂不極而治不形』〔一〕①，言帝王之因天時也。古人有言曰『天時不如地利』②，《易》曰『王侯設險，以守其國』，言爲國之恃險也③。又曰『地利不如人和』，『在德不在險』，言守險之由〔二〕人也④。吴之興也，參而由焉，孫卿所謂合其參者也⑤。及其亡也，恃險而已，又孫卿所謂捨〔三〕其參者也⑥。夫四州之萌〔四〕非無衆也，大江之南非乏俊〔五〕也⑦，山川之險易守也，勁利之器易用也⑧，先政之策易循〔六〕也，功不興而禍遘者〔七〕，何哉？所以用之者失也⑨。是〔八〕故先王達經國之長規，審存亡之至數，謙〔九〕己以安百姓，敦惠〔一〇〕以致人和⑩，寬沖以誘俊乂〔一一〕之謀，慈和以結士民之愛⑪。是以其安也，則黎元與之同慶；及其危也，則兆庶與之共患。安與衆同慶，則其危不可得也；危與下共〔一二〕患，則其難不足恤也⑫。夫然故能保其社稷，而固其土宇。《麥秀》〔一三〕無悲殷之思，《黍離》無愍周之感矣〔一四〕⑬。

【校勘】

〔一〕『玄』，《景定建康志》卷三十作『或』。又『而』，陸刻本、陳仲魚校本、鄧邦述校本作『則』，陳仲魚校本、鄧邦述校本并校作『而』。

〔二〕『由』，《晉書》卷五十四、《景定建康志》卷三十作『在』。

〔三〕『捨』，六臣本作『舍』，又注曰：『五臣本作捨。』古二字通。

〔四〕『萌』，《景定建康志》卷三十作『氓』。六臣本注曰：『五臣本作氓。』當據改。

〔五〕『之』，《景定建康志》卷三十作『以』。『俊』，陸刻本、陳仲魚校本、鄧邦述校本作『後』，形近而誤。陳仲魚校本、鄧邦述校本并校作『俊』。

〔六〕『循』，《晉書》卷五十四作『修』。

〔七〕『者』，《藝文類聚》卷十一無此字。六臣本注曰：『五臣本無者字。』

〔八〕『是』，《藝文類聚》卷十一、《晉書》卷五十四、《三國志》卷四十八注《景定建康志》卷三十無此字。

〔九〕『謙』，《三國志》卷四十八注作『恭』字。

〔一〇〕『惠』，《七十二家集》本作『厚』。

〔一一〕『乂』，《文集》作『人』，又校曰：『人，當作乂。』六臣本注：『五臣作乂。』《晉書》卷五十四、《西晉文紀》卷十五、陸刻本、《百三家集》本、陳仲魚校本、鄧邦述校本作『乂』。今據改。

〔一二〕『共』，《景定建康志》卷三十作『同』。

〔一三〕『麥秀』，《文集》作『麦秀』，誤。《晉書》卷五十四、《文選》卷五十三、《西晉文紀》卷十五、陸刻本、《百三家集》本、陳仲魚校本、鄧邦述校本作『麥秀』。《文集》校曰：『麦，當作麥。』今據改。

〔一四〕『矣』，《晉書》卷五十四作『也』。

【注釋】

①善注：『《周易·革卦》之辭也。《太玄經》曰：陰不極則陽不生，亂不極則德不形。』向注：『玄，謂《太玄經》也。言世亂之極，則有理世而見。』革命，變革朝代而應天命。因天時，指因天時而興亡。

②善注：『《孟子》曰：天時不如地利，地利不如人和。趙岐曰：天時，支干五行王相孤虛之屬。』

③善注：『《周易·坎卦》之辭也。』向注：『恃險則地利也。』

④善注：『《史記》：魏武侯曰：山河之固，此魏國之寶也。吳起對曰：在德不在險。』

⑤善注：『《孫卿子》曰：天有其時，地有其財，人有其治，夫是之謂能參。合所以參，而顛覆所參則惑矣。』翰注：『言吳之興也，天時、地利、人和三者並用也。參，三也。由，用也。孫卿，謂孫卿子也。合其三

者，謂道合於天地人。』

⑥良注：『捨其天地人三者之理也。』謂捨去三者之理，唯憑藉天險。

⑦濟注：『四州，荆、揚、交、廣，皆吴地也。氓，謂百姓也。俊，謂賢俊人也。』萌，同氓。《説文》：『氓，民也。』又《韻會》：『氓，通作萌。』

⑧翰注：『勁利之器，兵器也。』

⑨向注：『先政，謂權之政化也。遘，及也。用之者失，謂任羣臣有疑貳之心，故禍及也。』

⑩銑注：『先王，謂古先帝王也。』此四句言古之帝王洞察治國長遠之計，考察興亡之運數，謙恭待人而百姓安逸，厚其仁愛而使人和諧。

⑪銑注：『誘，進也。俊乂，謂賢人也。士民，謂百姓也。』此二句言寬厚深弘而進賢俊之謀略，慈愛平和集士民之愛戴。

⑫善注：『《孝經鉤命决》曰：天有顧眄之義，授圖子黎元也。』翰注：『上行其惠而及其下，下效其節以匡於上，上下和而君臣之道悦，則雖危亡患難之事，蓋不足憂也。』

⑬善注：『《尚書大傳》曰：微子將朝周，過殷之故墟，見麥秀之蕲蕲，曰：此父母之國，宗廟社稷之所立也。志動心悲，欲哭則朝周，俯泣則婦人，推而廣之，作雅聲。《毛詩序》曰：《黍離》，閔宗周也。周大夫行役，過故宗廟宫室，盡爲禾黍，故爲《黍離》之詩。』向注：『言人君能使上下和而君臣不疑者，故能安社稷，固土宇，則長無喪亡之患也。若殷周長有正道，則無此悲痛之事也。愍，痛也。』

此段作者强調雖曰天時、地利、人和三者均爲重要，然人是其决定因素。吴興，在於得人；吴亡，在於失人。若能安百姓、致人和、進賢俊，安危庶民與共，則無亡國之悲矣。

【集評】

［晉］陸雲《與兄平原書》：《辨亡》則已是《過秦》對事，求當可得耳。

［南朝·梁］劉勰《文心雕龍·論説》：至如李康《運命》，同《論衡》而過之；陸機《辨亡》，效《過秦》而不及，然其美矣。

［北周］庾信《周大將軍懷德公吴明徹墓誌》：葛瞻始嗣兵戈，仍遭蜀灭；陸機才論功業，即值吴亡。

［明］楊慎《丹鉛餘録》卷七：賈誼之《過秦》以諭漢也，陸機之《辯亡》以警晉也。

［明］王世貞《藝苑卮言》卷四：模擬之妙者，分歧逞力，窮勢盡態，不唯敵手，兼之無迹，方爲得耳。若陸機《辨亡》、傅玄《秋胡》，近日獻吉『打鼓鳴鑼何處船』語，令人一見匿笑，再見嘔噦，皆不免爲盗跖、優孟所訾。

［明］彭大翼《山堂肆考》卷一百三十一：晉陸士衡著《辨亡論》上下二首，言吴之所以亡也。

［明］唐順之評：此二論上則自漢而及吴之開國，自堅而策而權，所以能割據河山而與天下争衡，及皓之面縛輿櫬而降晉，一一指次其事。故既著此論，以辨亡名，而皓之所以襲此雄啚而卒致降虜者，其意猶未盡。故復自權之强而及皓之恃險以亡，本末甚具，則爲之論下。（余碧泉《文選纂注》）

［明］郭正域評：學《過秦》《王命》諸作，不見自杼機軸。（《新刊文選批評》）

［明］孫鑛評：全規模《過秦》，宏暢不及《晉紀總論》，而煉透過之。（《孫月峰先生評文選》）

［明］錢陸燦評：逐句看盡，工細，第整段讀去，覺氣不雄勁，乃更覺碎。（晉陵吴氏刻《文選》六十卷）

［明］鄒思明評：二論文詞富贍，繁雅適均，蒼而健，秀而奇，鑄意遣言妙在各出機杼。而其間得人則治，不得人則亂，又與千聖同揆，歷千古而一轍。氣色高華，音韻調暢，其彩雲翔碧霄之上，簫韶舞空翠之間

乎！（《文選尤》）

[清]孫洙評：專叙大帝用人，雖爲後主不能用人而發，亦以起陸公之功也。地險可恃，蜀亡非害，而歸本人和，尤見固國良籌。（《山曉閣重訂文選》）

[清]邵長蘅評：一往雄俊之氣，噴湧而出，令前無《過秦論》，遂將獨有千古。（范子燁《〈昭明文選〉邵氏語逐録稿》）

[清]俞瑒評：二論大意歸重人才，前篇總説，下篇則專在陸氏也。（清鈔本《昭明文選》）

[清]何焯評：士衡欲以誇祖父之有功於吴，故著《辨亡》二論。上篇爲國紀，下篇爲家乘。（《何氏評文選》）

[清]方廷珪《昭明文選集成》：按只將吴昔日所以興處，由於愛民禮士、任賢使能、敦本節儉、聽言納諫，許多好處，層層鋪張。且山河險固，强鄰叛寇，日肆覬覦，只守隘口，無不追奔逐北，故三分之勢立，鼎足之形成。但險同昔日之險，人非昔日之人，竟使長江天塹，拱手授敵，臣僕之悲適以增其故國黍離之感耳。二篇詞意極藴藉含蓄，其正意俱在題之反對處見。

[清]顧炎武《日知録》卷十九《古文未正之隱》：陸機《辯亡論》，其稱晉軍，上篇謂之王師，下篇謂之彊寇。

[清]徐乾學評：與《過秦論》同一機軸，但賈之志欲明恃力之不可久，而士衡則惓懷宗國，流連慨悼，且歸重於人才盛衰。其爲鑒戒則一也。（《評注經史百家雜鈔》卷二）

[清]孫梅《四六叢話》卷四《賦》：予謂賈誼之《過秦》、陸機之《辯亡》，皆賦體也。

[清]洪亮吉《洪北江詩文集·吕廣文星垣文鈔序》：孫君能爲説經辨駁之文，以匡稚圭、劉子政爲宗；

楊君能爲梁、陳、初唐之文，尤以徐孝穆、王子安爲宗。君之文，則不名一體。其上者，則敬通問交士衡《辨亡》也。

［清］蔡世遠《古文雅正》卷二：（賈誼《過秦論》上）勢如崩崖，縮之勿墜；氣如奔濤，蓄之復注。議論既正，出以絶大魄力，使讀者酣快異常。陸士衡《辨亡論》酷意摹擬，筆力弱不及矣。宋潛溪《隋室興亡論》筆力又不及士衡，惟權文公《兩漢辨亡論》歸罪張禹、胡廣，出以他體，反復可觀。文章固不貴襲也。

吴曾祺《涵芬樓文談・雜説》：陸士衡《辨亡論》作於入晉以後，故稱晉爲『王師』，或爲『大邦』，而忽有『强寇敗績宵遁』一語。語意不同如是，殊不可解。

駱鴻凱《文選學・附編》：《過秦》三篇爲論文之宗，覆燾無窮，文士著論則效最工者，有士衡《辨亡》與曹冏《六代論》、干寶《晉紀總論》諸篇。《辨亡》命意用筆遣辭，全規《過秦》，模擬之迹尤顯然明白。

《辨亡》機局，全學《過秦》，而風格不類，此時代之異。

林紓《春覺齋論文・流别論》：雖然，論者貴能破理。莊子之《齊物》、王充之《論衡》，析理微矣，仍子書之體。《吕氏春秋》之六論，亦各有篇目，不必專爲一事。惟賈誼之《過秦》，陸機之《辯亡》，則直有感而作矣。鄙意非所見之確，所藴之深，吐辭不能括終義而歸醇，析理不能抑群言而立杆，不如不作之爲愈。

吴曾祺《涵芬樓文談・仿古》：文章之體，往往古有是作，而後人則仿而爲之，雖通人不以爲病。……司馬相如作《封禪書》，揚子雲因之作《劇秦美新》，班孟堅因之作《典引》，唐柳子厚因之作《晉問》，此皆章章可見者也。又如陸士衡作《辨亡論》，全學賈生《過秦論》。

吴曾祺《涵芬樓文談・雜説》：陸士衡《辯亡論》作於入晉以後，故稱晉爲『王師』，或爲『大邦』，而忽有『疆寇敗績宵遁』一語。語意不同如是，殊不可解。

劉師培《漢魏六朝專家研究·學文四忌》：蔡伯喈、陸士衡輩，雖在長篇，亦能以文副意。（如陸機《五等論》《辯亡論》等篇幅雖長，而無敷衍文辭、不與題旨相應之句，故能華而不浮。後人爲之，不能稱是矣。）

劉師培《漢魏六朝專家研究·四論謀篇之術》：陸士衡文，可就《辯亡論》以考其謀篇之術。此論上下兩篇，意思相連，而重要結論皆在下篇末段，蓋必先定主旨篇法，而後將事實填入，此所謂先案後斷法也。

五等諸侯論〔一〕

【題解】

五等封侯，魏廢已久。咸熙元年（二六四），司馬炎爲禪魏而争取世族支持，始建五等爵。禪位次年，即晉太始二年（二六六）又詔封五等，從而建立了與魏不同的政治體制。五等封侯，在魏晉易代過程中起了重要作用，也形成了此後藩王尾大不掉的政治格局，成爲『八王之亂』的直接源頭。此文爲這一政治體制尋找理論依據，説明機已入洛，五等封侯之弊尚未凸現。故此文之創作時間當在機入晉之初，八王之亂未萌之時，約元康元年（二九一）前後。

善曰：『五等，公侯伯子男也。言古者聖王立五等以治天下。至漢封樹，不依古制，乃作此論。』翰曰：『蓋論其與廢利害之事也。』文章論述五等之制的歷史淵源、重要作用、利弊得失；秦漢或廢五等封侯，或封侯而不遵古制，所造成的嚴重後果；最後，通過周漢歷史、五等制與郡守制之對比，再上升到人情、事理、體制之理論抽象，論其五等諸侯之是，牧守郡縣之非。其歷史觀未可許之，文章則不可廢。作者稽之史實，反復比較，有具體，有抽象，有正論，有駁論，故説理鑿鑿，思辨謹嚴。加之語多排偶，氣盛言宜，上承戰國策士之風，下開韓柳正論之先河。同爲正論，《辨亡》以情勝，此文以氣勝。此文對唐影響甚遠，柳宗元《封建論》、朱敬則《五等論》、李翰《漢祖吕后五等論》，均與此文有絲縷聯繫。

夫體國經野〔二〕，先王所慎①，創制垂基，思隆後葉②。然而經略不同，長世異術③。五等之制，始於黄唐，郡縣之治，創自〔三〕秦漢④，得失成敗，備在典謨⑤，是以其詳可得而言⑥。

【校勘】

〔一〕《藝文類聚》卷五十一、《文選》卷五十四、《羣書治要》卷三十、《晉書》卷五十四作『五等論』。

〔二〕『經野』，《文選》卷五十四作『營治』。胡克家《文選考異》曰：『袁本、茶陵本「經野」作「營治」。案：二本是也。』胡校誤，『體國經野』乃一固定語詞。《周禮·地官司徒》：『惟王建國，辨方正位，體國經野，設官分職，以爲民極。』

〔三〕『自』，《晉書》卷五十四作『於』。

【注釋】

① 善注：『《周禮》曰：惟王建國，體國經野。鄭玄曰：體，猶分也。《漢書》：王嘉曰：王者代天爵人，尤宜慎之。』體國經野，鄭玄注：『體，猶分也。經，謂爲之里數。營國方九里，國中九經九緯，左祖右社，

面朝後市。野則九夫爲井，四井爲邑之屬是也。』體國，謂裂土而封。經野，謂劃地爲邑。

② 善注：『《典引》曰：慎命以創制。《論語比考讖》曰：以俟後聖垂基也。』此二句言創立體制垂留基業，必思使後世隆盛。

③ 善注：『《左氏傳》：楚芈尹無宇曰：天子有經略，古之制也。又北宮文子曰：有其國家，令聞長世。』經略，經營治理。杜預注：『經營天下，略有四海，故曰經略。』長世，世祚長久。《左傳・僖公十一年》：『禮不行，則上下昏，何以長世？』杜預注：『爲惠公不終。』異術，不同途徑。《説文》：『術，邑中道也。』

④ 善注：『《漢書》曰：周爵五等，蓋千八百國。而太昊、黄帝後，唐、虞侯伯猶存。至秦遂並四海，分天下爲郡縣，前聖苗裔，靡有孑遺者矣。漢興，因秦制度。以撫海内。班固《漢書》述曰：自昔黄唐，經略萬國，三代損益。降及秦漢，革剗五等，制立郡縣。』銑注：『黄，謂黄帝也。唐，謂唐堯也。五等之制，自黄帝至於周室，尚不改易，至秦無道，并吞天下，列置郡縣，西漢因秦之敝，行而不改也。』

⑤ 善注：『《王命論》曰：歷古今之得失，驗行事之成敗。《書序》曰：典謨訓誥。』典謨，《書》之篇目。《經典釋文》：『典凡十五篇，正典二，攝十三，十一篇亡。謨凡三篇，正二攝一。』此泛指典籍。

⑥ 向注：『詳，議也。』

此段言五等之制，由來遠矣，得失成敗，可稽考典籍。

夫先王〔一〕知帝業至重，天下至曠〔二〕。曠不可以偏制，重不可以獨任①。任重必於借力，制曠終乎因人。故設官分職，所以輕其任也②；並建五長〔三〕，所以弘其制也③。於是乎立其封疆之典，財〔四〕其親踈之宜，使萬國相維，以成磐石之固④；宗庶雜居，以〔五〕定維城之業⑤。又有以見綏世之長御，識人情之大方⑥。知其爲人不如厚己，利物不如圖身⑦。安上在於悅下，爲己在〔六〕乎利人⑧。故《易》曰『悅以使民〔七〕，民忘其勞』，孫卿曰『不利而利之，不如利而後利之利〔八〕也』⑨。是以分天下以厚樂，而〔九〕己得與之同憂；饗天下以豐利，而我得與之〔一〇〕共害⑩。利博則〔一一〕恩篤，樂遠則憂深⑪，故諸侯享食土之實，萬國受世及之祚矣〔一二〕⑫。夫然，則南面之君各務其治〔一三〕⑬，九服之民〔一四〕，知有定主⑭，上之子〔一五〕愛於是乎生，下之體信〔一六〕於是乎結⑮。世治〔一七〕足以敦風，道衰足以禦暴⑯。故彊毅之國，不能擅一時之勢，雄俊之士無得〔一八〕寄霸王之志⑰。然後國安由萬邦之思治〔一九〕⑱，主尊賴羣后之圖身⑲，譬猶衆目營方，則天網自昶⑳；四體辭難，而心膂獲乂〔二〇〕㉑。蓋〔二一〕三代所以直道，四王所以垂業也㉒。

【校勘】

〔一〕『先王』，《晉書》卷五十四作『王者』。

〔二〕『曠』，《晉書》卷五十四、《藝文類聚》卷五十一作『廣』。下文『廣不』『制廣』同。

〔三〕『五長』，《晉書》卷五十四作『伍長』。金濤聲曰：『《周禮·諸子》《管子·立政》均作伍長。』按：作『伍長』，誤。此之『五長』特指五等諸侯。與古之『伍長』意義殊別。

〔四〕『財』，《晉書》卷五十四作『裁』。古二字通。

〔五〕『以』，《文選》卷五十四、《晉書》卷五十四作『而』。

〔六〕『在』，《晉書》卷五十四作『存』，《藝文類聚》卷五十一作『在』。

〔七〕『民』，《晉書》卷五十四作『人』，下一『民』亦作『人』。六臣本注：『五臣本作人。』蓋避唐諱。

〔八〕『利之利』，《七十二家集》本作『利之之利』；《晉書》卷五十四、《文集》不重『之』字。胡克家《文選考異》曰：『五臣、《晉書》不重「之」字，非也，今《荀子·富國篇》亦未誤。』六臣本注：『五臣本作利之利也。』陳仲魚校本亦校删一『之』字。

〔九〕『而』，《晉書》卷五十四作『則』。

〔一〇〕『我得』，《晉書》卷五十四作『己得』。又『與之』，陸刻本作『以之』。

〔一一〕『則』，《晉書》卷五十四作『而』。

〔一二〕『世及』，《晉書》卷五十四作『傳世』。又『矣』，《文集》作『以』，音近而誤。《藝文類聚》卷五十一、《晉書》卷五十四無『矣』字。六臣本注：『五臣本無矣字。』陸刻本、陳仲魚校本作『矣』。又《文集》校曰：『以，當作矣。』今據改。

〔一三〕『治』，《晉書》卷五十四作『政』，蓋避唐諱。

〔一四〕『民』，《晉書》卷五十四作『內』。

〔一五〕『子』，《文集》作『予』，形近而誤。《晉書》卷五十四、《文選》卷五十四、《西晉文紀》卷十五、陸刻本、《百三家集》本、陳仲魚校本作『子』。又《文集》校曰：『予，當作子。』今據改。

〔一六〕『體信』，陸刻本作『體佑』，形近而誤。

〔一七〕『治』，《晉書》卷五十四、陸刻本作『平』。

〔一八〕『士』，《藝文類聚》卷五十一作『民』；《晉書》卷五十四作『人』。六臣本注曰：『五臣本作民字。』又『得』，《文選》卷五十四、《西晉文紀》卷十五、陸刻本、《百三家集》本、陳仲魚校本、鄧邦述校本作『所』。陳仲魚校本、鄧邦述校本并校作『得』。

〔一九〕『思治』，《晉書》卷五十四、陸刻本作『思化』。

〔二〇〕『乂』，《文集》作『人』。《文選》卷五十四、《西晉文紀》卷十五、陸刻本、《百三家集》本、陳仲魚校本、鄧邦述校本作『乂』。又《文集》校曰：『人，當作乂。』今據改。

〔二十一〕『蓋』，《文集》脱。六臣本注：『善本無蓋字。』今據《晉書》卷五十四校補。

【注釋】

① 善注：『揚雄《長楊賦》曰：恢帝業。《孫卿子》曰：國者，天下之大器也，重任也。《廣雅》曰：曠，遠也。』偏，通徧。《漢書・賈誼傳》：『彼自丞尉以上偏置私人。』《廣韻》：『偏，周也。』重，厚重。《廣韻》：『重，厚也。』下二句言天下至爲遼闊，君主不可能一人遍治理之；帝業至爲重，君主不可能一人承擔之。

② 善注：『《周禮》曰：設官分職，以爲民極。』濟注：『天子任重，必假借衆賢之力，因羣賢之才，所以分重而輕焉，庶事乃濟也。』因人，憑藉他人之力。

③ 善注：『《尚書》曰：外薄四海，咸建五長。』良注：『五長，即五等也。』上六句言君主任重，必借助大臣之力，土地廣遠，終因乎他人之治。故設官分職，以減輕君主之重任，並封五等，以擴大其統治範圍。

④ 善注：『賈逵《國語注》曰：裁，制也。裁與財，古字通。《周禮》曰：凡邦國小大相維。《漢書》：宋

昌曰：漢所謂盤石之宗也。』銑注：『維，連也。盤石，大石也。言萬國相連，以固王室，如大石之不可轉動也。』典，《爾雅・釋詁》：『典，常也。』郭璞注：『皆謂常法耳。』

⑤善注：『《毛詩》曰：宗子維城，無俾城壞，而獨斯畏。』向注：『宗，謂同姓者；庶，謂異姓者，言二者皆能定此連城盤石之業也。』維城，指所封之國。鄭玄注：『以安女國，以是爲宗子之城，使免於難。』業，次序。《爾雅・釋詁》：『業，叙也。』郭璞注：『皆謂次叙。』上六句言立封疆之法，按其親疏所宜而裁制之，使封國相連，以使王室磐石之穩固；宗親異姓雜居，以定宗子封國之次序。

⑥善注：『大方，法也。《吕氏春秋》曰：凡耕之大方，力者欲柔。』翰注：『綏，安。御，理也。』

⑦善注：『《周易》曰：利物足以和義。《莊子》曰：愛人利物之謂仁。《左氏傳》：欒武子曰：季孫圖其身，不忘其君也。』濟注：『是人之情皆欲如此，其爲人君即不然也。』己，《玉篇》：『身也。』上四句言明世之長治久安、人情欲望之道者，則知治人不如厚民，利於物不如利於人。

⑧善注：『《孝經》曰：安上治民，莫善於禮。《左氏傳》：邾子曰：天生民而樹之君，以利之也。民既利矣，孤必與焉。』良注：『安上，謂安居於人上者，謂君王也。』利人，即利於人。爲己，即厚於己。此二句言君主安於上在於先使其下悦，厚己之利在於先予人之利。

⑨善注：『《周易・兑卦》之辭也。《孫卿子》曰：不利而利之，不如利而後利之之利也；不愛而用之，不如愛而後用之之功也。利而後利，不如利而不利者之利也；愛而後用之，不如愛而弗用者之功也。利而不利，愛而不用也者，取天下者也。利而後利之，愛而後用之者，保社稷者也。不利而利之，不愛而用之者，危國家者也。』銑注：『人已失利而後利之，不如在利之時因更利之，則其利廣矣。可謂惠而不費也。』此四句言民悦而使之，民不知勞苦。不給予利而索取利，不如先給其利而後索取利之有利。按：孫卿當爲荀卿

之誤。引語出自《荀子・富國》篇。

⑩ 善注：『孟子謂齊宣王曰：樂以天下，憂以天下，然而不王者，未之有也。趙岐曰：古賢君樂則以己之樂與天下同之，憂則以天下之憂與己共之。如是，未有不王者也。鄭玄《儀禮注》曰：饗，勸强之也。』向注：『厚樂之事，豐利之資，與天下共分饗。則國之不理，與諸侯同憂，乃理矣；危害與諸侯共除，乃安也。』此四句言將天下之樂和利與人共用之，則天下人與之共憂患也。

⑪ 善注：『《呂氏春秋》曰：衆封建，非以私賢也，所以博利博義也。利博義博則無敵也。《毛詩》曰：憂深思遠。』翰注：『博，廣。篤，厚。遠，長也。憂深，謂憂天下之深也。』

⑫ 善注：『杜預《左氏傳》注曰：享，受也。《禮記》曰：大人世及以爲禮。鄭玄曰：大人，諸侯之謂也。』向注：『子孫相承不絶，曰世及祚福也。』食土，指封地食禄。《左傳・昭公七年》：『古之制也，封略之內，何非君土？食土之毛，誰非君臣？』上四句博予之利則恩澤深厚，人欲長久受利則憂天下之深矣。故諸侯享受封國食禄，世代享受其福祚矣。

⑬ 善注：『《論語》：子曰：雍也，可使南面也。包氏曰：可使南面者，言王諸侯治之也。』銑注：『南面之君，謂諸侯也。』按銑注是而善非。

⑭ 善注：『《周書》曰：乃辨九服之國也。』良注：『九服，天下也。』九服，《周禮・夏官・司馬下》：『乃辨九服之邦。國方千里曰王畿，其外方五百里曰侯服，又其外方五百里曰甸服，又其外方五百里曰男服，又其外方五百里曰采服，又其外方五百里曰衛服，又其外方五百里曰蠻服，又其外方五百里曰夷服，又其外方五百里曰鎮服，又其外方五百里曰藩服。』鄭玄注：『服，服事天子也。詩云：侯服于周。』

⑮ 善注：『《周書》：文王曰：周視民如子愛也。《禮記》曰：子庶民，則百姓勸。鄭玄曰：子，猶愛

也。《禮記》曰：先王能脩禮以達義，體信以達順。鄭玄注曰：體，猶親也。』濟注：『上之視人，如愛己子；下之信上，情相連結。』結，締結。《廣韻》：『結，締也。』上八句言如此則諸侯致力於治國，百姓明確其主人，於是上愛民如子，下親信附上。

⑯翰注：『立諸侯，若國理，則足以共敦風化也。王室道衰，則足以相援以御彊暴也。』

⑰善注：『《孟子》曰：彼一時也，此一時也。《漢書》：宣帝曰：漢家本以霸王道雜之。』向注：『言分理各定，人無争也。』此四句言强盛剛勇之國，不能專一時之威勢，雄勇俊傑之士，無處寄託稱霸爲王之志。

⑱善注：『《毛詩序》曰：《下泉》，思治也。』銑注：『言天子國安，由萬邦諸侯思共治之，謂各整治於國，天下皆安也。』

⑲良注：『諸侯謹敬以事天子，則圖身之本。羣后，諸侯也。』

⑳善注：『目，網目也，以喻諸侯。天網，以喻王室也。營，布居也。《老子》曰：天網恢恢，踈而不失。《呂氏春秋》：一引其網，萬目皆張。《廣雅》曰：昶，通也。』濟注：『言諸侯理萬邦，則國安；圖身，則主尊。譬猶衆網之目，經營於四方，開而張之，天下網徧，故網通矣。』

㉑善注：『四體，亦喻諸侯。心膂，亦喻王室也。《論語》：丈人曰：四體不勤。《尚書》：穆王曰：作股肱心膂。』翰注：『四體，四支，喻諸侯也。辭，去也。膂，背也。心背，以喻天子也。乂，安也。言諸侯能安四方，以去其難，而天子之國獲安也。』

㉒善注：『《論語》：子曰：三代之所以直道而行也。包氏曰：三代，夏商周也。《禮記》曰：三王四代，唯其師。鄭玄曰：四代，謂虞夏商周也。《漢書》：武帝策詔曰：屬統垂業，廢興何如？』向注：『三代，夏殷周也。但有三，不聞有四，今云四者，誤也。』按善注是何注非。

此段言封建五等諸侯之重要性。設官分職，封建五等，可使君主輕其任，弘其制；可穩固王室，安定宗國；可使宗國與君主共憂患，治世敦風化，衰世禦强暴，而無成專權之勢，不臣之心。

夫盛衰隆敝〔一〕，理所固有，教之廢興，繫乎其人①，願法期於必諒〔二〕，明道有時而闇②。故世及之制敝於强禦，厚下之典漏於末折③。侵弱之釁遘自三季④，陵夷之禍終于七雄⑤。昔者〔三〕成湯親照夏后之鑒，公旦目涉商人之戒⑥，文質相濟，損益有物⑦。故五等之體〔四〕，不革于時，封畛之制，有隆焉〔五〕爾者⑧，豈玩二王之禍而闇經世之筭乎⑨？固知百世非可懸御，善制不能無敝，而侵弱之辱愈於殄祀，土崩之困痛於陵夷也⑩。是以經始權〔六〕其多福，慮終取其少禍，非謂侯伯無可亂之符，郡縣非致治之具〔七〕⑪。故國憂賴其釋位，主弱憑其翼〔八〕戴⑫。及承積其敝〔九〕，王室遂卑⑬，猶保名位，祚垂後嗣⑭，皇統幽而不輟，神器否而必存者，豈非事〔一〇〕勢使之然歟⑮！

【校勘】

〔一〕『敝』，《文選》卷五十四、《晉書》卷五十四作『弊』。古二字通。

〔二〕『願』，《七十二家集》本作『原』。又『諒』，《文選》卷五十四、陸刻本、《百三家集》本、陳仲魚校本、鄧邦述校本作『涼』。又《文集》校曰：『諒，别本作凉。』陳仲魚校本、鄧邦述校本并校作『諒』。古二字通。

〔三〕『昔者』，《晉書》卷五十四作『昔』。

〔四〕『故』，《晉書》卷五十四作『然』。又『體』，《晉書》卷五十四、《文選》卷五十四、《西晉文紀》卷十五、《百三家集》本、陳仲魚校本、鄧邦述校本作『禮』。六臣本注曰：『五臣本作體字。』陳仲魚校本、鄧邦述校本并校作『體』。

〔五〕『焉』，《晉書》卷五十四無此字。

〔六〕『權』，《晉書》卷五十四作『獲』。

〔七〕『致治』，《晉書》卷五十四作『興化』。又陸刻本『致治之具』後有『也』字。《文集》校曰：『具下，别本有也字。』

〔八〕『其』，《晉書》卷五十四作『於』。又『翼』，《文集》作『翊』。《晉書》卷五十四、《文選》卷五十四、《西晉文紀》卷十五、陸刻本、《百三家集》本、陳仲魚校本、鄧邦述校本作『翼』。

〔九〕『承積其敝』，《晉書》卷五十四、《文選》卷五十四、《西晉文紀》卷十五、陸刻本、《百三家集》本、陳仲魚校本、鄧邦述校本作『承微積弊』。《文集》校曰：『承積其敝，别本作承微積弊。』陳仲魚校本、鄧邦述校本并校作『承積其敝』。又『承微』，六臣本注：『五臣本無微字。』又『積弊』，六臣本注：『五臣本作積其弊。』

〔一〇〕『事』，《文選》卷五十四作『置』。

【注釋】

① 善注：『《漢書》：韓安國曰：夫盛之有衰，猶朝之必暮。《禮記》：哀公問政。子曰：文武之政，布在方策。其人存，則其政舉；其人亡，則其政息。』銑注：『上教寬仁，下人懷惠，其化則興行。上政急，下人

怨，其化則廢。故云繫於人也。』隆弊，意同盛衰。此四句言雖盛衰自有常理，然廢興繫於人事。

②　善注：『言法不可常願，故期在於必薄；道不可常明，故有時而或闇。以諭盛衰廢興，抑唯常理也。孔安國《尚書傳》曰：願，愨也。娱萬切。《左氏傳》：渾罕曰：君子作法於凉，其弊猶貪。杜預曰：凉，薄也。』良注：『願，謹也。諒，明也。言事明暗不常。』願，《廣韻》：『願，善也，謹也。』此二句言先王之善法期於必明，然明道亦有時而暗。按：凉，多訓爲薄。如毛詩傳：『凉，薄也。』杜預亦然。後人多承杜説，解『作法於凉』之凉爲薄。然《六書故》卷六曰：『凉，水氣清也。傳曰：作法於凉，其敝猶貪，謂清凉也。又去聲。《詩》云：凉彼武王，俗因有凉薄之稱，訓凉爲薄者，非。』故凉可訓爲清也，明也。又凉，通諒。《詩·大雅·大明》：『維師尚父，時維鷹揚，凉彼武王。』鄭玄箋：『凉，本亦作諒。』五臣釋爲『明』，是也。

③　善注：『諸侯世及而盛彊，其弊在於彊禦而難制也。《毛詩》曰：曾是彊禦。言封建踰禮而爲害，其漏在於末大而本折也。《周易》曰：剥上以厚下安宅。《左氏傳》：楚子問申無宇曰：國有大城何如？對曰：鄭京櫟實殺曼伯，宋蕭亳實殺子遊。由是觀之，則害於國。末大必折，尾大不掉。杜預曰：折，折其本也。』濟注：『諸侯傳世之法，敝於彊禦而難制，謂其益盛而天子患之也。厚封土地，則失於末大而本折也。言天子爲本，諸侯爲末，亦猶木末大而本小，則本必折也。漏，失也。』世及，猶世襲。干寶《晉紀·論晉武帝革命》：『鴻黄世及以一民也。』翰注：『世及，謂父子相承也。』此二句言封建世襲之制度，其弊在於諸侯强大而難駕馭；厚待下臣之典章，其失在於末大而易本折。

④　善注：『言諸侯秉權而王室侵弱，斯乃遘自三季也。班固《異姓諸侯王表序》曰：秦患周之敗，以爲四夷交侵，以弱見奪，於是削去五等。杜預《左氏傳注》曰：釁，瑕隙也。《國語》：郭偃曰：三季王之亡，宜也。韋昭曰：季，末也。三季王，桀紂幽王也。』翰注：『遘，起也。三季，謂殷周之末年，天子無道，則諸侯

彊者侵弱，此釁起自夏殷周之末年也。』釁，猶亂。《韻會》：『《説文》：血祭也。《增韻》：血者陰性之物。釁用血所以厭變怪禦妖釁也。禦妖釁而謂之釁，猶治亂曰亂也。』

⑤ 善注：『言七雄力政，而王道因之陵夷。《漢書》：張釋之曰：秦陵夷至於二世，天下土崩。《東京賦》曰：七雄並争。』翰注：『陵夷，謂頹毁也。七雄，謂齊、燕、楚、趙、韓、魏、秦也。言諸侯之道頹毁，終於此時也。』上二句言諸侯以强凌弱之亂起於三代，諸侯之道喪失終於七國。謂秦併七國，結束了諸侯之歷史。

⑥ 善注：『夏后之鑒，即殷鑒也。《毛詩》曰：殷鑒不遠，在夏后之世。《尚書》曰：爾唯舊人，爾丕克遠省，爾知寧王若勤哉。孔安國傳曰：目所親見，法之又明之也。』良注：『成湯、周公，親見夏商封建之事，以爲鑒戒也。照，見也。涉，歷也。』

⑦ 善注：『《春秋元命苞》曰：王者一質一文，據天地之道，天質而地文。《論語》：子曰：殷因於夏禮，所損益，可知也；周因於殷禮，所損益，可知也。物，禮物也。』濟注：『文質損益，各以取其宜也。物，事也。』有，猶以。《商君書·弱民》：『使民以食出，各必有力，則農不偷。』此二句言文質相輔相成，禮儀增減，用於世事。

⑧ 善注：『《吕氏春秋》曰：等步畝封畛，所以一之也。《小（爾）雅》曰：封畛，界疆也。』銑注：『革，改也。畛，疆也。爾者，謂夏殷周也。言成湯、周公，不改五等之體，而立封疆之制，有盛於夏殷也。』

⑨ 善注：『二王，謂夏殷也。《文子》曰：養生以經世。《莊子》曰：未嘗聞任氏之風俗，其不可與經於世，亦遠矣。』向注：『言成湯、周公豈好夏殷二王之禍，不改五等之法，而乃暗於理世之計乎？蓋聖王之道所宜然也。玩，好。經，理。計，筭也。』

⑩ 善注：『《家語》：孔子曰：文武之祀，無乃殄乎？《漢書》：徐樂上書曰：何謂土崩？秦之末葉是也。人困而主不恤，下怨而上不知，此之謂土崩。』翰注：『懸，遠也。御，猶禁止也。愈，差也。殄，絶也。言周崇五等，非暗經世之計，固知百世非可遠爲禁止，而雖善制必有衰敝，蓋否泰之數也。且三代之末，雖有侵弱之辱，猶差於覆宗絶祀也。而秦去五等之制，有土崩之困，亦痛於周末陵夷之時也。』

⑪ 善注：『《毛詩》曰：經始靈臺。《吴越春秋》曰：大夫種善圖始，范蠡善慮終。賈逵《國語注》曰：權，秉也。《尸子》曰：聖人權福則取重，權禍則取輕。』良注：『是以理國之初者，權宜之制其在多福，思慮其終，蓋取少禍。豈謂立諸侯則不可亂，置郡縣則非政理哉？蓋取適於遠圖，以安天下，使守其分，人知其主也。經，治。始，初也。』符，徵兆。《竹書紀年》卷下：『季歷之十年，飛龍盈於殷之牧野，此蓋聖人在下位將起之符也。』具，《廣韻》：『備也。』此作名詞，猶器。

⑫ 善注：『《左氏傳》：王子朝，告于諸侯曰：王居於彘，諸侯釋位，以間王政。又叔向語宣子曰：文之伯也，翼載天子，加之以恭。』銑注：『天子有難，則諸侯去位以謀王室，使其安也。王弱，則憑諸侯以爲輔佐，使不失其位也。釋，去也。翼戴，猶輔佐也。』

⑬ 善注：『《新序》曰：及定王，王室遂卑。』

⑭ 善注：『《左氏傳》曰：名位不同。班固《漢書》叙曰：後嗣承序，以廣親親。』良注：『祚，福也。』上四句言承其衰微積弊之世，王室乃衰，然猶可保其名位，福祚傳之後代。

⑮ 善注：『《東京賦》曰：怨皇統之見替。鄭玄《論語注》曰：輟，止也。老子曰：天下神器，不可爲也，爲者敗之。』濟注：『言諸侯翼佐天子，則雖王室道卑，且使皇家之緒繼而不止，天子雖遭否塞，其政必存。豈非諸侯置磐石之勢使之然也！統，緒。輟，止也。神器，天子位也。』

此段以史爲鑒，考察五等諸侯之利弊。言雖五等之制可能形成諸侯强大難禦、末大本折的局面，然可救國憂，輔弱主，衰微之世，皇緒不絕，國家可存者，乃五等諸侯使之然也。

降及亡秦，棄道任術①，懲周之失，自矜其得②。尋斧始於所庇，制國昧於弱下③，國慶獨饗〔一〕其利，主憂莫與共〔二〕害④。雖速亡趣亂〔三〕，不必一道，顛沛之釁，實由孤立⑤。是蓋思五等之小怨，忘萬國〔四〕之大德，知陵夷之可患，闇土崩之爲痛也〔五〕⑥。周之不競，有自來矣⑦。國乏令主，十有餘世⑧。然片言勤王，諸侯必應⑨，一朝振矜，遠國先叛⑩。故强晉收其請隧〔六〕之圖，暴楚頓其觀鼎之志⑪，豈劉項之能窺關，勝廣之敢號澤哉⑫！借使秦人因循周制〔七〕，雖則無道，有與共敝〔八〕，而〔九〕覆滅之禍，豈在曩日⑬！

【校勘】

〔一〕『獨饗』，《文集》作『有饗』。《晉書》卷五十四、《文選》卷五十四、《西晉文紀》卷十五、陸刻本、《百三家集》本、陳仲魚校本、鄧邦述校本作『獨饗』。《文集》校曰：『有饗，當作獨饗。』今據改。

〔二〕『共』，《文選》卷五十四、《西晉文紀》卷十五、陸刻本、《百三家集》本、陳仲魚校本、鄧邦述校本作『其』。陳仲魚校本、鄧邦述校本并校作『共』。

〔三〕『趣』，《文選》卷五十四、《晉書》卷五十四、《百三家集》本作『趨』。古二字同。

〔四〕『忘』，《晉書》卷五十四作『亡』。又『萬國』，《西晉文紀》卷十五、《百三家集》本、《七十二家集》本作『經國』。《文集》亦校作『經』。當據改。

〔五〕『也』，《藝文類聚》卷五十一無此字。

〔六〕『隧』，《文集》作『墜』。《文選》卷五十四、《晉書》卷五十四、《西晉文紀》卷十五、陸刻本、《百三家集》本、陳仲魚校本、鄧邦述校本作『隧』。《文集》校曰：『墜，當作隧。』今據改。

〔七〕『周制』，《晉書》卷五十四作『其制』。

〔八〕『敝』，《晉書》卷五十四作『亡』。《文選》卷五十四、《西晉文紀》卷十五、陸刻本、《百三家集》本、陳仲魚校本、鄧邦述校本作『弊』。

〔九〕『而』，陸刻本及别本并無。鄧邦述校本校補『而』。

【注釋】

① 李善：『《史記》曰：商鞅見秦孝公，謂景監曰：吾説君以帝王之道。君曰：吾不能待。吾以彊國之術説君，君大説。』道，指聖賢之道。術，指帝王之術。

② 善注：『言懲周以弱見奪，自矜以力滅周也。』懲，懲戒。《玉篇》：『懲，戒也。』矜，自我炫耀。《玉篇》：『矜，自賢也。』

③ 善注：『弱下之術，前王所棄，秦以爲是，故謂之昧焉。《左氏傳》：宋昭公將去羣公子，樂豫曰：不可。公族，公室之枝葉也。若去之，則本無所庇蔭矣。葛藟犹能庇其本根，故君子以爲比，况國君乎？此所謂庇焉而縱尋斧也。賈逵《國語注》曰：尋，用也。』翰注：『秦不封子弟，亦如用斧繼其所庇廕也。秦所以

不封諸侯，將以弱其下，此制國之道，實爲暗昧也。』用斧斫其所庇廕之木，是去其本也。

④善注：『《國語》曰：晉國有慶，未嘗不怡。《史記》：范雎曰：主憂臣辱。』良注：『言秦獨饗天下之利，不封建子弟，故國有憂難，無人與之共除害也。』國慶，國有福瑞之慶。鮑照《數詩》：『三朝國慶畢，休沐還舊邦。』善注：『《周禮》曰：國有福事，即慶賀之。』

⑤善注：『毛萇《詩傳》曰：速，召也。《毛詩》曰：人亦有言，顛沛之揭。毛萇曰：顛，仆也。沛，拔也。揭，見根貌也。《漢書》曰：漢興，懲戒亡秦孤立之敗也。』向注：『不必一道，謂不必由奢侈暴虐，則顛沛之釁，實由不封立所致也。』此二句言雖秦之速亡走向混亂，未必僅此一原因，然傾覆之禍，實因不封侯而致孤立。

⑥善注：『《毛詩》曰：忘我大德，思我小怨。』銑注：『言秦徒知五等有陵夷之患，心暗於土崩瓦解之勢，莫有助援，可爲痛也。』

⑦善注：『《左氏傳》：鄭石臭謂子囊曰：今楚實不競，行人何罪？又叔孫曰：叔出季處，有自來矣。』濟注：『競，彊也。』自來，由來。《廣韻》：『自，由也，率也。』

⑧善注：『《左氏傳》：冶區夫曰：爲乏令主。揚雄《連珠》曰：古之令主，所以統天者，不遠焉。《爾雅》曰：令，善也。』

⑨善注：『《論語》：子曰：片言可以折獄。《左氏傳》：狐偃言於晉侯曰：求諸侯，莫如勤王也。』翰注：『周室雖不彊，然天下有一。言勤於王事，將欲匡正者，諸侯應之。』

⑩善注：『《公羊傳》曰：葵丘之會，齊桓公震而矜之，叛者九國。震之者何？猶曰振振然也。矜之者何？猶莫若我也。何休曰：震矜，色自美之貌也。』上四句言明君片言，諸侯必應而勤於王事，暗主一旦驕

矜自賢，而遠國先叛逆之。

⑪ 善注：『《左氏傳》：晉侯朝王，王享醴，命之宥，請隧，弗許。曰：王章也，未有代德而有二王，叔父之所惡也。又曰：楚子伐陸渾之戎，遂至於雒，定王使王孫滿勞楚子，問鼎之大小輕重焉。杜預曰：示欲逼周，取天下也。』銑注：『收，用也。圖，謀也。頓，猶發也。此二君並盛，欲偪周而取天下。』請隧，《左傳·僖公二十五年》：『夏四月，戊午，晉侯朝王。王饗醴，命之宥。請隧，弗許。』杜預注：『闕地通路曰隧，王之葬禮也，諸侯皆縣柩而下。隧，音遂，今之延道。』孔穎達疏：『天子之葬，棺重禮大，尤須謹慎，去壙遠而闕地通路，從遠而漸邪下之。諸侯以下，棺輕禮小，臨壙上而直縣下之。』故掘隧而葬是天子葬禮，諸侯皆懸棺直接放入墓穴。晉侯請求死後隧而葬之，蓋有不臣之心。問鼎，鼎爲天子之器，問鼎之大小，則有取天下之意。

⑫ 善注：『《漢書》：沛公自武關入秦。又曰：羽至函谷关，使當陽君擊關，羽入，至戲。又曰：勝、廣爲屯長，行至蘄西大澤鄉，勝自立爲將軍，廣爲都尉。』濟注：『言周室雖弱，諸侯之彊，然如秦之大崩壞，豈有漢高祖、項羽之徒能闚視關中，而陳勝、吴廣之輩敢發號於野澤哉？言周無此事也。』

⑬ 善注：『曩日，謂土崩之禍也。』翰注：『假使秦能用五等之制，雖其無道，且有諸侯共理其敝，亦不見覆滅之禍在於昔日也。』

此段言不封諸侯，使秦孤立，覆亡之禍蓋由此。周之衰微，因國乏令主，雖强晉暴楚有不臣之心，仍未至如秦之覆亡。

漢矯秦枉〔一〕，大啓侯王〔二〕①，境土踰溢，不遵舊典②，故賈生憂其危，晁錯痛其亂③。是以諸侯阻〔三〕其國家之富，憑其士民之力④，勢足者反疾，土狹者逆遲，六臣犯其弱綱〔四〕，七子衝其漏網⑤，皇祖夷於黥徒〔五〕，西京病〔六〕於東帝⑥。是蓋過正之災，而非建侯之累也⑦。然吕氏之難，朝士外顧；宋昌策漢，必稱諸侯⑧。逮至中葉，忌其失節，割削宗子，有名無實，天下曠然，復襲亡秦之軌矣⑨。是以五侯作威，不忌萬邦〔七〕；新都襲漢，易於拾遺也⑩。光武中興，纂隆皇統，而猶遵覆車之遺轍，養喪家之宿疾〔八〕⑪，僅及數世，姦宄〔九〕充斥⑫。卒有强臣專朝，則天下風靡⑬，一夫從横〔一〇〕，則〔一一〕城池自夷，豈不危哉⑭！

【校勘】

〔一〕『枉』，《文集》作『柱』，形近而誤。《晉書》卷五十四、《文選》卷五十四、《西晉文紀》卷十五、陸刻本、《百三家集》本、陳仲魚校本、鄧邦述校本作『枉』。《文集》校曰：『柱，當作枉。』今據改。

〔二〕『侯王』，《晉書》卷五十四、《文選》卷五十四作『王侯』。

〔三〕『阻』，《晉書》卷五十四作『岨』。古二字同。

〔四〕『綱』，《文集》作『網』。《晉書》卷五十四、《藝文類聚》卷五十一、《文選》卷五十四、陸刻本、《百三家集》本、陳仲魚校本、鄧邦述校本作『綱』。《文集》校曰：『網，當作綱。』今據改。

〔五〕『黥徒』，《晉書》卷五十四作『黔徒』。《文選》卷五十四善注：『黥當爲黔。』胡克家《文選考異》曰：『考《史記》《漢書》，黥布不得云當爲「黔」甚明，他書不更見有黔者。』

〔六〕『病』，《藝文類聚》卷五十一作『疾』。

〔七〕『邦』，《晉書》卷五十四作『國』。

〔八〕『疾』，《文集》作『侯』。《文選》卷五十四、《晉書》卷五十四、《西晉文紀》卷十五、陸刻本、《百三家集》本、陳仲魚校本、鄧邦述校本作『疾』。《文集》校作『疾』。今據改。

〔九〕『宄』，《文選》卷五十四、陸刻本、《百三家集》本、陳仲魚校本、鄧邦述校本作『軌』。陳仲魚校本、鄧邦述校本并校作『宄』。

〔一〇〕『從横』，《晉書》卷五十四作『從衡』。《西晉文紀》卷十五、陸刻本、《百三家集》本、陳仲魚校本、鄧邦述校本作『縱横』。陳仲魚校本、鄧邦述校本并校作『從横』。古通用。

〔一一〕『則』，《晉書》卷五十四作『而』。陳仲魚校本、鄧邦述校本亦校作『而』。

【注釋】

① 善注：『班固《漢書表》曰：藩國大者，夸州兼郡，可謂矯枉過其正矣。《毛詩》曰：大啓爾宇，爲周室輔。』向注：『矯，舉。枉，敝也。言漢室既興，舉秦之敝法，大開侯王之國，以封子弟也。』矯枉，正其曲。《淮南子·本經訓》：『壞險以爲平，矯枉以爲直。』許慎注：『矯，正也。枉，曲也。』

② 善注：『《東京賦》曰：規摹踰溢。《尚書》曰：舊典時式。』踰溢，薛綜注：『踰，越也。溢，過也。』此二句言漢不遵周代舊典，封國之邊境地域超過古制。

③ 善注：『《漢書》：賈誼曰：夫樹國，固必相疑之勢，下數被其殃，上數爽其憂，甚非所以安上而全下

也。又晁錯曰：請諸侯之罪過，削其支郡，不如此，宗廟不安也。』銑注：『賈誼上書云：諸侯彊盛，長亂起奸，此所以危國也。晁錯又恐諸侯盛以爲亂，乃勸景帝削諸侯土地。』

④善注：『阻，恃也。』國家，指所封之國。

⑤善注：『《漢書》：賈誼曰：大抵彊者先反。及淮陰王楚，最彊則先反。韓信倚胡，則又反。及貫高因趙資，則又反。陳豨兵精，則又反。彭越用梁，則又反。黥布用淮南，則又反。盧綰最弱，最後反。然誼言八而機言六者，貫高非五等，盧綰亡入匈奴，故不數之。《漢書》曰：景帝即位，晁錯説上，令削吴，及書至，吴王起兵，誅漢吏二千石以下。膠西、膠東、淄川、濟南、楚趙，亦皆反也。』翰注：『勢足者，謂地廣兵足，故爲叛疾也。土狹者逆遲，謂終懷逆心，爲其土狹，勢不足，故爲逆遲也。』向注：『六臣謂燕王臧荼、韓王信、淮陰侯韓信、梁王彭越、淮南王黥布、燕王盧綰等，皆反。七子謂吴王濞、膠東王印、楚王代、趙王遂、濟南王壁光、淄川王賢、膠東王雄渠等，亦謀反。弱綱，謂漢初綱紀尚弱。漏網，謂孝景時法網踈寬也。』按：士衡言六臣者，善説是。上六句言諸侯恃其邦國之富，士民併力，故勢力强則速反，國家弱則後反。六臣侵凌脆弱之朝，七子衝破寬疏之法網。

⑥善注：『皇祖，高祖也。《南都賦》曰：皇祖止焉。《史記》曰：淮南王黥布反，高祖自往擊之，布走。高祖時爲流矢所中，行道病。《史記》曰：荆王劉賈者，不知何屬。高祖立賈爲荆王。淮南王黥布反，東擊荆。賈與戰，不勝，走富陵，爲布軍所殺。《漢書》曰賈稱從兄，而機以爲皇祖，蓋别有所見。杜預《左氏傳注》曰：夷，傷也。《楚漢春秋》曰：下蔡亭長詈淮南王曰：封汝爵爲千乘，東南盡日所出，尚未足黔徒羣盗所邪！而反，何也？然黥當爲黔。《漢書》曰：吴王濞反，削吴會稽、豫章郡，書至，起兵反。以袁盎爲泰常，使吴。吴王聞盎來，知其欲説，笑而應曰：我已爲東帝，尚誰拜？不肯見盎。』濟注：『黥徒，黥布也。西京，

謂景帝都西京也。東帝，吴王濞也。』此二句高祖爲黥布流矢所傷，西都因吴王濞稱帝所累。

⑦善注：『班固《漢書》贊曰：藩國大者，跨州兼郡，可謂矯枉過其正矣。《周易》曰：利用建侯行師。』良注：『言漢所以諸侯爲亂者，境土廣大，過於正典，所以爲災，非是建立諸侯以成累也。』

⑧善注：『《漢書》曰：吕産、吕禄自知背高皇帝約，因作亂。朱虚侯使人告兄齊王，令發兵西。太尉勃、丞相平爲内應，以誅諸吕。齊王遂發兵。又曰：吕后崩，大臣迎立代王。郎中令張武曰：以迎大王爲名，實不可往。宋昌曰：羣臣議非也。内有朱虚、東牟之親，外畏吴、楚、淮南、琅邪、齊、代之强，故迎大王，大王勿疑也。』翰注：『吕氏將起禍難，朝士大夫皆外顧迎代王立之，而社稷是安，此則諸侯所以爲帝室之援也。』策，《玉篇》：『謀也。』謂宋昌謀復興漢，亦稱諸侯之强盛。

⑨善注：『《漢書》曰：諸侯小者淫荒越法，大者睽孤横逆，以害身喪國。故文帝采賈生之議，分齊趙；景帝用晁錯之計，削吴楚。』向注：『逮，及也。有名無實，謂有王侯之名，實無其國矣。』失節，失去制衡。《玉篇》：『節，竹約也。』喻節制。宗子，君王之子。《詩·大雅·板》：『懷德維寧，宗子維城。』鄭玄箋：『宗子，謂王之適子也。』此指宗子之封國。曠然，指空曠無封國。《廣韻》：『曠，空明也。』襲，因襲。《玉篇》：『襲，因也。』軌，《玉篇》：『車轍也。』上六句言及至西漢中葉，忌諱對諸侯失去制約，削弱諸子勢力，使諸侯有名無實，又重蹈亡秦之覆轍。

⑩善注：『成帝悉封舅，王譚、王立、王根、王逢、王商時爲列侯，五人同日封，故世謂之五侯。《尚書》曰：臣作福作威，害於而家，凶於而國。《漢書》曰：封王莽爲新都侯。襲，猶取也。《漢書》：梅福上書曰：昔高祖舉秦如鴻毛，取楚如拾遺。』銑注：『漢既割削宗子，不封其土，而使王氏作威，萬邦無諸侯之忌，故王莽襲逆，易於拾遺物也。』

⑪善注：『言光武猶遵師前漢之失也。《晏子春秋》：諺曰：前車覆，後車戒也。《尚書》曰：卿士有一於身，家必喪。』良注：『遵，法也。言光武即位，又不封建子弟，是遵覆車之遺轍也。覆車之迹既遵，其必喪也，故比之喪家宿疾，不亦宜乎？』宿疾，舊疾。《康熙字典》：『宿，又通作夙，早也。』

⑫善注：『《尚書》曰：寇賊姦宄。軌與宄，古字通。《左氏傳》：士文伯讓子産曰：以政刑之不修，寇盜充斥。』濟注：『僅，劣也。言光武中興，劣劣然，至於數世，而姦宄之賊内外充斥。充斥，言多也。』僅，僅僅，才。《廣韻》：『僅，纔也。』

⑬善注：『彊臣，謂梁冀之屬也。《楚辭》曰：世從俗而變化，隨風靡而成行。』專朝，專擅朝政。風靡，言若風至草偃。《廣韻》：『靡，偃也。《説文》曰：披靡也。』

⑭善注：『一夫，謂董卓也。《漢書》曰：從，恣意。衡，古横字也。』翰注：『從横，謂亂也。夷，平也。言一夫爲亂，而城池已爲寇賊所平，豈不危哉？爲無諸侯之援故也。』

此段以漢爲鑒，言封侯之是也。漢初有六臣、七子之亂，乃封國逾於舊典，非封侯之制的弊端。兩漢季世之亂亡，皆是廢其封侯之故。

在周之衰，難興王室，放命者七臣，干位者三子①，嗣王委其九鼎，凶族據其天邑②，鉦〔一〕鼙震於閫宇，鋒鏑流于〔二〕絳闕③，然禍止畿甸，害不覃及，天下晏然，以治待亂〔三〕④。是以宣王〔四〕興於共和，襄惠振於晋鄭⑤。豈若二漢階闥蹔〔五〕擾，而四海已沸⑥，孽臣〔六〕朝入，九服夕亂哉⑦！

【校勘】

〔一〕『鉦』，《文集》作『征』，形近而誤。《文選》卷五十四、《晉書》卷五十四、《百三家集》本作『鉦』。今據改。

〔二〕『于』，《文選》卷五十四、陸刻本、《百三家集》本、陳仲魚校本、鄧邦述校本作『乎』。陳仲魚校本、鄧邦述并校作『于』。

〔三〕『以治待亂』，《晉書》卷五十四作『以安待危』。蓋避唐諱。

〔四〕『宣王』，六臣本注：『五臣本作厲宣。』應據改。

〔五〕『蹔』，《晉書》卷五十四、陸刻本作『暫』。古二字同。

〔六〕『孽臣』，《文集》脱『臣』字。《晉書》卷五十四作『嬖臣』。《文選》卷五十四、《西晉文紀》卷十五、《漢魏六朝百三家集》本作『孽臣』。《文集》亦校補『臣』。今據改。

【注釋】

① 善注：『《左氏傳》曰：初，王姚嬖于莊王，生子頽。子頽有寵，蔿國爲之師。及惠王即位，取蔿國之圃以爲囿。邊伯之宫近於王宫，王取之。王奪子禽、祝跪與詹父田，而收膳夫之秩。故蔿國、邊伯、石速、詹父、子禽、祝跪作亂，因蘇氏。秋，五大夫奉子頽以伐王，不克，出奔温。蘇子奉子頽以奔衛。衛師、燕師伐周。冬，立子頽。杜預曰：石速，士也。不在五大夫之數。又曰：初，甘昭公有寵於惠后，惠后將立之，未及而卒。昭公奔齊，襄王復之。又通於隗氏，王替隗氏。頽叔桃子曰：我實能使狄。遂奉太叔以狄師伐

周，大敗周師。王出適鄭，處於氾。杜預曰：甘昭公，王子大叔帶也。又曰：王子朝、賓起，有寵於景王。王崩，子朝因舊官百工之喪職秩者，與靈景之族以作亂。單子逆悼王於莊宮以歸。杜預曰：子朝，景王之長庶子；悼王，子猛也。班固《漢書》述曰：孝景莅政，諸侯方命。韋昭曰：方，放命，不承天子之制。七臣，蔿國、邊伯、詹父、子禽、祝跪及頹叔、桃子、賓起也。《王命論》曰：闔于天位。《爾雅》曰：干，求也。三子，子頹、叔帶、子朝。」向注：『放命，謂棄叛王命爲逆也。干，亂也。七臣一曰蔿國，二曰邊伯，三曰石速，四曰詹父，五曰子禽，六曰祝跪，七曰蘇子。三子，一曰子頹，二曰叔帶，三曰子朝，是皆爲亂王室者也。』興，興起。《爾雅·釋言》：『興，起也。』放命，背棄教令。《通鑒釋文》卷四《漢紀》：『放命，《書·堯典》作方命。馬融云：方，放也。陸德明云：方，或音放。應劭曰：放棄教令。』按：干，五臣訓爲亂，是。《玉篇》：『干，犯也。』

②善注：『嗣王，惠、襄、悼也。凶族，三子也。《史記》曰：秦取周九鼎寶器。《尚書》曰：肆予敢求爾于天邑商。』銑注：『嗣王，謂惠王、襄王，以三子之亂棄國出奔也。委，棄也。凶族，即三子也。皆爲勃逆，僭即王位，以據王城也。天邑，謂王城也。』委，《廣韻》：『棄也。』九鼎，代指王位。天邑，天子之都。張衡《西京賦》：『時意亦有慮乎神祇，宜其可定以爲天邑。』銑注：『天邑，帝都也。』上四句言周天子失權喪國也。

③善注：『傅玄《正都賦》曰：巍巍絳闕。』濟注：『鉦，金聲也。鼙，鼓也。闕宇，謂四方也，鏑，兵鋒也。絳闕，天子宮闕也。言王室微弱，諸侯戰爭，故令金鼓震動於四方，而鋒鏑亂流于天子之宮室也。』

④善注：『《毛詩》曰：覃及鬼方。萇曰：覃，延也。《漢書》：《難蜀父老》曰：及臻厥成，天下晏如也。《淮南子》曰：静以合躁，治以待亂。』良注：『言周雖衰弱，禍難至於近國，患害不能延及於君也。畿

甸，近國也。晏，安也。言天下安然，以理世而待危，而賴諸侯扶持，尚未至亡也。謂惠、襄之時也。』上四句言王室雖亂而諸侯安然，天子喪權而性命安然。

⑤ 善注：『《史記》曰：周人相與畔，襲厲王，王出奔於彘。召公、周公二相行政，號曰共和。共和十四年，厲王死於彘，二相乃共立宣王。又曰：惠王即位，衛師燕師伐周，立子頽。鄭伯見虢叔曰：盍納王乎？虢公曰：寡人之願也。同伐王城，鄭伯將王自圉門入，虢叔自北門入，殺王子頽及五大夫。又曰：天王出居於鄭，避母弟之難也。晉侯辭秦師而下，次於陽樊，右師圍温，左師逆王。王入於王城，取太叔于温，殺之。杜預曰：叔帶，襄王同母弟也。』翰注：『振，起也。』此二句言宣、襄、惠三王皆賴諸侯而復周室。

⑥ 善注：『階闥蹔擾，謂王莽也。』向注：『言周封立諸侯，而王室雖弱，不至覆滅。豈若二漢，宫城之内蹔亂，而四海已沸也。階闥，宫城内也。擾，亂也。』

⑦ 善注：『孽臣，董卓也。范曄《後漢書》曰：何進私呼卓入朝，以脅太后。卓至，遂廢少帝爲弘農王。』銑注：『九服，天下也。所以朝入夕亂者，言速也。蓋無所援助也。』上四句謂兩漢無諸侯屏藩，故亂生朝廷而天下分崩。

此段以周漢之對比，論封侯之是也。周代衰微，七臣叛君，三子亂政，戰亂遍及朝野，然而禍止皇畿，害不及天子，所以宣王因周、召而復天子之位，襄王、惠王因鄭、晉而振興王室。豈如兩漢，王莽亂政、董卓擅朝，則天下大亂。

遠惟王莽篡逆之事，近覽董卓擅權之際，億兆悼心，愚智同痛①。然周以之存，漢以之亡，夫何故哉？豈世乏曩時之臣，士無匡合之志歟②？蓋遠績〔一〕屈於時異，雄心挫於卑勢耳。故烈士扼腕，終委寇讎之手③；中人變節，以助虐國之桀④。雖復時有鳩合同志，以謀王室⑤，然上非奥主，下皆市人⑥，師旅無先定之班，君臣無相保之志⑦，是以義兵雲合，無救劫弑〔二〕之禍⑧，民〔三〕望未改，而已見大漢之滅矣⑨。

【校勘】

〔一〕『績』，陸刻本、陳仲魚校本作『續』。形近而誤。

〔二〕『弑』，《晉書》卷五十四作『殺』。六臣本注曰：『五臣本作殺字。』

〔三〕『民』，《晉書》卷五十四作『衆』；五臣注作『人』，蓋避唐諱。

【注釋】

① 善注：『《左氏傳》：蘧啓彊曰：孤與二三臣，悼心失圖。』良注：『億兆，謂天下人也。悼，亦猶痛也。』遠惟，追思。《玉篇》：『惟，思也。』

② 善注：『《聖主得賢臣頌》曰：齊侯設庭燎之禮，故有匡合之功。《論語》：子曰：管仲相桓公，一匡天下。又曰：桓公九合諸侯。』濟注：『曩時，謂周時也。匡，正也。合，謂合諸侯之衆以正天子之位也。言漢朝豈無此人哉。』後二句言漢亡，並非世無周時忠貞之臣，士無聚兵匡扶漢室之心。

③ 善注：『《左氏傳》：劉子謂趙孟曰：子盍亦遠績禹功，而大庇民乎？阮瑀《與孫權書》曰：大丈夫

雄心，能無憤發。《漢書》曰：燕齊之間，萬士瞋目扼腕。』翰注：『言漢所以亡者豈無同時之臣，匡合之志，蓋遠大之功，屈於時異，謂時無諸侯可以共爲援矣。雖有雄壯之心，欲正王室，所見折挫者，迫於位賤而勢卑，人不威服。其扼腕，謂怒而捉手也。委，死也。言烈士雖怒篡逆之人，而終死於讎敵手也。』烈士，壯士。《韻會》：『又功之光且盛者曰烈。』

④善注：『《漢書》：張博書曰：公卿變節。《史記》：王歜謂燕將曰：今爲君將，是助桀爲暴也。』向注：『中庸之人不能堅守忠義，或有變節，以助暴虐之人矣。桀，謂其人暴虐比於夏桀也。』中人，普通人。《孔叢子》卷下：『聖人，大賢之清者；賢人，中人之清者也。』《廣韻》：『中，平也。』向注誤。

⑤善注：『《漢書》曰：王莽居攝，翟義心惡之，遂與劉宇、劉璜結謀舉義兵。范曄《後漢書》曰：董卓以尚書韓馥爲冀州刺史，侍中劉岱爲兗州刺史，馥等到官，各舉義兵討卓。』銑注：『鳩，聚也。』同志，同德同心者。《國語·晉語》：『同德則同心，同心則同志。』此二句言雖亦時有同心之人欲聚合而圖謀王室之難。

⑥善注：『《漢書》曰：翟義立劉信爲天子。《左氏傳》曰：蔡公召子干、子晳，將納之。子干歸，韓宣子問於叔向曰：子干其濟乎？對曰：難。恭王有寵子，國有奥主。《吕氏春秋》曰：驅市人而戰之，可以勝人之教卒也。』濟注：『奥，深也。言非深沈知人之主也。』謂上無推誠待人之主，下無訓練有素之兵。

⑦善注：『范曄《後漢書》曰：卓聞劉馥等兵起，乃鴆殺弘農王。』翰注：『師旅，兵衆也。班，次也。言下皆市人，故兵衆悉散，則無鬭心，何能有先定之次也。先定，謂爭勇於戰而先定其亂。』先定之班，部隊渙散，無既定之次序。謂兵爲烏合之衆，臣無保君之志。

⑧善注：『《文子》曰：用兵有五，誅暴救弱謂之義。《漢書》：班彪曰：假號雲合。』向注：『謂逆徒劫殺帝族也。』謂因此義兵雲集，亦不能拯救逆賊劫殺帝室之禍。

⑨善注：『《漢書》曰：莽聞翟義起兵，乃拜王邑爲虎牙將軍，以擊義，破之。於是莽自謂大得天人之助，遂即真矣。《漢書》：陳涉詐稱公子扶蘇，從民望也。』濟注：『人望，謂望漢復安之心未改也。』

此承上段言漢亡，非無周時之忠臣，勤王之志士，因不封諸侯，壯士無既定之師旅之故也。

或以『諸侯世位，不必常全①，昏主暴君，有時比迹，故五等所以多亂②。今之牧守，皆以官方庸能③，雖或失之，其得固多，故郡縣易以爲治〔一〕。』夫德之休明，黜陟日用④，長率連屬，咸述其職⑤，而淫昏之君無所容過⑥，何則其不治哉！故先代有以之〔二〕興矣⑦。苟或衰陵，百度自悖〔三〕⑧，鬻官之吏以貨准才〔四〕⑨，則貪殘之萌皆如〔五〕羣后也⑩，安在其〔六〕不亂哉！故後王有以之廢矣⑪。

【校勘】

〔一〕『治』，《晉書》卷五十四作『政』。蓋避唐諱。

〔二〕『之』，《晉書》卷五十四無此字。

〔三〕『悖』，《文集》作『勃』。《文選》卷五十四、《晉書》卷五十四、《西晉文紀》卷十五、陸刻本、《百三家集》本、陳仲魚校本、鄧邦述校本作『悖』。六臣本注：『五臣本作勃字。』《文集》校曰：『勃，當作悖。通用。』今據改。

〔四〕『才』，《晉書》卷五十四作『財』。

〔五〕『萌』，六臣本注曰：『五臣本作氓字。』又『皆如』，《晉書》卷五十四無『如』字。

〔六〕『其』，《文集》脱。《文選》卷五十四、《晉書》卷五十四、《西晉文紀》卷十五、陸刻本、《百三家集》本、陳仲魚校本、鄧邦述校本有『其』。今校補。

【注釋】

① 善注：『《公羊傳》曰：諸侯世位，故國君爲一體也。全或爲今，非。』銑注：『世位，謂子孫相傳也。言其子孫不必常有安全之勢也。』不必，未必。

② 善注：『《唐子》曰：暴主闇君，不可生殺。范曄《後漢書》：孔融薦謝該曰：該實卓然，比迹前列。』比迹，猶言接踵而至。

③ 良注：『庸，用也。』

④ 善注：『《左氏傳》：王孫滿曰：德之休明。《尚書》曰：三載考績，三考，黜陟幽明。』良注：『言天子有休明之德，能申黜陟之理，日用於時也。』休明，美善光明。黜陟，免職與升遷。孔安國傳：『黜退其幽者，陞進其明者。』

⑤ 善注：『《禮記》曰：千里之外，設方伯五國以爲屬，屬有長。十國以爲連，連有帥。《尚書大傳》曰：古者諸侯之於天子，五年一朝，謂之述職。述其職者，述其所職也。』翰注：『言皆奉天子休明之德，皆述其職也。』長率，封建之官，後泛指百官。《晏子春秋》卷二：『明君之蓄勇力之士也，上有君臣之義，下有長率之倫。』連屬，比連。《玉篇》：『屬，連也。』

⑥ 善注：『《左氏傳》：宋子魚曰：又用諸淫昏之鬼。』向注：『君，謂諸侯也。言雖淫昏，遞相防制，故無所容過也。』

⑦ 銑注：『遞相防制，既無容過，何則不爲理也。故先代帝王有立諸侯而祚興也。』

⑧ 善注：『《尚書》曰：不役耳目，百度惟貞。』翰注：『言天子且或衰微陵遲，則百姓自亂法也。苟，且。度，法。勃，亂也。』悖，《玉篇》：『逆也。』

⑨ 向注：『鬻，賣也。貨多者則高官，少者下位，故云以貨准才。』准，同準。《説文》：『準，平也。从水隼聲。』

⑩ 銑注：『氓，謂百姓。言百姓貪殘富盛，皆如羣后諸侯也。后，君也。』

⑪ 良注：『後之帝王見其鬻官貪殘之事，或有廢封五等者。』

此段駁五等多亂、牧守易治之論。言諸侯長率連屬，各盡其職，故易治。後之帝王見鬻官貪殘之行，而廢封五等。

且要而言之，五等之君，爲己思治〔一〕①；郡縣之長，爲利〔二〕圖物②。何以徵之？蓋企及進取，仕子之常志③；修己安民，良士之所希及④。夫進取之情鋭，而安民之譽遲⑤，是故侵百姓以利己者，在位有所〔三〕不憚⑥；損〔四〕實事以養名者，官長所夙夜也〔五〕⑦。君無卒歲之圖，臣挾一時之志⑧。五等則不然。知國爲己土，衆皆我民；民安，己受其利；國傷，家嬰其病⑨。故前人欲以垂後，後嗣思其堂構⑩；爲上無苟且之心，羣下知膠固之義⑪。使其並賢居治，則功有厚薄。兩愚處亂，則過有深淺⑫。然則探〔六〕八代之制，幾可以一理貫⑬；秦漢之典，殆可以一言蔽矣〔七〕⑭。

【校勘】

〔一〕『治』，《晉書》卷五十四作『政』。

〔二〕『利』，《晉書》卷五十四作『吏』。

〔三〕『有所』，《晉書》卷五十四、《文選》卷五十四、《西晉文紀》卷十五、陸刻本、《百三家集》本、陳仲魚校本、鄧邦述校本皆無『有』。《文集》校曰：『別本位下無有字。』鄧邦述校本校補『有』。

〔四〕『損』，《文集》脱。《晉書》卷五十四、《文選》卷五十四、《西晉文紀》卷十五、陸刻本、《百三家集》本、陳仲魚校本、鄧邦述校本有『損』。《文集》校曰：『憚下有損字。』今校補。

〔五〕『夙夜』，《晉書》卷五十四作『夙慕』。又『也』，《文集》脱。《晉書》卷五十四、《文選》卷五十四、《西晉文紀》卷十五、陸刻本、《百三家集》本、陳仲魚校本、鄧邦述校本有『也』。《文集》校曰：『夙夜下有也字。』今校補。

〔六〕『探』，《文選》卷五十四、《晉書》卷五十四無此字。六臣本注曰：『然則，五臣本有探字。』

〔七〕『矣』，《晉書》卷五十四作『也』。

【注釋】

①善注：『民安己受其利，故曰爲己。』濟注：『謂其爲長久子孫計，故謂必思理。』

②善注：『物能利己，乃始圖之，故云爲利。』翰注：『謂其知不久居官，故爲利而圖於百姓之財也。』

③善注：『企及進取，奔競以招譽。《禮記》曰：不至焉者，企而及之。《史記》：蘇秦説燕王曰：忠信者，所以自爲也。進取者，所以爲人也。』向注：『企，羡也。言羡及厚禄，進而取之，乃常志也。』企及，猶追逐。《玉篇》：『企，舉踵也。』又『及，逮也。』謂追逐加官進禄，乃仕人常態。

④善注：『修己安民，積德以厚下。《論語》：子曰：修己以安百姓。《尚書》：咎繇曰：在安民。孔安國《論語注》曰：希，少也。』銑注：『希，少也。言少能及此事也。』謂修德安民，即便是良士亦少能及也。

⑤善注：『鄭玄《禮記注》曰：情，實也。鋭，猶疾也。』良注：『鋭，利也。』此二句言乃因進而取之情迫切，而安民之譽遲緩。

⑥善注：『安民譽遲，不若侵之以利己。鄭玄《論語注》曰：憚，難也。』濟注：『憚，懼也。言衆皆爲之，故不懼也。』此二句言所以侵奪百姓而利己，因在位而無所畏懼。意謂牧守之官，無如封侯有長率之互相牽制，故無所憚。

⑦善注：『進取名速，故損實事以求之。《列子》曰：范氏有子曰子華，善養私名。』翰注：『實，謂政化之美日以損之；名，謂虚譽之名日以養之。此事皆夙夜爲之而不止也。』實事，指修己安民。養名，指企及進取。

⑧此二句言君無長久之計，臣持一時之欲。

⑨善注：『《説文》曰：嬰，繞也。』向注：『此郡縣長所爲如此，五等諸侯則不然。』嬰，猶遭受。《後漢

書·南匈奴列傳》：『墝埆之人，屢嬰塗炭。』

⑩ 善注：『《尚書》曰：若考作室，子乃弗肯堂，矧肯構。』銑注：『後嗣思繼嗣於先君，如先起其堂上構以木，則成大厦之屋。』堂構，喻先世之業。陳琳《檄吴將校部曲文》：『然聞魏周榮虞仲翔，各紹堂構，能負析薪。』銑注：『堂構，德業也。』謂前世欲垂勳爵於後世，後世欲繼前代之大業。

⑪ 善注：『《漢書》：王嘉上疏曰：孝文時，吏居官者，或長子孫，然後上下相望，莫有苟且之意。《莊子》曰：待膠漆而固者，是侵其德者也。范曄《後漢書》：鄭泰曰：以膠固之衆，當解合之勢。』翰注：『謂其知長久之計也。膠固，謂如膠漆之堅固也。』苟且，馬虎草率，只顧眼前。

⑫ 善注：『言八代同建五等，而廢興殊迹者，譬並賢居治，而功有優劣也。言秦漢同立郡縣而脩短異期者，譬兩愚居亂，而過有輕重也。』向注：『言使諸侯與郡縣，並賢而理，則諸侯以長久而功多，郡縣長以數易而功少。若愚處亂，則諸侯以累世流惠，過乃淺矣。郡縣長以侵人利己，過則深焉。』

⑬ 善注：『八代，謂五帝三王也。然此八代，異於《辯（辨）亡》，各觀文立義也。崔寔《政論》曰：今既不能純法八代，故宜參以霸政。《論語》曰：吾道一以貫之。』良注：『一理，謂合典則也。』幾，《廣韻》：『庶幾也。』

⑭ 善注：『《論語》：子曰：詩三百，一言以蔽之：曰思無邪。孔安國《尚書傳》曰：蔽，斷也。』濟注：『秦棄先王之正道，漢封土地之太廣，皆可一言蔽之也。』蔽，包括。《韻會》：『蔽，一曰奄也。』

此段從人情、事理、體制論五等諸侯之是，牧守郡縣之非。

【集評】

[唐]李百藥《奏論駁世封事》：陸士衡方規規然云『嗣王委其九鼎，凶族據其天邑』，『天下晏然，以治待亂』，何斯言之謬也。（《貞觀政要》卷三《論封建》）

[唐]白居易《白氏长慶集・議封建論郡縣》：秦皇廢列國，棄子弟。其敗也，萬民無定主，九族爲匹夫。故魚爛土崩，以至於覆亡也。而曹冏、士衡之論繇是作焉。

[明]魏浚《易義古象通》卷二：論封建者，如陸士衡、柳子厚其説互有得失，皆非先王本意。惟河汾云：安家者所以寧天下，存我者所以厚蒼生，爲得其旨。五等之君爲己思治，上意下情，於此流通無二，如進萬國於堂皇之上，君民上下如居一室，故聖人建國親侯，於比有取。

[明]王世貞評：此與曹冏《六代論》兩相印證，大較言有天下必以封侯爲長策。不知有三代則可，如若行之今，王將盡擁公名，尾大不掉矣。又使郡縣果不封建若也，則胡以自嬴氏至今仍之十餘年（朝）不改哉？（余碧泉《文選纂注》）

[明]李淳評：陸有《辨亡論》二篇，雖亦備吴氏之事，但不過準《過秦論》來，勢甚不逮，不足收也。此篇委曲詳盡，終亦舒緩繁積，顧其論有與《六代論》相發明者，存之。（李淳删定評點《選文選》）

[明]鄒思明評：義理甚正暢，利害甚明快，雄奇古勁，美麗綿密。如黃鐘大吕，可薦郊廟；如黼黻冕弁，可表冠裳。（《文選尤》）

[清]孫洙評：大意與《六代論》同，而彼情辭曲至，此議論明快，各極其勝。詞鋒英偉，波瀾壯闊，推勘已無遺義。柳子厚有意争奇，至謂封建非聖人意，終是創解。（《山曉閣重訂文選》）

[清]方廷珪《昭明文選集成》：按大意總見五等不可廢。周封同姓，王室多難，終賴以安。降及戰國，

雖事權已去，猶以位號爲天下共主數十餘年。秦廢五等爲郡縣，同姓地無尺土，故人主孤立於上，奸臣竊命於下，不二世宗社爲墟，豈若周之享國日久？高祖鑒秦孤立，廣封同姓，失在不依古制，故啓七國之亂。然諸吕之變，卒以同姓内外翼戴有人，劉氏危而復安。武帝以後，地既分裂，且多罪廢，勢微力弱，名存實亡，王莽遂移漢祚，皆由外無宗子强國，無可畏憚之同姓故也。光武踵秦故轍，桓靈以後，奸臣煽亂，國隨以亡。視之周室，五等之與郡縣，利害較然。大抵兩漢與秦，失總由孤立，其孤立失總由不封建同姓。但封建同異姓俱有，此只及同姓，不及異姓，蓋權時之弊以立言耳。

［清］何焯《義門讀書記》卷四十九：陸士衡《五等論》「使其並賢居治」至「則過有深淺」，並賢兩愚，合五等與郡縣言之，注失其意。

［清］俞瑒評：大意亦同曹元首，而思致綿密，時有精刻處，能指出之所由，但嫌其以詞累氣，未見條暢耳。（清鈔本《昭明文選》）

［清］浦起龍評：雖是駢體，須一路看虚字盤旋。

逐層指點，跌撲，直能以賈、晁馳突之筆行於排偶之中，無一死句。

駢儷體雖不在詳贍，而在縱控；雖更不在縱控，而在渾成。讀此文，逐節看其縱控，全體看其渾成。其能事直與賈傅相頡頏，可爲知者道也。平原主封建，柳州主郡縣，以兩家持論合而參之，識解闊，變化彰矣。（于光華《重訂文選集評》）

晉平西將軍孝侯周處碑〔一〕

【題解】

周處，吴陽羡人，吴平入洛，曾任廣漢、新平太守，頗有政績。元康六年氐羌齊萬年僭稱帝，十一月，處以建威將軍率兵討之，次年正月戰死。此碑當作於是年或稍後。碑文追溯了周處的顯赫家世，由縱情悖禮到改節自新，從而走向輝煌的一生。文章表現了周處爲人、性格和居官的不同層面，既剛直果敢，不避豪强，又廣施仁政，憫民愛人；既叱吒疆埸，又文思綺麗。『釃酒』對話、『秋風』『春水』的兩處閒筆，舒緩了語言的叙述速度，别有藝術之魅力。此碑多認爲非陸機所作，詳『備考』。其實，處與機同爲吴人，且與機兄弟相知甚深。處之亡，機爲之作碑文，乃情理中事。碑文叙事、結構、語體風格均與機他文相類，尤其截取王渾與周處一段對話，乃别有深意，非他人所能道。其有抵牾不安者，以理推之，乃碑文殘缺，後人妄補，未可因此否定爲陸作焉。

君諱處，字子隱，義興陽羡人也①。氏胄曩興，焕乎墳典。華宗往茂，鬱其簡書②。啓三十之洪基，源流定鼎；運八百之遠祚，枝葉封桐③。軒蓋列於漢庭，蟬冕播於陽羡④。《二南》之價，傳不朽而紛敷⑤；《大護》〔二〕之音，聲無徵〔三〕而必顯⑥。山高海闊，其在斯焉⑦。

【校勘】

〔一〕關於碑文之真僞，多有争議。詳見『備考』。

〔二〕『大護』，《文集》作『大護』。《西晉文紀》卷十五、《百三家集》本、陳仲魚校本、鄧邦述校本作『大護』。《文集》校曰：『護，當作頀。』今據改。

〔三〕『徵』，《文集》作『微』。《西晉文紀》卷十五、陸刻本、陳仲魚校本、鄧邦述校本作『徵』。今據改。

【注釋】

① 周處，義興陽羡人。父魴，吴鄱陽太守。少孤，未弱冠，膂力絶人，好馳騁田獵，不修細行，縱情肆欲，州曲患之。後勵志好學，有文思，志存義烈，言必忠信克己。期年，州府交辟。仕吴爲東觀左丞。吴平入洛，稍遷新平太守。撫和戎狄，叛羌歸附，雍土美之。轉廣漢太守。及氐人齊萬年反，屯梁山，有衆七萬，而夏侯駿逼處以五千兵擊之。將戰，處軍人未食，彤促令速進，而絶其後繼。處戰，自旦及暮，斬首萬計。弦絶矢盡，播、系不救。遂力戰而没。追贈平西將軍。處著《默語》三十篇及《風土記》，並撰集《吴書》。《晉書》有傳。

② 曩，從前。《説文》：『曩，曏也。』墳典，三墳五典，即上古之書。孔安國《尚書序》：『討論墳典，斷自唐虞，以下訖于周。』翰注：『墳典，即三墳五典也。』又《尚書序》：『神農、黄帝之書謂之三墳，言大道也。少昊、顓頊、高辛、唐虞之書謂之五典，言常道也。』華宗，豪門貴族。任昉《王文憲集序》：『公生自華宗，世務簡隔。』善注：『《魏志》：曹植上疏曰：華宗貴族，必應斯舉。』銑注：『言生於富貴之宗，而時務簡略隔絶，

素所不習也。』鬱，盛。《玉篇》：『鬱，木叢生也。』此四句言周氏乃前代所興之貴族，焕然載於典籍，往日華族之盛，鬱乎記於簡書。

③ 洪基，大業。曹植《王仲宣誄》：『君以淑懿，繼此洪基。』濟注：『洪，大也。言粲有善美，能繼祖父大業也。』封桐，指周成王以桐葉封弟叔虞。《尚書大傳》卷五：『成王削桐葉爲珪，以封唐叔。』又《前漢紀·孝哀皇帝紀下》：『成王戲以桐葉封弟叔虞於晉。周公入賀曰：天子無戲言。』祚，《廣韻》：『福也，禄也，位也。』三十之洪基，八百之遠祚，指成王定鼎於郟鄏，開三十世之大業，運八百年之福祚。《資治通鑒外紀》卷三《成王》：『至是，成王欲如武王之志，定鼎於郟鄏，卜世三十，卜年七百。』劉恕曰：『《左傳》曰：殷載祀六百，商周相接，舊史所記，蓋得其詳。殷年過於夏，不得不謂周踰於殷也。七百年間，約計前代三十世矣。而後世謂《左傳》在周未亡之前，逆知享國之年，時之興廢，專歸於術，捨棄德政，不亦野哉。《汲冢紀年》：西周二百五十七年，通東周適合七百之數，而《三統歷》：西周三百五十二年，並東周，八百餘年。既演百年，乃曰周過其歷，是前後錯謬，不可得彊通者也。』

④ 軒蓋，華美之車。鮑照《詠史詩》：『明星辰未稀，軒蓋已雲至。』善注：『《説苑》曰：翟璜乘車，載華蓋。田子方怪而問之。對曰：吾禄厚，得此軒蓋。』蟬冕，侍中之冠冕。潘岳《秋興賦》：『珥蟬冕而襲紈綺之士，此焉遊處。』善注：『蔡邕《獨斷》曰：侍中中常侍加貂附蟬。』銑注：『蟬，以金爲之，象蟬也。皆侍中散騎之冠冕也。』播，《説文》曰：『一曰布也。』

⑤ 二南，《周南》《召南》，此指周公、召公。潘岳《西征賦》：『固乃周邵之所分，二南之所交。』善注：『《公羊傳》曰：自陝以東，周公主之；自陝以西，召公主之。毛詩序曰《關雎》《麟趾》之化，王者之風也，故繫之周公。《鵲巢》《騶虞》之德，諸侯之風也，故繫之邵公。《周南》《召南》，正始之道王化之。』價，善。

《詩・大雅・板》：『價人維藩，大師維垣。』毛詩傳：『價，善也。』紛敷，紛錯敷衍。《楚辭・九思・守志》：『桂樹列兮紛敷，吐紫華兮布條。』王逸注：『崑崙山多桂樹，紛錯敷衍。』

⑥ 大護，亦作大濩，湯樂名。《周禮・春官宗伯》：『以樂舞教國子舞，……《大夏》《大濩》《大武》。』鄭玄注：『此周所存六代之樂。……《大濩》，湯樂也。湯以寬治民而除其邪，言其德能使天下得其所也。』《玉篇》：『護，湯樂名亦作濩。』徵，五音之一。《廣韻》：『徵，五音配夏，亦作徵。』

⑦ 山高，喻華門高族。海闊，喻淵源深遠。

此段追溯周氏家族輝煌之歷史。

祖賓少折節，早亡。吴初，召諮議參軍，舉郡上計，轉爲州辟從事別駕，步兵校尉，光禄大夫，廣平太守。父魴，少好學，舉孝廉，吴寧國長，奮威長史，懷安、錢塘縣侯，丹陽西部屬國都尉，立節校尉，拜裨將軍、三郡〔一〕都督、太〔二〕中大夫，臨川、豫章、鄱陽太守，晉故散騎常侍，新平、廣漢二郡太守，封關内侯。簪紱揚名〔三〕，臺閣摽著〔四〕①，風化之美，奏課爲能〔五〕②。亭亭孤美，灼灼横劭③。徇高位於生前，思垂名於身後④。遂以罕意〔六〕不違，應期出輔⑤。洋洋之風，俯冠來葉。巍巍之盛，仰繼前賢⑥。

【校勘】

〔一〕『郡』，《七十二家集》本作『部』，形近而誤。

〔二〕『太』，《七十二家集》本作『大』。古二字通。

〔三〕『揚名』，《七十二家集》本作『楊名』，形近而誤。

〔四〕『摽著』，《七十二家集》本作『標著』。摽，通標。

〔五〕『奏課爲能』，錢培名《札記》曰：『句下碑文有「應往路謳」四字。』又『課』，《七十二家集》本作『最』。按《文集》脱二句八字。諸本皆脱，無從校補。

〔六〕『意』，《西晉文紀》卷十五、陸刻本、《百三家集》本、陳仲魚校本、鄧邦述校本作『言』。鄧邦述校本校作『意』。

【注釋】

① 折節，謂屈身事人。《戰國策·秦策》：『主折節以下其臣，臣推體以下死士。』鮑彪注：『屈折肢節。』簪紱，簪，冠簪；紱，絲製之纓帶。皆古代禮服之制，以喻顯貴。《梁書·謝朏傳》：『昔居朝列，素無宦情，賓客簡通，公卿罕預，簪紱未褫，而風塵擺落。』臺閣，尚書之別稱。《後漢書·仲長統列傳》：『光武皇帝愠數世之失權，忿强臣之竊命，矯枉過直，政不任下，雖置三公，事歸臺閣。』李賢注：『臺閣謂尚書也。』此泛指官衙。摽著，猶顯著。朱駿聲《説文通訓定聲》：『摽，又假借爲標。』

② 風化，《毛詩序》：『上以風化下，下以風刺上。』善注：『風化、風刺，皆謂譬喻不斥言也。』此指教化。奏課，上書稽核考課。任昉《齊竟陵文宣王行狀》：『又以奏課連最，進號冠軍將軍。』善注：『《漢書》曰：倪寬爲農都尉大司農，奏課最連。』銑注：『言其爲太守，奏功課，與諸郡相連而比，其考爲第一，故曰連最也。』

最，第一也。』能，善。《荀子・勸學》：『假舟楫者，非能水也，而絶江河。』楊倞注：『能，善。』

③亭亭，高貌。張衡《西京賦》：『干雲霧而上達，狀亭亭以岧岧。』薛綜注：『亭亭、岧岧，高貌也。』孤美，獨立特行之美。《玉篇》：『孤，特也。』灼灼，喻年盛。《詩・周南・桃夭》：『桃之夭夭，灼灼其華。』毛詩傳：『灼灼，華之盛也。』横，充溢。《禮記・祭義》：『夫孝，置之而塞乎天地，溥之而横乎四海。』劭，美。潘岳《河陽縣作》：『誰謂邑宰輕，令名患不劭。』善注：『《小（爾）雅》曰：劭，美也。』

④徇，謀求。劉知幾《史通・直書》：『蓋烈士徇名，壯夫重氣。』狥，同徇。

⑤罕言，指罕言命與利。《論語・子罕》：『子罕言利與命，與仁。』何晏《集解》：『罕者，希也。利者，義之和也。命者，天之命也。仁者，行之盛也。寡能及之，故希言也。』不違，指不違於聖人之言。《論語・爲政》：『子曰：吾與回言，終日不違如愚。』孔安國傳：『不違者，無所怪問於孔子之言，默而識之，如愚也。』應期，即應期運之數，猶言應時也。蔡邕《陳太丘碑文》：『含元精之和，應期運之數。』善注：『孟子謂充虞曰：五百年必有王者興，其間必有名世者。由周而來七百有餘歲矣，當今之世，舍我其誰？』向注：『期運之數，謂應五百年而生賢之數也。』出輔，出爲輔弼之臣。《周禮・天官冢宰》：『陳其殷，置其輔。』鄭玄注：『輔，庶人在官者。』

⑥此二句意同《豪士賦》：『則巍巍之盛，仰邈前賢；洋洋之風，俯冠來籍。』良注：『巍巍，高大貌。洋洋，美譽也。俯冠來籍，謂爲將來史籍之首也。』葉，世。左思《詠史詩》：『金張籍舊業，七葉珥漢貂。』

此段稱讚周處父祖之德行，重點稱讚其父。

君乃〔一〕早孤，不弘禮制。年未弱冠，膂力絶於天下，妙氣挺於人間①。騎獵無疇，時英式慕〔二〕。縱情寡偶，俗弊不忻②。鄉曲誣其害名，改節播其聲譽③。遂來吴事余厥弟，驩〔三〕然受誨，向道朝聞，方勵志而淫詩書，便好學而尋子史④。文章綺合，藻思羅開⑤。吴朝州縣交辟太子洗馬、東觀左丞、中書右丞、五官郎中、左右國史。靖恭夙夜，恪居官次，遷大尚書僕射、東觀令、太常卿、無難督⑥。匡熙庶績，朝廷謐寧，使持節大都督塗中京下諸軍事，封章浦亭侯〔四〕⑦。國猶多士，君實得賢⑧。汪洋廷闕〔五〕之傍，昂藏寮寀之上⑨，射獸功猶見顯，刺蛟名乃遠揚〔六〕⑩。忠烈〔七〕道自克修，義節情還永布⑪。琳琅梓杞〔八〕，珪璧棟梁⑫。君著《默語》三十篇及《風土記》，並撰《吴書》〔九〕。

【校勘】

〔一〕『乃』，《七十二家集》本作『初』。

〔二〕『慕』，《文集》作『暴』。《西晉文紀》卷十五、陸刻本、《百三家集》本、陳仲魚校本、鄧邦述校本作『慕』。今據改。

〔三〕『驩』，《西晉文紀》卷十五、陸刻本、陳仲魚校本、鄧邦述校本作『讙』，《百三家集》本作『謹』。陳仲魚校本、鄧邦述校本并校作『驩』。

〔四〕『亭侯』，《文集》作『庭侯』，誤。《七十二家集》本作『亭』。金濤聲曰：『當作亭侯，下言「封清流亭侯」可證。』金説是，今據改。

〔五〕『廷闕』，《文集》作『庭闕』，又校作『延閣』。皆誤。《西晉文紀》卷十五、陸刻本、《百三家集》本、陳仲魚校本、鄧邦述校本作『廷闕』。今據改。

〔六〕『揚』，《文集》作『楊』，形近而誤。陸刻本、《西晉文紀》卷十五、《漢魏六朝百三家集》本作『揚』。今據改。

〔七〕『忠烈』，《七十二家集》本、鄧邦述校本作『忠列』。鄧邦述校本校作『忠烈』。

〔八〕『梓杞』，《札記》曰：『碑作杞梓。』

〔九〕《札記》曰：『句末碑有焉字。』

【注釋】

① 弘，弘揚，光大。《玉篇》：『弘，大也。』《語》：人能弘道。』不弘禮制，言不遵禮制。弱冠，年二十，指成年。《禮記·曲禮》：『人生十年曰初學，二十曰弱冠。』妙氣，豪俠之氣。梁簡文帝《大法頌》：『掩入殿之紫雲，奪鴻門之妙氣。』挺，拔出。《國語·吴語》：『被甲帶劍，挺鈹搢鐸。』韋昭注：『挺，拔也。』

② 無疇，無人可匹。宋玉《高唐賦》：『赫其無疇兮，道互折而曾累。』翰注：『疇，匹也。言不可比匹也。』式慕，效法。江淹《齊太祖高皇帝誄》：『縱心蹈教，鄉術式慕。』《説文》：『式，法也。』又『慕，習也，愛而習翫模範之也』。寡偶，罕有其匹。東方朔《答客難》：『寡偶少徒，固其宜也。』翰注：『故賢人無用於時，少其匹偶徒侶者，其固宜也。』忻，《玉篇》：『察也，喜也。』

③ 鄉曲，故里。《荀子·非相》：『今世俗之亂君，鄉曲之儇子。』誣，妄言。《禮記·曾子問》：『今之祭

者不首其義，故誣於祭也。』鄭玄注：『誣，猶妄也。』害名，危害名教。播，《廣韻》：『揚也，布也。』以上言周處少時不遵禮制，縱情害名，後改過自新，聲譽播於鄉里。《晉書・周處傳》：『處少孤，未弱冠，膂力絕人，好馳騁田獵，不修細行，縱情肆欲，州曲患之。處自知爲人所惡，乃慨然有改勵之志。』

④ 遂來吴事余厥弟，《晉書・周處傳》：『（處）乃入吴尋二陸。時機不在，見雲，具以情告，曰：「欲自修而年已蹉跎，恐將無及。」云曰：「古人貴朝聞夕改，君前途尚可，且患志之不立，何憂名之不彰！」處遂勵志好學，有文思，志存義烈，言必忠信克己。』驩然受誨，欣然受教。《説文》：『歡，喜樂也。』《韻會》：『歡，作懽，又作驩。』朝聞向道，言聞道而不渝。《論語・里仁》：『子曰：朝聞道，夕死可矣。』勵志，勉勵其志。謝靈運《述祖德詩》：『惠物辭所賞，勵志故絕人。』善注：『孔安國《尚書傳》曰：勵，勉也。』淫讀書，猶言泛覽羣書。淫，過也。《廣韻》：『淫，久雨曰淫。《書》曰：罔淫於樂。傳云：淫，過也。』

⑤ 綺合，喻文章秀美。沈約《宋書・謝靈運傳論》：『縟旨星稠，繁文綺合。』濟注：『綺合，喻文章秀媚。』藻思，華美之思。鮑照《凌煙樓銘》：『我王結駕，藻思神居。』羅開，喻如綺羅之開。駱賓王《幽縶書情通簡知己》：『鼉室閉門，静雀羅開。』

⑥ 交辟，交相徵辟爲官。《廣韻》：『辟，除也。』靖恭，同靖共，謂謀敬其位。《荀子・勸學篇》：『《詩》曰：靖共爾位，好是正直。』楊倞注：『靖，謀。言能謀恭其位，好正直之道。』夙夜，猶日夜。《書・舜典》：『夙夜惟寅，直哉惟清。』孔安國傳：『夙，早也。言早夜敬思其職。』恪居官次，謂勤於職守。潘岳《在懷縣作》：『祗奉社稷守，恪居處職司。』善注：『《左氏傳》：公鉏曰：敬恭朝夕，恪居官次。』銑注：『恪，勤也。言我敬奉社稷，勤居所處職司。』

⑦ 匡熙庶績，謂匡正廣大衆官之功績。《書・舜典》：『庶績咸熙，分北三苗。』孔安國傳：『考績法明，

衆功皆廣。』《説文》：『匡，正也。』謐寧，安寧。張協《七命》：『王猷四塞，函夏謐寧。』善注：『《爾雅》：謐，寧也。』銑注：『謐，安也。』持節，古代使臣奉命出行，必執符節以爲憑證。潘勗《册魏公九錫文》：『使持節丞相、領冀州牧武平侯。』良注：『持，執也。執節出外，令得專前事，以示天子之信，以明重臣之忠節也。』

⑧ 猶，《韻會》：『尚也。』多士，賢才衆多。《詩・周頌・清廟》：『濟濟多士，秉文之德。』鄭玄箋：『濟濟之衆士，皆執行文王之德。』實，《韻會》：『誠也，滿也。』

⑨ 汪洋，廣大無邊貌。《楚辭・九懷・蓄英》：『臨淵兮汪洋，顧林兮忽荒。』王逸注：『瞻望大川，廣無極也。』此喻胸襟開闊。廷闕，猶朝廷。《爾雅・釋宫》：『觀謂之闕。』郭璞注：『宫門雙闕。』傍，《正韻》：『倚也。』昂藏，氣度軒昂。李白《贈參寥子》：『骯髒辭故園，昂藏入君門。』寮寀，同僚。張華《答何劭》：『自昔同寮寀，於今比園廬。』善注：『《左氏傳》曰：先篾之使也。荀林父止之曰：同官爲寮。吾常同寮，敢不盡心乎。《爾雅》曰：采，僚。』向注：『同寮寀，同官也。』

⑩ 射獸、刺蛟，《晉書・周處傳》：『父老歎曰：「三害未除，何樂之有！」處曰：「何謂也？」答曰：「南山白額猛獸，長橋下蛟，並子爲三矣。」處曰：「若此爲患，吾能除之。」父老曰：「子若除之，則一郡之大慶，非徒去害而已。」處乃入山射殺猛獸，因投水搏蛟，蛟或沉或浮，行數十里，而處與之俱，經三日三夜，人謂死，皆相慶賀。處果殺蛟而反。』

⑪ 布，喻修養。《玉篇》：『布，織也。』此二句言克己而修其忠烈之道，復又養節義之情。

⑫ 琳琅，美玉名，喻材質之美。《楚辭・九歌・東皇太一》：『撫長劍兮玉珥，璆鏘鳴兮琳琅。』王逸注：『璆、琳琅皆美玉名也。』梓杞，木名，喻良材。《國語・楚語上》：『其大夫皆卿才也，若杞梓皮革焉。』韋昭注：『杞梓，良材也。』珪壁，玉名，喻道德之純；壁，通璧。王巾《頭陀寺碑文》：『宗法師行絜珪璧，擁錫

來遊。』善注：『《毛詩》曰：有匪君子，如珪如璧。《東觀漢記》：馮衍説鮑永曰：衍珪璧其行，束脩其心。』銑注：『珪璧，比有德也。』棟梁，喻輔弼大臣。陳琳《爲袁紹檄豫州》：『乃欲摧撓棟梁，孤弱漢室。』翰注：『棟梁，喻大臣也。』

此段叙述周處幼而不遵禮制，長而折節勵志，其文思之美，德行之盛，居官之敬，忠義之志，使盛名遠播，從而官職累遷，成爲國家棟梁。

於是吴平入晉，王渾登建業宮，釃酒既酣，乃謂君曰：『諸人亡國之餘，得無戚乎？』君對曰：『漢末分崩，三方鼎立，魏滅於前，吴亡於後，亡國之戚，豈惟一人！』渾乃大慙①。仕晉稍遷，揔統初入，拜諮議郎，除討虜護軍、新平太守，撫和戎狄，叛羌歸附，雍土〔一〕美之②。轉爲廣漢太守，郡多滯訟，有經三十年不決者，處以評〔二〕其枉直，一朝決遣。以母年老罷歸③。

【校勘】

〔一〕『雍土』，《文集》作『雍士』，誤。《百三家集》卷四十八、《七十二家集》本、《西晉文紀》卷十五作『雍土』。《晉書·周處傳》曰：『入洛，稍遷新平太守。撫和戎狄，叛羌歸附，雍土美之。轉廣漢太守。』《册府元龜》卷六百九十二《牧守》『周處』條，亦作『雍土』。今據改。

〔二〕『以』，《七十二家集》本作『立』。應據改。又『評』，錢培名《札記》曰：『碑文「評」作詳。』

【注釋】

①建業，郡名。漢置秣陵縣，三國吴改爲建業，孫權稱帝定都於此。《水經注》卷三十五：『至黄龍元年，權遷都建業，以陸遜輔太子，鎮武昌。孫皓亦都之。』釃酒，濾酒，此猶把酒。《後漢書·馬援傳》：『援乃擊牛釃酒，勞饗軍士。』李賢注：『釃，猶濾也。』戚，同慼，憂也。《左傳·僖公二十四年》：『《詩》曰：自詒伊慼，其子臧之謂矣。』杜預注：『慼，憂也。』慙，同慚，愧也。《爾雅·釋言》：『愧，慙也。』

②揔統，統領；揔，同總。《華陽國志·劉後主志》：『於是以琬爲尚書令，揔統國事。』《玉篇》：『揔，將領也。』揔統初入，謂吴將之初入晉也。除，授官。《漢書·景帝紀》：『列侯薨及諸侯太傅初除之官，大行奏謚、誄、策。』顔師古注：『如淳曰：凡言除者，除故官就新官也。』雍土，指雍州之地。《晉書·地理志》：『晉武帝太康元年，既平孫氏，凡增置郡國二十有三……凡十九州。』即司、冀、兖、豫、荆、徐、揚、青、幽、平、并、雍、凉、秦、梁、益、寧、交、廣州。

③滯訟，久訟不决者。《説文》：『滯，凝也。』枉直，曲直。《列子·説符》：『列子顧而觀影，形枉則影曲，形直則影正，然則枉直隨形而不在影。』《廣韻》：『枉，邪曲也。』

此段叙述周處仕晉之政績。插入與王渾對話，以顯其人格之尊嚴，性情之剛烈。

尋除楚内史，未之官，徵散騎常侍，處曰：『古人辭大不辭小。』①乃先之楚。而郡既經喪亂，新舊雜居，風俗未一②。處敦以教義，又檢尸無主及白骨在野，收而葬之③。然以〔一〕就徵，遠近稱嘆，及居近侍，多所規諷④。遷御史中丞，正繩直筆，凡所糾劾，不避寵戚⑤。梁王肜〔二〕

違法，處深文案之⑥。及氐人〔三〕齊萬年反，朝臣惡其强直，皆曰：『處，吴之名將子也⑦。』忠烈果毅，庶僚振肅⑧；英情天逸，遠性霞騫⑨。陝北留棠，遂有二天之詠⑩；荆南度虎，猶標十部之書⑪。

【校勘】

〔一〕『然以』，《七十二家集》作『然後』。應據改。

〔二〕『梁王肜』，《文集》作『梁王肜』，誤。《晉書·周處傳》作『梁王肜』。今據改。

〔三〕『氐人』，《文集》作『吴人』。誤。《西晉文紀》卷十五、《百三家集》卷四十八、《七十二家集》本、《宛委别藏》本作『氐人』。《文集》校作『氐』。又《晉書·惠帝紀》：『秦雍氐、羌悉叛，推氐帥齊萬年僭號稱帝，圍涇陽。冬十月乙未，曲赦雍、凉二州。十一月丙子，遣安西將軍夏侯駿、建威將軍周處等討萬年，梁王肜屯好畤。』可爲佐證。今據改。

【注釋】

① 徵，遷官。《爾雅·釋言》：『徵，召也。』

② 新舊雜居，風俗未一，謂新遷之民與本地之民同居於此，風俗不同。《玉篇》：『雜，同也。』

③ 敦，勸勉。《爾雅·釋詁》：『敦，勔，勉也。』郭璞注：『《方言》云：周鄭之間相勸勉爲勔。』教義，儒教之義。任昉《爲卞彬謝脩卞忠貞墓啓》：『陛下弘宣教義，非求效於方今。』檢，考察，勘驗。《字彙》：『檢，校也。』

④ 近侍，皇宮侍從之官。沈約《齊故安陸昭王碑文》：『還居近侍，兼饗戎秩。』善注：『蕭子顯《齊書》曰：緬還爲侍中，領驍騎將軍。』規諷，謂以正言勸誡諫諍。《墨子・非命中》：『故上有以規諫其君長，下有以教順其百姓。』

⑤ 正繩，喻執法之準直。《漢書・曆律志上》：『衡所以任權而均物平輕重也。其道如底，以見準之正，繩之直。』直筆，喻彈糾百僚，勁直正厲。干寶《晉紀總論》：『子雅制九班而不得用，長虞數直筆而不能糾。』善注：『孫盛《晉陽秋》曰：司隸校尉傅咸勁直正厲，果於從政，先後彈奏百寮，王戎多不見從。』糾，舉發其過。《書・冏命》：『繩愆糾謬，格其非心。』孔穎達疏：『糾，謂發舉其愆過。』劾，推究其罪。《廣韻》：『劾，推窮罪人也。』寵戚，寵臣與外戚。《舊五代史・盧程傳》：『時任圜爲興唐少尹，莊宗從姊婿也，憑其寵戚，因詣程。』

⑥ 深文，謂援用法律條文，苛細周納，以究人之罪。《三國志・魏・曹爽傳》：『晏等與廷尉盧毓素有不平，因毓吏微過，深文致毓法，使主者先收毓印綬，然後奏聞。』案，《廣韻》：『考也，驗也。』

⑦ 强直，不屈正直。《東觀漢記・朱暉》：『吏人畏愛之，爲之歌曰：强直自遂，南陽朱季。吏畏其威，人懷其惠。』

⑧ 忠烈，忠誠威猛。《華陽國志・後賢志・何攀》：『攀受命奮討，凶逆速殄，忠烈果毅，朕甚嘉焉。』烈，猶烈烈。《爾雅・釋訓》：『烈烈，威也。』郭璞注：『嚴猛之貌。』果毅，殺敵致勝。《書・泰誓》：『爾衆士，其尚迪果毅，以登乃辟。』孔安國傳：『殺敵爲果，致果爲毅。』《爾雅・釋詁》：『果毅，勝也。』郭璞注：『果毅，皆得勝也。』《左傳》曰：殺敵爲果。』庶僚，衆官。沈約《齊故安陸昭王碑文》：『城府颯然，庶僚如賈。』向注：『庶，衆。僚，官也。』振肅，心震動而恭敬之。李白《趙公西候新亭頌》：『威雄振肅，虜不敢視。』

《玉篇》：『振，動也。』又『肅，敬也，嚴也』。

⑨ 英情，猶言俊傑之性。釋玄惲《破邪篇·述意部》：『六通奮英情，乘權摧異見。』《廣韻》：『英，俊。』天逸，天縱，猶言天之所賜。謝朓《酬德賦》：『沈侯之麗藻天逸，固難以報章。』《廣韻》：『逸，縱也。』遠性，性情高遠。《南史·何遠傳》：『遠性耿介，無私曲，居人間絶請謁，不造詣。』霞騫，雲霞高飛，喻性情高遠。騫，同鶱，飛。張衡《西京賦》：『鳳騫翥於甍標，咸遡風而欲翔。』善注：『《説文》曰：騫，飛貌也。』

⑩ 留棠，喻仁政。《詩·召南·甘棠》：『蔽芾甘棠，勿翦勿伐，召伯所茇。』《毛詩序》：『《甘棠》，美召伯也。召伯之教，明於南國。』周公與召公分陝而治，自陝以東，周公主之；自陝以西，召公主之。陝北，陝以西也。武王之時，召公行政于南國，決訟於小棠之下，國人愛召伯而敬其樹，故留其棠而勿剪勿伐也。二天，謂爲官仁愛正直。杜甫《江亭王閬州筵餞蕭遂州》：『二天開寵餞，五馬爛生光。』《後漢書·蘇章傳》：『順帝時，遷冀州刺史。故人爲清河太守，章行部案其奸臧。乃請太守，爲設酒肴，陳平生之好甚次。太守喜曰：「人皆有一天，我獨有二天。」章曰：「今夕蘇孺文與故人飲者，私恩也；明日冀州刺史案事者，公法也。」遂舉正其罪。』

⑪ 荆南，一謂南荆，楚地。劉峻《廣絶交論》：『南荆之跋扈，東陵之巨猾。』善注：『南荆，謂楚也。』度虎，謂仁化大行。《後漢書·劉昆傳》：『先是，崤、黽驛道多虎災，行旅不通。昆爲政三年，仁化大行，虎皆負子度河，帝聞而異之。』標，《玉篇》：『木末也，又標舉也。』十部之書，謂慮事周密，勝於衆多輔助官吏。十部，十部從事之略。《三國志·魏·劉馥傳》：『晉陽秋曰：劉弘……推誠羣下，厲以公義，簡刑獄，務農桑。每有興發，手書郡國，丁寧款密，故莫不感悦，顛倒奔赴，咸曰「得劉公一紙書，賢於十部從事也。」』

此段讚美周處爲官既執法苛細，不避豪强，又廣施仁政，澤被百姓。

尋轉散騎常侍，輕車將軍。迴輪出於新平〔一〕，士女揮淚；褰帷望於廣漢，雞犬靡喧①。振玆威略，宣其惠和，晉京遙仰，部從迎欽②。是時氐〔二〕賊作逆，有衆七萬，屯於梁山。朝廷推賢，以君才兼文武，詔授建威將軍，以五千兵奉辭西討③。忠槩盡節，不顧身命④，乃賦詩曰：『去去世事已，策馬觀西戎。藜藿甘粱黍，期之克令終⑤。』言畢而戰，自旦及暮，斬首萬級。絃絶矢盡，播、系〔三〕不救，左右勸退，處按劍怒曰：『此是吾効節授命之日，何以退爲！大臣以身徇〔四〕國，不亦可乎！⑥』韓信背水之軍，未遑得喻⑦；工輸〔五〕縈帶之勢，早擬連蹤⑧。莫不梯山架壑，襁負來歸⑨。戎士扞其封壃，農人展其耕織⑩。秋風才起，追戰虜〔六〕於雷霆；春水方生，揮鍤〔七〕同於雲雨⑪。立功立事，名將名臣者乎。

【校勘】

〔一〕『新平』，《文集》作『新年』，形近而誤。《西晉文紀》卷十五、《百三家集》本、《七十二家集》本、《宛委別藏》本作『新平』。據《晉書・周處傳》，處曾官新平太守。今據改。按：此句前缺四字。鄧邦述校本校曰：『四字，宋空。』

〔二〕『氐』，《文集》作『互』，誤。《西晉文紀》卷十五、《百三家集》本、《七十二家集》本、《宛委別藏》本作『氐』。『氐賊』指齊萬年。《晉書・周處傳》載：氐人齊萬年反，夏侯駿『逼處以五千兵擊之。……彤復命處進討，乃與振威將軍盧播、雍州刺史解系攻萬年於六陌。……處知必敗，賦詩曰：「去去世事已，策馬觀西戎。藜藿甘粱黍，期之克令終。」』于此文所載事同，故當以『氐賊』爲是，今據改。

〔三〕『播系』，《文集》作『番系』，別本同。錢培名《札記》曰：『碑文「番」作播。』金濤聲曰：『《晉書·周處傳》亦作播、系。』今據改。

〔四〕『大臣』，錢培名《札記》曰：『「大臣」上碑有我爲二字。』又『徇』，《七十二家集》本作『狥』。

〔五〕『得喻、工輸』，錢培名《札記》曰：『今碑文缺得喻、工輸四字。』

〔六〕『虜』，《七十二家集》本作『勇』。

〔七〕『鍤』，《文集》作『插』。《西晉文紀》卷十五、陸刻本、《百三家集》本、陳仲魚校本、鄧邦述校本作『鍤』。今據改。

【注釋】

① 迴輪，猶回車。張景陽《七命》：『臨重岫而攬轡，顧石室而迴輪。』此謂離任。褰帷，撩起車帷。《玉篇》：『褰，褰衣也。』此謂撤去車帷以廣視聽。王融《三月三日曲水詩序》：『褰帷斷裳，危冠空履之吏。』銑注：『後漢賈琮爲冀州刺史，車垂赤帷而行，及至州，自言曰：刺史當遠視廣聽，何反垂帷於車以自掩蔽。乃命御者褰去其帷。』廣漢，郡名，漢置。此代指周處所治之地。謝惠連《祭古冢文》：『射聲垂仁，廣漢流渥。』善注：『《東觀漢記》曰：陳寵，字昭公，沛國人也，轉廣漢太守。先是雒陽城南，每陰常有哭聲，聞於府中，寵使案行，昔歲倉卒時骸骨不葬者多，寵乃勑縣葬埋，由是即絕也。』雞犬靡喧，言其安寧也。靡，《爾雅·釋言》：『罔、無也。』

② 振兹，振古如兹。《爾雅·釋言》：『振，古也。』《詩》曰：振古如兹。猶云久若此。』威略，猶威烈，威

勢。陸雲《張二侯頌》：『文敏足以華國，威略足以振衆。』宣其惠和，遍佈惠愛，百姓和諧。《左傳·文公十八年》：『忠肅共懿，宣慈惠和。』杜預注：『宣，徧也。』《玉篇》：『宣，布也。』《爾雅·釋詁》：『惠，愛也。』又：『諧，和也。』遥仰，遠慕也。孟浩然《送王五昆季省覲》：『平生急難意，遥仰鶺鴒飛。』迎欽，恭敬迎之。《説文》：『欽，一曰敬也。』

③ 氐賊作逆，指氐人齊萬年反叛，詳上校勘。奉辭，意謂奉命出征。《國語·鄭語》：『奉辭伐罪，無不克矣。』韋昭注：『桓公甚得周衆，奉直辭，伐有罪，故必勝也。』

④ 忠槩，忠直梗概。《晉書·長沙王乂傳》：『長沙材力絶人，忠概邁俗，投弓掖門，落落標壯夫之氣。』概，同槩。盡節，謂盡忠直之節。《楚辭·惜誓》：『悲仁人之盡節兮，反爲小人之所賊。』王逸注：『言哀傷梅伯盡忠直之節。』顧，眷念。《廣韻》：『顧，迴視也，眷也。』

⑤ 觀，多。《詩·小雅·采緑》：『維魴及鱮，薄言觀者。』鄭玄箋：『觀，多也。』西戎，夷狄，古西北少數民族總稱。《尚書·禹貢》：『織皮、崐崘、析支、渠搜，西戎即敘。』孔安國傳：『織皮毛布有此四國，在荒服之外，流沙之内。……《漢書志》：朔方郡有渠搜縣，武紀云北發渠搜是也。西戎，國名。』此指氐人。藜藿，野菜之類。曹植《七啓》：『予甘藜藿，未暇此食也。』良注：『甘，美也。藜藿，賤菜，布衣之所食。』《玉篇》：『藜，蒿屬。』又『藿，豆葉。』粱黍，黍稷之類。楊泉《物理論》：『黍稷之總名曰粱。』期，《廣韻》：『信也，要也。』令，令名。《爾雅·釋詁》：『令，善也。』此詩言戎敵衆多，世事已定，然如雖食藜藿，甘之如黍稷，惟求令名而已。

⑥ 播，系，指盧播、解系。《晉書·周處傳》：『（梁王）肜復命處進討，乃與振威將軍盧播、雍州刺史解系攻萬年於六陌。將戰，處軍人未食，肜促令速進，而絶其後繼。處知必敗，賦詩曰：……言畢而戰，自旦及

暮，斬首萬計。弦絶矢盡，播、系不救。』效節，致其臣節。《左傳・文公八年》：『司城蕩意諸來奔，效節於府人而出。』杜預注：『效，猶致也。』徇國，以身殉國。徇，同殉。司馬遷《報任少卿書》：『常思奮不顧身，以徇國家之急。』濟注：『以身從事曰徇。』

⑦背水之軍，指韓信背水陳軍而大勝趙王事。《史記・淮陰侯列傳》：韓信與張耳以兵數萬，東下井陘擊趙。背水而陳兵。軍皆殊死戰，不可敗。大破虜趙軍，斬成安君泜水上，擒趙王歇。遑，《玉篇》：『乂暇也。』此言雖韓信背水而戰，未可比之。

⑧縈帶之勢，指墨子以縈帶爲喻而守宋城。陳琳《爲曹洪與魏文帝書》：『且夫墨子之守縈帶爲垣，高不可登；折箸爲械，堅不可入。』善注：『墨子曰：公輸爲雲梯，必取宋。於是見公輸。九設攻城之機變，墨子九距之。公輸般之攻城械盡，子墨子之守圉有餘。公輸般出而曰：吾知所以距子矣，吾不言。子墨子亦曰：吾知子之所以距我者，吾不言之。王問其故。子墨子曰：公輸子之意，不過欲殺臣。殺臣，宋莫能守，乃可攻也。然臣之弟子禽滑釐三百人，已持守圉之器在宋城上，而待楚寇矣。雖殺臣，不能絶也。楚王曰：善！吾請無攻。』向注：『公輸子爲雲梯，將以攻宋。墨翟聞之，乃往。解衣帶繞以爲城，以箸爲械。公輸之攻械已盡矣，而墨子之守不可入。言其有道而妙也。縈，繞。』此言公輸守城之妙道，可與連迹而比也。

⑨繦負，負其器械。《論語・子路》：『夫如是，則四方之民繦負其子而至矣，焉用稼？』何晏《集解》：『苞氏曰：負者以器曰繈也。』指百姓登山渡壑，負器而歸之。

⑩扞，捍衛。《爾雅・釋言》：『干，扞也。』郭璞注：『相扞衛。』封壃，指國家。司馬相如《難蜀父老》：『今封疆之内，冠帶之倫，咸獲嘉祉，靡有闕遺矣。』銑注：『封疆之内，謂國内。』展，適意。《爾雅・釋言》：『展，適也。』郭璞注：『得自申展，皆適意。』

⑪ 此上二句言戎士作戰之勇，下二句言農人耕種之勤。此段重在叙述周處奉辭討逆時的壯烈。

元康九年，舊疾〔一〕增加，奄〔二〕捐館舍，春秋六十有二①。天子以大臣之葬，師傅之禮，親臨殯壤②。建武元年冬十一月甲子，追贈平西將軍，封清流亭〔三〕侯，謚曰孝，禮也。賜錢百萬，葬地一〔四〕頃，京城地五十畝爲第，又賜王家田五頃。詔曰：『處母年老，加以逆旅〔五〕遠人，朕每憫念，給其醫藥酒米，賜以終年③。』以太興二年歲在己卯正月十日，葬於義興舊原。南瞻荆嶽，崇峻極之巍峩；北睇蚊川，濬清流之澄澈④。

【校勘】

〔一〕『舊疾』，《文集》作『回灰』，扞格不通。金濤聲曰：『疑當作「舊疾」。』《金石文考略》卷三、《六藝之一録》卷五十七作『因疾』。《西晉文紀》卷十五、《百三家集》本作『舊疾』。《文集》亦校作『舊疾』。今據改。

〔二〕『奄』，錢培名《札記》曰：『碑文奄作爰。』

〔三〕『清流亭』，錢培名《札記》曰：『今碑文缺「清流亭」三字。』

〔四〕『一』，《金石文考略》卷三、《六藝之一録》卷五十七並作『十』。

〔五〕『逆旅』，錢培名《札記》曰：『碑無「逆旅」二字。』

【注釋】

① 奄捐館舍，謂遽然而逝。《戰國策・趙策》：『是以外賓客遊談之士無敢盡忠於前者，今奉陽君捐館舍。』鮑彪注：『《禮》：婦人死曰捐館舍，蓋亦通稱。』《方言》卷二：『奄，遽也。』此處叙述與前文抵牾。

② 大臣，相也。司馬遷《報任少卿書》：『主上爲之食不甘味，聽朝不怡。大臣憂懼，不知所出。』銑注：『大臣，相也。』師傅，太師、太傅之合稱。《史記・吴王濞傳》：『吴太子師傅皆楚人。』此言天子以三公之禮葬之，並親臨墓穴吊唁。

③ 逆旅，客舍。此指客居他鄉。《左傳・僖公二年》：『今虢爲不道，保於逆旅。』杜預注：『逆旅，客舍也。』憫念，默然憂慮。《玉篇》：『憫，憫默也，憂也。』

④ 崇，層疊。《爾雅・釋詁》：『崇，重也。』濬，深廣。睇，俯視。《玉篇》：『睇，傾視。』《爾雅・釋言》：『濬，幽深也。』郭璞注：『濬，亦深也。』此言處之墓地南可望層疊巍峩之荆嶽，北俯視深廣清澈之蛟川。

此段叙述周處死後，備極哀榮。

娶同郡盛氏，有四子：靖、玘、札、碩〔一〕，並皆志〔二〕性純孝，過禮喪親，墳〔三〕前之樹，染淚先枯，庭際之禽，聞悲乃下。遂作銘曰：

周南著美，岐山表靈①。葉繁漢室，枝茂晉庭②。皎皎夫子，奇特播名③。幼有異行，世存風烈④。早馳問望，晚懷耿節⑤。頗尚豪雄，昇名禁闕⑥。掊爵策勳，允歸明哲⑦。輝赫大晉，封豕多故⑧。式揚〔四〕廟略，克清天步⑨。海濱既折，江淮並泝⑩。漢水作藩，條章斯布⑪。俗歌揆日，人謡何暮⑫。忠貞作相，追蹤絳侯⑬。將亭嘉茂，遽掩芳猷⑭。潛光陽甸，返旆吴丘⑮〔六〕。舊關雖入，鄉路冥浮⑯。【從榮制墓，終非晝遊⑰。春墟以緑，清淮自流。深沉素幰，繚繞朱旒⑱。玄〔五〕堂寂寞，黄泉悠悠⑲。書方易折，家揭難留】⑳。鐫兹幽石，萬代千秋㉑。

【校勘】

〔一〕《晉書·周處傳》：『有三子：靖、玘、札。』《西晉文紀》卷十五、《百三家集》本、陳仲魚校本作『四子』。《札記》曰：『碑文碩字缺。』

〔二〕『皆志』，《札記》曰：『今碑缺皆志二字。』

〔三〕『墳』，《七十二家集》本作『項』。誤。

〔四〕『揚』，《七十二家集》作『楊』。疑誤。

〔五〕『玄』，《札記》作『元』。蓋清人避諱。

〔六〕『返旆吴丘』，《札記》：『此下碑文有「舊關雖入，鄉路冥浮。從榮制墓，終非晝遊。春墟以緑，清淮自流。深沉素幰，繚繞朱旒。玄堂寂寞，黄泉悠悠。書方易折，家揭難留」十二句。』《西晉文紀》卷十五、《百三家集》本、《七十二家集》本有以上十二句。今據補。

【注釋】

① 周南著美，岐山表靈，謂文王德化自岐陽而被之南方。《周南·關雎詁訓傳》：『陸德明《音義》：周

者，代名。其地在《禹貢》雍州之域，岐山之陽，於漢屬扶風美陽縣。南者，言周之德化自岐陽而先被南方，故《序》云：化自北而南也。《漢廣序》又云：文王之道，被於南國是也。』著美，彰顯教化之美。《廣韻》：『著，明也。』表靈，明其神明也。《玉篇》：『表，明也，標也。』文王爲處之先祖，故言之。

② 葉繁漢室，蓋指處父魴也。《三國志・吴・周魴傳》：『魴……少好學，舉孝廉，爲甯國長，轉在懷安。錢唐大帥彭式等蟻聚爲寇，以魴爲錢唐侯相，旬月之間，斬式首及其支黨，遷丹楊西部都尉。黄武中，鄱陽大帥彭綺作亂，攻没屬城，乃以魴爲鄱陽太守，與胡綜戮力攻討，遂生禽綺，送詣武昌，加昭義校尉。』事在漢末至吴主稱帝之前，故謂漢室。枝茂晉庭，蓋指處也。

③ 皎皎，如日之明。《楚辭・九懷・危俊》：『晞白日兮皎皎，彌遠路兮悠悠。』王逸注：『天精光明而照察也。皎，一作晈。』播名，聲名遠揚。《玉篇》：『播，揚也。』

④ 風烈，遺風餘烈。魏收《魏書・釋老志》：『雖存往古，猶序其風烈。』《爾雅・釋詁》：『烈，光也。』

⑤ 問望，亦作聞望，名望也。《詩・大雅・卷阿》：『顒顒卬卬，如圭如璋，令聞令望。』鄭玄箋：『王有賢臣……人聞之則有善聲譽，人望之則有善威儀，德行相副。……聞，音問，本亦作問望。』耿節，即耿介之節。楊炯《公卿以下冕服議》：『表公有賢才，能守耿介之節也。』《楚辭・離騷》：『彼堯舜之耿介兮，既遵道而得路。』王逸注：『耿，光也。介，大也。』

⑥ 禁闕，朝廷。杜甫《奉荅岑參補闕見贈》：『窈窕清禁闥，罷朝歸不同。』禁，天子所居。《史記・絳侯周勃世家》：『景帝居禁中。』闕，宫觀。《釋名・釋宫》：『闕在門兩旁，中央闕然爲道也。』此言豪雄推崇，上達聖聽。

⑦ 允，誠應。《爾雅・釋詁》：『允，誠也。』明哲，明智。《尚書・太甲下》：『知之曰明哲，明哲實作

則。』孔安國傳：『知事則爲明智。哲，本又作喆。』此言朝廷捨爵授勳，當歸之明哲。

⑧ 輝赫，顯盛。《顔氏家訓·省事篇》：『車騎輝赫，榮兼九族。』封豕，大豬，喻貪婪無厭。《國語·周語》：『翟封豕豺狼也，不可厭也。』韋昭注：『封，大也。』

⑨ 式揚，弘揚。陸雲《答顧秀才》其五：『式揚好問，邦家于宣。』式，語助詞。《廣韻》：『揚，舉也，明也。』廟略，軍國之謀略。杜甫《收京三首》之一：『依然七廟略，更與萬方初。』趙次公注：『兵謀謂之廟略，蓋謀於廟也。今詩所言，則在七廟之中所謀略也。』天步，喻朝政。《詩·小雅·白華》：『天步艱難，之子不猶。』毛詩傳：『步，行。』鄭玄箋：『天行此艱難，之妖久矣，王不圖其變之所由爾。昔夏之衰有二龍之妖，卜藏其漦，周厲王發而觀之，化爲玄黿。童女遇之，當宣王時而生女，懼而棄之。後褒人有獄，而入之幽王。幽王嬖之，是謂褒姒。』

⑩ 折，屈也。《戰國策·齊策一》：『晚救之，韓且折而入於魏，不如早救之。』泝，《玉篇》：『遡，行也，逆流而上。與泝同。』海濱、江淮，謂邊遠之人。此二句言邊遠之人屈身而來歸附也。

⑪ 藩，《玉篇》：『屏也，籬也。』條章，科條規章。張九齡《上封事書》：『吏部條章，動盈千百。』

⑫ 俗歌揆日，謂世頌其復國之功也。《詩·鄘風·定之方中》：『揆之以日，作于楚室。』毛詩傳：『揆，度也。度日出日入以正東西，南視定北準極，以正南北。』又《詩序》：『《定之方中》，美衛文公也。衛爲狄所滅，東徙渡河，野處漕邑。齊桓公攘戎狄，而封之文公。徙居楚丘，始建城市，而營宮室，得其時制，百姓説之，國家殷富焉。』人謡何暮，謂人頌其隨俗化導以安民也。《後漢書·廉範傳》：『建中初，遷蜀郡太守……成都民物豐盛，邑宇逼側，舊制禁民夜作，以防火災，而更相隱蔽，燒者日屬。範乃毁削先令，但嚴使儲水而已。百姓爲便，乃歌之曰：「廉叔度，來何暮？不禁火，民安作。平生無襦今五絝。」』

⑬ 相，輔弼之臣。《尚書·太甲下》：『説築傅巖之野，惟肖。爰立作相，王置諸其左右。』孔安國傳：『於是禮命立以爲相，使在左右。』絳侯，漢周勃之封號。劉邦死後，勃與陳平滅諸吕而安劉氏天下。詳見《漢高祖功臣頌》。

⑭ 亭，同停。《漢書·西域傳上》：『其水亭居，冬夏不增減。』《釋名·釋宫室》：『亭，停也，亦人所停集也。』遽，倉促。《玉篇》：『遽，卒，遽然也。』掩，《廣韻》：『掩，閉取也。』《説文》云：斂也。』嘉茂，喻其功業之盛。芳猷，喻其謀略之嘉。猷，《爾雅·釋詁》：『猷，謀也。』

⑮ 陽甸，猶世間。《釋名·釋州國》：『四邑爲丘，丘聚也；四丘爲甸，甸乘也，出兵車一乘也。』旆，靈幡。《廣韻》：『旆，旗也，繫旐曰旆。』處葬吴義興，故曰『返旆吴丘』。

⑯ 舊關，猶鄉關。李商隱《代安平公遺表》：『生入舊關，望絶班超之請；力封遺奏，痛深來歙之辭。』此言雖魂歸故里，然沉浮於冥路矣。

⑰ 此四句言雖其墓葬豐厚，死極哀榮，然終是冥卧墓穴，不可回陽。春來墳丘草緑，惟有清流依然流逝。

⑱ 幰，《廣韻》：『《蒼頡篇》云：帛張車上爲幰。』旒，《玉篇》：『旒旗上綴垂者。』此二句言素车之上繚绕着流苏，幽深晦暗。

⑲ 玄堂，此指墓室。謝朓《齊敬皇后哀策文》：『翠帟舒皇，玄堂啓扉。』濟注：『玄堂，謂墓中也。』此二句言墓室死寂，黄泉之路漫長。

⑳ 此二句意費解。或言家既難留，書訊又斷。家揭，疑通家節，謂家庭之禮儀。《易·家人》：『婦子嘻嘻，失家節也。』

㉑ 鐫，雕刻。《廣韻》：『鐫，鑽也，斫也。』幽石，墓碑。鮑照《蕪城賦》：『莫不埋魂幽石，委骨窮塵。』此段先補叙周處之妻兒。其銘部分追溯其顯赫之家世，輝煌之一生，並交代作文之目的。

【集評】

［南朝·梁］劉孝綽《昭明太子集序》：孟堅之頌，尚有似言之譏；士衡之碑，猶聞類賦之貶。

【備考】

關於碑文之真僞，多有争議。從現存材料看，宋前尚無人質疑。鄭樵《通志·金石略》：『《散騎常侍周處碑》。陸機文，王右軍書。後人重立。常州。』《寶刻類編》卷一所載與《通志》同。此書不著撰人，《四庫全書提要》考定爲南宋人所撰。然明清以降，或認爲陸機文，或認爲僞作，或認爲真僞參半。金濤聲校《陸機集》引諸家之説，著者亦輯得數則，兹附於後。

錢培名《札記》曰：『碑今在宜興，首題「晉故散騎常侍、新平廣漢二郡太守，尋除楚内史、御史中丞、使持節大都督塗中京下諸軍事、平西將軍、孝侯周府君之碑，晉平原内史陸機撰，右將軍王羲之書」，末題「唐元和六年，歲次辛卯，十一月十五日，承奉郎守義興縣令陳從諫重樹」。此碑前試太常寺協律郎黄□書，爲良與諸宗子同共構造，平原華明素篆額。』

顧炎武《金石文字記》曰：『張燮編次《陸士衡文集》，收入此篇，謂其中多訛繆，文理不接，且孝侯戰没而云「舊疾增加，奄捐館舍」，明是不讀史者僞作。……按士衡、逸少既不同時，而晉以前碑亦未有著某人書者，其文對偶平仄全是唐人，可定其爲僞作也。』

趙紹祖《金石文鈔》曰：『周處碑文託之士衡，書託之羲之，其最繆者，孝侯以永平七年戰没，而碑云「元康九年，舊疾增加，爰捐館舍」，而士衡于太安二年爲司馬穎所殺，而文中有建武元年、太興二年之文。』又曰：『文中有「來吴事予厥弟」之言，與史處事陸雲相合，則真若出於士衡之口者。竊意士衡本有是碑，至從諫重樹時，已漫漶殘缺，而周代子孫無識，零星補輳，不無增添，而未敢没其舊名，故載之於前，而又列名於後如此。』又曰：『叙孝侯在吴事而云朝廷謐寧。不應空白而空白，「忠烈果毅」一段不應在正言之下，「梯山架壑」一段不應在接戰之下，「處母年老」一段不應在建武追贈之下，知其以失次之文而妄爲聯屬，任意增加爾。』

姜亮夫《陸平原年譜》曰：『機集有《晉平西將軍孝侯周處碑》。機、雲兄弟與處至厚，又吴時舊人，則死而爲之碑，宜也。文中叙事皆與《晉書》合，且多有《晉書》所不載者，非後人所得僞。然孝侯之謚在元帝建武元年，去機之死已十四年；其葬在太興二年，去機之死已十六年，則此文恐爲後人僞託。故嚴可均《全晉文·機集》不録此篇，不爲無見。然六朝以來碑文，本有後人就死時原作追補事迹之例，作者主名，仍本舊題，則此文主要部分，固不妨仍爲機筆。至題名，則編輯機文者所加，不足爲考據是非真僞之辨也。然文中誤訛庸俗之句，亦時雜見，如稱齊萬年爲吴人，「事余厥弟」之語不辭，「射獸刺蛟」應置騎獵之後，于文爲不次。處以力戰而死，而此文言「奄捐館舍」等皆是。則文爲後人删削者多矣。』

《漢魏六朝百三家集》卷十五張溥按：元康七年周處戰死，陸機于太安二年見殺。明年，永興元年正月改永安。七月又改建武。今處碑乃云建武元年追贈，太興二年葬，則贈時機亡年餘矣。而太興爲東晉元帝年號，相距猶遠。此文當非機作也。碑集王，在宜興。

《七十家集》本《陸平原集》卷八：此碑據舊集抄之，中多訛誤，文理不接，且孝侯既戰没，而云『舊疾增加，奄捐館舍』，尤可笑也。考常州志，此碑尚藏於廟，而所載亦是如此。當是古碑殘滅，後人取斷簡以意補湊之，用勒于石，遂沿爲真耳。尚須博考。

《金石録考略》卷三引《弇州山人稿》之《周孝侯碑》：宜興周孝侯墓有古碑一通（疑爲『道』），云晉平原内史陸機撰，右軍將軍王羲之書。跋尾云：唐元和六年歲次辛卯十一月十五日，承奉郎、守義興縣令陳從諫重樹。此碑後又有一條：前試太常寺、協律郎黄□書。名與書俱模糊，而書字微可推。當是後人因陸機撰下有空石，妄增右軍將軍王羲之書，以重其價耳。文内初載處事，大約與傳同。至於『弦絶矢盡，左右勸退，處按劍怒曰：此是吾効節授命之日，何以退爲？我爲大臣，以身殉國不亦可乎』下，忽接『韓信背水』文，差不成句。又云『莫不梯山架壑，繈負來歸』云云，『元康九年，因疾增加，奄捐館舍。天子以大臣之葬，師傅之禮，親臨殯壤。建武元年冬十一月甲子，追贈曰孝侯，禮也。賜錢百萬，葬地十頃，京城地五十畝爲第，又賜王家田五頃。詔曰：處母年老，加以遠人，朕每愍念。其二年月日葬於義興舊原。』按：處以永平七年戰殁，贈平西將軍，賜錢葬地，及給處母醫藥酒米，俱如碑。蓋又十五年而元帝稱制，追封孝侯。建武，其年號也。時陸平原殁已久矣，豈於樹碑之際而爲處後者竄入謚孝侯一句耶？然不應以永平之詔移入建武後。至所謂『梯山架壑，奄捐館舍，天子以師傅之尊』等語，又似平原他文錯簡。然考之吴及晉初，俱無元康年號，不可曉也。書結搆雖小，疎筆亦過强，而中間絶有姿骨。督策之際，大得鍾王，意在李北海、張從申間，又不可以其譌而易之也。

又引《蒼潤軒帖跋》：士君子貴砥礪名節，不貴逡廵甘忍。周子隱，少年名陷輕薄，至父老比之三惡。一旦發奮，遂爲江左名流。頃於《陸士衡集》見其碑，令人慨然遠想。意欲適宜興，上斬蛟橋，摩挲石刻以還。今日秋潤兄出所藏石本，觀之愈爲暢快。秋潤文雅博達，家有古刻數百種，居復近子隱讀書臺旁。每風日晴美，上故基宿莽，想像當日豐韻，誦少陵『蕭條異代』之句，以歸而燈下在古石洞天，展平原文章，會稽字畫，夜深而寢，恨余不能從之遊也。余既得厭觀此本，而秋潤命書數字於上。捉筆笑曰：『佛頭堆糞，正是此類。座中如遇米顛，幸勿出示。彼必連道惶恐殺人也。』嘉靖甲寅七月四日記。編者按：《四庫全書總目》卷八十七題盛時泰《蒼潤軒碑跋紀》曰：又如唐元和六年刻晉王羲之書周孝侯碑爲陸機文。陸機之文既不應羲之書，且其中於唐諸帝諱皆缺筆，其僞可不辨而明，而是紀乃信爲羲之所書，則於考證全踈矣。

又引《曝書亭集》：宜興縣周孝侯碑，相傳平原内史陸士衡撰文，會稽内史王逸少書。孝侯戰没，而碑辭云：『元康九年，舊疾增加，奄捐館舍。』乖謬已甚。然書法亦不惡，但假逸少之名，是爲不知量矣。末題『元和六年歲次辛卯十一月承奉郎、守義興縣令陳從諫重樹』，疑文字皆此君僞託爾。

又引《金石文字記》：晉周孝侯碑今在宜興縣。首曰：『晉故散騎常侍、新平廣漢二郡太守，尋除楚内史、御史中丞，使持節大都督塗中京下諸軍事、平西將軍孝侯周府君之碑。晉平原内史陸機撰，右軍將軍王羲之書。』其末曰：『唐元和六年歲次辛卯十一月十五日承奉郎、守義興縣令陳從諫重樹。前試太常寺、協律郎黄(以下缺)。』張燮編次《陸士衡文集》收入此篇，謂其中多訛謬，文理不接，且孝侯戰没，而云『舊疾增加，奄捐館舍』，明是不讀史者僞作。按：此碑本唐人之書，故業字晉諱而直書不避。……士衡、逸少既不同時，而晉以前碑亦未有署某人書者，其文對偶平仄全是唐人，可定其爲僞作也。書梁王肜作彤，尤誤。

《金石録考略》之編者李光暎識曰：余初得周孝侯碑一本，其末云：『唐元和六年歲次辛卯十一月十五日承奉郎、守義興縣令陳從諫重樹，前試太常寺、協律郎黄□書。』此《弇州山人稿》《金石文字記》《曝書亭集》所論之碑也。既云重樹，則舊碑固已毁。然豈無搨本流傳於世？而諸先生並不論及，豈於舊碑搨本皆未之見耶?《蒼潤軒帖》跋此碑題曰:『晉王右軍行書周孝侯碑。』按:重樹碑是正書,而此曰行書,想舊碑本係行書,而重樹碑自作正書也。繼得行書本於好古之家。據云:此是舊碑,其首晉散騎常侍云云,及撰人、書人皆與重樹碑同,惟平原内史上無晉字。亭林先生所疑不諱業字而諱虎、世、基、豫字,此本基字全文,其餘則同重樹碑。重樹碑業有書人黄某,其非右軍自明。若行書本,疑亦唐人所爲,筆法與《聖教序》如出一轍,當是集右軍書也,較重樹碑實爲過之。

著者認爲,此文應爲士衡所作,從語言、結構、叙事、文風看,與陸文差近。但是,第一,因爲碑文漫滅,後人妄加增補,導致叙事間有抵牾。『大臣以身徇國,不亦可乎』以上文字必爲士衡所作。第二,『韓信背水之軍』至『名將名臣者乎』,亦當爲士衡所作,然邏輯混亂,可能由後人拼湊而成。第三,『元康九年』一段,錯訛史實,全係後人所加。第四,其『銘』部分,亦爲士衡所作,或有漫滅,間有增補,但主要内容仍是士衡作。姜亮夫先生之説近是。

江南文脉
jiangnan wenmai

陸士衡文集校釋

（下）

（晉）陸機 著
劉運好 校釋

鳳凰出版社

補遺卷一

賦

祖德賦

【題解】

此賦乃讚美其祖陸遜之功德。先概述其膺天受命，修德立業。然後擷取其一生最爲輝煌的兩件大事：一是西陵之戰大敗劉備，靖邊境，揚國威；二是解戎衣而爲相，治朝政，振風教，故言其文功武業可遠迹周公。賦作時間無載，當與陸雲《與兄平原書》所言之《二祖頌》（已佚）作於同時。而據雲書又可知《二祖頌》與陸雲《歲暮賦》創作時間接近，再據《歲暮賦》序，該賦作於永寧二年（三〇二），故機之此賦亦當作於是年。

咨時文之懿祖，膺降神之靈曜①。棲九德以宏〔一〕道，振風烈以增劭②。彼劉公之矯矯，固雲綱〔二〕之逸禽③。既憑形以傲物，諒傳翼而棲林④。伊我公之秀武，思無幽而弗袒⑤。形鮮烈於懷霜，澤温惠乎挾纊⑥。收〔三〕希世之洪捷，固山谷而爲量⑦。西夏坦其無塵，帝命赫而大壯⑧。登具瞻於大〔四〕階，濯長纓乎天漢⑨。解戎衣〔五〕以高揖，正端冕而大觀⑩。戢靈武於既曜，恢時文於未焕⑪。騰絶風以逸鶩，庶遐蹤於公旦⑫。（《藝文類聚》卷二十、《百三家集》卷四十八、《七十二家集》本《陸平原集》卷一、《淵鑑類函》卷二百七十一、《歷代賦彙》外集卷二）

走雄孫於長浪。（《北堂書鈔》卷一百十九）

【校勘】

〔一〕『宏』，《百三家集》卷四十八、《淵鑑類函》卷二百七十一、《歷代賦彙》外集卷二作『弘』。古二字通。

〔二〕『綱』，《七十二家集》本作『網』。形近而誤。

〔三〕『收』，《藝文類聚》卷二十作『牧』，它本均作『收』。《類聚》蓋形近而誤。

〔四〕『大』，《百三家集》卷四十八、《淵鑑類函》卷二百七十一、《歷代賦彙》外集卷二作『太』。古二字通。

〔五〕『戎衣』，《藝文類聚》卷二十作『我衣』。它本均作『戎衣』。《藝文類聚》蓋形近而誤。

【注釋】

① 咨，歎美之聲。《玉篇》：『咨嗟也。』時文，是文德之君。《周禮・冬官考工記》：『時文思索，久臻其極。』鄭玄注：『時，是也。……言是文德之君。』懿，《爾雅・釋詁》：『美也。』膺，當。《尚書・武成》：『膺天命以撫方夏。』孔安國傳：『當天命以撫綏四方中夏。』靈曜，上天。蔡邕《陳太丘碑文》：『稟岳瀆之精，苞靈曜之純。』善注：『靈曜，謂天也。』此二句言歎美祖上之文德，受之於上天神靈。

② 棲，猶集。《玉篇》：『棲，鳥棲，亦作栖。』九德，指九種德行。《尚書・皋陶謨》：『皋陶曰：都亦行有九德……寬而栗，柔而立，愿而恭，亂而敬，擾而毅，直而温，簡而廉，剛而塞，彊而義。』宏，通弘，弘揚而使光大。《玉篇》：『弘，大也。』《語》人能弘道。』振，《廣韻》：『奮也，舉也。』風烈，猶功業。張衡《南都賦》：『是以朝無闕政，風烈昭宣也。』翰注：『烈，業也。』劭，美也。潘岳《河陽縣作二首》：『誰謂邑宰輕，令名患不劭。』善注：『《小(爾)雅》曰：劭，美也。』此二句言身集九德而弘揚大道，振拔功業而增其令名。

③ 劉公，指劉備。矯矯，雄武貌。《詩・魯頌・泮水》：『矯矯虎臣，在泮獻馘。』鄭玄箋：『矯矯，武貌。』逸禽，漏網之飛禽。《玉篇》：『逸，逃也。』東吴黄武元年，備報東吴殺關羽之仇，舉兵西向，陸遜於西陵大敗劉備，備於永安宫託孤而亡，詳《辨亡論上》注。故此以劉而襯托其祖也。此二句言彼雄武之劉備，亦僅爲漏網之飛鳥。

④ 憑形傲物，言劉備藉西蜀地形之險而雄視天下。諒，《玉篇》：『信也。』傅翼，附鳳翼，喻攀附帝王。《後漢書・光武紀》：『天下士大夫捐親戚，棄土壤，從大王于矢石之間者，其計固望其攀龍鱗，附鳳翼，以成其所志耳。』傅，通附。《詩・大雅・菀柳》：『有鳥高飛，亦傅於天。』此指劉備依賴皇族後裔而得勢。

⑤ 伊，《爾雅・釋詁》：『維也。』郭璞注：『發語辭。』祉，《玉篇》：『通也。』此二句言我祖雄武出衆，思

通幽微。

⑥ 鮮烈，美善而威武。《爾雅·釋詁》：『鮮，善也。』烈，猶烈烈。《爾雅·釋訓》：『烈烈，威也。』懷霜，喻志高潔。挾纊，挾綿，謂給人温暖。《左傳·宣公十二年》：『王巡三軍拊而勉之，三軍之士皆如挾纊。』杜預注：『纊，綿也。』惠，《説文》：『仁也。』此二句言外表美善而威武，施仁惠而使人温暖。

⑦ 洪捷，大捷。指夷陵之捷。量，猶比也。《玉篇》：『量，《説文》：稱輕重也。』此言取曠世之大捷，功高可比之山嶽。

⑧ 西夏，指西蜀。無塵，無戰争之煙塵。《三國志·吴·陸遜傳》：夷陵之戰後，『備尋病亡，子禪襲位，諸葛亮秉政，與權連和。』赫，《玉篇》：『赤貌，盛也。』此二句言西蜀平定而無戰塵，吴帝之聲威顯赫而壯盛也。

⑨ 具瞻，爲衆人所瞻仰。《詩·大雅·節南山》：『赫赫師尹，民具爾瞻。』毛詩傳：『具，俱。瞻，視。』太階，星宿之名。揚雄《長楊賦》：『是以玉衡正而太階平也。』善注：『《黄帝六符經》：泰階者，天之三階也。上階上星，爲天子，下星爲女主；中階上星爲諸侯三公，下星爲卿大夫；下階上星爲元士，下星爲庶人。』指三公之位。王儉《褚淵碑文》：『公之登太階而尹天下，君子以爲美談。』銑注：『太階星，三公位也。』天漢，天河。此指遜代顧雍爲丞相。長纓，此指官纓。《前漢紀·孝武皇帝紀》：『軍自請願受大冠，衣長纓。』天漢，天河。《古詩·擬明月皎夜光》：『招摇西北指，天漢東南傾。』向注：『天漢，天河也。』洗官纓於天河，此喻沐浴天澤。此二句言身登衆人瞻仰的三公之位，沐浴於天子恩澤之中。

⑩ 解戎衣，吴赤烏七年，陸遜代顧雍爲丞相，由武將而成文官，故曰解戎衣也。高揖，此指文官之禮。楊炯《從弟去盈墓誌銘》：『對揚天子，高揖司徒。』端冕，泛指官服官冠。端，古代祭祀的禮服。《周禮·春

官宗伯》：『其齊服有玄端素端。』大觀，通達萬物之理。賈誼《鵩鳥賦》：『達人大觀兮，物無不可。』善注：《鶡冠子》曰：達人大觀，乃見其符。』翰注：『通達之人，以理觀之萬物。』此二句言其解戎衣而高揖天子，正朝服而通達物理。謂由武功而文治矣。

⑪ 戢，《爾雅·釋詁》：『戢，聚也。』恢，光大。《廣韻》：『恢，大也。』焕，《玉篇》：『明盛。亦作奂。』此二句言聚集武將使耀其威，光大文臣未焕之德。

⑫ 絶風，失絶之風教。揚雄《劇秦美新》：『胤殷周之失業，紹唐虞之絶風。』翰注：『言禮樂法制有所失絶者，皆繼之。』逸驁，奔逸。《廣韻》：『逸，奔也。』又『驁，馳也，驅也』。庶，《爾雅·釋言》：『幸也。』郭璞注：『庶幾僥倖。』公旦，周公旦。《吕氏春秋·長見》：『周公旦封於魯。』高誘注：『周公旦，文王之子，武王之弟也。武王崩，成王幼，少代攝政七年，致太平，成王封之於魯也。』此二句意謂重振前代之風教，庶遠可追蹤周公之業。

【集評】

［北周］庾信撰《庾開府集箋注·哀江南賦》卷二：『潘岳之文彩，始述家風；陸機之辭賦，先陳世德。』吴兆宜注：『《滑曰《世説》：晉潘岳作家風詩，陸機集有《祖德》《述先》二賦。又《文賦》云：咏世德之駿烈。』

［清］蔡世遠《二希堂文集·黄氏宗譜序》：漢晉以來，韋孟、陸機之倫，世德家風，咸有陳述，間或遠推，夫受姓命氏所自出年代荒遼，豈其盡有可據者耶？是以近世君子，每汲汲乎家譜之修者，追本之思也。

述先賦

【題解】

此賦乃讚美其父陸抗之功德。陸公身居顯位，德業輝煌，然生逢末世，欲振其衰世而壯志難酬，故身没而吴亡。讚美之中，充滿不盡的惋惜感歎，情感與《祖德賦》有别。此賦所作時間與《祖德賦》相近，或稍後。

仰先后之顯烈，懿暉祚之允輯①。應遠期於己曠，昭前光於未戢②。抱朗節以遐慕，振奇迹而峻立③。在虐臣之貪禍，據西山而作違④。招長轂於河畔，飲冀馬乎江湄⑤。頓雲網而潛泳，揮神戈而外臨⑥。敵罔隆而弗夷，逆無微而不禽⑦。茂德韡其既休，元勳曄而薦〔一〕舉⑧。襲〔二〕衮服於太階，配三台乎其所⑨。是故其生也榮，雖萬物咸被其仁；其亡也哀，雖天網猶失其綱⑩。嬰國命以逝止，亮身没而吴亡⑪。（《藝文類聚》卷二十、《百三家集》卷四十八、《七十二家集·陸平原集》卷一、《歷代賦彙·外集》卷二）

【校勘】

〔一〕「薦」，《百三家集》卷四十八、《七十二家集》本、《歷代賦彙》外集卷二作「洊」。

〔二〕『龔』，《七十二家集》本作『龍』。

【注釋】

① 先后，指先祖。此指其父，因位至三公，故稱后。顯烈，顯赫之功業。《爾雅·釋詁》：『烈，業也。』郭璞注：『謂功業也。』懿，《爾雅·釋詁》：『美也。』祚，《廣韻》：『福也，禄也，位也。』允，《爾雅·釋詁》：『信也。』輯，安。《尚書·湯誥》：『俾予一人，輯寧爾邦家。』孔安國傳：『言天使我輯安汝國家。』此二句言瞻仰先父顯赫之功業，安居其位而輝煌弘美。

② 應，《玉篇》：『當也。』戢，《爾雅·釋詁》：『聚也。』此二句謂其先父欲輝映前代，然前代已遠，光照曩世，其光未聚。謂生逢末世，欲振其衰而難酬也。

③ 朗節，耿介之節。陸雲《答孫顯世》其七：『引服朗節，克明峻軌。』此二句言懷抱耿介之節而期慕遠世，建奇功而如山嶽之立。

④ 西山，隱居之地。阮籍《詠懷》：『驅馬舍之去，去上西山趾。』銑注：『西山，伯夷、叔齊隱處也。』此二句謂暴虐之臣貪婪構禍，雖欲隱西山而不能也。

⑤ 招，謂號令而聚集也。《廣韻》：『招，招呼也，來也。』長轂，兵車。《左傳·昭公五年》：『長轂九百。』杜預注：『長轂，戎車。』冀馬，冀北所産之馬，指駿馬。左思《魏都賦》：『燕弧盈庫而委勁，冀馬填廄而駔駿。』翰注：『冀北所生馬，填溢廄中而呈壯駿也。』河畔、江湄，皆指江邊。此二句言其征戰也。

⑥ 頓，猶下。《玉篇》：『頓，下首也。』雲網，猶天網。嵇康《兄秀才公穆入軍贈詩》：『雲網塞四區，高

羅正參差。』神戈，指大軍。曹植《魏德論》：『神戈退指，則妖氛順制。』此二句言如落天網，强敵淵沉；大軍所指，禦敵境外。

⑦ 此二句言敵無論强盛、微弱，或平或擒。鳳凰元年，西陵督步闡叛吴降晉，晉羊祜率師向江陵。抗引兵退羊祜，擒步闡，收復西陵城。此二句蓋言此也。

⑧ 韡，美盛。《廣韻》：『韡，華盛貌。』曄，《廣韻》：『光也。』休，《爾雅·釋詁》：『美也。』此二句言盛德如繁盛之花美麗，大功顯赫而遷官。抗因軍功，於吴鳳皇二年春，拜大司馬、荆州牧。

⑨ 襲，猶穿衣。《玉篇》：『襲，重衣也。』衮服，三公之服。《周禮·春官宗伯》：『公之服自衮冕而下，如王之服。』太階，即大階，三公之位。見《祖德賦》注。三台，星名，喻三公。曹植《王仲宣誄》：『三台樹位，履道是鍾。』向注：『三台，星名，三公之象也。』此二句言位至三公也。

⑩ 此四句言其生前榮華，萬物受其仁澤；死後悲凉，朝廷綱紀失亂。

⑪ 此二句謂身受國命之重，因逝而止息；而因公身没吴遭覆亡。

别賦

【題解】

此因殘賦，所别之事件和對象已不可考。然從賦内容看，當是與作者關係甚爲密切，且相處短暫而分别者，故一别經年，别情縈繞。後兩句以登高遠眺寫盼歸之情，尤爲殷切。

伊公子之可懷，悲永別之局期①。悼同居之無樂，曾不逾乎一朞②。經春秋之寒暑，常戚戚而不怡③。登九層而修觀，超臨遠以相思④。（《藝文類聚》卷三十、《七十二家集·陸平原集》卷一、《淵鑑類函》卷三百二、《歷代賦彙·逸句》卷二）

【注釋】

① 伊，《玉篇》：『《爾雅》：伊，維也。注謂發話辭也。』局期，謂別後之約也。《爾雅·釋言》：『局，分也。』

② 悼，憂傷。《詩·衛風·氓》：『靜言思之，躬自悼矣。』毛詩傳：『悼，傷也。』曾，《詩·衛風·河廣》：『誰謂河廣？曾不容刀。』曾，《玉篇》：『則也。』朞，《廣韻》：『周年，又復時也。』

③ 戚戚，憂傷。《論語·述而》：『子曰：君子坦蕩蕩，小人長戚戚。』《集解》：『鄭玄注：長戚戚，多憂懼。』怡，《爾雅·釋詁》：『樂也。』

④ 修觀，華美之高觀。《玉篇》：『修，治也，飾也。』《廣韻》：『觀，樓觀。《釋名》曰：觀者於上觀望也。《說文》曰：諦視也。《爾雅》曰：觀謂之闕。』臨遠，謂遠眺。

織女賦 以下殘句

足躡刺繡之履①。（《北堂書鈔》卷一百三十六）

【注釋】

① 此殘句乃寫織女之裝束。

靈龜賦〔一〕

車渠繞理，馬腦縟文。龜甲錯，黿龍鱗。（《太平御覽》卷八〇八）

【校勘】

〔一〕此殘句前二句乃前文《浮雲賦》『車渠統理，瑪瑙縟文』之異文，《太平御覽》誤引。後兩句或爲《靈龜賦》之佚文。

果賦

中山之縹李①。（《太平御覽》卷九百六十八、《佩文齋廣羣芳譜》卷五十五）

【注釋】

① 縹李，李色青白。《説文》：『縹，帛青白色。』

遂志賦〔一〕

扶興王以成命，延衰期乎天禄①。（《文選》卷二十一謝瞻《張子房詩》注）

【校勘】

〔一〕此爲前《遂志賦》之佚文。然其内容又與《遂志賦》不合，或誤題。

【注釋】

① 成命，王命。《書·梓材》：『王厥有成命，治民今休。』天禄，天賜之禄。《論語·堯曰》：『允執其中，四海困窮，天禄永終。』此二句言匡扶社稷而興王命，雖處衰世而延其天賜之禄位。

行思賦〔一〕

乘丁水之捷岸，排泗川之積沙〔二〕①。（《水經注》卷二十五）

行魏陽之枉渚〔三〕②。（《水經注》卷二十五）

【校勘】

〔一〕此爲前《行思賦》之佚文。

〔二〕《水经注》卷二十五：《晉太康地記》曰：水出磬石，《書》所謂泗濱浮磬者也。泗水又東南流，丁溪水注之。溪水上承泗水，于吕縣東南流，北帶廣隰，山高而注于泗川。泗水冬春淺澀，常排沙通道，是以行者多從此溪，即陸機《行思賦》所云『乘丁水之捷岸，排泗川之積沙』者也。

〔三〕《水经注》卷二十五：『泗水又東南，逕魏陽城，北城枕泗川。陸機《行思賦》曰：行魏陽之枉渚。故無魏陽，疑即泗陽縣故城也，王莽之所謂淮平亭矣。蓋魏文帝幸廣陵所由，或因變之。未詳也。』

【注釋】

①丁水，即丁溪水。捷岸，猶接岸也。《爾雅·釋詁》：『接，捷也。』郭璞注：『捷，謂相接續也。』此二句言乘舟行於丁溪之岸邊，疏浚之泗水之上。

②魏陽，《水經注》卷二十五曰：『疑即泗陽縣故城也。』枉渚，地名。《楚辭·九章·涉江》：『朝發枉陼兮，夕宿辰陽。』王逸注：『枉渚，地名。』

列僊賦〔一〕

即絳闕于朝霞①。（《太平御覽》卷八）

騰煙霧之霏霏②。（《文選》卷五十五劉孝標《廣絶交論》注）

【校勘】

〔一〕此爲前《列僊賦》之佚文。

【注釋】

① 即，就也。絳闕，此代指天門。顔延年《赭白馬賦》：『簡偉塞門，獻狀絳闕。』良注：『絳闕，天子門也。』

② 騰，飛升。霏霏，云浓密貌。《楚辭·九章·涉江》：『霰雪紛其無垠兮，雲霏霏而承宇。』

大暮賦〔一〕

播芳塵之馥馥①。（《文選》卷三十謝朓《和王著作八公山詩》注引）

【校勘】

〔一〕此爲前《大暮賦》之佚文。《文選》卷五十《宋書·謝靈運傳論》注引此句題爲《大暑賦》。蓋形近而誤也。《三國志·魏·文帝紀》注引題作《大墓賦》。

【注釋】

①播，布也。馥馥，芬芬香氣也。何晏《景福殿賦》：『藹藹萋萋，馥馥芬芬。』濟注：『芬芬香氣也。』

雲賦〔一〕

藻帟高舒，長帷虹繞①。（《文選》卷三十謝惠連《詠牛女詩》注引）

日赫奕而照躍，雲火滅而灰散②。（《北堂書鈔》卷一百五十）

【校勘】

〔一〕此爲前《雲賦》之佚文。

【注釋】

①帟，帷帳。《周禮·天官》：『幕人掌帷幕幄帟綬之事。』鄭玄箋：『鄭司農云：帟，平帳也。』

②赫奕，盛貌。见《吊魏武帝文》注。

鱉賦〔一〕

總美惡而兼融〔二〕，播萬族乎一區。（《文選》卷三十陶潛《詠貧士詩》注、卷五十王巾《頭陀寺碑文》注引）

【校勘】

〔一〕此爲前《鷩賦》之佚文。

〔二〕《文選》卷五十王巾《頭陀寺碑文》注引作『融融』。

【注釋】

①播，布。區，宇。此言鷩兼美惡於一體，區宇之內，布有不同之種類。

桑賦〔一〕

亹稚節以夙茂，蒙勁風而後凋。（《文選》卷二十二鮑照《行藥至城東橋詩》注）

【校勘】

〔一〕此爲前《桑賦》之佚文。

【注釋】

①亹，《廣韻》：『美也。』稚節，嫩節。夙茂，早茂。蒙，遭受。此二句言嘉美之枝早茂，雖遭秋之勁風亦不凋零。

感時賦〔一〕

結濃霜於寒空，凝行雨於雲根。（《淵鑑類函》卷十）

【校勘】

〔一〕此爲前《感時賦》之佚文。

思歸賦〔一〕

棹河淵之輕艇。（《太平御覽》卷七百七十一、《北堂書鈔》卷一百三十八）

【校勘】

〔一〕此爲前《思歸賦》之佚文。

思親賦〔一〕

游之遠矣，人道短矣。（《古今通韻》卷八）

【校勘】

〔一〕此佚句當爲前《思親賦》「天步悠長，人道短矣」之異文。

懷舊居賦〔一〕

望東城之紆徐，邈吾廬之延佇①。（《明一統志》卷六）

【校勘】

〔一〕此二句蓋陸機入洛，思念秦淮讀書堂所作。《方輿勝覽》卷十四：「陸機宅。《圖經》云：在縣南五里，秦淮之側，有二陸讀書堂在焉。李白《題王處士水亭》云：齊朝南苑是陸機宅。其詩云：……北堂見明月，更憶陸平原。」又《明一統志》卷六：「陸機宅。在府南秦淮側，晉陸機、陸雲讀書臺舊址猶存。機《懷舊居賦》：望東城之紆徐，邈吾廬之延佇。」

【注釋】

①東城，金陵城東，有陸機舊宅，在秦淮側，居城東南。紆徐，曲折貌。司馬相如《子虛賦》：『紆徐委曲，鬱橈谿谷。』邈，遥遠。《玉篇》：『邈，遠也。』延佇，久久站立。《楚辭·離騷》：『悔相道之不察兮，延佇乎吾將反。』王逸注：『延，長也。佇，立貌。』

失題

流離濡翰〔一〕。（《通雅》卷七）

【校勘】

〔一〕《通雅》卷七：『相如賦：麗以林離。後人用淋灕，省作淋漓。《河東賦》：滲灕而下降，即淋灕之聲也。轉作流離，陸機賦：流離濡翰。注曰：林離、流離通用。』

存疑

果賦

仙李縹而李紅〔一〕。（《佩文齋廣羣芳譜》卷五十五、《歷代詩話》卷十六）

【校勘】

〔一〕『仙李縹而李紅』乃李尤《果賦》之句，《佩文齋廣羣芳譜》《歷代詩話》誤題。金濤聲《陸機集》收録，姑存之。

逸民賦

相荒土而卜居兮，度山阿而考室〔一〕。（《太平御覽》卷五十六）

【校勘】

〔一〕此乃陸雲《逸民賦》「相荒土而卜居，度山阿而考室」之異文，《太平御覽》誤題陸機。金濤聲《陸機集》收録，姑存之。

登臺賦〔一〕

永寧中，巡幸鄴宫三臺。登高有感。乃作賦曰：

爾乃佇眄瑶軒，流目綺寮。中原方華，緑葉振翹。歷玉陛而容與，步蘭堂以逍遥。曲房縈而窈眇，長廊邈而蕭條。于是聊樂近遊，薄言儴佯。綺疏列于東序，朱户立于西廂。感舊物之咸存，悲昔人之云亡。憑虚檻而遠想，審歷命于斯堂。于是精疲游倦，白日藏輝。鄙春登之有情，惡荆臺之忘歸。聊弭節而駕言，悵將逝而徘徊。（《淵鑑類函》卷三百四十九、山堂肆考》卷一百二十九）

【校勘】

〔一〕彭大翼《山堂肆考》卷一百二十六：「《登臺賦》：陸士衡參大府於鄴都，以時事巡行三臺，登高有感，故作此以言崇替也。」又《淵鑑類函》卷三百四十九：「晉陸機《登臺賦》曰：永寧中，巡幸鄴宫三臺。登高有感。乃作賦。」《山堂肆考》卷一百二十九亦謂陸士衡所作。然其完篇又見《陸士龍文集》，疑後人所引士龍之作，誤題陸機。

補遺卷二

詩

與弟清河雲〔一〕十章

【題解】

在陸機詩中，此詩是表達内容最爲豐富、表達手法最爲特殊的一篇。内容上，以抒寫當年扶二兄靈柩歸葬時沉鬱悲愴的心情爲主體，其中又交織種種複雜内容：追溯家世，讚美二兄才德功勳；表達晉軍滅吴，功業煙滅之慚愧；寄情士龍，冀其隆崇先人大業；回憶昔日父親去世後初次『西征』奔喪時與士龍的惜别及别後相思，吴亡後再次『西征』扶二兄靈柩歸至家中物是人亡的痛楚，安葬二兄之後的眷顧傷痛。手法上，現實中迫切歸鄉之渴望、與弟相聚之期待以及虚幻短暫的人生感慨、難以言説的覆國之痛，與回憶中扶二兄靈柩歸葬時的悲愴心境，兩條情感線索交錯閃回，情境描述忽今忽昔，構成了叙事、抒情在時空上的騰挪、翻轉。然而，覆國亡家之痛却貫穿始終，從而使組詩意脈一貫，字字慘痛，句句迸淚。

此詩創作背景也十分複雜。吴鳳凰三年（二七四）陸抗卒，機分領抗兵，任牙門將，即此詩所謂『墨經從戎』。吴天紀三年（二七九），晉軍伐吴，次年二月，士衡兄晏、景並被殺。晉太康二年（二八一），機扶二兄靈柩歸葬故里。詩中『悼心告别，漸歷八載』，是指機首次『西征』奔喪且接受牙門將至再次『西征』扶二兄靈柩歸葬之時間，非指機、雲離吴適洛之時間。此詩作於元康六年。是年冬，機由吴王郎中令遷尚書中兵郎，陸雲繼任是職，因吴王所鎮之淮南離東吴較近，機告假約弟同歸故里。機先行，跋山涉水，途經當年從荆州扶柩歸鄉的一段路程時，不禁回憶起那段不堪回首的歲月，作此詩贈雲，雲亦作詩答之。所謂《與弟清河雲》《答兄平原》之詩題，乃後人所加。雲任清河太守，機任平原内史，是太安年間。

余弱年夙孤〔二〕，與弟士龍銜邺〔三〕喪庭，續忝末緒〔四〕①。會逼王命〔五〕，墨經從戎〔六〕，時並縈髮，悼心告别②。漸歷〔七〕八載，家邦顛覆，凡厥同生，彫落殆半③。收迹之日，感物興哀，而士龍又先在西〔八〕，時迫當祖載〔九〕二昆，不容逍遥④。銜痛東徂，遺情西慕〔一〇〕，故作是詩，以寄其哀苦焉⑤。

【校勘】

〔一〕此詩見《陸士龍集》卷三；又見《文館詞林》卷一百五十二、《七十二家集》本；其四、其九亦見《藝文類聚》卷二十一、《詩紀》卷二十五。《七十二家集》本、《詩紀》卷二十五題作『贈弟士龍』；又注曰『見《陸士龍集》,題曰：兄平原贈』;《韻補》卷一作『贈陸雲詩』;《藝文類聚》卷二十一作『與弟雲詩』;《文館詞林》卷一百五十二作『與弟清河雲』。郝立權《陸士衡詩注》曰：『《晉書》成都王穎表機爲平原内史,雲爲清河太守,事在永寧二年,而此詩之作,覽其序文,當在吴亡後一二年間,不應以平原、清河命題。《古詩紀》作《贈弟士龍》甚是,兹故從之。』

〔二〕『余弱年夙孤』,《文館詞林》卷一百五十二作『余夙年早孤』。

〔三〕『卹』,《文館詞林》卷一百五十二作『恤』。古二字同。

〔四〕『續忝末緒』,《陸士龍集》無此句,據《文館詞林》卷一百五十二增補。

〔五〕『會逼王命』,《文館詞林》卷一百五十二無此句。

〔六〕『從』,《文館詞林》卷一百五十二作『即』。

〔七〕『歷』,《文館詞林》卷一百五十二作『蹈』。

〔八〕『西』,《詩紀》卷二十五作『四』,誤。

〔九〕『祖載』,《文館詞林》卷一百五十二作『祖送』。

〔一〇〕『西慕』,《文館詞林》卷一百五十二作『慘愴』。

【注釋】

① 弱年,早年。夙孤,早孤。《爾雅·釋詁》:『夙,早也。』士衡父陸抗,據《三國志》本傳載,鳳凰二年拜大司馬、荆州牧,三年秋卒,子晏嗣。晏及弟景、玄、機、雲分領抗兵。天紀四年晉軍伐吴。二月,晏、景並

遇害。父亡，機年十四，任牙門將，作《吳大司馬誄》。二兄亡，機年二十，雲十九。銜卹，含憂，卹同恤。《詩・小雅・蓼莪》：『無父何怙，無母何恃。出則銜恤，入則靡至。』鄭玄箋：『恤，憂。』忝，愧。《詩・小雅・小宛》：『夙興夜寐，毋忝爾所生。』緒，基業。《廣雅・釋詁四》：『緒，業也。』末緒，餘業。銜卹喪庭，續忝末緒，即謂含悲於靈堂之前，有愧於繼承先人之餘業。

②逼，《爾雅・釋言》：『迫也。』墨絰從戎，猶言銜喪而從軍。《左傳・僖公三十三年》：『遂發命，遽興姜戎，子墨衰絰。』杜預注：『晉文公未葬，故襄公稱子，以凶服從戎，故墨之。』絰，喪服。《儀禮・喪服》：『喪服。斬衰裳、苴絰、杖、絞帶，冠繩纓，菅屨者。』鄭玄注：『凡服上曰衰，下曰裳，麻在首在要，皆曰絰。』墨絰，將喪服染黑。喪服乃凶服，從戎不吉，故將其染黑。縈髮，盤起頭髮；縈，盤繞。《詩・周南・樛木》：『南有樛木，葛藟縈之。』毛詩傳：『縈，旋也。』此指束髮。

③漸歷八載，已將經歷八年。按：陸抗天鳳三年（二七四）去世，機第一次西去西陵奔喪，並接受牙門將之職；吳亡之次年，即太康二年（二八一），陸機第二次去西陵扶二兄靈柩歸吳，前後八年，故曰。彫落，零落，喻死亡。《水經注・漸江水》：『數十年親情凋落，無復向時比矣。』

④收迹，斂迹。盧諶《贈劉琨並書》：『事與願違，當忝外役，遂去左右，收迹府朝。蓋本同末異，楊朱興哀。』翰注：『收迹府朝，謂琨爲司空三公，有府朝也。本同末異，人亦當然，故興哀也。』此指斂迹於市朝，蓋《晉書・陸機傳》『年二十而吳滅，退居鄉里』之謂也。祖載，移送靈柩。機《挽歌詩》：『死生各異倫，祖載當有時。』善注：『《周禮》曰：喪祝掌大喪，祖飾棺乃載。鄭玄曰：祖爲行始也，其序載而後飾。《白虎通》曰：祖者，始也；載於庭轜車，辭祖禰，故名曰祖載也。《白虎通》與鄭説不同，故俱引之。』翰注：『祖載，謂移柩車，爲行之始。』二昆，指陸晏、陸景。《晉書・武帝紀》：『太康元年……（二月）壬戌，濬又克夷道樂鄉

城，殺夷道監陸晏、水軍都督陸景。』逍遥，無憂自適之遊。《楚辭·離騷》：『折若木以拂日兮，聊逍遥以相羊。』王逸注：『逍遥、相羊，皆遊也。』又：『欲遠集而無所止兮，聊浮遊以逍遥。』王逸注：『故且遊戲觀望，以忘憂用以自適也。』

⑤ 徂，《爾雅·釋詁》：『往也。』遺情，雖往而情留。曹植《洛神賦》：『遺情想像，顧望懷愁。』慕，思念。《孟子·萬章上》：『人少則慕父母。』

此序叙述自己與弟幼年早孤，服喪從戎，後家國傾覆，二兄殉國，扶柩歸鄉，因寄詩以寫悲悼之情。

於穆予宗，稟精東嶽①。誕育祖考，造我南國②。南國克靖，實繇洪績③。惟帝念功，載繁其錫④。其錫惟何，玄冕衮衣⑤。金石假樂，旄鉞授威⑥。匪威是信，稱平〔一〕遠德⑦。奕世〔二〕台衡，扶帝紫極⑧。

【校勘】

〔一〕『平』，《文館詞林》卷一百五十二作『丕』；《羣書校補》作『乎』。

〔二〕『奕世』，《文館詞林》卷一百五十二作『奕葉』。

【注釋】

① 於穆，歎美之詞。《詩·周頌·清廟》：『於穆清廟，肅雝顯相。』毛詩傳：『於，歎辭也。穆，美。』稟，

承受。《書·説命上》：『臣下無攸稟命。』孔安國傳：『稟，受。』東嶽，泰山。《爾雅·釋山》：『泰山爲東嶽。』郝立權注：『惟此系泛指吴山。機爲吴人，吴在東方，故云東嶽也。』此二句言感歎我之宗祖，稟吴嶽之精華，何其美哉。

②　誕育，猶言誕生。潘勗《册魏公九錫文》：『乃誘天衷，誕育丞相。』善注：『詩傳：誕，大也。鄭玄曰：大矣，后稷之生。』向注：『誕，謂生也。』祖考，先祖先父。《詩·大雅·烝民》：『纘戎祖考，王躬是保。』鄭玄箋：『女施行法度，於是百君繼女先祖先父，始見命者之功德，王身是安。』造，建立功業。《詩·大雅·思齊》：『肆成人有德，小子有造。』毛詩傳：『造，爲也。』鄭玄箋：『上皆有德，子弟皆有所造成。』南國，江漢之地，此指東吴。《詩·小雅·四月》：『滔滔江漢，南國之紀。』陸機祖遜，曾爲丞相，父抗官至司馬，皆有軍功，故曰『造我南國』云云。此二句言誕生了我先祖先父，建功業於東吴。

③　靖，安寧。《國語·周語下》：『自后稷之始基靖民。』韋昭注：『靖，安也。』繇，由於。《爾雅·釋詁》：『繇，於也。』遜曾率兵敗關羽於荆州，破劉備於白帝城；抗曾屢退晉軍，誅叛將步闡，對保衛東吴疆土，建有大功。故曰『南國克靖，實繇洪績』也。此二句言東吴之安寧，實是由於我先祖先父建立偉大業績。

④　惟帝念功，帝念其功德。《書·大禹謨》：『名言兹在兹，出兹在兹，惟帝念功。』載繁其錫，言屢屢賞賜，以彰顯其功德；繁，數也；錫，賜也。《晉紀總論》：『故其詩曰：克明克類，克長克君，載錫之光。』善注：『鄭玄曰：載，始也，始使之顯著也。』銑注：『始賜光大之德於子孫也。載，始。錫，賜也。』此二句吴帝念先祖先父之功德，屢屢賞賜，以彰顯之。

⑤　玄冕，上衣無文，下裳刺黻，謂之玄冕。天子祭祀林澤墳衍四方百物之屬，服玄冕，大夫助祭亦著玄冕。《周禮·春官宗伯》：『祭羣小祀，則玄冕。』鄭玄注：『玄者衣無文，裳刺黻而已，是以謂玄焉。凡冕服，

皆玄衣纁裳。』此指大夫之服。衮衣，上公之服，上畫卷龍。《詩・豳風・九罭》：『我覯之子，衮衣繡裳。』毛詩傳：『衮衣，卷龍也。』鄭玄箋：『迎周公，當以上公之服往見之。』衮，古本反，六冕之第一者也。畫爲九章，天子畫升龍於衣，上公但畫降龍，字或作卷。』此二句言其賞賜是何？大夫、上公之朝服。

⑥金石，指音樂。《左傳・襄公十一年》：『魏絳於是乎始有金石之樂禮也。』杜預注：『《禮》：大夫有功則賜樂。』假，授，賜。《逸周書・史記》：『任之以國，假之以權。』旄鉞，儀仗之旌旗與斧鉞。《三國志・蜀・後主傳》：『諸葛丞相弘毅忠壯，忘身憂國，朕今授之以旄鉞之重。』此二句言賜金石之樂以旌其功，授旄鉞儀仗以顯其威。

⑦匪威，不顯其威也；匪，非。《詩・鄘風・柏舟》：『我心匪鑒，不可以茹。』鄭玄箋：『我心非如是鑒。』平，當作『丕』，《説文》：『丕，大也。』郝立權《陸士衡詩注》：『言其列祖列宗，不第以威耀人，其德亦足稱也。』

⑧奕世，猶言世代。《國語・周語上》：『守以惇篤，奉以忠信，奕世載德，不忝前人。』韋昭注：『奕，亦前人也。』台衡，三公之位。王儉《褚淵碑文》：『具瞻之範既著，台衡之望斯集。』善注：『《春秋漢含孳》曰：三公在天，法三能，台與能同。《毛詩》曰：實惟阿衡，左右商王。』向注：『具瞻台衡，並宰相之位也。』陸爲江東大族，後漢以來多有顯者，其先祖、先父均位居三公，故云。紫極，即紫微。《晉書・天文志上》：『紫宮垣十五星，其西番七，東番八，在北斗北。一曰紫微，大帝之坐也，天子之常居也。』代指皇宮。潘岳《西征賦》：『厭紫極之閑敞，甘微行以遊盤。』此二句言吾世代位居三公，匡扶吴主於朝廷。

此章追溯祖考輝煌的功業，特別凸顯其在『造我南國』『扶帝紫極』中的彪炳功勳。

篤生三昆〔一〕，克明克俊①。遵塗結轍，承風襲問②。帝曰欽哉，纂戎列〔二〕祚③。雙組式帶，綬章〔三〕載路④。即命荆楚，對揚休顧⑤。肇敏厥績〔四〕，武功聿舉⑥。煙熅芳素，綢繆江滸⑦。昊天不吊，胡寧棄予⑧。

【校勘】

〔一〕『篤生』，《陸士龍集》作『駕生』，誤。金濤聲曰：『《詩經·大雅·大明》云：篤生武王。《文館詞林》卷一百五十二正作篤生，今據改。』金説是。又『三昆』，《文館詞林》卷一百五十二作『二昆』。或指晏、景二兄。

〔二〕『列』，《文館詞林》卷一百五十二、《羣書校補》並作『烈』；《陸士龍集》作『裂』。此據《七十二家集》本、《詩紀》卷二十五。

〔三〕『綬章』，《文館詞林》卷一百五十二作『綬章』。

〔四〕『肇敏厥績』，《文館詞林》卷一百五十二作『肇厥敏績』。

【注釋】

①篤生，厚生。《詩·大雅·文王》：『長子維行，篤生武王。』毛詩傳：『篤，厚。』鄭玄箋：『天降氣於大姒，厚生聖子武王。』三昆，指晏、景、玄三兄。克明克俊，猶言能明其俊德。《書·堯典》：『克明俊德，以親九族。』孔安國傳：『能明俊德之士，任用之，以睦高祖玄孫之親。』克，能。此二句言上天厚愛，生其三兄，

均是能明俊德之士。

② 遵塗，沿途。王褒《四子講德論》：『沖蒙涉田而能致遠，未若遵途之疾也。』途，同塗。結轍，回車。《尉繚子·戰威》：『止如堵牆，動如風雨，車不結轍，士不旋踵，此本戰之道也。』承風，承其教化。《楚辭·遠遊》：『聞赤松之清塵兮，願承風乎遺則。』王逸注：『思奉長生之法式也。』襲問，因其名聲。襲，因襲。《爾雅·釋詁》：『襲，因也。』問，通聞。《隋書·高祖紀》：『芳猷茂績，問望彌遠。』張暢《若耶山敬法師誄》：『歸來之子，跨古逢運，結轍承風，遵途襲問。』此二句言沿途之人承其教化，行進之士聞名回車。

③ 帝曰欽哉，猶言帝曰恭敬其事。《書·堯典》：『帝曰：往欽哉。』孔安國傳：『勅鯀往治水，命使敬其事。』纂戎，繼承大業。見《答賈謐》注。祚，禄位。《廣韻》：『祚，福也，禄也，位也。』此二句言帝令二兄恭敬王事，繼承大業，位列職官。按：玄早逝，未入仕。

④ 組，綬之繫印串玉飾的絲帶。《説文》：『組，綬屬也。』聶崇義《三禮圖集注·弓矢》：『玄組綬者，用玄組絛穿連衡璜等，使相承受所引。』式帶，革帶。式，語助詞。《詩·邶風·式微》：『式微式微，胡不歸？』鄭玄箋：『式，發聲也。』兄晏爲夷道監，景爲水軍都督，故云雙組帶。綬章，綬帶與印章。古代以組綬以别等級。《周禮·玉藻》：『天子佩白玉而玄組綬，公侯佩山玄玉而朱組綬，大夫佩水蒼玉而純組綬，世子佩瑜玉而綦組綬，士佩瓀玫而緼組綬。』載路，滿路。《詩·大雅·生民》：『實覃實訏，厥聲載路。』此二句言長兄雙雙佩帶組綬革帶，相連而行，綬章滿路。

⑤ 對揚，報答闡揚之意。《書·説命》：『再拜稽首，曰：敢對揚天子之休命。』孔安國傳：『對，答也。受美命而稱揚之。』休，美。顧，眷顧。《詩·大雅·皇矣》：『乃眷西顧，此維與宅。』此二句言受命治理荆楚之地，報答闡揚帝王之命，眷顧之美。

⑥ 肇，《爾雅·釋詁》：『肇，始也。』敏，才能。《國語·齊語》：『盡其四支之敏，以從事于田野。』績，功。《書·堯典》：『允釐百工，庶績咸熙。』孔安國傳：『績，功。』武功，戰功。《詩·大雅·文王有聲》：『文王受命，有此武功。』鄭玄箋：『武功，謂伐四國及崇之功也者。』聿，《玉篇》：『遂也。』舉，舉薦，選用。《墨子·尚賢上》：『故古者堯舉舜於服澤之陽。』此二句言二兄始以才能而得其功業，後因戰功而被薦舉。指其父祖因戰功而位至台衡。

⑦ 煙煴，班固《東都賦》：『萬樂備，百禮暨，皇歡浹，羣臣醉，降煙煴，調元氣。』銑注：『煙煴，即元氣也。』芳素，美之太空。《爾雅·釋詁》：『素，空也。』郝立權《陸士衡詩注》曰：『言武功聿舉，如煙煴之升天也。』綢繆，猶纏綿，謂守境而立功。《詩經·邠風·鴟鴞》：『迨天之未陰雨，徹彼桑土，綢繆牖户。』鄭玄箋：『綢繆，猶纏綿也。此鴟鴞自説作巢至苦如是，以喻諸臣之先臣，亦及文武未定天下，積日累功，以固定此官位與土也。』江滸，江邊。《詩·大雅·江漢》：『江漢之滸，王命召虎。』鄭玄箋：『滸，水厓也。』此二句言二兄武功如雲氣升天，守境江畔而功勳累積。

⑧ 昊天不吊，怨訴之語，猶言蒼天不善。《詩·小雅·節南山》：『不吊昊天，不宜空我師。』毛詩傳：『吊，至。』鄭玄箋：『至，猶善也。不善乎昊天，愬之也。』胡寧，何曾。《詩·小雅·四月》：『先祖匪人，胡寧忍予。』鄭玄箋：『寧，猶曾也。』此二句言蒼天不善，何以讓兄棄我而去！此怨天之語。

此章頌美其兄俊德之才，繼承父業，守土西陵而建立功勳，抒寫二兄不幸戰亡的呼天搶地之情。

嗟予人斯〔一〕，胡德〔二〕之微①。闕彼遺軌〔三〕，則此頑違②。王事靡盬〔四〕，旍〔五〕旆屢振③。委籍奮戈〔六〕，統厥征人④。祈祈征人，載肅載閑⑤。騤騤戎馬，有駰〔七〕有翰⑥。昔予〔八〕翼考，惟斯〔九〕伊撫⑦。今予小子，繆尋末緒⑧。

【校勘】

〔一〕『嗟予人斯』，《文館詞林》卷一百五十二作『伊予鄙人』。

〔二〕『胡德』，《文館詞林》卷一百五十二作『允德』。

〔三〕『軌』，《文館詞林》卷一百五十二作『懿』。

〔四〕『靡鹽』，《詩紀》卷二十五作『匪監』，誤。

〔五〕『旍』，《文館詞林》卷一百五十二作『旌』。金濤聲曰：『《廣韻》：旍，同旌。』

〔六〕『奮戈』，《詩紀》卷二十五作『舊戈』。

〔七〕『駰』，《陸士龍集》、《詩紀》卷二十五並缺。今據《文館詞林》卷一百五十二補。

〔八〕『予』，《七十二家集》本、《詩紀》卷二十五作『子』。

〔九〕『斯』，《文館詞林》卷一百五十二作『新』。

【注釋】

① 嗟予人斯，歎息之詞，意謂嗟歎我輩之人。《詩·豳風·破斧》：『哀我人斯，亦孔之將。』斯，語助詞。胡，何。《詩·邶風·日月》：『胡能有定，寧不我顧。』毛詩傳：『胡，何。』微，衰微。《玉篇》：『微，細

也，不明也。』此二句言嗟歎我輩之人，何名德之衰微。

②闕，通缺。《禮記·禮運》：『三五而盈，三五而闕。』遺軌，猶遺則、遺風。魏收《魏書·釋老志》：『濟益之功，冥及存没；神蹤遺軌，信可依憑。』則，依照，效法。《書·禹貢》：『咸則三壤，成賦中邦。』頑，愚妄無知。《書·堯典》：『瞽子，父頑，母嚚，象傲，克諧以孝。』孔安國傳：『心不則德義之經，爲頑。』違，過失。《後漢書·朱景王杜馬劉傅馬傳論》：『光武鑒前事之違，存矯往之志。』李賢注：『違，失也。』此二句言既缺先人之遺風，然效法先人，又因愚妄而有失。

③王事匪盬，王事没有止息。《詩·唐風·鴇羽》：『王事靡盬，不能蓺稷黍，父母何怙。』旍旆，旌旗。旍，即旌。《廣韻》：『旍，與旌同。』旆，旗。《詩·商頌·長發》：『武王載旆，有虔秉鉞。』毛詩傳：『旆，旗也。』振，舉起。《説文》：『振，一曰奮也。』此二句言王事没有止息，屢舉旌旗出征。

④委，順從，聽任。《淮南子·本經訓》：『優柔委從，以養羣類。』此引爲按照。籍，名册。《説文》：『籍，簿書也。』奮戈，舉戈，指出征。曹植《責躬詩》：『甘赴江湘，奮戈吴越。』厥，《玉篇》：『其也。』此二句言按照軍中名册，統帥征人出征。

⑤祈祈，同祁祁，衆多貌。《詩·商頌·玄鳥》：『四海來假，來假祁祁。』鄭玄箋：『祁祁，衆多也。』祁祁，《詩集傳》作『祈祈』。載，語助詞。《廣韻》：『載，辭也。』肅，恭敬。《漢書·五行志中》：『貌之不恭，是謂不肅。』閑，通嫻。《戰國策·燕策》：『閑于兵甲，習于戰攻。』此二句言衆多征人，恭敬王事，戰術嫻熟。

⑥騤騤，馬强壯也。《詩·小雅·采薇》：『駕彼四牡，四牡騤騤。』毛詩傳：『騤騤，强也。』戎馬，戰馬。《左傳·成公十六年》：『范文子立於戎馬之前曰：君幼諸，臣不佞，何以及此？』駰，毛色駁雜白馬。《詩·小雅·皇皇者華》：『我馬維駰，六轡既均。』毛詩傳：『陰白雜毛曰駰。』翰，白馬。《禮記·檀弓上》：『戎事

乘翰，牲用白。』鄭玄注：『翰，白色馬也。』此二句言戰馬强壯，或毛色駁雜，或毛色純白。

⑦翼，完美。《廣雅·釋詁》：『翼，美也。』考，先父。《禮記·曲禮下》：『生曰父曰母曰妻，死曰考曰妣曰嬪。』斯，此。《詩·召南·殷其靁》：『何斯違斯，莫敢或遑。』毛詩傳：『斯，此。』伊，語助詞。《爾雅·釋言》：『伊，維也。』郭璞注：『發語辭。』撫，憑藉。《禮記·曲禮上》：『國君撫式，大夫下之。大夫撫式，士下之。』此二句言我那完美之先父，惟憑此而建立勳業。

⑧繆，通謬，錯誤。《禮記·仲尼燕居》：『不能詩，于禮繆。』鄭玄注：『繆，誤也。』尋，繼。《左傳·昭公元年》：『日尋干戈，以相征討。』緒，事業。《爾雅·釋詁》：『緒，業也。』此二句言今我這小子，謬承先父之餘業。抗卒，士衡分領父兵爲牙門將，故曰。

此章抒寫自己不能繼承父兄遺業的慚愧心情。雖也身列武職，恭敬王事，征戰疆場，却地位低微，導致家業衰微。

有命自天，崇替靡常〔一〕①。王師乘運，席江捲湘〔二〕②。雖備官守〔三〕，守〔四〕從武臣。守局下列，譬彼飛塵③。洪波電擊〔五〕，與衆同泯〔六〕④。顛跋〔七〕西夏，收迹舊京⑤。俯慚堂構，仰憎〔八〕先靈⑥。孰云忍媿，寄之我情⑦。

【校勘】

〔一〕『常』，《七十二家集》本作『當』。

〔二〕『席江捲湘』,《文館詞林》卷一百五十二、《藝文類聚》卷二十一、《七十二家集》本作『席捲江湘』。

〔三〕『備官』,《陸士龍集》、《詩紀》卷二十五缺。今據《文館詞林》卷一百五十二補。

〔四〕『守』,《文館詞林》卷一百五十二作『位』。

〔五〕『雹擊』,《詩紀》卷二十五作『雷擊』。

〔六〕『泯』,《文館詞林》卷一百五十二作『湮』。

〔七〕『顛跋』,《文館詞林》卷一百五十二、《詩紀》卷二十五作『顛踣』。

〔八〕『懵』,《藝文類聚》卷二十一作『惟』。《七十二家集》本作『懜』,又注曰:『《藝文類聚》作惟。』

【注釋】

①有命自天,意謂自天而降命。《詩·大雅·大明》:『有命自天,命此文王。』鄭玄箋:『天爲將命文王君天下於周京之地。』崇替,興廢。張華《雜詩》:『永思慮崇替,慨然獨撫膺。』向注:『崇,興。替,廢。』靡常,無常。《詩·大雅·文王》:『侯服于周,天命靡常。』毛詩傳:『則見天命之無常也。』此二句言人之命運雖自天降,然而天道興廢却無常則。

②王師,天子之軍。《詩·大雅·常武》:『截彼淮浦,王師之所。』此指伐吴之晉軍。運,命運,天數。《漢書·高帝紀贊》:『漢承堯運,德祚已盛。』席捲,如席之捲。《詩·邶風·柏舟》:『我心匪席,不可卷也。』毛詩傳:『席雖平,尚可卷。』比喻横掃一切。卷,同捲。江湘,代指吴地。此二句言天子之師乘命東下,席捲東吴之地。

③守局，恪守職分。《晉書·刑法志》：『論隨時之宜，以明法官守局之分。』《爾雅·釋言》：『局，分也。』下列，下位。王勃《上吏部裴侍郎啓》：『銜才飾智者，奔馳於末流；懷真藴璞者，棲遑於下列。』機是爲牙門將，故云下列。此四句言自己雖預官職，職守武臣，亦恪守下位之職分，然王師一至，亦如飛塵。

④泯，泯滅。《爾雅·釋詁》：『泯，盡也。』此二句言王師至如洪波雷擊，雖職處下位，亦與衆同歸於盡矣。

⑤顛跋，同蹎跋，顛仆，傾覆。《説文》：『跋，蹎跋也。』蹎，同顛。《荀子·正論》：『蹎跌碎折，不待頃矣。』楊倞注：『蹎與顛同，蹪也。』西夏，謂西陵也。《三國志·吴·陸抗傳》：『臣父遜昔在西垂陳言，以爲西陵國之西門，雖云易守，亦復易失。若有不守，非但失一郡，則荆州非吴有也。』此代指吴國。收迹，斂迹。舊京，東吴之都城金陵。此二句言吴國既已傾覆，我亦斂迹於舊都。蓋指吴亡而士衡屏迹鄉里，閉門讀書。

⑥堂構，立基造屋。《書·大誥》：『若考作室，既底法，厥子乃弗肯堂，矧肯構。』孔安國傳：『以作室喻治政也。父已致法，子乃不肯爲堂基，况肯構立屋乎？』後以喻先祖之遺業。陳琳《檄吴將校部曲文》：『各紹堂構，能負析薪。』銑注：『堂構，德業也。』懵，同懜，慚愧。《廣韻》卷一：『懜，慙也。』《國語》云：君使臣懜。』此二句言因自己不能克紹先祖遺志，匡扶家國，故曰俯愧於先人之遺業，仰愧於祖宗之英靈。

⑦忍，克制。《荀子·儒效》：『志忍私，然後能公，行忍情性，然後能修。』媿，通愧，慚。《説文》：『媿，慚也。』此二句言誰説我可以克制慚愧之情？聊將我情寄呈你吧。

此章描述晉軍滅吴，功業煙滅的慚愧心情。以上四章追溯祖考、昆兄的輝煌功業，慚愧自己吴亡之前事業平庸，吴亡之後斂迹屏居鄉里，不能復振家風的慚愧之情。亡家之痛中浸透深重的覆國之哀。

伊〔一〕我俊弟，咨〔二〕爾士龍①。懷襲瑰瑋〔三〕，播殖〔四〕清風②。非德莫勤，非道莫弘③。垂翼東畿，耀穎名邦④。緜緜洪統，非爾孰崇⑤？依依同生，恩篤情結⑥。義存並濟，胡樂之悦⑦？願爾偕老，攜手黄髮⑧。

【校勘】

〔一〕『伊』，《文館詞林》卷一百五十二作『猗』。

〔二〕『咨』，《文館詞林》卷一百五十二作『嗟』。

〔三〕『瑰瑋』，《文館詞林》卷一百五十二作『瑰偉』。

〔四〕『殖』，《韻補》卷一作『植』。

【注釋】

①伊，維，語助詞。《詩·召南·何彼襛矣》：『其釣維何，維絲伊緡。』毛詩傳：『伊，維。』咨，歎美之詞。《論語·堯曰》：『咨，爾舜！天之歷數在爾躬。』皇侃疏：『咨，嗟也。』此二句言我俊才之弟，名曰士龍。

②襲，承受，繼承。《左傳·昭公二十八年》：『故襲天禄，子孫賴之。』瑰瑋，亦作瓌瑋，珍奇之玉。王延壽《魯靈光殿》：『蔥翠紫蔚，礌碨瓌瑋含光晷兮。』張載注：『蒼曰：瓌瑋，珍奇也。』良注：『瑰瑋，珍奇金玉之物也。』此指奇異之才。播殖，播種。潘岳《藉田賦》：『后妃獻穜稑之種，司農撰播殖之器。』善注：『孔安國《尚書傳》曰：播，布也。《蒼頡篇》曰：殖，種也。』清風，清雅之風範。顔之推《顔氏家訓·名實》：『勸

其立名，則獲其實。且勸一伯夷，而千萬人立清風矣。』此二句言胸懷先人奇異之才能，布植先人清雅之風範。

③ 勤，勞苦。《說文》：『勤，勞也。』弘，光大，弘揚。《書·微子之命》：『弘乃烈祖，律乃有民。』孔安國傳：『大汝烈祖成湯之道。』此二句勤於修德，弘揚道義。

④ 垂翼，猶斂其羽翼。《周易·明夷》：『明夷於飛，垂其翼。』王弼注：『懷懼而行，行不敢顯，故曰垂其翼。』東畿，指吴都。畿，古代帝王所轄之地。《說文》：『畿，天子千里地。以遠近言之，則言畿也。』耀穎，喻耀眼的脱穎之才。吴質《答東阿王書》：『雖恃平原養士之懿，愧無毛遂耀穎之才。』善注：『《史記》曰：秦之圍邯鄲，使平原君求救，合從於楚約。與食客門下有勇士文武備具者二十人，偕得十九人，餘無可取者。毛遂自讚於平原君。平原君曰：夫賢士之處俗，譬如錐之處囊中，其末立見。今在左右，未有所稱誦，是先生無所有也。毛遂曰：臣今日請處囊中耳，使遂蚤得處囊中，乃脱穎而出，非特其末見而已。』名邦，指西晉。此二句言雖吴亡遠去，垂翼舊都，然入晉仕宦，耀穎於大邦。

⑤ 緜緜，《詩·王風·葛藟》：『緜緜葛藟，在河之滸。』毛詩傳：『緜緜，長不絶之貌。』洪統，猶大統，大業。《書·牧誓》：『惟九年，大統未集。』孔安國傳：『言諸侯歸之九年，而卒故大業未就。』洪，大。顔延之《陶徵士誄》：『韜此洪族，蔑彼名級。』崇，立。《詩·周頌·烈文》：『無封靡於爾邦，維王其崇之。』毛詩傳：『崇，立也。』此二句言先祖緜延不絶之大業，非你誰可重新建立？

⑥ 依依，思慕之意。《後漢書·章帝紀》：『豈亡克慎肅雍之臣，皆助朕之依依？』李賢注：『依依，思慕之意。』同生，同胞兄弟。《漢書·武帝紀》：『梁王、城陽王，親慈同生。』篤，深厚。《爾雅·釋詁》：『篤，厚也。』此二句言思慕我同胞之弟，情意深厚，鬱結縈繞。

⑦ 並濟，猶言同舟共濟。此二句言兄弟情義長存，同舟共濟，有何樂比此更讓人愉悦？

⑧ 偕老，俱老。《詩・邶風・擊鼓》：『執子之手，與子偕老。』毛詩傳：『偕，俱也。』黄髮，長壽之徵。《詩・魯頌・閟宫》：『黄髮台背，壽胥與試。』鄭玄箋：『黄髮台背，皆壽徵也。』此二句言願與你白頭偕老，攜手暮年。

此章回歸現實，寄情士龍，冀其隆崇先人之大業，抒寫自己與其情深意篤，渴望攜手偕老的特殊情感。

昔我西征，扼腕川湄〔一〕①。掩涕即路，揮袂〔二〕長辭②。六龍促節，逝不我待③。自往迄兹，曠年八祀④。悠悠我思，非爾〔三〕焉在⑤。昔並垂髮，今也將老⑥。銜哀〔四〕茹慼，契闊〔五〕充飽⑦。嗟我人斯，胡卹之早⑧。

【校勘】

〔一〕『扼腕川湄』，《文館詞林》卷一百五十二作『扼椀川涯』。

〔二〕『揮袂』，《陸士龍集》、《詩紀》卷二十五並作『耀袂』，誤；《文館詞林》卷一百五十二作『揮袂』。今據改。

〔三〕『爾』，《文館詞林》卷一百五十二作『予』。

〔四〕『銜哀』，《文館詞林》卷一百五十二作『含憂』。

〔五〕『契闊』，《陸士龍集》作『勳闊』。《文館詞林》卷一百五十二、《詩紀》卷二十五作『契闊』。今據改。

【注釋】

①西征，謂領父兵爲牙門將離家西行。扼腕，手腕相扼，情緒激憤之狀。《戰國策·燕策》：『樊於期偏袒扼腕而進曰：此臣之日夜切齒腐心。』吴師道補注：『勇者奮厲，必以左手扼右腕也。』湄，岸邊，水草交接處。《詩·秦風·蒹葭》：『所謂伊人，在水之湄。』毛詩傳：『湄，水隒也。』此二句言昔我離家西行，常於水岸邊扼腕歎息。

②掩涕，猶拭淚。《楚辭·離騷》：『長太息以掩涕兮，哀民生之多艱。』洪興祖補注：『掩涕。猶拉淚也。』即，就。《詩·鄘風·氓》：『匪來貿絲，來即我謀。』鄭玄箋：『即，就也。』袂，衣袖。《廣雅·釋器》：『袂，袖也。』此二句言拭着眼淚，踏上征途，揮着衣袖，久久告别。

③六龍，駕日之龍。木華《海賦》：『如鷩梟之失侣，倏如六龍之所掣。』《春秋命曆序》曰：『皇伯登出扶桑日之陽，駕六龍以上下。』喻日光。曹植《與吴質書》：『思欲抑六龍之首，頓羲和之轡。』促節，形容時間之流逝。陸雲《愁霖賦》：『矧百年之促節兮，又莫登乎期頤。』此二句言日光倏忽，而時不我待。謂時光流逝之速也。

④迄，《説文》：『至也。』曠，相隔。《孔子家語》：『齊高庭問於孔子曰：庭不曠山，不直地。』王肅注：『曠，隔也。』祀，商代稱年爲祀。《書·洪範》：『惟十有三祀，王訪於箕子。』此二句承接上二句，言自初次離家西行，至今已隔八年。按：以上八句回憶中有語意跳躍。吴鳳凰三年（二七四），父抗去世，機去西

陵奔喪且接受牙門將之職，故曰『昔我西征』。而吴亡之次年即晉太康二年（二八一），機又扶二兄靈柩歸葬於吴，兩次西行，相隔八年，故曰『曠年八祀』。

⑤ 悠悠，憂思貌。《詩・邶風・雄雉》：『瞻彼日月，悠悠我思。』焉在，安在，在那里。《玉篇》：『焉，安也，疑也。』此二句言我之深深思念，非你其誰？

⑥ 垂髮，古代兒童不束髮，頭髮下垂，因稱童年爲垂髮。《後漢書・吕强傳》：『垂髮服戎，功成皓首。』李賢注：『垂髮，謂童子也。』亦作垂髫。潘岳《藉田賦》：『被褐振裾，垂髫總髮。』此二句言昔日你我並爲兒童，如今也將衰老。按：以上四句又由回憶現實，語意亦有跳躍。機首次『西征』，年十四，雲年十三，故曰『昔並垂髮』。今日由西歸鄉，已是元康六年（二九六），機年三十六，雲年三十五，故曰『今也將老』。

⑦ 茹，含。《詩・大雅・烝民》：『人亦有言，柔則茹之，剛則吐之。』鄭玄箋：『剛柔之在口，或茹之，或吐之也。』慼，同戚，憂愁。《詩・小雅・小明》：『心之憂矣，自詒伊戚。』毛詩傳：『戚，憂也。』契闊，聚散。曹操《短歌行》：『契闊談讌，心念舊恩。』此偏義複詞，意爲聚。飽，飽足，滿足。《詩・大雅・既醉》：『既醉以酒，既飽以德。』此二句言心充滿悲哀與憂愁，渴望團聚，獲得心靈滿足。

⑧ 卹，恤，憂。此二句言嗟歎我輩，爲何憂愁這麼早降臨頭上？

此章回憶與現實交錯。昔日兩次『西征』相距八年，今日重行昔日走過的一段路程時，不禁浮想感慨。首次西征，我與汝皆爲童年。如今相約歸鄉，昆兄早已去世，我二人亦『今也將老』。人生迭經巨變，渡盡劫波的兄弟之情更加珍貴，故渴望團聚之情尤爲濃郁。

天步多艱，性命難誓〔一〕①。常懼殞斃〔二〕，孤魂殊裔②。存不阜物，没不增壤③。生若朝風，死猶〔三〕絶景④。視彼浮游〔四〕，方之僑客〔五〕⑤。眷此黄壚〔六〕，譬之斃〔七〕宅⑥。匪身是吝，亮會伊惜⑦。其惜伊何，言紆其思⑧。其思伊何，悲彼曠載⑨。

【校勘】

〔一〕『誓』，《文館詞林》卷一百五十二作『恃』，是。

〔二〕『斃』，《文館詞林》卷一百五十二作『弊』，誤。

〔三〕『猶』，《文館詞林》卷一百五十二作『若』；《羣書校補》作『由』。

〔四〕『浮游』，《文館詞林》卷一百五十二作『蜉蝣』。金濤聲曰：『浮游與蜉蝣，同聲並通。』金説是。

〔五〕『僑客』，《文館詞林》卷一百五十二作『喬客』。

〔六〕『壚』，《七十二家集》本、《詩紀》卷二十五作『盧』。

〔七〕『斃』，《文館詞林》卷一百五十二作『弊』。

【注釋】

① 天步多艱，天行艱難。《詩·大雅·白華》：『天步艱難，之子不猶。』毛詩傳：『步，行。』鄭玄箋：『天行此艱難之妖久矣。』性命，生命之長短。《禮記·樂記》：『方以類聚，物以羣分，則性命不同矣。』鄭玄注：『性之言生也，命生之長短也。』誓，當作恃，依賴。《説文》：『恃，賴也。』此二句言上天之行亦多艱難，

人之性命也難依賴。

② 殞斃，死亡。《抱朴子・外篇・詰鮑》：『吞啖毒烈，以至殞斃；疾無醫術，枉死無限。』殊裔，邊遠夷蠻之地。《辨亡論》：『化協殊裔，風衍遐圻。』翰注：『裔，夷狄之國也。』此指異域。此二句言常常懼怕死亡突然降臨，使自己的孤魂遊蕩於異域他鄉。上四句謂天命難料，故恐懼魂飄異鄉。

③ 阜，繁盛生長。《國語・魯語上》：『獸虞於是乎禁罝羅，獵魚鼈，以爲夏犒，助生阜也。』韋昭注：『阜，長也。』没，同歿，死亡。《論語・學而》：『子曰：父在觀其志，父没觀其行。』此二句言生不能生長萬物，死不能增加土壤。

④ 絶景，落日之影。景，同影。見《擬庭中有奇樹》注。此二句言生如早晨之風，死似落日之影。上四句謂人生虚幻，轉瞬成空。

⑤ 彼，指人生。浮游，一種朝生夕死之蟲。《大戴禮記・夏小正》：『浮游，殷之時也。浮游者，渠略也。朝生而暮死，稱有何也。』亦作浮蝣。《荀子・大略》：『不飲不食者，浮蝣也。』楊倞注：『浮蝣，渠略。朝生夕死蟲也。』喻人生之短暫。方，比。《廣韻》：『方，比也，類也。』僑，寄託。《廣韻》：『僑，寄也，客也。』此二句言視人生若浮游，轉瞬即逝，譬如寄寓於世的匆匆過客。

⑥ 眷，眷念。《説文》：『眷，顧也。』黄壚，猶黄泉。《淮南子・覽冥訓》：『考其功烈，上際九天，下契黄壚。』高誘注：『黄壚，黄泉下有壚土也。』此二句言人所眷念，乃爲黄泉，並將之喻爲死後之宅。上四句謂生命短暫，黄泉乃最後歸宿。

⑦ 匪，同非。《説文》：『匪，一曰非也。』吝，吝惜。《書・仲虺之誥》：『用人惟己，改過不吝。』孔安國傳：『有過則改，無所吝惜。』亮會，即良會。郝立權《陸士衡詩注》：『亮與良同聲相通。』此二句言我並非吝

惜自己身軀，而是吝惜那美好的相會。

⑧ 紆，縈繞。《説文》：「紆，縈也。」此二句言何以吝惜美好相會？因思念之情縈繞於心。

⑨ 曠，《廣雅・釋詁》：「久也。」此二句言何以思念？因離别數載而内心悲傷。上六句反接上文，唯因生命短暫，故相會美好，更何况離别數載，思念之情鬱結呢。

此章抒寫現實的人生感慨，表達濃郁的思鄉之情，與上章渴望兄弟歡會互相振蕩。以天道多艱，人生空幻，生命短暫，又唯恐成爲異鄉孤魂，反襯回歸故鄉、兄弟團聚的重要。

出車戒塗，言告言歸①。蓐食警駕〔一〕，夙興宵馳〔二〕②。濛雨之陰，炤月之輝〔三〕③。陸陵峻坂，川越洪漪④。爰届爰止，步彼高堂⑤。失爾羽〔四〕邁，良願中荒。我心永懷，匪悦匪康⑥。

【校勘】

〔一〕「警」，《詩紀》卷二十五作「驚」。

〔二〕「宵」，《文館詞林》卷一百五十二作「霄」。

〔三〕「輝」，《文館詞林》卷一百五十二作「暉」。

〔四〕「羽」，《陸士龍集》作「朔」。

【注釋】

① 出車，猶言駕車。《詩·小雅·出車》：「我出我車，于彼牧矣。」毛詩傳：「《出車》，勞還率也。」此即隱括「勞還」之意。戒，準備，具備。《詩·小雅·大田》：「大田多稼，既種既戒，既備乃事。」言告言歸，意謂我告之將歸。《詩·周南·葛覃》：「言告師氏，言告言歸。」毛詩傳：「言，我也。」此二句言駕好車馬，準備登途，告之他人，我之將歸。

② 蓐食，食於寢蓐，喻早起。《左傳·文公七年》：「訓卒、利兵、秣馬、蓐食，潛師夜起。」杜預注：「蓐食，早食於寢蓐也。」警，《說文》：「戒也。」戒之以小心也。夙興，早起。《詩·衛風·氓》：「夙興夜寐，靡有朝矣。」鄭玄箋：「常早起夜卧，非一朝然。」此二句言一早即起，食於寢蓐，小心駕馭，披夜色離去。

③ 濛雨，細密之雨。《詩·豳風·東山》：「我來自東，零雨其濛。」毛詩傳：「濛，雨貌。」炤，同昭。《詩·小雅·正月》：「潛雖伏矣，亦孔之炤。」《禮記·中庸》引作「昭」。此二句言途中或遇濛濛陰雨，或有昭昭明月。

④ 陸，陸地。《說文》：「陸，高平地。」陵，山陵。《爾雅·釋地》：「大阜曰陵。」峻，高山。《說文》：「峻，高也。」坂，山坡。《說文》：「坡者曰阪。」阪，同坂。漪，波紋。《廣韻》：「漪，水文也。」此二句言或越過陸地高山，或渡過大川之波。上八句寫夙興夜行，風雨兼程，越高山，渡大川，謂歸鄉之情疾。

⑤ 爰，於。《詩·邶風·擊鼓》：「爰居爰處，爰喪其馬。」鄭玄箋：「爰，於也。」届，至。《書·大禹謨》：「惟德勤天，無違弗届。」此二句言於是歸至家中，停下車駕，登上高堂。

⑥ 羽邁，如羽之行，喻疾行。《說文》：「邁，遠行也。」中荒，荒野。宗炳《明佛論》：「若使迴身中荒，升岳遐覽。」康，《爾雅·釋詁》：「安也。」顧，視。《玉篇》：「顧，瞻也。回首曰顧。」此四句言疾行歸來，四顧荒

涼，父亡兄死，永懷傷感，故無歸家之喜悦與安康。上六句想象歸至家中眼前一片荒涼淒寂的景象以及内心的沮喪悲愴。

此章叙述歸途心情之急迫，想象歸至家中，滿目荒涼淒寂之沮喪沮喪悲愴之情。

昔我斯逝，兄弟孔備〔一〕。今我〔二〕來思，或彫或疚〔三〕①。昔我斯逝，族〔四〕有餘榮。今我〔五〕來思，堂有哀聲②。我行其道，鞫爲茂草。我履其房，物存人亡③。拊膺涕泣〔六〕，血淚〔七〕彷徨④。

【校勘】

〔一〕『備』，《詩紀》卷二十五作『仁』。

〔二〕『我』，《文館詞林》卷一百五十二作『予』。

〔三〕『或彫或疚』，《文館詞林》卷一百五十二作『我彫我瘁』。

〔四〕『族』，《七十二家集》本作『旅』，似誤。

〔五〕『我』，《文館詞林》卷一百五十二作『予』。

〔六〕『涕泣』，《文館詞林》卷一百五十二、《藝文類聚》卷二十一作『泣血』。

〔七〕『血淚』，《文館詞林》卷一百五十二、《藝文類聚》卷二十一作『灑淚』。

【注釋】

① 斯，語助詞。《詩·曹風·侯人》：『婉兮孌兮，季女斯飢。』孔，甚。《詩·小雅·鹿鳴》：『我有嘉賓，德音孔昭。』鄭玄箋：『孔，甚。』備，齊全。《易·繫辭下》：『廣大悉備。』思，語助詞。《詩·小雅·采薇》：『昔我往矣，楊柳依依。今我來思，雨雪霏霏。』彫，通凋，零落。《論語·子罕》：『歲寒，然後知松柏之後彫也。』疚，喪。潘岳《寡婦賦》：『自仲秋而在疚兮，踰履霜以踐冰。』翰注：『在疚，居喪也。』此四句言昔我別時，兄弟完備，今我歸來，或死或喪。

② 榮，榮耀。《淮南子·修務訓》：『死有遺業，生有榮名。』此四句言昔我離去時，家族尚有榮耀，今我歸來，堂上充滿悲哀之聲。上八句用《詩·小雅·采薇》句式，語氣形成回環，情境形成對照。

③ 鞠爲茂草，全是茂盛之草。《詩·小雅·小弁》：『踧踧周道，鞠爲茂草。』毛詩傳：『鞠，窮也。』形容人迹不至，荒涼至極。鞫，同鞠。履，踏。《説文》：『履，足所依也。』此四句言我走在庭院，道上全是茂盛之草，我踏進屋中，房内物是人亡。

④ 拊膺，拍擊胸膛，形容哀痛狀。沈約《齊故安陸昭王碑文》：『望城拊膺，震動郛邑，並求入奉靈櫬。』彷徨，喻淚飛濺也。《經典釋文》卷二十六：『彷徨，猶翱翔也。』此二句言頓足捶胸，潸然淚下，血淚飛濺。

此章由上章想象回歸故鄉的凄寂，再次轉入回憶扶二兄靈柩歸葬時的情境。初次西征，雖也悲傷，然『兄弟孔備』『族有餘榮』，扶兄靈柩西征歸來，兄弟零落，『堂有哀聲』。唯有蕭條凄哀、物是人亡之痛楚。

企佇朔〔一〕路，言送〔二〕爾歸①。心存言宴，目想〔三〕容輝②。迫彼窀穸，載驅東路③。繼其〔四〕桑梓，肆力丘墓④。婉兮孌兮〔五〕，興〔六〕懷罔極⑤。眷言顧之。使我心惻⑥。

【校勘】

〔一〕『朔』，《文館詞林》卷一百五十二作『明』。

〔二〕『送』，《文館詞林》卷一百五十二作『歡』。

〔三〕『目想』，《詩紀》卷二十五作『日想』。

〔四〕『繼其』，《文館詞林》卷一百五十二作『系情』。

〔五〕『婉兮孌兮』，《文館詞林》卷一百五十二作『棲遲中流』。

〔六〕『興』，《文館詞林》卷一百五十二作『心』。

【注釋】

①企，跕起足跟。《説文》：『企，舉踵也。』佇，《説文》：『久立也。』朔，北方。《書·堯典》：『申命和叔，宅朔方。』孔安國傳：『北稱朔。』士衡扶柩向東，何以望北？因爲按照禮儀，考妣之廟在北，故向北望之。《儀禮·士昏禮》：『席於廟奥東面，右几席於北方南面。』鄭玄注：『考妣之廟，北方墉下。』此代指考妣之廟的方向。歸，指歸至墓穴。此二句言我跕起足跟，佇立遥望考妣之廟，送兄歸至墓穴。

②言宴，指童年之歡樂。《詩·衛風·氓》：『總角之宴，言笑晏晏。』毛詩傳：『總角，結髮也。晏晏，

和柔也。』鄭玄箋：『我爲童女，未笄結髮，晏然之時，女與我言笑，晏晏然而和柔。』宴，喜，樂。此二句言心中常想兄弟兒時歡樂，眼前浮現出兄長照人之風采。

③迫，《說文》：『近也。』窀穸，墓穴。長埋謂之窀，長夜謂之穸。《左傳·襄公十三年》：『唯是春秋窀穸之事，所以從先君於禰廟者，請爲靈若厲，大夫擇焉。』杜預注：『窀，厚也。穸，夜也。厚夜，猶長夜。春秋謂祭祀，長夜謂葬埋。』載驅，犹驅。載，語助詞。《詩·鄘風·載馳》：『載馳載驅，歸唁衛侯。』毛傳：『載，辭也。』此二句言靈車前行於歸鄉之東路，步步迫近墓穴。

④繼其桑梓，意謂回歸故鄉。繼，繼續。《說文》：『繼，續也。』桑梓，代指故鄉。《詩·小雅·小弁》：『維桑與梓，必恭敬止。』毛詩傳：『父之所樹，己尚不敢不恭敬。』肆力，盡力。《爾雅·釋言》：『肆，力也。』郭璞注：『極力也。』此二句言兄長雖又回歸故鄉，却只能身卧於墓丘之中。

⑤婉兮孌兮，指兒童之美貌。《詩·齊風·甫田》：『婉兮孌兮，總角丱兮。』毛詩傳：『婉孌，少好貌。總角，聚兩髦也。丱，幼稚也。』興，生。《詩·小雅·沔水》：『我友敬矣，讒言其興。』罔極，無邊。《詩·小雅·蓼莪》：『欲報之德，昊天罔極。』鄭玄箋：『我欲報父母是德，昊天乎我心無極。罔，無也。』此二句言憶其兒時音容笑貌，心生無限之悲哀。

⑥眷言顧之，《詩·小雅·大東》：『睠言顧之，潸焉出涕。』毛詩傳：『睠，反顧也。潸，涕下貌。』睠，同眷。心惻，内心傷痛。《易·井》：『井渫不食，爲我心惻。』《說文》：『惻，痛也。』此二句言回視兄之墓丘，人間黄泉殊隔，不由得使我内心傷痛不已。

此章仍然回憶扶二兄靈柩歸葬時的情境，細緻描述了扶柩東行，安葬二兄靈柩時的眷念、悲愴之情。

【集評】

［清］陳祚明《采菽堂古詩選補遺》卷一：此平原生平言情之作也。觀其不敢盡言處，用心良悲，頗復條遞詳穩。

【附録】

陸雲·答兄平原詩

伊我世族，太極降精。昔在上代，軒虞篤生。厥生伊何，流祚萬齡。南嶽有神，乃降厥靈。誕鍾祖考，胤兹神明。運步玉衡，仰和太清。賓御四門，旁穆紫庭。紫庭既穆，威聲爰振。厥振伊何，播化殊鄰。清風攸被，率土歸仁。彤弧所彎，萬里無塵。功昭王府，帝庸厥勳。黄鉞授征，錫命頻繁，闞如虓虎，肅兹三軍。光若辰跱，亮彼公門。仍世上司，芳流慶純。

雲和所産，爰育二昆。誕豐岐嶷，夙邁令問。令問伊何？休音允臧。先公克構，乃崇斯堂。耀穎上京，發迹扶桑。戎車出征，時惟鷹揚。鷹揚既昭，動庸克邁。天子命我，鎮弼于外。在作扞城，以表南裔。降災匪黷，景命顛沛。惟我賢昆，天姿秀生。含奇播殊，明德惟馨。太陽散氣，乃稟厥和。山川垂度，爰則厥遐。厥遐伊何？惟光惟大。惟大伊何？如岱如渭。恢此廣淵，廓彼弘懿。弘道惇德，淵哉爲器。統我先基，弱冠慷慨。將弘祖業，實崇奕世。

咨予頑矇，蕞爾弱才。沉耀玄渚，挹庇雲淇。陶化靡移，固陋于兹。瞻仰洪範，實忝先基。巍巍先基，重規累構。赫赫重光，遐風激鶩。昔我先公，爰造斯猷。今我六蔽，匪崇克扶。悠悠大道，載邈載遐。洋洋淵源，如海如河。昔我先公，斯綱斯紀。今我末嗣，乃傾乃圮。世業之頹，自予小子。仰愧靈丘，銜憂没齒。

憂懷惟何？顧景惟塵。峩峩高蹤，眇眇留辰。明德繼體，莫非哲人。今我頑鄙，規範靡遵。仍世載德，荒之予身。莫峻匪岳，有俊斯登。莫高匪雲，有高斯凌。矧我成基，匪克階升。玄黄長坂，載寐載興。豈敢憚行，哀此負乘。芒芒高山，自予頹之。濟濟德義，匪予懷之。終銜永負，于其愧而。

昔予言曠，汎舟東川。銜憂告辭，揮淚海濱。義陽趣駕，炎華電征。自我不見，邈哉八齡。悠思迴望，寤言通靈。昔我往矣，辰在東嵎。今我于茲，日薄桑榆。銜艱遘愍，困瘁殷憂。哀矣我世，匪蒙靈休。開元迄茲，震興迭微。弱風隱駭，海水群飛。王旅南征，闡耀靈威。

予昆乃播，爰集朔土。載離永久，其毒太苦。上帝休命，駕言其歸。多我遘愍，振蕩朔垂。羈縶殊俗，初願用違。嚴駕東征，肅邁林野。夕秣乘馬，朝整僕旅。矯矯乘馬，載驅載馳。漫漫長路，或降或階。晨風夙零，朝不皇飢。傾景儵墜，夕不存罷。雖有豐草，匪釋奔驅。雖有重陰，匪遑假寐。

煢煢仆夫，悠悠遄征。經彼喬木，有鳥嚶鳴。微物識儕，矧伊有情。樂茲棠棣，實歡友生。既至既覲，滯思曠年。曠年殊域，覿未浹辰。恨其永懷，憂心孔艱。天地永久，命也難長。生民忽霍，曷云其常。我之既存，靡績靡紀。乾坤難並，寂焉其已。生若電激，没若川征。存愧松柏，逝慙生靈。匪吝性命，實悼徒生。苟克析薪，豈憚冥冥。瞻企皇極，徼福上天。冀我友生，要期永年。

昔我先公，邦國攸興。今我家道，綿綿莫承。昔我昆弟，如鸞如龍。今我友生，凋俊隊雄。家哲永徂，世業長終。華堂傾構，廣宅頹墉。高門降衡，脩庭樹蓬。感物悲懷，愴矣其傷。

惇仁汎愛，錫予好音。晞光懷寶，焕若南金。披華玩藻，華若翰林。詠彼清聲，被之瑟琴。味此殊響，

慰之予心。弘懿忘鄙，命之反覆。敢投桃李，以報寶玉。冀憑光蓋，編諸末録。（《陸士龍集》卷三）

贈顧令文爲宜春令〔一〕五首

【題解】

令文，爲顧彦先之兄或從兄也。與機、雲多有詩歌唱和，惜其詩不存。令文出任宜春令，士衡以此詩爲贈。詩有讚美，有勸慰，有勉勵，從對方落筆，歸之相思，結構蟬聯而下，語言典雅凝重，間之以玄理，而其情則真摯矣。所作時間已不可考。

藹藹芳林，有集惟嶽①。亹亹明哲，在彼鴻族②。淪心渾無，遊精大樸③。播我徽猷，□彼振玉④。

【校勘】

〔一〕此詩見《文館詞林》卷一百五十六。

【注釋】

①藹藹，茂盛。《爾雅·釋訓》：『藹藹，萋萋。』有集，有鳥集於上。《詩·小雅·車舝》：『依彼平林，

有集維鷮。』鄭玄箋：『平林之木茂，則耿介之鳥往集焉。』惟嶽，山嶽；惟，語助詞。《詩·小雅·崧高》：『崧高維嶽，駿極於天。』毛詩傳：『崧，高貌，山大而高曰崧。嶽，四嶽也。』此二句言惟山嶽之茂盛芳林，有鳥集焉。喻顧君棲止高枝。

② 亹亹，勉勵之詞。《詩·大雅·文王》：『亹亹文王，令聞不已。』毛詩傳：『亹亹，勉也哉。』明哲，猶言明智，謂洞察事理。《書·説命上》：『羣臣咸諫于王曰：嗚呼！知之曰明哲，明哲實作則。』孔安國傳：『知事則爲明智，明智則能製作法則。』鴻族，鴻鴈一族，喻志向高遠者。《詩·豳風·九罭》：『鴻飛遵渚，公歸無所，於女信處。』鄭玄箋：『鴻，大鳥也。不宜與鳧鷖之屬飛而循者。以喻周公今與凡人處東都之邑，失其所。』此二句讚美其勉勵明智，猶如高舉之飛鴻。

③ 淪心，沉心，潛心。淪，沉没。《玉篇》：『淪，没也。』渾無，道家之理論，即道。《老子》第二十五章：『有物混成，先天地生。寂兮寥兮，獨立而不改，周行而不殆，可以爲天下母。吾不知其名，字之曰道。』魏源《老子本義》曰：『混渾同，先天地生。』又四十章：『天下萬物生於有，有生於無。』游精，神遊。葛洪《抱朴子·外篇·任命》：『遊精墳誥，樂以忘憂。』大樸，道家之理論，即本真。《老子》第二十八章：『知其榮，守其辱，爲天下谷。爲天下谷，常德乃足，復歸於樸。』王弼注：『樸，真也。』按：渾爲道之特徵，無爲道之本原，樸爲道之體用。此二句言顧君潛心於渾無之道，神游於大樸之真。

④ 播，揚，布。《玉篇》：『播，揚也。』我，謂我之君主也。徽猷，完美之道。《詩·小雅·角弓》：『君子有徽猷，小人與屬。』毛詩傳：『徽，美也。』鄭玄箋：『猷，道也。』此爲聖德。玉振，意謂始終如一。《孟子·萬章下》：『集大成也者，金聲而玉振之也。金聲也者，始條理也；玉振之也者，終條理也。』趙岐注：『振，揚也。故如金聲之有殺，振揚玉音，始終如一也。』按：所缺之字，以詩之對偶，當與播義近。此二句言揚我

君主之完美聖德，如振揚玉音，始終如一。

此章讚美令文才屬明哲，超凡脱俗。

彼玉之振，光於厥潛①。大明貞觀，重泉匪深②。我有好爵，相爾在陰③。翻飛名都，宰物於南④。

【注釋】

① 彼，指晉君也。潛，水深處。《易・乾》：『初九，潛龍勿用。』此二句言爾振玉音揚晉君之美德，如光照於潛陰。謂沐浴聖主之輝也。

② 大明，日，喻君主之明德。《禮記・禮器》：『大明生於東，月生於西，此陰陽之分，夫婦之位也。』鄭玄注：『大明，日也。』又《詩・大雅・大明》序：『大明，文王有明德，故天復命武王也。』貞觀，萬物正視之者。貞，正；觀，視。《易・繫辭下》：『天地之道，貞觀者也。』王弼注：『明夫天地萬物莫不保，其貞以全其用也。』孔穎達疏：『謂天覆地載之道，以貞正得一，故其功可爲物之所觀也。』後以貞觀指澄清宇宙，恢弘正道。班固《幽通賦》：『朝貞觀而夕化兮，猶諠己而遺形。』善注：『應劭曰：貞，正也。』又曰：『觀，視也。』重泉，水深處。《淮南子・齊俗訓》：『積水重泉，黿鼉之所便也。』此二句言泉水不深，天上之日光，可以澄照於泉上。其喻意爲爾雖居遠地，君主之光亦將照臨。

③ 我有好爵，意謂我有好酒。爵，酒器，借指酒。《易・中孚》：『鳴鶴在陰，其子和之。我有好爵，吾

與爾靡之。』相，古代一種樂器。《禮記·樂記》：『始奏以文，復亂以武，治亂以相。』鄭玄注：『相，即拊也，亦以節樂。拊者，以韋爲表，裝之以糠。糠一名拊，因以名焉。今齊人或謂糠爲相。』在陰，即『鳴鶴在陰』之略，謂鶴在重陰之下歌唱。此二句言我有好酒，與爾共飲同樂，我有相樂，與爾在重陰下同歌。

④ 翻飛，飛翔。謝瞻《張子房詩》：『肇允契幽叟，翻飛指帝鄉。』善注：『薛君《韓詩章句》曰：翻，飛貌。』宰物，主宰事物，引爲理政治民。陸雲《吴故丞相陸公誄》：『和美未飪，宰物下邑。』名都，指吴都。宜春，屬豫章郡，在吴地。此二句言爾翱翔於名都，治政於南方。

此章勸慰其雖居僻遠，必沐君主之光，仍志可遠圖。

禮弊則僞，樸散在華①。人之秉夷〔一〕，則是惠和②。變風興教，非德伊何③。我友敬矣，俾人作歌④。

【校勘】

〔一〕『夷』，逯欽立曰：『當作懿。避晉諱作夷。』逯説誤。『夷』通『彝』。《詩·大雅·烝民》：『民之秉彝，好是懿德。』《孟子·告子上》：『詩曰：天生蒸民，有物有則。民之秉夷，好是懿德。』

【注釋】

① 禮弊則僞，道家之理論，意謂道弊而禮生，禮生則僞。《老子》第十八章：『大道廢，有仁義；智慧

出，有大僞；六親不和，有孝慈；國家昏亂，有忠臣。』樸散在華，道家之理論，意謂追求華美而失其真。《老子》第二十八章：『常德乃足，復歸於樸，樸散則爲器。』又十二章：『五色令人目盲，五音令人耳聾，五味令人口爽，馳騁畋獵令人心發狂。……故去彼取此。』此二句言禮生於道之弊，故僞；華生而失其真，故樸散。

② 秉夷，同『秉彝』，秉持常道。《詩·大雅·烝民》：『民之秉彝，好是懿德。』毛詩傳：『彝，常。』鄭玄箋：『秉，執也。』又曰：『民所執持有常道，莫不好有美德之人。』惠和，仁愛和諧。《左傳·文公十八年》：『忠肅共懿，宣慈惠和，天下之民，謂之八元。』此二句言人所秉持之常道，則是仁愛和諧。

③ 變風，前人將《詩》分有正、變，變風、變雅乃道衰而諷之詩。《詩大序》：『至於王道衰，禮義廢，政教失，國異政，家殊俗，而變風變雅作矣。』又《詩譜序》：『其時《詩》，風有《周南》《召南》，雅有《鹿鳴》《文王》之屬。及成王，周公致太平，製禮作樂，而有頌聲興焉，盛之至也。本之由此風、雅而來，故皆録之，謂之《詩》之正經。後王稍更陵遲，懿王始受譖亨齊哀公。……故孔子録懿王、夷王時詩，訖于陳靈公淫亂之事，謂之變風、變雅。』孔穎達疏：『以道衰而作者，名之爲變。』興教，興起教化。《隋太廟歌·迎神歌》：『務本興教，尊神體國。』伊何，惟何。《詩·小雅·小弁》：『何辜於天，我罪伊何。』此二句言世道衰微，而教化興，惟依德政。

④ 俾，使。《詩·大雅·民勞》：『式遏寇虐，無俾民憂。』鄭玄箋：『俾，使也。』此二句言我友使人尊敬，故使作歌而頌之。

此章勉勵令文秉持常德，心境惠和。

交道雖博，好亦勤止①。比志同契，惟予與子②。三川既曠，江亦永矣③。悠悠我思，託邁千里④。

【注釋】

① 交道，交友之道。《抱朴子・外篇・交際》：『故交道可貴也，然實未易知勢利生去就，毀壞刎頸之契。』博，《玉篇》：『廣也，通也。』勤止，勞苦，此有艱難之意。止，語助詞。《詩・召南・草蟲》：『亦既見止，亦既覯止。』毛詩傳：『止，辭也。』此二句言交友之道雖廣，然要交好友亦難。

② 比志，志趣相近。《戰國策・秦策一》：『霸王之道一矣，天下有比志。』鮑彪注：『比，密也。言其志親。』同契，投合。曹植《玄暢賦》：『上同契於稷卨，降合穎於伊望。』此二句言志趣相近，情感投合，惟吾與子。

③ 三川，涇、渭、洛水。《左傳・昭公二十三年》：『周之亡也，其三川震。』杜預注：『三川，涇、渭、洛水也。』此泛指河流。曠，遥遠，久遠。《吕氏春秋・長見》：『與處則不安。曠之而不觳得焉。』畢沅校注：『曠，猶久也。』永，長。《詩・周南・漢廣》：『江之永矣，不可方思。』毛詩傳：『永，長。』此二句言河流那樣遥遠，江水又那樣漫長。

④ 悠悠我思，悠然而思。悠悠，思貌。《詩・邶風・終風》：『莫往莫來，悠悠我思。』鄭玄箋：『我思其如是，心悠悠然。』邁，《説文》：『遠行也。』此二句言自子去後，我心悠然而思，託詩句以寄情千里。

此章抒發二人志趣相投，故相思深摯。

吉甫之役，清風既沈①。非子之豔，詩誰云尋②。我來自東，貽其好音③。豈有桃李，恧子瓊琛④。將子無矧，屬之翰林⑤。孌彼静女，此惟我心⑥。

【注釋】

① 吉甫，尹吉甫，傳爲《烝民》之作者。《詩·大雅·烝民》毛序：『《烝民》，尹吉甫美宣王也。』此指顧令文。清風，清和之風。《詩·大雅·烝民》：『吉甫作誦，穆如清風。』毛詩傳：『清微之風，化養萬物者也。』鄭玄箋：『穆，和也。吉甫作此，工歌之，誦其調和人性，如清風之養萬物然，多所思而勞故述其美之。』沈，同沉。此二句言自子遠役，和穆之清風，即已消逝。

② 豔，言辭華美。范甯《穀梁傳序》：『《左氏》豔而富。』尋，探究。《淮南子·俶真訓》：『下揆三泉，上尋九天。』此二句言没有你華美言辭，誰還可探尋此詩？

③ 貽，贈送。《説文》：『貽，贈遺也。』好，《説文》：『美也。』好音，謂顧令文之贈詩。此二句言我自東而來，承你贈我好詩。

④ 桃李，喻回贈之物。《詩·衛風·木瓜》：『投我以木桃，報之以瓊瑤。匪報也，永以爲好也。投我以木李，報之以瓊玖。匪報也，永以爲好也。』恧，《説文》：『慚也。』瓊琛，美玉，喻顧令文之詩。此二句言我非有桃李相贈，所以作詩者，是愧你曾贈美玉之詩。

⑤ 將，請。《詩·鄭風·將仲子》：『將仲子兮，無踰我里，無折我樹杞。』毛詩傳：『將，請也。』矧，齒齦，引申爲大笑。《禮記·曲禮上》：『笑不至矧，怒不自詈。』無矧，係詼諧之言。翰林，文翰之林，猶文苑。

《抱朴子·外篇·任命》：『徒忘寤於翰林，鋭意以窮神。』屬，歸屬。《史記·項羽本紀》：『項羽由是始爲諸侯上將軍，諸侯皆屬焉。』此二句言請你不必大笑，你本屬之文翰之林。

⑥ 孌，婉孌，形容少年之美貌。《詩·曹風·候人》：『婉兮孌兮，季女斯飢。』毛詩傳：『婉，少貌。孌，好貌。』静女，嫻静少女。《詩·邶風·静女》：『静女其姝，俟我於城隅。』毛詩傳：『静，貞静也。』惟，思。《詩·大雅·生民》：『載謀載惟，取蕭祭脂。』鄭玄箋：『惟，思也。』此二句言顧生如嫻静貌美之少女，使我思念不已。

此章表達自君去後的失落之情。

贈武昌太守夏少明詩六章

【題解】

夏少明，名靖，會稽人。曾任武昌太守、豫章太守。《隋書·經籍志》載《夏靖集》二卷，録一卷。今存詩一首。據雲《與兄平原書》，士衡另有《吊少明》文，知其當卒於機被殺之太安二年前。夏出守武昌，士衡寄其詩贈之。詩既叙述少明之才德、政績，點明帝命出首武昌之原因，又間寫武昌地理位置、今昔變化，抒發友人遠去的相思之情。特别是第五首寫武昌昔日爲吴蕃畿之繁榮，與今日『人胥攸希』之凋落，形成對比，寄有作者亡國傾家之痛。雲《與兄平原書》曰：『《答少明詩》亦未爲妙，省之如不悲苦，無惻然傷心言，今重複精之。』當指别一贈答，非指此詩。此詩所作具體時間無考，然據夏少明之答詩：『據仁爲本，仗義爲輿。經緯三墳，錯綜衆書。斟酌聖奥，與道卷舒。』可知此詩所作在任著作郎之後，機《弔魏武帝文》序曰：『元康八年，機始以台郎，出補著作。』故此詩必作於是年（二九八）或稍後。

穆穆君子，明德允迪①。拊翼負海，翻飛上國②。天子命之，曾是在服③。西踰崤黽，北臨河曲④。

【注釋】

① 穆穆，形容儀態之美。《詩・大雅・文王》：『穆穆文王，於緝熙敬止。』毛詩傳：『穆穆，美也。』明德，俊德。《詩・大雅・皇矣》：『帝遷明德，串夷載路。』毛詩傳：『徙就文王之德也。』允迪，意謂誠行古人之德。《書・皋陶謨》：『允迪厥德，謨明弼諧。』孔安國傳：『迪，蹈。厥，其也，其古人也。言人君當信蹈行古人之德。』此二句言少明有君子儀態之美，並誠信躬行古人之俊德。

② 拊，拍，擊，通撫。陶淵明《挽歌詩》：『嬌兒索父啼，良友拊我哭。』負，依。《禮記・孔子閒居》：『子夏蹶然而起，負牆而立。』翻，《説文》：『飛也。』上國，《左傳・昭公十四年》：『夏楚子使然丹簡上國之兵於宗丘，且撫其民。』杜預注：『上國，在國都之西，西方居上流，故謂之上國。』士衡吴人，晉都洛陽居東吴西，故以上國指晉。此二句言拍擊着翅膀，傍依大海，飛翔於國都之上。

③ 曾，乃。《韻會》：『曾，乃也，則也。』服，古代指王畿以外的地方，此指武昌。《書・皋陶謨》：『弼成五服，至於五千。』孫星衍疏：『即采邑之地。』此二句言受天子之命，乃去武昌牧守。

④逾，《説文》：『越也。』崤，山名，又名崤陵，在今河南洛寧縣西北。黽，古縣名。故城在今河南省澠池縣西。此二句言從洛出發，從西越過崤山澠池，北越過黄河之曲。

此章叙述少明才德出衆，受命出守武昌。

爾政既均，爾化既淳①。舊污孔修，德以振人②。雍雍鳴鶴，亦聞於天③。釋厥緇衣，爰集崇賢④。

【注釋】

①政均，即治政之公平。《周禮·地官·司徒》：『均人掌均地政，均地守，均地職，均人民、牛馬、車輦之力政。』均，均匀，公平。《論語·季氏》：『丘也聞有國有家者，不患寡而患不均。』孔安國傳：『不患土地人民之寡少，患政治之不均平。』化淳，教化使風俗淳樸。《大戴禮·五帝德》：『故死生之説，存亡之難，時播百穀草木，故教化淳。』此二句言你治政公平，注重教化，故所治之地民風淳樸。

②舊污，指習染不良之風氣。《書·胤征》：『舊染污俗，咸與惟新。』孔安國傳：『言其餘人久染污俗，本無惡心，皆與更新，一無所問。』孔，甚，大。《説文》：『孔，通也，又甚也。』修，整飭，治理。《玉篇》：『修，治也。』振，救助。《書·蠱》：『君子以振民育德。』此二句言舊之不良之風氣得到治理，以德教化救助百姓。

③雍雍，同雝雝，鳥鳴和諧。《詩·邶風·匏有苦葉》：『雝雝鳴鴈，旭日始旦。』毛詩傳：『雝雝，鴈聲和也。』亦聞於天，喻聲名遠播。《詩·小雅·鶴鳴》：『鶴鳴于九皋，聲聞于天。』鄭玄箋：『天，高遠也。』此

二句言你如鶴鳴和諧之聲，聲名遠播。

④ 緇衣，黑布之衣，非朝服。《詩・鄭風・緇衣》：『緇衣之宜兮，敝予又改爲兮。』鄭玄箋：『緇衣者，居私朝之服也。天子之朝服皮弁服也。』爰，語助詞。崇賢，宮殿東門名。張衡《東京賦》：『崇賢抗義，聲於金商。』薛綜注：『崇賢，東門名也。』此泛指宮殿。此二句言脱下私服，使集於崇賢殿上。謂其簡選人才，薦於朝廷。

此章追溯其前施行德政，公允教化之政績。

羽儀既奮，令問不已①。慶雲煙煴，鴻漸載起②。峨峨紫闥，俟戾俟止③。彤管有煒，納言崇祉④。

【注釋】

① 羽儀，言以羽爲儀。《易・漸》：『鴻漸於陸，其羽可用爲儀，吉。』王弼注：『進處高絜，不累於位，無物可以屈其心而亂其志。峨峨清遠，儀可貴也，故曰其羽可用爲儀，吉。』後同羽翼。班固《幽通賦》：『皇十紀而鴻漸兮，有羽儀於上京。』善注：『言先人至漢十世，始進仕，有羽翼於京師也。』奮，振羽展翅。《詩・邶風・柏舟》：『静言思之，不能奮飛。』毛詩傳：『不能如鳥，奮翼而飛去。』令問，美善之名。史岑《出師頌》：『傳子傳孫，顯顯令問。』善注：『《毛詩》曰：假樂君子，顯顯令德。又曰：令問令望。』翰注：『令，善也。人有積善，則天下相問者皆稱其善，故曰令問也。』同令聞。《詩・大雅・卷阿》：『顒顒卬卬，如圭如璋，令聞

令望。』此二句言既已展翅奮飛，且美善之名爲人稱頌不已。

②慶雲，瑞雲。曹植《上責躬應詔詩表》：『是以不別荆棘者，慶雲之惠也。』善注：『《史記》曰：若煙非煙，若雲非雲，鬱鬱紛紛，蕭索輪囷，是謂慶雲。』良注：『慶雲，瑞雲也。』一曰和氣。煙熅，元氣，即天地未分混沌之氣。班固《東都賦》：『皇歡浹，羣臣醉，降煙熅，調元氣。』銑注：『煙熅，即元氣也。』鴻漸，言鴻由下而上之飛進。《易·漸》：『鴻漸於干，小子厲，有言，無咎。』王弼注：『鴻，水鳥也。適進之義，始於下而升者也。』喻仕進。謝瞻《於安城答靈運》：『綢繆結風徽，煙熅吐芳訊。鴻漸隨事變，靈臺與年峻。』善注：『鴻漸，以喻仕進。』翰注：『煙熅，和氣也。漸，進也。』載，語助詞。此二句言天降瑞雲與元氣，猶如鴻鳥飛起，由下而上。

③峨峨，高大壯美。《詩·大雅·棫樸》：『奉璋峨峨，髦士攸宜。』毛詩傳：『峨峨，盛壯也。』紫闥，即紫微宫。紫微原爲星座名，古人認爲是大帝所居，故以之喻帝宫。陸雲《大將軍宴會被命作詩》：『在昔姦臣，稱亂紫微。』善注：『紫微，諭帝位也。《春秋合誠圖》曰：北辰其星，七在紫微中。又曰：紫宫，大帝室也。』良注：『紫微，帝居也。』後亦稱紫闥。曹植《求通親表》：『注心皇極，結情紫闥。』俟，同竢。《玉篇》：『竢，待也，亦作俟，同。』俟，指夏少明，因任武昌太守，故謂。戾止，至。《詩·魯頌·泮水》：『魯侯戾止，言觀其旂。』毛詩傳：『戾，來。止，至也。』此二句言夏侯來到了高大壯美的帝宫。

④彤管有煒，記史之筆鮮紅。《詩·衛風·静女》：『静女其孌，貽我彤管。彤管有煒，悦懌女美。』毛詩傳：『既有静德，又有美色，又能遺我以古人之法，可以配人君也。古者后夫人必有女史彤管之法，史不記過，其罪殺之。煒，赤貌也。』鄭玄箋：『彤管，筆赤管也。』此指少明能遺王古人之法，直言補過。納言，掌出納王命之官。《書·舜典》：『命汝作納言，夙夜出納朕命，惟允。』孔安國傳：『納言，喉舌之官。聽下言，

納於上；受上言，宣於下，必以信。』崇，高。《説文》：『崇，嵬高也。』祉，福祉。《詩・大雅・皇矣》：『既受帝祉，施於孫子。』毛詩傳：『帝，天也。祉，福也。』此二句言既遺王古人之法，直言補過；又可出納王命，以崇晉室福祉。

此章補叙其任朝官時出納王命，蹈古直言之風範。

既考爾工，將胙爾庸①。大君有命，俾守於東②。允文允武，威靈以隆③。之子于邁，介夫在戎④。

【注釋】

① 考，考核。《書・舜典》：『三載考績，三考，黜陟幽明。』工，官。《書・堯典》：『允釐百工，庶績咸熙。』孔安國傳：『工，官。』胙，賞賜。《左傳・隱公八年》：『胙之土而命之氏。』爾庸，爾之功績。《詩・大雅・崧高》：『王命申伯，式是南邦。因是謝人，以作爾庸。』毛詩傳：『庸，成也。』鄭玄箋：『庸，功也。』此二句言既將考核你的官職，又將賞賜你的功績。

② 大君，國君。《易・師》：『大君有命，開國承家，小人勿用。』王弼注：『大君之命，不失功也。開國承家，以寧邦也。』俾，使。東，指武昌。此二句言國君有命令，使你牧守東方之武昌。

③ 允文允武，既信文且信武。允，信也。《詩・魯頌・泮水》：『允文允武，昭假烈祖。』鄭玄箋：『僖公信文矣，爲修泮宮也；信武矣，爲伐淮夷也。』威靈，聖德。揚雄《長楊賦》：『今樂遠出，以露威靈。』善注：

『露，暴露也。』良注：『暴露聖德也。』隆，隆盛。《玉篇》：『隆，高也，隆盛也。』此二句言晉君修文信武，聖德日以隆盛。

④ 邁，遠行。《楚辭·九章·涉江》：『衆踥蹀而日進兮，美超遠而逾邁。』介夫，武士。《禮記·檀弓下》：『陽門之介夫死，司城子罕入而哭之哀。』鄭玄注：『介夫，甲衛士。』在戎，意謂持兵器隨行。《説文》：『戎，兵也。』此二句言夏侯遠行，甲胄之衛士，手持兵器而隨行。此是描寫少明赴任武昌太守時的威儀。

此章交代因勳績卓著，帝命出首武昌之經過。

悠悠武昌，在江之隈①。吳未喪師，爲蕃爲畿②。惟此惠君，人胥〔一〕攸希③。弈弈〔二〕重光，照爾繡衣④。

【校勘】

〔一〕『胥』，金濤聲《陸機集》作『骨』，誤鈔。

〔二〕『弈弈』，當作『奕奕』。《詩·小雅·頍弁》：『未見君子，憂心弈弈。既見君子，庶幾説懌。』鄭玄箋：『故憂而心弈弈然。』《爾雅·釋訓》：『弈弈，憂也。』『弈弈』與『奕奕』形近，遂至後世多誤。

【注釋】

① 悠悠，遠貌。《詩·鄘風·載馳》：『驅馬悠悠，言至於漕。』毛詩傳：『悠悠，遠貌。』隈，河水彎曲處。

《説文》：『隈，水曲也。』此二句言遥遠武昌，在長江彎曲之處。

② 蕃，通藩，屏障。《詩·大雅·崧高》：『四國于蕃，四方于宣。』《韓詩》作『藩』。畿，古代帝王所轄之地。《説文》：『畿，天子千里地。以遠近言之，則言畿也。』此二句言東吴未喪師失國之前，武昌尚爲吴屏障與王畿。此言隱含覆國亡家之痛也。

③ 胥，指有才智的地方官吏。《周禮·天官·冢宰》：『胥十有二人，徒百有二十人。』鄭玄注：『胥，讀如諝。謂其有才知，爲什長。』攸，《爾雅·釋言》：『所也。』希，《爾雅·釋詁》：『罕也。』此二句言晉主惟以此地惠賜於君，此地有才能之地方官吏尤所稀少。

④ 弈弈，同奕奕，光明貌。張衡《東京賦》：『六玄虬之奕奕，齊騰驤而沛艾。』薛綜注：『奕奕，光明。』重光，意謂承前王之業而再現輝煌。此指惠帝。鍾會《檄蜀文》：『烈祖明皇帝，奕世重光，恢拓洪業。』善注：『《尚書》曰：昔我君文王武王宣重光。』翰注：『文帝既明，而烈祖又明，故曰重光。』繡衣，官服。《後漢紀·孝元皇帝紀上》：『禁父字翁孺，武帝時爲繡衣御史，捕逐羣盜。』此二句言晉君如日之光，承前王之業而再現輝煌，聖主之光照着錦繡之官服。

第五首寫武昌地理位置、今昔之變化。

人道靡常，高會難期①。之子於遠，曷云歸哉②。心乎愛矣，永言懷之③。瞻彼江介，惟用作詩④。（文館詞林》卷一百五十六）

【注釋】

① 人道，人世興衰聚散之道。《易·繫辭下》：『易之爲書也，廣大悉備。有天道焉，有人道焉，有地道焉。』靡常，無常，没有規律。《書·咸有一德》：『嗚呼，天難諶命靡常。』孔安國傳：『以其無常，故難信。』高會，盛會，良會。《後漢紀·後漢孝順皇帝紀》：『飲酒高會，不以爲慮。』期，約。《玉篇》：『期，契約也。』此二句言人世聚散之道無常，相逢之盛會難以逆料。

② 曷，《説文》：『何也。』此二句言你至於遠方，何時歸來！

③ 永，長久。《説文》：『永，水長也。』言，語助詞。此二句言内心摯愛你，故久久懷念。

④ 瞻，望。《説文》：『瞻，臨視也。』江介，江邊。《楚辭·九章·涉江》：『哀州土之平樂兮，悲江介之遺風。』洪興祖補注：『薛君《韓詩章句》曰：介，界也。曹子建詩云：江介多悲風。注云：介，間也。』此二句言遠望你所去的那江邊，思念不已，因作此詩。

此章抒發友人遠去，寄詩以寫相思之情。

【附録】

夏靖·答陸士衡詩

大哉乾元，萬品資生。陶育五常，惟濁惟清。猗歟君子，誕稟純精。行歸於周，忠篤允誠。允誠伊何，拔羣出俗。華文不修，抱此素樸。履謙居沖，恒若不足。上交不諂，下交不瀆。倬彼雲漢，於章於天。九五翻飛，利見大人。大人有命，是牧是招。時行則行，遂升東朝。東朝光光，天同其曜。匪徒一臺，天同其照。其照爾德，又簡爾才。將登三事，百揆是釐。據仁爲本，仗義爲輿。經緯三墳，錯綜衆書。斟酌聖奧，與道卷舒。靡靡陸生，帝度其心。静恭夙夜，莫其德音。德音既莫，其美彌深。爲物之主，爲士之林。天作高山，大王荒之。蕩蕩荆土，子其康之。風俗未敦，子其臧之。羣彦未叙，子其經之。忝榮剖符，悠悠在兹。羔裘豹袪，有愧不能。乃眷我顧，爰貽休詩。嘉覩嘉藻，以爲清規。敢銘妙言，終始永思。（《文館詞林》卷一百五十七）

庶人挽歌辭（一）

【題解】

見前《挽歌三首》注。此詩爲庶人送葬之挽歌，寫其生前雖賤，死備榮耀。既寫靈堂之陳設，親人之悲傷，亦寫送葬之場面，情景之凄凉。

魂衣何盈盈，旟旐何習習①。父母拊棺號，兄弟扶筵泣②。靈轜動轇轕，龍首矯崔嵬③。挽歌挾轂唱，嘈嘈一何悲④。浮雲中容與，飄風不能迴⑤。淵魚仰失梁，征烏俯墜飛⑥。（《北堂書鈔》卷九十二、《太平御覽》卷五百五十二）

【校勘】

〔一〕逯欽立《先秦漢魏晉南北朝詩》、金濤聲《陸機集》前有『死生各異方，昭非神色襲。貴賤禮有差，外相盛已集』，後有『念彼平生時，延賓陟此幃。賓階有鄰迹，我降無登輝』。注出《北堂書鈔》卷九十二、《太平御覽》卷五百五十二。今檢四庫本《北堂書鈔》《太平御覽》均無此八句，故删。

【注釋】

① 魂衣，鬼衣，又曰上天之衣。《酉陽雜俎·尸穸》：『亡人坐上作魂衣，謂之上天衣。送亡者不賫鏡奩，蓋襚鬼衣也。』盈盈，輕盈貌。陸雲《爲顧彦先贈婦往反四首》：『笑目逝不顧，纖腰徒盈盈。』旟旐，畫有鳥隼龜蛇圖像之旗。《詩·大雅·桑柔》：『四牡騤騤，旟旐有翩。』毛詩傳：『鳥隼曰旟，龜蛇曰旐。』此指出喪時給棺柩引路的幡旗，俗稱引路幡。陸雲《晉故散騎常侍陸府君誄》：『龍章舒藻，旟旐有輝。輤輪轇結，玄駟徘徊。』習習，翻飛貌。《楚辭·九辯》：『驂白霓之習習兮，歷羣靈之豐豐。』此二句言死者座上的魂衣輕盈，柩前引路的幡旗隨風翻飛。

② 拊，拍擊。《説文》：『拊，揗也。』段注：『古作拊揗，今作撫揗，古今字也。』筵，布席。《儀禮·士冠禮》：『主人之贊者筵於東序。』鄭玄注：『筵，布席也。』此指祭祀死者之宴。此二句言父母拍棺柩而嚎啕，兄弟扶祭祀之席而泣。

③ 靈輀，靈柩。《説文》曰：『輀，喪車也。』轇轕，張衡《東京賦》：『雲罕九斿，闟戟轇轕。』薛綜注：『轇轕，雜亂貌。』龍首，幡上所畫之圖像。矯，舉。《楚辭·九章·惜頌》：『矯茲媚以私處兮，願曾思而遠身。』

王逸注：『矯，舉也。』崔嵬，山巔。《詩・小雅・谷風》：『習習谷風，維山崔嵬。』毛詩傳：『崔嵬，山巔也。』此謂高聳。此二句言靈柩幡旗隨風翻動，幡上龍首高高聳起。

④ 嘈嘈，聲音之嘈雜。王延壽《魯靈光殿》：『嘈嘈以失聽目，矎矎而喪精䴵。』善注：『嘈嘈，聲衆也。』此二句言兩邊送葬者夾着車轂唱着挽歌，挽歌聲音嘈雜，何其悲涼。

⑤ 容與，徘徊不進。班固《西都賦》：『饗賜畢，勞逸齊，大輅鳴鑾，容與徘徊。』濟注：『容與、徘徊，順動貌。』迴，同回。此二句言空中浮雲徘徊不前，地上飄風不能迴旋。謂哀慟天地。

⑥ 梁，魚堰。《詩・邶風・谷風》：『無逝我梁，毋發我笱。』毛詩傳：『梁，魚梁。』此二句言深淵之魚仰失其魚堰，遠行飛鳥俯落墜下。上四句渲染悲傷的氣氛。

贈斥丘令馮文羆詩〔一〕

【題解】

元康三年（二九三），馮文羆除斥丘令，機作《贈馮文羆遷斥丘令》（八首）詩贈之。此詩當爲東城餞別之作，時間可能比上詩略早。前四句寫把酒餞別，後二句寫朋友遠去之後。登樓本爲遠眺友人離別之身影，驀見山上草木已變，方悟季節已經轉換，故最后一句既有朋友别去悵然若失之深情，又交織時光匆匆之感慨，使别情中浸透着一種强烈的生命意識。

夙駕〔二〕出東城，送子臨江曲〔三〕①。密席接同志，羽觴飛醽淥②。登樓望峻陂〔四〕，時逝一何速③。（《藝文類聚》卷三十一、《初學記》卷十八）

【校勘】

〔一〕《初學記》卷十八作『贈馮文羆』，《七二家集》本、《詩紀》卷二十五作『贈波丘令馮文羆詩』。

〔二〕『夙駕』，《初學記》卷十八作『鳳駕』。

〔三〕『江曲』，《初學記》卷十八作『河曲』。當據改。

〔四〕『陂』，《初學記》卷十八作『坡』。古二字同。

【注釋】

① 夙駕，早駕。《詩·鄘風·定之方中》：『星言夙駕，説于桑田。』江曲，當作河曲，黄河彎曲處。

② 密席，坐止之亲密。韩愈《送靈師》：『强留費日月，密席羅嬋娟。』同志，志趣相投。孔安國《尚書序》：『若好古博雅君子與我同志，亦所不隱也。』羽觴，酒器。《楚辭·招魂》：『瑶漿蜜勺，實羽觴些。』五臣注：『觴，酒器也，插羽於上。』洪興祖補注：『杯上綴羽以速飲也。』醽淥，美酒。《太平御覽》卷八百四十五：『郭仲產《湘州記》云：衡陽縣東南有醽湖，土人取此水以釀酒，其味醇美，所謂醽酒。每年嘗獻之，晉平吴始薦醽酒於太廟是也。』

③ 峻陂，陡峻之山畈。此二句言登樓遠眺，見草木已變，方知季節已經轉換，不禁感慨友人離去，猶如

時光流失，何其迅疾。

尸鄉亭詩①

【題解】

此詩乃詩人游於鞏洛，見丘墓累累，秋草蔓蔓，寒木入雲，感慨人生功業或有早遲之别，聲聞或有賢愚之分，終將同歸黄泉。以蕭瑟之景，寫慘澹之情，用語超然，而痛入骨髓。當作於詩人晚年。

東遊觀鞏洛，逍遥丘墓間②。秋草蔓長柯，寒木入雲煙〔一〕③。發軫有夙晏，息駕無愚賢④。

（《藝文類聚》卷二十七、《七十二家集·陸平原集》卷五）

【校勘】

〔一〕『柯』，《文鏡秘府論·文二十八種病》引作『衰草漫長河，寒木入雲煙』。又『木』，《七十二家集》本、《詩紀》作『水』。

【注釋】

① 尸鄉亭，地名，在今河南境内。《水經注·汳水》：『椒舉云：商湯有景亳之命者也。闞駰曰：湯都

也。亳本帝嚳之墟，在禹貢豫州河洛之間，今河南偃師城西二十里，尸鄉亭是也。』

② 鞏洛，指河南之鞏縣與洛水。逍遥，自適貌。《詩·檜風·羔裘》：『羔裘逍遥，狐裘以朝。』

③ 蔓，蔓延。長柯，長枝。此二句以秋草之茂盛，寒木之高聳，暗示丘墓時間之久。

④ 發軫，車駕出發。見《贈馮文羆》詩注。夙晏，早晚。《爾雅·釋詁》：『夙，早也。』《玉篇》：『晏，晚天清也。』此二句以發軫喻建功立業，以息駕喻死亡。

【集評】

[日]遍照金剛《文鏡秘府論·南卷·集論》：及乎徐陵《玉臺》，僻而不雅；丘遲《鈔集》，略而無當。……至如王粲《灞岸》，陸機《尸鄉》，徐幹《室思》，並有巧句，互稱奇作。

[日]遍照金剛《文鏡秘府論·西卷·文二十八種病》：上尾詩者，第五字不得與第十字同聲，名爲上尾。……或云如陸士衡詩曰：『衰草蔓長河，寒木入雲煙。』（河與煙平聲）此上尾。齊梁已前，時有犯者。齊梁已來，無有犯者。此爲巨病。若犯者，文人以爲未涉文途者也。唯連韻者，非病也。

【備考】

《詩紀》卷二十五、《采菽堂古詩選補遺》卷一並曰：『《詩彙》作顏之推者，非。』《文鏡秘府論·集論》曰：『至如王粲《霸岸》、陸機《尸鄉》、潘岳《悼亡》、徐幹《室思》，並有巧句，互稱奇作，咸所不録。』可證《尸鄉》爲陸機所作。

園葵詩〔一〕

【題解】

此詩本事及主旨參見前《園葵詩》題解。詩人乃再次表達在孤立無援之際，賴吴王司馬穎援手相救的感激之情。然面對命運無常，難以把握的一份無奈，浸透着徹骨的凉意。

翩翩晚彫葵，孤生寄北蕃〔二〕①。被蒙覆露惠，微軀後時殘②。庇足周〔三〕一智，生理各萬端〔四〕③。不若〔五〕聞道易，但傷知命難④。（《藝文類聚》卷八十二、《漢魏六朝百三家集》卷四十九、《七十二家集》本《陸平原集》卷五、《詩紀》卷三十五、《佩文齋廣羣芳譜》卷十四）

【校勘】

〔一〕《藝文類聚》卷八十二引陸機《園葵詩》二首，第一首已見前，此詩《文集》失收。《文心雕龍·事類》引『庇足同一智，生理合異端』二句，題作陸機《園葵詩》。此爲殘篇，或爲上《園葵詩》之佚句。

〔二〕『蕃』，《七十二家集》本作『藩』。古二字通。

〔三〕『周』，《文心雕龍·事類》、《藝文類聚》卷八十二作『同』。

〔四〕『各萬端』，《文心雕龍·事類》作『合異端』。

〔五〕『若』，逯欽立《先秦漢魏晉南北朝詩》曰：『當作苦。』逯説是。

【注釋】

① 翩翩，鳥上下翻飛貌。《詩・小雅・四牡》：『翩翩者鵻，載飛載下，集于苞栩。』此喻飄轉不定。彫，通凋。北蕃，北國。詩人喻己自吴適洛，孤獨寄身於北國。

② 被，通披。微軀，指園葵。詩人喻己也。此言自己身蒙吴王司馬穎之活命恩惠，使微軀後凋。

③ 庇足，庇護其足。《左傳・成公十七年》：『仲尼曰：鮑莊子之知不如葵，葵猶能衛其足。』又《左傳・文公七年》：『昭公將去羣公子，樂豫曰：不可！公族，公室之枝葉也。若去之，則本根無所庇蔭矣。葛藟猶能庇其本根，故君子以爲比，况國君乎。』按：此二典本不相類，士衡却合而用之，劉勰譏其『引事爲謬』，實乃士衡追求用語之新奇也。如《贈從兄車騎》『安得忘歸草，言樹背與襟』，亦如是。周，周全。《廣韻》：『周，帀也，又至也，備也。』一智，猶大智慧。《莊子・德充符》：『象耳目一知之所知，而心未嘗死者乎？』郭象注：『知與變化，俱則無往而不冥，此知之一者也。』知，同智。生理，生命之理。萬端，喻變化無端。此以園葵爲喻，言賴吴王之智周全庇護，在生死變化無萬端之時得以活命。

④ 知命，知天命。《易・繫辭上》：『樂天知命，故不憂。』王弼注：『順天之化，故曰樂也。』此言人生聞道容易，而樂天知命則難。

【集評】

〔南朝·梁〕劉勰《文心雕龍·事類》：陸機《園葵詩》云：『庇足同一智，生理合異端。』夫『葵能衛足』，事譏鮑莊；『葛藟庇根』，辭自樂豫。若譬『葛』爲『葵』，則引事爲謬。若謂『庇』勝『衛』，則改事失真，斯又不精之患。夫以子建明練，士衡沈密，而不免於謬。

祖會太極東堂詩〔一〕

【題解】

此詩或爲《元康四年從皇太子祖會東堂詩》之佚句，當皇太子宴之所作。創作時間或爲元康四年。

帝謂御事，及爾同歡①。我有嘉禮，以壽永觀②。思樂華殿，祇承聖顔③。（《北堂書鈔》卷八十二）

【校勘】

〔一〕逯欽立《先秦漢魏晉南北朝詩》、金濤聲《陸機集》輯此詩，注出《北堂書鈔》卷八十二。逯曰：『《書鈔》又引陸機《祖會太極東堂詩》：「於是四座具醉」云云，當是詩序殘文。』今檢四庫本《北堂書鈔》未見此詩，《淵鑑類函》卷一百五十六引『思樂華殿，祇承聖顔』『四座具醉，我后臨之』四句。未知逯、金何據版本，姑存之，待考。

【注釋】

① 帝，謂太子也。御事，治事。《書·泰誓》：『王曰：嗟我友邦，冢君越我御事，庶士明聽誓。』孔安國傳：『御，治也。』此指治事之臣。帝之宴飲羣臣於太極東堂，故曰及爾同歡。

② 我，我晉也。嘉禮，指美善之禮儀。《周禮·春官·宗伯》：『以嘉禮親萬民。』鄭玄注：『嘉。善也。所以因人心所善者而爲之製嘉禮之别。』永觀，長久地閲覽反省古人之道。《書·酒誥》：『丕惟曰：爾克永觀省，作稽中德。』孔安國傳：『我大惟教汝曰：汝能長觀省古道，爲考中正之德，則君道成矣。』此乃指賢君。此二句言我晉禮儀美善，祝願君道長存。

③ 華殿，指承華殿，太子之所居。或指太極殿之東堂。祇，恭敬。《爾雅·釋詁》：『祇，敬也。』此言宴罷歸來心情之愉悦，並表達忠於王事之決心。

元康四年從皇太子祖會東堂詩〔一〕

【題解】

此詩或與《祖會東堂詩》屬同首詩。是年秋，機出任吴王郎中令，太子於太極殿東堂設宴爲之餞行。既爲應制，必爲歌功頌德之作。

巍巍皇代〔二〕，奄宅九圍①。帝在在洛〔三〕，克配紫微〔四〕②。八風應律，日月重暉③。普厥丘宇，時罔不綏④。（《匡謬正俗》卷三）

【校勘】

〔一〕逯欽立《先秦漢魏晉南北朝》輯此詩，注出《北堂書鈔》卷一百四十九、《匡謬正俗》卷三，金濤聲《陸機集》輯此詩，僅出《匡謬正俗》卷三。今檢四庫本《北堂書鈔》未見此詩，《匡謬正俗》引六句，無『八風應律，日月重暉』二句，不知逯、金據何版本。待考。

〔二〕『巍巍皇代』，逯校：《北堂書鈔》卷一百四十九作『魏王禪代』，誤。

〔三〕『帝在在洛』，逯校：《北堂書鈔》卷一百四十九作『帝在洛陽』。當據改。

〔四〕『克配紫微』，逯校：『克』，《北堂書鈔》卷一百四十九作『光』。

【注釋】

① 巍巍，高大貌。奄，覆。《玉篇》：『奄，大也，覆也。』宅，居。《爾雅·釋言》：『宅，居也。』九圍，九州。《詩·周頌·玄鳥》：『上帝是祇，帝命式於九圍。』毛詩傳：『九圍，九州也。』

② 紫微，星座名，三垣之一，古人以示帝王之星。李尤《陽殿銘》：『皇穹垂象，以示帝王，紫微之則，弘誕彌光。』此言帝居洛陽，其輝光與紫微媲美。

③ 八風應律，即八風應節而至，謂和諧也。《禮記·樂記》：『五色成文而不亂，八風從律而不姦。』鄭玄

注：『八風從律，應節至也。』八風，八方之風。《左傳·隱公五年》：『夫舞所以節八音，而行八風。』杜預注：『八音，金、石、絲、竹、匏、土、革、木也。八風，八方之風也。以八音之器，播八方之風。』重暉，再放光輝也。

④ 普，普照。厥，其。丘宇，猶區宇。《通雅》卷一：『《匡謬正俗》曰：《曲禮》不諱嫌名謂：宇與禹、丘與區宇禹合矣。丘之與區，今呼則異，然尋古語其聲亦同。陸機詩：普厥丘宇。』罔，無。綏，安寧。罔，《爾雅·釋詁》：『無也。』綏，《爾雅·釋詁》：『安也。』此二句言晉王之光照天下，四時無不安寧。

【集評】

［唐］顔師古撰《匡謬正俗》卷三：禹宇丘區，或問曰：《曲禮》云：禮不諱嫌名。鄭注云：嫌名，即禹與宇，丘與區，其義何也？答曰：康成鄭君此釋，蓋舉異字同音，不須諱耳。區字既是，故引爲例。禹宇二字，其音不別。丘之與區，今讀則異，然尋按古語，其聲亦同。何以知之？陸士衡元康四年《從皇太子祖會東堂詩》云：『巍巍皇代，奄宅九圍。帝在在洛，克配紫微。普厥丘宇，時罔不綏。』又《晉宮閣名》所載某舍若干區者，列爲丘字。則知區丘，音不別矣。且今江淮田野之人，猶謂區爲丘，亦古之遺音也。

士庶挽歌辭

【題解】

此挽歌爲殘篇，却見其特點。以埏埴、芻靈送葬，陶犬、瓦雞殉葬，見其死者身份低賤；安寢墓丘，時聞板築，似乎並無世間榮華之留戀，一往不歸之苦痛，恰在純樸中透出一份達觀的死亡態度。

陶犬不知吠，瓦雞焉能鳴①。安寢曾邱〔一〕下，時聞板築聲②。（《北堂書鈔》卷九十二、《淵鑑類函》卷一百五十六）

埏埴爲塗車，束薪作芻靈③。（《太平御覽》卷五百五十二）

【校勘】

〔一〕『邱』，《淵鑑類函》卷一百八十六作『丘』。古二字通。

【注釋】

① 陶犬、瓦雞，指殉葬之物，因屬士庶，故以此類物殉葬，此亦喻空有其形而無其實。《太平御覽》卷九百五：『《抱朴子》曰：陶犬無守夜之益，瓦鷄無同晨之警。』

② 安寢，猶安息。曾邱，重丘，此指墳墓。板築，以夾板築土，此築墳墓也。

③ 埏埴，和泥製作陶器。《老子》第十一章：『埏埴以爲器。』此指陶器。塗車，行進之車。芻靈，以薪所作狀如人者也。

王侯挽歌辭

【題解】

王侯魂靈有知，仍留戀生前宦達與榮華。憂懼墓穴，血貽鬼域，身前身後，迥然有别，其死亡之痛則不言而喻。此詩所表現的生死觀與《庶人挽歌詞》明顯有别。

孤魂雖有識，冥漠難爲符①。操心玄芒内，注血貽鬼區②。（《北堂書鈔》卷九十二、《淵鑑類函》卷一百五十六）

【注釋】

① 冥漠，指幽暗之黄泉。庾信《和王少保遥傷周處士》：『冥漠爾遊岱，悽凉余向秦。』符，符節，符信。《玉篇》：『符，符節也，契也。』此言孤魂有識，却身處幽暗之黄泉，再不能持節爲官。

② 操心，心憂懼也。《孟子·盡心上》：『獨孤臣孽子其操心也，危其慮患也。』趙岐注：『此即人之疢疾也，自以孤微懼於危殆之患而深慮之。』玄芒，深遠渺茫之處。陸雲《登遐頌》：『張招澄精，妙思玄芒。』此指墓穴。貽，贈，遺。鬼區，鬼域。

挽歌辭

【題解】

從内容看，上篇言生多拘役，故生亦可悲；死亦可戚，其意自明。人生無論生死，均一悲劇也。下一殘篇似非挽歌，或爲誤題，未可知。

在昔良可悲，魂往一何慼①。念我平生時，人道多拘役②。（《韻補》卷五）

五常侵軌儀，夕氣牽徽墨③。隨情乏良聘，枝騤或鴆毒④。（《韻補》卷五）

【注釋】

① 在昔，謂生時。魂往，謂死後。慼，《説文》：『憂也。』

② 人道，人世。拘役，拘束，不自由。此四句言生因拘役而可悲，死以不歸而可慼。

③ 五常，謂仁、義、禮、智、信。侵，進入。軌儀，猶言準則。《國語·周語下》：『帥象禹之功，度之於軌儀。』韋昭注：『軌，道也。儀，法也。』徽墨，指優美文字。孫何《讀子美詩》：『鋒鋩堪定霸，徽墨可繩姦。』

④ 隨情，謂適其情意也。聘，《廣韻》：『問也。』良聘，犹良媒。枝騤，意殊難解，或为牡騤之誤。牡騤，

即『四牡騤騤』之略。騤，騤馬行雄壯貌。鴆毒，毒藥。此四句言生前以五常爲軌儀，以美文而抒情，縱情聲色，又無良媒，豪族奢華，或爲鴆毒。蓋申述『人道多拘役』之意。

詠老詩〔一〕

【題解】

此詩《文選》卷二十二注作《東宮詩》，疑《文選》誤題。機在東宮，仕途順達，年華亦盛，尚無老之將至的深沉感慨，此詩或作於晚年。

軟顏收紅蕊〔二〕，玄鬢吐素華①。冉冉逝將老，咄咄奈老何②。（《漢魏六朝百三家集》卷四十九、《七十二家集》本《陸平原集》卷五、《詩紀》卷二十五）

【校勘】

〔一〕《藝文類聚》卷十八引無題；《漢魏六朝百三家集》卷四十九、《七十二家集》本、《詩紀》卷二十五作《詠老》。《文選》卷二十二謝靈運《晚出西射堂》注作《東宮詩》。揣摩詩意，當以《詠老》爲善。

〔二〕『軟』，《文選》卷二十二注引作『柔』。又『蕊』，《文選》卷二十二注引作『藻』。

【注釋】

① 軟顔，柔軟容顔，言年少。紅蘂，未放之紅蕊，喻青春。玄鬢，黑髮。素華，白花，喻白髮。陶淵明《雜詩》其七：『弱質與運頽，玄鬢早已白。』

② 冉冉，漸漸。《楚辭·離騷》：『老冉冉其將至兮，恐脩名之不立。』洪興祖補注：『五臣云：冉冉，漸漸也。』逝，指日月之逝。咄咄，歎息之聲。《經典釋文》卷十一：『咄咄，呵也。』

贈顧彦先詩

【題解】

彦先與機同出身江東世族，且是姻親，又同時入洛，鄉情親情，血濃於水，故其懷人之情真摯感人。

清夜不能寐，悲風入我軒①。立影對孤軀，哀聲應苦言②。（《藝文類聚》卷三十一、《詩紀》卷三十五、《漢魏六朝百三家集》卷四十九、《七十二家集》本《陸平原集》卷五）

【注釋】

① 寐，眠。軒，窗也。詩人因懷人而無法入眠，獨自站在窗前，風入窗櫺仿佛帶着悲凉。

② 立影，站立之身影。哀聲，哀歎之聲。苦言，謂作詩之悲苦之言。孤身一人，唯影作伴，只有借詩以

抒寫悲苦之情。

爲顧彦先作詩

【題解】

此爲代擬之作。因是殘篇，難見全貌。從内容看，當是念遠懷人之作，或爲代顧彦先贈婦。轉眼季節已是深秋，又加之長夜將至，此景此境此刻，情何以堪？從内容、句式和用韻看，此詩或與《贈顧彦先詩》爲同一篇，後人割裂引用，遂誤爲另首。

肅肅素秋節，湛湛濃露凝①。太陽夙夜降，少陰忽已升②。（《太平御覽》卷二十五、《漢魏六朝百三家集》卷四十九）

【注釋】

① 肅肅，迅疾貌。《詩·召南·小星》：『肅肅宵征，夙夜在公，寔命不同。』毛詩傳：『肅肅，疾貌。』素秋，即秋。張華《勵志詩》：『星火既夕，忽焉素秋。』善注：『《爾雅》曰：秋爲白藏，故云素秋。』翰注：『西方色白，故曰素秋。』湛湛，露茂盛貌。《詩·小雅·湛露》：『湛湛露斯，匪陽不晞。』毛詩傳：『湛湛，露茂盛貌。』凝，指凝結成霜也。

② 夙，早。少陰，月也。《白虎通德論·禮樂》：『太陽之始也，晡食；少陰之始也，暮食。』此二句言太陽落下，夜幕早臨，倏忽之間，月已升起。

祖道清正詩〔一〕

【題解】

逯欽立曰：『「清正」當是「潘正」之誤。』逯説是。祖道，餞别於道也。此詩或爲潘正出任地方官，機爲之餞别而作，故殷勤寄語，希望其出任一方，弘揚輔弼聖明之君。

□□□題，允藩克正①。惟是喉舌，光翼明聖②。（《北堂書鈔》卷六十）

【校勘】

〔一〕逯欽立《先秦漢魏晉南北朝詩》、金濤聲《陸機集》輯此詩，注出《北堂書鈔》卷九十八。今檢四庫本《北堂書鈔》卷九十八無此詩，惟卷六十引『惟是喉舌，光翼明聖』二句，未知逯、金據何版本。待考。

【注釋】

① 允，信。藩，指所治之地。言信其政令公允也。

②喉舌，指君王之冢宰。《詩·大雅·烝民》：『出納王命，王之喉舌。』毛詩傳：『喉舌，冢宰也。』光，光大，弘揚。翼，輔弼。見《答賈謐》注。此二句言惟因官居君王之冢宰，故弘揚君主之德，輔弼君主之政。

講《漢書》詩〔一〕

【題解】

元康六年（二九六）冬，機由吴王郎中令遷尚書中兵郎。『税駕金華』，乃言離職藩臣；『講學秘館』，又謂身登秘閣。故此詩當作於元康六年或稍後。賈謐曾請當時名士如左思、潘岳、陸機等爲之講《漢書》，詩即述此事，盛讚謐身邊人才之盛也。

税駕金華，講學秘館①。有集惟髦，芳風雅宴②。（《漢魏六朝百三家集》卷四十九、《七十二家集》本《陸平原集》卷三、《淵鑑類函》卷二百二）

【校勘】

〔一〕逯欽立《先秦漢魏晉南北朝詩》、金濤聲《陸機集》輯此詩，注出《北堂書鈔》卷九十八。今檢四庫本《北堂書鈔》本無，未知逯、金據何版本。

【注釋】

① 税駕，止駕。此指离任。金華，原爲王之所乘之車，後以王之號也。《大唐西域記・序》：『聞諸先志曰：近代有王號曰金華。』秘館，秘書閣。江淹《蕭驃騎解嚴輸黄鉞表》：『則輒上還王府，永戢祕館。』

② 有集，猶集，止也。《詩・小雅・車舝》：『依彼平林，有集維鷮。』髦，俊彦。《爾雅・釋言》：『髦，士官也。』郭璞注：『取俊士令居官。』芳風，喻文章之美。潘尼《贈陸機出爲吴王郎中令》：『玩爾清藻，味爾芳風。』向注：『清藻芳風，言機之文章也。』

飲酒樂〔一〕

【題解】

此詩創作時間不可考。言人生短暫，須及時行樂。文士與酒，或以酒澆愁，或借酒以行樂，而行樂之背後，乃隱一愁字。

飲酒須飲多，人生能幾何①。百年須受樂，莫厭管弦歌②。（《樂府詩集》卷七十四、《漢魏六朝百三家集》卷四十九、《七十二家集》本《陸平原集》卷三）

【校勘】

〔一〕《漢魏六朝百三家集》卷四十九、《七十二家集》本作陸機,《古樂苑》卷三十九作無名氏。馮惟訥《古詩紀》卷三十四在陸機《吴趨行》下注:『此首及《飲酒樂》,《樂府》不載名氏,次陸機之詩,《詩彙》作機詩。』

【注釋】

① 幾何,言其少也。曹操《短歌行》:『對酒當歌,人生幾何?』

② 百年,猶人生。厭,滿足。言人生百年須及時行樂,享樂歌舞之盛。

吴趨行〔一〕

【題解】

此詩作年不可考。詳其内容當是懷人念遠之作。語言雙關,用意含蓄,風格輕盈,帶有吴歌風味,或作於早期,與後期繁縟凝重,大有别也。

藹藹蓋重簾,唯有遠相思①。藕葉清朝釧,何見早還時②。(《漢魏六朝百三家集》卷四十九、《七十二家集》本《陸平原集》卷三、《詩紀》卷三十四)

【校勘】

〔一〕《詩紀》卷三十四曰：『此首及《飲酒樂》、《樂府》不載名氏，次陸機之詩。《詩彙》作陸機詩。』

【注釋】

① 繭，因蠶吐絲成繭，而絲與思諧音。簾，與年諧音，重簾，謂又一年也。

② 藕，爲偶之諧音，另藕亦有絲，亦與思諧音。藕葉，亦爲金釧之形狀。

【集評】

［清］王夫之《古詩評選》卷三：此吴歌之始唱也。爲體雖纖俗，而居然藴藉，不似《子夜》《讀曲》等篇一色佻薄，殆不復有詩理。雅人在戲而莊，有如此者。

贈潘正叔

【題解】

正叔，潘尼字，曾官太子舍人。機曾任太子洗馬，與尼同爲太子屬官，故詩有『與爾游承華』『執笏崇賢内』之語。潘尼元康二年（二九二）五月作太子舍人，而元康四年七月機已外任吴王郎中令，此詩當作於元康二年六月至四年六月之間。

過蒙時來運，與爾游承華①。執笏崇賢内，振纓曾城阿②。（《藝文類聚》卷六十七、《詩紀》卷三十五、《漢魏六朝百三集》卷四十九）

【注釋】

①過蒙，猶承蒙。李密《陳情表》：『過蒙拔擢，寵命優渥。』時來運，猶遇其時運也。承華，太子所居之殿門名。

②笏，上朝之手板。《釋名·釋書契》：『笏，忽也。君有教命及所啓白，則書其上，備忽忘也。』執笏，爲官。崇賢，宫殿東門名。此亦指太子所居之殿門。纓，官纓。曾城，傳説中的地名，在昆侖山上，王母所居。此指太子宫殿。

三月三日詩〔一〕

【題解】

此詩乃前《櫂歌行》之首四句，後人誤題。

遲遲暮春日，天氣柔且嘉〔二〕①。元吉隆初巳，濯穢游黄河②。（《藝文類聚》卷四、《七十二家集》本《陸平原集》卷三、《詩紀》卷三十五）

【校勘】

〔一〕《藝文類聚》卷四十、《詩紀》卷三十五、《漢魏六朝百三家集》卷四十九引陸機《棹歌行》全詩，首四句與此同。又《藝文類聚》卷四引此四句，無題名，附三月三日詩後。《詩紀》卷三十五、《漢魏六朝百三家集》卷四十九、《七十二家集》本《陸平原集》卷三另輯此四句，題作『三月三日詩』。此詩當是節引《櫂歌行》，後人誤解《藝文類聚》所引，妄加詩名，遂誤爲二首。諸集均録，姑存之。

〔二〕『嘉』，《七十二家集》本、《詩紀》卷三十五作『佳』。

【注釋】

① 遲遲，和煦。柔，柔和。嘉，美。

② 元吉，大吉。初巳，上巳，即三月三日。濯穢，洗去污穢，祓除不祥。

失題詩

【題解】

機雖云『理扶質以立幹』，其詩也多有理趣，然全詩談玄實不多見。此詩與下首全言玄理，有兩點值得注意：第一，機入洛已由注重名實而漸向玄虛，文風也因此一變。第二，西晉玄風盛行，揮麈談玄，成爲一代文人之習尚，然詩風多承建安，嵇康所作之玄言詩風則一度中斷，此詩談玄，從主旨到藝術標志着玄言詩臻於成熟，故陸機此類詩在詩歌史上地位頗值注意。此詩乃謂宅身於道，立根玄遠，纂文玄沖，妙得虛無。所言者皆老莊之哲學。特别一提的是：此詩强調以『懿文』以寫玄理，説明陸機已經注意玄言詩的審美形式問題。

太素卜令宅，希微啓奥基①。玄沖纂懿文，虛無承先師②。（《太平御覽》卷一、《漢魏六朝百三家集》卷四十九、《七十二家集》本《陸平原集》卷五）

【注釋】

① 太素，混沌初開，物質初形成。此指道之本原。《列子·天瑞》：『故曰有太易、有太初、有太始、有太素，……太素者質之始也。』張湛注：『質，性也。既爲物矣，則方員、剛柔、静躁、沈浮，各有其性。』令宅，美宅。《爾雅·釋詁》：『令，善也。』希微，杳渺玄遠之處。葛洪《抱朴子·内篇·暢玄》：『徘徊茫昧，翱翔希微。』奥基，幽深之基。《廣韻》：『奥，深也。《爾雅》曰：西南隅謂之奥。』《爾雅·釋言》：『基，經也。』郭璞注：『基業所以自經營。』此二句謂宅居於道之本原，立根於杳渺玄遠。

② 玄沖，玄遠沖澹。陸雲《登遐頌》：『頤神大素，淑思玄沖。在彼黄堂，明道固窮。』纂，撰。《玉篇》：『纂，纂集。』懿文，美文。《爾雅·釋詁》：『懿，美也。』虛無，道家所言之道也。《經典釋文》卷一：『其後談論者莫不宗尚玄言，唯王輔嗣妙得虛無之旨。』先師，指老莊。此二句謂纂集之美文，玄遠沖澹；論虛無之旨，承先師遺訓。

失題詩

【題解】

此詩謂澄澈心志，棲心於玄遠廣漠的太素之域；舍駕遠視，徹悟其生死如大夢之初覺。所言者乃道家之齊生死、一榮辱之哲學也。

澄神玄漠流，棲心太素域①。弭節欣高視，俟我大夢覺②。（《太平御覽》卷一、《漢魏六朝百三家集》卷四十九、《七十二家集》本《陸平原集》卷五）

【注釋】

① 澄神，使心神澄澈，即莊子所謂心齋。《莊子·養生主》：『無聽之以耳而聽之以心，無聽之以心而聽之以氣，聽止於耳，心止於符。氣也者，虛而待物者也。唯道集虛，虛者，心齋也。』玄漠，玄遠廣漠。張華《勵志詩》：『大猷玄漠，將抽厥緒。』善注：『《説文》曰：玄，幽遠也。又曰：漠，寂也。《廣雅》曰：漠，泊也。《説文》曰：漠，無爲也。言大道玄遠幽漠，知之猶從小引其端緒，而至於可知。』銑注：『言大道玄漠，猶將抽其端緒。』流，猶域也。《爾雅·釋言》：『流，覃也；覃，延也。』郭璞注：『皆謂蔓延相被及。』太素，混沌初開，物質初形成。此指道之本原。

②弭節，止節，息駕。《楚辭·離騷》：『吾令羲和弭節兮，望崦嵫而勿迫。』洪興祖補注：『弭，止也。』俟，待。《詩·邶風·静女》：『静女其姝，俟我於城隅。』毛詩傳：『俟，待也。』大夢，道家之言，謂人生如大夢也。《莊子·齊物論》：『覺而後知其夢也，且有大覺，而後知此其大夢也。』郭象注：『當所遇無不足也，何爲方生而憂死哉。夫大覺者，聖人也。大覺者，乃知大患慮在懷者，皆未寤也。』大夢覺，謂對生死透徹之悟。

失題詩

【題解】

此爲機詩之别一格也。純用口語，不加修飾，詼諧幽默，將老女遲嫁之悲以調笑口吻表達出來。詩作時間無考，或爲少年之作也。

老蠶晚績縮，老女晚見辱①。曾不如老鼠，翻飛成蝙蝠②。（《太平御覽》卷八百二十五）

【注釋】

①績，謂綴絲成繭。《説文》：『績，緝也。』以老蠶成繭之遲，喻老女遲嫁。

②翻飛，飛。《玉篇》：『翻，飛也。』此二句喻老女遲暮未嫁，不見重於人。

失題詩

【題解】

此之殘篇乃爲行役之作，亟言其行役之急迫。車駕將停，又須出發，前途漫漫，日光飛逝，故憂慮心急也。考其詩意，乃入洛後之作。

軌迹未及安，長轡忽已整①。道遐覺日短，憂深使心褊②。（《古今通韻》卷七）

【注釋】

① 軌迹，車迹，代指車。轡，馬轡。言車駕將停，又須出發。

② 遐，遠。褊，《爾雅·釋言》：『褊，急也。』郭璞注：『皆急狹。』

失題詩

【題解】

此詩言世之物理、人情，紛紜複雜，然至理一以貫之。惟通達事理、倜儻不羣者，方可不離本性，辨人生之真僞。詩言玄理，乃有感於時世而發，當於晚年所作。

物情競紛紜，至理自宜貫①。達觀儻不隔，居然見真膺②。（《韻補》卷四）

【注釋】

① 競，争相。《玉篇》：「競，争也。」紛紜，紛亂貌。曹植《七啓》：「九旒之冕，散曜垂文；華組之纓，從風紛紜。」言物情紛亂，而精妙之理一以貫之。

② 達觀，指見識通達者。陸雲《逸民箴》：「在昔后帝，齊物達觀，賞不假爵，教不示勸。」儻，倜儻。《玉篇》：「儻，倜儻不羈。」不隔，意謂不離其本性也。居然，安然。《玉篇》：「居，安也。」膺，僞。《廣韻》：「膺，當也。」

失題詩

【題解】

此殘篇乃遊宴之作。言平生惆悵失意，面對音樂飲宴，依然落寞難奈。不禁走出堂宴，徘徊於殘陽餘影之中。或許殘陽徐步，更平添一份悵然，其情已餘言外。斷簡殘句，反而聊增詩之韻味，直如維納斯之斷臂。此亦當爲入洛後之作。

惆悵懷平素，愷樂於兹同①。堂宴棲末景，遊豫躡餘蹤②。（《文選》卷五十七《陶徵士誄》注引）

【注釋】

① 惆悵，失志貌。《楚辭·九懷·通路》：『陰憂兮感余，惆悵兮自怜。』王逸注：『悵然失志，嗟厥命也。』愷樂，凱旋之樂。《周禮·春官·宗伯下》：『王師大獻，則令奏愷樂。』鄭玄注：『大獻，獻捷於祖。愷樂，獻功之樂。』

② 末景，日落之影。景，同影。游豫，猶猶豫，徘徊遊樂。盧諶《贈崔温》：『逍遥步城隅，暇日聊遊豫。』躡，踏。餘蹤，餘迹，此指日之餘輝。

失題詩

【題解】

此詩或爲詩人罹遭坐趙王倫罪而入獄後所作。永寧元年（三〇一）正月，趙王倫篡位，四月倫見誅。因機爲中書郎，疑倫篡位之禪文出自機手，被收付廷尉，賴成都王穎、吴王晏並救理之，減死徙邊，遇赦而止。故詩言身爲下臣，收之天網，渴望重新騰光清霄。

恢恢天網，飛沈〔一〕是收①。受兹下臣，騰光〔二〕清霄②。（《韻補》卷二、《古今通韻》卷五）

【校勘】

〔一〕「飛沈」，《古今通韻》卷五作「飛禽」。

〔二〕「騰光」，《古今通韻》卷五作「騰衝」。

【注釋】

① 恢恢，廣大貌。此取《老子》「天網恢恢，疏而不漏」之意。收，猶逮捕。《玉篇》：「收，收拾也。《説文》：捕也。」

② 騰光，騰馳於天光。鮑照《爲柳令謝驃騎表》：「奮迹騰光，參駕龍服。翰起雲飛，拂翼虹路。」清霄，清空。陸雲《逸民賦》：「眄清霄以寄傲兮，泝凌風而頹歎。」

贈潘尼〔一〕

【題解】

潘尼贈詩陸機，機作答，以贊尼之文德，法前賢，隆先祖。詩作具體時間不可考。

猗歟潘生，世篤其藻。仰儀前文，不隆祖考。（《三國志·魏書》卷二十一《衛覬傳》裴松之注引）

【校勘】

〔一〕《三國志・魏書》卷二十一《衛覬傳》裴松之注引《尼別傳》曰：尼少有清才，文辭温雅。初應州辟，後以父老歸供養。居家十餘年，父終，晚乃出仕。尼嘗贈陸機詩，機答之。其四句曰：『猗歟潘生，世篤其藻，仰儀前文，丕隆祖考。』位終太常。

【注釋】

①猗歟，歎美之詞。班固《東都賦》之《明堂詩》：『猗歟緝熙，允懷多福。』善注：『《毛詩》曰：猗歟那歟。』濟注：『猗歟，歎美也。』篤，猶推許也。《爾雅・釋詁》：『篤，厚也。』言世人歎其文藻之美。因尼贈機詩，故言。

②仰儀，敬仰而以之爲法則。陸雲《吴故丞相陸公誄》：『旋璣授銓，仰儀喬嶽。』丕隆，猶光大也。《書・大禹謨》：『予懋乃德，嘉乃丕績。』孔安國傳：『丕，大也。』隆，《説文》：『豐大也。』祖考，猶先人之德也。潘岳《藉田賦》：『儀刑孚於萬國，愛敬盡於祖考。』言文法前人，業隆先祖。

贈馮文羆詩〔一〕以下殘句

問子別所期，耀靈緣扶木①。（《文選》卷三十《南樓中望所遲客詩》注引）

【校勘】

〔一〕《文選》卷三十《南樓中望所遲客詩》注引『贈馮文羆詩』。逯欽立曰：『此殆前篇佚句。』

【注釋】

① 期，約也。《玉篇》：『期，會也，契約也。』耀靈，日也。《楚辭·遠遊》：『恐天時之代序兮，耀靈曄而西征。』洪興祖補注：『耀靈，東君日也。』緣，《玉篇》：『因也。』扶木，扶桑。《淮南子·墬形訓》：『扶木在陽州日之所。』許慎注：『扶木，扶桑也，在湯谷之南。』此二句言別後相會無因，日升日落，時光匆匆。

長歌行

容華夙夜零，無故自消歇①。（《文選》卷二十二鮑照《行藥至城東橋詩》注引）

【校勘】

〔一〕陸刻本之《長歌行》有『容華夙夜零，體澤坐自捐』之句，疑此佚文爲異文。

【注釋】

① 榮華，草木之花盛開，喻青春容顏。《淮南子·原道訓》：『草木榮華，鳥獸卵胎，莫見其爲者而功既

成矣。』夙夜，日夜。《書·舜典》：『夙夜惟寅，直哉惟清。』孔安國注：『夙，早也。』無故，無因。《周禮·地官司徒下》：『若無故而不用令者罰之。』鄭玄注：『無故，謂無喪禍之變也。』消歇，零落。庾信《擬詠懷》其五：『壯情已消歇，雄圖不復申。』

贈潘岳詩〔一〕

僉曰吾生，明德惟允①。（《文選》卷二十五《答靈運詩》注）

【校勘】

〔一〕機贈潘岳詩，今惟存此殘句。岳長機十四歲，當屬前輩，機既贈詩，當不會以『吾生』稱之，詩題或誤也。

【注釋】

① 僉曰：皆曰。《説文》：『僉，皆也。』明德，德之顯也。《詩·大雅·皇矣》：『帝遷明德，串夷載路。』惟允，惟信。《書·舜典》：『命汝作納言，夙夜出納朕命，惟允。』《爾雅·釋詁》：『允，信也。』

獨寒吟〔一〕

雪夜遠思君，寒牕獨不寐。（《樂府詩集》卷七十六陶弘景《寒夜怨》題解）

【校勘】

〔一〕《樂府詩集》卷七十六陶弘景《寒夜怨》：『《樂府解題》曰：晉陸機《獨寒吟》云：「雪夜遠思君，寒牕獨不寐。」但叙相思之意爾。陶弘景有《寒夜怨》，梁簡文帝有《獨處愁》，亦皆類此。』

芙蓉詩

夏搖比翼扇①。（《北堂書鈔》卷一百三十四）

【注釋】

① 比翼，鳥名。《韓詩外傳》卷五：『南方有鳥，名曰鶼，比翼而飛，不相得，不能舉西方。』此指羽扇。喻風吹荷動之狀。

失題

輕裾猶電揮，雙袖如霧散。（《編珠》卷二）

失題

震雷驅號令，驚電夜舒光。（《山堂肆考》卷六）

失題

佳穀垂金穎。（《古今合璧事類備要·别集》卷五十七）

失題

石黿尚懷海，我寧忘故鄉〔一〕。（《述異記》卷下）

【校勘】

〔一〕舊題梁任昉撰《述異記》卷下：『東北巖海畔有大石龜，俗云魯班所作。夏則入海，冬復止於山上。陸機詩云：石龜尚懷海，我寧忘故鄉。』

失題

甕餘殘酒，膝有横琴。（《草堂詩箋》卷三十七《遇津詩》注）

失題

【題解】

《海録碎事》卷十上：（陸機詩）『「儲后降嘉命，恩紀被微身」，言陸機爲太子洗馬，被恩遇也。』由此見此詩作於太子洗馬時。時間在元康元年（二九一）三月至元康四年秋。

儲后降嘉命，恩紀被微身。（《海録碎事》卷十上）

存疑

上留田行

薄遊出彼東道，上留田。薄遊出彼東道，上留田。循聽一何矗矗，上留田。澄川一何皎皎，上留田。悠哉逷矣征夫，上留田。悠哉逷矣征夫，上留田。兩服上阪電遊〔一〕，上留田。舫舟下遊飊驅，上留田。此別既久無適，上留田。此別既久無適，上留田。寸心繫在萬里，上留田。尺素遵此千夕，上留田。秋冬迭相去就，上留出。秋冬迭相去就，上留田。素雪紛紛鶴委，上留田。清風飊飊入袖，上留田。歲云暮矣增憂，上留田。歲云暮矣增憂，上留田。誠知運來詎抑，上留田。熟視年往莫留，上留田。

【校勘】

〔一〕《古樂苑》卷二十注：『電遊，一作雷遊，疑電逝是。』

【備考】

此詩僅見《四庫全書》本明梅鼎祚撰《古樂苑》卷二十，該書先引『嗟行人之藹藹，駿馬陟原風馳』一首（見前《上留田行》），後引此首，並注曰：『疑本一首五解。』然僅此書作陸機，其他文獻均作謝靈運。存疑待考。

鞠歌行

德不孤兮必有鄰，唱和之契冥相因。譬如虬虎兮來風雲，亦如形聲影響陳。心歡賞兮歲易淪，玉藏彩疇識真。叔牙顯，夷吾親，郢既没，匠寢斤。覽古籍，信伊人，永言知己感良辰。

（《古樂苑·衍録》卷四引《蘭莊詩話》）

【備考】

《古樂苑·衍録》卷四引《蘭莊詩話》曰：『陸機、謝靈運之詩，並祖曹子建，故其森蔚璀瑋，大率相似。自今觀之，陸於謝稍爲平正，他不多辨，讀《鞠歌行》見矣。陸云（詩同上，略）。識云：朝雲升，應龍攀，乘風遠遊騰雲端。鼓鐘歇，豈自歡，急弦高張思和彈。時希值，年夙愆，循己雖易人知難。王陽登，貢公歡，罕生既没國子歎。嗟千載，豈虛言，邈矣遠念情悄然。鍾嶸《詩品》謂陸尚規矩，不貴綺錯，謝尚巧似，逸蕩過陳思，蓋得之矣。學者才不逮謝，亦惟仰法乎陸，庶乎厭飫膏澤，固不失於張公之歎大才也。』此詩又見《玉臺新詠》卷三十三，作『謝靈運』，因緊接陸機之後。可能《蘭莊詩話》誤引於前，《古樂苑》未加詳考，遂至此誤也。姑録之，待考。

贈顧尚書及征西大將軍詩

我風既清，人求其馨。堇彼紫庭，眷言朝陽。天綱既紘，文武方升。允兹兼弘，有肅其涼。

（《古今通韻》卷五）

【備考】

此詩前四句見陸雲《贈顧尚書》：『我風載清，能芬南岳。運芳北征，子有其德。人求其馨，逝此陋巷。薰彼紫庭，厥音不已。鼓鐘有聲，聞天之聰。譬之鵠鳴，天聰既招，我實惟彰。乘風之鳳，眷言朝陽。』後四句見陸雲《征西大將軍京陵王公會射堂皇太子見命作此詩》：『玄綱峻極，天罔既紘。文武方升，允兹兼弘。峩峩高夏，有肅其凉。』（其四）疑乃後人割裂而成，誤題詩名及作者。文字略有不同，或乃異文也。

補遺卷三

文

策問秀才紀瞻等六篇〔一〕

【題解】

此文是一篇策問，在所問之問題中可窺測作者思想。文章認爲，三代禮制之損益，因時而變；國之典制亦代有變化；多士興邦，賢君求才；刑法之疏密亦因時而宜；治世之道必合乎陰陽之自然規律；世風日頹，救之以大樸。文作於士衡任尚書郎任上，具體時間是元康七年（二九七）。

昔三代明王，啓建洪業，文質殊制，而令名一致①。然夏人尚忠，忠之弊也朴，救朴莫若敬。殷人革而修焉，敬之弊也鬼，救鬼莫若文。周人矯而變焉，文之弊也薄，救〔二〕薄則又反之於忠②。然則王道之反覆其無一定邪，亦所祖之不同而功業各異也？自無聖王，人散久矣③。三代之損益，百姓之變遷，其故可得而聞邪④？今將反古以救其弊，明風以蕩其穢，三代之制將何所從？太古之化有何異道⑤？

【校勘】

〔一〕『救』，《七十二家集》本作『赦』。形近而誤。

【注釋】

① 三代，指夏殷周。《論語·衛靈公》：『斯民也，三代之所以直道而行也。』何晏《集解》：『馬融曰：三代，夏殷周也。』文質，指禮制之繁簡。簡約曰質，繁密曰文。干寶《晉紀總論》：『爰及上代，雖文質異時，功業不同，及其安民立政者，其揆一也。』善注：『《春秋元命苞》曰：王者一質一文，據天地之道也。天質而地文。』銑注：『言周上代有文有質，雖其不同，安人爲政度之一致也。』制，《玉篇》：『法度也。』令名，美名。曹植《又贈丁儀王粲》：『權家雖愛勝，全國爲令名。』善注：『《左氏傳》：子産曰：令名，德之興也。鄭玄《禮記注》曰：名令聞也。』

② 忠，《玉篇》：『直也。』革，《玉篇》：『改也。』矯，正。《淮南子·本經訓》：『壞險以爲平，矯枉以爲直。』許慎注：『矯，正也。』薄，指情之薄。

③ 祖，《廣韻》：『始也，法也，本也。』人散，指人心之渙散。

④ 損益，謂增減禮制。《論語・爲政》：『子曰：殷因於夏禮，所損益可知也。周因於殷禮，所損益可知也。』《集解》：『馬融曰：所因，謂三綱五常也。所損益，謂文質三統也。』變遷，指風俗之變易。

⑤ 此數句謂今返古制救世風之弊，明教化以掃蕩污穢，將遵從哪一代之制？遠古教化之道何異？

在昔哲王象事備物〔一〕，明堂所以崇上帝，清廟所以寧祖考①，辟雍所以班禮教，太學所以講藝文，此蓋有國之盛典，爲邦之大司②。亡秦廢學，制度荒闕。諸儒之論，損益異物。漢氏遺作，居爲異事，而蔡邕《月令》謂之一物，將何所從③？

【校勘】

〔一〕《七十二家集》本此句前有『又問』二字。下每段前皆有此二字。

【注釋】

① 哲王，睿智之先王。《詩・大雅・下武》：『下武維周，世有哲王。』鄭玄箋：『哲，知也。』象事備物，謂擬物象而成人事。《易・繫辭下》：『象也者，像此者也。』孔穎達疏：『言象此物之形狀也。』《廣韻》：『備，備具也，成也。』明堂，祭祀、布政之所。《孝经・聖治》：『宗祀文王於明堂，以配上帝。』李隆基注：『明堂，天子布政之宫也。周公因祀五方上帝於明堂，乃尊文王以配之也。』清廟，祭祀先祖之所。《詩・周頌・清廟》序：『《清廟》，祀文王也。周公既成洛邑，朝諸侯率以祀文王焉。』毛詩傳：『清廟者，祭有清明之德者

宮也。……廟之言貌也，死者精神不可得而見，但以生時之居，立宮室象貌爲之耳。成洛邑居攝五年時。』按：明堂，原爲天子宣明政教之所，凡朝會、祭祀、慶賞、選士、養老、教學等大典均在此舉行。其後宮室漸備，另在近郊東南造明堂，祭祀上帝，以存古制。清廟所出，當在明堂之後，周公在明堂祭祀上帝，復祭祀文王，説明當時尚無清廟。周公攝五年，始建清廟而祭祀文王，後在此祭祀先祖。

② 辟雍，周王朝所設貴族子弟大學。大學有五，南爲成均，北爲上庠，東爲東序，西爲瞽宗，中曰辟雍。《竹書紀年》卷上：帝辛『三十七年周作辟雍』。《大戴禮記・明堂》鄭玄注：『《韓詩》説：辟圓如璧，雍以水。不言圓言辟者，取辟有德；不言辟水言雍，雍和也。』班，頒佈。《爾雅・釋言》：『班，賦也。』郭璞注：『謂布與。』太學，即大學，古代貴族子弟讀書之所。《禮記・王制》：『天子命之教然後爲學。小學在公宮南之左，大學在郊。天子曰辟廱，諸侯曰頖宮。』鄭玄注：『學所以學士之宮。《尚書傳》曰：百里之國，二十里之郊；七十里之國，九里之郊；五十里之國，三里之郊，此小學。大學，殷之制。』又《大戴禮・保傅》：『古者，年八歲而出，就外舍學小藝焉，履小節焉；束髮而就大學，學大藝焉，履大節焉。』司，《説文》：『臣司事以外者。』

③ 荒闕，荒廢而缺失。謂之一物，異名而同物。《晉書・紀瞻傳》：瞻對曰：『故取其宗祀之類，則曰清廟；取其正室之貌，則曰太廟；取其室，則曰太室；取其堂，則曰明堂；取其四門之學，則曰太學；取其周水圜如璧，則白璧雍。異名同事，其實一也。是以蔡邕謂之一物。』

庶明亮采，故時雍穆唐[①]；有命既集，而多士隆周[②]。故《書》稱明良之歌，《易》貴金蘭之美③。此長世所以廢興，有邦所以崇替。夫成功之君勤於求才，立名之士急於招世④。理無世不對，而事千載恒背。古〔一〕之興王何道而如彼，後之衰世何闕而如此⑤？

【校勘】

〔一〕『古』，《七十二家集》本作『舌』。誤。

【注釋】

①庶明，謂衆庶明其教化。《書·皋陶謨》：『惇叙九族，庶明勵翼，邇可遠在兹。』孔安國傳：『言慎修其身，厚次叙九族，則衆庶皆明其教，而自勉勵翼戴上命，近可推而遠者。』亮采，謂確信而舉薦其立功治事者。《書·舜典》：『使宅百揆，亮采惠疇。』孔安國傳：『亮，信。……求其人使居百揆之官，信立其功順其事者，誰乎？』時雍，猶和諧。《書·堯典》：『百姓昭明，協和萬邦，黎民於變時雍。』孔安國傳：『時，是。雍，和也。』穆，猶穆穆。《爾雅·釋詁》：『穆穆，美也。』唐，即陶唐。帝堯初居於陶，後封於唐，故稱。《史記·五帝紀》：『帝堯爲陶唐，帝舜爲有虞。』

②有命既集，謂天命所歸。《詩·大雅·大明》：『天監在下，有命既集。文王初載，天作之合。』毛詩傳：『集，就也。』鄭玄箋：『天監視善惡於下，其命將有所依就，則豫福助之於文王，生適有所識，則爲之生配於氣勢之處，使必有賢才。』多士，人才濟濟。《詩·大雅·文王》：『濟濟多士，文王以寧。』隆，昌盛。《玉篇》：『隆，隆盛也。』

③ 明良之歌，舜與皋陶賡歌相戒，以主明臣良爲美。《書・益稷》：『乃賡載歌曰：元首明哉，股肱良哉，庶事康哉。』元首，君也。股肱，臣也。金蘭之美，同心之美德。《易・繫辭上》：『二人同心，其利斷金；同心之言，其臭如蘭。』

④ 崇替，猶興廢。《國語・楚語下》：『吾聞君子唯獨居思念前世之崇替。』韋昭注：『崇，終也。替，廢也。《詩》云：曾不崇朝。』招世，求爲世用。《莊子・徐無鬼》：『招世之士……貴際。』招，求。《書・說命》：『旁招俊乂，列於庶位。』孔安國傳：『旁招俊乂，《太甲上》，旁求俊彥。』

⑤ 對，《廣韻》：『當也。』此四句言理無不當，事常相背，何上古後代興衰彼此不同？

昔唐虞垂五刑之教，周公明四罪之制①，故世歎清問而時歌緝熙②。姦宄既殷，法物滋有③。叔世崇三辟之文，暴秦加族誅之律，淫刑淪胥，虐濫已甚④。漢魏遵承，因而弗革。亦由險泰不同，而救世異術，不得已而用之故也。寬克[一]之中，將何立而可？族誅之法，足爲永制與不⑤？

【校勘】

[一]『克』，《七十二家集》本作『尅』。古二字通。

【注釋】

① 唐虞，指堯舜。見上注。五刑，《書·舜典》：『汝作士，五刑有服。』孔安國傳：『士，理官也。五刑，墨、劓、剕、宫、大辟。服，從也。』四罪，指舜所處罰之四人。《書·舜典》：『流共工於幽洲，放驩兜於崇山，竄三苗於三危，殛鯀於羽山，四罪而天下咸服。』孔安國傳：『皆服舜用刑當其罪，故作者先叙典刑，而連引四罪，明皆徵用所行。』周公明四罪之制，謂周公明其舜之四罪之制，謂定其刑法之制也。

② 清問，訊問。《書·吕刑》：『皇帝清問下民，鰥寡有辭于苗。』孔穎達疏：『清問，馬云：清，訊也。』緝熙，光明。《詩·周頌·維清》：『維清緝熙，文王之典。』毛詩傳：『典，法也。』鄭玄箋：『緝熙，光明也。』此句言世感歎其關心民之疾苦，而是歌其光明之德。

③ 奸宄，劫奪暴虐之徒。《書·舜典》：『帝曰：皋陶，蠻夷猾夏，寇賊姦宄。』孔安國傳：『羣行攻劫曰寇；殺人曰賊；在外曰姦，在内曰宄。』殷，盛。《玉篇》：『殷，樂之盛稱殷。《易》曰：殷薦之上帝。』法物，猶法制。《玉篇》：『凡生天地之間皆謂物也。』滋，生。《玉篇》：『滋，長也，益也。』

④ 叔世，政令衰微之世。三辟，禹、湯、周末代之法。《左傳·昭公六年》：『三辟之興，皆叔世也。』孔穎達疏：『三辟，謂禹刑、湯刑、九刑也。辟，罪也。三者斷罪之書，故爲刑書。皆是叔世所爲，言刑書不起於始盛之世。……服虔云：政衰爲叔世，叔世踰於季世，季世不能作辟也。』文，猶制也。孔穎達疏：『爲其文是制。』淪胥，牽引坐罪。《詩·小雅·雨無正》：『若此無罪，淪胥以鋪。』毛詩傳：『淪，率也。』鄭玄箋：『胥，相。言王使此無罪者，見牽率相引而徧得罪也。』虐濫，謂暴虐氾濫。

⑤ 遵承，沿襲。《爾雅·釋詁》：『遵，循也。』險泰，猶安危。《廣韻》：『泰，通也。』寬克，猶緩急也。克，通剋。《廣韻》：『剋，急也。』

夫五行迭代，陰陽相須，二儀所以陶育，四時所以化生①。《易》稱『在天成象，在地成形』。形象之作，相須之道也②。若陰陽不調，則大數不得不否，一氣偏廢，則萬物不得獨成。此應同之至驗，不偏之明證也③。今有温泉而無寒火，其故何也？思聞辯之，以釋不同之理④。

【注釋】

① 五行，《書・洪範》：『五行，一曰水，二曰火，三曰木，四曰金，五曰土。』迭代，交相替也。《説文》：『迭，更迭也。』古人謂五行相生相剋，故曰迭代。陰陽，古以陰陽解釋萬物化生，凡天地、日月、男女等皆屬陰陽。《易・繫辭上》：『陰陽不測之謂神。』孔穎達疏：『天下萬物，皆由陰陽，或生或成，本其所由之理，不可測量之謂神也。』相須，謂一陰一陽相依而存。二儀，天地。《易・繫辭上》：『是故易有太極，是生兩儀，兩儀生四象，四象生八卦。』曹植《惟漢行》：『太極定二儀，清濁始以形。』陶育，猶化生。《北齊元會大饗歌・皇夏》：『化生羣品，陶育烝人。』陶，製瓦器之具。《玉篇》：『陶，陶甄。亦作匋。』此四句言五行相生相剋，陰陽相依而存，天地化生四時，四時化生萬物。

② 形象，《周易・繫辭上》韓康伯注：『象况日月星辰，形况山川草木也。』又『縣象運轉以成昏明，山澤通氣而雲行雨施』。故曰相須之道也。

③ 大數，氣數，自然之分限。《左傳・哀公七年》：『周之王也，制禮上物不過十二，以爲天之大數也。』否，與泰相對，閉塞。《易・明象》：『夫時有否泰，故用有行藏。』《廣韻》：『否，塞也。』一氣，指四時之一節氣。此數句言陰陽不調，則四時不順，氣節偏廢，則萬物不生，此和諧相依之證驗。

④ 言有温無寒，有水無火，謂陰陽之不調也。

夫窮神知化，才之盡稱；備物致用，功之極目①。以之爲政，則黄羲之規可踵；以之革亂，則玄古之風可紹②。然而唐虞密皇人之闊網〔一〕，夏殷繁帝者之約法，機心起而日進，淳德往而莫返③。豈太樸一離，理不可振，將聖人之道稍有降殺邪④？（《晉書》卷六十八《紀瞻傳》、《七十二家集》本《陸平原集》卷五）

【校勘】

〔一〕『網』，《七十二家集》本作『綱』。

【注釋】

① 窮神知化，窮極其機微變化之理。《易·繫辭下》：『過此以往，未之或知也；窮神知化，德之盛也。』孔穎達疏：『窮極微妙之神，曉知變化之道，乃是聖人德之盛極也。』備物致用，《易·繫辭上》：『備物致用，立成器以爲天下利，莫大乎聖人。』孔穎達疏：『謂備天下之物，招致天下所用。』

② 黄羲，指黄帝和伏羲。踵，《廣韻》：『繼也。』《説文》：『追也。』紹，《爾雅·釋詁》：『繼也。』此四句言若具有窮神知化之才、備物致用者，用之功理政，則可承黄羲之規範；以之革亂，則可繼遠古之淳風。

③ 機心，智巧詐變之心。《莊子·天地》：『有機事者必有機心，機心存於胸中，則純白不備。』此四句

言唐虞之時，使遠皇疏闊之羅網稠密，夏殷之時使古帝之簡約刑法繁瑣，巧詐之心生而日多，淳樸之德去而不返。

④ 大朴，大道。大，通太。桓温《薦譙元彦表》：『臣聞太樸既虧，則高尚之標顯；道喪時昏，則忠貞之義彰。』良曰：『大朴，大道也。』稍，漸漸。《玉篇》：『稍，漸也。』降殺，衰微。《廣韻》：『殺，亦降殺。《周禮》注云：殺，衰小之也。』

【集評】

［清］王夫之《詩經稗疏》卷三：陸機《策秀才文》曰：『辟廱所以班禮教，大學所以講蓺文，而蔡邕《月令》謂之一物，將何所從？』則機固已疑邕説之非矣。朱子折衷古説而曰：辟廱，天子大射之處，其説爲允然。

【附録】

紀瞻·與秀才對策

瞻聞有國有家者，皆欲邁化隆政，以康庶績，垂歌億載，永傳於後。然而俗變事弊，得不隨時，雖經聖哲，無以易也。故忠弊質野，敬失多儀。周鑒二王之弊，崇文以辯等差，而流遁者歸薄而無款誠，款誠之薄，則又反之於忠。三代相循，如水濟火，所謂隨時之義，救弊之術也。羲皇簡樸，無爲而化；後聖因承，所務或異。非賢聖之不同，世變使之然耳。今大晉闡元，聖功日隮，承天順時，九有一貫，荒服之君，莫不來同。然而大道既往，人變由久，謂當今之政宜去文存樸，以反其本，則兆庶漸化，太和可致也。

周制明堂，所以宗其祖以配上帝，敬恭明祀，永光孝道也。其大數有六。古者聖帝明王南面而聽政，其六則以明堂爲主。又其正中，皆云太廟，以順天時，施行法令，宗祀養老，訓學講肄，朝諸侯而選造士，備禮辯物，一教化之由也。故取其宗祀之類，則曰清廟；取其正室之貌，則曰太廟；取其室，則曰太室；取其堂，則曰明堂；取其四門之學，則曰太學；取其周水圜如璧，則曰璧雍。異名同事，其實一也。是以蔡邕謂之一物。

興隆之政務在得賢，清平之化急於拔才，故二八登庸，則百揆序；有亂十人，而天下泰。武丁擢傅岩之徒，周文携渭濱之士，居之上司，委之國政，故能龍奮天衢，垂勳百代。先王身下白屋，搜揚仄陋，使山無扶蘇之才，野無《伐檀》之詠。是以化厚物感，神祇來應，翔鳳飄飖，甘露豐墜，醴泉吐液，朱草自生，萬物滋茂，日月重光，和氣四塞，大道以成；序君臣之義，敦父子之親，明夫婦之道，別長幼之宜，自九州，被八荒，海外移心，重譯入貢，頌聲穆穆，南面垂拱也。今貢賢之途已閫，而教學之務未廣，是以進競之志恒鋭，而務學之心不修。若辟四門以延造士，宣五教以明令德，考績殿最，審其優劣，厝之百僚，置之羣司，使調物度宜，節宣國典，必協濟康哉，符契往代，明良來應，金蘭複存也。

二儀分則兆庶生，兆庶生則利害作。利害之作，有由而然也。太古之時，化道德之教，賤勇力而貴仁義。仁義貴則强不陵弱，衆不暴寡。三皇結繩而天下泰，非惟象刑緝熙而已也。且太古知法，所以遠獄。及其末，不失有罪，是以獄用彌繁，而人彌暴，法令滋章，盜賊多有。《書》曰：『惟敬五刑，以成三德。』叔世道衰，既興三辟，而文公之弊，又加族誅，淫刑淪胥，感傷和氣，化染後代，不能變改。故漢祖指麾而六合回應，魏承漢末，因而未革，將以俗變由久，權時之宜也。今四海一統，人思反本，漸尚簡樸，則貪夫不競；尊賢黜否，則不仁者遠。爾則斟參夷之刑，除族誅之律，品物各順其生，緝熙異世而偕也。

蓋聞陰陽升降，山澤通氣，初九純卦，潛龍勿用，泉源所托，其温宜也。若夫水潤下，火炎上，剛柔燥濕，自然之性，故陽動而外，陰静而内。内性柔弱，以含容爲質；外動剛直，以外接爲用。是以金水之明内鑒，火日之光外輝，剛施柔受，陽勝陰伏。水之受温，含容之性也。

政因時以興，機隨物而動，故聖王究窮通之源，審始終之理，適時之宜，期於濟世。皇代質樸，禍難不作，結繩爲信，人知所守。大道既離，智惠擾物，夷險不同，否泰異數，故唐虞密皇人之綱，夏殷繁帝者之法，皆廢興有由，輕重以節，此窮神之道，知化之術，隨時之宜，非有降殺也。（《晉書》卷六十八《紀瞻傳》）

薦賀循郭訥表〔一〕

【題解】

賀循，字彦先，會稽山陰人。曾祖齊、祖景皆仕於吴，父邵官中書令，爲孫皓所殺，徙家屬邊郡。吴平，循乃還本郡。刺史嵇喜舉秀才，除陽羡令，後爲武康令。郭訥，字敬言，吴人，入晉官蒸陽令。循守下年，訥亦棲遲，皆無援於朝，久不進序，故陸機上疏薦循、訥。後循遷太子舍人，訥除太子洗馬。據《晉書·賀循傳》，機之薦表作於著作郎任上，又《弔魏武帝文》序曰：『元康八年，機始以台郎，出補著作。』故此表必作於是年（二九八）或稍後。一表同薦二人，本難縷述，然作者先分論二人才德、政能，然後用一『皆』字，合而論之，點明二人棲遲的共同原因，再説明舉薦之理由，分述二人所宜之職位。全文有分有合，雖短小而見結構之匠心。

伏見〔二〕武康令賀循德量邃茂，才鑒清遠，服膺道素，風操凝峻，歷試二〔三〕城，刑政肅穆①。前蒸陽令郭訥風度簡曠，器識朗拔，通濟敏悟，才足幹事②。循守〔四〕下縣，編名凡悴〔五〕；訥歸家巷，棲遲有年③。皆出自新邦，朝無知己；居在〔六〕遐外，志不自營④。年時倏忽，而邈無階緒，實州党愚智所爲恨恨〔七〕⑤。臣等伏思，台郎所以使州州有人，非徒以均分顯路，惠及外州而已⑥。誠以庶士〔八〕殊風，四方異俗，壅隔之害，遠國益甚⑦。至於荆、揚〔九〕二州，户各數十萬，今揚州無郎，而荆州江南乃無一人爲京城職者，誠非聖朝待四方之本心⑧。至於〔一〇〕才望資品，循可尚書郎，訥可太子洗馬、舍人。此乃衆望所積，非但企及清塗，苟充方選也。謹條資品，乞蒙簡察⑨。臣等並以凡才〔一一〕，累授飾進，被服恩澤，忝豫朝末；知良士後時，而守局無言，懼有蔽賢之咎，是以不勝愚管，謹冒死表聞⑩。（《晉書》卷六十八《賀循傳》、《吴志·賀劭傳》注引虞預《晉書》、《太平御覽》卷六百三十二）

【校勘】

〔一〕《三國志》卷六十五《賀劭傳》裴注引虞預《晉書》上有『顧榮、陸機、陸雲表薦循曰』云云。《太平御覽》卷六百三十二作《陸機薦賀循郭訥表》。《表》有《臣等》二字，明非機一人。

〔二〕《三國志》卷六十五《賀劭傳》裴注引虞預《晉書》『伏見』下有『吴興』二字。

〔三〕『試』，《三國志》卷六十五《賀劭傳》裴注引作『踐』。『二』，《三國志》卷六十五《賀劭傳》裴注引虞預《晉書》作『三』。

〔四〕『循守』，《三國志》卷六十五《賀劭傳》裴注引虞預《晉書》作『守職』。

〔五〕『悴』，《三國志》卷六十五《賀劭傳》裴注引虞預《晉書》作『萃』。當據改。

〔六〕『居在』，《三國志》卷六十五《賀劭傳》裴注引虞預《晉書》作『恪居』。

〔七〕『恨恨』，《三國志》卷六十五《賀劭傳》裴注引虞預《晉書》作『悵然』。

〔八〕『庶士』，《七十二家集》本作『庶土』。當據改。

〔九〕『揚』，《七十二家集》本作『楊』。下『揚州』亦作『楊州』。

〔一〇〕『至於』，《太平御覽》卷六百三十二作『淮其』。

〔一一〕『臣等並以凡才』以下九句，據《三國志》卷六十五《賀劭傳》裴注引虞預《晉書》補。

【校勘】

① 邃茂，深厚。《説文》：『邃，深遠也。』才覽，才性見識。《玉篇》：『覽，察也。』服膺，衷心信服。《禮記·中庸》：『得一善，則拳拳服膺而弗失之矣。』道素，道德純浄。《抱朴子·外篇·君道》：『旌義正之操，弘道素之格。』歷試二城，謂歷官二地。肅穆，和穆。丘遲《侍宴樂游苑送張徐州應詔詩》：『參差别念舉，肅穆恩波被。』向注：『肅穆，謂和穆也。』

②通濟，通濟世之道。幹事，處事幹練圓滿。《易·乾》：『利物足以和義，貞固足以幹事。』

③凡悴，當爲凡萃，常人之屬。《廣韻》：『凡，常也。』《玉篇》：『萃，集也。』棲遲，猶歸隱鄉里。《詩·陳風·衡門》：『衡門之下，可以棲遲。』毛詩傳：『衡門，横木爲門，言淺陋也。棲遲，遊息也。』

④新邦，指吴國。遐外，僻遠之地。《玉篇》：『遐，遠也。』自營，謀求生計。曹植《又贈丁儀王粲》：『丁生怨在朝，王子歡自營。』銑注：『營，謂營生也。』

⑤倏忽，喻時光迅疾。《淮南子·脩務訓》：『倏忽變化，與物推移。』階緒，喻進身之由。《梁書·武帝紀上》：『又以名不素著，絶其階緒。』《玉篇》：『緒，絲端。』恨恨，猶悵悵。嵇康《與吕長悌絶交書》：『從此別矣，臨別恨恨。』恨恨，乃悢悢之誤。後則不加別也。

⑥台郎，尚書郎。按：台郎所以使州州有人，前斷句多誤。《後漢書·虞詡傳》：『臺郎顯職，仕之通階，今或一郡七八，或一州無人，宜令均平，以厭天下之望。』因台郎官顯，選官須考慮各州之分配。故下文言揚州無郎，荆州亦無任職京城者，乃成爲薦舉之理由。

⑦庶士，衆士。《書·泰誓》：『冢君越我御事，庶士明聽誓。』

⑧此言荆、揚無郎，亦無任職京城，按例當選。

⑨資品，資歷品級。《晉書·劉弘傳》：『被中詔，勑臣隨資品選，補諸缺吏。』清途，清要之職。《太平御覽》卷二百一十五《晉太康起居注》：『基子沖，尚書郎中，雖在清途，猶未免楚撻。』苟，苟且。選，指選官。條，條陳。簡察，考察選拔。

⑩飾進，意謂過蒙提拔。《玉篇》：『飾，修飾也。』忝豫朝末，謂辱備朝官之末。《爾雅·釋言》：『忝，辱也。』《玉篇》：『豫，逆備也。或作預。』後時，後於時，謂不爲時所識。《前漢紀·孝元皇帝上》：『沉静安

舒者，戒於後時。』守局，猶守官。《晉書·刑法志》：『隨時之宜，以明法官守局之分。』

與趙王倫牋薦戴淵

【題解】

戴淵，字若思，廣陵人也。祖烈、父昌，皆仕吴。若思少好遊俠，不拘操行。遇陸機赴洛，與其徒掠機。機察淵之舉止，知非常人，遥謂之曰：『卿才器如此，乃復作劫邪！』若思感悟，流涕投劍就之。機與言，深加賞異，遂與定交。若思後舉孝廉，入洛，機薦之于趙王倫，倫乃辟之。除沁水令，不就，遂往武陵省父。後累轉東海王越軍諮祭酒，出補豫章太守，加振威將軍，領義軍都督。以討賊有功，賜爵秣陵侯，遷治書侍御史、驃騎司馬，拜散騎侍郎。此牋當作於趙王倫攝政時。據《晉書·惠帝紀》倫於永康元年三月，廢賈后，誅賈謐，矯詔大赦，自爲相國，永康元年四月被誅，可知此牋當作於永康元年（三〇〇）初。

蓋聞繁弱〔一〕登御，然後高墉之功顯；孤竹在肆，然後降神之曲成①。是以高世之主，必假遠邇之器；蘊匱之才，思託大音之和②〔二〕。伏見處士廣陵戴若思，年三十〔三〕，清沖履道，德量允塞；思理〔四〕足以研幽，才鑒足以辨〔五〕物；安〔六〕窮樂志，無風塵之慕〔七〕；砥節立行，有井渫〔八〕之潔。誠東南之遺寶〔九〕，宰朝〔一〇〕之奇璞也③。若得託〔一一〕迹康衢，必能結軌驥騄；曜質廊廟，必能垂光璵璠矣④。夫枯岸之民，果於輸珠；潤山之客，列〔一二〕於貢玉，蓋明暗呈形，則庸識所甄也〔一三〕⑤。惟明公垂神採察，不使忠允之言以人而廢⑥。（《世説新語·自新篇》注引虞預《晉書》、《晉書·戴若思傳》、《太平御覽》卷六百三十二、《七十二家集》本《陸平原集》卷五）

【校勘】

〔一〕「弱」，《太平御覽》卷六百三十二作「若」。

〔二〕《世説新語·自新》注引虞預《晉書》無「是以高世之主」以下四句。

〔三〕此二句《太平御覽》卷六百三十二作「伏見處士廣陵戴淵，年三十，字若思」。《世説新語·自新》注引虞預《晉書》作「伏見處士戴淵」。

〔四〕「思理」，《太平御覽》卷六百三十二作「心智」。

〔五〕「辨」，《西晉文紀》卷十五、《漢魏六朝百三集》卷四十八、《七十二家集》本作「辯」。

〔六〕「安」，《太平御覽》卷六百三十二作「固」。

〔七〕《世説新語·自新》注引虞預《晉書》無「清沖履道」以下六句。

〔八〕「井渫」，《太平御覽》卷六百三十二作「渫井」。

〔九〕「遺寶」，《太平御覽》卷六百三十二作「貴寶」。

〔一〇〕「宰朝」，《北堂書鈔》卷三十三作「宰相」。《太平御覽》卷六百三十二作「聖朝」。此句《世説新語·自新》第十五注引虞預《晉書》作「朝廷之貴璞也」。

〔一一〕『託』，《世説新語·自新》第十五注引虞預《晉書》作『寄』。

〔一二〕『列』，《世説新語·自新》注引虞預《晉書》作『烈』。

〔一三〕『夫枯岸之民』以下六句，據《世説新語·自新》第十五注引虞預《晉書》補。

【注釋】

① 繁弱，大弓，此代指猛將。《左傳·定公四年》：『夏后氏之璜，封父之繁弱。』杜預注：『封父，古諸侯也。繁弱，大弓名。』登御，登車。《説文》：『御，使馬也。』徐鍇曰：『卸解車馬也。』高墉，高牆，此指除穢理亂。《易·解》：『上六：公用射隼於高墉之上，獲之，無不利。』王弼注：『上六居動之上，爲解之極，將解荒悖而除穢亂者也。』孔穎達疏：『墉，牆也。』孤竹，《水經注》卷十四：『《地理志》曰：令支有孤竹城，故孤竹國也。《史記》曰：孤竹君之二子伯夷、叔齊，讓國於此，而餓死於首陽。』肆，古代。《爾雅·釋詁》：『肆、古，故也。』降神，指《詩·崧高》，言天降聖明也。《詩·大雅·崧高》：『維嶽降神，生甫及申。』

② 高世之主，超世之明君。《後漢紀·光武皇帝上》：『古之賢臣必擇木棲集，以佐高世之主。』遠邇之器，遠世之才。遠邇，偏義複詞。藴匱，藴玉。《玉篇》：『匱，藴玉匣。』

③ 清沖，喻澄澈虚懷。《淮南子·原道訓》：『其散也，混兮若濁；濁而徐清，沖而徐盈。』許慎注：『沖，虚也。』允塞，誠信譽滿上下。《書·舜典》：『濬哲文明，温恭允塞。』孔安國傳：『舜有深智文明，温恭之德，信允塞上下。』研幽，洞察幽微。《人物志·序》：『研幽摘微，一貫於道。』辨物，辨於物理。《易·同人》：『君子以類族辨物。』風塵，猶塵俗。劉孝標《東陽金華山棲志》：『近代江治中奮迅泥滓，王徵士高拔

風塵。』井渫，喻純潔。《易・井》：『井渫不食，爲我心惻。』王弼注：『渫，不停污之謂也。』宰朝，治理朝政。陸雲《贈汲郡太守》其三：『衡門翻飛，宰朝肅雍。』《玉篇》：『宰，治也。』

④ 康衢，大道。《説苑・善説》：『甯戚飯牛康衢，擊車輻而歌。』《釋名・釋道》：『四達曰衢，五達曰康。』託迹康衢，謂馳騁大道。結軌，車軌相交。《吕氏春秋・勿躬》：『平原廣城，車不結軌，士不旋踵。』高誘注：『結，交也。車兩輪間曰軌。』驥騄，駿馬。廊廟，朝廷。《戰國策・秦策》：『式於廊廟之内，不式於四境之外。』鮑彪注：『廊，東西序；廟，以尊先祖。人君之居，謂之巖廊廟堂，尊嚴之稱。』璵璠，美玉。《左傳・定公五年》：『還未至，丙申卒于房，陽虎將以璵璠斂。』杜預注：『璵璠，美玉，君所佩。』

⑤ 枯岸，水無珠則岸枯。枯岸，猶無珠之岸。《昭明太子集・序》：『剖美玉於荆山，求明珠於枯岸。』果，勝過。《爾雅・釋詁》：『果，勝也。』潤山，山有玉則潤。潤山，猶藴玉之山。《梁書・顧協傳》：『臣聞貢玉之士，歸之潤山；論珠之人，出於枯岸。』甄，《廣韻》：『察也。』

⑥ 忠允，忠信。《爾雅・釋詁》：『允，信也。』

【備考】

《與趙王倫牋薦戴淵》，載《晉書・戴若思傳》，然無『夫枯岸之民，果於輸珠；潤山之客，列於貢玉，蓋明暗呈形，則庸識所甄也』六句。《西晉文紀》卷十五、《漢魏六朝百三集》卷四十八、《七十二家集》本，均另載有一篇同題之作，前篇引自房玄齡《晉書》，無此數句。後篇另引虞預《晉書》，前引相同，有異文。其文曰：『伏見處士戴淵，砥節立行，有井渫之潔；安窮樂志，無風塵之慕。誠東南之遺寶，朝廷之貴璞也。若得寄迹康衢，必能結軌驥騄；耀質廊廟，必能垂光瑜璠。夫枯岸之民，果於輸珠；潤山之客，烈於貢玉。蓋明暗呈形，則庸識所甄也。』而《世說新語·自新》注引虞預《晉書》亦存有房玄齡《晉書》所奪之六句，題爲一篇。

考其文意，當爲一篇。可能後人輾轉抄刻，異文較多，或割裂引用，遂至《西晉文紀》《漢魏六朝百三集》《七十二家集》誤爲兩篇，現綜合考校二文之次序，究其文章之結構，以《世說新語·自新》注引虞預《晉書》爲據，並爲一篇。

薦張暢表

【題解】

張暢《晉書》無傳，行迹已不可考。《宋書》所載之張暢，蓋二人也。從薦表看，暢雖才德操守，早有名譽，然仕途坎坷，白首沉淪。機之薦表語多剴切，可見之性格與爲人。表作具體時間不可考，或作於尚書郎任上，與薦賀循、郭訥時間差近。

伏見司徒下諫議大夫張暢，除當爲豫章〔一〕內史丞。暢才思清敏，志節貞厲，秉心立操，早有名譽①。其年時舊比，多歷郡守，惟暢陵遲，白首〔二〕末齒而佐下藩〔三〕，遂蹈碎〔四〕濁②。於暢名實損〔五〕，居之爲劇，前後未始有此〔六〕。愚以爲宜解舉，試以近縣。詔暢既爲是人所稱，便差代之〔七〕③。（《太平御覽》卷二百五十三、《北堂書鈔》卷七十七）

【校勘】

〔一〕『章』，《漢魏六朝百三家集》卷四十八作『州』。

〔二〕『白首』，《北堂書鈔》卷七十七無此二字。

〔三〕『藩』，《漢魏六朝百三家集》卷四十八作『蕃』。

〔四〕『碎』，《太平御覽》卷二百五十三作『污』。應據改。

〔五〕『損』，《太平御覽》二百五十三無此字，今據《北堂書鈔》卷七十七補。

〔六〕此二句《漢魏六朝百三家集》卷四十八、《西晉文紀》卷十五均無，今據《太平御覽》二百五十三補。

〔七〕『詔暢』二句後二句疑非機文，乃叙述皇帝詔令之内容，後人誤羼入。另『之』，《太平御覽》二百五十三無此字，今據《北堂書鈔》卷七十七補。

【注釋】

① 除，授官。貞厲，正直威嚴。《易·訟》：『食舊德，貞厲，終吉。』孔穎達疏：『貞，正也；厲，危也。』

② 舊比，舊時同輩。《玉篇》：『比，阿黨也，代也。』陵遲，同陵夷，零落。任昉《爲范尚書讓吏部封侯第一表》：『齊季陵遲，官方淆亂。』銑注：『陵遲，零落也。』末齒，猶年衰也。《爾雅·釋詁》：『齒，壽也。』碎濁，散置之溝瀆。《玉篇》：『碎，散也。』《釋名·釋言語》：『濁，瀆也。』此喻偏僻狹小之地。

③ 劇，《玉篇》：『甚也。』解舉，言免除所舉薦之職。《玉篇》：『解，釋也。』差代，選擇替代。《西京雜記》卷二：『有疲怠者，輒差代之。』《爾雅·釋詁》：『差，擇也。』

顧譚傳

【題解】

譚字子默，吴郡人。祖雍，官至丞相。父邵，官豫章太守。弱冠與太子爲友。祖雍卒，拜太常，代雍平尚書事。因讒遷徙交州，發憤著《新言》二十篇，作《知難篇》以自悼，年四十二卒。譚雖少年得志，後却仕途坎坷，直至流放，英年早逝，故機作傳以寄意焉。傳所作具體年代不可考，譚約卒於赤烏九年（二四六），距機之出生尚有十四年，故此傳乃後來所作，然從殘簡内容看，必作於吴亡之前。

宣太子正位東宫。天子方隆訓導之義，妙簡俊彦，講學左右①。時四方之傑畢集，太傅諸葛恪等雄奇蓋衆，而譚以清識絶倫，獨見推重②。自太尉〔一〕范慎、謝景、羊徽之徒，皆以秀稱其名，而悉在譚下③。（《三國志·吴·顧譚傳》注、《漢魏六朝百三家集》卷四十八、《西晉文紀》卷十五）

【校勘】

〔一〕『太尉』，《漢魏六朝百三家集》卷四十八作『太府』。誤。

【注釋】

① 太子，指孫登。隆，盛。《玉篇》：「隆，隆盛也。」訓導，猶訓戒指導。《顔氏家訓・治家篇》：「天之凶民，乃刑戮之所攝，非訓導之所移也。」妙簡，精心選擇。王融《永明十一年策秀才文》：「頃深汰珪符，妙簡銅墨。」善注：「潘安仁《夏侯湛誄》曰：妙簡邦良。《爾雅》曰：簡，擇也。」俊彦，俊傑之士。《書・太甲上》：「旁求俊彦，啓迪後人。」孔安國傳：「美士曰彦。開道後人言訓戒。」

② 清識，明察。《後漢紀・孝桓皇帝紀》：「李膺常嘆曰：荀君清識難尚，鍾君至德可師。」絶倫，無與倫比。傅毅《舞賦》：「姿絶倫之妙態，懷慤素之絜清。」推重，推許尊重。《世説新語・輕詆》：「王太尉問眉子：汝叔名士，何以不相推重？」

③ 以秀稱，謂以才秀見稱。《玉篇》：「秀，榮也，芳也。」喻才能出衆。悉，《爾雅・釋詁》：「盡也。」

吴太常顧譚誄〔一〕以下爲殘句

遷吏部尚書，才長於銓衡，而綜核人物①。（《文選》卷三十八任昉《爲范尚書讓吏部封侯第一表》注引）

【校勘】

〔一〕此殘句從句式看，不似誄文，誄文句式整飭，且有用韻。或《顧譚傳》之佚文，《文選》誤題。

【注釋】

① 譚在赤烏七年前，曾代薛綜任吏部尚書。銓衡，考量簡選官吏。善《文賦》注引《聲類》曰：『銓所以稱物也。《漢書》曰：衡，平也，平輕重也。』綜核，綜合考核。王儉《褚淵碑文》：『袁陽源才氣高奇，綜覈精裁。』覈，同核。《增韻》：『核，《漢書》作覈。』

詣吴王表

【題解】

元康四年吴王晏出鎮淮南，是年秋機任吴王郎中令，到官作《詣吴王表》。

臣本吴人，靖居海隅。朝廷欲抽引遠人，綏慰遐外①。故太傅所辟，殿下東到淮南，發詔以臣爲郎中令②。（《太平御覽》卷二百四十八）

【注釋】

① 靖居，安居。靖，同竫。《玉篇》：『竫，同靖，安也。』海隅，海邊，此指吴地。《書·益稷》：『帝光天之下，至於海隅蒼生。』孔安國注：『光天之下，至於海隅，蒼蒼然生草木，言所及廣遠。』抽引，選拔。《淮南子·要略》：『雖未能抽引玄妙之中才，繁然足以觀終始矣。』綏慰，安慰。釋寶林《破魔露布文》：『臣輒奉

宣皇猷，綏慰初附。』遐外，僻遠之地。劉琨《勸進表》：『臣等各忝守方任，職在遐外。』

② 太傅，謂賈謐。永熙元年惠帝即位，五月以太尉楊駿爲太傅，辟機爲太傅祭酒。殿下，謂吴王。吴王晏出鎮淮南，任機爲郎中令。

與吴王晏表

【題解】

永康元年（三〇〇）趙王倫攝政，永寧元年（三〇一）以陸機爲中書郎。是年正月，倫篡位，四月倫見誅。機被疑爲倫作篡位之禪文，而被收付廷尉，賴成都王穎、吴王晏並救理之，減死徙邊，遇赦而止。出獄作《與吴王晏表》《謝吴王表》《見原後謝齊王表》，以辨其誣。

禪文本草，今見在中書，一字一迹，自可分别①。（《文選》卷三十七陸機《謝平原内史表》注引王隱《晉書》、《西晉文紀》卷十五）

【校勘】

〔一〕『今』，《西晉文紀》卷十五無此字。

【注釋】

①禪文，即爲趙王倫篡位所作之禪文。本草，指文本與草稿。中書，指中書銜。

謝吴王表

【題解】

見《與吴王晏表》。以文别之，可能前文重在以事實辯誣，此文重在言晉君之恩，言己深受晉恩，絶無背晉之理。

殿中〔一〕以臣爲郎中，命轉中兵郎；復以頗涉文學，見轉爲殿郎①〔二〕。（《太平御覽》卷二百十五）

相國參軍率取臺郎，臣獨以高賢見取②。（《北堂書鈔》卷六十九）

【校勘】

〔一〕『殿中』，當爲『殿下』之誤，乃機稱吴王也。吴王出鎮淮南，以機爲郎中令，故機言『以臣爲郎中』。若作殿中則語意費解。

〔二〕『殿郎』，當作『殿中郎』。脱一『中』字。

中郎。

【注釋】

① 元康四年吴王晏出鎮淮南，秋任機吴王郎中令；元康六年冬，機遷尚書中兵郎；約元康八年轉殿中郎。

② 永康元年趙王倫輔政，引機爲相國參軍，次年轉尚書郎。按：此二句《北堂書鈔》誤引爲《詣吴王表》。機由吴王郎中令遷相國參軍，再除尚書郎。既是調任吴王郎中令之詣表，就不可能論及後來所任之職。故乃《北堂書鈔》誤也。

見原後謝齊王表〔一〕

【題解】

見《與吴王晏表》。《晉書·陸機傳》：『倫之誅也，齊王冏以機職在中書，九錫文及禪詔疑機與焉，遂收機等九人付廷尉。』可知齊王冏乃收機主謀，故就殘簡看，此謝表謝吴王表亦異。此表先從對方着想，言收付廷尉合於情理；後言自己入獄後必死之心境；最後才爲自己辯誣。

臣以職在中書，制命所出，而臣本以筆札見知①。慮逼迫不獲已〔二〕，乃詐發内妹喪，出就弟雲〔三〕，哭泣受吊②。片言隻字，文〔四〕不關其間③。（《初學記》卷十一、《太平御覽》卷二百二十、《七十二家集》本《陸平原集》卷五）

【校勘】

〔一〕《初學記》卷十一引本《表》前有：『陸士衡轉中書侍郎，齊王收士衡付廷尉，士衡出後謝表。』《太平御覽》卷二百二十引本《表》前有：『齊王收士衡付廷尉，士衡出後謝表。』

〔二〕『慮逼迫不獲已』，《七十二家集》本作『辭不獲已』。

〔三〕『弟雲』，《太平御覽》卷二百二十作『第雲』。

〔四〕『文』，當爲衍字。《謝平原内史表》：『片言隻字，不關其間。』

【注釋】

① 職在中書，謂任趙王倫尚書中兵郎。制命，君主之詔令。《左傳·宣公十五年》：『臣聞之：君能制命爲義，臣能承命爲信。』以筆札見知，謂因擅筆札而見知於人。

② 逼迫，倉促之間。見《謝平原内史表》。

③ 謂片言隻字，不關乎趙王倫之禪文也。

晉書限斷議〔一〕

【題解】

《晉書·賈謐傳》：『先是，朝廷議立晉書限斷，中書監荀勖謂宜以魏正始起年，著作郎王瓚欲引嘉平已下朝臣盡入晉史，于時依違未有所決。惠帝立，更使議之。謐上議，請從泰始爲斷。於是事下三府，司徒王戎、司空張華、領軍將軍王衍、侍中樂廣、黄門侍郎嵇紹、國子博士謝衡皆從謐議。騎都尉濟北侯荀畯、侍中荀藩、黄門侍郎華混以爲宜用正始開元。博士荀熙、刁協謂宜嘉平起年。謐重執奏戎、華之議，事遂施行。』《晉書》限斷涉及王朝更迭，如何直録之問題。賈謐之議實出潘岳，從泰始爲斷，以武帝禪位爲始，是一種客觀的史家態度。機則依違兩可，曾作《三祖紀》，以帝紀之形式，傳記之寫法，似爲折中之態度，實悖史家之實録，故《史通》卷二曰：『陸機《晉書》列紀三祖，序其事，竟不編年，年既不編，何紀之？』機議晉書限斷之具體時間，據《北堂書鈔》卷五十七：『王隱《晉書》陸機以文字爲秘書監請爲著作郎，議著晉書限斷。』則當在元康八年（二九八）機任著作郎時。

三祖實終爲臣，故書爲臣之事，不可如傳〔二〕，此實録之謂也①。而名同帝王，故自帝王之籍，不可以不稱紀，則追王之義②。（《初學記》卷二十一）

【校勘】

〔一〕《北堂書鈔》卷五十七、《太平御覽》卷二百三十四引王隱《晉書》曰：『陸機字士衡，以文字爲秘書監虞濬所請爲著作郎，議《晉書》限斷。』《北堂書鈔》卷五十七又引干寶《晉紀》曰：『秘書監賈謐請束晳爲著作郎，難陸機《晉書》限斷。』

〔二〕『不可』之後當脱『以不』二字，與下文文意相對。

【注釋】

① 三祖，指司馬懿、師、昭。此言三祖終身爲臣，故書爲臣之事迹，不可以不如記臣之傳，否則即背實録之原則。

② 此四句言三祖名同帝王，應入帝王之典籍，又不可以不稱之紀，是則追思王業之義。

【集評】

［南朝·梁］劉勰《文心雕龍·議對》：晉代能議，則傅咸爲宗。然仲瑗博古，而銓貫以叙；長虞識治，而屬辭枝繁。及陸機《斷議》，亦有鋒穎，而腴辭弗翦，頗累文骨，亦各有美，風格存焉。

［隋］虞世南《北堂書鈔》卷五十七：陸機議晉書。王隱《晉書》：陸機以文字爲秘書監，請爲著作郎，議著晉書限斷。案：機天才逸秀，辭藻宏麗。張華嘗謂之曰：人之爲文常恨才少，而子更患其多。弟雲嘗與書曰：君苗見兄文，輒欲燒其筆硯。後葛洪著書稱機文，猶玄圃之積玉，無非夜光焉；五河之吐流，泉流如一焉。其弘麗妍贍，英鋭漂逸，亦一代之絶乎！其爲人所推服如此。然好遊權門，與賈謐親善，以進趨獲譏。所著文章凡三百餘篇，並行于世補。

［元］富大用《古今事文類聚新集》卷三十：請議限斷。陸士衡以文學爲秘書監，虞濬所請，爲著作郎，議晉書限斷。

［明］彭大翼《山堂肆考》卷一百二十六：《翰林論》：或問：『如何斯可謂之文？』答曰：『孔文舉之書、陸士衡之議，斯可謂成文也。』或又謂：『機文喻海，潘藻如江。』謂士衡與潘岳也。

［明］張溥《漢魏六朝百三家集》卷四十八：《李德林集·重答魏收書》：機稱紀元立斷，或以正始，或以嘉平。束晳議云：赤雀白魚之事，恐晉朝之議，是并論受命之元，非止受終之斷也。公議云：陸機不論元者，是所未喻，願更思之。陸機以刊木著於《虞書》，龕黎見於《商典》，以蔽晉朝正始嘉平之議，斯又謬矣。惟可二代相涉，兩史並書，必不得以後朝創業之迹，斷入前史。

［明］朱荃宰《文通》卷九《議》：及陸機《斷議》，亦有鋒穎，而腴辭弗剪，頗累文骨：亦各有美，風格存焉。

［清］錢謙益《牧齋有學集·玉劍尊聞序》：《史記》遠稽《世本》，《通鑑》先纂《長編》，張衡合三史之枝條，陸機定晉書之限斷，莫不遠述典章，近刊蕪穢。

七徵〔一〕

演八代之洪旨，統先聖之遺訓①。聳一心以紹軻，敦四教以承丘②。（《初學記》卷二十一）

【校勘】

〔一〕此當爲前文《七徵》之佚文。

【注釋】

① 演，延續。《玉篇》：『演，長也，延也。』八代，三皇五帝。見《五等諸侯論》注。統，承嗣。《釋名·釋典藝》：『統，緒也，主緒人世類相繼如統緒也。』

② 聳，猶崇。《玉篇》：『聳，高也。』一心，忠君之心。《書·盤庚下》：『式敷民德，永肩一心。』孔安國注：『用布示民，必以德義，長任一心以事君。』四教，《論語·述而》：『子以四教：文行忠信。』何晏《集解》：『四者有形質，可舉以教也。』軻，孟軻。丘，孔丘。二人皆前言之先聖也。

七導

【題解】

《七導》散佚，内容不明。從殘簡看，當爲軍隊訓誡之詞。此乃言令其號角、布陣與射箭。或爲太安二年（三〇三）機率軍南征之所作。

長角三倡，武士旗〔一〕布①。捺〔二〕紫間之神機，審心中而後射②。（《北堂書鈔》卷一百二十五、《太平御覽》卷三百四十八）

【校勘】

〔一〕『旗』，《太平御覽》卷三百四十八作『綦』，此據《北堂書鈔》卷一百二十五。

〔二〕『捺』，《北堂書鈔》卷一百二十五作『操』，此據《太平御覽》卷三百四十八。

【注釋】

① 長角，軍隊之號角。陸雲《南征賦》：『長角哀叫以命旅，金鼓隱訇而啓伐。』三倡，謂號角三響。倡，同唱。《詩·鄭風·蘀兮》：『叔兮伯兮，倡予和女。』毛詩傳：『叔伯言羣臣長幼也，君唱臣和也。』布旗，列旗，猶布其行陣也。《玉篇》：『布，陳列也。』

② 捺，操也。紫，綬帶。《後漢書·馮衍傳》：『懷金垂紫。』李賢注：『紫謂綬也。』紫間，謂衣帶之間。神機，神妙之機關。《淮南子·齊俗訓》：『神機陰閉，剞劂無迹，人巧之妙也。』此謂弓弩之機關。審，詳察。《玉篇》：『宷，詳也，諦也。審同上。』

謝成都王牋

【題解】

趙王倫將篡，以機爲中書郎。及倫誅，齊王冏以機職在中書，九錫文及禪詔疑機與焉。收付廷尉，賴成都王穎、吴王晏救免。出則作牋謝之，時爲太安元年（三〇二）。

慶雲惠露，止於落葉①。（《文選》卷五十九《齊安陸王碑文》注）

【注釋】

① 前句以瑞雲惠露喻成都王穎，後句以落葉喻己。

【集評】

［南朝·梁］劉勰《文心雕龍·書記》：劉廙謝恩，喻切以至；陸機自理，情周而巧，箋之爲善者也。原箋記之爲式，既上窺乎表，亦下睨乎書，使敬而不懾，簡而無傲。清美以惠其才，彪蔚以文其響，蓋箋記之分也。

與弟雲書

【題解】

機與弟雲數多書信，或切磋詩文，或談其見聞，或叙其行迹，或抒其思念，是研究機雲第一手資料。惜機書全佚，雲書幸存三十餘首，存其集中。

此間有傖父，欲作《三都賦》，須其成，當以覆酒甕耳①。（《晉書·左思傳》，又《太平御覽》卷八百六引

《世説新語》，今檢《世説》無）

聽訟觀東，作百丈許廊屋②。（《太平御覽》卷一百八十五）

仁壽殿前，有大方銅鏡，高可五尺餘，廣三尺二寸；立著庭中，向之便寫人，形體了了，亦怪也〔一〕③。（《北堂書鈔》卷一百三十六、《初學記》卷二十五、《太平御覽》卷七百十七）

監徒武庫建始殿諸房中，見有兩足猿，真怪物也④。（《太平御覽》卷九百十）

谷水又東歷大夏門下，故『夏門』也。（《太平御覽》卷九七〇）

門有三層，高百尺，魏明帝造〔二〕⑤。（《水經注·谷水》）

天淵池養山雞，甚可嬉。（《太平御覽》卷九百十八）

天淵池南角有果，各作一林，無處不有，縱横成行，一果之間，輒作一堂。〔三〕⑥（《太平御覽》卷九

百六十四)

張騫爲漢使外國十八年，得塗林安石〔四〕榴也⑦。(《太平御覽》卷九百七十、《大觀本草》卷二十三)

思苦生疾。(《文選》卷十七《文賦》注)

【校勘】

〔一〕此句《北堂書鈔》卷一百三十六無。

〔二〕從語意看，上兩條當出同一書。

〔三〕從語意看，上兩條亦當出同一書。

〔四〕『石』，《藝文類聚》卷八十六作『熟』。誤。

【注釋】

① 傖父，晉南北朝時，南人譏諷北人粗鄙則謂之傖父。此指左思。《太平御覽》卷五百八十七引：『《世説》曰：左思字太沖，齊國臨淄人也。作《三都賦》十年乃成。……陸機入洛，欲爲此賦，聞思作之，撫掌而笑，與第雲書：此聞有傖父，欲作《三都賦》，須其成，當以覆酒甕耳。及思賦出，機絶歎服，以爲不能加也。』覆酒甕，譏其賦無價值，蓋廢紙也。

②聽訟觀，魏宫殿名，原名平望觀，太和十月改曰聽訟觀。

③仁壽殿，魏宫殿名，漢建，在華林園内。向之寫人，謂對鏡而顯人體。了了，清晰貌。

④建始殿，魏宫殿名，漢建，正會公卿之處。

⑤門有三層，乃指夏門。

⑥天淵池，魏明帝所造，池中有九華臺，東出華林園，經聽訟觀，後常爲晉君臣宴遊雅集之所。

⑦張騫，漢中人，漢武帝時，初爲郎，於建元三年（前一三八）出使西域，留匈奴十三年而持漢節不去，後逃回長安。元狩四年（前一一九），張騫再次出使西域，五年後還。前後共十八年。具體事迹見《漢書·張騫傳》。

【集評】

［明］郝敬《藝圃傖談·題辭》：方内目楚爲「傖楚」，楚人爲「楚傖」。楚風氣剽悍，人卞急而少淹雅。辭林啁不文人，亦曰「傖父」。陸機以此目左思，不知左雅能賦也。《三都》出，駟不及舌也。

與長沙顧母書〔一〕

【題解】

此與下文《與長沙夫人書》蓋爲一篇，後人誤題爲二。機從祖弟士璜亡，作書與士璜母顧夫人而悼之，並贈以新孺。

痛心拔腦，有如孔懷〔二〕①。（《顏氏家訓·文章》引）

【校勘】

〔一〕《顏氏家訓·風操》：「《陸機集》有《與長沙顧母書》，乃其從叔母也。」

〔二〕《顏氏家訓·文章》：「陸機《與長沙顧母書》述從祖弟士璜死，乃言『痛心拔腦，有如孔懷』，心既痛矣，即爲甚思，何故方言『有如』也？觀其此意，當謂親兄弟爲『孔懷』。」

【注釋】

① 痛心拔腦，猶痛心疾首，謂痛苦之極。有如孔懷，謂猶如親兄弟之喪痛也。《詩·小雅·常棣》：「死喪之戚，兄弟孔懷。」

【集評】

［宋］王正德《余師録》卷三「顏之推」：《詩》云：「孔懷兄弟。」孔，甚也，懷，思也，言甚可思也。陸機《與長沙顧母書》，述從祖弟士璜死，乃言：「痛心拔腦，有如孔懷。」心既痛矣，即爲甚思，何故方言有如也？觀其此意，當謂親兄弟爲孔懷。《詩》云：「父母孔邇。」而呼二親爲孔邇，於義通乎？

與長沙夫人書〔一〕

【題解】

此書和《與長沙顧母書》蓋爲同一書信之佚句，均爲從弟陸士璜亡而作。後人誤題其名，當以《顔氏家訓》所載之題爲是。

士璜亡，恨一襦少，便以機新襦衣與之①。（《太平御覽》卷六百九十五）

【注釋】

① 恨，遺憾。襦，《説文》：『短衣也。』士璜之亡時，内無短衣，機以己新衣贈之。

失題〔一〕

文帝勢崇於三分，而身終於北面①，雖曰未暇，王業已固矣②。（《初學記》卷九）

【校勘】

〔一〕從内容看，此佚句或爲《辯亡論》之佚文。

【注釋】

① 文帝，指文帝曹丕。崇，盛也。《爾雅·釋詁》：『崇，充也。』郭璞注：『亦爲充盛。』三分，指魏蜀吴。丕稱帝，蜀吴相繼稱帝，天下三分遂成。北面，稱帝。古禮，臣拜君，皆面北而行禮。《孟子·萬章上》：『舜南面而立，堯帥諸侯北面而朝之。』

② 未遐，未登百年之壽，謂短壽。張君祖《詠懷詩》其一：『百齡苟未遐，昨辰亦非促。』

失題〔一〕

人莫分於真鴈〔一〕。（《歷代詩話》卷六十）

議論忼愾〔二〕。（《通雅》卷六）

【校勘】

〔一〕《歷代詩話》卷六十：『陸機云：人莫分於真鴈。韓愈詩：居然見真鴈。古乃以鴈爲贋，亦借用也。今作贋。』

〔二〕《通雅》卷六：『忼慨，一作慷慨、忼愾、感慨、感槩。《史記·袁盎傳》引：大體忼慨。《項羽本紀》：悲歌忼慨。《高帝紀》：慷慨傷懷。《後漢·齊武王演傳》：剛毅慷慨。魏武帝《樂府》：慨當以慷。晉陸機：議論忼愾。《史·季布傳贊》：婢妾賤人感慨而自殺。《漢書·游俠郭解傳》：少時陰賊感槩。《後漢·范滂傳論》：奮迅感槩。』

失題

興利不足以補害，君焉孰懲？（《皇朝文鑑》卷六崔伯易《感山賦》引）

失題

器大者不可以小道治。（《易義古象通》卷二引）

夏育贊

夏育之猛，千載所希①。申博角勇，臨額奮椎②。（《文選》卷十七王褒《洞簫賦》注引）

【注釋】

① 夏育，周時衛國勇士，力可拔牛尾。《史記·蔡澤傳》：『夏育、太史嗷叱呼駭三軍，然而身死於庸夫。』《史記索隱》：『二人勇者，夏育、賁育也。』

② 申搏，赤身而搏擊。申，同身。《釋名·釋天》：『申，身也。物皆成其身體，各申束之，使備成也。』角勇，鬥勇。《玉篇》：『角，又角力也。』臨額，舉椎於額也。奮椎，舉椎。張協《七命》：『豐隆奮椎，飛廉扇炭。』向注：『奮，舉也。』《玉篇》：『椎，鎚也。』

孫權誄〔一〕

《肆夏》在廟，《雲翹》承□①。（《宋書·樂志一》）

【校勘】

〔一〕此當爲前文《吴大帝誄》之佚文。題乃後人所加。

【注釋】

① 肆夏，廟堂之樂名。《周禮·春官·宗伯下》：『王出入則令奏王夏，尸出入則令奏肆夏，牲出入則令奏昭夏。』鄭玄注：『三夏，皆樂章名。』云翹，舞名。《宋書·樂志》：『漢又有雲翹、育命之舞。』以文意推

之，所缺之字或當爲堂。

毗陵侯君誄①

同志奔走，戚友相尋。臨穴嗚乎，灑淚山林②。（《北堂書鈔》卷一百五十八）

【注釋】

① 毗陵侯，指其兄陸景。《三國志·吴·陸抗傳》：『景字士仁，以尚公主拜騎都尉，封毗陵侯，既領抗兵，拜偏將軍、中夏督，澡身好學，著書數十篇。』

② 同志，志趣相同者。《韓詩外傳》卷五：『同音相聞，同志相從，非賢者莫能用賢。』戚友，親戚友朋。嗚呼，哭泣之聲。

父誄〔一〕

億兆宅心，敦叙百揆①。（《顔氏家訓·文章》引）

【校勘】

〔一〕此當爲《吴大司馬陸公誄》佚句。

【注釋】

① 億兆，百姓。《書·泰誓》：『受有億兆，夷人離心離德。』宅心，居心。言天下之人，懷其德，而常居於心。見《漢高祖功臣頌》注。敦叙百揆，考量百官，厚其規範次序。《書·舜典》：『納於百揆，百揆時叙。』孔安國注：『揆，度也。度百事，摠百官，納舜於此官。舜舉八凱，使揆度百事。百事時叙，無廢事業。』

【集評】

〔北齊〕顔之推《顔氏家訓·文章》：陸機《父誄》云：『億兆宅心，敦叙百揆。』《姊誄》云：『俔天之和。』今爲此言，則朝廷之臯人也。

姊誄

【題解】

機《愍思賦》曰：『予屢抱孔懷之痛，而奄復喪同生姊。』姜亮夫《陸平原年譜》認爲機之《愍思賦》與雲《歲暮賦》其内容全相合。『疑兄弟同得家報於歲晚之時，而同作也。』時則爲太安元年（三〇二）。

俔天之和。①（《顏氏家訓·文章》引）

【注釋】

① 俔天，如天有其姊。《詩·大雅·大明》：『大邦有子，俔天之妹。』毛詩傳：『俔，磬也。』鄭玄箋：『俔，牽遍反。《説文》云：譬譬也。《韓詩》作磬。磬，譬也。』

集志議

考正三辰，審其所司①。（《文選》卷五十六陸倕《新漏刻銘》注引）

【注釋】

① 三辰，日月星。《周禮·春官宗伯》：『凡以神仕者，掌三辰之灋以猶鬼神示之，居辨其名物。』鄭玄注：『猶，圖也。居，謂坐也。天者，羣神之精，日月星辰其著位也。』所司，所任職也。《玉篇》：『司者，主也。《説文》：臣司事於外者也。』此二句言考其天象，察其所司。

吴丞相陸遜銘〔一〕

【題解】

機祖遜，字伯言。年二十一始仕孫權幕府，歷官定威校尉、撫邊將軍，拜華亭侯，黄龍元年（二二九）拜上大將軍、右都護，赤烏七年（二四四）代顧雍爲丞相。黄武七年（二二八），魏大司馬曹休舉衆入皖，孫權召陸遜假黄鉞，爲大都督，逆休。休大敗，還，疽發背死。此銘所述乃此事也。

魏大司馬曹休侵我北鄙，乃假公黄鉞，統御六師及中軍禁衛①，而攝行王事，主上執鞭，百司屈膝②。（《三國志・吴・陸遜傳》裴注）

【校勘】

〔一〕銘文爲韻語，且句式整飭。此殘句當是序文，見《吴丞相江陵侯陸公誄》校勘。

【注釋】

① 北鄙，北方之邊境。《廣韻》：『鄙，邊鄙也。』黄鉞，天子之儀仗。《書・牧誓》：『王左杖黄鉞，右秉白旄以麾。』孔安國注：『鉞以黄金飾斧。』六師，天子之六軍。《詩・小雅・瞻彼洛矣》：『韎韐有奭，以作六

師。』毛詩傳：『天子六軍。』禁衛，謂孫權之親近宿衛之兵也。

② 攝，執。《釋名·釋姿容》：『執，攝也。』攝行王事，即代行王事也。執鞭，謂執鞭以行教令。《左傳·昭公十二年》：『翠被豹爲，執鞭以出。』杜預注：『執鞭以教令。』屈膝，跪拜。《淮南子·氾論訓》：『夫君臣之接，屈膝卑拜，以相尊礼也。』此猶慴服也。

畫論〔一〕

【題解】

此爲僅存的陸機論畫之文，認爲畫之功能可比雅頌，可美大業。言可以周遍物理，而畫則摹寫形貌。雖爲殘句，亦足珍貴。

丹青之興，比雅頌之述作，美大業之馨香，宣物莫大於言，存形莫善於畫①。（《歷代名畫記》卷一、《稗編》卷八十四、《廣博物志》卷三十）

【校勘】

〔一〕原文無題，乃校釋者所加，以醒目也。

【注釋】

① 雅、頌，《詩經》之分類，此指文字之經典。 馨香，喻德治。《書・君陳》：『至治馨香，感於神明，黍稷非馨，明德惟馨。』孔安國傳：『上古聖賢之言，政治之至者，芬芳馨氣，動於神明。所謂芬芳非黍稷之氣，乃明德之馨。』宣，周遍。《爾雅・釋言》：『宣，偏也。』郭璞注：『皆周偏也。』

平復帖〔一〕

【題解】

此帖字迹難辨，意多難釋。從内容看，當是顧榮（字彦先）罹疾，後康復，機作書而叙其事。陸雲《與楊彦明書》曰：『彦先相説，疾患漸欲增廢，深爲恒然。』蓋指此事。又據此書：『昔年少時，見五十公，去此甚遠，今日冉冉，已近之已。』可知雲書作於年過四十之後。雲於太安二年十月被殺，年四十二，由此可推知彦先患病當在太安元年或二年（三〇一至三〇二）之間，機此帖亦當作於此期間。《宣和畫譜》曰：『陸機《平復帖》作於晉武帝初年，前右軍《蘭亭燕集叙》大約百有餘歲。今世張、鍾書法，都非兩賢真迹，則此帖當屬最古也。』繫年有誤却可見此帖創作年代較早，在書法史上意義重要。

彦先羸瘵，恐難平復。往屬初病，慮不止此，此已爲慶①。承使□（唯）男，幸爲復失前憂耳②。□（吴）子楊往初來主，吾不能盡。臨西復來，威儀詳跱，舉動成觀，自軀體之美也③。思識□愛之邁前，埶（勢）所恒有，宜□稱之。夏□（伯）榮寇亂之際，聞問不悉④。（一九六一年九月文物出版社影印《陸機平復帖》）

【校勘】

〔一〕此帖原件藏故宫博物院，此乃金濤聲《陸機集》據啓功釋文所録。

【注釋】

① 羸瘵，猶患病。《玉篇》：「羸，病也。」《爾雅・釋詁》：「瘵，病也。」郭璞注：「今江東呼病曰瘵。」平復，猶康復。《説苑・辨物》：「苗父之爲醫也，以菅爲席，以芻爲狗，北面而祝，發十言耳。請扶而來者，舉而來者，皆平復如故。」病，重疾。慶，慶賀。《廣韻》：「慶，賀也，福也。」

② 此句言有男在前應承使唤，幸無復前之憂慮。

③ 主，守護。《玉篇》：「主，守也。」詳，《詩・鄘風・牆有茨》：「中冓之言，不可詳也。」毛詩傳：「詳，審也。」跱，《玉篇》：「跱，行止也。」此句意難解，或意謂子楊初來守之，吾不能盡往，復其西來臨，已是威儀舉止自如，顯其軀體之美。謂病愈。

④ 此句意亦難解，或意謂彦先康復而行於前，愛之稱之，自夏伯榮寇亂之後，則音訊不詳矣。

補遺卷四

專著佚文

洛陽記

【題解】

《册府元龜》卷五百六十曰：『陸機爲著作郎，撰《洛陽記》一卷。』機元康八年（二九八）任著作郎，永康元年（三〇〇）四月遷相國參軍。故此書必撰於其間。姜亮夫《陸平原年譜》據機本傳，認爲機任著作郎當在吴王郎中令前，定爲元康三年，或有誤。

洛陽城，周公所制。東西十里，南北十三里，城上百步有一樓櫓，外有溝渠〔一〕。（《藝文類聚》卷六十三、《太平御覽》卷一百九十三、《説郛》卷六十一上、《六家詩名物疏》卷三十五、《讀左日鈔》卷十一、《七國考》卷四、《玉海》卷一百七十三、《淵鑑類函》卷三百四十）

【校勘】

〔一〕『外有溝渠』，《玉海》卷一百六十四無，另有『孟子之滕館於上宮』之句。

太學在洛陽城南，開陽〔一〕門外，去宮八里〔二〕。講堂長十丈、廣二丈〔三〕，堂前石經四部，服方領，習矩步者，委蛇乎其中〔四〕。本碑凡四十六枚〔五〕。西行《尚書》《周易》《公羊傳》十六碑〔六〕存，十二碑毁〔七〕。南行《禮記》十五碑悉崩壞〔八〕。東行《論語》三碑，二碑毁〔九〕。《禮記》碑上有諫議大夫馬日磾、議郎蔡邕名，爲古文科斗小篆八分書。（《六藝之一録》卷二百五十九、《通雅》卷首二）

【校勘】

〔一〕《困學紀聞》卷六『開陽』前有一『故』字。

〔二〕『去宮八里』，《六藝之一録》卷二百五十九、《通雅》卷首二無此句，此據《文獻通考》卷四十、《大事記續編》卷八補。

〔三〕『二丈』，《困學紀聞》卷六作『三丈』。

〔四〕『服方領，習矩步者，委蛇乎其中』，《六藝之一録》卷二百五十九、《通雅》卷首二無，此據《文獻通考》卷四十補。

〔五〕『枚』，《疑耀》卷一作『板』。

〔六〕『碑』，《疑耀》卷一作『板』。下二『碑』字同。

〔七〕《經義考》卷二百八十七、《隸釋》卷十四、《六藝之一録》卷三十三作「《書》《易》《公羊》二十八碑，其十二毁。」

〔八〕「崩壞」，《萬氏石經考》卷上、《六藝之一録》卷三十三、《疑耀》卷一作「毁」。

〔九〕「二碑」，《六藝之一録》卷二百五十九、《通雅》卷首二奪，此據《萬氏石經考》卷上補。《經義考》卷二百八十七、《隸釋》卷十四作「其二」。《疑耀》卷一「毁」後有「矣」。其後文作「是蔡邕所書。四十六碑，此時毁者已十八板，而存者尚有二十八板也。然亦止《周易》《尚書》《論語》《禮記》《公羊傳》五經而已。」與此大異。

洛陽有銅駞街〔一〕，漢鑄銅駞二枚，在宫南，四會號頭，夾路相對〔二〕。俗語曰：金馬門外聚〔三〕衆賢，銅駞陌上集少年。（《太平御覽》卷一百五十八）

【校勘】

〔一〕《説郛》卷六十一上在此句後有「在洛陽宫南、金馬門外，人物繁盛」三句。

〔二〕「四會號頭，夾路相對」，《太平御覽》卷一百五十八作「西會道相對」，此據《太平寰宇記》卷三改。

〔三〕「聚」，《太平御覽》卷一百五十八作「集」，與下句「集」字重復，此據《説郛》卷六十一上改。

宫門〔一〕及城中大道皆分作三，中央御道，兩邊築〔二〕土墻，高四尺餘，外分之，唯公卿尚書

章服道從中道，凡人皆行左右，左入右出。夾道種榆槐樹，此三道四通五達也。（《太平御覽》卷一百九十五）

【校勘】

〔一〕『宫門』，《太平御覽》卷一百九十五作『官門』。此據《玉海》卷二十四改。

〔二〕『築』，《太平御覽》卷一百九十五作『策』。此據《玉海》卷二十四改。

百郡邸在洛城中、東城下、步廣里中。（《太平御覽》卷一百八十一）

三市，大市名也。金市在大城西，南市在大城南，馬市在大城東。（《太平御覽》卷一百九十一）

步廣里，在洛陽城内，宫東是狄泉所在，不得於太倉西南也。京相璠與裴司空彦季脩《晉輿地圖》作春秋地名，亦言今太倉西南。池水名翟泉。舊説言翟泉本自在洛陽北，萇弘城成周乃繞之。杜預因其一證，謂必是翟泉，而即實非也。後遂爲東宫池〔一〕。（《水經注》卷十六）

【校勘】

〔一〕『杜預因其一證』以下四句，疑非《洛陽記》原文，或《水經注》文，不能明也。

臨商、陵雲等八觀，在宮之西；唯絶頂一觀在東，是號曰九觀。（《説郛》卷六十一上）

雲臺高閣十四間，乘風觀閣十二間。（《説郛》卷六十一上）

洛陽南宮有乘風觀，北宮有增喜觀，城外有宣陽觀、千秋、鴻地、泉城、揚威、石樓、鼎中等觀。（《説郛》卷六十一上）

宫中有臨高、陵雲、宣曲、廣望、閬風、萬世、修齡、總章、聽訟凡九觀，皆高十六七丈，雲母窗，日曜之有光。（《説郛》卷六十一上）

紫微宫有一柱觀。（《説郛》卷六十一上）

百郡邸在洛城中、東城下、步廣里，所以通奏報，待朝宿。（《玉海》卷一百七十二）

洛陽城内，西北角有金墉城，東北角有樓，高百尺。魏文帝造也。（《説郛》卷六十一上）

宫牆外有大鐵鑊，盛水以救火，受百斛，百步一置。（《太平御覽》卷七五七）

河南道宫墻西有二銅井。（《太平寰宇記》卷三）

璿華宫有玉井，皆以玉壘餙是也。（《太平寰宇記》卷三）

城東有橋，以跨七里澗。（《太平寰宇記》卷三）

九江直作圓水，水中作圓壇三，破之，夾水得相逕通。（《水經注》卷十六）

城之西南有陽渠，周公制之也。（《水經注》卷十六、《歷代帝王宅京記》卷九）

漢洛陽四關，東成皋關，南伊闕關，西函谷關，北孟津關。城南五十里有大谷，舊名通谷。（《説郛》卷六十一上、《玉海》卷二十四）

冰室在宣陽門内，恒有冰，天子用〔一〕賜王公衆官。（《太平御覽》卷六十八、《淵鑑類函》卷三十一）

【校勘】

〔一〕『用』，《山堂肆考》卷二十三作『用以』。

承明門，後宫出入之門。常怪謁帝承明廬，問〔一〕張公，云：魏明帝作建始殿，朝會皆由承明門。（《文選》曹子建詩《謁帝承明廬》注、《玉海》卷一百七十二）

【校勘】

〔一〕《玉海》卷一百五十九引無『常怪謁帝承明廬，問』數字。

大夏門，魏明帝所造，有三層高百尺。（《玉海》卷一百七十二）

靈臺，在洛陽南，去城三里。辟雍，在靈臺東，相去一里。（《玉海》卷一百六十二）

在南宫，高闕十二間，介於承鳳觀。（《天中記》卷十四、《玉海》卷一百六十六）

太子宫，在太宫東，薄室門外，中有承華門。（《文選》陸機詩『閶闔既闢，承華再建』注、《玉海》卷一百七十二）

【校勘】

〔一〕「門外」，《淵鑑類函》卷三百四十四作「内」。

【集評】

〔明〕朱荃宰《文通》卷二《史家流别》：若夫潘岳《關中》，陸機《洛陽》《三輔黄圖》《建康宫殿》，是之謂都邑薄者也。

要覽纂要

【題解】

丁國鈞《補晉書藝文志》：「《要覽》三卷，陸機。謹按：見兩唐《志》，《玉海》載機自序。」又吴士鑑《補晉書經籍志》：「《陸機《要覽》三卷。兩唐《志》並同《玉海》載機上曰《連璧》，中曰《述聞》，下曰《析名》，皆篇目也。又宋李淑《邯鄲書目》亦引《要覽》，則此書至宋時猶存。《宋志》作《會要》一卷。《太平御覽》時序部引陸機《纂要》。」著年不詳，其内容可參見《要覽》三卷《自序》。

要覽三卷自序

直省之暇，乃集要術三篇，上曰《連璧》，集其嘉名，取其連類；中曰《述聞》，實述余〔一〕之

所聞；下曰《析名》，搜同辨異。（《西晉文紀》卷十五、《玉海》卷五十四）

【校勘】

〔一〕『余』，《玉海》卷五十四作『予』。

列子御風而行〔一〕，常以立春日歸於〔二〕八荒，立秋日遊於〔三〕風穴。風至則草木皆〔四〕生，去則草木〔五〕摇落，謂之離合風。（《歲時廣記》卷三）

【校勘】

〔一〕『而行』，《太平御覽》卷九、《説郛》卷五十九上、《山堂肆考》卷四、《淵鑑類函》卷十五、《格致鏡原》卷三均無此二字。

〔二〕『常』，《山堂肆考》卷四、《格致鏡原》卷三作『嘗』。『日』，以上諸本皆無。『於』，《太平御覽》卷二十五、《説郛》卷五十九上作『乎』。《山堂肆考》卷四、《格致鏡原》卷三無此字。

〔三〕『於』，以上諸本作『乎』。

〔四〕『風』，以上諸本均作『是風』。『皆』，《説郛》卷五十九上、《山堂肆考》卷四作『發』。

〔五〕『草木』，以上諸本均無此二字。

昔羽山有神人焉，逍遥於中嶽，與左元放共遊，蓟子訓所坐。欲起，子訓欲〔一〕留之，一日〔二〕之中三雨，今呼五月三雨〔三〕，亦爲留客雨。（《歲時廣記》卷二）

【校勘】

〔一〕「欲」，《説郛》卷五十九上、《太平御覽》卷二十二作「意欲」。

〔二〕「一日」，《説郛》卷五十九上、《格致鏡原》卷四作「二日」。

〔三〕「三雨」，《太平御覽》卷二十二作「三時雨」。

夏樹名連陰，夏雨名綿雨〔一〕。（《太平御覽》卷二十二、《淵鑑類函》卷十四引作陸機《纂要》）

【校勘】

〔一〕《通雅》卷十二作「夏澍名錦雨」。《格致鏡原》卷四引後句，均出自《要覽》。

秋樹名成，秋雨名愁。（《太平御覽》卷二十五、《淵鑑類函》卷十五引陸機《纂要》）

九月亦名菊月。（《淵鑑類函》卷十五引陸機《纂要》）

九花樹生南嶽，雖經雪凝寒，花必開便落，時人謂之應春花。（《太平御覽》卷二十、《説郛》卷五十九上）

立夏日服六壬癸符，或服玄冰丸，飛霜散暑不能侵也。陳思有鵲，尾杓植而長，置之酒樽，凡王欲勸者，呼之，尾則指其人。（《説郛》卷五十九上）

西陽山中有甘谷，谷中皆菊花，墮水中，居人飲之多壽，有及一百五十有餘歲者。（《説郛》卷五十九上）

千歲龜，五色額上骨起如角，巢於蓮葉之上，或在叢蓍之下。（《説郛》卷五十九上）

萬歲蟾蜍，頭上有角，頷下有丹書，重八字，名曰肉芝。以五月五日取陰乾，以其足畫地，即流水，帶之於身，能辟兵。（《説郛》卷五十九上）

東弓、南矛、西劍、北戟、中鼓，亦曰四兵。（《太平御覽》卷三百三十九、《説郛》卷五十九上）

桓君山曰：余兄弟頗好音，嘗至洛聽音，終日而心足。由是察之，夫深其旨則欲罷不能，

不入其意故過已。（《太平御覽》卷五百六十五）

諸葛亮曰：勢利之交，難以經遠，士之相知，温不增華，寒不改葉，能貫四時而不衰，歷夷險而益固。（《太平御覽》卷四百六十）

疾雨曰驟雨，徐雨曰零雨，雨久曰苦雨，亦曰愁霖，雨晴曰啓，雨水曰潦，雨雲曰渰雲，亦曰油雲。（《太平御覽》卷十引《纂要》）

雲日光曰景，日影曰晷，日氣曰晛，日初出曰旭，日昕曰晞，日温曰煦，在午曰亭，午在未曰昳，日晚曰旰，日將落曰薄暮；日西落光返照於東，謂之反景；景在下，日倒景；日有愛日、畏日。（《太平御覽》卷三引《纂要》）

【集評】

［明］董斯張《廣博物志》卷二十九：陸士衡著《要覽》三卷：上曰連璧，中曰述聞，下曰析名。（書目）嵇君道言，陸平原作子書未成。余一門生，昔在平原軍中，常在左右，見平原臨亡歎曰：『窮通，時也。遭遇，命也。古人貴立言，以爲不朽。吾所作子書未成，以此爲恨耳。』余謂仲長統作《昌言》，未竟而亡，後董襲撰

次之。桓譚《新論》未畢而終，班固爲其成。琴道今才士，何不贊成陸公子書。

晉書晉紀

【題解】

《史通》卷二曰：『陸機《晉書》，列紀三祖，直序其事，竟不編年。年既不編，何紀之有？』又卷十二：『洛京時，著作郎陸機始撰《三祖紀》，佐著作郎束皙又撰《十志》，會中朝喪亂，其書不存。』由此可知，第一，《三祖紀》乃機《晉書》之一篇；第二，機《晉書》作於著作郎任上，與《洛陽記》所作時間差近。又丁國鈞《補晉書藝文志》：『《晉紀》四卷，陸機。謹按：見《隋志》、兩唐《志》作《晉帝紀》。』

王濬之在巴郡也，夢懸四刀於其上，甚惡之。濬主簿李毅拜賀曰〔一〕：夫三刀爲州，而見四刀爲〔二〕益一也。明府其臨益州乎？後果爲益州刺史〔三〕。（《太平御覽》卷三百四十五）

【校勘】

〔一〕『濬主簿李毅拜賀曰』，《藝文類聚》卷七十九作『濬問主簿李毅，毅拜曰』。

〔二〕『刀爲』，《藝文類聚》卷七十九、《太平御覽》卷三百九十八、《北堂書鈔》卷一百二十三注無『刀』字。

〔三〕『刺史』，《太平御覽》卷三百四十五無此二字，此據《太平御覽》卷三百九十補。又《藝文類聚》卷七十九、卷六十、《淵鑑類函》卷二百二十五、卷三百二十一引作陸機《晉書》；《太平御覽》卷三百九十八作『晉書武紀』；《太平御覽》卷二百五十四引陸機《晉紀》；《北堂書鈔》卷一百二十三注引陸機《晉記》。

【集評】

《唐文粹》卷八十二〔唐〕劉軻《與馬植書》：陳壽言：晉洛京史，有若陸機、束晳、王詮、詮子隱。

〔唐〕劉知幾《史通》卷二：陸機《晉書》列紀三祖序其事，竟不編年，年既不編，何紀之有？

〔唐〕劉知幾《史通》卷七：亦有事每憑虛詞，多烏有或假人之美，籍爲私惠；或誣人之惡，持報己讎。若王沉《魏録》濫述貶甄之詔，陸機《晉史》虛張拒葛之鋒。

〔唐〕劉知幾《史通》卷十二：《晉史》：洛京時，著作郎陸機始撰《三祖紀》，佐著作郎束晳，又撰《十志》，會中朝喪亂，其書不存。

〔明〕朱荃宰《文通》卷二十二《曲筆》：（《史通》曰）陸機《晉史》，虛張拒葛之鋒。……此又記言之奸賊，載筆之凶人，雖肆諸市朝，投畀豺虎可也。

惠帝起居注

【題解】

《隋志》著録《惠帝起居注》二卷，不著撰人。章宗源《隋書經籍志考證》卷五、姚振宗《隋書經籍志考證》卷十五均認爲陸機撰。且姚氏認爲作於著作郎任上。《實賓録》卷十二、《玉海》卷四十八引《魏志》注，亦均作陸機。另《歷代職官表》卷二十四：『《山堂考索》：晉起居之職掌於著作，其後亦命近臣主掌其事。謹案：《隋志》載《晉起居注》，卷帙甚多。其見於他書所引者，如《三國·蜀志》注引《晉泰始起居注》，《魏志》注引陸機《惠帝起居注》，《文選》注引《晉起居注》，太康四年詔，《世説》注引《惠帝建興太元起居注》，而沈約《宋書·傅亮傳》亦引陸士衡《起居注》。稽之陸機本傳，機於惠帝初嘗爲著作郎，此即當時記注，由著作撰述之一證也。』又丁國鈞《補晉書藝文志》：『《惠帝起居注》，陸機。謹按：《三國志》注，《七録》有《惠帝起居注》二卷，當即陸機所撰者。』由此可見，此書共二卷，作者陸機，且作於著作郎任上。

拜皇孫臧爲臨淮王，尚爲襄陽王。又詔臧爲皇太孫。臧廢，到銅駞街，宫人哭[一]，從[二]皆哽咽，路人收淚焉。桑復生於西廂，長丈餘，太孫廢乃枯。（《太平御覽》卷一百四十九）

【校勘】

〔一〕『哭』，《四部叢刊》本作『嚴』，此據《四庫全書》本改。

〔二〕『從』，《四庫全書》本作『侍從』。

惠帝詔以太常成粲爲太孫太傅，前城門校尉梁柳爲太孫少傅。（《太平御覽》卷一百四十九）

惠帝使使持節、兼司空、任城王濟，策命愍懷皇太子前妃爲皇太孫太妃，是日也，以復妃，告于太廟。（《太平御覽》卷一百四十九）

王浚乘勝追石超軍於斥丘，超持重不與戰，以鹿角爲營〔一〕。（《太平御覽》卷三百三十七）

【校勘】

〔一〕《四部叢刊》本《太平御覽》另注曰：『一云以鹿角步安立營。』

愍懷以體上白絹單衣一領，因士〔一〕寄與妃。（《太平御覽》卷六百九十三、《淵鑑類函》卷三百七十四）

【校勘】

〔一〕『因士』，《四部叢刊》本《太平御覽》無此二字，此據《四庫全書》本《太平御覽》、《淵鑑類函》卷三百七十四補。

帝還洛陽，至陵，下謁無履，取左右履著，下拜。（《太平御覽》卷六百九十七、《淵鑑類函》卷三百七十五）

有雲母幌。（《太平御覽》卷六百九十九）

帝至朝歌，無被。中黄門以兩幅布被給帝〔一〕。（《太平御覽》卷六百九十九、《淵鑑類函》卷三百七十八）

【校勘】

〔一〕『帝』，《淵鑑類函》卷三百七十八作『之』。

改永熙二年爲永平元年，使持節太尉石鑒造于太廟，前朝明準，不應革易，如禪議。（《五禮通考》卷一百二十八引、《通典》卷五十五、《文獻通考》卷八十九）

齊有大虵長三百餘步，又負二虵，長十餘步。過市，市人悉逐觀之。縣齊城北門入漢景

祠，須臾不復見。（《唐開元占經》卷一百二十）

愍懷太子賜典兵中郎將複紵襪一緉。（《格致鏡原》卷十八）

式乾殿集諸皇子，悉在三司上。（《宋書》卷五十七《蔡廓傳》）

失題〔一〕

天淵池〔二〕南石溝引御溝水，池西積石爲禊堂，跨水流杯飲酒。（《南齊書》卷九、《海録碎事》卷四下）

【校勘】

〔一〕《南齊書》卷九、《海録碎事》卷四下引此陸機佚文均未注明文題。

〔二〕『天淵池』，《海録碎事》卷四下作『天泉池』。疑誤。

失題

河南鞏縣東北崖上，山腹有穴，此穴與江湖通，鮪從此穴而來，北入河，西上龍門，入漆沮。

故張衡云：王鮪岫居。岫，山穴也。蓋其來有時，春取而獻之，明新來也。（《讀詩質疑》卷二十八）

失題

魏武帝劉婕妤以七月七日折璃琉筆。（《太平御覽》卷六百五《荆楚歲時記》引）

存疑

洛陽記〔一〕

平樂園，魏明帝造，即平樂觀之地也，今城東平樂保是。（《三國志補注》卷一）

【校勘】

〔一〕此節及以下佚文，均未注明陸機。因《洛陽記》同名之著作有幾種，難以確定爲機所作，故存疑待考。

千金堨，舊堰谷水，魏時更修此堰，謂之千金堨。積石爲堨，而開溝渠五所，謂〔一〕五龍渠。渠上立堨〔二〕，堨之東首立一石人，石人腹上刻勒云：太和五年八月庚戌造。築此堨，更開溝渠，此水衝渠，止其水、助其堅也〔三〕。（《水經注》卷十六、《歷代帝王宅京記》卷九）

【校勘】

〔一〕『謂』，《水經注集釋訂訛》卷十六作『謂之』。

〔二〕此句後，《困學紀聞》卷十六有『水歷堨東注，謂之千金渠』之句。

〔三〕『此水衝渠，止其水、助其堅也』，《水經注》卷十六作『此水衡渠上，其水助其堅也。』意不可解，蓋誤刻也，此據《歷代帝王宅京記》卷九改。

陵〔一〕雲臺西有金市，金市北對洛陽壘者也。又東歷大夏〔二〕門下，故夏門也。（《水經注》卷十六）

【校勘】

〔一〕『陵』，《歷代帝王宅京記》卷九作『凌』。古二字通。

〔二〕『夏』，《歷代帝王宅京記》卷九作『廈』。古二字通。

賦詩文總評

兩晉

[晉]陸雲《與兄平原書》:《祠堂頌》已得省。兄文不復稍論常佳,然了不見出語,意謂非兄文之休者。前後讀兄文,一再過便上口,語省。此文雖未大精,然了無所識。然此文甚自難,事同又相似,益不古,皆新綺,用此已自爲洋洋耳。《答少明詩》亦未爲妙,省之如不悲苦,無惻然傷心言。今重復精之。(《陸士龍文集》卷八)

[晉]陸雲《與兄平原書》:《二祖頌》甚爲高偉。雲作,雖時有一佳語,見兄作,又欲成貧儉家,無緣當致兄此謙辭。又云亦復不以苟自退耳。然意故復謂之微多,『民不輟歎』一句,謂可省。武烈未得有吴,説桓王之事,而云建其孤,恐太祖不得爲桓王之孫。雲前作此頌及信以白兄。作引甚單,常欲更之未得。兄所作引甚好,雲方欲更作引。《述思賦》『黨自竭厲』,然雲意

皆已盡，不知本復何言。（《陸士龍文集》卷八）

［晉］陸雲《與兄平原書》：省諸賦，皆有高言絶典，不可復言。頃有事，復不大快，凡得再三視耳。其未精，倉卒未能爲之次第。省《述思賦》，流深情至言，實爲清妙。恐故復未得爲兄賦之最。兄文自爲雄，非累日精拔，卒不可得言。《文賦》甚有辭，綺語頗多。文適多體，便欲不清，不審兄呼爾不？《詠德頌》甚復盡美，省之惻然。《扇賦》腹中愈首尾，發頭一而不快。言『烏雲龍見』，如有不體。《感逝賦》愈前，恐故當小不？然一至不覆減。《漏賦》可謂清工。兄頓作爾多文，而新奇乃爾，真令人怖，不當復道作文。（《陸士龍文集》卷八）

［晉］陸雲《與兄平原書》：《祠堂贊》甚已盡美，不與昔同，既此不容多説。又皆一事，非兄亦不可得。見《吊少明》，殊復勝前。《吊蔡君》，清妙不可言。《漢功臣頌》甚美，恐《吊蔡君》故當爲最。使雲作文，好惡爲當，又可成耳。至於定兄文，唯兄亦恕其無遺情而不自盡耳。《丞相贊》云『披結散紛』，辭中原不清利。兄已自作銘，此但頌實事耳，亦謂可如兄意，真説事而已。若當復屬文於引，便當書前銘耳。（《陸士龍文集》卷八）

［晉］陸雲《與兄平原書》：誨欲定《吴書》，雲昔嘗已商之兄，此真不朽事，恐不與十分好書。同是出千載事，兄作必自與昔人相去。《辯（辨）亡》則已是《過秦》對事，求當可得耳。陳壽《吴書》，有魏《賜九錫文》及《分天下文》，《吴書》不載。又有嚴、陸諸君傳，今當寫送。兄體中佳者，可並思諸應作傳。及作彼見人讚叙者，當與令伯論，吴百官次第、公卿名伯，略盡識，

少交當具。頃作頌，及吴事，有愴然。且公傳未成，諸人所作，多不盡理。兄作之，公私並叙，且又非常業。從雲，兄來作之。今略已成，甚復可惜事少，功夫亦易耳。猶可得五十卷。（《陸士龍文集》卷八）

[晉]陸雲《與兄平原書》：往日論文，先辭而後情，尚絜而不取悦澤。嘗憶兄道張公父子論文，實自欲得，今日便欲宗其言。兄文章之高遠絶異，不可復稱言。然猶皆欲微多，但清新相接，不以此爲病耳。若復令小省，恐其妙欲不見，可復稱極，不審兄由以爲爾不？《茂曹碑》皆自是蔡氏碑之上者，比視蔡氏數十碑，殊多不及，言亦自清美，愚以無疑不存。《三祖贊》不可聞，《武帝贊》如欲管管流澤，有以常相稱美，如不史，願更視之。小跛幾而悦奕爲盡理。雲今意視文，乃好清省，欲無以尚意之至此，乃出自然。張公在者必罷，必復以此見調。（《陸士龍文集》卷八）

[晉]陸雲《與兄平原書》：仲宣文，如兄言，實得張公力，如子桓書，亦自不乃重之。兄詩多勝其《思親》耳。《登樓賦》無乃煩《感丘》，其《吊夷齊》，辭不爲偉，兄二吊自美之。但其『呵二子』小工，正當以此言爲高文耳。文中有『於是』『爾乃』，於轉句誠佳，然得不用之益快，有故不如無。又於文句中自可不用之，便少亦常。云四言轉句，以四句爲佳。往曾以兄《七羡》『回煩手而沉哀』結上兩句爲孤，今更視定，自有不應用時，期當爾。復以爲不快，故前多有所去。《喜霽》『俯煩習均，仰熾重離』，此下重得如此語爲佳，思不得其韻，願兄爲益之。（《陸士龍文集》卷八）

[晉]陸雲《與兄平原書》：視《九章》，時有善語，大類是穢文，不難舉意。視《九歌》，便自歸謝絕思。兄常欲其作詩文，獨未作此曹語。若消息小佳，願兄可試作之。兄復不作者，恐此文獨單行千載間。常謂此曹語不好，視《九歌》，正自可歎息。王褒作《九懷》極佳，恐猶自繼。真玄盛稱《九辯》，意甚不愛。（《陸士龍文集》卷八）

[晉]陸雲《與兄平原書》：張公語雲云：兄文故自楚，須作文爲思昔所識文。乃視兄作誄，又令結使説音耳。兄所撰，願且可付之。（《陸士龍文集》卷八）

[晉]陸雲《與兄平原書》：誨頌，兄乃以爲佳，甚以自慰。文章當貴經緯，如謂後頌，語如漂漂，故謂如小勝耳。（《陸士龍文集》卷八）

[晉]陸雲《與兄平原書》：兄文方當日多，但文實無貴於爲多，多而如兄文者，人不饜其多也。饜視諸故時文，皆有恨，文體成爾，然新聲，故自難復過。《九悲》多好語，可耽詠，但小不韻耳。皆已行天下，天下人歸高如此，亦可不復更耳。兄作大賦，必好意精時，故願兄作數大文。近日視子安賦，亦對之歎息絕工矣。（《陸士龍文集》卷八）

[晉]陸雲《與兄平原書》：蔡氏所長，唯銘頌耳。銘之善者，亦復數篇，其餘平平耳。兄詩賦自與絕域，不當稍與比校。張公昔亦云：兄新聲多之不同也，典當，故爲未及。彦藏亦云爾。又古今兄文所未得與校者，亦惟兄所道數『都』賦耳。其餘雖有小勝負，大都自皆爲雄耳。張公父子亦語雲：兄文過子安。子安諸賦，復不皆過。其便可，可不與供論。雲謂兄作《二

京》，必傳無疑，久勸兄爲耳。又思《三都》，世人已作是語，觸類長之，能事可見。《幽通》《賓戲》之徒自難作。《賓戲》《客難》可爲耳。答之甚未易，東方氏所不得全其高名，頗有答極。（《陸士龍文集》卷八）

［晉］陸雲《與兄平原書》：誨《九愍》如所勑，此自未定。然雲意自謂故當是近所作上。近者意又謂其『與漁父相見』以下盡篇爲佳，謂兄必許此條。而『淵』『弦』意呼作『脱』可行耳。至兄唯以此爲快，不知雲論文，何以當與兄意作如此異？此是情文，但本少情，而頗能作汜説耳。又見作『九』者，多不祖宗原意，而自作一家説。唯兄説與『漁父相見』又不大委曲盡其意。雲以原流放，唯見此一人，當爲致其義，深自謂佳。願兄可試更視與『漁父相見』時語，亦無他異，附情而言，恐此故勝『淵』『弦』。兄意所謂不善，願疏勑其處緒，亦欲成之，令出意。莫更惑如惡所在，以兄文，雲猶時有所能得言，雲前後所作。（《陸士龍文集》卷八）

［晉］陸雲《與兄平原書》：文章實自不當多，古今之能爲新聲絶曲者，無又過兄。兄往日文雖多瑰鑠，至於文體實不如今日。間在洛有所視，已當報而比更隆。以今意觀文，見此真更以爲不盡善。文羆云，故日向人歎兄文，人終來同，殆以此爲病。張公文無他異，正自情省無煩長，作文正爾，自復佳。兄文章已顯一世，亦不足復多，自困苦。適欲白兄，可因今清静，盡定昔日文，但當鉤除差易爲功力。誨已定《敬長誄》，意當闇與兄合。雲久絶意於文章，由前日見敦之後，而作文解愁，聊復作數篇，爲復欲有所爲以忘憂。（《陸士龍文集》卷八）

［晉］陸雲《與兄平原書》：《吴書》是大業，既可垂不朽，且非兄述，此一國事遂亦失。兄諸列人皆是名士，不知姚公足爲作傳不？可著儒林中耳。……雲少作書，至今不能令成，日見其不易。前數卷爲時有佳語，近來意亦殊已莫莫，猶當一定之，恐不全，此七卷無，意復望增。……文章誠不用多，苟卷必佳，便謂此爲足。……作書猶差易，讚叙亦復無幾。（《陸士龍文集》卷八）

［晉］陸雲《與兄平原書》：君苗文，天才中亦少爾。然自復能作文。雲唯見其《登臺賦》及詩頌。作《愁霖賦》極佳，頗倣雲。雲所如多恐，故當在二人後，然未究見其文。見兄文輒云『欲燒筆硯』，以爲此故，不喜出之。（《陸士龍文集》卷八）

［晉］陸雲《與兄平原書》：令送君苗《登臺賦》，爲佳手筆……其人推能兄文不可言，作文百餘卷，不肯出之。視仲宣賦《集初》《述征》《登樓》，前耶甚佳，其餘平平，不得言情處。……真玄亦云：『兄文當作宣輩，宣得此巍巍耳？』（《陸士龍文集》卷八）

［晉］陸雲《與兄平原書》：憶兄常云：文後成者，恒謂之佳。貞小爾，恐數自後，轉不如今。（《陸士龍文集》卷八）

［晉］陸雲《與兄平原書》：兄前表甚有深情遠旨，可耽味，高文也。兄文雖復自相爲作多少，然無不爲高。體中不快，不足復以自勞役耳。前集兄文爲二十卷，適訖一十，當黄之。書不工，紙又惡，恨不精。（《陸士龍文集》卷八）

［晉］摯虞《文章志》：機善屬文，司空張華見其文章，篇篇稱善，猶譏其作文太治。謂曰：『人之作文，患於不才，至子爲文，乃患才多也。』（《世説新語·文學》劉注引）

［晉］孫綽云：潘岳文爛若披錦，無處不善；陸機文若排沙簡金，往往見寶。（《世説新語·文學》）

［晉］葛洪《抱朴子》：有客謂：『二陸兄弟善於談論，辭少理暢，語約事舉，莫不豁然，若春日之泮薄冰，秋風之掃枯葉。』（《北堂書鈔》卷九十八）

［晉］葛洪《抱朴子》：秦時不覺無鼻之醜，陽翟憎無癭之人。陸君深疾文士放蕩，流遁遂往。不爲虛誕之言，非不能也。陸君之文，猶玄圃之積玉，無非夜光。吾生之不別陸文，猶侏儒測海，非所長也。却後數百年，若有幹迹如二陸，猶比肩也，不謂疏矣。（《北堂書鈔》卷一百、《太平御覽》卷五百九十九）

［晉］葛洪《抱朴子》：歐陽生曰：『張茂先、潘正叔、潘安仁文，遠過二陸。』或曰：『張、潘與二陸爲比，不徒步驟之間也。』歐陽曰：『二陸文詞源流，不出俗檢。』（《太平御覽》卷五百九十九）

［晉］葛洪《抱朴子》：嵇君道問二陸優劣。抱朴子曰：『吾見二陸之文爲百卷許，似未盡也。朱淮南嘗言：二陸重規遝矩，無多少也。一手之中，不無利鈍。方之他人，若江漢之與潢污。及其精處，妙絶漢魏之人也。』（《北堂書鈔》卷一百）

［晉］葛洪《抱朴子》：嵇君道問二陸優劣。抱朴子曰：『朱淮南嘗言：二陸重規遝矩，無多

少也。一手之中，不無鈍利。方之它人，若江漢之與潢潦。《陸子》十篇，誠爲快書者。其辭之富者，雖覃思不可損也；其理之約者，雖潛筆腐豪不可益也。陸平原作子書未成，吾門生有在陸君軍中，嘗在左右，説陸君臨亡曰：「窮通，時也；遭遇，命也。古人貴立言，以爲不朽，吾所作子書未成，以此爲恨耳！」余謂仲長統作《昌言》未竟而亡，後董襲撰次之；桓譚《新論》未備而終，班固謂其成琴道。今才士何不贊成陸公子書。（《太平御覽》卷六〇二）

［晉］葛洪《抱朴子》：余見二陸之文百卷許，似未盡也。方之他人，若江漢與潢污也。嵇生云：每讀二陸之文，未嘗不廢卷而歎，恐其卷盡也。《陸子》十篇，誠謂快書，其辭富者，雖精思不可損也；其理約者，雖鴻筆不可益也。觀此二人，豈徒儒雅之士，文章之人也。（《意林》卷四）

［晉］葛洪《抱朴子》：陸士龍、士衡，曠世特秀，超古邈今。（《文選》卷五十四劉孝標《辨命論》李善注引）

［晉］李充《翰林論》：孔陸或問曰：何如斯可謂之文？答曰：孔文舉之書，陸士衡之議，斯可謂之文也。（《天中記》卷三十七）

【南北朝】

［南朝・宋］劉義慶《世説新語・賞譽》：有問秀才，吴舊姓何如？答曰：吴府君聖王之老

成，明時之儁乂；朱永長理物之至德，清選之高望；嚴仲弼九皋之鳴鶴，空谷之白駒；顧彦先八音之琴瑟，五色之龍章；張威伯歲寒之茂松，幽夜之逸光；陸士衡士龍，鴻鵠之裵徊，懸鼓之待槌。凡此諸君，以洪筆爲鉏耒，以紙札爲良田，以玄默爲稼穡，以義理爲豐年，以談論爲英華，以忠恕爲珍寶，著文章爲錦繡，藴五經爲繒帛，坐謙虚爲席薦，張義讓爲帷幙，行仁義爲室宇，修道德爲廣宅。

［南朝·宋］劉義慶《世説新語·賞譽》：張華見褚陶，語陸平原曰：『君兄弟龍躍雲津，顧彦先鳳鳴朝陽，謂東南之寶已盡，不意復見褚生。』陸曰：『公未覩不鳴不躍者耳。』劉孝標注：司空張華與陶書曰：二陸龍躍于江漢，彦先鳳鳴於朝陽。自此以來，常恐南金已盡，而復得之於吾子。故知延州之德不孤，淵岱之寶不匱。

［南朝·宋］劉義慶《世説新語·賞譽》：蔡司徒在洛，見陸機兄弟住參佐廨中三間瓦屋，士龍住東頭，士衡住西頭。士龍爲人文弱可愛，士衡長七尺餘，聲作鐘聲，言多忼慨。劉孝標注：《文士傳》曰：雲性弘静，怡怡然爲士友所宗。機清厲有風格，爲鄉黨所憚。

［南朝·宋］謝朓《謝宣城詩集·酬德賦（並序）》：昔仲宣之發穎，實中郎之倒屣。及士衡之籍甚，託壯武之高義。有杞梓之貞心，協丹采之輝袚。

［南朝·宋］江淹《江文通集·雜體三十首》：夫楚謡漢風，既非一體；魏製晉造，固亦二體。譬猶藍朱成彩，雜錯之變無窮；宫商爲音，靡曼之態不極。……至於世之諸賢，各滯所迷，莫不論甘而忌辛，好丹而非素。豈所謂通方廣恕，好遠兼愛者哉。乃致公幹、仲宣之論，家

有曲直；安仁、士衡之評，人立矯抗，況復殊於此者乎！文貴遠賤近，人之常情重耳。

［南朝·宋］檀道鸞《續晉陽秋》曰：自司馬相如、王褒、揚雄諸賢，世尚賦頌，皆體則《詩》《騷》，傍綜百家之言。及至建安，而詩章大盛。逮乎西朝之末，潘、陸之徒，雖時有質文，而宗歸不異也。正始中，王弼、何晏好莊老玄勝之談，而世遂貴焉。至過江，佛理尤盛。故郭璞五言，始會合道家之言而韻之。詢及太原孫綽，轉相祖尚，又加以三世之辭，而詩騷之體盡矣。詢、綽並爲一代文宗。自此，學者悉體之。至義熙中，謝混始改。（《世説新語·文學》劉孝標注引）

［南朝·齊］沈約《宋書·謝靈運傳論》：周室既衰，風流彌著，屈平、宋玉導清源于前，賈誼、相如振芳塵于後，英辭潤金石，高義薄雲天，自兹以降，情志愈廣。王褒、劉向、揚、班、崔、蔡之徒，異軌同奔，遞相師祖。雖清辭麗曲，時發乎篇，而蕪音累氣，固亦多矣。若夫平子豔發，文以情變，絶唱高蹤，久無嗣響。至於建安，曹氏基命，二祖、陳王，咸蓄盛藻，甫乃以情爲文，以文被質。自漢至魏，四百餘年，辭人才子，文體三變。相如巧爲形似之言，班固長於情理之説，子建、仲宣以氣質爲體，並標能擅美，獨映當時，是以一世之才，各相慕習，原其飆流所始，莫不同祖《風》《騷》。徒以賞好異情，故意製相詭。降及元康，潘、陸特秀，律異班、賈，體變曹、王，縟旨星稠，繁文綺合。綴平臺之逸響，采南皮之高韻，遺風餘烈，事極江右。有晉中興，玄風獨振，爲學窮於柱下，博物止乎七篇，馳騁文辭，義單乎此。

［南朝·齊］沈約《答陸厥書》：宮商之聲有五，文字之別累萬。以累萬之繁，配五聲之約，

高下低昂，非思力所舉；又非止若斯而已也。十字之文，顛倒相配，字不過十，巧歷已不能盡，何況復過於此者乎？靈均以來，未經用之於懷抱，固無從得其髣髴矣。若斯之妙，而聖人不尚，何邪？此蓋曲折聲韻之巧，無當於訓義，非聖哲立言之所急也。是以子雲譬之雕蟲篆刻，云『壯夫不爲』。自古辭人，豈不知宫羽之殊，商徵之别？雖知五音之異，而其中參差變動，所昧實多，故鄙意所謂此祕未覩者也。以此而推，則知前世文士便未悟此處。若以文章之音韻，同弦管之聲曲，則美惡妍蚩，不得頓相乖反。譬由子野操曲，安得忽有闡緩失調之聲？以《洛神》比陳思他賦，有似異手之作。故知天機啓，則律吕自調；六情滯，則音律頓舛也。士衡雖云『炳若縟錦』，寧有濯色江波，其中復有一片是衛文之服？此則陸生之言，即復不盡者矣。韻與不韻，復有精粗，輪扁不能言，老夫亦不盡辨此。

［南朝・齊］陸厥《與沈約書》：范詹事《自序》：『性别宫商，識清濁，特能適輕重，濟艱難。古今文人多不全了斯處，縱有會此者，不必從根本中來。』沈尚書亦云：『自靈均以來，此祕未覩；或闇與理合，匪由思至。張蔡曹王，曾無先覺；潘陸顔謝，去之彌遠。大旨鈞使，宫羽相變，低昂舛節，若前有浮聲，則後須切響。一簡之内，音韻盡殊；兩句之中，輕重悉異。』辭既美矣，理又善焉。但觀歷代衆賢，似不都闇此處，而云此祕未覩，近於誣乎？案范云『不從根本中來』，尚書云『匪由思至』，斯可謂揣情謬于玄黄，擿句差其音律也。范又云『時有會此者』，尚書云『或闇與理合』，則美詠清謳，有辭章調韻者，雖有差謬，亦有會合。推此以往可得而言。夫

思有合離，前哲同所不免；文有開塞，即事不得無之。子建所以好人譏彈，士衡所以遺恨終篇。既曰遺恨，非盡美之作，理可詆訶。君子執其詆訶，便謂合理爲闇，豈如指其合理，而寄詆訶爲遺恨邪？

自魏文屬論，深以清濁爲言；劉楨奏書大明體勢之致，岨峿妥帖之談，操末續顛之説，『興玄黄於律吕，比五色之相宣』，苟此祕未覩，兹論爲何所指邪？故愚謂前英已早識宫徵，但未屈曲指的。若今論所申，至於掩瑕藏疾，合少謬多，則臨淄所云『人之著述，不能無病』者也。非知之而不改，謂不改則不知，斯曹、陸又稱『竭情多悔，不可力强』者也。今許以有病，悔爲言，則必自知無悔無病之地；引其不了不合爲闇，何獨誣其一合一了之明乎？

意者亦質文時異，古今好殊。將急在情物，而緩於章句，情物文之所急，美惡猶且相半；章句意之所緩，故合少而謬多。義兼於斯，必非不知明矣。《長門》《上林》，殆非一家之賦？《洛神》《池鴈》，便成二體之作？孟堅精正，《詠史》無虧於東主；平子恢富，《羽獵》不累於憑虚；王粲《初征》，他文未能稱是；楊修敏捷，《暑賦》彌日不獻。率意寡尤，則事促乎一日；翳翳愈伏，而理賒于七步。一人之思，遲速天懸；一家之文，工拙壤隔。何獨宫商律吕，必責其如一邪？論者乃可言未窮其致，不得言曾無先覺也。

［南朝·梁］劉勰《文心雕龍·明詩》：建安初，五言騰踴。文帝、陳思，縱轡以騁節；王、徐、應、劉，望路而争驅。並憐風月，狎池苑，述恩榮，叙酣宴，慷慨以任氣，磊落以使才。造懷

指事，不求纖密之巧；驅辭逐貌，唯取昭晰之能。此其所同也。乃正始明道，詩雜仙心。何晏之徒，率多浮淺。唯嵇旨清峻，阮旨遥深，故能標焉。若乃應璩《百一》，獨立不懼，辭譎義貞，亦魏之遺直也。晉世群才，稍入輕綺。張、潘、左、陸，比肩詩衢。采縟於正始，力柔于建安。或析文以爲妙，或流靡以自妍，此其大略也。江左篇製，溺乎玄風，嗤笑徇務之志，崇盛亡機之談。袁、孫已下，雖各有雕采，而辭趣一揆，莫與争雄，所以景純仙篇挺拔而爲俊矣。

［南朝·梁］劉勰《文心雕龍·樂府》：凡樂辭曰詩，詩聲曰歌，聲來被辭，辭繁難節，故陳思稱李延年閑於增損。古辭多者，則宜減之，明貴約也。觀高祖之詠《大風》，孝武之歎《來遲》，歌童被聲，莫敢不協。子建、士衡，咸有佳篇，並無詔伶人，故事謝絲管，俗稱乖調，蓋未思也。

［南朝·梁］劉勰《文心雕龍·銓賦》：及仲宣靡密，發端必遒；偉長博通，時逢壯采。太沖、安仁策勳於鴻規，士衡、子安底績於流制。景純綺巧，縟理有餘；彦伯梗概，情韻不匱，亦魏晉之賦首也。

［南朝·梁］劉勰《文心雕龍·史傳》：于晉代之書繫乎著作，陸機肇始而未備，王韶續末而不終。

［南朝·梁］劉勰《文心雕龍·頌贊》及魏晉辨頌，鮮有出轍。陳思所綴，以《皇子》爲標；陸機積篇，惟《功臣》最顯。其褒貶雜居，固末代之訛體也。原夫頌惟典雅，辭必清鑠。敷寫似

賦，而不入華侈之區；敬慎如銘，而異乎規戒之域。揄揚以發藻，汪洋以樹義。唯纖曲巧致，與情而變，其大體所底，如斯而已。

［南朝·梁］劉勰《文心雕龍·檄移》：及劉歆之《移太常》，辭剛而義辨，文移之首也。陸機之《移百官》，言約而事顯，武移之要者也。

［南朝·梁］劉勰《文心雕龍·聲律》：陳思、潘岳，吹籥之調也；陸機、左思，瑟柱之和也。概舉而推，可以類見。又《詩》人綜韻，率多清切；《楚辭》辭楚，故訛韻寔繁。及張華論韻，謂士衡多楚；《文賦》亦稱知楚不易，可謂銜靈均之聲餘，失黃鐘之正響也。

［南朝·梁］劉勰《文心雕龍·才略》：陸機才欲窺深，辭務索廣，故思能入巧，而不制繁。士龍朗練以識檢亂，故能布采鮮净，敏於短篇。

［南朝·梁］劉勰《文心雕龍·程器》：潘岳詭禱於愍懷，陸機傾仄于賈郭。

［南朝·梁］劉勰《文心雕龍·體性》：安仁輕敏，故鋒穎而韻流；士衡矜重，故情繁而辭隱。觸類以推，表裏必符。豈非自然之恒資，才氣之大略哉。

［南朝·梁］劉勰《文心雕龍·鎔裁》：至如士衡才優，而綴辭尤繁；士龍思劣，而雅好清省。及雲之論機，亟恨其多，而稱清新相接，不以爲病，蓋崇友于耳。夫美錦製衣，修短有度。雖翫其采，不倍領袖。巧猶難繁，況在乎拙？而《文賦》以爲『榛楛勿翦，庸音足曲』，其識非不鑒，乃情苦芟繁也。

〔南朝·梁〕鍾嶸《詩品序》：古詩眇邈，人世難詳，推其文體，固是炎漢之制，非衰周之倡也。自王、揚、枚、馬之徒，詞賦競爽，而吟詠靡聞。從李都尉迄班婕妤，將百年間，有婦人焉，一人而已。詩人之風頓已缺喪。東京二百載中，惟有班固《詠史》，質木無文。降及建安，曹公父子，篤好詩文；平原兄弟，郁爲文棟；劉楨、王粲，爲其羽翼；次有攀龍附鳳，自致屬車者，蓋將百計。彬彬之盛，大備于時矣。爾後陵遲衰微，迄于有晉。太康中，三張、二陸、兩潘、一左，勃爾復興，踵武前王，風流未沫，亦文章之中興也。

〔南朝·梁〕鍾嶸《詩品》上『序』：故知陳思爲建安之傑，公幹、仲宣爲輔；陸機爲太康之英，安仁、景陽爲輔。

〔南朝·梁〕鍾嶸《詩品》上『晉平原相陸機』：其源出於陳思。才高辭贍，舉體華美，氣少於公幹，文劣于仲宣，尚規矩，不貴綺錯，有傷直致之奇。然其咀嚼英華，厭飫膏澤，文章之淵泉也。張公歎其大才，信矣。

〔南朝·梁〕鍾嶸《詩品》上『晉黄門郎潘岳』：其源出於仲宣。《翰林》歎其翩翩然，如翔禽之有羽毛，衣服之有綃縠，猶淺于陸機。謝混云：潘詩爛若舒錦，無處不佳；陸文如披沙簡金，往往見寶。嶸謂益壽輕華，故以潘勝。《翰林》篤論，故歎陸爲深。余常言陸才如海，潘才如江。

〔南朝·梁〕鍾嶸《詩品》上『晉記室左思』：其源出於公幹。文典以怨，頗爲精切，得諷諭之致。雖野於陸機，而深於潘岳。謝康樂常言：左太沖詩，潘安仁詩，古今難比。

［南朝·梁］鍾嶸《詩品》中『宋光禄大夫顔延之』：其源出於陸機。尚巧似，體裁綺密，情喻淵深，動無虚散，一句一字，皆致意焉。又喜用古事，彌見拘束，雖乖秀逸，是經綸文雅才。雅才減若人，則蹈於困躓矣。湯惠休曰：謝詩如芙蓉出水，顔如錯彩鏤金。顔終身病之。

［南朝·梁］鍾嶸《詩品》中『晉清河守陸雲』：清河之方平原，殆如陳思之匹白馬。於其哲昆，故稱二陸。季倫顔遠，並有英篇，篤而論之，朗陵爲最。

［南朝·梁］裴子野《雕蟲論並序》：古者四始六藝，總而爲詩，既形四方之風，且彰君子之志，勸美懲惡，王化本焉。後之作者思存枝葉，繁華藴藻，用以自通。若悱惻芳芬，楚騷爲之祖；靡漫容與，相如扣其音。由是隨聲逐影之儔，棄指歸而無執。賦詩歌頌，百帙五車，蔡應等之俳優，揚雄悔爲童子，聖人不作，雅鄭誰分。其五言爲家，則蘇、李自出，曹、劉偉其力，潘、陸固其枝葉。爰及江左，稱彼顔、謝，箴繡鞶帨，無取廟堂。宋初迄於元嘉，多爲經史，大明之代，實好斯文。高才逸韻，頗謝前哲，流波相尚，滋有篤焉。自是閭閻少年，貴游總角，罔不擯落六藝，吟詠情性。學者以博依爲急務，謂章句爲專魯。淫文破典，斐爾爲功，無被於管弦，非止乎禮義。

［南朝·梁］蕭子顯《南齊書》卷五十二《文學傳論》：文章者蓋情性之風標，神明之律吕也。藴思含毫，遊心内運，放言落紙，氣韻天成。莫不禀以生靈，遷乎愛嗜，機見殊門，賞悟紛

雜。若子桓之品藻人才，仲治之區判文體，陸機辨于《文賦》，李充論于《翰林》，張眎摘句褒貶，顔延圖寫情興，各任懷抱，共爲權衡。屬文之道，事出神思，感召無象，變化不窮。俱五聲之音響，而出言異句；等萬物之情狀，而下筆殊形。吟詠規範，本之雅什；流分條散，各以言區。若陳思『代馬』群章，王粲『飛鸞』諸製，四言之美，前超後絶。少卿離辭，五言才骨，難與争鶩。桂林湘水，平子之華篇；飛館玉池，魏文之麗篆：七言之作，非此誰先？卿雲巨麗，升堂冠冕；張左恢廓，登高不繼：賦貴披陳，未或加矣。顯宗之述傅毅，簡文之摛彦伯，分言制句，多得頌體。裴頠内侍，元規鳳池，子章以來，章表之選。孫綽之碑，嗣伯喈之後；謝莊之誄，起安仁之塵。顔延《楊瓚》，自比馬督，以多稱貴，歸莊爲允。王褒《僮約》，束皙《發蒙》，滑稽之流，亦可奇瑋。五言之制，獨秀衆品。習玩爲理，事久則瀆，在乎文章，彌患凡舊，若無新變，不能代雄。建安一體，《典論》短長互出；潘、陸齊名，機、岳之文永異。江左風味，盛道家之言，郭璞舉其靈變，許詢極其名理。仲文玄氣，猶不盡除；謝混情新，得名未盛。顔、謝並起，乃各擅奇；休、鮑後出，咸亦標世。朱藍共妍，不相祖述。

［南朝·梁］蕭子顯《南齊書》卷三十五《武陵昭王曄傳》：（曄）與諸王共作短句，詩學謝靈運體，以呈上，報曰：『……康樂放蕩，作體不辨有首尾，安仁、士衡深可宗尚，顔延之抑其次也。』

［南朝·梁］劉孝綽《昭明太子集序》：竊以屬文之體，鮮能周備。長卿徒善，既累爲遲；

少孺雖疾，俳優而已。子淵淫靡，若女工之蠹；子雲侈靡，異詩人之則。孔璋詞賦，曹祖勸其修今；伯喈答贈，摯虞知其頗古。孟堅之頌，尚有似贊之譏；士衡之碑，猶聞類賦之貶。深乎文者，兼而善之，能使典而不野，遠而不放，麗而不淫，約而不儉，獨擅衆美，斯文在兹。假使王朗報箋，卞蘭獻頌，猶不足以揄揚著述，稱讚才章，况在庸才，曾何髣髴！

〔南朝・梁〕王筠《昭明太子哀册文》：爰初敬業，離經斷句。奠爵崇師，卑躬待傅；寧資導習，匪勞審諭。博約是司，時敏斯務。辯究空微，思探幾賾；馳神圖緯，研精爻畫。沉吟典禮，優遊方册；饜飫膏腴，含咀肴核。括囊流略，包舉藝文，遍該緗素，殫極丘墳。縢帙充積，儒墨區分。瞻河闡訓，望魯揚芬。吟詠性靈，豈惟薄伎？屬詞婉約，緣情綺靡。（《梁書》卷八）

〔南朝・梁〕蕭綱《與湘東王書》：比見京師文體，懦鈍殊常，競學浮疏，爭爲闡緩。玄冬修夜，思所不得，既殊比興，正背風騷。若夫六典三禮，所施則有地；吉凶嘉賓，用之則有所。未聞吟詠情性，反擬《内則》之篇；操筆寫志，更摹《酒誥》之作。遲遲春日，翻學《歸藏》；湛湛江水，遂同《大傳》。吾既拙于爲文，不敢輕有掎摭。但以當世之作，歷方古之才人，遠則揚、馬、曹、王，近則潘、陸、顔、謝，而觀其遺詞用心，了不相似。（《梁書》卷四十九）

〔南朝・梁〕蕭綱《答新渝侯和詩書》：垂示三首，風雲吐於行間，珠玉生於字裏。跨躡曹、左，含超潘、陸。雙鬢向光，風流已絶；九梁插花，步摇爲古。高樓懷怨，結眉表色；長門下泣，破粉成痕。復有影裏細腰，令與真類；鏡中好面，還將畫等。此皆性情卓絶，新致英奇，故知吹簫入秦，方識來鳳之巧；鳴瑟向趙，始覩駐雲之曲。手持口誦，喜荷交並也。

［南朝·梁］蕭繹《金樓子·立言篇》：吟詠風謡，流連哀思者，謂之文。……至如文者，惟須綺縠紛披，宫徵靡曼，脣吻遒會，情靈摇盪。而古之文筆，今之文筆，其源又異。……潘安仁清綺若是，而評者止稱情切，故知爲文之難也。曹子建、陸士衡皆文士也。觀其辭致側密，事語堅明，意匠有序，遣言無失，雖不以儒者命家，此亦悉通其義也。徧觀文士，略盡知之。至於謝玄暉，始見貧小，然而天才命世，過足以補尤。任彦升甲闕如，才長筆翰，善輯流略，遂有龍門之名。斯亦一時之盛。

［南朝·梁］蕭繹《與蕭挹書》：想同僚多士，方駕連曹。雅步南宫，容與自玩。士衡已後，唯在兹日。唯昆與季文藻相暉，二陸、三張，豈獨擅美！比暇日無事，時復含毫，頗有賦詩，别當相簡。但衡巫峻極，漢水悠長，何時把袂，共披心腹。（《漢魏六朝百三家集》卷四十五）

［北朝·北齊］魏收《魏書》卷八十五《文苑傳》：曹植信魏世之英，陸機則晉朝之秀，雖同時並列，分途争遠。

［唐五代］

［唐］魏徵等《隋書》卷三十五《經籍志四》：宋玉、屈原，激清風于南楚；嚴、鄒、枚、馬，陳

盛藻於西京。平子豔發於東都，王粲獨步於漳滏。爰逮晉氏，見稱潘、陸，並黼藻相輝，宮商間起，清辭潤乎金石，精義薄乎雲天。永嘉已後，玄風既扇，辭多平淡，文寡風力。降及江東，不勝其弊。

[唐]房玄齡等《晉書》卷五十四《陸機傳論》：古人云：『雖楚有才，晉實用之。』觀夫陸機、陸雲，寔荆衡之杞梓，挺珪璋於秀實，馳英華於早年，風鑒澄爽，神情俊邁。文藻宏麗，獨步當時；言論慷慨，冠乎終古。高詞迥映，如朗月之懸光；疊意回舒，若重岩之積秀。千條析理，則電拆霜開；一緒連文，則珠流璧合。其詞深而雅，其義博而顯，故足遠超枚馬，高躡王劉，百代文宗，一人而已。

[唐]房玄齡等《晉書》卷五十五《潘岳傳論》：安仁思緒雲騫，詞鋒景喚，前史儔于賈誼，先達方之士衡。賈論政範，源王化之幽賾；潘著哀詞，貫人靈之情性。機文喻海，韞蓬山而育蕪；岳藻如江，濯美錦而增絢。混三家以通校，爲二賢之亞匹矣。然其挾彈盈果，拜塵趍貴，滅棄倚門之訓，乾没不逞之間。斯才也而有斯行也，天之所賦何其駁歟！正叔含咀藝文，履危居正。安其身而後動，契其心而後言。著論究人道之綱，裁箴懸乘輿之鑒，可謂玉質而金相者矣。孟陽鏤石之文，見奇于張敏；蒙汜之詠，取重于傅玄，爲名流之所挹，亦當代之文宗矣。景陽摛光王府，棣萼相輝。洎乎二陸入洛，三張減價，考覈遺文，非徒語也。

[唐]王勃《王子安集・採蓮賦》（並序）：昔之賦芙蓉者多矣。雖復曹、王、潘、陸之逸曲，

孫、鮑、江、蕭之妙韻，莫不權陳麗美，粗舉采掇，豈所謂究厥麗態，窮其風謠哉！

［唐］王勃《王子安集·滕王閣序》：請灑潘江，各傾陸海云爾。

［唐］楊炯《楊盈川集·王勃集序》：大矣哉，文之時義也！有天文焉，察時以觀其變；有人文焉，立言以重其範。歷年滋久，應運以發其明，因人以通其粹。……賈、馬蔚興，已虧於雅頌；曹、王傑起，更失於風騷。僶俛大猷，未忝前載。洎乎潘、陸奮發，孫、許相因，繼之以顔、謝，申之以江、鮑，梁魏群材，周隋衆制，或苟求蟲篆，未盡力於丘墳；或獨徇波瀾，不尋源于禮樂。

［唐］盧照鄰《幽憂子集·南陽公集序》：自獲麟絶筆一千三四百年，游夏之門，時有荀卿、孟子。屈宋之後，直至賈誼、相如、兩班，叙事得丘明之風骨；二陸裁詩，含公幹之奇偉。鄴中新體，共許音韻天成；江左諸人，咸好瓌姿豔發。精博爽麗，顔延之急病于江、鮑之間；疎散風流，謝宣城緩步于向、劉之上。

［唐］盧照鄰《幽憂子集·樂府雜詩序》：漢武崇文，市朝八變。……王風國詠，共驪翰而升沉；里頌途歌，隨質文而沿革。以少卿長别，起高唱于河梁；平子多愁，寄遥情於壟阪。南浦動關山之役，作者悲離；東京興黨錮之誅，詞人哀怨。後人鼓吹樂府，新聲起於鄴中；山水風雲，逸韻生於江左。言古興者，多以西漢爲宗；議今文者，或用東朝爲美。落梅芳樹，共體千篇；隴水巫山，殊名一意。亦猶負日於珍狐之下，沈螢于燭龍之前。辛勤逐影，更似悲狂。

罕見鑿空，曾未先覺。潘、陸、顔、謝，蹈迷津而不歸，任、沈、江、劉，來亂轍而彌遠。其有發揮新題，孤飛百代之前；開鑿古人，獨步九流之上。

［唐］駱賓王《駱賓王文集·和道士閨情詩啓》：河朔詞人，王、劉爲稱首；洛陽才子，潘、左爲先覺。若乃子建之牢籠群彦，士衡之籍甚當時，並文苑之羽儀，詩人之龜鏡。

［唐］駱賓王《駱賓王文集·疇昔篇雜言》：文昌隱隱皇城裏，由來奕奕多才子。潘、陸詞鋒駱驛飛，張、曹翰苑縱横起。

［唐］殷璠《河岳英靈集》評『王昌齡』：元嘉以還，四百年内，曹、劉、陸、謝，風骨頓盡。

［唐］李翰《鳳閣王侍郎傳論贊並序》：父子儒學，桓榮與桓郁相承；兄弟文章，陸機與陸雲齊舉。未足以延兹家範，麗我門輝，所謂積善之家必有餘慶，盛德必有百世之祀者也。（《唐文粹》卷二十四）

［唐］令狐德棻等《周書》卷四十一《庾信傳論》：其後逐臣屈平，作《離騷》以叙志，宏才豔發，有惻隱之美。宋玉，南國詞人，追逸轡而亞其迹。大儒荀况，賦禮智以陳其情，含章鬱起，有諷論之義。賈生，洛陽才子，繼清景而奮其暉。並陶鑄性靈，組織風雅，詞賦之作，實爲其冠。自是著述滋繁，體制匪一。孝武之後，雅尚斯文，揚葩振藻者如林，而二馬、王、楊爲之傑；東京之朝，兹道愈扇，咀徵含商者成市，而班、傅、張、蔡爲之雄。當塗受命，尤好蟲篆；金行勃興，無替前烈。曹、王、陳、阮，負宏衍之思，挺棟幹于鄧林；潘、陸、張、左，擅侈麗之才，飾

羽儀於鳳穴。斯並高視當世，連衡孔門。雖時運推移，質文屢變，譬猶六代並協，易俗之用無爽；九流競逐，一致之理同歸。

［唐］張説之《張説之文集・齊黃門侍郎盧思道碑》：昔仲尼之後，世載文學，魯有游夏，楚有屈宋。漢興有賈、馬、王、楊，後漢有班、張、崔、蔡，魏有曹、王、徐、陳、應、劉，晉有潘、陸、張、左、孫、郭，宋齊有顔、謝、江、鮑、何、劉、沈、謝、徐、庾，而北齊有溫、邢、盧、薛、王，皆應世翰林之秀者也。吟詠情性，紀述事業，潤色王道，發揮聖門，天下之人謂之文伯。於戲！國有校，家有塾，禄位以勸，風雅猶存。然千數百年，群心相讓竟稱者，若斯之鮮矣。

［唐］丘悦《三國典略》：齊蕭慤，字仁祖，爲太子洗馬。嘗於秋夜賦詩，其兩句云：『芙蓉露下落，楊柳月中疏。』曰：蕭仁祖之斯文，可謂雕章間出。昔潘、陸齊軌，不襲建安之風；顔、謝同聲，遂革太乙之氣。自漢逮晉，情賞猶自不諧；河北江南，意製本應相詭。（《太平御覽》卷五百八十六）

［唐］李白《李太白集・上安州李長史書》：陸機作太康之傑士，未可比肩；曹植爲建安之雄才，惟堪捧駕。

［唐］崔祐甫《穆氏四子講藝記》：屈原、宋玉，怨刺比興之詞，深而失中，近于子夏所謂哀以思。刻石銘座者，取崔、蔡；論都及政者，宗班、張；飛書走檄者，徵陳琳。曹、劉之氣奮以舉，潘、陸之詞縟而麗，過此以往，未之或知。宋、齊已降，年代未遠，有文之士，胄系皆存，議其

優劣，其詞未易，故闕焉。(《唐文粹》卷七十七)

［唐］柳冕《與徐給事論文書》：文章本于教化，形於治亂，繫于國風，故在君子之心爲志，形君子之言爲文，論君子之道爲教。《易》云：觀乎人文以化成天下，此君子之文也。自屈、宋已降，爲文者本於哀豔，務於恢誕，亡於比興，失古義矣。雖楊、馬形似，曹、劉骨氣，潘、陸藻麗，文多用寡，則是一技。君子不爲也。(《唐文粹》卷第八十四)

［唐］盧藏用《陳伯玉文集序》：孔子殁二百歲而騷人作，於是婉麗浮侈之法行焉。漢興二百年，賈誼、馬遷爲之傑，憲章禮樂，有老成人之風。長卿、子雲之儔瑰詭萬變，亦奇特之士也。惜其王公大人之言，溺於流辭，而不顧其後。班、張、崔、蔡、曹、劉、潘、陸，隨波而作，雖大雅不足，然其遺風余烈，尚有典刑。宋、齊已來，蓋顦顇逶迤，陵頽流靡，至於徐、庾，天之將喪斯文也。(《唐文粹》卷九十二)

［唐］顔真卿《顔魯公集·唐故通議大夫行薛王友柱國贈秘書少監國子祭酒太子少保顔君廟碑銘並序》：昔孔悝有彝鼎之銘，陸機有祠堂之頌，皆所以發揮祖德，敷演家聲，故君子之觀其銘也，既美其所稱，又美其所爲。無而稱之，是誣也；有而不述，其仁乎？

［唐］于頔《杼山集序》：詩自風雅道息二百餘年而騷人作，其旨愁思，其文婉麗，亡楚之變風歟？至西漢，李陵、蘇武始全爲五言詩體，源於風，流於騷。故多憂傷離遠之情。梁昭明所撰《文選》録《古詩十九首》，亡其名氏，觀其詞，蓋東漢之世，亦李、蘇之流也。洎建安中，王仲

宣、曹子建鼓其風，晉世陸士衡、潘安仁揚其波。王、曹以氣勝，潘、陸以文尚。氣勝者，魏祖興武功於二京已覆；文尚者，晉武亡帝圖於劉淵。肇亂觀其人文、興亡之迹。人焉廋哉！人焉廋哉！……魏晉文章，鬱然復興。康樂侯謝靈運，獨步江南，俯視潘、陸。其文炳而麗，其氣逸而暢。

［唐］皎然《杼山集·四言講古文聯句》：降及三祖，始變二雅；仲宣閑和，公幹蕭灑；士衡、安仁，不史不野；左、張精粤，嵇、阮高寡。暨于江表，其文鬱興。綺麗争發，繁蕪則懲。詞曄春華，思清冬冰。

［唐］柳宗元《唐柳先生集·與楊京兆憑書》：自古文士之多莫如今。今之後生爲文希屈、馬者，可得數人。希王褒、劉向之徒者，又可得十人。至陸機、潘岳之比，累累相望。若皆爲之不已，則文章之大盛，古未有也。

［唐］歐陽詹《歐陽行周文集·與王式書》：降自晉、宋、齊、梁，則有若陸機、鮑昭、謝朓、江淹，亦以登庸。雖道德器用不及夔辰，而詞學詩流爲一時之秀。想當群公之論，豈容易之？

［唐］獨孤及《毘陵集·送朱侍御赴上都序》：昔陸士衡入洛，張華如舊相識。之子之文章，粲然有昔賢風采。彼茂先之徒，其肯舍吾子乎？將子獻詩著論，特備風雅，以宣上德、抒下情爲己任。勿獨誇吴趨、閶門之廢興，辯蒓羹、羊酪之優劣而已。急賢之日，何患人不己知？凡今贈別皆吴士也。

［日］遍照金剛《文鏡秘府論·南卷·集論》：自屈宋以降，諧合風騷之曲。長卿詞賦，色麗江波之錦；安仁文藻，彩映河陽之花。子建婉潤，張衡清綺，公幹氣質，景純宏麗。……平原綺思，司空歎其寥廓；吏部英才，隱侯稱其絶世。莫不競宣五色，争動八音，或工於體物，或善於情理；詠之則風流可想，聽之則舒慘在顔。足以比景先賢，軌儀來秀矣。

且文之爲體也，必當詞與旨相經，文與聲相會。詞義不暢，則情旨不宣；文理不清，則聲節不亮。詩人因聲以緝韻，沿旨以製詞，理亂之所由，風雅之所在。……變之者，自當晞聖藻於天文，聽仙章於廣樂；屈、宋爲涯島，班、馬爲堤防，粲、植爲陆落，潘、陸爲郊境。

［後晉］劉昫《舊唐書》卷一百六十六《元稹白居易傳》：迨今千載不乏辭人，統論六義之源，較其三變之體，如一班者蓋寡，類七子者幾何。至潘、陸情致之文，鮑、謝清便之作。迨于徐、庾，踵麗增華，纂組成而耀以珠璣，瑶臺構而間之金碧。

［宋代］

［宋］王禹偁《小畜外集·續酒德頌》：蕭梁既重浮華之文，忘禮法之度。列于王褒、陸機之間，不其失邪！

［宋］黄庭堅《黄庭堅詩話》第一百七十八條：劉賓客《柳枝詞》雖乏曹、劉、陸機、左思之豪

壯，自爲齊梁樂府之將帥也。

[宋]蘇軾曰：二陸聲華，使人可服。（杜甫《分門集注杜工部詩·橋陵詩三十韻因呈縣内諸官》注）

[宋]王欽若《册府元龜》卷八百二十七《品藻二》：謝靈運因宴集問謝晦：潘岳、陸機與賈充優劣。晦曰：安仁諂於權門，士衡邀競無已，並不能保身自求多福。公閭勳名佐世，不得爲並。靈運曰：安仁、士衡才爲一時之冠，方之公閭，本自遼絶。

[宋]計有功《計有功詩話》卷二十四《王昌齡》：殷璠云：元嘉以遠（還），四百年内，曹、劉、陸、謝，風骨頓盡，今昌齡克嗣厥迹。至如明堂坐天子，月朔朝諸侯。

[宋]洪邁《容齋詩話》卷一：古人酬和詩，必答其來意，非若今人爲次韻所局也。觀《文選》所選何劭、張華、盧諶、劉琨、二陸、三謝諸人贈答可知矣。

[宋]葉廷珪《海録碎事》卷十九：杜詩才大，今詩伯。張植謂：機、雲文章藻麗。語友人曰：二陸乃今之詩伯也。

[宋]朱熹《朱文公文集·招隱操》：淮南小山作《招隱》，極道山中窮苦之狀，以風切遁世之士，使無遐心，其旨深矣。其後左太沖、陸士衡相繼有作，雖極清麗，顧乃自爲隱遁之辭，遂與本題不合。故王康琚作詩以反之，雖正左、陸之誤，而所述乃老氏之言，又非小山本意也。

[宋]劉克莊《後村先生大全集·楊彦倓集》：昔河汾王氏（王通），論歷代文士十有六人。略曰：謝靈運，小人哉，其文傲。沈休文，小人哉，其文冶。謝莊、王融，纖人也，其文碎。徐

陵、庾信，誇人也，其文誕。謝朓，淺人也，其文捷。江總，詭人也，其文虛。曰治、曰碎，則不渾厚矣；曰誕、曰虛，則不典；曰捷、曰傲，則寔矣。此河汾氏所以退沈、謝輩，而進荀悦、陸機。

[宋]劉克莊《後村詩話·前集》卷一：四言自曹氏父子、王仲宣、陸士衡後，惟陶公最高，《停雲》《榮木》等篇，殆突過建安矣。

[宋]葉夢得《避暑録話》卷上：陸機以齊王冏矜功自伐，作《豪士賦》刺之，乃託身於成都王穎，謂可康隆晉室，此在恩怨愛憎之間。爾處危亂之世，而用心若此，又濟之以貪權喜功，雖欲苟全可乎！機初入朝，盧志問：『陸遜、陸抗於君遠近？』機曰：『如君於盧毓、盧珽。』既起，陸雲曰：『殊邦遐遠，客主未相悉，何至於此。』機曰：『我祖父名播四海，豈不知耶？』晉史以爲議者以此定二陸優劣，意機優乎？雲優乎？度晉史意不書於雲傳而書於機傳，蓋謂機優也。以吾觀之，機不逮雲遠矣。人斥其祖父名，固非是，吾能少忍，未必爲不孝。而亦從而斥之，是一言之間，志在報復，而自忘其過，尚能置大恩怨乎？若河橋之敗，使機所怨者當之，亦必殺矣。雲愛士不競，真有過機者。不但此一事，方穎欲殺雲，遲之三日不決。以趙王倫殺趙浚，赦其子驤而復擊倫事，勸穎殺雲者乃盧志也。兄弟之禍，志應有力，哀哉！人惟不爭於勝負强弱，而後不役於恩怨愛憎，雲累於機，爲可痛也。

[宋]王正德《余師録》卷一『晁補之』：晁補之《序變離騷》謂：曹植賦最多，要無一篇逮漢者。賦卑弱自植始，然植文於魏諸子中特出，而植好古，自漢而上遺文，皆一一規模之。《九

愁》《九詠》，仿楚詞者也，然已繁促，嗚呼！《離騷》自此益變矣。謂王粲詩有古風。《登樓》之作去楚詞遠，又不及漢，然猶過潘岳、陸機《閒居》《懷舊》衆作。晉之文，上不逮漢而下愧唐。陸雲與兄機自吴入晉，張華一見大賞之，然華文亦謝漢唐，未足稱於後來也。陸雲《九愍》之作，蓋仿《九辯》而下，思而不貳，差近楚詞，非若機之《歎逝》止愛生而悲死，《文賦》止翰墨事而已，舍曰體弱，則其義亦可取也。

〔宋〕王正德《余師録》卷三『呂居仁』：陸士衡《文賦》云：『立片言以居要，乃一篇之警策』，此要論也。文章無警策則不足以傳世，蓋不能竦動世人。如老杜及唐人諸詩，無不如此。似晉宋間人，專致力於此，故失於綺靡而無高古氣味。老杜詩云：『語不驚人死不休。』所謂驚人語，即警策也。

〔宋〕王正德《余師録》卷三『顏之推』：顏之推《家訓》云：夫文章者，原出《五經》……至於陶冶性靈，從容諷諫，入其滋味，亦樂事也。行有餘力，則可習之。然而自古文人，多陷輕薄。屈原露才揚己，顯暴君過；宋玉體貌容冶，見遇俳優；東方曼倩滑稽不雅，司馬長卿竊貲無操；王褒過章《僮約》，揚雄德敗《美新》；李陵降辱夷虜，劉歆反覆莽世；傅毅党附權門，班固盜竊父史；趙元叔抗竦過度，馮敬通浮華擯壓；馬季長佞媚獲誚，蔡伯喈同惡受誅；吴質詆忤鄉里，曹植悖慢犯法；杜篤乞假無厭，路粹隘狹已甚；陳琳實號粗疏，繁欽性無檢格；劉楨屈强輸作，王粲率躁見嫌；孔融、禰衡誕傲致殞，楊修、丁廙扇動取斃；阮籍無禮敗俗，嵇康凌物凶終；傅玄忿鬥免官，孫楚矜誇凌上；陸機犯順履險，潘岳乾没取危；顔延年負氣摧黜，謝靈運空疏亂紀；王元長凶賊自詒，謝玄暉侮慢見及。凡此諸人，皆其翹秀者，不能悉紀，大較如此。

［宋］嚴羽《滄浪詩話·詩法》：黄初之後，惟阮籍《詠懷》之作極爲高古，有建安風骨。晉人舍陶淵明、阮嗣宗外，惟左太沖高出一時，陸士衡獨在諸公之下。

［宋］魏慶之《詩人玉屑》卷十二《歷論諸家》：詩之興作，兆基邃古。唐歌虞詠，始載典謨；商頌周雅，方陳金石。其後言志緣情，二京彌甚；含毫瀝思，魏晉彌繁。李都尉『鴛鴦』之詞，纏綿巧妙；班婕妤『霜雪』之句，發越清迥。平子『桂林』，理在文外，伯喈『翠鳥』，意盡行間。河朔人物，王劉稱首；洛陽才子，潘左覺先。乃若子建之牢籠群彦，士衡之藉甚當時，並文苑之羽儀，詩人之龜鑑。

［宋］王觀國《王觀國詩話》第四十六則：陸士衡《擬古詩》曰：『牽牛西北回，織女東南顧。』又曰：『招摇西北指，天漢東南傾。』又《園葵詩》曰：『朝榮東北傾，夕潁西南晞。』……凡此四方，亦皆文言，無先後之序也。

［宋］王觀國《王觀國詩話》第五四則：陸士衡《樂府》曰：『親友多零落，舊齒多雕喪。市朝互遷易，城闕或丘荒。』此平聲用喪字也。又士衡《爲顧顔先贈婦詩》曰：『辭家遠行遊，悠悠三千里。京洛多風塵，素衣化爲緇。』此以上聲用緇字也。

〔宋〕王觀國《學林》卷九：薄音泊，又音博，又音逼。其音泊者，厚薄也，林薄也，草木叢生曰薄。故揚雄《甘泉賦》曰：『列辛夷于林薄。』左太沖《蜀都賦》曰：『翕響揮霍，中網林薄。』陸士衡《君子有所思行》曰：『清川帶華薄。』又《挽歌詩》：『按轡遵長薄。』若此類是也。音博者，其義則激搏也。《易》曰：『風雷相薄。』《史記・天官書》曰：『日月薄食。』謝瞻《詠張子房詩》曰：『鴻門銷薄蝕。』若此類是也。音逼者，相逼近也。《春秋左氏傳》曰：『宋師未陳而薄之，敗諸鄗。』又曰：『晉公子重耳及曹，曹共公聞其駢脅，欲觀其裸浴，薄而觀之。』又曰：『不待期朝而薄入於險。』又曰：『寧我薄人，無人薄我。』陸士衡文曰：『高義薄雲天。』又《塘上行》曰：『願君廣末光，照妾薄暮年。』范彥龍《效古詩》曰：『朝驅左賢陣，夜薄休屠營。』杜子美《彭衙行詩》曰：『高義薄層雲。』江淹《恨賦》曰：『薄暮心動。』若此類是也。凡此三音，其義皆迥。不同讀之，不可混而無別。

〔宋〕葉適《水心先生文集・跋劉克遜詩》：然其閑淡寂寞，獨自成家；怪偉伏平易之中，趣味在言語之外，兩謝、二陸不足多也。

〔宋〕葉適《習學記言》卷三十：自魏至隋唐，曹植、陸機爲文士之冠。植雖波瀾闊，而工不逮機。但植猶有漢餘體，機則格卑氣弱，雖杼軸自成，遂與古人隔絶。至使筆墨道廢數百年，可歎也。然機於文字組織錯綜之間，實有其功。雖古今豪傑命世者，亦有所不能預此，不可不知觀。其譏切曹冏（按：應是司馬冏），以退爲高，而託寄非所，勳烈不就，竟夷其族，乃知文人能言者多，能行者少，固無取於智也。

［宋］葉適《習學記言》卷三十三：徐陵文頗變舊體，緝裁巧密，多有新意。每一文出，好事者已傳寫成誦，被之遠近，家藏其本，遂爲南北所宗，陸機、任昉不能逮也。

［宋］李洪《芸庵類稿·除左帑謝廟堂啓》：陸機入洛，志襲先人之清芬；揚雄草玄，晚悔童子之少作。

［宋］馬永易《實賓録》卷三：晉張載弟協有才，齊名亢。才藻不逮二昆，亦有屬綴。時人謂載協、亢，陸機、雲曰「二陸」「三張」。史臣曰：二陸入洛，三張減價。考覈其文，非徒語也。

［元代］

［元］郝經《郝氏續後漢書》卷七十三《阮籍傳》：蘇武、李陵初爲古詩，高簡雅質，爲西漢正體。建安中，七子作而詞氣盛。逮夫潘、陸，益尚才華，古意始衰矣。惟東漢之《十九首》與阮籍之《詠懷》十七首，托物寓興，辭旨幽婉，曠逸邁往，如醉語無叙，吐出真實，高風遠韻，邈不可及。

［元］元好問《論詩三十首·論杜詩》：鬥靡誇多費覽觀，陸文猶恨冗于潘。心聲只要傳心了，布穀瀾翻可是難。

［元］陶宗儀《説郛》卷七十九下：士衡才思有餘，但胸中書太多，所擬能痛割捨乃佳耳。

［元］陶宗儀《説郛》卷七十九下：雲間袁凱，師法少陵，格調高雅。奚止白燕、九峰、三泖之秀，二陸卓矣。

［元］陶宗儀《説郛》卷八十：二陸之作，辭氣重厚，有館閣之體，盛唐諸家應制多出此。

［元］楊載《詩法家數·總論》：詩體三百篇，流爲楚詞，爲樂府，爲古詩十九首，爲蘇李五言，爲建安黄初，此詩之祖也；《文選》劉琨、阮籍、潘、陸、左、郭、鮑、謝諸詩，淵明全集，此詩之中也；老杜全集，詩之大成也。

［元］祝堯《古賦辯體》卷五《三國六朝體上》：蓋西漢之賦，其辭工於楚騷。東漢之賦，其辭又工於西漢。以至三國六朝之賦，一代工於一代。辭愈工則情愈短，情愈短則味愈淺，味愈淺則體愈下。建安七子，獨王仲宣辭賦有古風。歸來子曰：仲宣《登樓》之作，去楚騷遠，又不及漢。然猶過曹植、陸機、潘岳衆作，魏之賦極此矣。誠以其《登樓》一賦，不專爲辭人之辭，而猶有得于詩人之情，以爲風比興等義。

［明代］

［明］宋濂《答章秀才論詩書》：姑以漢言之。蘇子卿、李少卿非作者之首乎？觀二子之所

著，紆曲淒惋，實宗國風與楚人之辭。二子既没，繼者絶少。下逮建安、黄初，曹子建父子起而振之，劉公幹、王仲宣力從而輔翼之。正始之間，嵇、阮又迭作詩道，於是乎大盛。然皆師少卿，而馳騁於風雅者也。自時厥後，正音衰微，至太康復中興。陸士衡兄弟則仿子建，潘安仁、張茂先、張景陽則學仲宣，左太沖、張季鷹則法公幹，獨陶元亮天分之高其先，雖出於太沖、景陽，究其所自得，直超建安而上之，高情遠韻，殆猶太羹充鉶，不假鹽醯，而至味自存者也。元嘉以還，三謝、顔、鮑爲之首。三謝亦本子建，而雜參于郭景純。延之則祖士衡，明遠則效景陽，而氣骨淵然，駸駸有西漢風餘。或傷於刻鏤，而乏雄渾之氣，較之太康則有間矣。（《稗編》卷七十四）

［明］曾鼎《文式》卷上《家數》：以時論：建安體。曹氏父子及鄴中（七）子。黄初體。與建安相接。正始體。嵇阮諸公。太康體。左思、潘岳、二陸。元嘉體。顔、鮑、謝諸公。齊梁體。通兩朝言。盛唐體。開元天寶諸公之詩。

［明］貝廷臣《清江貝先生文集·三賢贊並序》：瓊常求天下士以文章名一世者，古今不數人。以事業著萬世者，古今不數人。若晉平原内史陸士衡及弟清河内史士龍，此以文章名一世者乎！唐平章事陸宣公，此以事業著萬世者乎。初，士衡兄弟之歸晉也，張華曰：『伐吴之役，利獲二俊。』且中州非無能言之士，而弘麗漂逸，殆不及焉。史稱其遠超枚、馬，高躡王、劉，百代文宗一人而已，則其文章可知已。

［明］姚鉉《唐文粹序》：至於魏、晉，文風下衰；宋、齊以降，益以澆薄。然其間鼓曹、劉之氣焰，聳潘、陸之風格，舒顔、謝之清麗，藹何、劉之婉雅。雖風興或缺，而篇翰可觀。

［明］安盤《頤山詩話》：陸士衡之詩，鍾嶸謂『爲太康之英，安仁、景陽爲輔』，與陳思、謝客並稱。嚴羽謂『士衡獨在諸公之下』。二者孰是？試參之，蓋士衡綺練精絶，學富而辭贍，才逸而體華，嶸之論亦是。若以風骨氣格言之，是誠在曹、劉、二張、左、阮之下也。

［明］徐獻忠《唐詩品・永興文懿公虞世南》：虞監師資野王，嗜慕徐、庾。髫丱之年，婉縟已著；琨璵之美，綺藻並豐。雖隋皇忌人之主，貞觀睿聖之朝，然而善始之愛，身存亂朝，準倫之譽，竟列名朝，駢美二陸，不信知言乎。

［明］徐獻忠《唐詩品・左散騎常侍高適》：故其爲詩，直舉胸臆；模畫景象，氣骨琅然。而詞峰華潤，感賞之情，殆出常表，視諸蘇卿之悲憤，陸平原之惆悵，辭節雖離而音調不促，無以過之矣。

［明］徐獻忠《唐詩品・侍御皇甫曾》：景陽華凈，遂掩哲昆；平原英贍，竟難家弟。

［明］謝榛《四溟詩話》卷三：士衡、士龍有才而恃，靈運、玄暉有才而露。大抵德不勝才，猶泛舸中流，舵師失其所主，鮮不覆矣。

［明］徐禎卿《談藝録》：魏詩，門户也；漢詩，堂奥也。入户升堂，固其機也。而晉氏之風，本之魏也。然而判迹于魏者，何也？故知門户非定程也。陸生之論文曰：『非知之難，行

之難也。』夫既知行之難，又安得云知之非難哉？又曰：『詩緣情而綺靡。』則陸生之所知，固魏詩之渣穢耳。嗟夫！文勝質衰，本同末異，此聖哲所以感歎，翟、朱所以興哀者也。夫欲拯質，必務削文；欲反本，必資去末。……由質開文，古詩所以擅巧；由文求質，晉格所以爲衰。若乃文質雜興，本末並用，此魏之失也。故繩漢之武，其流也猶至於魏；宗晉之體，其敝也不可以悉矣。

［明］皇甫汸《解頤新語》卷四：江淹曰：『楚謡漢風，既非一骨；魏製晉造，固亦二體。譬猶藍朱成彩，錯雜之變無窮；宮商爲音，靡曼之態不極。……世之諸賢，各滯所迷，莫不論甘而忌辛，好丹而非素。公幹、仲宣之論，家有曲直；安仁、士衡之評，訐立矯抗。況復殊於此者乎？』

［明］皇甫汸《皇甫司勳集·答子浚兄書》：蓋詩之爲教，緣情託興，其感人深遠，乃至是哉。吾兄以宏大之才，充以博極之學，故其爲詩也，兼綜諸體之妙，而不能稱之以一長。盡臻名家之奥，而不能擬之以一子。此二陸辭藻，獨秀於平原；三謝聲華，莫先於康樂者也。美哉富哉，允乎可以傳矣。

［明］何良俊《元朗詩話》卷一：《選》詩之中，若論華藻綺麗，則稱陳思、潘、陸；苟求風力遒迅，則《十九首》之後，便有劉楨、左思。

［明］何良俊《元朗詩話》卷一：詩家相沿，各有流派。蓋潘、陸規模子建，左思步驟劉楨，

而靖節質直，出於應璩之《百一》，蓋顯然明著者也。則鍾參軍《詩品》，亦自具眼。

[明]何良俊《元朗詩話》卷一：詩自左思、潘、陸之後，至義熙、永明間，又一變矣。然當以三謝爲正宗，蓋所謂『芙蓉出水』者，不但康樂爲然。如惠連《秋懷》、玄暉『澄江静如練』等句，皆天然妙麗處。若顔光禄、鮑參軍，雕刻組繢，縱得成道，亦只是羅漢果。

[明]何良俊《元朗詩話》卷二：黄山谷《跋劉賓客柳枝詞》云：劉賓客《柳枝詞》，雖乏曹、劉、陸機、左思之豪壯，自爲齊梁樂府之將領也。又云：劉夢得《竹枝》九首，蓋詩人中工道人意中事者，使白居易、張籍爲之，未必能也。

[明]徐師曾《詩體明辨序》：魏之武、文，歌行絶勝，陳思尤稱清雄，然建安七子，風流首倡矣。嵇、阮超逸，有古詩人遺距。晋代則張華、傅玄、陸機、陸雲、潘岳、左思，雄峙於前；郭璞、孫綽、王羲之、陶潛，揚輝於後。宋世最稱顔、謝，芙蓉雕繢，爲五言勝，而鮑照亦來俊逸之譽。

[明]徐師曾《文體明辨序説》：六言詩昉于漢司農谷永，魏晋間曹（植）、陸（機雲兄弟）間出，其後作者漸多，然不過詩人賦詠之餘耳。（按：今士龍集失載六言詩）

[明]吕柟《涇野子内篇》卷一：陳詔問：自漢以來詩亡何謂也？先生曰：觀風之官不設而風亡，王道廢而雅亡，諂道興而頌亡。李白、杜甫何如？曰：二子應博學宏辭科則可矣，於詩則未也。然而君子猶有取焉者，辭有近乎史者也。潘岳、劉琨、江淹、鮑照、二陸、三謝、沈宋如之何？曰：亂世之作也，宜勿有於世矣。問：曹植、王粲、劉楨、阮籍。曰：其漢之衰乎！

然而塗斯人之耳目者，則自是耳。問韋孟、蘇武、陶潛。曰：賴有此歟，其《鶴鳴》《蓼莪》《考盤》之亞乎。故君子不知風不足以成俗，不知雅不足以立政，不知頌不足以敦化。

［明］吕柟《涇野子内篇》卷二十二：葛澗説：李空同爲海内人物。高相曰：使空同在，必不下拜。澗復稱其文似秦漢，詩似三謝、二陸，用心刻苦，文集可觀。先生曰：欲看空同文集，當先觀其奏疏，如上弘治、正德二疏，甚有忠君愛國之心，氣節可取。如詩文模仿魏晉，却差用心，使移此心爲《大學》《中庸》則爲曾子、子思矣。

［明］田藝蘅《香宇詩談》：陸士衡豐才奇思，誠當一字千金，所謂『氣少於公幹，文劣于仲宣』者。蓋劉則風骨超群，王則秀麗獨步。至若粲之悽愴，楨之振絶，足擅偏長。

［明］梁橋《冰川詩式》卷二：四言詩，自曹氏父子、王仲宣、陸士衡後，惟元亮最高。

［明］譚浚《説詩》卷上《總辨》：除煩以約，理舉而義不孤；去濫以清，通制而義不混。學有餘而約用之，善用事者也。意有餘而約以盡之，善措詞者也。若士衡才優而詞繁綴，士龍思劣而好清省，謝艾繁而不可删，王濟略而不可益。

［明］譚浚《説詩》卷下《人物》：何仲默云：古法亡于謝、陸，（陸）詩語俳體不俳，謝詩體語俱俳也。

［明］譚浚《言文》卷上：敷陳實義謂之布，剪裁浮詞謂之删。其思贍而才優者善布，其才核而思約者善删。善删者字去而意留，精要而不晦；善布者句迭而事實，充滿而不蕪。字删

而意闕，則短乏而非核；章布而言重，則紛冗而非贍。此陸機才優而詞繁，陸雲思劣而詞省也。

［明］朱荃宰《文通·鎔裁》：至如士衡才優，而綴辭尤繁；士龍思劣，而雅好清省。及雲之論機，亟恨其多，而稱『清新相接，不以爲病』，蓋崇友于耳。夫美錦製衣，修短有度，雖玩其采，不倍領袖。巧猶難繁，況在乎拙？《文賦》以爲『榛楛勿剪』『庸音足曲』，其識非不鑒，乃情苦芟繁也。

［明］張萱《疑耀》卷五《詩法》：四言詩自三百篇後，絶無繼者，獨韋孟稍近之。漢魏而下，詞既偶儷，氣亦緩弱。至顔、陸諸篇，大非風人之旨。茂先《勵志》，淵明《停雲》，雖云古質，然尚不逮陳思王，況雅頌乎？故作四言者，必以三百篇爲法。而五言古（詩），必取材于漢魏。蓋建安諸子，猶有古風，特華采過之，故渾厚不逮耳。若潘、陸、陶、謝，則去漢遠矣。

［明］王世貞《藝苑卮言》卷一：四言詩須本風雅，間及韋、曹，然勿相雜也。世有白首鉛槧，以訓故求之，不解作詩壇赤幟。亦有專習潘、陸，忘其鼻祖。要之，皆日用不知者。

［明］王世貞《藝苑卮言》卷三：石衛尉縱横一代，領袖諸豪，豈獨一財雄之，政才氣勝耳。《思歸引》《明君辭》，情質未離，不在潘、陸下，劉司空亦其儔也。《答盧中郎》五言，磊塊一時，涕淚千古。

［明］王世貞《藝苑卮言》卷三：陸士衡翩翩藻秀，頗見才致，無奈俳弱何？安仁氣力勝之，

趣旨不足。太沖莽蒼，《詠史》《招隱》，綽有兼人之語，但太不雕琢。

[明]王世貞《藝苑巵言》卷三：孫興公曰：『潘文淺而净，陸文深而蕪。』又云：『潘文爛若披錦，無處不善；陸文若排沙揀金，往往見寶。』又茂先嘗謂士衡曰：『人患才少，子患才多。』然則陸之文病在多而蕪也。余不以爲然。陸病不在多而在模擬，寡自然之致。

[明]王世貞《藝苑巵言》卷三：謝靈運天質奇麗，運思精鑿，雖格體創變，是潘、陸之餘法也，其雅縟乃過之。

[明]王世貞《藝苑巵言》卷三：古詩四言之有冒頭，蓋不始延年也，二陸諸君爲之俑也。如《皇太子宴宣猷堂應令》，而士衡起句曰：『三正迭紹，洪聖啓運。自昔哲王，先天而順。』凡十六韻而始及太子。《大將軍宴會》，而士衡起句曰：『皇皇帝祜，誕隆駿命。四祖正家，天禄安定。』凡八韻而始入晉亂，齊王冏始平之。又士衡《贈斥丘令》而曰：『於皇聖世，時文惟晉。受命自天，奄有黎獻。』《答賈長侍》而曰：『伊昔有皇，肇濟黎蒸。先天創物，景命是膺。』潘安仁爲賈答而曰：『肇自初創，二儀煙煴。爰有生民，伏羲始君。』晉武《華林宴集》，而應吉甫起句云：『悠悠太上，民之厥初。皇極肇建，彝倫攸敷。』若爾則不必費此等語，但成一冒頭，百凡宴會酬贈，可舉以貫之矣。

[明]王世貞《藝苑巵言》卷三：張正見詩，律法已嚴於四傑，特作一二拗語爲六朝耳。士衡、康樂已于古調中出俳偶，總持、孝穆不能於俳偶中出古思，所謂『今之諸侯，又五霸之罪

人』也。

［明］王世貞《藝苑卮言》卷四：今人以賦作有韻之文，爲《阿房》《赤壁》累，固耳。然長卿《子虛》，已極曼衍；《卜居》《漁父》，實開其端。又以俳偶之罪，歸之三謝，識者謂起自陸平原，然《毛詩》已有之，曰：『覯閔既多，受侮不少。』

［明］王世貞《弇州四部稿》卷一百四十六：陸士衡翩翩藻秀，頗見才致，無奈俳弱何？安仁氣力勝之，趣旨不足。太沖莽蒼，《詠史》《招隱》綽有兼人之語，但太不雕琢。

［明］王世貞《弇州四部稿》卷一百六十一：陸士龍詩，故不如士衡耳。至本傳所載，范陽盧志於衆中問曰：『陸遜、陸抗於君遠近？』機曰：『如君於盧毓、盧珽。』志默然。既起，雲謂機曰：『殊邦遐遠，容不相悉，何至此哉！』機曰：『我父祖名播海内，寧不知耶？』議者以此定二陸優劣，竊恐未爾。武帝嘗問吾彦：『陸喜、陸抗二人誰多也？』彦曰：『道德名望，抗不及喜；立功立事，喜不及抗。』後彦爲交州，餉士衡兄弟，士衡將受之。士龍曰：『彦本微賤，爲先公所拔，而答詔不善，安可受之？』乃止。此段事絶同，乃大相反，何也？要之，致嚴取與，覺士龍爲勝。

［明］汪廷訥《文壇列俎評文·賦則》卷九：宋玉嗣響，頗得邯鄲之步。而後之作者，雖遞相頡頏，要以微入無垠，或合或離，獨司馬長卿最爲傑出。次賈長沙，又次揚子雲、班孟堅，又次張平子、曹子建、陸士衡。噫！難言哉！唐宋以還，亦同祖風騷，然皆自以其賦爲賦，繩以古

法，若培塿之與泰岱。

［明］朱荃宰《文通》卷二十二《贋》：又有本有撰人，後人因亡逸而僞題者，《正訓》稱陸機之類是也。

［明］王禕《王忠文集》卷五《練伯上詩序》：漢以來，蘇子卿、李少卿實作者之首，此詩之始變也。迨乎建安，接魏黄初，曹子建父子起而振之，劉公幹、王仲宣相爲倡和。正始之間，嵇、阮又繼作，詩道於是爲大盛，此其再變也。自是以後，正音稍微。逮晉太康而中興，陸士衡兄弟、潘安仁、張茂先、張景陽、左太沖，皆其稱首。而陶元亮天分獨高，自其所得，殆超建安而上之。此又一變也。宋元嘉以還，三謝、顔、鮑者作，似復有漢魏風。然其間或傷藻刻，而渾厚之意缺焉，視太康不相及矣。齊永明而下，其弊滋甚，沈休文之拘於聲韻，王元長之局於褊迫，江文通之過於摹擬，陰子堅、何仲言之流於纖瑣，徐孝穆、庾子山之專於婉縟，無復古雅音矣。此又一變也。

［明］茅一相《欣賞詩法·詩學淵源之圖》：詩體《三百篇》，流爲楚詞，爲樂府，爲古詩十九首，爲蘇、李五言，爲建安、黄初，此詩之祖也。《文選》劉琨、阮籍、潘、陸、左、郭、鮑、謝諸詩，淵明全集，此詩之宗也。老杜全集，詩之大成也。

［明］茅一相《欣賞詩法·詩評》：古詩四言之有冒頭，蓋不始延年也，二陸諸君爲之俑也。若韋孟之《諷諫》，思王之《責躬》《應詔》，靖節之《贈族》，叔夜之《幽憤》，仲宣之《贈蔡睦文始》，

越石之《贈盧諶》，寧有是耶？

［明］王世懋《藝圃擷餘》：《詩》四始之體，惟《頌》專爲郊廟頌述功德而作。其他率因觸物比類，宣其性情，恍惚遊衍，往往無定。以故説詩者，人自爲説。若孟軻、荀卿之徒，及漢韓嬰、劉向等，或因事傅會，或旁解曲引，而春秋時王公大夫賦詩，以昭儉汰，亦各以其意爲之，蓋詩之來固如此。後世惟《十九首》猶存此意，使人擊節詠歎，而未能盡究指歸。次則阮公《詠懷》，亦自深於寄託。潘、陸而後，雖爲四言詩，聯比牽合，蕩然無情。……故余謂《十九首》，五言之《詩經》也，潘、陸而後，四言之排律也，當以質之識者。

［明］陳第《讀詩拙言》：漢魏六朝之詩，騷賦之變，而近體之椎輪也。其贈送，有規諫焉；其引用，有根據焉。華不滅質，色能澤理。其音與古合，如服、宅、年、南、嘉、澤、客、發之類，已采入旁證。其與古異者，如車、家、華、邪之類，亦頗附於末。見其所由變者，漸矣。尚有於今不合古、無可附者，亦皆其時之音也。注者悉謂之葉，毋乃冤乎？故楚騷、漢賦無論，姑舉其近者。劄，讀節也，古與顏、陸本非相師。『霞』，讀何也，曹與陸、謝亦非相襲。『閉』，讀鼈也，則潘、顏之作可徵。『謳』，讀區也，則曹、陸之辭可據。『嶽』，讀獄也，陸與司馬不約而同。『袂』，讀決也，沈與江淹匪期而合。或讀『緇』爲止，或讀『没』爲滅。或讀『開』爲虧，或讀『蔽』爲別。或讀『霞』爲布，或讀『惜』爲削。或讀『横』爲黄，或讀『璧』爲博。或讀『灑』爲洗，或讀『扇』爲膻。或讀『蜕』爲泄，或讀『淺』爲千。或讀『寐』爲蜜，或讀『籍』爲酌。或讀『葩』爲坡，或讀『石』

爲芍。或讀『窗』爲聰，或讀『肅』爲瑟。或讀『淮』爲熙，或讀『昧』爲蔑。或讀『頭』爲徒，或讀『滏』爲淅。或讀『蹯』爲軒，或讀『戾』爲裂。或讀『掃』爲暑，或讀『播』爲皤。或讀『串』爲慣，或讀『蟠』爲波。又『晉』今讀進，『彼』讀薦，使非當時之音。陸氏兄弟乃以『國』他葉，可乎？故讀六朝，必考六朝之音，由此而上可知也。不然，同乎我者，謂聲之諧；異乎我者，謂韻之葉。以一地概四方，以一時概千古，將使文字聲律，渙判支離，而靡有畫一，豈所貴於誦讀哉？

［明］周履靖《騷壇秘語》卷上《體第十五》：陸機，才思有餘，但胸中書太多，所礙（按：當擬）能痛割捨乃佳耳。

［明］茅坤《與蔡白石太守論文書》：蓋萬物之情，各有其至，而人以聰明智慧，操且習於其間，亦各有所近，必專一以致其至，而後得以偏有所擅而成其名。故世皆隨孔氏，以非達巷，而僕獨謂孔氏之言者聖學也。今人未能學聖人之道，而輕議達巷者，皆惑也。屈、宋之于賦，李陵、蘇武之於五言，馬遷、劉向之于文章傳記，皆各擅其長，以絶藝後代，然竟不能相兼者，非不欲也，力不足也。故李、杜詩聖，而韓、歐文匠，其間不自量力，揚躁蹀躞而進者，獨魏晉曹劉、二陸及唐元白、柳宗元之徒，稍稍侈心焉，然亦疲矣。使宗元獨以其文與韓昌黎争雄，當未辨孰劉孰項，而曹、劉獨縱其詩聲于武陵之間，又未必降爲黄初之音也。故曰人各有能，有不能。僕才乏思澀於兩者，俱無能者也。（《文章辨體彙選》卷二百四十）

［明］張溥《晉潘岳集題詞》：二陸厝門，戎毒相類，天下哀之，遂騰討檄。安仁東市，獨無

憐者。士之賢愚，至死益見。余深爲彼美惜焉。（《漢魏六朝百三家集》卷四十五）

［明］薛應旂《六朝詩集序》：今天下論詩者謂不關理，論理者多病詩，一及六朝，不遑究觀，而襲聞傳聽已概擬其侈靡矣。烏乎！詩本性情，衺正污隆，理無不在，不有獨見，率同耳食，未可與論詩，可與論理也與哉？故曰商賜始可與言詩也。或謂六朝詩惡得與三百篇比？不知先民所詢，聖人所擇，往夫采薪，咸爲陳列，故仲尼歸衛而正，季札聘魯而觀，蓋未嘗遺乎列國之風也。齊梁間人士，獨非閭巷歌謡，棄妻思婦類耶？昔王通氏聖之修者也，其所續詩，今不概見，然觀其稱士衡之文，以及靈運之傲，休文之冶，鮑昭、江淹之急以怨，吴筠、孔珪之怪以怒，謝莊、王融之纖碎，徐陵、庾信之誇誕，孝綽兄弟之淫，湘東諸王之繁，謝朓之捷，江總之虚，顔延之、王儉、任昉之約以則，是其所謂續詩者，大都皆夫人之詩爾。四名五志，意義所繫，豈微乎哉！然則斯集也，其殆續詩之散逸，固匪直兩漢之餘波，初唐之濫觴也。矧夫諸侯不貢詩，行人不采風，樂官不達雅，國史不明變，而列代之風泯焉久矣。論世以徵化者，於斯可以弗之觀耶？

［明］鍾惺、譚元春《詩歸》卷八：譚云：陸才名千古一詞，然手重不能運，語滯不能清。腹之所有，不暇再擇；韻之所遇，不能少變。大陸一生筆墨，只留得『民動如煙』四字。小陸佳處，只『天地則爾，户庭已悠』二語耳。静衷思之又思，若以爲妄，當于鍾子分之。

［明］胡應麟《詩藪・内編》卷一：七國所以兆漢，六朝所以開唐，五代所以基宋。然七國、

六朝，變亂斯極，而文人學士，挺育實繁。屈、宋、唐、景，鵲起於先。故一變爲漢，而古詩獨擅。曹、劉、陸、謝，蟬聯於後，故一變爲唐，而近體百世攸宗。

［明］胡應麟《詩藪·内編》卷一：四言漢多主格，魏多主詞，雖體有古近，各自所長。晉諸作者，浮慕《三百》，欲去文存質，而繁靡板垛，無論古調，並工語失之。今觀二陸、潘、鄭諸集，連篇累牘，絶無省發，雖多奚爲？

［明］胡應麟《詩藪·内編》卷一：叔夜《送人從軍》至十九首，已開晉宋四言門户。然雄辭彩語，錯互其間，未令人厭。至士龍兄弟，氾濫靡冗，動輒千言，讀之數行，掩卷思睡。說者五言之變，昉與潘、陸，不知四言之亡，亦晉諸子爲之也。

［明］胡應麟《詩藪·内編》卷二：古詩浩繁，作者至衆。雖風格體裁，人以代異，支流源委，譜系具存。炎劉之製，遠紹《國風》。曹魏之聲，近沿枚、李。陳思而下，諸體畢備，門户漸開。阮籍、左思，尚存其質。陸機、潘岳，首播其華。靈運之詞，淵源潘、陸。明遠之步，馳驟太沖。有唐一代，拾遺草創，實阮前蹤。太白縱横，亦鮑近矱。少陵才具，無施不可，而憲章祖述漢魏六朝，所謂風雅之大宗，藝林之正朔也。

［明］胡應麟《詩藪·内編》卷二：兩漢諸詩，惟《郊廟》頗尚辭，樂府頗尚氣。至《十九首》及諸雜詩，隨語成韻，隨韻成趣，辭藻氣骨，略無可尋，而興象玲瓏，意致深婉，真可以泣鬼神、動天地。魏氏而下，文逐運移，格以人變。若子桓、仲宣、士衡、安仁、景陽、靈運，以詞勝者

也；兼備二者，唯獨陳思。然古詩之妙，不可復覩矣。

［明］胡應麟《詩藪·内編》卷二：曹、劉、阮、陸之爲古詩也，其源遠，其流長，其調高，其格正。陶、孟、韋、柳爲古詩也，其源淺，其流狹，其調弱，其格偏。

［明］胡應麟《詩藪·内編》卷二：建安首稱曹、劉。……晉則嗣宗《詠懷》，興寄沖遠，太沖《詠史》，骨力莽蒼，雖塗轍稍歧，一代傑作也。安仁、士衡，實曜冢嫡，而俳偶漸開。康樂風神華暢，似得天授，而駢儷已極。至於玄暉，古意盡矣。

［明］胡應麟《詩藪·内編》卷二：何仲默云：陸詩體俳語不俳，謝則體語俱俳。可謂千古卓識。

［明］胡應麟《詩藪·内編》卷二：仲默稱曹、劉、阮、陸，而不取陶、謝。陶、謝之變而淡也，唐古之濫觴也；謝、陸之增而華也，唐律之先兆也。

［明］胡應麟《詩藪·内編》卷二：士龍文章，差亞乃昆，詩遠不如。中散不以詩名，然四言亦有佳處。

［明］胡應麟《詩藪·内編》卷二：古詩自有音節。陸、謝體極俳偶，然音節與唐律不同。唐人李、杜外，惟嘉州最合。襄陽、常侍雖意調高遠，至音節時入近體矣。

［明］胡應麟《詩藪·外編》卷二：晉宋之文，古今詩道升降之大限乎！魏承漢後，雖浸尚華靡，而淳樸餘風，隱約尚在。步兵優柔沖遠，足嗣西京，而渾噩頓殊。記室豪宕飛揚，欲追子

建，而和平概乏。士衡、安仁一變而俳偶愈工，淳樸愈散，漢道盡矣。

〔明〕胡應麟《詩藪·外編》卷二：陸才如海，潘才如江，潘、陸之定品也。

〔明〕胡應麟《詩藪·外編》卷二：漢、魏、晉、宋、齊、梁、陳、隋，八代之階級森如也。枚、李、曹、劉、阮、陸、陶、謝、鮑、江、何、沈、徐、庾、薛、盧，諸公之品第秩如也。其文日變而盛，而古意日衰也；其格日變而新，而前規日遠也。

〔明〕胡應麟《詩藪·外編》卷二：士衡諸子，六代之初也；靈運諸子，六代之盛也；玄暉諸子，六代之中也；孝穆諸子，六代之晚也。

〔明〕胡應麟《詩藪·外編》卷二：蘇、李之才，不必過曹、劉；陸、謝之才，不必下於公幹。而其詩不同也，則其世之變也。其變之善也，則其才之高也。

〔明〕胡應麟《詩藪·外編》卷二：平原氣骨遠非太沖比，然仲默亟稱阮、陸，獻吉並推陸、謝，以其體備才兼，嗣魏開宋耳。

〔明〕胡應麟《詩藪·外編》卷二：《文賦》云：『詩緣情而綺靡。』六朝之詩所自出也，漢以前無有也。『賦體物而瀏亮。』六朝之賦所自由也，漢以前無有也。蘇、李諸詩，和平簡易，傾寫肺肝，何有於綺靡？自綺靡言出，而徐、庾兆端矣。馬、楊諸賦，古奥雄奇，贅澀牙頰，何有於瀏亮？自瀏亮體興，而江、謝接迹矣。故吾嘗以阮、左者，漢魏之遺；而潘、陸者，六朝之首也，未可概以晉人也。《名都》《白馬》諸篇，已有綺靡意，而文猶與質錯也。《洛神》《銅爵》諸篇，已有溜亮意，而質浸爲文掩也。故魏之詩，冢嫡兩漢，而賦，魯、衛六朝也。

［明］胡應麟《詩藪·外編》卷二：士衡云：『謝朝華於已披，啓夕秀於未振。』又云：『立片言以居要，乃一篇之警策。』有意乎濯陳言而馳絶足也。然平原諸文，模擬何衆，而創獲何希也？平原諸詩，藻繪何繁，而獨造何寡也？故曰：非知之艱而行之難也，其有以自試也。昌穀執一端以非之，非也。

［明］胡應麟《詩藪·外編》卷二：潘、陸俱詞勝者也，陸之材富，而潘氣稍雄也。陶、謝俱韻勝者也，謝之才高，而陶趣差遠也。

［明］胡應麟《詩藪·外編》卷二：兩漢之流而六代也，其士衡之責乎！六代之變而三唐也，其玄暉之責乎！

［明］胡應麟《詩藪·外編》卷二：鍾記室以士衡爲爲晉代之英，嚴滄浪以士衡獨在諸公之下，二語雖各舉所知，咸自有謂。學者精心體味，兩得其説乃佳。

［明］胡應麟《詩藪·外編》卷二：魏稱曹、劉，然劉非曹敵也。晉稱潘、陸，然潘非陸敵也。……非敵而並稱何也？同時、同事又同調也。百年之後，則陳王在魏，自當獨步；士衡居晉，宜遜太沖。

［明］胡應麟《詩藪·外編》卷四：六代則公幹之峭，嗣宗之遠，元亮之沖，太沖之逸，士衡之穠，靈運之清，明遠之俊，玄暉之麗，皆其至也，兼之者陳思也。

[明]胡應麟《少室山房筆叢正集》卷二十二：歷世文人學士有功經術者，漢劉向、劉歆、杜欽、杜鄴、匡衡、谷永、班固、蔡邕，三國王粲、劉楨、何晏、譙周、韋昭、陸績，六代嵇康、陸機、戴逵、孫綽、干寶、傅玄、葛洪、徐廣、何承天、裴松之、顧埜王、蕭子顯。

[明]江盈科《雪濤小書詩評・復古》：六朝之文，余所深服也，嵇中散《絶交書》《養生論》二篇。其它若潘、陸以下，縱使妍秀美麗，畢竟格調纖弱，骨氣軟脆，如深宮處女，拈針刺繡，芙蓉鴛鴦，色色可人，終不是丈夫氣。

[明]郝敬《藝圃傖談》卷一：陸士衡才富麗而少清逸。論者以爲出陳思王上，殊不然。……鮑明遠有風情逸韻，是樂府家；陸士衡渾厚樸直，于古體穩稱。未可取彼而非此也。

[明]郝敬《藝圃傖談》卷一：古詩莊嚴典則，辭根經傳子史，所以爲雅樂。樂府多詼諧狎邪之意，兼用方言俚語，所以爲鄭聲。其原起於漢郊廟歌。三言迫促，尚奇險。鐃歌以鼓吹音節，與詩辭夾雜，逗留曲折，參差不齊，開後世歌行之端。晉宋以後，流爲輕佻，有清商、西音、激楚等調，放蕩不禁，而樂府與古詩遂分爲二體矣。若晉陸士衡、鮑明遠諸家所爲樂府，何嘗非古詩？其爲古詩，何嘗不可爲樂府？《三百篇》風雅頌，皆可弦歌，詩樂原非二也。

[明]郝敬《藝圃傖談》卷二：《三百篇》之變爲騷也，騷之變而爲賦也，又變而爲古詩，古詩變而爲近體，近體變而爲小辭，當其變也，不可謂非日新。沿襲久，蠱濫不可收，亦不足貴矣。其間如宋玉之擬屈平，班固、張衡、左思、陸機、潘岳之擬相如，重燖而加鹽梅之和，故足鯖也。

［明］郝敬《藝圃傖談》卷四：六朝潘、陸、諸謝，一門父子兄弟，雕龍繡虎，竟無一語關道理，切實用，祇攄其浮躁之習，寫其驕淫之氣，亡家喪身而已。故文章以游夏爲宗，浮華之徒，不足效也。

［明］何大復《與空同先生》：體物雜撰，言辭各殊，君子不例而同之也，取其善焉爾。故曹、劉、阮、陸，下及李、杜，異曲同工，各擅其時，並稱能言。何也？詞有高下，皆能擬議以成其變化也。若必例其同曲，夫然後取，則既主曹、劉、阮、陸矣，李、杜即不得登詩壇，何以謂千載獨步也？僕嘗謂：詩文有不可易之法者，辭斷而意屬，聯類而比物也。……比空同嘗稱陸、謝，僕參詳其作：陸詩語俳體不俳也，謝則體語俱俳矣。未可以其語似，遂並例也。故法同，則語不求似矣。（周子文《藝藪談宗》卷一引）

［明］張四維《古詩紀原序》：古詩自宣尼删後，罕有存者，其軼文略備於斯。是以質文之變，莫得而詳焉。漢風所宗，造端蘇、李。東京揚其流波，建安備其氣質。逮于江左，託意虛玄。繼以齊梁綺縟，陳隋輕豔，而詩之變極矣。中間作者，若張、蔡、曹、劉、潘、陸、顔、謝、江、沈、徐、庾，莫不虎視蛟騰，抗心特異，思以駕前賢之逸軌，障當世之頹瀾。然而繁音曲節，每變益工；品格風標，沿時遞下，豈所謂聲音之道，關乎世運者耶？

［明］劉繪《與王翰林槐野論文書》：是以文之體格，無定視三者所究耳。古今之辭盡於六經，理相統一。韓子曰：《易》奇而法，《詩》正而葩。《春秋》謹嚴，左氏浮誇。正道氣與辭也。

天地之理，中正焉已矣。其氣深厚，和平其辭，大雅宏暢，則聖人之文也。……延及魏晉以後，而雅道漸以陵夷。至唐獨得韓愈，敏悟自言，見時文忸怩不寧。今讀其辭，出入孟、荀，而風骨類馬遷、劉向，夐然其品也。藝苑英少，亦有輕訾詆者，蓋未深究耳。其後才桀之儔，各殊其辭以求勝。欲自勒一家鶩高者，玄亢而無據崇實者，質塞而無華，令六經之辭，邈乎莫追。求賈、馬、匡、劉，不可復得矣。仲尼曰：『文質彬彬，然後君子。』蓋謂文焉。弟又思漢以下至趙宋，能文者，雖各異辭，要皆變於六經。且如董仲舒、京房、焦延壽、揚雄，變於《易》也。賈誼、晁錯、司馬遷變於《書》也。匡衡、劉向，下逮班固、崔駰、馬融、蔡邕，變於詩也。臨諸子所著，體而察之，當自見矣。蓋六經文之海嶽具焉，後之士雖稱瓌奇，而極駿雄，莫能出其軌矣。故惟狂蕩之辭，洸洋淫靡之辭，纖細峭刻之辭，慘礉短長之辭，是其理蔽其氣衰，非聖人之書，不可讀也。弟又思建安諸子，雖號靡麗，然典峻不可少當，稱爲《小雅》之變，二應以後，六朝如二陸、三謝，至任彦升、顔延年、沈休文、薛道衡輩，世人往往俱以纖綺視之。然鑄景凝華，隱隱十二國風之變也。（《明文海》卷一百五十二）

［明］彭輅《與友人論詩》：詩發於謳吟，文之韻而成聲者也。聲之動，在人而噓之，吹之，拊之，蕩之，橐籥於天地。天地之氣，噫而爲風，其聲春温而秋厲，天地不自知也。故曹、劉、王粲之藻蔚，不能爲枚乘、李陵之渾璞，二陸、顔謝之雕縟，不能爲建安黄初之藴藉。齊梁陳魏，土宇偏安，其氣崩裂而不完，其詞剪割而纖碎，若有使之者而作者不自知也。（《明文海》卷一百六十）

〔明〕姚世華《玄晏齋選稿序》：文各適其適任乎？天倪以各至其至，游於燦然之途而已。覆視曩古，簡復相望，華質相調，相爲用而不相欣厭。蓋子休洸洋自恣之數十萬言，豈能如伯陽之五千文；而子長之博奧宏肆，必不低眉於孟堅之整率。下而稱詩，而七子、二陸、諸謝之沈麗，何渠勝王柳之閑淡；韋蘇州、孟襄陽，抵掌五柳，第令櫛比，而與王右丞、李供奉程試侔工，又未知誰屬亞旅也。故夫之簡淡而簡淡，而謂奇豔非者，履康衢而忘嶙峋嶭嶪之觀者也；之奇豔而奇豔，而謂簡淡非者，襲狐白而忘布縷襏襫之用者也。最下而今義，則成弘爲盛，先此太樸，後此太雕，于時華實等耳。（《明文海》卷二百四十六）

〔明〕薛天華《海樵先生全集序》：夫江左風流，碩公以君德致通顯者亡數，然皆非專寅力于文。其專以績之，流聲當世，而致通顯者，獨二陸與謝康樂焉。今綜其遺事，屻身晉室，欲聽鶴唳，而不能抗志浪遊，至蓄健兒而叢謗。覽其文，不亦愀然有湘屈之志乎。（《明文海》卷二百四十八）

〔明〕薛應旂《樞筦集序》：迨屈原放而楚騷作，賈誼謫而漢賦興。自是蘇、李、曹、劉，咸稱作者，而究其所自，則惟以風騷爲宗也。至晉二陸、潘、張、左、郭，後先繼起，盡號詩人，然皆步趨曹、劉，而依回格局，詞治音漓，率難語上。唯陶靖節，沖澹閑遠，直超建安而上之。迨三謝、顏、鮑，蹈襲風流，而沈約、江淹，則過爲模擬，均之不可與言詩矣。（《明文海》卷二百六十二）

〔明〕吴訥《文章辨體序説》：五言古詩，載於昭明《文選》者，唯漢魏爲盛。若蘇、李之天成，曹、劉之自得，固爲一時之冠。究其所自，則皆宗乎《國風》與楚人之辭者也。至晉陸士衡兄弟、潘安仁、張茂先、左太沖、郭景純輩，前後繼出，然皆不出曹、劉軌轍。獨陶靖節高風逸韻，直超建安而上之。

［明］屠隆《文章四題·文章》：東都喪亂，典籍淪没。曹氏父子延鄴下七才，倡爲皇（黄）初之體，朝提猛士，夜接詞人，亦文之一聚也。江左風流，六朝綺豔，富於張、陸，放于嵇、阮，俊于江、鮑、徐、庾。竟陵、簡文廣延納，昭明妙編選，亦文之一聚也。

［明］屠隆《文章四題·文行》：平原兄弟，服膺儒術，意絶輕佻；司空茂先，竭節本朝，智兼淹朗。

［明］許學夷《詩源辯體》卷三：《十九首》如『思君令人老』『磊磊澗中石』『同心而離居』『秋草萋以緑』，與子建『高臺多悲風』等，本乎天成，而無作用之迹，作者初不自知耳。如子桓『丹霞來明月』等語，乃是構結使然。必若陸士衡有意雕刻，始可稱佳句也。

［明］許學夷《詩源辯體》卷三：『興寄深微，五言不如四言』，以漢魏較《國風》也。若潘、陸四言，聯比牽合，蕩然無情。《十九首》託物興寄，情致宛然，又不當以此論耳。王敬美云：『《十九首》，五言之《詩經》也。潘、陸而後，四言之排律也。』深得之矣。

［明］許學夷《詩源辯體》卷三：漢稱『蘇李』，李豈讓蘇？魏稱『嵇阮』，嵇寧勝阮？以至晉之『潘陸』，宋之『顔謝』，陳之『徐庾』，唐之『高岑』『錢劉』『元白』，皆順聲而呼，非以先後爲優劣也。

［明］許學夷《詩源辯體》卷四：漢魏五言，滄浪見其同而不見其異，元瑞見異而不見其同。愚按：……漢魏同者，情興所至，以不意得之，故其體皆委婉，而語皆悠圓，有天成之妙；魏之異者，情興未至，始著意爲之，故其體多敷叙，而語多構結，漸見作用之迹。故漢人篇章不越四五，而魏人多至於成什矣。此漢人潛流而爲建安，乃五言之初變也。下流至陸士衡諸公五言。

［明］許學夷《詩源辯體》卷三：子建、仲宣四言，其體出於二韋。然二韋意雖矜持，而典則莊嚴，古色照暎，猶有古詞人之風範。子建、仲宣則才思逸發，華藻爛然，自是詞人手筆。……下流至二陸、潘安仁四言。

［明］許學夷《詩源辯體》卷三：漢人五言有天成之妙，子建、公幹、仲宣始見作用之迹，此雖理勢之自然，亦是其才能作用耳。以徐幹、陳琳、阮瑀諸子相比，則知之矣。陸機爲太康之英，謝客爲元嘉之雄，非有才不足以濟變也。

［明］許學夷《詩源辯體》卷三：漢人樂府五言，體既軼蕩，而語更真率。子建《七哀》《種葛》《浮萍》而外，體既整秩，而語皆構結，蓋漢人本叙事之詩，子建則事由創撰，故有異耳。較之漢人，已甚失其體矣。下流至陸士衡樂府五言。

［明］許學夷《詩源辯體》卷五：建安五言，再流而爲太康。然建安體雖漸入敷叙，語雖漸入構結，猶有渾成之氣。至陸士衡諸公，則風氣始漓，其習漸移，故其體漸俳偶，語漸雕刻，而古體遂淆矣。此五言之再變也。

［明］許學夷《詩源辯體》卷五：子建、仲宣四言，雖是詞人手筆，實雅體也。至二陸、安仁，則多以碑銘爲詩矣。胡元瑞云：『説者謂五言之變昉于潘、陸，不知四言之亡，亦晉諸子爲之也。下至顏延之，多首尾成對，謝玄暉抑又靡麗矣。』

［明］許學夷《詩源辯體》卷五：《三百篇》有『覯閔既多，受侮不少』『發彼小豝，殪此大兕』，《十九首》有『胡馬依北風，越鳥巢南枝』『青青河畔草，鬱鬱園中柳』，曹子建有『始出結嚴霜，今來白露晞』『秋蘭被長阪，朱華冒緑池』等句，皆文勢偶然，非用意俳偶也。用意俳偶，自陸士衡始。

［明］許學夷《詩源辯體》卷五：士衡五言，如《贈從兄》《贈馮文羆》《代顧彦先婦》等篇，體尚委婉，語尚悠圓，但不盡純耳。至如《從軍行》《飲馬長城窟》《門有車馬客》《苦寒行》《前緩聲歌》《齊謳行》等，則體皆敷叙，語皆構結，而更入於俳偶雕刻矣。中如『懷往歡絶端，悼來憂成緒』，『永歎遵北渚，遺思結南津』，『夕息抱影寐，朝徂銜思往』，『豐條並春盛，落葉後秋衰』，『淑氣與時隕，餘芳隨風捐』，『男歡傾智愚，女愛衰避妍』，『淑貌色斯升，哀音承顏作』，『福鐘恒有兆，禍集非無端』，『烈心厲勁秋，麗服鮮芳春』，『規行無曠迹，矩步豈逮人』等句，皆俳偶雕刻者也。

［明］許學夷《詩源辯體》卷五：士衡五言，『悲情臨川結，苦言隨風吟』，『驚飆褰反信，歸雲難寄音』，『飛閣纓虹帶，層台冒雲冠』，『和風飛清響，鮮雲垂薄陰』，『夏條集鮮藻，寒冰結沖

波』，『遺芳結飛飆，浮景映清湍』等句，斯可稱工。至如『回渠繞曲陌，通波扶直阡』，『目感隨氣草，耳悲詠時禽』，『樂會良自古，悼別豈獨今』，『年往迅勁矢，時來亮急弦』，『盛門無再入，衰房莫苦開』等句，則傷於拙矣。工則易傷於拙耳。

〔明〕許學夷《詩源辯體》卷五：士衡五言，俳偶雕刻，漸失渾成之氣，而聲韻麤悍，復少温厚之風。如『逍遥春王圃，躑躅千畝田。回渠繞曲陌，通波扶直阡』，『無迹有所匿，寂寞聲必沉。肆目眇弗及，緬然若雙潛』，『鳴玉豈樸儒，憑軾皆俊民。烈心厲勁秋，麗服鮮芳春』等句，皆聲韻麤悍者也。

〔明〕許學夷《詩源辯體》卷五：士衡樂府五言，體制聲調與子建相類，而俳偶雕刻，愈失其體，時稱『曹、陸爲乖調』是也。昭明録子建、士衡而多遺漢人樂府，似不能知。

〔明〕許學夷《詩源辯體》卷五：陸士衡五言，體雖入俳偶，語雖漸入雕刻，其古體猶有存者。至潘安仁《金谷》《河陽》《懷縣》《悼亡》等作，則更傷冗漫，而古體散矣。孫興公謂『潘文淺而净，陸文深而蕪。』陳繹曾亦謂『潘質勝於文，有古意』，何耶？

〔明〕許學夷《詩源辯體》卷五：陸士衡聲多麤悍，左太沖語多訐直。馮元成謂『詩至左、陸而敦厚失』，信矣。

〔明〕許學夷《詩源辯體》卷五：陸士衡、潘安仁、張景陽五言，其體漸入俳偶，而陸、潘語併入雕刻，景陽亦間有之。左太沖雖略見俳偶，却有渾成之氣。劉勰謂四子『采縟於正始，力柔于建安』，則似無分別。

［明］許學夷《詩源辯體》卷五：嚴滄浪云：『左太沖高出一時，陸士衡獨在諸公之下。』予嘗爲四家品第：太沖渾成獨冠；士衡雕刻傷拙，而氣格猶勝；景陽華彩俊逸，而氣稍不及；安仁體製既亡，氣格亦降，察其才力，實在士衡之下。元美謂『安仁氣力勝士衡』，誤矣。鍾嶸云：『陸才如海，潘才如江。』

［明］許學夷《詩源辯體》卷五：鍾嶸云：『……先是郭景純用雋上之才，變創其體，劉越石仗清剛之氣，贊成厥美』云云。此論甚詳。予考永嘉以後，傳者絶少，故不能備述。但劉越石前與潘、陸同時，今謂永嘉而後，景純變創，越石贊成，則失考矣。

［明］許學夷《詩源辯體》卷七：或問：人言謝勝陸，何也？曰：從漢魏而言，是陸勝謝；從六朝而言，是謝勝陸。李獻吉云：『康樂詩是六朝之冠，然其始本於陸平原。』此最得其實。今人不知，以爲靈運自立門户耳。

［明］許學夷《詩源辯體》卷七：五言自士衡至靈運，體盡俳偶，語盡雕刻，不能盡舉。然士衡語雖雕刻，而佳句尚少，至靈運始多佳句矣。

［明］許學夷《詩源辯體》卷七：五言自士衡至靈運，其語益工，故其拙處益多，此理勢之自然，無足爲怪。

［明］許學夷《詩源辯體》卷七：漢魏人詩，語有質野，此太樸未散。如陸士衡、謝靈運等拙

句，實俳偶雕刻使然。或反以陸、謝諸語爲工美者，既甚失之；或以爲古質者，則愈謬也。後之人多貴耳賤目，故反復言之。

［明］許學夷《詩源辯體》卷七：陸士衡、謝靈運等拙句，本非可法，然後之擬陸、謝者，篇中苟得一二語相類，亦足解頤。

［明］許學夷《詩源辯體》卷三十六：樂府與詩，漢人雖有不同，然自子建、士衡已甚失之，玄暉、元長、簡文而下，樂府與詩略無少異。

［明］陳耀文《天中記》卷三十七：潘安仁之爲文也，猶翔禽之羽毛，衣被之綃縠。安仁思緒雲騫，詞鋒景喚，前史儔于賈誼，先達方之士衡。岳文選言簡章，清綺絶倫。孫興公云：『潘岳文爛若披錦，無處不善。陸機文若排沙簡金，往往見寶。』『機文喻海，韞蓬山而育蕪；岳藻如江，濯美錦而增絢。』王勃《滕王閣序》末云：『請灑潘江，各傾陸海云爾。』明盧柟撰《蠛蠓集·酬華大饋飯》：『班固大家能著作，陸機英妙負文雄。兩都賦有淩雲氣，擬古詩高曠代風。』

［明］胡震亨《唐音癸籤》卷九：古詩浩繁，作者至衆，雖風格體裁，人以代異，支流原委，譜系具存。炎劉之製，遠紹《國風》；曹魏之聲近沿枚、李，陳思而下諸體畢備，門户漸開。阮籍、左思尚存其質，陸機、潘岳首播其華，靈運之詞淵源潘陸，明遠之步馳驟太沖。有唐一代，拾遺草創，實阮前蹤。太白縱横，亦鮑近矱。少陵才具無施不可，而憲章漢魏，融治六朝，洵風雅之

大宗，藝林之正朔已。其他諸家，亦概多合作，截長絜短，上方魏晉不足，下視齊梁有餘。猥云唐無五言，未是定論。

[明]馮復京《説詩補遺》卷三：士衡情苦怪繁，下筆蕪雜，古人已病之。如云『沉歡滯不起』，曰沉、曰滯、曰不起，贅之甚矣。況下句又云『歡況難克興』耶！『離鳥悲舊林』，又繼以『思鳥有悲音』；『歧路良可遵』，又繼以『將遂殊途軌』；『振策陟崇丘』，又繼以『倚轡登高岩』。『倏忽幾何間』『朝徂銜思往』『偏棲獨只翼』，句中『倏忽』『幾何』『徂往』『偏獨』贅用。《羅敷歌》『清川』『清塵』『清湍』『清響』交錯，文體益蕪，大致則才藻有餘，骨氣不足。故其造端中路，整比組織，猶有詞采。至於結束多懦萹不振，如『長歌乘我閒』『商榷爲此歌』『垂慶惠皇家』『行行遂成篇』『願言歡以嗟』『安處撫清琴』，皆興盡力竭，無可奈何，放庸音以足曲耳。

[明]馮復京《説詩補遺》卷三：陸士衡詩，其源實出陳思，但不得其神韻，而得其麗詞。《文賦》云『詩緣情而綺靡』，正其一生膏肓之疾。

[明]馮復京《説詩補遺》卷三：鍾嶸極褒士衡，昭明所選多至六十八首，梁世風尚固應耳。閲其全集，神奇獨得之句，僅『照之有餘輝，攬之不盈手』。其次『惡木豈無陰，志士多苦心』，『譬彼司晨鳥，揚聲當及旦』，『京洛多風塵，素衣化爲緇』。全篇佳者，『安寢北堂上』『閒夜命歡友』『總轡登上路』三首。次則《羅敷》《從軍》《苦寒》《塘上》《猛虎》《門有車馬客》《贈馮文羆》《贈顧彦先》前篇，《贈顧公貞》《爲顧彦先贈婦》後篇，《從梁陳作》《招隱》《擬蘭若生春夏》《東城

一何高》《庭中有奇樹》，又得十五首，餘篇多排偶繁複，並綺靡而失之，潘、張未肯北面，太沖當競先鳴，故曰獨在諸人之下也。

[明]馮復京《説詩補遺》卷三：潘、陸四言，非特冒頭詞費，諸章皆六朝排偶，有韻之文，風雅道盡。今世詩家，已不作此體。昭明所選，並可刊除，顔延年更加扳染，所謂一解不如一解。

[明]馮復京《説詩補遺》卷三：謝益壽云：『潘文若爛錦，陸文若簡金。』則潘精於陸。鍾記室云：『陸才如海，潘才如江。』則陸大於潘。又葛秩川目平原云：『如玄圃積玉，無非夜光』，則平原尤精粹矣。然予所掎摭平原詩語外，又如『救子非所能』『昔居四民宅』『掇蜂滅天道』『哀房莫苦開』『幽途延萬鬼』『良會罄美服』『思樂樂難誘』『憶君是妾夫』『於今知此有』『由驩醉日月』言新，『子孫昌盛家道豐』，豈有玄圃積玉，雜以瓦礫耶？潘瑕玼頗少，而才具未宏，『爛錦』『如江』之評亦當。

[明]馮復京《説詩補遺》卷三：謝客肆覽《莊》《易》，寓目輒書，内無乏思，外無遺物，才氣縱橫，跨軼士衡。然陸多平叙，佳處不可句摘；謝多刻意，佳處可以句摘，此又晉宋之辨也。

[明]馮復京《説詩補遺》卷五：蓋張、陸學子建者也，顔、謝學張、陸者也，徐、庾學顔、謝者也。其變愈下，而其詞加麗矣。

[明]費經虞《雅倫》卷四《格式》：六義所言賦，非後世賦體也。賦别爲體，斷自漢代始。荀、陸之文，各自爲書，且荀多隱語。屈平之作，又分爲騷。六朝之賦則俳，唐人之賦則律，而

多四六對聯。

[明]費經虞《雅倫》卷九《格式》：《類編》云：五言古詩，《文選》惟漢魏爲盛。究其所自，則皆宗《國風》、上《楚詞》者也。至晉陸士衡兄弟、潘安仁、左太沖輩，前後繼出，然皆曹、劉軌轍，獨陶靖節高風逸韻。元嘉以後，三謝、顔、鮑爲之冠；其餘傷鏤刻，遂乏渾厚之氣。

[明]陸時雍《古詩鏡》卷九：孫綽云：陸深而蕪，潘淺而净。『詩緣情而綺靡』，病所流於蕪也。篇中累句，皆綺靡所爲。

[明]陸時雍《詩鏡總論》：晉多能言之士，而詩不佳。詩非可言之物也。晉人惟華言是務，巧言是標，其衷之所存能幾也？其一二能詩者，正不再清言之列，知詩之爲道微矣。嵇、阮多材，然嵇詩一舉殆盡。

[明]陸時雍《詩鏡總論》：精神聚而色澤生，此非雕琢之所能爲也。精神道寶，閃閃著地，文之至也。晉詩如叢彩爲花，絶少生韻。士衡病靡，太沖病憍，安仁病浮，二張病塞。語曰：『情生於文，文生於情。』此言可以藥晉人之病。

[明]趙士喆《石室談詩》卷下《論各體》：其實今之四言詩，已成三派。風雅一派也，樂府二派也，文人學士之韻語，又一派也。唐山夫人、韋公父子是學風雅者，曹公父子是創樂府者，張華、陸機、應吉甫、顔延之諸人所作，則文人學子有韻之言，並不謂之詩可矣。

[明]趙士喆《石室談詩》卷下《論各體》：該詩以聲用者也，近體之平仄不爽者，自是鏗鏘，

即有不拘，翻成拗體，殊不礙其行雲流水之致。惟是五言古一派，有流者，有不流者。《十九首》以及建安皆清空一氣，而高下抑揚，自然合拍，至潘、陸則不能矣。嗣宗、越石稍變其風，至三謝又純爲對句，梁、陳之余，全是一平仄不諧之排律，以作近體則不鏗鏘，以作古風則不活動。陳伯玉極力矯之，而又不能如漢魏也。

[明]趙士喆《石室談詩》卷下《論諸家》：自昔稱大家者，在晉初有潘、陸，在晉末有陶、謝；在唐初則有沈、宋，在盛唐則李、杜，在中唐則有錢、劉，錢、劉以下則不足稱。吾以爲名稱其實者，陶、謝及李、杜是也。名不稱其實者，潘、陸及沈、宋是也。康樂之人品詩品，俱不及陶。然其沈雄壯麗者，實足振江左之衰，而爲唐人之嚆矢，勝潘、陸之浮華遠矣。

[明]楊慎《二皇甫集・跋》：近輯二皇甫集將鍥布之，吾觀二子生實伯仲，故調亦雅似，時以方張景陽、孟陽焉。然二張集吾不見其全矣，迹若是者，吾見二陸焉。評者舍陸而稱張，知儗倫矣。嗚呼，二陸之集，自昭明選外，無留良者，况又甚亞乎！吾於是安得不重有于文正之言也。

[清代]

[清]錢謙益《牧齋有學集・愛琴館評選詩慰序》：詩者學遡九流，書破萬卷，要歸於言志

永言，有物有則，宣導情性，陶寫物變。學詩之道，亦如是而止。陸士衡、曹子桓、沈休文、江文通，與夫李、杜、元、白、皮、陸之緒，皆具在也。

［清］錢謙益《牧齋有學集・答徐巨源書》：其于詩，枚、蔡、曹、劉、潘、陸、陶、謝、李、杜、元、白，各出杼軸，互相陶冶，譬諸春秋，日月異道。

［清］王之績《鐵立文起・前編》卷十一《備考》：自《風》《雅》變而賦作，去古未遠，梗概足述。道源性情，比興互用，六義彰矣。諄復貫珠，千言非贅，情理罄矣。規撫天地，聲象萬物，體無常式，變化殫矣。四聲不局，八病非瑕，宮商縱矣。賦也者，篇章之象箸，而歌謡之鐘吕也。靈均而降，作者代起，荀卿窮理立言，因物賦象，絳幃格論，麈尾清言也。宋玉以文緯情，雅奥婉至，多風而可繹，楚臣之堂奥也。枚乘、八公、長卿之流，披形錯貌，雕藻極妍，華而不浮，辭人之軌轍也。若忠債激昂，直寫胸臆，篇不繪句，句不琢字，賈誼是也。比偶爲工，新聲競爽，詞賦之漫衍，陸、謝、江、鮑之波漸也。大抵賦擅于楚，昌於西京，業於東都，沿於魏晉，敝於五代，怠律賦興而斬然盡矣。

［清］王之績《鐵立文起・前編》卷十一《明》：比偶爲工，新聲競爽，辭賦之漫衍，陸、謝、江、鮑之波漸也。

［清］全祖望《結埼亭集外編・春酒堂文集序》：幾於每飯不忘故國黍離、麥秀之音，讀之令人魂斷。他如謝氏宋槧漢書記、石將軍廟碑、睢陽廟碑、柳敬亭傳，觸目皆桑田之感。陸機、

陸雲、鄭虔諸論，悲憤尤深。其上沈彤庵閣學書，江瑶柱賦，可謂不負知己者矣。

［清］吴偉業《梅村家藏藁·梅村先生年譜》：先生入翰林製詞曰：陸機詞賦，早年獨冠江東；蘇軾文章，一日喧傳都下。

［清］吴喬《圍爐詩話》卷一：蓋子美詩重韻者不少，因歷舉諸篇以及《十九首》、曹子建、謝康樂、陸士衡、阮嗣宗、江文通、王仲宣重雲之句，以見古有此體，子美因之。

［清］吴喬《圍爐詩話》卷一：五言盛于建安，陳思王爲之冠冕，潘、陸以下，無能並舉者。

［清］吴喬《圍爐詩話》卷二：（馮定遠）云：『潘、左、陸以後，清言既甚，詩人所作，皆老莊之贊誦，顔、謝、鮑出，始革其制。元嘉之詩，千古文章於此一大變。請具論之：漢人作賦，頗有模山範水之文，五言則未有，後代詩人之言山水，始於康樂。士衡對偶已繁，用事之密，始於顔延之，後世對偶之祖也。』

［清］馮班《鈍吟雜録·古今樂府論》：古詩皆樂也，文士爲之辭曰詩，樂工協之于鐘吕爲樂。自後世文士或不閑樂律，言志之文，乃有不可施于樂者，故詩與樂畫境。文士所造樂府，如陳思王、陸士衡，于時謂之『乖調』。劉彦和以爲『無詔伶人，故事謝絲管』。則是文人樂府，亦有不諧鐘吕，直自爲詩矣。

［清］馮班《鈍吟雜録·論樂府與錢頤仲》：樂府之名，始于漢惠，至武帝立樂府之官，以李延年爲協律都尉，采詩夜誦，有趙代齊魏之歌，又使司馬長卿等造十九章之歌，此樂府之始也。

陳王、陸士衡所製，時稱『乖調』。劉彦和以爲『無詔伶人，故事謝絲管』。則疑當時樂府，有不能歌者，然不能明矣。

[清]馮班《鈍吟雜録·正俗》：《文苑英華》又分歌行與樂府爲二。歌行之名，不知始於何時？魏晉所奏樂府，如《豔歌行》《長歌行》《短歌行》之類，大略是漢時歌謡。謂之曰『行』，本不知何解。宋人云：『體如行書，真可掩口也。』既謂之歌行，則自然出於樂府，但指事詠物之文，或無古題，《英華》分别，亦有旨也。

[清]賀貽孫《詩筏》：史稱潘岳、陸機以後，文士莫及，惟江右稱潘、陸，江左稱顔、謝而已。然安仁詩賦佳處，僅見之於哀悼語中；士衡驚才絶豔，乃其爲詩，不及其《文賦》《豪士賦序》《吊魏武文》《辯亡》(按：辯乃辨之誤)《五等諸侯論》遠甚。蓋驚才絶豔，宜於文，不宜於詩。其謂『詩緣情而綺靡』，即此『綺靡』二字，便非知詩者。然則潘、陸故非顔、謝匹也。

[清]毛先舒《詩辯坻》卷一《總論》：若夫古詩，大約以五言爲準。何者？後代四言，率多窘縛，附庸三古，難起一宗。五言，西漢則《十九》《河梁》，東京則伯喈、平子，建安則子建、仲宣，魏晉則阮、陸、陶、謝，六代翩翩儁儷之風，四唐英英律絶之製。

[清]毛先舒《詩辯坻》卷一《總論》：曹植始開奇宕，頓失漢音；陸機篤尚高華，竟變魏制。潯陽省净體，已非晉骨；宣城驚人句，實始唐音。

[清]毛先舒《詩辯坻》卷二《六朝》：王元美評詩，彈射命中。然論陸機云『俳弱』，機調雖

『俳』，而藻思沉麗，何渠云『弱』！又潘岳較機力小弱，而風趣雋詣乃過之，《卮言》評又相反。胡明（按：明乃元之誤）瑞《詩藪》云：『潘、陸俱詞勝者，陸之才富，而潘氣稍雄也。』亦是承藉元美弊談。

［清］毛先舒《詩辯坻》卷二《六朝》：正叔才似士衡而無其壯，藻似延之而遜其典，頗慚家從矣。

［清］毛先舒《詩辯坻》卷二《六朝》：謝康樂去西晉已百數十年，而能標準潘、陸，篤尚鎔裁，故稱振起。嚴羽儀卿評云：『靈運徹首對句，是以不及建安。』殊可笑也。謝之不爲建安久矣，何勞滄浪道！

［清］毛先舒《詩辯坻》卷二《六朝》：平原駢整，時發雋思，一變而爲康樂侯，遂辟一家蹊術。《（辨）亡論》對偶精切處，肇三謝之端。若『沈歡難克興，心亂誰爲理』『無迹有所匿，寂寞聲必沉』『驚飆褰反信，歸雲難寄音』，皆客兒佳處所自出也。

［清］毛先舒《詩辯坻》卷二《六朝》：然《選》詩拙句殆有甚者，陸士衡『此思亦何思，思君徽與音』，又『曷爲復爲兹，曾是懷苦心』，又『親戚弟與兄』，又『偏棲獨只翼』……散在篇帙，不覺錘拙，一經拈出，涉筆可憎。

［清］毛先舒《詩辯坻》卷二《六朝》：士衡之詩，才太高，意太濃，法太整。

［清］毛先舒《詩辯坻》卷二《六朝》：士衡、靈運才氣略等，結撰同方。然靈運雋掩其雄，士

衡雄掩其雋，故後之論者，遂無復云謝出於陸耳。

［清］毛先舒《詩辯坻》卷二《六朝》：（何大復）至謂『謝力振之』，而古法更亡于謝，則尤爲謬悠也。何者？漢魏以來，詩少偶句，龍躍雲津，駢仗大作，此鍾嶸所謂『陸機爲太康之英，安仁、景陽爲輔』是也。金行一代，蕭畫守之，元亮灑脱爲工，此風於變，康樂同時分路，矯焉追古，觀其穎才通度，頗能踸踔，而每抑神俊，降就駢整，潘、陸風流，賴以無墜；非如昌黎之文，既革隋唐之響，復祧《史》《漢》之法者也。且何以建安爲古法，則亡其法者，責在士衡，無關靈運。倘以太康爲古法，則存其法者，功在靈運，豈得云亡！衡決之談，莫甚於此。又陸詩雄整，謝詩抑揚，何謂平原『語俳體不俳』、康樂『語體俱俳』？考其名實，酷當易位。片言低昂，後來易惑，遂令謝客受此長誣，此余不得不爲雪之。

［清］毛先舒《詩辯坻》卷二《六朝》：或曰紬黄組碧，潘、陸同工，而沈秀陸不及潘也。

［清］毛先舒《詩辯坻》卷四《竟陵詩解駁議》：譚（元歸）曰：『二陸詩，手重不能運，語滯不能清，腹之所有，不暇再擇，韻之所遇，不能稍變。』此砭頗中機、雲之病。然小陸又差秀，不得並譏。且士衡筆墨雖滯，而氣幹華整。蓋黄初既邈，降爲太康，駢儷之中，猶存古法。故客兒稟之以抉其幽，明遠依之以厲其氣。俾諸公邐迤修飾，不遽落於梁、陳纖調者，誰之力歟？至『民動如煙，户庭已幽』語，特稍有生致，亦何足深賞。

［清］毛先舒《詩辯坻》卷四《竟陵詩解駁議》：伯敬因讀右丞詩而厭劉琨、陸機，非但不知

古，並不知唐。

[清]葉矯然《龍性堂詩話初集》：（沈約）云：『褒、向、班、揚，清詞麗曲，時發乎篇，而蕪音累氣良多。』又云：『張、蔡、曹、王，曾無先覺；潘、陸、顏、謝，去之彌遠。』亦過於薄今人而不愛古人矣，宜梁武之不深然也。

[清]葉矯然《龍性堂詩話初集》：六朝俳偶，始於士衡，以靈運之才，體裁不免，風氣所趨固然。大謝整處仿陸，逸處本陶，而靈秀天拔，則擅兩家之長。

[清]葉矯然《龍性堂詩話初集》：士衡獨步江東，《入洛》《於承明》等作怨思苦語，聲淚迸落。至讀其樂府，於逐臣棄友，禍福倚伏，休咎相乘之故，反復三歎，詳哉言之，宜其憂讒畏譏，奉身引退，不圖有覆巢之痛也。秋風蒓鱠，華亭鶴唳，可同日語哉！韓非《説難》而不免于難，叔夜《養生》而竟戕其生，自古文人，智不逮言，吾于平原有餘恫焉。

[清]葉矯然《龍性堂詩話初集》：韓昌黎『斂退就新懦，趨營悼前猛。歸愚識夷塗，汲古得修綆』。又『古聲久埋滅，無由見真濫。低心逐時趨，苦勉祗能暫』。又『世累忽進慮，外憂遂侵誠。强懷張不滿，弱念缺已盈』。與士衡『懷往歡絶端，悼來憂成緒』，『規行無曠迹，矩步豈逮人』，『遠期鮮克及，盈數固希全』，『無迹有所匿，寂寞聲必沉』，『肆目眇不及，緬然若雙潛』，沉思鬱響，同一關柁。東坡謂詩之變格自韓始，孰知固有由來也？

[清]葉燮《原詩》卷一《内篇上》：建安、黄初之詩，因于蘇、李與《十九首》者也。然《十九

首》止自言其情，建安、黄初之詩，乃有獻酬、紀行、頌德諸體，遂開後世種種應酬等類，則因而實爲創，此變之始也。《三百篇》一變而爲蘇、李，再變而爲建安、黄初。建安、黄初之詩，大約敦厚而渾樸，中正而達情；一變而爲晉，如陸機之纏綿鋪麗，左思之卓犖磅礴，各不相同也。……此數子者，各不相師，咸矯然自成一家，不肯沿襲前人以爲依傍，蓋自六朝而已然矣。

［清］王士禛《師友詩傳録》第二十二條：詩之變也，其世變爲之乎？宋人雕刻玉葉，郢人運斤成風，始非不善也，自拙工爲之，鮮不斫樸傷指者矣。故陸機之《文賦》，劉勰之《文心雕龍》，言非不工也。而試取平原之詩賦，與彦和之文筆，平心讀之，能實其言者蓋寡。

［清］王士禛《師友詩傳録》第二十八條：風雅之盛衰，存乎上人之振起。三代而上，其原在君相，故文、武、周、召興，而有正風、正雅，否則變矣。三代而下，其權在士大夫，操文枋而轉移一世。既以兩漢言之，其君亦往往能文。故士大夫之以詩傳世者，大率質過其文，猶有風雅遺意，而不專以豔麗爲工。至西園諸子而風斯濫。迨于張華、傅玄以及潘、陸而風斯漓。雖正之以左、鮑、謝而不能振。終之以《玉臺》、徐、庾，而詞彌盛，而氣彌薾矣。

［清］王士禛《池北偶談》卷十三：偶讀嚴滄浪《詩話》云：黄初之後，惟阮公《詠懷》極爲高古，有建安風骨。晉人舍阮嗣宗、陶淵明外，惟左太沖高出一時，陸士衡獨在諸人之下。又云：顔不如鮑，鮑不如謝。與予意略同。又晉人張、陸輩，惟景陽殊勝，在太沖之下，諸家之上。傅玄篇什最多，而可録極少，如《擬北方有佳人》云：『一顧亂人國，再顧亂人家。』千古笑

柄。較諸嘉隆七子剿襲古樂府，尤紕謬也。

［清］王士禛《漁洋古詩選·五言詩凡例》：司馬氏之初，茂先、休奕，三張、二陸之屬，概乏風骨。

［清］吴淇《六朝選詩定論》卷十：（陸機詩）此南人詩見選之始。詞潔而雅，意博而顯，誠爲藝林之宗匠，其得力處，全在十年閉户勤學。故《選》中所存，率入洛以後之詩。唯擬古十二首，或兼有退居舊里時所作，俱在吴亡之後，故每篇中非家破國亡之感，則憂讒畏譏之意。但屈子之憂讒畏譏在破國亡家前，而士衡之憂讒畏譏在家破國亡後。其騷思更深，後之評士衡者俱曰：『懸圃積玉，無非夜光。』又曰：『朗月曜空，重岩疊翠。』美其詞藻之華贍而已。孰能抉腎剔髓，從纏綿壹鬱中察其耿介之懷耶？

［清］沈德潛《説詩晬語》卷上：壯武之世，茂先、休奕莫能軒輊；二陸、潘、張，亦稱魯衛。左太沖拔出於衆流之中，胸次高曠，而筆力足以達之，自應盡掩諸家。鍾記室嶸，季孟于潘、陸間，謂野於士衡，而深于安仁。太沖弗受也。

［清］沈德潛《説詩晬語》卷上：士衡舊推大家，然通贍自足，而絢彩無力，遂開出排偶一家。降自齊梁，專工隊仗，邊幅復狹，令閲者白日欲卧，未必非陸氏爲之濫觴也。所撰《文賦》云：『詩緣情而綺靡。』言志章教，惟資塗澤，先失詩人之旨。

［清］沈德潛《古詩源》卷七：士衡詩亦推大家，然意欲逞博，而胸少慧珠，筆又不足以舉

之，遂開出排偶一家。西京以來，空靈矯健之氣，不復存矣。降自梁、陳，專工隊仗，邊幅復狹，令閲者白日欲卧，未必非陸氏爲之濫觴也。兹特取能運動者十二章，見士衡詩中，亦有不專堆垛者。謝康樂詩，亦多用排，然能造意，便與潘、陸迥别。士衡以名將之後，破國亡家，稱情而言，必多哀怨，乃詞旨敷淺，但工塗澤，復何貴乎？蘇、李、《十九首》，每近於風，士衡輩以作賦之體行之，所以未能感人。

［清］田雯《古歡堂集雜著》卷一《論詩》：鼓吹曲辭，歌謡雜體，五色相宣，八音協暢，詩家所必采也。四言自曹氏父子、王仲宣、陸士衡諸人後，唯陶公最高，《停雲》《草木》（按：草乃爲榮之誤）等篇，殆突過建安，劉後村之言當矣。

［清］田雯《古歡堂集雜著》卷一《論五言古詩》：晉世群才，以綺情藻思，争長競勝。然采縟於正始，力弱于建安，或析文以爲妙，或流靡以自妍，視漢魏一變焉。茂先、休奕、二陸、三張均稱作者，而氣體弱矣。獨左太沖卓犖騰踔，標能擅美。

［清］牟願相《小澥草堂雜論詩·雜論詩》：四言詩佳者，自唐山《房中歌》、相如《封禪頌》、魏武《短歌》、淵明《歸鳥》外，頗不多見。潘、陸直是無情，最爲下劣。李空同云：『大陸渾成，過於曹子建。』余所不解。

［清］牟願相《小澥草堂雜論詩·雜論詩》：潘、陸才名，古今無異辭。然未免鈍根，定無夙慧。

［清］牟願相《小澥草堂雜論詩·雜論詩》：謝康樂吐翕山川，妙絶千古，獨其樂府不滿人。康樂樂府專擬大陸，大陸固不滿人也。

［清］牟願相《小澥草堂雜論詩·又雜論詩》：魏人詩文，以氣爲主。晉則左太沖詩有逸氣，劉越石亦不弱。宋惟鮑明遠足以起其文。他若二陸、二張、二傅、二潘等，則身大而氣小。至陶淵明、謝康樂，又以韻不以氣，蓋五言之極則。

［清］袁枚《隨園詩話補遺》卷九：嘗讀《古詩紀》，而歎六朝之末，詩教大衰，凡吟詠者，皆用古樂府舊題，而語意又全不相合。甚至二陸之仿《三百篇》，傅長虞之《孝經詩》《論語詩》《周易詩》《周官詩》，編抄經句，毫無意味。……初唐陳子昂起而一掃空之。

［清］楊際昌《國朝詩話》卷二：詩家連篇歌詠，須意思錯綜，章法連貫，分之自爲一章；又有行乎不得不行之情寄託其間，在作者方非誇鬥，在讀者不厭流連。否則材雖富，句雖佳，總未免平原才多之患，風雅遺則，轉於是衰矣。

［清］喬億《劍溪説詩》卷上：『三張』以景陽爲最，『二陸』則士衡居先。潘安仁稍遜士衡，遠過士龍，宜乎康樂賞之。但與太沖並，竊所未喻。

［清］喬億《劍溪説詩》卷上：景陽居穢濁之世，與兄孟陽各保清節，其先見殆不減江東步兵也。讀《詠史》《雜詩》等篇，微言妙緒，超出潘、陸諸公之上，論者尚以乏風骨少之哉！

［清］喬億《劍溪説詩》卷上：康樂詩，昔人比之『初發芙蓉，自然可愛』，專論品質也。謝公

才大，不減士衡，而骨力過之。

［清］喬億《劍谿説詩》卷下：漢人無故不作詩。魏氏自《公讌》等篇外，亦不苟作，故陳思、阮籍詩雖多，讀者不厭其多。迨陸士衡以贍博稱，效尤者遞降而下，以多爲貴，而詩旨微矣。

［清］喬億《劍谿説詩》又編：益都趙清止觀察論詩云：『格律嚴則境地狹，擬議盛則性情薄。』余謂格律嚴，能境地不狹，惟老杜；若夫擬議盛，則性情未有不薄者，陸機、江淹且然，又況其下乎？

［清］魯九皋《詩學源流考》：魏既篡漢，晉旋代魏，典午之世，阮嗣宗之《詠懷》，其遺音也。及金陵既下，混一晉統，而陸氏機、雲入洛，與張華兄弟齊名，時稱『二陸三張』。而傅玄、潘岳，並擅時譽，然文采徒存，性真不附，詩道至此少衰。惟太沖《詠史》，景純《遊仙》，劉琨傷亂，頗能振興。

［清］李調元《雨村詩話》卷上：晉如張華之《博物》，束晳之《補亡》，陸機、陸雲之抗衡漢魏，潘岳、左思之淵沖高曠，張載、張協之葉聲塤箎，劉琨、盧諶之音節悲涼，皆大家也。……陶淵明生於晉末，人品最高，詩亦獨有千古，則又晉之集大成也。

［清］冒春榮《葚原詩説》卷四：四言詩締造良難，於《三百篇》太離不得，太肖不得；太離則失其源，太肖祇襲其貌也。韋孟《諷諫》《在鄒》之作，肅肅穆穆，未離雅正。劉琨《答盧諶》篇，拙重之中，感激豪蕩，準之變雅，似離而合。張華、二陸、潘岳輩，懨懨欲息矣。

〔清〕陳僅《静居緒言·序》：有俯視一世之才，爲折衷百家之論，名言雋旨，絡繹紛披，所謂士衡積玉，安石碎金，蓋兼有其美矣。

〔清〕闕名《静居緒言》：阮公之本懷，《騷》之類也。機、雲並患才多，性靈少見。

〔清〕方東樹《昭昧詹言》卷一：讀萬卷書，又深解古人文法，而其氣懦弱，其辭平緩無奇者，陸士衡是也。豈真患才之多與？抑人之得天者固各有所限也。如荀子義理本領豈不足，而文乃不如李斯？故知詩文雖貴本領義理，而其工妙，又别有能事在。

〔清〕方東樹《昭昧詹言》卷一：但從詩作詩，而詩外無餘境道理，則祇成爲詩人而已。古人所以必言之有物，自己有真懷抱。……若但從古人句格尋求，而不得其用意，非落窠臼，即成模擬形似。或能造真理，詩外有餘境矣；而才力不雄，句法不妙，不快人意又成鈍根。如陸機筆是也。

〔清〕方東樹《昭昧詹言》卷六：（曾）南豐似專仕句字學，而未深講篇體。陸士衡頗講篇體，而於字句又失之流易。然而南豐不可及，其于鮑、韓爲嫡派矣。

〔清〕潘德輿《養一齋詩話》卷一：仕而不知爲人，學而不知爲己，本是通病，何責於詩？即以詩論，此病亦不起于一時。西晉以降，陸機、謝靈運、顔延年輩已鬥靡騁妍，求悦人而無真氣。一千五百年來，相沿成襲，雖有超世復古之士，不能盡滌悦人之念，則亦不能洗鬥靡騁妍之詩，而又何慨焉！

［清］潘德輿《養一齋詩話》卷一：六朝兩名士，一陸機，一謝靈運。其詩皆吾之所不喜，蓋真性爲詞氣所没，不待觀其人而知其品之舛矣。

［清］潘德輿《養一齋詩話》卷二：（道園）四言詩亦雅而質，未能追蹤曹氏父子，要不染潘、陸習氣，信乎其爲一代之雄也。

［清］潘德輿《養一齋詩話》卷十：大抵論詩有三要：一曰心術，二曰氣體，三曰時運。心術無古今，而氣體不能無古今，則時運爲之，不可貶也。或曰：氣體可不講乎？曰：否。如晉之潘、陸以逮梁、陳之徐、庾，唐之沈、宋以逮晚唐之温、李，宋之蘇、黄以逮南宋之四靈，逞妍鬥博，尚氣弄巧，皆不能不爲時累，雖一時稱巨手，然皆今人之詩也。

［清］陳僅《竹林答問》：古詩、樂府之分，自漢魏已然。故潘勝於陸，而安仁之樂府無聞；謝勝於鮑，而康樂之樂府殊遜，後人不以此爲優劣也。

［清］陳僅《竹林答問》：夫古詩之不能不爲唐律，此聲音之自然，即作者亦不知其然而然。故魏、晉之音調異於兩漢，宋、齊之音調異於魏晉，自梁以降至陳、隋，則名雖古詩，已全爲律體，非一朝一夕之故也。姑就《文選》中求之。其兩句十字，聯仗精工，平仄諧暢，全是律偶者：魏曹植『始出嚴霜結，今來白露晞』，劉楨『清談同日夕，情眄叙憂勤』，阮籍『傾城迷下蔡，容好結中腸』，晉潘岳『回溪縈曲阻，峻阪路威夷』，陸機『飛鋒無絶影，鳴鏑自相和』『逝矣經天日，悲哉帶地川』。……其如唐律單拗聯者：曹植『陽阿奏其舞，京洛出名謳』，張華『居歡惕夜

促，在感怨宵長」，陸機「凝冰結重澗，積雪被長巒」「王迹隤陽九，帝功興四遐」「綺態隨顔變，沈姿無乏源」「豐條並春盛，落葉後秋衰」「美服改聲聽，居愉遺舊情」等句，爲唐賢啓先軌也。

［清］厲志《白華山人詩説》卷一：陸士衡雍容華贍，詞穠態遠，固足動人，惜其心意之所至，大半分向詞面上去也。

［清］厲志《白華山人詩説》卷一：陸士衡詩，組織工麗有之，謂其柔脆則未也。愚觀士衡詩，轉覺字字有力，語語欲飛。

［清］朱庭珍《筱園詩話》卷一：蓋一代之詩，有盛必有衰。其始也由衰而返乎盛，盛極而衰即伏其中。於是能者又出奇以求其盛，而變之上者則中興，變之下者則欲降。古人所謂「若無新變，不能代雄」是也。迨新者既舊，則舊者又復見新，新舊遞更，日即於變。大抵先後乘除之間，或補其偏，或救其弊，恒視其衰而反之，此詩道所以屢變，亦有不得不然者矣。兩漢厚重古淡之風，至建安而漸漓，至晉氏潘、陸輩而古氣盡矣，故陶、謝諸公出而一變。淵明以古淡自然爲宗，康樂以厚重獨造制勝，明遠以俊逸生動求新，而詩復盛。宋、齊以後，綺麗則無風骨，雕刻則乏氣韻，工選句而不解謀篇，淺薄極矣。

［清］劉熙載《藝概・文概》：六代之文，麗才多而練才少。有練才焉，如陸士衡是也。蓋其思既能入微，而才復足以籠鉅，故其所作，皆傑然自樹質幹。《文心雕龍》但目以「情繁詞隱」，殊未盡之。

［清］劉熙載《藝概·詩概》：陸士衡詩粗枝大葉，有失出，無失入，平實處不妨屢見。正其無人之見存，所以獨到處亦躋卓絶；豈如沾沾戔戔者，才出一言，便欲人道好耶？

［清］劉熙載《藝概·詩概》：劉彦和謂士衡矜重，而近世論陸詩者，或以累句訾之。然有累句，無輕句，便是大家品位。

［清］劉熙載《藝概·詩概》：士衡樂府，金石之音，風雲之氣，能令讀者驚心動魄。雖子建樂府，且不得專美於前，他何論焉！

［清］施補華《峴傭説詩》第二十七條：大謝山水遊覽之作，極爲巉削可喜。巉削可矯平熟，巉削却失渾厚。故大謝之詩，勝於陸士衡之平，顔延之之澀；然視左太沖、郭景純已遜自然，何以望子建、嗣宗之項背乎？

［清］施補華《峴傭説詩》第三十一條：五言古詩，不廢排比對偶。然如陸士衡則傷氣，如顔延之則窒機，蓋整密中不可無疏宕也。

［清］陳維崧《陳迦陵文集·與陳際叔書》：夫以孔璋之才，不閑於詞賦；士衡遒藻，亦以手重見訾。固知雕蟲小技，未可輕棄也。

［清］錢大昕《潛研堂文集·御試石韞玉賦》：夫詞藻之凌雲，何殊縣圃之積玉；嵇士衡之高文，洵斯言之足録。

［清］阮元《揅經室四集》卷二《四六叢話序》：建安七子，才調輩興；二祖陳王，亦儲盛藻。

握徑寸之靈珠，享千金于荆玉。至於三張、二陸、太沖、景純之徒派，雖弱于當塗，音尚聞夫正始焉。文通、希範，並具才思；彦升、休文，肇開聲韻輕重之和，擬諸金石短長之節。雜以咸韶，蓋時會使然。

［清］阮元《揅經室集三集·學海堂文筆策問》：潘安仁清綺若是，而評者止稱情切，故知爲文之難也。曹子建、陸士衡，皆文士也。觀其辭致側密，事語堅明，意匠有序，遺言無失。雖不以儒者命家，此亦悉通其義也。偏觀文士，略盡知之。

［清］張惠言《茗柯文初編·七十家賦鈔目録序》：及左思爲之，博而不沈，贍而不華。連犿焉，而不可止。言無端厓，傲倪以爲質，以天下爲郛廓。入其中者，眩震而謬悠之，則阮籍之爲也，其原出於莊周。雖然，其辭也悲，其韻也迫，憂患之詞也。塗澤律切，荂藪紛悦，則曹植之爲也，其端自宋玉。而桷其角，摧其牙，離其本而抑其末，浮華之學者相與尸之，率以變古。曹植則可謂才士矣，揖揖乎，改繩墨，易規矩，則佞之徒也。不揖于同，不獨於異，其來也首首，其往也曳曳，動静與適，而不爲固植，則陸機、潘岳之爲也。其原出於張衡、曹植，矯矯乎，振時之儁也。以情爲裏，以物爲褾，鑱雕雲風，琢削支鄂，其懷永而不可忘也。坌乎其氣，煊乎其華，則謝莊、鮑昭之爲也，江淹爲最賢，其原出於屈平《九歌》。其掩抑沈怨，泠泠輕輕，其縱脱浮宕，而歸大常。鮑昭、江淹，其體則非也，其意則是也。逐物而不反，駘蕩而駁舛，俗者之囿，而古是抗，其言滑滑，而不背于塗奥，則庾信之爲也。其規步矱驟，則揚雄、班固之所引銜而控

轡。惜乎，拘於時而不能騁然。而其志達，其思哀，其體之變則窮矣。後之作者，概乎其未之或聞也。

[清]魏裔介《兼濟堂文集·孫鍾元先生歲寒居文集序》：子曰：辭達而已矣。説者以爲文不離質，得其中也。而世之學者，鏤心鉥目，搜奇考異，每薄濂洛關閩，以爲此特説理之言，文則必如左丘明、司馬遷、班固、范曄之疎宕典蔚也；不則，如陳琳、阮瑀、潘岳、陸機等之華贍駢麗也；不則，當如韓昌黎、柳柳州、歐廬陵、蘇眉山之錯綜變化也。是則知其一，不知其二。見雕繢黼黻之美，而遂謂裘褐非衣之適乎？聞笙鏞柷敔之音，而頓忘土桴之非樂乎？以是諧於天下人之性情，性情則末也。

[清]陳祚明《采菽堂古詩選·凡例》：志非有獨感，作而不深於情，乃工擬古，不則留連景物，語嫣然，此亦情也。夫抱獨感者，情生辭，不者辭亦生情。夫生情之辭，辭乃善矣。予不贊士衡、文通者，徒以法勝，其辭直淺之乎言情也。元暉亦數篇佳耳，餘乃守一法，少變化，不能贊之。他家暫而言情，罔能多且工若曹謝陶庾等，若其語嫣然，則同也。夫辭不能生情，如土木偶，雖披文繡，何以惑陽城，迷下蔡？故尚辭失之情，終亦未得云辭也。

[清]陳祚明《采菽堂古詩選》卷十：士衡詩束身奉古，亦步亦趨。在法必安，選言亦雅。思無越畔，語無溢幅。造情既淺，抒響不高。擬古樂府，稍見蕭森，追步《十九首》，便傷平淺。至於述志、贈答，皆不及情。夫破亡之餘，辭家遠宦，若以流離爲感，則悲有千條；倘懷甄録之

欣，亦幸逢一旦。哀樂兩柄，易得淋漓。乃敷旨淺庸，性情不出。豈餘生之遭難，畏出口以招尤，故抑志就平，意滿不叙。若脱綸之鬣，初放微波，圉圉未抒，有懷靳展乎！大較衷情本淺，乏於激昂者矣。

［清］陳祚明《采菽堂古詩選》卷十：陸士衡詩如都邑近郊良家村婦，約黄束素，並仿長安大家妝飾，既無新裁，舉止亦多詳穩。

［清］陳祚明《采菽堂古詩選》卷十一：夫詩以道情，未有情深而語不佳者。所嫌弊端繁冗，不能裁節，有遜樂府、古詩含蓄不盡之妙耳。安仁過情，士衡不及情。安仁任天真，士衡準古法。夫詩以道情，天真既優，而以古法繩之，曰未盡善，可也。蓋古人之能用古法者，中亦以天真爲本也。情則不及，而曰吾能用古法，無實而襲其形，何益乎？安仁有詩，士衡無詩。

［清］紀昀等《四庫全書總目·四六法海提要》：（王）志堅此編所録下迄於元，而能上溯于魏晉，如勅則託始宋武帝，册文則託始宋公，九錫文、表則託始陸機、桓温、謝靈運，書則託始于魏文帝、應瑒、應璩、陸景、薛綜、阮籍、吕安、陸雲、習鑿齒，序則託始陸機，論則託始謝靈運，大抵皆變體之初，儷語散文相兼，而用其齊梁以至唐人，亦多敢不甚拘對偶者，俾讀者知四六之文，運意遣詞，與古文不異於兹體，深爲有功。

［清］梁詩正等評蘇軾《僧清順新作垂雲亭》：詩有排對，自晉有之。二陸、顔謝已層見迭出，至於王襃、庾信之篇，但略妍聲病，即成唐律。而詩體日趨靡曼矣。（《唐宋詩醇》卷三十三）

［清］孫梅《四六叢話》卷四《賦》：士衡鄙夫研都，譏以覆瓿。……左、陸以下，漸趨整鍊；齊、梁以降，益事妍華。

［清］孫梅《四六叢話》卷十八《碑誌》：粵自韓公起衰，歐陽復古，始以《史》《漢》之文甄叙，以《詩》《書》之義發揮。振臂一呼，隨風而靡然。自東漢迄于唐宋，人才輩出，作者相望。蘭茝不絶其芳，琬琰聿彰其寶。莫不激揚流品，追琢詞條。漢季中郎，尤爲傑出。《林宗》《太丘》之篇，《楊公》《喬公》之製，抉荀、揚之藴，抽典誥之華，淵乎其思，粹乎其質，班、張之儔，瞠焉其後已。魏晉以還，斯事不廢。或載沈於層波，或式刊於第二。士衡有似賦之譏，興公獲多枝之咎。不存者，東阿三十之銘；可語者，韓陵一片之石。自孝穆以耆碩峙江左而蜚聲，子山以客卿入關西而掞藻，一時規隨人傑，悉被袞榮；窈窕姬姜，胥徵彤美。猗歟盛矣！

［清］孫梅《四六叢話》卷三十一《雜文》：惟士衡、子山，意趣淵妙，徑寸呈姿，闌幹溢目矣。

［清］曾國藩《曾文正公文集·送周荇農南歸序》：自漢以來爲文者，莫善於司馬遷。遷之文，其積句也皆奇，而義必相輔，氣不孤伸，彼有偶焉者存焉。其他善者，班固則毗於用偶，韓愈則毗於用奇，蔡邕、范蔚宗以下，如潘、陸、任等比者，皆師班氏者也。

［清］薛福成《論文集要》卷三《曾文正公論文上》：陸士衡、劉舍人輩皆以骨肉停匀爲上。（《復吴子序書》）

[近現代]

姚永朴《文學研究法》卷二《詩歌》：昔王阮亭《古詩選》於五言云：『……當塗之世，思王爲宗。應、劉以下，群附和之，惟阮公别爲一派。司馬氏之初，茂先、休奕、二陸、三張之屬，概乏風骨。

王葆心《古文詞通義》卷六：蔣氏《文鈔》有《朱丹木先生〈唐十二家文選序〉》：大略云：六經之語有奇有偶，文不竄而道大光。三代以後之文，或毗于陽，或毗于陰，升降之樞轉自唐人。唐以後之文主奇，毗于陽而道歆，此歐、蘇、曾、王之派所以久而愈漓。唐以前之文主偶，毗于陰而道忸，此潘、陸、徐、庾之派，所以浮而難守。

王葆心《古文詞通義》卷六：李申耆《答湯子匡》云：駢體導源於《國語》及先秦諸子，而歸之張、蔡、二陸，輔之以子建、蔚宗，庶幾風骨高嚴，文質相附。要之此事雅有實詣，非可貌襲。學不博不足以綜蕃變之理，詞不備不足以達藴結之情，思不極不足以振風雲之氣。

孫德謙《六朝麗指》：從來文人，如前漢之揚、馬，後漢之張、蔡，魏之曹、劉，晉之潘、陸，往往相提並論。迨乎六朝，宋則有顔、謝，梁則有任、沈，北齊則有邢、魏，而江、鮑、徐、庾，人又皆並稱之。

來裕恂《漢文典·文章典》卷二《文訣》：周秦之文多意曲，漢唐宋之文多筆曲，江左六朝之文多辭曲。故無論上而馬、揚、班、張、左、郭，其雄偉樸茂，無不由曲而來；即下而潘、陸、任、沈、江、鮑、徐、庾，詞氣雖薄，而字句之間，其筆之能達也，亦何莫非以曲勝哉！

來裕恂《漢文典·文章典》卷四《變遷》：三國鼎立，日尋干戈，不遑文字，曹魏振緒，掞藻有人，然華而不實，已開晉代清談之習，萌六朝淫靡之風矣。蓋兩漢及魏，文章凡三變而終無進化。晉汲老、莊之餘流，尚放達，談玄理。劉伶、阮籍，以狂作聖；王戎、王衍，以虛爲高；即張華之詩，左思之賦，陸機之文，亦競事詞藻，不能行于古作者之林。惟淵明本其政治之才，經術之學，於濁世放一異采，其思想之高遠宏達，直師懷、葛而友黄、綺，故時于文章發見之，蓋辭氣灑脱而文變矣。

劉師培《漢魏六朝專家研究·學文四忌》：試讀蔡中郎、陸士衡、范蔚宗三家之文，何嘗不千錘百煉，字斟句酌，而用字平易，清新相接，豈有艱澀費解之弊？是知鍾鍊與奇僻，未能混而言之。

劉師培《漢魏六朝專家研究·論文章之音節》：文之音節既由疏朗而生，不可砌實，而陸士衡文甚爲平實，而氣仍是疏朗，絶不至一隙不通，故其文之抑揚頓挫甚爲調利。且非特辭賦能情文相生，音節和諧，即《辨亡》《五等》諸論亦無不可誦。

劉師培《漢魏六朝專家研究·蔡邕精雅與陸機清新》：研究蔡伯喈與陸士衡之文，應尋古人對於蔡陸之評論。陸士龍《與兄平原書》，每評論士衡文章之得失，就其所論推其所未論，可資隅反之處頗多。其中有云：『往日論文，先辭而後情，尚絜而不取悦澤。嘗憶兄道張公父子論文，實欲自得。今日便宗其言。兄文章之高遠絶異，不可復稱言；然猶皆欲微多，但清新相接，不爲病耳。』今觀士衡文之作法大致不出『清新相接』四字。『清』者，毫無蒙混之迹也；『新』者，惟陳言之務去也。士衡之文，用筆甚重，辭采甚濃，且多長篇。使他人爲之，稍不檢點，即不免蒙混或人云亦云。蒙混則不清，有陳言則不新，既不清新，遂致蕪雜冗長。陸之長文皆能清新相接，絶不蒙混陳腐，故可免去此弊。他如嵇叔夜之長論所以獨步當時者，亦只意思新穎，字句不蒙混而已。故研究陸士衡文者，應以清新相接爲本。

劉師培《漢魏六朝專家研究·蔡邕精雅與陸機清新》：惟研究一家之文，有探及裏面者，有但察其表面者。蔡陸之文就表面觀之，甚易摹擬；而嵇叔夜《聲無哀樂論》之類，甚難摹擬。實則不然。如摹擬蔡陸者只得其貌而遺其神，即使畢肖，亦形似而非神似。況研究一家之文本應注重其神情，不可拘於句法。如僅將經書中之四字組合運用而成篇，則學蔡豈不大易？不知伯喈之文，每篇皆有轉變，如《楊公碑》《胡公碑》《陳太丘碑》等，各篇有各篇之作法，不獨字句不同，即音調亦有變化，絶非湊足四言便可詡爲成功也。陸士衡文亦有特能傳神之處。學陸文者應先得其警策。警策既得，然後從事於錬句布采。如徒摹擬其字句，而遺其神韻，亦徒得其表而遺其裏耳。

劉師培《漢魏六朝專家研究・論各家文章與經子之關係》：欲撣各家文學之淵源，仍須推本於經。漢人之文，能融化經書以爲己用，如蔡伯喈之碑銘無不化實爲空，運實於空，實敘處亦以形容詞出，與後人徒恃『峥嶸』『崔巍』等連詞者迥異。此蓋得諸《詩》《書》，如《堯典》首二段虚實合用，表像之辭甚多，漢人有韻之文皆用此法，而伯喈尤爲擅長。故研究蔡文者，必知其句中之虚實，乃能得其法門。……曹子建之文大致亦近中郎，惟濃厚細密間或過之。又研究陸士衡者必先熟讀《國語》，蓋《國語》之文雖重規疊矩而不覺其繁，句句在虚實之間而各有所指，文氣聚而凝，選詞安而雅。陸文得其法度遂能據以成家。如《辨亡》《五等》二論，每段重疊至十餘句，而句各有義，絶不相犯，斯並善於體味《國語》所致，研究陸文者應於此等處入手。

劉師培《漢魏六朝專家研究・論文章有主客觀之别》：文章有主觀客觀之别，今試就各家之文以説明之。夫文學所以表達心之所見，雖爲藝術而頗與哲學有關。古人之學説，各有獨到之處，故其發爲文學，或緣題生意，以題爲主，以己爲客；或言在文先，以己爲主，以題爲客。於是唯心唯物遂區以别焉。……陸士衡亦長於唯物文學，與蔡中郎相近，而平實蓋猶過之。觀其《文賦》專寫爲文之甘苦，其詩亦無一句不實。若《五等論》之類，就題爲文，絲毫不遺，殆與《三都》《兩京》之作法相同，亦由歸納之處少而演繹之處多耳。潘安仁之誄文，純表心中之哀思，以空靈勝，情文相生，非客觀所能有，故能獨步當時，見稱後代也。由上所論，可知文章各體雖非盡屬主觀，而如情文相生之哀悼，校練名理之論辨，援事抒意之傳記，固應以唯心爲尚也。

劉師培《漢魏六朝專家研究·神似與形似》：學陸士衡之文，僅知鍊句尚不可，必須鍊柔句爲剛句，勁如枝之不可折，斯可矣。

劉師培《漢魏六朝專家研究·文質與顯晦》：西晉之時，陸士衡之表疏，如《謝平原内史表》等，文彩彬蔚，與辭賦無殊。其餘各體亦皆文質相參。……鍾鍊之極，則艱深之文生；然陸士衡之文雖極力錘鍊，而聲調甚佳。風韻饒多，華而不澀。

劉師培《漢魏六朝專家研究·文章變化與文體遷訛》：陸士衡於碑銘一體，心摹神追蔡中郎，其篇幅雖長，偶句雖多，而文章之轉折，句法之簡鍊，以及篇章之結構，皆能具體而微。

劉師培《漢魏六朝專家研究·論各家文章之得失應以當時人之批評爲準》：二陸論文之書，對於王蔡輩頗爲中肯，而於本身篇章亦能甘苦自知，凡研究伯喈仲宣及二俊文學者皆宜精讀。

劉師培《漢魏六朝專家研究·論文章宜調稱》：然晉宋文字有全用輕筆者，亦有重筆之中用輕筆提起者，如陸士衡文雖用重筆，而能化輕爲重，故尤爲難學。但能得其三昧，即不至有僧衣百衲之誚矣。

劉咸炘《文學述林·文變論》：楚騷發源於《三百篇》，漢賦發源於周末，五言詩發源於漢之十九首及蘇、李，而建安而後，歷晉、宋、齊、梁、陳、周、隋，于此爲盛。一變于晉之潘、陸，宋之顔、謝，易樸爲雕，化奇爲偶。然晉、宋以前，未知有聲韻也。沈約卓然創始，指出四聲，自時厥後，變蹈厲爲和柔。宣城、水部，冠冕齊梁，又開潘、陸、顔、謝所未有矣。齊、梁者，樞紐于古、律之間者也。至唐遂專以律傳，杜甫、劉長卿、孟浩然、王維、李白、崔顥、白居易、李商隱等之五律七律，六朝以前所未有也。若陳子昂、張九齡、韋應物之五言古詩，不出漢魏人之所範圍。故論唐人詩，以七律五律爲先，七絶五絶次之，詩至此盡矣。

劉咸炘《文學述林·辭派圖》：凡文有三：曰事，曰理，曰詞。事，史也；理，子也；詞，集也。諸子出於六藝，六藝以事該理。六經皆史，實六經皆禮也。故理統於《禮》，詞統於《詩》。……諸儒説經，傳爲六代義疏、禮議。若其玄言，則名家之遺也。漢世辭賦，枚、東出於荀，馬、揚出於屈、宋。荀賦質而屈賦文，亦猶《禮記·檀弓》諸篇與《子思》諸篇也。自晉以下，嵇康、李康，子家也，質多於文；張華、潘岳，賦家也，文多於質；陸、范則彬彬矣。傅、任疏而質；江、鮑、劉則密而過文，猶不失質；徐、庾則純文矣。章炳麟謂文章之盛，窮於天監。信矣！

附録

一、陸士衡年譜考辨

陸士衡年譜考辨

本年譜除叙述譜主生平行迹及作品繫年外，舉凡學界争議較大，或史籍訛誤訂正，或已有年譜商権，皆附有『考辨』。『考辨』所涉及的年譜主要有以下數種：一、《陸士衡史》，李澤仁著，民國十四年（一九二五）志景書塾排印本（下簡稱『李《史》』）。二、《陸平原年譜》，姜亮夫著，收録於《姜亮夫全集》，雲南人民出版社二〇〇二年版（下簡稱『姜《譜》』）。三、《陸機年表》，朱東潤著，載於《武漢大學文哲季刊》一九三〇年第一卷（下簡稱『朱《表》』）。四、《陸機陸雲年譜》，俞士玲著，人民文學出版社二〇〇九年版（下簡稱『俞《譜》』）。五、《中古文學繫年》，陸侃如著，人民文學出版社一九八五年版（下簡稱『陸《繫年》』）。六、《漢晉學術編年》，劉汝霖著，華東師範大學出版社二〇一〇年版（下簡稱『劉《編年》』）。

吴景帝永安四年、魏元帝景元二年、蜀後主景耀四年辛巳（二六一）　陸機生

機出身江東世族，高祖紆，漢守城門校尉；曾祖駿，漢九江都尉；祖遜，吴丞相。父抗，吴大司馬。

《晉書·陸機傳》：『陸機，字士衡，吴郡人也。祖遜，吴丞相。父抗，吴大司馬。機身長七尺，其聲如鐘。少有異才，文章冠世，伏膺儒術，非禮不動。』《世説新語·言語》注引《機别傳》：『博學善屬文，非禮不動。』又《賞譽》：『士衡長七尺餘，聲作鐘聲，言多忼慨。』劉注引《文士傳》曰：『機清厲有風格，爲鄉黨所憚。』據《晉書·惠帝紀》及《陸機傳》載：太安二年（三〇三）九月，機兵敗河橋被殺，年四十三。逆推之，機當生於是年。時抗年三十五歲，任鎮軍大將軍，都督西陵。

《三國志·吴·陸遜傳》：『陸遜字伯言，吴郡吴人也，本名議。世江東大族。遜少孤，隨從祖廬江太守康在官。袁術與康有隙，將攻康，康遣遜及親戚還吴。孫權爲將軍，遜年二十一，始仕幕府……赤烏七年，代顧雍爲丞相。』年六十三，卒。長子延早夭，次子抗襲爵。孫休時，追謚遜曰昭侯。裴注引《陸氏世頌》：『遜祖紆，字叔盤，敏淑有思學，守城門校尉。父駿，字季才，淳懿信厚，爲邦族所懷，官至九江都尉。』又《陸抗傳》：『抗字幼節，孫策外孫也。遜卒時，年二十，拜建武校尉，領遜衆五千人……鳳凰二年拜大司馬、荊州牧。』三年秋，卒，子晏嗣。機兄晏、景、玄，弟雲、耽。

機生於吳郡崑山，宅居華亭。《輿地廣記》卷二十二：『崑山縣，本漢婁縣，地屬會稽郡，東漢晉屬吳郡。陸機、陸雲生於此，故名其山曰崑山。梁置崑山縣，隋平陳省之。開皇十八年，復置屬吳郡，唐屬蘇州。』又《太平寰宇記》卷九十五：『華亭谷，《輿地志》云：吳大帝以漢建安中封陸遜華亭侯，即以其所居爲封。谷出佳魚、蒓菜，又多白鶴清唳，故陸機嘆曰：華亭鶴唳，不可復聞。二陸宅，《吳地記》云：宅在長谷，谷在吳縣東北二百里，谷周迴二十餘里，谷名華亭，陸機嘆鶴唳處。谷水下通松江，昔陸遜、陸凱居此谷。……谷東二十里，有崑山，父祖墓焉，故陸機《思鄉詩》曰：彷彿谷水陽，婉孌崐山陰。崐山有吳相江陵昭侯陸遜墓。』

兄晏，約生於吳赤烏十一年（二四八），官至裨將軍、夷道監。《三國志・吳・陸抗傳》：『（抗）卒，子晏嗣。晏及弟景、玄、機、雲分領抗兵。晏爲裨將軍、夷道監。』晏與弟景年相亞，景生於赤烏十三年，假定長景二歲左右，則生於十一年。

兄景，吳赤烏十三年（二五〇）生，官至偏將軍、中夏督。著有《典語》十卷、《典語别》二卷，《陸景集》一卷。均亡。《三國志・吳・陸抗傳》：『景字士仁，以尚公主拜騎都尉，封毗陵侯，既領抗兵，拜偏將軍、中夏督，澡身好學，著書數十篇。』

兄玄，約生於吴永安三年（二六〇），早夭。據機《吴貞獻處士陸君誄》『矧我與君，年相亞逮』『孩不貳音，抱或同繈』『人皆年長，君獨短祚』等句，可知玄與機年近，或止一歲。此文未言及晏、景之難，亦證其夭於吴亡之前。具體卒年無考。

吴景帝永安五年、魏元帝景元三年、蜀後主景耀五年壬午（二六二）　陸機二歲，陸雲生

景帝孫休立皇后朱氏，太子𩅦。《三國志·吴·三嗣主傳》：『五年春……（八月）乙酉，立皇后朱氏，戊子立子𩅦为太子，大赦。……休鋭意於典籍，欲畢覽百家之言，尤好射雉，春夏之間，常晨出夜還，唯此時舍書。休欲與博士祭酒韋曜、博士盛沖講論道藝。』

山濤除吏部郎，舉康自代，康作《與山巨源絶交書》。

《晉書·陸雲傳》：『雲字士龍，六歲能屬文，性清正，有才理。少與兄機齊名，雖文章不及機，而持論過之，號曰「二陸」。』據《陸雲傳》載，雲因兄機兵敗，同時被殺，年四十二。逆推之，則可知雲生於是年。

吴景帝永安六年、魏元帝景元四年、蜀後主景耀六年癸未（二六三）　機三歲，雲二歲

魏景元四年八月，魏伐蜀，鍾會（二二五——二六四）作《移蜀將吏士民檄》。《三國志·魏·鍾會傳》：『四年秋，乃下詔使鄧艾、諸葛緒各統諸軍三萬余人，艾趣甘松、遝中連綴維，緒趣武街、橋頭，絶維歸路。會統十餘萬衆，分從斜谷、駱谷入。……會移檄蜀將吏士民。』

十月，阮籍（二一〇—二六三）作牋勸司馬昭受九錫，冬卒，年五十四。《晉書·阮籍傳》：『會帝讓九錫，公卿將勸進，使籍爲其辭。……籍便書案，使寫之，無所改竄。辭甚清壯，爲時所重。……景元四年冬卒，時年五十四。』考《文帝紀》，昭受九錫事在景元四年冬，籍作牋後旋即卒。

嵇康（二二四—二六三）作《與呂巽絶交書》及《幽憤詩》，被殺，年四十。《晉書·嵇康傳》：『東平呂安服康高致……康友而善之。後安爲兄所枉訴，以事繫獄，辭相證引，遂復收康。康性慎言行，一旦縲絏，乃作《幽憤詩》。……康顧視日影，索琴彈之，曰：「昔袁孝尼嘗從吾學《廣陵散》，吾每靳固之，《廣陵散》於今絶矣！」時年四十。』另據《三國志·魏·王粲傳》裴注引《魏氏春秋》，『會（呂）巽淫弟安妻徐氏，而誣安不孝，囚之。安引康爲證。』故康作《與呂巽絶交書》，當在是年。

蜀景耀六年，姜維（二〇二—二六四）《上後主表》。鍾會作《與姜維書》勸降，維不答。見《三國志》卷四十四《姜維傳》。

十月，蜀求救于吴。《三國志·吴·三嗣主傳》：『冬十月，蜀以魏見伐來告。……甲申使大將軍丁奉督諸軍向魏壽春，將軍留平别詣施績于南郡，議兵所向，將軍丁封、孫異如沔中，皆救蜀。蜀主劉禪降魏問至，然後罷。』

十一月，郤正（？—二七八）爲後主作降書，蜀亡。《三國志·蜀·郤正傳》：『景耀六年，後主從譙周之計，遣使請降于鄧艾，其書正所造也。』鍾會作《蜀平上言》。又《鍾會傳》：『艾進軍向成都，劉禪詣艾降，遣使敕維等令降於會。』

吴末帝元興元年、魏元帝咸熙元年甲申（二六四）　機四歲，雲三歲

吴元興元年七月，吴主孫休（二三五—二六四）薨，孫皓（二四二—二八四）即位，改元元興。《三國志·吴·三嗣主傳》：『秋七月……壬午，大赦。癸未，休薨，時年三十，謚曰景皇帝。……於是遂迎立皓，時年二十三。改元，大赦。』

魏咸熙正月，檻車征鄧艾（一九七—二六四），鍾會（二二五—二六四）反於蜀，並被殺。《晉書·文帝紀》：『咸熙元年春正月，壬戌，檻車征鄧艾。……鍾會遂反於蜀，監軍衛瓘、右將軍胡烈攻會，斬之。』《三國志·魏·鍾會傳》：『會遂構鄧艾，艾檻車征，因將維等詣成都，自稱益州牧以叛。欲授維兵五萬人，使爲前驅。魏將士憤怒，殺會及維，年四十。』

三月，司馬昭（二一一—二六五）進爵爲王。七月，魏定禮儀，正法律，議官制，始建五等爵。十月，魏主詔炎爲晉世子。《晉書·文帝紀》：『三月己卯，進帝爵爲王，增封並前二十郡。夏五月癸未，天子追加舞陽宣文侯爲晉宣王，舞陽忠武侯爲晉景王。秋七月，帝奏司空荀顗定禮儀，中護軍賈充正法律，尚書僕射裴秀議官制，太保鄭沖總而裁焉。始建五等爵。冬十月丁亥，奏遣吴人相國參軍徐劭、散騎常侍水曹屬孫彧使吴，喻孫皓以平蜀之事，致馬錦等物，以示威懷。丙午，天子命中撫軍新昌鄉侯炎爲晉世子。』

張華（二三二—三〇〇）從鍾會征西蜀功，除中書郎。《晉書·張華傳》：『張華，字茂先，范陽方城人也。……初未知名，著《鷦鷯賦》以自寄。陳留阮籍見之，歎曰：「王佐之才也！」由是聲名始著。郡守鮮于嗣薦華爲太常博士。盧欽言之于文帝，轉河南尹丞，未拜，除佐著作郎。頃之，遷長史，兼中書郎。』

向秀（二二七？—二七二？）應本郡計入洛，過嵇康舊廬，作《思舊賦》。《晉書·向秀傳》：『康既被誅，秀應本郡計入洛。』《世説新語·言語》劉注引《向秀别傳》：『後康被誅，秀遂失圖，乃應歲舉到京師，詣大將軍司馬文王。』文王昭次年卒，嵇康上一年被殺，故秀入洛當於是年。

山濤（二〇五—二八三）封新遝子，轉相國左長史。《晉書·山濤傳》：『咸熙初，封新遝子。轉相國左長史，典統别營。時帝以濤鄉閭宿望，命太子拜之。』咸熙止二年，故繫於是年。

是年二月，陸抗率衆圍巴東守將羅憲；七月，退魏將胡烈於西陵。《三國志·吴·三嗣主傳》：『二月，鎮軍（將軍）陸抗、撫軍（將軍）步協、征西將軍留平、建平太守盛曼，率衆圍蜀巴東守將羅憲。……秋七月……魏使將軍胡烈步騎二萬侵西陵，以救羅憲，陸抗等引軍退。』

吴末帝甘露元年、晉武帝泰始元年乙酉（二六五）　機五歲，雲四歲

吴元興二年四月，改元甘露；七月，皓逼殺景后朱氏。《三國志·吴·三嗣主傳》：『夏四月，蔣陵言甘露降，於是改年大赦。秋七月，皓逼殺景后朱氏，亡不在正殿，于苑中小屋治喪，衆知其非疾病，莫不痛切。』

魏咸熙二年五月，晉文帝立司馬炎爲晉王太子，八月崩，司馬炎（二三六—二九〇）嗣位相國、晉王。十一月，令諸郡中正以六條舉淹滯。《晉書·武帝紀》：『武皇帝諱炎，字安世，文帝長子也。……咸熙二年五月，立爲晉王太子。八月辛卯，文帝崩，太子嗣相國、晉王位。……（十一月）乙未，令諸郡中正以六條舉淹滯：一曰忠恪匪躬；二曰孝敬盡禮；三曰友于兄弟；四曰潔身勞謙；五

曰信義可復；六曰學以爲己。』

十二月司馬炎篡位，魏亡。改元泰始，是爲晉武帝。封魏帝爲陳留王。《晉書·武帝紀》：『泰始元年冬十二月丙寅，設壇於南郊……於是大赦，改元。……封魏帝爲陳留王，邑萬户，居於鄴宫；魏氏諸王皆爲縣侯。追尊宣王爲宣皇帝，景王爲景皇帝，文王爲文皇帝。』

張華拜黄門侍郎，封關内侯，作《晉文王謚議》。《晉書·張華傳》：『晉受禪，拜黄門侍郎，封關内侯。』議司馬昭謚號，當在武帝篡位之後，故張華文當作於是年十二月。華又移書薦成公綏（《晉書·成公綏傳》）。

傅玄（二一七—二七八）爲散騎常侍，加駙馬都尉，兩次上疏論諫職，陳要務，批評士風，倡復儒學。《晉書·傅玄傳》：『傅玄，字休奕，北地泥陽人也。……州舉秀才，除郎中，與東海繆施俱以時譽選入著作，撰集《魏書》。後參安東、衛軍軍事，轉温令，再遷弘農太守，領典農校尉。所居稱職，數上書陳便宜，多所匡正。……武帝爲晉王，以玄爲散騎常侍。及受禪，進爵爲子，加駙馬都尉。』玄二上武帝疏，並見本傳。

賈充（二一七—二八二）轉車騎將軍、尚書僕射，封魯公。《晉書·賈充傳》：『賈充，字公閭，平陽襄陵人也。……帝甚信重充，與裴秀、王沈、羊祜、荀勗同受腹心之任。帝又命充定法律。……及受禪，充以建明大命，轉車騎將軍、散騎常侍、尚書僕射，更封魯郡公，母柳氏爲魯國太夫人。』

陸抗遷鎮軍大將軍，領益州牧。從父陸凱加鎮西大將軍，領益州牧。《三國志·吴·陸抗傳》：『孫皓即位，加鎮軍大將軍，領益州牧。』又《陸凱傳》：『孫皓立，遷鎮西大將軍，都督巴丘，領荆州牧，進封嘉興侯。』

吴末帝寶鼎元年、晉武帝泰始二年丙戌（二六六）　機六歲，雲五歲

吴甘露二年八月，改元寶鼎。十二月，還都建業。《三國志・吴・三嗣主傳》：『八月，所在言得大鼎，於是改年，大赦。……分會稽爲東陽郡，分吴、丹楊爲吴興郡，以零陵北部爲邵陵郡。……十二月，皓還都建業，衛將軍滕牧留鎮武昌。』是年吴張儼使至洛陽，吊祭司馬昭。及還，道病死。儼著《默記》三卷、《誓論》三十卷、《集》二卷。

晉泰始正月，罷『雞鳴鼓』，立皇后楊氏。二月，除漢宗室禁錮。《晉書・武帝紀》：『二年，春正月丙戌，遣兼侍中侯史光等持節四方，循省風俗，除禳祝之不在祀典者。……庚寅，罷雞鳴鼓。……丙午，立皇后楊氏。』又《武帝紀》：『二月，除漢宗室禁錮。』

傅玄作《祀天地五郊夕牲歌》《祀天地五郊迎送神歌》《饗天地五郊歌》三篇（《宋書・樂志二》作《郊祀歌》五篇），《天地郊明堂夕牲歌》《天地郊明堂降神歌》《天郊饗神歌》《地郊饗神歌》（《宋書・樂志二》作《天地郊明堂歌》五篇），《祠廟夕牲歌》《祠廟迎送神歌》《祠征西將軍登歌》《祠豫章府君登歌》《祠潁川府君登歌》《祠京兆府君登歌》《祠宣皇帝登歌》《祠景皇帝登歌》《祠文皇帝登歌》《祠廟饗神歌》二篇（《宋書・樂志二》作《晉宗廟歌》十一篇）。以上所作之郊廟歌曲，均見《晉書・樂志上》《宋書・樂志二》。《晉書・樂志上》曰：『及武帝受命之初，百度草創。泰始二年，詔郊祀明堂禮樂權用魏儀，遵周室肇稱殷禮之義，但改樂章而已，使傅玄爲之詞云。』並録有上述歌曲，故繫之是年。

張華作《景懷皇后誄》。《晉書·武帝紀》載：景懷皇后卒於青龍二年，泰始二年十一月加謚號，張華誄當作於追加謚號之時。

潘岳（二四七—三〇〇）二十歲，入仕，辟司空掾，舉秀才。其《閒情賦》曰：『岳自弱冠，涉乎知命之年，八徙官而一進階，再免，一除名，一不拜職，遷者三而已矣。』又《秋興賦》：『晉十有四年，余春秋三十二，始見二毛。』晉十有四年，蓋晉咸寧四年（二七八），逆推之，則生於正始八年（二四七），故是年二十。又《晉書·潘岳傳》：『早辟司空太尉府，舉秀才。』

潘尼（二五〇？—三一一？）應州辟，作《安身論》《贈司空掾安仁》。《晉書·潘尼傳》載尼作《安身論》，具體時間不詳，當作於未出仕時。是年潘岳入仕，任司空掾，故其贈詩亦繫之是年。

吴末帝寶鼎二年、晉武帝泰始三年丁亥（二六七）　機七歲，雲六歲

吴寶鼎二年六月，吴起顯明宫。分豫章、廬陵、長沙，置安成郡。《三國志·吴·三嗣主傳》：『夏六月，起顯明宫，冬十二月，皓移居之。是歲，分豫章、廬陵、長沙爲安成郡。』裴注引《江表傳》：『皓營新宫，二千石以下皆自入山督攝伐木。又破壞諸營，大開苑囿，起土山樓觀，窮極伎巧，功役之費，以億萬計。陸凱固諫，不從。』

晉泰始三年正月，武帝立司馬衷（二五九—三〇七）爲太子。十二月禁星氣讖緯之學。《晉書·武帝紀》：『（正月）丁卯，立皇子衷爲太子。』又：『（三年）十二月禁星氣讖緯之學。』

李密（二二四—二八七）除太子洗馬，不就，作《陳情表》。密除太子洗馬具體時間不詳。《晉書·

李密傳》：『蜀平，泰始初，詔徵爲太子洗馬。密以祖母年高，無人奉養，遂不應命。乃上疏。』司馬光《資治通鑒》卷七十九繫於是年。

摯虞（？—三一一）作《遷宅誥》。文曰：『惟太始三年九月上旬，涉自洛川。』故知作於是年。

是時，陸氏宗族强盛，凱雖切諫，而皓不加誅。《世説新語·規箴》曰：『孫皓問丞相陸凱曰：「卿一宗在朝有幾人？」陸曰：「二相五侯，將軍十餘人。」皓曰：「盛哉！」陸曰：「君賢臣忠，國之盛也；父慈子孝，家之盛也。今政荒民弊，覆亡是懼，臣何敢言盛？」』劉注曰：『《吴録》曰：凱字敬風，吴人，丞相遜族子，忠鯁有大節，篤志好學，初爲建忠校尉，雖有軍事，手不釋卷，累遷左丞相。時後主暴虐，凱正直强諫，以其宗族强盛，不敢加誅也。』

虞忠（生卒不詳）訪陸機。宋施宿《會稽志》卷十四：『虞忠，字四方，翻第五子。貞固幹事，好議人物。造吴郡陸機于童齔之年，稱上虞魏遷于無名之初。』八歲即稱成童，童齔，泛謂幼年，姑繫是年。

吴末帝寶鼎三年、晉武帝泰始四年戊子（二六八）　機八歲，雲七歲

晉泰始四年正月，賈充、杜預（二二二—二八五）等定新律。充爲尚書令，加侍中；杜預守河南尹，作《律序》，奏上律令注解，表舉賢良方正。《晉書·賈充傳》：『充所定新律既班于天下，百姓便之……後代裴秀爲尚書令，常侍車騎將軍如故，尋改常侍爲侍中。』又《杜預傳》：『與車騎將軍賈充等定律令，既成，預爲之注解，乃奏之……詔班於天下。』又《武帝紀》：『（正月）丙戌，律令成，封爵賜帛

各有差。』故作《律序》在是年正月。

晉武帝躬耕藉田，潘岳作《藉田賦》以美其事。《文選》卷七《藉田賦》李善注：『臧榮緒《晉書》曰：泰始四年正月丁亥，世祖初藉於千畝，司空掾潘岳作《藉田》頌也。』又《晉書·潘岳傳》：『泰始中，武帝躬耕藉田，岳作賦以美其事。曰：「伊晉之四年正月丁未，皇帝親率群后藉於千畝之甸，禮也。」』

二月，上幸芳林園，與群臣宴賦詩。應貞作《華林園集詩》，遷散騎常侍。《文選》卷二十《華林園集詩》李善注：『《洛陽圖經》曰：華林園在城内東北隅，魏明帝起名芳林園，齊王芳改爲華林，干寶《晉紀》曰：「泰始四年二月，上幸芳林園，與群臣宴賦詩觀志。」孫盛《晉陽秋》曰：「散騎常侍應貞詩最美。」』

四月，太保、睢陵公王祥（一八五—二六八）薨。《晉書·武帝紀》：『夏四月戊戌，太保、睢陵公王祥薨。』按：卷三十三《王祥傳》載：『泰始五年薨。』與《武帝紀》不同。萬斯同《晉將相大臣年表》：『三年丁亥，太保祥。七月以公就第，明年卒。』故繫是年。

十一月，武帝詔舉賢良方正。十二月，頒五條詔書于郡國，臨聽訟觀，録廷尉洛陽獄囚，親自平決。《晉書·武帝紀》：『（十一月）己未，詔王公卿尹及郡國守相，舉賢良方正直言之士。十二月，班五條詔書於郡國：一曰正身，二曰勤百姓，三曰撫孤寡，四曰敦本息末，五曰去人事。庚寅，帝臨聽訟觀，録廷尉洛陽獄囚，親平决焉。扶南、林邑各遣使來獻。』

傅玄爲御史中丞，上疏陳便宜五事。《晉書·傅玄傳》：『泰始四年，以爲御史中丞。時頗有水旱之災，玄復上疏，……詔曰：得所陳便宜，言農事得失及水官興廢，又安邊禦胡政事寬猛之宜，申省周備，一二具之，此誠爲國大本，當今急務也。』

摯虞、夏侯湛（二四三？—二九一？）舉賢良，作《對策》，拜郎中。《晉書·摯虞傳》：『舉賢良，與夏侯湛等十七人，策爲下第，拜中郎。武帝詔曰：「省諸賢良答策，雖所言殊塗，皆明于王義，有益政道，欲詳覽其對，究觀賢士大夫用心，因詔諸賢良方正直言會東堂策問。」』嚴可均《全晉文》卷六十八載湛《泰始四年舉賢良方正對策》。故繫是年。

趙至（二四九？—二八九？）作《與嵇茂齊書》。《文選·與嵇茂齊書》李善注：『《嵇紹集》曰：趙景真《與從兄茂齊書》，時人誤謂呂仲悌《與先君書》，故具列本末。趙至字景真，代郡人。州辟遼東從事，從兄太子舍人蕃字茂齊，與至同年相親，至始詣遼東時，作此書與茂齊。干寶《晉紀》以爲呂安與嵇康書，二説不同，故題云景真而書曰安。』

吴末帝建衡元年、晉武帝泰始五年己丑（二六九）　機九歲，雲八歲

吴建衡元年正月，吴立子瑾爲太子。冬十月，改元。《三國志·吴·三嗣主傳》：『建衡元年春正月，立子瑾爲太子，及淮陽、東平王。冬十月，改年，大赦。』

晉泰始五年正月，晉武帝臨聽訟觀；二月，置秦州。《晉書·武帝紀》：『五年正月……丙申，帝臨聽訟觀録囚徒，多所原遣。……二月，以雍州隴右五郡及凉州之金城、梁州之陰平置秦州。』

傅玄遷太僕，成公綏（二三一—二七三）遷中書侍郎。《晉書·傅玄傳》：『五年，遷太僕。』又《宋書·樂志一》：『晉武泰始五年，尚書奏使太僕傅玄、中書監荀勗、黄門侍郎張華各造正旦行禮及王公

上壽酒食舉樂歌詩。詔又使中書郎成公綏亦作。』傅玄、荀勖、張華等人詩皆作於是年，郭茂倩《樂府詩集》卷十三並收録之，故成公綏遷中書侍郎至遲亦在是年。

傅玄作《正旦大會行禮歌》四章、《上壽酒歌》一章、《食舉東四廂歌》十三章，合稱《四廂樂歌》。荀勗作《晉四廂樂歌》十七篇，張華作《晉四廂樂歌》十六篇，成公綏作《晉四廂歌》十六篇。見《晉書・樂志上》《宋書・樂志二》。

張華作《王公上壽酒食舉樂哥（歌）詩表》、《四廂樂歌》十六首，《冬至初歲小會歌》《宴會歌》《命將出征歌》《勞還師歌》《中宮所歌》《宗親會歌》各一首。《晉書・樂志上》載張華上述諸歌作於是年。

陳壽（二三三—二九七）舉孝廉，領本郡中正，作《益部耆舊傳》。《華陽國志・後賢志》：『大同後，舉孝廉，爲本郡中正。自建武后，蜀郡鄭伯邑、大尉趙彦信及漢中陳申伯、祝元靈、廣漢王文表，皆以博學洽聞作《巴蜀耆舊傳》。壽以爲不足經遠，乃並巴漢，撰《益部耆舊傳》十篇。散騎常侍文立表呈其傳，武帝善之。再爲著作郎，吴平後，壽乃鳩合三國史，著魏吴蜀三書六十五篇，號《三國志》。』又《三國志・譙周傳》：『（泰始）五年，予嘗爲本郡中正，清定事訖，求休還家，往與周别。』可知，第一，壽舉孝廉，爲本郡中正在泰始五年之前。第二，壽遷著作郎在領本郡中正之後，《晉書・陳壽傳》載『除著作郎，領本郡中正』，誤也。第三，復考《晉書・儒林傳》：『泰始初，（文立）拜濟陰太守，入爲太子中庶子。……詔以立爲散騎常侍。』可知，文立任散騎常侍約在泰始中，故繫是年。

應貞（二三四—二六九）卒。《晉書・文苑傳》：『應貞，字吉甫，汝南南頓人，魏侍中璩之子也。……貞善談論，以才學稱。……舉高第，頻歷顯位。武帝爲撫軍大將軍，以爲參軍。及踐阼，遷給事中。帝于華林園宴射，貞賦詩最美。……後遷散騎常侍，以儒學與太尉荀顗撰定新禮，未施行。

泰始五年卒，文集行於世。』

夏侯湛外祖母辛憲英卒，作《辛憲英傳》。《三國志·魏·辛毗傳》裴注引《世語》曰：『敞字泰雍，官至衛尉，毗女憲英，適太常泰山羊耽。外孫夏侯湛爲其傳曰：「……憲英年至七十有九，泰始五年卒。」』

陸凱（？—二六九）卒。《三國志·吴·三嗣主傳》：『建衡元年……十一月，左丞相陸凱卒。』皓徙凱家於建安。《三國志·吴·陸凱傳》：『初，皓常銜凱數犯顔忤旨，加何定譖構非一，既以重臣難繩以法，又陸抗時爲大將在疆埸，故以計容忍。抗卒後，竟徙凱家於建安。』

吴末帝建衡二年、晉武帝泰始六年庚寅（二七〇）　機十歲，雲九歲

晉泰始六年六月，杜預除秦州刺史、假節，作《奏秦州軍事》。《晉書·杜預傳》：『泰始中，守河南尹。……時虜寇隴右，以預爲安西軍司，給兵三百人，騎百匹。到長安，更除秦州刺史，領東羌校尉、輕車將軍、假節。』又《武帝紀》：『六月戊午，秦州刺史胡烈擊叛虜于萬斛堆，力戰，死之。詔遣尚書石鑒行安西將軍、都督秦州諸軍事。』故杜預除秦州刺史當在六月或稍後。

十二月，吴將孫秀降晉。《晉書·武帝紀》：『十二月，吴夏口督、前將軍孫秀帥衆來奔，拜驃騎將軍、開府儀同三司，封會稽公。』

孫楚（二一八？—二九三）作《除婦服詩》《胡母夫人哀辭》。見《晉書·孫楚傳》。又《世説新語·文學》：『孫子荆除婦服，作詩以示王武子。』劉注曰：『《孫楚集》云：婦胡母氏也。其詩曰（略）。』

是年，譙周卒（《三國志·譙周傳》）。

四月，大司馬施績（？——二七〇）卒，吴陸抗都督信陵、西陵等諸軍事。《三國志·吴·陸遜傳》：『建衡二年，大司馬施績卒。拜抗都督信陵、西陵、夷道、樂鄉、公安諸軍事，治樂鄉。』抗聞部下政令多闕，憂深慮遠，乃上十七事疏。據《三國志·吴·三嗣主傳》載，施績卒於是年四月，抗遷官當在四月稍後。

吴末帝建衡三年、晉武帝泰始七年辛卯（二七一）　機十一歲，雲十歲

吴建衡三正月，吴孫皓帥衆出華里，三月至壽陽。改明年元。《三國志·吴·三嗣主傳》：『三年春正月晦，皓舉大衆出華里，皓母及妃妾皆行，東觀令華覈等固争，乃還。……西苑言鳳凰集，改明年元。』又《晉書·武帝紀》：『三月，孫皓帥衆趨壽陽，遣大司馬望屯淮北以距之。』

晉泰始正月，皇太子冠。《晉書·武帝紀》：『七年春正月丙午，皇太子冠。』

左芬（？——三〇〇）入宫，左思（二五〇？——三〇五？）舉家遷洛，作《齊都賦》，又作《悼離贈妹詩》（穆穆令妹）一首。《晉書·文苑傳》：『左思字太沖，齊國臨淄人也。……貌寢口訥，而辭藻壯麗，不好交遊，惟以閒居爲事。造《齊都賦》，一年乃成。復欲賦《三都》，會妹芬入宫，移家京師。』考《晉書·后妃傳》：『芬少好學，善綴文，名亞于思，武帝聞而納之。泰始八年，拜修儀，受詔作愁思之文，因爲《離思賦》。』由『泰始八年，拜修儀』推之，芬入宫約此前一、二年間，故《齊都賦》約成於是年。《悼離贈妹詩》二首，所作時間不同，『穆穆令妹』一首有『才麗漢班，明朗楚樊……將離將别，置酒中堂』之句，

當是送其妹入宮時作。

杜預拜度支尚書，奏立藉田，建安邊，論處軍國之要。《晉書・杜預傳》：『是時朝廷皆以預明於籌略，會匈奴帥劉猛舉兵反，自並州西及河東、平陽，詔預以散侯定計省闥，俄拜度支尚書。預乃奏立藉田，建安邊，論處軍國之要。又作人排新器，興常平倉，定穀價，較鹽運，制課調，内以利國，外以救邊者，五十餘條，皆納焉。石鑒自軍還，論功不實，爲預所糾，遂相讎恨，言論喧嘩，並坐免官，以侯兼本職。』又《四夷傳》載劉猛反於本年，萬斯同《晉方鎮年表》謂石鑒於本年召還。故知預拜度支尚書在是年。

張華拜中書令，與荀勗依劉向《别録》整理典籍。《晉書・張華傳》：『數歲，拜中書令。』又《荀勗傳》：『俄領秘書監，與中書令張華依劉向《别録》整理記籍。』萬斯同《晉將相大臣年表》，以華任中書令始於泰始七年，終於咸寧五年。

司馬彪（?—三〇六）轉秘書丞，注《莊子》，作《九州春秋》《續漢書》。《晉書・司馬彪傳》：『泰始中，爲秘書郎，轉丞，注《莊子》，作《九州春秋》……《續漢書》。』章宗源《隋書經籍志考證》卷一：『《魏武帝紀》注，《司馬朗傳》注，引有司馬彪《序傳》，當是《續漢書》分篇。』彪書又見《隋書・經籍志》二。彪轉丞時間無考，陸《繫年》考定於是年。

是年羊祜（二二一—二七八）、陸抗修好，晉吴邊境交和。《晉書・羊祜傳》：『祜率營兵出鎮南夏，開設庠序，綏懷遠近，甚得江漢之心。與吴人開布大信，降者欲去，皆聽之。』又《三國志・吴・陸抗傳》裴注引：『《晉陽秋》曰：抗與羊祜，推僑札之好。抗嘗遺祜酒，祜飲之不疑。

抗有疾，祜饋之藥，抗亦推心服之。』又引《漢晉春秋》曰：『羊祜既歸，增修德信，以懷吴人。……孫皓聞二境交和，以詰於抗。抗曰：「夫一邑一鄉，不可以無信義之人，而況大國乎？臣不如是，正足以彰其德耳，於祜無傷也。」』

吴末帝鳳凰元年、晉武帝泰始八年壬辰(二七二)　機十二歲，雲十一歲

晉泰始八年羊祜加車騎將軍，開府三司，因吴降將步闡爲機父抗所擒，貶平南將軍，作《與吴都督陸抗書》。《晉書·羊祜傳》：『及還鎮，吴西陵督步闡舉城來降。吴將陸抗攻之甚急，詔祜迎闡。祜率兵五萬出江陵，遣荆州刺史楊肇攻抗，不克，闡竟爲抗所擒。……竟坐貶爲平南將軍，而免楊肇爲庶人。』《與吴都督陸抗書》當在此前後，故繫是年。

潘岳入賈充幕府，娶楊肇女，摯虞作《新婚箴》贈岳，岳作《答摯虞新婚箴》。潘岳《閒居賦》：『僕少竊鄉曲之譽，忝司空太尉之命。所奉之主，即太宰魯武公其人也。舉秀才爲郎。』《文選·閒居賦》李善注：『臧榮緒《晉書》曰：……岳弱冠，太尉舉秀才……領宰二邑。』岳悼亡妻，言其結婚共二十四年，故娶楊肇女當在本年前後，二箴亦當作於是年。

左芬拜修儀，作《離思賦》《白鳩賦》。《晉書·后妃傳》：芬『泰始八年，拜修儀。受詔作愁思之文，因爲《離思賦》。』另《白鳩賦》序有『泰始八年』之記時，故必作是年。

左思作《招隱詩》二首、《悼離贈妹詩》(鬱鬱岱青)一首。《文選·招隱詩》『經始東山廬，果下自成榛』，李善注：『王隱《晉書》曰：左思徙居洛城東，著「經始東山廬」詩。』説明此詩乃左思移居洛陽後

所作，姑繫於是年。又《悼離贈妹詩》二首，『鬱鬱岱青』一首中有『自我不見，於今二齡』之語，或作於其妹入宫二年之後，故繫於是年。

九月，步闡降晉；十二月，陸抗擒闡，誅之，加拜都護。薛瑩下獄，徙廣州，抗與華覈上疏救之，召還左國史。《三國志·吴·陸遜傳》：『鳳皇元年，西陵督步闡據城以叛，遣使降晉。抗聞之，日部分諸軍……遂陷西陵城，誅夷步闡族及其大將吏，自此以下，所請赦者數萬口。修治城圍，東還樂鄉，貌無矜色，謙沖如常，故得將士歡心。加拜都護。聞武昌左都督薛瑩徵下獄，抗上疏。』《三國志·吴·三嗣主傳》：『鳳皇元年秋八月，征西陵督步闡。闡不應，據城降晉。遣樂鄉都督陸抗圍取闡，闡衆悉降。闡及同計數十人皆夷三族。』又《晉書·武帝紀》：『九月，吴西陵督步闡來降，拜衛將軍、開府儀同三司，封宜都公。吴將陸抗攻闡，遣車騎將軍羊祜帥衆出江陵，荆州刺史楊肇迎闡於西陵，巴東監軍徐胤擊建平以救闡。……十二月，肇攻抗，不克而還。闡城陷，爲抗所禽。』

吴末帝鳳凰二年、晉武帝泰始九年癸巳（二七三）　機十三歲，雲十二歲

吴鳳凰二年韋昭（二〇四—二七三）下獄，旋被誅。《三國志·吴·韋曜傳》：『時所在承指，數言瑞應，皓以問曜，曜答曰：「此人家筐篋中物耳。」又皓欲爲父和作紀，曜執以和不登帝位，宜名爲傳。如是者非一，漸見責怒。曜益憂懼，自陳衰老，求去侍史二官，乞欲成所造書，以從業別有所付，皓終不聽。……皓以爲不承用詔命，意不忠盡，遂積前後嫌忿，收曜付獄，是歲鳳皇二年也。』曜名昭，史爲

晉諱，改之。

晉泰始九年傅玄作《晉宣文舞歌》二篇、《正德》《大豫》二舞歌二篇，荀勖、張華分別作《正德》《大豫》二舞歌二篇。《宋書·樂志一》曰：『（晉武泰始）九年，荀勖遂典樂事，使郭瓊、宋識等造《正德》《大豫》之舞，而勖及傅玄、張華又各造此舞歌詩。』故繫之是年。陸《繫年》將其與《四廂樂歌》並繫於泰始五年，誤。

傅咸（二三九—二九四）舉孝廉，拜太子洗馬，作《喜雨賦》。其序曰：『泰始九年，自春不雨。……余以太子洗馬兼司徒請雨。』

潘岳作《司空密陵侯鄭袤碑》。據《晉書·武帝紀》《鄭袤傳》，袤卒於泰始九年正月，故岳之碑文亦當作於是年正月，或稍後。

夏侯湛作《抵疑》。具體時間不詳，《晉書·夏侯湛傳》：『泰始中，舉賢良，對策中第，拜郎中，累年不調，乃作《抵疑》以自廣。』陸《繫年》繫於是年。

成公綏卒，年四十三。《晉書·文苑傳》：『成公綏，字子安，東郡白馬人也。……泰始九年卒，年四十三，所著詩、賦、雜筆十餘卷，行於世。』其《天地賦》《嘯賦》有名當世。

三月，陸抗拜大司馬、荆州牧。《三國志·吴·陸遜傳》：『（鳳凰）二年春，拜大司馬、荆州牧。』

吴末帝鳳凰三年、晉武帝泰始十年甲午（二七四）　機十四歲，雲十三歲

晉泰始十年二月，晉置平州。六月，武帝臨聽訟觀。《晉書·武帝紀》：『二月，晉分幽州五郡置平州。……六月，臨聽訟觀録囚徒，多所原遣，是夏大蝗。』

七月，武元皇后楊氏崩，張華作《元皇后哀策文》。《晉書·武帝紀》：『秋七月丙寅，皇后楊氏崩。』武元楊皇后，惠帝之母。諱豔，字瓊芝，弘農華陰人。武帝即位，立爲皇后，是年七月崩，八月葬于峻陽陵，華哀策文亦當作於是年八月。

七月，吴將孟泰、王嗣降晉；十二月，吴將嚴聰、嚴整、朱買降晉。《晉書·武帝紀》：『（七月）壬午，吴平虜將軍孟泰、偏將軍王嗣等帥衆降。……十二月……吴威北將軍嚴聰、揚威將軍嚴整、偏將軍朱買來降。』

杜預復拜度支尚書，作《皇太子除服議》《答盧欽魏舒問》《奏議皇太子除服》，與段暢合撰《喪服要集》，造《二元乾度曆》。《晉書·杜預傳》：『石鑒自軍還，論功不實，爲預所糾，遂相讎恨，言論喧嘩，並坐免官，以侯兼本職。數年，復拜度支尚書。元皇后梓宫將遷于峻陽陵。舊制，既葬，帝及群臣即吉。尚書奏，皇太子亦宜釋服。預議「皇太子宜復古典，以諒闇終制」，從之。預以時曆差舛，不應晷度，奏上《二元乾度曆》，行於世。』武元楊皇后崩於是年七月，故預復官當在是年，奏議、答問、《要集》以及《二元乾度曆》均作於是年。

左芬爲貴嬪，表《上元皇后誄》，作《感離詩》。《晉書·后妃傳》：『及元楊皇后崩，芬獻誄。』其誄與張華《哀策文》作於同時。《感離詩》曰：『自我去膝下，倏忽逾再期。』可見入宫已有三年左右，具體不可考，姑繫是年。

陳壽遷平陽侯相，撰《諸葛亮集》畢，表上目録。《晉書·陳壽傳》：『司空張華愛其才，……舉爲孝廉，除佐著作郎，出補陽平令。撰《蜀相諸葛亮集》，奏之。』又《三國志・諸葛亮傳》附陳壽《上諸葛集表》：『泰始十年二月一日癸巳，平陽侯相臣陳壽上。』故繫之是年。

摯虞作《答杜預書》《連理頌》。《晉書・摯虞傳》：『元皇后崩，杜預奏……虞答預書。』虞答書在是年七月後，時虞任太子舍人。《晉書》置於『元康中，遷吴王友』之後，誤。《連理頌》所作時間無考，然文有『東宫正德之内，承華之外』之句，疑作於是年前後，姑繫是年。

夏，陸抗病，上書以西陵爲囑，皓不能用。其後王濬順流東下，所向披靡，足如抗慮。秋，陸抗卒，晏、景、機、雲分領抗兵；機爲牙門將，作《吴大司馬陸公誄》。見《三國志・吴・陸遜傳》《晉書・陸機傳》。陸機誄文當作於抗卒之時或稍後。姜《譜》：『案此文樸茂堅實，意誠言切，精煉爲陸集諸誄之最。而純從德行立言，不稱功伐，有父子骨肉之悲，無家國飄零之感，蓋猶是未亡國前之作也。……與《遜誄》《吴大帝誄》諸文之爲追作者不同。』姜説是。按：玄早卒，《三國志》或誤。

陸機舉家移居建康，宅居秦淮側，宅邊有八角井。

【考辨】

陸抗死後，機兄弟分領父兵，機任牙門將。陸機有没有在軍中掌握實際職務？史料没有記載。李曉敏《陸機生平考辨二則》曰：『關於陸機父喪後從軍的事實，正史有明確記載。……陸抗卒後，陸晏兄弟五人分領父兵，陸機擔任品級較低的「牙門將」一職。那麽陸機究竟在何地擔任此職呢？這個問題看似無關緊要，實際上却對搞清楚陸機其後的行迹頗爲關鍵，所以很有深究的必要。據《三國志·吴書·陸抗傳》載：建衡二年，大司馬施績卒，拜抗都督信陵、西陵、夷道、樂鄉、公安諸軍事，治樂鄉。又據《晉書·武帝紀》載：（太康元年）二月戊午，王睿（濬）、唐彬等克丹陽城。庚申，又克西陵，殺西陵都督、鎮軍將軍留憲，征南將軍成據，西陵監鄭廣。壬戌，睿（濬）又克夷道樂鄉城，殺夷道監陸晏、水軍都督陸景。甲戌，杜預克江陵，斬吴江陵督伍延，平南將軍胡奮克江安。於是駐軍並進，樂鄉，荆門諸戍相繼來降。由此可知，既然陸晏、陸景分鎮夷道、樂鄉，那陸機從戎的地點，當在信陵、西陵、公安三地之一。』[一]這也僅僅屬於推論。

據《陸抗傳》可知，陸抗死在荆州牧任上。按理，陸機既分領父兵，就應奔赴荆州前綫，其《贈弟士龍詩》序也説『會逼王命，墨絰從戎』，但事實上陸機並未擔任實際軍職，且此後的大部分時間都生活在建康。前一點可以隱約地從《陸抗傳》得到印證。《陸抗傳》載，在晉師攻吴時，兄晏爲裨將軍、夷道監，景爲偏將軍、中夏督，惟獨没有交代機、雲，如果二陸任有實際軍職，必然有所交代，即使陳壽不加記載，裴注也必有補注。試想，分領父兵時，機年十四，雲年十三，如何統兵鎮守前綫？而景長於機十一歲，晏至少也長於機十三四歲，故可領兵鎮守前綫。但是如何理解機詩『會逼王命，墨絰從戎』之語呢？比較合理的解釋是：機受父蔭，確實去了荆州，象徵性地接受朝廷所授之職。從《贈弟士龍》詩『時並縈發，悼心告别』看，士龍並未去荆州受職。可能二陸所分領之父

[一] 李曉敏《陸機生平考辨二則》，《中北大學學報》二〇一二年第一期。

兵後來歸併二兄統帥，他倆僅掛有虛銜而已。

後來二陸的活動主要在建康。宋周應合《景定建康志》卷二十：『越王築城江上鎮，今淮水南一里半，廢越城是也。案：《越絶書》：其城越范蠡所築，城東南角近固（故）城望國門橋，西北即吴牙門將軍陸機宅。故機入晉作《懷舊賦》「西望東城之紆餘」即此城，在三井岡東南一里，今瓦棺寺閣，在岡東偏也。』又卷四十二：『陸機宅在秦淮側。又《金陵故事》：臨秦淮有二陸讀書堂，其迹猶在。』宋祝穆《方輿勝覽》卷十四：『陸機宅。《圖經》云：在縣南五里，秦淮之側，有二陸讀書堂在焉。李白《題王處士水亭》云：「齊朝南苑是陸機宅。」』後代史籍均有記載。

綜輯以上材料可知，陸機任牙門將後，其活動主要集中在建康，宅居秦淮側，宅邊有八角井。故元徐碩《至元嘉禾志》卷十四：『吴王孫皓徙都建康，機、雲嘗分領父兵，爲牙門將，得非機仕於朝，則居建業，而華亭乃其里第耶？又有八角井，按《九域志》：在陸機宅之側。』其實從『讀書堂』之名可以看出，陸機在建康的主要活動不是參政，而是讀書。或因其兄陸景尚孫皓嫡妹，舉家移居建康。然而，據《贈弟士龍》『王師乘運，席江捲湘。雖備官守，守從武臣。守局下列，譬彼飛塵』數句看，陸機後來可能也領兵，但具體何時則不得而知。推測之，或在晉軍攻吴，在吴存亡之秋，機或領兵，甫一任職，即遭吴亡，『雖備官守』，而『守局下列』，故史家不載。

因此，二陸雖分領抗兵，因年齡較小，不可能身臨前綫，僅受其爵而已。以理推之，當是因兄景尚公主，拜騎都尉，在父抗亡故後，舉家從華亭遷至京城建業，江寧陸機宅，秦淮讀書臺，乃是年遷居後所造。

又作《吴大司馬陸公少女哀辭》。機、雲有妹，早夭，具體時間無考。據此文『冉冉晞陽，不遂其茂。曄曄芳華，雕芳落秀』之句，可知其早夭，具體時間不詳。然據《三國志·吴·陸抗傳》，抗於吴鳳凰二年春拜大司馬、荆州牧，此文既稱『大司馬陸公』，故知必作於鳳凰二年春之後，而文又以『晞陽』以喻父母之鞠養，説明作此賦時雙親皆存。抗於鳳凰三年秋卒，故又知必作於鳳凰三年秋之前。姑繫之是年。

【考辨】

朱《表》曰：『自鳳凰三年，至吴亡前，機之著作略可推定者，有《吴大司馬陸公誄》《吴大司馬陸公少女哀辭》《吴貞處士陸君誄》，及《吴趨行》數篇。』前二篇上文已考，不贅。《吴貞獻處士陸君誄》一文之『貞獻處士』者乃指陸玄。李《史》曰：『嚴可均曰：「機第三兄玄早卒，時當在機《思親賦》後，吴亡之前。」』從『撫髫並育，携手相長』二句看，父母尚在世，必作於此年之前，且以『處士』稱之，則爲未出仕之明證。《三國志》謂玄與晏、景、機、雲並分領抗兵，疑誤。又朱《表》謂《吴趨行》謂作于吴亡前，或誤。此詩乃借古題而頌吴，骨子裏浸透着對吴盛時的嚮往，重振家風的渴望。吴淇《六朝選詩定論》認爲作於八王之亂後，或可採信。

吴末帝天册元年、晉武帝咸寧元年乙未（二七五）　機十五歲，雲十四歲

吴鳳凰四年改元。《三國志·吴·三嗣主傳》：『天册元年，吴郡言掘地得銀，長一尺，廣三分，刻

上有年月字，於是大赦，改年。』

晉泰始十年正月，改元。五月立國子學。十二月追尊三祖廟。《晉書·武帝紀》：『咸寧元年春正月戊午朔，大赦，改元。……夏五月，鎮西大將軍汝陰王駿討北胡，斬其渠帥吐敦。立國子學。……十二月丁亥，追尊宣帝廟曰高祖，景帝曰世宗，文帝曰太祖。是月大疫，洛陽死者太半。』

山濤（二〇五—二八三）轉太子少傅，加散騎常侍；除尚書僕射，加侍中，領吏部。《晉書·山濤傳》：『咸寧初，轉太子少傅，加散騎常侍；除尚書僕射，加侍中，領吏部。固辭以老疾，上表陳情。章表數十上，久不攝職……濤辭不獲已，乃起視事。』

傅咸作《申懷賦》《感別賦》。《晉書·傅咸傳》：『咸字長虞，剛簡有大節，風格峻整，識性明悟，疾惡如讎，推賢樂善，常慕季文子仲山甫之志。好屬文論，雖綺麗不足，而言成規鑒。潁川庾純常歎曰：「長虞之文，近乎詩人之作矣。」咸寧初，襲父爵，拜太子洗馬，累遷尚書右丞。』據《喜雨賦》序可知，咸泰始末任太子洗馬，而《申懷賦》序謂作於是職。而《感別賦》則作於『猥忝新職』之後，時間當在《申懷賦》後，姑繫於是年。

潘岳作《楊荊州誄》《荊州刺史東武戴侯楊使君碑》。嚴可均《全晉文》卷九十三潘岳《楊荊州誄》序曰：『惟咸寧元年夏四月乙丑，晉故折衝將軍、荊州刺史、東武戴侯，滎陽楊使君薨。』故繫之是年。

張載（二五〇？—三一〇？）作《榷論》《蒙汜賦》，爲佐著作郎。《晉書·張載傳》：『載又爲《榷論》……載又爲《蒙汜賦》，司隸校尉傅玄見而嗟歎，以車迎之，言談盡日，爲之延譽，遂知名。起家佐著作郎，出補肥鄉令。』《晉書·傅玄傳》：『轉司隸校尉。』萬斯同《晉將相大臣年表》繫於是年。故載二文亦繫於是年。

左思作《詠史詩》八首。左思此組詩從内容看，非爲一時一地之作。陸《繫年》曰：『《詠史詩》八首，有「弱冠弄柔翰……志若無東吴」句，時思年當在二十以上，而吴尚未滅，約當二七〇至二八〇年間，故繫於是年。』

陸機作《思親賦》。

【考辨】

《古文苑》卷七録此賦，宋章樵注：『機生於吴中，仕西晉洛陽，去鄉社遥邈，又遭時變亂，不克祠祀其親，作賦以述思念之情。』[一]認爲作於陸機入洛之後。姜《譜》繫於太安元年，俞《譜》繫於太安二年。

然而，上述所言皆與賦内容不合。賦曰『兄瓊芳而蕙茂，弟蘭發而玉暉』，可證機作此賦時其兄在世，其弟尚幼。考《三國志·吴·陸抗傳》《晉書·武帝紀》，吴天紀三年、晉咸寧五年十一月晉大舉伐吴，次年二月其兄晏、景爲王濬别軍所殺。另據《陸抗傳》，抗卒於鳳凰三年秋，子晏嗣，晏、景、玄、機、雲分領抗兵。機領父兵，爲牙門將，即《贈弟士龍》(十首)序所言『會逼王命，墨絰從戎』。其實因機年十四、雲十三，年幼而並未移鎮荆州，又因其兄陸景尚孫皓妹，舉家移居金陵。《景定建康志》卷四十二：『陸機宅在秦淮側。又《金陵故事》：臨秦淮有二陸讀書堂，其迹猶在。

[一] 佚名編、章樵注《古文苑》，中華書局一九八五年版，第一七二頁。

考證陸機入洛，作《懷舊居賦》云：「望東城之紆餘，邈吾廬之延佇。」李太白《題王處士水亭》云：「齊朝南苑是陸機宅，故有『北堂見明月，更憶陸平原』之句。」[一]《至元嘉禾志》卷十四：『然建康亦有陸機宅。《建康實録》云：在縣南秦淮之側。……按：吴王孫皓徙都建康，機、雲嘗分領父兵，爲牙門將，得非機仕於朝，則居建業，而華亭乃其里第耶？又有八角井。按《九域志》：在陸機宅之側。』[二]可知，陸機任牙門將後，主要生活在金陵。《思親賦》乃機移居金陵後，思親而作。因故居崑山在金陵東南，故賦曰『指南雲以寄款』，非在洛陽而望鄉也。因此，此賦必作于移居金陵之後，晉舉兵向吴之前，即公元二七五年至二七九年之間。

另，此賦之後四句『天步悠長，人道短矣。異途同歸，無早晚矣』，其句式與上文完全不同，《古文苑》卷七無此四句，或爲後人誤入，當以《古文苑》版本爲是，不能作爲判斷本文創作時間的依據。李《史》繫於天紀元年，並曰：『按賦中有句云「兄瓊芳而蕙茂，弟蘭發而玉暉」，故當在此前後二年中。若天紀四年則其兄晏、景俱因吴亡而遇害，不得云「瓊芳蕙茂」矣。』所説差近。

吴末帝天璽元年、晉武帝咸寧二年丙申（二七六）　機十六歲，雲十五歲

吴改元天璽，八月，又改明年元。《三國志·吴·三嗣主傳》：『天璽元年，吴郡言臨平湖自漢末

[一] 周應合《景定建康志》，文津閣《四庫全書》第四八九册，第一一二頁。

[二] 徐碩《至元嘉禾志》，文津閣《四庫全書》第四九一册，第一一三頁。

草穢壅塞……又于湖邊得石函，中有小石，青白色，長四寸，廣二寸餘，刻上作皇帝字，於是改年，大赦。……（秋八月）鄱陽言歷陽山石文理成字，凡二十，云：「楚九州渚，吴九州都，揚州士，作天子，四世治，太平始。」……明年改元，大赦，以協石文。』

六月，吴將孫楷降晉。《晉書·武帝紀》：『（六月）吴京下督孫楷帥衆來降，以爲車騎將軍，封丹楊侯。』

十月，晉立武悼楊皇后，左芬作《納皇后頌》《楊皇后登祚頌》《納楊皇后贊》。《晉書·武帝紀》：『（冬十月）丁卯，立皇后楊氏。』武悼楊皇后，諱芷，字季蘭，元后從妹，父楊駿。咸寧十月立爲皇后，故上三文當作於是年十月。

十二月，徵皇甫謐（二一五—二八二）爲太子中庶子，武悼楊皇后父楊駿封臨晉侯。《晉書·武帝紀》：『十二月，徵處士安定皇甫謐爲太子中庶子，封后父鎮軍將軍楊駿爲臨晉侯。』

潘岳遷河陽令，作《河陽縣作二首》，又作《寡婦賦》。《晉書·潘岳傳》：『岳才名冠世，爲衆所疾，遂棲遲十年，出爲河陽令。』《文選·西征賦》李善注引臧榮緒《晉書》：『岳弱冠辟太尉府掾。』是年潘岳三十歲，弱冠出仕，棲遲十年則當爲是年出河陽縣令。並作詩二首。又任子咸之妻，乃岳之妻妹。子咸卒，岳作此賦以哀其妻。具體時間無考，陸《繫年》繫之是年。

吴末帝天紀元年、晉武帝咸寧三年丁酉（二七七）　機十七歲，雲十六歲

五月，吴將邵凱、夏祥降晉。《晉書·武帝紀》：『夏五月戊子，吴將邵凱、夏祥帥衆七千餘人

來降。』

賈充請遜位，不許，益封公丘。《晉書·賈充傳》：『咸寧三年，日蝕於三朝，充請遜位，不許。更以沛國之公丘益其封，寵倖愈甚，朝臣咸側目焉。』

張華作《祖道趙王應詔詩》。據《晉書·武帝紀》，咸寧三年八月，遷琅邪王司馬倫（？—三〇一）爲趙王。又卷五十九《趙王倫傳》：『咸寧中，改封于趙，遷平北將軍，督鄴城守事。』華詩有『光宅舊趙，作鎮冀方』之句，故知祖道餞别當在是時。

吴末帝天紀二年、晉武帝咸寧四年戊戌（二七八）　機十八歲，雲十七歲

晉立國子學，置國子祭酒、博士，以教生徒。《晉書·職官志》：『晉初承魏制，置博士十九人。及咸寧四年，武帝初立國子學，定置國子祭酒、博士各一人，助教十五人，以教生徒。博士皆取履行清淳，通明典義者，若散騎常侍、中書侍郎、太子中庶子以上，乃得召試。』

十月，揚州刺史應綽伐吴，大破皖城；十一月，吴昭武將軍劉翻、厲武將軍祖始降晉。《晉書·武帝紀》：『冬十月……吴昭武將軍劉翻、厲武將軍祖始來降。』又《王渾傳》：『吴人大佃皖城，圖爲邊害，渾遣揚州刺史應綽，督淮南諸軍攻破之。並破諸别屯，焚其積穀百八十餘萬斛，稻苗四千餘頃，船六百餘艘。』

晉皇甫謐作《篤終》。《晉書·皇甫謐傳》：『咸寧初，又詔曰：「男子皇甫謐，沉静履素，守學好古，與流俗異趣，其以謐爲太子中庶子。」謐固辭篤疾。帝初雖不奪其志，尋復發詔，徵爲議郎，又召補

著作郎。司隸校尉劉毅請爲功曹，並不應。著論爲葬送之制，名曰《篤終》。』據萬斯同《晉將相大臣年表》，劉毅是年爲司隸校尉，《篤終》亦當作於是年。

十一月，羊祜卒。孫楚作《故太傅羊祜碑》。《晉書·武帝紀》：『（咸寧四年）十一月……征南大將軍羊祜卒。』楚作碑文亦當於是年十一月或稍後。

杜預假節，行平東將軍，領征南軍司，又拜鎮南大將軍，都督荆州軍事。作《請署羊祜辟士表》。《晉書·杜預傳》：『時帝密有滅吴之計，而朝議多違，唯預、羊祜、張華與帝意合。祜病，舉預自代，因以本官假節行平東將軍，領征南軍司。及祜卒，拜鎮南大將軍，都督荆州諸軍事。』其上表當在祜卒，拜鎮南大將軍後不久。

陳壽遷長廣太守，不就，授御史治書，作《官司論》《釋諱》《廣國論》。《晉書·陳壽傳》：『張華將舉壽爲中書郎，荀勗忌華而疾壽，遂諷吏部遷壽爲長廣太守。辭母老不就。杜預將之鎮，復薦之於帝，宜補黄散。由是授御史治書。』又《華陽國志·後賢志》：『鎮南將軍杜預表爲散騎侍郎。詔曰：「昨適用蜀人，壽良具員，且可以爲侍御史。」上《官司論》七篇，依據典故，議所因革。又上《釋諱》《廣國論》。華表令兼中書郎，而壽《魏志》有失勗意，勗不欲其處内，表爲長廣太守。』杜預遷官在是年，故舉薦陳壽亦在是年。壽所作三論乃在其授御史治書之後。

潘岳兼虎賁中郎將，作《景獻皇后哀策文》，又作《秋興賦》。據《晉書·武帝紀》《后妃傳上》，景獻羊皇后是年六月崩，岳《哀策文》亦當作於是年六月。又《秋興賦》序：『晉十有四年，余春秋三十有二，始見二毛。以太尉掾兼虎賁中郎將，寓直於散騎之省。』泰始元年至咸寧四年，凡十四年，故繫是年。

傅玄免官，卒，年六十二，追封清泉侯，子傅咸嗣爵。《晉書·傅玄傳》：『獻皇后崩於弘訓宫，設喪位。……而謁者以弘訓宫爲殿内，制玄位在卿下。玄恚怒，厲聲色而責謁者。……御史中丞庾純奏玄不敬，玄又自表不以實，坐免官。……尋卒於家，時年六十二，謚曰剛。玄少時避難於河内，專心誦學，後雖顯貴，而著述不廢。撰論經國九流及三史故事，評斷得失，各爲區例，名爲《傅子》，爲内、外、中篇，凡有四部、六録，合百四十首，數十萬言，並文集百餘卷行於世。……其後追封清泉侯。子咸嗣。』傅玄免官在獻皇后卒時，故繫是年。

吴末帝天紀三年、晉咸寧五年己亥（二七九）　機十九歲，雲十八歲

十月，晉汲郡人不準，掘魏襄王冢，得竹簡，即《汲冢周書》。《晉書·武帝紀》：『冬十月戊寅……汲郡人不準掘魏襄王冢，得竹簡小篆古書十餘萬言，藏于秘府。』

向秀轉黄門侍郎、散騎常侍，尋卒。《晉書·向秀傳》：『後爲散騎侍郎，轉黄門侍郎、散騎常侍，在朝不任職，容迹而已，卒於位。二子純、悌。』秀生卒不詳，陸《繫年》繫於是年。

杜預上表陳伐吴。十一月，武帝遣鎮南將軍杜預等大舉伐吴。《晉書·武帝紀》：『十一月，大舉伐吴，遣鎮軍將軍、琅邪王伷出涂中，安東將軍王渾出江西，建威將軍王戎出武昌，平南將軍胡奮出夏口，鎮南大將軍杜預出江陵，龍驤將軍王濬、廣武將軍唐彬率巴蜀之卒浮江而下，東西凡二十余萬。以太尉賈充爲大都督，行冠軍將軍楊濟爲副，總統衆軍。』杜預上表見《杜預傳》。

棗據（二三〇？—二八五？）爲賈充從事中郎，隨伐吴，作《雜詩》以明志。《晉書·文苑傳》：『棗

據，字道彦，潁川長社人也。……賈充伐吴，請爲從事中郎。』其《雜詩》有『吴寇未殄滅』，『天子命上宰』之句，蓋言伐吴事。故繫之是年。

夏侯湛從征吴，作《離親詩》《江上泛歌》。此二詩《藝文類聚》卷七、卷八，《詩紀》卷三十均有載，内容寫伐吴事，然湛本傳未載其參加伐吴，陸《繫年》疑其『曾以尚書郎隨賈充征吴，而本傳偶略。』姑繫是年。

傅咸出冀州刺史，尋遷司徒左長史，作《與尚書同僚詩》《答潘尼詩》，潘尼又作《答傅咸詩》。《晉書・傅咸傳》：『咸寧初，襲父爵，拜太子洗馬，累遷尚書右丞。出爲冀州刺史，繼母杜氏不肯隨咸之官，自表解職。三旬之間，遷司徒左長史。時帝留心政事，詔訪朝臣政之損益。咸上言曰：「……然泰始開元以暨於今，十有五年矣。」』泰始十年改元咸寧，由『泰始開元以暨於今，十有五年』，則可知此上書在咸寧五年。咸出任司徒左長史在其外鎮冀州三旬之間，故知出任冀州刺史亦在是年。咸《與尚書同僚詩》當在尚書右丞任上，至遲亦作於是年。又據《傅咸傳》，在咸寧五年，咸又先後轉車騎司馬、遷尚書左丞。咸寧唯六年，潘尼《答傅咸詩》序稱咸『司徒左長史』，故作於是年。傅咸《答潘尼詩》亦當作於本年。

吴末帝天紀四年、晉武帝太康元年庚子（二八〇）　機二十歲，雲十九歲

三月，吴亡，晉改元太康。《晉書・武帝紀》：『三月壬申，王濬以舟師至於建鄴之石頭，孫皓大懼，面縛輿櫬，降於軍門。濬杖節解縛焚櫬，送於京都。……乙酉，大赦改元，大酺五日，恤孤老

困窮。」

五月，武帝封孫皓爲歸命侯，詔令『孫氏大將戰亡之家徙于壽陽』。《晉書・武帝紀》：『五月辛亥，封孫皓爲歸命侯，拜其太子爲中郎，諸子爲郎中。吴之舊望，隨才擢叙。孫氏大將戰亡之家徙于壽陽，將吏渡江復十年，百姓及百工復二十年。』壽陽，即壽春，今安徽壽縣。《通典》卷一八一《州郡》：『壽春，漢舊縣。東晉以鄭皇后諱，改爲壽陽。宜春曰宜陽，富春曰富陽。凡名春者，悉改之。』

杜預平吴後進爵當陽縣侯，返鎮始撰《春秋左氏經傳集解》《春秋釋例》《春秋左氏傳音》《春秋左氏傳評》等書。《晉書・武帝紀》《杜預傳》：『孫皓既平，振旅凱入，以功進爵當陽縣侯。……既立功之後，從容無事，乃耽思經籍，爲《春秋左氏經傳集解》。又參考衆家譜第，謂之《釋例》。又作《盟會圖》《春秋長曆》，備成一家之學，比老乃成。又撰《女記贊》。』其《春秋左傳序》曰：『太康元年三月，吴寇始平，余自江陵還襄陽，解甲休兵。乃申抒舊意，修成《春秋釋例》及《經傳集解》，始迄。』又《隋書・經籍志一》載：『《春秋左氏傳評》二卷，杜預撰。』

山濤遷右僕射，加光禄大夫，侍中、掌選如故。《晉書・山濤傳》：『太康初，遷右僕射，加光禄大夫，侍中、掌選如故。濤以老疾固辭……又上表固讓，不許。』姑繫是年。

張華力主伐吴有功，進封廣武縣侯，作《封禪議》。《晉書・張華傳》：『初，帝潛與羊祜謀伐吴，而群臣多以爲不可，唯華贊成其計。……及吴滅，詔曰：「尚書、關内侯張華，前與故太傅羊祜共創大計，遂典掌軍事，部分諸方，算定權略，運籌决勝，有謀謨之勳。其進封爲廣武縣侯，增邑萬户，封子一人爲亭侯，千五百户，賜絹萬匹。」』《晉書》卷四十一《魏舒傳》：『太康初，拜右僕射。舒與衛瓘、山濤、張華等以六合混一，宜用古典封禪東嶽，前後累陳其事，帝謙讓不許。』復考《晉書・武帝紀》，群臣議封禪在是年九月，故張華文亦當作於是時。

石崇（二四九—三〇〇）伐吴有功，封安陽鄉侯。《晉書·石崇傳》：『伐吴有功，封安陽鄉侯。』

陳壽除著作郎，始作《三國志》《古國志》。《華陽國志·後賢志》：『吴平後，壽乃鳩合三國史，著魏吴蜀三書，六十五篇，號《三國志》。又著《古國志》五十篇，品藻典雅。』又見《晉書·陳壽傳》。具體時間不詳，姑繫是年。

摯虞任尚書郎，作《太康頌》，又作《典校五禮表》。《晉書·摯虞傳》曰：『時天子留心政道，又吴寇新平，天下乂安，上《太康頌》以美晉德。』故繫是年。又《晉書·禮志上》：『及晉國建，文帝又命荀顗因魏代前事，撰爲新禮，參考今古，更其節文，羊祜、任愷、庾峻、應貞並共刊定，成百六十五篇，奏之。太康初，尚書僕射朱整奏付尚書郎摯虞討論之。虞表所宜損增。』

張載作《平吴頌》，王濬作《平吴詩》。二詩並見逯欽立《先秦漢魏晉南北朝詩》，皆爲平吴之初所作，故繫是年。

荀勗（？—二八九）受詔撰《中經》。《晉書·荀勗傳》：『及得汲郡冢中古文竹書，詔勗撰次之，以爲《中經》，列在秘書。』汲郡冢中竹書發現於上年十月，正值伐吴，故詔勗撰次之，當在吴平後，故繫是年。

虞溥（二三九—三〇〇）補尚書都令史，作《王昌前母服議》《駁卞粹議王昌前母服》。見《晉書·禮志中》。又《虞溥傳》：『太康元年，東平王楙上言，相王昌父毖，本居長沙，有妻息，漢末使入中國，值吴叛，仕魏爲黄門郎，與前妻息死生隔絶，更娶昌母。今江表一統，昌聞前母久喪，言疾求平議。……都令史虞溥議……溥又駁粹。』故繫是年。

徵楊泉爲郎中，不至。泉字德淵，吴處士。吴亡，會稽相朱則上言楊泉清操自然，詔拜郎中，不就。泉著《太玄經》十四卷，又有《物理論》十二卷，發明自然之理。劉《編年》繫於是年。

二月，機兄晏、景、玄被殺。《三國志·吴·陸遜傳》：『天紀四年……二月壬戌，晏爲王濬別軍所殺。癸亥，景亦遇害，時年三十一。』又《晉書·武帝紀》：『太康元年……二月戊午，王濬、唐彬等克丹陽城。庚申，又克西陵，殺西陵都督、鎮軍將軍留憲，征南將軍成璩，西陵監鄭廣。壬戌，濬又克夷道樂鄉城，殺夷道監陸晏、水軍都督陸景。』

陸機或在前綫，兵敗退回建業。李曉敏《陸機生平考辨二則》曰：『太康元年，西晉大舉發動了滅吴戰役。當時陸機二十歲，身處戰争的最前沿——荆州前綫。陸機在這場戰争中的行迹，實際上爲確定陸機的從軍之地提供了綫索。於此，筆者從陸機的《與弟士龍詩》中尋找到了答案。詩中有云：……筆者認爲「舊京」最合理的解釋應該是東吴的首都「建業」。……陸氏家族在建業當有舊宅，而陸機實際上自述自己戰後順利回到了建業的家中。』[一]此説或可採信。然而，陸機何時正式去前綫領兵，則不可考。

二陸退居舊里，閉門勤學。《晉書·陸機傳》：『年二十而吴滅，退居舊里，閉門勤學，積有十年。』《文賦》李善注引臧榮緒《晉書》：『年二十而吴滅，退臨舊里，與弟雲勤學，積十一年。』

[一]李曉敏《陸機生平考辨二則》，《中北大學學報》二〇一二年第一期。

又《世説新語·尤悔》劉注引《八王故事》：『華亭，吴由拳縣郊外墅也，有清泉茂林。吴平後，陸機兄弟共游於此十餘年。』按：《吴地記》曰：『嘉興縣，本號長水縣，在郡南一百四十三里。周敬王十年置，在谷口湖。秦始皇二十六年重移，改由拳縣。景龍二年，嘉禾野生，改禾興縣。吴赤烏五年，避吴王太子名，改嘉興縣。……東二十五里有長谷亭，入華亭縣。西北行七十里，有震澤。』又《浙江通志》卷六曰：『由拳縣，《漢書·地理志》：「漢會稽郡，海鹽、由拳。」《至元嘉禾志》：「東漢屬吴郡。」謹按：「《吴郡圖經續記》云：漢順帝永建四年，分會稽爲吴郡，以淛江中流爲界，與吴興、丹陽號爲三吴。」又按：「吴郡治吴縣，其統海鹽、由拳二縣。」』長谷亭，即華亭之長谷，乃陸機感歎『華亭鶴唳』處，可見《八王故事》所言之由拳縣，乃吴郡之治吴縣。由於華亭與由拳毗連，而言『華亭，吴由拳縣郊外墅也』，非華亭屬由拳縣。陸機在吴亡後退歸建業，旋即退居舊里。

【考辨】

吴天紀四年，晉軍伐吴，陸機二兄被殺，吴亦旋亡。史載機『退居舊里，閉門勤學』，然而，自朱東潤以來，許多學者又對此提出異議，主要有『被俘入北説』『遷徙壽陽説』二種。最先提出不同看法的是朱東潤《陸機年表》及日本學者高橋和巳《陸機的生平及其文學》（《京都大學學報》一九五九年第十一、十二期）。朱《表》推斷，陸機在吴滅當年被俘至北方，太康二年放歸，始『退歸舊里』。

當代學者如陳莊《陸機生平三考》、傅剛《陸機初次赴洛時間考辨》又具體指實爲被俘至洛陽；蔣方《陸機、陸雲仕晉宦迹考》所論同上，然將放歸時間定爲太康三年。『遷徙壽陽説』是沈玉成《〈張華年譜〉〈陸平原年譜〉中的幾個問題》一文所提出：『據《晉書・惠帝紀》，（太康）三月，吴平；五月，「吴之才望，隨才擢叙。孫氏大將戰亡之家徙于壽陽。」……吴平，陸氏全家自在被徙之列，《晉書・陸機傳》《陸雲傳》諱不載耳。』[一]俞《譜》又補充説，太康之役，『陸機在樂鄉爲杜預所獲』。俞君由《晉書・杜預傳》『凡所斬及生獲吴都督、監軍十四，牙門、郡守百二十餘人』，推測『牙門將陸機或在其列』。『陸機被擄至洛，在洛情況不甚明，但非囚禁。陸機有數書寄陸雲；左思欲作《三都賦》，訪吴事于陸機』。上述二説所據除史籍文獻外，主要内證取之二陸贈答詩十首。其實，這首詩情況非常複雜，其創作時間也有争論，基於不同的創作背景可能作出不同的解讀，因此纔會引出種種猜想。

首先，關於此詩創作時間。姜《譜》繫于元康六年，謂『此詩蓋作於將返上京，送弟先行之時無疑。』郝立權《陸士衡詩注》認爲『必作於元康二年』。沈玉成按：『郝説是，姜説非，而姜氏誤解詩義，强爲周納，遂牽一髮而動全身。』[二]筆者認爲，姜説是，郝、沈説非。第一，如果將此詩定爲元康二年作，那麽有些詩句就無法索解，如機詩『昔並垂髮，今也將老』，雲詩『昔我往矣，辰在東嵎。今

[一] 沈玉成《沈玉成文存》，中華書局二〇〇六年版，第二六九頁。
[二] 沈玉成《沈玉成文存》，第二六八頁。

我于兹，日薄桑榆』。元康二年，機年二十一，雲年二十，即使心情沉重如此，也斷不至於有『將老』『桑榆』之歎。若定爲元康六年，陸機年三十六，雲年三十五，憶其兄弟零落，偶生『將老』『桑榆』之歎則情在理中。第二，如果説太康元年陸機被俘，或曰舉家遷徙壽陽，太康二年或太康三年放歸，才得『退歸舊里』，時間最多也不過兩年左右，那麽陸雲詩『予昆乃播，爰集朔土。載離永久，其毒太苦』，『既至既覲，滯思曠年。曠年殊域，覲未浹辰』等句也無法解釋。一二年時間，絶非可言『載離永久』『曠年殊域』！

那麽，郝立權、沈玉成爲什麽又説得如此肯定？主要緣於詩前小序。序曰：『余弱年夙孤，與弟士龍銜恤喪庭，續忝末緒。會逼王命，墨絰從戎，時並縈發，悼心告别。漸歷八載，家邦顛覆。凡厥同生，雕落殆半。收迹之日，感物興哀，而士龍又先在西，時迫當祖載二昆，不容逍遥。銜痛東徂，遺情西慕，故作是詩，以寄其哀苦焉。』上文已述，抗卒機、雲分領抗兵，與序所言『弱年夙孤』『墨絰從戎』云云十分吻合。而機兄晏、景被殺，距離陸機『墨絰從戎』前後七年，次年機扶二兄靈柩歸吴，與詩序『漸歷八載』，以及機詩『自往迄兹，曠年八祀』，雲詩『自我不見，邈哉八齡』又是十分吻合，所以郝、沈才説得如此肯定。

郝、沈的問題出在什麽地方呢？筆者認爲，與對這首詩因在特殊背景下以特殊的結構、手法表達特殊的心態認識不足有關。陳祚明《采菽堂古詩選·補遺》卷一曰：『此平原生平言情之作也。觀其不敢盡言處，用心良悲，頗復條遞詳穩。』不敢盡言，用心良悲的特殊心態，則又産生於特殊背景。綜考陸機《思歸賦》《答賈謐詩》，陸雲上吴王諸篇《啓》可知，元康六年冬，機由吴王郎中令還尚書中兵郎，雲繼任兄職，因吴王所鎮之淮南離東吴較近，機、雲告假，相約同歸故里。陸機先行，跋山涉水，重走當年從荆州扶二兄靈柩歸吴的一段路程時，不禁想起那段不堪回首的歲月，故作此詩。此詩蓋追憶之作，並非當年扶兄靈柩歸吴時所作。序『而士龍又先在西，時迫當祖載二昆，不容逍遥』，《文館詞林》作『而龍又先在，四時當祖載二昆，不容逍遥』，顯然有脱文，只是文獻闕如，不可確考而已。以情推之，當是指機歸吴途中，而雲尚在由洛赴淮途中。故『銜痛東徂，遺情西慕』，乃是寫重走當年扶二兄靈柩回吴之路時的現實感受，是説而今東行，追憶二兄，痛苦不堪，心念在西之弟，故遺情相思。因爲詩的結構是現實與追憶交織，很容易導致後人的誤讀。其實，雲詩與機詩結構相同，也是將現實與追憶交織。所以，姜《譜》認爲陸機兄弟的贈答詩作於元康六年，亦非無據。

因此，陸機並未被俘洛陽或遷徙壽陽，吴亡之後，先是『收迹舊京』——斂迹建業，而後退居舊里——華亭，閉門勤學，無論是臧榮緒《晉書》及《機雲别傳》，還是房玄齡等《晉書》所載，都是可靠的。任何猜想和推斷都不能推翻正史文獻所載。近年李曉敏又從『從陸機兄弟贈答詩考陸機被俘入洛説』『從西晉統治者戰後對東吴郡望政策辨陸機被俘入洛説』兩個方面，力證陸機太康元年被俘入洛之不可靠。[一]

陸機作《毗陵侯君誄》（殘句）。李《史》繫此文於是年，並曰：『毗陵侯，機第二兄陸景也。《三

[一]　李曉敏《陸機太康元年被俘入洛説考辨》，《船山學刊》二〇一二年第四期。

國志・陸抗傳》：景字士仁，以尚公主拜騎都尉，封毗陵侯。既領抗兵，拜偏將軍、中夏督，澡身浴德，著書十篇。晏爲王濬所殺，景亦遇害。』俞《譜》繫太康二年。或李説爲是。

晉武帝太康二年辛丑（二八一） 機二十一歲，雲二十歲

三月，武帝詔選孫晧妓妾五千人入宫。見《晉書・武帝紀》。

揚州刺史周浚移鎮秣陵，安撫吴地。《晉書・周浚傳》：『明年，移鎮秣陵。時，吴初平，屢有逃亡者，頻討平之。賓禮故老，搜求俊乂，甚有威德，吴人悦服。』『明年』即平吴之次年。

司馬彪（？—三〇六）又作《與山巨源書》《贈山濤》。陸《繫年》：『詳其語氣，均有所求於山濤，當作於山濤兼吏部史，即二七八至二八三年間，故繫於此。』

王濟（二四六？—二九一？）、程咸（生卒不詳）並作《平吴後三月三日華林園詩》。《北堂書鈔》卷一百三十二引程咸詩序曰：『平吴後三月三日從華林園作壇宣宫，張朱幕，有詔乃延群臣（作詩以頌之）。』太康元年三月平吴，捷報傳至朝廷又當有日，故不可能是太康元年之三月三日，故繫於此年。

司馬彪據《汲冢紀年》之義，條陳譙周（二〇一？—二七〇）《古史考》中百二十二事不當。見《晉書・司馬彪傳》。又《晉書・武帝紀》：『（咸寧五年）十月，汲郡戰國魏襄王墓所藏竹簡出土，共十餘萬言。』蓋《汲冢紀年》，後稱《汲冢周書》。

左思作《三都賦》成。劉《繫年》定於是年，並附『考證』。俞《譜》認爲成於太康二三年間。

陸機扶二兄靈柩歸葬東吴。《與弟清河雲》：『余弱年夙孤，與弟士龍銜恤喪庭，續忝末

緒。會逼王命，墨絰從戎，時並縈發，悼心告别。漸歷八載，家邦顛覆，凡厥同生，雕落殆半。收迹之日，感物興哀，而士龍又先在西，時迫當祖載二昆，不容逍遥。銜痛東徂，遺情西慕，故作是詩，以寄其哀苦焉。』吴鳳凰三年陸抗卒，機分領抗兵，任牙門將，即此詩所謂『墨絰從戎』。天紀四年晉軍伐吴。二月，士衡兄晏、景並遇害。從組詩看，吴亡次年，士衡扶二兄靈柩東去故里安葬。故詩序曰『悼心告别，漸歷八載』。故繫之是年。然此詩乃元康六年追憶之作，非作於是年。見上文所考。

晉武帝太康三年壬寅（二八二）　機二十二歲，雲二十一歲

正月，武帝親郊祀。《晉書・禮志上》：『太康三年正月，帝親郊祀，皇太子、皇子悉侍祠。』尚書張華出鎮幽州，領護烏桓校尉，安北將軍。《晉書・武帝紀》：『三年春正月丁丑，罷秦州，並雍州。甲午，以尚書張華都督幽州諸軍事。』又《張華傳》：『乃出華爲持節、都督幽州諸軍事、領護烏桓校尉、安北將軍。』

四月，賈充薨，年六十六，追贈太宰，謚曰武，潘岳作《太宰魯武公誄》《河陽縣作》二首及《河陽庭前安石榴賦》。太宰魯武公指賈充，《晉書・賈充傳》載，充卒於太康三年四月，太常奉策追贈太宰，謚曰武。潘岳誄當作於是年四月後。《晉書・潘岳傳》：『岳才名冠世，爲衆所疾，遂棲遲十年。出爲河陽令，負其才而鬱鬱不得志。』考其詩『在疚妨賢路，再升上宰相』之宰相，當指賈充，『再升上宰相』謂爲賈充辟爲掾之事，故岳出爲河陽令，在充卒後，故詩亦繫於是年。

棗據徙冀州刺史，作《表志賦》《追遠詩》（詩佚序存）。據賦與詩序可知，均作於冀州刺史任上。然萬斯同《晉方鎮年表》繫於太康五年，吴廷燮《晉方鎮年表》則繫於太康三年。姑繫是年。

王贊（二四五？—三一一）遷太子舍人，作《司徒李胤誄》（已佚）及《三月三日詩》《侍皇太子宴始平王》。據《晉書》卷四十四《李胤傳》載，胤太康三年薨，太子命贊誄之。後二首具體創作時間無考，亦當作於太子舍人任上，姑繫是年。

潘尼作《贈河陽詩》。潘尼贈詩當在潘岳初出河陽令，故繫是年。

張載隨父入蜀，作《劍閣銘》《敘行賦》《登成都白菟樓》。《晉書・張載傳》：『太康初，至蜀省父，道經劍閣。載以蜀人恃險好亂，因著銘以作誡。……益州刺史張敏見而奇之，乃表上其文，武帝遣使鐫之於劍閣山焉。』《華陽國志・大同志》：『（太康）三年……以平吴軍司張牧爲校尉，持節統兵，州別立治，西夷治。』牧，《文選》李善注作收，乃載之父，故將上文繫於是年。

山濤拜司徒。《晉書・山濤傳》：『後拜司徒，濤復固讓。……已敕斷章表，使者乃臥加章綬。』據《晉書・武帝紀》，山濤拜司徒在是年十二月。

皇甫謐卒。《晉書・皇甫謐傳》：『皇甫謐，字士安，幼名静，安定朝那人，漢太尉嵩之曾孫也。……沉静寡欲，始有高尚之志，以著述爲務，自號玄晏先生。著《禮樂》《聖真》之論。後得風痹疾，猶手不輟卷。……而竟不仕。太康三年卒，時年六十八。……謐所著詩賦誄頌論難甚多，又撰《帝王世紀》《年歷》《高士》《逸士》《列女》等傳、《玄晏春秋》，並重於世。』

陸機作《應嘉賦》《幽人賦》。此二賦具體創作時間亦不可考，但此二賦没有深重的時光遷逝、宦海浮沉之歎息，風格較輕盈明快，似應是陸機屏居鄉里，閉門讀書時作。姑繫之是年。《幽人賦》，俞《譜》繫於元康三年，或非。

晉武帝太康四年癸卯（二八三） 機二十三歲，雲二十二歲

正月，司徒山濤卒，年七十九。《晉書·山濤傳》：『山濤，字巨源，河内懷人也。父曜，宛句令。濤早孤，居貧，少有器量，介然不群。性好《莊》《老》，每隱身自晦。與嵇康、吕安善，後遇阮籍，便爲竹林之交，著忘言之契。康後坐事，臨誅，謂子紹曰：「巨源在，汝不孤矣。」……太康四年薨，時年七十九。』

吴主孫皓卒。《三國志·三嗣主傳》：吴亡，『皓舉家西遷，乙太康元年五月丁亥集於京邑。……五年，皓死於洛陽。』然而裴注：『《吴録》曰：皓以四年十二月死，時年四十二，葬河南縣界。』或於太康四年十二月卒，五年初安葬。

潘岳作《懷舊賦》。賦序曰：『東武戴侯楊君……不幸短命……九年於兹焉。今而經焉，慨然懷舊。』楊肇卒於咸寧元年，此賦所作，距楊肇之卒九年，則必在是年。

機從父陸喜，徵爲散騎常侍。《晉書·陸喜傳》：『太康中，下詔曰：「僞尚書陸喜等十五人，南士歸稱，並以貞潔不容皓朝，或忠而獲罪，或退身修志，放在草野。主者可皆隨本位就下拜除，敕所在以禮發遣，須到隨才授用。」乃以喜爲散騎常侍，尋卒。子育，爲尚書郎、弋陽太守。』喜卒於太康五年四月，詳下文。『尋卒』，説明任職時間不長，故繫是年。

晋武帝太康五年甲辰(二八四)　機二十四歲,雲二十三歲

張華徵爲太常。《晋書·張華傳》:『頃之,徵華爲太常。』其《太康六年三月三日後園會詩》有『忝恩於外,攸攸三期』之句,張華太康三年出鎮幽州,故當於是年征還。萬斯同《晋方鎮年表》亦列於是年。

劉毅(?—二八五)遷尚書左僕射,上疏請廢九品中正制。《晋書·劉毅傳》:『在職六年,遷尚書左僕射。時龍見武庫井中,帝親觀之,有喜色。百官將賀,毅獨表曰……毅以魏立九品,權時之制,未見得人,而有八損,乃上疏。』

孫楚遷衛將軍司馬,作《龍見武庫井上言》。《晋書·孫楚傳》:『征西將軍,扶風王駿與楚舊好,起爲參軍。轉梁令,遷衛將軍司馬,時龍見武庫井中,群臣將上賀,楚上言。』由《晋書·武帝紀》《五行志下》可知,『龍見武庫井中』事在太康五年春正月。

杜預卒,年六十三,作《遺令》。據《晋書·武帝紀》,預卒於是年閏十二月。劉《繫年》認爲,杜預《春秋左氏經傳集解》作於太康三年。

晋武帝太康六年乙巳(二八五)　機二十五歲,雲二十四歲

散騎常侍華嶠(二三〇?—二九三)奏皇后宜修蠶禮。《晋書·禮志上》:『及武帝太康六年,散騎常侍華嶠奏:「先王之制,天子諸侯親耕藉田千畝,后夫人躬蠶桑。……」於是蠶於西郊,蓋與藉田對其方也。』

束據（生卒不詳）卒。《晉書・文苑傳》：「束據，字道彦，潁川長社人也。……弱冠，辟大將軍府，出爲山陽令，有政績。遷尚書郎，轉右丞。賈充伐吴，請爲從事中郎。軍還，徙黄門侍郎、冀州刺史、太子中庶子。太康中卒，時年五十餘。所著詩賦論四十五首，遇亂多亡失。」姑繫是年。

張華作《太康六年三月三日後園會詩》四首。

晉武帝太康七年丙午（二八六）　機二十六歲，雲二十五歲

十二月，出後宫才人、妓女。始制大臣聽終喪三年禮。《晉書・武帝紀》：「十二月，遣侍御史巡遭水諸郡。武帝出後宫才人、妓女以下二百七十人歸於家。始制大臣聽終喪三年。」

潘岳作《上客舍議》《在懷縣作》《内顧詩》。陸《繫年》曰：「詩當作於免太尉掾第四年夏天，而由河陽遷懷則在春初。又載《内顧詩》二首……疑同時作。」姑繫是年。

孫楚轉梁令，作《征西官屬送於陟陽侯作詩》。是年九月楚先任扶風王駿征西參軍，據《晉書・扶風王駿傳》載，詩當作於是年九月。楚「傳梁令」在駿於卒之後，駿卒於是年九月，故亦在是年。

晉太康武帝八年丁未（二八七）　機二十七歲，雲二十六歲

正月，張華免太常。《晉書・張華傳》：「頃之，徵華爲太常。以太廟屋棟折，免官。遂終帝之世，以列侯朝見。」又稽考《晉書・武帝紀》，太廟殿陷在是年正月。

李密作《賜餞東堂詔令賦詩》。《晉書・孝友傳》：「密有才能，常望内轉，而朝廷無援，乃遷漢中

太守，自以失分懷怨。及賜餞東堂，詔密令賦詩：……武帝忿之，於是都官從事奏免密官。後卒於家。』《華陽國志·後賢志》：『宓（密）去官，爲州大中正。性方亮，不曲意勢位者。失荀、張指，左遷漢中太守，諸王多以爲冤。一年去官，年六十四卒。』具體時間無考，陸《繫年》曰：『華於六年召還，朂於十年卒。密爲二人所排擠，當在此時期内，故繫於八年。』

夏侯湛出補南陽相，作《張平子碑》。據碑文可知作於湛任南陽相上，具體時間無考，陸《繫年》繫於是年。

太常郭奕（？—二八七）卒，王濟作《太常郭奕謚景議》。《晉書·郭奕傳》：『太康八年卒，太常上謚爲景，有司議以貴賤不同號。』故文當作此時。

晉武帝太康九年戊申（二八八）　機二十八歲，雲二十七歲

正月，武帝詔内外群官舉清能、拔寒素。《晉書·武帝紀》：『九年，春正月壬申朔，日有蝕之。詔曰：「興化之本，由政平訟理也。……其敕刺史二千石糾其穢濁，舉其公清，有司議其黜陟。令内外群官舉清能，拔寒素。」』

改建宗廟，車騎司馬傅咸上表議《祭法》。《晉書·禮志上》：『至太康九年，改建宗廟，而社稷壇與廟俱徙。乃詔曰：「社實一神，其並二社之祀。」於是車騎司馬傅咸表。』

摯虞補尚書郎，作《駁潘岳古今尺議》《三日曲水詩對》《族姓昭穆》十卷。《晉書·摯虞傳》：『久之，召補尚書郎。將作大匠陳勰掘地得古尺，尚書奏：「今尺長於古尺，宜以古爲正。」潘岳以爲慣用

已久，不宜復改。虞駁曰……又表論封禪，見《禮志》。虞以漢末喪亂，譜傳多亡失，雖其子孫不能言其先祖，撰《族姓昭穆》十卷，上疏進之，以爲足以備物致用，廣多聞之益。』又《禮志上》：『太康初，尚書僕射朱整奏付尚書郎摯虞討論之。』據萬斯同《晉將相大臣年表》，朱整爲僕射，始於太康九年二月，止於太康十年四月。《禮志上》『太康初』當爲『太康末』之誤。故《駁潘岳古今尺議》當作於是年，《族姓昭穆》或稍後。又湯球輯臧榮緒《晉書·束晳傳》：『武帝問尚書郎摯虞三日曲水事。』可知，《三日曲水詩對》亦在尚書郎任上，姑繫是年。

孫楚遷衛將軍司馬，作《太僕座上詩》。太僕指王濟，是年免官，以白衣領太僕。萬斯同《晉將相大臣年表》以濟任侍中至本年止。白衣領太僕約在任侍中之後，姑繫是年。

陸機作《竹林七賢論》，佚。明董其昌《畫禪室隨筆》卷一《書〈飲中八仙歌〉後》：『陸士衡作《竹林七賢論》，以嵇、阮爲標。顔延之作《五君詠》，王濬沖、山巨源皆在門外，弗復及。』此文已佚，或作於隱居鄉里期間，姑繫是年。

晉武帝太康十年己酉（二八九）　機二十九歲，雲二十八歲

四月，太廟成。《晉書·武帝紀》：『十年夏四月……太廟成。乙巳，遷神主於新廟，帝迎於道左，遂祫祭。大赦，文武增位一等，作廟者二等。』

十一月，立皇太子司馬乂（二七六—三〇四）爲長沙王，穎（二七九—三〇六）爲成都王，晏（二八一—三一一）爲吴王，以汝南王亮（？—二九一）爲大司馬、大都督、假黄鉞。見《晉書·武帝紀》。

武帝患病愈，侍中華嶠作《賀武帝疾瘳表》。《晉書・武帝紀》：『十一月……帝疾瘳，賜王公以下帛有差。』此文當作於是年十一月。

荀勖卒。《晉書・武帝紀》：『十一月丙辰，守尚書令、左光禄大夫荀勖卒。』又《荀勖傳》：『荀勖，字公曾，潁川潁陰人，漢司空爽曾孫也。……太康十年卒。詔贈司徒，賜東園秘器朝服一具，錢五十萬，布百匹，遣兼御史持節護喪，謚曰成。』

傅咸遷尚書左丞，作《遷尚書左丞表》《答辛曠詩序》（詩佚）。《晉書・傅咸傳》：『又議移縣獄於郡及二社應立，朝廷從之。遷尚書左丞。惠帝即位，楊駿輔政。咸言於駿曰……』由此推之，咸遷尚書左丞當在太康末，上表亦當作于初受命時。另《答辛曠詩序》有『尚書左丞……後忝此任』之句，故繫是年。

劉頌（二四五？——三〇〇）除淮南相，上疏陳事。見《晉書・劉頌傳》。頌在淮南相之上疏，具體時間無載，然有『陛下御今法爲政將三十年』之句，可知當作於武帝晚年。故繫是年。

左芬作《萬年公主誄》。公主卒時間無考，然《晉書・后妃傳上》：『及帝女萬年公主薨，帝痛悼不已，詔芬爲誄。』武帝尚在世，此後史無左芬事迹記載，姑繫是年。

陸機、雲入洛，迅疾聲名鵲起。《晉書・陸機傳》：『至太康末，與弟雲俱入洛，造太常張華。華素重其名，如舊相識，曰：「伐吴之役，利獲二俊。」又嘗詣侍中王濟，濟指羊酪謂機曰：「卿吴中何以敵此？」答云：「千里蒓羹，未卜鹽豉。」時人稱爲名對。』又《晉書・張載傳》：『二陸入洛，三張減價，考覈遺文，非徒語也。』

【考辨】

關於陸機入洛時間衆説紛紜。朱《表》曰：『是歲（天紀四年）吴亡。……陸機先是尚在荆州帶兵，大致曾經晉軍俘虜一次，但是次年以後遇釋而歸。陸雲《答兄平原》：「王旅南征，闡耀靈威。予昆乃播，爰集朔土。載離永久，其毒太苦。上帝休命，駕言其歸。」這時他們的家庭，真是凄慘到無以復加。』自朱《表》首次提出被俘入洛説後，當代學者陳莊《陸機生平三考》、傅剛《陸機初次赴洛時間考辨》又進一步論證朱説，並明確指出陸機曾兩次入洛，一是太康初被俘入洛，二是元康二年仕晉入洛〔一〕。後來，沈玉成、蔣方皆贊成此説。蔣方《陸機、陸雲仕晉宦迹考》在陳、傅論證基礎上，又進一步排比史料，稽考詩文，得出結論是：吴滅後，陸機被俘去洛陽，太康三年放歸，退吴讀書，至元康二年方應徵辟入洛〔二〕。

仔細考證，元康二年『仕晉入洛』説頗須商榷。其他史料姑且不論，僅就現存的陸機詩文即可證之。第一，機《詣吴王表》曰：『臣本吴人，靖居海隅。朝廷欲抽引遠人，綏慰遐外，故太傅所辟。』太傅指楊駿，被誅於元康元年三月。機入洛，任太傅祭酒，其時間必然在元康元年三月之前。怎麽可能至元康二年方應徵辟入洛？第二，陸機《皇太子賜宴詩》序曰：『元康四年秋，余以太子

〔一〕　陳莊《陸機生平三考》，《四川大學學報》，一九八三年第四期；傅剛：《陸機初次赴洛時間考辨》，《上海師範大學學報》，一九八六年第二期。

〔二〕　蔣方《陸機、陸雲仕晉宦迹考》，《湖北大學學報》，一九九五年第三期。

洗馬出補吴王郎中。』赴任途中作《吴王郎中時從梁陳作》以呈太子，詩有『誰謂伏事淺，契闊逾三年。薄言肅後命，改服就藩臣』之句，其『逾』字尤值注意，突出自己侍奉太子，已超過三年。據《晉書》本傳，機遷太子洗馬，在元康元年三月楊駿被誅之後，至元康四年秋正好是『逾三年』。若爲元康二年仕晉，即使直接任太子洗馬，時間也不足三年，更不用説『逾三年』。由此也可證陸機任太子洗馬必在元康元年秋之前。故《三國志·吴·陸抗傳》裴注：『《機雲别傳》曰：晉太康末俱入洛，造司空張華，華一見而奇之，曰：「伐吴之役，利在獲二儁。」遂爲之延譽，薦之諸公。太傅楊駿辟機爲祭酒，轉太子洗馬、尚書著作郎。』考之史料，楊駿爲太傅，輔政，在永熙元年（二九〇）四月惠帝即位後。至元康（二九一）三月後轉太子洗馬。故陸機入洛仕晉必然在永熙四月之前，即太康末。

當代學者將陸機入洛仕晉定在元康二年，主要原因之一是受《思歸賦》序的誤導。其序曰：『余牽役京室，去家四載，以元康六年冬取急歸。』這似乎是一條鐵證：既是元康六年『去家四載』，則必爲元康二年入洛。其實本序中最爲關鍵的『余牽役京室，去家四載』九字，並非此賦小序。現存陸機集善本，如影鈔宋本、小萬卷樓叢書本、陸貽典校本、《宛委别藏》清鈔本均無此二句。元康二年，詩人乃赴假離洛歸鄉，在離洛歸鄉途中作《行思賦》，離鄉返洛途中作《懷土賦》，此二句殘序或乃《行思賦》之序，其賦之『越山河而托影，眇四載而遠期』與『余牽役京室，去家四載』時間吻合。將此序誤題《思歸賦》序，《太平御覽》乃始作俑者，後人未加詳察，遂誤。

俞《譜》『陸機太康初入洛考』，在列表分析諸家觀點之後，指出：『陸機太康初曾至洛陽，有資料可證明，然人們過於信從《晉書》「吴滅，退居舊里，閉門勤學，積有十年」之語，故對諸多材料置之不顧。其一，《唐鈔文選集注彙存·三都賦序》左太沖條下《文選鈔》注引王隱《晉書》曰：……當思之時，吴國爲晉所平，思乃賦此三都以極眩耀，其蜀事訪於張載，吴事訪於陸機，後乃成也。」又《晉書·左思傳》：「初，陸機入洛，欲爲此賦，聞思作之，撫掌而笑，《與弟雲書》曰：此間有傖父欲作《三都賦》，須其成，當以覆酒甕耳。」左思妹左芬，晉武帝泰始八年前不久被選入宫，左思由齊入洛，構思《三都賦》，十年乃成可，則其《三都賦》當成於太康二、三年。左思《三都賦》未成前訪於陸機，只能在陸機太康初入洛時。其二，《水經注》卷十六「谷水」條下引陸機《與弟書》云：「(大夏)門有三層，高百尺，魏明帝造。」……若陸雲到過洛陽，則不勞其兄多言，可證陸機在陸雲前曾至洛陽。陸雲於太康三年左右入洛，則陸機此書必作於太康三年前。此亦可證陸機太康初確曾到過洛陽。』此説，亦可商榷。左思《三都賦》創作時間、序的作者等問題學界一直聚訟不已。是否訪問陸機，也是謎案。《文選》李善注引臧榮緒《晉書》、房玄齡《晉書·左思傳》僅載其謁著作郎張載『訪岷邛之事』，並未載其訪陸機。而且左芬至遲在泰始七年(二七一)入宫，若左思是年作《三都賦》，十年乃成，當在太康元年。若定陸機《與弟雲書》於太康元年，亦不合常理。覆國亡家之痛尚未平復，而且按照『被俘入洛』説，機既身爲囚徒，那有如此心境作輕狂之語？左思又怎麼可能在這種情况下『訪陸機』？《水經注》所引陸機《與弟書》云云，亦不可靠，這類文字皆出於陸機《洛陽記》，或與弟書涉及該書，遂至後人誤引。

清王鳴盛《十七史商榷》卷四十九《晉書》七『陸機入洛條』曰：『……其後機與雲同被害，機年四十三，雲年四十二。吴滅在太康元年，時機年二十。太康終於十年，機太康末入洛則年二十九，雲二十八矣。』此外，尚有以下材料可證：（一）《晉書·張華傳》：『初，陸機兄弟志氣高爽，自以吴之名家，初入洛，不推中國人士。見華，一面如舊，欽華德範，如師資之禮焉。』（二）《世説新語·簡傲》：『陸士衡初入洛，諮張公所宜詣，劉道真是其一。陸既往，劉尚在哀制中，性嗜酒。禮畢，初無他言，唯問東吴有長柄壺盧，卿得種來不？陸兄弟殊失望，乃悔往。』（三）《文選·歎逝賦》李善注曰：『臧榮緒《晉書》曰：……機少襲領父兵，爲牙門將軍。年二十而吴滅，退臨舊里，與弟雲勤學，積十一年。譽流京華，聲溢四表，被徵爲太子洗馬，與弟雲俱入洛。司徒張華素重其名，舊相識以文。』吴亡於太康元年，機、雲太康末入洛，前後十一年，本傳言十年，蓋取其整數。（四）陸機《歎逝賦》序曰：『昔每聞長老，追計平生同時親故，或雕落已盡，或僅有存者。余年方四十，而懿親戚屬，亡多存寡；昵交密友，亦不半在。或所曾共遊一途，同宴一室，十年之内，索然已盡。以是思哀，哀可知矣！』此文『十年之内』，《文選》卷十六、《藝文類聚》卷三十四並作『十年之外』，當以《文選》《藝文類聚》爲據。賦作於陸機四十歲，仕宦洛陽，所説之『十年之外』，乃以離吴入洛算起。若以二十九歲入洛，至四十歲則前後十二年，與序所言『十年之外』正好相合。這一證據應該毋庸置疑。上述材料皆可證二陸入洛在太康末。

顧榮（？—三一二）與機、雲同入洛，時號『三俊』。《晉書·顧榮傳》：『吴平，與陸機兄弟同入洛，時人號爲「三俊」。』

陸機作《與弟雲書》。《晉書·文苑傳》：『初，陸機入洛，欲爲此賦，聞思作之，撫掌而笑，與弟雲書曰：「此間有傖父，欲作《三都賦》，須其成，當以覆酒甕耳。」及思賦出，機絶歎伏，以爲不能加也，遂輟筆焉。』具體時間不詳，姑繫是年。

又作《赴洛》上篇，《赴洛道中作》二首。

【考辨】

《赴洛道中作》二首。姜《譜》繫於是年，曰：『《赴洛道中》二首，亦初入洛之作。何以言之？篇首即云「總轡登長路，嗚咽辭密親。」此别親也。又曰：「借問何所之，世網嬰我身。」此將入仕也。又曰：「永歎遵北渚，遺思結南津。」此由南行向北也。又曰：「雞鳴高樹巔」，則中州風物也。皆足爲初入洛道中寫景寫情之作。』所言是。又《赴洛》二首，考其内容則並不作於同時。上篇有『靖端肅有命，假楫越江潭』句，謂恭謹王命、渡江北上，當爲赴洛所作無疑；下篇有『羈旅遠遊宦，託身承華側』句，謂仕宦洛陽，託身太子之宫，則確證是做東宫屬官時所作。朱《表》認爲上篇作於『自吴入洛』，下篇是『洗馬時作』，是。顧農《陸機還鄉及其相關作品》曰：『「太康十年的《赴洛道中作二首》情緒比較低沉，充滿了對於前途不確定性的憂慮。」[一]這一分析是有道理的。《文選·赴洛二首》李善注：『《集》云此篇赴太子洗馬時作，下篇云東宫作，而此同云赴洛，誤也。』張銑注：『後篇意乃在東宫作，蓋撰者合也。』《赴洛道中》與《赴洛》上篇當作於同時。俞《譜》繫於元康二年，或誤。

〔一〕 顧農《陸機還鄉及其相關作品》，《文學遺産》二〇一一年第五期。

又作《擬蘭若生朝陽》《擬青青陵上柏》。此二詩所作時間無考。然與其他擬詩有別。前詩重在突出松柏之禀性，或以香草美人而取譬，蓋別有寄託。與《赴洛詩》『希世無高符，營道無烈心』所表現的心態近似，當作於入洛之初。後詩以蘋生陵上，逆其常性，蓋隱指迫於王命而由吴入洛。故繫之是年。

又作《遂志賦》。

【考辨】

此賦姜《譜》繫於元康八年，並曰：『感窮達異事，聲爲情變，因作《遂志賦》。……序中「余備託作者之末，聊復用心」云云。作者，當指著作郎言，非泛泛之稱。古無自稱作者者也，故次此。』言『古無自稱作者者』，或誤。漢代即稱創作者爲作者，如蔡邕《典引》：『爰兹作者七十有四人。』又《答賓戲》：『取捨者，昔人之上務；著作者，前列之餘事。』以此作爲此賦作於機在著作郎任上的依據，似不可靠。俞《譜》繫於永寧元年，並認爲賦主旨是『以爲吉凶幽微難明，進取未必不能保全』。『機以傅説、伊尹、蕭何的經歷證明積極進取並非一定速禍，以陳爲楚滅而後起於齊、子胥被殺而魏絳得金石之樂來證明禍福無常，往往出乎意料之外，所謂「隨性類以曲成，故圓行而方立」。最後表示「要信心而委命，援前修以自程」，任窮達、等進退、齊生死，「抱耿介以成名」。此賦與《秋胡行》同旨，是對「隱而保全」的否定，故繫於此。』然而，從賦之『仰前蹤之綿邈，豈孤人之能胄。匪世禄之敢懷，傷兹堂之不構。……任窮達以逝止，亦進仕而退耕』等數句看，當是在機入洛求宦，尚未聞達時。故賦既渴望重振家風，又時感禍福難期，所言之志乃性隨物變，内方外圓，效前賢，求誠信，窮達進退，唯命而已。故當作於是年。

又作《瓜賦》。俞《譜》系《瓜賦》於元康四年，誤。此賦有『赴廣武以長蔓，粲煙接以雲連。感嘉時而促節，蒙惠沾而增鮮』句，似有所寓指。張華因力主滅吴之功而封廣武縣侯，『廣武』蓋指華。陸機兄弟入洛受華之器重，聲譽鵲起。賦云『嘉時』『惠沾』云云，實暗喻張華之恩惠，寫瓜之德實是自況。故賦當作於入洛之初。姑繫是年。

陸機於坐中面折盧志（生卒不詳），二人交惡，後志進讒言於司馬穎而機見殺，蓋由此而生其隙。《世説新語·方正》：『盧志於衆坐問陸士衡：「陸遜、陸抗是君何物？」答曰：「如卿於盧毓、盧珽。」士龍失色，既出户，謂兄曰：「何至如此？彼容不相知也。」士衡正色曰：「我父祖名播海内，寧有不知？鬼子敢爾！」』

俞《譜》『陸機作於元康入洛前、然不能確定編年之作品』列有：《贈顧令文爲宜春令》《爲周夫人贈車騎》；『陸機可能作於元康入洛前之作品』列有：《爲陸思遠婦作》《百年歌》。上詩所作時間難以確考，録以備考。

【考辨】

《百年歌》朱《表》繫於永康元年，並曰：『《百年歌》雜詠人生自十歲至百歲時事，當然必非自述。然處處可見其描寫自己，不特所寫爲貴族生活而已。……又「四十時，體力克壯志方剛，跨州連郡還帝鄉，出入承明擁大璫」，正指還都復爲中書侍郎事。機翌年以附趙王倫，幾爲齊王冏所殺，想以後未必更豔説承明大璫之故事，故疑此篇爲永康元年所作。』《百年歌》蓋取《古詩十九首》『人生不滿百，常懷千歲憂』之意。此詩從人生十歲寫至百齡，少年的詩意，中年的事業，老年的衰朽，依次寫來，揭示了生命由朝花走向輝煌、再走向衰歇的全部過程。此詩雖取當時曲調，然有兩點值得注意：一是對人生功名事業的强烈渴望和浪漫遐想；二是浸透着年華老去無可奈何的生命意識。從整體上説，風格輕盈，語淺情深，或爲早期所作。朱《表》誤，俞《譜》近是。

又《爲周夫人贈車騎》，車騎乃指車騎將軍陸曄。曄，機之從弟；車騎將軍，乃東晉元帝在曄卒後追封曄之爵號。故知此題亦當爲後人所加。原題已不可考。所作時間或與《贈從兄車騎詩》所作時間差近，見下文所考。

又《贈顧令文爲宜春令》所作時間不可考，然詩有『三川既曠，江亦永矣。悠悠我思，託邁千里』句，陸雲亦有《答大將軍祭酒顧令文詩》，大將軍乃指成都王司馬穎，可見此詩亦作於入洛後。詳下考。

晉惠帝永熙元年庚戌（二九〇）　機三十歲，雲二十九歲

正月，武帝改元太熙，四月崩。太子司馬衷（二五九—三〇七）即位，是爲惠帝，改元永熙。太尉楊駿爲太傅，輔政。《晉書·武帝紀》：『太熙元年，春正月辛酉朔，改元。……（夏四月）己酉，帝崩於

含章殿，時年五十五，葬峻陽陵，廟號世祖。』又《惠帝紀》：『孝惠皇帝諱衷，字正度，武帝第二子也。泰始三年，立爲皇太子，時年九歲。太熙元年四月己酉，武帝崩。是日，皇太子即皇帝位，大赦，改元爲永熙。尊皇后楊氏曰皇太后，立妃賈氏爲皇后。……以太尉楊駿爲太傅，輔政。』八月，立廣陵王司馬遹（二七八—三〇〇）爲皇太子，以何劭（二三六—三〇一）爲太師，王戎（二三四—三〇五）爲太傅，楊濟（生卒不詳）爲太保，裴楷（二三七—二九一）爲少師，張華爲少傅。見《晉書·惠帝紀》、《愍懷太子傳》。

何劭作《武帝遺詔》。見《晉書》卷三十三《何劭傳》。

孫楚（二一八？—二九三）爲馮翊太守，作《之馮翊祖道詩》。《晉書·孫楚傳》：『惠帝初，爲馮翊太守。』姑繫是年。

傅咸作《與楊駿牋》《奏劾荀愷》《答李斌書》《答楊濟書》。《晉書·傅咸傳》：『惠帝即位，楊駿輔政。（尚書左丞）咸言於駿。……時司隸荀愷從兄喪，自表赴哀，詔聽之而未下，愷乃造駿。咸因奏曰……咸復與駿牋諷切之。』可見，《與楊駿牋》《奏劾荀愷》必作於駿輔政之初。又《答李斌書》有『吾作左丞，未幾而已』，當作於前二書稍前；而《答楊濟書》論其罰黜，亦當於左丞任上。故皆繫是年。

摯虞上表諫除晋增位一等。《晉書·摯虞傳》：『時太廟初建，詔普增位一等。後以主者承詔失旨，改除之。虞上表。』太廟乃指武帝葬峻陽陵，廟號世祖事，故繫之是年。

潘岳爲太子舍人，楊駿輔政，引爲太傅主簿，作《世祖武皇帝誄》。吴士鑒、劉承幹《晉書斠注》：『《書鈔》六十六、《御覽》四百六十五王隱《晉書》曰：岳爲太子舍人。案：本傳不載爲太子舍人，附注於此。』《晉書·潘岳傳》：『楊駿輔政，高選吏佐，引岳爲太傅主簿。』又《晉書·閻纘傳》：『駿之誅也，纘棄官歸，要駿故主簿潘岳、掾崔基等共葬之。』《世祖武皇帝誄》必作是四月武帝『葬峻陽陵，廟號世祖』之時。

石崇出爲南中郎將，曹攄（二五五？—三〇八）參南國中郎將，作《贈石崇詩》《思友詩》。《晉書・石崇傳》：『元康初，楊駿輔政……崇與散騎郎蜀郡何攀共立議，奏于惠帝……書奏，弗納。出爲南中郎將、荆州刺史，領南蠻校尉，加鷹揚將軍。』《文選》卷二十九曹攄《思友人詩》李善注：『臧榮緒《晉書》云：曹攄字顔遠，譙國人也。篤志好學，參南國中郎將。』故知石崇出官，曹攄贈詩均在是年。

裴頠（二六七—三〇〇）轉國子祭酒，兼右軍將軍，奏立國子太學，起講堂，築門闕，刻石以寫五經。《晉書・裴頠傳》：『惠帝即位，轉國子祭酒，兼右軍將軍。……時天下暫寧，頠奏修國學，刻石寫經。』姑繫是年。

五月，太傅楊駿（？—二九一）辟機爲太傅祭酒。《晉書・陸機傳》：『張華薦之諸公。後太傅楊駿辟爲祭酒。』《文選・謝平原内史表》李善注引臧榮緒《晉書》：『太熙末，太傅楊駿辟機爲祭酒。』太熙止一年，可知機任太傅祭酒在是年五月後。朱《表》曰：『《晉書・職官志》：「諸公及開府位從公者……置西東閤祭酒各一人。」機是時爲楊駿屬吏，與弟雲「住參佐廨中，三間瓦屋，士龍住東頭，士衡住西頭。」（《世説新語》）。』又俞《譜》亦引《世説新語・賞譽》『蔡司徒在洛，見陸機兄弟住參佐廨中……』，將其繫於元康八年。並考之曰：『蔡司徒爲蔡謨，南渡後爲司徒，故稱。據《晉書・蔡謨傳》，謨父克永寧元年、太安元年爲博士，之前爲布衣，但已在洛陽，謨或隨父在洛而獲見二陸。……是年十七。』所考或是。

機作《長安有狹邪行》。此詩作年無考，俞《譜》繫於元康八年，並曰：『陸機作《長安有狹邪行》，既感與「二十四友」游處之榮耀，又有步入歧路之感。』然詩對身事新朝，既喻之『歧路』，又曰投足殊途，並謂之『守一不足矜』。可知，機内心又充滿矛盾與掙扎。這種心態，當生於入洛之初，人生面臨歧路選擇之時，故詩不可作於機任著作郎上，或作於入洛初。姑繫是年。

又作《鞠歌行》。此詩作年亦不可考，詩所表達的是冀逢知己舉薦，以遂乘風騰雲之志。機係南人，入洛，朝無故舊，故冀知己援手薦己，此種心態亦當産生於入洛之初。姑繫是年。俞《譜》繫於永康元年，或非。

晉惠帝元康元年辛亥（二九一）　機三十一歲，雲三十歲

正月，惠帝改元永平，皇太子冠，謁太廟。《晉書·惠帝紀》：『永平元年春正月乙酉朔，臨朝，不設樂。詔曰：「……其改永熙二年爲永平元年。」又詔子弟及郡官並不得謁陵。丙午，皇太子冠，丁未，見於太廟。』

三月，誅楊駿，改元元康。賈后矯詔廢太后，徵汝南王亮（？—二九一）爲太宰，以秦王柬（二六二—二九一）爲大將軍，東平王楙（？—三一一）爲撫軍大將軍，楚王瑋（二七一—二九一）爲衛將軍，下邳王晃（？—二九六）爲尚書令，東安公繇（？—三〇四）爲尚書左僕射。從而引起長達十六年之久的『八王之亂』。事見《晉書·惠帝紀》。

六月，賈后矯詔殺汝南王亮、太保公衛瓘（二二〇—二九一），楚王瑋旋亦被殺。《晉書·惠帝

紀》：『六月，賈后矯詔使楚王瑋殺太宰、汝南王亮，太保、菑陽公衛瓘。乙丑，以瑋擅害亮、瓘，殺之。』

張華拜右光禄大夫、侍中、中書監，作《女史箴》以諷賈后。《晉書·張華傳》：『及瑋誅，華以首謀有功，拜右光禄大夫、開府儀同三司、侍中、中書監，金章紫綬。固辭開府。……華懼后族之盛，作《女史箴》以爲諷。』張華遷官當在是年六月，作《女史箴》或稍後。

八月，以趙王倫（？—三〇一）爲征東將軍、都督徐兗二州諸軍事；河間王顒（？—三〇六）爲北中郎將，鎮鄴。九月，徵梁王肜（？—三〇二）爲衛將軍、録尚書事，以趙王倫爲征西大將軍、都督雍梁二州諸軍事。事見《晉書·惠帝紀》。

傅咸轉太子中庶子，遷御史中丞，作《致汝南王亮書》《與汝南王亮牋》《上書陳選舉》《理李含表》《又言》《奏劾夏侯駿》《奏劾夏侯承》《明意賦》《桑樹賦》《御史中丞箴》。見《晉書·傅咸傳》《李含傳》及《三國志·魏·衛臻傳》裴注、湯球輯王隱《晉書》、嚴可均《全晉文》卷五十一、五十二。

摯虞撰《新禮》十五篇。《晉書·禮志上》：『虞討論新禮訖，以元康元年上之。所陳惟明堂五帝、二社六宗及吉凶王公制度，凡十五篇。有詔可其議。後虞與傅咸纘續其事，竟未成功。中原覆没，虞之《決疑注》，是其遺事也。』

又作《奏定二社》《奏祀六宗》《明堂郊祀議》《祀皋陶議》《廟設次殿議》《挽歌議》《喪佩議》《吉駕導從議》《公爲所寓服議》《傍親服議》《師服議》《諸侯覲見旗議》《皇太子稱臣議》《夫人不答妾拜議》。見《晉書·禮志上》《摯虞傳》及吴士鑒劉承幹《晉書斠注》、嚴可均《全晉文》卷七十六、七十七。

潘岳坐楊駿除名，以公孫宏（生卒不詳）救免死。《晉書·潘岳傳》：『楊駿……引岳爲太傅主簿。駿誅，除名。初，譙人公孫宏少孤貧，客田於河陽，善鼓琴，頗能屬文。岳之爲河陽令，愛其才藝，待之甚厚。至是，宏爲楚王瑋長史，專殺生之政。時駿綱紀皆當從坐，同署主簿朱振已就戮。岳其夕取急在外，宏言之瑋，謂之假吏，故得免。」

夏侯湛卒，潘岳作《夏侯常侍誄》。《晉書·夏侯湛傳》：「元康初，卒，年四十九。著論三十餘篇，别爲一家之言。」又潘岳《夏侯常侍誄》序：「夏侯湛，字孝若，譙人也。……以爲散騎常侍。春秋四十有九，元康元年夏五月壬辰，寢疾卒於延喜里第。嗚呼哀哉！」夏侯湛卒於是年五月，潘岳誄文當作是月稍後，故繫是年。

石崇以贈鴆爲傅祇（二四五—三一二）所糾，旋拜太僕，出爲征虜將軍，假節、監徐州諸軍事，鎮下邳，作《思歸引》。《晉書·石崇傳》：「崇在南中，得鴆鳥雛，以與後軍將軍王愷。時制，鴆鳥不得過江，爲司隸校尉傅祇所糾，詔原之，燒鴆於都街。……頃之，拜太僕，出爲征虜將軍，假節、監徐州諸軍事，鎮下邳。」事在崇任南中郎將上。又《文選》四十五石季倫《思歸引序》向注：「《思歸引》，古曲名。崇爲太僕卿，有思歸之意，故有此作。」

張載作《元康頌》。見嚴可均《全晉文》卷八十五。今僅存佚句。

衛恒（？—二九一）被殺，束皙（二六三？—三〇二？）作《吊衛巨山文》。衛巨山，即衛恒，衛瓘之子，善書，作《四體書勢》，與皙善，是年與父同爲賈后、司馬瑋所害。見《晉書·衛恒傳》。皙作《吊衛巨山文》當在是年。又作《勸農賦》《餅賦》《玄居釋》。陸《繫年》亦繫於是年。

潘尼（二五〇？—三一一）拜太子舍人，爲太子講《孝經》。《晉書·潘尼傳》：「元康初，拜太子舍人，上《釋奠頌》。其辭曰：『元康元年冬十二月，上以皇太子富於春秋，而人道之始莫先於孝悌，初命講《孝經》於崇正殿。』

又作《桑樹賦》。其《桑樹賦》云：『從明儲以省膳，憩便房以偃息。觀茲樹之特偉，感先皇之攸值。』前句『明儲』指太子，即愍懷太子司馬遹。此賦作于太子任上，與傅咸《桑樹賦》同時。《晉書·傅咸傳》：『居無何，駿誅。咸轉爲太子中庶子，遷御史中丞。』傅咸任太子屬官時間較短，遷官亦在是年。故繫是年。

又作《皇太子社》《鱉賦》《七月七日侍太子宴玄圃》《玄圃園詩序》。與陸機同題亦作於同時，蓋於是年由太子舍人出官藩國之前。姑繫是年。

華嶠轉秘書監，加散騎常侍，上《謝表》與《漢後書》。《晉書·華嶠傳》：『更拜散騎常侍，典中書著作。……初，嶠以《漢紀》煩穢，慨然有改作之意。會爲台郎，典官制事，由是得遍觀秘笈，遂就其緒，起於光武，終於孝獻，一百九十五年，爲帝紀十二卷、皇后紀二卷、十典十卷、傳七十卷及三譜、序傳、目録，凡九十七卷。嶠以皇后配天作合，前史作外戚傳以繼末編，非其義也，故易爲皇后紀，以次帝紀。又改志爲典，以有《堯典》故也。而改名《漢後書》奏之。詔朝臣會議。時中書監荀勗、令和嶠、太常張華、侍中王濟咸以嶠文質事核，有遷、固之規，實録之風，藏之秘府。後太尉汝南王亮、司空衛瓘爲東宮傅，列上通講，事遂施行。』汝南王亮、司空衛瓘見殺於本年六月，則《漢後書》必作於是年六月前，其遷官亦當在此前，姑繫是年。陸《繫年》繫於元康二年，誤。

賈謐（？—三〇〇）專權，文士附謐，號『二十四友』，機、雲預其列。《資治通鑑》卷八十二《孝惠帝上之上》：『元康元年春，正月乙酉朔，改元永平。……於是賈謐、郭彰權勢愈盛，賓客盈門。謐雖驕奢，而好學，喜延士大夫。郭彰、石崇、陸機、機弟雲、和郁及滎陽潘岳、清河崔基、勃海歐陽建、蘭陵繆徵、京兆杜斌、摯虞、琅邪諸葛詮、弘農王粹、襄城杜育、南陽鄒捷、齊國左思、沛國劉瓌、周恢、安平牽秀、潁川陳眕、高陽許猛、彭城劉訥、中山劉輿、輿弟琨，皆附於謐，號曰「二十四友」。』又《晉書・忠義傳》：『元康初，爲給事黄門侍郎。時侍中賈謐以外戚之寵，年少居位，潘岳、杜斌等皆附託焉。』『二十四友』是圍繞賈謐爲核心逐漸形成的文學集團，當始於是年。俞《譜》認爲，元康八年『爲修晉書，秘書監賈謐邀衆賢講《漢書》。「二十四友」之稱或由講史而來。』或乃推想而來，於史無據。

三月後，陸機遷太子洗馬，作《赴洛詩》下首(本書題《東宫作》)。《晉書・陸機傳》：『會駿誅，累遷太子洗馬。』又《愍懷太子傳》：『元康元年出就東宫。又詔曰：遹尚幼蒙，今出東宫，惟當賴師傅群賢之訓，其遊處左右宜得正人，使共周旋，能相長益者。』楊駿被誅於是年三月，機遷太子洗馬當在本年三月後。其《赴洛》下首(《東宫作》)有『託身承華側』之句，『承華』蓋太子宫門，故當是機在太子洗馬任上無疑。然《文賦》李善注『徵太子洗馬』，與本傳不合。

【考辨】

顧農《陸機還鄉及其相關作品》曰：『楊駿覆滅時株連甚廣，重的在宫廷鬥争的紛亂中被殺，「死者數千人」(《通鑒・晉紀四》)，輕的也被免去職務。政治局面發生巨變，在洛陽尚未站穩的陸機顯然不可能有順利的發展；好在他進入楊駿的太傅府爲時甚短，也没有什麽引人注意的行爲，無關大局，所以估計也就是失去職務而已。在這樣的情況下，他唯一的選擇只能是回到吴郡的老家去，等待時機，再謀發展。不久就傳來令人鼓舞的消息：到第二年即元康二年（二九二）朝廷下詔赦免前楊駿手下諸僚佐，一向非常賞識陸機的張華在政變後地位有所上升，於是陸機「被徵爲太子洗馬，與弟雲俱入洛」（《文選》卷一七《文賦》題下李善注引臧榮緒《晉書》）。』〔一〕認爲陸機被征爲太子洗馬在元康二年，如此則與陸機所作《桑賦》《吴王郎中令時從梁陳作》不合。

楊明《陸機生平、作品考證四則》認爲，陸機任太子洗馬，在元康元年：『筆者這樣判斷有三條理由：（一）陸機《吴王郎中時從梁陳作》是元康四年秋離太子洗馬之任改任吴王郎中令時所作，詩中説到侍奉太子，云：「誰謂伏事淺，契闊逾三年。」元康元年末至四年秋首尾四年，故曰逾三年。如果元康二年纔爲洗馬，那麽到四年秋，雖然連頭帶尾數可以説是三年，但説「逾三年」就不妥了。如果元康元年末以前，比如該年夏、秋即已入東宫，那雖然也是『逾三年』，但結合下面第二條考慮，就覺得也不够妥當。（二）陸機《答賈長淵（謐）》是元康六年離吴王郎中令之任、改任尚書中兵郎時所作。詩中説到自己在東宫任職時，賈謐亦侍奉東宫，因此與之交遊。賈謐之侍東宫與太子游處，應也是始於太子出就東宫之時，即與陸機爲洗馬大體同時。詩云：「遊跨三春，情固二秋。」從元康元年末至四年秋，正是三個春天（元康二年春、三年春、四年春），兩個秋天（元康二

〔一〕 顧農《陸機還鄉及其相關作品》，《文學遺産》二〇一一年第五期。

年秋、三年秋)。如若陸機元康元年夏、秋已入東宫，就不止「二秋」了。(三)陸機《謝平原内史表》作於惠帝太安二年(三〇三)，表中自述入朝以來蒙恩升轉的過程，云：「入朝九載，歷官有六。」那應是從任太子洗馬數起，至永康元年(三〇〇)任中書郎止。(爲楊駿祭酒，不論正式履職否，那屬於公府徵召，不是天子之命，故不算「入朝」。)二九一年末爲太子洗馬，到三〇〇年，恰爲九載。當然，若就任太子洗馬是二九二年春，至三〇〇年，連頭帶尾算，也可説是九載。但如上文所説，若二九二年方爲洗馬，便與《吴王郎中時從梁陳作》「契闊逾三年」不合。總之，將上述三條合起來考慮，陸機爲太子洗馬的時間，定爲元康元年末較妥。』[一]此説甚是。此外，陸機《桑賦》作於元康元年，殆無異議。詳下文所考。因此，顧農『回鄉』説，亦不可靠。

陸機作《桑賦》。

【考辨】

李《史》將《桑賦》《鱉賦》《皇太子宴玄圃宣猷堂有令賦詩》並繫於永平(太康)元年。姜《譜》將《桑賦》《鱉賦》《皇太子宴玄圃宣猷堂有令賦詩》繫於元康元年，並按曰：『徵機爲太子洗馬，時僅周歲，壬子即拜吴王晏郎中令，則此詩在此年内作也。本詩有「弛厥負擔(按：當作檐)，振纓承華」二語，則必爲侍東宫時之作無疑。』又曰：『武帝爲中壘，在甘露末，至此約三十一、二年，故曰

[一] 楊明《陸機生平、作品考證四則》，《學術界》二〇一四年第三期。

三紀。則兩賦當作於元康一至四年間。』謂『兩賦作於元康一至四年間』是正確的，繫於元康元年，則誤。又俞《譜》繫《桑賦》《鱉賦》於元康四年，亦誤。

《桑賦》曰：『皇太子便坐，蓋本將軍直廬也。初世祖武皇帝爲中壘將軍，植桑一株，世更二代，年漸三紀，扶疎豐衍，抑有瑰異焉。』又《鱉賦》：『皇太子幸于釣臺。』據《晉書・陸機傳》曰：『會駿誅，累遷太子洗馬。』考《惠帝紀》：『永平元年……三月辛卯，誅太傅楊駿，駿弟衛將軍珧，太子太保濟，中護軍張劭，散騎常侍段廣、楊邈。左將軍劉預，河同尹李斌，中書令符俊，東夷校尉文淑，尚書武茂，皆夷三族。壬辰，大赦，改元。』永平元年即太康元年，三月駿誅而改元，機遷太子洗馬當在本年三月後。

潘尼、傅咸皆有同題應制之作。潘尼《桑樹賦》云：『從明儲以省膳，憩便房以偃息。觀茲樹之特偉，感先皇之攸值。』又傅咸《桑樹賦》序云：『世祖昔爲中壘將軍，于直廬種桑一株，迄今三十餘年，其茂盛不衰，皇太子入朝，以此廬爲便坐。』三人之同題之賦，内容相合，當是三人同在東宫，應太子之命制而同賦。《晉書・潘尼傳》：『元康初，拜太子舍人，上《釋奠頌》。其辭曰：「元康元年冬十二月，上以皇太子富於春秋，而人道之始莫先於孝悌，初命講《孝經》於崇正殿。」』由此可知，尼任太子舍人亦當在元康元年。《晉書・傅咸傳》：『居無何，駿誅。咸轉爲太子中庶子，還御史中丞。』傅咸任太子屬官亦當在三月後，尋即還官。故咸賦必作於是年。

據傅咸、陸機《桑樹賦序》可知，此樹乃晉武帝司馬炎任中壘將軍時所植。《三國志・魏・三少帝紀》載：『（甘露五年）使使持節行中護軍中壘將軍司馬炎北迎常道鄉公璜嗣明帝后。』『甘露』

乃高貴鄉公曹髦年號。甘露五年（二六〇），司馬炎正任中壘將軍。又傅咸賦序云『迄今三十餘年』，陸機賦序亦云『年漸三紀』。『一紀』爲十二年，『三紀』當爲三十六年，故二人之紀年相差無幾。據此，二人賦作於元康元年至六年之間，而傅咸、潘尼、陸機同任太子屬官，唯有元康元年，故陸機此賦，亦必作於是年。

又作《贈從兄車騎》。

【考辨】

朱《表》曰：『機集中《贈從兄車騎》：「翩翩遊宦子，辛苦誰爲心。仿佛谷水陽，婉孌崑山陰。營魄懷茲土，精爽若飛沉。」又《爲周夫人贈車騎》：「昔者得君書，聞君在高平。今時得君書，聞君在京城。」詩中谷水、崑山，皆吴地，兩詩必作於太康二年吴亡以後，太康十年機、雲入洛以前。』此説有誤。『營魄懷茲土，精爽若飛沉』是説魂魄懷念故土，精神飄忽不定，可見谷水、崑山云云，乃是詩人表達對故土的思念，非實寫。此詩中的『翩翩遊宦子，辛苦誰爲心』，所表現出的身事敵國、不知何之的心態，與《赴洛詩》『惜無懷歸志，辛苦誰爲心』完全相同，同後來陸機漸漸融入北方政治集團，追求功名，渴望重振家風的心態，大爲不同。據此可知，此詩當作於機入洛之初，元康元年前後。姑繫是年。又俞《譜》繫年於元康六年，似亦未妥。

此外，《贈從兄車騎》詩題乃後人誤題，李善注亦誤。詳參本詩『備考』。

又作《辨亡論》。

【考辨】

《辨亡論》所作時間難以確考。《文選》卷五十三李善注曰：『孫盛曰：陸機著《辨亡論》，言吳之所以亡也。』李周翰曰：『辨亡者，所以辨吳興亡之事也。』均未涉及創作時間。庾信《周大將軍懷德公吳明徹墓誌銘》曰：『葛瞻始嗣兵戈，仍遭蜀滅；陸機才論功業，即值吳亡。』『論功業』，蓋指《辨亡論》所論吳主孫權之功業；『即值吳亡』，又説明此文作於吳亡之初。《西晉文紀》卷十五曰：『機年二十吳滅，閉門勤學，積有十年。乃論孫氏所以得，皓所以亡。又述其祖父功業，作《辨亡論》二篇。』

李《史》、朱《表》認爲作於吳亡後，入洛前。俞《譜》繫年於太康三年，並曰：『陸機《辨亡論》總結吳亡原因並論及東吳人物，乃吳亡後反思之作，或當於當時的反思氣氛有關。』姜《譜》繫年於晉太康九年，按曰：『本傳：「二十而吳滅，退居舊里，閉門勤學，積有十年，以孫氏在吳，而祖父世爲將相，有大勳於江表，深慨孫皓舉而棄之，乃論權所以得，皓所以亡，又欲述其祖父功業，遂作《辨亡論》二篇。」又曰：「及太康末，與弟雲俱入洛。」太康共十年，則《辨亡》之成，當前於十年，故列此，此時去吳亡蓋八年。傳言積又十年者，舉成數言之也。又按：《辨亡》二篇，言權之所以興，皓之所以亡，由於得賢與否，而主旨亦在表彰先世德業，蓋陸遜、陸抗、陸凱、陸喜祖孫父子一門多才，與大吳相終始，而功業彪炳，皆有扶危匡亂之績，且與孫氏甥舅之親，故寄慨亦特深。』《西晉文紀》卷十五亦曰：『機年二十吳滅，閉門勤學，積有十年。乃論孫氏所以得，皓所以亡。又述其祖父功業，作《辨亡論》二篇。』日本學者佐藤利行《西晉文學研究》據此認爲作於退居舊里所作〔一〕。然細考此文，稱孫皓曰『歸命』，晉曰『大邦』，晉軍曰『王師』，可知必作於機入洛仕晉之後。庾信、佐藤、俞氏等並誤。

再考此文版本異文之避諱，亦可爲旁證。王鳴盛《十七史商榷》卷四十九曰：『機作《辨亡論》……稱吴諸臣皆名，惟祖遜、父抗稱陸公，而三稱張昭爲張公。其二《文選》皆作張昭，其一作張公。機避晉文帝諱，唐人改爲昭，其一改之未净也。』〔二〕機稱張昭爲張公，與稱吴臣直呼其名體例不同，蓋因避司馬昭之諱。晉代文網未嚴，若是屏居鄉里所作，對敵國之君則無須如此避諱，故庾信、梅鼎祚、佐藤之言或有誤。楊慎《丹鉛餘録》卷七曰：『賈誼之《過秦》以諭漢也，陸機之《辯亡》以警晉也。』〔三〕此言甚是。辨吴之興亡，實質上是以吴爲鏡鑒而警晉，討論治國之遠規大略，亦當在惠帝初年，西晉承平，内亂未萌之際，故所作時間當於《五等諸侯論》差近，約於元康元年前後。故繫是年。

又作《五等封侯論》。

〔一〕［日］佐藤利行著，周延良譯《西晉文學研究》，中國社會科學出版社二〇〇四年版，第一七頁。
〔二〕王鳴盛撰，黄曙輝點校《十七史商榷》卷十九，上海書店出版社二〇〇五年版，第三六二頁。
〔三〕楊慎《丹鉛餘録》，文津閣《四庫全書》第八五七册，商務印書館二〇〇六年版，第三五頁。

【考辨】

《五等封侯論》，李《史》、姜《譜》皆繫於太安元年。李曰：『按《傳》全載其文而不明著其年。然吾意機必有感于趙、齊之迭敗而爲此也。依《傳》次之，當在此年。』姜曰：『此時諸王放恣，非封建之義，實亂政之原，因言五等諸侯之義，爲聖王經國之要，而經略不同，則代有變革，長世者必異其術，因爲《五等論》以寄意，當亦此時之作。』上述諸説，皆可商榷。

考五等封侯，魏廢已久。咸熙元年（二六四），司馬炎爲禪魏而争取世族支持，始建五等爵。禪位次年，即晉泰始二年又詔封五等，從而建立了與魏不同的政治體制。五等封侯，在魏晉易代過程中起了重要作用，也形成了此後藩王尾大不掉的政治格局，成爲『八王之亂』的直接源頭。此文爲這一政治體制尋找理論依據，説明機已入洛，五等封侯之弊尚未凸現之時。故此文之創作時間當在機入晉之初，『八王之亂』未萌之時，約元康元年前後。姑繫之是年。

晉惠帝元康二年壬子（二九二）　機三十二歲，雲三十一歲

二月，賈后弑楊太后于金墉城。見《晉書·惠帝紀》。

改中書著作爲秘書著作，隸秘書省。《晉書·職官志》：『著作郎，周左史之任也。漢東京圖籍在東觀，故使名儒著作東觀，有其名，尚未有官。魏明帝太和中，詔置著作郎，於此始有其官，隸中書省。及晉受命，武帝以繆徵爲中書著作郎。元康二年，詔曰：「著作舊屬中書，而秘書既典文籍，今改中書著作爲秘書著作。」於是改隸秘書省。』

和嶠卒。《晉書·和嶠傳》：『和嶠，字長輿，汝南西平人也。……元康二年卒，贈金紫光禄大夫，加金章紫綬，本位如前。』

傅咸遭繼母憂，去官。不久起以議郎長兼司隸校尉，作《遭繼母憂上書》《攝司隸上表》。見《晉書·傅咸傳》《文選·啓蕭太傅固辭奪禮》李善注引王隱《晉書》及萬斯同《晉將相大臣年表》。

潘岳爲長安令，作《西征賦》。《文選·西征賦》李善注：『晉惠元康二年，岳爲長安令因行役之感而作此賦。岳家在鞏縣東，故言西征。』故繫是年。

又作《傷弱子辭》《思子詩》。據《傷弱子辭》『予之長安，次於新安千秋亭，而弱子夭。』可知，岳幼子於是年三月生，五月至新安而幼子夭折。辭與詩當作於是月或稍後。

潘尼作《獻長安君安仁詩》。見《晉書·潘尼傳》。贈潘岳詩或是在潘岳五月至長安之後。

嵇含（二五四—三〇四）舉秀才，除郎中，作《吊莊周文》《遇薫賦》。《晉書·嵇含傳》：『楚王瑋辟爲掾。瑋誅，坐免。舉秀才，除郎中。時弘農王粹以貴公子尚主，館宇甚盛，圖莊周於室，廣集朝士，使含爲之贊。含援筆爲吊文，文不加點。』舉秀才，除郎中當在瑋被誅之經年。其《遇薫賦》有『元康二年七月七日』之句。故繫於是年。

陸機離洛短暫歸寧，途中作《行思賦》，又作《懷土賦》。

【考辨】

姜《譜》將此二賦繫於元康三年，《行思賦》按曰：『文言「背洛浦，浮黄川，遵河曲，啓石門，沿汴渠」，皆洛郊風景也。……此與下《懷土賦》兩種寫法，而一種情調也。文中有「眇四載而遠期」之語，蓋指去家四載言也。』故次此。又《懷土賦》曰：『本文情思，與上《行思》一賦蓋情調相同而寫法分兩面。上文即景生情，情依景起。本文則就故鄉景物，與新邑行色，兩相糾結，較量情愫，因以成文。蓋當爲一時之作。……序中言去家漸久，與《行思》之「嗟逝官之未久，年荏苒而歷兹」同，故與上賦同次於此。』又俞《譜》曰：元康六年，『冬，陸機欲告假回鄉，然兵革未息，憂難以成行，懷歸之思勃鬱，作《思歸賦》《懷土賦》《感時賦》《贈從兄車騎》詩。』姜先生認爲二賦作於同一時期，確是；然將二賦作年定爲元康三年，則誤。

由《行思賦》『孰歸寧之弗樂，獨抱感而弗怡』二句可知，此賦作於離洛歸吴途中；再由『越河山而託景，眇四載而遠期』，則可知作於入洛之四年。

《晉書・陸機傳》曰：『年二十而吴滅，……至太康末，與弟雲俱入洛。』吴亡於太康元年（二八〇），機、雲於太康末即太康十年（二八九）入洛，前後正好十年，當以本傳爲是。王鳴盛《十七史商榷》卷十九亦持此觀點。既入洛四載，應爲元康二年（二九二），蓋機賦記年均非周年故。

今本士衡《思歸賦序》『余牽役京室，去家四載』云云，當爲此賦之序，後有脱文，《太平御覽》誤題爲《思歸賦》序。金濤聲校點本《陸機集》亦因襲其誤。俞《譜》據此繫年，亦誤。復由《行思賦》題爲『行思』，賦中又謂『孰歸寧之弗樂，獨抱感而弗怡』，亦可知此賦作於離洛歸寧途中，而非郊遊。所寫洛郊風物，乃是離洛之所見。而《懷土賦》『排虚房而永念，想遺塵其如玉。眇綿邈而莫覿，徒佇立其焉屬。感亡景於存物，惋隤年於拱木。悲顧盼而有餘，思俯仰而自足。留兹情于江介』，寄瘁貌于河曲』數句，又知此賦是由東吴返回洛陽途中所作。前八句寫屋在人空，父母墓木已拱之痛，後二句離鄉適洛懷土之悲。故上二賦乃元康二年，陸機任太子洗馬期間，赴假歸吴所作，《行思賦》作於由洛歸吴途中，《懷土賦》則作於由吴返洛途中。

由吴歸洛途中遇戴淵（二六九—三二二）。《世説新語·自新》：『戴淵少時遊俠，不治行檢，嘗在江淮間攻掠商旅。陸機赴假還洛，輜重甚盛。淵使少年掠劫。淵在岸上，據胡床，指麾左右，皆得其宜。淵既神姿鋒穎，雖處鄙事，神氣猶異。機於船屋上遥謂之曰：「卿才如此，亦復作劫邪？」淵便泣涕投劍歸機，辭厲非常，機彌重之，定交，作筆薦焉。過江仕至征西將軍。』若淵見機在其初入洛時，則機不可能『作筆薦焉』，可能是此次由吴入洛，而遇淵，文中亦言『陸機赴假還洛』。故繫是年。

又作《皇太子宴玄圃宣猷堂有令賦詩》。

【考辨】

李《史》將《皇太子宴玄圃宣猷堂有令賦詩》繫於永平（太康）元年，姜《譜》將《皇太子宴玄圃宣猷堂有令賦詩》繫於元康元年，並誤。

此詩所作當與潘尼《七月七日侍太子宴玄圃》同時。《文選》李善注：『王隱《晉書》曰：愍懷太子遹，字熙祖。惠帝即位，立爲皇太子。楊佺期《洛陽記》曰：東宫之北曰玄圃園。』吕延濟曰：『皇太子，晉惠帝愍懷太子也。玄圃，園名；宣猷，堂名，在園中。衡時爲太子洗馬，應令作此詩。』

據《陸機傳》：『會駿誅，累遷太子洗馬。』考《惠帝紀》：『永平元年……三月辛卯，誅太傅楊駿。』永平元年即太康元年，三月駿誅而改元，機遷太子洗馬當在本年三月後。潘尼既有同題應制之作，亦必任職太子府。又據《潘尼傳》：『元康初，拜太子舍人，上《釋奠頌》。其辭曰：「元康元年冬十二月，上以皇太子富於春秋，而人道之始莫先於孝悌，初命講《孝經》於崇正殿。」』由此可知，尼任太子舍人當在元康元年十二月。尼由太子舍人出鎮淮南王允鎮東參軍，機作《祖道畢雍孫劉邊仲潘正叔》，詩曰：『皇儲延髦俊，多士出幽遐。適遂時來運，與子游承華。執笏崇賢内，振纓層城阿。畢劉贊文武，潘生蒞邦家。感别懷遠人，願言歎以嗟。』機於元康四年秋出任吳王郎中令，尼外任，機尚祖道餞别，可見尼外任必在元康四年秋之前，陸《繫年》定於元康三年，或非無據。故此詩創作時間當爲元康二年七月七日，或元康三年七月七日。姑繫是年。

又作《鱉賦》。

【考辨】

李《史》將《鱉賦》繫於永平（太康）元年。姜《譜》將《鱉賦》繫于元康元年。《鱉賦》與潘尼《鱉賦》均爲同時應制之作。賦序曰：『皇太子幸于釣臺，漁人獻鱉，命侍臣作賦。』皇太子，即愍懷太子。自稱『侍臣』，可知作於太子洗馬任上。上文已考，永平元年三月楊駿誅，改元太康，機遷太子洗馬當在本年三月後。潘尼既有同題應制之作，亦必任職太子府。尼任太子舍人在元康元年十二月。既是『皇太子幸于釣臺』，漁人垂釣一般不可能在冬十二月。而鱉又是冬眠動物，一般在暮春之後，才從冬眠中醒來，故陸機此賦與潘尼同題賦必作於元康二年春夏之交，或稍後。

晉惠帝元康三年癸丑（二九三）　機三十三歲，雲三十二歲

皇太子講《論語通》。《晉書·禮志上》：『惠帝元康三年，皇太子講《論語通》。』

華嶠卒。《晉書·華嶠傳》：『嶠字叔駿，才學深博，少有令聞。……元康三年卒，追贈少府，謚曰簡。』

孫楚卒。《晉書·孫楚傳》：『孫楚，字子荆，太原中都人也。……楚才藻卓絶，爽邁不群，多所陵傲，缺鄉曲之譽。……惠帝初，爲馮翊太守。元康三年卒。』楚乃東晉孫綽之祖。

傅咸奏免河南尹、左將軍及廷尉等，作《奏劾王戎》《上事自辨》《司隸校尉教》《皇太子釋奠頌》。見《晉書·傅咸傳》《潘尼傳》《王戎傳》及嚴可均《全晉文》卷五十二。

傅咸作《贈郭泰機》，郭泰機（二五〇？—三〇〇？）作《答傅咸》。見《文選·答傅咸》李善注。其詩創作具體時間不詳，咸卒於次年，姑繫是年。

潘尼上《釋奠頌》《釋奠詩》。《晉書·潘尼傳》：『元康初，拜太子舍人，上《釋奠頌》。其辭曰：「……三年春閏月，將有事於上庠，釋奠于先師，禮也。」』頌後附《釋奠詩》，故知此文作於元康三年春。

機作《贈馮文羆遷斥丘令八首》《贈馮文羆》《贈斥丘令馮文羆詩》。

【考辨】

李《史》繫《贈馮文羆遷斥丘令》于永平(太康)元年，誤。朱《表》曰：『本集《贈馮文羆遷斥丘令》：「遵彼承華，其容灼灼，嗟我人斯……及爾同林，借曰未洽，亦既三年」，蓋二人同在東宮三年，至時文羆外出，故作此詩。又《贈馮文羆》五言，亦同時作。』

陸機元康元年三月之後任太子洗馬，四年秋離任。馮于元康三年除斥丘令，機作《贈馮文羆遷斥丘令》贈之。此詩李善注曰：『《晉百官名》曰：「外兵郎馮文羆。」集云：「文羆爲太子洗馬遷斥丘令，贈以此詩。闞駰《十三州記》曰：斥丘縣，在魏郡東八十里。」』馮文羆爲散騎常侍馮紞次子，名熊，字文羆，曾與詩人同爲太子洗馬，故二人交誼深厚。馮公調任斥丘縣令，詩人以《贈馮文羆遷斥丘令》相贈。從『借曰未洽，亦既三年』之句看，機與馮生共侍太子計有三年，機元康元年任太子洗馬，馮亦是年入太子府，故此詩當作於元康三年，或稍後。

《贈馮文羆》，《唐鈔文選集注彙存》卷四八曰：『《鈔》曰：熊爲斥丘令，機前已作詩贈熊，答訖，機復重贈也。陸善經曰：詳詩意，馮時在斥丘也矣。』《六臣注文選》卷二十四李周翰注：『文羆爲斥丘令，前已贈詩，今此重贈也。』上文已考，文羆曾與機同事太子，元康三年調任斥丘令。從陸機『夫子茂遠猷，款誠寄惠音』句看，文羆在斥丘令上曾寄詩陸機，《贈馮文羆》詩當是回贈之作。寫作時間當在《贈馮文羆遷斥丘令》之後，即元康三年至元康四年初之間。

《贈斥丘令馮文羆詩》，文集失收，《藝文類聚》卷三一、《初學記》卷一八並收之。考其內容，當爲東城餞別馮文羆所作，時間可能比上詩略早。

附帶説明一下馮文羆的籍貫問題。《贈馮文羆遷斥丘令》『嗟我人斯，戢翼江潭』，吕向注：『斯謂馮也。戢，斂也，如鳥之斂翼于江潭，文羆吴人，故云此也。』吴淇《六朝選詩定論》卷十《爲贈顧彦先贈婦》亦謂文羆爲『「嗟我」云云，點出同爲吴人』，實是大繆。馮文羆，名熊，安平（今河北深縣）人，父紞，《晉書》有傳，入晉前歷仕魏郡太守、步兵校尉等。詩中的『嗟我人斯，戢翼江潭』，乃士衡自謂斂翼于江潭而來晉，非謂馮也。

又作《祖道畢雍孫劉邊仲潘正叔》《贈潘正叔》詩。

【考辨】

朱《表》曰：『本集《赴洛二首》之二、《皇太子宴玄圃宣猷堂有令賦詩》《皇太子賜宴詩》《祖道畢雍孫劉邊仲潘正叔潘正叔》，皆作於此時（元康元年）。……又集中割取第四首中間四句，别作《贈潘正叔》一首，蓋後人編集時無知妄作者。』又俞《譜》曰：太康四年，『東宮改選，馮熊遷斥丘令，陸機作《贈馮文羆遷斥丘令》（四言）、《贈斥丘令馮文羆詩》（五言）。馮熊之任後，機又作《贈馮文羆》詩。潘尼遷宛令，機作《祖道畢雍孫劉邊仲潘正叔》』。《赴洛二首》之二（《東宮作》）、《皇太子賜宴詩》等上文已考。《祖道畢雍孫劉邊仲潘正叔潘正叔》詩曰：『皇儲延髦俊，多士出幽遐。適遂時來運，與子游承華。執笏崇賢内，振纓層城阿。畢劉贊文武，潘生莅邦家。感别懷遠人，願言歎以嗟。』故知此詩應作於潘尼由太子舍人外任，或即出任宛令。機于元康四年秋出任吴王郎中令，尼外任，機尚祖道餞别，可見尼外任必在元康四年秋之前，或與馮文羆遷斥丘令同時，即元康三年。陸《繫年》定於元康三年，或非無據。故繫之是年。朱《表》、俞《譜》或誤。

又作《棹歌行》《日出東南隅行》，俞《譜》繫於是年，近是。《棹歌行》詩境歡快承平，亦非衰世之作，故當作於八王之亂前。又作《日出東南隅行》。吴淇《六朝選詩定論》舉『賈充令姬妾千人以詩示夏統』之史實，認爲此詩蓋爲實賦。雖過於坐實，然却可證此詩作於入洛之初。《招隱詩》，俞《譜》繫於是年，並從用典用韻、章法命意以及所美之隱處之地或即張華之廣武廬等幾個方面，考證張華、左思、陸機、張載諸首《招隱詩》當作於同時，或可備一説。

《悲哉行》，俞《譜》亦繫於是年，並認爲是寄弟之作：『此詩寫景清麗，感情輕快，在陸機詩中頗爲少見，與其太子府生活階段感受合，故繫於此。』細讀此詩，以『春芳傷客心』振領全篇，總寫詩人客游異鄉，雖春芳亦傷情。然後宕開一筆，專寫春風、春雲、春鳥、春花之怡人。以『女蘿亦有託，蔓葛亦有尋』作爲轉折，感萬物之有託，歎自己之飄零，故傷情念遠，思鄉懷人。創作時間無考，必在入洛之後。繫於是年，則顯牽强。

晉惠帝元康四年甲寅（二九四）　機三十四歲，雲三十三歲

潘尼作《皇太子集應令》《贈陸機出爲吴王郎中令》。前詩曰：『聖朝命方岳，爪牙司北鄰。皇儲延篤愛，設餞送遠賓。誰應今日宴，具惟廊廟臣。』可知詩爲太子設宴餞别大臣出鎮北方而作。據陸《繫年》考：『在惠帝初年，奉命出鎮北方，惟劉弘。』弘爲靖之子，《水經注》卷十四引《劉靖碑》：『晉世元康四年君少子驍騎將軍平鄉侯宏(弘)受命使持節監幽州諸軍事,領護烏丸校尉,寧朔將軍。』與《晉書·劉弘傳》所載同。故知此詩當作於是年。《贈陸機出爲吴王郎中令》當作於是年秋,見下文所考。摯虞作《册隴西王泰爲太尉文》。萬斯同《晉將相大臣年表》以册爲隴西王泰在本年正月,故此文亦當作於此時。

傅咸卒。《晉書·傅咸傳》:『元康四年卒官,時年五十六,詔贈司隸校尉,朝服一具、衣一襲、錢二十萬,謚曰貞。』

吴王司馬晏出鎮淮南,以陸機爲吴王郎中令,作《詣吴王表》《答潘尼》。機《皇太子賜宴詩》序曰:『元康四年秋,余以太子洗馬出補吴王郎中。』可知機是年秋出補吴王郎中令。《詣吴王表》:『臣本吴人,靖居海隅。朝廷欲抽引遠人,綏慰遐外。故太傅所辟,殿下東到淮南,發詔以臣爲郎中令。』可見此表爲到官所作。機外任,潘尼作詩贈之(見上文),《答潘尼》則爲機答贈尼所作。

又作《元康四年從皇太子祖會東堂詩》《祖會太極東堂詩》。《祖會太極東堂詩》或爲前詩之佚句。是年秋,機出任吴王郎中令,此詩當作於出任吴王郎中令前。

又作《吴王郎中時從梁陳作》。其詩當是機辭太子洗馬,赴吴王郎中令,途經梁、陳而作呈太子。其辭曰:『誰謂伏事淺,契闊踰三年』,蓋謂太子也,非指吴王。

又作《爲顧彦先贈婦二首》。

【考辨】

關於此詩的詩題、作者、異文，在『備考』中已經詳加辨析，此惟考辨其編年。

此詩陸《繫年》繫於元康元年，並曰：『榮爲郎中當與陸機祭酒爲同時，其還尚書郎可能在機遷洗馬時，故繫於此。』俞《譜》繫年於太康六年，並曰：『二陸作《爲顧彦先贈婦》詩，其詩頗受張華《情詩》影響，或亦作於張華坐中。……二陸爲《顧彦先贈婦》詩之創作年代當滿足以下條件：一爲二陸同在京；二爲顧榮入京時間不長。……太康中，顧榮妻隨弟雲入京。……據《晉書·顧榮傳》，榮自爲尚書郎至二陸被殺，皆在京，而爲尚書郎前，似任職於外，去年冬陸雲《贈顧彦先》詩云榮「華耀殊域」可知。』綜考之，元康元年二陸入洛僅兩年，與機詩「遊宦久不歸」似有不合。且總覽全詩不乏有調侃、遊戲的成分。而士龍兄弟本是出身江東世族，伏膺儒學，爲人儼然。若以東吴文化推之，此詩似不應出自郎舅之手。然士龍兄弟入洛後，必然受洛下文人灑脱不羈之影響。從二陸之詩看，此時洛下文化已沁入兄弟二人之骨髓，以理推之，當是入洛有年。俞《譜》分析非常中肯，只是以因受張華《情詩》影響而以爲作於張華坐中，則顯牽强。而二人之詩所作地點均在洛陽，當在機任吴王郎中令、雲任浚儀令之前，即元康四年之稍前。

晉惠帝元康五年乙卯（二九五）　機三十五歲，雲三十四歲

分割敦煌、酒泉二郡；别置晉昌郡。《晉書·地理志上》：『元康五年，惠帝分敦煌郡之宜禾、伊吾、宜安、深泉、廣至等五縣，分酒泉之沙頭縣，又别立會稽、新鄉，凡八縣爲晉昌郡。』

王湛（二四九—二九五）卒。《晉書·王湛傳》：『王湛，字處沖，司徒渾之弟也。……湛少仕歷秦王文學、太子洗馬、尚書郎、太子中庶子，出爲汝南内史。元康五年卒，年四十七。』

潘岳作《悼亡賦》《哀永逝文》《悼亡詩》三首及《金鹿哀辭》。《悼亡賦》有『伊良嬪之初降，幾二紀以迄兹』之句，可證岳婚後近二十四年而妻亡。岳於泰始八年娶楊肇女，未及二紀（二十四年），可能即在是年或稍前。《哀永逝文》亦是傷妻之辭，或與悼亡賦、詩所作時間接近。而《金鹿哀辭》又有『良嬪短世，令子夭昏』句，可能其女夭亡可能與其母同時。故繫是年。

張悛爲太子中庶子，作《爲吴令謝詢求爲諸孫置守塚人表》。張悛，字士然。據《文選》卷三十八李善注引孫盛《晉陽秋》可知，此表作於元康中，姑繫是年。

裴頠兼吏部尚書，作《讓吏部尚書表》《上言刑法》。據表『會五年二月有大風，主者懲懼前事。臣新拜尚書始三日』，可知頠是年二月兼任是職。又《晉書·刑法志》：『至惠帝之世，政出群下；每有疑獄，各立私情；刑法不定，獄訟繁滋。尚書裴頠表陳之曰……頠雖有此表，曲議猶不止。』故知《上言刑法》亦當作於是年。

陸機作《皇太子賜宴詩》。詩序曰：『元康四年秋，余以太子洗馬出補吴王郎中。以前事倉卒，未得宴。三月十六，有命清宴。感聖恩之罔極，退而賦此詩也。』可知此詩作於出補吴王郎中令之次年三月十六日。俞《譜》曰：太康五年，『陸機回洛，三月十六日，太子爲陸機設宴，機作《皇太子賜宴詩》詩』。所言是，故繫於是年。

晋惠帝元康六年丙辰（二九六）　機三十六歲，雲三十五歲

正月，中書監張華遷司空。作《祖道征西應詔詩》。《晋書·惠帝紀》：『六年春正月，大赦。司空、下邳王晃薨。以中書監張華爲司空，太尉、隴西王泰爲尚書令，衛將軍、梁王肜爲太子太保。』陸《繫年》考定於是年。

五月，趙王倫爲車騎將軍，梁王肜爲征西大將軍。《晋書·惠帝紀》：『五月……徵征西大將軍、趙王倫爲車騎將軍，以太子太保、梁王肜爲征西大將軍、都督雍梁二州諸軍事，鎮關中。』

八月，氐羌推氐帥齊萬年（？—二九九）僭號稱帝，圍涇陽。十一月，遣安西將軍夏侯俊、建威將軍周處等討萬年。事見《晋書·惠帝紀》。

潘岳作《金谷集作詩》《爲賈謐作贈陸機》。二詩亦當作於是年。又石崇《金谷詩集序》曰：『余以元康六年從太僕卿出爲使持節、監青徐諸軍事、征虜將軍。』可知《金谷集作詩》作於是年。《爲賈謐作贈陸機》，據陸機答詩，岳贈詩在是年。

潘岳免官，復作《閒居賦》。《閒居賦》序：『今天子諒暗之際，領太傅主簿。府主誅，除名爲民。俄而復官，除長安令。遷博士，未召拜，親疾輒去，官免。自弱冠涉於知命之年，八徙官而一進階，再免，一除名，一不拜職，遷者三而已矣。』可知免官在知命之年（年五十），賦當作於此年。

潘尼出爲宛令，作《贈二李郎詩》（序存詩佚）、《贈汲郡太守李茂彦詩》。《太平御覽》卷二百五十九引《贈二李郎詩》序曰：『元康六年，尚書吏部郎汝南李光彦遷汲郡太守，都亭侯江夏李茂曾遷平陽太守……離別之際，各斐然賦詩。』可知，二李遷官在元康六年，此二詩當作於此時。另據《潘尼傳》，尼出爲宛令亦在二李遷官之後。故繫於是年。

又作《答楊士安詩》。詩有『逝將辭儲官，棲遲集南畿』句，可知作於離太子舍人赴宛令之時。故繫於是年。

石崇出爲征虜將軍，假節監徐州諸軍事，鎮下邳，作《金谷詩（並序）》。《晉書·石崇傳》：『頃之，拜太僕，出爲征虜將軍，假節、監徐州諸軍事，鎮下邳。崇有別館在河陽之金谷，一名梓澤，送者傾都，帳飲於此焉。』《世説新語·品藻》劉注：『石崇《金谷詩叙》曰：余以元康六年從太僕卿出爲使持節、監青徐諸軍事、征虜將軍。有別廬，在河南縣界金谷澗中。或高或下，有清泉茂林衆果竹柏藥草之屬，莫不畢備。又有水碓魚池土窟，其爲娱目歡心之物備矣。時征西大將軍祭酒王詡，當還長安。余與衆賢共送往澗中，晝夜遊宴，屢遷其坐。……及住，令與鼓吹遞奏，遂各賦詩，以叙中懷。或不能者，罰酒三斗。感性命之不永，懼凋落之無期，故具列時人官號、姓名、年紀，又寫詩著後。』東晉蘭亭雅集賦詩，蓋淵源於此。按：《水經注》卷十六引作『元康七年』，誤。《文選·金谷集作詩》李善注引亦作『元康六年』。

嵇紹拜徐州刺史，作《贈石季倫》。《晉書·忠義傳》：『轉豫章内史，以母憂不之官。服闋，拜徐州刺史。時石崇爲都督，性雖驕暴，而紹將之以道，崇甚親敬之。』石崇都督徐州，與紹親敬，故詩當作於是年。

曹攄（二五五？——三〇八）作《贈石崇》。其詩曰：『臨肴忘肉味，對酒不能斟。人言重別離，斯情效於今。』可知此詩爲餞別石崇之作。故繫是年。

又作《贈歐陽建》《思親友詩》。具體時間無考，詩有『弱冠參戎，既立南面』之句，可能在建任馮翊太守時，建於元康六年尚在任，姑繫是年。

歐陽建（二六五？—三〇〇）作《答石崇贈》。建爲石崇外甥，詩有『在徐之邳』，可知作於崇都督徐州任上。故繫於是年。

是年冬，機遷尚書中兵郎，潘岳代賈謐作《爲賈謐作贈陸機》，機作《答賈謐詩》。

【考辨】

關於《答賈謐詩》繫年向無争論，據詩序皆繫元康六年。然俞《譜》指出：『詳考二詩，必作於元康八年賈謐起復爲秘書監、議晉書限斷時。』並考證曰：『首先，二詩均述及陸機爲著作郎事。潘岳《爲賈謐作贈陸機》詩云：「擢應嘉舉，自國而遷。齊轡群龍，光贊納言。優遊省闥，珥筆華軒。」前二句自機爲吴王郎中令説起，三四兩句言其爲尚書郎。……五六二句言機爲著作郎。以「珥筆」代著作官爲六朝通例。……陸機《答賈謐》詩相應部分云：「往踐蕃朝，來步紫微。升降秘閣，我服我暉。」……「升降秘閣」言爲尚書郎，「秘閣」爲藏書之處，爲秘書監領。』『第二，潘岳《爲賈謐作贈陸機》詩「自我離群，二周於今」句，只能理解爲賈謐守制事。據《晉書·賈謐傳》，謐「歷位散騎常侍，後軍將軍，廣城君薨，去職。喪未終，起爲秘書監，掌國史。……尋轉侍中，領秘書監如故。」可見賈謐從未離開過京師，如果他擔任官職，當然談不上離群，則其「離群」「二周」當與廣城君喪有關。賈謐當爲廣城君服喪三年，此處「二周於今」，恰與謐本傳「喪未終」起合。』『綜上所述，陸機《答賈謐》詩序「入爲尚書郎」下當有脱文，賈謐、陸機贈答詩當作於元康八年。』

俞説雖有據，然亦可商榷。第一，陸機《答賈謐》詩序曰：『余昔爲太子洗馬，魯公賈長淵以散騎常侍侍東宮積年。余出補吴王郎中令，元康六年入爲尚書郎。魯公贈詩一篇，作此詩答之。』文氣連貫，似無闕文。而且遍檢陸機諸種版本，此序雖有個别異文，却並無闕文，俞説只是推斷，並無文獻依據。第二，潘岳《爲賈謐作贈陸機》詩分十一章，其中第五至八章詳細地叙述了陸機元康六年前的仕晉經歷，而且每一章都是只叙述所任的一個官職：如其五：『長離云誰，諮爾陸生。鶴鳴九皋，猶載厥聲。况乃海隅，播名上京。爰應旌招，撫翼宰庭。』叙任太傅祭酒；其六：『儲皇之選，實簡惟良。英英朱鸞，來自南岡。曜藻崇正，玄冕丹裳。如彼蘭蕙，載采其芳。』叙任太子洗馬；其七：『藩嶽作鎮，輔我京室。旋反桑梓，帝弟作弼。或云國宦，清塗攸失。吾子洗然，恬淡自逸。』叙任吴王郎中令；其八：『廊廟惟清，俊乂是延。擢應嘉舉，自國而遷。齊轡群龍，光贊納言。優遊省闥，珥筆華軒。』叙任尚書郎。如果説，『優遊省闥，珥筆華軒』是指機任著作郎，按照岳詩體例應該列專章叙述，何以僅僅一筆帶過？所以從潘岳詩體例上看，俞説難以成立。第三，以『珥筆』代著作官是否是六朝通則，也是疑問。此詩李善注：『崔駰《奏記竇憲》曰：珥筆持牘，拜謁曹下。』吕向注：『珥，執也。言閑豫於省闥。執筆殿上。以侍天子也。』執筆殿上，以備記言，亦是尚書官的職責。又『秘閣』是否一定是『秘書省』，亦存疑問。李善曰：『謝承《後漢書》曰：「謝承父嬰，爲尚書侍郎。每讀高祖及光武之後將相名臣策文通訓，條在南宫，秘於省閣，準台郎升復道取急，因得開覽。」序云：「入爲尚書郎，作此詩。」然秘閣即尚書省也。』李周翰曰：『秘閣，尚書郎所司也。』惟《唐鈔文選集注彙存》注曰：『秘閣，即爲秘書郎時也。』所以出現這種注釋上的抵牾乃因爲魏晉尚書與秘書官制分合之故。曹操爲魏王，置秘書令、丞，兼典尚書奏事。魏黄初初年，置中書令典尚書奏事，秘書書改令爲監，别掌文籍。晉武帝以秘書併入中書省，省其監，其秘書著作不變。惠帝又别置秘書監一人，並統著作，掌三閣圖書，自此以後，秘書監獨於中書之外。又陸機《答張士然》詩，李善注：『《吊魏武》曰：機出補著作，游乎秘閣。然秘書省亦爲秘閣。』可見，在魏晉時，秘書省固稱秘閣，尚書、中書省亦可稱秘閣。因此，在没有其他材料可以佐證的情况下，仍繫於是年。

又作《思歸賦》。其序曰：『余牽役京室，去家四載，以元康六年冬取急歸。而羌虜作亂，王師外征，職典中兵，與聞軍政。懼兵革未息，宿願有違，懷歸之思，憤而成篇。』可知，是年冬機離任吴王郎中令，弟雲繼任此職，本欲與弟一同回歸故鄉，然因時局混亂，是年八月，氐帥齊萬年僭號稱帝，十一月王師外征，而機又職典中兵，途中受詔命返洛，即賦序所言『取急歸』也，故不得與雲同歸故里。賦云『絶音塵於江介，託影響於洛湄』，江介即謂吴，『絶音塵』，因未歸故也。欲歸而不得歸，途中兄弟分别，而懷歸之情難禁，故作此賦以抒别情鄉思。此賦序之『余牽役京室，去家四載』云云，蓋《行思賦》序，後有脱文，後人誤入此賦序中。

又作《感時賦》，此賦乃行役途中，所作具體時間不可考。然賦所寫皆爲北方之景，行役傷别之情，且季節爲寒冬，或爲陸機元康六年冬，由吴王郎中令遷尚書中兵郎，途别士龍，北歸洛陽之所作。故繫是年。

又作《於承明作與士龍》《贈弟士龍》（行矣怨路長）。

【考辨】

《唐鈔文選集注彙存》：『李善曰：《集》云《與士龍於承明亭作詩》。《鈔》曰：承明，亭名，今在蘇州北。機被遣入洛，在此亭與士龍別，作此詩也。劉良曰：機從吴入洛，與弟士龍別於長林亭，作詩與士龍，述相思之意也。陸善經曰：此亭今在崑山縣南百五十里，與華亭相延也。』

姜《譜》繫《贈弟士龍》於元康元年，並按曰：『此詩蓋赴太子洗馬時別雲作也。……全詩皆以己身之動盪與雲之安定對寫。雲有答詩，意境亦復相似。考雲自出補浚儀令後，亦未嘗安居，其安定時，惟在初入洛一二年至補太子舍人時，則機贈此詩，正指此時也。且兄弟此時，功名皆無所成就，故詩中意境亦只言離情，平遠無澤，與初期作品至近，故次於此。』俞《譜》繫於元康二年，謂陸機二入洛陽，『淚別親友，陸雲送至長林、萬始亭，兄弟分手，當夜雲宿永安，機宿承明，機作《於承明作與士龍》。』又曰：元康五年，『陸雲至淮南與陸機會，旋別，機作《贈弟士龍》、雲作《答兄平原》，雲詩步武其兄。』上説並不可靠，兹考之如下：

第一，由機《皇太子賜宴詩》序：『元康四年秋，余以太子洗馬出補吴王郎中。』《答賈謐詩》序：『余昔爲太子洗馬，魯公賈長淵以散騎常侍侍東宫積年。余出補吴王郎中令，元康六年入爲尚書郎。』可知，機元康四年秋出補吴王郎中令，六年冬入爲尚書郎。

第二，《晉書·陸雲傳》：『俄以公府掾爲太子舍人，出補浚儀令。……尋拜吴王晏郎中令。晏於西園大營第室，雲上書。』亦可知陸雲曾任吴王郎中令，具體時間史書無載。士龍上書《國起西園第表啓》有『臣兄比下墨，機時爲郎中令』之句，説明機任吴王郎中令在士龍之前。又據士龍

《歲暮賦》序：『余祇役京邑，載離永久。永寧二年春，忝寵北郡，其夏又轉大將軍右司馬于鄴都。自去故鄉，荏苒六年。』由永寧二年（三〇二）上推六年即元康六年。而雲與兄於太康末由吳入洛，故此之『去故鄉』，必非初次由吳適洛。雲另上書《西園第既成有司啓》有『先帝背世，曾未十年』之句，此文作於元康七年，先帝指晉武帝，太熙元年四月卒，距此八年，與『曾未十年』亦相合。綜上可知，雲出令當於元康六年冬繼兄之任，元康八年離任。

第三，吳王出鎮之淮南即漢九江郡，距機、雲故鄉崑山較近，恰逢機離任而雲繼任，故兄弟相約歸寧故鄉，機《思歸賦》云『候涼風而爲策，指孟冬而爲期』，即指此事。然此賦序：『元康六年冬取急歸，而羌虜作亂，王師外征，職典中兵，與聞軍政。懼兵革未息，宿願有違。』據此數句，可知機在歸鄉途中，因軍情緊急，詔令歸洛。以理推之，兄弟或於承明亭把酒離別，機在歸洛途中作此詩贈雲。故此詩當作於元康六年冬。而士龍此次歸鄉後直至永寧二年亦再未回鄉，故《歲暮賦》序言『自去故鄉，荏苒六年』。

又《贈弟士龍》（行矣怨路長），《唐鈔文選集注彙存》卷四十八曰：『《鈔》曰：初，吳破入洛，士龍在家，將與之別贈，至承明又作首前詩，此篇當合居前也。』此説亦誤，上已考辨。此詩蓋士衡由歸故鄉途中，急取歸洛，於承明亭餞別而作此詩以贈弟，與《於承明作與士龍》，時間相近。此詩作於別時，而前詩作於途中。李《史》將此二詩並繫於永平（太康）元年，顯然誤。

陸機作《與弟清河雲》，陸雲作《答兄平原》（伊我世族）。

【考辨】

機之贈詩與雲之答詩作於同時，朱《表》認爲作於晉太康二年即吴亡之次年，曰：『是歲有《贈弟士龍》一篇，雲答詩亦在是年。至鳳凰三年至是，前後八年，故云「漸歷八載」。玄早没，兄弟止餘五人，至是晏、景遇害，故云「雕落殆半」。晏、景歿後，正待殯葬，故云「祖送二昆」。機初自晉釋歸，故云「銜痛東徂」。雲先在西，故云「遺情西慕」。序文無一字不可考，著作之時期確不可移。』近年來，木齋、尚雪紅亦持近似的觀點：『陸機在吴國期間的文學寫作，主要是傳統的文學體裁和傳統的寫法，主要是文、賦和四言詩。……陸機在吴國亡國不久，寫給其弟陸雲的四言詩作《與弟清河雲詩》。』[一]此説與機、雲詩之内容有抵牾。

李《史》、姜《譜》皆繫於元康六年。李曰：『按此見《陸士龍集》，題云：兄平原贈。有句云：「自往迄兹，曠年八祀」；士龍答詩亦云：「自我不見，邈哉八齡」。按士衡兄弟自太康末至此正八年。』姜《譜》曰：『情緒牽索，有詩十首贈士龍，稱道先世。士龍亦答詩言祖德。』又曰：『此詩作年，可從序中考知。序云：「余弱年夙孤，與弟士龍，銜恤喪庭，會逼王命，墨絰從戎，時並縈發，悼心告别。漸歷八載，家邦顛覆，凡厥同生，雕落殆半。收迹之日，感物興哀，而士龍又先在西，時迫當祖送二昆，不容逍遥。銜痛東徂，遺情西慕，故作是詩，以寄其哀苦焉。」序中述入仕後情况。「悼心告别」以上，言初仕。「漸歷八載」言去家八年也。計太康入洛，至此適爲八載。「同生雕落」

[一] 木齋、尚雪紅《論陸機〈擬古詩〉〈赴洛道中作〉等五言詩的寫作時間》，《求是學刊》二〇一二年第三期。

云云，與雲《歲暮賦》所言合，蓋近一二年間事。雲得歸省丘墓，而機則以王事未得南去，故痛心疾首而言之也。「士龍先在」以下，言詩之所以作。然「士龍在西」，與「銜痛東徂」，兩語頗費解，且所關至鉅。若此時兄弟皆以入京，則同事尚書，無由東西。若東西求其能合，則八載之計，當別有説。細繹十詩，並清河答句，確又是《歲暮賦》所感，則八年之别，必指初入洛言。余疑兄弟同被尚書郎之命，清河當與三弟耽先行，而機以警悟，爲吴王所重，所事必較繁劇，行期容在雲後，則「士龍又先在西」之「在」，當爲「去」或「往」之字誤。淮南視洛爲西土，故曰往西。機送之行，故曰時迫。當祖送二昆，十里長亭之别，豈曰逍遥，而投東歸府，能無銜痛？如是，則全序皆可解，而全詩亦遂理順矣。國仍用「在」字，則既在西，又何用祖送？果非二弟先往，又何用西慕？則此詩蓋作於將返上京，送弟先行之時無疑。』

吴鳳凰三年，父陸抗卒。雲與兄晏、景、機分領父抗兵，機任牙門將，機贈詩所謂『墨經從戎』蓋指此。天紀四年晉軍伐吴。二月，兄晏、景並遇害。次年機扶二兄靈柩歸葬故里，機詩『悼心告别，漸歷八載』，是指機任牙門將離鄉至扶柩歸鄉之時間，非指機、雲離吴適洛之時間。此詩作於元康六年。是年冬，機由吴王郎中令遷尚書中兵郎，陸雲繼任是職，因吴王所鎮之淮南離東吴較近，機告假約弟同歸故里。機先行，跋山涉水，途經當年從荆州扶柩歸鄉的一段路程時，不禁回憶起那段不堪回首的歲月，而作詩贈雲，雲作詩答之。所謂《與弟清河雲》《答兄平原》之詩題，乃後人所加。雲任清河太守，機任平原内史，是太安年間，詳下文所考。

又俞《譜》曰：太康六年，『陸機歸鄉，作《别賦》《短歌行》留别陸雲。』又曰：『陸機《從軍行》《飲馬長城窟行》《苦寒行》諸詩或作於此時。』或是。録以備考。

又作《答兄平原》（悠悠途可極）。此詩題有誤，《文選》卷二十五作《答兄機》，是。此詩所作時間，《唐鈔文選集注彙存》曰：『初，吴破入洛，士龍在家，將與之别，贈至承明，又作前詩。此篇當合居前也。』李善曰：『士衡前爲太子洗馬時，贈别士龍，今答之。』吕向曰：『機自吴王郎中寄詩與雲，故有此答。』三説各不同，當以吕向説爲是。二陸于太康末同入洛，不當有離别之詩。而機任太子洗馬時，雲亦在洛爲官，也不當有『别促怨會長』之歎。綜考機《思歸賦》、雲《歲暮賦》，可知，機離任吴王郎中令，而士龍繼任此職，二人借此機會相約同歸故里。因局勢混亂，機職典中兵，在臨近故鄉時被詔返洛。兄弟於歸途中餞别贈詩。此二詩與機《於承明作與士龍》，時間相近。一作於别後，一作於途中。具體時間當是元康六年冬。另據雲《歲暮賦》序：『余祗役京邑，載離永久。永寧二年春，忝寵北郡……自去故鄉，荏苒六年。』由永寧二年上推六年即元康六年。此亦可證雲於是年曾回故鄉也。

晉惠帝元康七年丁巳（二九七）　機三十七歲，雲三十六歲

潘岳爲著作郎，作《馬汧督誄》。《晉書・潘岳傳》：『徵補博士，未召，以母疾輒去，官免。尋爲著作郎。』其誄序有『惟元康七年秋九月十五日』句，故知當作於是年九月。

又爲樂廣（？—三〇四）作《讓河南尹表》。《世説新語・文學》：『樂令善於清言，而不長於手筆。

將讓河南尹，請潘岳爲表。潘云：「可作耳，要當得君意。」樂爲述己所以爲讓，標位二百許語。潘直取錯綜，便成名筆。時人咸云：「若廣不假岳之筆，岳不取廣之旨，無以成斯美也。」』據《通鑑紀事本末》卷十二《西晉之亂》載：『（元康）七年，王衍爲尚書令，南陽樂廣爲河南尹，皆善清談，宅心事外，名重當世，朝野之人，争慕效之。』可知，樂廣爲河南尹在元康七年，其《表》必作於是年。萬斯同《晉將相大臣年表》以廣由侍中遷河南尹在元康八年，誤。

石崇作《答曹嘉詩》《贈棗腆》。據《三國志・魏・楚王彪傳》裴注可知，嘉、崇之贈答，在崇出鎮徐州之時，崇於元康八年免官。另，崇《贈棗腆》詩有『久官無成績，棲遲于徐方』句，故知崇作此詩已出鎮徐州有年，尚未免官，故繫之是年。

江統（二六〇？——三一〇）除華陰令，作《函谷關賦》。陸《繫年》：『疑作於赴華陰途中。』姑繫是年。

束皙作《風伯雨師不得避諱議》。其文有『元康七年詔書稱』云云，故繫之是年。皙另有《補亡詩》六首，作年不詳。

王渾（二二三——二九七）卒。《晉書・王渾傳》：『王渾，字玄沖，太原晉陽人也。父昶，魏司空。……太熙初，遷司徒。惠帝即位，加侍中……渾所歷之職，前後著稱，及居台輔，聲望日減。元康七年薨，時年七十五，謚曰元。』

陳壽卒。《晉書・陳壽傳》：『陳壽，字承祚，巴西安漢人也。少好學，師事同郡譙周，仕蜀爲觀閣令史。……舉爲孝廉，除佐著作郎，出補陽平令。……元康七年病卒，時年六十五。』

機作《晉平西將軍周處碑》。是年正月，梁王肜、夏侯駿逼遣周處（二三八？——二九七）以五千兵擊齊萬年於六陌，處力戰而死。《晉書·惠帝紀》曰：『七年春正月癸丑，周處及齊萬年戰於六陌，王師敗績，處死之。』故陸機所作碑文當在是年或稍後。按：此碑文當爲陸機原作，後來被毁，《集》中所收，乃唐人重刻之碑文。蓋原文漫滅，後人多有增補，故叙述史實，間有抵牾。

又作《贈尚書郎顧彦先二首》。《文選》卷二十四李善曰：『王隱《晉書》曰：顧榮，字彦先，吴人也，爲尚書郎。』

【考辨】

姜《譜》將《贈尚書郎顧彦先二首》繫於元康八年，並曰：『鄉人顧榮，亦同在尚書郎職，機有詩贈之。……考南金諸彦出處，大約相似，榮與機兄弟尤似。度機、雲同轉尚書郎，榮亦以此時同入尚書省，此尤可自機詩贈詩見之。』俞《譜》曰：元康五年，『夏，陸機作《贈尚書郎顧彦先二首》』。二説並誤。《唐鈔文選集注彙存》：『機從洗馬爲吴王郎中令，從郎中又爲尚書郎。彦先亦爲尚書郎，同在楚省别院。榮復是機姊夫，於時遇雨，不得相見，相憶作此詩。』從『朝游遊層城，夕息旋直廬』句看，此詩乃詩人夜值宿官舍，適遇風雨，而懷人思鄉之作。由《答賈謐詩序》可知，元康六年，陸機入朝，與彦先同爲尚書郎。考之史實，此詩所描寫對故鄉水患的憂慮乃實有其事。據《晉書·惠帝紀》，元康六年，『五月，荆揚二州大水』，是時陸機尚在吴王郎中令任上，故此詩不可能作於是時。又元康七年，『秋九月，荆、豫、揚、徐、冀等五州大水』，是時陸機正在尚書郎任上，因由眼前大雨而聯想到故鄉水患，故此詩當作於元康七年。

又作《策秀才問》。《晉書·紀瞻傳》：『後舉秀才，尚書郎陸機策之。』李《史》繫『策問秀才紀瞻六首』於元康六年，並曰：『按《紀瞻傳》不詳以何年對問，惟曰「尚書郎陸機策之」云云，故知是此年。』按：機於元康六年冬離任吴王郎中令而赴洛，適洛已是歲暮，策紀瞻不可能在這一年，當在第二年轉殿中郎之前，故繫於是年。

又作《贈紀士》。由詩之『瓊瑰俟豐價，窈窕不自鬻。有美蛾眉子，惠音清且淑。修嫮協姝麗，華顔婉如玉』可知，紀士乃良才美質之人，何靖認爲就是《策秀才問》之紀瞻，並曰：『《贈紀士》當係贈紀瞻之作，時間則在元康七年陸機任尚書殿中郎時。』〔一〕可備一説，姑繫是年。

機轉殿中郎。《晉書·陸機傳》：『吴王晏出鎮淮南，以機爲郎中令，遷尚書中兵郎，轉殿中郎。』轉殿中郎在遷尚書中兵郎後，而機於元康八年任著作郎，故機轉殿中郎當在是年，據《贈尚書郎顧彦先二首》所考，機遷官在是年九月後，故繫於是年。

晉惠帝元康八年戊午（二九八）　機三十八歲，雲三十七歲

潘岳轉散騎常侍，代賈謐議晉書限斷。《晉書·潘岳傳》：『轉散騎侍郎……謐晉書限斷亦岳之

〔一〕何靖《關於陸機四篇作品的考辨》，《蘇州大學學報》二〇一九年第四期。

辭也。』議晉書限斷事當在機遷著作郎後，詳見下文。

機轉著作郎，作《吊魏武帝文》。《文選·謝平原内史表》李善注引臧榮緒《晉書》：『轉殿中郎，又爲著作郎。』又《吊魏武帝文》序：『元康八年，機始以臺郎，出補著作。』可知機爲著作郎及作吊文均在本年。姜《譜》據陸機本傳，認爲機任著作郎當在吴王郎中令前，定爲元康三年，誤。俞《譜》繫於此年，是。

又作《大暮賦》。俞《譜》曰：是年，『陸機作《大暮賦》，以從容、曠達之情看待生死，生死觀具玄學色彩。』並進一步認爲：『陸機《大暮賦》云：「雖萬乘與洪聖，赴此途而俱税。」與《吊魏武帝文》意近，或亦同時之作。姑繫于此。』此賦作年不可考，所表達的生死態度其實與《吊魏武帝文》也有不小差距，僅録以備考。

又作《講漢書詩》。具體時間無考。俞《譜》曰：『秘書監賈謐邀衆賢講《漢書》。陸機作《講漢書詩》，潘岳作《於賈謐坐講漢書詩》。』左思、潘岳均爲謐講《漢書》，機或於著作郎任上爲謐講《漢書》，故作此詩。姑繫是年。

又作《薦賀循郭訥表》。賀循，字彦先，會稽山陰人。吴平，刺史嵇喜舉爲秀才，除陽羡令，後轉武康令。郭訥，字敬言，吴人，入晉官蒸陽令。循守下年，訥亦棲遲，皆無援於朝，久不進序，故陸機上疏舉薦二人。據《晉書·賀循傳》，機之薦表作於著作郎任上，機任著作郎元康八、九兩年，此表當作於《策秀才問》之後，故在是年或稍後。俞《譜》繫於元康九年，近是。

又作《答張士然詩》。詩有『潔身躋秘閣，秘閣峻且玄』之句，亦證此詩當作出補著作郎任上。或士然因機就新職，以詩見贈，贈詩已佚。《文選》卷二十四李善注引孫盛《晉陽秋》：『張悛字士然，少以文章與陸機友。』

又作《贈武昌太守夏少明詩》。

【考辨】

夏少明（？—三〇一），名靖，會稽人。曾任武昌太守、豫章太守。《隋書·經籍志》載《夏靖集》二卷，録一卷。今存詩一首。夏出守武昌，士衡寄此詩贈之。俞《譜》繫元康四年，曰：『陸雲《晉豫章内史夏府君誄》叙夏靖在晉宦歷：入太子府、爲尚書郎、爲武昌太守（未滿）、丁憂（三年）、爲湘東太守（任滿）、爲豫章内史，永寧元年五月卒。從陸雲對夏靖豫章任的叙述看，時間當不至於太短，故假設其永康元年赴任；靖爲武昌太守時間亦不短，以晉三年考績之例，夏靖爲武昌太守，當在此年前後。……靖詩又云機，「將登三事，百揆是釐」。……經緯三墳，錯綜衆書」，謂機將遷任，知靖詩作於機太子府任將滿時。……故繫於此。』俞説似誤。

據雲《與兄平原書》，士衡亦另有《吊少明》文（今佚）。夏出守武昌，士衡寄詩贈之。詩既叙述少明之才德、政績，點明帝命出守武昌之原因，又間寫武昌地理位置、今昔變化，抒發友人遠去的相思之情。特别是第五首寫武昌昔日爲吴國蕃畿之繁榮，與今日『人胥攸希』之凋落，形成對比，寄有作者亡國傾家之痛。雲《與兄平原書》所言之《答少明詩》（詳下文），當指别一贈答，非指此詩。

此詩所作具體時間無載。然據少明答詩所謂『將登三事』謂將登三臺，此指秘書省，謂陸機還著作郎。秘書省掌編纂國史，故曰『經緯三墳，錯綜衆書。斟酌聖奧，與道卷舒』。可知此詩所作陸機將還著作郎之時，機《吊魏武帝文》序曰：『元康八年，機始以臺郎，出補著作。』故此詩必作於是年。

又作《答少明詩》，佚。陸雲《與兄平原書》第五曰：『《答少明詩》亦未爲妙，省之如不悲苦，無惻然傷心言，今重復精之。』此詩與上詩所作時間相近，姑繫是年。

朝議立晉書限斷，機作《晉書限斷議》。

【考辨】陸機議《晉書》限斷的具體時間，姜《譜》認爲在元康二、三年間，誤。據《北堂書鈔》卷五十七引王隱《晉書》曰：『陸機以文學爲秘書監虞浚所請，爲著作郎，議《晉書》限斷。』姜先生曰：『機本傳僅于累遷太子洗馬下著「著作郎」三字，在爲吴王郎中令前。機爲吴王郎中令，在四年，則補著作，不得遲於四年也。』又曰：『則王隱《晉書》所言秘書監請機爲著作郎議《晉書》限斷，皆事實也。其爲元康二三年間事，至無可疑，故次此。』他還認爲，陸機《吊魏武文》言『元康八年，機始以台郎出補著作』，與臧榮緒《晉書》言『入爲尚書中兵郎，轉殿中郎，又爲著作郎』，『此與虞浚辟爲著作郎，當爲兩事。』也就是説，姜先生認爲，陸機兩次出任著作郎，一次在元康二三年間，第二次在元康八年，而論議《晉書》限斷在元康二三年間，即陸機第一次出任著作郎期間。曹道衡、沈玉成《中古文學史料叢考》對此辨之甚詳，並曰：『姜氏不察，遂立兩爲著作郎之説，而彌縫未能無迹。機自序言「始以台郎出補著作」，「始」而非「再」非「復」，亦可證姜説之「至無可疑」之爲可疑。』〔二〕曹、沈之言甚是。機元康元年任太子洗馬，直至四年出爲吴王郎中令。《晉書》機本傳：『會楊駿誅，累遷太子洗馬。』考《惠帝紀》駿被誅於元康元年三月，機任太子洗馬當在是年三月後。又機《皇太子賜宴詩》序曰：『元康四年秋，余以太子洗馬出補吴王郎中。』又據機《吴王郎中時從梁陳作》『誰謂伏事淺，契闊踰三年』之句，可知侍官太子已過三年，與《皇太子賜宴詩》所言時間相合，中間不可能有任著作郎之事，姜氏之誤，未深究機之詩文之故。

又《晉書·賈謐傳》：『先是，朝廷議立晉書限斷，中書監荀勗謂宜以魏正始起年，著作郎王瓚欲引嘉平已下朝臣盡入晉史，于時依違未有所決。惠帝立，更使議之。謐上議，請從泰始爲斷。於是事下三府，司徒王戎、司空張華、領軍將軍王衍、侍中樂廣、黄門侍郎嵇紹、國子博士謝衡皆從謐議。騎都尉濟北侯荀畯、侍中荀籓、黄門侍郎華混以爲宜用正始開元。博士荀熙、刁協謂宜嘉平起年。謐重執奏戎、華之議，事遂施行。』可知議《晉書》斷限一在武帝時期，一在惠帝時期。陸機所議是後一次。此次所議，由謐所引起。復考《惠帝紀》，賈謐被殺於永康元年四月，趙王倫自爲相國，任機爲相國參軍，於此可知議《晉書》斷限必在元康八年秋至永康元年四月之間。

〔二〕曹道衡、沈玉成《中古文學史料叢考》，中華書局二〇〇三年版，第一三四頁。

又撰《惠帝起居注》。

【考辨】

關於此書作者有爭議，見下文所考。姚振宗《隋書經籍志考證》卷五、章宗源《隋書經籍志考證》卷十五均認爲作於陸機著作郎任上[一]。另《歷代職官表》卷二十四：『《山堂考索》：晉起居之職掌於著作，其後亦命近臣主掌其事。謹案：……稽之陸機本傳，機於惠帝初嘗爲著作郎，此即當時記注，由著作撰述之一證也。』[二]由此可見，此書作於著作郎任上，即元康八年或稍後。陸《繫年》認爲《晉惠帝起居注》與《晉惠帝百官名》當是『同時之作』，亦著於著作郎任上。故繫於是年。

又撰《洛陽記》。

【考辨】

《册府元龜》卷五百六十：『陸機爲著作郎，撰《洛陽記》一卷。』[三]機元康八年任著作郎，永康

〔一〕姚振宗《隋書經籍志考證》，章宗源：《隋書經籍志考證》，見《二十五史補編》第四册，中華書局一九五五年版，第四九七三、五二一九六頁。

〔二〕《欽定歷代職官表》，文津閣《四庫全書》第六〇一册，第四五八頁。

〔三〕王欽若《册府元龜》第七册，中華書局一九六〇年版，第六七三〇頁。

元年四月遷相國參軍。故此書必撰於其間。姜《譜》據機本傳，認爲機任著作郎當在吴王郎中令前，定爲元康三年，誤。

又撰《晉書》(《晉紀》)之《三祖紀》《晉惠帝百官名》《吴章》。

【考辨】

《隋書·經籍志二》：『《晉紀》四卷，陸機撰。』劉知幾《史通》卷二《本紀》：『陸機《晉書》，列紀三祖，直序其事，竟不編年。年既不編，何紀之有？』又卷十二《古今正史》：『洛京時，著作郎陸機始撰《三祖紀》，佐著作郎束晳又撰《十志》，會中朝喪亂，其書不存。』由此可知，第一，《三祖紀》乃機《晉書》之一篇；第二，機《晉書》作於著作郎任上，與《洛陽記》所作時間差近。故繫於是年。又《舊唐書·經籍志上》：『《晉惠帝百官名》三卷，陸機撰。』上三書當皆撰著作郎任上，然《册府元龜》卷五百五十五：『陸機爲平原内史，撰《晉紀》四卷，《晉惠帝百官名》三卷。』又《册府元龜》卷六百八：『陸機爲平原内史，撰《吴章》二卷。』未知孰是，姑繫是年。

又撰《要覽》三篇。

【考辨】

《舊唐書》卷四十七：『《要覽》三卷，陸機撰。』撰年不載，推陸機職務之變遷，當作於著作郎任上。姑繫於是年。俞《譜》曰：永康元年，『陸機，著作郎任上，作《要覽》三篇。』是年四月，趙王倫輔政，陸機遷相國參軍，賜爵關内侯。此文至遲作於是年四月前。又按：上述陸機所作之史籍類著述，皆在著作郎任上，具體著年不詳，姑繫於轉著作郎之年，即元康八年。

晉惠帝元康九年己未（二九九） 機三十九歲，雲三十八歲

正月，破齊萬年。梁王肜録尚書事，河間王顒爲鎮西將軍，成都王穎爲鎮北大將軍。《晉書·惠帝傳》：『九年春正月，左積弩將軍孟觀伐氐，戰於中亭，大破之，獲齊萬年。徵征西大將軍、梁王肜録尚書事。以北中郎將、河間王顒爲鎮西將軍，鎮關中；成都王穎爲鎮北大將軍，鎮鄴。』

十二月，賈后廢太子庶人，張華上書諫廢太子。《晉書·惠帝傳》：『十二月壬戌，廢皇太子遹爲庶人，及其三子幽於金墉城，殺太子母謝氏。』又《張華傳》：『及賈后謀廢太子……帝會群臣於式乾殿，出太子手書，遍示群臣，莫敢有言者。惟華諫曰：「此國之大禍。自漢武以來，每廢黜正嫡，恒至喪亂。且國家有天下日淺，願陛下詳之。」尚書左僕射裴頠以爲宜先檢校傳書者，又請比校太子手書，不然，恐有詐妄。賈后乃内出太子素啓事十餘紙，衆人比視，亦無敢言非者，議至日西不决，後知華等意堅，因表乞免爲庶人，帝乃可其奏。』

七月，裴頠爲尚書僕射，作《崇有論》。《晉書·惠帝傳》：『九年……秋八月，以尚書裴頠爲尚書僕射。』又《裴頠傳》：『頠懷太子之廢也，頠與張華苦争不從，語在華傳。頠深患時俗放蕩，不尊儒術，何晏阮籍，素有高名於世，口談浮虚，不遵禮法，尸禄耽寵，仕不事事。至王衍之徒，聲譽太盛，位高勢重，不以物務自嬰，遂相放效，風教陵遲，乃著《崇有》之論，以釋其蔽。』此文或作於是年冬，或作於次

年初，姑繫於此。

潘岳作《愍懷太子禱神文》。《晉書·愍懷太子傳》：『黃門侍郎潘岳作書草若禱神之文，有如太子素意，因醉而書之，令小婢承福以紙筆及書草，使太子書之。』此書直接導致太子被廢。

又作《楊仲武誄》《爲楊長文作弟仲武哀祝文》。誄文曰：『楊綏字仲武……不幸短命，春秋二十九，元康九年夏五月己亥卒。』故知此二文皆作於是年五月。

又奉詔作《關中詩》《上關中詩表》。《古詩紀》卷三十八曰：『惠帝元康六年，氐賊齊萬年與楊茂於關中反亂，既平，帝命諸臣作《關中詩》。潘岳上表曰：「詔臣作關中詩，輒奉詔竭愚，作詩一篇。」據《晉書·惠帝紀》，自元康六年氐賊齊萬年反叛關中，直至元康九年春方平息，此詩及表當作於此年正月之後。

太子洗馬江統作《徙戎論》以警朝廷。《晉書·江統傳》：『時關隴、屢爲氐、羌所擾，孟觀西討，自擒氐帥齊萬年。統深惟四夷亂華，宜杜其萌，乃作《徙戎論》。……帝不能用。未及十年，而夷狄亂華，時服其深識。』故繫於是年。

晉惠帝永康元年庚申（三〇〇）　機四十歲，雲三十九歲

正月，賈后使黃門誣太子爲逆，更幽於許昌宫之別坊。《晉書·愍懷太子傳》：『明年正月，賈后又使黃門自首，欲與太子爲逆。詔以黃門首辭班示公卿。又遣澹以千兵防送太子，更幽於許昌宫之別坊。』

三月，孫慮以藥杵椎殺太子，時年二十三。事見《晉書・愍懷太子傳》。

四月，梁王肜、趙王倫矯詔廢賈后爲庶人，旋殺之。追復故皇太子位。賈謐伏誅，張華、裴頠遇害。倫專擅朝廷。《晉書・惠帝紀》：『永康元年春……（三月）賈后矯詔害庶人遹於許昌。夏四月辛卯，日有蝕之。癸巳，梁王肜、趙王倫矯詔廢賈后爲庶人，司空張華、尚書僕射裴頠皆遇害，侍中賈謐及黨與數十人皆伏誅。甲午，倫矯詔大赦，自爲相國、都督中外諸軍，如宣文輔魏故事，追復故皇太子位。……己亥，趙王倫矯詔害賈庶人於金墉城。』張華是年六十九，著《博物志》，《隋書・經籍志四》載：『《張華集》十卷，録一卷。』裴頠時年三十四，著《崇有論》《貴無論》《辯才論》等。《隋書・經籍志四》載《裴頠集》九卷。

石崇、潘岳、歐陽建並被害，建作《臨終詩》。《晉書・潘岳傳》：『及趙王倫輔政，秀爲中書令。……俄而秀遂誣岳及石崇、歐陽建謀奉淮南王允、齊王冏爲亂，誅之，夷三族。……初被收，俱不相知，石崇已送在市，岳後至，崇謂之曰：「安仁，卿亦復爾邪！」岳曰：「可謂白首同所歸。」岳《金谷詩》云：「投分寄石友，白首同所歸。」乃成其讖。』，又《晉書・歐陽建傳》：『及遇禍，莫不悼惜之，年三十餘。臨命作詩，文甚哀楚。』石崇時年五十二，潘岳時年五十四，歐陽建時年三十餘。《隋書・經籍志四》載：《石崇集》六卷、《潘岳集》十卷、《歐陽建集》二卷。

五月，立司馬臧（二九七—三〇一）爲皇太孫。《晉書・惠帝紀》：『五月己巳，立皇孫臧爲皇太孫，尚爲襄陽王。』

六月，葬愍懷太子於顯平陵。《晉書・惠帝紀》：『六月壬寅，葬愍懷太子於顯平陵。』

八月，淮南王司馬允（二七二—三〇〇）舉兵討趙王倫，不克。《晉書・惠帝紀》：『秋八月，淮南王允舉兵討趙王倫，不克，允及其二子秦王郁、漢王迪皆遇害。』

十二月，帝臨辟雍，行鄉飲酒之禮。《晉書·禮志下》：『武帝泰始六年十二月，帝臨辟雍，行鄉飲酒之禮。詔曰：「禮儀之廢久矣，乃今復講肆舊典。」賜太常絹百匹，丞、博士及學生牛酒。咸寧三年，惠帝元康九年，復行其禮。』

虞溥遷鄱陽内史，作《移告屬縣》《獎訓學徒詔》，尋卒。《晉書·虞溥傳》：『虞溥，字允源，高平昌邑人也。……稍遷公車司馬令，除鄱陽内史。大修庠序，廣詔學徒，移告屬縣……於是至者七百餘人。溥乃作誥以獎訓之……注《春秋》經傳，撰《江表傳》及文章詩賦數十篇。卒于洛，時年六十二。』二文所作具體時間無考，陸《繫年》繫於是年。

左思退居宜春里，專意典籍。《晉書·文苑傳》：『秘書監賈謐請講《漢書》，謐誅，退居宜春里，專意典籍。』具體時間失載，姑繫是年。

張協（二五五？—三一〇？）屏居草澤，作《七命》。《晉書·張協傳》：『于時天下已亂，所在寇盜，協遂棄絶人事，屏居草澤，守道不競，以屬詠自娱。擬諸文士作《七命》。』具體時間無載，姑繫是年。

潘尼補尚書郎，又轉著作郎，作《乘輿箴》。《晉書·潘尼傳》曰：『入補尚書郎，俄轉著作郎，爲《乘輿箴》。』具體時間不詳，姑繫是年。

劉頌（二四五？—三〇〇）作《趙王倫加九錫議》，遷光禄大夫，病卒。《晉書·劉頌傳》：『劉頌字子雅，廣陵人，漢廣陵厲王胥之後也。世爲名族。……孫秀等推崇倫功，宜加九錫，百僚莫敢異議。頌獨曰：……於是以頌爲光禄大夫，門施行馬。尋病卒。』《趙王倫加九錫議》作於倫任相國之時，蓋是年四月前。旋即病卒。

機爲相國參軍，賜爵關内侯。不久，轉中書侍郎。《晉書·陸機傳》：『趙王倫輔政，引爲相國參軍。豫誅賈謐功，賜爵關内侯。倫將篡位，以爲中書郎。』趙王倫篡位在次年正月，機約於年底轉中書侍郎。

作《與趙王倫牋薦戴淵》。

【考辨】

李《史》將此文繫於永寧元年，並曰『若思被薦，不知何年。本傳但云「後舉孝廉，入洛，機薦之于趙王倫曰」云云，今姑列此，蓋倫輔政之年也。』俞《譜》曰：『陸機《與趙王倫牋薦戴淵》……書稱「明公」，知其尚未篡位。』俞説是。

戴淵，字若思，廣陵人也。祖烈、父昌，皆仕吴。若思少好遊俠，不拘操行。遇陸機赴洛，與其徒掠機。機察淵之舉止，知非常人，遥謂之曰：『卿才器如此，乃復作劫邪！』若思感悟，流涕投劍就之。機與言，深加賞異，遂與定交。此事《世説新語·自新》《晉書·戴若思傳》均有記載。又據《戴若思傳》：『若思後舉孝廉入洛。機薦之于趙王倫……倫乃辟之，除沁水令，不就，遂往武陵省父。』具體時間無載，當作於趙王倫攝政之時。倫於永康元年三月，廢賈后，誅賈謐，矯詔大赦，自爲相國，任機爲相國參軍。永寧元年正月，篡帝位。陸機舉薦戴淵，即在攝政後，篡位前。是年四月倫即被誅，機牽於趙王倫罪而入獄，故《與趙王倫牋薦戴淵》必作於永康元年四月之後，永寧元年正月之前。故繫是年。

又作《門有車馬客行》。此詩所作時間無考，然詩所寫内容與《歎逝賦序》相近，疑二者所作時間相近。是年張華、裴頠、石崇、歐陽建等諸名士被殺，給詩人心靈投下巨大陰影，此詩所抒發情感實是當時心境的折射。姑繫是年。

又作《君子行》。此詩所言人道險難，吉凶交相遝至。從機之思想發展看，當爲入洛經歷宦海浮沉，人事翻覆之後。元康元年，賈謐被誅，張華、裴頠等名士被殺，詩人人生的薄冰顫慄之感觸蓋由此乎！俞《譜》繫於永寧元年，並説：『詩自云「逐臣」，與此時機之身份合；「疑似」生患與機被疑下獄情形合。知詩作於是時。』此詩『逐臣』云云實是泛指，俞解或有誤。

又作《丞相贊》，佚。陸雲《與兄平原書》第二四書曰：『《丞相贊》云「披結散紛」，辭中原不清利。兄已自作銘，此但頌實事耳，亦謂可如兄意，直説事而已。』此文所作時間與《丞相頌》同時，與《丞相箴》近而稍前，故繫是年。

又作《丞相箴》。

【考辨】

姜《譜》繫此箴于永寧元年，曰：『《丞相箴》疑亦箴齊王冏作也。冏自以誅倫功，以大司馬加九錫，備物典策，於是輔政。史稱其「大築第館，北取五谷市，南開諸署，毁壞廬舍以百數，使大匠營制，與西宮等……後房施鐘懸，前庭舞八佾，沉於酒色，不入朝見，坐拜百官，符敕三台，選舉不均，惟寵親昵。」與機文「舍賢昵讒，則喪爾邦。且偏見則昧，專聽悔疑。耳目之用，亦各有期。……矜己任智，是蔽是欺。德無遠而不復，惡何適而不追。存亡日鑒，成敗代陳。人咸知鏡其貌，而莫能照其身」，與冏行事實相契合。河間王顒上表亦言：「……僭立官屬，幸妻嬖妾，名號比之中宮，沉湎酒色，不恤群黎，董艾放縱，無所畏忌，中丞按奏而取退免，張偉惚恫，擁停詔可，葛旟小豎，維持國命，操弄王爵，貨賂公行，群奸聚黨，擅斷殺生，密署腹心，實爲貨謀，斥罪忠良，伺窺神器」云云，亦復相同，則《丞相箴》爲冏作無疑。』俞《譜》繫於永康元年，並曰：『據《晉書·職官志》等……機所歷丞相僅趙王倫、梁王肜二位。梁王肜爲相，時間短且無權。……肜爲相情形與機《丞相箴》所言不合。……與趙王倫任用孫秀等情形合，可與潘尼《乘輿箴》參看，當亦爲相國趙王倫所作。』姜説非，俞説是。

仔細考察陸機此文，乃從治政、用人、納言三個方面論丞相之職責，最後以養德棄惡，以前代存亡成敗爲鑒，將丞相之爲人與治政合而論之。意在規諫，既無諷刺，也非批判，與河間王顒之上表立意大不相同，與機所作諷諫齊王冏之《豪士賦》也迥異其趣。然考之史籍，永康元年四月，趙王倫矯詔廢賈后，自爲相國，機爲相國參軍，並被賜爵關内侯，此箴當以諫誡趙王倫之所作，故繫是年。

又作《漢高祖功臣頌》《吊蔡邕文》。

【考辨】

陸雲《與兄平原書》第二四書曰：『《祠堂贊》甚已盡美，不與昔同。……見《吊少明》，殊復勝前；《吊蔡君》，清妙不可言；《漢功臣頌》甚美，恐《吊蔡君》故當爲最。……《丞相贊》云「披結散紛」，辭中原不清利。』《吊蔡君》即《吊蔡邕文》，《漢功臣頌》即《漢高祖功臣頌》，《祠堂贊》《吊少明》《丞相贊》三文已佚，然三文所作時間不同時，其中《吊少明》作於永寧元年。然《丞相贊》必與《丞相箴》作於同時，皆爲趙王倫而作，一讚頌，一諫誡。由陸雲此書可知，《漢高祖功臣頌》《吊蔡邕文》與《丞相贊》《丞相箴》所作時間差近，故亦當作於永康元年四月後，永康二年元月前，故繫是年。俞《譜》繫機《漢高祖功臣頌》於永寧元年，或非。

又作《祠堂頌》《祠堂贊》，佚。陸雲《與兄平原書》第二四書曰：『《祠堂贊》甚已盡美，不與昔同……《吊蔡君》，清妙不可言。《漢功臣頌》甚美，恐《吊蔡君》故當爲最。』又第五書曰：『《祠堂頌》已得省。兄文不復稍論常佳，然了不見出語，意謂非兄文之休者。』此二文與《漢高祖功臣頌》《吊蔡邕文》作於同時，故繫是年。

又作《張華誄》《詠德賦》（皆佚）。俞《譜》繫於永寧元年，並認爲，『摯虞致牋齊王冏言張華忠臣，齊王冏下群臣通議，多稱張華怨。陸機作張華誄，又爲《詠德賦》（《祖德賦》）以悼之。』此說似與正史不合。《晉書·張華傳》：『（陸機）欽華德範，如師資之禮焉。華誅後，作誄，又爲《詠德賦》以悼之。』所載十分明確，無須置喙。故繫是年。

又作《愍懷太子誄》。愍懷太子誄文當作於追復愍懷太子之位時。與江統《愍懷太子誄》

作於同時。故繫是年。

又作《歎逝賦》。其賦序曰：『余年方四十，而懿親戚屬亡多存寡。』故知作於是年。朱《表》曰：『是年（元康元年）機還吴，未幾，復行入都。《愍懷太子誄》《行思賦》《歎逝賦》《與趙王倫牋薦戴淵》，皆作於是年。』《行思賦》上文已考，蓋作於元康二年。

又作《述思賦》《羽扇賦》《漏刻賦》。俞《譜》繫《羽扇賦》于元康四年，誤。考陸雲《與兄平原書》第一三書：『雲再拜：省諸賦皆有高言絶典，不可復言。頃有事，復不大快，凡得再三視耳。其未精，倉卒未能爲之次第。省《述思賦》流，深情至言，實爲清妙。恐故復未得爲兄賦之最。兄文自爲雄，非累日精拔，卒不可得言。《文賦》甚有辭，綺語頗多，文適多體，便欲不清。不審兄呼爾不？《詠德頌》甚復盡美，省之惻然。《漏賦》腹中愈首尾，發頭一而不快，言「烏雲龍見」，如有不體。《感逝賦》愈前，恐故當小不？然一至不覆滅。《漏賦》可謂清工。兄頓作爾多文，而新奇乃爾，真令人怖，不當復道作文。』其言《詠德頌》《扇賦》《漏賦》《感逝賦》，即《詠德賦》《羽扇賦》《漏刻賦》《歎逝賦》。可知上賦均作於同一年，而《歎逝賦》乃詩人年四十而作，故繫於是年。

又作《文賦》。

【考辨】

關於《文賦》創作年代，諸家之説多有不同，舉其要者有以下數種説法：

一、太康元年説。王鳴盛《十七史商榷》卷四十九《晉書》認爲，杜甫《醉歌行》所言『陸機二十作文賦』，『殆别有據也』。陸機二十而吴亡，是年晉改元太康。也就是説《文賦》創作於太康元年。萬曼、張文勛等均認爲《文賦》可能就作於陸機二十歲。萬曼《讀〈文賦〉札記》説：『陸機早年在吴國滅亡之前就讀過曹丕《典論》，在《論文》的影響之下，醞釀或草創《文賦》，是很有可能的。』[一]又，張文勛《關於〈文賦〉的幾個問題》説：『(陸機)早年就具有高度的文學修養，二十歲寫成《文賦》也不是不可能的。』[二]

二、退居鄉里説。姜《譜》因襲王鳴盛之説又加以改造，認爲《文賦》是吴亡之後，二陸退居鄉里所作。其《譜》曰：『機與弟雲退居里巷，游習詠思遂作《文賦》，爲中土論文全面而深沉之始。』又按曰：『杜甫《醉歌行·别從侄勤落第歸詩》云：「陸機二十作文賦，汝更小年能綴文。」此言《文賦》非泛指能文能賦，實指《文賦》一篇言也。臧榮緒《晉書》：「機少襲父兵，爲牙門將，年廿而吴滅，退臨舊里，與弟雲勤學。機妙解情理，心識文體，故作《文賦》。」甫是否本此，初不必計，而機少小能文，最爲世稱，甫詩謹嚴，必非虚構。載籍殘闕，無由更證，且故國方亡，衰痛甚殷，恐亦無此

[一] 萬曼《讀〈文賦〉札記》，《光明日報》一九六二年九月二日。

[二] 張文勛《關於〈文賦〉的幾個問題》，《思想戰綫》一九七八年第五期。

情趣，作此妙文，則甫言或舉成數，臧書特牽連言之耳。然精思博辨，自非入洛後世務紛絮，情思不愉時所能爲，則《文賦》之作，當亦不遠於此時必矣。雲與機第八書有「文賦甚有辭，綺語頗多，文適多體，便欲不清」云云。與《感逝賦》《扇賦》等同稱，似《文賦》應作於趙王倫誅後，即機四十一前後；然此處「文賦」二字，恐當作「文」與「賦」解，不然，則與「文適多體，便欲不清」二語，不甚可通。故仍從工部「二十作文賦」之説，列此。』夏承燾也認爲，臧榮緒《晉書》及唐修《晉書》均言《文賦》作於入洛之後，時陸機二十九歲。故《文賦》應『作於二十九以後』〔二〕。張少康等《中國文學批評史》亦認爲作於二陸在家鄉讀書後期，與上説差近。

三、永康元年説。陸《繫年》認爲，由雲書，知《文賦》與《詠德》《歎世》同時作。《詠德》作於張華被誅，《歎逝》序有『余年四十』之語，作於本年有明證。周勛初《〈文賦〉寫作年代新探》承襲此説。

四、永寧元年後至太安二年前説。朱曉海《陸雲〈與兄平原書〉臆次徧説》認爲，張華永康元年四月遇害，永寧元年五月齊王冏當政後，華之誣枉方始見理，此後《詠德》方不致被附大逆不道之名，寫作這批作品當以永寧元年爲上限。由陸雲書，知《述思賦》在陸雲《歲暮賦》完稿前已就，而《歲暮賦》不得早於太安二年，則撰寫《述思賦》初稿必在此之前。《文賦》所作時間與上賦同時，

〔二〕　夏承燾《關於〈文賦〉的三個問題》，《文藝報》，一九六一年七月。

故當在永寧元年之後至太安二年之前〔一〕。

五、永寧元年歲暮至永寧二年六月說。逯欽立《〈文賦〉撰出年代考》認爲，陸雲《與兄平原書》皆同時之短札，作於永寧二年六月以後至太安二年十月之前。《文賦》之寄呈士龍，亦在永寧二年六月以後。由書云『兄頓作爾多文』，知《文賦》之撰距是年夏必不甚久，至早爲永寧元年歲暮之作。永寧元年，士衡四十一，與《歎逝賦》所謂『年方四十』，抑幾於相合。而齊王冏主政時，陸機賦閑蓋年余，諸文之作，殆皆作此時〔二〕。

六、俞《譜》繫年於太安元年（永寧二年），並曰：『本人傾向於晚年說，時間以永寧二年春最有可能。』並指出，《與陸平原書》所言『文賦』不拆開解釋，『《文賦》甚有辭，綺語頗多』，就是《文賦》。學界一般皆持此說。

七、日本學者佐藤利行在接受萬曼、張文勛觀點的同時，又認爲《文賦》創作於入洛之前，被殺之前數年定稿。佐藤氏的意見比較含糊。如果按照他的意見，《文賦》應該是寫作於屏居華亭舊里時創作，被殺之前數年定稿〔三〕。

〔一〕朱曉海《陸雲〈與兄平原書〉臆次編説》，《燕京學報》二〇〇〇年新九期。

〔二〕逯欽立《漢魏六朝文學論集》，陝西人民出版社一九八四年版，第四二一—四三四頁。

〔三〕［日］佐藤利行《西晉文學研究》曰：『關於《文賦》的作年問題，如果先推出一個結論的話，那就是太康末年，陸機二十八歲時進入洛陽，其後多次修改的結果，在陸機被殺的太安二年的數年前完成的。……入洛前的二十七歲時已作《辨亡論》的陸機，在二十歲的年代作《文賦》是有足够能力的。』（中國社會科學出版社二〇〇四年版，第二七七—二七八頁）

其實，所有争論集中於一點：杜甫『陸機二十作文賦，汝更小年能綴文』，陸雲《與兄平原書》『文賦甚有辭，綺語頗多，文適多體，便欲不清』，二者所言的意義是否相同？是指《文賦》，還是指『文』與『賦』？就杜詩而言，『文賦』顯然是指『文』與『賦』。『文賦』與『綴文』對舉，不可能使用專有名詞。再説，陸機二十，破國亡家，是人生遭際最爲不堪的時候，怎麽可能有結撰如此鴻文的心境？細審陸雲《與兄平原書》第二十三書曰：『《文賦》甚有辭，綺語頗多，文適多體，便欲不清。不審兄呼爾不？《詠德頌》甚復盡美，省之惻然。』陸雲所論乃比較《文賦》與《詠德頌》之優劣，明確指明《文賦》的缺點是『綺語頗多』。可見《文賦》非指『文與賦』，姜亮夫先生所言亦非。

《文賦》既非二十所作，更不可能歷十餘年的修改才定稿，佐藤利行試圖既承認杜甫説法，又兼顧陸雲《與兄平原書》，所以才得出這一似是而非的結論。

此外，陸雲《與兄平原書》第八書深刻檢討了過去文學觀念之失：『往日論文，先辭而後情，尚潔而不取悦澤。嘗憶兄道張公父子論文，實自欲得，今日便欲宗其言。』這説明二陸文學觀有一個變化過程。先前主張『先辭而後情』『尚潔』，入洛之後，由於受張華父子文學觀的影響，改變了先前的理論主張。可見，强調以情爲主、語言悦目潤澤的文學觀念，是二陸入洛才形成的。也就是説，《文賦》『每自屬文，尤見其情。恒患意不稱物，文不逮意』以及『詩緣情而綺靡』的文學思想，也只可能産生於陸機後期。這也是《文賦》作於陸機晚期的有力旁證。

由雲書可知，陸機《文賦》與《詠德賦》、《羽扇賦》《漏刻賦》《歎逝賦》等均作於同一年，而在《歎逝賦》序中，詩人明確説『余年方四十』，可知此賦必作於永康元年。而序中的『十年之内』，《藝文類聚》

卷四十五、《文選》卷十六皆作『十年之外』，陸機二十九歲入洛，至此已十年有餘，故曰『十年之外』。

陸機作文每送於弟雲切磋潤色，雲既將《文賦》與《詠德頌》同論，可知二文所作時間差近。《詠德頌》，《晉書》作《詠德賦》，乃是張華被殺之後，機作文以頌張華之德。《晉書・張華傳》：『華誅後，（機）作誄，又爲《詠德賦》以悼之。』據《晉書・惠帝紀》，張華被誅於永康元年。因爲張華對二陸有知遇之恩，華被誅，機作賦以悼之，故《詠德賦》《文賦》必作於張華被誅之年無疑。

無論從陸機行迹上考察，還是從機、雲文章考察，都應繫於是年。杜甫『陸機二十作文賦』不足憑。何焯《義門讀書記》卷四十五謂『此賦殆入洛之前所作』，亦誤。夏承燾只是推論，逯欽立考證不確，當以陸侃如所考時間爲是。後來毛慶、周勛初等觀點或有不同，結論也大致比較接近。若鑿之過深反失其真，煩瑣考證反如亂花迷眼。故繫於是年。

又作《吴書》，未成，佚。《吴書》創作時間無載。從《與兄平原書》第二六書的内容看，《吴書》所作時間與《述思賦》接近，而《述思賦》同《詠德頌》幾作於同時，《詠德頌》同《誄》作於同時，乃張華被殺後，機作文以頌張華之德。《晉書・張華傳》：『華誅後，（機）作誄，又爲《詠德賦》以悼之。』據《晉書・惠帝紀》，張華被誅於永康元年，故此書必作於是年之後。書或作於永寧二年夏。姑繫是年。

【考辨】

另據陸雲《與兄平原書》，機撰《吴書》，生前恐未完帙，不見後人記載，難以確考。姜亮夫《陸機著述考》曰：『《陸雲集·與兄平原書》云：「誨欲定《吴書》，雲昔嘗已商之兄，此真不朽事。恐不與十分好書，同是出千載事，兄作必自與昔人相去。……陳壽《吴書》，有魏《賜九錫文》及《分天下文》，《吴書》不載。又有嚴、陸諸君傳，今當寫送。」又書：「雲再拜：《吴書》是大業，既可垂不朽。且非兄述，此一國事遂亦失。兄諸列人，皆是名士，不知姚公足爲作傳不？可著《儒林》中耳不？大識唐子正事，愚謂常侍便可連于尚書傳下，書難自定。」依兩書觀之，則機作《吴書》，雲且與商量體例，增益事迹矣。……「猶可得五十卷」云云，非撰一國之史，何由如許卷帙？以機生平思理意氣審之，集諸家《吴書》而定之，一以表彰先德，一以明吴興亡之故，與《辯亡》（《辨亡》）二篇之旨，全能吻合。則機此書必且行世。按裴松之《三國志·吴志》所采《吴書》共七十餘條……《世說》《文選》諸書，亦偶有引録者。』

姜先生認爲，陸機《吴書》生前已經完帙，且傳於世，《吴志》等皆引之。然檢索《三國志》所引《吴書》首次出現則蜀名韋曜（昭），《吴志》所引，皆未署名，依裴注體例，似應是韋曜所作。是乃姜說有待商榷其一也。

姜譜所引《與兄平原書》有刪節。第二五書曰：『且公傳未成，諸人所作，多不盡理。兄作之，公私並敘，且又非常業。從雲，兄來作之。今略已成，甚復可惜事少，功夫亦易耳。猶可得五十卷。』又第二六書曰：『兄諸列人皆是名士，不知姚公足爲作傳不？可著《儒林》中耳。……書定自難，雲少作書，至今不能令成，日見其不易。前數卷爲時有佳語，近來意亦殊已莫莫，猶當一定之。恐不全，此七卷無，意復望增。……今見已向四卷，比五十可得成，但恐胸中成癰爾。』第一，從第二五書云『今略已成，甚復可惜事少，功夫亦易耳』句看，『猶可得五十卷』，並非已成書五十卷，而是説目前所蒐史籍較少，但是只要花上工夫，就可以成書五十卷，足見五十卷是『體例』而非『完帙』。第二，從二七書云『前數卷爲時有佳語』『此七卷無，意復望增』及『今見已向四卷，比五十可得成，但恐胸中成癖爾』，可見陸雲所見亦非完帙。此乃姜説有待商榷其二也。

俞《譜》曰：『皇太子、張華等被殺，陸機甚痛惜，然二人沉冤未伸，故陸機以隱曲的方式表達，作《鞠歌行》《梁甫吟》《泰山吟》《東武吟》《董桃行》悼之，又作《感丘賦》。』《鞠歌行》當作於入洛之初；《泰山吟》或是士衡太安二年任平原内史時游泰山而作；《董桃（逃）行》有『萬里倏忽幾年』句，作於入洛數年後，或在元康中期；《東武吟》乃遊仙之作，作年不可考；《感丘賦》當作於太安元年，詳下文考。

晉惠帝永寧元年辛酉（三〇一）　機四十一歲，雲四十歲

正月，趙王倫篡位。《晉書·惠帝紀》：『永寧元年春正月乙丑，趙王倫篡帝位。丙寅，遷帝于金墉城，號曰太上皇，改金墉曰永昌宫。廢皇太孫臧爲濮陽王。……癸酉，倫害濮陽王臧。』

三月，齊王司馬冏（？——三〇二）、成都王穎、河間王顒起兵討倫，四月倫見誅，改元。《晉書·惠帝紀》：『三月，平東將軍、齊王冏起兵以討倫，傳檄州郡，屯于陽翟。征北大將軍、成都王穎，征西大將軍、河間王顒，常山王乂，豫州刺史李毅，兖州刺史王彦，南中朗將、新野公歆，皆舉兵應之，衆數十萬。……夏四月，歲星晝見。冏將何勗、盧播擊張泓于陽翟，大破之，斬孫輔等。辛酉，左衛將軍王輿

與尚書、淮陵王漼勒兵入宫，禽倫党孫秀、孫會、許超、士猗、駱休等，皆斬之。逐倫歸第，即日乘輿反正。……於是大赦，改元，孤寡賜穀五斛，大酺五日。誅趙王倫、義陽王威、九門侯質等及倫之黨與。』

摯虞作《致齊王冏牋》。永寧元年正月趙王倫篡位，四月被誅，齊王冏輔政。摯虞牋當作於是年四月或稍後。

潘尼假歸，作《給事黄門侍郎潘君碑》《潘岳碣》《答陸士衡》。潘岳與孫秀有隙，因秀誣而被誅，尼之碑碣當作於秀被誅後。秀與趙王倫同時被誅，故繫是年。又《答陸士衡》有『予志耕圃，爾勤王役』之句，尼之歸假，或在是年初。

嵇紹爲侍中，作《張華不宜復爵議》《諫齊王冏書》《上惠帝疏》。《晋書・忠義傳》：『司空張華爲倫所誅，議者追理其事，欲復其爵，紹又駁曰……齊王冏既輔政，大興第舍，驕奢滋甚，紹以書諫。』前二文明確作於倫誅後，而後文亦當與《諫齊王冏書》同上，故繫於是年。

江統遷尚書郎，作《太子母喪廢樂議》。《晋書・江統傳》：『後爲博士、尚書郎，參大司馬、齊王冏軍事。』參齊王冏軍事，當在冏擅權之際。又嚴可均《全晋文》卷一百〇六此文注曰：『永寧元年冬。』故繫於是年。

趙王倫篡位，機轉黄門郎。俞《譜》曰：『陸機送惠帝于金墉城時仍爲中書侍郎，機爲黄門郎，當在趙王倫篡位後轉。』所言極是。

機作《折楊柳》詩。此詩或有所指，郝立權《陸士衡詩注》從詩之以龍爲喻，以爲蓋指趙王倫篡位之事，俞《譜》認爲是『感歎齊王冏震主，晋帝卑微』之所作，二説皆可通。然從全詩立意而言，仍是寫時序遷移，盛衰相續，仕隱皆難，乃千古之同懷，故詩人感慨憂傷。吴亡，士衡隱居鄉里，讀書十年，然迫於召命，赴洛爲官，又志在功業。既感歎出處皆難，可見其身居矛盾困境之中。似以作於趙王倫篡位時爲妥。

又作《與吴王晏表》《謝吴王表》《見原後謝齊王表》《與成都王牋》。是年四月，趙王倫兵敗見誅。因趙王倫篡位時，陸機職任中書郎，被懷疑參與了趙王倫預先所作之禪位文，齊王冏收機、雲等人付廷尉，賴成都王穎、吴王晏並救理之，減死徙邊，遇赦而止。故機作上述四篇表牋。又《晉書·陸機傳》：『時中國多難，顧榮、戴若思等咸勸機還吴，機負其才望，而志匡世難，故不從。……時成都王穎推功不居，勞謙下士。機既感全濟之恩，又見朝廷屢有變難，謂穎必能康隆晉室，遂委身焉。穎以機參大將軍軍事，表爲平原内史。』湯球輯王隱《晉書·陸機傳》：『機以文學轉中書郎。』《文選·歎逝賦》李善注引王隱《晉書》：『後成都王穎以機爲司馬，參大將軍軍事。』

【考辨】

李《史》並繫《謝吴王表》《詣吴王表》於元康二年，誤。元康四年吴王晏出鎮淮南，是年秋機出任吴王郎中令，到官作《詣吴王表》。《謝吴王表》（殘篇）乃謝吴王晏救理之恩。據《晉書·惠帝紀》，是年四月，皇輿反正，改元大赦。六月，成都王穎爲大將軍、録尚書事。其《與吴王表》似爲被收辨白之辭，而《謝吴王表》《見原後謝齊王表》《與成都王牋》則作於遇赦之後。時間略有别也。

又作《園葵詩》二首。《文選・園葵詩》李善注：『齊王冏沉譖機爲倫作禪文，賴成都王穎救之免，故作此詩，以葵爲喻謝穎。』陸機入獄，賴吴王晏、成都王穎救理，『減死徙邊』。《晉書・惠帝紀》載：『(永寧)八月，大赦。戊辰，原徙邊者。』故陸機『遇赦而止』，當在是年八月。故此兩詩或即作於是年八月。

又作《贈潘尼》詩，尼作《答陸士衡》詩。機詩有『遺情市朝，永志丘園』句，當作是年初潘尼假歸之時。《晉書・潘尼傳》曰：『及趙王倫篡位，孫秀專政，忠良之士皆罹禍酷。尼遂疾篤，取假拜掃墳墓。』遂隱居故里。趙王倫篡帝位在永寧元年正月，四月被誅，此詩蓋作于永寧元年初。故機詩言我與潘尼雖如水海雲天，顯隱有異，然同歸於道，無後無先，然後又讚美潘生遺情市朝，隱居山林。俞《譜》曰：『至此，陸機清晰地表述了儒道會通、齊物平等的帶有玄學思辨的出處觀。即在野在朝只是外在形式(末)，並不重要，重要的是保有耿介懷(本)；反之，苟能保有耿介懷(本)，在野、在朝(末)亦無不同。』所言是。

又作《吊少明》，佚。據陸雲《晉故豫章内史夏府君誄》，少明卒於永寧元年五月，故繫是年。

又作《招隱詩》。詩作時間不可考，士衡此種心態可能在兩個時期：一是屏居鄉里；二是入洛迭經宦海浮沉之後。從『富貴苟難圖』句看，當是求富貴而不得，而生歸隱之心，疑作於遭齊王冏誣枉後。姑繫之是年。俞《譜》繫於元康三年，並考證陸機、左思、張華、張載等《招隱詩》並作於是年，或非。

又作《贈弟士龍》（友生有離聚）。詩作時間不可考，然詩有『卒然當遠別』之句，考二陸入洛，遠別有兩次，一次是士衡任淮南吴王郎中令，離洛赴淮南；一次是士衡任平原内史，雲任清河内史。因淮南屬吴地，離洛而適故土，雖有離別之情，而無悲悼之懷。後次離別則情境迥異。是年，二陸因牽於趙王倫簒逆之事而入獄，九死一生，終得生還。而次年，兄弟又將分赴兩地，劫後餘生，適遭別離，將別有一番情懷。故悲悼傷感之情如此深厚，當作於是年。故繫於此年。

又作《七羡》，佚。陸雲《與兄平原書》第九書曰：『雲再拜：往曾以兄《七羡》「回煩手而沉哀」，結上兩句爲孤，今更視定……《喜霽》「俯順習坎，仰熾重離」，此下重得如此語爲佳，思不得其韻。願兄爲益之。』此信所言之《喜霽賦》，乃作於永寧二年夏六月或稍後，而此信又有『往曾以兄《七羡》』之句，説明《七羡》作於《喜霽賦》之前許久，具體時間不可考，姑繫是年。

又俞《譜》認爲：『春，陸雲爲清河内史，赴任，二陸分別，陸機作《豫章行》感別。』從詩的内容看，確係抒寫兄弟離別之情，而且作於陸機晚年，或與上詩《贈弟士龍》所作時間差近。姑繫是年。

又俞《譜》繫《演連珠》五十首於此年。並考之曰：『《演連珠》爲機黄門郎時諷喻諍諫之作。理由如下：首先，陸機之前的連珠文，多爲受詔或諷喻之作。……機《演連珠》五十首中主要談論爲君之道，皆以「臣聞」開頭，而此時機在皇帝左右，黄門郎有備顧問、諫誠之職，機《演連珠》很可能爲受詔或進獻之作。其次，機所論諸事，與永寧時政治情形最合。《晉書・趙王倫傳》云，此時倫之謀臣孫秀「威權振於朝廷，……既執機衡，多殺忠良，以呈私欲。……於是京邑君子不樂其生矣」，而其黨「皆登卿將，並列大封」。機《演連珠》其二十三指出改朝换代的人才困境，與此時社會情境合。又據《晉書・趙王倫傳》及上引潘尼《乘輿箴》知此時的政治問題在於孫秀專權和以濫賞收買人心。關於謀臣專政，《演連珠》其二、五、十三分别從君受蔽壅、俊乂難申、國家危害等角度指出謀臣專政的危害。關於濫賞，《演連珠》也多有論述。如其八、十二、二十八，機謂俊乂不求賞、童昏賞無用，從而諫止濫賞。第三，機對退隱問題的關注，與此時退隱人士增多以及由此而引發機對此問題的思考有關。其《演連珠》第三、四、七、十一、十四、三十一、三十二、四十四、四十八等都與此問題有關。第四，機對清談的認識與元康末以來清談發展的情况合。正始玄談自太康其復蘇，至元康末進入復興期，由於時人對清談之士的看重，特别是王戎、王衍、樂廣等社會地位甚高者，既爲清談之士，對清談人士奬掖有加，又相繼統領選拔人才的尚書省，所以後進之士景慕仿效。一些人終日清談荒廢政務；一些人以行爲放蕩爲放達。因而出現了王衍「貴無」與裴頠「崇有」「辨才」的争論。陸機的看法與裴頠相似，亦或受其影響。第五，機喜用譬喻以達其旨的連珠體向趙王倫進言，很可能考慮到上疏對象的喜好和接受情况。《晉書·趙王倫傳》云「倫無學，不知書」，故機取譬言説君道，以期倫更好地接受？』（節編）俞《譜》所考，可備一説。

又俞《譜》繫陸機《挽歌詩》《塘上行》《倢（婕）好怨》於是年，近是。陸機《挽歌》詩有《挽歌辭》《士庶挽歌辭》《王侯挽歌辭》《挽歌辭》等數種，所表達情感有細微區别，所作時間皆不可考，但作於晚年殆無疑問。《塘上行》言其遭逢風雲際會，而入宫見寵，然因歲月流逝，年老色衰而見棄，最後只惟願免遭讒言，終其暮年。詩人藉宫怨而抒寫君臣遇合，别有情感寄託。創作時間無考，從詩境看，或作於詩人進退失據之時，比《園葵詩》稍前。《倢（婕）好怨》詩作時間不可考，然秋扇見捐之感觸，或折射詩人人生之際遇，蓋於《塘上行》所作時間差近，爲入洛之後期。

又俞《譜》繫陸機《齊謳行》《長歌行》《月重輪行》《日重光行》於是年。《齊謳行》當作於平原内史任上，見下文所考。《長歌行》以寸陰、尺波、矢弦爲喻，將時光之流轉，寫得驚心動魄，故詩人汲汲功名之情也就顯得十分濃郁。《月重輪行》由月之盈虧，感悟盛年難在，吉凶倚伏。然詩人始終無法忘情功名，希望名揚天下，譽美青史。可大才難得，嘉運已過，俯仰之間，暮年將至，徒留慷慨悲歎，與《日重光行》旨意相近。此二首詩創作時間無考，當作於入洛之後，功名未顯達之時，似與這一時期詩人的經歷、心境不甚吻合。僅録以備考。

又俞《譜》繫機《秋胡行》於是年，或非。此詩所作時間不可考。

晉惠帝太安元年壬戌（三〇二）　機四十二歲，雲四十一歲

三月，皇太孫尚薨，秘書監摯虞作《議爲皇太孫服》。《晉書・禮志中》：『惠帝太安元年三月，皇太孫尚薨。有司奏，御服齊衰期，詔下通議。……秘書監摯虞云：「太子初生，舉以成人之禮，則殤理除矣。太孫亦體君傳重，由位成而服，全非以年也。天子無服殤之義，絶期故也。」於是從之。』摯虞遷秘書監當在作此文之前。

五月，梁王肜薨。劉寔（二二〇—三一〇）爲太傅，齊王冏爲太師，東海王越（？—三一一）爲司空。《晉書・惠帝紀》：『五月乙酉，侍中、太宰、領司徒、梁王肜薨。以右光禄大夫劉寔爲太傅。……癸卯，以清河王遐子覃爲皇太子，賜孤寡帛，大酺五日。以齊王冏爲太師，東海王越爲司空。』

十二月，長沙王乂（二七七—三〇四）攻殺冏，改元太安。《晉書・惠帝紀》：『十二月丁卯，河間王顒表齊王冏窺伺神器，有無君之心，與成都王穎、新野王歆、范陽王虓同會洛陽，請廢冏還第。長沙王乂奉乘輿屯南止車門，攻冏，殺之，幽其諸子于金墉城，廢冏弟北海王寔。大赦，改元。以長沙王乂爲太尉、都督中外諸軍事。封東萊王蕤子炤爲齊王。』

江統遷廷尉正，作《正刑論》（文佚）。《北堂書鈔》卷五十五引王隱《晉書》，江統爲廷尉正，作《正刑論》。故繫之是年。

陸機拜平原内史，作《謝平原内史表》；雲拜清河内史。《三國志・吴・陸抗傳》裴注引《機雲别傳》：『于時朝廷多故，機雲並自結於成都王穎，穎用機爲平原相，雲爲清河内史。尋轉雲右司馬，甚見委仗。』據《晉書・惠帝紀》：是年十二月誅冏，改元。表雲爲清河内史、轉大

將軍右司馬，機拜平原内史，當均在是年。機《謝平原内史表》當作于到官任上。在是年末，或稍後。

機作《感丘賦》。

【考辨】

此賦具體寫作時間雖難確考，然從此賦所描述背京室、泛西川，沿黄河之曲湄的行進方向看，是沿着由西向東北方向行進的路綫。稽之史料，陸機由西向東北行進，唯有由洛陽赴任平原内史一次。因平原古屬齊地，在洛陽東北，故曰『背京室』；黄河在洛轉向，故曰『曲湄』。由洛陽赴平原恰是沿着黄河入齊之路綫。陸機任平原内史在齊王冏被誅後，冏被誅於太安元年，是月九日詔授機平原内史，此賦則是作於機赴任途中。此賦所寫『伊人生之寄世，猶水草乎山河』之蒼凉心境，蓋産生於陸機遭受誣枉、九死一生的特殊境遇。故繫是年。俞《譜》繫於永康元年，謂與張華被殺有關，或非。

又作《愍思賦》《姊誄》。

【考辨】

姜《譜》認爲機之《愍思賦》與雲《歲暮賦》其内容全相合。『疑兄弟同得家報於歲晚之時，而同作也。』所言極是。俞《譜》繫於元康六年，誤。

此賦之序：『予屢抱孔懷之痛，而奄復喪同生姊，銜恤哀傷，一載之間，而喪制便過，故作此賦，以紓慘惻之感。』可知『愍思』乃傷悼其姊早逝之悲思也。又陸雲《歲暮賦》序曰：『余祇役京邑，載離永久。永寧二年春，忝寵北郡，其夏又轉大將軍右司馬于鄴都。自去故鄉，荏苒六年。惟姑與姊，仍見背棄。銜痛萬里，哀恩傷毒。』明確説《歲暮賦》作於永寧二年。而是年，其姑與姊相繼去世，機賦悼姐早逝，亦當作於是年。『愍思』，痛苦之思也；『喪制便過』，蓋因其姑喪於前，其姊亡於後。時序遷轉，衰年將至，而伯姊已逝，更增加生命短促之感。故《姊誄》亦當作於是年，或稍前。

又作《祖德賦》《述先賦》。

【考辨】

李《史》繫二賦於天紀四年吴亡之時，並曰：『又文集有《祖德賦》《述先賦》，當亦《辨亡論》同時。』俞《譜》認爲《述先賦》作於永寧元年，並曰：『機《述先賦》美其父陸抗圍取降北西陵督步闡事。』當於《祠堂頌》《祠堂贊》爲同時之作。

此賦乃讚美其祖陸遜之功德。賦作時間史籍無載，當與陸雲《與兄平原書》第六書所言之《二祖頌》（已佚）作於同時。考陸雲《與兄平原書》第六書：『《二祖頌》甚爲高偉。……《歲暮賦》甚欲成之，而不可自用，得此百數字，今送。』《祖德》《述先》二賦内容當與《二祖頌》（今佚）近似，所作時間亦當較近，而《二祖頌》又與陸雲《歲暮賦》作於同年，《歲暮賦》作於是年，故機之此二賦亦當作於是年。

又俞《譜》繫《浮雲賦》《白雲賦》於是年。此二賦所作時間不可考，録以備考。

又作《擬今日良宴會》。此詩所作時間不可考，然詩所言之『迎風館』在鄴，或非泛指。據何焯《義門讀書記》卷四十九所考機之行迹，唯太安二年機任平原内史前隨成都王在鄴下魏郡，此詩或作於此時。姑繫是年。

又作《猛虎行》。

【考辨】

吴淇《六朝選詩定論》卷十推測此詩可能作於受知於成都王穎之後，即永寧二年前後。俞《譜》繫于永寧元年，並曰：『陸機在詩中呈現出兩種出處觀和道德觀：一種是「渴不飲盗泉水，熱不息惡木陰」。惡木豈無枝，志士多苦心」的志士型，即下文所謂「急弦無懦響」；一種是「飢食猛虎窟，寒棲野雀林」與虎雀同棲而實能保持節操型，即下文所謂「亮節難爲音」。陸機云「人生誠未易」，「日歸功未建，時往歲載陰」，故選擇保持「耿介懷」而息於惡木陰，因而云「俯仰愧古今」。「古」，或即指孔子「天下有道則見，無道則隱」之出處觀；「今」或即如賀循之選擇（即不受職而歸鄉）。考陸機宦歷，受職於篡位後的趙王倫，與「飲盗泉水」「息惡木陰」之喻最合，陸機設法避免撰禪文，亦表明了這一點；又賀循爲陸機舉薦，陸雲《與楊彦明書》曾對賀循之歸有所評論，機此詩或亦與賀循的出處有關。』所言近是。

又作《齊謳行》。吴淇《六朝選詩定論》認爲此詩是入洛後作。若然，則可能作於平原内史任上。因平原古屬齊地，當入齊而作《齊謳行》。故繫是年。

又作《泰山吟》。此詩所作時間無考，然泰山在魯，與古齊地平原不遠，或是士衡做平原内史時游泰山而作。故繫是年。

又作《豪士賦》。

【考辨】

此賦李善注：『臧榮緒《晉書》曰：機惡齊王冏矜功自伐，受爵不讓，及齊亡，作《豪士賦》。……機猶假美號以名賦也。』李周翰注：『豪士，謂智勇人也。機惡見齊王冏自矜其功，有篡位之心，因此賦以諷之，終不寤矣。』善與翰注異：一曰作於齊王亡後，一曰作於齊王生前。翰注與《晉書·陸機傳》同。後人亦有同於《晉書》、翰注者，如王十朋《集注分類東坡先生詩》卷二《詠史》注。

李《史》、姜《譜》皆繫《豪士賦》於永寧元年。李曰：『按機集別有《丞相箴》與《豪士賦》，意俱主諷刺，或同時作也。』姜曰：『齊王冏既矜功自伐，受爵不讓，機惡之，作《豪士賦》以刺焉。』二人所言賦之背景是，而繫年非。《晉書·陸機傳》：『冏既矜功自伐，受爵不讓，機惡之，作《豪士賦》以刺焉。……冏不之悟，而竟以敗。』

其實《晉書》、翰注皆誤；李《史》、姜《譜》亦誤。考《晉書·趙王倫傳》，倫於永寧元年正月篡位，三月，諸王起兵討倫，四月倫被誅。齊王冏因誅趙王倫功大，『拜大司馬，加九錫之命』。又據《晉書·陸機傳》，倫被誅，『齊王冏以機職在中書，九錫文及禪詔疑機與焉，遂收機等九人付廷尉，賴成都王穎、吴王晏並救理之。』可知，齊王冏攝政時，機交惡於冏，處境危艱，自保尚難，遑論諫之！觀機《謝平原内史表》則可知矣。從賦中所言『名編凶頑』『身厭荼毒』『自隕』『禍至』云云，亦知當作於司馬冏被誅之後，故以善説爲是。考《晉書·惠帝紀》及冏本傳，冏誅於太安元年十二月，此賦當作於是時或稍後。斷不可能作於齊王冏生前，即永寧元年。另《丞相箴》或比《豪士賦》稍早，當在永康元年。前者在於諫誡趙王倫，後者在於諷鑒齊王冏。

又作《平復帖》。

【考辨】

關於此帖創作時間，宋《宣和書譜》卷十四曰：『機自歸晉，閉門十年，篤志儒學，無所不窺，書特其餘事也。官至平原内史。今御府所藏二：章草《平復帖》，行書《望想帖》。』〔一〕推其意，則創作於吴亡後，陸機屏居華亭時期。俞《譜》將此帖繫於太康二年，並曰：『陸雲《與陸典書書》……第四書或亦作於此間（太子舍人任上），該書云：「每念彦先，情兼剥裂，年盛志美，令姿可惜。舉言及此不知心傷也。」揣書意，彦先當爲吴人卒於鄉里者，陸典書來信言及彦先卒事，故雲作是語。

〔一〕《宣和書譜》，文津閣《四庫全書》第八一五册，第二八二—二八三頁，商務印書館二〇〇六年版。

陸機《平復帖》云：「彥先羸瘵，恐難平復。往屬初病，慮不止此。」此「彥先」當即上引第四書中之「彥先」。從《平復帖》的内容看，陸機顯然離彥先近……陸雲離彥先遠，故在彥先逝後，每念之，「情兼剥裂」。此正符合太康中二陸行蹤。故繫於此。』

考其史料，上説或非。第一，此帖雖字迹難辨，意多難釋，謝光輝、徐學標據啓功所釋而重釋之曰：『彥先羸瘵，恐難平復。往屬初病，慮不止此，此已爲慶。承使□(唯)男，幸爲復失前憂耳。□(倀)子楊往初來至(或釋主)，吾不能盡。臨西復來，威儀詳跱，舉動成觀，自軀體之美也。思識量之邁前，執(勢)所恒有，宜□稱之。夏(或釋閔)□(伯)榮寇亂之際，聞問不悉。』[一]該文認爲，此帖晚出於陸機之死在三十年左右，非陸機所書。這一結論或可商榷。然從内容看，當是彥先罹疾，後康復，機作書而叙其事。雲『每念彥先』云云，乃因彥先病重而産生的痛惜之情，並非彥先逝世的悼念之情。雲《與楊彥明書》第四書曰：『彥先相説，疾患漸欲增廢，深爲怛然。行向衰，篤疾來應，百年之望，雖未必此爲疑，然親親所以相恤之一感耳。想勤服藥，行復向佳耳。』即指此事。『漸欲增廢』言其病重；『深爲怛然』言己憂痛；『想勤服藥，行復向佳』，則説明仍寄予康復的希望。考察現存史料均未有彥先逝世的記載。第二，彥先是顧榮字，榮是二陸姊夫，並與其同時入洛，時號『三俊』，故陸雲書有『親親所以相恤之一感』之語。顧榮永嘉六年卒，並非『卒於鄉里』。第三，彥先與楊彥明亦情感深篤，時有書信往來。《晉書·顧榮傳》曰：『與州里楊彥明書曰：「吾

[一] 謝光輝、徐學標《平復帖蠡議》，《中國書法》二〇〇六年第五期。

爲齊王主簿，恒慮禍，及見刀與繩，每欲自殺，但人不知耳。」』故雲《與楊彦明書》七首或叙述彦先來時良談歡樂，去時惆悵，或表達對彦先疾病的憂慮。第四，《與楊彦明書》雖非一時所作，但作於後期殆無疑問。其第二書曰『昔年少時，見五十公，去此甚遠，今日冉冉，已近之已。』可知雲書作於年過四十之後。雲於太安二年十月被殺，年四十二，由此可推知彦先患病當在太安一年或二年之間，機此帖亦當作於此期間。故繫是年。

晉惠帝太安二年癸亥（三〇三）　機四十三歲，雲四十二歲，被殺

八月，河間王顒、成都王穎舉兵討長沙王乂，帝以乂爲大都督帥軍禦之。《晉書·惠帝紀》：『秋七月，中書令卞粹、侍中馮蓀、河南尹李含等貳于長沙王乂，乂疑而害之。……八月，河間王顒、成都王穎舉兵討長沙王乂，帝以乂爲大都督，帥軍禦之。』

九月，張方縱暴都邑，左思舉家適冀州。《晉書·文苑傳》：『及張方縱暴都邑，（左思）舉家適冀州。數歲，以疾終。』另據《晉書·惠帝紀》：『（太安二年九月）張方入京城，燒清明、開陽二門，死者萬計。』張方縱暴都邑，蓋指此。故繫於是年。

葛洪避亂南方。洪見天下已亂，欲避亂南土，乃參廣州刺史嵇含軍事。含遇害，遂滯留南土。洪避亂于南，時間難以確考，劉《繫年》繫於是年，姑依之。

成都王穎假機後將軍、河北大都督，機作《至洛與成都王牋》。《晉書·陸機傳》：『太安初，穎與河間王顒起兵討長沙王乂，假機後將軍、河北大都督，督北中郎將王粹、冠軍牽秀等諸

軍二十餘萬人。……因與穎牋，詞甚凄惻。』其《至洛與成都王牋》，陸《繫年》認爲『當作於受命攻洛時』，然本傳則謂是機被收而作，今僅存殘簡，難以定論。

又作《鼓吹賦》。

【考辨】

俞《譜》繫此賦於元康四年太子洗馬任上，並曰：『機《鼓吹賦》與鼓吹樂有關。晉孫毓《東宮鼓吹議》云：「鼓吹者，蓋古之軍聲，振旅獻捷之樂也。施於時事不當，後因以爲制，用之期會，用之道路焉。所以顯德明功，振武和衆，求使後世無忘其章，率而合者也。……禮樂之教，義有所指，給鼓吹以備典章，出入陳作，因以陳作，用以移風易俗。」東宮出入必用鼓吹，爲威儀、禮樂之需。機此時爲太子洗馬，「出則直者前驅，導威儀」（《晉書·職官志》），當對鼓吹甚爲熟悉，又賦云「巡郊澤，戲野坰」、奏樂、詠詩，與陸機任職太子洗馬生活最合，故繫於此。』

在内容上，《鼓吹賦》的確描寫鼓吹樂，然而鼓吹或爲軍樂，或爲儀仗樂、或群臣宴飲樂。即使是軍樂，又有出征鼓吹與獻捷鼓吹之别。何以知其一定是東宮儀仗鼓吹？從賦之『騁逸氣而憤壯，繞煩手乎曲折。舒飄颻以遐洞，卷徘徊其如結……馬頓迹而增鳴，士嚬蹙而沾襟。若乃巡郊澤，戲野坰』等句看，似應是描寫軍樂而非儀仗之樂。此賦創作時間，當與陸雲《南征賦》同時，即太安二年十月。是年八月，成都王穎與河間王顒起兵討長沙王乂，假機後將軍、河北大都督，督北中郎將王粹、冠軍牽秀等諸軍二十余萬人而南征，雲作賦以美之。機作是賦，乃寓率軍南征而功在必得之意。機、雲二賦皆風格壯烈昂揚，與後期其他作品差别較大。然而，正是此次南征，兵敗被殺，此賦成爲陸機之絶筆。故繫之是年。

又作《飲馬長城窟行》。此詩所作時間無考，然詩突出將士壯心報國的情懷，與其他行役詩有别，似應是作於成都王穎假機爲後將軍，舉兵討長沙王乂時。具體時間在八月至十月之間，與詩中『冬來秋未反』亦吻合。故繫之是年。

此外，關於《擬古詩》編年及篇目尚存異議，附考如下。

【考辨】

姜《譜》推斷曰：『審其文意，皆就題發揮……蓋擬模實習之作，且詞意質直，情旨平弱，既有哀感，哀而不傷，不類壯歲以後飽經人事之作，疑入洛前構也。』毛慶認爲，『陸機在東吴滅亡後，退居舊里，關起門來勤奮學習了十年。這十年，在陸機的一生中是與世隔絶、相對安定的時期。過於平淡的生活使他寫不出什麽有真情實感的動人作品，但却使他能潛心鑽研寫作技巧，學習、揣摸前代的名文佳篇。如前所述，這是一個學習、鍛煉的階段，陸機寫了大量的摹擬作品，《擬古十四首》也産生於這個時候。』[一]蔣祖怡、韓泉欣在《中國歷代著名文學家評傳》中所撰『陸機』條，亦

[一] 毛慶《怎樣評價陸機的擬古詩》，《中州學刊》一九八七年第一期。

持相同的觀點。俞《譜》繫陸機《擬古詩》十四首於永康元年，並曰：『在陸機之前，《漢書·藝文志》未載《古詩》，亦未見有人提起或擬之者，所以，情況可能是《古詩》流傳不廣，但保存於西晉秘閣，陸機元康八年爲著作郎，潘尼於是年爲著作郎，故能讀秘閣所藏之古詩。陸機與《古詩》中怨別思鄉、親朋聚散、人生倏忽、懷才不遇之感産生極大的共鳴，因而擬而作之，在其中注入一己之情懷。』

機《擬古詩》所擬之意多與古詩（即《文選·古詩十九首》）相近：一是遠遊思鄉，如《擬行行重行行》《擬涉江采芙蓉》；二是遊宦之悲，如《擬明月何皎皎》《擬蘭若生朝陽》《擬東城一何高》；三是功名追求，如《擬今日良宴會》《擬青青陵上柏》；四是懷人念遠，如《擬青青河畔草》《擬西北有高樓》《擬庭中有奇樹》。另有《擬明月皎夜光》批評友人不可援契，《擬迢迢牽牛星》歌頌牽牛織女之愛。具體創作時間不可考，從内容看，當非一時一地之作。然從抒寫的情感心理、描繪的地域風情來看，基本可以判斷爲入洛之後所作。其中《擬今日良宴會》有『閑夜命歡友，置酒迎風館』之句，據何焯《讀書記》卷四十九所考機之行迹，唯太安二年機任平原内史前隨成都王在鄴下魏郡，此詩或作於此時。其餘皆不可考，諸家之説皆爲推斷之詞，缺少文獻依據，録以備考。

關於陸機《擬古詩》篇目，鍾嶸《詩品》卷上謂『陸機所擬十四首』；《文選》卷三十選録十二首。吴汝綸《古詩鈔》對此有所揭示。他説：『陸士衡所擬今可見者十二首，鍾記室云「十四首」，蓋二篇亡佚矣。舊傳爲枚乘作者，殆此諸篇。《玉臺》所録枚乘《雜詩》九首皆在此，惟「今日良宴會」「青青陵上柏」「明月皎夜光」三首，以非玉臺體，徐陵不録，而李善據「遊戲宛與洛」與「驅車上東門」，辨其非盡枚乘。知此三篇舊亦必云乘作。陸所擬亡二篇，其一篇必「驅車上東門」矣。餘一篇不可考。』毛慶文、俞《譜》皆認爲是十四首。除了《文選》所録十二首外，《陸機集》卷五《遨遊出西城》擬《回車駕言邁》，卷七《駕言出北闕行》擬古詩《驅車上東門》。實際上，毛文、俞《譜》此説，均抄自許文雨《鍾嶸詩品講疏》。録以備考。

機兵敗被殺，時年四十三。二子蔚、夏亦同被害，唯機女幸免於難。《晉書・陸機傳》：『太安初，穎與河間王顒起兵討長沙王乂，假機後將軍、河北大都督，督北中郎將王粹、冠軍牽秀等諸軍二十餘萬人。機以三世爲將，道家所忌，又羈旅入宦，屯居群士之右，而王粹、牽秀等皆有怨心，固辭都督。穎不許。機鄉人孫惠亦勸機讓都督于粹，機曰：「將謂吾爲首鼠避賊，適所以速禍也。」遂行。穎謂機曰：「若功成事定，當爵爲郡公，位以台司，將軍勉之矣！」機曰：「昔齊桓任夷吾以建九合之功，燕惠疑樂毅以失垂成之業，今日之事，在公不在機也。」穎左長史盧志心害機寵，言於穎曰：「陸機自比管、樂，擬君暗主，自古命將遣師，未有臣陵其君而可以濟事者也。」穎默然。機始臨戎，而牙旗折，意甚惡之。列軍自朝歌至於河橋，鼓聲聞數百里，漢魏以來，出師之盛，未嘗有也。長沙王乂奉天子與機戰於鹿苑，機軍大敗，赴七里澗而死者如積焉，水爲之不流，將軍賈棱皆死之。初，宦人孟玖弟超並爲穎所嬖寵。超領萬人爲小都督，未戰，縱兵大掠。機録其主者。超將鐵騎百餘人，直入機麾下奪之，顧謂機曰：「貉奴，能作督不！」機司馬孫拯勸機殺之，機不能用。超宣言於衆曰：「陸機將反。」又還書與玖言機持兩端，軍不速決。及戰，超不受機節度，輕兵獨進而没。玖疑機殺之，遂譖機於穎，言其有異志。將軍王闡、郝昌、公師籓等皆玖所用，與牽秀等共證之。穎大怒，使秀密收機。其夕，機夢黑幰繞車，手決不開，天明而秀兵至。機釋戎服，著白帢，與秀相見，神色自若，謂秀曰：「自吴朝傾覆，吾兄弟宗族蒙國重恩，入侍帷幄，出剖符竹。成都命吾以重任，辭不獲已。今日受誅，豈非命也！」因與穎牋，詞甚淒惻。既而歎曰：「華亭鶴唳，豈可復聞乎！」遂遇害於軍中，時年四十三。二子蔚、夏亦同被害。機既死非其罪，士卒痛之，莫不流涕。是日昏霧晝合，大風折木，平地尺雪，議者以爲陸氏之冤。』又《晉書·惠帝紀》：『八月，河間王顒、成都王穎舉兵討長沙王乂，帝以乂爲大都督，帥軍禦之。……九月丁丑，帝次於河橋。……冬十月壬寅，帝旋於宮。石超焚緱氏，服御無遺。丁未，破牽秀、范陽王虓於東陽門外。戊申，破陸機於建春門，石超走，斬其大將賈崇等十六人，懸首銅駝街。』陸機被殺當在十月。又據《晉書·紀瞻傳》：『（瞻）少與陸機兄弟親善，及機被誅，瞻恤其家周至。及嫁機女，資送同於所生。』可知機女尚存。

機死後葬華亭。《大清一統志》卷五十八：『晉陸機墓，在華亭縣西北二十五里。』又杭世駿《三國志補注》卷六引《吴地記》曰：『華亭，蓋晉元侯陸遜宅，造池華麗，故名。有陸遜、陸機、陸瑁三墳，在東南二十五里橫山中。』

《晉書·陸機傳》：『所著文章凡三百餘篇，並行於世。』其文集、著述『前言』已考，不贅述。

陸雲、耽亦坐兄機被害。《晉書·陸耽傳》：『雲弟耽，爲平東祭酒，亦有清譽，與雲同遇害。大將軍參軍孫惠與淮南内史朱誕書曰：「不意三陸相携闇朝，一旦湮滅，道業淪喪，痛酷之深，荼毒難言。國喪俊望，悲豈一人！」其爲州里所痛悼如此。後東海王越討穎，移檄天下，亦以機、雲兄弟枉害罪狀穎云。』

一代俊彦，屈死於讒人之口、暴君之手，欲聞華亭鶴唳而不得，不亦悲乎！

二、陸士衡傳記資料

王隱《晉書》

陸機字士衡，吴郡人也。少襲父（『襲父』二字，據《通典》卷二十九補）爲牙門將軍。（《文選》卷十六《歎逝賦》注）

吴平，太傅楊駿辟機爲祭酒，轉太子洗馬。（同上）

後成都王穎以機爲司馬，參大將軍軍事。（同上）

遂爲穎所害，臨刑年四十有三。（同上）

陸機爲郎中令。吴王晏出鎮淮南，以機有文學，遷尚書中兵郎，轉殿中郎。（《北堂書鈔》卷六

十《尚書諸曹郎》）

陸機以文學轉中書。（《北堂書鈔》卷五十七《中書侍郎》）

陸士衡以文學爲秘書監虞濬所請，爲著作郎，議《晉書》限斷。（《太平御覽》卷二百三十四《職官部三十二》）

成都王穎討長沙王乂，使陸爲都督前鋒諸軍事。（《世説新語》卷下之下《尤悔》注引）

陸雲字士龍，少與兄機齊名，號曰『二陸』。爲吴王郎中令，出宰浚儀，有惠政。機被收，並收雲。（《文選》卷二十《大將軍宴會被命作詩一首》注）

馬咸爲成都王前鋒，與陸機同起兵討長沙王。軍司馬王胡率衆討咸於市，馬咸牢不動，胡乃領數十騎，下馬持戟刺咸，咸馬驚，奔潰遂敗。（《北堂書鈔》卷一百二十四《武功部》）

臧荣绪《晉書》

機字士衡，吴郡人。祖遜，吴丞相。父抗，吴大司馬。機少襲領父兵，爲牙門將軍，年二十而吴滅，退臨舊里，與弟雲勤學，積十一年。機譽流京華，聲溢四表，被徵爲太子洗馬，與弟雲俱入（一作居）洛，司徒張華素重其名，舊相識，以文華呈（一作録呈），天才綺練，當時獨絶，新聲妙句，係（一作繼）蹤張、蔡。機妙解情理，心識文體，故作《文賦》。（《文選》卷十七《文賦》注）

太熙末，太傅楊駿辟機爲祭酒。（《文選》卷二十四《爲賈謐作贈陸機一首》注）

楊駿議（按：據《晉書》機本傳，『議』當是『誅』字之誤），徵機爲太子洗馬。（《文選》卷二十四《贈馮文熊遷斥丘令》注）

吴王出鎮淮南，以機爲郎中令。遷尚書郎中，繼轉殿中郎，又爲著作郎。（《文選》卷三十七《答賈長淵一首》注）

機爲尚書中兵郎。（同上）

趙王倫篡位，遷帝於金墉城。後諸王共誅倫，復帝位。齊王冏譖機爲倫作禪文，賴成都王穎救之，免死。（《文選》卷二十九《園葵詩一首》注）

機惡齊王冏矜功自伐，受爵不讓，及齊亡，作《豪士賦》。（《文選》卷四十六《豪士賦序》注）

成都王表理機，起爲平原内史，到官上表謝恩。（《文選》卷三十七《謝平原内史表》注）

《機雲别傳》

晉太康末，俱入洛，造司空張華，華一見而奇之，曰：『伐吴之後，利在獲二儁。』遂爲之延譽，薦之諸公。太傅楊駿辟機爲祭酒，轉太子洗馬、尚書著作郎。雲爲吴王郎中令，出宰浚儀，甚有惠政，吏民懷之，生爲立祠。後並歷顯位。機天才綺練，文藻之美，獨冠於時。雲亦善屬文，清新不及機，而口辯持論過之。于時朝廷多故，機、雲並自結於成都王穎。穎用機爲平原相，雲清河内史。尋轉雲右司馬，甚見委仗。無幾而與長沙王搆隙，遂舉兵攻洛，以機行後將軍，督王粹、牽秀等諸軍二十萬。士龍著《南征賦》以美其事。機吴人，羈旅單宦，頓居羣士之右，多不厭服。機屢戰失利，死散過半。初，宦人孟玖，穎所嬖幸，乘寵豫權，雲數言其短，穎不能納，玖又從而毁之。是役也，玖弟超亦領衆配機，不奉軍令。機繩之以法，超宣言曰陸機將反。及牽秀等譖機於穎，以爲持兩端，玖又搆之於内，穎信之，遣收機，并收雲及弟耽，並伏法。機兄弟既江南之秀，亦著名諸夏，並以無罪夷滅，天下痛惜之。機文章爲世所重，雲所著亦傳於世。初，抗之克步闡也，誅及嬰孩，識道者尤之曰：『後世必受其殃！』及機之誅，三族無遺，孫惠與朱誕書曰：『馬援擇君，凡人所聞，不意三陸相携暴朝，殺身傷名，可爲悼歎。』（《三國志·吴志》卷十三《陸遜傳》裴松之注）

孟玖欺成都王穎曰：『陸機司馬孫承備知機情，可考驗也。』穎於是收承父子五人，考掠備加，髁骨皆脱出，終不誣機。（《太平御覽》卷三百七十二《人事部》十三）

葛洪《抱朴子》

陸平原作子書未成，吾門生有在陸君軍中，常在左右，説陸君臨亡曰：『窮通，時也。遭遇，命也。古人貴立言，以爲不朽，吾所作子書未成，以此爲恨耳。』余謂仲長統作《昌言》，未竟而亡，後董襲撰次之。桓譚《新論》未備而終，班固謂其成。琴道今才士，何不贊成陸公子書？（《太平御覽》卷六百零二《文部》十八）

余見二陸之文百卷許，似未盡也。方之他人，若江漢與潢污也。嵇生云：每讀二陸之文，未嘗不廢卷而歎，恐其卷盡也。《陸子》十篇，誠謂快書，其辭富者，雖精思不可損也；其理約者，雖鴻筆不可益也。觀此二人，豈徒儒雅之士，文章之人也！（《意林》卷四）

陸君深識文章放蕩，不作虛誕之言，非不能也。陸君之文猶玄圃積玉，無非夜光。却後數百年，若有幹迹如二陸，猶比肩也，不謂疎矣。（同上）

卢綝《晉八王故事》

陸機爲成都王所誅，顧左右而嘆曰：『今日欲聞華亭鶴唳，不可復得。』華亭，吴由拳縣郊外之野，機素遊之所。（《藝文類聚》卷九十《鳥部》一）

『華亭，吴由拳縣郊外墅也，有清泉茂林。吴平後，陸機兄弟共遊於此十餘年。』（《世説新語》卷下之下《尤悔》第三十三）

《晉起居注》

成都王討長沙王，使陸機都督三十七萬衆，圍洛陽四匝，夜鼓噪，京師屋瓦皆裂。（《太平御覽》卷七百六十七）

裴啓《語林》

陸士衡在洛，夏月忽思竹篠飲，語劉實曰：『吾鄉曲之思轉深，今欲東歸，恐無復相見理。』（《北堂書鈔》卷一百四十四《酒食部·飲篇》六）

陸士衡爲河北督兵，已被間搆，内懷憂懣，聞衆軍警角，謂其司馬孫拯曰：『我今聞此，不如華亭鶴鳴。』（《北堂書鈔》卷一百二十一《武功部·角》二十九）

陸機在坐，潘安仁至，陸便起去。安仁曰：『清風至，塵飛扬。』陸應聲答曰：『衆鳥集，鳳凰翔。』（《天中記》卷二十六《排調》）

機爲河北都督，聞警角之聲，謂孫丞曰：『聞此，不如華亭鹤唳。』故臨刑而有此嘆。（《世説新語》卷下之下《尤悔》第三十三）

劉義慶《世説新語》（附劉孝標注）

陸機詣王武子，武子前置數斛羊酪，指以示陸曰：『卿江東何以敵此？』陸云：『有千里蒓羹，但未下鹽豉耳。』（《世説新語》卷上之上《言語》第二）

《晉陽秋》曰：機字士衡，吴郡人。祖遜，吴丞相。父抗，大司馬。機與弟雲並有儁才，司空張華見而説之，曰：『平吴之利，在獲二儁。』（同上注引）

《機別傳》曰：博學，善屬文，非禮不動。入晉，仕著作郎，至平原内史。（同上注引）

孫興公云：潘文爛若披錦，無處不善。陸文若排沙簡金，往往見寶。（《世説新語》卷上之下《文學》第四）

《文章傳》曰：機善屬文，司空張華見其文章，篇篇稱善，猶譏其作文太治，謂曰：『人之作文，患於不才，至子爲文，乃患才多也。』（同上注引）

孫興公云：潘文淺而浄，陸文深而蕪。（同上注引）

盧志於衆坐問陸士衡：『陸遜、陸抗是君何物？』答曰『如卿於盧毓、盧珽。』士龍失色，既出户，謂兄曰：『何至如此？彼容不相知也。』士衡正色曰：『我父祖名播海内，寧有不知！鬼子敢爾！』議者疑二陸優劣，謝公以此定之。（《世説新語》卷中之上《方正》第五）

張華見褚陶，語陸平原曰：『君兄弟龍躍雲津，顧彦先鳳鳴朝陽。謂東南之寶已盡，不意復見褚生。』陸曰：『公未覩不鳴不躍者耳。』（《世説新語》卷中之上《賞譽》第八）

《褚氏家傳》曰：『司空張華與陶書曰：「二陸龍躍於江漢，彦先鳳鳴於朝陽，自此以來，常恐南金已盡，而復得之於吾子，故知延州之德不孤，淵岱之寶不匱。」』（同上注引）

有問秀才吴舊姓何如，答曰：『吴府君聖王之老成，明時之儁乂；朱永長理物之至德，清選之高望；嚴仲弼九皋之鳴鶴，空谷之白駒；顧彦先八音之琴瑟，五色之龍章；張威伯歲寒之茂松，幽夜之逸光；陸士衡、士龍鴻鵠之裵徊，懸鼓之待槌。凡此諸君，以洪筆爲鉏耒，以紙札爲良田，以玄默爲稼穡，以義理爲豐年，以談論爲英華，以忠恕爲珍寶，著文章爲錦繡，藴五經爲繒帛，坐謙虚爲席薦，張義讓爲帷幙，行仁義爲室宇，修道德爲廣宅。』（《世説新語》卷中之上《賞譽》第八）

蔡司徒在洛，見陸機兄弟住參佐廨中，三間瓦屋，士龍住東頭，士衡住西頭。士龍爲人，文弱可愛。士衡長七尺餘，聲作鐘聲，言多忼慨。（《世説新語》卷中之下《賞譽》第八）

雲性弘静，怡怡然爲士友所宗。機清厲有風格，爲鄉黨所憚。（《世説新語》卷中之下《賞譽》第八）

周處年少時，兇彊俠氣，爲鄉里所患。又義興水中有蛟，山中有邅迹虎，並皆暴犯百姓，義興人謂爲三横，而處尤劇。或説處殺虎斬蛟，實冀三横惟餘其一。處即刺殺虎，又入水擊蛟，蛟或浮或没，行數十里，處與之俱。經三日三夜，鄉里皆謂已死，更相慶。竟殺蛟而出，聞里人相慶，始知爲人情所患，有自改意，乃自吴尋二陸。平原不在，正見清河，具以情告，并云：『欲自修改，而年已蹉跎，終無所成。』清河曰：『古人貴朝聞夕死，况君前途尚可，且人患志之不立，亦何憂令名不彰耶！』處遂改勵，終爲忠臣孝子。（《世説新語》卷下之上《自新》第十五）

陸士衡初入洛，咨張公所宜詣，劉道真是其一。陸既往，劉尚在哀制中，性嗜酒，禮畢，初無他言，惟問：『東吴有長柄壺盧，卿得種來不？』陸兄弟殊失望，乃悔往。（《世説新語》卷下之上《簡傲》第二十四）

陸平原河橋敗，爲盧志所讒被誅，臨刑歎曰：『欲聞華亭鶴唳，可復得乎！』（《世説新語》卷下之下《尤悔》第三十三）

干寶《晉紀》：初陸抗誅步闡，百口皆盡，有識尤之。及機、雲見害，三族無遺。（《世説新語》卷下之下《尤悔》第三十三）

成都王長史盧志，與機弟雲趣舍不同，又黄門孟玖，求爲邯鄲令於穎，穎教付雲，雲時爲左司馬，曰：『刑餘之人，不可以君民。』玖聞此怨雲，與志讒構日至。及機於七里澗大敗，玖誣機謀反所致，穎乃使牽秀斬機。先是，夕夢黑幔繞車，手決不開，惡之。明旦，秀兵奄至。機索戎服，著衣帢，見秀，容貌自若，遂見害。時年四十三。軍士莫不流涕。是日，天地霧合，大風折木，平地尺雪。（《世説新語》卷下之下《尤悔》第三十三）

郭季産《述異記》

陸機少時，頗好獵，在吴，豪客獻快犬，名曰黄耳。機後仕洛，常將自隨。此犬黠慧，能解人語。又嘗借人三百里外，犬識路自還，一日至家。機羇旅京師，久無家問，因戲語犬曰：『我家絶無書信，汝能賫書馳取消息不？』犬摇尾作聲應之。機試爲書，盛以竹筒，繫之犬頸。犬出驛路，走向吴，飢則入草，噬肉取飽，每經大水，輒依渡者，弭毛掉尾向之，其人憐愛，因呼上船，裁近岸，犬即騰上速去。先到機家，口銜筒作聲示之。機家開筒取書，看畢，犬又伺人作聲，如有所求。其家作答書，内筒，復繫犬頸。犬既得答，仍馳還洛。計人行程五旬，犬往還裁半月。後犬死，殯之，遣送還葬機村，去機家二百步，聚土爲墳，村人呼爲黄耳冢。（《藝文類聚》卷

九十四《獸部中》

酈道元《水經注》

自樂里道屈而東出陽渠，昔陸機爲成都王穎入洛，敗北而返，水南即馬市。舊洛陽有三市，斯其一也，亦嵇叔夜爲司馬昭所害處也。（《水經注》卷十六《谷水》）

其水又東，左合七里澗。《晉後略》曰：『成都王穎使吴人陸機爲前鋒都督伐京師，輕進爲洛軍所乘，大敗于鹿苑，人相登躡，死于塹中及七里澗，澗爲之滿。』即是澗也。澗有石梁，即旅人橋也。（同上）

（尸乡）其澤野負原夾郭，多墳隴焉，即陸士衡會王輔嗣處也。袁氏《王陸詩》序：機初入洛，次河南之偃師，時忽結陰，望道左若民居者，因往逗宿，見一少年，姿神端遠，與機言玄，機服其能，而無以酬折，前致一辯。機題緯古今，綜檢名實，此少年不甚欣解。將曉去，税駕逆旅，嫗曰：『君何宿而來？自東數十里無村落，止有山陽王家墓。』機乃怪悵，還睇昨路，空野霾雲，攢木蔽日，知所遇者審王弼也。此山即祝雞翁之故居也。（同上）

崔鴻《三十國春秋》

成都王穎禦長沙王乂於建春門，陸機敗遁走，穎誅機及弟雲，夷三族。機吴人，而在寵族之上，人多惡之。成都王穎人孟玖素不快於雲，及機建門之敗，機衆多喪，牽秀譖之於穎，言機持兩端，孟玖復構之於内，使牽秀斬機。初，機之專征，請孫拯爲後軍司馬，至是收拯，下獄拷捶數百，兩髁骨見，終言機寃。吏知拯義烈，謂拯曰：『二陸之死，誰不知枉，君何不愛身？』拯仰天曰：『陸君兄弟，世之奇士，有顧於吾，吾危不能濟，死復相誣，非吾徒也。』乃夷三族。拯門人費慈自詣穎，明拯之寃。拯喻之曰：『吾唯不負二陸，死自吾分，卿何爲爾耶？』慈曰：『僕又安負君而求生乎！』固明拯寃，玖又疾之，亦并見害。（《太平御覽》卷四百二十《文部》十八）

李延壽等《南史》

顧覬之，字偉仁，吴郡吴人也。高祖謙，字公讓，晉平原内史陸機姊夫。（《南史》卷三十五《顧覬之傳》）

房玄齡等《晉書》

陸機字士衡，吴郡人也。祖遜，吴丞相。父抗，吴大司馬。機身長七尺，其聲如鐘。少有異才，文章冠世，伏膺儒術，非禮不動。抗卒，領父兵爲牙門將。年二十而吴滅，退居舊里，閉門勤學，積有十年。以孫氏在吴，而祖父世爲將相，有大勳於江表，深慨孫皓舉而棄之，乃論權所以得，皓所以亡，又欲述其祖父功業，遂作《辯亡論》二篇。（文略）

至太康末，與弟雲俱入洛，造太常張華。華素重其名，如舊相識，曰：『伐吴之役，利獲二俊。』又嘗詣侍中王濟，濟指羊酪謂機曰：『卿吴中何以敵此？』答云：『千里蓴羹，未下鹽豉。』時人稱爲名對。張華薦之諸公。後太傅楊駿辟爲祭酒，會駿誅，累遷太子洗馬、著作郎。范陽盧志於衆中問機曰：『陸遜、陸抗於君近遠？』機曰『如君於盧毓、盧珽。』志默然。既起，雲謂機曰：『殊邦遐遠，容不相悉，何至於此！』機曰：『我父祖名播四海，寧不知邪！』議者以此定二陸之優劣。

吴王晏出鎮淮南，以機爲郎中令，遷尚書中兵郎，轉殿中郎。趙王倫輔政，引爲相國參軍。豫誅賈謐功，賜爵關中侯。倫將篡位，以爲中書郎。倫之誅也，齊王冏以機職在中書，九錫文及禪詔疑機與焉，遂收機等九人付廷尉。賴成都王穎、吴王晏並救理之，得減死徙邊，遇赦而止。

初，機有駿犬，名曰黄耳，甚愛之。既而羈寓京師，久無家問，笑語犬曰：『我家絶無書信，汝能齎書取消息不？』犬摇尾作聲。機乃爲書以竹筩盛之而繫其頸，犬尋路南走，遂至其家，得報還洛。其後因以爲常。時中國多難，顧榮、戴若思等咸勸機還吴，機負其才望，而志匡世難，故不從。

冏既矜功自伐，受爵不讓，機惡之，作《豪士賦》以刺焉。冏不之悟，而竟以敗。

機又以聖王經國，義在封建，因採其遠指，著《五等論》。（文略）

時成都王穎推功不居，勞謙下士。機既感全濟之恩，又見朝廷屢有變難，謂穎必能康隆晉室，遂委身焉。穎以機參大將軍軍事，表爲平原内史。太安初，穎與河間王顒起兵討長沙王乂，假機後將軍、河北大都督，督北中郎將王粹、冠軍牽秀等諸軍二十餘萬人。機以三世爲將，道家所忌，又羈旅入宦，頓居羣士之右，而王粹、牽秀等皆有怨心，固辭都督。穎不許。機鄉人孫惠亦勸機讓都督於粹，機曰：『將謂吾爲首鼠避賊，適所以速禍也。』遂行。穎謂機曰：『若功成事定，當爵爲郡公，位以台司，將軍勉之矣！』機曰：『昔齊桓任夷吾以建九合之功，燕惠疑樂毅以失垂成之業，今日之事在公不在機也。』穎左長史盧志心害機寵，言於穎曰：『陸機自比管、樂，擬君闇主，自古命將遣師，未有臣陵其君而可以濟事者也。』穎默然。機始臨戎，而牙旗折，意甚惡之。列軍自朝歌至於河橋，鼓聲聞數百里，漢魏以來，出師之盛未嘗有也。長沙王乂奉天子與機戰於鹿苑，機軍大敗，赴七里澗而死者如積焉，水爲之不流，將軍賈稜皆死之。

初，宦人孟玖弟超並爲穎所嬖寵。超領萬人爲小都督，未戰，縱兵大掠。機録其主者。超將鐵騎百餘人，直入機麾下奪之，顧謂機曰：『貉奴，能作督不？』機司馬孫拯勸機殺之，機不能用。超宣言於衆曰：『陸機將反。』又還書與玖，言機持兩端，軍不速決。及戰，超不受機節度，輕兵獨進而没。玖疑機殺之，遂譖機於穎，言其有異志。將軍王闡、郝昌、公師藩等皆玖所用，與牽秀等共證之。穎大怒，使秀密收機。其夕，機夢黑幰繞車，手決不開，天明而秀兵至。機釋戎服，著白帢，與秀相見，神色自若，謂秀曰：『自吳朝傾覆，吾兄弟宗族蒙國重恩，入侍帷幄，出剖符竹。成都命吾以重任，辭不獲已。今日受誅，豈非命也！』因與穎牋，詞甚悽惻。既而歎曰：『華亭鶴唳，豈可復聞乎！』遂遇害於軍中，時年四十三。二子蔚、夏亦同被害。機既死非其罪，士卒痛之，莫不流涕。是日，昏霧晝合，大風折木，平地尺雪，議者以爲陸氏之冤。

機天才秀逸，辭藻宏麗，張華嘗謂之曰：『人之爲文，常恨才少，而子更患其多。』弟雲嘗與書曰：『君苗見兄文，輒欲燒其筆硯。』後葛洪著書稱『機文猶玄圃之積玉，無非夜光焉，五河之吐流，泉源如一焉。其弘麗妍贍，英鋭漂逸，亦一代之絶乎！』其爲人所推服如此。然好游權門，與賈謐親善，以進趣獲譏。所著文章，凡二百餘篇，並行於世。

制曰：古人云：『雖楚有才，晉實用之。』觀夫陸機、陸雲，寔荆衡之杞梓，挺珪璋於秀實，馳英華於早年，風鑒澄爽，神情俊邁。文藻宏麗，獨步當時；言論慷慨，冠乎終古。高詞迥映，如朗月之懸光；疊意迴舒，若重巖之積秀。千條析理，則電拆霜開；一緒連文，則珠流璧合。其詞深而雅，其義博而顯，故足遠超枚、馬，高躡王、劉。百代文宗，一人而已。然其祖考重光，羽楫吴運，文武奕葉，將相連華。而機以廊廟蘊才，瑚璉標器，宜其承俊乂之慶，奉佐時之業，申能展用，保譽流功。屬吴祚傾基，金陵畢氣，君移國滅，家喪臣遷。矯翮南辭，翻棲火樹，飛鱗此逝，卒委湯池。遂使穴碎雙龍，巢傾兩鳳。激浪之心未騁，遽骨修鱗；陵雲之意將騰，先灰勁翮。望其翔躍，焉可得哉！夫賢之立身，以功名爲本；士之居世，以富貴爲先。然則榮利人之所貪，禍辱人之所惡，故安居保名，則君子處焉；冒危履貴，則哲士去焉。是知蘭植中塗，必無經時之翠；桂生幽壑，終保彌年之丹。非蘭怨而桂親，豈塗害而壑利？而生滅有殊者，隱顯之勢異也。故曰，衒美非所，罕有常安；韜奇擇居，故能全性。觀機雲之行己也，智不逮言矣。覩其文章之誡，何知易而行難？自以智足安時，才堪佐命，庶保名位，無忝前基。不知世屬未通，運鍾方否，進不能闢昏匡亂，退不能屏迹全身，而奮力危邦，竭心庸主，忠抱實而不諒，謗緣虛而見疑，生在己而難長，死因人而易促。上蔡之犬，不誡於前；華亭之鶴，方悔於後。卒令覆宗絶祀，良可悲夫！然則三世爲將，釁鍾來葉；誅降不祥，殃及後昆。是知西陵結其凶端，河橋收其禍末，其天意也，豈人事乎！（《晉書》卷五十四《陸機傳》）

顒遣其將張方，穎遣其將陸機、牽秀、石超等來逼京師。乙丑，帝幸十三里橋，遣將軍皇甫商距方於宜陽。己巳，帝旋軍于宣武。庚午，舍于石樓。天中裂，無雲而雷。

冬十月壬寅，帝旋于宮。石超焚緱氏，服御無遺。丁未，破牽秀、范陽王虓于東陽門外。戊申，破陸機于建春門，石超走，斬其大將賈崇等十六人，懸首銅駝街。張方退屯十三里橋。（《晉書》卷四《惠帝紀》）

漢儀，季春上巳，官及百姓皆禊於東流水上，洗濯祓除去宿垢。而自魏以後，但用三日，不以上巳也。晉中朝公卿以下至于庶人，皆禊洛水之側。趙王倫篡位，三日會天泉池，誅張林。懷帝亦會天泉池，賦詩。陸機云：『天泉池南石溝引御溝水，池西積石爲禊堂。』本水流杯飲酒，亦不言曲水。元帝又詔罷三日弄具。海西於鍾山立流水（觴）曲水，延百僚，皆其事也。九

月九日，馬射。或説云：『秋，金之節，講武習射，象立秋之禮也。』（《晉書》卷二十一《禮制》下）

惠帝太安二年，成都王穎使陸機率衆向京都，擊長沙王乂，及軍始引而牙竿折，俄而戰敗，機被誅，穎遂奔潰，卒賜死。此姦謀之罰，木不曲直也。（《晉書》卷二十七《五行志》上）

陸機嘗餉華鮓，于時賓客滿座，華發器，便曰：『此龍肉也。』衆未之信，華曰：『試以苦酒濯之，必有異。』既而五色光起。機還問鮓主，果云：『園中茅積下得一白魚，質狀殊常，以作鮓，過美，故以相獻。』

初，陸機兄弟志氣高爽，自以吴之名家，初入洛，不推中國人士，見華一面如舊，欽華德範，如師資之禮焉。華誅後，作誄，又爲《詠德賦》以悼之。（《晉書》卷三十六《張華傳》）

謐好學，有才思。既爲充嗣，繼佐命之後，又賈后專恣，謐權過人主，至乃鏁繫黄門侍郎，其爲威福如此。負其驕寵，奢侈踰度，室宇崇僭，器服珍麗，歌僮舞女，選極一時。開閣延賓，海内輻湊，貴遊豪戚及浮競之徒，莫不盡禮事之。或著文章稱美謐，以方賈誼。渤海石崇歐陽建、滎陽潘岳、吴國陸機陸雲、蘭陵繆徵、京兆杜斌摯虞、琅邪諸葛詮、弘農王粹、襄城杜育、南陽鄒捷、齊國左思、清河崔基、沛國劉瓌、汝南和郁周恢、安平牽秀、潁川陳昣、太原郭彰、高陽許猛、彭城劉訥、中山劉輿劉琨皆傅會於謐，號曰『二十四友』，其餘不得預焉。（《晉書》卷四十《賈謐傳》）

倫篡，又爲右光禄、開府，加侍中。惠帝還宫，祗以經受僞職請退，不許。初，倫之篡也，孫秀與義陽王威等十餘人預撰儀式禪文。及倫敗，齊王冏收侍中劉逵、常侍騶捷杜育、黃門郎陸機、右丞周導王尊等付廷尉。以禪文出中書。復議處祗罪，會赦得原。後以禪文草本非祗所撰，於是詔復光禄大夫。子宣，尚弘農公主。（《晉書》卷四十七《傅祗傳》）

六月己卯，葬于顯平陵。帝感閻纘之言，立思子臺，故臣江統、陸機並作誄頌焉。（《晉書》卷五十三《愍懷太子傳》）

雲字士龍，六歲能屬文，性清正，有才理。少與兄機齊名，雖文章不及機，而持論過之，號曰『二陸』。幼時，吴尚書廣陵閔鴻見而奇之，曰：『此兒若非龍駒，當是鳳雛。』後舉雲賢良，時年十六。

吴平，入洛。機初詣張華，華問雲何在。機曰：『雲有笑疾，未敢自見。』俄而雲至。華爲人多姿制，又好帛繩纏鬚。雲見而大笑，不能自已。（《晉書》卷五十四《陸雲傳》）

亢字季陽。才藻不逮二昆，亦有屬綴，又解音樂伎術。時人謂載協亢、陸機雲曰『二陸』『三張』。（《晉書》卷五十五《張亢傳》）

會交州刺史陶璜卒，以彦爲南中都督、交州刺史。重餉陸機兄弟，機將受之，雲曰：『彦本微賤，爲先公所拔，而答詔不善，安可受之！』機乃止。因此每毁之。長沙孝廉尹虞謂機等曰：『自古由賤而興者，乃有帝王，何但公卿。若何元幹、侯孝明、唐儒宗、張義允等並起自寒微，皆内侍外鎮，人無譏者。卿以士則答，詔小有不善，毁之無已，吾恐南人皆將去卿，卿便獨

坐也。』於是機等意始解，毁言漸息矣。（《晉書》卷五十七《吾彦傳》）

倫、秀並惑巫鬼，聽妖邪之説。秀使牙門趙奉詐爲宣帝神語，命倫早入西宫。又言宣帝於北芒爲趙王佐助，於是别立宣帝廟於芒山，謂逆謀可成。以太子詹事裴劭、左軍將軍卞粹等二十人爲從事中郎，掾屬又二十人。秀等部分諸軍，分布腹心，使散騎常侍、義陽王威兼侍中，出納詔命，矯作禪讓之詔，使使持節、尚書令滿奮，僕射崔隨爲副，奉皇帝璽綬以禪位于倫。倫僞讓不受。於是宗室諸王、羣公卿士咸假稱符瑞天文以勸進，倫乃許之。左衛王輿與前軍司馬雅等率甲士入殿，譬喻三部司馬，示以威賞，皆莫敢違。其夜，使張林等屯守諸門。義陽王威及駱休等逼奪天子璽綬。夜漏未盡，内外百官以乘輿法駕迎倫。惠帝乘雲母車，鹵簿數百人，自華林西門出居金墉城。尚書和郁，兼侍中、散騎常侍、琅邪王睿，中書侍郎陸機從，到城下而反。使張衡衛帝，寔幽之也。（《晉書》卷五十九《趙王倫傳》）

顒本以乂弱冏彊，冀乂爲冏所擒，然後以乂爲辭，宣告四方共討之，因廢帝立成都王，己爲宰相，專制天下。既而乂殺冏，其計不果，乃潛使侍中馮蓀、河南尹李含、中書令卞粹等襲乂。乂並誅之。顒遂與穎同伐京都。穎遣刺客圖乂，時長沙國左常侍王矩侍直，見客色動，遂殺之。詔以乂爲大都督以距顒。連戰自八月至十月，朝議以乂、穎兄弟，可以辭説而釋，乃使中書令王衍行太尉，光禄勳石陋行司徒，使説穎，令與乂分陜而居，穎不從。乂因致書於穎曰：『先帝應乾撫運，統攝四海，勤身苦己，克成帝業，六合清泰，慶流子孫。孫秀作逆，反易天常，卿興義衆，還復帝位。齊王恃功，肆行非法，上無宰相之心，下無忠臣之行，遂其讒惡，離逖骨肉，主上怨傷，尋已蕩除。吾之與卿，友于十人，同産皇室，受封外都，各不能闡敷王教，經濟遠略。今卿復與太尉共起大衆，阻兵百萬，重圍宮城。羣臣同忿，聊即命將，示宣國威，未擬摧殄。自投溝澗，蕩平山谷，死者日萬，酷痛無罪。豈國恩之不慈，則用刑之有常。卿所遣陸機，不樂受卿節鉞，將其所領，私通國家。想來逆者，當前行一尺，却行一丈。卿宜還鎮，以寧四海，令宗族無羞，子孫之福也。如其不然，念骨肉分裂之痛，故復遺書。』

穎復書曰：『文景受圖，武皇乘運，庶幾堯舜，共康政道，恩隆洪業，本支百世。豈期骨肉豫禍，后族專權，楊、賈縱毒，齊、趙内篡。幸以誅夷，而未静息。每憂王室，心悸肝爛。羊玄之、皇甫商等恃寵作禍，能不興慨！於是征西羽檄，四海雲應。本謂仁兄同其所懷，便當内擒商等，收級遠送，如何迷惑，自爲戎首！上矯君詔，下離愛弟，推移輦轂，妄動兵威，還任豺狼，棄戮親善。行惡求福，如何自勉！前遣陸機，董督節鉞，雖黄橋之退，而温南收勝，一彼一此，未足增慶也。今武士百萬，良將鋭猛，要當與兄整頓海内，若能從太尉之命，斬商等首，投戈退讓，自求多福，穎亦自歸鄴都，與兄同之。奉覽來告，緬然慷慨。慎哉大兄，深思進退也！』（《晉書》卷五十九《長沙王乂傳》）

穎方恣其欲，而憚長沙王乂在内，遂與河間王顒表請誅后父羊玄之、左將軍皇甫商等，檄乂使就第。乃與顒將張方伐京都，以平原内史陸機爲前鋒都督、前將軍、假節。穎次朝歌，每夜矛戟有光若火，其壘井中有龍象。進軍屯河南，阻清水爲壘，皆造浮橋以通河北，以大木函盛石，沉之以繫橋，名曰石鼈。陸機戰敗，死者甚衆，機又爲孟玖所譖，穎收機斬之，夷其三族，語在機傳。（《晉書》卷五十九《成都王穎傳》）

秀任氣，好爲將帥。張昌作亂，長沙王乂遣秀討昌，秀出關，因奔成都王穎。穎伐乂，以秀爲冠軍將軍，與陸機、王粹等共爲河橋之役。機戰敗，秀證成其罪，又諂事黄門孟玖，故見親於穎。惠帝西幸長安，以秀爲尚書。（《晉書》卷六十《牽秀傳》）

祕書監賈謐參管朝政，京師人士無不傾心。石崇、歐陽建、陸機、陸雲之徒，並以文才降節事謐，琨兄弟亦在其間，號曰『二十四友』。（《晉書》卷六十二《劉琨傳》）

顧榮字彦先，吴國吴人也，爲南土著姓。祖雍，吴丞相。父穆，宜都太守。榮機神朗悟，弱冠仕吴，爲黄門侍郎、太子輔義都尉。吴平，與陸機兄弟同入洛，時人號爲『三俊』。例拜爲郎中，歷尚書郎、太子中舍人、廷尉正。恒縱酒酣暢，謂友人張翰曰：『惟酒可以忘憂，但無如作病何耳。』（《晉書》卷六十八《顧榮傳》）

紀瞻字思遠，丹陽秣陵人也。祖亮，吴尚書令。父陟，光禄大夫。瞻少以方直知名。吴平，徙家歷陽郡。察孝廉，不行。

後舉秀才，尚書郎陸機策之曰：『昔三代明王，啓建洪業，文質殊制，而令名一致。然夏人尚忠，忠之弊也朴，救朴莫若敬。殷人革而修焉，敬之弊也鬼，救鬼莫若文。周人矯而變焉，文之弊也薄，救薄則又反之於忠。然則王道之反覆其無一定邪，亦所祖之不同而功業各異也？自無聖王，人散久矣。三代之損益，百姓之變遷，其故可得而聞邪？今將反古以救其弊，明風以蕩其穢，三代之制將何所從？太古之化有何異道？』瞻對曰：『瞻聞有國有家者，皆欲邁化隆政，以康庶績，垂歌億載，永傳于後。然而俗變事弊，得失隨時，雖經聖哲，無以易也。故忠弊質野，敬失多儀。周鑒二王之弊，崇文以辯等差，而流遁者歸薄而無款誠，款誠之薄，則又反之於忠。三代相循，如水濟火，所謂隨時之義，救弊之術也。羲皇簡朴，無爲而化，後聖因承，所務或異。非賢聖之不同，世變使之然耳。今大晉闡元，聖功日隮，承天順時，九有一貫，荒服之君，莫不來同。然而大道既往，人變由久，謂當今之政宜去文存朴，以反其本，則兆庶漸化，太和可致也。』

又問：『在昔哲王象事備物，明堂所以崇上帝，清廟所以寧祖考，辟雍所以班禮教，太學所以講藝文，此蓋有國之盛典，爲邦之大司。亡秦廢學，制度荒闕。諸儒之論，損益異物。漢氏遺作，居爲異事，而蔡邕《月令》謂之一物，將何所從？』對曰：『周制明堂，所以宗其祖以配上帝，敬恭明祀，永光孝道也。其大數有六。古者聖帝明王南面而聽政，其六則以明堂爲主。又其正中，皆云太廟，以順天時，施行法令，宗祀養老，訓學講肄，朝諸侯而選造士，備禮辨物，一教化之由也。故取其宗祀之類，則曰清廟；取其正室之貌，則曰太廟；取其室，則曰太室；取其堂，則曰明堂；取其四門之學，則曰太學；取其周水圜如璧，則曰璧雍。異名同事，其實一也。是以蔡邕謂之一物。』

又問：『庶明亮采，故時雍穆唐；有命既集，而多士隆周。故《書》稱明良之歌，《易》貴金蘭之美。此長世所以廢興，有邦所以崇替。夫成功之君勤於求才，立名之士急於招世，理無世不對，而事千載恒背。古之興王何道而如彼？後之衰世何闕而如此？』對曰：『興隆之政務在得賢，清平之化急於拔才，故二八登庸，則百揆序；有亂十人，而天下泰。武丁擢傅巖之徒，周文携渭濱之士，居之上司，委之國政，故能龍奮天衢，垂勳百代。先王身下白屋，搜揚仄陋，使山無扶蘇之才，野無《伐檀》之詠。是以化厚物感，神祇來應，翔鳳飄颻，甘露豊墜，醴泉吐液，朱草自生，萬物滋茂，日月重光，和氣四塞，大道以成；序君臣之義，敦父子之親，明夫婦之道，別長幼之宜，自九州，被八荒，海外移心，重譯入貢，頌聲穆穆，南面垂拱也。今貢賢之塗已闓，而教學之務未廣，是以進競之志恒鋭，而務學之心不修。若闢四門以延造士，宣五教以明令德，考績殿最，審其優劣，厝之百寮，置之羣司，使調物度宜，節宣國典，必協濟康哉，符契往代，明良來應，金蘭復存也。』

又問：『昔唐虞垂五刑之教，周公明四罪之制，故世歎清問而時歌緝熙。姦宄既殷，法物滋有。叔世崇三辟之文，暴秦加族誅之律，淫刑淪胥，虐濫已甚。漢魏遵承，因而弗革。亦由險泰不同，而救世異術不得已而用之故也。寬剋之中，將何立而可？族誅之法足爲永制與不？』對曰：『二儀分則兆庶生，兆庶生則利害作。利害之作，有由而然也。太古之時，化道德之教，賤勇力而貴仁義。仁義貴則彊不陵弱，衆不暴寡。三皇結繩而天下泰，非惟象刑緝熙而已也。且太古知法，所以遠獄。及其末，不失有罪，是以獄用彌繁，而人彌暴，法令滋章，盗賊多有。《書》曰：「惟敬五刑，以成三德。」叔世道衰，既興三辟。而文綱之弊，又加族誅，淫刑淪胥，感傷和氣，化染後代，不能變改。故漢祖指麾而六合響應，魏承漢末，因而未革，將以俗變由久，權時之宜也。今四海一統，人思反本，漸尚簡樸，則貪夫不競，尊賢黜否，則不仁者遠。爾則斟參夷之刑，除挾誅之律，品物各順其生，緝熙異世而偕也。』

又問：『曰夫五行迭代，陰陽相須，二儀所以陶育，四時所以化生。《易》稱：「在天成象，在地成形。」形象之作，相須之道也。若陰陽不調，則大數不得不否；一氣偏廢，則萬物不得獨成。此應同之至驗，不偏之明證也。今有温泉而無寒火，其故何也？思聞辯之，以釋不同之理。』對曰：『蓋聞陰陽升降，山澤通氣，初九純卦，潛龍勿用，泉源所託，其温宜也。若夫水潤下，火炎上，剛柔燥濕，自然之性，故陽動而外，陰静而内。内性柔弱，以含容爲質；外動剛直，以外接爲用。是以金水之明内鑒，火日之光外輝，剛施柔受，陽勝陰伏。水之受温，含容之性也。』

又問：『曰夫窮神知化，才之盡稱；備物致用，功之極目。以之爲政，則黄羲之規可踵；以之革亂，則玄古之風可紹。然而唐虞密皇人之闊網，夏殷繁帝者之約法，機心起而日進，淳德往而莫返。豈太樸一離，理不可振，將聖人之道稍有降殺邪？』對曰：『政因時以興，機隨物而動，故聖王究窮通之源，審始終之理，適時之宜，期於濟世。皇代質朴，禍難不作，結繩爲信，人知所守。大道既離，智惠擾物，夷險不同，否泰異數，故唐虞密皇人之網，夏殷繁帝者之法，皆廢興有由，輕重以節，此窮神之道，知化之術，隨時之宜，非有降殺也。』

少與陸機兄弟親善，及機被誅，贍卹其家周至，及嫁機女，資送同於所生。（《晉書》卷六十八《紀瞻傳》）

賀循字彦先，會稽山陰人也。其先慶普，漢世傳《禮》，世所謂慶氏學。族高祖純，博學有重名，漢安帝時爲侍中，避安帝父諱，改爲賀氏。曾祖齊，仕吴爲名將。祖景，滅賊校尉。父邵，中書令，爲孫皓所殺，徙家屬邊郡。

循少嬰家難，流放海隅，吴平，乃還本郡。操尚高厲，童齓不羣，言行進止，必以禮讓。國相丁乂請爲五官掾。刺史嵇喜舉秀才，除陽羨令，以寬惠爲本，不求課最。後爲武康令，俗多厚葬，及有拘忌迴避歲月，停喪不葬者，循皆禁焉。政教大行，鄰城宗之。然無援於朝，久不進序。著作郎陸機上疏薦循曰：『伏見武康令賀循德量邃茂，才鑒清遠，服膺道素，風操凝峻，歷試二州，刑政肅穆。前蒸陽令郭訥風度簡曠，器識朗拔，通濟敏悟，才足幹事。循守下縣，編名凡悴；訥歸家巷，棲遲有年。皆出自新邦，朝無知己，居在遐外，志不自營，年時倏忽，而邈無階緒，實州黨愚智所爲恨恨。臣等伏思臺郎所以使州，州有人，非徒以均分顯路，惠及外州而已。誠以庶土殊風，四方異俗，壅隔之害，遠國益甚。至於荆、揚二州，户各數十萬，今揚州無郎，而荆州江南乃無一人爲京城職者，誠非聖朝待四方之本心。至於才望資品，循可尚書郎，訥可太子洗馬、舍人。此乃衆望所積，非但企及清塗，苟充方選也。謹條資品，乞蒙簡察。』久之，召補太子舍人。（《晉書》卷六十八《賀循傳》）

戴若思，廣陵人也，名犯高祖廟諱。祖烈，吴左將軍。父昌，會稽太守。若思有風儀，性閑爽，少好遊俠，不拘操行。遇陸機赴洛，船裝甚盛，遂與其徒掠之。若思登岸，據胡牀，指麾同旅，皆得其宜。機察見之，知非常人，在舫屋上遥謂之曰：『卿才器如此，乃復作劫耶！』若思感悟，因流涕，投劍就之。機與言，深加賞異，遂與定交焉。

若思後舉孝廉，入洛，機薦之於趙王倫曰：『蓋聞繁弱登御，然後高墉之功顯；孤竹在肆，然後降神之曲。成是以高世之主必假遠邇之器，蘊匵之才思託大音之和。伏見處士廣陵戴若思，年三十，清沖履道，德量允塞；思理足以研幽，才鑒足以辯物；安窮樂志，無風塵之慕，砥節立行，有井渫之潔；誠東南之遺寶，宰朝之奇璞也。若得託迹康衢，則能結軌驥騄；曜質廊廟，必能垂光璵璠矣。惟明公垂神採察，不使忠允之言以人而廢。』倫乃辟之，除沁水令，不就，遂往武陵省父。時同郡人潘京素有理鑒，名知人，其父遣若思就京與語，既而稱若思有公輔之才。累轉東海王越軍諮祭酒，出補豫章太守，加振威將軍，領義軍都督。以討賊有功，賜爵秣陵侯，遷治書侍御史，驃騎司馬，拜散騎侍郎。（《晉書》卷六十九《戴若思傳》）

孫惠字德施，吴國富陽人，吴豫章太守賁曾孫也。父祖並仕吴。惠口訥，好學有才識，州辟不就，寓居蕭沛之間。永寧初，赴齊王冏義，討趙王倫，以功封晉興縣侯，辟大司馬户曹掾，轉東曹屬。冏驕矜僭侈，天下失望。惠獻言於冏，諷以五難、四不可，勸令歸藩，辭甚切至。冏不納。惠懼罪，辭疾去。頃之，冏果敗。成都王穎薦惠爲大將軍參軍、領奮威將軍、白沙督。是時，穎將征長沙王乂，以陸機爲前鋒都督。惠與機同鄉里，憂其致禍，勸機讓都督於王粹。及機兄弟被戮，惠甚傷恨之。時惠又擅殺穎牙門將梁儁，懼罪，因改姓名以遁。（《晉書》卷七十一《孫惠傳》）

泰始中，詔以崧代兄襲父爵，補濮陽王允文學。與王敦、顧榮、陸機等友善。趙王倫引爲相國參軍。倫篡，轉護軍司馬、給事中，稍遷尚書吏部郎、太弟中庶子，累遷侍中、中護軍。（《晉書》卷七十五《荀崧傳》）

陸曄字士光，吴郡吴人也。伯父喜，吴吏部尚書。父英，高平相，員外散騎常侍。曄少有雅望，從兄機每稱之曰：『我家世不乏公矣。』居喪以孝聞。同郡顧榮與鄉人書曰：『士光氣息裁屬，慮其性命，言之傷心矣。』（《晉書》卷七十七《陸曄傳》）

左思字太沖，齊國臨淄人也。……造《齊都賦》，一年乃成。復欲賦三都，會妹芬入宫，移家京師，乃詣著作郎張載訪岷邛之事。遂構思十年，門庭藩溷皆著筆紙，遇得一句，即便疏之。自以所見不博，求爲秘書郎。及賦成，時人未之重。……初，陸機入洛，欲爲此賦，聞思作之，撫掌而笑，與弟雲書曰：『此間有傖父，欲作《三都賦》，須其成，當以覆酒甕耳。』及思賦出，機

絶歎伏，以爲不能加也，遂輟筆焉。（《晉書》卷九十二《左思傳》）

（鄒湛）子捷，字太應，亦有文才。永康中，爲散騎侍郎。及趙王倫簒逆，捷與陸機等俱作禪文。倫誅，坐下廷尉，遇赦免。後爲太傅參軍。永嘉末，卒。（《晉書》卷九十二《鄒湛傳》）

褚陶字季雅，吴郡錢塘人也。弱不好弄，少而聰慧，清淡閑默，以墳典自娱。年十三，作《鷗鳥》《水碓》二賦，見者奇之。陶嘗謂所親曰：『聖賢備在黄卷中，捨此何求！』州郡辟，不就。吴平，召補尚書郎。張華見之，謂陸機曰：『君兄弟龍躍雲津，顧彦先鳳鳴朝陽，謂東南之寶已盡，不意復見褚生。』機曰：『公但未覩不鳴不躍者耳。』華曰：『故知延門之德不孤，川嶽之寶不匱矣。』遷九真太守，轉中尉。年五十五卒。（《晉書》卷九十二《褚陶傳》）

陸廣微《吴地記》

華亭，蓋晉元侯陸遜宅，造池華麗，故名。有陸遜、陸機、陸瑁三墳，在東南二十五里，横山中。按：《太平御覽》引《吴地記》曰：陸氏宅在長宅谷，在吴縣東北。谷名，華亭。谷水下通松江，昔陸遜、陸凱居此谷。谷東有崑山，父祖墓焉。故陸機《思鄉詩》：『髣髴松水陽，婉孌崑山陰。』（杭世駿撰《三國志補注》卷六）

樂史《太平寰宇記》

華亭谷，《輿地志》云：吴大帝以漢建安中封陸遜華亭侯，即以其所居爲封。谷出佳魚、蒓菜，又多白鶴清唳，故陸機嘆曰：華亭鶴唳，不可復聞。二陸宅，《吴地記》云：宅在長谷，谷在吴縣東北二百里，谷周迴二十餘里，谷名華亭，陸機嘆鶴唳處。谷水下通松江，昔陸遜、陸凱居此谷。《吴志》云：漢廬江太守陸康與袁術有隙，使侄遜與其子績率宗族避難於是谷。谷東二十里，有崐山，父祖墓焉，故陸機《思鄉詩》曰：『彷彿谷水陽，婉孌崐山陰。』崐山有吴相江陵昭侯陸遜墓。（《太平寰宇記》卷九十五）

陈思《書小史》

陸機，字士衡，吴郡人，官至後將軍。少有異才，善行書。吴亡與弟雲俱入洛。王僧虔云：陸機，吴士書也，無以校其多少。（《書小史》卷四）

歐陽忞《輿地廣記》

崑山縣，本漢婁縣，地屬會稽郡，東漢晉屬吴郡。陸機、陸雲生於此，故名其山曰崑山。梁置崑山縣，隋平陳省之。開皇十八年，復置屬吴郡，唐屬蘇州。（《輿地廣記》卷二十二）

朱長文《吴郡圖經續記》

崑山在本縣西北，或曰在華亭，蓋割崑山之境以縣華亭故也。晉陸機與其弟雲，生於華亭，以文爲世所貴。時人比之崑岡出玉，故此山得名。（《吴郡圖經續記》卷中）

施宿等《會稽志》

虞忠，字四方，翻第五子。貞固幹事，好議人物。造吴郡陸機于童齔之年，稱上虞魏遷于無名之初。（《會稽志》卷十四）

周應合《景定建康志》

《越絶書》：其城越范蠡所築，城東南角近固城，望國門橋。西北，即吴牙門將軍陸機宅。故機入晉，作《懷舊賦》『西望東城之紆餘』，即此城。在三井岡東南一里，今瓦棺寺閣，在岡東偏也。（《景定建康志》卷二十）

機本吴人，居秦淮。晉滅吴，乃作《辨亡》二論，并述其祖遜父抗之功業。（《景定建康志》卷三十四）

陸機宅在秦淮側。又《金陵故事》：臨秦淮有二陸讀書堂，其迹猶在。考證陸機入洛，作《懷舊居賦》云：『望東城之紆餘，邈吾廬之延佇。』李太白《題王處士水亭》云：齊朝南苑是陸

機宅，故有『北堂見明月，更憶陸平原』之句。（《景定建康志》卷四十二）

祝穆《方輿勝覽》

陸機宅。《圖經》云：在縣南五里，秦淮之側，有二陸讀書堂在焉。李白《題王處士水亭》云：齊朝南苑是陸機宅。其詩云：『王子耽玄言，賢豪多在門。好鵝尋道士，愛竹嘯名園。樹色老荒苑，池光蕩華軒。北堂見明月，更憶陸平原。掃地清玉簟，爲余置金樽。醉罷欲歸去，花枝宿鳥喧。何時復來此，再得洗囂煩。』（《方輿勝覽》卷十四）

李石《續博物志》

魏初傳古文，出邯鄲淳石經，古文轉失淳法。石長八尺，廣四尺。碑石四十八枚，廣三十丈。魏文帝刊《典論》六碑附於其次，陸機《太學贊》別一碑在講堂下，載蔡邕、韓説、高堂谿等名。《太學弟子贊》復一碑在外門中。又一碑漢順帝陽嘉八年立，云建武二十七年造太學，永建六年九月詔書修太學，工徒十一萬二千人。陽嘉九年八月作畢。有晉《辟雍行禮碑》，是太始二年立。（《續博物志》卷六）

張敦頤《六朝事迹編類》

《建康實録》云：『陸機入洛，作《懷舊居賦》云：「望東城之紆徐，邈吾廬之延佇。」李太白《題王處士水亭》云：齊朝南苑是陸機宅。其詩云：「王子躭玄言，賢豪多在門。好鵞尋道士，愛竹嘯名園。樹色老荒苑，池光蕩華軒。北堂見明月，更憶陸平原。掃地青玉簟，爲余置金樽。醉罷欲歸去，花枝宿鳥喧。何時復來此，再得洗囂煩。」《圖經》云：「在縣南五里，秦淮之側。」』（《六朝事迹編類》卷下『陸機宅』條）

李賢等《明一統志》

陸機宅。在府南秦淮側，晉陸機、陸雲讀書臺舊址猶存。機《懷舊居賦》：『望東城之紆徐，邈吾廬之延佇。』（《明一統志》卷六）

陸機宅。在府城中至南門外。唐詢詩：『舊諜傳遺址，悠然歷祀深。人無令威至，門異下邽箴。谷水當年溜，崑山昔日陰。魯臺那復見，絲竹若爲尋。』梅堯臣詩：『晴雲唳鶴幾千隻，隔水野梅三四株。欲問陸機當日宅，而今何處不荒蕪。』（《明一統志》卷九）

《大清一統志》

陸機宅，在江寧縣南。《輿地紀勝》按：《金陵覽古》：上元縣南，秦淮側，有二陸讀書臺舊址猶存。乾隆二十七年，翠華三幸。（《大清一統志》卷五十一）

陸機宅，在婁縣平康村，即古華亭谷也。舊志：機宅在崑山下，又别宅在谷陽門内，今普照寺。又有黄耳冢，在華亭縣南二里。任昉《述異記》：陸機有快犬，名曰黄耳，後入洛，將以自隨。機戲語曰：家久無書，汝能馳往否？犬摇尾作聲以應機。爲書，盛以竹筒，繫犬頸，到家得書。後死，葬村南，聚土爲墳，呼黄耳冢。（《大清一統志》卷五十八）

陸機墓，在華亭縣西北二十五里。又青浦縣治北三十里有高邱，舊呼陸丞相墓。明嘉靖間土人見墓上有一金蛇，盜發其冢，得古器甚多。後聞于官，悉捕治命，封其塋地。（同上）

單傾修、徐碩《至元嘉禾志》

廣衛將軍祠在府西普仁寺。考證：寺有石刻，載吴越王祭獻文云：晉賢陸機之祖。按《吴志》：機之祖遜，初拜撫邊將軍，又拜鎮西將軍，又拜上大將軍。吴因漢，志雖有雜號將軍，而考之遜傳，未嘗封廣衛之號。若機曾祖紆，守城門校尉，高祖駿九江都尉，亦未嘗位至將軍。（《至元嘉禾志》卷十二）

陸機宅。按陸士衡《贈從兄車騎詩》：『髣髴谷水陽。』李善注引陸道瞻《吴地記》曰：『海鹽縣東北二百里有長谷，晉陸遜、陸凱居此。』《元和郡國圖志》云：『華亭谷在縣西三十五里，陸抗宅在其側，故遜封華亭侯。』《太平寰宇記》云：『二陸宅在長谷，谷在吴縣東北二百里。谷周迴百餘里，谷水下通松江者，陸凱居此谷。』《吴地記》云：『漢廬江太守陸康與袁術有隙，使侄遜與其子績，率宗族避難居於是谷。』舊《圖經》云：『華亭谷，水東有崑山，相傳即其宅舍。』是數説觀之，則世傳普照寺爲二陸宅，非也。然建康亦有陸機宅。《建康實録》云：『在縣南秦淮之側。』李太白題《王處士水亭》云：『齊朝南苑是陸機宅。』按：吴王孫皓徙都建康，機雲嘗分領父兵，爲牙門將，得非機仕於朝，則居建業，而華亭乃其里第耶？又有八角井。按《九域志》：在陸機宅之側。（《至元嘉禾志》卷十四）

陶宗儀《説郛》

華亭縣，在郡東一百六十里，地名雲間，水名谷水，天寶五年置。蓋晉元假陸遜宅，造池亭華麗，故名。有陸遜、陸機、陸瑁三墳在東南二十五里横山中，有鶴鳴、鶴唳，玄鶴。管鄉二十二户一萬二千七百八十。（《説郛》卷六十三上）

三、陸士衡文集序跋、題記、提要

徐民瞻《晉二俊文集叙》

民瞻幼閱晉陸機士衡傳。太康末，士衡與弟雲士龍俱入洛，造太常張華，華素重其名，一見如舊識。曰：『伐吴之役，利獲二俊。』嘗伸卷反覆，求二俊所以名於世者；張華所以稱道，而有得士之喜者。觀之，蓋其兄弟以文章齊驅並駕，於兵戈擾攘之間，聲聞閎肆，人無能出其右者，時號『二陸』。華聞服之久，一旦驟得之，宜其欣慰而稱道之也。吁！二俊殁，寥寥且千載，其人不可得而見矣。其文章所謂如朗月之垂空，重嵓之積秀者，固自若也。耳目可無所見聞乎？其載於《文選》諸書中者亦多，即而熟讀之。其詞深而雅，其意博而顯，遠超枚、馬，高躡王、劉，百代之文宗也。每以未見其全集爲恨，聞之鄉老曰：士衡有集十卷，以《文賦》爲首；士龍集十卷，以《逸民賦》爲首。雖知之，求之未遂。偶因乏使，承雲間民社之寄。二俊，雲間人也。拜命之日，良慰于中。謂平素願見而不可得者，遂於此行矣。到官之初，首見遺像於吏舍之旁，塵埃漫污，曖昧殊甚，大非所以揭虔妥靈之本意。即日闢縣學之東偏，建祠宇奉以遷焉。邦人觀瞻，無不懽喜稱嘆。因訪其遺文於鄉曲，得士衡集十卷於新淮西撫幹林君，其首篇冠以《文賦》。士龍集十卷則無之。明年移書故人祕書郎鍾君，得之于册府。首篇《逸民賦》，悉如所聞。亟繕寫，命工鋟之木以行，目曰《晉二俊文集》。二俊之文，自晉歷隋唐、更五代，迄于我宋，又二百四十餘年，湮没不彰，今焉恍如揭日月于雲霧之上，震雷霆于久息之中，焜燿雲間。雲間學士大夫，宗之仰之有餘師矣，二俊之名不朽矣，民瞻之欲遂矣。又明年書成，謹述於篇首。慶元庚申仲春既望，信安徐民瞻述。

陸元大翻宋本都穆跋

《士衡集》十卷，宋慶元中嘗刻華亭縣齋，歲久其書不傳。予家舊有藏本，吴士陸元大爲重刻之。士衡與其弟士龍，並以文章名世，人稱『二俊』。張司空華嘗謂之曰：『人患才少，子患其多。』葛稚川亦稱其文『猶玄圃之積玉，五河之吐流』。及觀之史，則云『遠超枚、馬，高躡王、劉，百代文宗，一人而已。』其贊士衡抑又至矣。士衡之文，嘗載蕭氏《文選》，然特十之一二。是集復行，使學者得盡窺古人述作而效法之，此誠斯文之幸，而亦豈非學者之幸哉！正德己卯夏六月，太僕少卿郡人都穆記。

小萬卷樓叢書本錢培名跋

《陸士衡集》十卷，宋徐民瞻合刊《二俊集》本。《四庫全書》未著録，阮文達公撫浙時進呈之。案《士衡集》，《隋書·經籍志》十四卷，《唐書·藝文志》云十五卷，而《郡齋讀書志》僅十卷，《直齋書録解題》亦同，則宋世已無完本矣。晁公武云：『機所著文章凡三百餘篇。今存詩、賦、論、議、牋、表、碑、誄一百七十餘首，以《晉書》《文選》較正外，餘多舛誤。』今此本詩文共一百七十四首，蓋即晁氏所見之本。徐民瞻序云：『聞之鄉老曰：士衡有集十卷，以《文賦》爲首。』又自述其搜訪之難，而云得之於新淮西撫幹林君，其首篇冠以《文賦》，若有所甚幸者。序作於慶元庚申。晁氏序《讀書志》在紹興二十一年，相距幾何？而當時已不恒經見如此。毋怪閱今又六百餘年，其流傳益尠也。集中殘篇斷簡，雜出不倫，大要出《藝文類聚》《初學記》諸書，而不無罣漏，疑北宋人捃摭而成。徐刊本已不可得，此本乃明正德間陸大元重刻，後有都穆跋。昭文張氏《愛日精廬藏書志》遂以爲都刻，非也。書估居奇，去其跋以爲宋槧。文達所得影抄本，疑即據此。新安汪士賢輯《晉二十家集》，亦從此翻刻，舛誤悉同。今重校繡梓，凡確見爲寫刻之誤者，徑改之；其義可兩通及他書所引有異同者，著之札記。咸豐二年十月，金山錢培名識。

《文集》翁同書跋

影宋鈔《晉二俊文集》二十卷，舊藏鮑氏知不足齋，曾經趙味辛舍人、盧抱經學士暨芳茮堂主人嚴久能校勘。按《四庫》止收《士龍集》，而無《士衡集》，且云未見徐民瞻刻本，是宋刻久成

《廣陵散》矣。此本遇宋諱皆缺筆，的係從原本影寫，而譌脱極多，未爲善本。《士龍集》中『行矣怨路長』一詩及《芙蓉嘯》二題，悉如《四庫提要》所譏，與俗本曾無少異。又民瞻序稱雲集六卷，而此刻實分十卷，抑又何也？予經梁園之變，行篋中宋、元佳槧蕩焉泯焉。鈴下騎卒陳錦以公事過邗上，物色得此，歸以奉予，亦足稱秘籍矣。咸豐九年二月廿二日，翁同書跋於定遠軍中。

铁琴铜剑楼藏書題跋集

《陸士衡文集》十卷（校宋本）。陳敕先校宋本。宋版十一行二十字，走行不越字數。宋版《士衡集》，闕七卷首四葉。《士龍集》闕六卷第三葉至十卷第七葉。

陸校《晉二俊文集》，士衡與士龍俱有。余向藏此本，止有士衡，且失徐民瞻序。想因其無《士龍集》，故去之也。兹余校陸校本，但臨校士衡，難爲兩美之合矣。校畢復翁記。

來柬並《玉海》三册領悉，其書已修至神廟時，似不及周氏本，暫留一閲，没即日奉報命也。弟近得明正德時翻宋本《晉二俊集》，甚精，即《敏求記》所載者。今日又得成化活字銅版《蔡中郎集》，亦佳。喜不自勝，何日便道過我一觀。明日早入城往吊彭遠峰後，即至侍其巷。後日往拙政園，或來奉候，未知在府上否。此送尊大老爺。草覆，廿五日。（附劄）

晁公武《郡齋讀書志》

《陸機集》十卷。右晉陸機士衡也，抗之子。少有異才，文章冠世，伏膺儒術，非禮不動。吴滅，退居舊里，閉門勤學，積有十年。太康末，入洛。成都王穎令機率師伐長沙王乂，至河橋大敗，爲穎所誅。初造張華，華重其名，如舊相識。嘗謂之曰：『人之爲才，常恨才少，而子更患多。』葛洪著書亦稱歎焉。所著文章凡三百餘篇，今存詩賦論議牋表碑誄一百七十餘首，以《晉書》《文選》較正外，餘多舛誤。（卷四上）校注者按《百川書志》卷十二：《陸士衡集》十卷。晉平原内史吴郡陸機士衡也。賦二十五，詩九十，雜著雜文七十一，共一百八十六篇。與《讀書志》所載又有别也。

項安世《項氏家説》

詩賦嘗讀漢人之賦，鋪張閎麗。唐至于本朝，未有及者。蓋自唐以後，文士之才力盡用于詩，如李杜之歌行，元白之唱和，序事叢蔚，寫物雄麗，小者十餘韻，大者百餘韻，皆用賦體作詩，此亦漢人之所未有也。予嘗謂賈誼之《過秦》、陸機之《辯亡》，皆賦體也。大抵屈宋以前，以賦爲文。莊周、荀卿子二書，體義聲律，下句用字，無非賦者。自屈宋以後，爲賦而二。漢特盛遂，不可加。唐至于宋朝，復變爲詩，皆賦之變體也。（宋項安世撰《項氏家説》卷八）

張溥《漢魏六朝百三家集》晉《陸機集》題詞

陸氏爲吴世臣，士衡才冠當世。國亡主辱，顛沛圖濟。成則張子房，敗則姜伯約。斯其人也，俯首入洛，竟縻晉爵，身事仇讐，而欲高語英雄，難矣！太康末年，釁亂日作，士衡豫誅賈謐，俛得通侯，俗人謂福，君子謂禍。趙王誅死，羈囚廷尉。秋風蒓鱸，可早決幾。復戀成都活命之恩，遭孟玖青蠅之譖。黑幰告夢，白帢受刑；畫獄自投，其誰戚哉！張茂先博物君子，昧於知止，身族分滅。前車不遠，同堪痛哭。然寃結亂朝，文懸萬載。《吊魏武》而老奸掩袂，賦《豪士》而驕王喪魄。《辨亡》懷宗國之憂，《五等》陳建侯之利，北海以後一人而已。排沙簡金，興公造喻；子患才多，司空歎美，尚屬輕今賤目，非深知平原者也。（明張溥編《漢魏六朝百三家集》四十八晉《陸機集》題詞）

馬端臨《文獻通考》卷二百三十

《陸機集》十卷。晁氏曰：晉陸機士衡也，抗之子。少有異才，文章冠世，服膺儒術，非禮不動。吴滅退居舊里，閉門勤學，積有十年。太康末入洛，成都王穎令機率師伐長沙王乂，至河橋大敗，爲穎所誅。初造張華，華重其名，如舊相識。嘗謂之曰：『人常恨才少，而子更患多。』葛洪著書亦稱歎焉。所著文章凡三百餘篇，今存詩賦論議牋表碑誄一百七十餘首，以《晉書》《文選》校正外，餘多舛誤，機仕終平原內史。

《揅經室外集》卷一《陸士衡文集》十卷提要

晉陸機撰。案《隋書·經籍志》載機集十四卷，又云梁四十七卷，録一卷，亡。《唐書·藝文志》云十五卷，較《隋志》反贏一卷，殆傳寫之誤。《郡齋讀書志》《書録解題》《文獻通考》《宋史·藝文志》皆云十卷，則即此本也。宋慶元庚申，奉議郎知華亭縣事信安徐民瞻，曾合刻二陸文集，取張華之語，目之曰《晉二俊文集》，此即影鈔。民瞻之本與七閣所收《陸士龍集》相合，計賦二十五篇，爲四卷；詩五十八篇，爲二卷；樂府十首，《百年歌》十首，爲一卷；《演連珠》一首，《七徵》一首，爲一卷；頌箴贊牋表文誄哀辭共十五篇，爲一卷；議論碑五首，爲一卷，共一百七十四首。案晁公武云：機所著文章凡三百餘篇，今存詩賦論議牋表碑誄一百七十餘首，厥數正同。則民瞻所刻，即公武之本也。公武又云：以《晉書》《文選》較正外，餘多舛誤。今案卷末《周處碑》中有『韓信背水之軍』一段，乃以他文襍廁，文義不相屬。公武所指，殆謂此類。其他文句譌脱，未容枚數。然北宋時，已如此。而機集之傳於今者，亦莫古於此本矣。

四、主要引用書目

（一）校勘、輯佚引用書目

《陸士衡文集》十卷，鈔本。《晉二俊文集》本，清影鈔宋本，共二册，今藏國家圖書館（另有國家圖書館出版社影印本）

《陸士衡文集》十卷，刻本。《晉二俊文集》本，明陸元大正德十四年刊刻，共四册。今藏國家圖書館

《陸士衡文集》十卷，刻本。《晉二俊文集》本，明陸元大正德十四年刊刻，共二册。今藏國家圖書館

《陸士衡文集》十卷，刻本。《晉二俊文集》本，明陸元大正德十四年刊刻，共二册。黄丕烈跋並臨陸貽典校。今藏國家圖書館

《陸士衡文集》十卷，刻本。《晉二俊文集》本，明陸元大正德十四年刊刻，共二册。陳鱣（字仲魚）手録陸敕先（貽典）校宋本，今藏臺灣『國家圖書館』

《陸士衡文集》十卷，刻本。《晉二俊文集》本，明陸元大正德十四年刊本，明管一德校。今

藏南京圖書館

《陸士衡文集》十卷，刻本。《晉二俊文集》本，明末刊刻。今藏國家圖書館

《陸士衡文集》十卷，刻本。《漢魏六朝諸家文集》本，明末刊刻。今藏國家圖書館

《陸士衡文集》十卷，刻本。小萬卷樓叢書本，清咸豐四年錢培名刊刻。今藏國家圖書館

《陸士衡文集》十卷，鈔本。《宛委别藏》清鈔本，今藏南京圖書館（另有《續修四庫全書》影印本）

《陸士衡集》十卷，刻本。《漢魏諸名家集》本，徐民瞻訂正，南城翁少麓明萬曆十一年刊刻。今藏國家圖書館

《陸士衡集》十卷，刻本。明《漢魏六朝諸家文集》本，今藏國家圖書館

《陸士衡集》十卷，刻本。《晉二俊文集》本，共二十卷，四册。明萬曆新安汪士賢校刊本，鄧邦述手校並跋。今藏臺灣「國家圖書館」

《陸士衡集》十卷，刻本。清光緒四年長沙寄生草堂刊刻，今藏國家圖書館

《陸平原集》八卷附録一卷，刻本。明天啓崇禎年間張燮刊刻《七十二家集》本，今藏國家圖書館

《陸士衡集》七卷，刻本。明嘉靖年間毗陵陳奎刊刻《六朝詩集》本，今藏國家圖書館

《陸士衡集》七卷，刻本。明嘉靖《六朝詩集》本，今藏中華書局圖書館（另有《續修四庫全

書》影印本）

《陸平原集》二卷，刻本。明張溥《漢魏六朝百三家集》本，今藏國家圖書館

《陸平原集》二卷，刻本。明張溥《漢魏六朝百三家集》本，佚名録清何焯批校。今藏浙江圖書館

《陸平原集》二卷，刻本。明張溥《漢魏六朝百三家集》本，清何紹基評點。今藏武漢大學圖書館（另有《漢魏六朝集部珍本叢刊》影印本）

《晉陸機要覽》一卷，刻本。清黄奭輯，清知不足齋叢書本。

《陸士衡佚文》一卷，稿本，清王仁俊輯，《玉函山房輯佚書續編三種》

《陸機詩》，［明］馮惟訥輯《詩紀》卷四至五，文津閣《四庫全書》，商務印書館二〇〇六年

《陸機詩》，逯欽立輯《先秦漢魏晉南北朝詩·晉詩》卷五，中華書局一九八三年

《陸機文》，［明］梅鼎祚輯《西晉文紀》卷十五，文津閣《四庫全書》，商務印書館二〇〇六年

《陸機文》，［清］嚴可均輯《全晉文》卷九十六至九十九，商務印書館一九九九年

《陸機集》，金濤聲撰，中華書局一九八二年

《陸士衡詩注》，郝立權撰，人民文學出版社一九五七年

《陸機集校箋》，楊明撰，上海古籍出版社二〇〇六年

＊　＊　＊　＊　＊　＊　＊　＊　＊　＊　＊　＊　＊　＊　＊　＊　＊

《國語》,[三國·吴]韋昭注,文津閣《四庫全書》,商務印書館二〇〇六年
《史記》,[漢]司馬遷撰,中華書局一九五九年
《漢書》,[漢]班固撰,中華書局一九六二年
《後漢書》,[南朝·宋]范曄撰,中華書局一九六五年
《三國志》,[晉]陳壽撰,[南朝·宋]裴松之注,中華書局一九八二年
《晉書》,[唐]房玄齡等撰,中華書局一九七四年
《宋書》,[南朝·梁]沈約撰,中華書局一九七四年
《南齊書》,[南朝·梁]蕭子顯撰,中華書局一九七二年
《周書》,[唐]令狐德芬等撰,中華書局一九七一年
《梁書》,[唐]姚思廉撰,中華書局一九七三年
《南史》,[唐]李延壽撰,中華書局一九七四年
《隋書》,[唐]魏徵等撰,中華書局一九七五年
《舊唐書》,[後晉]劉昫撰,中華書局一九七五年
《新唐書》,[宋]歐陽修等撰,中華書局一九七五年
《通志》(二十略),[宋]鄭樵撰,中華書局一九九五年
《文獻通考》,[元]馬端臨,中華書局二〇一一年

《水經注》,[北魏]酈道元撰,國家圖書館出版社影印本
《景定建康志》,[宋]周應合撰,南京出版社二〇〇九年
《太平寰宇記》,[宋]樂史撰,王文楚等校,中華書局二〇〇七年
《七國考》,[明]董説撰,文津閣《四庫全書》,商務印書館二〇〇六年
《三國志補注》,[清]杭世駿撰,文津閣《四庫全書》,商務印書館二〇〇六年

* *

《文選舊注輯存》,劉躍進撰,鳳凰出版社二〇一七年
《文選彙評》,趙俊玲撰,鳳凰出版社二〇一七年
《文選》,[南朝・梁]蕭統撰,李善注,中華書局一九九七年
《文選考異》,[清]胡克家撰,附中華書局影印胡刻本
《文選》,[南朝・梁]蕭統撰,六臣注,浙江古籍出版社一九九九年
日本足利學校藏宋刊明州本六臣注《文選》,人民文學出版社二〇〇八年
朝鮮版五臣注《文選》,鳳凰出版社二〇一八年
朝鮮活字本六臣注《文選》,鳳凰出版社二〇一八年
《唐鈔本文選集注彙存》,[唐]陸善經等注,周勛初彙輯,上海古籍出版社二〇〇〇年
《古文苑》,[唐]無名氏撰,[宋]章樵注,《四部叢刊》初編,商務印書館一九二九年

《玉臺新詠箋注》，[南朝·陳]徐陵撰，[清]吴兆宜注，穆克宏校點，中華書局一九八五年
《文館詞林校證》，[唐]許敬宗編，羅國威校證，中華書局二〇〇一年
《樂府詩集》，[宋]郭茂倩撰，中華書局一九七九年
《北堂書鈔》，[隋]虞世南撰，文津閣《四庫全書》，商務印書館二〇〇六年
《藝文類聚》，[唐]歐陽詢撰，汪紹楹校，上海古籍出版社一九九九年
《羣書治要》，[唐]魏徵等撰，《四部叢刊》初編，商務印書館一九二九年
《初學記》，[唐]徐堅等撰，中華書局二〇〇四年
《太平御覽》，[宋]李昉撰，夏劍秋等校點，河北教育出版社一九九四年
《困學紀聞》，[宋]王應麟撰，上海古籍出版社二〇〇八年
《事類賦》，[宋]吴淑撰，文津閣《四庫全書》，商務印書館二〇〇六年
《歷代賦彙》，[清]陳元龍輯，許結校訂，鳳凰出版社二〇一八年
《文章正宗》，[宋]真德秀撰，文津閣《四庫全書》，商務印書館二〇〇六年
《説郛》，[元]陶宗儀撰，上海古籍出版社二〇一二年
《文章辨體彙選》，[明]賀復徵撰，文津閣《四庫全書》，商務印書館二〇〇六年
《古樂苑》，[明]梅鼎祚撰，文津閣《四庫全書》，商務印書館二〇〇六年
《古文雅正》，[清]蔡世遠撰，文津閣《四庫全書》，商務印書館二〇〇六年

《韻補》，［宋］吴棫撰，文津閣《四庫全書》，商務印書館二〇〇六年
《世説新語箋疏》（修訂本），［南朝・宋］劉義慶撰，梁劉孝標注，余嘉錫疏，上海古籍出版社一九九三年
《世説新語汇校集注》，朱铸禹撰，上海古籍出版社二〇〇二年
《文鏡秘府論》，［日］遍照金剛著，周維德校點，人民文學出版社一九八〇年
《匡謬正俗平議》，［唐］顔師古撰，劉曉東平議，山東大學出版社一九九九年
《六家詩名物疏》，［明］馮復京撰，文津閣《四庫全書》，商務印書館二〇〇六年
《通雅》，［明］方以智撰，文津閣《四庫全書》，商務印書館二〇〇六年
《四庫全書考證》，［清］王太岳等撰，文津閣《四庫全書》，商務印書館二〇〇六年

（二）注釋、評箋、年譜引用書目

（按：上已引書目，版本同者，不重出）

《周易注疏》，［三國・魏］王弼、［晉］韓康伯注，［唐］孔穎達疏，北京大學出版社一九九九年
《尚書正義》，［漢］孔安國傳，［唐］孔穎達正義，北京大學出版社一九九九年
《毛詩正義》，［漢］毛亨傳，鄭玄箋，［唐］孔穎達正義，北京大學出版社一九九九年

《詩集傳》，［宋］朱熹撰，王華寶校點，鳳凰出版社二〇〇七年
《毛詩稽古編》，［清］陳啓源撰，文津閣《四庫全書》，商務印書館二〇〇六年
《詩經稗疏》，［清］王夫之撰，文津閣《四庫全書》，商務印書館二〇〇六年
《詩經通義》，［清］朱鶴齡撰，文津閣《四庫全書》，商務印書館二〇〇六年
《詩札》，［清］毛奇齡撰，文津閣《四庫全書》，商務印書館二〇〇六年
《詩識名解》，［清］姚炳撰，文津閣《四庫全書》，商務印書館二〇〇六年
《韓詩外傳集釋》，［漢］韓嬰撰，许维遹集釋，中華書局一九八〇年
《周禮注疏》，［漢］鄭玄箋，［唐］賈公彦疏，北京大學出版社一九九九年
《儀禮注疏》，［漢］鄭玄箋，［唐］賈公彦疏，北京大學出版社一九九九年
《禮記注疏》，［漢］鄭玄箋，［唐］孔穎達疏，北京大學出版社一九九九年
《春秋左傳正義》，［晉］杜預注，［唐］孔穎達正義，北京大學出版社一九九九年
《惠氏春秋左傳補注》，［清］惠棟撰，文津閣《四庫全書》，商務印書館二〇〇六年
《春秋公羊傳注疏》，［漢］何休解詁，［唐］徐彦疏，北京大學出版社一九九九年
《春秋穀梁傳注疏》，［晉］范甯集解，［唐］楊士勛疏，北京大學出版社一九九九年
《論語注疏》，［晉］何晏集解，［宋］邢昺疏，北京大學出版社一九九九年
《論語譯注》，楊伯峻譯注，中華書局一九八〇年

《孝經注疏》，[唐]李隆基注，[宋]邢昺疏，北京大學出版社一九九九年
《孟子》，[漢]趙岐注，《四部叢刊》初編，商務印書館一九二九年
《説文解字注》，[漢]許慎撰，[清]段玉裁注，成都古籍書店一九八一年
《爾雅》，[晉]郭璞注，《四部叢刊》初編，商務印書館一九二九年
《方言》，[漢]揚雄撰，郭璞注，《四部叢刊》初編，商務印書館一九二九年
《釋名》，[漢]劉熙撰，《四部叢刊》初編，商務印書館一九二九年
《經典釋文》，[唐]陸德明撰，《四部叢刊》初編，商務印書館一九二九年
《玉篇》，[南朝·陳]顧野王撰，《四部叢刊》初編，商務印書館一九二九年
《廣韻》，[宋]陳彭年、丘雍等撰，《四部叢刊》初編，商務印書館一九二九年
《通雅》，[明]方以智撰，文津閣《四庫全書》，商務印書館二〇〇六年
《廣雅疏證》，[清]王念孫撰，上海古籍出版社二〇一八年
《經傳釋詞》，[清]王引之撰，嶽麓書社一九八二年
《經籍纂詁》，[清]阮元撰，成都古籍書店一九八二年

* *

《國語》，[三國·吴]韋昭注，《四部叢刊》初編，商務印書館一九二九年
《戰國策校注》，[宋]鮑彪注，《四部叢刊》初編，商務印書館一九二九年

《汲冢周書》，［晉］孔晁注，《四部叢刊》初編，商務印書館一九二九年
《竹書紀年》，［南朝·宋］沈約附注，《四部叢刊》初編，商務印書館一九二九年
《前漢紀》，［漢］荀悦撰，《兩漢紀》，中華書局二〇〇五年
《後漢紀》，［晉］袁宏撰，《兩漢紀》，中華書局二〇〇五年
《資治通鑑》，［宋］司馬光撰，《四部叢刊》初編，商務印書館一九二九年
《吴越春秋輯校匯考》，［漢］趙曄撰，周春生著，上海古籍出版社一九九七年
《越絶書》，舊題［漢］袁康撰，《四部叢刊》初編，商務印書館一九二九年
《三輔黄圖校釋》，［漢］無名氏撰，何清谷校釋，中華書局二〇〇五年
《華陽國志校補圖注》，［晉］常璩撰，任乃强校注，上海古籍出版社一九八七年
《吴地记》，［唐］陸廣微撰，曹林娣校注，江苏古籍出版社一九九九年
《建康实録》，［唐］许嵩撰，張忱石點校，中華書局一九八六年
《元和姓纂》，［唐］林寶撰，中華書局一九九四年
《輿地廣記》，［宋］歐陽忞撰，文津閣《四庫全書》，商務印書館二〇〇六年
《吴郡圖經續記》，［宋］朱長文撰，江蘇古籍出版社一九九九年
《方輿勝覽》，［宋］祝穆撰，文津閣《四庫全書》，商務印書館二〇〇六年
《吴郡記》，［宋］范成大撰，陸振岳校點，江蘇古籍出版社一九九九年

《會稽志》，〔宋〕施宿撰，文津閣《四庫全書》，商務印書館二〇〇六年

《山海經》，〔晉〕郭璞注，《四部叢刊》初編，商務印書館一九二九年

《風俗通義》，〔漢〕應劭撰，《四部叢刊》初編，商務印書館一九二九年

《法苑珠林》，〔唐〕釋道世撰，《四部叢刊》初編，商務印書館一九二九年

《史通》，〔唐〕劉知幾撰，《四部叢刊》初編，商務印書館一九二九年

《姑蘇志》，〔明〕王鏊撰，文津閣《四庫全書》，商務印書館二〇〇六年

* *

《老子道德經章句》，〔漢〕河上公注，《兩漢全書》，山東大學出版社一九九九年

《王弼集校釋》，〔三國·魏〕王弼撰，樓宇烈校釋，中華書局一九八〇年

《莊子集釋》，〔清〕郭慶藩撰，王孝魚點校，中華書局二〇一二年

《莊子集解》，〔清〕王先謙集解，《諸子集成》，嶽麓書社一九九六年

《墨子》，《四部叢刊》初編，商務印書館一九二九年

《荀子》，〔唐〕楊倞注，《四部叢刊》初編，商務印書館一九二九年

《管子》，〔唐〕房玄齡注，《四部叢刊》初編，商務印書館一九二九年

《管子校正》，〔清〕戴望校正，《諸子集成》，嶽麓書社一九九六年

《韓非子》，〔戰國〕韓非撰，《四部叢刊》初編，商務印書館一九二九年

《晏子春秋》，[漢]劉向整理，《四部叢刊》初編，商務印書館一九二九年
《晏子春秋集釋》，吴則虞集釋，中華書局一九六二年
《吕氏春秋》，[秦]吕不韋撰，[漢]高誘注，《四部叢刊》初編，商務印書館一九二九年
《淮南子》，[漢]劉安撰，[漢]許慎注，《四部叢刊》初編，商務印書館一九二九年
《春秋繁露》，[漢]董仲舒撰，《四部叢刊》初編，商務印書館一九二九年
《新語》，[漢]陸賈撰，《四部叢刊》初編，商務印書館一九二九年
《新書》，[漢]賈誼撰，《四部叢刊》初編，商務印書館一九二九年
《揚子法言》，[漢]揚雄撰，《四部叢刊》初編，商務印書館一九二九年
《潛夫論》，[漢]王符撰，《四部叢刊》初編，商務印書館一九二九年
《申鑒》，[漢]荀悦撰，《四部叢刊》初編，商務印書館一九二九年
《中論》，[漢]徐幹撰，《四部叢刊》初編，商務印書館一九二九年
《孔子家語》，[晉]王肅撰，《四部叢刊》初編，商務印書館一九二九年
《列女傳》，[漢]劉向撰，《四部叢刊》初編，商務印書館一九二九年
《新序》，[漢]劉向撰，《四部叢刊》初編，商務印書館一九二九年
《説苑》，[漢]劉向撰，《四部叢刊》初編，商務印書館一九二九年
《列仙傳》，[漢]劉向撰，《四部叢刊》初編，商務印書館一九二九年

《鹽鐵論》，［漢］桓寬撰，《四部叢刊》初編，商務印書館一九二九年
《太玄經》，［漢］揚雄撰，《四部叢刊》初編，商務印書館一九二九年
《焦氏易林》，［漢］焦循撰，《四部叢刊》初編，商務印書館一九二九年
《論衡》，［漢］王充撰，《四部叢刊》初編，商務印書館一九二九年
《穆天子傳》，［晉］郭璞注，《四部叢刊》初編，商務印書館一九二九年
《抱朴子外篇校釋》，［晉］葛洪撰，楊明照注，中華書局一九九一年
《弘明集校箋》，［南朝·梁］釋僧祐撰，李小明校箋，上海古籍出版社二〇一三年
《廣弘明集》，［唐］釋道宣撰，《四部叢刊》初編，商務印書館一九二九年
《顏氏家訓》［北齊］顏之推撰，《四部叢刊》初編，商務印書館一九二九年
《習學記言》［宋］葉適撰，文津閣《四庫全書》，商務印書館二〇〇六年
《日知録》，［清］顧炎武撰，張京華校釋，嶽麓書社二〇一一年

* * * * * * * * * * * * * * * *

《編珠》，舊題［隋］杜公瞻撰，文津閣《四庫全書》，商務印書館二〇〇六年
《唐文粹》，［宋］姚鉉纂，《四部叢刊》初編，商務印書館一九二九年
《全唐文》，［清］董誥等撰，中華書局一九八三年
《册府元龜》，［宋］王欽若撰，文津閣《四庫全書》，商務印書館二〇〇六年

《緯略》，[宋]高似孫撰，文津閣《四庫全書》，商務印書館二〇〇六年

《紺珠集》，[宋]無名氏，文津閣《四庫全書》，商務印書館二〇〇六年

《芥隱筆記》，[宋]龔頤正撰，文津閣《四庫全書》，商務印書館二〇〇六年

《學林》，[宋]王觀國撰，《四部叢刊》初編，商務印書館一九二九年

《古賦辯體》，[元]祝堯撰，文津閣《四庫全書》，商務印書館二〇〇六年

《古樂府》，[元]左克明撰，文津閣《四庫全書》，商務印書館二〇〇六年

《古今事文類聚新集》，[元]富大用撰，文津閣《四庫全書》，商務印書館二〇〇六年

《風雅翼》，[元]劉履撰，文津閣《四庫全書》，商務印書館二〇〇六年

《稗編》，[明]唐順之撰，文津閣《四庫全書》，商務印書館二〇〇六年

《丹鉛摘録》，[明]楊慎撰，文津閣《四庫全書》，商務印書館二〇〇六年

《丹鉛餘録》，[明]楊慎撰，文津閣《四庫全書》，商務印書館二〇〇六年

《丹鉛總録》，明楊慎撰，文津閣《四庫全書》，商務印書館二〇〇六年

《古詩歸》，[明]鍾惺、譚元春，四庫全書存目叢書，齊魯書社一九九七年

《古詩鏡》，[明]陸時雍撰，文津閣《四庫全書》，商務印書館二〇〇六年

《古詩解》，[明]唐汝諤撰，四庫全書存目叢書，齊魯書社一九九七年

《古今詩删》，[明]李攀龙撰，文津阁《四库全書》，商务印書馆二〇〇六年

《廣博物志》，［明］董斯張撰，文津閣《四庫全書》，商務印書館二〇〇六年
《明文海》，［清］黄宗羲撰，文津閣《四庫全書》，商務印書館二〇〇六年
《淵鑑類函》，［清］康熙御定，文津閣《四庫全書》，商務印書館二〇〇六年
《格致鏡原》，［清］陳元龍撰，文津閣《四庫全書》，商務印書館二〇〇六年
《經稗》，［清］鄭方坤撰，文津閣《四庫全書》，商務印書館二〇〇六年
《藝林彙考》，［清］沈自南撰，文津閣《四庫全書》，商務印書館二〇〇六年
《義門讀書記》，［清］何焯撰，文津閣《四庫全書》，商務印書館二〇〇六年
《古詩源》，［清］沈德潛撰，中華書局二〇〇六年
《古詩評選》，［清］王夫之撰，張國星校點，文化藝術出版社一九九七年
《采菽堂古詩選》，［清］陳祚明撰，李金松校點，上海古籍出版社二〇〇八年
《六朝選詩定論》，［清］吴淇撰，汪俊等點校，廣陵書社二〇〇九年
《古詩賞析》，［清］張玉穀撰，許逸民校點，上海古籍出版社二〇〇〇年
《古詩箋》，［清］王士禛撰，聞人倓箋，上海古籍出版社二〇一〇年
《漢魏六朝集部珍本叢刊》，劉躍進主編，國家圖書館出版社二〇一九年

＊　＊

《楚辭補注》，［漢］王逸章句，［宋］洪興祖補注，白化文校點，中華書局二〇一五年

《司馬相如集校注》，［漢］司馬相如撰，金國永校注，上海古籍出版社二〇一五年
《蔡中郎文集》，［漢］蔡邕撰，《四部叢刊》初編，商務印書館一九二九年
《曹操集》（解讀），［漢］曹操撰，劉運好解讀，國家圖書館出版社二〇二一年
《建安七子集校注》，［漢］孔融等撰，吴雲主編，天津古籍出版社一九九一年
《建安七子詩箋注》，［漢］孔融等撰，郁賢皓、張采民注，巴蜀書社一九九〇年
《魏文帝集》，［三國・魏］曹丕撰，《漢魏六朝百三家集》，文津閣《四庫全書》，商務印書館二〇〇六年
《曹植集校注》，［三國・魏］曹植撰，趙幼文校注，人民文學出版社一九九八年
《嵇康集校注》，［三國・魏］嵇康撰，戴明揚校注，中華書局二〇一四年
《阮籍集校注》，［三國・魏］阮籍撰，陳伯君校注，中華書局一九八七年
《潘岳集校注》，［晉］潘岳撰，董志廣校注，天津古籍出版社二〇〇五年
《陸雲集》，［晉］陸雲撰，黄葵校點，中華書局一九八八年
《陶淵明集》，［南朝・宋］陶淵明撰，［元］李公煥集録，《四部叢刊》初編，商務印書館一九二九年
《陶淵明集》，［南朝・宋］陶淵明著，逯欽立校注，中華書局二〇一八年
《江文通文集》，［南朝・宋］江淹撰，《四部叢刊》初編，商務印書館一九二九年

《江文通文集彙注》,[南朝·宋]江淹撰,[明]胡之驥注,中華書局一九八四年
《鮑氏集》,[南朝·宋]鮑照撰,《四部叢刊》初編,商務印書館一九二九年
《鮑參軍集注》,[南朝·宋]鮑照撰,錢仲聯校注,上海古籍出版社一九八〇年
《謝宣城詩集》,[南朝·齊]謝朓撰,《四部叢刊》初編,商務印書館一九二九年
《謝宣城詩集》,[南朝·齊]謝朓撰,曹融南校注,上海古籍出版社一九九一年
《昭明太子集》,[南朝·梁]蕭統撰,《四部叢刊》初編,商務印書館一九二九年
《徐孝穆集》,[南朝·陳]徐陵撰,《四部叢刊》初編,商務印書館一九二九年
《庾子山集》,[北周]庾信撰,《四部叢刊》初編,商務印書館一九二九年
《庾子山集注》,[北周]庾信撰,[清]倪璠注,許逸民校點,中華書局一九八〇年
《東皋子集》,[唐]王績撰,《四部叢刊》初編,商務印書館一九二九年
《王子安集》,[唐]王勃撰,《四部叢刊》初編,商務印書館一九二九年
《楊盈川集》,[唐]楊炯撰,《四部叢刊》初編,商務印書館一九二九年
《幽憂子集》,[唐]盧照鄰撰,《四部叢刊》初編,商務印書館一九二九年
《駱賓王文集》,[唐]駱賓王撰,《四部叢刊》初編,商務印書館一九二九年
《陳伯玉文集》,[唐]陳子昂撰,《四部叢刊》初編,商務印書館一九二九年
《張説之文集》,[唐]張説撰,《四部叢刊》初編,商務印書館一九二九年

《唐丞相曲江張先生文集》，［唐］張九齡撰，《四部叢刊》初編，商務印書館一九二九年
《分類補注李太白詩》，［唐］李白撰，［明］楊齊賢、蕭士贇等注，《四部叢刊》初編，商務印書館一九二九年
《集注杜工部詩》，［唐］韓愈、元稹等注，《四部叢刊》初編，商務印書館一九二九年
《顏魯公集》，［唐］顏真卿撰，文津閣《四庫全書》，商務印書館二〇〇六年
《白氏長慶集》，［唐］白居易撰，文津閣《四庫全書》，商務印書館二〇〇六年
《唐柳先生集》，［唐］柳宗元撰，《四部叢刊》初編，商務印書館一九二九年
《歐陽行周文集》，［唐］歐陽行周，文津閣《四庫全書》，商務印書館二〇〇六年
《毘陵集》，［唐］獨孤及，《四部叢刊》初編，商務印書館一九二九年
《皎然集》，［唐］釋皎然撰，《四部叢刊》初編，商務印書館一九二九年
《杼山集》，［唐］釋皎然撰，文津閣《四庫全書》，商務印書館二〇〇六年
《小畜外集》，［宋］王禹偁撰，《四部叢刊》初編，商務印書館一九二九年
《集注分類東坡先生詩》，［宋］蘇軾撰，［宋］王十朋集注，《四部叢刊》初編，商務印書館一九二九年
《雞肋集》，［宋］晁無咎撰，《四部叢刊》初編，商務印書館一九二九年
《松隱集》，［宋］曹勛撰，文津閣《四庫全書》，商務印書館二〇〇六年

《晦菴先生朱文公文集》，［宋］朱熹撰，《四部叢刊》初編，商務印書館一九二九年
《後村先生大全集》，［宋］劉克莊撰，《四部叢刊》初編，商務印書館一九二九年
《芸庵類稿》，［宋］李洪，文津閣《四庫全書》，商務印書館二〇〇六年
《滹南遺老集》，［金］王若虚撰，文津閣《四庫全書》，商務印書館二〇〇六年
《遜志齋集》，［明］方孝孺撰，《四部叢刊》初編，商務印書館一九二九年
《清江貝先生文集》，［明］貝廷臣撰，《四部叢刊》初編，商務印書館一九二九年
《弇州四部稿》，［明］明王世貞撰，文津閣《四庫全書》，商務印書館二〇〇六年
《王忠文集》，［明］王褘撰，文津閣《四庫全書》，商務印書館二〇〇六年
《少室山房筆叢正集》，［明］胡應麟撰，《四部叢刊》初編，商務印書館一九二九年
《西村集》，［明］史鑑撰，文津閣《四庫全書》，商務印書館二〇〇六年
《沙溪集》，［明］孫緒撰，文津閣《四庫全書》，商務印書館二〇〇六年
《儼山外集》，［明］陸深撰，文津閣《四庫全書》，商務印書館二〇〇六年
《牧齋有學集》，［清］錢謙益撰，《四部叢刊》初編，商務印書館一九二九年
《梅村家藏藁》，［清］吴偉業撰，《四部叢刊》初編，商務印書館一九二九年
《管城碩記》，［清］徐文靖撰，文津閣《四庫全書》，商務印書館二〇〇六年
《二希堂文集》，［清］蔡世遠撰，文津閣《四庫全書》，商務印書館二〇〇六年

《潛研堂文集》，［清］錢大昕撰，《四部叢刊》初編，商務印書館一九二九年
《洪北江詩文集》，［清］洪亮吉撰，文津閣《四庫全書》，商務印書館二〇〇六年
《揅經室四集》，［清］阮元撰，《四部叢刊》初編，商務印書館一九二九年
《揅經室三集》，［清］阮元撰，《四部叢刊》初編，商務印書館一九二九年
《茗柯文初編》，［清］張惠言撰，《四部叢刊》初編，商務印書館一九二九年
《兼濟堂文集》，［清］魏裔介撰，《四部叢刊》初編，商務印書館一九二九年
《陳迦陵文集》，［清］陳維崧撰，《四部叢刊》初編，商務印書館一九二九年

＊＊＊＊＊＊＊＊＊＊＊＊＊＊＊＊＊＊＊＊＊＊＊＊＊＊＊＊＊＊

《文心雕龍注》，［南朝·梁］劉勰撰，范文瀾注，人民文學出版社二〇〇六年
《詩品集注》（增訂本），［南朝·梁］鍾嶸撰，曹旭集注，上海古籍出版社二〇一一年
《金樓子校箋》，［南朝·梁］蕭繹，徐逸民校箋，中華書局二〇一一年
《河岳英靈集》，［唐］殷璠，《唐人選唐詩》十種，上册，上海古籍出版社一九七八年
《黄庭堅詩話》，［宋］黄庭堅撰，《宋詩話全編》，江蘇古籍出版社二〇〇六年
《計有功詩話》，［宋］計有功撰，《宋詩話全編》，江蘇古籍出版社二〇〇六年
《優古堂詩話》，［宋］吴幵撰，《宋詩話全編》，江蘇古籍出版社二〇〇六年
《後村詩話》，［宋］劉克莊撰，《宋詩話全編》，江蘇古籍出版社二〇〇六年

《王正德詩話》，［宋］王正德撰，《宋詩話全編》，江蘇古籍出版社二〇〇六年

《滄浪詩話》，［宋］嚴羽撰，《宋詩話全編》，江蘇古籍出版社二〇〇六年

《詩人玉屑》，［宋］魏慶之撰，《宋詩話全編》，江蘇古籍出版社二〇〇六年

《王觀國詩話》，［宋］王觀國撰，《宋詩話全編》，江蘇古籍出版社二〇〇六年

《詩話總龜》，［宋］阮閱撰，人民文學出版社一九八七年

《談藝録》，［明］徐禎卿撰，《全明詩話》，齊魯書社二〇〇五年

《儼山詩話》，［明］陸深撰，《全明詩話》，齊魯書社二〇〇五年

《頤山詩話》，［明］安磐撰，《全明詩話》，齊魯書社二〇〇五年

《升庵詩話》，［明］楊慎撰，《全明詩話》，齊魯書社二〇〇五年

《唐詩品》，［明］徐獻忠撰，《全明詩話》，齊魯書社二〇〇五年

《四溟詩話》，［明］謝榛撰，《全明詩話》，齊魯書社二〇〇五年

《解頤新語》，［明］皇甫汸撰，《全明詩話》，齊魯書社二〇〇五年

《元朗詩話》，［明］何良俊撰，《全明詩話》，齊魯書社二〇〇五年

《詩體明辨》，［明］徐師曾撰，《全明詩話》，齊魯書社二〇〇五年

《香宇詩談》，［明］田藝蘅撰，《全明詩話》，齊魯書社二〇〇五年

《冰川詩式》，［明］梁橋撰，《全明詩話》，齊魯書社二〇〇五年

《說詩》，［明］譚浚撰，《全明詩話》，齊魯書社二〇〇五年

《藝苑巵言》，［明］王世貞撰，《全明詩話》，齊魯書社二〇〇五年

《欣賞詩法》［明］茅一相撰，《全明詩話》，齊魯書社二〇〇五年

《藝圃擷餘》，［明］王世懋撰，《全明詩話》，齊魯書社二〇〇五年

《讀詩拙言》，［明］陳第撰，《全明詩話》，齊魯書社二〇〇五年

《騷壇秘語》，［明］周履靖撰，《全明詩話》，齊魯書社二〇〇五年

《獨鑒録》，［明］彀齋主人撰，《全明詩話》，齊魯書社二〇〇五年

《詩藪》，［明］胡應麟撰，《全明詩話》，齊魯書社二〇〇五年

《雪濤小書詩評》，［明］江盈科撰，《全明詩話》，齊魯書社二〇〇五年

《藝圃傖談》，［明］郝敬撰，《全明詩話》，齊魯書社二〇〇五年

《藝藪談宗》，［明］周子文撰，《全明詩話》，齊魯書社二〇〇五年

《詩學雜言》，［明］陳繼儒撰，《全明詩話》，齊魯書社二〇〇五年

《冷邸小言》，［明］鄧雲霄撰，《全明詩話》，齊魯書社二〇〇五年

《小草齋詩話》，［明］謝肇淛撰，《全明詩話》，齊魯書社二〇〇五年

《唐音癸籤》，［明］胡震亨撰，《全明詩話》，齊魯書社二〇〇五年

《說詩補遺》，［明］馮復京撰，《全明詩話》，齊魯書社二〇〇五年

《雅倫》，[明]費經虞撰，《全明詩話》，齊魯書社二〇〇五年
《詞府靈蛇二集》，[明]鍾惺撰，《全明詩話》，齊魯書社二〇〇五年
《詩鏡總論》，[明]陸時雍撰，《全明詩話》，齊魯書社二〇〇五年
《石室談詩》，[明]趙士喆撰，《全明詩話》，齊魯書社二〇〇五年
《詩源辨體》，[明]許學夷撰，人民文學出版社一九九八年
《歷代詩話》，[清]吴景旭撰，陳衛平、徐傑校點，京華出版社一九九八年
《鈍吟雜録》，[清]馮班撰，《清詩話》，上海古籍出版社一九九九年
《師友詩傳録》，[清]王士禛撰，《清詩話》，上海古籍出版社一九九九年
《貞一齋詩説》，[清]李重華撰，《清詩話》，上海古籍出版社一九九九年
《原詩》，[清]葉燮撰，《清詩話》，上海古籍出版社一九九九年
《説詩晬語》，[清]沈德潛撰，《清詩話》，上海古籍出版社一九九九年
《詩學纂聞》，[清]汪師韓撰，《清詩話》，上海古籍出版社一九九九年
《峴傭説詩》，[清]施補華撰，《清詩話》，上海古籍出版社一九九九年
《抱真堂詩話》，[清]宋徵璧撰，《清詩話續編》，上海古籍出版社一九八三年
《詩辯坻》，[清]毛先舒撰，《清詩話續編》，上海古籍出版社一九八三年
《詩筏》，[清]賀貽孫撰，《清詩話續編》，上海古籍出版社一九八三年

《圍爐詩話》，[清]吴喬撰，《清詩話續編》，上海古籍出版社一九八三年
《龍性堂詩話初集》，[清]葉矯然撰，《清詩話續編》，上海古籍出版社一九八三年
《古歡堂集雜著》，[清]田雯撰，《清詩話續編》，上海古籍出版社一九八三年
《小瀞草堂雜論詩》，[清]牟願相撰，《清詩話續編》，上海古籍出版社一九八三年
《國朝詩話》，[清]楊際昌撰，《清詩話續編》，上海古籍出版社一九八三年
《劍谿説詩》，[清]喬億撰，《清詩話續編》，上海古籍出版社一九八三年
《詩學源流考》，[清]魯九皋撰，《清詩話續編》，上海古籍出版社一九八三年
《雨村詩話》，[清]李調元撰，《清詩話續編》，上海古籍出版社一九八三年
《葚原詩説》，[清]冒春榮撰，《清詩話續編》，上海古籍出版社一九八三年
《静居緒言》，[清]闕名撰，《清詩話續編》，上海古籍出版社一九八三年
《養一齋詩話》，[清]潘德輿撰，《清詩話續編》，上海古籍出版社一九八三年
《小清華園詩談》，[清]王壽昌撰，《清詩話續編》，上海古籍出版社一九八三年
《竹林答問》，[清]陳僅撰，《清詩話續編》，上海古籍出版社一九八三年
《白華山人詩説》，[清]厲志撰，《清詩話續編》，上海古籍出版社一九八三年
《筱園詩話》，[清]朱庭珍撰，《清詩話續編》，上海古籍出版社一九八三年
《池北偶談》，[清]王士禛撰，中華書局一九九七年

《隨園詩話》，〔清〕袁枚撰，顧學頡校點，人民文學出版社一九八二年
《昭昧詹言》，〔清〕方東樹撰，人民文學出版社一九六一年
《藝概》，〔清〕劉熙載撰，王國安校點，上海古籍出版社一九七八年
《文賦集釋》，張少康集釋，上海古籍出版社一九八四年
《中古文學繫年》，陸侃如撰，人民文學出版社一九九八年
《歷代文話》，王水照主編，復旦大學出版社二〇〇七年